HEYNE

Das Buch

Die unsichtbare Flotte

Mysteriöse Vorgänge an der Südostküste Englands: mehrere Schiffe sind samt Besatzung auf unerklärliche Weise verschwunden. Tweed – der Chefagent des Secret Service – übernimmt die Ermittlungen. Er kommt einer globalen Verschwörung auf die Spur, die immer bedrohlichere Ausmaße annimmt. Eine Geheimorganisation bereitet sich auf einen verheerenden Schlag gegen die gesamte westliche Welt vor. Im Kampf gegen die unbekannten Gegner begeben sich Tweed und seine Mitarbeiter in höchste Gefahr, denn der Weg wird mit immer neuen Leichen gepflastert …

Hexenkessel

An der Küste Kaliforniens wird die Leiche einer jungen Frau an Land gespült. Paula Grey steht vor einem Rätsel: Denn Wochen später findet auch Bob Newman am Strand von Cornwall, mehr als 6000 Kilometer vom ersten Fundort entfernt, eine Wasserleiche. Und als Paula das erste Foto sieht, weiß sie, dass es sich dabei um dieselbe Tote handelt, die sie gefunden hatte.

Der britische Agent Tweed verdächtigt AMBECO, einen multinationalen Konzern, hinter dem seltsamen Vorfall zu stecken. Der einzige Weg zur Wahrheit ist die Einschleusung von Agenten – ein haarsträubendes Vorhaben …

Der Autor

Colin Forbes, geboren in Hampstead bei London, war zunächst als Werbefachmann und Drehbuchautor tätig, bevor er sich als Autor von Actionromanen weltweit einen Namen machte. Seine Politthriller werden heute in mehr als 20 Sprachen übersetzt. Colin Forbes lebt in Surrey.

Im Wilhelm Heyne Verlag sind unter anderem erschienen: *Der Schwarze Orden* (01/13302), *Abgrund* (01/13168), *Kalte Wut* (01/13047), *Todesspur* (01/10345), *Feuerkreuz* (01/8884) und *Schockwelle* (01/8365).

COLIN FORBES

Die unsichtbare Flotte
Hexenkessel

Zwei spannende Thriller

WILHELM HEYNE VERLAG
MÜNCHEN

HEYNE TIPP DES MONATS
Nr. 23/0190

Umwelthinweis:
Dieses Buch wurde auf
chlor- und säurefreiem Papier gedruckt.

2. Auflage
Taschenbuchausgabe 06/2002

Printed in Germany 2002
Quellennachweis: s. Anhang
Umschlagillustration: Picture Press/Corbis/Tim Fisher
Umschlaggestaltung: Nele Schütz Design, München
Druck und Bindung: Elsnerdruck, Berlin

ISBN: 3-453-21397-1

http://www.heyne.de

Die unsichtbare Flotte

Für Jane

Vorbemerkung des Autors

Alle Figuren dieses Romans entstammen der Fantasie des Autors und stehen in keinerlei Beziehung zu lebenden Personen. Häuser, Landsitze sowie internationale Organisationen und Unternehmen sind gleichfalls frei erfunden.

Inhalt

Vorspiel

Paula Grey bemerkte nichts Bedrohliches.

Ein von der See aufkommender Novembernebel wischte mit feuchten Fingern über ihr Gesicht. Sie stand am Kai des Jachthafens von Lymington an der Südostküste Englands, gegenüber der unsichtbaren Isle of Wight. Es war acht Uhr abends, und sie war ganz allein. Der Nebel wurde immer dichter. Die einzigen Geräusche waren das Anplätschern der Wellen gegen die Steinmauer unter ihr und das gedämpfte Tuckern des kleinen Motorbootes, das ihren Freund Harvey Boyd auf den Solent hinaustrug.

Sie schätzte, daß er noch keine hundert Meter von dem Jachthafen voller schwankender, für den Winter mit blauem Plastik abgedeckter Boote entfernt war. Das Motorboot, jetzt nicht einmal mehr als Schemen zu erkennen, schwenkte in die Hauptfahrrinne.

Bei ihrem letzten Drink im Ship Inn hatten sie sich gestritten. Zuerst hatte Paula versucht, ihn davon abzubringen, eine so gefährliche Fahrt zu unternehmen. Dann hatte sie versucht, ihn zu überreden, daß er sie mitnahm.

»Kommt gar nicht in Frage«, hatte Harvey erklärt.

»Aber du hast doch gerade gesagt, es wäre ganz ungefährlich.«

»Ich weiß nicht, was da draußen ist. Ein Gespensterschiff? Mein Freund George ist auf der Fahrt zur Insel verschwunden.«

Boyd, kräftig gebaut, eins achtzig groß, dunkelhaarig, glattrasiert, ehemals Angehöriger des SAS, hatte den Kopf geschüttelt. Paula hatte nicht lockergelassen.

»Du widersprichst dir selbst. Ganz ungefährlich! Und jetzt sagst du, daß draußen auf dem Solent etwas Merkwürdiges vorgeht.«

»Ich bin in einer Stunde oder schon früher zurück. Wir

treffen uns hier. Und dann lassen wir uns von Tweed in Passford House zum Essen einladen . . .«

Boyd war nicht nur ein ehemaliger Angehöriger der Elite-Einheit; er war auch ein versierter Techniker. Er hatte das Motorboot mit einer erstklassigen Radaranlage ausgerüstet. Also konnte ihm eigentlich nichts passieren, versuchte Paula sich einzureden. Sie setzte sich auf die Mauer, zog ihren Anorak am Hals dichter zusammen und rückte den Schal zurecht, den sie sich um den Kopf gebunden hatte. Aber es gelang ihr nicht, eine grauenhafte Vorahnung abzuschütteln.

Ihre Hände tasteten nach dem Nachtglas, das sie um den Hals trug. Die Flut hatte fast ihren höchsten Stand erreicht. Jetzt schwappten größere Wellen an die Basis der Mauer und warfen Gischt auf. Harvey würde mir die Hölle heiß machen, wenn er wüßte, daß ich hier ganz allein auf ihn warte, dachte sie. Dann runzelte sie die Stirn.

Der wirbelnde Nebel erzeugte Alptraumformen über dem Wasser. Sie hätte schwören können, daß sie etwas Großes gesehen hatte, das sich langsam bewegte. Die Kälte begann, durch ihren Anorak zu dringen, als sie mit behandschuhten Händen das Fernglas hob. Sie zog den rechten Handschuh aus, um das Glas scharf einzustellen, hörte hinter sich ein Geräusch wie von tappenden Füßen, fuhr herum und sah nur Nebel. Ihre Fantasie ging mit ihr durch. Sie konzentrierte sich auf das Einstellen des Fernglases.

Nebelschwaden waberten, erzeugten gespenstische Muster. Nichts Greifbares. An einem Abend wie diesem würde kein anderes Schiff draußen sein. Irgendwo, weit weg, hörte sie das klägliche Heulen eines Nebelhorns. Der Leuchtturm. Sie konnte noch immer das leise Tuckern von Harveys Motorboot hören, das sich langsam seinen Kurs in der Fahrrinne suchte. Dann hatte sie die erste echte Vorahnung einer Katastrophe.

Ein gedämpftes, mahlendes, reißendes Geräusch, wie von einem Stahlrumpf, der sich in Holz bohrt – in den Rumpf eines Motorbootes. Sie schwenkte das Fernglas in die Richtung, aus der es zu kommen schien, obwohl sie wußte, daß das Geräusch, das sich anhörte wie eine grauenhafte Kollision, vom Nebel verzerrt wurde und kaum zu lokalisieren war. Sie zwang sich, das Glas ruhig zu halten.

»Großer Gott! O nein, nicht Harvey ...«

Es dauerte ein paar Sekunden, bis ihr auffiel, daß etwas nicht mehr vorhanden war. Der Bootsmotor tuckerte nicht mehr. Sie atmete tief durch, sog die eiskalte Luft in sich hinein. Eine beängstigende Stille breitete sich aus, nur durchbrochen von jetzt noch größeren Wellen, die an die Mauer schlugen. Sie wartete.

Es war ihr vorgekommen wie Stunden, aber es waren nur fünfzehn Minuten vergangen – sie hatte automatisch auf die Uhr geschaut. Obwohl sie gegen das Entsetzen ankämpfte, vergaß sie nicht, was Tweed ihr beigebracht hatte. Es war nur eine Viertelstunde später, als die schnell auflaufende Flut eine undeutliche Form an die Mauer unter ihr spülte. Eine Leiche. Sie wußte, daß es eine Leiche war, auch wenn sie sie nicht deutlich sehen konnte.

Ihre Füße trugen sie langsam an der Mauer entlang und hielten mit dem treibenden Gegenstand Schritt. Sie bewegte sich wie ein Roboter. Die Flut trieb die Leiche gegen die Mauer. Dann erfaßte sie ein neuer Schrecken. Die Ebbe setzte ein.

Aber irgendeine Strömung trieb die Leiche weiter am Kai entlang. Am Ende der Mauer führte eine gepflasterte Rampe nach unten – eine Rampe, auf der Boote zu Wasser gelassen wurden. Paula war zuversichtlich, daß sie die Leiche an Land ziehen konnte, wenn die Strömung ihre grauenhafte Fracht nur noch ein kleines Stückchen weiterbeförderte.

Sie beschleunigte ihre Schritte, um die Rampe zu erreichen, stopfte das Nachtglas in die Tasche ihres Anoraks, rannte und beugte sich am unteren Ende der Rampe nieder. Wellen brachen, Wasser spülte über ihre Stiefel. Die Leiche trieb unterhalb der Wasserlinie über die Rampe. Sie packte zu, bekam einen Arm zu fassen, der in einer vertrauten, jetzt durchnäßten Matrosenjacke steckte.

Sie mußte all ihre Kraft aufwenden, um den nassen Leichnam der gierigen See zu entreißen, die zu versuchen schien, ihre Beute mit aller Gewalt zurückzuzerren. Trotz der Kälte war sie schweißgebadet, als sie ihn aus dem Wasser auf die Rampe zog und dann, nach Atem ringend, losließ.

Erschöpft und durchnäßt tastete sie nach ihrer Taschenlampe. Sie zögerte, bevor sie sie einschaltete. *»Du mußt es tun«*, sagte sie laut. Der Lichtstrahl fiel auf das Gesicht von Harvey Boyd und das an seinen Kopf angeklatschte dunkle Haar. Ein offenes Auge starrte sie blicklos an. Von seinem Kopf waren das rechte Ohr und die rechte Hälfte des Gesichts abgerissen.

Sie sog den Atem ein, kämpfte gegen ein Gefühl der Übelkeit an. Es war grauenhaft. Sie redete wieder laut. *»Lauf zu einem Telefon im Gebäude des Hafenmeisters. Du hast schon öfter Tote gesehen.«* Aber sie stand da wie angewurzelt, wollte ihn nicht auf der Rampe liegenlassen, dem Nebel und der Kälte ausgesetzt. Und sie betete zu Gott, daß es ihr gelingen würde, Tweed in Passford House zu erreichen.

»Der Tote wird draußen in einen Krankenwagen verladen und ins Leichenschauhaus in Southampton gebracht. Wir vergeuden hier keine Zeit«, sagte der amtierende Hafenmeister.

Er hieß Walford, ein massiger Mann mit wettergegerbtem Gesicht und störrischem Kinn. Tweed, stellvertretender Direktor des SIS, musterte ihn, bevor er darauf reagierte. Tweed war ein Mann von unbestimmbarem Alter; er trug eine Hornbrille und war die Art Mann, an dem man auf der Straße vorüberging, ohne ihn zu bemerken – etwas, das in seinem Beruf überaus nützlich war. Dennoch ging etwas von ihm aus, das Walford ein unbehagliches Gefühl einflößte.

»Ich möchte gleich jetzt einen Blick auf den Toten werfen«, erklärte Tweed.

»Warum? Wer sind Sie überhaupt? Sie haben hier keinerlei Befugnisse.«

Walfords Verhalten war aggressiv. Sie standen in seinem kärglich möblierten Büro in dem weißen Gebäude dicht neben der Rampe und dem dahinterliegenden Jachthafen. Tweed hatte Paulas Anruf in seinem Zimmer in Passford House entgegengenommen, zehn Fahrminuten von Lymington entfernt.

Bei ihrem kurzen Anruf hatten ihre Zähne geklappert, und sie hatte zugegeben, daß sie völlig durchnäßt war. Bevor Tweed Passford House verließ, hatte er ein Handtuch auf einen heißen Heizkörper geworfen, war mit dem Schlüssel, den sie ihm dagelassen hatte, in ihr Zimmer gegangen und hatte rasch frische Unterwäsche, einen Rock, einen Pullover und einen gefütterten Trenchcoat geholt. Dann hatte er das Handtuch in eine Isoliertasche gesteckt, damit es warm blieb.

Bob Newman, weltbekannter Auslandskorrespondent, war unvermutet aufgetaucht, kurz bevor Tweed Passford House verließ. Er hatte Tweed in seinem Mercedes 280 E zum Gebäude des Hafenmeisters gefahren. Jetzt war er draußen und sah sich die Gegend an, in der die Tragödie passiert war. »Ich möchte den Toten trotzdem sehen. Ich habe Harvey Boyd gekannt«, beharrte Tweed.

»Ein Freund? Sie können ihn im Leichenschauhaus sehen . . .«

»Ich kann Ihnen befehlen, den Krankenwagen anzuhalten. Oder über Funk die Anweisung zu geben, daß er sofort hierher zurückzukehren hat.« Tweed hatte es satt, sich mit Walford herumzuschlagen. »Ich gehöre zum Sonderdezernat . . .«

Er zog den Ausweis, den seine Leute im Keller der Londoner Zentrale des SIS gefälscht hatten. Walford nahm den Ausweis und betrachtete ihn mit verärgert verkniffenem Mund.

»Habe noch nie jemanden von eurem Verein hier unten gesehen . . .«

»Jetzt sehen Sie jemanden. Sollten Sie sich nicht endlich

in Bewegung setzen und den Krankenwagen zurückhalten?«

»Miss Grey hat den Toten bereits identifiziert«, sagte Walford widerwillig, als sie in den eisigen Nebel hinausgingen.

»Eine zweite Identifizierung kann nie schaden.«

In dem Krankenwagen zog einer der Pfleger auf Walfords Anweisung das Laken zurück, mit dem der auf einer Bahre liegende Tote zugedeckt war. Tweed musterte den verletzten Kopf und das Gesicht, ohne sich etwas anmerken zu lassen. Innerlich war er zutiefst bestürzt.

Nach dem Ausscheiden aus dem SAS hatte sich Boyd beim SIS beworben. Er hatte sämtliche harten Trainingskurse bestanden, die darauf abzielten, einen Mann unter Druck zu zerbrechen. Das waren die körperlichen Ausdauertests gewesen. Später hatte er auch die unerbittlichen psychischen Prüfungen bestanden. Und jetzt, nahe davor, seinem Land abermals zu dienen, würde er auf dem kalten Tisch eines Leichenschauhauses enden und von einem Pathologen seziert werden.

»Das ist Harvey Boyd«, sagte Tweed. »Es kann sein, daß ich mich für meinen eigenen Pathologen entscheiden werde. Dazu bin ich befugt. Informieren Sie Southampton.«

Er verließ abrupt den Krankenwagen und kehrte in das Gebäude zurück. Walford blieb nichts anderes übrig, als ihm zu folgen. Paula erschien in den frischen Sachen, die Tweed mitgebracht hatte; ihr nasses Zeug steckte in einem Plastikbeutel, den er ihr gegeben hatte. Sie eilte auf ihn zu und umarmte ihn, während Newman eintrat und mit ein paar Schritten Abstand auch Walford.

»Tweed, Sie sind so rücksichtsvoll«, keuchte sie. »Ich war zu Eis erstarrt. Dieses warme Handtuch war himmlisch. Und die trockenen Sachen.«

»Es kann sein, daß Sie einen Schock erlitten haben«, warnte Tweed. »Ein heißes Getränk würde helfen. Kein Alkohol.«

»Mr. Walford hat mir etwas gegeben, als ich ihn darum bat. Einen Becher heißen Kakao.«

Mit dem Rücken zu den beiden anderen Männern hob sie ihren Kopf von seiner Schulter, und Tweed entdeckte einen Anflug von Humor in ihren graublauen Augen. Nur ein Mann wie Walford würde ihr Kakao anbieten – sie konnte das Zeug nicht ausstehen.

»Die Presse hat uns in diesem Stadium gerade noch gefehlt«, murrte Walford und musterte Newman.

»Er ist einer meiner engsten Mitarbeiter«, sagte Tweed und beließ es dabei.

Er sah keine Veranlassung, darauf hinzuweisen, daß Newman schon vor Jahren auf Herz und Nieren überprüft worden war und Tweed schon bei etlichen geheimen Missionen zur Seite gestanden hatte. Der Hafenmeister hatte noch nicht aufgegeben. Er hielt ein langes Formular hoch, während er den Auslandskorrespondenten auch weiterhin musterte.

Er sah einen Mann von knapp vierzig Jahren, eins fünfundsiebzig groß, glattrasiert, mit kraftvollen Bewegungen, hellbraunem Haar, wachen Augen und einem Gesicht, das Charakterstärke ahnen ließ. Walford hatte Fotos von ihm gesehen, in Verbindung mit Berichten von Unruheherden überall in der Welt, aber nicht in den letzten paar Jahren. Bob Newman hatte einen internationalen Bestseller geschrieben, *Kruger: The Computer That Failed,* der ihm ein Vermögen eingebracht hatte, so daß er jetzt tun konnte, wozu er Lust hatte.

Walford schwenkte das Formular.

»Die Polizei wird eine Aussage über diese Sache von Miss Grey haben wollen. Und ich selbst brauche auch ein paar Details ...«

»Mark Stanstead, der Chief Constable, ist ein Freund von mir«, unterbrach ihn Tweed. »Sie wird ihre Aussage vor ihm machen.«

»Und dann ist da das Problem der Benachrichtigung von Verwandten.« Walford ließ nicht locker.

»Er war ein entfernter Vetter von Sir Gerald Andover,

und das ist sein einziger Verwandter«, teilte Tweed ihm mit. »Zufällig ist auch Sir Gerald ein Freund von mir. Er wohnt irgendwo im New Forest. Kennen Sie seine Adresse? Gut. Sagen Sie uns, wie wir dorthin kommen, dann fahren wir gleich zu Andover.«

»Eines muß ich Ihnen sagen, Mr. Walford«, erklärte Paula plötzlich. »Kurz bevor das Geräusch von Harveys – Mr. Boyds – Motor verstummte, sah ich den vagen Umriß eines großen Schiffes. Irgendwas war da . . .«

»Ich nehme an, sie ist überreizt von dem, was sie durchgemacht hat«, sagte Walford mit Blick auf Tweed.

»Dann bin ich auch überreizt. Lassen Sie sie weiterreden«, fuhr Tweed ihn an.

»Eine undeutliche Form«, fuhr Paula fort. »Ich *habe* etwas gesehen.«

»Heute abend war kein einziges Schiff draußen«, beharrte Walford. »Das müssen Sie sich eingebildet haben.«

»Ach, wirklich?« Paula war wütend. »Glauben Sie etwa, Harvey Boyd hätte bei seinem eigenen Boot das Flutventil geöffnet und sich dann die eine Seite seines Kopfes abgehackt?«

»Er war ein verdammter Narr, sich bei diesem Wetter überhaupt hinauszuwagen . . .«

»Vielleicht war er ein Narr, aber ein tapferer«, wütete sie weiter. »Er fuhr hinaus, weil ein Freund von ihm vor einem Monat verschwunden ist, als er mit seiner Jacht zur Isle of Wight hinüberfuhr. Er ist einfach spurlos verschwunden. Es wurden keine Überreste des Wracks gefunden. Das ist erst einen Monat her. Vielleicht haben Sie ein kurzes Gedächtnis?«

»Sie brauchen nicht gleich . . .«

»Und da wir gerade bei diesem Thema sind – wie viele Schiffe sind im letzten Jahr in dieser Gegend verschwunden?«

»Ich bin kein Computer . . .«

»Es hat also noch weitere Fälle von mysteriösem Verschwinden gegeben? Ich würde gern wissen, wie viele. Bitte. Sie könnten in Ihren Unterlagen nachsehen.«

»Das könnte ich wohl . . .«

»Dann tun Sie es bitte. Und zwar sofort«, warf Tweed ein.

»Insgesamt fünf.« Walford schien diese Tatsache nur ungern einzugestehen. »Wenn solche Geschichten die Runde machen, dann werden sich viele der Segler, die unseren Hafen benutzen, nach anderen Ankerplätzen umsehen. Schlecht fürs Geschäft.«

»Du lieber Gott!« Newman sprach zum erstenmal. »Schlecht fürs Touristengeschäft! Das kommt mir irgendwie bekannt vor – wie die alte Geschichte vom *Weißen Hai.*«

»In dieser Gegend gibt es keine Haie«, knurrte Walford. Er griff nach einem alten, in Leder gebundenen Journal, das auf einem Bord lag, und begann, darin zu blättern. Newman schaute grimmig drein.

»Haie nicht, aber vielleicht irgendwelche Quallen.«

»Ich sehe im Register nach«, murrte Walford. »Obwohl ich nicht einsehen kann, was das mit der Sache von heute abend zu tun haben könnte.«

»Geben Sie uns einfach die Details, dann werden wir das beurteilen.«

»Mitte Oktober«, begann Walford, »segelte ein George Stapleton in dichtem Nebel zur Isle of Wight. Ist nie in Yarmouth angekommen. Wrackteile wurden nicht gefunden.« Er ging mehrere Seiten zurück. »In einer Sache wie dieser sollten Sie eigentlich mit dem Hafenmeister selbst reden.«

»Und wo ist er?« fragte Paula.

»Auf Urlaub im Ausland. Ich vertrete ihn, bis er zurückkommt. – Hier ist es. Im Frühjahr dieses Jahres. Zwei junge Leute segelten – jeder für sich – im Abstand von ein paar Wochen auf den Solent hinaus. Keiner von ihnen ist zurückgekommen. Es wurden keine Wrackteile angespült.«

»Das Wetter damals?« fragte Tweed.

»Dichter Nebel. Diese Idioten . . .« Er schaute auf, sah Paulas Ausdruck und änderte seine Beschreibung. »Keiner dieser Segler hat sich hier nach dem Wetter erkundigt.

Und hier ist Nummer fünf – Ihren Harvey Boyd mitgerechnet. Ein Mann in mittleren Jahren mit Namen Benton. Auch ein Freund von Sir Gerald Andover.« Er sah Tweed an. »Er fuhr Anfang Februar mit einem kleinen Boot hinaus. Und bevor Sie fragen – gleichfalls in dichtem Nebel. Er war unterwegs zum Fluß Beaulieu, und er und sein Boot wurden nie wieder gesehen.«

»Fünf vermißte Boote in einem Jahr?« Tweed machte aus seiner Fassungslosigkeit keinen Hehl. »Es hat doch bestimmt eine Untersuchung gegeben? Sind Fragen gestellt worden?«

»So etwas kommt periodisch.« Walford klappte das Journal hörbar und mit bockiger Miene zu. »Es gibt Jahre, in denen kein einziger Unfall passiert. Heutzutage können sich mehr junge Männer eine Jacht leisten.«

»Benton war kein junger Mann«, erklärte Tweed.

»Wobei mir einfällt – sollten Sie nicht Sir Gerald Andover anrufen, wenn er der einzige Verwandte von diesem Boyd ist?«

»So etwas teilt man jemandem nicht am Telefon mit, wenn man nahe genug ist, um es von Angesicht zu Angesicht zu tun. Sie wollten uns sagen, wie man zu seinem Haus kommt. Ist geplant, nach Wrackteilen von Boyds Motorboot zu suchen?«

»Die Küstenwache ist informiert.« Ein triumphierendes Funkeln trat in Walfords Augen. »Natürlich kann sie nicht noch heute abend hinausfahren. Der Nebel wird immer dichter. Und ich habe hier eine Karte, auf der ich Andovers Haus einzeichnen kann. Es ist nicht leicht zu finden.«

Er breitete auf dem gescheuerten Holztisch ein Meßtischblatt aus, das er vom gleichen Bord wie das Journal geholt hatte. Dann griff er zu einem Farbstift und schaute überrascht auf, als Paula neben ihn trat.

»Ich bin ein guter Lotse. Jedenfalls an Land«, erklärte sie.

»Sie fahren zurück nach Lymington und nehmen dann die Straße nach Brockenhurst . . .«

Sein Stift folgte der Route, die ziemlich kompliziert war,

und er warnte sie vor Stellen, an denen sie falsch abbiegen konnten. Dann faltete er die Karte zusammen, gab sie ihr, und sie bedankte sich.

»Die Polizei . . .«, setzte er an, als seine Besucher zur Tür eilten.

»Ich sagte es bereits – ich werde mich mit dem Chief Constable in Verbindung setzen«, erklärte Tweed. »Danke für Ihre Kooperation.«

Vor dem weißen Gebäude erstreckte sich ein großer Parkplatz in den grauen Nebel hinein. Tweed hatte Paula für die Fahrt nach Lymington seinen Ford Escort geliehen.

Neben ihm parkte Newmans Mercedes. Walford war ihnen gefolgt und stand jetzt an der Tür.

»Mr. Tweed«, rief er, »Sie sagten Sonderdezernat – was hatte Boyd hier wirklich vor?«

»So ist es«, erwiderte Tweed, ohne die Frage zu beantworten. »Wir müssen los und Andover mitteilen, was passiert ist.« Er senkte die Stimme. »Paula, Sie wissen, wie wir zu ihm kommen. Wie wäre es, wenn Sie den Escort nähmen? Wir fahren dicht hinter Ihnen her.«

Sie schloß die Fahrertür auf und stieg ein. Newman öffnete die Tür seines Mercedes, und Tweed ließ sich auf dem Beifahrersitz nieder. In der Ferne hörten sie die Sirene eines näher kommenden Streifenwagens.

»Deshalb hatten Sie es so eilig, von hier fortzukommen«, bemerkte Newman.

Bevor Paula den Escort startete, öffnete sie ihr Fenster. Die Luft war zwar kalt, aber sie half ihr, wieder klar zu denken. In der Nähe hörte sie das Kreischen einer Möwe. Der vom Nebel gedämpfte Laut hörte sich ebenso kläglich an wie das Nebelhorn, das sie an der Mauer des Jachthafens gehört hatte. Ein Requiem für den Toten.

»Eins steht fest«, bemerkte Newman, als er Paulas Rücklichtern vom Parkplatz herunter folgte, »was immer der Rest des Abends für uns bereithält – es kann nicht so gräßlich sein wie das, was Paula am Jachthafen erleben mußte.«

Es war eine Bemerkung, die er innerhalb der nächsten Stunde bedauern sollte.

Erster Teil

ENTFÜHRT OHNE LÖSEGELD

Erstes Kapitel

Zu Paulas Erleichterung lichtete sich der Nebel am Stadtrand von Lymington. Die Karte lag auf dem Sitz neben ihr, und sie fuhr so schnell wie möglich die von einer kahlen Heidelandschaft gesäumte A 337 entlang, auf der sonst keinerlei Verkehr herrschte. Sie war froh darüber, allein zu sein; das half ihr, ihre Spannkraft zurückzugewinnen. Sie mußte sich aufs Fahren konzentrieren, und das verdrängte das grauenhafte Erlebnis aus ihrem Denken.

Als sie sich Brockenhurst näherte, entdeckte sie gerade noch rechtzeitig die Abzweigung nach Beaulieu, schaltete den Blinker ein und bog nach rechts auf eine gewundene Landstraße ein.

Walford hatte sie darauf hingewiesen, daß die Straße durch eine Landschaft führte, die er eine Wildnis genannt hatte – den Saum des New Forest. Im Rückspiegel sah sie die Scheinwerfer von Newmans Mercedes, der ihr mit kurzem Abstand folgte. Jetzt mußte sie aufpassen, daß sie nicht an *Prevent*, dem Haus von Sir Gerald Andover, vorbeifuhr. Nach Walfords Angabe lag es im Wald versteckt.

In dem Mercedes hielt Newman die gleiche Geschwindigkeit wie Paula, achtete aber sorgfältig auf ausreichenden Abstand. Er vermutete, daß sie Schwierigkeiten haben würde, das Haus zu finden, und er wollte genügend Raum für eine Notbremsung lassen, falls sie plötzlich anhalten sollte.

»War das eine gute Idee, sie nach einem derartigen Schock allein fahren zu lassen?« fragte er.

»Das habe ich absichtlich getan«, erwiderte Tweed. »Sie muß sich so schnell wie möglich wieder in die Hand bekommen. Sie wird mir beweisen wollen, daß sie dazu fähig ist. Und es wird ihr wesentlich leichter gelingen, wenn sie eine halbe Stunde allein ist.«

»Wenn Sie es sagen. Ich habe einen Blick auf Boyd in dem Krankenwagen geworfen.«

»Wie haben Sie das geschafft? Sie lassen nicht einfach jedermann einen Toten betrachten.«

»Oh, ich habe gesagt, darf sein Bruder ihn nicht sehen? Daraufhin haben sie mich sofort hineingelassen. Ich habe nicht behauptet, ich *wäre* sein Bruder. Das war ihre Schlußfolgerung.«

»Einer Ihrer Tricks. Welchen Eindruck hatten Sie? Es war kein hübscher Anblick.«

»Daß eine verdammt große Fleischaxt, geschwungen von einem Wikingergott, ihm die Seite des Schädels abgehauen hat. Eine derartige Verletzung hätte ihm kein normales Schiff beibringen können. Es würde zuerst den Bootsrumpf durchbrechen und einige Wrackteile mitschleppen. Außerdem hat Paula nichts von der Maschine eines anderen Schiffes gehört. Nur das Tuckern von Boyds Motorboot – bis es abbrach. Es ist ein Rätsel. Ein weiteres Rätsel ist, weshalb Sie in Passford House abgestiegen sind. Ein hübsches Hotel – aber Sie wollen doch bestimmt nicht Urlaub machen.«

»Ich hatte einen Anruf von Sir Gerald Andover. Er bat mich zu kommen, dort zu wohnen und zu warten, bis er sich meldete.«

»Also sind Sie hergekommen – und gleichzeitig ist Paula zusammen mit Boyd in dieselbe Gegend gefahren. Was geht vor?«

»Ich wollte, ich wüßte es. Noch ein Rätsel.«

Newman verringerte die Geschwindigkeit. Die gut geteerte Straße war bergiger, als er erwartet hatte, und führte um scharfe Kurven. Seine Scheinwerfer beleuchteten kahle Bäume beiderseits der Straße, deren Zweige sich in den Himmel reckten wie die Hände von Skeletten. Vor allem Eichen und hin und wieder eine Gruppe von Nadelbäumen. Zwischen ihnen waberte ein feuchter Dunst, der seine Windschutzscheibe beschlagen ließ. Er schaltete die Scheibenwischer ein, und seine Sicht auf Paulas rote Schlußlichter wurde wieder klarer.

»Wer ist dieser Sir Gerald Andover?«

»Fast ein Genie. Vier Jahre lang war er Forschungsdirektor im Vorstand einer der größten Ölfirmen. Seine Hauptaufgabe bestand im Vorhersehen der Zukunft – wie sich die Welt global weiterentwickeln würde. Er hat die Ölkrise von 1973 vorhergesehen, lange bevor sie wirklich eintrat, und ließ dem damaligen Premierminister sogar einen Bericht zukommen, in dem er davor warnte, daß die arabischen Scheichs ein Kartell bilden und den Westen erpressen würden, indem sie die Ölpreise hochtrieben. Niemand hat sich darum gekümmert. Und dann wurde, wie Sie wissen, alles Wirklichkeit. Ich kenne ihn. Ein etwas merkwürdiger Mann.«

»Merkwürdig in welcher Hinsicht?«

»Überaus selbstsicher. Dummköpfe kann er nicht ausstehen.«

»Das kann ich auch nicht. Beschreiben Sie ihn mir.«

Als sie tiefer in den Wald hineinfuhren, verdichtete sich der feuchte Dunst fast zu regelrechtem Nebel. Newman stellte seine Scheibenwischer auf Höchsttempo ein. Die bis dicht an die Straße heranreichenden Bäume und der Nebel wirkten bedrückend. Nirgendwo war ein anderes Fahrzeug zu sehen.

»Andover ist ein hochgewachsener Mann in den Fünfzigern mit grauem Schnurrbart und autoritärem Wesen. Ein alter Chinafachmann.«

»Und was genau bedeutet das?« fragte Newman.

»Es ist übertrieben. Er war oft in Hongkong, hat sich aber nie dort niedergelassen. Vor drei oder vier Monaten ist etwas Merkwürdiges passiert. Auf dem Höhepunkt seiner Karriere zog er sich praktisch über Nacht aus der Ölfirma und anderen Direktorenposten, die er innehatte, zurück. Wurde zum Einsiedler, was gar nicht zu ihm paßt. Und dann dieser merkwürdige Anruf bei mir.«

»Was war daran merkwürdig?«

»Zuerst einmal habe ich seine Stimme kaum wiedererkannt – sie hörte sich an, als wäre er um zehn Jahre gealtert, seit ich mich vor fünf Monaten zum letztenmal in seinem Club mit ihm unterhalten habe. Er bat mich, zu kommen und ihn aufzusuchen. Verbot mir, ihn in seinem Haus anzurufen – in dem ich bisher noch nie gewesen bin. Ich fragte ihn, von wo aus er anriefe. Die Antwort hat mich verblüfft.«

»Spannen Sie mich nicht auf die Folter.«

»Er sagte, von einer öffentlichen Telefonzelle. Weshalb hat er nicht von seinem Haus aus angerufen? Ich habe ihn nicht gefragt. Er klang aufgeregt. Ganz anders als der gelassene, beherrschte Mann, als den ich ihn kenne.«

»Hat er irgendwelche Andeutungen gemacht, weshalb er Sie unbedingt sehen wollte?«

»Überhaupt keine, und ich habe keine Fragen gestellt. Er schien sehr nervös zu sein, als wollte er so schnell wie möglich wieder aus der Telefonzelle herauskommen. Irgend etwas stimmt ganz und gar nicht in *Prevent*.«

»Merkwürdiger Name für ein Haus«, sagte Newman.

»Typisch für Andover. Wie ich schon sagte, hält er es für seine Lebensaufgabe, in die Zukunft zu schauen – in der Hoffnung, daß er, wenn er Leute mit Macht und Einfluß rechtzeitig warnt, helfen kann, *präventive* Maßnahmen gegen eine bevorstehende Katastrophe zu ergreifen. Und ich wiederhole: Er ist imstande, in globalen Begriffen zu denken.«

»Und seine häusliche Situation?«

»Er hat sich vor etlichen Jahren von seiner Frau scheiden lassen, weil sie ihn betrogen hat. Hat eine Tochter, Irene, die jetzt ungefähr achtzehn sein muß. Sie kommen so gut miteinander aus, wie das heutzutage zwischen Vater und Tochter möglich ist. Sie lebt bei ihm in *Prevent*. Eine begeisterte Reiterin.«

»Wofür dies genau die richtige Gegend ist. – Was hat Paula denn jetzt vor?«

Vor ihnen, allein in dem Escort, einem kleinen Wagen im Vergleich zu Newmans Mercedes, empfand Paula die bedrückende Atmosphäre besonders stark. Das Licht ihrer Scheinwerfer fiel in einen Tunnel aus Bäumen und schwang um eine weitere Kurve.

Eine halbe Minute später bremste sie so schnell, wie sie es riskieren konnte, um Newman zu warnen. Das Scheinwerferlicht fiel auf eine geteerte Einfahrt, die links in den Wald hineinführte. Der Eingang wurde von zwei großen Steinsäulen flankiert, und ein hohes, schmiedeeisernes Tor stand offen. Sie fuhr näher heran, beugte sich vor, um den Namen lesen zu können. *Leopard's Leap.* Das falsche Haus.

Newman hielt ein paar Meter hinter ihr an und blendete seine Scheinwerfer ab. Auf jeder Säule thronte eine überaus naturgetreue Plastik eines Leoparden, aufgerichtet, als wollte er sich auf seine Beute stürzen.

Paula war ziemlich sicher, daß sie die Einfahrt von *Prevent* übersehen hatte. Ihr war, als hätte sie ein kurzes Stück zurück aus dem Augenwinkel heraus einen Weg gesehen, der an derselben Seite wie dieser in den Wald hineinführte. An dieser Stelle hatte eine Kurve das Licht ihrer Scheinwerfer auf die andere Straßenseite gelenkt.

Sie schaltete den Blinker ein und wendete langsam den Wagen. Durch das offene Fenster bedeutete sie Newman mit einem Handzeichen, ihr zu folgen. Sie fuhr langsam zurück, und jetzt zeigten ihr die Scheinwerfer einen Schlackenweg, der in den Wald hineinführte. Kein Tor, aber an einem Betonblock sah sie eine Tafel mit großen Buchstaben. *Prevent.* Sie schauderte, ohne zu wissen, weshalb.

An der Einfahrt hatte Tweed entschieden, seinen Escort selbst zu übernehmen und mit Paula weiterzufahren. Er bat Newman, im Mercedes zu warten und den Wagen so gut wie möglich in dem Unterholz auf der der Einfahrt gegenüberliegenden Seite des Waldes zu verstecken.

»Möglicherweise ist es Andover nicht recht, wenn eine ganze Delegation auftaucht«, erklärte er. »Am Telefon hat er mich gebeten, allein zu kommen.«

»Wird er gegen meine Anwesenheit nichts einzuwenden haben?« fragte Paula.

»Manchmal gelingt es Ihnen besser als mir, Leute zum

Reden zu bringen. Und ich hatte den Eindruck, daß Andover ein verängstigter Mann ist . . .«

Tweed fuhr den Escort langsam den gewundenen Weg entlang. Paula war unbehaglich zumute. Fast drei Meter hohe Rhododendren bildeten beiderseits des Weges eine dichte Mauer. Sie sahen aus, als wären sie seit Jahren nicht beschnitten worden. Sie machte eine entsprechende Bemerkung.

»Das wundert mich gar nicht. Andover interessiert sich überhaupt nicht für seine Umgebung.«

»Das ist dem Haus auch anzusehen«, bemerkte sie.

Als sie eine weitere Kurve hinter sich gebracht hatten, fiel das Licht der Scheinwerfer auf einen viktorianischen Bau ohne irgendwelchen architektonischen Wert. Es war ein großes Haus mit drei Giebeln, das einen verwahrlosten Eindruck machte. Die Räder knirschten auf der Schlacke, als er den Wagen vor dem Haupteingang zum Stehen brachte.

»Die Vordertür steht weit offen«, stellte Paula leise fest. Sie zog den rechten Handschuh aus und holte den .32er Browning aus der Umhängetasche. »Das gefällt mir nicht.«

»Weshalb haben Sie den Browning eingesteckt?«

»Harvey war felsenfest überzeugt, daß sich auf dem Solent irgend etwas Bedrohliches befindet. Ich hatte gehofft, ich könnte mit ihm hinausfahren. Ich wollte für Probleme gewappnet sein. Und hier könnte es auch welche geben.«

»Eine offenstehende Tür an einem Abend wie diesem ist merkwürdig«, pflichtete Tweed ihr bei. »Und deshalb werden wir sehr vorsichtig vorgehen . . .«

»Soll ich den Hintereingang suchen?«

Er hatte die Tür des Escort geöffnet und musterte Paula im Licht der Innenbeleuchtung. Sie ließ ihr kohlschwarzes Haar funkeln, zeigte ihr feingeschnittenes Gesicht, das entschlossene Kinn. Er begriff, daß sie alles daransetzte, um ihn davon zu überzeugen, daß sie den Schock ihres Erlebnisses im Jachthafen überwunden hatte. Ein weiteres traumatisches Erlebnis am gleichen Abend würde ein bißchen zuviel für sie sein.

»Nein«, flüsterte er. »Wir bleiben zusammen. Und wir versuchen es mit dem Vordereingang. Aber möglichst wenig reden.«

Er löschte die Scheinwerfer, stieg aus, schloß den Wagen ab und ging, gefolgt von Paula, zwei ausgetretene Steinstufen hinauf auf den großen steinernen Vorplatz. Dort blieb er stehen. Die weit offenstehende Haustür bestand aus massivem Holz. In die obere Hälfte war ein Buntglasfenster eingesetzt, hinter dem eine Gardine zu hängen schien; außerdem bemerkte er einen seitlich in die Tür eingelassenen Spion. Andover ergriff Vorsichtsmaßnahmen gegen unerwünschte Gäste. Aber wieso ließ er dann die Tür offenstehen?

Tweed zog an der Kette. Irgendwo im Innern ertönte eine Klingel. Hinter der offenen Tür lag eine große Halle mit Parkettfußboden. Tweed zog noch einmal an der Kette, und wieder hörte er die ferne Klingel. Aber es kam niemand.

»Irgend etwas ist hier ganz und gar nicht in Ordnung«, flüsterte Paula.

»Mir gefällt das auch nicht. Um diese Zeit.«

»Also was nun?«

»Wir gehen in die Halle, und ich rufe nach Andover. Aber erst, nachdem wir ein paar Minuten gehorcht haben. Vielleicht ist jemand eingebrochen. Geben Sie die Waffe lieber mir.«

»Ich kann sie benutzen, wenn es sein muß. Es ist meine«, sagte sie entschlossen.

Er zuckte resigniert die Achseln. Auf dem Schießstand war sie hervorragend, und sie schien sich wieder völlig unter Kontrolle zu haben. Wenn er darauf bestand, würde sie das Gefühl haben, daß er kein Zutrauen zu ihr hatte.

»Andover«, rief er, als sie in die leere Halle traten.

Eine breite, altmodische Eichentreppe führte im Hintergrund der Halle zu einem Absatz und wendete sich dann eine Flucht höher. Über ihnen zog sich eine Galerie um das Obergeschoß herum. Tweed schaute hinauf, überprüfte sie sorgfältig. Es kam oft genug vor, daß Leute die Gefahr vergaßen, die ihnen von oben her drohte.

Die Halle roch nach dem Nebel, der durch die offene Tür hereindriftete. Paula empfand die Atmosphäre, das völlige Fehlen irgendwelcher Bewegungen, die Stille als gespenstisch. Durch eine offene Tür im Hintergrund der Halle fiel Licht herein und gleichfalls durch eine offene Tür zu ihrer Rechten. In der Halle selbst, die mit Eiche getäfelt war und voll von beunruhigenden Schatten, brannte kein Licht.

»Andover!« rief Tweed noch einmal, jetzt lauter.

Als abermals keine Antwort kam, bedeutete er Paula, daß sie den Raum im Hintergrund erkunden sollte, während er selbst sich dem Zimmer zu ihrer Rechten zuwenden würde. Ihre gummibesohlten Schuhe machten keinerlei Geräusch, als sie sich in unterschiedliche Richtungen bewegten.

Tweed blieb an der Tür stehen und schaute in das Zimmer, bei dem es sich um ein Arbeitszimmer und eine Bibliothek zu handeln schien. Das Licht kam von einer großen Stehlampe auf einem alten Schreibtisch. Er stellte fest, daß die von der Decke bis zum Boden reichenden Vorhänge zugezogen waren, abgegriffene rote Samtvorhänge, die erneuert werden mußten.

An drei Wänden standen verglaste Bücherschränke, die gleichfalls von der Decke bis zum Boden reichten. An einem der Bücherschränke lehnte eine hölzerne Leiter, und Tweed vermutete, daß sie oben Rollen hatte und herumgeschoben werden konnte. Aber was stimmte nicht mit dem leeren Raum?

Auf dem Schreibtisch herrschte Ordnung. Eine mit Leder eingefaßte Schreibunterlage, ein Notizblock mit einem griffbereit danebenliegenden Füllfederhalter. Das schwarze, von dem Eichenstuhl hinter dem Schreibtisch bequem zu erreichende Telefon erinnerte ihn an Andovers nervösen Anruf von einer Telefonzelle aus. Weshalb?

Als er langsam über den abgeschabten Axminster-Teppich ging, nahm er die Brille ab und begann, sie mit seinem Taschentuch zu putzen. Auf dem Schreibtisch stand auf einem Untersetzer ein weißer Becher mit Delfter Muster, voll mit einer braunen Flüssigkeit. Er berührte ihn mit einer Hand – der Becher war kalt. Dabei ließ er seine Brille fallen.

Er steckte das Taschentuch wieder ein, bückte sich, um sie aufzuheben, und setzte sie, immer noch gebückt, wieder auf. Er wollte sich gerade aufrichten, als er am oberen Ende des Drahtgestells, auf dem der große Lampenschirm ruhte, etwas entdeckte. Er betrachtete den kleinen, verborgenen Gegenstand. Es sah aus wie ein kleines, mit einem feinen Gitter abgedecktes Glasauge. Ein Abhörgerät.

Jetzt handelte Tweed sehr schnell. Er nahm den Telefonhörer, schraubte die Sprechmuschel auf. Darin saß ein weiteres Abhörgerät, eines von der modernsten Art, das von der menschlichen Stimme aktiviert wurde. Er suchte den ganzen Raum ab – jetzt wußte er, wo er nachsehen mußte.

Auf einem Stuhl stehend, nachdem er die Deckenbeleuchtung eingeschaltet hatte, fand er ein drittes Gerät, geschickt zwischen den Glastropfen des Kronleuchters versteckt. Er stellte den Stuhl wieder an seinen ursprünglichen Platz, ging zur Leiter und stieg so weit hinauf, daß er an der Laufschiene entlangblicken konnte. Nichts.

Er stieg schnell wieder hinunter, hob die Leiter an, schob sie vorsichtig in Richtung Tür und dann schneller, als er feststellte, daß sie gut geölt war und kaum ein Geräusch von sich gab. Die Leiter glitt auf der Schiene entlang und wurde dann nahe der Tür von einem Hindernis gestoppt. Normal bei solchen Leitern.

Tweed stieg ganz hinauf. Das Licht des an der hohen Decke hängenden Kronleuchters fiel auf die Schiene. Hinter dem Holzklotz, der als Stopper fungierte, fand er ein weiteres Abhörgerät vom gleichen, hochmodernen Typ. Mit grimmiger Miene stieg er wieder herunter und schob die Leiter wieder in ihre ursprüngliche Position zurück. Der ganze Raum war verwanzt. Aber Andover hatte doch bestimmt das Gerät unter dem Lampenschirm entdeckt. Er hörte eine leichte Bewegung, fuhr herum und erstarrte. Paula stand an der Tür. Ihre Gesichtsmuskeln waren angespannt, ihre Haltung unnatürlich steif.

Aber was vor allem seine Aufmerksamkeit erregte, war der Browning. Sie hielt die Waffe mit beiden Händen, feuerbereit, mit zum Boden zeigendem Lauf. Was zum Teufel hatte sie gefunden?

Paula war langsam auf die offenstehende Tür zu dem beleuchteten Raum im Hintergrund der Halle zugegangen. Als sie sie fast erreicht hatte, blieb sie stehen und lauschte auf irgendein Anzeichen von Leben. Eine unnatürliche Stille, bei der sie wieder an ihr Warten im Jachthafen denken mußte, lag über dem Haus, eine Atmosphäre, die noch weiter verdüstert wurde von dem Geruch des Nebels, der von draußen hereingedrungen war, und der eisigen Kälte, die kaum geringer war als draußen.

Ein altmodischer, häßlicher Rippenheizkörper stand an der Wand der Halle. Sie befühlte ihn. Er war nur lauwarm. Wie konnte Andover es in einem solchen Eiskeller aushalten?

Sie schaute in das Zimmer, und die Atmosphäre wurde nicht erfreulicher. Sie blickte in eine Küche aus der Viktorianischen Zeit mit einem Steinplatten-Fußboden. In einem breiten Alkoven stand ein großer, uralter Herd. Er mußte da stehen, seit irgendein Mensch der Viktorianischen Zeit dieses Museum gebaut hatte. Sie tat zwei oder drei Schritte in den deprimierenden Raum. Die kalten Steinplatten dämpften das Geräusch.

Das einzige Zugeständnis an die Moderne war die Leuchtstoffröhre an der Decke, die den Raum gut erhellte. Die Leuchtstoffröhre und eine große Tiefkühltruhe neben einem neuen Kühlschrank. In der Mitte des kahlen Raums stand ein gescheuerter Holztisch. Paula runzelte die Stirn.

Auf dem Tisch standen mehrere Teller. Auf einem lag ein Brotlaib mit mehreren abgeschnittenen Scheiben, auf einem anderen ein Stück Cheddarkäse. Eine Butterdose aus Porzellan enthielt ein Stück Butter, der Deckel lag daneben. Auch das Messer, mit dem das Brot geschnitten worden war, lag auf dem Tisch.

Alles deutete darauf hin, daß der Besitzer des Hauses gerade dabeigewesen war, sich eine spartanische Mahlzeit zuzubereiten. Er war dabei gestört worden, bevor er sie verzehren konnte. Paula gegenüber, hinter dem Tisch, befanden sich Fenster mit zerrissenen Stores, halb verdeckt von schweren weißen Vorhängen, die dringend in die Wäsche mußten.

Sie machte Wandschränke auf und schaute hinein. Danach öffnete sie eine in die Wand eingelassene Tür und stand an der Schwelle einer großen, begehbaren Speisekammer mit gefliestem Fußboden. Wie die Wandschränke waren auch hier die Regale wohlgefüllt. Ihr fiel etwas auf, das mit der primitiven Ausstattung kontrastierte: Irgend jemand, vermutlich Andover, hatte die Vorräte so geordnet, daß die mit dem frühesten Verfallsdatum vorn standen.

Sie machte den Kühlschrank auf, und auch er war wohlgefüllt. Schon im Begriff, die Küche zu verlassen, hielt sie inne und betrachtete die große Tiefkühltruhe. Wenn sie schon einmal hier war, wollte sie auch alles überprüfen. Sie ergriff den Deckel, hob ihn an und hätte ihn fast fallen gelassen.

»*Bloß nicht ohnmächtig werden*«, befahl sie sich. Auch die Truhe war mit Vorräten gefüllt. Aber auf ihnen lag ein tiefer Kunststoffbehälter, gut einen halben Meter lang und deckellos. In dem Behälter lagen eine Menge Eiswürfel. Und unter der obersten Schicht – durch das Eis deutlich zu erkennen – lag der rechte Arm eines Menschen, oberhalb des Ellenbogens amputiert, mit einer blutgetränkten Bandage umwickelt, aus der die Hand einer Frau hervorragte, die am Mittelfinger einen Smaragdring trug.

Paula stand an der Schwelle der Bibliothek, hielt den Browning in beiden Händen, bereit, auf jeden Eindringling zu schießen, auf jeden, der diese barbarische Tat begangen haben konnte.

Tweed legte einen Finger auf die Lippen, um sie am Reden zu hindern. Er trat zu ihr, ergriff ihren Arm, führte sie zum Schreibtisch und zeigte ihr das Abhörgerät in der Lampe. Mit einer Armbewegung bedeutete er ihr, daß er noch weitere entdeckt hatte.

Sie nickte betroffen, dann löste sie die Linke von ihrer Waffe und ergriff Tweeds Arm. Wie eine Schlafwandlerin führte sie ihn zur Küche, hob den Deckel der Gefriertruhe. Er blinzelte einmal, dann beugte er sich vor, betrachtete den amputierten Arm, machte den Deckel wieder zu. Sie ergriff abermals seinen Arm, steuerte ihn durch die Halle und hinaus auf den Vorplatz, bevor sie ihn warnte.

»Der Schlächter ist noch hier. Durch das Küchenfenster habe ich gesehen, wie sich hinten im Garten jemand bewegt hat . . .«

Zweites Kapitel

»Gehen Sie zurück zu Newman«, wies Tweed Paula an. »Sagen Sie ihm kurz, was passiert ist, und kommen Sie dann mit ihm zurück. Und vielleicht sollten Sie mir den Browning geben.«

»Es wäre besser, wenn wir gleich losgingen und feststellten, wer hinter dem Haus herumschleicht. Sonst entkommt er uns vielleicht . . .«

Gegen diese Logik konnte Tweed nicht argumentieren. Sie mochte recht haben. Sie konnten es sich nicht leisten, mit Diskussionen Zeit zu vergeuden. Er bedeutete ihr, ihm zu folgen, dann stieg er auf den Schlackenweg hinunter und betrat den Graspfad, der an der Seitenfront des Hauses entlangführte.

Es gab keinen Zaun, keine Pforte. Erbärmliche Sicherheitsvorkehrungen. Offenbar hatte Andover dergleichen nie für erforderlich gehalten. In den Zimmern hinter den Fenstern zu seiner Linken brannte kein Licht. Rechts von ihm verwehrte eine Hecke aus hohen immergrünen Sträuchern den Blick aufs Nachbargrundstück.

Als Tweed an der hinteren Hausecke angekommen war, wurde ihm klar, daß zu *Prevent* ein beachtliches Grundstück gehörte. Seine Augen hatten sich inzwischen wieder an die Dunkelheit gewöhnt; er sah eine weite Rasenfläche, die sich bis zu fernen Bäumen erstreckte. Er blieb stehen, streckte eine Hand nach hinten aus, um Paula zu stoppen. Sie hatte recht gehabt. Mitten auf dem Rasen ging ein Mann langsam auf das Haus zu.

»Er führt Selbstgespräche«, flüsterte Paula.

»Und ich glaube, ich kenne den Gang. Sieht so aus, als wäre es Andover selbst.«

In diesem Moment trat die schattenhafte Gestalt in das durch das Küchenfenster herausfallende Licht. Als sie stehenblieb, konnte Tweed sie genau erkennen, und was er sah, bestürzte ihn. In der eisigen Kälte, in der Nebelschwaden unbewegt in der Luft hingen, trug Andover nur eine Hose und ein Sportjackett.

Aber es war vor allem sein Aussehen, das Tweed bestürzte. Auf seinem Gesicht lag ein verstörter Ausdruck; er war abgemagert und ließ die Schultern hängen. Er hatte keinerlei Ähnlichkeit mehr mit dem lebhaft redenden, entschlossenen Andover, den er in London kennengelernt hatte. Dieser Mann war ein physisches Wrack.

»Wer ist da?« Er fuhr zusammen, als Tweed ins Licht trat, gefolgt von Paula, die ihren Browning unter ihrem Trenchcoat verborgen hielt. »Ach, Sie sind es, Tweed ... Was zum Teufel wollen Sie hier? Ich hatte Sie ausdrücklich gebeten, in Passford House zu warten, bis ich Sie anrufe. Und allein zu kommen.«

Er sprach abgehackt, mit rauher Stimme. Nur der letzte Satz kam in seinem normalen lebhaften Ton heraus.

»Es ist sehr kalt hier draußen«, sagte Paula ruhig zu ihm. »Ich hole Ihnen einen Mantel. In der Halle habe ich einen Schrank gesehen – ich nehme an, es ist ein Kleiderschrank.«

»Sehr freundlich von Ihnen, meine Liebe.« Sein Verhalten änderte sich abermals, wurde höflich, dankbar. »Es ist ein Kleiderschrank.«

Sie ging schnell davon und steckte die Waffe wieder in ihre Umhängetasche. Als er mit dem Herrn des Hauses allein war, machte Tweed einen Vorschlag, um Andovers Reaktion zu testen.

»Wir könnten hineingehen und uns drinnen unterhalten ...«

»Nein! Nein!« Andover packte Tweed bei den Revers seines Mantels. »Und Sie waren schon drinnen, stimmt's? Haben Sie geredet, während Sie herumgeschnüffelt haben?«

Er war sehr erregt und zitterte, während er an Tweeds Mantel riß, als wollte er eine Antwort aus ihm herausschütteln. Tweed stand völlig still da und unternahm keinen Versuch, die zitternden Hände loszuwerden.

»Ich beantworte Ihre Frage erst, wenn Sie sich wieder unter Kontrolle haben.«

Paula kam um die Ecke mit einem Wollschal und einem dicken Mantel. Andover gab Tweed frei, als schämte er sich, daß Paula ihn so gesehen hatte. Er trat zurück, nahm den Schal, schlang ihn sich um den Hals, schob die Arme in die Ärmel des Mantels, den Paula ihm hinhielt.

»Das ist wirklich sehr freundlich von Ihnen«, sagte er mit ganz normaler Stimme. »Es ist tatsächlich ein bißchen kühl heute abend.«

»Eiskalt – aber vielleicht sind Sie Kälte gewohnt«, fuhr Paula im Plauderton fort. »Ich bin Paula Grey, Mr. Tweeds Assistentin.«

»Sie ist mehr als nur das«, setzte Tweed hinzu, wobei er Andover genau beobachtete. »Sie ist meine rechte Hand und meine Stellvertreterin, wenn ich unterwegs bin. Wir haben in letzter Zeit immer mehr Frauen in unsere Organisation aufgenommen. Sie weiß ebensoviel wie ich.«

»Frauen«, sagte Andover, »sind gewissenhafter. Sie sind überaus loyal und können sich hervorragend konzentrieren.«

»Der einzige Grund, weshalb wir in Ihrem Haus waren – herumschnüffelten, wie Sie sich ausdrückten –, war der, daß die Haustür weit offenstand. Ist das klug?«

»Ich habe die Tür auch offengelassen«, warf Paula schnell ein, als sie neuerliche Anzeichen von Erregung entdeckte. »Das ist ein Fehler, den man leicht begeht.«

»Vermutlich«, sagte Andover mit normaler Stimme. Er griff unter den Mantel und tastete in der Tasche seines Sportjacketts herum. »Der Schlüssel ist hier. Dumm von mir. Ich muß mit meinen Gedanken woanders gewesen sein.«

»Und«, fuhr Tweed fort, »wir haben kein Wort miteinander gesprochen, während wir drinnen waren. Ich habe nur zweimal Ihren Namen gerufen und dann versucht, Sie zu finden.«

»Ich verstehe.« Andover war sichtlich erleichtert.

»Ist Ihre Tochter Irene Rechtshänderin?« fragte Tweed plötzlich.

Andovers Reaktion glich der eines Verrückten. Er packte Tweed mit beiden Händen beim Hals. »Wie zum Teufel kommen Sie auf diese Frage?« brüllte er. Wieder blieb Tweed unerschütterlich stehen. Er ergriff Andovers Handgelenke, packte fest zu. Er war wesentlich kräftiger, als die meisten Leute vermuteten. Er befreite sich von den würgenden Händen, hielt sie fest und brachte sein Gesicht ganz nahe an das von Andover heran. »Jetzt ist Schluß mit den Handgreiflichkeiten.« Er gab ihn frei, als er spürte, wie die Hände erschlafften. Andover zitterte wie ein Blatt im Wind, und Paula mischte sich wieder im Plauderton ins Gespräch.

»Auf der Fahrt hierher haben Tweed und ich uns darüber unterhalten, ob es mehr Rechts- oder mehr Linkshänder gibt. Nur eine belanglose Diskussion, um die Zeit herumzubringen.«

»Ah, ich verstehe.« Andover fuhr sich mit einer Hand durch sein graues Haar. »Tweed, es tut mir sehr leid. Das war unverzeihlich. Ich weiß nicht, was in mich gefahren ist. Ich hatte gerade einen neuralgischen Anfall. Danach bin ich immer ziemlich gereizt.«

»Ich weiß, wie schmerzhaft so etwas sein kann«, pflichtete Paula ihm ruhig bei.

»Damit muß man leben.« Andover wendete sich jetzt ausschließlich an Paula, als hätte er Tweeds Anwesenheit vergessen. »Irene ist Linkshänderin. Vor fünf Monaten habe ich ihr einen Smaragdring geschenkt.« Auf seinem glattrasierten Gesicht erschien ein schmerzlicher Ausdruck. »Zu ihrem achtzehnten Geburtstag.«

»Ich würde sie bei Gelegenheit gern kennenlernen«, fuhr Paula vorsichtig fort. »Aber in diesem Alter sind junge Mädchen nur selten zu Hause.«

»So ist es, meine Liebe. Sie macht irgendwo Ferien ... mit ihrem französischen Freund Louis ... ein netter Kerl, ihr Louis ... Sie würden sie bestimmt mögen ...«

Und du lügst, dachte Tweed, als er verstummte. Er hatte

den Eindruck, daß Andover sich in seine eigene Welt zurückzog, deshalb stellte er schnell seine Frage.

»Sie baten mich hierherzukommen. Darf ich fragen, weshalb – da ich nun einmal hier bin?«

»Natürlich.« Andover, jetzt wieder ruhig, runzelte die Stirn. Paula musterte ihn. Er war ungefähr eins fünfundsiebzig groß und schlank und hatte eine hohe Stirn, ein intelligentes Gesicht und ein fast arrogantes Wesen. Nein, arrogant war nicht das richtige Wort – es war eher Zielstrebigkeit. Sie hatte das Gefühl, als sähe sie für einen Augenblick wieder den Andover, den Tweed in London kennengelernt hatte.

»Natürlich«, wiederholte er. »Im Haus habe ich eine Akte, von der ich möchte, daß Sie sie lesen. Es ist eine sehr ernste Sache. Wir könnten es mit einem neuen Feind zu tun haben – wesentlich gefährlicher als Hitler oder Stalin, soweit es Westeuropa betrifft. Und das genau in dem Moment, in dem Europa glaubte, sich gefahrlos zur Ruhe begeben zu können. Wenn es Ihnen nichts ausmacht, draußen zu warten, gehe ich hinein und hole die Akte. Etwas, das man nicht der Post anvertrauen möchte . . . Da braut sich etwas zusammen – eine Katastrophe wäre wohl der richtige Ausdruck . . .«

Er machte sich forsch und gerade aufgerichtet auf den Weg zum Haus, doch dann machte er kehrt und kam zurück. »Tweed, es tut mir wirklich leid – ich meine, die Art, wie ich mit Ihnen umgegangen bin. Ich bin im Augenblick kein guter Gastgeber. Wie wäre es, wenn Sie auf einen Drink bei meinem Nachbarn hineinschauen würden, dem Brigadier Maurice Burgoyne. Er ist auch ein alter Chinafachmann und zivilisiert, was man von mir nicht gerade behaupten kann . . .«

Bevor Tweed etwas erwidern konnte, war Andover verschwunden, und sie folgten ihm langsam. Vor der Vorderfront des Hauses warteten sie schweigend bei ihrem Wagen, beide erschüttert von ihrem makabren Fund.

Andover kam zurück, fünf Minuten später nach Paulas Uhr, mit einem großen braunen Umschlag unter dem

Arm. Als er ihn Tweed reichte, sah Paula, daß er adressiert und frankiert war. Andover bemerkte ihren Blick.

»Tarnung«, erklärte er. »Ein fiktiver Name, eine fiktive Adresse und eine Briefmarke. Niemand wird vermuten, was er enthält. Sie können dem Brigadier sagen, daß Sie bei mir waren.« Er legte eine Hand auf die Stirn. »Sagen Sie ihm, ich hätte einen neuralgischen Anfall und hätte Sie geschickt, damit Sie nettere Gesellschaft haben.«

Während der fünfminütigen Wartezeit hatte Tweed sich mit dem Problem herumgeschlagen, ob er Andover über Harvey Boyds Tod informieren sollte oder nicht. Es schien der ungeeignetste Zeitpunkt zu sein. Aber die Polizei würde sich ohnehin mit ihm in Verbindung setzen, und zwar vermutlich bald.

»Danke«, sagte er und verstaute den Umschlag unter seinem Mantel. »Da ist noch etwas, was ich Ihnen sagen muß, bevor wir verschwinden. Und es ist eine sehr schlimme Sache.«

Andover öffnete den Mund, um etwas zu sagen, doch dann biß er nur die Zähne zusammen. Paula hätte schwören können, daß seine Lippen den Namen *Irene* geformt hatten. Andover nahm sich zusammen, nickte Tweed zu.

»Ja? Was ist es?«

»Es betrifft Harvey Boyd, der meines Wissens ein entfernter Verwandter von Ihnen ist.«

Diesmal war Paula ganz sicher, daß sich auf Andovers Gesicht eine Mischung von Emotionen spiegelte. Erleichterung. Dann Bestürzung, daß er ein derartiges Gefühl verspürt hatte. Er nickte abermals, wartete.

»Harvey Boyd ist tot«, teilte Tweed ihm mit. Er berichtete so kurz wie möglich, was passiert war. Paula, die den Hausherrn auch weiterhin musterte, bemerkte einen seltsam nachdenklichen Ausdruck. ». . . und früher oder später«, endete Tweed, »wird die Polizei erscheinen, um Sie zu informieren.«

»*Nicht hier!* Ich will nicht, daß ein Haufen plattfüßiger Polizisten hier herumtrampelt und in meine Privatsphäre eindringt.«

Andovers Ton war brüsk, fast grob. Er starrte seine Besucher an, dann runzelte er die Stirn.

»Wissen Sie was«, fuhr er dann fort. »Der Rover steht dort drüben in der Garage . . .« Er deutete auf zwei geschlossene Holztore an der Seitenwand des Hauses. »Ich fahre hinüber zu Colonel Stanstead. Er ist der Chief Constable, und wir sind gute Bekannte.«

»Das könnten Sie natürlich tun«, pflichtete Tweed ihm bei.

»Ich rufe ihn von unterwegs aus an und sage ihm, daß ich komme. Ja, das ist das beste.« Er verstummte für einen Moment. »Harvey war ein guter Junge. War bis vor ein paar Monaten beim SAS. Die Leute sagen immer, die jüngere Generation wäre weich geworden. Die wissen nicht, wovon sie reden.«

»Wir sollten jetzt losfahren«, entschied Tweed. »Es tut mir sehr leid, daß ich Ihnen eine so traurige Nachricht überbringen mußte.«

»Besser Sie als jemand anders.« Er ergriff Tweeds Arm und steuerte ihn außer Hörweite von Paula auf das Haus zu. »Also haben sie auch Harvey erwischt.«

»Wer sind ›sie‹?« fragte Tweed schnell.

»Es wird Zeit, daß Sie zum Brigadier hinüberfahren. Wenn er nicht zu Hause ist, versuchen Sie es bei Willie Fanshawe. Sein Haus liegt direkt neben *Leopard's Leap*, wo der Brigadier wohnt. Willies Haus heißt *The Last Haven*. Er ist auch ein alter Chinafachmann.« Er verstummte abermals und warf einen Blick auf Paula, die gerade in den Wagen stieg. Er versucht, einen Entschluß zu fassen, dachte Tweed. Und dann kamen die geflüsterten Worte:

»Es ist überhaupt kein Lösegeld verlangt worden . . .«

Er wendete sich ab, bevor Tweed etwas sagen konnte, und kehrte schnell ins Haus zurück. Sein Kopf war herabgesunken, seine Schultern bebten. Tweed hörte, wie die Haustür ins Schloß fiel, dann stieg er gleichfalls ein und setzte sich ans Steuer. Paula wartete auf dem Beifahrersitz.

»Haben Sie das gesehen?« fragte sie. »Der arme Teufel

hat auf dem Rückweg in sein Haus geweint. Ein starker Mann wie er. Er muß Entsetzliches durchmachen. Sollten wir nicht die Polizei informieren?«

»Noch nicht. Irene ist ganz offensichtlich das Opfer eines gräßlichen Entführungsplans. Andovers letzte Worte zu mir waren: ›Es ist überhaupt kein Lösegeld verlangt worden.‹ Das gibt mir zu denken. Und dazu diese makabre Idee, ihm ihren amputierten Arm zu schicken.«

Er startete den Motor – er wollte fort sein, bevor Andover wieder herauskam, um zu Colonel Stanstead zu fahren. Am Ende des Schlackenwegs hielt er an. Rechts von ihm tauchte an der anderen Straßenseite Newman auf und deutete auf die Stelle, an der er seinen Mercedes versteckt hatte. Tweed bog nach rechts ab auf eine Straße, die kaum mehr war als ein breiter Pfad. Der Wagen stand, von der Straße aus nicht zu sehen, hinter einer Gruppe von Nadelbäumen. Tweed schaltete den Motor aus, und Newman stieg hinten ein.

»Die Akte ist so nicht sicher«, bemerkte Tweed.

Er holte sie aus seinem Jackett, und Paula bot an, sie in ihren Aktenkoffer zu stecken. Sie tat es und schloß den Koffer wieder ab.

»Geben Sie ihn keine Minute aus der Hand«, warnte Tweed.

»Als ob ich das jemals tun würde«, protestierte Paula.

»Bob, wir rechnen damit, daß Andover bald erscheint, um Stanstead aufzusuchen, den Chief Constable. Achten Sie auf das Geräusch eines Motors, und folgen Sie ihm dann. Stanstead hat ein Haus irgendwo außerhalb von Brockenhurst.«

»Sie wollen, daß ich mich vergewissere, ob er tatsächlich dorthin fährt?« erkundigte sich Newman.

»Zum Teil. Diese ganze Geschichte gefällt mir ganz und gar nicht. Ihre andere Aufgabe besteht darin, darauf zu achten, daß er nicht merkt, daß Sie ihm folgen, aber vor allem darin, festzustellen, ob *sonst jemand* ihm folgt.«

Er gab Newman eine kurze Zusammenfassung ihres Besuchs in *Prevent*, einschließlich Paulas makabrer Entdekkung in der Tiefkühltruhe, seiner eigenen Entdeckung der Abhörgeräte und ihrer Begegnung mit Andover.

»Ein amputierter rechter Arm«, wiederholte Newman langsam. »Und Sie glauben, er stammt von Irene?«

»Daran besteht überhaupt kein Zweifel«, sagte Tweed. »Andover erwähnte den Smaragdring, den er ihr ein paar Monate zuvor geschenkt hat. Was mich am meisten beunruhigt, ist seine Bemerkung, daß kein Lösegeld verlangt worden ist. Die Entführer müssen irgendeinen teuflischen Plan verfolgen.«

»Sollten wir nicht die Polizei informieren?« fragte Newman und wiederholte damit die Frage, die zuvor schon Paula gestellt hatte. »Wenn er auch aus irgendeinem unerfindlichen Grund nicht will, daß sie es erfährt.«

»Auf keinen Fall. Wir haben keine Ahnung, was da vor sich geht. Vielleicht weiß ich mehr, wenn ich die Akte gelesen habe, die er mir gegeben hat. Ist das nicht ein Motorengeräusch?«

Newman war bereits ausgestiegen. Er lief zur Straße, schaute um die Baumgruppe herum, rannte zurück. Auf dem Weg zu seinem Mercedes hielt er kurz bei Tweed an, der sein Fenster geöffnet hatte.

»Ein Rover kommt gerade die Auffahrt herunter. Andover ist unterwegs. Und ich auch . . .«

Tweed wartete, bis Newman davongefahren war. Er trommelte mit den Fingern aufs Lenkrad, ein Anzeichen dafür, wie beunruhigt er war. Paula schwieg ein paar Minuten – sie spürte, daß Tweed eine Entscheidung traf. Dann fragte sie: »Wohin jetzt?«

»Ich meine, wir sollten Andovers Vorschlag folgen und dem Brigadier Maurice Burgoyne einen Besuch abstatten. Einem weiteren alten Chinafachmann, wie er sich ausdrückte.«

Drittes Kapitel

Gerade im Begriff, mit dem Escort auf die Zufahrt von *Leopard's Leap* einzubiegen, trat Tweed kurz auf die Bremse, als er auf dem breiten Grasbankett außerhalb des Anwesens einen großen Haufen Ziegelsteine und daneben einen Zementmischer sah.

»Der Brigadier scheint umzubauen«, bemerkte Paula.

Tweed steuerte den Wagen durch das offenstehende schmiedeeiserne Tor und eine gewundene Einfahrt entlang, deren Oberfläche säuberlich geteert und von sorgfältig beschnittenen Ziersträuchern gesäumt war.

»Ich rieche Geld«, bemerkte Paula. »Aber wird der Brigadier um diese Stunde Fremde willkommen heißen?«

»Ich bin kein Fremder. Ich habe ihn mehrmals bei Essen in London getroffen. Übrigens auch seinen Nachbarn, der ein Stückchen weiter die Straße hinauf wohnt, Willie Fanshawe. Sie gehörten alle einem sehr exklusiven Club an, und ich wurde mehrmals eingeladen. So, da wären wir ...«

Sie umrundeten eine weitere Kurve, und plötzlich ragte ein prachtvolles Herrenhaus aus dem siebzehnten Jahrhundert vor ihnen auf. Im Gegensatz zu der Düsternis von *Prevent* lag es im Licht einer ganzen Batterie von Außenscheinwerfern, die die Vorderfront beleuchteten, und ein an der Mauer montierter Einbrecheralarm war nicht zu übersehen.

»Burgoyne scheint wesentlich mehr von Sicherheitsvorkehrungen zu halten als Andover«, bemerkte Tweed.

»Und ich rieche sogar noch mehr Geld.«

Die hohen, für die Zeit der Entstehung des Gebäudes typischen Kamine ragten in die Nacht empor. An einer Ecke erhob sich ein Türmchen mit einem Spitzdach. Paula zitterte trotz der Helligkeit. Irgend etwas an dem Haus machte sie nervös.

»Hoffen wir, daß er zu Hause ist«, sagte Tweed, als er

den Wagen vor einer Steintreppe zum Stehen brachte, die zu dem imposanten Eingang hinaufführte. »Drinnen brennt Licht.«

Sie stiegen die Treppe hinauf zu einer großen, dem eigentlichen Haus breit vorgelagerten Terrasse. Während Tweed läutete, sah Paula sich um. Am Rand der Auffahrt sah sie einen gepflegten Rasen und ebenso gepflegte Blumenbeete. Über der Terrasse ging ein helles, fast blendendes Licht an. Einen Moment später wurde die Tür geöffnet, und das grelle Licht erlosch. Vor der aus dem Haus herausfallenden Helligkeit zeichnete sich eine schlanke, hochgewachsene Gestalt ab.

»Tweed! Sie habe ich hier wirklich nicht erwartet. Welch eine willkommene Überraschung! Und Sie haben eine hübsche Dame mitgebracht. Es ist lange her, seit ich so herrlich schwarzes Haar gesehen habe.«

Die Stimme des Mannes war sanft, aber Paula spürte einen ausgeprägten Willen und Charakterstärke. Normalerweise hatte sie für Schmeicheleien nichts übrig, doch die Beschreibung ihrer Person gefiel ihr.

»Das ist meine Stellvertreterin, Paula Grey«, stellte Tweed vor. »Paula, das ist Brigadier Maurice Burgoyne.«

»Kommen Sie herein aus der Kälte«, entgegnete Burgoyne. »Und dem Nebel. Ich nehme an, Sie könnten beide einen Drink gebrauchen. Gehen Sie schon zu, während ich die Tür abschließe . . .«

Tweed durchquerte mit Paula eine große Halle mit altem Eichenparkett. Sie war mit Wandlampen gut beleuchtet, und der dahinterliegende Raum war ein geschmackvoll möbliertes Wohnzimmer.

Eine blonde Frau in den Dreißigern erhob sich von einer Couch und kam auf sie zu, als Burgoyne ihnen in das Zimmer folgte. Er schwenkte eine schlanke Hand.

»Das ist Lee Holmes, meine Gesellschafterin«, verkündete Burgoyne. Er stellte zuerst Paula und dann Tweed vor. »Wir trinken Champagner«, fuhr er fort und ergriff Paulas Arm. »Wie wäre es mit einem Glas, um die Arktis auszutreiben?«

»Arktis ist das richtige Wort«, stimmte die Blondine zu, als sie Paulas Hand ergriff. »Sie scheinen halb erfroren zu sein. Kommen Sie, setzen Sie sich ans Feuer.«

Burgoyne half Paula aus dem Mantel, nahm den von Tweed, verschwand in der Halle, kehrte zurück und hob eine Flasche aus einem Eiskübel. »Besucher sind höchst willkommen in dieser Einöde. Zumal um diese Jahreszeit . . .«

Während er plauderte, goß er für Paula Champagner in einen Sektkelch, was ihr Gelegenheit gab, ihn zu mustern. Burgoyne hatte ein langes Gesicht, das sie an einen Fuchs erinnerte, eine starke Nase, ein kraftvolles Kinn. Seine Stimme klang befehlsgewohnt, und er bewegte sich mit beherrschter Gelassenheit. Sein dichtes Haar war dunkel und glattgebürstet, und seine Oberlippe zierte ein langer, dünner Schnurrbart.

Burgoyne trug auf Hochglanz polierte Reitstiefeletten und graue Jodhpurs. Sein weißer Rollkragenpullover war fleckenlos. Aber es waren die Augen, die ihre Aufmerksamkeit auf sich lenkten. Sie waren dunkel und beobachteten sie genau, als er ihr das Glas reichte.

»Danke«, sagte sie. »Den kann ich jetzt brauchen.« Sie hob ihr Glas. »Zum Wohl!«

»Nicht für mich«, sagte Tweed rasch. »Ich muß fahren.«

Paula hatte bemerkt, wie Burgoyne und Lee Holmes sich verständigt hatten, während sie darauf warteten, daß ihnen ein Platz angeboten wurde. Eine knappe Geste in Richtung Tweed, ein kaum wahrnehmbares Nicken.

Seine ›Gesellschafterin‹ reagierte sofort. Tweed anlächelnd, klopfte sie auf die Couch, und er setzte sich neben sie, während Paula in einem tiefen Sessel versank. Als sie begann, auf Tweed einzureden, musterte Paula sie diskret.

Neben Lee Holmes kam sie sich schäbig vor in den Sachen, die sie trug. Sie war naturblond, und das Haar fiel über bloße und wohlgeformte Schultern. Sie trug ein eng anliegendes, purpurrotes Kleid, das ihre erstklassige Figur zur Geltung brachte. Verdammt, du bist wirklich eine Schönheit, dachte Paula. Es kam selten vor, daß sie auf andere Frauen neidisch war.

»Bitte nennen Sie mich Lee, Mr. Tweed«, sagte sie, während sie näher an ihn heranrückte. Sie schlug die langen Beine übereinander, ein Manöver, bei dem sich der lange Schlitz in ihrem Kleid öffnete. Sie ergriff Tweeds rechte Hand.

»Ich mag Männer mit kräftigen Händen«, erklärte sie.

Tweed drückte ihre Hand und war überrascht, wie kraftvoll sie seinen Händedruck erwiderte.

»Sie sind selbst ziemlich kräftig«, bemerkte er. »Wie verbringen Sie Ihre Zeit hier draußen?«

»Ich reite viel. Ich kann sogar Maurice abhängen, obwohl er es nicht leiden kann, wenn ich das sage«, scherzte sie.

»Was keine Kunst ist«, erwiderte Burgoyne, als er sich auf der Lehne von Paulas Sessel niederließ. »Ihr Pferd hat wesentlich weniger Gewicht zu tragen.« Er sah auf Paula herab. »Ich hoffe, Sie haben gegen meine Nähe nichts einzuwenden?«

»Weshalb sollte ich? Sie haben ein wundervolles Haus. Nicht gerade das, was ich im New Forest erwartet hätte.«

»Das dürfte mit der Geschichte zusammenhängen. Mineralwasser für Sie, Tweed?«

»Vielleicht später. Wie ist es Ihnen gelungen, so ein Juwel von einem Haus zu kaufen?«

»Das habe ich Sir Gerald Andover zu verdanken. Als ich in Hongkong war und mich darauf vorbereitete, nach vielen Jahren heimzukehren, hatten wir einen Drink in meiner Lieblingsbar. Andover, Fanshawe – er wohnt nebenan – und ich. Ich bat ihn, mir Bescheid zu geben, wenn er von einem geeigneten Besitz hörte. Drei Monate vergingen, ohne daß etwas passierte. Auch Fanshawe wollte ein Haus. Dann kam von Andover ein Stapel Angebote, darunter auch dieses. Ich griff sofort zu.«

»Und lebte seither glücklich und in Frieden«, warf Lee mit einem eigenartigen Lächeln ein.

»So ungefähr.«

Tweed ergriff die Gelegenheit. »Es war Andover, der uns zu Ihnen geschickt hat. Der arme Kerl sah aus, als hätte er einen Nervenzusammenbruch gehabt.« Er wartete auf die Reaktion.

Paula schaute zu Burgoyne hoch. Auch das Wohnzimmer wurde von Wandlampen erhellt, und in ihrem weichen, diffusen Licht wirkte Burgoynes Miene verschlossen. Er schien sich eine Antwort zu überlegen.

»Andover ist ein guter Freund – wie ich gerade bewiesen habe. Aber ein schlechter Nachbar. Schließt sich in diesem gräßlichen Kasten ein, in dem er wohnt. Es war viel besser, als seine Tochter Irene noch bei ihm wohnte.«

»Maurice war in Irene verliebt«, warf Lee ein. »Er meint, es war viel besser für Maurice, solange Irene noch da war.«

»Unsinn.« Burgoyne tat ihre Bemerkung ohne eine Spur von Verärgerung ab. »Und dann ist Irene vor ungefähr drei Monaten an die Riviera gereist, zusammen mit ihrem französischen Freund Louis Renard. Kann nicht behaupten, daß mir der Mann gefiel.«

»Maurice«, mischte sich Lee wieder ins Gespräch. »Du bist ihm nur einmal begegnet.«

»Einmal war genug. Ein ziemlicher Angeber. Aber manche Frauen scheinen diesen Typ zu mögen.« Er tippte Paula auf die Schulter. »Anwesende natürlich ausgenommen. Sie sehen aus, als hätten Sie Ihre fünf Sinne beieinander.«

»Wann ist Andover eigentlich aus dem Institut ausgeschieden und von all seinen Direktorenposten zurückgetreten?« fragte Tweed.

»Das muß um die gleiche Zeit gewesen sein. Ja, vor ungefähr drei Monaten. Ziemlich verrückt. Seine Tochter geht auf eine Spritztour – was heutzutage nichts Ungewöhnliches ist –, und ihr Vater schmeißt den ganzen Kram hin. Habe ihm gesagt, er wäre verrückt. War Argumenten natürlich nicht zugänglich.«

»Wie ich sehe, haben Sie den Osten mit nach Hause gebracht«, sagte Paula schnell, weil sie das Gefühl hatte, daß Tweed dieses Thema weit genug verfolgt hatte.

Sie schaute sich im Raum um. Auf einer ostasiatischen Truhe in dem großen, mit Vorhängen verkleideten Erker im Hintergrund stand ein kleiner Buddha mit halbgeschlossenen Augen, die sie zu beobachten schienen. Die Wände waren mit chinesischen Gemälden auf Seide dekoriert. Hinter einem ostasiatischen Schreibtisch, der schräg in einer Ecke stand, hing eine Karte von Hongkong. Burgoyne lächelte, bevor er antwortete.

»Ich habe da draußen die besten Jahre meines Lebens verbracht. Und als ich zurückkam, fand ich ein England vor, aus dem die Manieren verschwunden waren. Heutzutage kann man einen Müllarbeiter nicht mehr von einem Lord unterscheiden. Die klassenlose Gesellschaft hat alles zerstört, was England einmal ausgemacht hat. Also habe ich mich mit einem Hauch von Ostasien umgeben. Törichte Nostalgie, nehme ich an.« Er schaute wieder auf Paula herab. »Kann ich Sie nicht von diesem Koffer befreien und ihn zu Ihrem Mantel stellen?«

Paula ergriff den Aktenkoffer, den sie auf ihre Knie gelegt hatte. Sie lächelte zu ihm empor.

»Nein, danke. Er steckt voller Recherchen, an denen ich drei Wochen lang gearbeitet habe. Mir ist wohler, wenn meine Hände daraufliegen. So kann ich ihn nicht vergessen, wenn wir gehen.«

»Rauchen Sie?« fragte Lee Tweed.

»Nein. Ich habe es aufgegeben, aber ich rieche den Duft noch immer gern.«

Sie öffnete eine schwarze Abendtasche mit einer Diamantschließe und holte eine lange, dicke, mit Edelsteinen besetzte Spitze heraus, steckte eine Zigarette hinein und traf dann keinerlei Anstalten, sie anzuzünden, was Paula verblüffte. Lees Bein drückte an das von Tweed, als sie sich bequemer hinsetzte.

»Ich habe Irene nie kennengelernt«, bemerkte Tweed beiläufig. »Ist sie plötzlich abgereist?«

»Das nehme ich an«, erwiderte Burgoyne. »Heute hier, morgen dort. Die jungen Leute sind so ungeduldig.«

»Da wir gerade von Abreisen reden . . .« Tweed sah auf

die Uhr. »Andover wollte, daß wir auch Fanshawe besuchen, wenn wir schon einmal hier sind. Oder geht er früh zu Bett?«

»Der ist immer die halbe Nacht auf. Ich bin sicher, er wird sich freuen, Sie wiederzusehen.«

»Tweed«, sagte Lee rasch und öffnete wieder ihre Handtasche. »Ich bin oft in London. Vielleicht könnten wir einmal zusammen essen? Ich würde Sie vorher anrufen. Hier ist meine Karte. Ich habe ein Büro in der Stadt. Maurice hat mir erzählt, daß Sie für eine Versicherung arbeiten. Er hat erst neulich von Ihnen gesprochen.«

»Mit Vergnügen«, sagte Tweed rasch. »Und hier ist meine Karte. Ich empfehle Ihnen, vorher anzurufen, wie Sie selbst vorschlugen. Ich bin viel unterwegs.«

Er gab ihr eine Karte mit der Aufschrift *General & Cumbria Assurance* – dem Decknamen für den SIS. Auf der Karte standen der Name und die Telefonnummer, aber keine Adresse. Er erhob sich, reichte ihr die Hand.

»Es war mir ein großes Vergnügen.«

Er stand einen Moment vor ihr und bewunderte sie ganz offensichtlich. Seine Augen betrachteten die mit Edelsteinen besetzte Zigarettenspitze, die sie so elegant in der linken Hand hielt.

Auch Burgoyne war inzwischen aufgestanden und hatte die Hände in die Taschen seiner Jodhpurs geschoben. Er runzelte die Stirn, als wäre er mit seinen Gedanken meilenweit entfernt.

»Ich habe Andover schon seit einer Weile nicht mehr gesehen. Sie glauben doch nicht, daß er einen Nervenzusammenbruch hatte? Den Ausdruck haben Sie gebraucht.«

»Ich würde sagen, er erholt sich von Überarbeitung«, erwiderte Tweed beiläufig. »Danke Ihnen beiden für eine angenehme halbe Stunde.«

»Ich hole Ihre Mäntel . . .«

Als er fort war, wendete sich Paula an Lee. Die Blondine musterte sie kritisch.

»Es war eine Erfahrung, Sie kennenzulernen«, erklärte ihr Paula lächelnd.

»Ich bin eine erfahrene Frau«, erwiderte Lee.

»Sie hat es auf Sie abgesehen«, sagte Paula, als Burgoyne die Haustür abgeschlossen hatte und sie wieder in dem Escort saßen.

»Es gibt Schlimmeres«, zog Tweed sie auf.

Sie versetzte ihm einen Rippenstoß. Dann schaute sie, ihren Aktenkoffer umklammernd, geradeaus, während Tweed aus dem Gleißen der Suchscheinwerfer heraus- und die Zufahrt hinabfuhr. Nachdem er das Tor passiert hatte, bog er nach links ab und hielt bei dem Haufen Ziegelsteine und dem Zementmischer an.

»Was halten Sie von den beiden?« fragte er.

»An ihrem Verhältnis zueinander ist irgend etwas merkwürdig. Burgoyne ist ein heller Kopf mit einem starken Charakter. Aber Lee Holmes ist ein seltsames Geschöpf. Sie zögerte nicht, ihm zu widersprechen. Ich hätte nicht erwartet, daß eine solche Frau seine Geliebte sein könnte. Jemand mit Verstand, ja, aber umgänglicher. Ich hatte fast den Eindruck, als wäre ich Zeuge einer . . .«

»Einer Schau, die sie für uns abzogen«, beendete Tweed den Satz. »Und mir fällt es schwer zu glauben, daß er seit drei Monaten oder so keinen Kontakt mit Andover gehabt hat. Etwas ist sehr mysteriös in diesem Haus. So, und jetzt werden wir Fanshawe einen Besuch abstatten. Sie werden feststellen, daß er eine ganz andere Art von Mensch ist . . .«

The Last Haven hatte kein Tor. Eine kiesbestreute Auffahrt führte geradewegs zum Haus, das sofort zu sehen und keineswegs das war, was Tweed erwartet hatte. Es war ein eingeschossiger Klinkerbau mit breiter Vorderfront und einem Dach, das Tweed an Häuser erinnerte, die er in Skandinavien gesehen hatte.

»Sieht sehr modern aus«, bemerkte Paula. »Ganz und gar nicht das, was man im New Forest erwartet.«

Über der hölzernen Eingangstür brannte ein helles Licht; auch die Räume hinter den zugezogenen Vorhängen waren erleuchtet. Tweed und Paula waren gerade ausgestiegen, als die Tür geöffnet wurde. Ein schwergebauter Mann mit einem großen, weißhaarigen Kopf kam auf sie zu. In den Sechzigern, schätzte Paula, und so etwas wie der Typ eines Lieblingsonkels. Er reckte den Kopf vor und lächelte herzlich, als Tweed ihm entgegenging und Paula vorstellte.

»Das ist eine wundervolle Überraschung«, erklärte Fanshawe, »daß ausgerechnet Sie vorbeikommen. Wie geht es Ihnen? Doch nicht auf der Jagd nach Entführern in diesem entlegenen Teil der Welt?«

Paula wäre fast zusammengefahren. Unter Aufbietung all ihrer Willenskraft gelang es ihr, eine nichtssagende Miene zu bewahren. Dann fiel ihr ein, daß Fanshawe auf die Tarnung anspielen mußte, deren sich Tweed in seiner fiktiven Rolle als Chefermittler für die *General & Cumbria Assurance* bediente. Bei bestimmten Leuten, die er kannte, gab er vor, daß es zu seiner Arbeit gehörte, mit Entführern über das Lösegeld für ihre Opfer zu verhandeln, was seine häufigen Auslandsreisen erklärte.

Tweed zeigte keine Reaktion außer Freude. Er stellte Paula noch einmal vor, und Fanshawe schien sie auf Anhieb zu mögen.

»Kommen Sie herein.« Er legte ihr einen Arm um die Schultern und führte sie ins Haus. »Fürchterlicher Abend! Und dazu dieser Nebel. Aber drinnen ist es warm und gemütlich. Die schwedische Zentralheizung arbeitet vorzüglich . . .«

Er half ihr aus dem Trenchcoat und hängte ihn an einen Haken über einem flachen Heizkörper. Durch die Haustür waren sie direkt in ein großes, L-förmiges Wohnzimmer mit Möbeln im skandinavischen Stil gekommen.

»Schwedisch?« fragte sie, als er sie zu einer langen Couch geleitete.

»Ja, ich hatte großes Glück, dieses Haus zu bekommen.« Sie ließ sich in einer Ecke der Couch nieder. Fanshawe wendete sich an Tweed, der seinen Mantel neben dem von Paula aufgehängt hatte. »Sie nehmen diesen Sessel, damit

Sie uns gegenübersitzen, und dann können wir es uns gemütlich machen. Ein Glas Sherry wäre jetzt genau das richtige, finden Sie nicht auch?«

»Ich habe in letzter Zeit zuviel getrunken«, sagte Paula rasch.

Sie hatte die Flasche gesehen, die Fanshawe unter dem Arm hielt, als er von einem Bord unter dem Couchtisch, der sie von Tweed trennte, Gläser hervorholte. Sherry aus Zypern. Sie schaute sich in dem Zimmer um und sah keinerlei Anzeichen jenes Wohlstandes, der ihr in *Leopard's Leap* aufgefallen war.

»Und was ist mit Ihnen, Tweed?«

»Nein, danke, Willie. Ich muß fahren. Wie lange wohnen Sie schon hier? Es war übrigens Ihr Nachbar, Brigadier Maurice Burgoyne, der vorschlug, wir sollten bei Ihnen hereinschauen.«

»Ein toller Bursche, der Brigadier. Wurde als junger Offizier im Koreakrieg mit dem Military Cross ausgezeichnet ...«

Während er, an Tweed gewandt, weiterredete, musterte Paula ihren Gastgeber. Sein großes, rundes Gesicht hatte etwas von einem Cherub. Er hatte blaue Augen unter buschigen weißen Brauen; eine Aura guter Laune ging von ihm aus. Ja, ganz wie ein Lieblingsonkel, dachte sie wieder, als er seine Masse neben ihr deponierte und ihr das Gesicht zuwendete.

»Entschuldigung, ich vernachlässige Sie. War ganz in das versunken, was ich gerade erzählt habe. Um auf Ihre Frage zurückzukommen – das Haus wurde für einen Schweden gebaut, nachdem ein altes, verkommenes Farmhaus niedergerissen worden war. Wie ich bereits sagte, ich hatte Glück. Während ich im Fernen Osten war, spekulierte mein Vater mit Aktien und verlor unseren alten Familiensitz in Berkshire, wo ich aufgewachsen bin. Dieses Haus ist genau das richtige bei meinen knappen Einkünften. Keine Unterhaltskosten, verstehen Sie. Die Fensterrahmen sind aus einem speziellen Holz gearbeitet, das nie gestrichen, sondern nur von Zeit zu Zeit geölt werden muß. Und das mache ich selber.« Er wendete sich wieder an Tweed. »Ich habe Ihre Frage noch nicht beantwortet. Ich nehme an, Sie wissen, daß Sir Gerald Andover nur zwei Häuser weiter wohnt?«

»Ja. Wir waren gerade bei ihm.«

»Tüchtiger Mann. Er war in Hongkong, auf einem seiner Besuche. Wir hatten zusammen mit dem Brigadier einen Drink, und ich erzählte Gerald, daß meine Zeit im Fernen Osten bald vorüber wäre. Er erbot sich sofort, sich nach einem Haus für mich umzusehen. Ich hätte mir nie träumen lassen, daß er mit einem Haus gleich neben seinem ankommen würde. Der Preis war annehmbar – manche Leute hielten es für einen merkwürdigen Bau in diesem Teil der Welt, und der Schwede wollte sich in den USA niederlassen. Ich wohne jetzt seit gut zwei Jahren hier. Der Brigadier ist vor ungefähr drei Jahren eingetroffen.«

»Ich hatte mich schon gefragt, wie es kommt, daß drei alte Chinafachleute so dicht beieinander wohnen«, bemerkte Tweed verbindlich.

»Jetzt wissen Sie, warum . . .«

Er brach ab, als eine Tür geöffnet wurde. Paula erhaschte einen Blick in eine moderne Küche, dann schloß sich die Tür automatisch.

Eine Frau kam ins Zimmer. Hochgewachsen, schlank, eine attraktive Brünette. Paula schätzte ihr Alter auf Ende Zwanzig. Sie trug eine eng anliegende Bluse mit Stehkragen und einem Muster aus Sonnenblumen. Ihr cremefarbener Faltenrock endete oberhalb der Knie und ließ wohlgeformte Beine sehen.

Fanshawe sprang auf. Wie viele große Männer war er behende und reagierte sehr schnell.

»Komm, ich will dir unsere Gäste vorstellen«, begrüßte er sie erfreut. »Helen Claybourne, meine Sekretärin und rechte Hand. Hält alles in Ordnung, mich eingeschlossen . . .«

Nach der Vorstellung zog er für sie einen Sessel heran, damit sie neben Paula sitzen konnte. Sie hielt ein Glas mit einer blassen Flüssigkeit in der Hand, und ihr kühler Blick ruhte auf Paula, als alle sich wieder setzten. Ihre kultivierte Stimme war so kühl wie ihre ganze Persönlichkeit.

»Mineralwasser«, bemerkte sie. »Dieses Wetter macht mich durstig. Willie, solltest du Mr. Tweed und Miss Grey nicht auch einen Drink anbieten?«

»Oh, das habe ich schon getan. Ich habe darauf gedrungen, aber ich konnte ihren Widerstand nicht brechen.«

»Vielleicht erliegen sie später deiner Überredungskunst«, meinte Helen und nippte an ihrem eigenen Drink.

Ihre durchdringenden Augen lagen nach wie vor auf Paula, was sie an Burgoynes bezwingenden Blick erinnerte. In Gedanken verglich sie Helen Claybourne mit Lee Holmes. Lee würde einen Raum voller Männer betreten und sofort im Mittelpunkt der Aufmerksamkeit stehen. Helen würde an der Tür stehenbleiben und sich umsehen. Und bald würden alle Augen auf sie gerichtet sein. Zwei ungewöhnliche Frauen.

»Ich hatte den Eindruck, daß irgend etwas Andover zu schaffen macht«, bemerkte Tweed. »Soweit ich weiß, hat seine Tochter Irene ihn verlassen.«

»Andover ist ein guter Kerl.« Willie lächelte herzlich.

»Nur in sein Privatleben läßt er niemanden hineinschauen. Aber wenn ich es recht bedenke – Sie haben recht. Irene ist fort. Irgendwo am Mittelmeer, mit ihrem gegenwärtigen Freund. Rastlos. Kein Wunder bei ihrem Alter und in dieser Zeit.«

»Wie lange ist sie denn schon fort?« fragte Tweed ebenso beiläufig wie zuvor und mit halbgeschlossenen Augen.

»Das muß so an die drei Monate sein, meinst du nicht auch, Helen?«

»Ja, so ungefähr.«

»Um die gleiche Zeit, als Andover den Vorsitz von INCOMSIN – dem *International Committee of Strategic Insight* – aufgab? Und von all seinen Direktorenposten zurücktrat?«

Willie schürzte die Lippen. »Ja, wenn ich es mir genau

überlege – da könnten Sie recht haben. Der Gedanke ist mir nie gekommen.«

»Und nach dem, was Sie gerade sagten, nehme ich an, daß er zu einer Art Einsiedler geworden ist?«

»So ist es, leider. Helen, unterhalte unsere Gäste einen Moment. Ich muß kurz telefonieren . . .«

Er verschwand durch eine Tür dicht neben der zur Küche. Helen Claybourne richtete ihre Aufmerksamkeit auf Tweed.

»Nach dem, was ich von Willie gehört habe, beschäftigen Sie sich mit einer besonders gefährlichen Spielart von Versicherung?«

»Eigentlich nicht. Hin und wieder, ganz selten, kommt es vor, daß Verhandlungen in einer verfahrenen Situation ein bißchen ungemütlich werden. Aber nichts, was man als gefährlich bezeichnen könnte«, versicherte er ihr.

Sie richtete den Blick wieder auf Paula. »Und Sie arbeiten in derselben Firma?«

»Ja. Meistens studiere ich das Kleingedruckte in den Policen. Ein Bürojob wie jeder andere auch. Und was tun Sie?«

»Oh, ich führe ein ziemlich ruhiges Leben. Halte das Haus in Ordnung. Gelegentlich reise ich mit Willie ins Ausland. Die Rosinen im Kuchen . . .«

Sie plauderten weiter, bis Willie zurückkehrte. Als er sich wieder neben Paula niederließ, schwenkte er die großen Hände.

»Ihre Bemerkung, daß Andover zum Einsiedler geworden ist, hat mich darauf gebracht. Ich wollte ihn gerade anrufen und ihn einladen, zu uns zu kommen. Aber er hat sich nicht gemeldet.«

»Die Mühe hätte ich Ihnen ersparen können«, sagte Tweed und stand auf. »Er wollte wegfahren, als wir ihn verließen.«

»So spät am Abend? Nun ja, er hatte schon immer seinen eigenen Kopf. Müssen Sie schon gehen?«

»Ja, leider. Wir wohnen in Passford House, und ich erwarte einen Anruf. Wie ich gesehen habe, läßt hier irgend jemand Bauarbeiten vornehmen. Draußen auf dem Bankett lag ein großer Haufen Ziegelsteine.«

»Burgoyne.« Willie sprang auf, um ihre Mäntel zu holen. »Der Brigadier läßt ständig etwas umbauen. Scheint eines seiner Hauptinteressen im Leben zu sein. War schön, Sie wiederzusehen.« Er half Paula in den Mantel. »Wir müssen in Kontakt bleiben. Ich komme hin und wieder nach London. Ich rufe Sie an, bevor ich das nächste Mal hinfahre. Vielleicht können wir dann bei Brown's zusammen essen . . .«

Paula verabschiedete sich von Helen, die Willie zur Tür begleitete und sie für sie öffnete. Tweed bemerkte, daß sie zwei Sicherheitsschlösser hatte. Besserer Schutz als bei Andover.

Sie saßen im Wagen, und nachdem Tweed die Auffahrt verlassen hatte und nach rechts abgebogen war, um nach Lymington zurückzukehren, stellte Paula ihre Frage.

»Was halten Sie von ihnen? Und davon, daß alle drei so nahe beieinander wohnen?«

Viertes Kapitel

Der große Betonlaster erschien hinter ihnen, bevor sie die Hauptstraße nach Lymington erreicht hatten.

Ein paar Minuten zuvor hatte Tweed mit entspannt auf dem Lenkrad liegenden Händen wissen wollen, was sie mit ihrer Frage meinte. Die mondlose Nacht schien noch dunkler geworden zu sein, und das Scheinwerferlicht streifte über die Mauern aus Bäumen, zwischen denen sie hindurchfuhren. Kein anderes Fahrzeug war in Sicht. Es war eine einsame Straße, die in der Gegenrichtung nach Beaulieu führte.

»Da haben wir drei alte Chinafachleute«, sinnierte Paula. »Sie kannten einander in Hongkong – am anderen Ende der Welt. Ich schließe Andover ein, weil er offenbar häufig in Hongkong gewesen ist. Und wo landen sie schließlich alle miteinander? Tür an Tür am Rande des New Forest. Ich finde das höchst merkwürdig.«

»Man hat uns erzählt, wie es dazu gekommen ist. Kommt Ihnen daran etwas seltsam vor?«

»Ja. Erstens hat Andover mit keinem Wort erwähnt, daß er den beiden anderen Häuser besorgt hat. Aber er war aus naheliegenden Gründen so erregt, daß das nichts zu bedeuten hat. Aber Burgoyne sagte, daß sie – er und Willie Fanshawe – in Hongkong mit Andover in einer Bar zusammensaßen und er, Burgoyne, Andover gefragt hätte, ob er ein Anwesen für ihn ausfindig machen könnte, was er dann auch getan hat. Willie hat eine andere Geschichte erzählt. Er hat klar und deutlich gesagt, es wäre Andover gewesen, der sich erboten hätte, ein Haus für ihn zu suchen.«

»Das haben Sie also bemerkt?«

»Sie sind unmöglich!« fuhr sie ihn in gespieltem Zorn an. »Sie wollten nur wissen, ob mir der Widerspruch aufgefallen ist.«

»Und ist Ihnen auch aufgefallen, daß wir Gesellschaft haben? Einer von diesen großen Betonmischern fährt hinter uns her und kommt immer näher.«

»Die gleiche Frage wollte ich Ihnen gerade stellen. Ich habe ihn im Außenspiegel gesehen. Verdammt großes orangefarbenes Biest mit rotierender Trommel.«

»Die Rotation verhindert, daß der Beton abbindet. Aber es ist schon merkwürdig, daß ein solches Fahrzeug um diese Zeit unterwegs ist.«

»Und wenn es diese Geschwindigkeit beibehält, kommt es durch unser Heckfenster.«

Was stimmt, dachte Tweed ingrimmig. Das orangefarbene Monstrum war nur Zentimeter von seinem Escort entfernt, ragte hinter ihnen auf wie ein riesiger Panzer. Er drückte den Gashebel nieder. Sie rasten viel zu schnell um eine enge Kurve, und für eine kurze Zeit ließen sie den Betonmischer hinter sich.

Auf einer geraden Wegstrecke gab Tweed noch mehr Gas. Er dankte Gott, daß es nicht geregnet hatte und der Asphalt nicht schlüpfrig war. Das Monstrum holte wieder auf.

»Der Fahrer muß verrückt oder betrunken sein«, erklärte Paula.

»Oder er hat es auf uns abgesehen.«

»Aber weshalb?«

»Konzentrieren wir uns lieber aufs Überleben . . .«

Tweed schleuderte um die nächste Kurve, bekam den Wagen wieder unter Kontrolle und gab weiter Gas. Sie passierten eine einsame Straßenleuchte, die vermutlich die Zufahrt zu einer weiteren isolierten Behausung markierte. Im Rückspiegel konnte Tweed einen Blick auf den Fahrer erhaschen, der über das Lenkrad gebeugt dasaß und eine dunkle Brille trug.

Der Betonmischer donnerte auf sie zu wie eine Rakete. Wieder war er nur Zentimeter vom Heck des Escort entfernt. Es war nur eine Sache von Sekunden, bis sie spüren würden, wie das tonnenschwere Gefährt auf sie aufprallte.

Tweed riskierte eine noch höhere Geschwindigkeit, schlitterte um eine weitere Kurve. Der Abstand vergrößerte sich. Aber nur für kurze Zeit. Der Betonmischer dröhnte wieder an sie heran. Tweed dachte an das Gewicht des Fahrzeugs und dazu die Ladung Beton in der rotierenden Trommel.

»Er versucht, uns zu rammen«, sagte Paula ruhig. »Wo haben wir etwas gesagt, das jemanden so aufgeregt hat, daß er uns umbringen will?«

»Damit beschäftigen wir uns später. Jetzt geht es nur darum, daß wir am Leben bleiben.«

Tweed machte sich Vorwürfe, daß er Paula mitgenommen hatte. Aber wer hätte vorhersehen können, daß der anfängliche Besuch bei Andover in den verzweifelten Versuch ausarten würde, am Leben zu bleiben? Er bezweifelte nicht, daß sie, sobald der Betonmischer sein Ziel erreicht hatte, von ihm zermalmt werden würden.

Seine Scheinwerfer schwangen um eine weitere enge Kurve und fielen auf eine schmale Nebenstraße, die links abzweigte. Er stellte sich auf das Manöver ein, schätzte seine Chancen auf fünfzig zu fünfzig.

»Festhalten!« schrie er.

Mit Höchstgeschwindigkeit bog er von der Hauptstraße ab und zielte auf die Nebenstraße, die kaum mehr war als ein Feldweg. Er spürte, wie das Heck des Escort wegrutschte, und Paula erwartete jeden Moment den Aufprall auf einen Baum. Glücklicherweise befand sich, wie Tweed bemerkt hatte, hinter der Einfahrt in den Feldweg ein flaches, mit totem Laub bedecktes Stück Land.

Das Heck des Wagens schlingerte über das flache Stück Land, und Tweed verringerte die Geschwindigkeit. Der Escort stabilisierte sich. Er gab wieder Gas, und hinter ihm wirbelten Blätter in die Luft. Jetzt fuhr er geradeaus den nun auf beiden Seiten von Bäumen und Unterholz gesäumten Weg entlang. Paula warf einen Blick in den Außenspiegel. Das unerwartete Manöver hatte den Fahrer des Mordfahrzeugs überrascht.

Er war an der Einmündung vorbeigerauscht, wendete

und bog ab, um ihnen auf dem Feldweg zu folgen. Tweed hatte an der Einfahrt einen Blick auf ein Straßenschild erhascht, aber keine Zeit gehabt, festzustellen, was darauf stand. Lymington, hoffte er. Aber es konnte auch eine Sackgasse sein. Und in dem Fall . . .

»Was stand auf diesem Straßenschild?« fragte Paula. Ihre Stimme war noch immer gelassen.

»Keine Ahnung. Wir werden es zu gegebener Zeit herausfinden.«

Hinter ihnen gewann das Monstrum an Geschwindigkeit. Paula schätzte, daß es in weniger als einer Minute wieder aufgeholt haben konnte. Wie würde dieser Alptraum enden? Sie warf einen Blick auf Tweed. Seine Miene war grimmig, aber sein Körper zeigte keine Spur von Verspannung. Häufig fuhren seine Augen für den Bruchteil einer Sekunde nach oben, warfen einen Blick in den Rückspiegel.

»Hoffentlich kommt uns kein Traktor entgegen«, sagte sie.

»Das ist es, was ich an Ihnen so schätze. Eine Optimistin«, scherzte er.

Der Weg bekam immer mehr Ähnlichkeit mit einem Tunnel. Die Bäume auf beiden Seiten rückten näher heran. Sie waren um eine Kurve gebogen und hatten das gerade Wegstück hinter sich gelassen. Der Feldweg wurde zu einer endlosen Folge von unübersichtlichen Kurven, und Tweed mußte mit der Geschwindigkeit heruntergehen. Sie schaute wieder in den Außenspiegel. Das orangefarbene Monstrum holte schnell auf, brachte die Kurven rücksichtslos hinter sich. Der Fahrer hatte das Gewicht auf seiner Seite, und das wußte er.

»Wenn wir nur ein Dorf erreichen könnten«, bemerkte Paula.

»Das sieht nicht aus wie die Art Straße, die zu einem Dorf führt. Bisher haben wir nicht einmal ein einziges Haus passiert . . .«

Ein weiterer Blick in den Rückspiegel zeigte Tweed den Betonmischer ganz dicht hinter ihnen. Die große Trommel rotierte wie eine Uhr, die ihre letzten Minuten anzeigte. Tweed fuhr so schnell, wie er es auf dieser kurvenreichen Strecke riskieren konnte. Die Scheinwerfer des sie verfolgenden Fahrzeugs gleißten in seinem Rückspiegel. Irgend jemand mußte nachgeben – und zwar verdammt bald.

Er bog um die nächste Kurve. In seinen Ohren dröhnten der Motor des Betonmischers und das Getriebe seiner Trommel. Paula holte den Browning aus ihrer Umhängetasche, griff nach ihrem Sicherheitsgurt, um ihn zu lösen.

»Stecken Sie das weg!« fuhr Tweed sie an.

»Ich könnte ihn mit einem Schuß durch das Heckfenster erwischen . . .«

»Ich habe gesagt, Sie sollen ihn wegstecken. Bei diesem Tempo würden Sie ihn nicht treffen, sondern eher mich erschießen.«

Enttäuscht steckte sie die Waffe wieder in die Tasche, aber sie sah ein, daß Tweed recht hatte. Der Escort schleuderte von einer Seite zur anderen, als er – mit Gottes Hilfe – wieder eine diabolische Kurve hinter sich brachte. Plötzlich beugte Tweed sich vor.

Er fuhr mit voll aufgeblendeten Scheinwerfern, und der Weg glich nach wie vor einem Tunnel. Tweed sah vor sich eine Stelle, an der sich zwei alte Eichen mit dicken Stämmen beiderseits des Weges geneigt hatten und eine Art Bogen bildeten; es sah aus, als griffen sie nacheinander und wollten sich leidenschaftlich umarmen. Der Betonmischer war direkt hinter dem Escort, wie Donner dröhnend.

Tweed gab noch mehr Gas, holte aus seinem ohnehin schon bis an die Grenzen seines Leistungsvermögens belasteten Wagen noch eine Spur mehr Geschwindigkeit heraus. Wieder vergrößerte sich für ein paar Sekunden der Abstand zwischen den beiden Fahrzeugen. Tweed fuhr unter den Eichen durch, sah vor sich ein weiteres Stück gerade Strecke, schaute in den Rückspiegel.

Das Monstrum donnerte mit Höchstgeschwindigkeit auf sie zu. Er vermutete, daß der Fahrer nichts anderes im Sinn hatte, als seinen Job zu erledigen. Deshalb sah er die Eichen nicht. Seine Maschine begann, unter den Bogen zu fahren, aber sie war zu groß, um durchzukommen wie der kleinere Escort. Tweed sah im Rückspiegel, was passierte.

»Schauen Sie in den Außenspiegel«, sagte er schnell.

Paula sah, wie das riesige Fahrzeug plötzlich anhielt. Der Abstand zwischen den Eichen war zu eng. Der Mischer saß in dem engen Bogen fest. Ein gräßliches Knirschen von Metall gegen massive Eiche. Die Trommel rotierte weiter, hatte sich aber um hundertachtzig Grad gedreht. Eine Lawine von Beton ergoß sich auf die Fahrerkabine. Ein Eichenstamm gab nach, stürzte auf die Kabine und zermalmte sie. Die Trommel rotierte jetzt ganz langsam, als würde sie von einer unsichtbaren Hand bewegt. Dann stand sie still. Das Motorengeräusch erstarb. Tweed schaltete seinen Motor aus, und Totenstille legte sich über die Landschaft.

»Geben Sie mir die Waffe«, sagte Tweed.

Es war ein Befehl. Paula gehorchte widerspruchslos, händigte ihm den Browning aus. Tweed sprang aus dem Wagen, ging in der Dunkelheit auf dem grasbewachsenen Bankett am Wegrand mit schußbereiter Waffe zurück zu dem demolierten Eichenbogen.

Paula folgte ihm in einigem Abstand. Sie hatte einen dicken, abgebrochenen Ast als Waffe aufgehoben. Besser als gar nichts. Tweed näherte sich vorsichtig; seine gummibesohlten Schuhe machten auf dem Gras keinerlei Geräusche. Als er nahe heran war, ergriff er den Browning mit beiden Händen.

Ein Scheinwerfer war erloschen, der andere verbeult und von einem dicken Ast der umgestürzten Eiche aus der Halterung gerissen. Aus einem unerfindlichen Grund funktionierte er noch und ergoß sein Licht auf die verbeulte Fahrerkabine. Tweed konnte den Kopf des Fahrers sehen, auf den Hals gestaucht, nach wie vor mit der Sonnenbrille auf der Nase.

Der Kopf war mit einer dicken Schicht Beton bedeckt, nur das Gesicht war noch zu sehen. Tweed sah, daß der Beton in der kalten Nachtluft schnell abband. Der Fahrer war von einem dicken Mantel aus seinem eigenen Beton umhüllt. Tweed beneidete die Leute nicht, die versuchen mußten, die Leiche freizubekommen.

»Er ist tot«, sagte Tweed, als er Paula hinter sich hörte.

»Das sehe ich. Entweder er oder wir«, sagte sie kalt.

»Es hat keinen Zweck, nach irgendeinem Ausweis zu suchen. Wenn er einen bei sich hat, steckt er mit im Beton. Und auf dem, was von dem Laster übrig ist, steht kein Name.«

»Melden wir es?«

»Nein. Da müßten wir zu viele unangenehme Fragen beantworten.« Er sah sie an, legte ihr den Arm um die schlanke Taille und stellte fest, daß sie zitterte. »Ich glaube, für einen Tag haben Sie genug gehabt. Was Sie jetzt brauchen, ist eine ungestörte Nachtruhe in Passford House.«

»Ich bin zum Umfallen müde«, gab sie zu.

Fünftes Kapitel

Am folgenden Morgen hielt Tweed ›Kriegsrat‹.

Sie hatten sich alle in dem großen Schlafzimmer seiner nach vorn hinausgehenden Suite im ersten Stock versammelt. Von seinem zweiten Zimmer aus sah man eine Rasenfläche und rechts davon einen Parkplatz, hinter dem sich offene Felder erstreckten. Tweed stand am Fenster, während Paula sich in einem bequemen Sessel niederließ und Newman sich auf eine der Lehnen setzte.

»Mir gefällt dieses Hotel«, sagte Tweed. »Hervorragender Service, und das Frühstück war vorzüglich. Das Personal ist hilfsbereit, die Landschaft sehr reizvoll. Es ist so friedlich hier, obwohl es bis Lymington nur zwei Meilen sind.«

»Nach dem gestrigen Tag weiß ich das vollauf zu würdigen«, erklärte Paula.

»Und wann reden wir über die Ereignisse von gestern abend?« fragte Newman ungeduldig.

»Jetzt.« Tweed riß sich aus seiner verträumten Stimmung heraus. Er ließ sich ihnen gegenüber in einem weiteren Sessel nieder. »Also erzählen Sie, wie es Ihnen ergangen ist, Bob. Was uns passiert ist, wissen Sie bereits.«

»Ich bin Andover gefolgt, und er ist direkt zum Haus des Chief Constable in der Nähe von Brockenhurst gefahren. Ein Streifenwagen stand auf der Auffahrt. Andover blieb genau eine Stunde drinnen.«

»In der er vermutlich alles über den Tod von Harvey Boyd erfahren hat«, sinnierte Tweed. »Und da er ein einflußreicher Mann ist, konnte er vermutlich bewirken, daß niemand bei ihm zu Hause aufkreuzt.«

»Danach fuhr er direkt zu seinem Haus zurück. Und dabei erhielt ich die Bestätigung für etwas, was ich bereits auf der Fahrt nach Brockenhurst geargwöhnt hatte. Außer mir folgte ihm auf dem Hin- und Rückweg jemand in einem Landrover. Bevor Sie fragen – nein, die Zulassungsnummer konnte ich nicht erkennen.«

»Das läßt darauf schließen, daß Andover unter totaler Überwachung steht«, erklärte Tweed. »Hat der Fahrer des Landrover Sie bemerkt?«

»Glauben Sie etwa, Sie hätten es mit einem Amateur zu tun?« brauste Newman auf. »Die Antwort lautet nein. Ich bin Andovers Wagen nicht gleich gefolgt, als er erschien. Da er auf der Straße war, die nach Brockenhurst führt, konnte ich reichlich Abstand halten. Der Landrover hängte sich gleich an ihn, nachdem er *Prevent* verlassen hatte. Kam aus der Zufahrt zu einem Feld heraus.«

»Und dabei ist das Haus voller Abhörgeräte«, bemerkte Paula.

»Deshalb der Ausdruck ›totale Überwachung‹«, erklärte Tweed. »Und nun wollen wir eine Liste dessen aufstellen, was gestern passiert ist. Ach, übrigens, Bob, weshalb sind Sie überhaupt hierhergekommen? Natürlich sind Sie uns stets willkommen, aber *weshalb?*«

Newman wirkte etwas verlegen. Er vermied es, Paula anzusehen, als er Tweeds Frage beantwortete.

»Ich hatte erfahren, daß Harvey Boyd Paula mitgenommen hatte, weil er dem Verschwinden seines Freundes George Stapleton auf dem Solent nachforschen wollte. Ich dachte, das könnte mit Gefahr verbunden sein, deshalb kam ich nach Lymington. So einfach ist das.«

Nicht ganz so einfach, dachte Tweed, ließ sich aber nichts anmerken. Newman war offensichtlich eifersüchtig, weil Paula sich einen Freund zugelegt hatte.

»So, und nun die Liste der isolierten Tatsachen«, fuhr Tweed fort. »Erstens, Boyd hatte etwas, was Walford als Unfall im Nebel bezeichnete. Leider war dieser Unfall tödlich.«

»Es war kein Unfall«, protestierte Paula. »Ich habe gesehen, wie sich unmittelbar vor der Kollision irgend etwas Großes im Nebel bewegt hat. Und ich habe ein außergewöhnlich gutes Sehvermögen.«

»Beruhigen Sie sich«, beschwichtigte Tweed. »Ich sagte,

etwas, was Walford als Unfall bezeichnete. Das ist Tatsache Nummer eins. Zweitens stellen wir fest, daß Andover um zehn Jahre gealtert und ein gebrochener Mann ist. Bevor wir ihn finden, wie er draußen herumwandert, entdekken wir etwas Makabres in seiner Tiefkühltruhe – einen amputierten Arm, vermutlich den von Irene.«

»Vermutlich?« unterbrach Paula ihn wieder. »Wir haben beide den Ring gesehen. Und später hat Andover erwähnt, daß er ihr zu ihrem achtzehnten Geburtstag einen Smaragdring geschenkt hat.«

»Dafür haben wir nur Andovers Wort«, erklärte Tweed. »Er hat vermutet, daß wir den amputierten Arm entdeckt haben, und er war fürchterlich erregt. Sie vermuten, daß er wegen des amputierten Arms erregt war – was ganz natürlich gewesen wäre. Aber ich glaube, er war erregt, weil wir ihn *entdeckt* hatten. Das ist etwas völlig anderes.«

»Sie nehmen doch nicht etwa an, daß Andover in irgendeine Verschwörung verstrickt ist?« protestierte Paula.

»In diesem Stadium nehme ich überhaupt nichts an. Ich liste nur Fakten auf. Drittens, allem Anschein nach ist seine Tochter entführt worden. Das entnehmen wir der seltsamen Bemerkung, die er kurz vor unserer Abfahrt mir gegenüber machte. *Es ist überhaupt kein Lösegeld verlangt worden*. Das halte ich für überaus bedrohlich, wenn es stimmen sollte.«

»Ist Andover reich?« erkundigte sich Newman.

»Er könnte schätzungsweise eine halbe Million aufbringen, die er von seinem Vater geerbt hat.«

»Und er wohnt in diesem fürchterlichen Haus ohne jeglichen Komfort«, erinnerte sich Paula.

»Er ist in einer Privatschule erzogen worden«, erklärte Tweed. »Mir ist aufgefallen, daß viele ehemalige Zöglinge von Privatschulen an ihrer Umgebung nicht interessiert sind. Sie mußten ihre Jungenzeit in karg eingerichteten Schlafsälen und Klassenzimmern verbringen und hatten keinerlei Gelegenheit, irgendeine Art von Geschmack zu entwickeln.«

»Faktor vier?« drängte Newman.

»Andovers plötzlicher Rückzug aus dem öffentlichen Leben, die Tatsache, daß er jetzt wie ein Einsiedler lebt. Das paßt nicht zu ihm. Er war der Spitzenmann von INCOMSIN.«

»Von dieser Organisation habe ich nie etwas gehört«, bemerkte Paula.

»Weil sie nicht von sich reden macht, sondern ganz im verborgenen arbeitet. Eine sehr elitäre Denkfabrik – und dazu eine, die wirklich funktioniert. Sie residiert in London, und ihre Mitglieder versuchen, künftige globale Entwicklungen vorherzusehen. Ich habe an ein paar ihrer geheimen Sitzungen teilgenommen. Ebenso Burgoyne und Fanshawe.«

»Und was ist so bemerkenswert daran, daß Andover zum Einsiedler geworden ist?« fragte Newman.

»Daß sein Rücktritt zeitlich mit Irenes Verschwinden zusammenzufallen scheint.«

»Das könnte Zufall sein«, bemerkte Newman.

»Ich glaube nicht an Zufälle. Fünftens, wir stoßen auf drei alte Chinafachleute, wie sie genannt werden, die alle dicht beieinander im New Forest leben. Das kann ich einfach nicht als Zufall akzeptieren.«

»Burgoyne und Fanshawe haben uns eine Art Erklärung geliefert, wie es dazu gekommen ist«, erinnerte ihn Paula.

»Die ich keine Sekunde lang geglaubt habe. Sechstens – wen haben wir so nervös gemacht, daß er veranlaßt hat, daß der Fahrer dieses Betonmischers uns umbringen sollte?«

»Willie ist hinausgegangen, um jemanden anzurufen, angeblich Andover«, meinte Paula. »Aber irgendwie mochte ich ihn.«

»Und«, erinnerte sie Tweed, »wir waren lange genug bei Willie, daß Brigadier Burgoyne den Angriff hätte organisieren können.«

»Also muß es einer von den beiden sein. Gräßlicher Gedanke. Nun, wenn es eine von ihren Freundinnen gewesen wäre, dann hätte ich es ohne weiteres geglaubt«, sagte Paula.

»Was bedeutet«, erklärte Tweed mit einem belustigten Blick zu Newman, »daß Paula sie beide nicht leiden konnte.«

»Irgend etwas war seltsam an den beiden Frauen, die mit diesen Männern zusammenleben«, beharrte Paula. »Etwas, was nur einer Frau auffällt. Keine Spur von echter Zuneigung.«

»Einen Verdächtigen haben Sie ausgelassen«, fuhr Tweed fort. »Andover selbst. Er forderte uns auf, seine Nachbarn zu besuchen, was uns lange genug in der Gegend festgehalten hätte, um einen Mordplan in die Tat umzusetzen.«

»Sie können doch unmöglich ihn verdächtigen«, protestierte sie abermals.

»Im Augenblick ist noch alles offen. Andover war außer sich, als er erfuhr, daß wir in seinem Haus gewesen waren. Er hat regelrecht durchgedreht. Vor allem, als ich ihm riet, die Polizei zu rufen. Es ist durchaus möglich, daß er glaubte, uns um jeden Preis aufhalten zu müssen.«

»Wenn Sie meinen. Haben Sie sich Andovers Akte angesehen?«

»Ich habe sie gestern abend im Bett überflogen.« Tweed schwieg einen Moment. »Ich weiß nicht, ob sie mir viel sagt. Sie ist ziemlich dünn. Ein seltsames Dokument. Ich glaube, ich muß erst mehr Fakten zusammentragen, bevor ich seine Bedeutung erkennen kann, falls es überhaupt eine hat.«

»Ich habe über Brigadier Burgoyne und Willie Fanshawe nachgedacht«, sagte Paula mit gerunzelter Stirn. »So unterschiedliche Persönlichkeiten. Der Brigadier ist genau das, was ich mir unter einem fähigen Offizier vorstelle. Tatkräftig, würde ich sagen, und hochintelligent. Aber seine Art zu lächeln finde ich irgendwie unheimlich. Und Willie ist das strikte Gegenteil davon. Er hat sehr viel Ähnlichkeit mit einem großzügigen Onkel von mir, den ich sehr gern hatte. Nachlässig – ich vermute, Helen Claybourne hat alle Hände voll zu tun, um das Haus ordentlich zu führen – und immer gut gelaunt.«

»Eine gute Beschreibung beider Männer«, sagte Tweed, während er seine Brille mit dem Taschentuch putzte und sie musterte.

»Und ein großer Kontrast, was ihr Vermögen angeht«, fuhr sie fort. »Ich hatte den Eindruck, daß der Brigadier in Geld schwimmt, während Willie jeden Groschen zweimal umdrehen muß.«

»Sonst noch etwas?« drängte Tweed.

»Ja. Burgoyne lebt in der Vergangenheit. Sie erinnern sich, wie er *Leopard's Leap* – merkwürdiger Name – mit Erinnerungsstücken an seine Zeit im Fernen Osten angefüllt hat. Aber bei Willie war nichts aus der Vergangenheit, als hätte er das alles hinter sich gelassen.«

»Also zwei überaus gegensätzliche Männer«, bemerkte Tweed.

»Ja, aber eines haben sie gemeinsam. Es stimmt nicht ganz, daß Willie alles hinter sich gelassen hat. Ist Ihnen nicht aufgefallen, daß beide Männer irgendwie in der Vergangenheit steckengeblieben sind? Ich meine ihre Redeweise. Beide gebrauchten Ausdrücke, die jetzt niemand mehr verwendet – außer vielleicht den Briten, die noch heute in Hongkong leben. Geistig sind sie immer noch an China gebunden, an ihr früheres Leben im Fernen Osten.«

»Wenn Sie meinen«, bemerkte Tweed geistesabwesend.

Paula sprang verärgert auf. Ohne sich dessen bewußt zu sein, hatte Tweed eine Redewendung wiederholt, die sie selbst ein paar Minuten zuvor benutzt hatte. Noch gereizt nach ihren Erlebnissen des Vortages glaubte sie, er äffte sie nach.

»Also gut«, fauchte sie. »Ich rede zuviel. Aber vergessen Sie nicht, daß wir gestern abend beinahe umgebracht worden wären, denken Sie an die Ziegelsteine und den kleinen Betonmischer bei Burgoynes Haus. Er hat mit einer Baufirma zu tun – und von der könnte das orangefarbene Monstrum stammen. Ich brauche frische Luft. Ich mache einen Spaziergang ...«

Sie machte wütend die Tür hinter sich zu. Tweed setzte seine Brille wieder auf.

»Paula hat eben etwas sehr Wichtiges gesagt. Und es könnte zu dem passen, was in der Akte steht, die Andover mir gegeben hat.«

»Und Sie wollen mir nicht sagen, was es war?« erkundigte sich Newman.

»Es ist noch zu früh. Ich muß erst sicher sein. Wie ich bereits sagte – ich brauche mehr Fakten.«

»Ich erinnere mich.« Newman bewegte sich unruhig. »Und wann fangen wir an, uns diese Fakten zu beschaffen?«

»Oh, ich habe bereits angefangen. Ich war heute morgen schon wesentlich früher auf als Sie beide. Ich habe mir hier im Hotel eine Menge Kleingeld geben lassen, dann bin ich nach Lymington gefahren und habe eine öffentliche Telefonzelle gesucht.«

»Reden Sie weiter.«

»Ich habe Colonel Stanstead angerufen, den Chief Constable. Die sterblichen Überreste des armen Boyd befinden sich jetzt in einem Krankenwagen auf dem Weg nach London. Ich habe Sir Rufus Rabin angerufen, den bekannten Pathologen, den wir manchmal zu Rate ziehen. Rabin wird die Leiche untersuchen und mir dann Bericht erstatten. Ich habe Monica am Park Crescent angerufen«, fuhr er fort. Am Park Crescent befand sich die Zentrale des SIS. »Harry Butler und Pete Nield sind bereits hierher unterwegs. Sie sollen sich bei der Bewachung von Andovers Haus ablösen. Und Sie können auch helfen, wenn Sie möchten. Fahren Sie los, und suchen Sie diesen Hafenmeister Walford auf. Gehen Sie auf seine Überheblichkeit ein. Finden Sie heraus, ob Burgoyne oder Fanshawe – oder beide – irgendwo in dieser Gegend ein Boot haben. Und wenn ja, was für eins . . .«

»Ich hätte es wissen müssen.« Newman seufzte. »Während wir noch in Morpheus' Armen lagen, haben Sie geschnurrt wie ein Dynamo . . .«

»Ich habe Monica auch gebeten, bei den richtigen Leuten nachzufragen und mir alles zu besorgen, was über Fanshawe und Burgoyne bekannt ist und über die Jahre, die sie im Fernen Osten verbracht haben. Und auch über Andover. Unsere Monica wird die ganze Nacht durcharbeiten.«

»Ihre Energie ist wirklich bewundernswert«, bemerkte Newman. »Ach ja, da ich gerade daran denke«, sagte er dann beiläufig, »hat Boyds Tod Paula schwer mitgenommen?«

Tweed verzog keine Miene. »Natürlich war sie bestürzt. Aber sie standen sich nicht sehr nahe. Sie schienen einfach gut miteinander auszukommen. Nichts Ernstes.«

»Ich bin froh, daß es kein niederschmetternder Schlag für sie war. Aber weshalb machen Sie sich all diese Mühe?«

»Weil ich Andovers Akte gelesen habe und mir bestimmte Details wieder einfielen, als Paula redete. Daß ich heute so früh nach Lymington gefahren bin, hat seinen Grund in Paulas Behauptung, daß sie gestern abend im Nebel irgend etwas gesehen hat. Sie hat wirklich ein hervorragendes Sehvermögen. Außerdem mag ich es nicht, wenn einer meiner Leute – nicht einmal ein Neuling – unter verdächtigen Umständen ums Leben kommt.«

»Sie meinen, Harvey Boyd, ein ehemaliger SAS-Mann, war . . .«

»Im Begriff, in den SIS einzutreten, nachdem er unsere Trainingskurse mit Glanz und Gloria bestanden hatte.«

»Das habe ich nicht gewußt«, sagte Newman.

»Schließlich hatte ich noch keine Gelegenheit, es Ihnen mitzuteilen. Bob, ich mache mir wirklich Sorgen. Hier gibt es mehrere scheinbar zusammenhanglose Geheimnisse. Ich habe allmählich das Gefühl, daß wir da in etwas überaus Bedrohliches hineingestolpert sind.«

»Dann sollte ich zusehen, daß ich zu meinem Plauderstündchen mit dem reizenden Mr. Walford komme. Sie fahren nach London zurück?«

»Noch nicht. Es könnte sein, daß ich hier unten auf wichtige Hinweise stoße. Ich fahre in der Gegend um Lymington herum, gehe vielleicht in ein oder zwei Lokale. Das sind die Orte, an denen man am ehesten etwas über die Leute in der Umgebung erfährt.«

Tweed war auf dem Parkplatz von Passford House gerade in seinen Escort gestiegen, als Paula von ihrem Spaziergang zurückkehrte. Sie schaute durchs Fenster herein und sah, daß er seinen Sicherheitsgurt anlegte.

»Tut mir leid, daß ich so unhöflich war und Sie angefahren habe. Kann ich trotzdem mitkommen?«

»Steigen Sie ein . . .«

Er fuhr vom Parkplatz herunter und die gewundene Landstraße entlang, die nach Lymington führte. Die kahlen Bäume waren mit Rauhreif überzogen, und die Luft war kalt und klar. Erst als er die Hauptstraße erreicht hatte, ergriff Paula das Wort.

»Für Bob Newman ist dies das ideale Wetter. Er sagt, bei kalter, klarer Luft könnte er am besten denken und arbeiten.«

»Hoffen wir, daß er im Moment beides tut.«

»Während meines Spaziergangs habe ich mich gefragt, was ich tun könnte – ihr anderen seid so aktiv. Ich würde gern versuchen, mehr über diese beiden Frauen – Lee Holmes und Helen Claybourne – herauszubekommen. Irgendwie habe ich das Gefühl, daß sie möglicherweise mehr sind als nur die sogenannten Haushälterinnen der Männer.«

»Überprüfen Sie sie. Aber es wird vermutlich nicht einfach sein. Und seien Sie vorsichtig.«

»Sie glauben also, daß mit einer von ihnen etwas nicht stimmt?«

»Ich habe Sie nur gebeten, vorsichtig zu sein . . .«

Ein paar Minuten später fuhr er auf einen öffentlichen Parkplatz hinter einem Waitrose-Supermarkt und stellte den Escort in dem Abschnitt für Dauerparker ab, der gebührenfrei war. Die Dame an der Rezeption von Passford House hatte ihm beschrieben, wie er ihn finden konnte.

Es war nach elf Uhr, als sie zur Hauptstraße zurückkehrten und an den Fassaden von Häusern aus der georgianischen Zeit und zahlreichen Ladengeschäften entlangwanderten. Tweed hielt bei Pier 68 an, einem Restaurant mit einer Bar, und geleitete Paula hinein.

»Die Barkeeper kennen gewöhnlich die Einheimischen sehr gut«, flüsterte er. »Ich bin auf bestimmte Informationen aus. Diese Boote, die verschwunden sind . . .«

Im Pier 68 gab es einen langen, behaglichen Raum mit einer Bartheke und Hockern an einer Wand. Dahinter konnte Tweed durch eine offenstehende Tür zum Lunch gedeckte Tische sehen. Er ließ sich neben einem Mann mit einer blauen Schirmmütze nieder, der einen Stumpen rauchte, und bestellte für sich und Paula ein Glas trockenen französischen Weißwein. Der Barkeeper war ein freundlicher Mann mit einem gestutzten Bart.

»Ich habe Geschichten über Boote gehört, die sich in Luft auflösten, nachdem sie von Lymington ausgelaufen waren«, bemerkte Tweed.

»Seemannsgarn.« Der Barkeeper schüttelte den Kopf. »Das sind nur vage Gerüchte.«

»In diesem Jahr sind fünf Boote spurlos verschwunden«, bemerkte Paula.

»Alles Gerüchte, die wahrscheinlich nur ausgestreut wurden, um das Geschäft anzukurbeln.«

Er entfernte sich ein Stück und polierte die Theke. Der Mann mit der Schirmmütze stellte sein Bier ab und beugte sich zu Tweed.

»Sind Sie Reporter?«

»Nein, die Sache interessiert mich nur.« Tweed drehte sich auf seinem Hocker, um sich dem Mann zuwenden zu können. »Und sie wäre vielleicht Material für ein Buch, an dem ich gerade schreibe.«

»Dann sollten Sie es unten am Hafen versuchen, bei Ned, dem Barkeeper im Ship Inn. Er ist näher dran an dem, was dort vorgeht.«

»Danke. Wir wollten ohnehin in diese Richtung.«

Er ließ sein Glas halbvoll stehen und nickte dem Barkeeper zu, dann gingen sie. Nachdem sie die High Street überquert hatten, wanderten sie eine steile Straße hinunter. Paula betrachtete die Geschäfte und die Leute.

»Sieht alles ganz friedlich aus.«

»Ein Eindruck, der täuschen könnte.«

Unten angekommen, überquerten sie eine weitere Straße und setzten ihren Abstieg auf einer sehr kurzen und steilen, mit Kopfsteinen gepflasterten, für Autos verbotenen Gasse fort, die Quay Hill hieß. Wenig später bogen sie in eine weitere kopfsteingepflasterte Gasse ein. Quay Street. Überwiegend teure Touristengeschäfte, aber Tweed sah auch Türen, die allem Anschein nach in Privathäuser führten. Sie bogen um eine Ecke und sahen einen Wald aus Masten und das Schild vom Ship Inn.

Paula blieb stehen und schluckte, dann ging sie weiter.

»Möchten Sie nach dem, was gestern abend hier passiert ist, lieber woanders warten, während ich hineingehe?« fragte Tweed.

»Nein. Ich hatte hier meinen letzten Drink mit Harvey, aber ich gedenke nicht, mich davon aus der Ruhe bringen zu lassen.«

Wohltuende Wärme schlug ihnen entgegen, als sie das Lokal betraten. Wieder steuerte Tweed auf die Bar zu und bestellte zwei Gläser Wein. Als er sie bezahlte, brachte er abermals das Thema aufs Tapet.

»Ich habe gestern mit dem Hafenmeister gesprochen. Er hat mir von einigen sehr merkwürdigen Unfällen hier in dieser Gegend erzählt. Nicht weniger als fünf Boote, die im Laufe dieses Jahres hinausgefahren sind, sollen nicht zurückgekommen sein. Übrigens, Sie sind doch Ned?«

»Der bin ich.« Es waren sonst keine Gäste da, und der Barkeeper beugte sich vor und senkte die Stimme. »Sie versuchen, es nicht bekanntwerden zu lassen. Idiotisch. Ein Boot verschwindet, okay. Zwei, vielleicht. Aber nicht fünf. Das müßte untersucht werden.«

»Wenn ich recht verstanden habe, sind alle fünf direkt vor Lymington verschwunden.«

»Nein, Sir, das stimmt nicht ganz. Drei von ihnen, darunter ein Mr. Benton – der erste Vermißte – wurden in Nebellücken gesehen, wie sie den Solent hinauffuhren. Ich vermute, sie befanden sich in der Nähe der Mündung des Beaulieu.«

»Korrigieren Sie mich, wenn ich mich irre – verläuft dieser Fluß nicht ungefähr parallel zum Lymington River, nur weiter östlich?«

»So ist es, Sir. Es ist eine einsame Gegend, in der nur wenige Menschen leben. Ein Stück flußaufwärts liegt ein weiterer großer Jachthafen, Buckler's Hard. Manche Leute gehen lieber dort vor Anker als hier. Ein komisches Volk, diese Segler.«

»In welcher Hinsicht?«

»Nun, ich nehme an, man könnte es Snobismus nennen. Ein Teil von ihnen denkt, dies hier wäre der beste Hafen, weil wir hier den Royal Lymington Yacht Club haben. Ein wesentlich kleinerer Teil denkt anders. Glaubt, für die wahre Elite käme nur Buckler's Hard in Frage. Da ist ein Brigadier Burgoyne, der hat seine Motorjacht dort liegen. Der würde hier keinen Fuß hereinsetzen. Was mich betrifft, sehe ich keinen Unterschied.«

»Sie sagten eben, die Gegend um den Fluß Beaulieu wäre sehr einsam. Meinen Sie damit, daß jenseits von Buckler's Hard niemand wohnt?«

»Nun, ja und nein, Sir. Irgendwelche komischen Leute leben in Moor's Landing. Das Westufer des Beaulieu gehört Lord Montagu. Aber das Ostufer, jedenfalls der größte Teil davon, gehört Lord Rothschild. Moor's Landing liegt auf einem Areal, das, soweit ich weiß, verpachtet worden ist. Dort gab es ein kleines Dorf, ganz in der Nähe des Flusses – das war Moor's Landing.«

»Sie sagten ›war‹. Existiert das Dorf nicht mehr?«

»Ich habe mich nicht klar ausgedrückt. Irgend jemand hat all die alten Cottages aufgekauft, sie innen renoviert und mit allem Komfort ausgestattet. Dann hat er sie alle innerhalb weniger Tage verkauft.«

»Sie sagten, es wären komische Leute«, ermunterte Tweed ihn zum Weiterreden. »In welcher Hinsicht?«

»Nun, sie halten sich abseits. Irgendwelche Büroleute,

nehme ich an. Eingebildet. Habe noch nie einen von ihnen hier gesehen. Sie kommen anscheinend kaum aus ihrem Dorf heraus.«

»Hat dieses Moor's Landing Zugang zum Fluß Beaulieu?«

»Den hat es. Da ist ein großer Anleger, den sie kürzlich aufgemöbelt haben. Sorgfältig repariert und frisch gestrichen. Was mir komisch vorkam – nach dem, was ich gehört habe, hat keiner von den Leuten, die dort leben, ein Boot. Statussymbol, nehme ich an. All das ist vor einem Jahr oder etwas mehr passiert.«

»Ich schreibe ein Buch über abgelegene Orte«, erklärte Tweed, bei derselben Geschichte bleibend. Das würde verhindern, daß Ned sich später über seine Fragen wunderte. »Gibt es irgendeine Möglichkeit, von Buckler's Hard aus den Fluß hinaufzufahren?«

»Bis vorigen Monat hätten Sie mit dem kleinen Katamaran fahren können, der Touristen flußaufwärts befördert. Dazu ist es jetzt zu spät – er hat Ende Oktober den Betrieb eingestellt. Aber vielleicht könnten Sie ein Motorboot mit Besatzung mieten. Das wäre allerdings viel teurer als der Katamaran.«

»Ich werde es mir überlegen.« Tweed leerte sein Glas, sah Paula an. »Und jetzt denkt mein Magen an Lunch. Das Restaurant dort drüben sieht verlockend aus.«

»Das Essen ist recht anständig, Sir . . .«

Nach dem Lunch wanderten sie zum Hafen. Sie kamen gerade rechtzeitig, um zu sehen, wie ein aus vier rotweißblauen Waggons bestehender Zug auf dem Weg zum Fährterminal eine Brücke überquerte. Gleichzeitig steuerte eine große Autofähre auf dem Rückweg von der Isle of Wight den Terminal an.

»Ich frage mich, wen Harveys Freund auf der Isle of Wight besuchen wollte, als er sich auf seine letzte Fahrt machte«, sagte Tweed halb zu sich selbst.

»Das werden wir wahrscheinlich nie erfahren«, erwiderte Paula. »Weshalb sind Sie so interessiert an Buckler's Hard und diesem Moor's Landing?«

»Ich halte Ausschau nach allem, was ungewöhnlich ist. Und jetzt sollten wir nach Passford House zurückkehren.«

Paula begriff, daß er nicht mehr zu sagen gedachte, also schwieg sie auf dem Rückweg zu ihrem Wagen. Sie hätte sich nicht träumen lassen, was sie erwartete.

Pete Nield, von Tweed damit beauftragt, zusammen mit Harry Butler das Haus von Sir Gerald Andover zu überwachen, stand vor dem Hotel neben seinem Ford Sierra. Er war schlank und hochgewachsen, immer gut gekleidet und hatte einen kleinen, dunklen Schnurrbart, den er gerade befingerte. Er rannte auf sie zu, bevor sie aus dem Escort aussteigen konnten.

»Harry ist noch in *Prevent*. Ich bin gekommen, um Sie zu informieren. In das Haus ist eingebrochen worden. Andover ist verschwunden . . .«

Sechstes Kapitel

»Haben Sie zufällig einen Landrover gesehen, Pete?« fragte Tweed, als er sich mit seinem Escort *Prevent* näherte. »Ich hätte Sie warnen sollen.«

»Nicht nötig«, erwiderte Nield, der im Fond des Wagens saß. »Harry hat ihn entdeckt, als wir ankamen – im Unterholz versteckt. Fast sofort, nachdem wir vorbeigefahren waren, kam er heraus. Tut mir leid, daß wir nicht früher hier eintreffen konnten. Monica hatte Schwierigkeiten, uns ausfindig zu machen.«

»Wann sind Sie angekommen?« fragte Paula.

»Heute morgen um zehn. Wir haben uns das Haus angesehen und sofort den Einbruch entdeckt. Wir sind nicht hineingegangen«, fuhr er fort, »sondern haben draußen gewartet, für den Fall, daß die Eindringlinge auftauchten. Aber das Glück hatten wir nicht. Daraufhin bin ich losgefahren, um Sie zu informieren. Habe von einer Telefonzelle aus in Passford House angerufen, aber Sie waren alle unterwegs.«

Tweed nickte, fuhr langsamer. Er bog von der Straße ab und parkte hinter Bäumen versteckt an der Stelle, an der Newman am Vorabend gewartet hatte. Die anderen beiden hatten Mühe, mit ihm Schritt zu halten, als er die Zufahrt entlangeilte. Harry Butler kam hinter einer Reihe ungepflegter Sträucher hervor.

»Niemand in der Nähe«, berichtete er.

Butler, ein Mann, der nicht viele Worte machte, war schwerer gebaut als Nield. Er war glattrasiert und trug Jeans und einen Anorak, Nield dagegen einen Anzug.

»Woher wissen Sie, daß Andover fort ist?« fragte Tweed ruhig.

»Kein Wagen in der Garage, nur Ölspuren auf dem Betonboden und Regale mit Werkzeug, das man für ein Auto braucht.«

»Aber könnte er nicht noch drinnen sein?«

»Nur, wenn er tot ist. Ich habe an der aufgebrochenen Haustür gestanden und mit höchster Lautstärke nach ihm gerufen. Keine Antwort. Sehen Sie selbst.«

»Ich finde, vorher sollten wir uns das Grundstück hinter dem Haus ansehen. Es ist ziemlich groß – Andover war gestern abend da hinten und wanderte herum wie ein Zombie.«

»Bereits überprüft«, erwiderte Butler knapp. »Niemand.«

»Haben Sie die Polizei informiert?«

»Nein. Ich dachte, Sie sollten es zuerst erfahren.«

»Das war richtig. Und nun wollen wir uns umsehen . . .«

Der Einbruch war ohne jede Finesse durchgeführt worden. Wieder stand die Haustür offen. Butler zeigte auf die Stelle, an der ein Brecheisen angesetzt worden war und ein großes Stück vom Rahmen herausgebrochen hatte.

»Das ist nur ein Vorgeschmack dessen, was Sie drinnen sehen werden«, warnte er.

Mit Paula an seiner Seite folgte Tweed Butler ins Haus und durchquerte die geräumige Halle. Pete Nield war als Posten draußengeblieben. Tweed steuerte auf das Arbeitszimmer zu. Die Tür stand offen, und drinnen herrschte totales Chaos. Die Glasscheiben der Bücherschränke waren eingeschlagen, die Türen aufgebrochen. Sämtliche Bücher waren herausgerissen worden und lagen auf dem Fußboden.

»Oben sieht es ebenso aus«, erklärte Butler. »In den Schlafzimmern sind die Matratzen aufgeschlitzt und die Teppiche hochgerissen.«

»Und ich frage mich, ob sie gefunden haben, was sie suchten, obwohl sie ein solches Chaos angerichtet haben«, sinnierte Tweed.

Er stand in der Mitte des Zimmers. Aus Andovers Schreibtisch waren die Schubladen herausgezogen worden, sie lagen mit ausgekipptem Inhalt auf dem Boden. Sogar die Vorhänge waren heruntergerissen.

»Wir werden nie erfahren, wonach sie gesucht haben«, bemerkte Paula und bahnte sich ihren Weg durch den Trümmerhaufen. »Was ist?« fragte sie.

Tweed stand ganz still da, hatte die Hände in die Taschen seines Trenchcoats gesteckt und dachte über Andover nach. Sein Blick fiel auf ein altes Buch mit gebrochenem Rücken. Er bückte sich, hob es auf. Es war ein Band mit Erzählungen von Edgar Allan Poe. Er blätterte es durch, fand eine Seite mit einer umgeknickten Ecke. Er zeigte sie Paula.

»Das könnte es sein.«

»Entschuldigung, bin ich schwer von Begriff? Ich habe Poe nie gelesen.«

»Sollten Sie aber. Er war ein Genie. Sehen Sie den Titel der Geschichte, wo die Ecke umgeknickt ist?«

»*Der entwendete Brief*. Sagt mir überhaupt nichts.«

»Kann es auch nicht, wenn Sie die Geschichte nicht kennen. Andover ist ein kluger Mann. Vielleicht hat er mir eine Botschaft hinterlassen.«

»Was für eine Botschaft?«

Aber Tweed steuerte bereits auf den großen, altmodischen Kamin zu, in dem ein Haufen Scheite lag. Die einzigen Gegenstände auf dem Sims darüber waren eine Uhr aus der Viktorianischen Zeit, die um fünf vor zwölf stehengeblieben war, und zwei Kerzenhalter. Neben der Uhr lehnte an der Wand ein brauner Umschlag, der jedermann vertraut war. *On Her Majesty's Service*. Eine Mitteilung vom Finanzamt.

Er ergriff den Umschlag, und dahinter versteckt, an den abblätternden Putz gelehnt, fand sich ein zweiter Brief. Er bestand aus gutem Papier, war an Sir Gerald Andover adressiert und trug eine belgische Briefmarke.

»Die hätten doch bestimmt nicht das ganze Haus auf den Kopf gestellt, nur um das zu finden?« protestierte Paula.

»Kommt darauf an, was darinsteht . . .«

Tweed zog zwei zusammengefaltete Blätter heraus, und wieder war das Papier dick und von guter Qualität. Er überflog beide Seiten, dann wendete er sich mit beunruhigter Miene an Paula.

»Das ist ein sehr aufschlußreicher Brief von Gaston Delvaux in Lüttich.«

»Den Namen habe ich schon einmal gehört, aber ich weiß im Augenblick nicht, in welchem Zusammenhang.«

»Delvaux ist Rüstungsfabrikant und einer der größten Experten der Welt für moderne Techniken auf seinem Gebiet. Nicht nur für Panzer und Waffen, sondern auch Flugzeuge und Schiffe. Beachten Sie letzteres.«

»Sie meinen, er könnte vielleicht etwas über dieses Geisterschiff wissen, das ich gesehen habe, kurz bevor Harvey starb?«

»Das habe ich nicht gesagt. Auch Delvaux gehört zu INCOMSIN, dem *International Committee of Strategic Insight*, von dem ich Ihnen erzählt habe.«

»Die Denkfabrik, in der hochintelligente Leute versuchen, globale Entwicklungen vorherzusehen.«

»Und wie Andover ist auch Delvaux einer dieser hochintelligenten Leute. Ich bin ihm mehrmals begegnet, als man mich zur Teilnahme an ihren geheimen Sitzungen aufgefordert hatte.«

»Was steht in dem Brief?«

»Darüber werden wir uns später unterhalten«, sagte Tweed und steckte den Brief ein. »Wahrscheinlich bedeutet er, daß wir bald einen Ausflug nach Belgien machen müssen. Und ich bin ziemlich sicher, daß er das ist, wonach die Einbrecher gesucht haben.«

»Aber wie in aller Welt haben Sie gewußt, wo Sie nachschauen mußten?«

»Die Erzählung von Poe. Darin geht es um einen wichtigen Brief, der in einem Zimmer versteckt wurde. Sie suchen überall und geben dann auf – an Einzelheiten kann ich mich nicht mehr erinnern. Aber das Entscheidende ist, daß der Brief überhaupt nicht versteckt war, sondern in einem zweiten Umschlag vor aller Augen dalag. Er war so deutlich zu sehen, daß niemand auf die Idee kam, ihn dort zu vermuten. Und deshalb hat Andover die Ecke dieser

Seite umgeknickt. Ich vermute, das Buch hat auf seinem Schreibtisch gelegen, wo ich es gleich gesehen hätte. Nachher können Sie von einer Telefonzelle aus anonym die Polizei informieren. Und jetzt haben wir eine gräßliche Aufgabe vor uns.«

»Machen Sie sich auf etwas gefaßt, Harry«, warnte Tweed in der Küche, während er sich bückte, um den Deckel der Gefriertruhe anzuheben.

»Dabei kann einem ja das Frühstück wieder hochkommen«, bemerkte der sonst so unerschütterliche Butler.

»Ich bin erleichtert, daß er noch da ist«, entgegnete Tweed und betrachtete den in einem mit Eis gefüllten Plastikbehälter liegenden Arm. »Ich weiß nur nicht, wie wir das Problem lösen können. Ich möchte den Arm nach London bringen lassen, damit Dr. Rabin ihn untersucht. Aber wir können ihn nicht einfach ins Auto legen.«

»Doch, das können wir«, erklärte Butler. »Geben Sie mir fünf Minuten. Ich wußte nicht, wie lange wir hier sein würden, und habe deshalb eine große Kühltasche mit Essen mitgebracht. Sie ist draußen in meinem Cortina.«

Für Butler war das eine lange Rede. Er verschwand und kehrte kurz darauf mit der Kühltasche zurück.

Paula hatte sich so weit wie möglich von der Tiefkühltruhe entfernt auf einem Hocker niedergelassen. Sie war nicht überempfindlich, aber solange es nicht nötig war, wollte sie den Arm mit der blutdurchtränkten Bandage nicht vor Augen haben.

Butler hatte den Reißverschluß der Kühltasche geöffnet und Handschuhe angezogen. Er hob den Behälter aus der Truhe und ließ ihn in die Tasche gleiten. Dann zog er den Reißverschluß wieder zu, schloß die Gefriertruhe und sah Tweed an, der etwas auf die Rückseite einer seiner Visitenkarten schrieb. Er gab sie Butler.

»Hier ist die Adresse. Dr. Rabin wird Sie erwarten. Ich rufe ihn an, während Sie zurückfahren.«

»Bin schon unterwegs . . .«

Paula wartete, bis sie allein waren. Dann stellte sie die

Frage, die ihr schon eine ganze Weile im Kopf herumging.

»Weshalb ein Pathologe? Und überdies ein erstklassiger?«

»Ich habe nur wenig Ahnung von medizinischen Dingen«, erklärte Tweed, »aber ich glaube, nur ein sehr guter Chirurg kann einen Arm so säuberlich amputieren. Wenn ich das Schwein ausfindig machen kann, das diese Barbarei begangen hat, dann bin ich dem, was hinter alledem steckt, einen Schritt näher gekommen.«

Paula nickte. Tweed benutzte nur selten drastische Ausdrücke; daß er es jetzt getan hatte, ließ die Empörung erkennen, die er über diese abscheuliche Tat empfand. Sie schaute nicht zurück, als sie das verwüstete Haus verließen. Pete Nield erschien aus dem Nirgendwo.

»Alles klar. In beiden Richtungen ist kein Wagen vorbeigekommen. Harry ist unterwegs nach London, und das Essen habe ich vergraben. Wie geht es weiter?«

»Wir müssen herausfinden, was mit Andover passiert ist. Das ist das wichtigste. Es hat keinen Sinn, das Haus weiterhin zu beobachten. Also setzen wir uns in Bewegung. Zuerst einmal zurück nach Passford House . . .«

Das erste, was sie auf dem Parkplatz des Hotels sahen, war Newmans Mercedes, der allein auf weiter Flur stand. Als nächstes sahen sie Newman selbst, der sich mit einem Poliertuch in der Hand an der ihnen abgewandten Seite des Mercedes aufrichtete. Er kam zu ihnen und hörte zu, während Tweed ihn kurz über das Vorgefallene informierte.

»Konnten Sie von Walford erfahren, ob Burgoyne oder Fanshawe ein Boot besitzen?« fragte Tweed, nachdem er geendet hatte.

»Natürlich. Schließlich bin ich einmal Reporter gewesen. Ich fuhr mit unserem Freund Walford in eine Kneipe, spendierte ihm ein paar Glas Scotch. Er wurde ausgesprochen geschwätzig. Der Brigadier hat eine luxuriöse Motorjacht, die an einem Ort vor Anker liegt, der Buckler's Hard heißt.«

»Das weiß ich bereits«, sagte Tweed.

»Lassen Sie mich weiterreden. Willie Fanshawe besitzt gleichfalls eine Motorjacht, aber die liegt in Lymington. Sie scheinen alle begeisterte Seefahrer zu sein. Auch Sir Gerald Andover besitzt eine Motorjacht, die *Seahorse III* . . .«

»Das ist wichtig«, warf Tweed ein. »In welchem Hafen?«

»Lymington. Außerdem habe ich erfahren, daß Andover davongesegelt ist. Walford hat ihn heute früh kurz nach Tagesanbruch an Bord der *Seahorse III* auf dem Weg in den Solent gesehen.«

»Ich wüßte zu gern, wohin er gefahren ist«, sagte Tweed halb zu sich selbst.

»Ich weiß es«, fuhr Newman fort. »Er hat Walford mitgeteilt, er wollte um die Isle of Wight herumfahren und dann für ein paar Tage nach Devon. Was merkwürdig ist, denn Walford zufolge hat sich Andover früher nie die Mühe gemacht, ihm zu sagen, wo er hinwollte. Er sagte, Andover wäre normalerweise sehr verschlossen, was seine Fahrten angeht.«

»Was bedeutet«, sagte Tweed ingrimmig, »daß Devon die einzige Gegend ist, wohin er nicht unterwegs ist. Er wollte sein Ziel unbedingt geheimhalten. Wir müssen später zusehen, wie wir ihn ausfindig machen können.«

»Die Küstenwache?« schlug Newman vor.

»Das hat keinen Sinn. Andover ist clever. Ich vermute, daß er sich inzwischen weit draußen auf hoher See befindet und irgendwohin unterwegs ist.«

»Also können wir im Moment nichts unternehmen«, bemerkte Paula. »Wie geht es weiter? Zurück nach London?«

»Noch nicht. Ich will mich noch eine Weile in diesem Teil der Welt umsehen. Ich bin ganz sicher, daß hier etwas Merkwürdiges vorgeht – ganz abgesehen von der Verwüstung, die jemand in Andovers Haus angerichtet hat.«

Tweed schaute hinaus auf den mit Rauhreif überzogenen Rasen. Selbst jetzt lag die Temperatur noch unter dem Gefrierpunkt. Da sie ihn kannten, hielten die anderen den

Mund. Tweeds Verstand lief auf Hochtouren, ging das durch, was sie herausgefunden hatten, versuchte, irgendeine Art Muster zu entdecken.

»Ich habe keine Ahnung, was da vorgeht«, gestand er schließlich. »Die angebliche Entführung von Irene ist ein makabres Geheimnis. Und die Tatsache, daß drei alte Chinafachleute so dicht beieinander wohnen, ist mehr als purer Zufall. Paula hat kürzlich etwas sehr Wichtiges gesagt. Das Problem ist nur, daß ich mich im Moment nicht erinnern kann, was es war.« Er richtete sich auf. »Wir brauchen einfach mehr Fakten . . .«

»Mir fällt gerade noch etwas ein, was Walford gesagt hat«, meldete sich Newman zu Wort. »Er hat sich gestern abend nicht sonderlich genau ausgedrückt. Heute vormittag hat er mir erzählt, daß die drei Boote, die Anfang des Jahres verschwanden, sich irgendwo nahe der Mündung des Flusses Beaulieu in Luft aufgelöst zu haben scheinen. Eines von ihnen war das von Benton. War das nicht ein Freund von Andover?«

»Ja«, sagte Tweed. »Und das, was Sie da gerade berichtet haben, stimmt mit dem überein, was ich von dem Barkeeper im Ship Inn erfahren habe. Wir werden uns Buckler's Hard und Moor's Landing einmal ansehen. Werfen Sie einen Blick auf die Karte, Paula. Wie weit ist dieses Modelldorf, von dem uns der Barkeeper erzählt hat, vom Solent entfernt?«

Er wanderte langsam auf und ab, während Paula die Karte studierte, die sie aus dem Escort geholt hatte. Die ganze Gegend machte einen so friedlichen Eindruck, und dennoch hatten sie im Haus eines gebrochenen Mannes einen amputierten Arm gefunden.

»Moor's Landing ist ungefähr eine Meile vom Solent entfernt«, erklärte Paula.

»Also nicht weit von der Stelle, an der die drei Boote an der Mündung des Beaulieu verschwanden. Ja, ich glaube, es könnte sich lohnen, dem Ort einen Besuch abzustatten . . .«

Um nach Buckler's Hard zu kommen, benutzten sie die gleiche Route, die sie am Vorabend gefahren waren. Paula saß neben Newman, der seinen Mercedes fuhr, und Tweed hatte sich im Fond niedergelassen.

Auf Tweeds Anweisung hin folgte Pete Nield ihnen in einigem Abstand. Tweed sprach erst, als sie sich den Zufahrten zu *Prevent*, *Leopard's Leap* und *The Last Haven* näherten.

»Bob, ich möchte, daß Sie jetzt ganz langsam fahren. Nicht mehr als dreißig Stundenkilometer.«

»Wenn es sein muß«, protestierte Newman, »aber dem Mercedes wird das gar nicht gefallen.«

»Weshalb, wenn ich fragen darf?« erkundigte sich Paula.

»Das haben Sie gerade getan«, erwiderte Tweed und verfiel wieder in Schweigen.

Als sie an den Zufahrten vorbeikrochen, schaute Tweed aus dem Fenster. Nur eine leere Zufahrt zu Andovers Haus. Am Vormittag hatte er die Polizei anonym über den Einbruch informiert. Das Haus selbst war von der Straße aus nicht zu sehen. Das schmiedeeiserne Tor von *Leopard's Leap* stand auch jetzt offen, aber er konnte keinerlei Anzeichen von Leben entdecken.

Paula versteifte sich, als sie den Haufen Ziegelsteine und den kleinen Zementmischer auf dem Bankett sah. Der Anblick erinnerte sie an das Erlebnis vom Vorabend, bei dem sie beinahe ums Leben gekommen waren.

Tweed schaute über die kiesbestreute Zufahrt hinweg auf Fanshawes Haus im schwedischen Stil. Die Vorhänge waren zugezogen und erweckten den Eindruck, als wohne dort niemand. Er wartete eine Minute, dann ergriff er wieder das Wort.

»Könnten Sie an den Straßenrand fahren? Ich möchte ein paar Worte mit Pete sprechen. Es ist gerade niemand in der Nähe.«

Ein paar Minuten später erschien Nields Ford Sierra. Tweed wartete außerhalb des Wagens auf ihn und bedeutete ihm anzuhalten. Nield sprang schnell heraus, ließ aber den Motor laufen.

»Probleme?«

»Noch nicht.« Tweed lächelte. »Pete, zwei oder drei Kilometer von hier, in der Richtung, aus der wir gekommen sind, zweigt links ein Feldweg von der Straße ab. Dort hatten Paula und ich unsere Begegnung mit diesem Betonmischer. Es ist meilenweit die einzige Abzweigung. Ich möchte, daß Sie umkehren und auf diesen Feldweg fahren, um zu sehen, ob sich dort irgend etwas tut. Sie haben sich zusammen mit Paula auf der Karte die Route nach Buckler's Hard angesehen. Kommen Sie so schnell wie möglich zurück, und versuchen Sie, uns einzuholen.«

»Wird gemacht. Die Route habe ich im Kopf. Bis später . . .«

Noch bevor Tweed die Tür des Mercedes geschlossen hatte, hatte Nield bereits gewendet und fuhr zurück. Tweed ließ sich wieder auf dem Rücksitz nieder.

»Sind Sie beide bewaffnet? Ich hätte schon früher danach fragen sollen.«

»Ich habe meinen .38er Smith & Wesson Special in einem Hüftholster«, erwiderte Newman. Er fuhr wieder an und gab Gas.

»Und ich habe meinen Browning in der Umhängetasche«, erklärte Paula. »Pete hat eine Walther. Befürchten Sie, daß dies ein gefährlicher Ausflug werden könnte? Schließlich sind wir hier im New Forest.«

»Wo gestern abend nicht viel daran gefehlt hat, daß wir umgebracht wurden . . .«

Siebentes Kapitel

Sie hatten den New Forest – und anschließend ein Stück flache Heidelandschaft – hinter sich gelassen, als der Bentley-Oldtimer Newmans Mercedes überholte.

Newman fuhr gerade eine kurvenreiche Straße hinunter, die in das Städtchen Beaulieu führte. Der Fluß lag zu ihrer Linken. Newman fuhr mit angemessenem Tempo, und der offene Tourenwagen, grün, mit Trittbrettern und auf Hochglanz polierten altmodischen Scheinwerfern, jagte mit wahnsinniger Geschwindigkeit an ihnen vorbei.

Der Fahrer hinter dem Lenkrad des Viersitzers trug einen alten Sturzhelm und eine große Schutzbrille. Paula konnte nur einen flüchtigen Blick auf ihn erhaschen, aber sie sah, daß ein heller Schal die untere Hälfte seines Gesichts verdeckte, vermutlich als Schutz vor der Kälte.

»Verrückter Kerl«, murmelte Newman.

»Wir müssen gleich rechts abbiegen«, teilte Paula ihm mit. »Wir fahren nicht nach Beaulieu hinein. Großer Gott! Sehen Sie sich diesen Idioten an!«

»Ich sehe ihn«, bemerkte Newman gelassen.

»Und er will auch nach Buckler's Hard – wenn er lebendig dort ankommt.«

»Er ist zwar ein Angeber, aber trotzdem ein guter Fahrer«, stellte Newman fest.

Um auf eine andere, steil aufwärts verlaufende Straße einzubiegen, die nach Buckler's Hard führte, mußte der Fahrer des Bentley in einem Winkel von ungefähr hundertfünfzig Grad herumschwingen. Er drosselte kaum das Tempo, als er von der Hauptstraße abbog und dann mit Vollgas den Hügel hinaufraste und außer Sicht davonfuhr.

Im Fond des Wagens achtete Tweed nicht auf diese halsbrecherischen Fahrkünste. Er hatte sich umgedreht und schaute durch das Heckfenster und dann, nachdem

Newman die enge Kurve gleichfalls hinter sich gebracht hatte, durch das Seitenfenster.

»Da ist ein Hubschrauber, der hinter uns herfliegt«, teilte er ihnen mit. »Eine Privatmaschine ohne Kennzeichen. Merkwürdig.«

Newman fuhr auf der gewundenen Straße den steilen Hügel hinauf. Oben angekommen, lenkte er den Wagen auf einer beiderseits von Hecken gesäumten Straße um eine Reihe von Kurven. Dann lag eine lange, ebene und gerade Strecke vor ihnen, aber der Bentley war nicht zu sehen.

»Himmel!« bemerkte Paula. »Der muß aber ein Tempo draufgehabt haben.«

»Frisierter Motor«, erklärte Newman.

»Jetzt fliegt der Hubschrauber auf einem Kurs parallel zu unserem«, informierte Tweed sie vom Rücksitz her.

»Er scheint Sie sehr zu interessieren«, meinte Paula über die Schulter hinweg.

»Geben Sie mir die Karte«, verlangte Tweed.

Ein paar Minuten später erreichte Newman in einer offenen, einsamen Landschaft mit Feldern eine Privatstraße, die zu Buckler's Hard führte. Er wollte gerade abbiegen, als Tweed sich wieder zu Wort meldete.

»Der Hubschrauber landet ein Stück vor uns. Der Karte nach würde ich sagen, daß er irgendwo am Westufer herunterkommt – auf dem Land, das Lord Montagu gehört.«

»Ein Hubschrauber von vielen«, sagte Newman und bog nach links ab.

»Dürfen wir die Straße benutzen?« fragte Paula. »Ich nehme an, sie ist nur für Leute gedacht, die ein Boot besitzen.«

»Dann besitzen wir eben ein Boot«, erwiderte Newman ungerührt. »Die *Seahorse IV*, wenn uns jemand fragt. Und ich sehe im Rückspiegel, daß Pete Nield uns einholt. Ob er irgendwelche freudigen Botschaften für uns hat?«

Auf halber Höhe eines steil abfallenden Hügels kam der Hafen in Sicht. Die Sonne schien, und das blaue Wasser funkelte wie Diamanten. Das Hafenbecken war fast ein kleiner See, aber in Richtung auf den Solent zu verschwand der Fluß zwischen baumgesäumten Ufern. Im Norden, wo er von Beaulieu kam, beschrieb er eine S-Kurve.

Newman hielt an, stellte den Motor ab.

»Ich will auf Pete warten . . .«

Tweed und Paula stiegen aus, um sich die Beine zu vertreten. Auf dem Fluß waren Jachten und Motorboote, für den Winter mit blauer Plastikfolie abgedeckt, an Bojen vertäut. Es war ein schöner Anblick, aber nirgends waren Menschen zu sehen. Die Saison war vorüber. Nield hielt mit seinem Sierra hinter dem Mercedes an und stieg aus.

Paula, die herumgewandert war und zum Hafen hinuntergeschaut hatte, kehrte zu Tweed zurück. Nield senkte die Stimme.

»Keine Bange, Pete«, sagte sie entschlossen. »Ich bin kein Schulmädchen mehr. Lassen Sie mich die Details hören.«

»Sie sind wirklich grausig. Der Betonmischer ist noch da – zwischen den Bäumen eingekeilt. Und auch die Polizei, die mir sagte, die Straße wäre gesperrt. Sie haben um das Fahrzeug herum eine Wand aus Planen errichtet, aber eine Bö wehte sie hoch. Der Fahrer, der versucht hat, Sie umzubringen, steckt noch im Beton. Sie müssen Bohrhämmer herbeischaffen, um ihn aus seinem Mantel herausholen zu können.«

»Besser er als Sie«, bemerkte Newman. »Wie geht es weiter?«

»Paula und ich borgen sich Ihren Mercedes aus. Sie und Pete fahren mit dem Sierra hinunter, wir folgen Ihnen. Versuchen Sie ein Boot zu mieten, das uns flußabwärts bringen kann«, sagte Tweed.

»Wir sind schon unterwegs . . .«

Tweed parkte den Mercedes dicht am Wasser und im Windschatten einer großen, an beiden Seiten von schweren Holzpfosten aufrecht gehaltenen Jacht, die den Wagen verdeckte.

»Weshalb verstecken wir uns?« fragte Paula.

»Ein Mercedes würde auffallen. Ich muß immer an diesen alten Bentley denken, der uns überholt hat. Und an den Hubschrauber, der in der Nähe des Flusses gelandet ist. Ich rieche Gefahr.«

»Durch wen?«

»Ich habe keine Ahnung. Aber wir sind ganz langsam an Andovers Haus vorbeigefahren. Die Ganoven, die dort eingebrochen sind, könnten zurückgekommen sein und uns durchs Gebüsch hindurch gesehen haben.«

»Wäre nach unserem Anruf nicht die Polizei dort gewesen?« fragte sie. »Allerdings habe ich keinen Streifenwagen gesehen.«

»Die dürfte schon vor Stunden gekommen und wieder gegangen sein. Für sie ist es nur ein Einbruch unter vielen. Und Andover war vermutlich nicht da, um nähere Angaben zu machen. Sie werden jemanden damit beauftragen, die Haustür zu reparieren, und es dabei belassen.«

»Sonst noch jemand?«

»Wir sind ebenso langsam an Burgoynes und Fanshawes Häusern vorbeigefahren. Jeder von ihnen könnte uns gesehen und beschlossen haben, uns zu folgen, um festzustellen, wo wir hinwollen. Und seit gestern abend wissen wir, daß jemand nichts unversucht läßt, um uns aus dem Weg zu räumen.«

»Sie versuchen herauszufinden, wer dieser Jemand ist«, stellte sie fest.

»Ich wüßte gern, wer der Feind ist. Es gibt einen – das weiß ich, weil ich Andovers Akte gelesen habe und den Brief, den Gaston Delvaux ihm von Lüttich aus geschrieben hat.«

»Und von beidem wollen Sie mir nichts erzählen?«

»Noch nicht.«

Während sie sich unterhielten, waren sie einen trockenen, mit Kies bestreuten Pfad hinuntergewandert. Als sie um eine Gruppe aus Bäumen und Sträuchern herumkamen, mündete der Pfad in einen Weg, der am Flußufer entlangführte. Newman kam mit einem Mann von Mitte Dreißig auf sie zu.

Der Fremde, schlank und hochgewachsen, wirkte sehr sportlich und hatte eine gute Figur und eine Adlernase. Paula stellte fest, daß er eine Matrosenjacke trug und dazu Jeans und Turnschuhe. Auch sie trug Jeans, die in kniehohen Gummistiefeln steckten, und einen wattierten Anorak.

»Er sieht gut aus«, flüsterte sie Tweed zu, »und er weiß es.«

»Ich habe Glück gehabt«, erklärte Newman, als die beiden Männer sie erreicht hatten. »Das ist ein alter Bekannter von mir. Mr. Mordaunt, ein freiberuflich arbeitender Journalist. Er hat sich bereit erklärt, mit uns eine Flußfahrt zu unternehmen.«

Tweed übernahm die Vorstellung, nannte aber nur die Vornamen und ließ sich selbst aus. Mordaunt steuerte ohne Umschweife auf Paula zu und streckte ihr eine große, kräftige Hand entgegen. Seine Stimme klang kultiviert.

»Was für eine angenehme Überraschung. Willkommen in Buckler's Hard, Paula. Ich habe gerade mein Boot zu Bett gebracht. Eine kleine Jacht. Im Frühjahr und Sommer verbringe ich hier jede freie Minute. Habe eine kleine Wohnung in London, und jeder Groschen, den ich erübrigen kann, geht für die Jacht drauf. Ziemlich kostspielig, so ein Boot.«

»Darf ich meine Hand zurückhaben?« fragte Paula mit einem trockenen Lächeln.

»Entschuldigung. Ich wollte Ihnen nicht zu nahe treten. Aber Sie können mir keinen Vorwurf daraus machen – es ist so eine hübsche Hand. So, und jetzt zu der Fahrt auf dem Fluß. Ich habe ein Schlauchboot mit einem geliehenen Außenbordmotor. Es steht Ihnen zur Verfügung – kostenlos. Hier entlang . . .«

»Ist kein größeres Boot zu haben?« erkundigte sich Tweed.

»Leider nicht. Aber machen Sie sich keine Sorgen. Das Wasser ist glatt wie Seide. Es kräuselt sich nicht einmal. Sie werden die Fahrt genießen.«

Als er mit Newman davonging, stellte Paula fest, daß sein Haar gefönt war. Eine merkwürdige Mischung von Filmstar und praktischem Mann der Tat. Sie warf einen Blick auf Tweed, der ihnen zögernd und mit geschürzten Lippen folgte.

»Sie haben im Hotel ein Dramamin genommen«, erinnerte sie ihn. »Und wir fahren nicht auf die See hinaus.«

»Gott sei Dank. Wasser ist ständig in Bewegung, und alles, was sich darauf befindet, bewegt sich noch stärker. Aber ich denke, ich werde es überleben.«

»Sie können meine Hand halten«, zog Paula ihn auf. »Ein Glück, daß dieser Mordaunt gerade hier war.«

»Vielleicht gehört auch das zu den merkwürdigen Zufällen.«

Tweed folgte den anderen über eine Laufplanke, die zum Hauptanleger führte. Hinter ihm stand ein langes, eingeschossiges Gebäude, in dem sich ein Geschäft für Touristenandenken befand, sowie der Kiosk, in dem die Karten für die Ausflüge mit dem Katamaran verkauft wurden. Alles war bis zum nächsten Frühjahr geschlossen.

Plötzlich stellte Paula fest, daß Tweed stehengeblieben war. Sein Blick war nach Norden gerichtet, wo zahlreiche Boote von unterschiedlicher Größe an Land gezogen worden waren. Er hatte flüchtig einen Mann gesehen, der hinter dem Rumpf einer großen Jacht verschwand.

»Ist etwas?« fragte Paula.

»Mir war, als hätte ich dort drüben jemanden erkannt. Vergessen Sie's – und erwähnen Sie es nicht vor den anderen.«

Mordaunt hatte eine Seglermütze zutage gefördert und sie in einem feschen Winkel aufgesetzt. Er stand neben einem großen Schlauchboot, in dem sich Newman und Nield bereits am Heck niedergelassen hatten. Dies zwang Tweed und Paula, sich auf die Bank im Bug zu setzen, eine Stelle, die er bei einem derartigen Unternehmen am wenigsten schätzte.

»Alle Mann an Bord?« fragte Mordaunt auf seine selbstbewußte Art. »Und bereit für die große Kreuzfahrt? Aber wohin? Irgendwelche Wünsche?«

»Dieses seemännische Getue geht mir auf die Nerven«, flüsterte Tweed.

»Wir würden gern nach Moor's Landing fahren«, sagte Newman, nachdem Mordaunt die Haltetaue gelöst hatte, an Bord gesprungen war und sich ans Ruder gesetzt hatte.

»Da wird man Sie nicht willkommen heißen«, warnte Mordaunt. »Die Leute dort sind ziemlich hochnäsig. Wollen nichts zu tun haben mit ordinären Typen wie uns. Sie könnten sogar feindselig reagieren.«

»Das riskieren wir«, erklärte Newman.

Mordaunt startete den Motor. Tweed biß die Zähne zusammen, als das Schlauchboot schwankte und Mordaunt es in die Fahrrinne steuerte. Es wehte kein Wind, aber auf dem Fluß war es eiskalt. Sie fuhren flußabwärts, und Tweed begann, die Umgebung in Augenschein zu nehmen.

»Verdammt! Ich hoffe, er hat mich nicht gesehen.«

Brigadier Maurice Burgoyne stand hinter dem Rumpf der an Land gezogenen Jacht; um seinen Hals hing ein Fernglas. Er befand sich in der Werft, und in der Nähe stand eine große Hebevorrichtung, mit der die Boote ins Wasser zurückbefördert wurden. Die blonde Lee Holmes musterte ihn mit einem fragenden Lächeln.

»Sie hoffen, daß wer Sie nicht gesehen hat?«

»Tweed, glaube ich. Er schaute in meine Richtung, als er auf der Laufplanke stand. Ich muß mich vergewissern . . .«

Burgoyne trug eine Lederjacke und eine Kavalleriehose. Sein Bentley-Oldtimer war in einem Schuppen verborgen, Helm und Schutzbrille lagen auf dem Fahrersitz. Er stieg eine an dem Rumpf lehnende Leiter hinauf und hob sein Fernglas.

Das Schlauchboot entfernte sich von dem Anleger. Er erkannte Tweed, der im Bug saß und sich umdrehte, um etwas zu der Frau neben ihm zu sagen. Paula Grey. Er stieg schnell die Leiter wieder hinunter.

»Ich hatte recht. Es ist Tweed. Und seine Assistentin Paula Grey. Das ist gefährlich. Sie könnten alles verderben. Wir müssen herausfinden, wo sie hinwollen.«

»Und wie?«

»Ganz einfach. Nehmen Sie das kleine Schlauchboot, folgen Sie ihnen.«

»Sie könnten mich erkennen«, warnte sie.

»Herr im Himmel!« fuhr er sie an. »Tarnen Sie sich. Sie haben doch eine Sonnenbrille. Setzen Sie sie auf.«

»Eine Sonnenbrille? Bei diesem Wetter? Die würde nur die Aufmerksamkeit auf mich lenken.«

»*Setzen Sie sie auf!* Frauen tragen ständig Sonnenbrillen. Sie bilden sich ein, sie sähen sexy aus damit. Fahren Sie hinter diesen Leuten her, Lee. Ich will wissen, was sie vorhaben. Also Tempo.«

Lee handelte schnell. Sie raffte ihr langes blondes Haar zusammen und band es im Nacken mit einem Band zusammen. Dann holte sie aus ihrer geräumigen Tasche ein Seidentuch und schlang es so um den Kopf, daß es ihr Haar vollständig verdeckte. Sie setzte die Sonnenbrille auf, lief ans Ufer hinunter und stieg in das kleine Schlauchboot. Eine Minute später schnurrte der Motor, und sie nahm die Verfolgung auf.

Das große Schlauchboot hatte kaum den Anleger verlassen, als die Sonne verschwand und eine solide Masse tiefhängender, grauer Wolken den Tag verdüsterte. Trotz seines Unbehagens sah Tweed sich um, und was er sah, gefiel ihm nicht.

Es war keine gerade Wasserstrecke, die Ähnlichkeit mit einem Fluß hatte, in Sicht. Das Wasser war von einem Ufer bis zum anderen mit grasbewachsenen Inseln übersät, und es war nicht zu erkennen, wo sich die Hauptfahrrinne befand, die nach Süden und zur See hinunterführte. Paula zitterte.

»Unheimliche Atmosphäre«, flüsterte sie.

»Ich kann mir auch etwas Angenehmeres vorstellen«, pflichtete Tweed ihr bei.

Mordaunt schien zu wissen, was er tat; er steuerte das Schlauchboot zwischen den Inseln hindurch und in eine deutlichere Fahrrinne. Doch als sie auf dem, was offenbar der Fluß Beaulieu war, weiter nach Süden vordrangen, wurde die Atmosphäre noch bedrückender.

Nachdem sie eine Biegung durchfahren hatten, schaute Paula zurück und stellte fest, daß Buckler's Hard verschwunden war und daß sie alle Zivilisation hinter sich zurückgelassen hatten. Beiderseits des Flusses reichten sumpfige Wiesen von giftgrüner Farbe bis an den Fluß heran, als wollten sie versuchen, ihn zu erdrosseln. Durch die Wiesen zogen sich schlammig aussehende Bäche. Sogar der Fluß selbst hatte eine trübgrüne Farbe.

»Das geht mir auf die Nerven«, sagte Paula. »Mir ist, als würden wir von allen Seiten bedrängt.«

Da ist etwas Wahres dran, dachte Tweed. Hinter den trügerisch aussehenden Wiesen erhob sich der Dschungel des Waldes, Tannen und Eichen, dicht gedrängt. Sie passierten einen Anleger, und dahinter entdeckte er ein von Bäumen fast verdecktes Haus aus der Tudorzeit. Aus einem seiner Kamine stieg Rauch empor. Hier und dort war eine einsame Jacht an einer Boje verankert. Niemand an Bord. Sie begannen, eine große Biegung zu durchfahren. Durch eine Öffnung in der tiefhängenden Wolkendecke kam für einen Moment die Sonne zum Vorschein. Tweed schaute schnell nach rechts. Irgend etwas im Unterholz hatte das Sonnenlicht reflektiert. Wurden sie durch ein Fernglas beobachtet? Es mußte ungefähr die Stelle sein, an der der Hubschrauber gelandet war. Dann verschwand die Sonne wieder. Paula schaute zurück.

»Hinter uns ist noch ein Schlauchboot – ein kleineres. Ich glaube, eine Frau sitzt darin.«

»Will wahrscheinlich ein bißchen frische Luft schnappen. Und die Luft ist wahrhaftig frisch.«

Sie passierten mehrere weitere Anleger, von denen einige einen verfallenen Eindruck machten. Dann meldete sich Mordaunt zu Wort.

»Wir sind da. Der Anleger vor uns gehört zu Moor's

Landing. Sind Sie ganz sicher, daß Sie an Land gehen wollen? Es ist Privatbesitz.«

»Ein ganzes Dorf?« fragte Newman ungläubig. »Das ist doch lächerlich.«

»Sagen Sie später nicht, ich hätte Sie nicht gewarnt . . .«

Er steuerte das Boot aus der Fahrrinne zu einem sehr langen Anleger. Er war frisch gestrichen, hatte ein neues Geländer; auch die Planken schienen erneuert worden zu sein. Auf einem unübersehbaren Schild stand: PRIVATGRUNDSTÜCK. BETRETEN VERBOTEN. Mordaunt brachte das Boot an die Stufen heran. Nield sprang als erster heraus. Als er die Stufen hinaufstieg, schien er auszurutschen, packte das Schild und zerrte heftig daran. Es löste sich, und Nield sah ungerührt zu, wie es davontrieb und in einem Bach in der giftgrünen Marsch verschwand.

»Unfälle passieren nun einmal«, bemerkte er und streifte den Schmutz von seinen behandschuhten Händen.

Schöner Unfall, dachte Paula. Sie war im Begriff auszusteigen, als jemand ihren Arm ergriff und sie im Gleichgewicht hielt.

»Schön langsam«, erklärte Mordaunt mit breitem Lächeln.

»Danke«, sagte Paula.

Tweed schien sein Gleichgewicht zu verlieren, als er sich vom Bug des Bootes auf das Heck zubewegte. Er hielt sich am Ende des Anlegers fest. Das Schild, das Nield abgerissen hatte, war mit zwei Schrauben befestigt gewesen. Tweed klammerte sich an einer Stelle des Anlegers fest, an der auch Passagiere von einem größeren Schiff an Land gehen konnten. Er betrachtete die glatte Fläche aus neuem, ungestrichenem Holz. Etwas sehr Kraftvolles, Scharfes hatte aus einer Planke ein Stück herausgeschnitten, säuberlicher, als es mit einer Kettensäge möglich gewesen wäre. Ohne zu erwähnen, was er gesehen hatte, gesellte er sich zu den anderen und machte dann seine Bemerkung.

»Ich glaube, hier sind wir am rechten Ort.«

»Ich bleibe beim Boot«, erklärte Mordaunt. »Es muß bewacht werden. Hier auf dem Fluß gibt es Leute, die mit jedem Boot abhauen, das sie erwischen können. Ich warte natürlich auf Sie . . .«

Sie gingen den langen Anleger entlang auf das Ufer zu. Newman ging voran, und Paula gesellte sich zu Tweed.

»Das kleine Schlauchboot hat mitten im Fluß angehalten. Ich glaube, die Frau an Bord beobachtet uns durch ein Fernglas.«

»Pure Neugierde, nehme ich an.«

»Trotzdem ist mir, als kenne ich sie. Irgend etwas an ihren Bewegungen kommt mir bekannt vor. Und weshalb haben Sie gesagt, wir wären hier am rechten Ort? Ich habe nichts gesehen, das darauf hindeuten würde.«

»Nennen Sie es einen sechsten Sinn«, erwiderte Tweed wegwerfend.

»Na schön, spielen Sie den Geheimnisvollen, wenn Sie unbedingt wollen«, murrte Paula; dann beschleunigte sie ihre Schritte zu dem noch unsichtbaren Dorf Moor's Landing.

Achtes Kapitel

Auf den ersten Blick schien Moor's Landing die Art Dorf zu sein, die man gelegentlich auf Ansichtskarten sieht. Nachdem sie den langen Anleger hinter sich gebracht hatten, waren sie einen Feldweg entlanggewandert, der am Anfang der Dorfstraße endete.

»Das ist wirklich pittoresk«, sagte Paula.

»Mir kommt es irgendwie unwirklich vor«, faßte Tweed seinen ersten Eindruck in Worte. Und er hatte schon oft festgestellt, daß sein erster Eindruck zutraf.

Sie standen neben einem alten Steinbrunnen in der Mitte einer geraden, mit Kopfsteinen gepflasterten Straße. Beiderseits von ihr reihten sich Cottages mit Reetdächern und kleinen, ummauerten Vorgärten. Tweed zählte vierzehn Häuschen, sieben auf jeder Seite. Danach endete das Dorf so unvermittelt, wie es an der Stelle begann, an der sie sich befanden.

»Keine Spur von Geschäften, nicht einmal ein Gemischtwarenladen«, bemerkte Nield. »Nur ein paar Häuser weiter auf der rechten Seite ein Grundstücksmakler. Merkwürdiges Dorf. Und nirgends eine Menschenseele.«

Er hatte etwas von der Atmosphäre gespürt, die Tweeds Aufmerksamkeit erregt hatte. An sämtlichen Fenstern der Häuser hingen Gardinen. Sie wirkten bewohnt, aber die Bewohner waren nicht zu sehen.

»Der Ort gefällt mir nicht«, bemerkte Newman. »Er kommt mir vor wie eine sorgfältig gewahrte Fassade, hinter der sich etwas verbirgt.«

Was die Fassade anging, hatte er recht. Die Mauern sämtlicher Cottages waren frisch geweißt, die Reetdächer in einwandfreiem Zustand. Jede Haustür war in einer anderen leuchtenden Farbe gestrichen. Und neben jeder Haustür hing eine Kutschenlampe, die sogar unter dem wolkenverhangenen Himmel funkelte.

»Höchst merkwürdig«, sagte Paula. »Und was nun?«

»Der Barkeeper im Ship Inn hat uns erzählt, daß jemand das Dorf aufgekauft und renoviert hat«, rief ihr Tweed wieder ins Gedächtnis. »Also statten wir dem Makler einen Besuch ab, geben vor, auf Haussuche zu sein.«

»Also sind Sie und ich Mr. und Mrs. Gulliver«, entschied Paula.

Sie steckte die beiden Ringe, die sie trug, auf den Mittelfinger ihrer linken Hand. Newman lockerte seinen Trenchcoat so, daß man die von seinem Smith & Wesson hervorgerufene Ausbuchtung nicht sah.

»Ich komme mit. Für alle Fälle. Ich bin Ihr Berater.«

»Und ich halte hier die Augen offen«, erklärte Nield. »Ich will sicher sein, daß Mordaunt nicht losfährt und uns hier zurückläßt . . .«

Sie machten sich auf den Weg zum vierten Cottage auf der rechten Seite, konnten aber nach wie vor keinerlei Lebenszeichen entdecken. Vor dem Cottage blieben sie stehen. Auf einem an der Wand angebrachten Schild, dessen Farbe abblätterte, stand *A. BARTON. GRUNDSTÜCKSMAKLER*.

Tweed öffnete die schmiedeeiserne Pforte und ließ Paula den Vortritt. Sie wollte gerade läuten, als die Tür geöffnet wurde und ein schwer gebauter, eins achtzig großer Mann erschien und sie mit abweisendem Blick ansprach.

»Ja? Was ist? Was wollen Sie?«

»Sind Sie Mr. Barton?« fragte sie.

»Ja.«

»Und Sie sind Makler?«

»So steht es auf dem Schild.«

»Mr. und Mrs. Gulliver. Wir sind auf der Suche nach einem Haus. Dieses Dorf gefällt uns sehr gut. Das ist unser Berater. Dürfen wir hereinkommen?«

»Ja, wenn Sie unbedingt wollen, aber Sie vergeuden nur Ihre Zeit.«

Sie trat in ein spärlich möbliertes Vorderzimmer mit einem zusammenklappbaren Tisch und einem Faltstuhl dahinter auf nackten Dielen. An der Wand hingen an einer

Tafel mehrere Häuserfotos, deren Kanten sich aufrollten. Einige von ihnen zeigten eindeutig Cottage in Moor's Landing, und auf allen außer einem klebte ein roter Zettel mit der Aufschrift VERKAUFT. Paula trat an die Tafel, und Tweed und Newman folgten ihr ins Haus.

Barton trug einen teuren, eleganten grauen Anzug, ein gestreiftes Hemd mit einer Seidenkrawatte und handgearbeitete Schuhe, ein merkwürdiger Kontrast zu seiner schäbigen Umgebung. Er stand stumm da. Paula drehte sich um.

»Eigentlich hätten wir gern eines der Cottages hier besichtigt. Vielleicht ist jemand bereit auszuziehen, wenn er einen anständigen Preis bekommt. Dürfen wir uns setzen?«

Barton, der die Hände in die Hosentaschen gesteckt hatte, schüttelte den großen Kopf. Ohne eine Spur von Begeisterung holte er zwei mit Segeltuch bespannte Faltstühle, die an der Wand gelehnt hatten, und stellte sie auf der Kundenseite des Klapptisches auf. Als Tweed und Paula Platz nahmen, ließ sich Barton vorsichtig auf seinem eigenen Segeltuchstuhl nieder. Tweed hatte den Eindruck, daß er nicht oft darauf gesessen hatte und nicht sicher war, ob er sein Gewicht tragen würde. Newman trat an die Wand, um die Fotos zu betrachten.

»Hier bekommen Sie kein Cottage, weder für Geld noch für gute Worte«, teilte Barton Paula auf seine mürrische Art mit.

»Weshalb nicht?« fragte Tweed gelassen.

»Weil keins zum Verkauf steht.« Barton funkelte Tweed an. »Reicht Ihnen das?«

»Nein, das tut es nicht. Meine Frau möchte unbedingt hier wohnen. Geld spielt keine Rolle. Ihr Job ist es, Häuser zu verkaufen und sich Ihre Provision zu verdienen. Sie haben eine merkwürdige Art, Ihrem Geschäft nachzugehen.«

»Ich sagte es bereits«, fuhr Barton ihn an. »Ich kenne sämtliche Besitzer. Keiner will verkaufen. Zu keinem Preis.«

»Sind sie alle Millionäre?« erkundigte Tweed sich höflich.

»Sie haben sich hier eingerichtet und wollen bleiben. Haben Sie jetzt endlich verstanden?«

»Und wie bleiben Sie dann im Geschäft?« erkundigte sich Newman, der sich inzwischen umgedreht hatte und den Mann hinter dem Klapptisch musterte.

»Ich habe andere Grundstücke in anderen Gegenden. Aber wenn Sie sich Moor's Landing in den Kopf gesetzt haben, dann vergessen Sie es.«

Paula ergriff rasch das Wort. Sie spürte, daß Newman nahe daran war zu explodieren.

»Und was ist mit dem Haus in Brockenhurst, das da an Ihrer Tafel hängt? Es sieht sehr hübsch aus. Gehört einer Mrs. Goshawk, wie ich gesehen habe. Vielleicht könnten Sie sie anrufen.«

»Nicht um diese Tageszeit. Sie ist ständig unterwegs.«

»Dann wäre es vielleicht das beste, wenn wir hinfahren und uns das Haus ansehen«, beharrte Paula. »Ich habe mir ihre Adresse gemerkt. Wie kommen wir zur Gray's Road?«

»Ich mache Ihnen eine Skizze. Aber sie wird nicht zu Hause sein. Das ist sie nur höchst selten. Was den Verkauf eines Hauses nicht gerade erleichtert . . .«

Zwei Minuten später hatte Paula das Blatt Papier, auf dem Barton seine Skizze gezeichnet hatte, in die Tasche gesteckt. Sie stand auf, lächelte, dankte ihm für seine Hilfe und ging. Newman war dicht hinter ihr, als sie auf dem Rückweg zur Pforte war und zum hinteren Ende des Dorfes schaute.

Eine alte Frau in Schwarz scheuerte ihre Türschwelle. Es war das einzige Cottage mit einer stark verwitterten und nicht frisch gestrichenen Haustür.

»Bob«, flüsterte sie, »lenken Sie den fürchterlichen Kerl eine Weile ab. Ich möchte ein paar Worte mit der Frau reden, die da drüben ihre Schwelle schrubbt. Mit Tweed . . .«

Newman reagierte sofort. Er machte kehrt, ließ Tweed

an sich vorbei und baute sich so vor dem an seiner Haustür stehenden Barton auf, daß dieser nicht zur Straße gelangen konnte.

»Sagen Sie, Mr. Barton, wie lange steht das Haus von Mrs. Goshawk in Brockenhurst schon zum Verkauf? Wir haben vor, es uns anzusehen, aber nach dem Zustand Ihres Fotos zu urteilen, ist es schon seit Monaten auf dem Markt ...«

Tweed fand, es wäre eine gute Idee, mit der alten Dame zu reden, da sie offensichtlich die einzige Person war, die vielleicht etwas über Moor's Landing wußte. Sie schaute argwöhnisch auf, als sie ihre Pforte öffneten, und schrubbte mit ihrer Scheuerbürste noch heftiger auf dem Stein herum. Ihre ersten Worte offenbarten den Grund für ihren Argwohn.

»Wenn Sie gekommen sind, um mich zum Verkaufen zu bewegen, dann können Sie gleich wieder kehrtmachen und dorthin verschwinden, wo Sie hergekommen sind. Das ist mein Haus, und ich verlasse es erst, wenn meine Zeit gekommen ist.«

»Wir haben nichts zu tun mit diesem widerlichen Kerl«, versicherte Paula. »Wir versuchen herauszufinden, was hier vorgeht.«

»Finstere Dinge, das steht fest. Wer sind Sie denn?«

»Ich bin Chefermittler einer Versicherungsgesellschaft«, sagte Tweed schnell. »Und diese Dame hier ist meine Assistentin. Ich verstehe nicht recht. Was für finstere Dinge?«

»Ich bin Mrs. Garnett«, fuhr die alte Dame fort. Ihr graues Haar war hinten zu einem Knoten geschlungen, und sie schrubbte weiter, während sie redete. »Wissen Sie, wie sie die Leute rausbekommen haben, denen diese Cottages hier ursprünglich gehörten?«

»Nein, das weiß ich nicht«, sagte Tweed. »Aber es interessiert mich.«

»Dieser Makler hat ihnen allen doppelt soviel geboten, wie sie von einem normalen Käufer bekommen hätten. Habgier hat all meine Freunde von hier fortgeschafft.«

»Und was ist dann passiert?« fragte Paula.

»Komische Sache. Alle Häuser – außer meinem – wurden aufs feinste renoviert. Muß ein Vermögen gekostet haben. Und dann waren sie innerhalb von drei Tagen verkauft.« Sie unterbrach ihre Arbeit und sah zu ihnen auf. »Ich frage Sie – Häuser, die binnen dreier Tage verkauft werden – allesamt. Außer meinem. Ich wollte nicht verkaufen.«

»Und was für Leute haben sie gekauft?« erkundigte sich Tweed.

»Auch das ist komisch. Irgendwelche Büroleute, habe ich gehört. Sie arbeiten angeblich in Southampton. Fast alles Männer.«

»Sie meinen, mehrere Männer teilen sich ein Cottage?«

»So ist es. In einigen wohnen zwei oder drei Männer. Und drei von ihnen teilen sich eine Frau. Das ist ein Geheimnis, von dem sie glauben, ich kenne es nicht. Angeblich sind sie verheiratet. Aber ich habe noch nie von einer Frau gehört, die mit drei Männern verheiratet ist. Mir können sie nichts vormachen mit ihrem Trick.«

»Was für einen Trick meinen Sie?« fragte Paula.

»Als sie mit einem anderen sogenannten Ehemann zurückkam, war sie anders angezogen und trug eine Perücke. Aber ich habe sie erkannt«, fuhr Mrs. Garnett vehement fort, »an der Art, wie sie sich bewegte. Eine Frau kann eine andere nicht mit irgendeiner Verkleidung täuschen.«

»Sie erwähnten Büroleute, die in Southampton arbeiten«, sagte Tweed. »Wie kommen sie dorthin? Ich sehe keine Garagen – oder stellen sie ihre Wagen . . .«

»Garagen sind hinter dem Dorf. Alte Scheunen, die entsprechend umgebaut wurden. Sie können in beiden Richtungen nach Southampton fahren.«

»Was mich wundert, ist, daß es hier keinen Dorfladen gibt«, bemerkte Paula.

»Es hat einen gegeben. In einem Haus am oberen Ende der Straße, in der Nähe des Anlegers. Als Mrs. Rogers verkaufte, haben sie es zu einem Cottage umgebaut, in dem Leute wohnen können wie in allen anderen auch.«

»Wird der Anleger viel benutzt?« fragte Tweed beiläufig.

»Nicht bei Tageslicht. Keiner von ihnen hat ein Boot. Aber ich habe einen leichten Schlaf. Ungefähr alle drei Monate kommen mitten in der Nacht ein paar neue Männer an und ziehen in eins oder zwei von den Cottages. Die, die dort gewohnt haben, ziehen aus und verschwinden, Gott weiß wohin. Aber sie kommen und gehen über den Fluß. So«, sie richtete sich mit erstaunlicher Behendigkeit auf, »die Stufe ist fertig, und jetzt gehe ich hinein und mache mir eine schöne Tasse Tee.«

»Danke für Ihre Informationen«, sagte Paula. »Und passen Sie gut auf sich auf.«

»Ich habe einen guten Knüttel. Jeder, der versucht, mich hier herauszuholen, riskiert, eins über den Schädel zu bekommen. Dieses Cottage gehört mir . . .«

Als sie dorthin zurückkehrten, wo Newman Barton festhielt, schien eine hitzige Diskussion ausgebrochen zu sein. Barton drängte, rot im Gesicht, an Newman vorbei.

»Kein Wagen? Das hätte mir gleich auffallen müssen! Sie sind also vom Fluß her gekommen, haben den Anleger benutzt. Das ist Privatbesitz. Ich könnte Sie wegen unbefugten Eindringens verklagen . . .«

»Reden Sie nicht solchen Unsinn«, erwiderte Nield, der sich zu Newman gesellt hatte. »Da ist nichts, was darauf hindeutet, daß dies Privatbesitz ist . . .«

»Sind Sie blind? Ich werde es Ihnen zeigen«, wütete Barton.

Sie folgten ihm die Dorfstraße hinunter. Er marschierte über den langen Anleger, und seine lederbesohlten Schuhe trommelten auf das Holz. Newman und Nield waren dicht hinter ihm, Tweed und Paula folgten mit ein paar Schritten Abstand.

»Was zum Teufel . . .«

Barton stand auf dem Anleger und starrte auf die Stelle, an der sich das Schild befunden hatte. Tweed bemerkte, daß Mordaunt in seinem Boot aufstand und absichtlich in eine andere Richtung schaute. Paula stachelte Barton an.

»Wenn das wirklich Privatbesitz ist, sollten Sie ein entsprechendes Schild anbringen.«

»Verdammt noch mal, da war ein Schild . . .«

»Hüten Sie Ihre Zunge, mein Freund. Vor allem, wenn Sie mit einer Dame reden«, riet ihm Newman verbindlich.

»Vandalen!« Barton war außer sich vor Wut. »Man rechnet nicht mit ihnen auf dem Fluß, aber sie kommen. Zerstören alles, nur aus Spaß am Kaputtmachen . . .«

Während er weiterwütete, half Mordaunt Paula an Bord und geleitete sie zu ihrem Sitz im Bug. Tweed warf einen Blick flußabwärts, dann setzte er sich neben sie, und auch Newman und Nield kamen an Bord. Mordaunt startete den Motor, nachdem er die Vertäuung am Anleger gelöst hatte.

Sie steuerten auf die Flußmitte zu, als auch Paula flußabwärts blickte und unvermittelt erstarrte.

Die Temperatur war plötzlich gesunken, der Himmel war fast so dunkel wie in der Nacht. Und vom Solent her trieb dichter, gefrierender Nebel auf sie zu.

Paulas Nerven waren zum Zerreißen gespannt, aber sie gab sich alle Mühe, es sich nicht anmerken zu lassen. Der gefrierende Nebel hatte sie erreicht und beide Ufer unsichtbar gemacht. Sie mußte wieder an den Jachthafen in Lymington denken, wo sie auf Harvey Boyds Rückkehr gewartet hatte. Irgend etwas bewegte sich dicht hinter ihnen.

Der Nebel wirbelte wie dichter Rauch. Sie schaute sich um und sah, daß es nur Phantomformen waren, die kamen und gingen. Zumindest schien es so. Tweed spürte ihre Nervosität, ergriff ihren Arm.

»Wir sind bald wieder in Buckler's Hard«, sagte er leise.

»Aber wie in aller Welt will Mordaunt die Fahrrinne finden? Wenn er nicht aufpaßt, landen wir in einer dieser fürchterlichen Sumpfwiesen.«

»Er scheint zu wissen, was er tut . . .«

Der Nebel wischte mit klammen Fingern über Paulas Gesicht. Genau, wie er es im Jachthafen getan hatte. Sie durchlebte den ganzen Alptraum noch einmal, biß die Zähne zusammen, schaute immer wieder über die Schulter, wartete darauf, daß irgend etwas Riesiges sie unter Wasser drückte.

Sie hatten sich flüsternd unterhalten. Das war eine unbewußte Reaktion auf die bleierne Stille, die sich mit dem Aufkommen des Nebels über den Fluß gesenkt hatte. Sogar das Geräusch ihres Außenbordmotors war gedämpft. Mordaunt steuerte den vertrauten Kurs durch die Fahrrinne. Dann hörte sie, wie Wasser gegen einen Rumpf plätscherte, und eine Sekunde später ragte an Steuerbord eine große Form auf. Paulas behandschuhte Hand umklammerte die Planke, auf der sie saßen.

»Nur eine an einer Boje verankerte Jacht«, versicherte Tweed.

Sie fuhren ganz dicht an der Jacht vorbei, deren Mast nur eine undeutliche Silhouette war, die im Nebel auftauchte und wieder verschwand. Die Sicht war gleich null, als sie um eine Biegung steuerten. Die Kälte drang durch Paulas Anorak. Sie wendete sich von Tweed ab, um sich die Lippen zu lecken, die trocken waren vor Angst. Dann brachte sie ihren Kopf dicht an seinen heran.

»Dieses Plätschern gegen den Rumpf – irgend etwas muß das Wasser bewegt haben. Es ist glatt wie Öl. Ob die Frau in dem Schlauchboot, die wir vorhin gesehen haben, auch auf dem Rückweg ist?«

»Ich nehme es an«, sagte Tweed so ruhig wie zuvor.

»Ich finde, wir müßten inzwischen wieder bei Buckler's Hard angekommen sein.«

»Wir sind gleich da. Ich erinnere mich an diese scharfe Biegung. Und der Nebel lichtet sich. In ein paar Minuten sind wir wieder sicher auf der *terra firma.*«

»Fordern Sie das Schicksal nicht heraus . . .«

Lee Holmes steuerte ihr kleines Schlauchboot auf das Ufer in der Nähe der Werft zu. Brigadier Burgoyne kam zum Vorschein, jetzt wieder mit dem Helm auf dem Kopf und dem Schal in der Hand. Als sie ausgestiegen war, zog er das Schlauchboot die Anhöhe hinauf bis zum Rumpf der großen Jacht.

»Du hast dir verdammt viel Zeit gelassen«, fuhr er sie an. »Ich glaube, ich höre schon, daß sie zurückkommen. Wir müssen fort sein, bevor sie da sind.«

»Ich habe nicht viel zu berichten . . .«, begann sie.

»Dann spar es dir auf, bis wir unterwegs sind.«

Er rannte zum Schuppen. Damit sie schnell losfahren konnten, hatte er schon das Tor geöffnet. Sie eilte hinter ihm her, nahm unterwegs das durchweichte Kopftuch ab und steckte die beschlagene Sonnenbrille in die Handtasche. Er hatte bereits den Motor gestartet, als sie neben ihm einstieg, und kaum hatte sie die Tür geschlossen, fuhr der Bentley auch schon mit unabgeblendeten Scheinwerfern in die Dunkelheit hinaus. Auf der Herfahrt hatte sich Lee auf dem Boden hinter den Vordersitzen versteckt. Burgoyne erteilte barsch seinen Befehl.

»So, und nun der Bericht.«

»Den Kommandoton kannst du dir sparen. Du hast nicht einen deiner Untergebenen vor dir.«

»Was du nicht sagst. Also . . .«

»Sie alle – ausgenommen Mordaunt – sind bei Moor's Landing ausgestiegen und für eine Ewigkeit verschwunden – Tweed, Paula Grey und zwei Männer, die ich nicht erkennen konnte. Aber einer von ihnen kam mir bekannt vor. Vielleicht fällt mir später ein, wer er ist. Als sie zurückkamen, war Barton bei ihnen. Er fuchtelte mit den Händen und schien sehr wütend zu sein.«

»Wie lange waren sie schätzungsweise dort?«

Inzwischen war es völlig dunkel geworden, was Burgoyne nicht daran hinderte, auf einem geraden Straßenabschnitt Vollgas zu geben. Er wollte unbedingt die Hauptstraße von Beaulieu nach Brockenhurst erreicht haben, bevor Tweed und seine Begleiter dort auftauchten.

»Genau fünfzig Minuten. Ich habe auf die Uhr gesehen.«

»So lange? Da müssen sie ausgiebig herumgeschnüffelt haben. Das gefällt mir nicht.«

»Und dann«, fuhr Lee fort, »sah ich, wie der Nebel den Fluß heraufkam; also beschloß ich zurückzufahren. Tweed und seine Leute waren ohnehin im Begriff, wieder einzusteigen. Auf der Rückfahrt hätte ich mich auf dem verdammten Fluß beinahe verirrt.«

»Haben sie dich gesehen?« fragte Burgoyne. Ihre Probleme interessierten ihn nicht.

»Ich glaube nicht. Ich habe reichlich Abstand gehalten.«

»Fünfzig Minuten in Moor's Landing«, wiederholte Burgoyne, stoppte den Wagen kurz ab und bog dann auf die Hauptstraße ein. »Nein, das gefällt mir ganz und gar nicht. Tweed könnte alles verderben. Er muß irgendwie davon abgebracht werden.«

»Wie?«

»Ich lasse mir etwas einfallen«, erklärte er grimmig.

Als Mordaunt das Schlauchboot an den Anleger von Buckler's Hard heranbrachte, hatte sich der Nebel verzogen. Paula sprang an Land, bevor Mordaunt ihr seine helfende Hand anbieten konnte. Um die Anspannung in ihren Beinen loszuwerden, ließ sie die anderen hinter sich zurück, ging die Laufplanke entlang, bog auf dem Flußpfad nach links ab und ging an dem geschlossenen Laden vorbei.

Es war fast dunkel, als sie am Fuße des breiten, bergauf führenden Kiesweges stand, der auf beiden Seiten von alten Terrassenhäusern flankiert war, die sich, von einem breiten Grasstreifen vom Weg getrennt, bis zur Kuppe des Hügels emporzogen. Mordaunt tauchte neben ihr auf.

»Ich würde mich sehr freuen, wenn wir in London einmal zusammen essen könnten. Hier ist meine Karte. Hinterlassen Sie eine Nachricht auf dem Anrufbeantworter, falls ich nicht da sein sollte«, sagte er.

»Das ist sehr nett von Ihnen. Darf ich es mir überlegen?«

»Überlegen Sie . . .«

Mordaunt weigerte sich, Geld von Newman anzunehmen, nicht einmal für den Treibstoff. Newman dankte ihm und lief hinter den anderen her. Tweed schien es sehr eilig zu haben, von Buckler's Hard wegzukommen.

»Weshalb die Eile?« rief Newman über die Schulter, als er den Mercedes den Hügel hinaufsteuerte. Paula saß neben ihm. »Pete wird auf der Rückfahrt weniger Abstand halten. Er will uns im Dunkeln nicht verlieren.«

»Halten Sie an«, sagte Tweed, als sie die Kuppe erreicht hatten und auf die Landstraße nach Beaulieu abgebogen waren. »Ich brauche einen Moment Stille.«

Newman gab Nield ein Zeichen, hielt an, schaltete den Motor aus. Er beobachtete Tweed im Rückspiegel. Tweed hatte das Fenster geöffnet und den Kopf zur Seite geneigt.

»War mir doch so. Ich kann den Hubschrauber wieder hören. Ich glaube, er ist gerade wieder losgeflogen, nachdem er denjenigen an Bord genommen hat, der uns vom Westufer aus mit einem Fernglas beobachtet hat.«

»Spielt das eine Rolle?«

»Ich meine, Sie sollten von jetzt an sehr vorsichtig fahren.«

Neuntes Kapitel

Tweeds Warnung beherzigend, fuhr Newman langsam die steile, kurvenreiche Straße hinunter, die an das Städtchen Beaulieu heranführte. Im Licht seiner Scheinwerfer tauchte ein Wegweiser auf.

»Bunkers Hill«, sagte Paula, ein Gähnen unterdrükkend. »Aber da wollen wir nicht hin.«

Tweed nahm nicht zur Kenntnis, was sie sagte. Er saß bei geöffnetem Fenster auf dem linken Rücksitz. Newman nahm die gefährliche Kurve und fuhr auf der B 3054 einen weiteren Hügel hinauf. Tweed hatte wieder den Kopf zur Seite geneigt und lauschte.

»Können Sie nicht das Fenster zumachen?« fragte Paula. »Es ist eiskalt hier drinnen, trotz der Heizung.«

»Nein, das kann ich nicht. Ich spüre Gefahr. Seien Sie bitte still ...«

Paula seufzte. Sie zog den Reißverschluß ihres Anoraks bis zum Hals hoch, schloß die Augen, lehnte den Kopf an und schlief ein. Der eisige Wind wehte ihr in den Nacken, aber sie nahm es nicht mehr zur Kenntnis.

Das Licht der Scheinwerfer erhellte die einsame, von Hecken gesäumte Straße vor ihnen. Seit sie Buckler's Hard verlassen hatten, war ihnen kein einziges Fahrzeug entgegengekommen. November, dachte Newman. Alle Touristen sind fort. Es bildete sich dicker Rauhreif. Vom Fond des Wagens aus kam eine Hand nach vorn, ergriff Paulas Schulter und schüttelte sie. Sie öffnete blinzelnd die Augen.

»Was ist los?«

»Sie müssen wach bleiben«, erklärte Tweed.

»Na schön.« Sie griff verschlafen nach der Karte. »Wo sind wir jetzt?«

»Wir nähern uns Hatchet Gate, das nur aus einer Handvoll Häuser besteht. Sie erinnern sich – auf der Herfahrt sind wir an einem Gewässer rechts von der Straße vorbeigekommen, das Hatchet Pond heißt. Einem kleinen See.«

»Warum haben Sie mich geweckt?« fragte Paula, während sie die Karte studierte.

»Weil ich höre, daß der Hubschrauber näher kommt. Er scheint direkt auf uns zuzuhalten.«

»Na wenn schon«, bemerkte Paula. »Übrigens sehe ich gerade, daß wir bei Hatchet Pond links abbiegen und über Boldre nach Passford House zurückfahren könnten. Es ist eine direktere Route.«

»Dann nehmen wir sie«, sagte Newman.

»Sie führt über Beaulieu Heath«, fuhr Paula fort. »Ich kenne die Strecke. Sie ist völlig eben und leichter zu fahren.«

In diesem Moment hörten sie, was Tweeds scharfes Gehör schon früher registriert hatte – das stetige Tuckern eines Hubschraubers. Es hörte sich an, als wäre er dicht hinter ihnen und verlöre schnell an Höhe. Jetzt war auch Paula hellwach. Das Tuckern war zu einem Dröhnen angeschwollen und hörte sich an, als käme es von direkt oberhalb des Wagendaches.

»Was zum Teufel soll das für ein Spiel sein?« knurrte Newman.

»Ich glaube nicht, daß es ein Spiel ist«, warnte Tweed.

Newman gab Gas und bog von der Hauptstraße nach links ab. Während er das tat, schienen sich die Landekufen des Hubschraubers ganz dicht über ihnen zu befinden. Paula erstarrte. Das verdammte Ding flog kaum sechs Meter über ihnen.

Newman hatte sein Abbiegemanöver gerade beendet und den Wagen auf die Straße gelenkt, die, wie seine Scheinwerfer ihm zeigten, durch eine öde Moorlandschaft führte. Er sah auf den kleinen See, der sich rechts neben der Straße entlangzog. Er fuhr sehr schnell, versuchte, dem verrückten Piloten zu entkommen.

»*Abstützen . . .*«

Für weitere Warnungen hatte er keine Zeit. Paula preßte den Rücken gegen die Lehne und stemmte die Füße auf den Wagenboden. Auf dem Rücksitz ergriff Tweed ähnliche Vorsichtsmaßnahmen und hielt sich außerdem am Deckengriff fest. Newman stieg auf die Bremse und brachte den Mercedes zu einem knochenerschütternden Nothalt. Er wurde vorwärts geschleudert, ließ das Lenkrad aber nicht los.

Der Hubschrauber hatte ein Geschoß abgeworfen, das vor ihnen auf der Straße landete und zerplatzte. Neben dem See breitete sich ein anderer See aus, der die ganze Straße auf einer großen Fläche bedeckte. Im Licht der Scheinwerfer glänzte eine dicke, klebrige Flüssigkeit.

»Öl«, sagte Newman und löste seinen Sicherheitsgurt. »Wenn wir bei der Geschwindigkeit, mit der ich gefahren bin, daraufgeraten wären, wären wir im Hatchet Pond gelandet. Und der dürfte jetzt sehr tief sein – vor ein paar Tagen hat es heftig geregnet . . .«

Nield, der mit ausreichendem Abstand hinter ihnen hergefahren war, hielt an und sprang aus seinem Wagen. Er richtete die Walther, die er in beiden Händen hielt, auf den Hubschrauber, doch dann ließ er sie wieder sinken, ohne gefeuert zu haben. Die Insassen des Mercedes kamen auf ihn zu.

»Hatte keinen Zweck«, erklärte Nield. »Er war außer Schußweite. Sie hätten ertrinken können.«

»Ich bin sicher, daß wir das sollten«, pflichtete Tweed ihm bei.

»Ich gehe zu dem Haus dort hinüber«, sagte Newman. »Jemand muß der Polizei über die Schweinerei auf der Straße Bescheid sagen – sonst könnten die falschen Leute einen tödlichen Unfall haben . . .«

Wenig später kehrte er mit einer brennenden Sturmlaterne zurück. Neben ihm ging ein gebeugter alter Mann mit buschigem Schnurrbart und einer zweiten Lampe.

»Wir haben Glück gehabt«, rief Newman. »Und Mr. Harmer hier ruft die Polizei an, sobald wir diese Warnleuchten aufgestellt haben.«

»Ich bringe meine auf die andere Seite der Lache«, sagte Harmer.

Er ging auf dem Bankett, um nicht in das Öl treten zu müssen, und stellte seine Lampe am anderen Ende der Lache ab. Als der alte Mann zurückkehrte, hatte Newman seinen Wagen zurückgesetzt und seine eigene Lampe aufgestellt.

»Scheint aus einem Tanklaster ausgelaufen zu sein«, bemerkte Newman, bevor die anderen etwas sagen konnten.

»Donnern an meinem Haus vorbei wie Expreßzüge«, knurrte Harmer. »Wo wollten Sie hin? Daran kommen Sie nicht vorbei.«

»Nach Brockenhurst«, sagte Newman prompt.

»Dann waren Sie auf der falschen Straße. Die hier führt nach Boldre und Lymington. Setzen Sie noch ein Stück weiter zurück, und nehmen Sie dann die Straße, die durch den New Forest führt. So, und jetzt sollte ich zusehen, daß ich die Polizei anrufe. Fahren Sie vorsichtig . . .«

Niemand sprach ein Wort, als Newman den Motor startete, wendete und dann auf der B 3055 die Strecke zurückfuhr, auf der sie gekommen waren. Tweed wurde klar, daß sie alle unter verzögertem Schock standen; die Reaktion hatte eingesetzt. Er war der erste, der das Schweigen brach, aber er ging nicht direkt auf die Attacke ein.

»Einen Vorteil hat diese Route – wir können sehen, ob von den Leuten, die wir besucht haben, jemand zu Hause ist.«

»Ich nehme an, das war das Resultat Ihrer Idee, auf der Hinfahrt ganz langsam an den Häusern vorbeizufahren«, erklärte Paula. »Dieser Hubschrauber.«

»Das wissen wir nicht«, erwiderte Tweed. »Aber der Feind hat zwei taktische Fehler begangen. Zuerst der Versuch, Paula und mich mit dem Betonmischer umzubringen. Und nun dieser neuerliche Anschlag auf unser Leben. Ich finde das sehr befriedigend.«

»Auch eine Art, die Dinge zu sehen«, entgegnete Newman ironisch. »Welcher Feind?«

»Ich habe keine Ahnung. Aber jetzt wissen wir wenigstens, daß es einen gibt.«

Danach trat wieder Stille ein. Sie näherten sich *The Last*

Haven, Fanshawes Haus, bei dem Licht aus allen Fenstern fiel. Newman fuhr langsam weiter. Als sie *Leopard's Leap*, Burgoynes luxuriöse Behausung, passierten, sahen sie Licht durch die Sträucher hindurchschimmern.

Newman fuhr auch weiterhin langsam. Sie erreichten die Zufahrt zu *Prevent*. Tweed erwartete Dunkelheit.

Statt dessen sah er zwei Streifenwagen, die auf der Zufahrt parkten, und in dem viktorianischen Haus hinter dem ungepflegten Gestrüpp brannte Licht.

»Halt!« rief er. »Da muß etwas passiert sein.«

Ein paar Stunden zuvor hatten zwei Männer in den Zwanzigern ihre kleine Jacht ungefähr in der Mitte zwischen den Mündungen der Flüsse Lymington und Beaulieu auf dem Solent verankert. Es war ein klarer, kalter Tag, eine ganze Weile, bevor der gefrierende Nebel aufgekommen war.

George Day und Charlie Neal arbeiteten im Büro eines Börsenmaklers in London, aber beide lebten nur für ihre Angelausflüge an Bord ihrer Jacht. Eine kräftige Brise kam auf, als sie mit ihren Angelruten dasaßen, nur wenig sprachen und übers Wasser schauten.

»Wird Zeit, daß wir nach Lymington zurückfahren«, sagte Charlie widerwillig, nachdem er einen Blick auf die Uhr geworfen hatte. »Für heute abend ist Nebel angesagt.«

»Noch nicht«, protestierte George. »Ich glaube, ich habe etwas Großes erwischt . . .«

Er begann, die Leine einzuholen, aber es schien, als würde sein Fang von der Strömung auf den Rumpf der Jacht zugetrieben.

George hörte mit dem Einholen auf – das, worin sich seine Angel verhakt hatte, fühlte sich merkwürdig an. Er beugte sich vor. Es kam vom Heck hoch, driftete an der Seite ihres Bootes entlang. Er wartete, beugte sich noch weiter vor, um deutlicher sehen zu können.

»Großer Gott!« keuchte er. »Sieh dir das an!«

»Was ist es?« spottete Charlie. »Ein Stück Treibholz? Du und dein großer Fang . . .«

Er verstummte, als der treibende Leichnam die Stelle erreichte, an der er sich über den Dollbord beugte. Charlie reagierte als erster. Er streckte den Arm aus, griff zu, bekam eine Handvoll dunkles Haar zu fassen. Jetzt half ihm George.

Sie beugten sich beide vor und zogen den Leichnam an Bord. Mit bleichen Gesichtern starrten sie ihren Fang an. Wasser rann über das Deck. Charlie war der erste, der mit heiserer Stimme sprach.

»Großer Gott. Es ist eine junge Frau. Und sie hat einen Arm verloren. Da ist ein blutgetränkter Verband, der sich gelockert hat. Das ist ja grauenhaft.«

»Wir müssen sofort zum Hafen zurückfahren«, sagte Charlie. »Sie kann höchstens zwanzig sein. Wir müssen etwas finden, womit wir sie zudecken können. Ich kann sie nicht die ganze Zeit ansehen, während wir zurückfahren. Und ich verstehe nicht, was es mit diesem Verband auf sich hat. Komm, wir müssen los. Das ist Sache der Polizei. Und du wirst nicht erleben, daß ich noch einmal hier in dieser Gegend angle.«

Zehntes Kapitel

Am Ende der nach *Prevent* führenden Zufahrt wurde Newman von einem uniformierten Polizeisergeanten mit erhobener Hand aufgehalten. Tweed stieg aus, die anderen ebenfalls.

»Wer sind Sie?« fragte der Polizist.

»Dieselbe Frage könnte ich Ihnen stellen.«

»Ach, wirklich? Ich bin Sergeant McCann. Sie kennen den Besitzer dieses Hauses?«

»Ja. Es ist Sir Gerald Andover. Mein Name ist Tweed.« Er gab dem Sergeanten seine Karte mit der Aufschrift *General & Cumbria Assurance.* »Außerdem kenne ich Mark Stanstead, den Chief Constable.«

»Mr. Stanstead ist drinnen. Gehören diese Leute zu Ihnen?«

Tweed stellte alle vor, einschließlich Nield. McCann war der typische Landpolizist, ein Mann in den Dreißigern mit wettergegerbtem Gesicht und intelligenten Augen. Er musterte Paula.

»Habe schon versucht, Sie aufzuspüren, Miss Grey. Ich hätte gern Ihre Aussage über die Entdeckung des Toten, den Sie gestern abend aus dem Wasser geholt haben.«

»Das können Sie drinnen erledigen«, erklärte Tweed. »Hier draußen ist es ein bißchen kühl. Und darf ich fragen, was hier vorgeht?«

»Diese Frage sollten Sie lieber dem Chief Constable stellen, Sir.«

Zwei weitere uniformierte Polizisten standen vor dem Haus, aber McCann führte sie an der jetzt vernagelten Vordertür vorbei zu dem Pfad, den Tweed inzwischen kannte und der an der Seitenfront des Hauses entlangführte. Er sprach über die Schulter hinweg.

»Wir sind durch die Hintertür hereingekommen. Das Schloß haben wir mit einem Dietrich geöffnet. Hier herein, bitte. Und, Miss Grey, vielleicht könnten wir in die Küche gehen, damit ich Ihre Aussage aufnehmen kann.«

Stanstead untersuchte das Chaos in Andovers Arbeitszimmer. Er war ein mittelgroßer, kräftig gebauter Mann in den Vierzigern mit dichtem braunem Haar und gesunder Gesichtsfarbe. Er trug einen blauen Anzug, machte einen sehr intelligenten Eindruck und bewegte sich schnell. Ein Mann, dachte Newman, nachdem er ihm vorgestellt worden war, der es gewohnt ist, daß man seine Anweisungen schnell befolgt, und dem kaum etwas entgeht. Nachdem er Tweed freundlich begrüßt hatte, kam Tweed gleich zur Sache.

»Wir kamen gerade vorbei, sahen das Licht im Haus und fragten uns, was passiert ist.«

»Eine böse Geschichte, Tweed. Zwei Männer, die heute nachmittag im Solent geangelt haben, zogen eine junge Frau aus dem Wasser. Brigadier Burgoyne und Miss Holmes, die Nachbarn, haben sie als Irene, Andovers Tochter, identifiziert. Ihr fehlte ein Arm. Höchst merkwürdig. An dem Rest, der von dem Arm noch übrig war, saß ein Verband, dicht oberhalb des Ellbogens.«

»Und wo ist die Tote jetzt?« fragte Tweed.

»Sie dürfte inzwischen im Leichenschauhaus von Southampton eingetroffen sein.«

Tweed nahm Stanstead beiseite, und sie unterhielten sich flüsternd. Der Chief Constable nickte zustimmend. Er war auf dem Weg zu Andovers Telefon auf dem Schreibtisch, aber Tweed hielt ihn auf, flüsterte abermals.

»Warten Sie damit, bis Sie wieder in Ihrem Büro sind. Das Haus ist voller Abhörgeräte. Kommen Sie einen Moment mit hinaus . . .«

Erst als sie die Küche erreicht hatten, wurde Tweed klar, daß er etwas übersehen hatte. Paula hatte gerade ihre Aussage unterschrieben. Sergeant McCann faltete das Blatt Papier zusammen und steckte es dann mit befriedigter Miene in die Tasche.

»Nun, Miss Grey, so schlimm war es doch gar nicht, oder?«

»Nein, Ihre Fragen waren recht unkompliziert«, sagte sie.

Tweed bedeutete ihr, Stanstead und ihm in den Garten zu folgen. Die Kälte traf sie wie ein Schlag, und auf dem Rasen knisterte Rauhreif.

»Gehen Sie schnell wieder hinein«, wies Tweed Paula an, »und kehren Sie mit Newman und Nield zum Wagen zurück. Reden Sie nicht miteinander, bevor Sie draußen sind. Es ist einzig und allein meine Schuld. Ich hatte vergessen, daß das Haus voller Abhörgeräte steckt – einschließlich der Küche, in der Sie vermutlich eben Ihre Aussage gemacht haben.«

»Bin schon unterwegs . . .«

»Was geht hier eigentlich vor?« fragte Stanstead, als er und Tweed den Rasen erreicht hatten.

Tweed sah keinen Grund zu weiterer Geheimhaltung. Er berichtete von ihren vorhergegangenen Besuchen, bei denen sie die Abhörgeräte und den Einbruch entdeckt hatten. Aber er erwähnte weder den Brief von Gaston Delvaux, den er auf dem Kaminsims gefunden hatte, noch den Betonmischer, der sie fast umgebracht hätte, noch die Fahrt nach Buckler's Hard und Moor's Landing.

»Ich lasse einen Mann kommen, der sich in diesen Dingen auskennt, damit er diese verdammten Wanzen abmontiert«, entschied Stanstead.

»Mir wäre es lieber, wenn Sie es nicht täten«, erklärte Tweed. »Lassen Sie sie an Ort und Stelle. Vielleicht können wir sie später gegen die Leute verwenden, die sie angebracht haben.«

»Sie haben Ihre Gründe?«

»Ja. Wir können gleich anfangen, wenn Sie mitspielen. Ich schlage vor, wir gehen wieder hinein und unterhalten uns in normaler Lautstärke. Sie brauchen nur auf das zu reagieren, was ich zu Ihnen sage.«

»Für gewöhnlich wissen Sie, was Sie tun . . .«

Als sie wieder im Haus waren, schickte Stanstead Sergeant McCann nach draußen und wies ihn an, dafür zu sorgen, daß die Hintertür wieder geschlossen wurde, wenn sie gingen. Im Arbeitszimmer begann Tweed sofort ganz normal zu sprechen.

»Ich bezweifle, daß Sie diesen Fall je lösen werden, Chief Constable. Ich jedenfalls kann keine Zeit mehr damit vergeuden. Dazu habe ich zuviel andere Probleme um die Ohren. Ich muß die ganze Sache Ihnen überlassen, so unerfreulich sie auch ist.«

»Ich fürchte, ich muß Ihnen recht geben«, erwiderte Stanstead. »Wir führen die Untersuchung noch ein paar Tage weiter – aber in Anbetracht der Tatsache, daß die Hälfte der Leiche von irgendeinem großen Fisch weggefressen worden ist, glaube ich nicht, daß wir sehr weit kommen werden. Durchaus möglich, daß das Ganze nur ein Unfall war. Vielleicht ist sie mit einem Boot hinausgefahren – und ich glaube nicht, daß sie besonders gut damit umgehen konnte. Vor allem, wenn sie allein an Bord war. Andover ist in Devon, und wir werden versuchen, ihn dort ausfindig zu machen. Viel mehr können wir nicht tun . . .«

»Was hat sich getan?« fragte Newman.

Sie saßen in seinem Mercedes und waren auf der Rückfahrt nach Passford House und zum Abendessen. Tweed saß neben ihm, Paula hatte sich im Fond niedergelassen. Nield war mit seinem Sierra zurückgeblieben; er hatte ihn ein Stück von der Straße entfernt im Wald versteckt.

»Erstens«, informierte Tweed ihn, »habe ich mit Stanstead abgemacht, daß er dafür sorgt, daß Irenes Leiche, die offenbar bis auf den fehlenden Arm in gutem Zustand ist, sofort nach London gebracht wird. Ich möchte, daß Dr. Rabin sie untersucht. Den fehlenden Arm hat er bereits.«

»Was ist mit den Abhörgeräten?«

»Wie Ihnen bekannt ist, müssen die Leute, die so etwas organisieren, in der näheren Umgebung Instrumente zum Aufzeichnen der Gespräche haben, die die Abhörgeräte übermitteln. Nield wird sich unauffällig in der Gegend hier umsehen. Irgendwo muß ein Transporter oder ein anderes Fahrzeug mit Aufnahmegeräten stehen. Nield hat

Anweisung, es ausfindig zu machen, sich aber nicht sehen zu lassen. Diese Leute, wer immer sie sein mögen, morden.«

»Weshalb Dr. Rabin?«

»Ist Ihnen das nicht aufgefallen? Der Arm, den Sie in der Tiefkühltruhe gefunden haben, ist offensichtlich fachmännisch amputiert worden. Zumindest hatte ich den Eindruck, obwohl ich von medizinischen Dingen nicht viel weiß.«

»Und wohin führt das, falls überhaupt irgendwohin?« fragte sie.

»Wenn Rabin mit meiner Theorie übereinstimmt, dann führt es vielleicht dazu, daß ich dem Chirurgen auf die Spur komme, der die Amputation vorgenommen hat.«

»Und ich werde morgen früh nach Brockenhurst fahren und mir diese Mrs. Goshawk ansehen, die, unserem liebenswürdigen Makler Mr. Barton in Moor's Landing zufolge, ein Haus zu verkaufen hat.«

Nachdem sie das gesagt hatte, schlief sie ein.

Eine Weile zuvor wanderte Brigadier Burgoyne, nachdem er von der Identifizierung von Irene Andovers Leiche zurückgekehrt war, in Smokingjacke und marineblauer Hose in seinem Wohnzimmer in *Leopard's Leap* herum. Lee Holmes, die jetzt ein grünes Kleid mit Goldgürtel trug, stand vor einem Wandspiegel und bürstete ihr blondes Haar.

»Tweed wohnt also in Passford House«, bemerkte Burgoyne.

»So ist es«, bestätigte Lee, »und ich mußte mehrere Hotels anrufen, bevor mir Passford einfiel. Maurice, weshalb wollen wir dort essen?«

»Um ihn im Auge zu behalten, natürlich. Ich wünschte bei Gott, er würde nach London zurückfahren und aus dieser Gegend verschwinden. Solange er hier ist, ist er eine Gefahr.«

»Du meinst, er könnte deine Pläne stören?« sagte Lee spöttisch.

»Natürlich meine ich das!« explodierte Burgoyne. »Wenn sie dort zu Abend essen, machst du dich an Tweed heran und holst so viel wie möglich aus ihm heraus.«

»Willst du, daß ich ihn verführe, wenn es erforderlich werden sollte?«

»Dein Ton gefällt mir nicht. Tu einfach das, was ich dir aufgetragen habe. Ich werde mich auf Miss Paula Grey konzentrieren.«

»Indem du deinen unwiderstehlichen Charme spielen läßt?«

»Ich mag keine sarkastischen Frauen.«

»Du scheinst nichts gegen sie zu haben, wenn das Licht aus ist«, erwiderte sie und machte sich daran, Lippenstift aufzutragen. »Wann fahren wir los? Du scheinst nervös zu sein. Liegt es daran, daß du Irenes Leiche identifizieren mußtest?«

»Ich habe in meinem Leben schon genug Leichen gesehen.« Seine Miene war verdrießlich. »Aber du warst ziemlich gelassen, und ich glaube, Stanstead hat es bemerkt.«

»Ich bin fertig. Und du?«

»Schon seit zehn Minuten, während du dich herausgeputzt hast.« Sein Ton wurde befehlend. »Wir nehmen natürlich den Jaguar. Wir können nicht riskieren, daß sie den Bentley sehen. Und mir ist gerade eine gute Taktik eingefallen. Fahr hinüber zum *The Last Haven* und lade Fanshawe ein, uns zu begleiten. Gute Tarnung.«

»Aber diese Claybourne brauche ich doch wohl nicht mit einzuladen, oder?«

»Doch, natürlich. Sei höflich. Gib dir ein bißchen Mühe. Ausnahmsweise . . .«

Pete Nield, angetan mit einem grauen Overall, den er aus seinem Sierra geholt hatte, kroch in der Nähe von Andovers Grundstück langsam durchs Unterholz. Er hatte den Overall angezogen, um seinen Anzug zu schonen, aber auch, weil das Grau in der Dunkelheit nicht auffiel. Seinen Wagen hatte er hinter der Baumgruppe abgestellt, die Newman am Vortag für den gleichen Zweck benutzt hatte. Seine Hände steckten in Handschuhen, mit denen er das Unterholz vor sich vorsichtig niederdrückte. Der Boden war mit totem, von Rauhreif überzogenem Laub bedeckt. Eine falsche Bewegung, und das Knistern dieser Blätter würde in der bedrückenden Stille der kalten Nacht meterweit zu hören sein.

Der Overall stand bis zur Taille offen, damit er die Walther in seinem Hüftholster notfalls im Bruchteil einer Sekunde ergreifen konnte. Er drückte ein weiteres Gewirr von Unterholz nieder und erstarrte. Eine Hand hatte sich auf seine rechte Schulter gelegt.

»Freund«, flüsterte eine vertraute Stimme. Die von Harry Butler.

Nield war wütend. Er hätte ihn versehentlich erschießen können. Aber am wütendsten war er darüber, daß Butler aus dem Nirgendwo aufgetaucht und ihm gefolgt war, ohne daß er irgend etwas gehört hatte. Das würde er ihm sagen. Später. Im Augenblick gab es Wichtigeres. Als Butler sich neben ihm niederkauerte, deutete Nield mit einem Finger voraus.

»Gute Arbeit«, flüsterte Butler. »Sie glauben, Sie haben sie gefunden?«

»Sehen Sie selbst. Und hören Sie . . .«

Ungefähr sechs Meter von der Stelle entfernt, an der Nield das Unterholz niedergedrückt hatte, parkte ein großer Campingwagen. Er stand auf einem schmalen Pfad, und man hatte etwas versucht, was Nield als ausgesprochen amateurhaft empfand – Dach und Wände waren mit herausgerissenem Unterholz getarnt worden.

Eine große Antenne ragte bis zu den Ästen der Tanne empor, unter denen der Wagen geparkt war. Das Geräusch, das Nield gehört hatte, war das metallische Summen, als die Antenne eingezogen wurde. Sie schob sich langsam zusammen, bis sie kaum noch aus dem Dach herausragte.

Nield hatte keinen Zweifel, daß sie das Fahrzeug vor sich hatten, das als Aufnahmestation für die in *Prevent* angebrachten Abhörgeräte diente. Im Innern würden sich all die hochempfindlichen Instrumente befinden, die erforderlich waren, um jedes Wort aufzuzeichnen, das in Andovers Haus gesprochen wurde.

Die Hecktür ging auf, und ein untersetzter Mann, in der Dunkelheit des New Forest kaum mehr als eine Silhouette, kam zum Vorschein. Er hielt eine lange Stange in der Hand, sprang auf den Boden und benutzte die Stange dazu, das Unterholz vom Dach zu schieben. Dann bewegte er sich um den Wagen herum und entfernte auch das an den Seitenwänden lehnende Gestrüpp. Anschließend kehrte er zur Hecktür zurück und verschwand im Innern. Die Tür wurde leise zugemacht.

»Sie fahren ab«, flüsterte Nield. »Wir sollten zusehen, daß wir zu meinem Wagen zurückkommen. Übrigens – wie sind Sie hergekommen?«

»Mit dem Cortina. Nachdem ich mein Gepäck bei Dr. Rabin in London abgeliefert hatte. Sie hängen sich an den Camper, ich decke Ihnen den Rücken . . .«

»Nur noch eins, Harry«, sagte Nield, als sie ihre Wagen erreicht hatten. »Wenn Sie sich noch einmal so an mich heranschleichen, werde ich Ihnen mit dem größten Vergnügen den verdammten Hals brechen. Als Sie redeten, hatte ich die Walther schon in der Hand.«

»Kapiert. Und nun an die Arbeit. Ich möchte wissen, wohin uns dieser Camper führt.«

Tweed wusch sich in Zimmer zwei von Passford House gerade Gesicht und Hände, als er hörte, wie jemand leise anklopfte. Er öffnete vorsichtig die Tür, ließ einen Fuß dahinter stehen. Dann trat er zurück, als er sah, daß es Paula war. Sie war unten geblieben, um dem Oberkellner Bescheid zu sagen, daß sie bald zum Essen herunterkommen würden. Sie trat ein und schloß die Tür hinter sich wieder ab.

»Wir haben Gesellschaft«, sagte sie ein wenig außer Atem.

»Wie schön. Und wer beehrt uns mit seiner Anwesenheit?«

»Bevor ich heraufkam, habe ich einen Blick in die Bar geworfen. Burgoyne ist da, mit seiner blonden Schönheit Lee Holmes ...«

»Dann kann ich mich ja vielleicht auf einen unterhaltsamen Abend freuen.«

»Hören Sie auf, Witze zu machen. Willie Fanshawe und Helen Claybourne sind mit von der Partie.«

»Also gut. Wir gehen auf einen Drink hinunter und sehen zu, was passiert. Machen Sie kurz bei Newman Station, warnen Sie ihn. Erklären Sie ihm die Lage. Ich schlage vor, daß er ohne uns zum Essen geht.«

»Sie finden es merkwürdig, daß das Quartett hier aufgetaucht ist?«

»Mich wundert, daß Burgoyne – nachdem er Irenes Leiche identifizieren mußte – Appetit auf einen Drink hat. Von Lee Holmes ganz zu schweigen. Wir werden ihnen die Initiative überlassen, zusehen, was sie unternehmen ...«

Zehn Minuten später betraten sie die Bar an der Vorderseite des Hotels. Es war ein behaglicher, rechteckiger Raum, und die Theke befand sich an einer der Schmalseiten. Lee Holmes sprang sofort auf und kam mit einem Glas in der Hand auf Tweed zu. Paula ignorierte sie.

»Mr. Tweed, wie wundervoll. Dies gibt uns Gelegenheit, unsere Zusammenkunft in London zu planen.«

Sie ließ das Wort ›Zusammenkunft‹ fast verführerisch klingen. Dann ergriff sie seinen Arm und führte ihn zur Theke.

»Und mein Glas ist leer.«

»Was möchten Sie trinken?« Tweed blieb stehen, als sie an dem Fenstertisch vorbeikamen, an dem Burgoyne zusammen mit Fanshawe und Helen Claybourne saß. »Haben Sie etwas dagegen?«

»Es ist immer der Beste, der gewinnt«, sagte Burgoyne bitter. Er sah nicht sonderlich erfreut aus, stellte Paula fest. »Um mich brauchen Sie sich nicht zu kümmern«, setzte er noch bitterer hinzu. »Ich bin nur ein Teil des Mobiliars.«

Paula stand etwas steif da, doch Fanshawe sprang mit

einem strahlenden Lächeln auf und kam ihr zu Hilfe. Er ergriff ihren Arm und führte sie zu dem Stuhl neben Helen Claybourne, auf dem zuvor Lee gesessen hatte.

»Wie nett, Sie wiederzusehen, Paula. Ich darf Sie doch Paula nennen? Gut. Ich heiße Willie. Wie Sie sehen, arbeiten wir uns gerade durch eine Flasche Laurent Perrier. Oder würden Sie etwas anderes vorziehen?«

»Danke, gegen Champagner habe ich keinerlei Einwände.«

Sie warf einen Blick zur Bar, wo Lee lachte, ein perlendes Geräusch voller Lebensfreude. Sie vollführte eine Pirouette, und das lange blonde Haar schwang in einer Welle über ihre bloßen Schultern. Die Augen aller Männer in der Bar ruhten auf ihr – verstohlen, wenn sie ihre Frauen bei sich hatten.

»Unmengen von diesem wundervollen Champagner«, sagte Lee. »Und so, wie sich die Dinge entwickeln – daß Sie hier aufgetaucht sind –, werde ich mir nach einer Weile genauso vorkommen wie eines dieser Bläschen im Glas . . .«

Paula stieß mit Willie an, und während sie trank, musterte sie Helen Claybourne über den Rand ihres Glases hinweg. Im Gegensatz zu Lee trug Helen dieselben Sachen wie bei ihrem Besuch am Vorabend. Stehkragen und Faltenrock verliehen ihr etwas Strenges und Nüchternes. Sehr geschäftsmäßig, dachte Paula beifällig – im Vergleich zu Lee, die der Inbegriff der Lebensfreude war.

Als Lee wieder lachte, warf Helen einen Blick zur Theke. Nachdem ihr Glas wieder gefüllt worden war, hatte Lee ihren langen nackten Arm mit dem von Tweed verschlungen, so daß jetzt jeder aus dem Glas des anderen trinken konnte. Ihre grünlichen Augen funkelten, und Tweed betrachtete sie mit einem Anflug von belustigter Duldsamkeit.

»Ich bin eine Frau, die ihren Spaß haben möchte«, gestand sie. »Ich finde, das Leben sollte Spaß machen. Wir beide könnten dafür sorgen, daß es das tut. Das sehe ich, wenn ich Ihnen in die Augen schaue, Sie geheimnisvoller Mann.«

»Was möchten Sie denn über mich wissen?« fragte er liebenswürdig.

»Sie sind offensichtlich verheiratet, aber ich glaube nicht, daß Sie noch mit Ihrer Frau zusammenleben.« Sie drückte seinen Arm. »Also los, gestehen Sie. Habe ich recht?«

»Sie müssen Hellseherin sein«, erklärte Tweed. »Aber das ist schon sehr lange her.«

»Die Erinnerung ist geblieben?«

»Eigentlich nicht. Sie ist in der Vergangenheit versunken. Und ich lebe nicht in der Vergangenheit, sondern in der Gegenwart.«

Sie hatte einen empfindlichen Nerv getroffen, aber zu seiner Überraschung war er deswegen kein bißchen ärgerlich. Hatte sie ihre Hausaufgaben gemacht? Seine Frau war vor hundert Jahren mit einem griechischen Millionär durchgebrannt. Vielleicht war es nur weibliche Intuition. Lee nickte feierlich.

»Sie sind ein interessanter Mann. Immer in der Gegenwart leben, das ist auch mein Motto.« Sie trank mehr Champagner. »Haben Sie eine hübsche Bleibe in London? Etwas, wo ich aufkreuzen und Sie besuchen könnte? Das würde mir gefallen.«

»Vielleicht sollten wir uns vorher irgendwo zum Essen treffen«, sagte Tweed ausweichend. »Kommen Sie gut aus mit Burgoyne?«

»Können Sie sich vorstellen, daß das irgendeiner Frau gelingen könnte?«

An dem Tisch beim Fenster, hinter dem man den beleuchteten Parkplatz und den Rasen sah, beschloß Paula, eine Bombe platzen zu lassen. Aber Helen schaute wieder zur Theke und durchkreuzte ihren Plan.

»Das Problem mit Lee ist, daß sie jeden Mann in Sichtweite hypnotisieren muß. Es ist eine regelrechte Manie von ihr, und offensichtlich hat sie Ihren Freund schon so weit, daß sie ihn um den Finger wickeln kann.«

»Immerhin sind es hübsche Finger«, sagte Paula gelassen. Sie ließ ihre Bombe hochgehen. »Ich habe gehört, daß

Lee und der Brigadier eine Leiche identifizieren mußten, die man aus der See gefischt hat. Und daß es die Leiche von Irene Andover war.«

»Wo zum Teufel haben Sie das gehört?«

Der Brigadier saß steifnackig da und funkelte Paula an. Sein Ton war so schneidend, als putzte er einen einfachen Soldaten herunter. Er beugte sich vor und ließ Paula nicht aus den Augen.

»Ich nehme an, Tweed ist – beziehungsweise war – für seine Versicherung tätig und hat versucht, zwischen Andover und den Entführern seiner Tochter zu vermitteln.«

»Entführer?« Paula tat, als wäre sie fassungslos.

»Nun, das war doch offensichtlich«, hämmerte Burgoyne mit seiner Kommandostimme auf sie ein. »In den letzten drei Monaten ist Andover körperlich und seelisch zum Wrack geworden. Er war nur noch ein Schatten seines früheren Selbst. Und das alles fiel mit dem Verschwinden von Irene zusammen.«

»Mir war, als hätten Sie gesagt, sie wäre mit einem Franzosen auf und davon gegangen«, erinnerte ihn Paula.

»Da war ihre Leiche noch nicht aufgetaucht. Wir haben alle versucht, die Sache geheimzuhalten.«

»Maurice«, mahnte Willie, »Sie reden zu laut. Ich glaube nicht, daß Sie schon jemand gehört hat, aber wenn Sie so weitermachen, werden die Leute hier drinnen mithören.«

»Sie halten sich da raus.« Aber Burgoyne hatte die Stimme gesenkt. »Schließlich waren Sie völlig blind für das, was da direkt vor Ihrer Nase vorging.«

»Ich hatte keine Ahnung«, protestierte Willie. »Und was soll die Geschichte von einer Leiche, die man aus der See gefischt hat? Ich tappe im dunkeln.«

»Wann tun Sie das nicht«, erklärte Burgoyne brutal.

Paula war wütend. Willie war offensichtlich verletzt. Er trank eine Menge Champagner, um sein Unbehagen zu kaschieren. Burgoyne war in voller Fahrt. Er wendete sich wieder an Paula.

»Diesmal hat Ihr Chef die Sache total vermasselt. Vielleicht wäre das arme Mädchen gerettet worden, wenn er nicht hinzugezogen worden wäre – von Andover, nehme ich an – und sich benommen hätte wie der sprichwörtliche Elefant im Porzellanladen.«

»Im allgemeinen weiß er, was er tut«, sagte Paula, fest entschlossen, sich nicht aus der Ruhe bringen zu lassen.

»Ich finde das alles ziemlich verwirrend und bedrükkend«, erklärte Willie mit gedämpfter Stimme. »Würde mich bitte jemand ins Bild setzen?«

Dies war der Moment, in dem Helen sich ins Gespräch mischte. Das einzige Anzeichen dafür, daß sie sich über Burgoyne ärgerte, war das Aufundabschwingen des übergeschlagenen Beines.

»Willie, das meiste davon sind bloße Gerüchte. Maurice ist heute abend wieder einmal schlecht gelaunt. Es gibt absolut nichts, worüber du dich aufregen müßtest. Wir werden zu gegebener Zeit – und aus verläßlicherem Munde – erfahren, was wirklich passiert ist. Wir sind hier, weil wir einen angenehmen Abend verbringen wollten.«

Sie bedachte ihn mit ihrem kühlen Lächeln. Paula bemerkte, daß Willie sich sichtlich entspannte. Er lächelte sie an und füllte ihr Glas wieder auf.

»Helen hat recht. Wir sind hier, um einen angenehmen Abend zu verbringen. Und jetzt beginnt der angenehme Teil.« Er betrachtete ihr Glas. »Entschuldigung, das war nicht viel. Die Flasche ist leer.«

»Ja«, sagte Helen. Sie sah Burgoyne an. »Maurice – meinen Sie nicht, daß Sie noch eine Flasche bestellen sollten? Soweit ich weiß, sind Sie heute abend der Gastgeber, und vielleicht stoßen die anderen bald zu uns.«

»Den Eindruck habe ich nicht. Lee kann gar nicht dicht genug an Tweed herankommen«, knurrte Burgoyne.

»Maurice«, wiederholte sie, »bitte bestellen Sie noch eine Flasche.«

Zu Paulas Überraschung winkte der Brigadier den Barkeeper heran und gab die Bestellung auf. Von diesem Augenblick an verschwand die Spannung aus der Atmosphäre. Willie plauderte vergnügt über seine Zeit im Fernen Osten, Burgoyne lauschte mit einer Miene, die besagte, daß er das alles schon oft gehört hatte. Helen entspannte sich in ihrem Sessel, holte einen großen Füllfederhalter aus ihrer Handtasche und begann, sich auf einem Block Notizen zu machen.

Schließlich brachte Tweed Lee an den Tisch zurück. In seinen Augen stand ein Lächeln, als er einen Stuhl für sie zurechtrückte und sich dann an den Brigadier wendete.

»Sie hätten sich keine Sorgen zu machen brauchen. Ich habe sie in einem Stück zurückgebracht.«

»Weshalb hätte ich mir Sorgen machen sollen?« erwiderte Burgoyne.

Tweed ging mit Paula in den Speisesaal, und sie wählten einen Tisch, weit entfernt von dem, an dem Newman saß. Paula fragte nach dem Grund.

»Es ist besser, wenn niemand weiß, daß er zu uns gehört«, erwiderte Tweed geheimnisvoll. »Haben Sie etwas herausbekommen?«

»Eine Menge. Sie werden überrascht sein – vielleicht sogar verblüfft . . .«

Elftes Kapitel

Nield und Butler, die den Camper verfolgten, mußten ihr ganzes Geschick aufbieten, denn wie sich herausstellte, war das Unternehmen ziemlich riskant. Der Wagen war den Waldweg entlanggefahren und dann rechts auf die B 3055 nach Brockenhurst abgebogen. Nield war mit seinem Sierra gerade noch rechtzeitig aus seinem Versteck gekommen, um sein Abbiegen zu bemerken, aber bald war er froh, daß er so vorsichtig gewesen war, reichlich Abstand zu halten.

Ein Landrover, in dem nur der Fahrer saß, kam von einem Feld und hängte sich hinter den Camper. Offensichtlich waren die Tonbänder, die der Camper transportierte, wichtig – so wichtig, daß sie beschützt werden mußten.

Als auf einem geraden Streckenabschnitt für kurze Zeit der Mond zum Vorschein kam, sah auch Butler, der Nield den Rücken deckte, den hinter dem Wohnwagen herfahrenden Landrover. Er gelangte zu demselben Schluß wie Nield.

»Ich frage mich, wo zum Teufel die hinwollen«, sagte er laut.

Er hatte keine Ahnung, wohin die Reise gehen würde, als der Wohnwagen bei Brockenhurst auf die A 337 abbog und in nördlicher Richtung weiterfuhr. Vor ihnen lag eine lange, gerade Strecke, neben der sich zu beiden Seiten eine einsame Moorlandschaft dehnte. Wieder brach der Mond durch die Wolken.

Um diese Stunde – und zu dieser Jahreszeit – herrschte kaum Verkehr. Sie fuhren durch den New Forest. Die Bäume waren so dick mit Rauhreif bedeckt, daß sie im Mondlicht aussahen wie Weihnachtsbäume.

Als sie Cadnan hinter sich gelassen hatten und später, nach dem Umfahren von Winchester, auf die M 3 abgebogen waren, begann Butler zu vermuten, daß die Wagen nach London unterwegs waren. Auf der Schnellstraße gingen Butler und Nield zur ›Bocksprung-Methode‹ über, damit die Verfolgten keinen Argwohn schöpfen konnten.

Gelegentlich überholte Butler alle drei Fahrzeuge, fuhr in einigem Abstand vor dem Wohnwagen her und beobachtete seine Scheinwerfer im Rückspiegel. Wo zum Teufel wollten sie hin?

Eine Weile später überholte Nield die Fahrzeuge einschließlich des Cortina. Dann verlangsamte Butler, ließ sich von dem Wohnwagen und dem Landrover überholen und fiel ein ganzes Stück weit zurück. Dieses Manöver wiederholten sie mehrmals, bis sie London erreicht hatten.

Erst dann setzten sich sowohl Butler als auch Nield hinter den Landrover. Als sie die Albert Bridge überquerten, war es bereits sehr spät. Nield versuchte sich zu erinnern, wo er den Fahrer des Landrover schon einmal gesehen hatte.

»Ich weiß, daß du mir schon über den Weg gelaufen bist«, sagte er zu sich selbst. »Irgend etwas an deiner Haltung kommt mir bekannt vor.«

Wenig später fuhren sie die Fulham Road entlang, dann bogen sie rasch nach rechts und nach Norden ab. Butler verlangsamte, als der Landrover hinter dem bereits stehenden Camper anhielt. Er ließ sein Getriebe knirschen, als er an ihnen vorbeifuhr – jemanden, der soviel Lärm machte, würden sie nicht für einen Verfolger halten. Nield fuhr an den Bordstein. Sie befanden sich in einer gewundenen Straße, die The Boltons hieß und eine der vornehmsten Adressen von London war.

Nield beobachtete, wie der Fahrer des Landrover ausstieg und zu dem Camper ging, dessen Hecktür gerade geöffnet wurde. Im Licht einer Straßenlaterne sah Nield, wie ein untersetzter Mann dem Fahrer des Landrover einen Stapel von etwa einem halben Dutzend flacher Kartons übergab. Genau die Art von Behältern, in denen sich die Tonbänder befinden konnten, auf denen alle Unterhaltungen in Sir Gerald Andovers Haus aufgezeichnet waren.

»Und wer wohnt hier?« fragte sich Nield.

Der Fahrer öffnete eine schmiedeeiserne Pforte und eilte einen Pfad entlang und die Stufen zu einem der prächtigen, ein Stück von der gewundenen Straße zurückgesetzten Häuser hinauf. Obwohl ihn sehr nach einer Zigarette verlangte, wartete Nield geduldig, ohne nach der Packung in seiner Tasche zu greifen.

Der Fahrer kehrte schnell zurück. Der Camper war inzwischen davongefahren. Nachdem er wieder in den Landrover eingestiegen war, fuhr auch er davon. Nield wartete noch etwas länger, dann stieg er aus und schlenderte zu dem Haus hinüber, in dem die Kartons abgeliefert worden waren. Nr. 185. An einer der Säulen war ein funkelndes Schild angebracht. Darauf stand *Moonglow Refugee Aid Trust International.*

Es schaute auf, als Butler auftauchte. Nield entfernte sich ein Stück von dem Hauseingang, bevor er sprach.

»Moonglow. Hier wurde ein Stapel Kartons abgeliefert. Ich vermute, daß sie Tonbänder enthielten.«

»Dann sollte ich den Leuten einen Besuch abstatten. Drinnen brennt eine Menge Licht. Sie gehen besser zu Ihrem Wagen zurück. Ich lasse Sie dann wissen, wie es mir ergangen ist . . .«

Butler kehrte zu seinem Cortina zurück, öffnete den Kofferraum und holte einen schäbigen Regenmantel und eine Mütze heraus. Er zog den Mantel über seinen Anorak, setzte die schmuddelige Mütze auf und zog den Schirm tief in die Stirn. Dann ergriff er eine große gelbe Segeltuchtasche, aus der ein Stapel Zeitungen herausragte, und hängte sie sich über die Schulter. Es war ein Trick, dessen er sich schon öfter bedient hatte.

Er kehrte zu Nr. 185 zurück, stieß die Pforte auf und schlurfte den Pfad entlang – für den Fall, daß er von drinnen beobachtet wurde. Nachdem er die Stufen emporgestiegen war, läutete er und wartete dann mit einer der Zeitungen in der Hand. Eine Außenlampe wurde eingeschaltet, dann hörte er, wie drei Schlösser aufgeschlossen wurden – Sicherheitsschlösser, stellte Butler fest. Eine Kette wurde abgenommen. Als die Tür aufging, starrte ihn eine große, massige Frau in Schwarz mit grimmiger Miene an. Sie hielt eine Walther auf seine Brust gerichtet. Er trat scheinbar verängstigt zurück und sprach mit winselnder Stimme.

»Kein Grund zur Panik, Lady. Und Waffen machen mir angst. Wenn Sie mich erschießen, ist es Mord. Ich habe nicht einmal ein Taschenmesser bei mir.«

Während er drauflosredete, betrachtete er die geräumige Halle hinter ihr. An ihrem hinteren Ende führte eine geschwungene Treppe nach oben. Sie war nur schwach beleuchtet. Er konnte einen schwergebauten Mann sehen, der langsam die Treppe herunterkam. Mit sehr entschlossenen Schritten. Die undeutliche Gestalt erreichte das untere Ende der Treppe und blieb stehen. Das Licht in der Halle wurde von seinem goldenen Kneifer reflektiert. Die Augen hinter den Gläsern waren unsichtbar.

»Was wollen Sie?« fragte die Frau mit der Waffe.

»Ich liefere nur die Lokalzeitung aus. Sie ist umsonst. Sagt Ihnen, was in der Nachbarschaft vorgeht. Neue Parkvorschriften. Und ein Spekulant hat vor, aus einem dieser Häuser ein billiges Hotel zu machen. Das wäre Ihnen bestimmt nicht recht.«

»Was geht da vor, Mrs. Kramer?«

Es war der Mann mit dem Kneifer, der gesprochen hatte. Seine Art zu reden war eigentümlich – er sprach jedes Wort mit äußerster Präzision aus und machte zwischen jedem Wort, das er von sich gab, eine kleine Pause. Er hatte leise gesprochen, aber Butler hatte jedes Wort deutlich gehört. Er empfand die Stimme als ebenso irritierend wie die Art, mit der der Mann sich bewegte.

»Nichts, Sir«, rief Mrs. Kramer über die Schulter. »Nur ein Mann, der kostenlose Zeitungen verteilt.«

»Um diese Zeit?« fuhr die Stimme fort. »Das kommt mir merkwürdig vor. Ja, äußerst merkwürdig.«

»Ich bin in Rückstand geraten, Governor«, winselte Butler, jetzt etwas lauter. »Und morgen früh habe ich einen anderen Job.«

»Schicken – Sie – ihn – weg – Mrs. – Kramer.«

Die Pausen zwischen den Worten waren noch länger geworden. Und noch irritierender. Dabei war Butler kein Mann, der leicht nervös wurde, einerlei, in welcher Situation er sich befand.

»Verschwinden Sie!« befahl Mrs. Kramer. »Und lassen Sie sich hier nie wieder sehen. Wir wollen Ihren Mist nicht.«

Butler öffnete den Mund, um noch etwas zu sagen, aber die Tür wurde ihm vor der Nase zugeschlagen. Er stand da, hörte, wie die drei Schlösser wieder zuschnappten und die Sicherheitskette erneut vorgelegt wurde. Dann schlurfte er die Stufen hinunter und den Pfad entlang. Eine Minute später informierte er Nield über sein Erlebnis, und sie beschlossen, auf dem schnellsten Wege zur Zentrale des SIS am Park Crescent zu fahren.

Zwölftes Kapitel

Es war bereits nach elf, als Butler und Nield die Zentrale des SIS am Park Crescent, ganz in der Nähe des Regent's Park, betraten. George, ein früherer Hauptfeldwebel, der jetzt hier als Wachmann arbeitete, rief ihnen nach, als sie die Treppe zum ersten Stock hinaufgingen, in dem sich Tweeds Büro befand.

»Monica ist noch da und hat alle Hände voll zu tun. Sie hat sich Essen kommen lassen. Ich glaube nicht, daß sie sich über Ihren Besuch freuen wird.«

Sie öffneten die Tür und traten ein. Monica, eine Frau unbestimmbaren Alters mit grauem Haar, das sie zu einem Knoten geschlungen hatte, Tweeds getreue Assistentin, schaute von ihrem Schreibtisch auf. Vor ihr lag ein Stapel Akten, und sie war im Begriff, nach dem Telefonhörer zu greifen.

»Hallo, Monica«, sagte Nield fröhlich, »wir haben einen Job für Sie. Damit Sie sich nicht langweilen.«

»Haben Sie langweilen gesagt?« Monica spielte die Entrüstete. »Tweed hat mich für eine Woche mit Arbeit versorgt. Ich soll Nachforschungen anstellen über Sir Gerald Andover, Brigadier Burgoyne und Willie Fanshawe. Die Telefonrechnung für Gespräche in den Fernen Osten wird horrend sein. Es ist mir sogar gelungen, Philip Cardon zu erreichen, unseren Agenten in Hongkong. Er kommt in Kürze zurück. Und da wollen Sie mir auch noch etwas aufhalsen!«

Sie konnte Pete Nield gut leiden. Er machte oft Scherze mit ihr, und insgeheim mochte sie seine dunklen Augen und seine umgängliche Art.

Nield lächelte und fuhr fort.

»Notieren Sie sich das lieber. Tweed wird alle erdenklichen Einzelheiten wissen wollen. Fertig? *Moonglow Refugee Aid Trust International.* Nr. 185, *The Boltons.* Alles, was

Sie herausbekommen können – und wer den Laden leitet.«

»Moonglow?« Monica runzelte die Stirn, notierte sich den Namen auf ihrem Block. »Irgendwo habe ich davon schon gehört. The Boltons? Äußerst feine Adresse für eine Hilfsorganisation.«

»Wir haben eine lange Fahrt hinter uns«, erklärte Butler. »Ein Becher Tee wäre jetzt genau das richtige.«

»Ihr wißt, wo der Kessel steht. Also macht ihn euch selbst. Ich habe nicht die Zeit, euch zu bedienen. Und wenn ihr gerade dabei seid – ich könnte selbst einen brauchen.«

Als sie gegangen waren, runzelte Monica abermals die Stirn und steckte gedankenverloren das Ende ihres Kugelschreibers in den Mund.

»Moonglow«, murmelte sie. »Kommt mir irgendwie bekannt vor – es war irgend etwas Seltsames, aber unbewiesen. Ich werde den Verein mal gründlich unter die Lupe nehmen.«

Monica war nicht die einzige, die um diese Zeit noch arbeitete. In Nr. 185, *The Boltons*, saß Dr. Wand in einem Zimmer, das als Vorführraum fungierte. Die Beleuchtung war ganz schwach, und von ihm war nicht mehr zu sehen als das, was Butler von der Haustür aus hatte ausmachen können. Dr. Wand zog die Dunkelheit vor.

Heute abend sah er sich keinen Film an. Mrs. Kramer legte die Tonbänder in ein Abspielgerät ein, und er hörte sich die Unterhaltungen an, die in *Prevent* geführt worden waren. Sein großer Kopf war leicht zur Seite geneigt – er memorierte jedes Wort, das er hörte.

Einmal warf Mrs. Kramer einen Blick in seine Richtung. Sein goldener Kneifer funkelte im schwachen Licht einer Wandlampe. Er lächelte, aber es war ein Lächeln mit geschürzten Lippen, ein Lächeln ohne eine Spur von Wärme. Sogar Mrs. Kramer, die ihn gut kannte, ängstigte sich vor diesem Lächeln.

Als das letzte Band abgespielt war, erhob sich Dr. Wand langsam und erteilte ihr in seinem leisen, langsamen Tonfall Anweisungen.

»Setzen Sie sich sofort mit Vulcan in Verbindung. Ich glaube, von jetzt an müssen wir diesen Mann, der sich Tweed nennt, sehr genau im Auge behalten. Teilen Sie das Vulcan mit. Ich gehe in mein Arbeitszimmer und arbeite die weiteren Einzelheiten des Unternehmens *Long Reach* aus.«

»Ich rufe gleich an, Sir.«

»Bitte tun Sie das.«

Mrs. Kramer eilte aus dem Zimmer zum Telefon. Sie hatte keine Ahnung, wer Vulcan war – sie kannte nur seine Telefonnummer. Auch was es mit dem Unternehmen *Long Reach* auf sich hatte, wußte sie nicht. Aber was sie wußte, war, daß es sich nicht empfahl, Dr. Wand irgendwelche Fragen zu stellen. Leute, die diesen Fehler begangen hatten, waren verschwunden.

Am nächsten Morgen verkündete Tweed in Passford House, daß er sofort nach London zurückkehren würde. Newman warf Paula einen überraschten Blick zu. Es kam oft vor, daß Tweeds blitzschnelle Entschlüsse sie verblüfften.

»Ich werde selbst fahren«, fuhr Tweed fort, »und zwar in dem Ford Escort. Paula wird Mrs. Goshawk aufsuchen, die angeblich in Brockenhurst ein Haus zu verkaufen hat – jedenfalls hat dieser Makler Barton es behauptet. Könnten Sie sie in Ihrem Mercedes hinfahren, Bob?«

»Gern. Aber hinter was sind Sie her? Haben Sie irgendeine Idee, was da vor sich geht?«

»Betrachten Sie die Tatsachen.« Tweed zählte an den Fingern ab. »Erstens, Harvey Boyd, der im Begriff war, sich unserer Organisation anzuschließen, wurde auf dem Solent vor Lymington vermutlich ermordet.«

»Ermordet?« fragte Newman. »Worauf basiert Ihre Vermutung?«

»Es muß einen Grund dafür geben, daß die rechte Seite seines Gesichtes so säuberlich abgeschnitten war.« Er richtete den Blick auf Paula. »Und ich traue Ihrem vorzüglichen Sehvermögen. Ich bin überzeugt, daß Sie im Nebel etwas gesehen haben, unmittelbar vor dem sogenannten Unfall.«

»Als Reporter muß ich darin nach wie vor eine bloße Vermutung sehen«, beharrte Newman.

»Aber es ist keine Vermutung«, sagte Tweed scharf, »daß man zweimal versucht hat, uns umzubringen. Zuerst mit dem Betonmischer und dann mit dem Hubschrauber, der vor uns Öl auf die Straße gekippt hat. Irgendwo habe ich irgend etwas gesagt oder eine Frage gestellt – bei Andover, Burgoyne oder Fanshawe –, was diese Anschläge auf unser Leben ausgelöst hat. Also sind wir über irgend etwas gestolpert. Das ist Tatsache Nummer zwei.«

»Sie können Andover nicht einbeziehen – nach dem, was mit seiner Tochter passiert ist«, protestierte Paula abermals.

»Ich streiche Andover nicht von meiner Liste, bevor ich den Bericht gelesen habe, an dem Monica gerade arbeitet«, sagte Tweed entschlossen. »Irgendwie ist mir, als hätte ich über seine Tochter Irene einmal etwas Merkwürdiges gehört. Tatsache Nummer drei«, fuhr er fort. »Ich bin ganz sicher, daß mit diesem abgelegenen Dorf Moor's Landing etwas nicht stimmt.«

»Auch das ist eine Vermutung«, widersprach Newman.

»Meinen Sie?« Jetzt war Tweeds Stimme hart. »Wo wir einen Makler haben, der nicht daran interessiert ist, uns irgendein Grundstück zu verkaufen? Und der versucht, die alte Mrs. Garnett aus dem letzten noch vorhandenen Cottage zu vertreiben? Merkwürdig, daß Mr. Barton nicht sagte, ihr Cottage stünde vielleicht zum Verkauf, wenn wir noch eine Weile warten würden.«

»Es war ein unheimlicher Ort«, gab Newman zu.

»Letztens, Tatsache Nummer vier – Irene ist offensichtlich entführt worden. Und dennoch hat Andover mir zugeflüstert, daß er keine Lösegeldforderung erhalten hat. Und zwar im Verlauf von drei Monaten.«

»Zeichnet sich für Sie irgendein Muster ab?« fragte Paula.

»Ich tappe völlig im dunkeln«, gab Tweed zu. »Ich habe

ein paar Teile eines Puzzles in der Hand, von denen keines zu den anderen zu passen scheint. Ich brauche mehr Teile, um ein Bild zusammensetzen zu können. Und jetzt«, er griff nach seinem gepackten Koffer, »muß ich losfahren. Seid sehr vorsichtig.«

»Wir sehen uns in London wieder«, versicherte ihm Paula.

Tweed drehte sich plötzlich noch einmal um. »Ich habe die Tatsachen fünf und sechs ausgelassen. Die Akte, die Andover mir gegeben hat. Und den Brief aus Lüttich von Gaston Delvaux, dem belgischen Rüstungsgenie und gleichfalls Mitglied der Denkfabrik INCOMSIN. Durchaus möglich, daß ich im Laufe der nächsten vierundzwanzig Stunden nach Brüssel fliege . . .«

April Lodge, das Heim von Mrs. Goshawk, war ein kleines Einzelhaus aus der Zeit um die Jahrhundertwende am Stadtrand von Brockenhurst. Newman und Paula waren übereingekommen, daß es besser wäre, wenn sie das Haus allein aufsuchte. Newman fuhr daran vorbei und parkte dann seinen Mercedes am Straßenrand.

In Erfüllung seines Auftrags, sie zu beschützen, folgte Newman ihr in einigem Abstand und wartete dann bei ein paar Tannen. Als Paula verschwand, überprüfte er seinen Smith & Wesson.

Paula ging den geraden Pfad zum Haus entlang, der beiderseits von einem säuberlich gemähten Rasen gesäumt war, auf dem in der Sonne funkelnder Rauhreif lag. Das Haus entsprach dem alten Foto, das sie sich in Bartons Büro angesehen hatte. Sie stieg auf den Vorplatz hinauf und drückte auf eine auf Hochglanz polierte Messingklingel.

»Mrs. Goshawk?« fragte sie.

Die Tür, in deren obere Hälfte eine Buntglasscheibe eingelassen war, wurde von einer gutgekleideten Frau in den Fünfzigern geöffnet. Ihr braunes Haar sah aus, als wäre sie gerade beim Friseur gewesen.

»Ja.« Mrs. Goshawk lächelte. »Ich hoffe, Sie wollen mir nicht irgend etwas verkaufen.«

»Im Gegenteil. Ich hoffe, dieses Haus kaufen zu können.«

»Aber es steht nicht zum Verkauf. Wie in aller Welt sind Sie auf die Idee gekommen, ich wollte verkaufen?«

»Es wurde – mit einem Foto – von Mr. Barton angeboten, dem Makler in Moor's Landing.«

»Das ist ja lächerlich.« Mrs. Goshawk errötete. »Entschuldigung, das war unhöflich. Ich meinte, lächerlich von diesem groben Kerl, diesem Barton. Ich habe mich entschlossen, hier zu bleiben. Das habe ich ihm schon vor über einem Jahr mitgeteilt, und er hat zugesagt, es sofort aus dem Angebot zu nehmen.«

»Zurück nach Moor's Landing, würde ich sagen«, entschied Newman, nachdem er Paulas Geschichte gehört hatte. »Ich dachte mir gleich, daß mit diesem Barton etwas nicht stimmt.«

»Mit dem ganzen Ort stimmt etwas nicht, aber ich weiß einfach nicht, was. Vielleicht wäre es eine gute Idee, noch einmal mit Mrs. Garnett zu reden.«

»Warten wir ab, bis wir dort sind und sehen, wie die Dinge liegen.«

Wenig später fuhr Newman auf der Straße nach Beaulieu zurück. Es war ein herrlicher, sonniger Vormittag mit klarem, blauem Himmel und wieder sehr kalt. Die Bäume waren mit Rauhreif überzogen, und Newman fuhr auf der leeren Straße mit Höchstgeschwindigkeit an *Prevent* und den anderen beiden Häusern vorbei.

Paula studierte die Karte. Um Moor's Landing mit dem Wagen zu erreichen, mußten sie durch Beaulieu hindurchfahren, den Fluß überqueren und dann auf einer Landstraße nach Süden fahren, die zu einem Dorf namens Exbury führte. Ein paar Meilen, bevor sie dieses Dorf erreichten, mußten sie nach Moor's Landing abbiegen. Sie dirigierte Newman, und nach einer Dreiviertelstunde fuhren sie an dem zu dem Anleger führenden Weg vorbei und in das Dorf hinein. Newman hielt an, sobald sie das erste Cottage erreicht hatten.

»Das ist merkwürdig«, sagte Paula, sobald sie ausgestiegen war.

»Was ist merkwürdig?« fragte Newman.

»Das Schild des Grundstücksmaklers ist nicht mehr da.«

»Sie haben recht. Vielleicht wird es gerade frisch gemalt. Mir war aufgefallen, daß es einen neuen Anstrich dringend nötig hatte.«

»Mir auch. Was mir seltsam vorkam. Ich meinte, es hätte in bestem Zustand sein müssen, um zu dem Modelldorf-Effekt zu passen.«

Sie steuerte auf das vierte Cottage an der rechten Seite zu und stieß die Pforte auf. Newman folgte ihr, nachdem er die Straße nachdenklich betrachtet hatte. Wieder machte sie einen merkwürdig leeren Eindruck. Paula zupfte an seinem Ärmel.

»Gardinen an den Fenstern. Die waren nicht da, als wir gestern hier waren.«

Sie hob den Messingklopfer und ließ ihn mehrmals anschlagen. Ein unbekannter Mann in einem eleganten Anzug öffnete die Tür und musterte Paula. Ungefähr achtundzwanzig, schätzte sie, glattrasiert und mit einem freundlichen Lächeln. Eine Parfümwolke schlug ihr entgegen. Hoffentlich nicht einer von der anderen Seite, dachte sie.

»Wir wollten zu Mr. Barton, dem Grundstücksmakler«, erklärte sie.

»Zu wem?«

»Mr. Barton, dem Grundstücksmakler. Draußen hat ein Schild gehangen.«

»Tut mir leid, aber ich verstehe nicht recht. *Ich* wohne hier. Mein Name ist Martin. Sie müssen ins falsche Dorf gekommen sein. Hier hat es meines Wissens keinen Makler gegeben, seit die renovierten Cottages verkauft wurden.«

»Wir waren gestern hier«, beharrte Paula ungeduldig. »Und wir haben mit Mr. Barton gesprochen.«

»So ist es«, bestätigte Newman über ihre Schulter hinweg.

»Er hat ein Büro in diesem Vorderzimmer«, fuhr Paula

fort. »Kaum irgendwelche Möbel, leere Wände, nur an einer Wand eine Tafel mit Häusern, die zum Verkauf stehen. Ein Klapptisch und Klappstühle.«

»Da komme ich nicht mit«, sagte Martin, jetzt mit einem Anflug von Ungeduld in der Stimme. »Das ist mein Haus.« Er sah Newman an. »Die Dame muß sich irren.«

»Wäre es dann zuviel verlangt, Mr. Martin«, beharrte Paula, »wenn wir Sie bäten, einen Blick in Ihr Vorderzimmer werfen zu dürfen?«

»Wenn Sie das überzeugt.« Martin zuckte die Achseln. »Gehen Sie ruhig hinein. Entschuldigen Sie den Parfümgeruch. Meine Frau hat heute morgen eine ganze Flasche auslaufen lassen . . .«

Paula trat ein, gefolgt von Newman, der eine unangezündete Zigarette in der Hand hielt. Sie blieb verblüfft stehen. Sie stand in einem kostspielig eingerichteten Wohnzimmer mit Möbeln im skandinavischen Stil. Die Wände waren mit Eiche getäfelt. Sie sah sich fassungslos um. Newman ging an ihr vorbei, ließ dicht an einer Wand seine Zigarette fallen und bückte sich, um sie wieder aufzuheben. Mr. Martin schwenkte die Hände.

»Zufrieden? Versuchen Sie es doch mal in Exbury. Auf diesen Straßen hier kann man sich leicht verfahren.«

»Danke, Mr. Martin«, sagte Paula kalt.

Sie wartete, bis sie die Pforte erreicht hatten, und sie hörte, wie die Haustür hinter ihnen geschlossen wurde.

»Verliere ich den Verstand?« fragte sie Newman. »Ich komme mir vor, als steckte ich in einem Traum.«

»Das ist kein Traum«, erklärte Newman grimmig. »Und wenn, dann ein Alptraum. Reden wir mit Mrs. Garnett. Sie scheint zu wissen, was hier vorgeht – jedenfalls bis zu einem gewissen Grad . . .«

»Was zum Teufel geht hier vor?« fragte Paula. »Sehen Sie sich Mrs. Garnetts Haustür an. Leuchtend purpurrot. Gestern blätterte die Farbe ab, und sie war ziemlich verwittert.«

»Also reden wir mit ihr.«

Paula ging die Straße entlang, berührte die purpurrote

Farbe; sie war knochentrocken. Sie läutete und wartete dann gespannt. Die Tür wurde geöffnet, und ein weiterer Mann in korrektem Anzug kam zum Vorschein. Keinen Tag älter als dreißig, schätzte sie. Er war dunkelhaarig und hatte ein weniger umgängliches Wesen.

»Ja? Was gibt es?«

»Ich würde gern mit Mrs. Garnett sprechen.«

»Die werden Sie hier nicht finden.« Ein leichter amerikanischer Akzent. »Sie ist ausgezogen und lebt jetzt, soviel ich weiß, in irgendeinem Altenheim. Keine Ahnung, wo.«

»Von einem Tag auf den anderen, meinen Sie?« fragte Paula.

»Himmel, nein. Ich wohne schon seit geraumer Zeit hier.«

»Mein Name ist Porter«, meldete sich Newman zu Wort. »Würden Sie mir bitte sagen, wie Sie heißen?«

»Hartford, wenn Sie das irgend etwas angeht. Und ich bin sehr beschäftigt. Wenn es Ihnen also nichts ausmacht . . .«

»Aber mir macht es etwas aus«, fuhr Paula auf. »Erst gestern . . .«

»Wir haben uns geirrt«, sagte Newman und ergriff fest ihren Arm. »Auf diesen Straßen hier kann man sich leicht verfahren. Offensichtlich sind wir falsch abgebogen, haben die Dörfer verwechselt. Tut uns leid, daß wir Sie belästigt haben, Mr. Hartford.«

»Schauen Sie das nächste Mal auf die Karte.«

Paula war wütend, als ihnen die Tür vor der Nase zugeschlagen wurde. Newman führte sie die Straße entlang und zurück zu ihrem Wagen. Als er wendete, um nach Passford House zurückzukehren, machte sie ihrem Zorn Luft.

»Sie waren mir keine große Hilfe. Überhaupt keine, um es genau zu sagen!«

»Wir befinden uns hier in einem sehr einsamen Teil der Welt«, erinnerte Newman sie. »Wir wissen nicht, wie viele Männer noch in diesem Dorf hausen. Und aus

Moor's Landing verschwinden Leute. Es gibt Zeiten, da ist Vorsicht der bessere Teil der Tapferkeit.«

»Da haben Sie verdammt recht«, wütete sie. »Sie verschwinden einfach. Also, was meinen Sie, ist mit der armen Mrs. Garnett passiert? Sie war so eine nette alte Frau. Etwas Unerfreuliches?«

Newman warf wieder einen Blick in den Rückspiegel. Kein Verfolger in Sicht. Er wollte so schnell wie möglich wieder auf der Hauptstraße sein. Paula wiederholte ihre Frage.

»Etwas Unerfreuliches?«

»Ich fürchte, eher etwas Endgültiges. Wird Zeit, daß wir aus dieser Gegend wegkommen. Wir verlassen Passford House noch heute und fahren zurück nach London.«

»Sie glauben, sie haben sie umgebracht, nicht wahr?«

»Ich fürchte, darauf läuft es hinaus. Die Frage ist nur, wer es getan hat? Und warum?«

Tweed, der auf der Schnellstraße nach London fuhr, wußte genau, daß er verfolgt wurde. Er wußte es schon seit geraumer Zeit. Von einem Landrover, in dem ein Mann saß, der einen Sturzhelm trug.

Irgend etwas an ihm kam Tweed bekannt vor, aber wie Nield wußte er nicht, wo er ihn schon einmal gesehen hatte. Obwohl sein Schatten sich alle Mühe gab, nicht bemerkt zu werden, hatte Tweed ihn schon kurz nach dem Verlassen von Passford House entdeckt.

Was interessant war, überlegte Tweed; es deutete darauf hin, daß derjenige, der dem Fahrer seine Anweisungen erteilt hatte, genau wußte, daß der zu Verfolgende in Passford House abgestiegen war.

»Und das«, sagte Tweed laut, »bringt uns wieder zurück auf Willie Fanshawe, Brigadier Burgoyne und Sir Gerald Andover. Nicht zu vergessen Lee Holmes und Helen Claybourne – es könnte durchaus sein, daß eine der beiden Frauen selbständig für irgendeine unbekannte dritte Partei arbeitet.«

Tweed unternahm keinen Versuch, den Landrover abzuschütteln. Sein Verfolger war noch hinter ihm, als er sich mitten in London in der Umgebung der Baker Street befand. Tweed fuhr auf das Gelände einer Tankstelle, bei der er oft getankt hatte, stieg aus und wendete sich an den Mechaniker.

»Irgend etwas ist nicht in Ordnung. Das Gaspedal, nehme ich an. Ich kann mich irren, aber vielleicht könnten Sie es sich einmal ansehen. Ich brauche den Wagen in den nächsten paar Stunden nicht.«

»Ich werde ihn genau überprüfen, Sir«, versicherte ihm der Mechaniker.

»Sieht nach Regen aus«, bemerkte Tweed.

Er öffnete den Kofferraum und holte seinen ziemlich schäbigen Burberry und einen Filzhut heraus. Nachdem er dem Mechaniker die Schlüssel ausgehändigt hatte, zog er den Mantel an und setzte den Hut auf, und bevor er auf die Straße hinaustrat, nahm er seine Brille ab. Er ging in Richtung Regent's Park davon, ohne sich ein einziges Mal umzusehen. Ein paar Minuten später blieb er an einer Bushaltestelle stehen und tat so, als läse er den Fahrplan. Dabei schaute er zurück. Keine Spur von dem Landrover oder seinem Fahrer.

Du wirst lange Zeit vergeblich warten, mein Junge, dachte er.

Er überquerte die Straße, ging den Park Crescent entlang und stieg die Stufen zu dem Gebäude hinauf, an dem das Schild mit der Aufschrift *General & Cumbria Assurance* hing. Monica sprang auf, als er sein Büro betrat.

»Ich habe Neuigkeiten für Sie – und behaupten Sie nicht, daß Sie schon alles wissen. Denn ich glaube nicht, daß das der Fall ist.«

Dreizehntes Kapitel

In Nr. 185, *The Boltons*, saß Dr. Wand ein paar Stunden später in seinem geräumigen Arbeitszimmer an der Hinterfront des Hauses. In London war der Himmel bedeckt, und er hatte die Vorhänge an dem Fenster hinter sich halb zugezogen. Eine Schreibtischlampe war die einzige Lichtquelle, der Rest des Zimmers lag in tiefem Schatten. Die Gegensprechanlage auf seinem großen Regency-Schreibtisch summte, und er drückte auf einen Knopf.

»Ja?«

»Sir, der Bote, den Sie erwarten, ist angekommen.«

»Er soll ein paar Minuten warten. Ich sage Bescheid, wenn ich soweit bin.«

Wand saß hinter seinem Schreibtisch, der Tür gegenüber, und seine großen Hände machten sich daran, die Karten zusammenzufalten, mit denen er sich gerade beschäftigt hatte – Karten von Westeuropa. Er faltete sie langsam und sorgfältig. Als nächstes verdeckte er eine Namensliste mit seiner ledergerahmten Schreibtischunterlage. Dann drückte er abermals auf den Knopf der Gegensprechanlage.

»Schicken – Sie – ihn – bitte – herein – Mrs. – Kramer.«

Wand lehnte sich auf seinem Stuhl zurück, so daß er sich außerhalb des Lichtkreises der Schreibtischlampe befand. Sein Blick war auf die Tür gerichtet, als sie aufging und sein Besucher hereinkam und sie hinter sich wieder zumachte. Wand legte im Schatten die Finger zusammen.

»Setzen Sie sich, und berichten Sie. Präzise.«

Der unbequeme Stuhl war zwei Meter von der Vorderkante des Schreibtischs entfernt. Sobald sich der Mann gesetzt hatte, streckte Wand eine Hand aus und drehte die Schreibtischlampe so, daß sie dem Besucher direkt in die Augen schien. Der Mann schirmte sie einen Augenblick lang mit einer Hand ab, dann ließ er die Hand wieder sinken.

»Ich bin Tweed wie befohlen von Passford House aus gefolgt, und ...«

»Hat er zu irgendeiner Zeit von Ihrer Anwesenheit gewußt?«

»Nein, da bin ich ganz sicher.«

»Darauf würde ich mich nicht verlassen. Bitte, fahren Sie fort.«

»Ich bin Tweed die ganze Strecke bis nach London gefolgt, ohne ihn einmal aus den Augen zu verlieren ...«

»Was jetzt kommt, gefällt mir nicht. Weiter.«

Die Augen waren hinter den Gläsern des Kneifers nicht zu erkennen, und außerdem verhinderte das von der Goldfassung reflektierte Licht, daß der Besucher etwas von Wands Reaktion wahrnahm. Aber er konnte seinen Mund sehen, der sich – einen Augenblick lang – zu einem überaus unerfreulichen Lächeln verzog. Dieses Lächeln machte ihm immer angst.

»Er ist in eine Tankstelle an der Baker Street gefahren, und ich habe darauf gewartet, daß er wieder herauskommt. Aber er kam nicht. Nach einer Weile bin ich ausgestiegen und selbst hineingegangen. Ich habe dem Mechaniker eingeredet, der Fahrer des Escort wäre ein Freund von mir, und ihn zum Reden gebracht. Er kannte nicht einmal Tweeds Namen – er bezahlt für Benzin und Reparaturen immer bar. Ich habe mich überall umgesehen, unter dem Vorwand, daß ich vielleicht meinen Wagen zur Inspektion bringen würde. Tweed war verschwunden.«

»Sie – haben – ihn – *verloren.*«

Es folgte eine ominöse Stille, während der Besucher versuchte, sich einfallen zu lassen, was er darauf erwidern sollte. Er hoffte, daß Wand weiterreden würde, begriff aber schnell, daß er derjenige war, der etwas sagen mußte. Er war fürchterlich nervös.

»Ich habe vor, zu der Tankstelle zurückzukehren und zu warten, bis er zurückkommt.«

»Er – kommt – nicht – zurück. Er hat gewußt, daß Sie ihm folgen. Wirklich, das war nicht gerade eine Meisterleistung von Ihnen, nicht wahr?« – »Es tut mir leid ...«

»Bitte, sagen Sie das nicht. Ich mag es nicht, wenn sich jemand für krasses Unvermögen entschuldigt. Unten wartet ein Team – ich habe vermutet, daß so etwas passieren würde. Sie übernehmen das Kommando, und es wäre besser für Ihre Gesundheit, wenn Sie diesmal anständige Arbeit leisten würden. Ich hoffe, es stört Sie nicht, wenn ich mich so ausdrücke?«

Wieder das verzerrte Lächeln. Und daß die Stimme so leise war, machte sie nur um so bedrohlicher.

»Vergessen Sie Tweed«, fuhr Wand fort. »Finden Sie eine Miss Paula Grey. Sie ist Tweeds Assistentin. Jedenfalls dem Namen nach ...« Er lächelte wieder. »Dahinter könnte sich ein wesentlich intimeres Verhältnis verbergen. Ich möchte wissen, wieviel sie Tweed bedeutet, wo sie wohnt, überhaupt alles, jedes kleinste Detail.«

»Ich mache mich gleich an die Arbeit ...« Sein Besucher machte Anstalten, sich zu erheben.

»Bitte, bleiben Sie sitzen. Ich sage Ihnen, wenn ich fertig bin. Sind Sie sicher, daß Sie bei dem Einbruch in Andovers Haus keinen Hinweis auf Gaston Delvaux übersehen haben?«

»Ganz sicher, Sir. Wir haben das ganze Haus gründlich auf den Kopf gestellt.«

»Und Sie sind überzeugt, daß Ihnen nichts entgangen ist? Felsenfest überzeugt? Ihnen ist bekannt, daß ich alles ganz genau wissen will«, erklärte Wand.

»Ich bin überzeugt, daß da nichts war, was ihn mit Gaston Delvaux in Verbindung bringt«, erwiderte der Besucher.

»Dann können Sie jetzt gehen.«

Dr. Wand erhob sich, kam im Schatten um seinen Schreibtisch herum. Er nahm seinen Besucher beim Arm und führte ihn, jetzt recht liebenswürdig, zur Tür.

»Und wir wollen nicht, daß ein dummer kleiner Fehler – daß Sie Tweed verloren haben – Ihr Selbstbewußtsein untergräbt. Ich möchte, daß Sie wissen, daß Sie mein volles Vertrauen genießen. Leben Sie wohl ...«

Wieder allein, kehrte er an seinen Schreibtisch zurück,

ließ sich auf seinem Sessel nieder und drückte auf den Knopf der Gegensprechanlage. Mrs. Kramer meldete sich sofort.

»Ja, Sir?«

»Unser Besucher geht, nachdem er das Kommando über das wartende Team übernommen hat. Sorgen Sie dafür, daß Greaves ihm Tag und Nacht folgt. Wohin auch immer. Verstanden?«

»Verstanden, Sir.«

»Noch etwas. Rufen Sie beim Bournemouth International Airport an. Der Pilot soll den Jet nach London fliegen. Weisen Sie ihn darauf hin, daß er mich in naher Zukunft nach Brüssel fliegen muß. Und seien Sie außerdem so gut, Vulcan anzurufen. Teilen Sie ihm mit, Tweed könnte sich für unser Unternehmen als so schwerwiegende Bedrohung erweisen, daß wir möglicherweise extreme Maßnahmen ergreifen und ihn auf unsere Abschußliste setzen müssen.«

Am Park Crescent waren Newman und Paula gerade in Tweeds Büro angekommen. Newman war von Passford House nonstop nach London gefahren, so schnell es die Geschwindigkeitsbegrenzung erlaubte. Tweed hieß sie mit ernster Miene willkommen und forderte sie auf, sich zu setzen. Er hörte sich gerade Monicas Bericht an.

Newman ließ sich in einen Sessel sinken und streckte Arme und Beine, um die Steifheit loszuwerden. Paula setzte sich hinter ihren Schreibtisch, Monica gegenüber, legte Stift und Notizblock bereit und hörte gleichfalls zu.

»Nield und Butler haben in der Nähe von *Prevent* einen Campingwagen gefunden«, erklärte Tweed. »Sie sind ihm und einem Landrover, der ihm den Rücken deckte, bis nach Nr. 185, The Boltons, gefolgt. Der Fahrer des Landrover trug einen Stapel Kartons – die Art Kartons, die für Tonbänder verwendet wird – in dieses Haus. Monica hat die halbe Nacht damit verbracht, die dort ansässige Organisation zu überprüfen. *Moonglow Refugee Aid Trust International*. Fahren Sie fort, Monica.«

»Es ist mir gelungen, Philip Cardon, unseren Agenten in Hongkong, zu erreichen. Er ist im Begriff, nach London zu fliegen. Wie Sie wissen, ist er gut – spricht fließend Kantonesisch, und wie Lawrence von Arabien als Araber durchgehen konnte, kann Cardon als Chinese durchgehen.«

»Ein erstklassiger Mann«, bemerkte Newman.

»Er hat von Moonglow gehört. Eine ziemlich mysteriöse Organisation. Das Merkwürdige ist, daß es auch eine Niederlassung in Hongkong gibt, unter leicht verändertem Namen. *Moonglow Trading and Mercantile International.* Aber niemand scheint zu wissen, womit die Firma handelt – und sie verfügt über unbegrenzte Geldmittel. Quelle dieser Mittel unbekannt.«

»Höchst merkwürdig«, bemerkte Paula. »Eine Hilfsorganisation für Flüchtlinge in London und eine Handelsfirma im Fernen Osten.«

»Wer leitet diese Organisation?« fragte Newman.

»Ein Dr. Wand. Am Telefon sagte Cardon, daß er eine Art Mann im Dunkeln ist. Niemand hat ihn je gesehen. Er läßt alles von seinen Leuten erledigen. Es gibt keine Fotos von ihm. Es gibt ein Gerücht, nach dem er einmal in den Vereinigten Staaten war und dort eine Gesichtsoperation vornehmen ließ. Niemand weiß, warum. Und Cardon sagte, er hätte noch ein weiteres Gerücht gehört – daß Wand hier einen mächtigen Stellvertreter hat, einen Engländer mit dem Codenamen Vulcan.«

»Vulcan? Sehr interessant«, bemerkte Tweed.

»Außerdem habe ich mit Paris gesprochen«, fuhr Monica fort. »Lasalle sagt, die Situation in Frankreich wäre so katastrophal, daß er seine Agentin Isabelle Thomas nicht zur Zusammenarbeit mit uns freistellen kann. Jedenfalls noch nicht.«

»Wie schade«, sagte Paula, aber ihr Bedauern klang nicht echt. Sie hatte die attraktive Isabelle während der brenzligen Situation in Frankreich im Vorjahr kennengelernt, mochte sie aber nicht sonderlich. »Und mit Cardons Auskunft können wir auch nicht viel anfangen.«

»Das stimmt nicht ganz«, erwiderte Tweed. »Sie erinnern sich, daß Butler und Nield diesem Camper gefolgt sind? Damit haben wir eine direkte Verbindung zwischen den Abhöranlagen in Sir Gerald Andovers Haus und dieser Moonglow-Organisation. Und damit gleichzeitig zu dem schattenhaften Dr. Wand. Spüren Sie ihm nach, Monica. Bringen Sie in Erfahrung, soviel Sie können.«

»Ich habe noch eine Menge über unsere Unterhaltung in der Bar von Passford House zu berichten«, erinnerte ihn Paula.

»Später.« Tweed sah auf die Uhr. »Monica hatte eine überraschende Nachricht für mich. Ich muß in ein paar Minuten nach Heathrow fahren.«

»Kommt jemand an?« fragte Newman.

»Ja, und zwar jemand, mit dem ich in diesem Moment am allerwenigsten gerechnet habe. Kein anderer als Cord Dillon, der Stellvertretende Direktor der CIA. Und er bringt eine Frau mit, die etwas überaus Merkwürdiges herausgefunden hat. Wenn Sie möchten, können Sie mitkommen – Sie beide, Newman und Paula.«

»Ich möchte«, sagte Paula.

Sie standen in der Ankunftshalle des Londoner Flughafens und warteten. Draußen schien die Sonne, und der Himmel war blau. Eine friedliche und erfreuliche Atmosphäre, dachte Paula. Besonders nach dem Horror von Lymington und dem New Forest. Seltsam, daß die Hektik von London so beruhigend wirken konnte – und das, nachdem sie gerade aus einer ländlichen Gegend zurückgekehrt waren, die normalerweise der Inbegriff von Ruhe und Stille war.

»Wann soll diese verdammte Maschine kommen?« fragte Newman ungeduldig.

Tweed war zu der Ankunftstafel gegangen. Er kam gerade rechtzeitig zurück, um die Frage zu hören.

»Sie landet gerade«, sagte er. »Sie hätte eigentlich schon am frühen Morgen eintreffen sollen, wurde aber wegen einer Bombendrohung am Dulles Airport in Washington zurückgehalten. Blinder Alarm, wie sich herausstellte. Monica hat den ganzen Vormittag über Kontakt gehalten.«

»Hoffen wir, daß Cord Dillon gut gelaunt ist«, bemerkte Newman. »Aber wahrscheinlich ist er stocksauer wegen der Verspätung.«

Der Amerikaner war berüchtigt für sein aufbrausendes Temperament. Er war ungeheuer tüchtig und erwartete von jedermann, daß er seinen hochgeschraubten Anforderungen genügte. Fünfzehn Minuten später begannen die Fluggäste zum Vorschein zu kommen – wesentlich mehr, als Newman erwartet hatte. Der Jumbo mußte voll besetzt gewesen sein.

Weitere Passagiere kamen, und bald wimmelte es im Umkreis des Ausgangs von Menschen. Gelandete Fluggäste, die Fahrer von Wagen, die für ihre Kunden Namensschilder hochhielten, Freunde und Verwandte, die die Neuankömmlinge begrüßten. Tweed, Newman und Paula waren in der Menge eingekeilt. Paula stellte fest, daß nicht zu erkennen war, wer gerade aus der Maschine ausgestiegen oder nur gekommen war, um jemanden abzuholen.

»Da ist er«, sagte Tweed.

Cord Dillon war ein hochgewachsener, kräftig gebauter Mann in den Fünfzigern mit einem zerklüfteten Gesicht. Er hatte eine dichte Mähne aus braunem Haar, und die Augen über der kraftvollen Nase waren auffallend blau und eiskalt. Er trug seinen Koffer in der einen Hand, die andere schwenkte er grüßend, während er sich seinen Weg zu ihnen bahnte. Er nickte Newman zu, gab Paula die Hand und lächelte sie an, dann wendete er sich an Tweed.

»Können wir eine oder zwei Minuten hier warten?« sagte er leise. »Meine Begleiterin reist für sich allein. Eine Vorsichtsmaßnahme. Sie heißt Hilary Vane. Eine Schlüsselfigur in der Katastrophe. Klein und zierlich, trägt einen hellblauen Regenmantel und eine dunkelblaue Baskenmütze. Hat einen kleinen, schottisch karierten Koffer bei sich.«

»Sollte leicht zu entdecken sein«, sagte Tweed zu Paula, die genau zugehört hatte.

Das Gedränge wurde noch dichter und chaotischer. Paula sah eine hochgewachsene, elegante schlanke Frau, die einen breitkrempigen Hut mit einem kleinen Schleier trug. Ihr Mantel stand offen und ließ ein Chanelkostüm darunter erkennen. Dann winkte Dillon eifrig.

Paula sah die zierliche Frau, die er beschrieben hatte. Blauer Regenmantel, blaue Baskenmütze, karierter Koffer. Hilary Vane begann, sich ihren Weg durch die Menge zu bahnen. Die Frau mit dem breitkrempigen Hut stieß gegen sie, neigte entschuldigend den Kopf. Hilary Vane sagte etwas, begann, sich weiter ihren Weg zu bahnen. Ihr Gesicht verzerrte sich zu einer gequälten Grimasse. Der Koffer fiel ihr aus der Hand. Sie brach zusammen.

»Großer Gott!«

Dillon stürzte sich in die Menge, fegte Leute aus dem Weg. Tweed folgte ihm. Die Menge zerteilte sich. Dillon und Tweed erreichten die zusammengesunkene Frau. Tweed hockte sich schnell nieder, tastete nach dem Puls an ihrem Hals, sah auf.

»Sie ist tot.«

»Das ist unmöglich!« schrie Dillon.

Sogar in dem allgemeinen Gemurmel war seine Stimme deutlich zu hören. Mehr Leute blieben stehen, drängten sich vor, um zu sehen, was da passiert war. Paula schaute sich nach der Frau mit dem breitkrempigen Hut um. Sie war nirgends zu sehen. Ein Sicherheitsbeamter mit einem Walkie-talkie bahnte sich seinen Weg durch die Menge. Tweed sprach rasch.

»Sonderdezernat.« Er zeigte ihm den im Keller des Hauses am Park Crescent gefälschten Ausweis. »Benutzen Sie dieses Ding, und informieren Sie Ihren Chef Jim Corcoran. Er kennt mich. Er soll sofort herkommen . . .«

Sie saßen alle in Jim Corcorans Büro. Der Leichnam von Hilary Vane lag auf einem Tisch, und ein Arzt beugte sich darüber. Er schaute auf, schüttelte den Kopf, schürzte die Lippen, schaute verwirrt drein.

»Daß sie tot ist, hätte ich Ihnen selber sagen können«,

fuhr Tweed ihn an. »Was ich wissen möchte, ist die Todesursache.«

»Darüber kann ich wirklich keine Vermutungen anstellen . . .«

»Nun, vielleicht kann ich es.«

Tweed deutete auf einen kleinen Riß im oberen Teil des Ärmels von Hilary Vanes Regenmantel. Dann schob er den leichten Stoff sanft hoch und deutete auf einen kleinen Einstich an der Außenseite des schlanken Armes. Die Lippen der Frau hatten sich bläulich verfärbt, und ihr Gesicht wies einen Anhauch derselben Farbe auf. Der Doktor saugte an einem Bügel seiner Brille, und Tweed verlor die Geduld mit ihm.

»Ist das nicht deutlich genug? Ihr wurde mit einer Nadel Gift injiziert. Der Arm weist eine eindeutige Verletzung auf.«

»Nur ein Pathologe . . .«, setzte der Arzt an.

»Ich kenne einen erstklassigen Pathologen«, teilte Tweed ihm mit. »Danke für Ihr Erscheinen. Aber ich glaube, jetzt können wir auf Sie verzichten.«

»Also hören Sie . . .«

»Zeit zu gehen, Sir.« Corcoran, ein großer, massiger Mann, ergriff den Arm des Arztes und führte ihn zur Tür. »Ich bin hier der Sicherheitschef. Es wäre besser, wenn Sie mit niemandem über diese Tragödie sprechen würden. Mit niemandem!«

»Das kann ich nicht versprechen«, sagte der Arzt dickköpfig. »Ich muß einen formellen Bericht machen, und das kann mir niemand verbieten.«

»Doch, ich kann es.« Tweed zeigte ihm den Sonderdezernatsausweis. »Es gibt nichts, worüber Sie sich Sorgen zu machen brauchen. Natürlich, wenn Sie dieser Anweisung nicht Folge leisten, könnte das Ärger für Sie bedeuten. Ich verweise auf das Geheimhaltungsgesetz.«

»Oh, ich verstehe. Weshalb haben Sie mir das nicht gesagt?«

»Das habe ich gerade getan. Also nochmals, danke für Ihre Mühe, und ich hoffe, Sie haben dadurch nicht irgendwelche wichtigen Verabredungen versäumt. Und vergessen Sie nicht – dieser Zwischenfall hat mit Dingen der nationalen Sicherheit zu tun.«

»Dann gibt es nicht viel, was ich hier noch tun kann.«

»Nichts, soweit ich das beurteilen kann«, sagte Tweed ebenso höflich wie zuvor. »Trotzdem, danke für Ihre Hilfe.«

Newman machte seine Bemerkung, sobald sie wieder allein waren. In Corcorans Büro war es sehr still.

»Sie haben ihn geblufft«, erklärte Newman. »Dieser Verweis auf das Geheimhaltungsgesetz. Er hat es nie unterschrieben.«

»Ich weiß. Aber es wird dafür sorgen, daß er den Mund hält.« Tweed musterte Dillon, der immer noch unverwandt den Leichnam auf dem Tisch anstarrte.

»War diese Frau wichtig, Cord?«

»Ja. Das meiste von dem, was sie wußte, befand sich in ihrem Kopf. Sie war sehr mutig. Ich mache mir Vorwürfe. Sie hielt es für sicherer, wenn wir getrennt reisten – so, als wären wir Fremde. Ich hielt das für eine gute Idee. Aber das war es nicht.«

Tweed war überrascht. Es war das erste Mal, daß er erlebte, wie der zähe Amerikaner so menschlich reagierte.

»Sie haben nicht einmal eine Ahnung von dem, was sie wußte?« bohrte Tweed.

»Doch. Ich habe eine Bandaufnahme von einem Gespräch mit ihr. Ich spiele sie Ihnen in Ihrem Büro vor. Nicht hier.«

»Es könnte wichtig sein, daß ich sie sofort höre.«

»Dann müssen alle außer Ihnen und mir aus diesem Raum verschwinden.« Dillon hatte zu seiner üblichen barschen Art zurückgefunden. Er sah Newman und Paula an. »Und das gilt auch für Sie beide.«

»Wir können alle in ein Büro nebenan gehen«, schlug Corcoran vor. Er lächelte, um die Atmosphäre zu entspannen. »Klopfen Sie dreimal an die Tür, wenn es Ihnen recht ist, daß wir zurückkommen.«

»Sie gebrauchten den Ausdruck ›eine Schlüsselfigur in

der Katastrophe‹«, sagte Tweed, als sie allein waren. »Was meinten Sie damit?«

An seinem Schreibtisch griff Dr. Wand zum Telefon, wählte eine Brüsseler Nummer. Dann lehnte er sich in seinem Sessel zurück und rückte den Kneifer auf seiner kräftigen Nase zurecht.

»Ja?« meldete sich eine gutturale Stimme.

»Dr. Hyde?«

»Ja. Was kann ich für Sie tun?«

»Hier ist der Direktor. Sie erkennen meine Stimme? Gut. Gehen Sie zu einer öffentlichen Telefonzelle und rufen Sie zurück. Sofort, wenn ich bitten darf.«

Wand legte den Hörer auf. Während er wartete, studierte er Karten von Großbritannien und Westeuropa, auf denen mit Bleistift Kreuze eingezeichnet waren. Leicht wieder auszuradieren. Nach zehn Minuten läutete das Telefon.

»Hier Dr. Hyde.«

»Ich meine, Sie sollten bei Ihrer Patientin jetzt zum nächsten Programmpunkt übergehen. Eine Hand wäre genau das richtige.«

»Die Patientin ist rechtshändig«, informierte ihn Hyde.

»Na schön, seien wir gnädig. Amputieren Sie die linke Hand, und verschicken Sie sie wie geplant . . .«

In Corcorans Büro wanderte Dillon ruhelos hin und her. Tweed hatte ihn noch nie so erregt erlebt. Er schwieg, weil er vermutete, daß Dillon sich klarzuwerden versuchte, wieviel er ihm erzählen sollte.

Schließlich trat der Amerikaner dicht an Tweed heran und begann, flüsternd zu sprechen.

»Katastrophe ist ein noch zu mildes Wort. Wir haben es mit einem neuen, skrupellosen Feind zu tun, der ganz Westeuropa überwältigen und sogar die USA auslöschen könnte.«

»Und wer ist dieser Feind?« fragte Tweed.

»Lassen Sie es mich auf meine Weise berichten. Hilary

Vane war eine brillante Physikerin. Sie hat eine Zeitlang bei Boeing in Seattle an einem überaus geheimen Projekt gearbeitet. Später ist sie nach Palmdale, Kalifornien, umgezogen. Inzwischen wissen wir, daß drei hervorragende Wissenschaftler, die am gleichen Projekt gearbeitet haben, vor ungefähr drei Jahren mitsamt ihren Familien entführt wurden.«

»Und was für ein Projekt ist das?«

»Das größte und fortschrittlichste Flugzeug der Welt. Der Tarnkappenbomber B 2. Er ist mit jedem bekannten Radarsystem – unser eigenes eingeschlossen – praktisch nicht zu entdecken. Es ist möglich, daß das Prinzip inzwischen auf Schiffe und Unterseeboote angewendet wurde. Und ebenso möglich ist, daß der Feind jetzt diese Waffen besitzt.«

»Also womit haben wir es zu tun?«

»Mit Flugzeugen und Schiffen, die unsichtbar sind.«

Vierzehntes Kapitel

»Ich weiß jetzt, wo ich diese Frau mit dem breitkrempigen Hut schon einmal gesehen habe«, sagte Paula.

Sie strich sich mit einer Hand das schwarze Haar zurück und runzelte unter der Anstrengung, sich ihre Erinnerungen wieder zu vergegenwärtigen, die Stirn. Sie saß an ihrem Schreibtisch am Park Crescent, und ihr Publikum waren Tweed, Newman und Monica.

Dillon war zu dem Schluß gekommen, daß er Howard, dem Direktor des SIS, seine Aufwartung machen mußte. »Glauben Sie nicht, daß mir das Spaß macht«, waren seine Worte, als er Tweeds Büro verließ, »denn das tut es nicht. Ein Windbeutel, wenn Sie die Bemerkung gestatten.«

»Es war eine Bewegung, die sie gemacht hat, einen Augenblick, bevor sie Hilary Vane am Flughafen anrempelte . . .«, sinnierte Paula.

»Und ihr die tödliche Nadel in den Arm stieß«, bemerkte Newman. »Kaltblütiger Mord am hellichten Tage, mitten in einer Menschenmenge. Dazu gehören eiserne Nerven.«

»Lassen Sie Paula sich konzentrieren«, mahnte Tweed.

»Eiserne Nerven haben beide Frauen«, bemerkte Paula.

»Welche Frauen?« unterbrach Newman wieder. Er verstummte, als Tweed ihn anfunkelte.

»Die da unten im New Forest. Lee Holmes und Helen Claybourne«, fuhr Paula fort. »Eine von den beiden. Das Problem ist nur, daß ich mich einfach nicht an die Übereinstimmung erinnern kann. Beide Frauen sind so groß, daß sie in Heathrow diese teuflische Rolle gespielt haben könnten . . .«

»Und sowohl Holmes als auch Claybourne haben schauspielerische Erfahrung«, warf Monica ein. »Ich bin gerade dabei, diesen überaus ungewöhnlichen Damen nachzuspüren . . .«

»Eines kann ich überprüfen«, fuhr Paula fort, ohne all die Unterbrechungen zur Kenntnis zu nehmen. »Ich kann in beiden Häusern im New Forest anrufen und sehen, ob eine von ihnen nicht dort ist.«

»Burgoyne und Fanshawe«, sagte Monica und griff nach einem der Telefonbücher in ihrer Sammlung. »Hier haben wir sie.« Sie notierte zwei Nummern auf ein Blatt Papier und gab es Paula.

In dem Büro trat eine erwartungsvolle Stille ein. Paula zog ein Kleenex aus einer Box, knüllte es zusammen und steckte es in den Mund, dann wickelte sie ein seidenes Taschentuch um die Sprechmuschel, um ihre Stimme zu verändern. Zuerst wählte sie die Nummer von Brigadier Burgoyne. Sie lauschte ein paar Minuten dem Freiton, dann legte sie den Hörer auf.

»Interessant. Niemand zu Hause. Weder Lee noch der Brigadier. Und jetzt Helen Claybourne . . .«

Sie wiederholte die Prozedur. Wieder wartete sie mehrere Minuten, bekam aber nichts zu hören als den Freiton. Sie legte auf.

»Auch nicht zu Hause. Weder Helen noch Willie.«

Newman mochte nicht mehr warten. Er wendete sich mit großem Nachdruck an Tweed.

»Ich möchte wissen, warum zum Teufel wir wegen Moor's Landing nichts unternehmen. Schließlich ist die arme Mrs. Garnett verschwunden.«

»Was schlagen Sie vor?«

»Schalten Sie die Polizei ein. Setzen Sie sich mit Mark Stanstead in Verbindung. Da Sie ihn kennen, wird er etwas unternehmen. Als Nächstes werden wir erfahren, daß Mrs. Garnetts Leiche aus dem Solent gefischt worden ist – genau wie die von Irene Andover. Eine Frau ist verschwunden, Tweed, und ich würde sagen, das ist mehr als genug, um in Moor's Landing das Unterste zuoberst zu kehren.«

»Sie neigen manchmal zu voreiligen Aktionen, Bob«, erwiderte Tweed ruhig. »Ich will auf keinen Fall in diesem Wespennest herumstochern. Jedenfalls jetzt noch nicht. Sie sollen denken, sie wären damit durchgekommen.«

»Und weshalb?« fragte Newman aufgebracht.

»Weil ich fürchte, daß wir es mit einem wesentlich größeren Problem zu tun haben. Ich möchte Ihnen ein paar Abschnitte aus der Akte vorlesen, die Andover mir gegeben hat.« Er holte die Akte aus einer Schublade, schlug sie auf und begann langsam zu lesen.

»Mrs. Kramer, verbinden Sie mich mit Vulcan. So schnell wie möglich, wenn ich bitten darf.«

Dr. Wand verbrachte die Wartezeit damit, daß er die Karten auf seinem Schreibtisch betrachtete. Sie zeigten die Südküste Englands von Dover bis Lymington. Dann überprüfte er andere Karten von der Westküste Europas von der holländischen Grenze über Deutschland bis nach Dänemark. Auf allen waren bestimmte Orte mit Bleistiftkreuzen markiert. Das Telefon läutete.

»Vulcan.«

»Begeben Sie sich mit Ihren Freunden sofort nach Heathrow. Tickets am Sabena-Schalter. Wir fliegen nach Belgien.«

»Verstanden. Es waren Eindringlinge in Moor's Landing. Sollten wir die Gegend evakuieren?«

»Ihre Meinung, wenn ich bitten darf?«

»Nicht nötig. Ich kenne Tweed. Er geht Schritt um Schritt vor und handelt erst, wenn er alle Fakten kennt.«

»Also«, erwiderte Dr. Wand, »werden wir ihm mit unserer Reise nach Belgien einen Schritt voraus sein. Außerdem wurden Vorkehrungen getroffen, um ihn, falls es erforderlich werden sollte, aus dieser Welt zu entfernen . . .«

Diese kurze Unterhaltung fand mehrere Stunden vor dem Zeitpunkt statt, zu dem Paula ihre vergeblichen Anrufe machte.

Tweed fuhr fort, aus Andovers Akte vorzulesen:

»›Auf dem größeren Schauplatz Asiens aber vollzogen sich zur selben Zeit weit bedeutsamere Ereignisse. Ein Turkvolk aus den nördlich von China gelegenen Gebieten erhob sich mit einem Mal zu einer vorherrschenden Rolle und begann einen siegreichen Eroberungszug, der in der Weltgeschichte nicht seinesgleichen hat. Es waren die Mongolen ...

Im Jahre 1215 überzog Dschingis-Khan, der Führer der verbündeten Mongolenstämme, das Kin-Reich mit Krieg und nahm Peking ein. Dann wendete er sich gegen Westen und eroberte Westturkestan, Persien, Armenien, Indien bis nach Lahore hinunter und Südrußland bis Kiew ...‹«

»Ich weiß nicht, was dieser Geschichtsvortrag soll«, protestierte Newman.

»Geduld! Lassen Sie mich weiter vorlesen ... ›Sein Nachfolger, Ogdai Khan, reihte neue Siege an diesen erstaunlichen Eroberungszug ... Er vollendete die Eroberung des Kin-Reiches, und dann führte er seine Heerscharen durch ganz Asien nach Rußland (1235), ein äußerst verblüffender Marsch. Kiew wurde im Jahr 1240 zerstört, und fast ganz Rußland wurde den Mongolen tributpflichtig. *Polen wurde verwüstet, und im Jahr 1241 wurde ein aus Polen und Deutschen bestehendes Heer in der Schlacht bei Liegnitz in Niederschlesien vernichtet ...*‹«

»Womit wir unserem eigenen Territorium schon näher wären«, bemerkte Paula, als Tweed eine Pause machte.

»Sehr richtig. Andover hat den Satz, in dem es um Polen geht, unterstrichen.«

»Vielleicht erklären Sie mir, was das alles soll«, beschwerte sich Newman.

»Still«, sagte Paula. »Lesen Sie weiter«, forderte sie Tweed auf.

»›Bemerkenswert ist auch, daß die Mongolen sich in voller Kenntnis der politischen Lage Ungarns und der Zustände in Polen auf das Unternehmen einließen – *sie hatten sich mit Hilfe eines wohlorganisierten Spionagesystems sorgfältig informiert ...*‹

Auch diesen Satz, den ich besonders betont vorgelesen habe, hat Andover unterstrichen«, bemerkte Tweed.

»Ich begreife immer noch nicht«, erklärte Newman. »Die einzigen Mongolen, die es heute noch gibt, sind eine

Handvoll Nomadenstämme in Zentralasien. Na und? Andover ist ein Mann, der sich für Geschichte interessiert.«

»Andover«, sagte Tweed nachdrücklich, »ist ein Mann, der sich mit gegenwärtigen globalen Bedrohungen beschäftigt und versucht, anhand der Geschichte die Zukunft vorherzusehen. Ja, die Mongolen sind heute ein relativ unbedeutendes Nomadenvolk. Aber ganz in ihrer Nähe gibt es gewaltige Mächte – Mächte, die, wie Andover glaubt, sich eingehend mit der Geschichte beschäftigt haben.«

»Liegnitz ist gar nicht so weit vom Atlantik entfernt«, sagte Paula nachdenklich. »Ich möchte wissen, wie weit?«

»Sie fangen an, die Umrisse der ungeheuren Bedrohung zu erkennen, die Andover hier andeutet«, sagte Tweed. »Andover hat zu genau diesem Punkt einen Kommentar geschrieben . . .

›Liegnitz ist ungefähr 250 Kilometer vom heutigen Berlin entfernt – und nicht mehr als 400 Kilometer von Hamburg und seinem Zugang zum Meer. Die Mongolen waren nur um Haaresbreite davon entfernt, den Atlantik zu erreichen – *und Großbritannien.*‹

Auch die letzten beiden Worte hat Andover unterstrichen«, erklärte Tweed. »Von seinem Kommentar abgesehen, stammt das, was ich vorgelesen habe, aus H. G. Wells' *Die Geschichte unserer Welt.*«

»So, und was ist jetzt, nachdem wir unsere Geschichtslektion gehabt haben, unser nächster Schritt?« fragte Newman und streckte sich.

»Unser nächster Schritt besteht darin, uns schleunigst nach Belgien zu begeben und uns mit Professor Gaston Delvaux in Lüttich zu unterhalten. Ein neues Glied in der Kette, wie ich hoffe. Monica hat Tickets für uns alle drei besorgt. Aber zuerst muß ich mit meinem alten Freund Benoit in Brüssel sprechen. Einem Mann, der alles weiß, was in seinem Land vorgeht.«

»Hoffen wir, daß er uns nicht einen Schock versetzt«, sagte Paula.

»Weshalb sollte er?«

»Ich habe einfach so ein Gefühl.«

»Noch mehr Intuition?« fragte Newman ironisch.

Monica wählte die Nummer in Brüssel und bat, das Gespräch auf ein Scrambler-Telefon zu legen. Ihr wurde gesagt, man würde zurückrufen. Ein paar Minuten später läutete das Telefon.

»Benoit?« fragte Tweed. »Hier ist Tweed.«

»Ah, mein alter Freund hat sich endlich an mich erinnert«, begrüßte ihn eine warme Stimme auf englisch. »Wie geht es Ihnen? Gut. Sie haben bestimmt ein Problem. Sie haben immer ein Problem, wenn Sie mich anrufen. Also heraus mit der Sprache.«

»Ich komme in Kürze herüber . . .«

»Sagen Sie Monica, sie soll mir den Flug durchgeben. Ich hole Sie dann mit dem Wagen am Flughafen Zaventem ab.«

»Einen erfreulicheren Empfang in Belgien kann ich mir nicht vorstellen. Danke. Ich muß einen Monsieur Gaston Delvaux besuchen . . .«

»Sprechen Sie über Scrambler?« warf Benoit schnell ein.

»Ja.« Tweeds Hand umkrampfte den Telefonhörer. »Weshalb?«

»Delvaux, das Rüstungsgenie in Herstal bei Lüttich?«

»Genau den«, bestätigte Tweed.

»Ich fürchte, es könnte schwierig werden, ihn zu sehen. Es gibt da irgendein Geheimnis. Überaus merkwürdig.«

»Was für ein Geheimnis?«

»Das weiß ich nicht. Noch nicht«, erklärte Benoit. »Ich gebe zu, das hört sich eigenartig an, aber es ist die Wahrheit. Uns ist nicht gestattet, auch nur in die Nähe seines Châteaus zu kommen.«

»Was in aller Welt geht da vor?« drängte Tweed.

»Ich habe mich nicht klar ausgedrückt. Ich will es noch einmal versuchen. Aber es ist nicht einfach, das Unbeschreibliche zu beschreiben.«

»Die nackten Tatsachen genügen.«

Ein Seufzer. »Gaston Delvaux, der sein ganzes Leben lang so aktiv war und erst in den Fünfzigern ist, hat sich plötzlich aus allen politischen und kommerziellen Aktivitäten zurückgezogen. Er ist zum Einsiedler geworden. Ein Nervenzusammenbruch? Aber weshalb ist dann kein Arzt bei ihm gewesen? Jedenfalls meines Wissens nicht.«

»Wie sehr zum Einsiedler?« fragte Tweed. »Und seit wann?«

Paula beugte sich vor. Bei der Erwähnung des Wortes ›Einsiedler‹ funkelten ihre Augen. Sie beobachtete Tweed genau. Newman, der vorher lautlos mit den Fingern getrommelt hatte, saß jetzt aufgerichtet da und musterte gleichfalls Tweeds Miene, aus der nichts abzulesen war.

»Seit drei oder vier Monaten. Angeblich hat seine Frau ihn verlassen. Sie soll mit einem amerikanischen Millionär durchgebrannt sein. Das zu glauben, fällt mir ziemlich schwer.«

Tweed schoß eine Erinnerung durch den Kopf. Seine eigene Frau war mit einem griechischen Reeder verschwunden. Soweit er wußte, lebten sie jetzt irgendwo in Südamerika. Er war überrascht, wie wenig die Erinnerung schmerzte; aber das lag schließlich schon etliche Jahre zurück. All das ging ihm durch den Kopf, aber er reagierte sofort auf Benoits Worte.

»Auch mir fällt es schwer, das von Lucie zu glauben«, sagte Tweed grimmig. »Gaston hat sie einmal zu einer Versammlung von INCOMSIN nach London mitgebracht. Ich habe mit ihnen gegessen. Ich hatte den Eindruck, daß seine Frau eine sehr stabile Persönlichkeit und Gaston sehr zugetan war.«

»Das war auch mein Eindruck«, pflichtete Benoit ihm bei. »Natürlich weiß man bei Frauen nie ganz genau, woran man ist. Zu Lucie paßt es trotzdem nicht. Überhaupt nicht. Aber genau das hat Delvaux den Leuten erzählt.«

»Ist das das ganze Geheimnis?«

»Durchaus nicht. Da ist noch mehr. Ich sagte, er ist zum Einsiedler geworden. Er ist ganz plötzlich von all seinen Posten zurückgetreten – wissenschaftlicher Berater der

NATO, Verteidigungsgutachter der EG und so weiter. Hat praktisch über Nacht auf alles verzichtet.«

»Wann war das?«

»Vor drei oder vier Monaten.«

»Also ungefähr zur gleichen Zeit, als seine Frau verschwand?«

»So ist es. Hier wurde vermutet, daß das der Grund für seinen Rückzug aus dem öffentlichen Leben war. Ich glaube nicht, daß das stimmt. Um den Schock über den Verlust seiner Frau zu überwinden, hätte er sich Hals über Kopf in die Arbeit gestürzt. Ich wiederhole – es ist ein Geheimnis.«

»Monica wird Sie wissen lassen, wann wir eintreffen.«

»Wir? Kommt die reizende Paula mit?«

»Ja.« Tweed lächelte. Benoit hatte eine Schwäche für Paula. »Wir sehen uns bald . . .«

Auf Dr. Wands Schreibtisch läutete das Telefon. Er nahm den Hörer ab und warf dabei einen Blick auf seine Rolex.

»Ja?«

»Ich rufe von einer Telefonzelle aus an«, teilte eine Frauenstimme ihm mit. »Der Auftrag am Flughafen Heathrow ist erledigt.«

»Hat jemand Sie gesehen?«

»Natürlich nicht. Die Umstände hätten gar nicht besser sein können. Eine große, drängende und schiebende Menge. Die idealen Voraussetzungen für das Unternehmen.«

»Hervorragend, meine Liebe«, schnurrte Wand. Sein geschürzter Mund lächelte befriedigt, und die Augen hinter den Gläsern des Kneifers funkelten. »Wir begeben uns bald nach Brüssel, wo ich möglicherweise einen weiteren Auftrag für Sie habe. Kommen Sie her, in Ihrer üblichen Verkleidung.«

»Im Augenblick bin ich wie eine Putzfrau angezogen. Ich mache mich gleich auf den Weg . . .«

Dr. Wand legte den Hörer auf und rieb sich die großen Hände. Alles verlief zufriedenstellend. Das nächste Objekt, um das er sich kümmern mußte, lag in Belgien.

»Das ist alles so merkwürdig und beunruhigend«, sagte Paula, als sie Tweeds Bericht über sein Gespräch mit Benoit gehört hatte. »Es hört sich genau so an wie das, was mit Sir Gerald Andover passiert ist.«

»Das tut es«, erwiderte Tweed. »Und es gefällt mir ganz und gar nicht. Was ein weiterer Grund für unseren Flug nach Belgien ist.«

Er gab ihr Andovers Akte, als Cord Dillon zusammen mit Howard in sein Büro kam. Der Direktor des SIS war ein hochgewachsener Mann mit rötlichem Gesicht, glattrasiert und mit einem blauen Chester-Barrie-Nadelstreifenanzug von Harrods und dem obligatorischen gestreiften Hemd bekleidet.

»Höchst unerfreulich – gelinde gesagt –, dieser Zwischenfall in Heathrow«, begann er.

»Gelinde gesagt«, wiederholte Tweed trocken und wünschte sich, er würde verschwinden.

»Ein schockierender Empfang für unseren bedeutenden Gast«, fuhr Howard fort. »Und sämtliche Informationen steckten im Kopf der toten Frau . . .«

Tweed warf einen Blick auf Dillon, der keine Miene verzog – ganz offensichtlich hatte er zu Howard, einem Mann, den er noch nie gemocht hatte, kein Wort über die Tarnkappenflugzeuge gesagt.

». . . und deshalb werden wir wohl nie erfahren, was sie uns erzählen wollte«, schwatzte Howard weiter. »Ich finde das alles wirklich höchst bedauerlich. Wie Sie wissen, Tweed, bin ich gerade von einem Besuch in Washington zurückgekehrt.« Er sah Dillon an. »Ihr Direktor dort sagte, im Augenblick wäre nicht viel los. Abgesehen von dem Chaos in Rußland.« Er wendete sich wieder Tweed zu. »Und wie steht es an der Heimatfront?«

Monica, die an ihrem Schreibtisch saß und so tat, als wäre sie in ihre Akten vertieft, stöhnte innerlich. ›Die Heimatfront‹. Howard benutzte ständig derart altmodische Phrasen. Seine Clubsprache.

»Irgend etwas Wichtiges zu berichten? Irgendwelche

neuen Aktivitäten während meiner Abwesenheit?« fuhr Howard fort.

»Dies und das«, erwiderte Tweed gelassen. »Zu früh, um irgendwelche Schlüsse zu ziehen. Viel zu früh.«

»Ah!« Howard entfernte ein Stäubchen von seinem Revers und warf einen Blick auf Dillon. »Stillschweigen ist die Parole?«

Tweed nickte. Howard hatte vermutet, daß Tweed sich in Gegenwart von Dillon nicht äußern wollte – eine Reaktion, die Tweed provoziert hatte, weil er vermeiden wollte, Howard schon jetzt über irgend etwas zu informieren.

»Dann gehe ich jetzt und vertiefe mich in meine Akten«, erklärte Howard. »Und wenn Sie die Zeit dazu finden, Dillon, dann kommen Sie, damit wir in meinem Club zu Abend essen können. Willkommen im alten Vereinigten Königreich ...«

Dillon wartete, bis er gegangen war. Er setzte sich auf den Stuhl, den Paula für ihn gebracht hatte, dann begann er, auf seine übliche barsche Art zu reden.

»Was ich einfach nicht verstehe, ist, wie sie jemanden am Flughafen haben konnten, der darauf wartete, daß Vane ankam. Die Anwesenheit des Mörders muß doch im voraus geplant gewesen sein.«

»Cord, Sie leiden vermutlich unter der Zeitverschiebung, sonst hätten Sie es selbst gesehen«, sagte Tweed diplomatisch. »Bei den Leuten, mit denen wir es zu tun haben, muß es sich um eine große, internationale Organisation handeln. Ihr Abflug von Washington wurde durch eine Bombendrohung um fünf oder sechs Stunden verzögert – die, wie sich dann herausstellte, ein blinder Alarm gewesen war. Man muß Sie am Dulles Airport zusammen mit Vane gesehen haben. Auf diese Weise wurde Ihre Maschine lange genug aufgehalten, daß der Mörder bequem nach Heathrow gelangen konnte. Teuflisch simpel.«

»Also hören wir nun die Stimme einer Toten«, sagte Dillon.

Er holte einen Samtbeutel aus der Tasche und entnahm ihm einen dünnen Behälter. Darin lag eine CD. Er sah Paula an.

»Paula, dieses Gerät da drüben sieht aus, als könnte man damit CDs abspielen. Kann man es? Gut. Wir haben Vanes redigierte Aussage auf eine CD aufgenommen, weil sie so leicht zu verstecken ist. Würden Sie sie bitte einlegen? Ich sagte redigiert, weil wir uns auf das Wesentliche beschränken wollten ...«

Paula schaltete das Gerät ein, schob die CD hinein und drückte auf den Startknopf. Dann setzte sie sich hin, um zuzuhören. Es war gespenstisch, die leise Stimme der toten Hilary Vane zu hören.

»Ich habe sechs Jahre lang bei Boeing in Seattle an dem geheimen Tarnkappenprojekt gearbeitet. Zwei der begabtesten Forscher auf diesem Gebiet waren die Professoren Bauer und Rockmann. Beide waren verheiratet und hatten Kinder. Vor drei Jahren wurde ich nach Palmdale, Kalifornien, versetzt. Kurz vorher sollten die Verträge von Bauer und Rockmann verlängert werden. Ihre Spezialität waren Tarnkappenflugzeuge. Ein dritter, ebenso bedeutender Forscher, Professor Crown, war überzeugt, daß das Prinzip auch auf Schiffe und Unterseeboote übertragen werden konnte. Kurz vor meiner Abreise nach Palmdale verschwanden Bauer und Rockmann. Beide hinterließen in ihren Häusern in Seattle eine Nachricht, die besagte, sie gingen zu einer anderen Firma. Agenten aus Washington war es unmöglich, eine Spur von den beiden Männern – und ihren Familien – zu finden. Professor Crown ging mit mir nach Palmdale. Er war verheiratet, hatte aber keine Kinder. Auch er verschwand, zusammen mit seiner Frau, und in der Nachricht, die er hinterließ, stand, daß der Druck zu stark geworden wäre, daß er und seine Frau einen langen Urlaub genommen hätten ...«

Es folgte eine Pause. Alle warteten gespannt, und Dillon erklärte.

»Bald werden Sie hören, wie ich ihr eine Frage stelle. Danach kommt nicht mehr viel.«

Er verstummte, als die Stimme der toten Frau fortfuhr. Paula glaubte, jetzt ein Beben in ihr zu entdecken.

»Wieder kamen Agenten aus Washington; aber sie fanden auch von Professor Crown und seiner Frau keine Spur. Alle drei Männer und ihre Familien hatten sich in Luft aufgelöst. Das hat mich zutiefst beunruhigt, es mir sehr schwergemacht, mich auf meine Arbeit zu konzentrieren ...«

Eine weitere Pause. Dann die Stimme von Cord Dillon, der seine Frage stellte.

»Miss Vane, ist Ihnen, ungefähr drei Jahre nach Crowns Verschwinden, plötzlich etwas wieder eingefallen, das Sie in Ihren zu jener Zeit gemachten Aussagen vergessen hatten?«

»Ja, Mr. Dillon. Es ist mir sehr peinlich. Es war mir völlig entfallen. Aber bevor Professor Crown nach Palmdale umzog, unternahm er eine Reise nach Belgien, die ich für eine Urlaubsreise hielt. Als er wieder zurück war, erzählte er mir eines Abends bei einem Drink, daß ein anderer seine Theorie der Übertragbarkeit des Tarnkappenprinzips auf Schiffe bestätigt hatte. Er war sehr aufgeregt ...«

Dillon stand auf, ging zu dem Gerät und schaltete es aus. Er entnahm ihm die CD und verstaute sie wieder in ihrem Samtbeutel.

»Das war's, Tweed. Vane hat sich erst vor einer Woche an diese Unterhaltung mit Crown und seine Reise nach Belgien erinnert. Ich bin im Auftrag des Präsidenten hier. Er hat mich angewiesen, Sie ins Vertrauen zu ziehen – er kennt Ihr Erfolgsregister.«

»Und das war's?« fragte Tweed.

»Nicht ganz. Wir gingen davon aus, daß niemand versuchen würde, per Flugzeug aus den Staaten zu verschwinden. Wir wußten, wann sie verschwunden waren, also stellten wir fest, welche Schiffe um diese Zeit die Häfen von Seattle und San Francisco verlassen hatten. Als Bauer und Rockmann verschwanden, fanden wir, daß ein Frachter – der nie zurückgekehrt ist – von San Francisco ausgelaufen war. Dasselbe bei Crown. Ein Frachter – der gleichfalls nie zurückgekehrt ist – verließ Seattle ungefähr um die Zeit, zu der er und seine Frau verschwanden.«

»Sie haben die Registrierung dieser beiden Schiffe überprüft?«

»Natürlich. Sie gehören irgendeiner obskuren Firma, über die wir nichts herausfinden konnten. *Moonglow Trading and Mercantile International.*«

»Und der Bestimmungsort dieser Frachter?« fragte Tweed.

»Hongkong.«

Fünfzehntes Kapitel

Wie sich herausstellte, litt Cord Dillon nicht nur unter der Zeitverschiebung. Er hatte außerdem gerade eine Grippe hinter sich. Deshalb war er froh, Tweeds Büro verlassen und sich in sein Zimmer im Inn am Park zurückziehen zu können. Kurz nachdem er gegangen war, läutete das Telefon. Monica nahm den Hörer ab, hörte zu, legte die Hand über die Sprechmuschel und wendete sich an Tweed.

»Unten ist ein Commander Noble, der Sie sprechen möchte.«

»Er soll heraufkommen«, entschied Tweed.

Newman erhob sich. Er wirkte ziemlich erschöpft.

»Ich glaube, ich fahre in meine Wohnung und nehme ein Bad. Es sei denn, Sie sind der Ansicht, ich sollte bleiben und mir anhören, was der Commander zu sagen hat.«

»Verschwinden Sie ruhig.« Tweed lächelte. »Ich bin ziemlich sicher, daß Commander Noble mit mir allein reden will. Er arbeitet beim Geheimdienst der Marine, wie Sie wissen. Ich hatte ihn gebeten, jemanden ausfindig zu machen . . .«

Newman öffnete gerade die Tür, als der Besucher am oberen Ende der Treppe angekommen war. Er nickte ihm zu und verschwand. Commander Noble, ein Mann von Ende Dreißig, war eins achtzig groß und stabil gebaut und hatte die rötliche Gesichtsfarbe eines Menschen, der einige Zeit zur See gefahren ist.

Tweed erhob sich und streckte seinem Besucher die Hand entgegen.

»Schön, daß Sie kommen konnten. Ich nehme an, es geht um etwas, das wir am Telefon nicht hätten bereden können.«

»Ich traue den Dingern nicht. Nicht einmal dem Scrambler. Nein, danke«, erwiderte er, als Monica ihm Kaffee anbot. Bevor er sich auf dem Sessel niederließ, auf den Tweed gedeutet hatte, warf er einen Blick auf Paula und Monica.

»Ich möchte die Vertrauenswürdigkeit Ihrer Mitarbeiterinnen nicht anzweifeln, aber das ist eine Sache, die unbedingt unter uns beiden bleiben muß.«

»Ich wollte mich gerade auf die Suche nach einer Akte machen«, sagte Paula taktvoll und verließ zusammen mit Monica das Zimmer. Noble saß steif aufgerichtet und mit grimmiger Miene auf seinem Sessel.

»Tweed, was ist mit den Schiffen, die spurlos und ohne ersichtlichen Grund verschwunden sind?«

»Fünf in diesem Jahr im Solent und seiner näheren Umgebung.«

Tweed zeigte auf die Wand, an der Monica auf seine Anweisung hin drei Karten aufgehängt hatte. Eine von der Umgebung von Lymington an der Südküste von England. Stecknadeln mit roten Köpfen markierten die Stellen, an denen nach Angabe von Walford, dem Hafenmeister, die Schiffe verschwunden waren.

Eine zweite Karte zeigte ganz Europa, und die dritte, die den meisten Platz einnahm, war eine Karte der ganzen Welt.

»Darüber weiß ich Bescheid«, bemerkte Noble. »Es hat noch weitere gegeben.« Er hielt inne, als überlegte er, wieviel er preisgeben sollte. »Ach was, ich kenne Sie. Aber dies ist streng geheim. Ich stehe mit dem Marine-Geheimdienst anderer Staaten in Verbindung. Streng geheim«, wiederholte er. Eine weitere Pause.

»Natürlich«, ermutigte Tweed ihn zum Weiterreden.

»Wir haben noch weitere Berichte über Schiffe, die grundlos vor den Küsten der Niederlande, Deutschlands und Dänemarks verschwunden sind.« Er stand auf. »Haben Sie noch mehr von diesen Stecknadeln? Danke«, fuhr er fort, als Tweed ihm einen Glasaschenbecher voller Stecknadeln mit roten Köpfen reichte.

»Um wie viele Schiffe handelt es sich? Welche Typen? Und wie waren die Witterungsbedingungen?« Tweed feuerte seine Fragen ab.

»Zwei vor der niederländischen Küste.« Noble steckte Nadeln ein. »Sechs vor der deutschen. Die meisten davon bei den friesischen Inseln Borkum, Norderney und Sylt. An der Nordspitze von Sylt befindet sich ein Marinestützpunkt . . .« Weitere Nadeln. »Und acht vor der Westküste von Dänemark – südlich von Esbjerg.« Noble steckte Nadel um Nadel ein, dann wendete er sich mit den Händen auf den Hüften an Tweed.

»Welche Typen, fragen Sie. Jachten, Küstenschiffe, Fischerboote und Frachter. In keinem Fall wurden Wrackteile gefunden. Und weder Überlebende noch Tote. Nur in einem Fall. Ziemlich grausig.«

»Reden Sie weiter, das interessiert mich«, drängte Tweed.

»Ein deutscher Radarfachmann namens Vogel ist mit seiner kleinen Schaluppe bei dichtem Seenebel von Norderney ausgelaufen. Er war losgefahren, um herauszufinden, was mit einem Freund passiert war. Er kam nie zurück. Ein Suchhubschrauber, der am nächsten Tag aufstieg, entdeckte ein treibendes Wrackteil. Ein Mann der Besatzung seilte sich ab, um das Stück zu bergen. Er erbrach sein Frühstück. Vogels Kopf klemmte im Überrest des Bugs. Er war geköpft worden. Der Kopf war direkt unter dem Kinn glatt abgeschnitten. Ebenso wie das, was von der Schaluppe noch übrig war.«

»Aber womit? Bestimmt hat doch ein deutscher Pathologe . . .«

»Ja. Ein deutscher Pathologe hat den Kopf untersucht. Er hatte keine Ahnung, was es gewesen sein könnte. Er sagte, der Hals wäre so säuberlich durchgeschnitten worden, daß er den Eindruck hatte, ein Chirurg mit einem riesigen Messer hätte es getan. Fantastische Idee. Das meinte er natürlich nicht im Ernst – er wollte damit nur ausdrükken, wie bizarr es war.«

»Und das ist alles? Was die verschwundenen Schiffe angeht?«

»Leider nein.« Noble griff erneut nach dem Aschenbecher und trat vor die Weltkarte. »Zwei Fischerboote sind vor der Westküste Afrikas verschwunden, in der Nähe von Dakar.« Noble steckte zwei weitere Nadeln ein. »Außerdem drei Frachter weit südlich des Kaps der Guten Hoffnung. Sie waren infolge eines Sturms erheblich vom Kurs abgekommen, dann wurde es sehr neblig. Ach ja, auch vor Dakar herrschte Nebel. Und jetzt bewegen wir uns erheblich weiter nach Osten. In die Timorsee zwischen der Nordküste Australiens und der Insel Timor. Dort verschwanden drei große Fischerboote. Und ein japanischer Frachter, die *Subaru Maru.*« Er steckte die letzte Nadel ein und ließ sich wieder auf seinem Sessel nieder.

»Auch die vier Schiffe in der Timorsee verschwanden, als dichter Nebel herrschte. Scheint der einzige gemeinsame Faktor zu sein. Nebel. Wir sind sehr beunruhigt und ratlos. Es sind einfach zu viele. Und keine Überlebenden. Ausgenommen Vogel – wenn Sie seinen Kopf zählen wollen. Ergibt das für Sie irgendeinen Sinn?«

Tweed antwortete nicht sofort. Er starrte auf die Karten und schien in eine Art Trance versunken zu sein. Noble sah auf die Uhr, sprach aber erst, als Tweed sich bewegte.

»Sie sind hinter irgend etwas her, stimmt's?«

»Ich bin nicht sicher. Sie gebrauchten das Wort ›bizarr‹. Das beschreibt meine Theorie. Ich brauche mehr Fakten.«

»Als Sie mich anriefen und vermißte Schiffe erwähnten, haben Sie mich gefragt, ob ich Sir Gerald Andovers Motorjacht, die *Seahorse III*, ausfindig machen könnte . . .« Noble brach ab, schaute auf die Karten. »Daß ich es nicht vergesse – sollte ich nicht die Nadeln wieder herausziehen, bevor ich gehe?«

»Mir wäre es lieber, wenn Sie es nicht täten. Dies ist vermutlich der sicherste Raum in ganz London. Wir haben die Sicherheitsvorkehrungen verstärkt. Und jede Nacht stehen zwei bewaffnete Wachmänner vor meinem Büro.«

»Gut, dann lassen wir sie stecken. – Ich habe, mit dem dänischen Hafen Esbjerg beginnend, Kontaktleute angerufen und mich dann südwärts vorgearbeitet. In Antwerpen hatte ich Glück. Die *Seahorse III* ist heute morgen dort eingelaufen.«

»Von Antwerpen aus ist es nicht weit bis nach Brüssel. Und nach einer weiteren kurzen Bahnfahrt ist man in Lüttich«, sagte Tweed halb zu sich selbst.

»Wie bitte? Das verstehe ich nicht.«

»Nichts. Ich führe nur Selbstgespräche. Sie haben mir sehr geholfen . . .«

Nachdem Noble gegangen war, drehte Tweed seinen Schreibtischsessel so, daß er die Karten vor sich sah. Er betrachtete sie mit halbgeschlossenen Augen. Vor dem Weggehen hatte Noble ihm noch gesagt, daß sich die ›Zwischenfälle‹ vor Dakar und dem Kap der Guten Hoffnung sowie in der Timorsee sämtlich weit außerhalb der normalen Schiffahrtsrouten ereignet hatten.

»Und was hatten die Schiffe dort zu suchen?« hatte Tweed gefragt.

»Wir nehmen an, daß sie von Stürmen und schwerer See von ihrem Kurs abgetrieben wurden«, hatte Noble erwidert.

»Bemerkenswert«, sagte Tweed.

Er riß sich von den Karten los, als jemand leise an die Tür klopfte, und forderte den Besucher zum Eintreten auf. In sein Büro wanderte Marler, von Monica auf Tweeds Bitte hin herbeibeordert.

Marler, ein Mann Anfang Dreißig, gehörte dem SIS schon seit mehreren Jahren an. Mit einem Gewehr war er der zielsicherste Schütze in ganz Westeuropa. Er war schlank und mittelgroß und sehr elegant in einem karierten Sportjackett, grauer Hose mit rasiermesserscharfer Bügelfalte, blütenweißem Hemd und blaßblauer Krawatte. Auf dem Kontinent wurde er gewöhnlich für den typischen wohlsituierten Engländer gehalten. Als Monica und Paula zurückkehrten, ließ er sich gerade auf der Lehne des großen Sessels nieder.

»Dürfen wir wieder hereinkommen, nachdem Ihr Marinemann weg ist?« erkundigte sich Paula.

»Setzen Sie sich an Ihre Plätze«, wies Tweed sie an. »Es wird Sie interessieren, was ich Marler zu sagen habe.«

»Ich hoffe, Sie haben einen Job für mich«, sagte Marler.

Monica musterte ihn. Mit allen Wassern gewaschen, dachte sie. Hinter seinem Rücken nannte sie den Direktor des SIS ›unser wandelndes Modejournal‹.

»Ja«, erklärte Tweed. »Und es kann durchaus sein, daß es ein sehr gefährlicher Job ist.«

»Um so besser. Da kommt das alte Adrenalin in Wallung. Ist er mit irgendwelchen Reisen verbunden?«

»Das müssen Sie selbst herausfinden. Monica, geben Sie Marler, bevor er geht, fünftausend Pfund. Und weitere zweitausend in belgischem Geld.«

»Also steht Brüssel auf der Tagesordnung?« erkundigte sich Marler. »Genau das richtige für mich. Dort gibt es ein paar gute Restaurants.«

»Das ist nur eine Vermutung«, warnte Tweed. »Belgien, meine ich. Nicht mehr als eine Ahnung. Ihr Job besteht darin, einem gewissen Dr. Wand auf der Spur zu bleiben . . .«

Er berichtete kurz, was er über den Mann wußte, alles, was Monica bisher hatte ermitteln können. Er wies darauf hin, daß niemand wußte, wie Wand aussah, was seine Arbeit schwierig machen konnte.

»Hört sich an wie der Bursche, den Butler an dem Abend in The Boltons sah, als er den Zeitungsjungen spielte. Es gibt nicht besonders viele Männer, die einen Kneifer tragen.«

»Sofern das Dr. Wand war«, wendete Tweed ein. »Offensichtlich ist er bisher noch nie fotografiert worden.«

»Das wird sich ändern.« Marler holte eine kleine Kamera aus der Tasche. »Wenn sich herausstellt, daß es doch Brüssel ist – sollte ich dann nicht bewaffnet sein?«

»Auf jeden Fall«, stimmte Tweed zu. »In Belgien sollte es Ihnen eigentlich nicht schwerfallen, sich zu besorgen, was Sie brauchen.«

»Ich habe Kontaktleute in Antwerpen, Brüssel und Lüttich«, erklärte Marler selbstsicher.

»Ich wiederhole, dieser Mann könnte äußerst gefährlich sein«, betonte Tweed.

»Also ein Mann, den zu verfolgen sich lohnt. War's das? Wenn ja, dann hole ich meinen Koffer aus der Registratur – den, der für alle Fälle immer fertig gepackt ist.«

»Noch etwas«, sagte Tweed. »Ich werde in Brüssel im Hilton am Boulevard de Waterloo wohnen, zusammen mit Paula und Newman.«

»Muß unser weltberühmter Zeitungsreporter unbedingt immer mit von der Partie sein?«

Tweed seufzte innerlich. Wenn es hart auf hart ging, konnten die beiden Männer miteinander arbeiten und sich voll und ganz aufeinander verlassen. Aber jeder hatte, was den anderen betraf, große Vorbehalte. Sie waren zu verschieden.

»Newman kommt mit«, sagte er entschlossen. »Ich habe Ihnen alles gesagt, was ich weiß. Tut mir leid, daß es so wenig ist.«

»Was die Sache nur um so interessanter macht. So, Dr. Wand, jetzt komme ich. Und ich empfehle Ihnen, auf der Hut zu sein . . .«

Monica griff nach dem Telefon, das läutete. Sie meldete sich, lauschte, sprach ein paar Worte. Dann deckte sie die Sprechmuschel ab und wendete sich an Tweed.

»Philip Cardon ist am Apparat. Hört sich an, als hätte er nicht viel Zeit.«

»Hier Tweed. Cardon, wo sind Sie? Ich dachte, Sie wären auf dem Heimflug.«

»Bin in Bangkok zwischengelandet . . .«

»Von wo rufen Sie an?« fragte Tweed besorgt.

»Aus einer öffentlichen Telefonzelle am Flughafen. Mein Rückflug wird sich um etwa drei Tage verzögern. Ich will erst noch nach Chengmai . . .«

»Nein! Tun Sie das nicht. Das ist ein Befehl!«

»Kann Sie nicht hören. Schlechte Verbindung. Muß Schluß machen . . .«

Die Verbindung war unterbrochen. Er legte langsam den Hörer auf. Paula hatte ihn beobachtet.

»Was ist passiert?«

»Philip Cardon hat vom Flughafen in Bangkok aus angerufen. Er ist dort zwischengelandet, um Chengmai einen Besuch abzustatten.«

»Dem großen Drogen-Umschlagplatz für das sogenannte Goldene Dreieck? Und Sie haben ihn heimbeordert?«

»Ja. Aber er hat zu dem alten Trick gegriffen, behauptet, es knisterte in der Leitung und er könnte mich nicht hören. Ich bin sehr besorgt.«

»Nun, Sie geben Ihren Spitzenleuten immer sehr viel Spielraum und lassen Sie nach eigenem Ermessen handeln«, erinnerte sie ihn. »Und Cardon weiß alles, was es über den Fernen Osten zu wissen gibt. Aber was könnten Drogen zu tun haben mit dem, womit wir uns beschäftigen? Wenn sie überhaupt etwas damit zu tun haben.«

»Keine Ahnung.«

Er schaute auf, als Newman ins Büro kam. Er hatte einen Koffer bei sich und trug einen Regenmantel über seinem Anzug. Er stellte den Koffer ab und versank in einem Sessel.

»Nur für den Fall, daß wir loswollen. Wollen wir?«

»Ich muß vorher noch mit Dillon reden, wenn er herüberkommen kann . . .«

Monica wählte bereits die Nummer des Inn am Park, die sie sich gleich nach Dillons Eintreffen notiert hatte. Nach mehreren Minuten nickte sie, und Tweed nahm den Hörer ab.

»Cord, ich nehme an, Sie erkennen meine Stimme und wissen, wer Sie anruft. Gut. Tut mir leid, Ihren Schönheitsschlaf stören zu müssen, aber ich wäre Ihnen dankbar, wenn Sie noch einmal in mein Büro kommen könnten. Ich brauche mehr Details in der Sache, über die wir uns unterhalten haben.«

Dillon begriff sofort, daß Tweed das revolutionäre Konstruktionsprinzip des Tarnkappenbombers meinte.

»Ja, ich könnte herüberkommen.« Wie Tweed wählte Dillon seine Worte sehr vorsichtig – er wußte, daß das Gespräch über die Hotelvermittlung lief. »Aber ich glaube nicht, daß ich Ihnen sagen kann, was Sie wissen möchten. Genau deshalb hatte ich Vane mitgebracht. Sie war die einzige, die sämtliche technischen Details im Kopf hatte. Jedenfalls hier drüben.«

»Dann schlafen Sie weiter. Tut mir leid, daß ich Sie gestört habe. Es kann sein, daß ich in den nächsten paar Tagen nicht erreichbar bin. Gönnen Sie sich ein bißchen Ruhe, unternehmen Sie ein paar Ausflüge aufs Land. Ich melde mich, wenn ich zurück bin.«

Tweed stand auf, ging zu dem Schrank, in dem er seinen für plötzliche Abreisen gepackten Koffer aufbewahrte. Dann wendete er sich an Monica.

»Sie haben drei Tickets, Business Class, für den heutigen Sabena-Flug nach Brüssel?«

»Ja. Ich habe die Reservierungen von einem Tag auf den anderen verschoben. Sie können sie in Heathrow am Schalter abholen.«

»Also reisen wir ab«, sagte Paula und holte ihren eigenen Koffer aus dem Schrank, den Tweed offengelassen hatte. »In welcher Absicht?«

»So schnell wie möglich Gaston Delvaux in Lüttich zu besuchen. Mir hat nicht gefallen, was Benoit mir erzählt hat. Ich hoffe bei Gott, daß wir noch rechtzeitig kommen.«

Dr. Wand stand hinter der Gardine an einem Fenster im ersten Stock seines Hauses in The Boltons. Neben ihm stand die hagere, hartgesichtige Mrs. Kramer.

»Man spioniert uns nach«, teilte Wand ihr mit. »Dieser weiße Transporter unten auf der Straße. Vorgeblich ein Wagen des Blumengeschäfts Straker. Ein großes Fenster an der Seite, bestimmt mit Glas, das nur von einer Seite durchsichtig ist. Für versteckte Kameras, die jeden fotografieren, der kommt oder geht. Ein Job für unseren Mr. Briggs. Ziemlich eilig. Bald kommt der Daimler, der mich zum Flughafen bringen soll. Briggs muß den Kerl wegschaffen. Die Methode bleibt ihm überlassen . . .«

Mrs. Kramer verließ sofort das Fenster. Sie griff nach dem Telefon, gab die Anweisung an Briggs weiter. Sie beschrieb ihm den Transporter ganz genau, dann legte sie den Hörer auf.

»Briggs sagt, eine Viertelstunde. Er hat einen Wagen, der für Notfälle bereitsteht.«

Dr. Wand wendete sich vom Fenster ab, schürzte die Lippen und zeigte sein eiskaltes Lächeln. Briggs war verläßlich. Er glaubte nicht, daß der Fahrer des Transporters – und eventuelle weitere Insassen – noch lange leben würden.

Harry Butler saß am Steuer des weißen Transporters, der in The Boltons parkte, bekleidet mit einem weißen Kittel, wie ihn die Angestellten von Blumengeschäften gelegentlich tragen. Außerdem trug er eine tief in die Stirn gezogene Schirmmütze, und in seinem Mundwinkel hing eine erloschene Zigarette.

Der Transporter hatte einen großen Rückspiegel und mehrere Außenspiegel. Gefahr drohte gewöhnlich von hinten. Trotz der Kälte des sonnigen Novembertages hatte er die Fenster geöffnet. Auf dem Sitz neben ihm lag ein großer Plastikbeutel, der eine dunkle Flüssigkeit enthielt.

Er hatte gesehen, wie sich die Gardine im ersten Stock bewegte, und vermutete, daß er beobachtet worden war. Eine Viertelstunde später hörte er das Motorengeräusch eines näher kommenden schweren Fahrzeugs. Ein großes Müllauto bog um eine Kurve der schmalen Straße. Butler startete den Motor.

Sechs Meter entfernt sah er, wie ein Mann in einem dunklen Mantel mit einem Astrachankragen, einem dunklen Hut und einem goldenen Kneifer die Stufen von Nr. 185 herunterkam. In der Hand trug er einen Koffer. Ein funkelnder Daimler fuhr an Butler vorbei und hielt vor dem Haus an.

All das registrierte Butler mit einem schnellen Blick. Seine Aufmerksamkeit konzentrierte sich auf das Müllauto, das in der Kurve angehalten hatte. Im gleichen Augenblick, in dem der Daimler mit seinem Passagier auf dem Rücksitz anfuhr, gab der Fahrer des Müllautos Gas.

Das Müllauto dröhnte um die Kurve und kam so schnell auf ihn zu, daß Butler einen frisierten Motor vermutete. Er legte den Gang ein. Das Müllauto donnerte neben ihm her, und der Fahrer riß das Lenkrad nach rechts. Butler fuhr mit Höchstgeschwindigkeit rückwärts, mit einer Hand am Lenkrad. Die andere warf den Plastikbeutel aus dem Fenster. Er zerplatzte und überzog die Straße mit einer großen Öllache. Tweed hatte ihm von ihrem Erlebnis mit dem Hubschrauber bei Hatchet Pond im New Forest erzählt. Immer vom Gegner lernen.

Briggs, der am Steuer des Müllautos saß, hatte damit gerechnet, den Transporter mit Höchstgeschwindigkeit zu rammen und ihn zu zermalmen. Statt dessen sah er vor sich die massive Gartenmauer eines Hauses. Er drehte verzweifelt das Lenkrad, aber seine Räder, die im Öl wegrutschten, reagierten nicht. Das Müllauto prallte gegen die Mauer. Briggs wurde gegen das Lenkrad geschleudert und brach sich mehrere Rippen. Aber das war die geringste seiner Sorgen. Mit zerquetschtem Vorderteil inmitten der Trümmer der Mauer ging das Müllauto in Flammen auf.

Butler, der sich bereit erklärt hatte, Marler zu helfen, hatte The Boltons bereits verlassen und fuhr mit geschlossenen Fenstern in Richtung Cromwell Road.

»Sehr zufriedenstellend«, dachte Dr. Wand, der entspannt in seinem Daimler saß. »Auf die Minute genau. Ich denke, Briggs hat einen Bonus verdient.«

Der Gedanke, einen Blick durchs Heckfenster zu werfen, kam ihm überhaupt nicht. Und selbst wenn er es getan hätte, wäre es fraglich gewesen, ob er den Ford Escort bemerkt hätte, der ihm folgte und an dessen Steuer Marler saß und leise vor sich hin pfiff.

Butler, dachte er, hatte sich als überaus erfolgreicher Lockvogel erwiesen. Während der Transporter deutlich sichtbar vor Nr. 185 parkte, hatte Marler in seinem Ford Escort ein Stück entfernt an einer Stelle gewartet, von der aus er den Eingang zu Dr. Wands Behausung gerade noch sehen konnte. Und er machte sich keine Sorgen wegen der Explosion, die seinen Wagen erschüttert hatte; Butler war durchaus imstande, auf sich selbst aufzupassen.

Als er sicher war, wo der Daimler hinwollte, griff er nach dem Mikrofon. Der Wagen war mit einem starken Funkgerät ausgerüstet, das auf die Frequenz des Empfängers im Kommunikationszentrum am Park Crescent eingestellt war.

»Parker Transport ruft Basis. Habe Fahrgast aufgenommen und bin jetzt unterwegs zum Flughafen Heathrow . . .«

Sobald seine Nachricht bestätigt worden war, verringerte Marler den Abstand zu dem Daimler und begann wieder zu pfeifen. Das Lied, das er pfiff, hieß ›*Nothing Can Come Between Us*‹.

Sechzehntes Kapitel

Marler stellte den Escort am Flughafen in einer Bucht für Dauerparker ab. Das lag nahe, denn Dr. Wands Chauffeur hatte den Daimler neun Buchten entfernt geparkt. Marler beobachtete ihn und drehte dabei eine King-Size-Zigarette zwischen den Fingern. Der uniformierte Chauffeur stieg aus und öffnete die hintere Tür, und Dr. Wand kam zum Vorschein, blinzelte und rückte seinen Kneifer zurecht.

Eine perfekte Gelegenheit. Marler holte blitzschnell eine kleine Kamera aus dem Handschuhfach, hob sie an die Augen, drückte auf den Knopf für die automatische Brennweiteneinstellung, und binnen Sekunden hatte er sechs Aufnahmen gemacht.

Der Chauffeur, der eine Schirmmütze und eine Sonnenbrille trug, öffnete den Kofferraum und holte zwei Louis-Vuitton-Koffer heraus. Nur das Allerbeste für Dr. Wand. Marler machte zwei Aufnahmen von dem Chauffeur. Ein schlanker, hochgewachsener Typ mit Adlernase und sportlichem Schritt. Er verschloß den Wagen. Marler tat dasselbe und folgte ihnen in einigem Abstand mit seinem Koffer.

Er hatte sich ein kleinformatiges Fernglas umgehängt. Fünf Minuten später beobachtete er durch das Glas hindurch, wie ein Elektrowagen Wand, den Chauffeur und das Gepäck zu einem wartenden Lear Jet beförderte. Marler merkte sich die Nummer, dann eilte er zum Büro von Jim Corcoran, dem Sicherheitschef des Flughafens. Er hatte Glück: Corcoran saß an seinem Schreibtisch und betrachtete verdrossen einen Stapel Berichte.

»Lassen Sie diesen langweiligen Kram liegen«, begrüßte Marler ihn. »Ich habe für Sie etwas wesentlich Interessanteres zu tun.«

»Ach ja? Und was könnte das sein? Bestimmt etwas

Unerfreuliches. Das letzte Mal, als Ihr Boß hier war, hatten wir eine Tote auf dem Tisch.«

»Und dies könnte damit in Zusammenhang stehen«, vermutete Marler aufs Geratewohl. »Draußen auf der Rollbahn steht ein Lear Jet. Ich habe die Registriernummer. Ein Dr. Wand ist gerade an Bord gegangen. Offenbar begeben sich Paß und Zoll hinaus zu Seiner Herrlichkeit.«

»Dr. Wand?« Corcoran rümpfte verächtlich die Nase. »Ein einflußreicher Mann. Und das nur, weil er irgendeine Flüchtlingsorganisation leitet. Was wollen Sie? Ich weiß, ich werde mir gleich wünschen, ich hätte Sie das nicht gefragt.«

»Nicht viel. Stellen Sie nur fest, wohin er will. Und verzögern Sie seinen Abflug.«

»Ist das alles?«

»Tweed würde es so wollen«, sagte Marler. »Und Sie haben ein vorzügliches Gedächtnis – also erinnern Sie sich bestimmt, daß er bei Ihnen einiges gut hat. Haben Sie etwas dagegen, wenn ich rauche, während Sie das erledigen?«

»Bei all den ›Rauchen-verboten‹-Schildern, die hier herumhängen? Aber meinetwegen – Sie täten es ohnehin. Ich sehe mir seinen Flugplan an. Und was das Verzögern seines Abflugs betrifft – Sie haben nicht zufällig eine Idee, wie ich das anstellen soll?«

»Kinderspiel. Sie sagen, Sie hätten eine Bombendrohung gegen einen nicht näher bezeichneten Lear Jet bekommen. Schicken Sie Leute zu der Maschine hinaus. Später können Sie sagen, es hätte sich herausgestellt, daß es nur blinder Alarm war.«

Es machte Marler Spaß, dieselbe Taktik anzuwenden, deren sich Tweeds Bericht zufolge auch der Gegner in Washington bedient hatte, um einem Mörder so viel Zeit zu verschaffen, daß er am Flughafen auf Hilary Vane warten konnte.

»Und das ist wirklich wichtig?« fragte Corcoran.

»Eine Sache der nationalen Sicherheit«, erklärte Marler.

Er wanderte herum, rauchte seine Zigarette und benutzte den Blechdeckel einer Dose als Aschenbecher, während Corcoran telefonierte. Schließlich legte Corcoran den Hörer auf und ratterte seine Informationen heraus.

»Dr. Wands Pilot hat einen Flug nach Zaventem, Brüssel, angemeldet. Ein Bombenkommando ist zu dem Jet hinausgefahren, um seine Arbeit zu tun. Die Leute können den Jet maximal eine Dreiviertelstunde am Boden halten. Sonst noch etwas?«

»Wenn Sie schon fragen – nur noch einen Gefallen. Buchen Sie mir einen Platz in der nächsten Maschine nach Brüssel, Business Class. Wann geht die nächste Maschine?«

»Der Flug wird gerade aufgerufen. Erster Aufruf.« Corcoran seufzte, griff abermals zum Telefon. Diesmal war das Gespräch kurz. »Ein Business-Class-Ticket liegt für Sie am Sabena-Schalter bereit. Darf *ich* jetzt um etwas bitten? Gut. War nett, Sie hier zu haben. Und nun verschwinden Sie schleunigst.«

»Eine letzte Frage«, rief Marler, als er die Tür erreicht hatte. »Wird die Sabena-Maschine vor der Lear in Brüssel eintreffen?«

»Das wird sie. Und machen Sie bitte die Tür leise zu, ja?«

In der Sabena-Maschine hatte Paula einen Fensterplatz; Tweed saß neben ihr und Newman auf der anderen Seite des Mittelganges. Weitere Passagiere kamen an Bord. Den wenigen Leuten nach zu urteilen, die im Abflugraum gewartet hatten, würde die Maschine halb leer bleiben. Paula stieß Tweed an, sie flüsterte.

»Sehen Sie mal, wer da gekommen ist.«

Marler, der seinen kleinen Koffer bei sich hatte – was hieß, daß er nicht bei der Gepäckausgabe zu warten brauchte und den Flughafen gleich nach der Landung verlassen konnte –, kam den Gang entlang. Er warf nicht einmal einen flüchtigen Blick auf das Trio.

Im vorderen Teil der Maschine angekommen, schien er es sich anders überlegt zu haben und ging an ihnen vorbei wieder nach hinten. Paula wartete einen Moment, dann sah sie sich um. Marler saß drei Reihen hinter ihnen auf einem Fensterplatz an der gleichen Seite wie sie mit einem leeren Platz neben sich.

»Er hat sich eine Stelle ausgesucht, von der aus er uns im Auge behalten kann«, sagte Tweed leise. »Merkwürdig, daß er dieselbe Maschine genommen hat.«

Paula schaute nach hinten, als wollte sie feststellen, wie viele weitere Passagiere in die Business Class kamen. Marler schaute mit dem Fernglas vor den Augen zum Fenster hinaus. Um den Lear Jet in der Ferne schwärmten mehrere Männer herum. Die einziehbare Gangway war immer noch unten.

Er sah, wie ein schwer gebauter Mann in einem dunklen Mantel mit einem Astrachankragen die Stufen herunterstapfte und dann langsam herumwanderte. Dann blieb er stehen und schaute zu der Sabena-Maschine herüber. Er hatte einen großen Kopf mit hellem Haar, und auf seiner kräftigen Nase saß ein goldener Kneifer.

Marler verließ seinen Platz, warf einen Blick in die Economy Class. Weitere Passagiere kamen an Bord. Er ging in den vorderen Teil der Maschine und wendete sich an eine Stewardeß.

»Können Sie mir sagen, wie lange der Flug nach Brüssel dauern wird?«

»Fünfzig Minuten, Sir.« Sie musterte Marler, und was sie sah, gefiel ihr. Der Passagier schien ziemlich unruhig zu sein. »Es sind massenhaft Plätze frei, falls Sie sich woanders hinsetzen möchten«, erklärte sie.

»Ich bin ein sportlicher Typ.« Er lächelte sie an. »Bleibe gern in Bewegung. Wenn ich zu lange sitze, bekomme ich einen Krampf. Und Sie sehen sehr gut aus in dieser Uniform.«

»Danke, Sir.«

Marler war auf dem Rückweg zu seinem Platz, wobei er sehr langsam ging. Die Stewardeß beobachtete ihn interessiert. Er hatte keinen der üblichen plumpen Annäherungsversuche gestartet, an die sie gewöhnt war, sondern ihr nur ein echtes Kompliment gemacht. Marler umklammerte sein Fernglas und suchte sich genau den richtigen Moment aus. Ein weiblicher Passagier kam ihm entgegen. Sie trafen neben Tweed zusammen.

Marler tat so, als stolperte er, während er beiseite trat, um die Dame passieren zu lassen. Er fiel über Tweed, ließ das Fernglas in seinen Schoß fallen.

»Bitte vielmals um Entschuldigung, Sir.« Er senkte die Stimme. »Lear Jet da drüben. Könnte Dr. Wand sein, der davor herumwandert. Ziel Brüssel.«

Er entschuldigte sich abermals, dann kehrte er zu seinem Platz zurück. Paula hob ihr Fernglas und richtete es auf den Lear Jet. Als sie den großen Mann betrachtete, blieb er stehen und schaute wieder zu der Sabena-Maschine herüber. Durch das Glas hindurch konnte sie sein Gesicht deutlich sehen. Kalte Augen hinter dem Kneifer. Sie schauderte.

»Was ist?« fragte Tweed mit normaler Lautstärke.

Er hatte sich bereits vergewissert. Niemand saß in den beiden Reihen vor und hinter ihnen.

»Wenn das Dr. Wand ist, dann steckt in diesem Mann eine ganz gehörige Portion Grausamkeit.«

»Nun, nach dem, was bisher passiert ist, ist der Kopf, der hinter alledem steckt, ganz offensichtlich grausam – bis an die Grenze des Sadismus.«

»Sie meinen den amputierten Arm von Irene und ihre Leiche im Solent?«

»Das und vieles andere. Ein Sadist, der zu jeder seelischen und körperlichen Grausamkeit fähig ist. Es sei denn, die Theorie, die sich herauszubilden beginnt, ist falsch.«

»Und vermutlich hat es keinen Sinn, Sie zu fragen, was für eine Theorie das ist?«

»Nicht, bevor ich sicher bin.«

Die Maschine befand sich über der Nordsee, als Paula beschloß, zur Toilette zu gehen. Ein Instinkt veranlaßte sie, eine Sonnenbrille aufzusetzen. Im Gang warf sie einen Blick in die Economy Class und wäre beinahe erstarrt.

Willenskraft – und SIS-Training – hielten sie in Gang.

Als sie zurückgekehrt war, wartete sie, bis auch Tweed sich wieder gesetzt hatte. Dann beugte sie sich ganz nahe zu ihm.

»Ich hatte einen Schock. Sie werden nie erraten, wer mit uns fliegt. In der Economy.«

»Sie wissen, daß ich Ratespiele nicht mag.«

»Willie Fanshawe, Brigadier Burgoyne und Helen Claybourne. Helen hat den Fensterplatz. Willie sitzt neben ihr und der Brigadier auf der anderen Seite des Ganges. Willie beugte sich hinüber und redete mit Burgoyne.«

»Hat einer von ihnen Sie gesehen?« fragte Tweed.

»Nein, da bin ich ganz sicher.«

»Irgendeine Spur von Lee Holmes?«

»Nein. Und Economy ist voll besetzt.«

»Vielleicht ist sie mit einer früheren Maschine nach Brüssel geflogen. Ich finde das bezeichnend – die Abwesenheit von Lee.«

»In welcher Hinsicht?«

Tweed ignorierte ihre Frage. Er nahm seine Brille ab und machte sich daran, die Gläser mit dem Taschentuch zu putzen, was bedeutete, daß sein Verstand auf Hochtouren arbeitete. Dann setzte er die Brille wieder auf und wendete sich Paula zu.

»Sie hatten bisher noch keine Gelegenheit, mir zu sagen, welchen Eindruck Sie von dem Verhältnis zwischen Burgoyne und der Holmes und zwischen Willie und Helen hatten. Jetzt wäre vielleicht der richtige Zeitpunkt.«

»Zuerst zog ich den naheliegendsten Schluß – beide Männer haben eine Geliebte, die bei ihnen wohnt. Nichts Ungewöhnliches. Doch dann wurde es ungewöhnlich, und ich stellte fest, daß ich mich irrte. Vielleicht kann das nur eine Frau spüren. Das Fehlen all der kleinen Dinge, die auf Intimität schließen lassen. Noch bevor wir die beiden Häuser verließen, war ich überzeugt, daß mein erster Eindruck völlig falsch gewesen war.«

»Wie sieht das Verhältnis aus?«

»Höchst merkwürdig. Beide Frauen führen offenbar

den Haushalt und tun alles, was normalerweise eine Ehefrau tun würde – oder manche Geliebte . . .«

»Sie werden schon so zynisch wie ich.«

»Lassen Sie mich weiterreden. Ich hatte den starken Eindruck, daß beide Frauen in irgendeinem professionellen Rahmen für die Männer arbeiten. Eine Art Geschäftsverbindung, könnte man sagen.«

»Sonst noch etwas?«

»Ja. Lee muß Burgoyne mit Samthandschuhen anfassen. Im Grunde seines Wesens ist er immer noch der Brigadier, der es gewohnt ist, Befehle zu erteilen und sofortige Ausführung zu erwarten. Bei Helen hatte ich den entgegengesetzten Eindruck. Willie ist ein liebenswürdiger Typ – der trotzdem alle Tassen im Schrank hat. Aber Helen gibt den Ton an.«

»Ich finde Ihre Folgerungen höchst interessant. Danke.«

»Jederzeit stets gern zu Diensten«, sagte sie ironisch. Ihr Ton änderte sich. »Sie wirken besorgt.«

»Ich frage mich, wie viele Menschen noch sterben müssen, bevor wir das Ende dieser Geschichte erreicht haben. Bisher waren es drei, wahrscheinlich sogar vier. Harvey Boyd, Irene Andover, Hilary Vane – und ich bezweifle, daß wir Mrs. Garnett von Moor's Landing je lebend wiedersehen werden.«

»Sie scheinen es sehr eilig zu haben, nach Brüssel zu kommen. Was erwarten Sie dort zu finden?«

»Die Bestätigung meiner schlimmsten Befürchtungen.«

»Das verstehe ich nicht«, sagte Paula.

»Halten Sie es für Zufall, daß Dr. Wand mit diesem Lear Jet nach Brüssel fliegt? Und einen weiteren Zufall, daß Burgoyne, Willie und Helen an Bord dieser Maschine sind?«

»Sie etwa? Mir kommt es seltsam vor.«

»Ich glaube nicht an Zufälle«, erklärte Tweed ingrimmig.

»Und Ihre Bemerkung über Ihre schlimmsten Befürchtungen?«

»Ich vergaß, Ihnen zu sagen, daß ich Benoit angerufen

und ihn gebeten habe, uns nicht am Flugplatz abzuholen. Es könnte gefährlich sein, mit ihm zusammen gesehen zu werden. Wenn wir unser Gepäck im Hilton deponiert haben, fahren wir direkt ins Präsidium an der Grand' Place und treffen uns dort mit Benoit. Newman hat telefonisch einen Mietwagen bestellt, der am Flughafen auf uns warten wird.«

»Haben Sie gesehen, daß Marler wieder zu der Stewardeß gegangen ist? Ich wette, er hat veranlaßt, daß der Pilot über Funk auch für ihn einen Mietwagen bestellt.«

»Vermutlich. Er weiß, was er tut.«

»Und Sie haben nicht vor, mir etwas über Ihre schlimmsten Befürchtungen mitzuteilen?«

»Ich bin sicher, daß wir in einem Wettlauf mit der Zeit stecken. Das Problem ist ganz simpel. Wer kommt als erster bei Gaston Delvaux an? Sofern er noch am Leben ist.«

Siebzehntes Kapitel

Am Flughafen Zaventem waren sie die ersten, die die Maschine verließen. Tweed eilte voraus; Paula und Newman hatten Mühe, mit ihm Schritt zu halten. Sie passierten die Paßkontrolle mit ihrem Gepäck, das sie mit an Bord genommen hatten. Newman schaffte es, Tweed einzuholen.

»Weshalb diese Hektik?«

»Plan geändert. Sie wissen, wo der Wagen steht, den Sie von London aus gemietet haben? Gut. Vergessen Sie das Hilton – fahren Sie uns direkt zum Polizeipräsidium an der Grand' Place. Ich muß mich bei Benoit erkundigen, wie die Dinge stehen, und dann fahren wir auf schnellstem Wege nach Lüttich – nach Herstal. Zu Delvaux' Château. Wir haben keine Minute zu verlieren . . .«

Seine ungewöhnliche Nervosität übertrug sich auf seine beiden Begleiter. Paula schaute auf die Uhr. Es würde bereits dunkel sein, wenn sie in Lüttich ankamen. Newman eilte aus dem Flughafengebäude heraus und fluchte leise. Der Mietwagen, der auf sie wartete, war ein roter Mercedes. Viel zu auffällig. Aber daran ließ sich nun nichts mehr ändern. Er absolvierte die Formalitäten mit der Vertreterin der Autovermietung, nahm die Schlüssel entgegen, bat sie zu warten, während er den Motor testete.

»Steigen Sie ein«, sagte Tweed ungeduldig.

»Sie hätten mich warnen können, daß dies ein Marathonlauf werden würde«, bemerkte Paula, während sie sich auf dem Rücksitz niederließ.

»Auf den Gedanken, daß wir auf diese Weise Zeit sparen würden, bin ich erst gekommen, als die Maschine im Landeanflug war. Und wir haben Zeit verloren, weil wir diese Warteschleifen fliegen mußten. Alles in Ordnung, Bob?«

»Der Motor scheint okay zu sein. Los geht's. Grand' Place und Benoit, wir kommen.«

Paula stöhnte innerlich, als sie nach Brüssel hineinfuhren, die verworrenste und deprimierendste Großstadt Europas, wie Los Angeles ein Konglomerat von Bezirken auf der Suche nach einem Zentrum. Und der Nebel, der ihre Landung verzögert hatte, driftete wie Rauchwolken durch die geschäftigen Straßen.

Überall ragten hohe Betonklötze auf, wahllos zwischen kleinen, schäbigen, zweigeschossigen Häusern – Jahrhunderte alt und mit abblätternder Farbe –, Cafés, Restaurants und Geschäfte mit geschmacklosen Neonreklamen. Straßen, die in alle möglichen Richtungen führten. Fahrer von Autos, die um den einzig verfügbaren Parkplatz in der Mitte eines breiten Boulevards kämpften.

Auf den Gehsteigen, auf denen man sich leicht den Knöchel brechen konnte, drängten sich Hausfrauen auf dem Weg zu den Metro-Eingängen. Der Sitz der EG-Kommissare hatte sich nicht verändert. Eine würdige Behausung für diese wohlgenährten und überbezahlten Bürokraten, dachte sie. Die ganze Stadt glich einem aufgescheuchten Ameisenhaufen.

Newman fuhr rücksichtslos, überholte mit hoher Geschwindigkeit. Belgische Autofahrer hupten wütend, weil sie ausweichen mußten, um ihn durchzulassen. Er fährt wesentlich schneller, als er darf, stellte Paula fest. Tweeds Ausbruch von nervöser Energie hatte sich auf Newmans Fahrweise übertragen.

Sie erreichten ein Gebäude ganz in der Nähe der Grand' Place, das mit schlagbaumähnlichen Absperrungen für den Verkehr gesperrt war. Die von mittelalterlichen Gebäuden gesäumte Grand' Place war einer der wenigen wirklich alten Plätze von Brüssel. Newman hielt in einer Parkverbotszone, holte einen Stapel Aufkleber heraus, schrieb auf einen ›Police‹ und klebte ihn an die Windschutzscheibe.

Tweed, der bereits auf dem Gehsteig stand, warf einen Blick darauf und wendete sich an Newman.

»*Politie* heißt es hier. Haben Sie das vergessen?«

Newman beschrieb einen neuen Aufkleber, nahm den

ersten ab, brachte die neue Version an, verließ den Wagen, schloß ihn ab und folgte den anderen. Tweed und Paula befanden sich bereits in dem Gebäude.

»Monsieur Benoit erwartet uns. Es ist sehr dringend . . .«

Tweed hatte sich auf französisch an den am Empfang diensttuenden Beamten gewendet. Er gab dem Mann seine Karte, auf der sein Name und der der Tarnfirma standen.

Benoit erschien fast unverzüglich und eilte behende die Treppe herunter. Als erste begrüßte er Paula und nahm sie in die Arme. »Willkommen in Brüssel.«

Sie war froh, daß sie gut angezogen war. Unter ihrem offenen Trenchcoat trug sie eine hochgeschlossene weiße Bluse, eine marineblaue Jacke und einen Faltenrock. Tweed war unruhig, was dem Belgier nicht entging.

Benoit war ein stattlicher, jovialer Mann in den Vierzigern. Er hatte eine große Hakennase, hellbraunes Haar und flinke Augen. Er geleitete sie in sein Büro im ersten Stock.

»Wir müssen so schnell wie möglich nach Lüttich. Genauer gesagt, zu Gaston Delvaux' Château in Herstal. Wir sind vom Flughafen aus direkt hierhergekommen. Das Hilton kann warten«, sagte Tweed.

»Ich rufe dort an und lasse für Sie reservieren. Zimmer im zwanzigsten Stock, wenn ich mich recht erinnere. Also Lüttich. Damit habe ich fast gerechnet. Sie müssen vom Südbahnhof aus mit dem Zug fahren . . .« Er sah auf die Uhr. »Sie können gerade noch den Expreß von Ostende nach Köln erreichen. Er hält zwischendurch nur einmal an – in Louvain.«

»Aber mit dem Wagen . . .«, setzte Tweed an.

Benoit schüttelte den Kopf. »Bei dem Verkehr um diese Tageszeit? Nein, der Zug ist besser. Ich selbst werde mit dem Wagen fahren und versuchen, Sie in Lüttich vom Zug abzuholen, aber ich kann nicht garantieren, daß ich es schaffe, nicht einmal mit Blaulicht und Sirene.«

»Sie sagten, Delvaux will nicht, daß Polizei in seine Nähe kommt«, wendete Tweed ein.

»Stimmt. Es stehen nicht als Polizeifahrzeuge kenntliche Wagen bereit. Wir werden uns dem Château ganz unauffällig nähern und in einiger Entfernung warten.« Er hob eine Hand. »Ich bestehe darauf. Sie befinden sich auf meinem Territorium, und Sie könnten in großer Gefahr sein. Wobei mir einfällt – so viel Zeit haben wir gerade noch . . .«

Er führte sie in ein anderes Zimmer. Ein Blick auf die auf einem Tisch liegenden Waffen mit der dazugehörigen Munition bestätigte Newman, was für ein hervorragendes Gedächtnis Benoit hatte. Paula griff nach einer .32er Browning Automatik und einer Schachtel Munition. Sie überprüfte die Waffe.

»Leer. Ihre Lieblingswaffe. Hergestellt in Herstal. Allerdings hat die Rüstungsindustrie in Herstal inzwischen fast aufgehört zu existieren. Der Zusammenbruch der Sowjetunion. Und andere Faktoren.«

Paula lud den Browning, und Newman nahm sich einen Smith & Wesson .38er Spezial. Neben der Munition lag ein Hüftholster. Newman zog Trenchcoat und Jackett aus, legte das Holster an, überprüfte die Waffe, lud sie und steckte Reservemunition in die Manteltasche. Danach lag nur noch eine 7,65 mm Walther Automatik auf dem Tisch. Benoit sah Tweed an, aber der schüttelte den Kopf.

»Ich trage nur ganz selten eine Waffe.«

»Und nun der verflixte Papierkram«, fuhr Benoit fort und legte zwei bereits ausgefüllte Formulare auf den Tisch. »Paula, Newman, bitte unterschreiben Sie hier. Ihre Erlaubnis, diese Waffen zu tragen. Damit alles seine Ordnung hat.«

»Benoit«, sagte Tweed nach einem Blick auf die Uhr, »wir müssen noch Fahrkarten kaufen, bevor wir diesen Expreß besteigen können.«

Benoit zog seine Brieftasche, entnahm ihr sechs Karten und gab jedem zwei davon.

»Rückfahrkarten erster Klasse nach Lüttich. Ich fahre Sie zum Bahnhof. Anschließend fahre ich mit ein paar von meinen Leuten los und hoffe, rechtzeitig in Lüttich zu sein, um Sie am Bahnhof abholen zu können. Aber es ist ein Glücksspiel . . .«

»Ich verschwinde jetzt«, erklärte Newman. »Ich habe draußen einen Mercedes. Ich glaube, mit dem schaffe ich es, vor Paula und Tweed in Lüttich zu sein. Auf der Autobahn. Bis später ...«

Er war verschwunden, bevor irgend jemand protestieren konnte. Benoit warf in gespieltem Entsetzen die Hände hoch, dann trat er schnell ans Fenster. Er schaute hinunter, zog einen Notizblock aus der Tasche und machte sich eine Notiz.

»Ich habe seine Zulassungsnummer und werde veranlassen, daß alle Streifenwagen auf seiner Route über Funk angewiesen werden, diesen Mercedes keinesfalls anzuhalten. Und nun zum Südbahnhof ...«

Tweed und Paula hatten ein Abteil erster Klasse für sich allein. Der Zug hatte die Vororte von Brüssel hinter sich gelassen. Zu Paulas Überraschung war es noch hell, und der Nebel war verschwunden. Sie fuhren durch eine offene Landschaft mit gepflügten Feldern beiderseits der Strecke. Die Kornkammer Belgiens. Hier und dort ragte eine dichte Gruppe von Nadelbäumen auf. Sie passierten isolierte Dörfer mit Reihen von alten Ziegelsteingebäuden mit steilen Giebeldächern. Gelegentlich sahen sie in der Ferne einen Kirchturm, der sich himmelwärts streckte wie eine Nadel. Was Paula zu ihrer Bemerkung veranlaßte.

»Ich habe über Hilary Vane nachgedacht – wie sie in Heathrow ermordet wurde. Ich hatte den Eindruck, daß man ihr Zyanid injiziert hat. Ihre Lippen waren blau.«

»Ganz offensichtlich«, pflichtete Tweed ihr bei. »Die Symptome waren unverkennbar. Ihr ganzes Gesicht begann sich blau zu verfärben.«

»Und ich habe mich auch gefragt, wie der Mord begangen wurde. Auf einem belebten Flughafen kann man nicht einfach eine Spritze aus der Tasche holen und sie jemandem in den Arm stechen. Dazu waren zu viele Leute in der Nähe.«

»Und zu welchem Schluß sind Sie gekommen?«

»Eine Spritze, die als etwas anderes getarnt war. Etwas

Alltägliches, etwas, bei dem sich niemand wundert, wenn eine Frau es in der Hand hält.«

»Hört sich logisch an. Dieser Gedanke war mir auch schon durch den Kopf gegangen.«

»Was ist mit Dr. Rabin?« fragte Paula. »Hat er Ihnen irgend etwas gesagt?«

»Sie wissen doch, wie diese Pathologen sind. Wollen sich nicht festlegen, bevor sie die ganze Prozedur hinter sich haben. Er sagte, ich bekäme den Bericht nach meiner Rückkehr nach London.«

»Der Ort, an dem wir gerade gehalten haben, hieß Leuven.«

»Was bedeutet, daß es sich um eine flämische Enklave handelt«, erklärte Tweed. »Benoit benutzte den französischen – beziehungsweise wallonischen – Namen Louvain. Das geht in Belgien ziemlich durcheinander. Auf den Straßenschildern in Brüssel steht immer oben der französische und darunter der flämische Name. Ich glaube, wir nähern uns Lüttich – das auf französisch Liège und auf flämisch Luik heißt.«

»Bisher sehe ich nur diese merkwürdigen Berge. Sie sehen irgendwie so rund aus, gar nicht wie richtige Berge.«

»Es sind auch keine. Lüttich war früher ein großes Bergbauzentrum. Sie haben die Schlacke einfach in großen Haufen am Rande der Stadt aufgetürmt. Keine sehr ordentlichen Leute. Und die Häuser sind alle schwarz von dem Kohlenstaub, der in die Stadt geweht ist. Stellen Sie sich darauf ein, daß Ihnen nicht gefällt, was Sie sehen werden.«

Als sie den modernen Bahnhof verließen, schlug Paula der Gestank von Lüttich entgegen. Ein widerwärtiger Fettgeruch von Imbißbuden. Die Straße war übersät mit achtlos fortgeworfenen Essenskartons. Die Ziegelsteingebäude auf der anderen Straßenseite waren schwarz verschmutzt – vermutlich von dem Kohlenstaub, den Tweed erwähnt hatte.

Schäbig gekleidete Taxifahrer umdrängten sie. Ihre Gesichter hatten eine unangenehm olivgrüne Farbe, und mehrere starrten lüstern auf Paulas Beine. Das also war Lüttich.

Paula erstarrte. Auf der gegenüberliegenden Straßenseite parkte ein roter Mercedes. Newman stand daneben und winkte sie herüber. Paula suchte sich ihren Weg zwischen dem herumliegenden Müll.

»Ich wollte nicht herüberkommen«, erklärte Newman. »Dies ist eine Stadt, in der man bei seinem Wagen bleibt, wenn man nicht ein Rad, die Scheibenwischer oder sonst etwas loswerden will. Und ich habe herausgefunden, wie wir nach Herstal kommen. Ich habe die Route auf einer Karte eingezeichnet, damit Sie mich lotsen können, Paula.«

»Wo haben Sie die her?« fragte sie, als sie sich auf dem Rücksitz niedergelassen hatte und die Karte studierte.

»Hat mich zweitausend Francs gekostet. Diese Taxifahrer sagen einem nicht einmal umsonst guten Tag. Dies ist eine Geldrafferstadt. Passen Sie auf Ihre Tasche auf.«

»Fahren wir los«, drängte Tweed. »Irgendeine Spur von Benoit?«

»Er sitzt in dem Wagen da drüben an der Ecke. Ist ungefähr eine Viertelstunde nach mir angekommen. Nicht nervös werden . . .«

Er fuhr durch eine enge, von weiteren rußverschmutzten Gebäuden gesäumte Straße. Es hatte schlimm angefangen und wurde noch schlimmer. Die Rinnsteine waren übersät mit leeren Getränkedosen und weggeworfenem Papier. Die Kleider der wenigen Einheimischen, die die schwach beleuchtete Straße entlangschlurften, paßten zu ihrer Umgebung. Im Innern des Mercedes roch es nach verdorbenem Essen. Newman öffnete ein Fenster.

»Ich glaube nicht, daß Ihnen die Atmosphäre von Lüttich sonderlich gefällt. Aber ein bißchen frische Luft wird sie in einer Minute vertrieben haben. Also entspannen Sie sich . . .«

»Entspannung ist so ziemlich das letzte, woran mir jetzt liegt«, fuhr Tweed auf. »Ich will, daß wir rechtzeitig zu

Delvaux kommen. Sofern das überhaupt noch möglich ist. Benoit hat doch nicht vor, uns mit einer Eskorte zu folgen?«

»Er hat drei Wagen, bis zum Stehkragen vollgepackt mit bewaffneten Männern. Und er hat versprochen, nicht näher als bis auf vierhundert Meter an das Château heranzukommen. Widerstrebend. Und nun, meine Damen und Herren«, fuhr Newman in leichterem Ton fort, »haben wir die Maas erreicht, den großen Fluß, der hier Meuse heißt . . .«

Es war dunkel, als sie an der großen Wasserstraße für Schleppkähne und andere Schiffe entlangfuhren, die durch Dinant, Namur und Lüttich und dann durch die Niederlande fließt und schließlich in die Nordsee mündet.

Tweed schaute aus dem Fenster. Hier waren die Straßen besser beleuchtet. Der breite Fluß verlief zwischen massiven Betonmauern, die aussahen wie Festungswälle. Das Wasser machte einen schlammigen Eindruck. Paula berührte Tweeds Arm.

»Sehen Sie diese Wohnblocks am anderen Ufer? Sie sind modern – und trotzdem scheußlich.«

Tweed nickte. Die Wohnblocks waren in verschiedenen Primärfarben gestrichen, die alle den Augen weh taten. Sie machten den Eindruck, als wären sie aus Plastik. Newman meldete sich wieder zu Wort.

»So, und jetzt nach Herstal. Wie Sie auf der Karte sehen, liegt es ungefähr nordwestlich von Lüttich. Jetzt ist es nicht mehr weit.«

Tweed hörte kaum, was er sagte. Er schaute aus dem Fenster. Da war ein großer Jachthafen, eine von einer niedrigen Mauer umgebene Ausbuchtung des Flusses. Wieder das Element Wasser und Boote aller Art. Genau wie in Lymington und Buckler's Hard.

Die Frau am Steuer des schwarzen Mercedes raste mit voll aufgeblendeten Scheinwerfern durch die Nacht und drückte immer wieder auf die Hupe, um andere Fahrzeuge zum Ausweichen zu veranlassen. Belgische Autofahrer fluchten, als sie sie überholte, und zeigten ihr den Vogel, was sie nicht zur Kenntnis nahm. Ihr ganzes Denken konzentrierte sich auf das Erreichen ihres Bestimmungsortes, und Gott helfe jedem, der ihr in den Weg geriet.

Es war nicht leicht, in ihr eine Frau zu erkennen. Sie trug einen Sturzhelm, eine Schutzbrille und eine Lederjacke mit hochgeschlagenem Kragen. Ihre behandschuhten Hände lagen locker auf dem Lenkrad. Wie immer hatte sie die Situation unter Kontrolle.

Ein großer Lastwagen bog auf die Autobahn ein. Sie preßte den Daumen auf die Hupe, ließ ihn darauf liegen und beschleunigte. Der Fahrer des Lasters stieg auf die Bremse und fluchte. Dann war das schwarze Geschoß vorbeigerast, und seine Rücklichter verschwanden in der Ferne.

»Verrückter Bastard«, schimpfte der Fahrer des Lasters.

Der schwarze Mercedes, der ein Taxischild trug, raste weiter und weiter. Seine Reifen quietschten, als er um eine Kurve jagte, ohne auch nur eine Sekunde lang langsamer zu werden. Ihr Daumen lag wieder auf der Hupe, als sie weitere Fahrzeuge überholte.

Sie sah ein Straßenschild, warf einen Blick auf die Uhr am Armaturenbrett, gab noch mehr Gas. Der Mercedes flog praktisch, sah aus, als würde er jeden Augenblick abheben. Sie jagte weiter, zwang alle anderen Fahrzeuge unerbittlich zum Ausweichen.

Ihr Ziel: Herstal.

Achtzehntes Kapitel

»Das muß seine Rüstungsfabrik sein«, bemerkte Newman. »Ich dachte, Delvaux hätte sich aus dem Geschäft zurückgezogen.«

»Das dachte ich auch«, erwiderte Tweed.

Sie hatten Herstal erreicht. Tweed schaute aus dem Fenster auf einen modernen Industriekomplex aus eingeschossigen weißen Gebäuden dicht am Ufer der Maas. Auf der der Fabrik gegenüberliegenden Straßenseite sah er einen Anleger, an dem zwei große Schleppkähne festgemacht hatten.

Dann blendete auf dem Dach des Hauptgebäudes ein Suchscheinwerfer auf. Das Licht fiel vor Newman auf die Straße, bewegte sich schnell auf ihn zu. Er konnte gerade noch rechtzeitig die Sonnenblende herunterklappen und die Augen schließen. Das Gleißen des Scheinwerfers erfaßte den Wagen, hielt inne, folgte ihm ein paar Sekunden.

»Das ist Verkehrsgefährdung«, knurrte Newman.

»Ihre Sicherheitsvorkehrungen sind bemerkenswert«, stellte Tweed fest.

Das Fabrikgelände war von einem hohen Maschendrahtzaun umgeben, von dem er vermutete, daß er unter Strom stand. Hinter dem Zaun patrouillierten uniformierte Wachleute mit Schäferhunden, die an ihren Leinen zerrten. Trotz des Motorengeräuschs konnte er ihr wütendes Gebell hören. Die Wände der Gebäude waren fensterlos, aber in den schrägen Dächern gab es Oberlichter, und aus ihnen drang helles Licht in die Dunkelheit. Ein Tor öffnete sich, ein hoch mit Kisten beladener Gabelstapler fuhr hinein, dann rollte das Tor wieder zu. Auf einem großen Schild stand *Delvaux SA* – kein Hinweis darauf, daß es sich um ein Rüstungsunternehmen handelte.

»Das verstehe ich nicht«, sagte Paula. »Sie arbeiten auf Hochtouren, um diese Tageszeit.«

»Noch ein Geheimnis«, bemerkte Tweed.

»Sie müssen jetzt bald abbiegen«, erklärte Paula. »Nach rechts, auf eine gewundene Straße, meiner Karte nach. Gleich hinter dieser Flußbiegung.«

»Hier, würde ich sagen«, erwiderte Newman. »Ja. Sehen Sie den Wegweiser – *Château Orange*? Da wohnt Delvaux.«

»Bob!« Tweed sprach schnell. »Suchen Sie nach einer Stelle, an der wir den Wagen außer Sichtweite der Zufahrt zum Château abstellen können. Wir gehen alle zusammen hinein . . .«

Die Scheinwerfer streiften über Kurven, und der Mercedes rollte eine Anhöhe hinauf. Die Straße war auf beiden Seiten von einem breiten Grasbankett und dichtem Wald gesäumt. Das Scheinwerferlicht fiel auf ein offenstehendes Tor. Newman bremste und steuerte den Wagen auf einen Pfad, der vor dem Tor abzweigte und sich fast sofort zu einer Lichtung erweiterte. Er wendete den Wagen, damit sie notfalls schnell verschwinden konnten, und schaltete den Motor aus. Er öffnete seinen Trenchcoat, um rasch nach seiner Waffe greifen zu können, dann schloß er den Wagen ab, und sie eilten zurück.

Der Kiesweg hinter dem Tor machte einen vernachlässigten Eindruck. Unkraut sproß durch den Kies. Was nicht zu Delvaux zu passen schien, der ein sehr ordentlicher Mann war. Tweed blieb in der Mitte der Zufahrt stehen. Unmittelbar vor dem Tor verlief die Straße in einer engen Kurve. Obwohl der Mond schien, schuf die Stille eine bedrückende Atmosphäre.

»Was ist?« flüsterte Paula.

»Ich wollte nur feststellen, ob irgendwelche Fahrzeuge zu hören sind. Anscheinend hat Benoit Wort gehalten. Ich habe immer wieder durch das Heckfenster geschaut, konnte aber keine Spur von irgendwelchen Verfolgern entdecken.« Er holte tief Luft. »Bringen wir es hinter uns.«

Tweed ging mit Paula an seiner Seite weiter, während Newman ihnen mit dem Smith & Wesson in der Hand folgte. Die von zu groß gewordenen Sträuchern eingeengte Zufahrt war ein wenig unheimlich. Paulas rechte Hand steckte in ihrer Umhängetasche und umklammerte den Browning. Unter ihren Füßen knirschte der Kies und verkündete ihre Annäherung.

Plötzlich lag das große, dreigeschossige Château vor ihnen. Es hatte ein Mansardendach mit runden Giebelfenstern. Eine breite Treppe führte zum Haupteingang und zu einer Doppeltür empor. Aus den Fenstern im Erdgeschoß fiel Licht.

»Ein herrliches Haus«, sagte Paula.

»Dürfte ein paar Millionen gekostet haben . . .«

Newman brach ab, als ein kleiner, schmächtiger, barhäuptiger Mann um die Ecke des Gebäudes herumkam. Tweed sah auf Anhieb, daß es Gaston Delvaux war. Die Abendluft war kalt, und auf den Sträuchern lag Rauhreif; trotzdem trug der Belgier keinen Mantel.

Als er auf sie zukam, war Paula überrascht, wie intelligent er ihr vorkam. Sein Kopf war groß, sein Haar grau und seine Stirn gewölbt. Er erinnerte sie an einen großen Elf. Newman ließ die Waffe verschwinden und steckte sie unter dem Trenchcoat in den Hosenbund.

Tweed war bestürzt über Delvaux' langsame Bewegungen; normalerweise war er überaus behende. Sein Gesicht war eingefallen, und er wirkte hohläugig. Nur seine Stimme hörte sich normal an, als er Tweed auf englisch begrüßte.

»Sie sind der allerletzte Mensch, den ich hier erwartet habe. Hätten Sie etwas dagegen, wenn wir hier draußen zur Rückseite des Hauses gehen?«

Tweed hatte das Gefühl, dasselbe schon einmal erlebt zu haben – es war genau wie bei Andover in *Prevent*. Das Gefühl wurde zur Gewißheit, als Delvaux die Stimme senkte.

»Im Château wimmelt es von Abhörgeräten. Aber im Garten kann niemand mithören.«

Paula reagierte schnell, nachdem Tweed seine Begleiter kurz vorgestellt hatte.

»Mr. Delvaux, dürfte ich vielleicht Ihre Toilette benutzen?«

»Natürlich, Miss Grey.« Delvaux hielt einen Moment inne. »Das Haus ist ziemlich groß. Aber es ist niemand drinnen, Sie brauchen also keine Angst zu haben . . .«

Er zog ein Schlüsselbund aus der Tasche und stieg langsam die Treppe hinauf. Früher, dachte Tweed, wärest du hinaufgerannt. Der Belgier wählte einen Schlüssel aus, schloß den rechten Türflügel auf, öffnete ihn und trat beiseite.

»Sie gehen durch die Halle. Links sehen Sie eine Tür mit einem Messingschild, auf dem *S'il vous plaît* steht. Sie finden uns dann im Garten.«

»Danke . . .«

Paula ging langsam über den Marmorfußboden der von einem hoch über ihrem Kopf hängenden Kronleuchter erhellten Halle. Sie blieb stehen, schaute zurück, lauschte. Delvaux mußte jetzt bereits ein ganzes Stück von ihr entfernt sein.

Sie ignorierte die Tür mit dem Schild und ging weiter zum entgegengesetzten Ende der Halle, wo eine Tür einen Spaltbreit offenstand. In dem Raum dahinter brannten Leuchtstoffröhren. Wie sie gehofft hatte, war es die Küche. Ein wunderschöner Parkettboden, die modernsten Geräte einschließlich eines kostspieligen Kochzentrums. Sie stellte erleichtert fest, daß die Vorhänge zugezogen waren.

Hinter dem Kochzentrum lag eine weitere Tür mit einer großen Milchglasscheibe. Sie öffnete sie leise. Wieder hatte sie richtig vermutet. Es war der Hausarbeitsraum – gleichfalls mit den modernsten Geräten ausgerüstet. Einschließlich einer großen Tiefkühltruhe.

Das war, wonach sie gesucht hatte. Sie sog den Atem ein, als sie darauf zuging. Dann starrte sie auf den geschlossenen Deckel und biß die Zähne zusammen. Sie war sehr müde – es war ein langer Tag gewesen. Bring es hinter dich, befahl sie sich.

Sie bückte sich, ergriff den Deckel und hob ihn rasch an. Obwohl sie etwas dergleichen erwartet hatte, war der Schock groß. Die Truhe war vollgepackt mit Lebensmitteln. Reglos starrte sie auf den mit Eis gefüllten Plastikbehälter, der obenauf lag. Er war kleiner als der in Andovers Tiefkühltruhe, denn auch das, was er enthielt, war kleiner. Die abgetrennte Hand einer Frau, am Handgelenk amputiert und mit einem blutgetränkten Verband umwickelt.

Sie wußte, daß es die Hand einer Frau war. Die schlanken Finger deuteten darauf hin. Aber was keinen Zweifel daran ließ, daß es sich um die Hand einer Frau – die linke Hand – handelte, waren die beiden Ringe am Mittelfinger. Ein Verlobungsring mit einem Rubin, ein goldener Ehering. Und um dem Ganzen die Krone aufzusetzen, steckte zwischen den Fingern eine verwelkte Rose.

›Ihr Schweine!‹

Paulas Lippen formten die Worte stumm – sie hatte die Abhörgeräte nicht vergessen. Sie klappte den Deckel wieder zu und ging langsam zur Vordertür zurück.

Nachdem Paula ins Haus gegangen war, hatte Delvaux Tweed und Newman auf einem an der Seitenfront des Gebäudes verlaufenden Fußweg in den dahinterliegenden Garten geführt. Newman, der Tweed folgte, war sprachlos vor Staunen.

Der Garten, von einer Reihe von Laternen erhellt, war angelegt wie eine Miniaturversion von Versailles. Durch eine große, mit funkelndem Rauhreif überzogene Rasenfläche führten zahlreiche gepflasterte Wege. Herrliche Steinvasen standen auf eleganten Sockeln. Dekorative Koniferen ragten wie kleine Ausrufezeichen in den Schatten. In der Ferne sprühte das angestrahlte Wasser eines Springbrunnens senkrecht empor und ergoß sich dann in ein rundes, ummauertes Becken.

»Früher habe ich das geliebt«, bemerkte Delvaux, als sie auf einer Terrasse standen, die sich an der Rückfront des Châteaus entlangzog. »Weshalb sind Sie gekommen, Tweed?«

Newman, der sich so hingestellt hatte, daß Delvaux seine griffbereite Waffe nicht sehen konnte, hatte den Schatten eines Mannes entdeckt. Er stand ganz still im

Dunkeln nahe der Hecke aus hohen Nadelbäumen, die das Grundstück begrenzte.

»Da hinten versteckt sich jemand«, unterbrach er.

»Kein Grund zur Sorge«, versicherte ihm Delvaux. »Das ist ein Freund. Weshalb sind Sie gekommen, Tweed?« wiederholte er.

»Weil ich herausgefunden habe, was mit Sir Gerald Andover passiert ist.«

Es trat eine Stille ein, die mehrere Minuten andauerte. Delvaux' Hände begannen zu zittern, und er schob sie rasch in die Taschen seines Jacketts. Bevor er etwas erwidern konnte, erschien Paula auf der Terrasse. Sie sah Tweed an, deutete mit einem Kopfnicken auf das Château.

»Dasselbe wie in *Prevent*«, flüsterte sie, als sie dicht neben ihm stand. Sie streckte die linke Hand aus und vollführte mit der rechten eine hackende Bewegung zum Handgelenk hin. »Wieder in der Tiefkühltruhe.«

»Was haben Sie in meinem Haus gemacht?« fragte Delvaux mit schriller Stimme. Er war näher herangekommen und hatte ihre letzten Worte mitbekommen. »Was haben Sie gefunden?« kreischte er mit verzerrtem Gesicht.

Paula trug ein paar Sachen über dem Arm, die sie in einem Schrank in der Halle gefunden hatte. Sie drehte sich zu dem Belgier um. Bevor sie das tat, nickte Tweed ihr zu, und sie wußte, er wollte, daß sie redete.

»Ihren Mantel und Ihren Schal, Monsieur Delvaux«, erwiderte sie. Sie half ihm in den Mantel, schlang ihm den Schal um den Hals. »Sie holen sich ja den Tod hier draußen.«

»Danke. Sehr freundlich von Ihnen. Es ist ziemlich kalt.«

»Und in der Tiefkühltruhe ist es noch kälter«, erklärte sie. Diesen Mann würde nur eine Schocktaktik zum Reden bringen. »Ich habe darin die amputierte linke Hand einer Frau gefunden. Lucie ist angeblich mit einem Millionär verschwunden. Hätte er Ihnen das geschickt?«

Delvaux brach zusammen. Er zitterte wie ein Blatt im Winde. Sein ganzer Körper bebte. Er kam auf Paula zu, sie legte die Arme um ihn, und er drückte sie trostsuchend an sich. Dann versteifte er sich, ließ sie los, trat zurück und richtete sich auf.

»Entschuldigen Sie. Ich mache einen Narren aus mir. Ja, es ist Lucies Hand. Sie wurde entführt. Vor gut drei Monaten.« Er hatte ganz ruhig gesprochen, aber jetzt erregte er sich wieder, wendete sich mit gequälter Stimme an Tweed. »Sie dürfen es auf keinen Fall der Polizei sagen. Bitte! Nicht die Polizei. Sie bringen sie sonst um.«

»Gerade deshalb bin ich allein gekommen«, sagte Tweed gelassen. »Was verlangen die Entführer? Wieviel?«

»Sie haben kein Lösegeld verlangt. Ich bekam präzise Anweisungen. Ich müßte aufhören zu arbeiten, mich aus allen öffentlichen Ämtern zurückziehen, auch aus INCOMSIN. Vor allem aus INCOMSIN. Sonst würde mir Lucies Leiche in einem Sarg zugestellt werden. Ich habe alles getan, was sie mir befohlen haben. Selbst Benoit habe ich mir vom Halse gehalten, nachdem er argwöhnisch geworden war.«

»Und die Abhörgeräte in Ihrem Château?« fragte Tweed.

»Eines Tages, als ich in der Fabrik war, sind sie eingebrochen und haben sie angebracht. Sobald ich zurückgekehrt war, hatte ich einen Anruf von einer Frau. Sie sagte mir, was sie getan hatten, und warnte mich, daß sie es wissen würden, wenn ich mich an einem der Geräte zu schaffen machte oder es entfernte. Sie sagte, ich wüßte, welche Konsequenz sie daraus ziehen würden. Und das ist der Grund dafür, weshalb wir uns hier draußen unterhalten...«

Er brach ab. Newman hatte seine Waffe erhoben, hielt sie mit beiden Händen. Der Mann im Schatten kam auf sie zu. Newmans Stimme schallte klar und deutlich durch den stillen Abend.

»Nehmen Sie beide Hände über den Kopf, sonst bekommen Sie eine Kugel in den Bauch.«

»Stecken Sie die Waffe weg«, befahl Tweed. Er hatte den

näher kommenden Mann an seinem Gang erkannt. »Alles in Ordnung«, rief er ihm zu.

Sir Gerald Andover, der einen dicken Mantel trug, ließ die Hände sinken. Er kam auf sie zu, als wären seine Schuhe aus Blei. Großer Gott, dachte Tweed. Soll ich ihm jetzt von Irene erzählen – daß sie tot aus dem Solent gefischt wurde?

»Ich habe Sie erkannt, Tweed«, erklärte Andover. »Und Paula.« Er wendete sich ihr zu, verneigte sich förmlich. Sie begriff, daß es ihn eine ungeheure Anstrengung kostete, den Anschein zu erwecken, als hätte er sich in der Gewalt. Delvaux ergriff das Wort.

»Gerald ist mit seiner Motorjacht nach Antwerpen gefahren, weil er sehen wollte, wie es mir geht. Außerdem wollte er mich in einer bestimmten Sache um Rat fragen.«

»Statt dessen«, sagte Andover mit einem Anflug von Ironie, »war ich es, der Gaston beraten mußte. Man könnte sagen, wir sitzen im selben Boot. Haben Sie es ihm erzählt, Gaston?«

»Einiges«, erwiderte Delvaux zurückhaltend.

»Ich verstehe die amputierte Hand nicht, Gaston«, bemerkte Tweed so beiläufig, wie er konnte. Er sah Andover an. »Genau, wie ich den amputierten Arm von Irene nicht verstanden habe.«

»Wir glauben – wir wissen«, sagte Delvaux, »daß dieses barbarische Vorgehen nur den Zweck hat, uns einzuschärfen, daß wir keinem Außenstehenden verraten, was passiert ist. Die Polizei eingeschlossen. Die Frau hat mich wieder angerufen und genau das gesagt, nachdem ich den gräßlichen Behälter in der Tiefkühltruhe gefunden hatte. Das war gestern abend, als ich von einem heimlichen Besuch in der Fabrik zurückgekehrt war. Sie wies mich an, in die Truhe zu schauen, und war noch am Apparat, als ich zurückkam. Ich verfluchte sie, nannte sie einen sadistischen Teufel. Sie sagte, es wäre eine Mahnung, die Polizei nicht einzuschalten, und legte auf.«

»Tweed«, sagte Andover ingrimmig, »genau damit haben wir es zu tun – mit sadistischen Teufeln. Und wir wissen nicht, weshalb.«

»Mich würde interessieren«, sagte Tweed, sich wieder an Delvaux wendend, »weshalb Ihre Fabrik auf Hochtouren arbeitet. Und weshalb Sie ihr heimliche Besuche abstatten, wie Sie es ausdrückten.«

»Ich kann Ihnen nicht mehr sagen«, erklärte der Belgier. »Aber ich bitte Sie als Freund – informieren Sie nicht die Polizei. Um Lucies willen. Und jetzt sollten Sie besser gehen.« Er wendete sich an Paula. »Bitte halten Sie mich nicht für unhöflich, aber ich befinde mich in einer unerträglichen Lage.«

»Dann gehen wir«, entschied Tweed.

»Nehmen Sie mich mit?« fragte Andover. »Ich bin mit einem Taxi gekommen, vor der Fabrik ausgestiegen und den Rest des Weges zu Fuß gegangen.«

»Gern. Wir haben einen Wagen – übrigens versteckt. Wir waren sehr vorsichtig ...«

Delvaux hatte begonnen, sich von ihnen zu entfernen. Er nickte zum Zeichen, daß er verstanden hatte, und schlurfte davon. Tweed schüttelte den Kopf, sah Andover an, und dann gingen alle vier zur Zufahrt zurück. Tweed schwieg; er brachte es immer noch nicht über sich, Andover zu sagen, daß Irene tot war. Es war besser, wenn er wartete, bis sie in einem warmen Hotelzimmer saßen.

Newman hatte seinen Smith & Wesson wieder ins Holster gesteckt. Paula war angespannt, von bösen Vorahnungen erfüllt; sie empfand die halb zugewachsene Zufahrt wieder als bedrückend. Sie hob die Klappe ihrer Schultertasche und umklammerte den Griff ihres Browning.

Als sie sich dem Tor näherten, beschleunigte Paula ihre Schritte. Sie erreichte die Straße vor den anderen, schaute nach rechts und links, überquerte sie schnell und wartete dann im Schatten auf der anderen Straßenseite.

Andover ging rechts von Tweed. Als sie sich der Straße näherten, begann er zu reden. Er bewegte sich nach wie vor mit schleppenden Schritten, aber seine Stimme klang kraftvoll und energisch.

»Gaston ist ein gebrochener Mann. Wundert Sie das? Es

ist eine Schande – daß ein Genie wie er so etwas durchmachen muß.«

»Sie haben selbst eine schlimme Zeit hinter sich«, bemerkte Tweed. »Aber jetzt hören Sie sich wieder besser an. So, als wären Sie bereit, alles durchzustehen, so schlimm es auch sein mag.«

»Oh, ich bin gewappnet für das, was die Zukunft bringen mag. Ich denke nicht daran, einfach aufzugeben . . .«

Newman ging ein paar Meter hinter ihnen. Wie Paula war er nervös. Und auf der Hut. Die beiden Männer vor ihm erreichten die Straße. Sie begannen sie zu überqueren. Newman hörte das plötzliche Motorengedröhn des Wagens, der mit Höchstgeschwindigkeit um die etwas weiter hügelaufwärts gelegene Kurve schoß. Die beiden Männer vor ihm befanden sich mitten auf der Straße, als der schwarze Mercedes auf sie zubrauste. Andover riß eine Hand hoch, um seine Augen gegen das grelle Gleißen der Scheinwerfer abzuschirmen.

Newman wußte, daß er nur einen der Männer retten konnte. Er stürmte vor, rammte die Hände in Tweeds Rükken und schleuderte ihn nach vorn auf das Bankett an der anderen Straßenseite. Das geschah so schnell, daß er von seinem eigenen Schwung vorwärtsgerissen wurde und neben Tweed niederstürzte.

Nur Paula sah in Sekundenbruchteilen, was passierte. Der schwarze Mercedes prallte gegen Andover, schleuderte ihn hoch in die Luft und fuhr mit unverminderter Geschwindigkeit weiter, während Andover mit einem gräßlichen Geräusch auf dem Asphalt landete. Paula hatte ihren Browning herausgerissen. Sie gab einen Schuß ab, der das Heckfenster durchschlug. Dann schleuderte der Wagen um die nächste Kurve und war verschwunden.

Tweed riß sich zusammen, holte tief Luft, kam erstaunlich behende wieder auf die Beine und rannte auf die auf der Straße liegende Gestalt zu. Er bückte sich, tastete nach Andovers Halspuls. Als Newman bei ihm angekommen war, richtete er sich langsam auf.

»Verdammt!« Tweed fluchte nur sehr selten. »Er ist tot.

Wenigstens hat er auf diese Weise nicht erfahren, was mit seiner Tochter passiert ist.«

»Ich bin sicher, der Fahrer war eine Frau«, erklärte Paula mit dem Browning in der Hand. »Ich habe durch ihr Heckfenster geschossen, aber getroffen habe ich sie wohl nicht.«

»Weshalb glauben Sie, daß es eine Frau war?« fragte Tweed.

»Sie trug einen Sturzhelm und eine Schutzbrille. Es war die Art, wie sie den Kopf drehte. Ich bin ganz sicher, daß es eine Frau war«, wiederholte sie.

»Helfen Sie mir, Andover ins Château zu tragen, Bob«, bat Tweed. »Ich möchte, daß Gaston den Toten sieht. Jetzt muß er reden.«

Neunzehntes Kapitel

In der Küche des *Château Orange* herrschte hektische Aktivität. Paula stand auf einer Trittleiter, die sie aus einem Schrank geholt hatte. In der Hand hielt sie ein Instrument, das wie eine kleine Taschenlampe mit einem Gitter am oberen Ende aussah und in Fachkreisen als ›Flasher‹ bezeichnet wurde.

Dieses Instrument diente zum Entdecken von Abhörgeräten. Butler hatte ihr während eines Auffrischungskurses in einem alleinstehenden Haus in Sussex beigebracht, wie man damit umging. Außerdem hatte sie dort gewisse Fähigkeiten erworben, die ihr Durchhaltevermögen auf eine harte Probe gestellt hatten.

Newman stand dicht neben ihr auf einer Arbeitsplatte und entfernte jedes Abhörgerät, das sie entdeckt hatte. Eines war in einer Ecke über einem hohen Schrank versteckt, ein weiteres hinter einem großen Kühlschrank. Sie entdeckte sogar eines auf der Oberseite einer Leuchtstoffröhre.

Eine Weile zuvor waren sie auf der Terrasse vor dem Vordereingang Zeugen einer tragischen Szene geworden, als Delvaux auf Tweeds hartnäckiges Läuten hin die Tür geöffnet hatte. Der Belgier starrte auf Andovers Leiche. Er trat mit qualverzerrtem Gesicht vor.

»Sie haben meinen alten Freund Gerald umgebracht . . .«

Tweed hatte ihm kurz berichtet, was auf der Straße vor dem Tor passiert war. An die Stelle der Qual trat Wut. Delvaux fuhr sich mit der Hand übers Genick, was, wie Tweed wußte, ein Zeichen dafür war, daß er aufs höchste erregt war.

»Jetzt müssen Sie mir alles sagen«, hatte Tweed ihn mit kalter Stimme angefahren. »Aber zuerst müssen wir einen Raum finden, in dem wir reden können – nachdem wir die Abhörgeräte beseitigt haben.«

»Einverstanden«, hatte Delvaux erwidert. »Sie werden wissen, daß wir uns an den Geräten zu schaffen gemacht haben – aber ich habe mich jetzt mit der Tatsache abgefunden, daß meine Frau tot ist. Ich werde zurückschlagen . . .«

Sie hatten Andovers Leiche auf eine Couch in der Halle gelegt, nachdem Paula darauf bestanden hatte, ein Kissen für seinen Kopf zu holen. Der Hinterkopf war eingeschlagen und blutig, und sie wollte nicht, daß Delvaux jedesmal, wenn er die Halle durchquerte, durch Blutflecken auf der Couch an den Mord vor seiner Haustür erinnert wurde.

Eine halbe Stunde später war Paula überzeugt, daß sie sämtliche Abhörgeräte entdeckt hatte. Trotzdem wollte Tweed kein Risiko eingehen. Er schaltete das Radio ein, in dem klassische Musik gesendet wurde, dann drehte er einen Wasserhahn auf.

»Selbst wenn Sie eins übersehen haben«, erklärte er Paula, »können sie niemals unsere Unterhaltung aus Musik und laufendem Wasser gleichzeitig herausfiltern . . .«

Paula stellte fest, daß alle seit Stunden nichts gegessen hatten. Während Tweed mit Delvaux und Newman auf Hockern um das Kochzentrum herumsaßen, sorgte sie für belegte Brötchen und Kaffee. Tweed stellte fest, daß das Essen Delvaux anregte. Er kam zur Sache.

»Gaston, Ihre Frau ist entführt worden. Es wurde kein Lösegeld verlangt. Sie wurden gezwungen, sich von allem zurückzuziehen. Dasselbe ist Andover passiert – nur, daß es bei ihm seine Tochter war, die entführt wurde.« Er hielt inne. Vielleicht half das, Delvaux auf das Schlimmste vorzubereiten. »Sie haben ihm ihren amputierten Arm geschickt.«

»Ich weiß.« Delvaux nickte. »Andover hat es mir gesagt.«

»Was er Ihnen nicht sagen konnte – glücklicherweise hatte ich es ihm noch nicht mitgeteilt –, ist, daß die Leiche seiner Tochter aus dem Meer gefischt wurde. Wer sind diese mordlüsternen Schweine?«

»Ich weiß es nicht.«

»Aber Sie wissen, um was es geht.«

»Ich glaube, es geht um das Tarnkappenprinzip. Die Amerikaner nennen es Stealth . . .«

Dr. Wand saß in seiner Luxussuite im dritten Stock des Bellevue Palace Hotel an der Avenue Louise. Außer ihm befand sich in dem geräumigen Zimmer nur sein dunkelhaariger, uniformierter Chauffeur, der nach wie vor seine Sonnenbrille trug und an einem Schreibtisch saß. Er hatte seinem Arbeitgeber gerade eine großzügig bemessene Portion Cognac Napoléon eingeschenkt. Wand schwenkte die Flüssigkeit im Glas, als das Telefon läutete.

»Bitte nehmen Sie das Gespräch entgegen«, befahl Wand.

Der Chauffeur nahm den goldenen Hörer ab. Er forderte den Anrufer auf, sich zu identifizieren, und erfuhr einen Decknamen.

»Sie ist es«, berichtete der Chauffeur.

»Dann haben Sie vielleicht die Freundlichkeit« – Wand warf einen Blick auf seine Rolex –, »mir den Hörer zu übergeben.«

»Ja?« sagte er in die Sprechmuschel. »Sie haben Fortschritte zu vermelden?«

»Die erste Lieferung wurde zu ihrem endgültigen Bestimmungsort befördert«, teilte die Frauenstimme ihm mit. »Ich betone endgültig.«

»Und es gab keine Probleme?«

»Keine, mit denen ich nicht fertig werden konnte«, versicherte die Frau.

»Hervorragend. Ich gratuliere Ihnen. Es ist ein Vergnügen, jemanden zu haben, auf den man sich immer verlassen kann. Wir sehen uns dann. Zur vereinbarten Zeit, am vereinbarten Ort. Danke für Ihren Anruf.«

Der Chauffeur war zur Stelle, um ihm das Telefon abzunehmen. Wand fuhr fort, die Flüssigkeit in dem Glas zu schwenken, das er nach wie vor in seiner großen rechten Hand hielt. Kognak mußte angewärmt werden, und Wand war ein sehr gewissenhafter Mann. Er schaute durch seinen goldenen Kneifer hindurch zu dem Chauffeur auf, schürzte die Lippen, verzog sie zu einem kalten Lächeln.

»Sehr zufriedenstellend«, bemerkte er. »Wirklich, überaus zufriedenstellend.« Er trank einen Schluck Kognak. Seine Worte bezogen sich auf die Ermordung von Sir Gerald Andover.

Kaum ein Dutzend Meter vom Eingang des Bellevue Palace entfernt saß Marler in seinem gemieteten Mercedes. Er aß gerade das letzte von drei Brötchen, die er in einem nahe gelegenen Imbiß gekauft hatte. Auf der kleinen Plattform neben dem Schalthebel stand ein Pappbecher mit Kaffee.

Marler war ziemlich sicher, daß er damit sein Essen für diesen Abend gehabt hatte. Eine Weile zuvor hatte er über das Autotelefon eine Brüsseler Nummer angerufen. Eine rauhe Stimme hatte sich auf französisch gemeldet. In derselben Sprache antwortend, hatte Marler vorsichtig angedeutet, daß er ein Armalite-Gewehr und reichlich Munition brauchte.

Es hatte das übliche Feilschen um den Preis gegeben, nachdem Marler sich als Charlie ausgewiesen hatte; das war der Name, unter dem er von früheren Transaktionen mit illegalen Waffenhändlern her bekannt war. Marler hatte erklärt, er würde zu einer vereinbarten Zeit fünf Minuten lang warten. Solche Typen brauchte man nicht wissen zu lassen, daß er damit rechnete, stundenlang dort bleiben zu müssen.

Sein Motor lief, als ein schäbig gekleideter Koloß von einem Belgier erschien, mit einer großen, ebenso schäbigen Aktentasche. Marler öffnete das Fenster, nicht aber die Tür, die verriegelt war. Der riesige Belgier ließ den Blick über die menschenleere Straße schweifen, dann beugte er sich nieder. Sein Atem roch nach Knoblauch.

»Zuerst das Geld, mein Freund.«

»Nicht, bevor ich die Ware geprüft habe.«

Marler hatte dem Belgier einen in seiner linken Hand zusammengerollten Stapel Banknoten gezeigt.

»Dann schalten Sie den Motor aus.«

»Ich habe es eilig«, fuhr Marler ihn an.

Aber er schaltete den Motor aus, hielt den Schlüssel hoch und legte ihn dann auf den Nebensitz. Die Aktentasche wurde durchs Fenster hereingereicht. Sie enthielt ein auseinandergenommenes Armalite-Gewehr. Mit sachkundigen schnellen Bewegungen setzte Marler die Waffe zusammen. Er hielt sie unter der Höhe des Fensters und betätigte den Abzug. Sie war in hervorragendem Zustand, und in der Tasche war reichlich Munition. Er zählte eine große Summe Tausend-Franc-Noten ab, rollte sie zu einem Bündel und händigte sie dem Belgier aus. Die Rolle verschwand in einer Tasche. Dann schlurfte der Riese davon.

Anschließend hatte Marler den Motor wieder angelassen und war bis zu der Stelle gefahren, an der die Avenue Louise in die Place Louise mündet. Er vollführte ein kompliziertes Wendemanöver und kehrte auf dem gleichen Wege zurück, wobei er einen Blick in die Gasse warf, die jedoch leer war. Es war lediglich eine Vorsichtsmaßnahme für den Fall, daß der Riese auf die Idee gekommen war, ihm nachzuspionieren.

Dann hatte er wieder an der gleichen Stelle wie zuvor geparkt. Es kostete ihn nur Minuten, das Gewehr wieder auseinanderzunehmen und in der Aktentasche zu verstauen. Er war froh, daß er seinen Kaffee in einem Becher mit fest schließendem Deckel gekauft hatte. Er rollte auf dem Boden.

Das war nun schon eine ganze Weile her. Und noch früher war er Dr. Wands Limousine vom Flughafen Zaventem zu diesem überaus teuren Hotel gefolgt. Was ihn zu jener Zeit gewundert hatte – und immer noch wunderte –, war die Tatsache, daß der Chauffeur den Wagen einem Angestellten übergeben hatte, der ihn in die Tiefgarage fuhr.

Der Chauffeur hatte Dr. Wand ins Hotel begleitet und war seither noch nicht wiederaufgetaucht. Was Marler zu der Überlegung veranlaßte, ob der Chauffeur nicht wesentlich wichtiger war, als er bisher angenommen hatte.

»Können Sie mir mit einfachen Worten erklären, wie diese Stealth- oder Tarnkappentechnik funktioniert?« fragte Tweed in der Küche des *Château Orange*. »Eine amerikanische Wissenschaftlerin wollte es mir sagen, aber daraus wurde nichts.«

»Vor ungefähr drei Jahren besuchte mich einer der an diesem Projekt arbeitenden amerikanischen Spitzenwissenschaftler«, erinnerte sich Delvaux. »Ein brillanter Mann – Professor Crown von den Northrop-Werken in Palmdale, Kalifornien. Er wendete die Technik nicht nur auf Flugzeuge an, sondern auch auf Schiffe. Ich konnte feststellen, daß wir dieselben Ziele verfolgten.«

»Woher wußte einer von der Arbeit des anderen?« fragte Paula.

»Oh, es gibt da eine vertrauliche internationale Kommunikation. Wir kooperieren miteinander. Aber darauf komme ich später zurück.«

»Wie funktioniert diese Technik?« drängte Tweed.

Nach seinem Spezialgebiet gefragt, wurde Delvaux ausgesprochen gesprächig. Die Worte sprudelten hervor, und seine Augen waren vor Konzentration verschleiert.

»Haben Sie ein paar englische Münzen? Ich brauche eine, um meine Erklärung zu verdeutlichen.« Paula öffnete ihr Portemonnaie und gab ihm ihr Kleingeld. »Das ist die, die ich haben wollte«, fuhr Delvaux fort. Er hielt ein Fünfpencestück hoch. »Ich habe gehört, es ist ziemlich unbeliebt, weil man es so leicht verliert. Und jetzt nehmen Sie den amerikanischen Tarnkappenbomber B 2. Er ist riesig – hat eine Tragflächenspannweite von knapp siebenundfünfzig Metern. Normalerweise würde ein derart großes Flugzeug auf dem Radarschirm ein Bild erzeugen, das ungefähr so groß ist wie diese Münze. Was ein sehr großes Bild wäre. Beim Anflug auf gegnerisches Territorium würde die Maschine sofort entdeckt werden. Und wissen Sie, wie groß das Radarbild des Tarnkappenbombers ist? Nein? Ich werde es Ihnen sagen. Höchstens so groß wie ein Stecknadelkopf. Der B 2 könnte durch jedes Radarsystem hindurchschlüpfen, durch jedes Satellitensystem der Welt. Wir reden von einem Bomber, der *unsichtbar* ist.«

»Hört sich tödlich an«, bemerkte Newman.

»Er ist tödlich. Man kann sich nicht vor ihm schützen. Keine Abwehrmöglichkeit. Stellen Sie sich vor, welche Bombenlast ein derartiges Flugzeug mitführen kann . . .«

»Aber weshalb kann dieser Bomber nicht entdeckt werden?« fragte Tweed.

»Das ist zum Teil eine Sache der Form. Er ist so flach, daß er aussieht wie ein gigantischer Rochen. Hinzu kommt jedoch, daß die Maschine mit einer Außenschicht aus einem speziellen Material versehen wird, das auf jedem Radarschirm Scheinreflektionen erzeugt und diese Reflektionen in winzige Wellen auflöst, die für das Radar bedeutungslos sind. Außerdem sind die Düsentriebwerke innerhalb der schlanken Maschine verborgen. Und schließlich gibt es einen Diffusor, der die Auspuffgase mit kalter Luft vermischt, so daß die Maschine auch von den Wärmesensoren von Satelliten nicht aufgespürt werden kann. Es gibt einfach überhaupt nichts, in das irgendein Abwehrsystem einhaken könnte. Ich wiederhole – dieses riesige Flugzeug ist unsichtbar.«

»Hört sich beängstigend an«, bemerkte Paula. »Aber was hat dieser Bomber mit dem zu tun, was mit Andover passiert ist und mit Ihnen?«

»Nehmen wir zuerst Andover«, fuhr Delvaux fort. Seine eigene grauenhafte Situation schien er im Augenblick vergessen zu haben. »Wir müssen logisch vorgehen, die Tatsachen in ihrer korrekten Reihenfolge betrachten. Andover war die größte Autorität der Welt in Sachen Geopolitik – einer Betrachtung von Politik und Kriegführung unter globalen Gesichtspunkten. Sein Mentor war Professor Haushofer.«

»Wer?« fragte Paula.

»Professor Haushofer war zu seiner Zeit der Fachmann auf diesem Gebiet. Ein enger Vertrauter von Adolf Hitler. Hitler war fasziniert von seinen Ansichten. Mit Mentor meine ich, daß Andover sich eingehend mit den Ausführungen von Haushofer beschäftigt hat, der schon lange tot ist. Danach entwickelte er seine eigene, der gegenwärtigen Weltlage angepaßte Theorie. Er sagte voraus, daß die neue große Bedrohung des Westens aus dem Osten kommen würde – nicht aus Rußland.«

»Aber was hat das mit dem Tarnkappensystem zu tun?« fragte Tweed.

»Der neue Feind – potentiell der mächtigste, mit dem Europa und Amerika es bisher zu tun hatten – hat sich, so argwöhnte Andover, irgendwie die Kenntnisse zum Bau eines Geschwaders von Tarnkappenbombern verschafft . . .«

»Drei amerikanische Wissenschaftler, die an dem Projekt arbeiteten – darunter Professor Brown –, wurden entführt«, teilte Tweed ihm mit. »Vor ungefähr drei Jahren. Es wird vermutet, daß sie nach Hongkong gebracht wurden.«

»Was Andovers Theorie bestätigt . . .« Delvaux war in voller Fahrt. »Ich bin ziemlich sicher, daß diese drei amerikanischen Wissenschaftler, gezwungen, mit einem Team von halbwegs kompetenten Technikern zu arbeiten, imstande gewesen wären, den Bau eines Geschwaders von Tarnkappenbombern zu leiten. Vor drei Jahren, sagten Sie? Dann haben sie vermutlich inzwischen solche Bomber . . .«

»Sie erwähnten, daß Professor Crown dabei war, dieses Prinzip auf Schiffe zu übertragen«, warf Tweed ein.

Tweed wollte so schnell wie möglich sämtliche Informationen aus Delvaux herausholen, denn es war nur eine Frage der Zeit, bis dessen plötzlicher Ausbruch von Energie wieder erlosch.

»Ja«, sagte der Belgier. »Crown war Spezialist für Schiffe. Seltsamerweise forschte er auf dem gleichen Gebiet wie ich. Wie das Tarnkappenprinzip auf Schiffe angewendet werden kann.«

»Und wie könnte das gehen?« fragte Newman.

Er saß auf einem Hocker und hatte unterhalb der Tischplatte ein Notizbuch auf dem Schoß, in dem er unauffällig alles festhielt, was Delvaux sagte.

»Auch hier sind es im Grunde zwei Probleme, die gemeistert werden müssen. Erstens die *Form* eines normalen Schiffes, die vom Radar leicht zu erkennen ist. Und zweitens die Abgase von den Maschinen des Schiffes, deren Ausstoß von den Wärmesensoren von Satelliten ebenso leicht registriert werden kann. Also haben wir ein Schiff mit einem sehr flachen Profil konstruiert – ungefähr wie ein halb untergetauchtes Unterseeboot, aber ohne den auffälligen Kommandoturm. Möchten Sie die Einzelheiten wissen – vereinfacht ausgedrückt?«

»Ja, das möchten wir«, drängte Tweed.

»Die Heckschrauben sind außergewöhnlich leise. Der Schornstein ist so konstruiert, daß er kaum über die geringe Deckhöhe herausragt. Außerdem verfügt es über ein System zur Kühlung der Auspuffgase – genau wie der Bomber. Es hat einen Mast, der sich einziehen läßt wie die automatische Antenne an einem Auto. Auch die Radaranlage ist so konstruiert, daß sie kaum über das Deck herausragt. Der Rumpf ist so abgerundet, daß die Radar- und Infrarotsignale, die das Schiff normalerweise hervorrufen würde, praktisch auf Null reduziert sind. Und in den Bug können Raketenwerfer eingebaut werden.«

»Ein normales Schiff braucht eine Brücke«, wendete Tweed ein.

»Auch das wurde bedacht. Bei einem Tarnkappenschiff befinden sich sowohl Kommando- als auch Waffenkontrollzentrale unterhalb des Decks. Damit haben wir ein unsichtbares Schiff. Eine Flotte von unsichtbaren Schiffen – sofern der Feind sie auf dem Fließband produziert wie dieser amerikanische Schiffbauer an der Westküste der Vereinigten Staaten während des Zweiten Weltkriegs. Wie hieß er doch gleich? Ach ja, Kaiser. Die Liberty-Schiffe.«

»Sie jagen mir eine Heidenangst ein«, bemerkte Tweed. »Und ich glaube, Sie sagten, es gäbe keine Abwehrmöglichkeit. Es wäre unmöglich, Tarnkappenbomber und -schiffe zu entdecken. Wobei mir gerade einfällt – weshalb wird in Ihrer Fabrik pausenlos gearbeitet, allem Anschein nach Tag und Nacht?«

»Sie sind schnell von Begriff, Tweed. Sehr schnell. Aber wenn ich sagte, es gäbe keine Abwehrmöglichkeit, so bezog sich das auf die Vergangenheit. Und weshalb, glauben Sie, gehe ich das Risiko ein, meine Leute in drei Schichten rund um die Uhr arbeiten zu lassen?«

In Dr. Wands Suite im Bellevue Palace läutete abermals das Telefon. Der Chauffeur nahm den Anruf entgegen und reichte seinem Chef den Apparat.

»Es ist wieder die Dame, Sir. Anne-Marie . . .«

»Es ist mir immer ein Vergnügen, Ihre Stimme zu hören«, begann Dr. Wand. »So eine reizende Stimme. Sie haben ein Problem?«

»Tut mir leid, daß ich Sie stören muß. Können Sie sich eine Telefonnummer notieren?«

»Natürlich. Einen Moment.«

Wand holte ein kleines, in Maroquinleder gebundenes Notizbuch aus der Tasche und griff nach einem dünnen goldenen Kugelschreiber.

»Ich bin soweit.«

»Die Nummer ist . . . Eine öffentliche Telefonzelle an der Place Louise. Kann ich Sie dort in einer Viertelstunde anrufen?«

»Ich werde dort sein und auf Ihren Anruf warten . . .«

Wand wußte genau, was das zu bedeuten hatte. Irgendeine Information, die die Anruferin nicht über die Hotelvermittlung preisgeben wollte. Die Angestellten der Nachtschicht waren dafür berüchtigt, daß sie sich die langweiligen Stunden durch Mithören verkürzten.

Fünf Minuten später trat er aus dem Bellevue Palace heraus – mit einer Bemerkung dem Portier gegenüber, daß er ein bißchen frische Nachtluft brauchte. Mit dem Chauffeur an seiner Seite ging er in seinem dunklen Mantel zu Fuß die Avenue Louise entlang.

Marler, der in seinem Mercedes saß, reagierte schnell. Er verdeckte sein helles Haar mit einer Baskenmütze. Den schäbigen Anorak, den er jetzt trug, hatte er eine Weile zuvor aus seiner Reisetasche geholt. Er drückte seine halbaufgerauchte King-Size-Zigarette aus und klemmte sich den Rest in den Mundwinkel. Er hatte sich seit Stunden nicht rasiert, und sein Kinn war mit deutlich sichtbaren Stoppeln bedeckt. Es war ein sehr verkommen aussehender Marler, der auf dem Gehsteig auf der anderen Straßenseite den beiden Männern folgte.

An der um diese Zeit sehr stillen Place Louise angekommen, warf Dr. Wand einen Blick auf seine Rolex. Marler sah es. Er sah auch, daß der Chauffeur seine rechte Hand in seine Uniformjacke geschoben hatte. Marler war ziemlich sicher, daß dort eine Waffe steckte.

Die beiden Männer überquerten die Place Louise und erreichten den Boulevard de Waterloo und den Eingang zur Metro, in dem sie verschwanden. Marler folgte ihnen die Rolltreppe hinunter. Als er unten angekommen war, konnte er gerade noch sehen, wie die beiden Männer eine zweite Rolltreppe hinunterfuhren.

Er wartete ein paar Sekunden, bevor er selbst darauftrat. Während er tiefer hinuntergetragen wurde, passierte er eine Reihe von primitiven und bizarren Wandgemälden. Am unteren Ende der zweiten Rolltreppe befanden sich die Bahnsteige. Ein Penner saß auf dem Boden, mit dem Rücken zur Wand und lang ausgestreckten Beinen.

Dicht neben ihm befand sich eine Reihe von Telefonzellen. Dr. Wand betrat eine von ihnen, blieb einen Moment darin, kam wieder heraus und ging in die nächste. Marler vermutete, daß er die Nummern feststellte. Wand blieb in der dritten Zelle, unternahm aber keinen Versuch, das Telefon zu benutzen. Der Chauffeur war draußen geblieben und schaute in die entgegengesetzte Richtung.

Marler sackte gegen die Mauer, streckte seinerseits die Beine aus. Der nach wie vor unangezündete Zigarettenstummel hing in seinem Mundwinkel. Der Penner sprach ihn laut flüsternd an.

»Hast du einen Joint für mich, Kumpel?«

»Halt die Klappe, sonst bekommst du ein Messer in den Bauch«, zischte Marler.

In der Zelle läutete das Telefon. Dr. Wand nahm den

Hörer auf und begann sofort, auf seine langsame, Wort für Wort betonende Art zu sprechen.

»Wer ist am Apparat, bitte?«

»Anne-Marie«, antwortete eine Frauenstimme, ihren Decknamen nennend. »Tut mir leid, daß ich Sie auf diese Weise stören mußte. Aber mir ist noch etwas eingefallen, von dem ich glaube, daß Sie es wissen sollten. Im Scheinwerferlicht meines Wagens habe ich einen Konkurrenten gesehen.«

»Dann war es sehr weise von Ihnen, mich anzurufen. Überaus weise. Der Preis ist ein entscheidender Faktor bei dem Vertrag, um den wir uns bemühen. Und deshalb ist es wichtig zu wissen, wer unsere Konkurrenten sind.«

»Der Konkurrent heißt Tweed.«

Dr. Wand schwieg. Er hatte einen Schock einstecken müssen, eine Überraschung. Überraschungen waren etwas, das Wand gar nicht mochte. Sie waren gefährlich.

»Sind Sie noch da?« fragte die Frauenstimme.

»Ja. Es tut mir leid. Ich dachte gerade darüber nach, was wir hinsichtlich dieses Konkurrenten unternehmen sollen. Es kann sein, daß wir zu drastischen Maßnahmen greifen müssen. Lassen Sie mich darüber nachdenken. Ich freue mich darauf, Sie bald zu sehen. Und ich danke für Ihren Anruf . . .«

Durch halbgeschlossene Augen hindurch beobachtete Marler, wie Wand mit dem Chauffeur auf ihn zukam. Sie musterten den Penner links von Marler, verschwendeten aber auf ihn keinen einzigen Blick. Marler hatte den Eindruck, daß Dr. Wand beunruhigt war – seine dünnen Lippen waren fest zusammengepreßt.

Marler wartete, bis sie auf der unteren Rolltreppe verschwunden waren, dann stand er auf und folgte ihnen in einigem Abstand. Sie hatten die Place Louise überquert und waren gerade in der Avenue Louise angekommen, als Wand in die Tasche griff, ein seidenes Taschentuch herauszog und sich damit die Stirn wischte.

In diesem Augenblick raste ein Motorradfahrer mit laut knatternder Maschine den Boulevard entlang. Beim Herausziehen des Taschentuchs hatte Wand seine Brieftasche mit herausgezogen. Sie gingen weiter, und Marler begriff, daß das Geräusch der fallenden Brieftasche in dem Motorenlärm untergegangen war. Er hob sie auf, lehnte sich an eine Mauer und wartete, bis er gesehen hatte, daß die beiden Männer wieder ins Bellevue Palace hineingegangen waren. Dann glitt er in einen Hauseingang, streifte dünne Gummihandschuhe über und untersuchte den Inhalt der Brieftasche.

Sie enthielt einen dicken Stapel von 10000-Franc-Noten. Aber was ihn am meisten interessierte, waren die Visitenkarten. Auf allen stand *Dr. Wand, Direktor Moonglow Refugee Aid Trust International*. Keine Adresse.

Marler steckte alles wieder so hinein, wie er es vorgefunden hatte. Er zog die Handschuhe aus, steckte sie in die Tasche, bückte sich und schmierte sich den Schmutz vom Boden in das stoppelige Gesicht. Damit hatte er seine Farbe verändert und sah jetzt noch heruntergekommener aus.

Fünf Minuten später betrat er, gefolgt von einem protestierenden Türsteher, das Bellevue Palace. Er steuerte direkt auf die Rezeption zu.

»Einer Ihrer Gäste hat diese Brieftasche verloren. Ich möchte den Geschäftsführer sprechen.«

»Das kann ich erledigen . . .«

»Sind Sie taub oder sonstwas? Holen Sie mir den verdammten Geschäftsführer . . .«

Ein stattlicher kleiner Mann näherte sich dem Tresen. Sein rundliches Gesicht verriet äußerstes Mißfallen.

»Was geht hier vor, Jacques?«

»Das ist der Geschäftsführer«, informierte Jacques Marler. Er wendete sich an seinen Vorgesetzten. »Dieser Mann hat . . .«

»Schon gut! Schon gut! Ich sage es ihm«, fuhr Marler ihn an. »Einer von Ihren Gästen hat auf der Straße diese Brieftasche verloren. Er ist gerade mit seinem Chauffeur hereingekommen.«

Der Geschäftsführer untersuchte die Brieftasche. Seine

Brauen hoben sich, als er den Packen Geld sah. Er sah Marler an.

»Das könnte Ihnen eine Belohnung einbringen . . .«

»Keine Belohnung. Ich will keine Belohnung.« Marler wich zur Tür zurück. »Ich bin gerade auf Bewährung freigekommen. Ich nehme nicht einen Franc . . .«

Er war verschwunden, noch bevor sich der Geschäftsführer von seiner Verblüffung erholen konnte. Er ging an seinem geparkten Wagen vorbei und schaute dann zurück. Niemand in Sicht, nicht einmal der Türsteher. Er schloß den Wagen auf, setzte sich ans Steuer, schloß und verriegelte die Tür.

Die nächsten paar Minuten verbrachte er damit, mit feuchten Papiertüchern aus dem Handschuhfach sein Gesicht zu säubern. Zum Schluß benutzte er ein Taschentuch, um alle Papierfasern zu entfernen, die womöglich noch in seinen Stoppeln hingen.

Marler hatte das Gefühl, einen sehr erfolgreichen Ausflug unternommen zu haben. Jetzt wußte er eindeutig, daß es Dr. Wand war, dem er nachspürte. Und er hatte ihn auf dem Platz für Dauerparker am Londoner Flughafen fotografiert. Was Marler nicht wußte: Er besaß die einzigen Aufnahmen, die je von Dr. Wand gemacht worden waren.

Zwanzigstes Kapitel

Im Foyer des Hilton am Boulevard de Waterloo liegt der Rezeption an der rechten Seite eine mit bequemen Sesseln und kleinen Tischen ausgestattete große Sitzecke gegenüber.

Nach dem Abendessen saß Brigadier Burgoyne in einem dieser Sessel. Ihm gegenüber hatten sich Willie Fanshawe und Helen Claybourne niedergelassen. Lee Holmes erschien und strich ihr langes blondes Haar zurück, bevor sie gleichfalls in einem Sessel Platz nahm.

»Du bist verdammt lange weggewesen«, bemerkte Burgoyne.

»Ich habe mir nur die Nase gepudert«, erwiderte Lee. »Das dauert immer einige Zeit. Frauen machen sich gern präsentabel für ihre Männer.«

Burgoyne knurrte. Er sah sehr elegant aus in einem blauen Nadelstreifenanzug. Willie wirkte wie immer etwas zerknittert, obwohl auch er einen Anzug trug; seine plumpe Figur machte es jedem Anzug unmöglich, länger als ein paar Tage gut zu sitzen.

Vor jedem der beiden Männer stand ein Glas Grand Marnier, für das Burgoyne gezahlt hatte. Willies Einkommen betrug nur einen Bruchteil von dem des Brigadiers. Helen, die eine gefältelte weiße Bluse mit Stehkragen und einen marineblauen Rock trug, musterte Lee. Die Blondine hatte ein schulterfreies, bis zum Oberschenkel geschlitztes purpurrotes Kleid an. Du liebst es, deine Vorzüge zur Schau zu stellen, dachte sie, sprach es aber nicht aus. Statt dessen sagte sie: »Hat diese Geschäftsreise den gewünschten Erfolg, Brigadier?«

»Natürlich hat sie den«, meldete sich Willie fröhlich zu Wort. »Er bewaffnet die Welt.«

»Nicht so laut«, fuhr Burgoyne ihn an. »Schließlich waren Sie es, der mitkommen wollte.«

»Wirklich? Soweit ich mich erinnere, war es Ihr Vorschlag, daß wir uns Ihnen anschließen. Und Sie brauchen nicht zu glauben, daß wir die Party nicht genießen, denn das tun wir. Stimmt's, Helen?«

»So ist es«, sagte Helen nicht sonderlich begeistert.

»Ich finde«, meldete sich Lee zu Wort, »wir sollten uns ein bißchen amüsieren. Wie wäre es mit einer Runde Poker?« Sie sah Burgoyne an. »Ich werde Ihnen die Hosen ausziehen.«

»Das täte ich gern bei Ihnen«, erklärte Willie und kicherte.

»Nicht so plump, Willie«, schalt ihn Helen. Willie hatte eine Menge getrunken. Lee holte ein Spiel Karten aus ihrer großen Gucci-Handtasche. »Ich finde, wir sollten ein Limit setzen, falls wir um Geld spielen«, fuhr Helen entschieden fort.

»Natürlich spielen wir um Geld«, erklärte Willie. »Um was kann man denn sonst spielen? Ich weiß noch, wie wir in Hongkong oft die ganze Nacht auf waren und . . .«

»Willie«, unterbrach Helen seinen Redefluß. »Lee hat die Karten ausgeteilt.«

»Natürlich. Entschuldige, meine Liebe.«

Vier Köpfe senkten sich, betrachteten ihre Karten. Lee schaute auf. Am Tisch war es still geworden. Sie hatte ihr Ziel erreicht. Lee war ausnahmsweise einmal nicht nach Reden zumute.

»Ich arbeite seit Monaten an einer Methode zur Erkennung von Tarnkappenflugzeugen und -schiffen«, erklärte Delvaux in der Küche des *Château Orange*. »Nach der Entführung meiner Frau haben wir unser Arbeitstempo noch beschleunigt. Das hat mir geholfen, nicht vor Sorge wahnsinnig zu werden.«

»Ich bewundere Ihre Konzentration«, erklärte Tweed. »Wie weit sind Sie?«

»Ich habe das Problem gelöst. Die ganze Geschichte der Kriegführung basiert auf der Erfindung von Abwehrmaßnahmen. Auf den Panzer folgte die Entwicklung von Panzerabwehrgeschützen. Das Kampfflugzeug zwang uns, die Boden-Luft-Raketen zu entwickeln . . .« Delvaux sprudelte die Worte hervor, und Paula beobachtete ihn fasziniert. »Und das Tarnkappensystem hat mich dazu getrieben, ein Radarsystem zu entwickeln – das fortschrittlichste der Welt –, mit dem man die Anwesenheit eines Tarnkappenbombers oder -schiffes auf dem Schirm tatsächlich *sehen* kann. Und das ist der Grund dafür, daß in meiner Fabrik Tag und Nacht gearbeitet wird. Kommen Sie, ich zeige Ihnen etwas.«

Delvaux steuerte auf den großen Kühlschrank zu. Es war das erste Mal, daß Tweed sah, wie er sich normal bewegte. Er öffnete ihn und deutete auf eine ziemlich große Dose.

»Was ist das?«

»Eine Keksdose«, erwiderte Paula verwundert.

»Das ist genau das, wonach es aussehen *soll*. In Wirklichkeit ist es ein speziell entwickelter Behälter, dem weder extreme Hitze noch extreme Kälte etwas anhaben können und den man fallen lassen kann, ohne die empfindlichen Instrumente, die sich darin befinden, zu beschädigen.«

Er nahm die Dose heraus, stellte sie auf einen Tisch, nahm den Deckel ab und trat zurück. Tweed, Newman und Paula schauten hinein. Die Wände waren mit einem schützenden Material ausgekleidet. Delvaux griff in die Dose und hob behutsam einen komplizierten Mechanismus heraus. Der einzige Teil, den Paula erkannte, war etwas, das aussah wie ein großer, runder Bildschirm. Dann gab er Tweed einen dicken Aktenordner.

»Was da drin steht, wird niemand von Ihnen verstehen«, erklärte Delvaux. »Aber wenn Sie die Akte einem Ihrer Radarspezialisten geben, wird er sofort begreifen, wie das System funktioniert. Tweed, bitte nehmen Sie das mit nach London. Veranlassen Sie, daß ein Konvoi von Lastwagen mit bewaffneter Eskorte in meine Fabrik kommt. Wir werden sie mit einer großen Zahl von diesen Geräten beladen. Haben Sie eine Karte?«

Tweed holte eine seiner Karten heraus, auf der nur sein Name und *General & Cumbria Assurance* stand. Delvaux nahm sie, zog einen Kugelschreiber aus der Tasche, unterstrich das ›T‹ von Tweed, zeigte Tweed die Karte und verstaute sie dann in seiner eigenen Brieftasche.

»Sämtliche Fahrer dieser Lastwagen müssen eine solche Karte bei sich haben. Das ist ihr Ausweis für Alain Flamand, meinen Werksdirektor. Ich schreibe Ihnen den Namen auf. Die Fahrer wenden sich ausschließlich an Alain Flamand. Er lebt praktisch in der Fabrik. Und er hat eine Art Aktenkoffer konstruiert, in den die Dose genau hineinpaßt.«

Er verstaute den Mechanismus wieder in der Keksdose, holte dann einen Aktenkoffer aus einem Schrank unter dem Tisch, schob die Dose in den Koffer, verschloß ihn und reichte ihn Tweed.

Tweed hatte die Karte mit Alain Flamands Namen in seine Brieftasche gesteckt. Er hob den Aktenkoffer an und war verblüfft, wie leicht er war. Seine Miene war ernst, als er den Koffer wieder auf den Tisch legte.

»Danke, Gaston. Eine unzulängliche Art, Ihnen zu dem zu gratulieren, was Sie erreicht haben – und das unter den nervenzerrüttenden Umständen, unter denen Sie gegenwärtig leben. Aber jetzt müssen wir an Andovers Leiche denken. Wir müssen die Polizei – Benoit – informieren.«

»Das müssen wir wohl«, sagte Delvaux langsam. Paula sah, wie er zusammenklappte. Die tatkräftige Munterkeit, mit der er geredet hatte, verschwand. Die Qual war wieder da. Er streckte in einer hilflosen Geste die Hände aus.

»Dann werden die Entführer wissen . . .«

»Hören Sie mir zu!« Tweed ergriff seinen Arm. »Denken Sie nach! Die Leute, die hinter dieser grauenhaften Sache stecken, wissen, daß Andover ermordet wurde. Weil sie es geplant haben. Also rechnen sie damit, daß eine Polizei-Ambulanz erscheint und den Leichnam des armen Andover abholt. Benoit wird diskret sein, das verspreche ich Ihnen.«

»Aber die Abhörgeräte, die Sie hier abmontiert haben?«

»Können Sie sie genau da wieder anbringen, wo Sie sie gefunden haben?« fragte Tweed Paula.

»Ja, das können wir. Kommen Sie, Bob. Wieder an die Arbeit . . .«

Sie griff sich ein Geschirrtuch und feuchtete es unter dem fließenden Wasser leicht an. Jedes Abhörgerät hatte einen Gummisaugnapf, mit dem man es da befestigen konnte, wo man es haben wollte. In der nächsten halben Stunde arbeitete sie mit Newmans Hilfe, feuchtete einen Saugnapf nach dem anderen an und drückte ihn genau an der Stelle fest, an der sie das Gerät gefunden hatte. Schon lange, bevor sie ihre Arbeit beendet hatte, war Delvaux auf einem Stuhl zusammengesunken. Sie stieg von der Leiter und stellte sie wieder in den Schrank.

»Von jetzt an wird nicht mehr geredet«, flüsterte Tweed. Er tippte Delvaux auf die Schulter. »Zeit, Benoit anzurufen. Sagen Sie ihm, ein englischer Freund, Sir Gerald Andover, hätte Sie besucht – ein Berufskollege und alter Freund. Er kam, um Ihnen mitzuteilen, daß seine Tochter umgebracht wurde. Wußte er über Ihre Frau Bescheid?«

»Ja, ich habe es ihm erzählt, kurz nachdem er hier angekommen war . . .«

»Und er hat Sie von England aus angerufen, nachdem seine Tochter Irene entführt worden war.«

»Aber das hat er nicht getan . . .«

»Sagen Sie, er hätte. Das liefert einen unwiderlegbaren Grund dafür, weshalb er gekommen ist und Sie besucht hat. Der wirkliche Grund – die Tarnkappensache – darf keinesfalls erwähnt werden. Haben Sie verstanden?«

»Ja. Es ist einfach und kommt der Wahrheit sehr nahe. Nur der zeitliche Ablauf war anders«, flüsterte Delvaux.

»Und Sie erzählen ihm von mir. Und von Paula und Newman. Wir argwöhnten, daß man Ihnen auf die gleiche gräßliche Weise mitspielte. Glücklicherweise war ich es, der Ihren Brief an Andover gefunden hat – auf dem Kaminsims in seinem Haus. Der Brief, in dem Sie schrieben, Sie hätten das technische Problem gelöst. Übrigens – wie haben Sie es gelöst?«

»Auf meinen Recherchen basierend, bauten wir in meiner Fabrik ein leichtes Tarnkappenflugzeug. Ich benutzte das – zu jener Zeit – fortschrittlichste Radar, und es war mit keinem der verfügbaren Geräte zu entdecken. Also habe ich analysiert, weshalb das so ist – wozu komplizierte mathematische Gleichungen und die Entwicklung einer Theorie gehörten. Laser ist ein Element in dem neuen Apparat, den Sie in dem Koffer haben, aber nur eines . . .«

»Gut!« unterbrach ihn Tweed. »Wiederholen Sie, was Sie Benoit sagen werden. Und zwar nicht so, als hätten Sie es auswendig gelernt.«

Als er über das leichte Tarnkappenflugzeug berichtete, hatte Delvaux wieder lebhaft gesprochen. Paula registrierte betroffen, daß er erneut in seinen gebrochenen Zustand versank, als er die Geschichte wiederholte, die er erzählen sollte. Tweed reagierte ebenso, war aber zugleich erleichtert – auf diese Weise würde seine Geschichte nur um so glaubwürdiger klingen.

»So, und jetzt kein Wort mehr, bis wir aus dem Château heraus sind«, mahnte Tweed abermals.

Er schaltete das Radio aus und drehte den Wasserhahn zu.

Paula hatte bereits das Geschirr, das sie benutzt hatten, abgewaschen und wieder weggeräumt und nur das von Delvaux stehengelassen. Andernfalls würde Benoit sich vielleicht wundern, weshalb sie so lange hiergewesen waren.

Delvaux rief Benoit im Präsidium in Brüssel an. Ihm wurde gesagt, wenn es wichtig wäre, würde Benoit sofort über seinen Anruf informiert werden. Es könnte sein, daß er schon bald in dem Château einträfe.

Tweed klopfte Delvaux auf die Schulter zum Zeichen, daß er seine Sache gut gemacht hatte. Zu seiner Überraschung griff Delvaux, als sie die Halle durchquerten, nach einem Mantel und folgte ihnen nach draußen.

»Ich kann nicht allein da drinnen warten . . .«

»Sie müssen bald wieder hineingehen. Möglicherweise kommt Benoit mit einem Hubschrauber.«

Tweed war beunruhigt – schließlich wußte er, daß Benoit in der Nähe war, aber das wollte er Delvaux nicht wissen lassen. Sie gingen die Zufahrt entlang, und Newman, der an das dachte, was mit Andover passiert war, hob eine Hand, um sie zum Stehenbleiben zu bewegen.

»Lassen Sie mich erst nachsehen«, sagte er.

Mit dem Smith & Wesson in beiden Händen rannte er über die Straße, blieb auf dem Bankett stehen, lauschte, schaute in beide Richtungen. Dann näherte er sich vorsichtig dem Mercedes. Er war erst beruhigt, nachdem er die Unterseite des Wagens mit einer Taschenlampe abgesucht und sich den Motor angesehen hatte. Er ging zurück und bedeutete den anderen, herüberzukommen.

Er startete den Motor und schaltete die Heizung ein – das Innere des Wagens glich einem Eisschrank. Delvaux setzte sich neben Tweed auf den Rücksitz; Newman und Paula stiegen vorn ein.

»Da ist noch etwas sehr Wichtiges, das ich beinahe vergessen hätte«, sagte Delvaux plötzlich. »Hugo Westendorf in Deutschland gehörte auch zu INCOMSIN. Irgendwie hat auch das Flüchtlingsproblem mit dieser Sache zu tun.«

Zwei uniformierte Polizisten gingen im zwielichtigen Marolles-Viertel in Brüssel Streife. Marolles liegt hinter der gewaltigen Masse des Justizpalastes und ist zu Fuß nur fünf Minuten vom Hilton entfernt.

Beide Männer waren auf der Hut; das war keine Gegend, in der man schlief. Sie warfen einen Blick in ein Lokal. Marc, der jüngere, ließ den Blick schnell über die Gäste schweifen. Niemand, der polizeibekannt war. Sie gingen weiter und gelangten zum Eingang einer schmalen Straße.

Armand, der ältere, blieb stehen und runzelte die Stirn. Ein paar Schritte die Straße hinunter parkte ein schwarzes Mercedes-Taxi. Er öffnete die Klappe des Holsters an seiner rechten Hüfte, um notfalls schnell nach seiner Waffe greifen zu können.

»Das sollten wir uns ansehen, Marc. Ich glaube, dieses Taxi ist leer. Und normalerweise stehen hier keine Taxis.«

Am Gürtel seines Kollegen hingen Handschellen und ein Schlagstock über der linken Hüfte. In der Rechten hielt er ein Walkie-talkie. Sie näherten sich dem Wagen mit der üblichen Taktik – ein Mann von rechts, der andere von links. Es war Armand, der auf den Fahrersitz zuging.

Marc bemerkte den Aufkleber am Heckfenster, der für ein Restaurant Reklame machte. Armand richtete seine Taschenlampe auf das Armaturenbrett und sah, daß der Zündschlüssel steckte. Er wendete sich leise an seinen Kollegen.

»Sehr merkwürdig. Ein leerer Wagen, und der Schlüssel steckt.«

»Der Wagen ist nicht leer.«

Marc hatte die hintere Tür geöffnet. Der Taxifahrer lag zusammengekrümmt da, so daß er von einem Passanten kaum zu entdecken gewesen wäre. Armand öffnete die andere Hintertür und richtete seine Taschenlampe ins Wageninnere. Der Kopf des Fahrers lag auf dem Boden, und im Licht der Taschenlampe starrten blicklose Augen empor.

»Ruf die Zentrale an«, befahl Armand. »Hier ist etwas, das für uns eine Nummer zu groß ist . . . Und dieser Aufkleber am Heckfenster verdeckt ein Einschußloch . . .«

In dem geparkten Mercedes auf der dem *Château Orange* gegenüberliegenden Straßenseite zitterte Delvaux, obwohl die Heizung das Wageninnere schnell aufwärmte. Tweed wußte, daß er am Rande eines weiteren Zusammenbruchs stand.

»Wieso hat das Flüchtlingsproblem mit dieser merkwürdigen Sache zu tun? Andover gebrauchte mir gegenüber das Wort ›Katastrophe‹. Und was ist mit Westendorf?«

Tweed war äußerst verblüfft, ließ es sich aber nicht anmerken. Hugo Westendorf war eine der wichtigen Persönlichkeiten in der Welt der westlichen Politik gewesen. Er galt als der Eiserne Mann Deutschlands und hatte – bis vor kurzem – den Posten des Innenministers bekleidet. Plötzlich und zu jedermanns Überraschung war er, angeblich aus Gesundheitsgründen, zurückgetreten.

»Andover«, fuhr Delvaux fort, »hat uns gesagt, daß ein wesentlicher Teil der Bedrohung, der Westeuropa ausgesetzt ist, die Flüchtlingsmassen sind, die an der polnischen Grenze darauf warten, über die Oder-Neiße-Linie nach Westeuropa einzuströmen. Er hat gesagt, sie würden vom Feind organisiert.«

»Sie sagten gerade ›uns‹«, warf Tweed ein. »Wen meinen Sie damit?«

»Oh, Westendorf war mehrmals hier, als er noch Minister war. Er kam heimlich und inkognito nach Herstal, um sich mit Andover und mir zu treffen. Westendorf war entschieden dafür, diese Flüchtlinge aufzuhalten, und zwar mit drastischen Methoden.«

»Sie müssen bald gehen und ins Château zurückkehren, bevor Benoit eintrifft«, erklärte Tweed.

Delvaux hörte nicht zu. »Und der schwere Fehler, den die Amerikaner gemacht haben, war, daß sie sich nicht selbst vor der Tarnkappenbedrohung geschützt haben. Und das nur, um Geld zu sparen und ihrer Wirtschaft zu helfen. Sie wären einem Angriff völlig hilflos ausgeliefert.«

»Das ist mir bekannt«, versicherte ihm Tweed. »Und nun müssen Sie gehen. Und zwar sofort, bitte. Und denken Sie daran – Benoit wird diskret sein.«

Delvaux öffnete langsam die Tür, als widerstrebte es ihm, sie zu verlassen. Er blieb vor der offenen Tür stehen und schlug seinen Mantelkragen hoch. Tweed lehnte sich vor.

»Gaston, eines haben Sie mir noch nicht gesagt. Sofern Sie es überhaupt wissen. Wer ist der neue Feind?«

»Habe ich das nicht? Ich dachte, ich hätte es Ihnen gesagt. Andover – mit seiner Erfahrung auf dem Gebiet globaler Machtverteilung – hatte es herausbekommen. Und Westendorf hat ihm voll und ganz zugestimmt.«

»Wer?« drängte Tweed.

»Die gefährlichste Macht, mit der wir es je zu tun hatten.

Vergessen Sie Hitler und Stalin. Sie waren vergleichsweise kleine Fische. Der neue Feind ist die Volksrepublik China. Mehr als eine Milliarde Einwohner, ein Viertel der Weltbevölkerung. Andover nannte sie die Festung China – Kommunismus, der wirtschaftlich erfolgreich ist. Und sich in der Geschichte auskennt.«

Während er schleppenden Schrittes davonging und auf seinem Rückweg zum Château die Straße überquerte, warf Tweed einen Blick auf Paula. Sie hatte sich umgedreht und starrte ihn an.

»Ja, der Gedanke war mir auch schon gekommen«, erklärte Tweed ingrimmig. »Und Dr. Wand ist Direktor von *Moonglow Refugee Aid Trust International.* Jetzt fügt sich alles zusammen, was sich bisher nur als vages Muster abgezeichnet hat. Erinnern Sie sich an die Auszüge aus Andovers Akte, die ich Ihnen vorgelesen habe?«

»Welche Stelle?«

Tweed zitierte aus dem Gedächtnis. »›Im Jahre 1215 wendete sich Dschingis-Khan, der Führer der vereinigten Mongolenstämme, gegen Westen und eroberte Westturkestan, Persien, Armenien . . . und Südrußland bis Kiew . . . Sein Nachfolger Ogdai-Khan reihte neue Siege an diesen erstaunlichen Eroberungszug . . . ein aus Polen und Deutschen bestehendes Heer wurde in der Schlacht bei Liegnitz in Niederschlesien vernichtet.‹ Und er hat darauf hingewiesen, daß Liegnitz kaum mehr als vierhundert Kilometer von Hamburg entfernt ist.«

»Also kommen die Mongolen?«

»Diesmal ist es China . . .«

Einundzwanzigstes Kapitel

»In Brüssel wurde ein Taxifahrer ermordet.«
Benoit machte Tweed und Paula diese Mitteilung, während er sie mit halsbrecherischer Geschwindigkeit von Delvaux' Château zum Bahnhof von Lüttich fuhr. Paula saß neben ihm, Tweed zusammen mit dem Fahrer des ungekennzeichneten Polizeifahrzeugs im Fond.

»Wir können den Expreß gerade noch erreichen«, hatte Benoit erklärt, nachdem er eine halbe Stunde mit Gaston Delvaux allein verbracht hatte. Als er eingetroffen war, hatte Tweed ihn abgefangen und mit ihm gesprochen, bevor er das *Château Orange* betreten hatte.

Tweed hatte ihm mit kurzen Worten die Lage geschildert und ihn über die Entführung von Delvaux' Frau Lucie informiert. Über die Tarnkappentechnik und Hugo Westendorf hatte er nichts verlauten lassen.

»Ich werde diskret sein«, hatte Benoit versprochen, bevor er der Ambulanz die Zufahrt entlang folgte. »Und ausgesuchte Männer werden das Château aus einiger Entfernung überwachen . . .«

Daß es so kommen mußte, war unvermeidlich. Da Andover auf belgischem Gebiet ermordet worden war, mußte die Polizei den Fall übernehmen. Benoit hatte den Fahrplan konsultiert und war erleichtert gewesen, als er festgestellt hatte, daß sie mit einem Schnellzug zurückkehren konnten.

»Für einen Tag bin ich genug Auto gefahren«, erklärte er.

»Und weshalb sitzen Sie dann selbst am Steuer?« hatte Paula etwas boshaft gefragt. »Wo doch ein guter Fahrer hinter Ihnen sitzt?«

»Oh, Jean ist zu vorsichtig. Ich fahre wie ein Verrückter – früher bin ich sogar ein paar Rennen gefahren.«

»Das merke ich«, sagte sie, als er praktisch auf zwei Rädern um eine Kurve schlitterte.

»Was ist mit diesem Mord an einem Taxifahrer, von dem Sie über Ihr Autotelefon erfahren haben?« fragte Tweed.

»Nun, Sie sagten, der Wagen, der Andover überfahren hat, wäre ein schwarzes Mercedes-Taxi gewesen. Zwei Streifenpolizisten fanden die Leiche in genau so einem Fahrzeug im Marolles-Viertel hinter dem Justizpalast. Paula hat mir gesagt, daß sie einen Schuß auf die Heckscheibe abgegeben hat. Das Taxi, das gefunden wurde, hatte ein Einschußloch in der Heckscheibe. Kommentar überflüssig.«

»Wäre es möglich, ein paar Worte mit den Polizisten zu sprechen, die es gefunden haben? Und den Toten zu sehen?« fragte Tweed.

»Wir können zusammen in die Gerichtsmedizin gehen, in die die Leiche gebracht wurde. Die Polizisten wurden angewiesen, dort auf mich zu warten.«

»Ich würde gern mitkommen«, sagte Paula.

Benoit lächelte sie an. »Gerade eben haben Sie noch ein Gähnen unterdrückt. Und jetzt möchte die Dame eine Leiche sehen.«

»Ich war in dieser Sache von Anfang an dabei, und ich habe nicht die Absicht, mir irgend etwas entgehen zu lassen.«

»Die Dame hat Stehvermögen«, sagte Benoit und lächelte abermals.

»Mit Komplimenten kommen Sie bei mir nicht weit«, erklärte Paula.

»Haben Sie eine Ahnung, wie dieser Taxifahrer ermordet wurde?« erkundigte sich Tweed.

»Es war nur eine kurze Nachricht. Vielleicht erfahren wir es, wenn wir dort sind . . .« Benoit zuckte die Achseln.

»Sofern wir lebendig am Bahnhof ankommen«, stichelte Paula.

Was nicht ganz fair war, denn Benoit gab nur dann Gas, wenn er eine leere Strecke vor sich hatte. Jetzt, da sie sich ihren Weg durch die düsteren Straßen von Lüttich suchten, fuhr er langsam, trotz seiner ständigen Blicke auf die

Uhr am Armaturenbrett. Die kopfsteingepflasterten Straßen sahen glatt und fettig aus, und als Benoit vor dem Bahnhof anhielt und Paula ausstieg, schlug ihr wieder der von den Imbißbuden ausgehende widerliche Geruch entgegen.

Benoit holte ihr Gepäck aus dem Kofferraum, dann rannten sie alle auf den Bahnsteig, wo der Zug bereitstand. Sie waren kaum in ein leeres Erster-Klasse-Abteil eingestiegen, als er sich auch schon in Bewegung setzte.

Benoit saß Paula gegenüber, aber Tweed hatte sich allein auf einem Fensterplatz niedergelassen und schaute hinaus in die Dunkelheit, während der Expreß nach Westen raste. Paula warf einen Blick auf Tweed und vermutete, daß seine Gedanken ebenso rasten wie der Expreß. Benoit beugte sich vor.

»Ich habe veranlaßt, daß uns ein Wagen am Südbahnhof abholt. Von dort aus fahren wir direkt zur Gerichtsmedizin. Sind Sie sicher, daß Sie mitkommen wollen?«

»Ganz sicher. Aber danke, daß Sie noch einmal gefragt haben. Anschließend können wir ins Hilton fahren.«

»Das nicht weit von der Stelle entfernt ist, an der der Taxifahrer gefunden wurde«, sagte Benoit nachdenklich.

»Ich nehme an«, rief Tweed herüber, »daß Andovers Leiche an die Adresse überführt wird, die ich Ihnen gegeben habe.«

»Natürlich«, sagte der Belgier. »Aber erst, wenn der Pathologe sie untersucht hat. So will es das Gesetz.«

»War sie das einzige, was sich in der Ambulanz befand?«

»Nein.« Benoit schwieg einen Moment. »Delvaux hat mir die Hand seiner Frau in der Tiefkühltruhe gezeigt. Ich habe ihm klargemacht, daß sie mit der gleichen Ambulanz dem Pathologen zugestellt werden müßte. Mit was für Leuten haben wir es zu tun? Psychopathen?«

»Wir haben es zu tun mit einem Mann von außergewöhnlicher Intelligenz und nicht einmal einem Atom von Menschlichkeit – einem Mann, der, wenn meine Theorie stimmt, einen Plan verfolgt.«

»Und was für ein Plan ist das?«

»Er hat es auf die Elite Westeuropas abgesehen. Der Plan besteht darin, sie zu brechen, sie aus sämtlichen einflußreichen Positionen zu entfernen – brillante Männer mit teuflischen Methoden in geistige und körperliche Wracks zu verwandeln. Wie lange ist es her, seit Hugo Westendorf von seinem Posten als Innenminister zurückgetreten ist?«

»Ungefähr drei Monate«, entgegnete Benoit. »Vermuten Sie etwa ...«

»Ich vermute überhaupt nichts. Wie Sie halte ich mich ausschließlich an Tatsachen. Aber der Zeitpunkt stimmt.«

»Ich könnte mich mit Otto Kuhlmann vom Bundeskriminalamt in Wiesbaden in Verbindung setzen.«

»Es wäre mir sehr lieb, wenn Sie das unter gar keinen Umständen tun würden«, sagte Tweed.

»Dann lasse ich es ...«

»Aber Sie würden mir einen Gefallen tun, wenn Sie Ihrem Pathologen sagen würden, er sollte als erstes Lucies amputierte Hand untersuchen. Und zwar so schnell wie möglich.«

»Das kann – und will – ich gerne tun. Darf ich fragen, weshalb?«

»Das haben Sie gerade getan.« Tweed lächelte. »Ich möchte wissen, ob Ihr Pathologe der Ansicht ist, daß nur ein erstklassiger Chirurg diese Amputation vorgenommen haben kann.«

»Wenn wir ihn ausfindig machen, kommen wir vielleicht den anderen auf die Spur«, sagte Paula.

»Ich werde Tag und Nacht arbeiten und jedem erdenklichen Hinweis nachgehen. Hinter alledem steckt eine ungeheuerliche Bedrohung. Und es ist durchaus möglich, daß es sich um einen Wettlauf gegen die Zeit handelt.«

»Was ist mit Newman?« fragte Benoit. »Er sagte, er würde Sie in Brüssel wiedersehen.«

»Er hat den Wagen. Im Augenblick fährt er vermutlich mit Höchstgeschwindigkeit durch die Nacht. Er fährt wie Sie, Benoit. Und deshalb kann es durchaus sein, daß er am Südbahnhof auf uns wartet.«

»Das halte ich für unwahrscheinlich«, sagte Benoit.

Sie verstummten, und Paula machte die Augen zu. Der Zug hielt in Leuven, dann setzte er seine Fahrt nach Westen fort. Tweeds Augen waren weit offen. Er ist offenbar unermüdlich, dachte Benoit. Das Tempo seiner Ermittlungen wird schneller.

Im Leichensaal des Gerichtsmedizinischen Instituts war es wesentlich kälter als draußen. Ein Mann in weißem Kittel mit ergrauendem Haar und herrischem Wesen, der ihnen als Dr. Leclerc vorgestellt worden war, sah zuerst Paula an und dann Benoit.

»Das ist in Ordnung«, versicherte ihm Benoit. »Miß Grey hat schon öfter Tote gesehen. Man könnte sagen, es gehört zu ihrem Job.«

Hinter Benoit und Paula standen Tweed und Newman, der in seinem gemieteten Mercedes am Südbahnhof auf sie gewartet hatte. Leclerc, ein kleiner, stämmiger Mann mit einer randlosen Brille, zog eine der großen Metallschubladen heraus. Das, was darin lag, war mit einem Laken zugedeckt. Tweed und Newman traten an die eine Seite, Benoit und Paula an die andere. Leclerc schlug das Laken zurück. Paula unterdrückte ein Aufkeuchen. Sie warf einen Blick auf Tweed und sagte dann: »Zyanose.«

»Die Dame hat einige Erfahrung«, bemerkte Leclerc. »Ich habe noch nicht mit der Arbeit begonnen, aber die Todesursache scheint auf der Hand zu liegen.«

Die Lippen des Taxifahrers waren blau. Sein ganzes knochiges Gesicht war bläulich angehaucht. Paula beugte sich vor, betrachtete die Seite des Halses.

»Kommen Sie hierher, Tweed. Dann können Sie sehen, wo die tödliche Nadel eingestochen wurde.«

»Auch damit hat die Dame recht«, pflichtete Leclerc ihr bei.

Tweed beugte sich neben Paula nieder. An der Seite des Halses befand sich eine kleine, gerötete Einstichstelle. Paula runzelte die Stirn, und Tweed registrierte es.

»Ja?«

»Das ist keine Stelle, die leicht zu erreichen ist. Ich nehme an, seine Kundin hätte vom Rücksitz aus zustechen können, aber das ist unwahrscheinlich. Der Fahrer hätte das Instrument gesehen. Aber angenommen, sie hätte so getan, als hätte sie eine Schwäche für ihn, hätte ihm die Arme um den Hals gelegt, wobei eine Hand die in irgendeiner Form getarnte Nadel verbarg. Während der Umarmung würde der Fahrer nicht auf der Hut sein. Und dann wäre es für sie eine Kleinigkeit gewesen, mit der Nadel zuzustechen.«

»Sie glauben, der Mörder wäre eine Frau gewesen?« Leclerc schien überrascht.

»Nur so eine Idee«, erwiderte Paula ausweichend.

»Aber möglicherweise die richtige«, warf Benoit ein. »Tweed, Sie wollten mit den beiden Polizisten sprechen, die den Taxifahrer gefunden haben. Sie warten nebenan.« Ihm war aufgefallen, daß Leclerc bei diesen Worten die Brauen hochgezogen hatte. »Tweed«, erklärte er, »war einmal der jüngste Superintendent bei der Mordkommission von Scotland Yard.«

»Aber das ist schon eine Weile her«, sagte Tweed. »Und jetzt möchte ich die beiden Männer sehen . . .«

Benoit ließ Leclerc zurück und führte die anderen in ein kleines Büro an dem zur Leichenhalle führenden Flur. Zwei uniformierte Polizisten standen auf. Benoit stellte die Männer mit ihren Vornamen, Armand und Marc, vor und bat sie, Tweeds Fragen zu beantworten.

»Hatten Sie die Zeit«, fragte Tweed, wobei er sich an Armand wendete, der offenbar der Dienstältere war, »sich mit der Taxigesellschaft in Verbindung zu setzen und sich nach dem Kilometerstand zu erkundigen?«

»Ja, das war das erste, woran ich gedacht habe. Die meisten Taxifahrer machen nur Stadtfahrten – zu einem der Bahnhöfe, zu einem Restaurant. Kurze Strecken. Dieses Taxi hatte eine lange Fahrt hinter sich.«

»Kann es sein, daß es bis Lüttich und wieder zurück gefahren ist?«

Armand dachte einen Moment lang nach. »Ja, das

könnte sein. Der Tank war fast leer, und es stimmt auch mit der Auskunft der Taxigesellschaft und dem Tachometerstand überein.«

Tweed sah Benoit an. »Damit dürfte es erwiesen sein. Es war dieses Taxi, das der Mörder benutzte, um Andover umzubringen. Und Sie sagten, es gäbe ein Einschußloch im Heckfenster, durch das Paula geschossen hat.«

»Wir haben die Kugel gefunden«, teilte Armand ihm mit. »Sie steckte in der Rückenlehne des Beifahrersitzes. Am vollständigen Durchschlagen der Lehne fehlten nur ein paar Millimeter. Wenn sie die Rückenlehne des Fahrersitzes getroffen hätte, dann hätte sie ihn vielleicht erwischt . . .«

»Sie«, korrigierte der jüngere Mann, Marc.

»Weshalb glauben Sie, daß es eine Frau war?« fragte Tweed.

»Als wir das Taxi fanden, waren alle Fenster geschlossen. Und im Kofferraum haben wir Spuren gefunden, die darauf schließen lassen, daß der Tote einige Zeit darin verbracht hat.«

»Und weshalb wurde er da wieder herausgeholt?« drängte Tweed.

»Das glauben wir zu wissen«, erklärte Armand. »Während der Fahrt – nach Lüttich, meinten Sie – mußte die Leiche versteckt werden. Aber nachdem der Mörder den Wagen im Marolles-Viertel abgestellt hatte, mußte er damit rechnen, daß irgendein Ganove den Kofferraum aufbrechen würde in der Hoffnung, darin etwas Wertvolles zu finden. Deshalb wurde der Tote ins Wageninnere befördert. Es war dunkel. Und solange niemand die Tür aufmachte, würde es aussehen, als wäre das Taxi leer.«

»Und weshalb glauben Sie, daß es eine Frau war?« wiederholte Tweed seine Frage an Marc.

»Wie ich schon zu Monsieur Benoit sagte, als er hereinkam, bevor Sie in die Leichenhalle gingen, bin ich Nichtraucher. Ich habe ein ungewöhnlich gutes Riechvermögen. Als ich die Hintertür des Taxis öffnete, fiel mir sofort der Duft eines Parfüms auf – Guerlain Samsara.«

»Und wieso war es Ihnen möglich, ausgerechnet dieses Parfüm zu identifizieren?« fragte Tweed skeptisch.

Er stand sehr aufrecht da, hatte beide Hände in die Hosentaschen gesteckt und musterte Marc. Plötzlich wurde ihm bewußt, daß seine Haltung genau die gleiche war, die er immer eingenommen hatte, wenn er in Scotland Yard einen Verdächtigen verhört hatte. Es war nicht leicht, alte Gewohnheiten abzulegen.

»Weil ich einmal im Casino in Ostende gewonnen habe«, erklärte Marc. »Von einem Teil des Gewinns habe ich meiner Freundin eine Flasche Guerlain Samsara gekauft. Deshalb kenne ich es genau.«

»Der Taxifahrer könnte einen anderen Passagier, eine Frau, gehabt haben, bevor er den Mörder einsteigen ließ«, sondierte Tweed.

»Das glaube ich nicht. Samsara ist ein zartes Parfüm – sehr teuer. Jede Frau, die früher mit ihm gefahren wäre, hätte zum Aussteigen die Tür öffnen müssen. Sie schwingt zuerst die Beine heraus – das habe ich oft beobachtet – und steigt dann aus dem Taxi. Und während die Tür offensteht, würde der Duft verfliegen.«

»Sie haben mich überzeugt. Danke, Marc. Ich bin sicher, Sie werden zu gegebener Zeit befördert werden. Sie benutzen nicht nur Ihre Augen, sondern auch Ihre Nase.« Er wendete sich an Benoit. »Ich glaube, das war alles. Außer der Sache, der sich Dr. Leclerc zuerst zuwenden soll.«

»Was ich ihm sagen werde, sobald ich Sie hinausbegleitet habe. Möchten Sie, daß ich Sie zum Hilton fahren lasse?«

»Ich kann sie hinfahren«, sagte Newman.

Tweed reichte Benoit die Hand und verabschiedete sich.

»Alles, was wir jetzt noch brauchen«, sagte Newman, nachdem das Gepäck in seinen Kofferraum umgeladen worden war, »ist eine Frau, die Guerlain Samsara benutzt.«

Die ersten Leute, die Tweed beim Betreten des Hilton sah, waren Burgoyne, Lee Holmes, Fanshawe und Helen Claybourne beim Kartenspiel. Er fragte sich, auf welchem Wege Lee nach Brüssel gekommen war.

»Wir möchten drei Managerzimmer für zwei Tage«, teilte er der Dame am Empfang mit. »Soweit ich weiß, gibt es für diese Zimmer im zwanzigsten Stock ein spezielles Buchungsbüro.«

»Nicht mehr. Wir haben die Zimmer, aber die Formalitäten werden hier erledigt. Monsieur Benoit hat uns angerufen.«

Sie fragte nach einer Kreditkarte, aber Tweed zog es vor, bar zu bezahlen; wenn man weiß, wie man es anstellen muß, kann man jemandem über Kreditkarten-Transaktionen auf die Spur kommen. Dann bat Tweed, der nach wie vor den Aktenkoffer mit Delvaux' neuem Radarsystem bei sich trug, um ein Schließfach.

Die Dame geleitete ihn um eine Ecke am Ende der Rezeption herum, drückte auf einen Knopf und führte ihn in eine Glaskabine. Er schloß die äußere Tür, sie öffnete die innere, dann standen sie im Saferaum.

»Für diesen Koffer brauchen Sie das größte Schließfach . . .«

Tweed hängte den Schlüssel an seinen Ring, dankte ihr und ging wieder hinaus zur Rezeption, wo Paula und Newman auf ihn warteten. Paula trat dicht an ihn heran und flüsterte.

»Sie haben gesehen, wer im Foyer sitzt?«

»Ja. Ich finde, wir sollten sie später begrüßen. Was ist mit Abendessen?«

»Zu müde. Das einzige, was ich noch schaffe, sind Schinkenbrötchen und Kaffee.«

»Mir geht es ebenso«, sagte Newman.

»Einverstanden. Unsere Zimmer liegen alle im zwanzigsten Stock. Wir treffen uns dort am Lift. Wann, Paula?«

»Ich werde mir eine Fünf-Minuten-Dusche gönnen. Ein Bad wäre zu anstrengend . . .« Sie betraten einen der Fahrstühle, die Türen glitten zu. »In zehn Minuten bin ich fertig«, erklärte Paula.

Tweed hatte Zimmer 2009 – es war sehr geräumig und

fast eine Suite. Nachdem er sich schnell gewaschen und die Wäsche gewechselt hatte, schaltete er das Licht aus und lugte durch einen Spalt zwischen den zugezogenen Vorhängen hinaus. Die Aussicht war grandios – die riesige grüne Kuppel des Justizpalastes sah aus, als wäre sie so nahe, daß man nur die Hand auszustrecken brauchte, um sie zu berühren. Ein Gebäude, größer als der Petersdom in Rom. Und dahinter liegt das Marolles-Viertel, dachte er, wo man den ermordeten Taxifahrer gefunden hatte. So nahe beim Hilton.

In seiner Suite im Bellevue Palace war Dr. Wand noch an der Arbeit. Als das Telefon läutete, nahm der Chauffeur den Hörer ab, dann übergab er ihn an Dr. Wand.

»Vulcan möchte Sie sprechen.«

»Ja«, eröffnete Wand das Gespräch. »Sie erkennen meine Stimme. Was gibt es?«

Wand hielt seine Gespräche mit Vulcan immer kurz. Es war überaus wichtig, daß die Identität des Anrufers geheim blieb.

»Ich dachte, Sie sollten wissen«, sagte die Stimme auf englisch, »daß im Hilton drei neue Gäste eingetroffen sind. Ihr guter Freund Tweed, Paula Grey und Robert Newman, der Auslandskorrespondent. Nur für den Fall, daß Sie irgendwann einen Cocktail mit ihnen trinken möchten.«

»Danke für Ihren Anruf. Ich werde es mir überlegen.«

Wand legte den Hörer auf. Vulcan hatte die Information vorsichtig formuliert. Und kein Vermittler in einer Telefonzentrale hätte gewußt, was sie zu bedeuten hatte.

Wand schürzte die Lippen, aber er lächelte nicht. Der Chauffeur, der ihn verstohlen beobachtete, vermutete, daß er beunruhigt war. Und damit hatte er recht.

Wand saß nachdenklich da und trommelte mit seinem goldenen Stift langsam auf der Schreibtischplatte. Tweed zuerst in Lüttich und jetzt in Brüssel. Er kommt zu nahe, dachte er. Er griff nach dem Telefon und wählte aus dem Gedächtnis eine Brüsseler Nummer. Eine Frau mit einer ordinär klingenden Stimme meldete sich, und Wand verlangte nach Dr. Hyde.

»Hier Hyde. Wer ist da?« Die Stimme war rauh und sprach Englisch. »Ich habe gefragt, wer da ist?« wiederholte Hyde.

»Sie wissen, wer ich bin, mein Freund«, erwiderte Wand. »Ich bin der Meinung, Sie sollten in ein Hotel in Lüttich umziehen. Es ist möglich, daß ein Patient Ihrer Behandlung bedarf. Entweder in Belgien oder in Deutschland. In naher Zukunft. Gute Nacht . . .«

Wand übergab den Hörer an den Chauffeur und zog ein dünnes Notizbuch aus der Tasche. Er schlug die letzte Seite auf. Dort hatte er mit Bleistift – leicht auszuradieren – fünfundzwanzig Namen niedergeschrieben, die Namen der Elite Westeuropas, zu der nur einige wenige Politiker gehörten. Dies waren die Männer und Frauen, bei denen Wand befürchtete, sie könnten imstande sein, den Plan aufzudecken. Unternehmen *Long Reach.*

Die ersten drei Namen waren Andover, Delvaux, Westendorf. Er strich Andover durch. Erledigt. Er hielt mit erhobenem Stift inne. Dann fügte er hinter Westendorf einen weiteren Namen ein. Tweed. Dahinter machte er ein Fragezeichen. Es war noch ein wenig zu früh, um zu entscheiden, ob er Tweed der Behandlung unterwerfen sollte oder nicht.

In Brüssel gibt es drei Hauptbahnhöfe, die ungefähr auf einer westöstlichen Linie liegen – Midi, Centrale und Nord. Das kleine Hotel Hermitage liegt in einer Seitenstraße in der Nähe des Bahnhofs Centrale – nicht gerade die feinste Gegend von Brüssel.

Dr. Carberry-Hyde – so lautete sein voller Name – packte, nachdem er den Anruf erhalten hatte, seinen Koffer. Er war ein hochgewachsener, massiger Mann in den Fünfzigern mit vom Herabbeugen über Patientenbetten leicht gekrümmtem Rücken. Er hatte einen großen Kopf, eine Hakennase und gelichtetes graues Haar über einer hohen Stirn sowie makellose Zähne, die er oft zeigte, wenn er auf nervöse Patienten herablächelte. Es war kein aufrichtiges Lächeln, und es gelangte nie bis zu den Augen hinter der randlosen Brille; er setzte es nur am Krankenbett auf.

Dr. Hyde fragte sich, ob ihm Lüttich die gleichen Möglichkeiten zur Entspannung bieten würde wie Brüssel; er bezweifelte es. Er war erst kürzlich aus einer gewissen Straße zurückgekehrt, in der die Gesellschaft reizvoller Frauen für Geld zu haben war – ziemlich viel Geld.

Er öffnete einen kleineren Koffer, in dem säuberlich arrangiert seine chirurgischen Instrumente lagen. Er ergriff ein Skalpell und polierte es liebevoll. Dr. Hyde war ein Mann, der seine Arbeit genoß.

Zweiundzwanzigstes Kapitel

Tweed, Paula und Newman traten im Erdgeschoß aus dem Fahrstuhl und steuerten auf das pokerspielende Quartett zu. Burgoyne lehnte sich gerade in seinem Sessel zurück. Tweed, der sich seinen Weg zwischen den Tischen hindurch bahnte, hörte, was er sagte.

»Entschuldigen Sie die Unterbrechung. Ausgesprochen lästig, so ein geschäftlicher Anruf um diese Zeit. Aber das Spiel ist ohnehin zu Ende. Lee hat uns ausgenommen.«

Vor Lee lagen die Karten, die sie ausgebreitet hatte. Ein Royal Flush. Fanshawe sprang auf und bestand darauf, daß Paula sich in seinem Sessel niederließ. Dann begann er pausenlos zu reden.

»Was für ein Zufall. Und noch dazu so ein erfreulicher. Entzückt, Sie hier zu sehen! Nein, ich hole noch Sessel für unsere willkommenen Gäste. Ja, erstaunlicher Zufall. Das letzte Mal war es im New Forest. Wer hätte gedacht, daß wir auch hier in Brüssel das Vergnügen Ihrer Gesellschaft haben würden? Tweed, Sie setzen sich neben Lee. Tolle Frau. Genau das richtige für Sie. Ihr beide werdet großartig miteinander auskommen . . .«

Newman half Willie, weitere Sessel zu holen. Tweed stellte fest, daß Burgoyne keinen Muskel gerührt hatte, um mit anzufassen. Er stellte Newman vor, worauf Burgoyne mit einer bissigen Bemerkung reagierte.

»Der berüchtigte Auslandskorrespondent. Paßt alle genau auf, was ihr sagt. Sonst finden wir unsere Worte morgen in der Zeitung wieder.«

»Das soll wohl ein Scherz sein.« Newman lehnte sich dem Brigadier entgegen. »Falls Sie es noch nicht gehört haben sollten – ich habe mich aus dem Beruf zurückgezogen.«

»Das hätte ich auch getan«, entgegnete der Brigadier, »wenn ich wie Sie mit einem Bestseller ein Vermögen gemacht hätte. Wie hieß er doch gleich? Ach ja – *Kruger: The Computer That Failed.* Hab' ihn gelesen. Nicht schlecht. Muß Sie zum Millionär gemacht haben.«

»Kommt darauf an, welche Währung Sie meinen«, konterte Newman.

»Hört damit auf, euch in den Haaren zu liegen«, befahl Lee. »Schließlich sind wir hier, um unseren Spaß zu haben.«

»Dann brauchen wir noch etwas zu trinken«, entschied Burgoyne. »Mehr Champagner?«

»Gut«, stimmte Lee zu. »Ich habe etwas zu feiern.«

»Dann solltest du auch bezahlen«, knurrte Burgoyne. Er schwenkte die Hand und winkte einen Kellner herbei. Fast so, als beorderte er in der Offiziersmesse eine Ordonnanz zu sich, dachte Tweed. »Noch zwei Flaschen Krug – denselben wie vorhin«, verlangte Burgoyne.

Tweed benutzte die Gelegenheit, um Schinkenbrötchen für drei zu bestellen. Und ein Glas Weißwein für sich selbst. Er wollte einen klaren Kopf behalten.

Paula musterte Lee. Vor ihr lag ein Stapel Geldscheine. Belgische Francs, die sie methodisch sortierte. Diese Frau liebt Geld, dachte Paula; es war nicht zu übersehen, welches Vergnügen es Lee bereitete, mit dem Geld umzugehen, einer beträchtlichen Summe. Sie schob ihren Sessel näher an den von Tweed heran, bis ihr Arm seinen Ärmel berührte. Dann drehte sie den Kopf und bedachte ihn mit einem strahlenden Lächeln.

»Ihre Bestellung übernehme ich. Keine Widerrede. Und wenn Sie gegessen haben, leisten Sie mir bitte bei einem Kognak Gesellschaft.«

»Warten wir ab, wie mir später zumute ist. Hier drin ist es ein bißchen stickig.«

»Falls Sie später das Bedürfnis nach etwas frischer Luft haben sollten, würde ich Sie gern auf einem Spaziergang begleiten. Zur Copenhagen Tavern.«

»Das wäre eine Möglichkeit«, pflichtete Tweed ihr umgänglich bei.

Sie drückte ihren Arm gegen seinen, und er konnte

durch den Anzug hindurch ihre Körperwärme spüren. Helen Claybourne war aufgestanden und sammelte die Karten ein. Neben Lee blieb sie stehen, bückte sich und wischte etwas von ihrem rechten Schuh.

»Ein bißchen Grünzeug und ein paar Tannennadeln«, bemerkte Lee. »Die müssen hängengeblieben sein, als ich einen Spaziergang durch den Parc d'Egmont hinter dem Hotel gemacht habe.« Sie sah Tweed an. »Das war vor dem Essen mit Willie im Café d'Egmont. Es ist ungewöhnlich, daß man in einem Café so gutes Essen bekommt.«

»Im Baron de Bœuf im ersten Stock ist es wesentlich besser«, sagte Burgoyne. »Dort bekommt man eine erstklassige Mahlzeit.«

»Zu einem erstklassigen Preis«, bemerkte Willie, wobei er Newman an einen mißmutigen Bernhardiner erinnerte. »Trotzdem«, Willie wurde wieder fröhlicher, »verleben wir alle eine grandiose Zeit. Es geht doch nichts über gute Gesellschaft und gutes Essen. Was hat die Welt denn sonst zu bieten?«

»Harte Arbeit.« Der Brigadier knurrte und kostete den Krug, den der Kellner eingeschenkt hatte. »In Ordnung.«

Paula hatte zum erstenmal die Gelegenheit, einen Blick auf die Schuhe zu werfen, die Lee trug. Straßenschuhe mit flachen Absätzen, die absolut nicht zu dem eleganten, schulterfreien Kleid paßten.

Newman hatte seinen Sessel so zurechtgerückt, daß er dicht neben Helen Claybourne saß. Lees Fingernägel waren knallrot lackiert, in einer Farbe, die ihm gar nicht gefiel. Es sah aus, als hätte sie ihre Finger in Blut getaucht. Im Gegensatz dazu waren Helens Nägel blaßrosa lackiert. Sie drehte sich zu ihm um, und ihre grauen Augen richteten sich auf ihn.

Aus dem Augenwinkel heraus sah er, wie Lee ihr langes, blondes Haar zurückstrich, um Tweed deutlich sehen zu können. Noch ein Gegensatz: Helen saß ganz still da, hatte die Hände im Schoß verschränkt, musterte ihn weiterhin mit der Andeutung eines Lächelns.

»Genießen Sie diesen Abend?« fragte er leise.

»Jetzt, ja. Ich habe in Zeitschriften eine Menge über Sie gelesen. Ich könnte mir gut vorstellen, daß Sie ein sehr einfallsreicher Mann sind – jemand, auf den eine Frau sich in einem Notfall verlassen kann. Was mehr ist, als man heutzutage von den meisten Männern sagen kann.«

Bei jeder anderen Frau hätte sich das angehört wie eine Schmeichelei. Aber Helen ließ es klingen wie die simple Feststellung einer Tatsache, von der sie überzeugt war. Sie stießen miteinander an, und sie bedachte ihn wieder mit ihrem halben Lächeln.

Heute abend ist nicht viel los mit mir, dachte Paula. Lee scheint Tweed um den Finger zu wickeln. Newman kann den Blick nicht von Helen abwenden. Ich lasse offenbar nach. Willie schien zu spüren, wie einsam sie sich fühlte. Er wendete sich ihr zu, stieß mit ihr an und lächelte.

»Danach zu urteilen, wie Sie Ihre Brötchen verschlungen haben, haben Sie den Appetit von jemandem, der seit Wochen nichts gegessen hat. Ich kenne ein nettes kleines Restaurant ein Stück die Straße hinauf. Les Arcades. Dort gibt es eine Bar. Wie wär's, wenn wir dorthin verschwänden, fort von diesem Haufen?«

»Das täte ich gern – und danke, Willie. Aber es war ein langer Tag. Vielleicht morgen . . .«

Sie beobachtete Lee, die sich in ihrem Sessel räkelte. Sie richtete Tweeds Krawatte. Willie warf einen Blick in dieselbe Richtung, dann redete er weiter.

»Wissen Sie was? Gegenwärtig gibt es hier ein paar recht gute Ausstellungen. Helen«, rief er, »ich hoffe, ich störe nicht. Könntest du morgen früh feststellen, welche Ausstellungen hier in der Stadt laufen, und mir eine Aufstellung machen?«

Helen holte ein Notizbuch aus ihrer Handtasche. Newman schaute schweigend zu, wie sie ihren teuren Füllfederhalter zückte, die Kappe abschraubte, sich eine Notiz machte.

»Wird erledigt«, versicherte sie Willie.

»Das ist ein hübscher Federhalter«, bemerkte Newman.

»Füllfederhalter kommen wieder in Mode. Und er paßt zu Ihrer Handschrift.«

Immer schön dick auftragen, Bob, dachte Paula. Helen spielte mit dem Füllfederhalter, machte eine Bewegung, als wollte sie ihn Newman zeigen, dann ließ sie ihn wieder in ihre Tasche fallen.

»Er ist ein Geschenk von meinem Lieblingsonkel. Ich hüte ihn wie meinen Augapfel . . .«

Tweed schien von Lee völlig hingerissen zu sein. Sie holte ihre mit Edelsteinen besetzte Zigarettenspitze aus der Tasche, steckte eine Zigarette hinein und schob die Spitze zwischen die Lippen, machte jedoch keine Anstalten, sie anzuzünden. Tweed, der Nichtraucher war, griff nach dem Feuerzeug, das er immer bei sich hatte. Er ließ es aufschnappen und beugte sich zu ihr. Lee riß sich die Spitze aus dem Mund und hielt sie von ihm weg.

»Entschuldigung. Ich gewöhne mir das Rauchen ab. Ich tue das, um meine Willenskraft zu testen. Bisher habe ich seit vier Wochen keine Zigarette mehr angezündet.«

»Blöde Idee«, bemerkte Burgoyne. »Kauf einfach keine Zigaretten mehr. Diese pseudo-psychologischen Methoden funktionieren nie. Ich nehme an, das hat dieser verrückte Arzt vorgeschlagen, bei dem du gewesen bist.«

»Maurice«, sagte Lee zuckersüß, »wie wär's, wenn du dich um deine eigenen Geschäfte kümmern würdest?«

»Sie sind in Geschäften hier, Brigadier?« fragte Tweed, die Gelegenheit nutzend.

»Ja. Und was ist mit Ihnen?« knurrte Burgoyne.

»Die Antwort lautet Ja«, erwiderte Tweed bedächtig. »In meiner Eigenschaft als Chefermittler für eine Versicherungsgesellschaft. Im Augenblick gehe ich einer besonders gemeinen Entführung nach.«

Bildete er es sich nur ein, oder hatte die Party plötzlich einen Dämpfer bekommen? Paula, die ihren Sessel zurückgeschoben hatte, war in einer besseren Position, alle beobachten zu können. Sie hätte schwören können, daß jemand erstarrt war. Das Problem war nur, daß sie nicht wußte, wer.

»Jemand, den wir kennen?« fragte Burgoyne schließlich.

»Ich nehme an, daß das nicht der Fall ist«, erwiderte Tweed ebenso bedächtig wie zuvor. »Aber ich bin dem Entführer auf der Spur.«

»Ich gehe zu Bett«, verkündete der Brigadier abrupt und stand auf. »Ihr könnt meinetwegen die ganze Nacht weiterreden.«

Mit diesen barschen Worten verließ er sie. Lee bestand darauf, daß sie und Tweed einen Spaziergang zur Copenhagen Tavern machten. Während Lee ging, um sich einen Mantel zu holen, wendete sich Willie an Paula.

»Sie müssen mir bei einem Schlummertrunk Gesellschaft leisten. Den bekommen wir in Les Arcades. Es ist nicht weit, und das Lokal wird Ihnen gefallen. Nette Atmosphäre. Geben Sie sich einen Ruck, sagen Sie ja.«

»Ich hole mir auch einen Mantel«, stimmte Paula zu. Wenigstens einer, der sich für mich interessiert. »Dauert nur eine Sekunde . . .«

Helen wartete, bis sie mit Newman allein war, bevor sie mit ihrem Vorschlag herausrückte. Sie befingerte eine Brosche unter ihrem Stehkragen, und ihre grauen Augen schauten direkt in die seinen.

»Wenn Ihnen danach zumute ist, könnten wir in die Bar dort drüben gehen und in Ruhe noch ein Glas trinken und uns unterhalten. Uns besser kennenlernen.«

»Weshalb sitzen wir dann noch hier herum?« fragte Newman und lächelte sie an.

Tweed ließ Lee nicht merken, daß er die Copenhagen Tavern kannte. Um diese späte Stunde waren nur noch wenige Gäste da – einige beendeten ihre Mahlzeit, andere saßen bei einem Drink.

Obwohl das Lokal geräumig war, hatte es eine intime Atmosphäre, was vor allem daran lag, daß die Wände mit braunem Tuch bespannt waren und Wandleuchten mit braunen Schirmen den Raum in ein gedämpftes Licht tauchten.

Tweed führte Lee in den Hintergrund des zweigeschossigen Raums und vermied es, die Treppe zu einem großen Alkoven an der rechten Seite hinaufzusteigen. Er wählte einen von drei leeren Tischen, die vor einer braunen Sitzbank an der Wand standen. Lee glitt um den Tisch herum auf die Bank und tippte auf den Platz neben sich. Tweed zog seinen Mantel aus, ging um die andere Seite des Tisches herum und legte den Mantel zwischen sich und Lee. Sie zog gleichfalls den Mantel aus, faltete ihn sorgsam zusammen, legte ihn auf den seinen und schob die Mäntel in seine Richtung. Dann rückte sie näher an ihn heran.

Als die Kellnerin kam, bestellte sie zu seiner Überraschung ein Glas trockenen französischen Weißwein, und er schloß sich an.

»Für einen Abend habe ich genug Champagner gehabt«, gestand sie mit ihrer rauchigen Stimme. »Gott! Der Brigadier kann einen wirklich auf die Palme bringen.«

»Weshalb arbeiten Sie dann für ihn?«

»Für eine Sekretärin und Haushälterin ist die Bezahlung sehr gut. Und ich habe noch immer keine Ahnung, was er eigentlich tut. Er scheint seine Briefe in einer Art Code zu diktieren.«

»Sie meinen so einen Code, wie ihn angeblich der Geheimdienst benutzt?«

»Nein. Aber seine Ausdrucksweise ist so merkwürdig. Ich habe immer das Gefühl, als hätten seine Worte eine doppelte Bedeutung. Aber wir wollen nicht über ihn reden.« Sie lächelte und ließ einen Augenblick lang ihre vollen roten Lippen halb geöffnet. »Reden wir über uns.«

Sie trank einen Schluck Wein und musterte ihn über den Rand ihres Glases hinweg. Ihre grünlichen Augen funkelten.

»Ist das nicht Guerlain Samsara? Das exquisite Parfüm, von dem ich gerade einen Hauch mitbekommen habe?« fragte Tweed.

»Ja. Über Frauen scheinen Sie eine Menge zu wissen. Helen Claybourne hat eine Flasche und ließ es mich ausprobieren.«

»Vielleicht würde der Brigadier Ihnen eine Flasche kaufen«, meinte Tweed.

»Nicht Maurice.« Sie lächelte wieder. »Er ist ohnehin der Ansicht, daß er mir zuviel zahlt. Er würde sagen, ich könnte es mir leisten, es selbst zu kaufen. Was vermutlich stimmt.« Sie trank wieder einen Schluck. »Paula sieht wirklich sehr gut aus«, sagte sie plötzlich. »Und ist außerdem sehr intelligent.« Sie lächelte wieder, diesmal ein wenig boshaft. »Ich bin sicher, sie ist für Sie unentbehrlich – in jeder Hinsicht.«

Tweed ging nicht auf die Anspielung ein. »Sie ist ungeheuer tüchtig. Wessen Idee war es übrigens, daß Sie alle vier diese Reise hierher unternommen haben?«

»Wollen Sie mich verhören?« fragte sie schelmisch. »Die von Maurice. Manchmal habe ich den Eindruck, er behandelt Willie wie eine Art Schoßhund. Ich hoffe, das hört sich nicht gemein an. Soweit ich weiß, haben sie sich vor vielen Jahren im Fernen Osten angefreundet.«

»Haben Sie irgendeine Ahnung, was Willie damals getan hat? Um seinen Lebensunterhalt zu verdienen, meine ich.«

»Noch mehr Fragen«, neckte sie ihn. »Man merkt, daß Sie Chefermittler sind. Nach dem, was Maurice mir erzählt hat, trug er – Willie – dort den Spitznamen ›Mr. Fix-It‹. Nehmen wir an, zwei Firmen versuchten, sich gegenseitig zu übernehmen, und fingen an, sich in den Haaren zu liegen. Dann riefen sie Willie – als eine Art Vermittler. Sie wissen ja, wie er reden kann. Und allem Anschein nach hat auch seine verbindliche Art geholfen. Und seine Ausdauer. Sie werden es vielleicht nicht glauben, aber er kann die ganze Nacht aufbleiben und ist trotzdem am nächsten Morgen taufrisch. Ich nehme an, seine Erfolge beruhten auf einer Mischung aus Diplomatie und der Fähigkeit, alle anderen an den Rand ihres Stehvermögens zu bringen, bis er sie soweit hatte, daß sie einem Kompromiß zustimmten. Hinter Willie steckt mehr, als man meinen sollte.«

Und hinter dir steckt gleichfalls mehr, als ich gedacht hatte, dachte Tweed. Wie sich herausstellte, saß auf den schönen Schultern der vergnügungssüchtigen Blondine ein kluger Kopf. Was vermutlich schon viele Männer getäuscht hatte.

»Danke für den Drink – und besonders für Ihre Gesellschaft«, sagte Lee und küßte ihn auf die Wange. »Das sollten wir bei Gelegenheit wieder tun. Und jetzt sehe ich lieber zu, daß ich meinen Schönheitsschlaf bekomme. Arme Paula – Gott weiß, wann sie heute nacht ins Bett kommt. Willie hat wirklich die Ausdauer des Teufels.«

Sie zog die unangezündete Zigarette aus der mit Edelsteinen besetzten Spitze, mit der ihre Finger gespielt hatten, und steckte die Spitze wieder in die Handtasche.

Eine Weile zuvor waren Willie und Paula an der Copenhagen Tavern vorbeigekommen. Ihre hölzerne Fassade war in einem grellen Blau gestrichen. Paula hatte einen Blick auf die geschlossene Tür geworfen und sich gefragt, wie Tweed wohl mit der faszinierenden Lee zurechtkam.

»Wir sind gleich da, meine Liebe«, hatte Willie gesagt und sich die Hände gerieben. »Nur noch ein paar Schritte. Ziemlich kalt heute abend. Ist Ihr Mantel warm genug?«

»Das ist er. Danke«, erwiderte Paula, dankbar für seine Besorgtheit.

Willie trug einen dicken karierten Mantel, aber keine Handschuhe an den großen Händen. Als sie Les Arcades erreicht hatten, nahm er ihren Arm und geleitete sie in die Wärme. Eine kleine, aber galante Geste. Manchmal gebe ich älteren Männern den Vorzug, dachte Paula.

Les Arcades war, typisch für Brüssel, ein langer, schmaler Raum mit einer Bar in der Mitte der rechten Seite. Gerahmte Ölbilder und Jagdstiche schmückten die Wände, über die Decke zogen sich Eichenbalken, und die Sitzbänke waren blaßgrün. Gedämpfte Beleuchtung sorgte für eine behagliche Atmosphäre. Der Barkeeper kam um die Theke herum, um sie zu begrüßen.

»Da bin ich wieder«, sagte Willie vergnügt. »Wie Sie sehen, in Gesellschaft einer anderen Dame. Ich bringe es zu was in der Welt. Eine Flasche Sancerre wäre jetzt genau das richtige. Die bringt uns in die passende Stimmung, und wir können die ganze Nacht durchmachen ...«

Außer ihnen waren nur noch zwei weitere Paare anwesend, und der Barkeeper geleitete sie zu einem Tisch an der Wand. Nachdem ihnen die Mäntel abgenommen worden waren, kostete Willie den Wein und erklärte ihn für gut, sogar sehr gut.

»Mir gefällt es hier«, sagte Paula. »Kommen Sie oft her?«

»Jedesmal, wenn ich in Brüssel bin. Trinken Sie!«

»Und der Brigadier hat vorgeschlagen, daß Sie ihn begleiten sollten?«

»Wo denken Sie hin? Das war mein Vorschlag. Kommt gar nicht in Frage, daß er aus dem New Forest verschwindet und mich allein zurückläßt. Im Moment ist er ziemlich schlecht gelaunt, aber das bin ich gewohnt. Im guten alten Hongkong war er oft ziemlich deprimiert, und dann habe ich getan, was in meinen Kräften stand, um ihn wieder aufzuheitern. Diese alten Exsoldaten scheinen zu glauben, sie stünden immer noch auf dem Exerzierplatz.«

»Was hat er da draußen gemacht – in Hongkong?«

»Sie meinen, nachdem die Armee ihn hinausgeworfen hatte?« Willie schlug in gespieltem Entsetzen eine Hand vor den Mund. »Da haben wir's wieder – ich kann einfach nicht die Klappe halten. Vergessen Sie, was ich gesagt habe.«

»Also, was hat er gemacht? Hinterher?«

»Verbrachte die Hälfte seiner Zeit in den Bars. Gründete ein paar mickrige Firmen. Habe nie begriffen, wie er sich das feine Leben leisten konnte. Nichts als das Beste für den Brigadier. Immer die teuersten Restaurants, die Fünf-Sterne-Hotels. Mißverstehen Sie mich nicht – Maurice ist ein guter Kerl. Zückt immer gleich die Brieftasche, wenn irgendwo eine große Rechnung zu bezahlen ist – und zahlt immer bar. Sagt, Kreditkarten würde er nicht einmal mit der Feuerzange anfassen. Ziemlich undurchsichtiger Mann, unser Maurice.«

»Und Lee? Wird er sie heiraten?«

Paula stellte Fragen, die sie normalerweise nie so unumwunden ausgesprochen hätte. Aber bei Willie hatte sie das Gefühl, nach allem fragen zu können. Vermutlich liebte er Indiskretionen.

»Das glaube ich nicht. Nicht Maurice. Ihm macht es Spaß, Leute im ungewissen zu lassen, dafür zu sorgen, daß sie nie wissen, woran sie sind mit ihm. Vermutlich hat er das in seiner Zeit bei der Armee gelernt. Eine Menge Politik, wenn man in die höheren Ränge aufsteigt.«

Paula trank ihren Wein langsam. Willie goß ihr immer wieder nach und füllte sein geleertes Glas erneut. Er muß einen Kopf wie ein Felsbrocken haben, dachte sie.

»Und wie haben Sie in all diesen Jahren in Hongkong Ihre Zeit verbracht?« fragte sie.

Er strahlte. »Woher wissen Sie, daß es viele Jahre waren?«

»Irgend jemand hat es mir erzählt. Kann mich im Augenblick nicht erinnern, wer es war.«

»Spielt keine Rolle. Ich? Ein bißchen von diesem und ein bißchen von jenem.« Er rückte näher heran, senkte seine Stimme zu einem vertraulichen Flüstern. »Man könnte sagen, ich war so eine Art Diplomat – aber ich habe nicht für das Außenministerium gearbeitet. A und B hatten sich in der Wolle. Dann wurde ich gerufen, um die Flammen zu löschen. Sie dazu zu bringen, daß sie sich irgendwie einigten. Für meine Vermittlung bekam ich eine Provision. Hört sich an wie ein Charakter von Somerset Maugham – ein Provisionsmann. Nicht sehr erfreulich. Aber wenn ich ihnen Millionen erspart hatte, glaubte ich, mir eine Brotkruste verdient zu haben. Ich kannte eine Menge von den Leuten an der Spitze und ging zu ihren Partys. Öl auf die Wogen und all das.«

»Und jetzt sind Sie glücklich mit Helen?«

Einen Augenblick lang sah Willie aus wie eine Sphinx. Er trank mehr Wein, füllte sein Glas erneut, trank wieder, dann befingerte er den Stiel des Glases.

»Helen ist Helen. Ihr gefällt es, Dinge auf die Reihe zu bringen – mich eingeschlossen, wie ich Ihnen wohl schon erzählt habe. Ob Sie es glauben oder nicht – sie macht nie einen Fehler. Ich bin so ungeschickt wie ein Wal, der sich in einem Teich herumwälzt.« Er kicherte. »Ich habe Glück – Helen lebt gern auf dem Lande. Sie ist ganz begeistert vom New Forest.«

»Wenn Sie nichts dagegen haben, würde ich jetzt gern schlafen gehen. Danke für den netten Abend.«

»Dem hoffentlich weitere folgen werden . . .«

Als sie die Bar des Hilton betraten, hatte Helen Newmans Hand ergriffen und ihn geführt. Die Bar lag fast im Dunkeln. Sie ließen sich dicht nebeneinander in einer Ecke nieder. Die wenigen anderen Gäste waren außer Sichtweite. Helen bestellte ein Glas Laurent Perrier, und Newman schloß sich an.

»Erzählen Sie mir von sich, Mr. Newman«, forderte sie ihn auf, noch immer seine Hand haltend.

»Ich heiße Bob, und ich werde Sie Helen nennen. Aber Ladies first. Ich möchte einiges über Sie hören.«

»Höchst ungewöhnlich. Die meisten Männer reden pausenlos über sich. Und mir ist aufgefallen, daß Sie sich kein Wort von dem entgehen lassen, was ich sage. Ein überaus aufmerksamer Begleiter.«

»Also, was ist mit Ihnen?«

»Ach, ich bin dieses langweilige alte Ding, eine Karrierefrau.«

»Unsinn. Sie sind nicht langweilig. Alt? Soll das ein Witz sein? Das ist doch heutzutage nichts Ungewöhnliches – viele Frauen werden hervorragend mit zwei Jobs gleichzeitig fertig.«

Der Champagner kam. Newman bezahlte ihn bar, und sie stießen miteinander an. Helen trank einen kleinen Schluck, stellte ihr Glas ab und seufzte.

»Sie haben es so gewollt. Willie hat mich über eine Agentur gefunden, die auf Frauen wie mich spezialisiert war, die Sekretärinnen und Haushälterinnen gleichzeitig sind. Es ist leicht, für ihn zu arbeiten. Im Gegensatz zu Maurice, bei dem es die Hölle sein muß. Davor habe ich für einen Bankier in Singapur gearbeitet. Mein kleiner Ausflug in die große weite Welt. Er hat mir gereicht. Es war so feucht. In Autos, Läden, Hotels war es auszuhalten – da waren Klimaanlagen. Aber sowie man auf die Straße trat, war es mörderisch. Also bin ich zurückgekehrt.«

»Eltern?«

»Nicht mehr. Sie sind bei einem Verkehrsunfall umgekommen. Aber ich stand ihnen nicht sehr nahe. Zu sehr auf meine Unabhängigkeit bedacht.«

Sie neigte sich näher an ihn heran und schlüpfte aus ihren Schuhen. Er küßte sie leicht auf die Wange. Ihre grauen Augen schauten ihn an, und sie trank mehr Champagner.

»Dieses Parfüm«, sagte Newman. »Es gefällt mir. Guerlain Samsara.«

»Das haben Sie erkannt? Ich war mir nicht sicher, ob es zu mir paßt. Lee hat eine Flasche und wollte, daß ich es probiere.«

»Es paßt hervorragend zu Ihrer Persönlichkeit. Übrigens, wieso sind Sie alle vier zusammen hierhergekommen?«

»Das war Willies Idee. Er hatte gehört, daß der Brigadier und Lee nach Brüssel wollten, und da sagte er, wie wär's, wenn wir alle zusammen fahren?«

»Und wie hat der Brigadier darauf reagiert?«

»Das weiß ich nicht. Bei ihm weiß man nie, was er in Wirklichkeit denkt. Willie ließ ihm nicht viel Spielraum – er hätte sich nur rundheraus weigern können. Aber da wir Nachbarn sind, könnte ich mir denken, daß sogar Maurice der Ansicht war, eine Weigerung wäre unangemessen gewesen. Andererseits hatte ich das Gefühl, daß ihm der Gedanke vielleicht gefiel. Ich glaube, er arbeitet in der Rüstungsindustrie.«

»Sie glauben? Sie sind nicht sicher?«

»Bei Maurice bin ich mir in keiner Hinsicht sicher.«

Eine Weile zuvor hatte sie seine Hand losgelassen. Jetzt kuschelte sie sich bequemer auf der Bank zusammen. Gleichzeitig schlug sie die Beine übereinander und ließ dabei ihren Faltenrock bis über die Knie hochrutschen. Newman hatte den Eindruck, daß sie gern seine Hand auf ihrem Knie gespürt hätte. Er ließ sie auf dem Tisch, wo sie sein Glas hielt. Sie hatte sehr schöne Beine.

»Vielleicht könnten wir uns in London treffen«, schlug sie vor.

»Ich habe leider keine Karte bei mir«, log er. »Aber ich kann Ihnen meine Telefonnummer geben.«

Sie holte sofort ihr Notizbuch und ihren Füllfederhalter aus der Tasche. Er gab ihr die Nummer seiner Wohnung in der Beresford Road in South Kensington, aber nicht die Adresse.

»Wenn ich nicht da bin, meldet sich der Anrufbeantworter. Sie können eine Nachricht hinterlassen. Und jetzt sollten wir uns aufs Ohr legen. Vielleicht sehen wir uns morgen früh.«

Sie stand auf, glitt um den Tisch herum, blieb stehen, bis er gleichfalls hervorgekommen war. Plötzlich drehte sie sich um, schlang ihm beide Arme um den Hals und küßte ihn voll auf den Mund. Als er ihr aus der Bar hinaus folgte, sah er, daß Paula am Eingang stand und keine Miene verzog.

»Verdammt!« murmelte er.

Paula sagte mit übertriebener Freundlichkeit gute Nacht zu Helen, die in einem Fahrstuhl verschwand. Dann musterte sie Newman.

»Ihr Lippenstift hat die falsche Farbe.«

DREIUNDZWANZIGSTES KAPITEL

Marler hatte beschlossen, ein Risiko einzugehen. Es war schon sehr spät, und solange er in seinem geparkten Wagen saß, hatte er im Bellevue Palace kein Lebenszeichen bemerkt. Er mußte sich für den Morgen zurechtmachen.

Er nahm die Mütze ab und zog seinen schäbigen Anorak aus; darunter kam seine elegante Sportkleidung zum Vorschein. Er verließ den Wagen, öffnete den Kofferraum, verstaute Anorak und Mütze darin, entnahm seinem Koffer, was er brauchte, und schloß den Wagen ab.

Zwei Fenster ließ er einen Spaltbreit offen. Die Atmosphäre im Wageninnern war ziemlich stickig vom Rauch seiner King-Size-Zigaretten. In seinen Aquascutum-Regenmantel gehüllt und mit seiner Toilettentasche in der Hand ging er die Avenue Louise hinunter, bog in den Boulevard de Waterloo ein und betrat das Hilton.

Er mischte sich unter eine Gruppe von gerade heimkehrenden Nachtschwärmern, roch Alkoholfahnen, hörte Bruchstücke ihrer nicht gerade nüchternen Unterhaltung. Er steuerte direkt auf die Rezeption zu.

»Ich habe stundenlang hinter dem Steuer gesessen. Ich möchte duschen und mich frischmachen, bevor ich nach Ostende weiterfahre. Ich brauche ein Einzelzimmer. Ich bezahle natürlich für die ganze Nacht, obwohl ich nur etwa eine Stunde bleiben werde . . .«

Er bezahlte in bar, betrat den Fahrstuhl, stieg im richtigen Stockwerk aus und benutzte die Computerkarte, die er nicht ausstehen konnte, um die Tür zu öffnen. Dann handelte er schnell, zog sich aus, trat unter die Dusche und trocknete sich fünf Minuten später ab.

Er rasierte sich die Stoppeln aus dem Gesicht, dann zog er sich fertig an. Er überprüfte seine Erscheinung in einem großen Spiegel. Jetzt sah er wesentlich anders aus – ein respektabler Reisender.

Wieder im Foyer angekommen, bestellte er Brötchen und Kaffee. Er aß alles auf, trank den Kaffee bis auf den letzten Tropfen; dann zahlte er und machte sich auf den Rückweg zu seinem geparkten Wagen.

Als er wieder eingestiegen war, tastete er als erstes unter seinem Sitz. Das Armalite-Gewehr war noch da. Er legte die *Herald Tribune*, die er im Hilton gekauft hatte, über die Waffe und verbarg sie damit noch gründlicher.

Dann setzte er sich bequem hin, um zu ruhen, aber schlafen wollte er nicht. Marler konnte achtundvierzig Stunden ohne eine Minute wirklichen Schlafs auskommen. Als der Morgen kam, war er froh, daß er alles getan hatte, um sich den Anschein eines respektablen Touristen zu geben. Sehr froh sogar.

Es war mitten in der Nacht, und Dr. Wand schlief tief und fest, als das Telefon läutete. Er erwachte sofort, schaltete die Nachttischlampe ein, setzte seinen Kneifer auf, schaute auf die Uhr und war ziemlich sicher, von wem der Anruf kam. Er nahm den Hörer ab.

Wie er vermutet hatte, war es ein Gespräch aus Übersee – aus Hongkong. Die Vermittlung informierte ihn, daß *Moonglow Trading & Mercantile* ihn zu sprechen wünschte. Also war es in Hongkong bereits Morgen, und es mußte dringend sein, wenn man ihn um diese Zeit anrief.

Er identifizierte sich und hörte dem englischsprechenden Anrufer zu.

»Philip Cardon, sagten Sie? Würden Sie das bitte wiederholen?« forderte er nach einer kurzen Unterhaltung, bei der es allem Anschein nach um eine geschäftliche Transaktion ging.

»Ich verstehe«, sagte er, nachdem er ein paar weitere Worte gehört hatte. »Hier meine Anweisungen. Bitte annullieren Sie Mr. Cardons Vertrag. Ja, annullieren.«

Nachdem er die Ermordung eines weiteren Menschen angeordnet hatte, nahm Wand seinen Kneifer ab, legte ihn behutsam auf den Tisch, schaltete das Licht aus und schlief sofort wieder ein.

Tweed wanderte langsam in seinem Zimmer umher. Newman und Paula waren beide gleich zu ihm gekommen, nachdem Helen Claybourne im Fahrstuhl verschwunden war. Sie hatten Tweed von ihren Unterhaltungen mit Helen und Willie berichtet, und Tweed hatte ihnen eine kurze Zusammenfassung seines Ausflugs mit Lee gegeben.

»Offensichtlich wissen wir immer noch nicht die Wahrheit«, erklärte Tweed, »aber wir wissen, daß eine der beiden Frauen lügt.«

»Sie meinen, was das Guerlain Samsara angeht?« fragte Newman.

»So ist es. Lee hat mir erzählt, Helen besäße eine Flasche und hätte Lee erlaubt, das Parfüm auszuprobieren. Helen hat genau das Gegenteil behauptet. Das gibt mir zu denken.«

»Bedeutet das«, sagte Paula ingrimmig, »daß eine der beiden heute zwei Menschen umgebracht haben könnte?«

»So ist es«, wiederholte Tweed. »Andover und den Taxifahrer, der im Marolles-Viertel gefunden wurde. Es ist anzunehmen – wenn es eine von ihnen war –, daß sie dem Taxifahrer Zyanid eingespritzt hat, um mit seinem Taxi nach Lüttich und dann wieder hierher zurück zu fahren. Es könnte bezeichnend sein, daß das Taxi nur wenige Minuten von diesem Hotel entfernt gefunden wurde. Kein stichhaltiger Beweis – aber weshalb sollte eine von ihnen hinsichtlich des Parfüms lügen?«

»Und was ist mit Willie und Burgoyne?« fragte Newman.

»Auch sie könnten Lügner sein. Willie erzählte Paula, es wäre seine Idee gewesen, daß sie alle vier zusammen nach Brüssel kämen. Das hat Helen bei ihrer Unterhaltung mit Ihnen in der Bar bestätigt. Anderseits hat Lee mir erzählt, es wäre Burgoynes Idee gewesen. Also wissen wir auch in diesem Fall nicht, woran wir sind.«

»Helen hat mir gegenüber angedeutet«, erinnerte sich Newman, »daß Burgoyne irgend etwas mit Waffengeschäften zu tun hat. Hört sich plausibel an – schließlich ist er ein alter Militär. Und er scheint in Geld zu schwimmen, das schließlich irgendwo herkommen muß.«

»Ich meine, wir sollten uns in erster Linie auf die beiden Frauen konzentrieren«, erklärte Paula. »Ihr beide hattet sie für euch allein, also welchen Eindruck haben sie auf euch gemacht?« Sie sah Tweed an. »Ich nehme an, Lee hat auf Teufel komm raus mit Ihnen kokettiert?«

»Nein, erstaunlicherweise nicht. Ich war überrascht – sie ist keineswegs die unbedarfte Blondine, auf die ich mich eingestellt hatte. Sie hat überaus vernünftige Dinge von sich gegeben und verfügt über einen klaren Verstand. Lee kann auf sich selbst aufpassen.«

»Und Helen?« fragte Paula Newman.

»Die war so, wie ich es erwartet hatte. Eine reife Frau, die mit beiden Beinen fest auf der Erde steht.«

»Wißt ihr«, sagte Paula, »als sie alle im Foyer um den Pokertisch herumsaßen, hatte ich denselben Eindruck wie damals, als wir sie im New Forest besuchten. Daß wir Zeugen einer Scharade waren, die sie unseretwegen aufführten.«

»Sie meinen, daß alle vier unter einer Decke stecken?« fragte Tweed.

»Vielleicht. Ich bin mir noch nicht sicher«, sagte sie, vor Konzentration die Stirn runzelnd. »Aber mindestens einer oder eine von ihnen ist nicht, was er oder sie zu sein scheint. Da bin ich ganz sicher. Und es ist bestürzend – der Gedanke, daß entweder Helen oder Lee eine dreifache Mörderin sein könnte. Hilary Vane, der Taxifahrer im Marolles-Viertel und Andover.«

»Sie haben einen Blick auf den Fahrer erhascht, der den armen Andover getötet hat«, erinnerte Tweed sie. »Sie waren sich sicher, daß es eine Frau war, die einen Sturzhelm und eine Schutzbrille trug. Also kann es eigentlich nicht Lee gewesen sein – mit ihrer langen Mähne aus blondem Haar.«

»Was nur zeigt, wie wenig die Männer über Frauen wissen. Sie hätte ihr Haar ohne weiteres unter dem Helm auf dem Kopf auftürmen können.«

»Für eine Nacht haben wir genug geredet«, entschied Tweed. »Ich schlage vor, daß wir jetzt alle schlafen gehen . . .«

Es war mitten in der Nacht, als das Telefon Tweed weckte. Früher, nachdem er in seinem Zimmer im Hilton angekommen war, hatte er Monica in London angerufen und ihr seine Zimmernummer mitgeteilt. Er schaltete das Licht ein, nahm den Hörer ab, und es war Monica. Sie formulierte ihre Nachricht sehr vorsichtig.

»Tut mir leid, daß ich Sie stören muß, aber ich hatte einen Anruf von Cardon, unserem Vertreter in Fernost. Aus Bangkok. Er hat gerade drei Tage Urlaub in Chengmai hinter sich und hat vor, über den Persischen Golf zurückzufliegen. Er hat angerufen, um mir seine voraussichtliche Ankunftszeit mitzuteilen.«

Tweed überlief es eiskalt. *Chengmai.* Das thailändische Verteilungszentrum für die Drogen aus dem berüchtigten Goldenen Dreieck. Was in aller Welt hatten Drogen mit dieser Krise zu tun? Nicht das mindeste, hätte er gedacht.

Tweeds sechster Sinn machte Überstunden. Er hatte eine gräßliche Vorahnung. All dies schoß ihm in Sekundenschnelle durch den Kopf, während Monica auf seine Antwort wartete. Er faßte einen blitzschnellen Entschluß.

»Er reist unter seinem wirklichen Namen?«

»Ich nehme es an.«

»Monica, wenn er wieder anruft, geben Sie ihm folgenden Befehl. Machen Sie ihm unmißverständlich klar, daß es ein Befehl ist. Er soll sofort nach Hongkong zurückfliegen – und dabei die anderen Papiere benutzen. Dann soll er die Pazifikroute nehmen – ich wiederhole, die Pazifikroute nach San Francisco, dann an die Ostküste der USA und mit der Concorde nach London.«

»Ich werde es ihm sagen. Verlassen Sie sich auf mich. Gute Nacht – oder richtiger, guten Morgen.«

Wenn man Tweed gefragt hätte, wäre er außerstande gewesen zu erklären, weshalb er diesen Entschluß gefaßt hatte. Aber er hatte im Laufe der Jahre gelernt, daß sein sechster Sinn ihn noch nie im Stich gelassen hatte und daß es verhängnisvoll sein konnte, wenn er nicht auf ihn hörte.

Er stopfte sich ein Kissen in den Rücken, setzte sich im Bett auf und griff nach seinem Exemplar von Anthony Trollopes *Barchester Towers*. In dieser Nacht schlief er nicht mehr. Das vage Muster dessen, was da vor sich ging, war zerbrochen. Drogen? In riesigem Ausmaß? Das bedeutete Unmengen von Geld. Im Hintergrund seines Bewußtseins glomm ganz flüchtig eine Idee auf, dann war sie wieder verschwunden.

Es war noch dunkel, als er aufstand, in aller Ruhe ein Bad nahm, sich abtrocknete und sich dann langsam anzog. Dann schaute er zu, wie über Brüssel die Morgendämmerung heraufstieg.

Einige Zeit nachdem es zu dämmern angefangen hatte, aber noch bevor die Stadt aufwachte, setzte sich Marler wieder in Bewegung. Falls Dr. Wand vorhatte, sich irgendwohin zu begeben, war nicht damit zu rechnen, daß er so früh losfahren würde.

Es war kalt, und die Straßen waren noch menschenleer, als er an hohen, langweilig aussehenden Gebäuden vorbei die Avenue Louise entlangeilte. Nach einer in der Enge des Wagens verbrachten Nacht genoß er die weitläufige Place Louise mit ihren beiden Einbahnstraßen – die erste, die er überquerte, führte ihn zu der großen Verkehrsinsel in der Mitte, die sie vom Boulevard de Waterloo trennte.

Er ging mit flotten Schritten auf das Hilton zu. Er hatte nach wie vor das Zimmer, für das er bezahlt hatte, und die als Schlüssel dienende Computerkarte steckte in seiner Brieftasche. Der Portier grüßte und unterdrückte ein Lächeln. Vermutlich meint er, ich hätte die Nacht mit irgendeiner Frau verbracht, dachte Marler.

Er behielt sein flottes Tempo bei, passierte die jetzt leere Sitzecke im Foyer, steuerte auf die Fahrstühle zu. Dann wurde er langsamer. Eine vertraute Gestalt wanderte mit auf dem Rücken verschränkten Händen in der Nähe des Eingangs zum Café d'Egmont herum. Tweed.

Marler war verblüfft. Er blieb stehen, als Tweed ihn sah, schnell auf ihn zukam, seinen Arm ergriff, ihn in einen der Fahrstühle steuerte, auf den Knopf Nummer 20 drückte.

»Sie wohnen auf dem Gipfel der Welt«, bemerkte Marler, nur um überhaupt etwas zu sagen.

»Zwanzigster Stock«, erwiderte Tweed, sobald sie im Fahrstuhl waren und die Türen sich geschlossen hatten.

Mehr wurde nicht gesprochen, bis Tweed Marler in Zimmer 2009 geführt hatte. Marler breitete in einer Geste der Verwunderung die Arme aus und lächelte ironisch.

»Sie werden es nicht glauben, aber ich bin hergekommen, um Monica anzurufen und zu erfahren, wo Sie stekken . . .«

Er berichtete kurz, wie er Dr. Wand vom Flughafen aus gefolgt war, was sich im Bellevue Palace getan hatte und daß er sich ein Zimmer im Hilton genommen hatte. Tweed hörte zu, dann sprach er selbst.

»Ich bin schon sehr früh aufgewacht. Ich war unten und wollte warten, bis das Café geöffnet wird. Sie haben gute Arbeit geleistet – sehr gute Arbeit. Also ist Dr. Wand nur ungefähr zehn Minuten zu Fuß von hier entfernt. Äußerst interessant – in Anbetracht dessen, was passiert ist.«

»Wenn Sie mir das später erzählen können, sollte ich lieber zusehen, daß ich so schnell wie möglich zum Bellevue Palace zurückkehre. Wenn Wand sich irgendwohin begibt, möchte ich wissen, wohin . . .«

»Einverstanden. Aber Sie brauchen Verstärkung. Nein, keine Widerrede.«

Tweed rief in Newmans Zimmer an. Der Hörer wurde abgenommen, aber Newmans Stimme klang verdrossen.

»Was ist los, Tweed? Um diese Zeit?«

»Bitte kommen Sie sofort zu mir.«

»Ich war eben unter der Dusche und muß mich erst anziehen. Bin in zehn Minuten bei Ihnen . . .«

Tweed hatte gerade den Hörer aufgelegt und wollte Marler über den Stand der Dinge informieren, als jemand leise dreimal an die Tür klopfte. Tweed schaute durch den Spion, dann öffnete er. Paula kam herein, in einem marineblauen Kostüm und mit einem Trenchcoat über dem Arm.

»Ich konnte nicht schlafen«, sagte sie. »Und da wollte ich nachsehen, ob Sie vielleicht auch schon auf sind. Marler, Sie sehen aus, als wären Sie an der Arbeit.«

»Das ist er ...«

Tweed erklärte schnell, worin das Problem bestand. Marler legte Abzüge der Aufnahmen, die er am Londoner Flughafen von Dr. Wand gemacht hatte, auf den Tisch. Die von den Experten am Park Crescent konstruierte kleine Kamera entwickelte den Film automatisch und lieferte überaus scharfe Abzüge.

»Hier haben wir den hinterhältigen Bastard«, erklärte er vergnügt. »Eine Aufnahme behalte ich, die anderen können Sie haben.«

»Wir können nicht auf Newman warten«, sagte Tweed ungeduldig. »Also wird Paula mit Ihnen gehen.«

»Dann wollen wir ganz schnell verschwinden, bevor Newman hereingestürmt kommt«, sagte Marler.

Paula ließ sich neben Marler auf dem Beifahrersitz nieder und gab ihm einen der beiden Plastikbecher voll Kaffee. Sie hatte sie von einem Schnellimbiß geholt, während Marler den Wagen ein paar Meter weiterbewegte.

»Sie hatten auch Schinkenbrötchen«, sagte sie. »Ich könnte noch einmal hinlaufen ...«

»Tun Sie es nicht. Vielen Dank, aber ich kann keine Schinkenbrötchen mehr sehen. In den letzten vierundzwanzig Stunden habe ich nichts anderes gegessen.«

»Ich auch nicht.«

Paula mochte Marler. Auf dem Kontinent bewirkten seine schleppende, kultivierte Sprechweise und seine Londoner Kleidung, daß man ihn häufig für den typischen Engländer hielt, ein Eindruck, den er bewußt pflegte. Außerdem amüsierte Paula das Tempo, mit dem er sie aus dem Hilton herausgeschafft hatte. Newman und Marler lagen sich ständig in den Haaren; sie konnten einander nicht leiden, wußten aber, daß sich, wenn es hart auf hart ging, der eine hundertprozentig auf den anderen verlassen konnte.

Sie unterhielten sich angeregt, und Paula gab Marler einen kurzen Bericht über das, was sie in Lüttich erlebt hatten, und über ihre anschließende Begegnung mit Burgoyne, Willie und den beiden Frauen.

»Da tut sich etwas«, sagte Marler plötzlich, der Paula aufmerksam zugehört, dabei aber das Bellevue Palace nicht aus den Augen gelassen hatte.

Seit sie den Wagen erreicht hatten, waren fast zwei Stunden vergangen. In diesen zwei Stunden war Brüssel zum Leben erwacht. Straßenfeger in gelben Anzügen schoben gummibereifte Karren mit großen Mülltonnen vor sich her. Ockerfarbene Straßenbahnen ratterten auf die Place Louise zu.

»Was?« fragte Paula.

»Dieser große Mercedes 600, der gerade aus der Garage kommt. Er hat Dr. Wand vom Flughafen Zaventem hierhergebracht.«

Paula beobachtete die große schwarze Limousine, die in der Garageneinfahrt anhielt. Ein anderer Wagen versperrte ihr den Weg. Der livrierte Chauffeur mit Schirmmütze und Sonnenbrille öffnete die Tür, stieg aus, rief dem Portier etwas zu. Marler sah, wie der Portier, der offenbar die Schlüssel eines Gastes in der Hand hielt, in den anderen Wagen stieg und ihn beiseite fuhr.

»Sonst sitzt niemand in dem Wagen«, wendete Paula ein. »Wollen wir wissen, wo der Chauffeur hinfährt?«

»Nein. Aber ich glaube, es ist nicht der Chauffeur. Dazu ist der Mann zu massig, bewegt sich zu schwerfällig. Da will jemand den ganz Schlauen spielen.«

»Was meinen Sie damit?«

»Ich wette um ein Monatsgehalt, daß es Dr. Wand ist, der in dieser Livree steckt. Offenbar will er nicht, daß jemand mitbekommt, wohin er fährt. Los geht's. Halten Sie Ihren Hut fest.«

Der Mercedes 600 erreichte die Place Louise und bog

dann nach rechts in die Avenue de la Toison d'Or ab, die parallel zum Boulevard de Waterloo mit dem Verkehr in der Gegenrichtung verläuft. Und der Verkehr war jetzt sehr dicht. Marler war in seinem Element, bahnte sich seinen Weg zwischen Privatfahrzeugen und ratternden Lastwagen hindurch.

Dr. Wand – Marler war überzeugt, daß er es war – war ein miserabler Fahrer und bediente sich der Größe seines Wagens, um kleinere Fahrzeuge zum Ausweichen zu zwingen. Sie waren schneller aus Brüssel heraus, als Paula erwartet hatte. Sie sah einen Wegweiser, der Gent ankündigte.

»Er scheint eine längere Fahrt vorzuhaben«, bemerkte Paula.

»Wir auch«, erklärte Marler vergnügt.

Sie passierten die Abzweigungen zu zahlreichen Dörfern, aber der Mercedes bog nicht ab. Marler fuhr hinter einem Lastzug her, und vor dem Lastzug befand sich die Limousine.

Sie fuhren durch eine flache, offene Landschaft – gepflügte Felder und zahlreiche Gewächshäuser, deren Dächer das Sonnenlicht reflektierten. Der Himmel über ihnen war blau und klar, die Luft kalt und frisch.

Hinter Gent bog die Limousine von der Fernstraße auf eine asphaltierte Landstraße ab. Marler fiel zurück; jetzt war es schwieriger, nicht entdeckt zu werden. Die zahlreichen Kurven halfen, und er hielt so viel Abstand, daß er immer gerade noch das Dach des großen Wagens sehen konnte. Nach einer scharfen Kurve hielt er an.

Als er den Motor abschaltete, senkte sich eine lastende Stille auf sie herab. Paula saß steif aufgerichtet da und starrte wie hypnotisiert durch die Windschutzscheibe hinaus.

Ungefähr hundert Meter vor ihnen lag ein neues Dorf mit je einer Reihe von zweigeschossigen kleinen Häusern beiderseits einer frisch asphaltierten Straße. Die Häuser waren aus roten Ziegelsteinen erbaut und hatten graue Schieferdächer.

Die Limousine war hinter das erste Haus auf der linken Seite gefahren. Der ›Chauffeur‹ kam zum Vorschein und ging langsam auf die Haustür zu. Marler vermutete, daß er den Schlüssel in der Hand hatte, denn er schloß schnell auf, verschwand im Innern und machte die Tür hinter sich wieder zu.

Paula zählte die Häuser, die sich entlang der schnurgeraden Straße gegenüberstanden. Acht auf jeder Seite. Und nirgends ein Anzeichen von Leben. Nicht einmal ein Ladengeschäft. Sie blinzelte, schüttelte den Kopf.

»Ich kann es einfach nicht glauben«, sagte sie.

»Was können Sie nicht glauben?«

»Sie sind natürlich neu, nicht alt. Aber die Häuser und die ganze Atmosphäre erinnern mich an Moor's Landing in Hampshire.«

»Davon hat Tweed mir erzählt.« Marler zündete sich eine King-size an. »Und dort drüben ist ein Kanal.«

Paula schaute in die Richtung, in die er gedeutet hatte. Ein Schleppkahn wartete darauf, eine Schleuse passieren zu können. Die bedrückende Stille dauerte an. Marler schaltete den Motor ein und setzte den Wagen bis zu einer Stelle zurück, an der er leicht wenden konnte und fast außer Sichtweite des Dorfes war.

»Der Mann in der Chauffeurslivree war Dr. Wand. Seine Art, sich zu bewegen, ist unverkennbar. Ich habe ihn beobachtet, während er am Londoner Flughafen vor seinem Lear Jet herumwanderte.«

»Und dieses Dorf ist eine flämische Version von Moor's Landing«, sagte Paula. »An allen Häusern hängen Gardinen, und ich bin sicher, daß sie bewohnt sind. Aber keiner der Bewohner ist zu sehen. Unheimlich – genau wie Moor's Landing.«

»Fahren wir nach Gent zurück. Ich zeige Ihnen die Altstadt. Und wenn wir irgendein Restaurant oder eine Bar finden, werden wir ein paar Fragen über diesen Ort stellen.«

»Warten Sie noch einen Moment. Ich will nur schnell die Lage dieses Dorfes festhalten.« Paula nahm ihre Karte und machte bei der ungefähren Position ein Kreuz. »Es ist nicht einmal auf der Karte eingezeichnet.«

Marler wendete, und bald waren sie wieder auf der Fernstraße und fuhren in Richtung Gent. Er schaute mehrfach in den Rückspiegel.

»Haben Sie den blauen Audi gesehen, der an der Stelle, wo die Nebenstraße abzweigt, am Straßenrand parkte?«

»Ja. Wieso?«

»Wir haben Gesellschaft. Er folgt uns.«

Vierundzwanzigstes Kapitel

»Ich fliege noch heute nach London zurück«, verkündete Tweed. »Ich habe einen Platz in der Nachmittagsmaschine gebucht. Ich muß Delvaux' neues Radarsystem so schnell wie möglich hinüberbringen und dem Geheimdienst der Marine übergeben.«

Auf seinen Anruf hin war Newman aus seinem eigenen Zimmer in Zimmer 2009 geeilt. Dort erlebte er eine zweifache Überraschung – Tweeds plötzlichen Entschluß und den Anblick von Harry Butler und Pete Nield, die auf einer Couch saßen. Tweed bemerkte sein Erstaunen und lächelte trocken.

»Es ist normalerweise nicht meine Art, mich beschützen zu lassen. Ich habe Monica gestern angerufen und sie gebeten, sich mit Butler und Nield in Verbindung zu setzen und sie anzuweisen, unverzüglich hierherzukommen.«

»Wegen des Geräts von Delvaux«, mutmaßte Newman.

»Sie haben recht. Es kann sich als überaus wichtig erweisen, und deshalb hielt ich es für richtiger, unter Bewachung zu reisen. Außerdem habe ich Benoit angerufen. Er wird am Flughafen sein und uns an Zoll- und Paßkontrolle vorbeischleusen. Sagen Sie Paula und Marler Bescheid, wenn Sie sie sehen. Mit ein bißchen Glück bin ich morgen wieder hier. Ich muß mit einem Offizier im Verteidigungsministerium sprechen.«

Newman setzte sich und hob eine Braue. »Darf ich wissen, was da vor sich geht?«

»Sie dürfen. Ich möchte alles erfahren, was man mir über Brigadier Burgoyne erzählen kann – seine militärische Laufbahn und die Jahre, die er anschließend im Fernen Osten verbracht hat. Außerdem hat Monica weiteres Material über Willie Fanshawe zutage gefördert – und Dr. Wand ...«

Er brach ab, weil das Telefon läutete. Er hörte der Vermittlung zu, dann legte er für eine Sekunde die Hand über die Sprechmuschel.

»Wenn man vom Teufel spricht – der Anrufer ist Dr. Wand«, flüsterte er. Dann gab er die Muschel wieder frei.

»Ja, Tweed am Apparat. Sagten Sie Dr. Wand? Was kann ich für Sie tun?«

»Ich – finde – es – ist – Zeit – für – ein – Treffen – Mr. Tweed.«

Die Stimme hörte sich an wie ein Zischen und zählte jedes Wort ab, als wäre es eine Unmenge Geld wert. Tweed sah auf die Uhr. Er spielte auf Zeit, um nachdenken zu können.

»Können Sie mir sagen, weshalb wir uns treffen sollten? Und was wir miteinander zu bereden hätten? Ich habe nachher eine dringende Verabredung.«

»Mr. Tweed, man hat mich wissen lassen, daß Sie ein überaus verschwiegener Mann sind. Und das Telefon ist kaum das richtige Medium für eine offene Unterhaltung.«

»Ich sagte es bereits – mein Terminplan könnte ein Treffen unmöglich machen.«

»Ich richte mich voll und ganz nach Ihnen. Könnten Sie heute vormittag kommen? Ich habe eine bescheidene Villa in Waterloo. Dort befindet sich die europäische Zentrale meiner Flüchtlingshilfe-Organisation. Ich kann Ihnen natürlich einen Wagen schicken, der Sie vom Hilton abholt.«

»Ich kann eine halbe Stunde erübrigen«, sagte Tweed abrupt. »Und ich habe einen Wagen zur Verfügung.«

»Mein lieber Mr. Tweed, bei Ihrer raschen Auffassungsgabe können wir in einer halben Stunde die Angelegenheiten der ganzen Welt besprechen. Und vielleicht können Sie Miß Grey mitbringen. Es wäre mir ein Vergnügen.«

»Ich bringe jemanden mit, aber es wird ein Mann sein.«

»Vorzüglich! Ganz vorzüglich! Und wenn Sie sich jetzt bitte die Adresse notieren würden . . .«

Tweed schrieb sie auf einen Block. Es ärgerte ihn, daß

er mit dem Stift viel zu fest aufdrückte. Aber seine Stimme blieb kühl und gelassen.

»Ich habe sie. Wir werden bald bei Ihnen sein. Für eine halbe Stunde.«

»Ich sehe Ihrem Eintreffen mit dem größten Vergnügen entgegen. Bis nachher . . .«

Tweed legte den Hörer auf. Seine Miene war düster. Er wanderte langsam im Zimmer herum, während er über das Gespräch berichtete. Newman reagierte sofort.

»Ich komme mit. Dieser Bastard! Diese Anspielung auf Paula! Und woher hat er gewußt, daß Sie im Hilton wohnen? Ich finde, er weiß ein bißchen zuviel. Ich komme mit«, wiederholte er.

»Ich bin sehr froh, daß Sie mich begleiten wollen«, erklärte Tweed. »Dr. Wand ist ein überaus gefährlicher Mann. Er wollte mich provozieren, aber ich habe nicht reagiert. Und was die Tatsache angeht, daß er soviel weiß – dafür dürften Lee, Helen, Willie oder Burgoyne verantwortlich sein. Die Frage ist nur, wer von den vieren?«

»Und auch, weshalb er dieses Treffen vorgeschlagen hat«, meinte Nield. »Vielleicht sollten auch Harry und ich Sie begleiten.«

»Es ist ein kleiner Sieg für unsere Seite, daß er mich sehen möchte. Einer der vier Leute, die ich erwähnte, hat die Bemerkung, die ich gestern abend im Foyer gemacht habe – daß ich dem Entführer auf der Spur bin –, an ihn weitergegeben. Also hat meine Taktik funktioniert. Aber ich will nicht, daß wir zu viert aufkreuzen – das sieht so aus, als wären wir nervös. Trotzdem danke für den Vorschlag, Pete.«

»Wenn wir nicht zu spät in Waterloo ankommen wollen, sollten wir in einer halben Stunde abfahren«, sagte Newman entschlossen. »Und ich werde diese Adresse, die er Ihnen gegeben hat, auf meiner Straßenkarte suchen . . .«

Tweed reichte ihm das Blatt mit der Adresse, dann trat er mit hinter dem Rücken verschränkten Händen ans Fenster. Waterloo lag südlich von Brüssel und war eine der teuersten Wohngegenden am Rande der Stadt. Er freute sich fast darauf, mit dem mysteriösen Dr. Wand die Klingen kreuzen zu können.

»Mr. Audi ist immer noch hinter uns«, bemerkte Marler, als er in die Altstadt von Gent hineinfuhr.

Es war offensichtlich, nachdem sie das moderne Gent hinter sich gelassen und die Altstadt erreicht hatten. Hier waren die Straßen nicht asphaltiert, sondern mit Kopfsteinen gepflastert, über die der Mercedes hinwegrumpelte. Vor ihnen wurde ein schwerer Lastwagen durchgerüttelt.

Paula gefiel die flämische Stadt. Die Art, auf die sich die Menschen bewegten – gelassen, aber zielstrebig –, verlieh ihr eine entspannte Atmosphäre. Die wilde Hektik von Brüssel schien weit entfernt – es war, als befände man sich in einem anderen Land. Die steinernen Gebäude waren alt, und Paula hatte das Gefühl, ins Mittelalter zurückversetzt worden zu sein.

»Das ist das Zentrum – der Koornmarkt«, sagte Marler. »Und dort drüben neben der Post ist ein freier Parkplatz.«

»Ist das da nicht ein Restaurant?« fragte Paula. »Die flämische Aufschrift oben verstehe ich nicht, aber darunter steht Brasserie. Ich bin so hungrig, daß ich ein Pferd verschlingen könnte.«

»Das brauchen Sie hier nicht. Das flämische Essen ist sehr gut.«

Er hatte den Wagen zum Stehen gebracht. Auf der anderen Seite der Straße befand sich das Lokal, das Paula entdeckt hatte. Die obere Aufschrift lautete DENTERGEMS WIT. Darunter stand die französische Bezeichnung BRASSERIE DE POSTE. Paula deutete auf ein altes graues Gebäude mit einer Art Kirchturm an einem und einem Uhrturm am anderen Ende und einer reichgeschmückten Fassade.

»Was ist das?«

»Das Postamt. Und Mr. Audi hat offenbar vor, ganz in unserer Nähe zu parken. Ja, wir werden in der Brasserie essen. Erstens bin ich gleichfalls halb verhungert, und außerdem kann ich von dort aus den Wagen im Auge behalten. Und Mr. Audi . . .«

Er verschloß den Wagen und überquerte zusammen mit Paula den Platz. Marler schaute absichtlich nicht in die Richtung des Audi und des dicken Mannes am Steuer, der eine Zigarre rauchte.

»Himmel«, sagte Paula, die am Eingang stehengeblieben war. »Ich kann kein Wort Flämisch, und das ist die Sprache auf der Speisekarte.«

»Aber Ihr Französisch haben Sie doch wohl nicht vergessen? Warten Sie, bis wir drinnen sind.«

Das Restaurant hatte getäfelte Wände, einen gefliesten Fußboden, Holzstühle und Tische mit Papierdecken, die so gemustert waren, daß sie aussahen wie Leinen. Es herrschte reger Betrieb, und Kellnerinnen eilten durch den Raum, um die Gäste zu bedienen, wobei ihre Absätze auf dem Fliesenboden klickten. Marler fand einen Tisch am Fenster und rückte für Paula einen Stuhl zurecht. Während er die Speisekarte las, warf er einen Blick nach draußen. Auf der anderen Straßenseite saß der Dicke nach wie vor am Steuer, rauchte seine Zigarre und schaute betont geradeaus.

»Das ist gut«, sagte Paula. »Die Speisekarte ist zweisprachig, Flämisch und Französisch. Ich bin für Seezungenfilet und Unmengen von Pommes frites.«

»Hört sich gut an. Das nehme ich auch.«

Die Kellnerin stand bereits neben ihnen. Marler gab auf französisch die Bestellung auf und bat um eine Karaffe Macon und etwas Mineralwasser. Die Kellnerin sah ihn fassungslos an.

»Pas de potage?«

Marler warf einen Blick auf Paula, die den Kopf schüttelte. Dann schaute er zu der Kellnerin auf, lächelte und sagte *»Non«*. Verwundert eilte sie davon, um die Bestellung weiterzugeben.

»Ich bin zwar halb verhungert«, bemerkte Paula, »aber ich habe die Suppe am Nebentisch gesehen. Sie sieht aus, als wäre sie eine Mahlzeit für sich.«

»Sie haben recht. Sie ist ein Sattmacher. Aber die Flamen arbeiten schwer und essen gut, um bei Kräften zu bleiben.

Der Macon ist Ihnen doch recht? Die Kellnerin war so ungeduldig und konnte gar nicht schnell genug wieder wegkommen.«

»Sie wissen, daß es einer meiner Lieblingsweine ist. Und danke, daß Sie an das Mineralwasser gedacht haben . . .«

Paula dachte daran, wie merkwürdig die Situation war. In Marlers Gesellschaft fühlte sie sich genau so entspannt, wie wenn sie mit Newman unterwegs war. Aber auf der anderen Straßenseite saß dieser dicke Mann und wartete darauf, daß sie weiterfuhren.

»Mr. Audi könnte ein Problem sein«, bemerkte sie, nachdem die Kellnerin den Wein und das Mineralwasser gebracht hatte, zusammen mit einem Korb voll Baguettescheiben. Paula nahm ein Stück und aß das knusprige Brot. »Das ist auch gut«, stellte sie fest.

»Vergessen Sie Mr. Audi«, schlug Marler vor. »Ich war schon öfter hier und kenne mich in der Stadt aus. Ich kümmere mich um unseren Freund, bevor wir abfahren. Sie können Ihr Essen unbesorgt genießen.«

Paula trank ihren Wein und schaute nach draußen, fasziniert von der Architektur im holländischen Stil. Schmale, alte Gebäude, die in oben abgerundeten, dreieckigen Fassaden endeten. Sie waren durchweg fünf oder sechs Stockwerke hoch, und einige von ihnen hatten im fünften Stock schwere Holztüren, die sich früher einmal geöffnet hatten, um Waren aufzunehmen, die von Fahrzeugen auf der Straße hochgehievt wurden.

»Sieht gut aus«, sagte sie, als das Essen kam. »Und keine Gräten, mit denen man sich herumärgern muß. Sehen Sie sich diese Menge von herrlichen Pommes an!«

»Ich bin sicher, wir werden alles bis auf den letzten Rest vertilgen«, sagte Marler.

Sie schwiegen, während sie über ihr Essen herfielen. Weitere Gäste strömten herein. Offensichtlich Einheimische, dachte Marler. Und Stammgäste, nach der Art zu urteilen, auf die die Kellnerinnen sie begrüßten. Das Restaurant war erfüllt von Stimmengewirr, in das sich das

Klappern von Besteck und das Klirren von Gläsern mischte.

Ein Mann in einem weißen Kittel tauchte aus dem Hintergrund des Lokals auf. Er hatte das für einen Flamen typische kraftvolle Gesicht und wendete sich auf französisch an Marler.

»Ist alles zu Ihrer Zufriedenheit, Monsieur?«

»Ganz vorzüglich«, bestätigte Marler. »Ein Essen, das eines Königs würdig wäre. Übrigens – wir sind gerade ein bißchen in der Umgebung von Gent herumgefahren und dabei auf etwas gestoßen, was aussah wie ein neues Modelldorf . . .«

Paula holte schnell ihre Karte hervor. Sie zeigte auf das Kreuz, mit dem sie seine Lage eingezeichnet hatte. Der Mann im weißen Kittel beugte sich darüber, nickte und fuhr auf französisch fort.

»Die Leute, die dort wohnen, kommen bestimmt nicht hierher. Dazu sind sie sich viel zu gut. Sollen alles junge Manager sein, die angeblich in Brüssel arbeiten. Es ist kaum etwas über sie bekannt, aber anscheinend wollen sie unter sich bleiben. Weiterhin guten Appetit . . .«

»Irgend etwas ist merkwürdig an diesem Dorf«, beharrte Paula, nachdem der Mann im weißen Kittel gegangen war. »Je mehr ich darüber nachdenke, desto mehr fühle ich mich an Moor's Landing erinnert – obwohl es sich dort um renovierte, reetgedeckte Cottages handelt.«

Eine weitere Straßenbahn ratterte langsam über den Koornmarkt. Es war ein lautes, durchdringendes Geräusch. Während sie gegessen hatten, waren in kurzen Abständen immer wieder Straßenbahnen vorbeigefahren.

»Nun, auf jeden Fall gibt es eine Verbindung zwischen diesem Dorf und Dr. Wand. Ich bin ganz sicher, daß es Wand war, der sich als Chauffeur verkleidet hatte. Es besteht also ein Zusammenhang. Aber welches Bindeglied haben wir zwischen Dr. Wand und dem Dorf im New Forest?«

»Ein sehr solides«, erinnerte ihn Paula. »Butler und Nield sind dem Wohnwagen gefolgt, der sämtliche Gespräche in Andovers Haus aufgezeichnet hatte. Und wohin hat er sie geführt? Zu Nr. 185, The Boltons, dem Londoner Wohnsitz von Dr. Wand.«

»Sie haben recht. Was ist mit Nachtisch?«

»Unmöglich.« Paula beklopfte ihren Magen. »Da paßt kein Bissen mehr hinein. Und wir haben diese Unmenge von Pommes aufgegessen. Ich glaube, ich möchte nicht einmal mehr Kaffee.«

Marler sah aus dem Fenster. Der Dicke saß immer noch in dem Audi und zündete sich gerade eine frische Zigarre an. Auch eine Art Mittagessen, dachte Marler. Er beugte sich vor.

»Paula, ich verlange jetzt die Rechnung und lasse Ihnen Geld zum Bezahlen da. Dann gehe ich nach draußen. Wie ich bereits sagte, ich kenne mich hier aus. Hier sind die Wagenschlüssel. Wenn Sie sehen, daß der Dicke verschwindet, gehen Sie schnurstracks zum Wagen und setzen sich auf den Beifahrersitz. Stecken Sie den Schlüssel ins Zündschloß, und warten Sie dann, bis ich wieder auftauche.«

»Weshalb glauben Sie, daß der Dicke verschwinden wird?«

»Vertrauen Sie mir.« Er winkte die Kellnerin herbei und bat um die Rechnung.

»*Pas de dessert?*«

»*Non.*«

Sie schrieb die Rechnung aus. Abermals schien sie fassungslos zu sein. Diese Engländer wissen nicht, was Essen heißt! Marler dankte ihr und schob Paula, als die Kellnerin zu einem anderen Tisch gerufen wurde, ein paar Banknoten zu. Dann stand er auf, verließ gemächlich das Restaurant und überquerte die Straße.

Paula gab der Kellnerin das Geld, dann sah sie, wie Marler auf der anderen Straßenseite ankam und nach links in Richtung Post weiterging. Der Dicke beugte sich vor. Selbst auf diese Entfernung konnte Paula erkennen, daß er nicht wußte, was er tun sollte, als Marler an seinem geparkten Mercedes vorbeiging.

Als Marler die Ecke des Gebäudes erreicht hatte, bog er nach rechts ab und verschwand. Der Dicke setzte sich in Bewegung. Er stieg aus dem Audi und schloß ihn ab, dann folgte er Marler. Seine Beine bewegten sich schwerfällig. Paula vermutete, daß er es nicht gewohnt war, zu Fuß zu gehen – sein Fortbewegungsmittel war der Wagen.

Sie sah, wie er an derselben Ecke ankam und aus ihrem Blickfeld verschwand. Marlers Vorhersage hatte sich als richtig erwiesen. Aber was konnte Marler tun, um ihn abzuschütteln und außer Gefecht zu setzen – im Zentrum einer belebten Stadt? Sie verließ das Restaurant, blieb stehen, während eine weitere Straßenbahn langsam vorbeiratterte, dann rannte sie zu dem Mercedes. Sie schloß ihn auf, lief um den Wagen herum, setzte sich auf den Beifahrersitz und schob den Schlüssel ins Zündschloß.

Inzwischen war Marler an der Seitenfront des Postamtes entlanggeschlendert. An der hinteren Ecke angekommen, bog er abermals nach rechts ab in die Graslei, eine kopfsteingepflasterte Straße, die an einem Kanal entlang verlief, über den ganz in der Nähe eine Brücke führte. Hier wurde ihm bewußt, daß das Glück auf seiner Seite war.

Ungefähr in der Mitte der Rückfront des Gebäudes scharte sich eine Gruppe von Amerikanern zusammen, als suchten sie Schutz in einem fremden Land. Sie waren gut gekleidet und gehörten offenbar zu den wohlhabenderen Leuten, die außerhalb der Saison reisten. Sie drängten sich dicht an die Wand, während eine Führerin ihnen einen Vortrag über die Geschichte von Gent hielt.

Marler gesellte sich zu den im Hintergrund stehenden Angehörigen der Gruppe, als gehörte er zu ihr. Er lächelte eine ältere Dame mit blaugefärbtem Haar an. »Ist das nicht fantastisch?« fragte sie, während Marler sich tiefer in die Gruppe hineinschob. Er nickte und schaute zurück. Der Dicke war erschienen und stehengeblieben, weil er Marler nicht mehr sehen konnte.

Marler stand jetzt an der Einmündung einer schmalen

Gasse, die Hazewindstraatje hieß und von der er wußte, daß sie direkt zum Koornmarkt zurückführte. Er ging schnell die Gasse entlang und kam in der Nähe des geparkten Audi heraus.

Auf dem Gehsteig herrschte lebhaftes Gewimmel. Als sich Marler dem Audi näherte, steckte eine seiner Hände in der Hosentasche. Dann zog er sie heraus und ließ dabei eine Handvoll Kleingeld fallen.

Er bückte sich und begann, die Münzen aufzusammeln. Niemand nahm Notiz von ihm, als er die Staubkappe vom Reifenventil eines der Vorderräder abschraubte. Er hatte festgestellt, daß sich drei Straßenbahnen dem Koornmarkt näherten. Hervorragend! Er holte einen Kugelschreiber aus der Tasche und rammte das vordere Ende kräftig auf das Federventil. Das Zischen der aus dem Reifen entweichenden Luft ging im Rattern der Straßenbahnen unter. Einen Moment später war der Reifen flach wie ein Pfannkuchen.

Er richtete sich auf und ging schnell auf seinen Mercedes zu; unterwegs warf er die Staubkappe in den Rinnstein. Paula lehnte sich zur Seite, machte ihm die Tür auf. Er glitt hinter das Lenkrad, knallte die Tür zu und startete den Motor.

»Das war verdammt knapp, wie Wellington bei Waterloo sagte«, bemerkte er. »Übrigens ist Waterloo gar nicht weit von hier entfernt.«

Im Rückspiegel sah er den Dicken, der am Ende der Gasse zum Vorschein kam. Er warf einen Blick auf den Mercedes, tastete nach seinem Schlüssel, sprang in den Audi, startete seinen eigenen Motor.

»So, und jetzt können wir einen Spaß erleben«, sagte Marler.

Er verließ den Koornmarkt und steuerte auf die Fernstraße nach Brüssel zu. Der Dicke hatte so viel Angst, sie zu verlieren, daß er alle Vorsicht außer acht ließ. Er gab Gas und folgte dem Mercedes.

»Einen Spaß?« fragte Paula. »Wieso?«

»Der Dicke hat einen platten Vorderreifen. Schauen Sie

in den Außenspiegel. Dieses Kopfsteinpflaster wird ihm den Rest geben. Es kann nur Sekunden dauern, bis ein Rad auf der Felge läuft.«

Er beschleunigte. Ein Taxifahrer, der ihnen entgegenkam, schien mit einem Tempo von 100 Stundenkilometern zu fahren. Marler wurde noch schneller. Hinter ihm versuchte der Dicke verzweifelt, ihn nicht aus den Augen zu verlieren. Und dann passierte es. Marler beobachtete es im Rückspiegel und Paula im Außenspiegel.

Mit viel zu hoher Geschwindigkeit raste der Audi mit einer auf dem Kopfsteinpflaster rüttelnden Felge dahin. Eine Sekunde lang ruckte der Wagen heftig, dann verlor der Dicke die Kontrolle über ihn. Der Audi kam ins Schleudern und prallte wie ein Schmiedehammer gegen die Rückseite eines stehenden Müllwagens. Sein Vorderteil schob sich zusammen. Eine Lawine von Müll ergoß sich auf die Haube und türmte sich vor der Windschutzscheibe auf. Der Dicke hatte sich nicht die Zeit genommen, seinen Sicherheitsgurt anzulegen. Er wurde nach vorn geschleudert, und sein Kopf flog durch die Windschutzscheibe wie ein aus einer Waffe abgefeuertes Geschoß.

Marler bog um eine Ecke, und die gräßliche Szene verschwand aus ihrem Blickfeld. Paula stieß den angehaltenen Atem aus und versuchte, sich etwas Belangloses einfallen zu lassen.

»Sie erwähnten gerade Waterloo. Ich war noch nie dort. Vielleicht kann ich einmal hinfahren.«

»Die Mühe können Sie sich sparen«, entgegnete Marler. »Dort gibt es nichts zu sehen. Heutzutage tut sich in Waterloo nie etwas.«

Fünfundzwanzigstes Kapitel

»Er hat ›meine bescheidene Villa‹ gesagt – das ist ein Palast«, bemerkte Tweed.

Newman saß am Steuer des Mercedes, und sie waren gerade in Waterloo angelangt. Er war langsam gefahren und hielt jetzt vor einem hohen, dekorativen Doppeltor zwischen zwei großen Steinpfeilern. Von den Pfeilern aus umgab eine endlose, drei Meter hohe Mauer das Grundstück, und auf der Mauer war ein Draht gespannt, der, da war sich Tweed ganz sicher, unter Strom stand. Das Tor war geschlossen. Einer der Pfeiler trug eine große Metallplatte mit der Aufschrift MOONGLOW REFUGEE AID TRUST INTERNATIONAL.

»Der Mann hat, wie es scheint, einen ausgesprochenen Sinn für Sicherheitsvorkehrungen«, stellte Tweed fest.

Newman stieg aus, ging zur Sprechanlage unter der Metallplatte, drückte auf die Klingel und sprach in das Mikrofon, als eine Stimme auf französisch fragte, wer da wäre.

»Mr. Tweed. Er hat eine Verabredung mit Dr. Wand.«

Er wartete nicht auf eine Antwort. Als er wieder eingestiegen war und die Wagentür geschlossen hatte, begannen die elektronisch gesteuerten Torflügel langsam einwärts zu schwenken. Ungefähr fünfzig Meter hinter dem Tor stand auf einer Terrasse ein großes, dreistöckiges Gebäude mit einem Mansardendach und taubengrau gestrichenen Mauern. Beiderseits der Zufahrt erstreckte sich ein Garten, dessen gepflastertes Zentrum einen Springbrunnen umgab. Obwohl größer, erinnerte die Anlage an Delvaux' Château, aber ohne den Geschmack.

Newman fuhr hinein, hielt unmittelbar hinter dem Tor an und stieg aus. Er hob einen der weißgestrichenen Steine auf, die die Zufahrt säumten, trug ihn hinter den Wagen und klemmte ihn vor einen der offenen Torflügel. Dann kehrte er in den Wagen zurück.

»Was soll das?« fragte Tweed.

»Wenn sich das Tor automatisch schließt – was es gerade zu tun beginnt –, dann verhindert dieser Stein, daß es zufällt. Nur für den Fall, daß wir schnell von hier verschwinden wollen ...«

Am Fuß der Terrasse angekommen, wendete Newman den Wagen, so daß er wieder in die Richtung zeigte, aus der sie gekommen waren. Seite an Seite stiegen sie die Stufen zur Terrasse hinauf und steuerten auf ein großes Doppelportal zu. Bevor Tweed auf die Klingel drücken konnte, wurde sie geöffnet. Ein massiger Mann mit dunklem, nach hinten gekämmtem Haar, wie ein Butler gekleidet, trat beiseite.

»Dr. Wand erwartet Sie, meine Herren.«

Tweed trat als erster ein, gefolgt von Newman. Sie hörten ein lautes, pfeifendes Geräusch, und Newman begriff, daß der Türrahmen einen Metalldetektor enthielt. Der Butler schloß die Tür, dann wendete er sich an Newman.

»Einen Augenblick, bitte. Haben Sie eine Waffe bei sich?«

»Ja«, sagte Newman prompt.

»Wenn Sie nichts dagegen haben«, fuhr der Butler fort, »werde ich sie aufbewahren, während Sie mit Dr. Wand sprechen.«

»Die Mühe können Sie sich sparen.«

»Eine harmlose Hausregel. Es ist niemandem gestattet, Dr. Wand mit einer Waffe aufzusuchen.«

»Dann machen Sie die verdammte Tür wieder auf, und wir fahren zurück nach Brüssel.«

Newman sah, wie seine rechte Hand nach oben zuckte und sich dann wieder entspannte. Tweed hatte dem Wortwechsel schweigend zugehört. Dies konnte sich als gefährlicher Ausflug erweisen, und er war willens, Newman die Sache auf seine Weise handhaben zu lassen. Der Butler verneigte sich leicht vor Tweed.

»Wenn es Ihnen nichts ausmacht, einen Augenblick zu warten – ich muß rückfragen.«

»Tun Sie das«, sagte Tweed.

Während sie in der riesigen Eingangshalle mit einem auf Hochglanz polierten Parkettboden, auf dem etliche Perserteppiche lagen, auf die Rückkehr des Butlers warteten, schlenderte Tweed mit hinter dem Rücken verschränkten Händen zur Wand, um sich ein kleines Gemälde anzusehen, auf dem eine Frau in altertümlicher Kleidung dargestellt war.

»Das ist ein Holbein«, bemerkte er zu Newman. »Ein Original, wenn ich mich nicht täusche. Es muß ein Vermögen gekostet haben.«

»Dr. Wand scheint es nicht an Kleingeld zu mangeln«, erwiderte Newman. »Flüchtlingshilfe.«

Der Butler hatte sich in den Hintergrund der Halle begeben, wo ein großer Regency-Schreibtisch stand, an dem er offenbar den Dienstboten seine Anweisungen erteilte. Er sprach in ein altmodisches Telefon mit vergoldetem Hörer. Nachdem er aufgelegt hatte, kam er zurück.

»Dr. Wand ist bereit, in Ihrem Fall eine Ausnahme zu machen. Bitte folgen Sie mir. Ich werde vor der Tür seines Arbeitszimmers warten.«

»Und lauschen?« erkundigte sich Newman verbindlich.

Der Butler marschierte vor ihnen her auf eine schwere, mit Intarsien geschmückte Tür zu. Er klopfte zweimal an, öffnete die Tür, trat beiseite und schloß sie wieder, sobald sie eingetreten waren.

Tweed blinzelte. Das Arbeitszimmer war ein sehr großer Raum, aber an allen Fenstern waren die schweren Samtvorhänge zugezogen. Die einzige Beleuchtung kam von einer Schreibtischlampe, deren Licht auf zwei niedrige Sessel vor dem Louis-Quinze-Schreibtisch fiel. Hinter dem Schreibtisch thronte auf einem hohen Stuhl mit gerader Rückenlehne eine schattenhafte Gestalt. Die Gestalt erhob sich langsam, blieb aber im Schatten hinter dem Schreibtisch.

»Mr. Tweed, es ist mir eine große Freude, daß Sie mich mit Ihrer Gegenwart beehren. Treten Sie bitte näher, und nehmen Sie Platz. Ich bin sicher, mit Männern von Ihrer Intelligenz gibt es viel Interessantes zu bereden.«

Tweed, der den dicken Teppich unter seinen Füßen spürte, bewegte sich wesentlich langsamer als gewöhnlich. Seine Augen stellten sich auf die schwache Beleuchtung ein, und er ließ den Blick durch den Raum schweifen. Dann trat er zur Seite, ergriff einen Lehnstuhl, schob den niedrigen Sessel beiseite und setzte sich.

»Ich ziehe diese Art von Stuhl vor«, bemerkte er.

»Ich auch«, sagte Newman, zog einen weiteren Stuhl heran, ließ sich darauf nieder und schlug die Beine übereinander.

»Mr. Newman, wenn ich recht informiert bin«, sagte Dr. Wand, der sich wieder auf seinem eigenen Stuhl niedergelassen hatte. »Der berühmte Auslandskorrespondent. Ich kann doch wohl davon ausgehen, daß unsere Unterhaltung – wie sagt man? – inoffiziell ist? Es würde mir nicht gefallen, wenn ich später einen Artikel über unsere Zusammenkunft im *Spiegel* lesen müßte.«

»Ich habe mich vor ein paar Jahren aus dem Berufsleben zurückgezogen«, informierte ihn Newman.

»Natürlich. Ich entsinne mich. Sie haben einen Bestseller geschrieben, der Ihnen ein Vermögen eingebracht hat. *Kruger: The Computer That Failed.* Ich habe ihn mit großem Interesse gelesen. So ein Schurke.«

»Oh, von der Sorte gibt es eine ganze Menge.«

Tweed sah, wie Dr. Wands großer Kopf nach vorn ruckte. Für eine Sekunde sah er die Augen hinter dem goldenen Kneifer, ein Aufblitzen von Bösartigkeit. Newmans Bemerkung war ein Volltreffer gewesen. Dann zog sich der Kopf in den Schatten zurück, und Dr. Wand sprach wieder mit seiner leisen, jedes Wort betonenden Stimme.

»Ich muß mich für die spärliche Beleuchtung entschuldigen, aber starkes Licht tut meinen Augen weh. So, und womit kann ich Ihnen zu Diensten sein, Mr. Tweed?«

»Ich dachte, das Gegenteil wäre der Fall«, erinnerte Tweed ihn. »Wir sind auf Ihre Einladung hin gekommen.«

»Natürlich, natürlich.« Wand schwieg einen Moment.

»Mich wundert die Tatsache, daß Sie es für angezeigt hielten, Ihre wertvolle Zeit mit Nachforschungen über mich zu verbringen.«

Jetzt kommen wir zur Sache, dachte Newman. Er fragte sich, wie Tweed die Situation handhaben würde. Tweed reagierte sofort.

»Was verleitet Sie zu der Annahme, daß ich auch nur das geringste Interesse an Ihren Aktivitäten haben könnte?«

»Also, wissen Sie, ein Mann in meiner Position – der sich weltweit mit der Notlage der Flüchtlinge beschäftigt – muß ständig ein aufmerksames Ohr am Untergrund-Flüsterdraht haben.«

»Stört es Sie, wenn ich eine Zigarette rauche?« fragte Newman, um ihren Gastgeber zu irritieren.

»Wenn es sein muß. Übrigens sollte Ihnen bewußt sein, daß es ein großes Zugeständnis meinerseits ist, daß ich Ihnen erlaubt habe, bewaffnet hier hereinzukommen.«

Sein Ton hatte sich verändert. Jetzt lag etwas Scharfes darin. Tweed spürte eine dynamische Energie in dem Mann, den er immer noch nicht deutlich gesehen hatte. Newman reagierte sofort und nahm die Zigarette aus dem Mund.

»Dann würde ich Ihnen empfehlen, ein Wort mit Ihrem Butler zu reden. Die Waffe, die *er* in einem Schulterholster trägt, ist so massig, daß kein Mensch sie übersehen kann.«

»Danke, Mr. Newman. Sehr freundlich von Ihnen.« Jetzt ein Anflug von Sarkasmus. »Ich werde mit Jules ein Wort über seine Rüstung reden. Aber wir leben in gewalttätigen Zeiten.«

»Da wir gerade von Rüstung sprechen – Sie haben völlig recht«, fiel Tweed schnell ein. »Sir Gerald Andover wurde gestern abend vor den Toren von Gaston Delvaux' Anwesen in Lüttich ermordet. Sie haben natürlich von Andover gehört – über den Untergrund-Flüsterdraht.«

Newman lächelte innerlich. Das Tempo beschleunigte sich. Tweed nutzte jede Gelegenheit, und er hatte den Eindruck, daß Wand sehr wütend darüber war, daß er eine Bresche in seinen Panzer geschlagen hatte.

»Ja«, sagte Wand nachdenklich, »ich glaube, irgendwo habe ich tatsächlich von Andover gehört. Ich halte ihn – hielt ihn – für einen Spinner, der bizarre Theorien verbreitete.«

»Oder ein Genie, das erkannte, was die westliche Welt als Nächstes bedrohen würde«, stieß Tweed schnell nach.

»Und was soll das sein, wenn ich mir die Frage erlauben darf?«

»Das Flüchtlingsproblem zum Beispiel ist eine horrende Bedrohung. Hunderttausende – vielleicht Millionen –, die sich von Osten her in Bewegung gesetzt haben. Europa würde von ihnen überschwemmt werden, wenn man sie einließe. Und trotzdem ist Ihre Organisation allem Anschein nach entschlossen, diese Leute hier einzuschleusen.«

»Einzuschleusen!« Wands Stimme klang, als wäre er entsetzt. Er bewegte sich auf seinem Stuhl, und sein Kopf tauchte kurz ins Licht. Stechende Augen hinter dem funkelnden Kneifer musterten Tweed. »Würden Sie sich bitte etwas deutlicher ausdrücken? Was genau werfen Sie meiner Organisation vor, deren einziger Zweck darin besteht, armen und hilflosen Menschen zu helfen?«

»Das war nur eine Redewendung«, sagte Tweed verbindlich. »Weshalb ist das Flüchtlingsthema ein so heikler Punkt?«

»Wir müssen eine strikte Auswahl treffen – zwischen politischen und Wirtschaftsflüchtlingen unterscheiden. Gewiß haben Sie die Diskussionen über dieses Thema verfolgt.«

»Besteht irgendein Zusammenhang zwischen Ihrer Flüchtlingsorganisation und Ihrer von Hongkong aus operierenden Handelsgesellschaft?«

»Überhaupt keiner.« Wands Stimme war sehr scharf. »Soweit ich informiert bin, verhandelt Ihre eigene Firma mit den Entführern von reichen Leuten. Sie sollen ein exzellenter Vermittler in solchen Fällen sein – und wie reimt sich das mit dem zusammen, was Sie schon angedeutet haben?«

»Weil ein prominenter Mann entführt worden ist. Und ich versuche, seine Freilassung zu erreichen«, log Tweed.

Es folgte ein langes Schweigen. Dr. Wand bewegte sich unruhig auf seinem Stuhl. Er rückte seinen Kneifer zurecht. Plötzlich änderte sich sein Verhalten, wurde liebenswürdig.

»Und ich vermute, Sie stehen nahe vor dem Erfolg Ihres schwierigen Unterfangens?«

»O ja. Wichtige Informationen sind ans Licht gekommen. Im Augenblick könnte man sagen, daß wir unserem Ziel sehr nahe sind. Es sind gewisse Leute in Brüssel, und ich frage mich, weshalb sie dort sind. Ich glaube, den Grund dafür herausgefunden zu haben.«

Wieder eine Pause. Newman, der noch immer die unangezündete Zigarette im Mund hatte, hantierte unter der Deckung des Schreibtischs mit seinem Einwegfeuerzeug. Er benutzte seinen harten Daumennagel, um das Kontrollrädchen so weit aufzudrehen, daß aus dem Feuerzeug ein kleiner Flammenwerfer wurde.

»Dann wünsche ich Ihnen gute Gesundheit, Mr. Tweed. Und guten Erfolg bei Ihrer bestimmt sehr schwierigen Arbeit. Eine falsche Bewegung, könnte ich mir vorstellen, und die ganze Sache fliegt Ihnen um die Ohren.« Die Stimme wurde so leise, daß Tweed die Worte gerade noch mitbekommen konnte. »Das wäre eine Tragödie für Sie – und alle Beteiligten.«

Newman wählte diesen Augenblick, um sich vorzubeugen und sein Feuerzeug aufschnappen zu lassen. Eine riesige Flamme schoß empor, die er ruhig hielt, während er mit ihr die Spitze seiner Zigarette berührte, dann ließ er den Hebel los, und die grelle Flamme erlosch. In diesen wenigen Sekunden bot sich den beiden Männern ein Blitzlichtbild von Dr. Wand. Er riß eine Hand hoch, um sein Gesicht zu verdecken, aber nicht, bevor sie es gesehen hatten.

Tweed registrierte einen Ausdruck satanischer Wut. Die Augen funkelten bösartig. Wand hatte vorstehende Wangenknochen, eine Nase wie der Bug eines Schiffes, und er lächelte blitzschnell, ein Lächeln mit verzerrten Lippen, das alles andere als erfreulich war. Er erhob sich hinter seinem Schreibtisch, jetzt wieder im Schatten.

»Mr. Tweed, ich möchte Ihnen danken, daß Sie einen kleinen Teil Ihrer zweifellos sehr kostbaren Zeit darauf verwendet haben, den weiten Weg von Brüssel zu machen, um mich hier zu besuchen. Wie erwartet, habe ich unsere Unterhaltung als sehr anregend und aufschlußreich empfunden. Sie scheinen einen überaus gefährlichen Beruf zu haben. Hoffen wir, daß Sie noch viele weitere Jahre am Leben bleiben.«

»Genau das habe ich vor«, erwiderte Tweed knapp.

Dr. Wand mußte auf einen Knopf gedrückt haben, denn die Tür wurde geöffnet, und der Butler erschien. Er hatte die Hand auf der Klinke und stand, geradeaus schauend, steif aufgerichtet da. Wand ignorierte Newman, sprach kein weiteres Wort zu ihm und machte auch keine Anstalten, hinter dem Schreibtisch hervorzukommen und ihnen die Hand zu geben.

Der Butler geleitete sie durch die Halle und öffnete ein an der Wand angebrachtes Metallkästchen. Er runzelte die Stirn.

»Das Tor scheint sich nicht richtig geschlossen zu haben.«

»Aber Sie können doch wohl dafür sorgen, daß es sich richtig öffnet«, meinte Newman verbindlich.

Als sie die Auffahrt entlangfuhren, stand das Tor weit offen. Newman hielt auf der Straße kurz an, lief zurück, legte den Stein wieder dorthin, wo er ihn aufgehoben hatte, und kehrte zum Wagen zurück. Dann machten sie sich auf die Rückfahrt nach Brüssel.

In seinem Arbeitszimmer saß Dr. Wand mit den Händen im Schoß reglos in der Düsternis. Sein Verstand lief auf Hochtouren. Als das Telefon läutete, griff er automatisch nach dem Hörer, aber in Gedanken war er Tausende von Meilen weit entfernt.

»Ja?«

»Hier ist Anne-Marie«, sagte eine Frauenstimme, wie immer ihren Decknamen benutzend. »Ich rufe von einer Telefonzelle aus an.«

»Eine überaus vernünftige Vorsichtsmaßnahme. Sie haben Neuigkeiten für mich?«

»Ja. Anhand einer relativ kurzen Beobachtung von Miß Grey und ihrem Arbeitgeber würde ich sagen, daß sie einander sehr nahe stehen.«

»Sie glauben, sie ist seine Geliebte?«

»Nein. Um diese Art von Verhältnis handelt es sich vermutlich nicht. Ich glaube, er schätzt sie sehr und sieht in ihr eine unersetzliche Mitarbeiterin.«

»Das finde ich interessant, überaus interessant sogar. Eine Geliebte mag ein Mann ohne eine Spur von Gewissensbissen aufgeben, aber ein solches Verhältnis geht tiefer. Bitte bleiben Sie weiterhin mit mir in Verbindung. Leben Sie wohl . . .«

Der Anruf veranlaßte Wand, gewisse Schritte zu unternehmen, die er bisher nur erwogen hatte. Eine Weile zuvor hatte Dr. Hyde ihn aus Lüttich angerufen und ihm den Namen seines Hotels sowie seine Zimmer- und Telefonnummer mitgeteilt. Wand rief in dem Hotel in Lüttich an und bat, ihn mit Dr. Hyde zu verbinden.

»Mit wem spreche ich?« erkundigte sich die sanfte Stimme von Dr. Hyde vorsichtig.

»Sie erkennen meine Stimme.«

»Das tue ich. Wie kann ich Ihnen dienen?«

»Es kann sein, daß Sie demnächst eine weitere Patientin behandeln müssen, aber es kann eine Verzögerung geben. Kommt darauf an, wann sie uns zur Verfügung steht. Ich rufe Sie an, wenn die Zeit gekommen ist. Bis dahin bleiben Sie bitte, wo Sie sind. Inzwischen können Sie ja die Freuden von Lüttich genießen . . .«

»Dr. Wand ist ein noch üblerer Charakter, als die Fotos vermuten ließen, die Marler von ihm aufgenommen hat«, bemerkte Newman, als sie wieder beim Hilton angekommen waren.

»Dieser Trick mit dem Feuerzeug war gut«, erwiderte Tweed. »Und ich bin ganz Ihrer Meinung. Manche Schurken sind schwer zu entdecken – sie haben den Charme des Teufels. Aber in dem Moment, in dem Ihr Feuerzeug aufflammte, hatte ich den Eindruck, als säße der Teufel leibhaftig vor uns. Ein Mann, der fähig ist, die grauenhafte Behandlung von Irene Andover anzuordnen. Vom Überfahren Andovers in Lüttich ganz zu schweigen.«

»Den er einen Spinner genannt hat«, erinnerte sich Newman.

»Und das war ein taktischer Fehler, etwas, das Dr. Wand vermutlich selten unterläuft. Ihm ging es darum, Andovers globale Theorien in Mißkredit zu bringen. Warum? Vermutlich deshalb, weil sie den Tatsachen entsprechen«, sagte er, als sie den Fahrstuhl betraten.

»Sie haben sich selbst ziemlich weit vorgewagt, als Sie sagten, Sie wären Ihrem Ziel sehr nahe.«

»Das war Absicht. Ich wollte ihn beunruhigen, und ich glaube, es ist mir gelungen. Ein beunruhigter Mann macht leicht einen Fehler.«

»Sie erwähnten eben die grauenhafte Behandlung von Irene Andover«, sagte Newman. »Und Sie sind wirklich der Ansicht, daß es ein erstklassiger Chirurg gewesen sein muß, der Irenes Arm und Lucie Delvaux' Hand amputiert hat?«

»Das werde ich wissen, nachdem ich in London mit Dr. Rabin gesprochen habe.« Er sah auf die Uhr. »Ich habe gerade noch Zeit, mir meinen Koffer zu greifen und das Radargerät aus dem Schließfach zu holen.« Sie betraten das Zimmer 2009.

»Und Butler und Nield werden Sie begleiten?«

»Nein. Ich habe es mir anders überlegt. Sie haben das Kommando, während ich fort bin. Harry Butler begleitet mich nach London, aber Pete Nield bleibt in Brüssel. Er hat einen Spezialauftrag, und ich bitte Sie, diese Anweisung von mir an ihn weiterzugeben. Er soll Paula Tag und Nacht bewachen und sie keine Minute aus den Augen lassen. Sagen Sie auch Marler Bescheid.«

Er hatte gerade ausgeredet, als an die Tür geklopft wurde. Newman öffnete sie, und Marler kam mit Paula herein.

»Ich habe nur fünf Minuten Zeit«, teilte Tweed ihnen mit.

Marler gab ihm einen knappen Bericht über ihre Entdekkung der Kolonie von neuen Häusern in der Nähe von Gent. Tweeds Miene war grimmig, als er nach seinem Koffer griff.

»Die Mongolen haben vor dem Eintreffen ihrer Heere Spione eingeschleust. Allem Anschein nach verfügt Wand bereits über einen ausgedehnten Apparat. Es könnte sein, daß wir schnell handeln müssen, wenn ich aus London zurück bin.«

Sechsundzwanzigstes Kapitel

Nachdem Tweed in London gelandet war und die Paß- und Zollkontrolle passiert hatte, bei der niemand sehen wollte, was sich in dem großen Aktenkoffer in seiner Hand befand, rief er Dr. Rabin an.

Butler wartete dicht neben dem Apparat, von dem aus Tweed sein kurzes Gespräch führte. Er hatte den Eindruck, daß Tweed erleichtert war, als er sich anschließend wieder zu ihm gesellte. Aber Butler, von Natur aus schweigsam, stellte keine Fragen, während sie hinauseilten, um den Wagen zu finden, den Tweed vom Hilton aus telefonisch bestellt hatte.

»Hatten Sie eine gute Reise, Sir?«

Es war George, einer der ehemaligen Berufssoldaten, die am Park Crescent als Wachmänner arbeiteten. Tweed nickte, und George führte sie zu dem Wagen, den er auf dem Parkplatz für Kurzparker abgestellt hatte. Nachdem Tweed eingestiegen war, nannte er George eine Adresse in der Harley Street. Dr. Rabin, ein Witwer, hatte die Räume beibehalten, in denen er praktiziert hatte, bevor er sich auf die Pathologie spezialisierte.

Nach der Hektik und Schäbigkeit von Brüssel empfand Tweed den Frieden und die Stille der Harley Street mit ihren soliden Gebäuden als überaus wohltuend. Butler setzte sich ins Wartezimmer; der Aktenkoffer lag auf seinem Schoß, das übrige Gepäck stand neben ihm.

»Ich habe die Ergebnisse meiner Untersuchungen«, teilte Rabin Tweed mit. »Etwas ist überaus merkwürdig.«

Sie befanden sich in einem behaglich eingerichteten Wohnzimmer und saßen sich in Sesseln beiderseits eines niedrigen Tisches gegenüber. Auf dem Tisch stand ein silbernes Tablett mit Teegeschirr aus Spode-Porzellan, das eine ordentlich gekleidete Haushälterin hereingebracht hatte.

Rabin war ein kleiner, untersetzter Mann Ende Fünfzig. Er hatte einen großen, runden Kopf, weißes Haar und einen weißen Schnurrbart und trug einen blauen Anzug. Sein ganzes Wesen erinnerte Tweed immer an diese ganz aus der Mode gekommene Bezeichnung ›ein Offizier und Gentleman‹ – ohne eine Spur von Snobismus.

»Merkwürdig?« fragte Tweed, seinen Tee genießend.

»Nehmen wir zuerst das Mädchen. Der Arm wurde von einem überaus tüchtigen Chirurgen amputiert. Daran besteht nicht der geringste Zweifel. Die Untersuchung der Leiche hat es bestätigt. Sie wurde übrigens mit einer Injektion von Zyanid getötet. Die Spritze wurde durch die Kleidung hindurch in ihren Oberarm eingestochen. Das war keineswegs professionell.«

»Und deshalb gebrauchten Sie das Wort merkwürdig?«

»Zum Teil. Es waren zwei verschiedene Personen am Werk. Ein Chirurg, der die Amputation vornahm – und ein anderer, der sie umbrachte.«

»Haben Sie etwas dagegen, wenn ich in Brüssel anrufe? Es kann sein, daß wir dort einen ähnlichen Fall haben.«

»Natürlich nicht.«

Tweed konsultierte sein Notizbuch, wählte die Nummer des Polizeipräsidiums in Brüssel und bat, ihn mit Monsieur Benoit zu verbinden. Es dauerte nicht lange.

»Lucie Delvaux«, sagte Tweed. »Wissen Sie schon, wie ihre Hand abgenommen wurde?«

»Ich habe gerade telefonisch den Bericht des Pathologen erhalten. Diese Leute haben eine eigentümliche Art, sich auszudrücken. Er hat gesagt, die Amputation der Hand wäre eine wirklich wundervolle Arbeit. Müßte von einem erstklassigen Chirurgen vorgenommen worden sein. Plus eine Unmenge von technischen Einzelheiten, auf die Sie sicher verzichten können.«

»Danke, Benoit. Wie ist die Lage in Brüssel?«

»Delvaux wird intensiv, aber unauffällig überwacht. So unauffällig, daß nicht einmal er selbst etwas davon merkt. Bisher gibt es nichts Neues. Wir bleiben in Verbindung . . .«

Tweed legte den Hörer auf, erbot sich, für das Gespräch

zu bezahlen, aber Rabin winkte ab. Tweed berichtete ihm, was er von Benoit erfahren hatte.

»Ich verstehe«, sagte er langsam. »Das ist sehr unerfreulich.«

»Die Frage ist«, sagte Tweed ruhig, »kennen Sie einen Chirurgen, der das getan haben könnte? Einen brillanten Mann, dem vielleicht wegen standeswidrigen Verhaltens oder aus sonst einem Grund die Approbation entzogen wurde?«

Rabins rötliches Gesicht schien noch ein wenig röter zu werden. Tweed sah, wie er einen Blick auf ein gerahmtes Foto an der Wand warf. Es zeigte eine Gruppe von Männern in offenbar exotischer Umgebung. Rabins Ton wurde etwas schärfer.

»Außerdem haben Sie mir die Leiche von Harvey Boyd geschickt. Auch diese Untersuchung ist abgeschlossen. Nicht mit Irene Andover zu vergleichen – aber gleichfalls merkwürdig.«

»Merkwürdig – in welcher Hinsicht?« fragte Tweed.

»Nun, zuerst einmal kann hier von einer professionellen Amputation nicht die Rede sein. Nichts dergleichen. Aber ich bin verblüfft. Die eine Seite des Kopfes war, wie Sie wissen, ziemlich säuberlich abgeschnitten. Beachten Sie das Wort ziemlich.«

»Womit abgeschnitten?« drängte Tweed.

»Das ist der springende Punkt. Nach dem, was Sie mir am Telefon sagten, befand sich Boyd, als er starb, in einem kleinen Motorboot. Einem Boot, das auf den Solent hinausfuhr, während dichter Nebel herrschte. Also liegt die Annahme nahe, daß ein wesentlich größeres und stärkeres Schiff ihn gerammt hat. Aber die Seite des Kopfes wurde glatt abgeschnitten. Ich war noch verblüffter, als ich im Schädel winzige Fragmente fand, die nur vom Wrack seines Motorbootes stammen konnten.«

»Und weshalb sind Sie verblüfft?«

»Weil der normale Rumpf eines größeren Schiffes seinen Schädel wesentlich brutaler zerschmettert hätte. Das ist alles, was ich Ihnen sagen kann.«

»Sie könnten mir von dem Chirurgen erzählen, der imstande war, Irene Andovers Arm so gekonnt zu amputieren.«

Rabin räusperte sich. »Damit befinden wir uns auf dem Gebiet der professionellen Ethik. Meine Lippen sind versiegelt.«

Tweed stellte vorsichtig seine Tasse ab. Er stand auf, griff nach seinem über einer Stuhllehne hängenden Burberry, zog ihn langsam an und stand dann, mit den Händen in den Manteltaschen, steif aufgerichtet da. Rabin, der glaubte, er wollte gehen, schaute unbehaglich drein und stand gleichfalls auf. Tweed schaute seinen Gastgeber unerbittlich an.

»Dann müssen Sie das Siegel von Ihren Lippen eben entfernen. Die sogenannte medizinische Ethik in den Wind schlagen.« Seine Stimme war kalt und ingrimmig. »Und jetzt hören Sie mir gut zu. Bisher gibt es zwei Fälle, bei denen nahe Verwandte bedeutender Männer entführt wurden. Es wurde kein Lösegeld gefordert. Nur die Anweisung, daß sie sich sofort aus allen beruflichen Aktivitäten zurückziehen müßten. Und um dem Nachdruck zu verleihen, erhält der eine in einem bestimmten Stadium den amputierten Arm seiner Tochter. Und der andere die amputierte Hand seiner Frau. Später muß dem Vater des ersten Opfers mitgeteilt werden, daß der Leichnam seiner Tochter aus dem Solent gefischt wurde. Sie haben ihn gerade untersucht. Ermordet durch kaltblütige Injektion von Zyanid. Rabin, dies ist eine Sache der nationalen Sicherheit. Ich weiß inzwischen, daß ich auf eine Verschwörung von globalen Ausmaßen gestoßen bin. Mein einziger Anhaltspunkt ist der Satan, der die Amputationen vorgenommen hat. Ich brauche einen Namen.«

»Sie haben starke Argumente«, bemerkte Rabin.

»Und falls es erforderlich sein sollte, kann ich noch stärkere anführen«, fuhr Tweed mit beherrschter Stimme fort. »Ich glaube, Sie wissen, wer dieser Chirurg sein könnte. Wer ist es?«

»Dieses Gespräch muß unbedingt unter uns bleiben . . .«

»Mußten Sie das sagen? Schließlich kennen Sie mich.«

Rabin warf ihm einen kurzen Blick zu, dann ging er zur Wand, nahm das gerahmte Foto ab, das er eine Weile zuvor angeschaut hatte, und legte es auf eine Anrichte.

»Diese Aufnahme wurde vor ein paar Jahren bei einem internationalen Ärztekongreß in Mexico City gemacht. Sehen Sie sich diesen Mann an.«

Er deutete auf eine Person, die neben Rabin saß. Tweed betrachtete sie. Das Foto war sehr deutlich. Ein großer, massiger Mann mit Bauch, glattrasiert, mit einer hohen Stirn und gelichtetem Haar. Er trug eine randlose Brille, lächelte und zeigte makellose Zähne. Tweeds Eindruck war der von einem tüchtigen Mann, der eine hohe Meinung von seiner eigenen Tüchtigkeit hat.

»Dr. Carberry-Hyde«, sagte Rabin. »Ich kenne ihn schon seit einer Ewigkeit – wir waren Studienkollegen. Und er ist immer mit mir in Verbindung geblieben, auch nachdem er einer der hervorragendsten Chirurgen des Landes geworden war.«

»Und weshalb könnte er es sein?« fragte Tweed.

»Er hat einen unersättlichen Appetit auf Frauen. Es hat einen Fall gegeben, bei dem er sich an einer Frau vergangen hat, die während einer Voruntersuchung leicht betäubt war. Eine Schwester, die er ins Nebenzimmer geschickt hatte, hat es durch eine halb offenstehende Tür gesehen. Der Mann der Frau beschwerte sich. Die Schwester hielt den Mund. Und dann passierte mit seiner nächsten Patientin dasselbe. Diesmal sahen es zwei Schwestern, darunter auch die, die den ersten Vorfall beobachtet hatte. Als es zu einer Untersuchung kam, sagten beide Schwestern aus. Ihm wurde die Approbation entzogen. Der Fall ist nie an die Öffentlichkeit gelangt – es wäre ein zu großer Skandal gewesen.«

»Wodurch ihm ein lukratives Einkommen genommen war«, bemerkte Tweed. »Und was ist aus Dr. Carberry-Hyde geworden?«

»Er zog in den New Forest. Er hat mir nur einmal geschrieben. Und wenn ich mich recht erinnere, stand auch eine kurze Notiz in der Zeitung.«

Rabin öffnete eine der unteren Schubladen der Anrichte und wühlte in einem Stapel Papiere.

»Hier ist er. Er schreibt, er verdiente ein paar Groschen als Vertreter einer pharmazeutischen Firma.«

»Und dieser Carberry-Hyde hätte diese Amputationen vornehmen können?«

»Im Kopfstand. Ein großer Verlust. Brillanter Mann.«

»Irgendeine Absenderadresse auf dem Brief?«

»Ja. *April Lodge,* Brockenhurst.«

Nichts in Tweeds Miene ließ auf seine Reaktion schließen. Sein enzyklopädisches Gedächtnis erinnerte ihn an das Haus, das angeblich in Brockenhurst zum Verkauf stand, das Haus, das Paula zusammen mit Newman aufgesucht hatte. Wie hatte die Frau doch gleich geheißen? Ja, er erinnerte sich. Mrs. Goshawk. *April Lodge,* Brockenhurst.

»Sie können ganz beruhigt sein«, erklärte er Rabin. »Niemand außerhalb meiner Organisation wird erfahren, wie ich diese Information erhalten habe. Und darf ich mir dieses Foto ausleihen? Danke. Sie bekommen es natürlich zurück.«

Tweed hatte keinerlei Gewissensbisse, daß er Rabin getäuscht hatte, indem er behauptete, er hätte Andover vom Tod seiner Tochter erzählen müssen. Um den Arzt zu finden, der diese Amputationen ausgeführt hatte, war ihm jedes Mittel recht.

Auf der Fahrt zum Park Crescent, bei der George am Steuer saß und Butler den Aktenkoffer hielt, ließ Tweed den Wagen bei einer Telefonzelle halten. Er rief Commander Noble vom Geheimdienst der Marine an.

»Ich habe ein einzigartiges Gerät für Sie«, teilte Tweed ihm mit. »Je früher Sie in meinem Büro sein können, desto besser . . .«

Tweed war verblüfft von dem Tempo, mit dem Noble reagierte. Er hatte kaum seinen Burberry ausgezogen und sich hinter seinem Schreibtisch niedergelassen, als Monica einen Anruf entgegennahm.

»Commander Noble. Er wartet unten.«

»Er soll heraufkommen.«

Noble ließ sich in einem Sessel nieder, akzeptierte dankbar eine Tasse Kaffee von Monica und hörte dann gespannt zu. Tweed informierte ihn ziemlich rückhaltlos über das Gespräch mit Gaston Delvaux und über das kleine Tarnkappenflugzeug, das er in seiner Firma gebaut hatte. Dann händigte er Noble den Aktenkoffer aus.

Noble öffnete ihn, holte das neue Gerät heraus und untersuchte es äußerst behutsam. Dann verstaute er es wieder in dem Koffer.

»Glauben Sie, daß dieses Gerät wirklich das leistet, was Delvaux behauptet?«

»Das müssen Sie feststellen.« Tweed beugte sich vor. »Und ich meine, Ihre Experten sollten sich schleunigst an die Arbeit machen. Bisher hat Delvaux immer gewußt, was er tut. Er hat auch die Superkanone mit dem unwahrscheinlich langen Rohr verworfen, von der die Irakis so überzeugt waren. Er hat einige mathematische Berechnungen angestellt und erklärt, daß sie nicht funktioniert.«

»Oh, es wird getestet werden«, versicherte Noble ihm. »Vom Geheimdienst der Marine und der Luftwaffe. Und zwar mit höchster Priorität. Haben Sie meinen Wagen gesehen, der mit drei Männern darin vor der Tür steht?«

»Ja«, erwiderte Tweed. »Sieht ziemlich groß und schwer aus.«

»Kein Wunder. Er ist gepanzert. Und meine Begleiter sind bewaffnet. Danke, Tweed. Wenn Sie nichts dagegen haben, setze ich die Räder gleich in Bewegung . . .«

Nachdem Noble gegangen war, wendete sich Tweed an Butler.

»Ein Job, der für Sie genau das richtige ist. Fahren Sie nach Brockenhurst. *April Lodge*. Irgendwo am Stadtrand. Gehört einer Mrs. Goshawk. Ich glaube, sie hatte einen Mieter, einen Dr. Carberry-Hyde. Versuchen Sie herauszufinden, ob sie weiß, wo er sich jetzt aufhält. Machen Sie Druck, falls es erforderlich sein sollte.«

»Bin schon unterwegs . . .«

»Ein Mann von wenigen Worten, aber vielen Taten«, bemerkte Tweed zu Monica, als sie allein waren. »Und für Sie habe ich auch einen Job. Sehen Sie sich dieses Foto an. Es wurde in Mexico City aufgenommen.« Als sie sich über seine Schulter beugte, deutete er auf die Gestalt, die Dr. Rabin ihm gezeigt hatte.

»Dr. Carberry-Hyde. Ich möchte, daß unsere Leute unten sein Bild auf ungefähr zwölf mal zwölf Zentimeter vergrößern. Hochglanzfotos. Hundert Abzüge. Wenn sie Bedenken äußern, sagen Sie ihnen, ich erwartete ein weiteres Wunder.«

Monica blieb mit dem gerahmten Foto unter dem Arm an der Tür stehen. Tweed schaute auf und wartete.

»Ich habe mich gerade gefragt, ob es sie wirklich gibt – unsichtbare Schiffe. Wir wissen, daß es Tarnkappenflugzeuge gibt – die Amerikaner haben den Tarnkappenbomber B 2 gebaut. Aber Schiffe? Ich weiß nicht recht . . .«

»Ich vertraue auf Paulas Sehvermögen in jener Nacht, in der Boyd starb.« Tweed schwieg einen Moment. »Aber Sie haben recht – man kann es sich nur schwer vorstellen.«

Zweiter Teil

TÖDLICHER NEBEL

Siebenundzwanzigstes Kapitel

Mehrere hundert Meilen südlich des Kaps der Guten Hoffnung – *39,55° südlicher Breite, 19,22° östlicher Länge.* Der schwere Sturm hatte so plötzlich wieder aufgehört, wie er aufgekommen war. Die See war glatt, und es bildete sich dichter Nebel.

Die *Mao III* steuerte einen nordwestlichen Kurs fernab der üblichen Schiffahrtsrouten. Das 20000-Tonnen-Schiff sah aus wie ein riesiges, aufgetaucht fahrendes Unterseeboot – aber ohne den verräterischen Kommandoturm.

Es bewegte sich fast lautlos – die schallgedämpften Schrauben am Heck gaben kaum mehr als ein Flüstern von sich. Der gesamte Rumpf war so abgerundet, daß er von Radar- und Infrarotgeräten praktisch nicht zu entdecken war. Und auch von keinem Satelliten.

Der Schornstein der *Mao III* ragte kaum aus dem abgerundeten Rumpf heraus. Die Kommando- und Waffenkontrollzentrale befanden sich nicht innerhalb einer normalen Brücke, sondern im Innern des Schiffes.

Kapitän Welensky stand vor einer Batterie von speziell entwickelten Laser-Radarschirmen. Im Vergleich zu dem eins fünfundachtzig großen osteuropäischen Exkommunisten wirkte der schlanke, uniformierte Mann neben ihm wie ein Zwerg. Welensky, außerstande, seinen asiatischen Namen auszusprechen, nannte ihn Kim. Die Sprache, in der sie miteinander redeten, war englisch.

Der kleine, etwa vierzigjährige Mann hatte ein europäisch wirkendes Gesicht. Um die hohen Wangenknochen und die schmalen Augen seines ursprünglichen Gesichts hatte sich in Shanghai einer der besten plastischen Chirurgen Amerikas ›gekümmert‹ – wie um eine große Zahl weiterer asiatischer Patienten.

Als er mit seiner Arbeit fertig war, hatte der Amerikaner einen tödlichen ›Unfall‹ erlitten. Das riesige Honorar, das er für seine Dienste erhalten hatte, war ›konfisziert‹ und an das Schatzamt der Volksrepublik China überwiesen worden.

»Da ist ein Schiff, das direkt auf uns zukommt«, meldete Welensky. »Wenn ich den Kurs ändere, müßte ich ihm eigentlich ausweichen können. Aber ich muß es sofort wissen.«

»Versenken Sie es«, befahl Kim mit seiner sanften Stimme.

»Ich könnte ihm ohne weiteres ausweichen«, beharrte Welensky.

»Können Sie neuerdings nicht gut hören?« fragte Kim. »Sie wissen, daß wir in Begleitung eines kleineren Schiffes fahren, das unserem Kielwasser folgt. Versenken Sie es. Auf den Grund des Meeres.«

Welensky zitterte innerlich. Er hatte einen bösen Fehler begangen, indem er Kims erstem Befehl nicht sofort Folge geleistet hatte. Er wußte, daß es ein Fehler war, den er nicht wiederholen durfte.

Das Tarnkappenschiff *Mao III* mit seinen Raketenwerfern im vorderen Teil des Schiffes, unmittelbar hinter dem messerscharfen Bug, behielt seinen Kurs bei. Der Nebel wurde dichter.

»Vergessen Sie nicht, den Funkraum mit der Laserkanone zu vernichten«, erinnerte Kim den Kapitän.

Der holländische Frachter *Texel*, 8000 BRT, war beim Umrunden der Südspitze Afrikas von einem schweren Sturm erheblich von seinem Kurs abgetrieben worden. Er befand sich jetzt weit südlich der von seinem Kapitän vorgesehenen Route. Kapitän Schenk machte sich Sorgen.

Erstens war das für Indonesien bestimmte Schiff weit hinter seinem Zeitplan zurück. Zweitens war mit seinen Maschinen etwas nicht in Ordnung, und es konnte nur halbe Fahrt machen. Und drittens war, nachdem der Sturm nachgelassen hatte, dichter, gefrierender Nebel aufgekommen.

Auf den Aufbauten bildete sich Eis.

»Jan«, wies er seinen Ersten Offizier an, »lassen Sie den Radarschirm nicht aus den Augen.«

»Ich beobachte ihn unablässig«, erklärte Jan. »Nichts zu sehen. Und so weit südlich ist auch nicht mit anderen Schiffen zu rechnen.«

»Und weshalb«, entgegnete Schenk, der am Ruder stand und durchs Fenster hinaus starrte, »bin ich dann so sicher, daß ich etwas gesehen habe, das im Nebel auf uns zukommt?«

Jan, klein und untersetzt wie der Kapitän, begann, sich Sorgen zu machen. Schenks Sehvermögen war legendär. In holländischen Schiffahrtskreisen trug er den Spitznamen ›Mijnheer Radar‹.

Technisch gesehen konnte sich im Umkreis von etlichen Meilen kein anderes Schiff befinden. Das sagte ihm der leere Radarschirm. Das Problem war nur, daß Jan nicht vergessen konnte, wie der Kapitän einmal ein anderes Schiff vor der Kollision mit einem Eisberg gerettet hatte – ungeachtet der Tatsache, daß auf dem Radarschirm nicht einmal ein Pünktchen zu sehen gewesen war.

»Ich bin sicher, daß irgend etwas ganz nahe ist«, wiederholte Schenk.

»Nichts auf dem . . .«

Jan konnte seinen Satz nicht mehr beenden.

An Backbord tauchte aus dem gefrierenden Nebel ein riesiges Ding auf. Die *Texel* erzitterte unter der Wucht der Kollision. Die mörderische Tragödie spielte sich in Sekunden ab.

Der scharfe, ungeheuer kraftvolle Bug der *Mao* schnitt die *Texel* mittschiffs durch – wie die Zähne eines Monsterhais, die den Körper eines Mannes an der Taille durchbeißen. In seiner Kabine saß der Funker vor seinem leistungsstarken Gerät. Seine Finger begannen, *Mayday* zu funken. Im gleichen Moment wurde die Laserkanone der *Mao* – auf die Zerstörung von Funkanlagen eingestellt – abgeschossen.

Der Funker reagierte wie ein Mann auf dem elektrischen Stuhl, wenn der Schalter umgelegt wird. Sein Körper erstarrte, die Haare standen ihm zu Berge. Ein Gestank nach verbranntem Haar erfüllte die Kabine, das Funkgerät ging in Flammen auf, der Funker sackte zusammen. Tot.

Der in zwei Teile gespaltene Frachter sank rasch. Jan war draußen auf dem Deck. In fassungslosem Entsetzen starrte er eine Sekunde lang dem davontreibenden Heck nach, verblüfft von dem Bruch, der aussah wie ein glatter Schnitt. Er sah, wie Leute von der Besatzung in Schwimmwesten über Bord sprangen. Die armen Kerle – die See war eiskalt. Sie würden keine fünf Minuten am Leben bleiben.

Kapitän Schenk brüllte: »Rettungsboote fieren!«

Jan wußte, daß dazu keine Zeit mehr war. Er manövrierte ein großes Schlauchboot mit einem Außenbordmotor über Bord, knotete ein Tau an die Reling, kletterte daran hinunter in das Schlauchboot. Vielleicht konnte er ein paar seiner Schiffskameraden auffischen. Er startete den Motor und steuerte das Boot fort von dem jetzt rasch sinkenden Bug.

Jan entzündete das Signallicht, damit etwaige Überlebende ihn finden konnten. Über ihm ragte der Rumpf von etwas Riesigem auf. Über die Seite des mysteriösen Schiffes wurde eine Strickleiter heruntergeworfen. Jan befestigte das Ende an seinem Schlauchboot, begann, die Leiter emporzusteigen. Sein Körper und seine Hände erstarrten in dem eisigen Nebel.

Oben angekommen, ergriff er mit einer Hand die Reling. Über ihm hielt eine dicht vermummte Gestalt einen großen Eisblock aus der Kühltruhe in den behandschuhten Händen. Als Jans Kopf über der Reling erschien, schlug die riesige Gestalt mit dem Eisblock zu und zertrümmerte Jans Schädel. Der Block folgte seiner Leiche in die eisige See.

Kim, mit einem Schaffellmantel angetan, beobachtete, wie der riesige Matrose mit einem Bootshaken die Leiter hinunterstieg. Drei schnelle Schläge mit dem Enterhaken durchbohrten das Schlauchboot. Ein Hieb mit dem Messer auf das Tau setzte das Boot frei, das sich schnell mit Wasser füllte. Die See schloß sich über ihm.

Als die *Mao* ihre Fahrt fortsetzen wollte, war ein verzweifelter Schrei zu hören. Kim schaute über die Reling; der große Matrose war gerade wieder an Bord geklettert. Ein Rettungsfloß mit drei Überlebenden der *Texel* in Schwimmwesten trieb dicht neben dem Rumpf der *Mao*. Einer rief auf englisch um Hilfe.

»Rettet uns! Rettet uns . . .«

»Ich hole ein Gewehr«, sagte der Matrose.

»Nein!« Kim ergriff seinen Arm. »Sie bleiben, wo Sie sind.« Kim wendete sich über das Walkie-talkie, das er immer bei sich trug, an Kapitän Welensky auf der Brücke. »Rettungsfloß an Backbord. Gehen Sie ein paar Strich auf Backbord. Versenken Sie es!«

Die *Mao* drehte sich langsam. Ihr Rumpf prallte gegen das Floß, kippte es um, zerriß es in mehrere Teile. Kim schaute zu, wie die drei Männer in der See abtrieben. Zwei von ihnen schwenkten hilfesuchend die Hände. Er wendete sich ab.

»Ein paar Minuten in diesem eiskalten Wasser, und sie sind Fischfutter.«

Kim wußte, daß das Risiko, daß die Leichen in diesen Breiten gefunden wurden, eine Million zu eins stand. Aber er ging nicht einmal dieses Risiko ein: Leichen, in denen Kugeln steckten, konnten dazu führen, daß jemand schwerwiegende Fragen stellte.

Beide Teile der *Texel* waren inzwischen in der Tiefe des Meeres versunken. Dreißig Mann Besatzung und zehn Passagiere – darunter vier Frauen – waren gestorben, als die *Texel* in ihr nasses Grab sank. Kim begab sich in einen geräumigen und behaglich eingerichteten Wohnraum unter Deck.

Zwanzig Skandinavier, alle zwischen fünfundzwanzig und dreißig, elegant gekleidet und aussehend wie Manager, hatten Karten gespielt oder gelesen. Zuvor hatten sie einige Zeit in dem speziellen Trainingscamp im Innern Chinas verbracht, in dem sie eine intensive körperliche und geistige Ausbildung absolviert hatten. Alle waren wegen ihrer kommunistischen Einstellung ausgewählt worden – und insbesondere wegen ihres Interesses an einer Menge Geld. Als Kim eintrat, sahen sie auf.

»Kein Grund zur Unruhe, meine Herren«, versicherte Kim ihnen. »Eine kleine Kollision mit einem treibenden Wrack. Der *Mao* ist nichts passiert.«

Nicht lauter schnurrend als eine Katze beförderten die Maschinen der *Mao* das Tarnkappenschiff auf seinem nordwestlichen Kurs voran, weit weg von der Westküste Afrikas. Es war jetzt unterwegs zu seinem Rendezvous mit einem Tanker zum Übernehmen von Treibstoff.

In knappem Abstand hinter seinem Heck fuhr das kleinere Tarnkappenschiff auf demselben Kurs. Selbst im Nebel fiel es seinem Kapitän nicht schwer, der *Mao* zu folgen, da diese in regelmäßigen Abständen ein kurzes Signal aussendete, das nur von den Sonargeräten an Bord des zweiten Schiffes empfangen werden konnte.

Nach dem Rendezvous zum Auftanken würde die *Mao* ihre Fahrt nach Norden zu ihrem endgültigen Ziel fortsetzen.

Dänemark.

Achtundzwanzigstes Kapitel

In London hatte Tweed alle Hände voll zu tun – er widmete sich einem halben Dutzend verschiedenen Problemen gleichzeitig, um möglichst schnell nach Brüssel zurückfliegen zu können. Im Verteidigungsministerium zeigte er seinen SIS-Ausweis vor und wurde daraufhin von einem Wachmann sofort eine Treppe hinauf und durch endlose Korridore geführt. Colonel Fieldway, sein Freund und Ansprechpartner im Ministerium, erhob sich, um ihn zu begrüßen, sobald der Wachmann die Tür geschlossen hatte.

»Ich habe mir die Unterlagen angesehen, die wir über Brigadier Burgoyne haben, wie er sich selbst gern nennt. Nehmen Sie Platz. Dieser Tee ist frisch aufgegossen. Empfehlen kann ich ihn nicht, aber wenn Sie Ihre Kehle anfeuchten wollen . . .«

Fieldway war ein Mann von Mitte Vierzig, groß und dünn und mit einem Schnurrbart vom gleichen Braun wie sein sorgfältig gebürstetes Haar.

»Wie er sich selbst gern nennt«, wiederholte Tweed. »Was bedeutet das?«

Fieldway ließ sich wieder hinter seinem Schreibtisch nieder. Bevor er antwortete, hantierte er mit den in einer Akte liegenden Papieren. Tweed wußte, was das bedeutete: das tat John Fieldway immer, wenn er nicht recht wußte, welchen Kurs er einschlagen sollte.

»Er war *diensttuender* Brigadier, aber sein eigentlicher Rang ist Colonel. Er liebt es, Leute zu beeindrucken, indem er einen Rang hervorkehrt – der ihm nicht zusteht.«

»Seine Laufbahn?« fragte Tweed.

»Im Koreakrieg, 1950, war Burgoyne ein ausgezeichneter junger Offizier. Er wurde schnell befördert – so schnell, wie es nur in Kriegszeiten möglich ist. Er war der einzige Befehlshaber, der die chinesische Armee ausmanövrierte, als sie den Jalu überquerte, um den Nordkoreanern zu Hilfe zu kommen. Er erhielt das Military Cross. Tapfer wie ein Löwe. Und ein hervorragender Stratege. Es kommt selten vor, daß ein Mann beides gleichzeitig ist.«

»So weit, so gut«, sagte Tweed, der einen Vorbehalt spürte.

»Das ist so ziemlich alles. Kurz zusammengefaßt.«

»Was ist schiefgegangen?« sondierte Tweed.

»Ach, Sie wissen davon? Das tun nur sehr wenige. Es wurde nicht an die große Glocke gehängt. Im Interesse des Ansehens der Armee und all das.«

»Frischen Sie mein Gedächtnis auf«, drängte Tweed.

Er hatte keine Ahnung, worauf Fieldway anspielte. Es trat eine kurze Pause ein, bevor Fieldway seinen Bericht fortsetzte.

»Also gut. Irgendwann verschwand Burgoyne vom Angesicht der Erde. Vier Monate später tauchte er wieder auf. Er war hinter die feindlichen Linien geraten, als sich die UN-Truppen unter General MacArthur zurückziehen mußten. Er tauchte unter, lebte vom Land, schaffte es, unentdeckt zu bleiben. Ein Guerillero von Natur aus. Er wurde abermals befördert, bekam den Befehl über eine andere Einheit, und die Lage stabilisierte sich.«

»John, ich glaube nicht, daß es das war, woran Sie dachten, als ich Sie bat, mein Gedächtnis aufzufrischen. Und die Akte, die vor Ihnen liegt, ist ziemlich dick. Seine Akte vermutlich.«

»Das ist alles ziemlich heikel. Muß ich das alles unbedingt noch einmal aufwärmen?«

»Commander Noble vom Geheimdienst der Marine interessiert sich für jeden Aspekt der Ermittlungen, die ich anstelle. Und es wurden bereits mehrere Leute ermordet.«

»Großer Gott! Sie führen wirklich ein aufregendes Leben.« Er machte wieder eine kleine Pause. »Also gut. Aber das ist vertraulich. Burgoyne schied aus der Armee aus, nachdem die Sache in Korea vorüber war. Das Wort ›Ausscheiden‹ habe ich ganz bewußt gebraucht.«

»Weiter. Jetzt, wo Sie einmal angefangen haben, dürfen Sie es nicht dabei belassen«, drängte Tweed.

»Zum einen gab es Gerüchte – nicht mehr –, er hätte in großem Maßstab Armeegelder veruntreut.«

»Und zum anderen?«

Fieldway, der jetzt aussah, als wäre ihm sehr unbehaglich zumute, hantierte wieder mit seinen Papieren.

»Nun, es kursierten Geschichten, daß er nach dem Ausscheiden aus der Armee Kontakte mit dem chinesischen Oberkommando hatte.« Fieldway konsultierte zum erstenmal seine Akte. »Keinerlei Beweise. Nur Gerüchte.«

»Was hätte er damit erreichen wollen – wenn die Gerüchte wahr sein sollten?«

»Er hatte in Hongkong mehrere Firmen gegründet und wurde schnell zu einem bekannten Geschäftsmann, der sich in den höchsten Gesellschaftskreisen bewegte.«

»Und was hat das mit dem chinesischen Oberkommando zu tun?«

Fieldway sah auf. »Habe ich gesagt, daß dies ganz und gar vertraulich ist?«

»Das haben Sie.«

Tweed gab sich völlig entspannt. Er trank noch einen Schluck von seinem Tee, der grauenhaft schmeckte.

»Die offizielle Version«, fuhr Fieldway fort, »war, daß er in Peking Holz einkaufte, und zwar weit unter dem Weltmarktpreis. Auf diese Weise konnte er riesige Profite machen, wenn er das Holz an andere Länder weiterverkaufte.«

»Und die *inoffizielle* Version?«

»Daß der Holzhandel ein Deckmantel für das Schmuggeln hochtechnischer Geräte war, für die ein Einfuhrverbot bestand. Aber das«, betonte Fieldway, »war ein ganz vages Gerücht.«

»Und was hat Burgoyne zur Abreise aus dem Fernen Osten veranlaßt?«

»Er verkaufte seine Firmen zu einem hohen Preis an Einheimische, bevor er Hongkong praktisch von heute auf morgen verließ. Er saß in einem Flugzeug nach England, bevor die Käufer seiner Firmen den Haken entdecken konnten.«

»Und der war?«

»Die Chinesen verlangten für das Holz, das sie verkauften, plötzlich den Weltmarktpreis. Und die neuen Inhaber von Burgoynes Firmen konnten keine leichten Profite mehr machen.«

»Also hat Burgoyne einige der gerissensten Geschäftsleute der Welt ausmanövriert.«

»So sieht es aus.« Fieldway klappte seine Akte zu. »Das ist alles, was ich habe.«

»Ich bin Ihnen sehr dankbar.« Tweed stand auf und gab Fieldway, der sich gleichfalls erhoben hatte, über den Schreibtisch hinweg die Hand. »Nein, machen Sie sich nicht die Mühe, mich hinauszubegleiten. Ich kenne den Weg.«

Als Tweed die Tür öffnete, drehte er sich ganz plötzlich noch einmal um. Fieldway stand noch immer und schaute ausgesprochen verlegen drein. Weshalb?

Auf der Rückfahrt von Whitehall zum Park Crescent rief sich Tweed alle ihm bekannten Fakten noch einmal ins Gedächtnis. In einem Taxi konnte niemand seine Gedanken stören.

Auf dem Flug nach Brüssel hatten Burgoyne, Willie und Helen Claybourne in derselben Maschine gesessen. Ein Zufall? Tweed glaubte nicht an Zufälle. Er erinnerte sich an Paulas und Marlers Bericht über die Fahrt zu dem neuen Dorf in der Nähe von Gent.

Ihrer Beschreibung nach schien es sich um eine belgische Replik von Moor's Landing am Fluß Beaulieu zu handeln. Tweed erinnerte sich an eine gewisse Passage in Andovers Akte über die Mongoleninvasion.

Und dann der Mord an Hilary Vane, als sie zusammen mit Cord Dillon in London angekommen war, ausgeführt von einer anderen Frau mit einem breitkrempigen Hut.

Er vergegenwärtigte sich Vanes Bericht, den er vom Tonband gehört hatte.

Drei Spitzenwissenschaftler, die an dem Tarnkappenprojekt gearbeitet hatten, waren in den Fernen Osten verschwunden. Alle Spuren führten in den Fernen Osten.

Dr. Wand gehörte die *Moonglow Trading & Mercantile International* – mit Sitz in Hongkong. Mercantile? Das deutete nach Tweeds Meinung auf Schiffahrt hin. Und dann war da sein Wortgefecht mit Wand in der luxuriösen Villa in Waterloo. Einem bedrohlicheren Mann war Tweed noch nie begegnet.

Zuerst hatte ihn Butler in London zu Gesicht bekommen, in seinem Haus in The Boltons. Dann war er im Bellevue Palace in Brüssel aufgetaucht, wohin ihm Marler gefolgt war. Ein sehr mobiler Mann, dieser mysteriöse Dr. Wand.

Und außerdem war er Direktor von *Moonglow Refugee Aid Trust International*. Flüchtlinge?

Hugo Westendorf, bis zu seinem plötzlichen Rücktritt der Eiserne Mann der deutschen Politik, hatte ein hartes Programm ausgearbeitet, mit dem verhindert werden sollte, daß Europa von Flüchtlingen überschwemmt wurde.

Andover. Delvaux. Westendorf. Drei überragende Persönlichkeiten der Führungsschicht Westeuropas. Und alle drei gebrochen mittels einer grauenhaften Entführungsstrategie, verbunden mit einem Maximum an psychischem Druck. In Tweeds Gedanken begann sich ein Muster abzuzeichnen. Aber er brauchte noch immer mehr Fakten.

Vor seinem Besuch im Verteidigungsministerium hatte Tweed mit Cord Dillon gesprochen, dem Stellvertretenden Direktor der CIA, der, was noch wichtiger war, im Auftrag des amerikanischen Präsidenten handelte. Während seiner kurzen Zusammenkunft hatte er Dillon beruhigt.

»Ich konnte nichts tun, als hier herumzusitzen und auf Sie zu warten, Tweed«, hatte Dillon ihm auf seine schroffe Art vorgeworfen.

»Wodurch Sie Gelegenheit hatten, sich von der Zeitverschiebung und den Nachwirkungen Ihrer Grippe zu erholen«, hatte Tweed liebenswürdig erwidert. »Nein, warten Sie, bis ich ausgeredet habe. Ich bin diesem Tarnkappenproblem auf der Spur ...«

Er hatte Dillon ganz offen von seiner Reise nach Belgien erzählt, von der Ermordung Andovers in Lüttich, von seinem Gespräch mit Gaston Delvaux. Davon besänftigt, hatte Dillon genickt, war aufgestanden und hatte nach seinem Koffer gegriffen.

»Dann kann ich mit der nächsten Maschine nach Washington zurückfliegen. Jetzt habe ich genug, um dem Präsidenten berichten zu können, daß Sie die Sache in die Hand genommen haben.«

Was für eine Verantwortung, dachte Tweed. Doch dann zuckte er die Achseln. Das gehörte nun einmal zu seinem Beruf. Seine Gedanken wendeten sich wieder dem Gespräch mit Fieldway zu.

Wenn sich die Gelegenheit ergab, mußte er Willie Fanshawe beiseite nehmen, ihn nach Burgoynes Einstellung zum Leben befragen.

FLUGZEUGABSTURZ IM FERNEN OSTEN. KEINE ÜBERLEBENDEN.

Er sah das Plakat neben einem Stand, an dem der *Evening Standard* verkauft wurde. Weshalb mußte er auf einmal an Paula denken und daran, wie sie zurechtkam?

In Brüssel verließ Paula ein Geschäft. An ihrem linken Arm hing die Tragetasche mit ihrem Einkauf. Sie hatte gerade ein teures Paar kniehoher Lederstiefel erstanden. Das Wetter war noch kälter geworden.

Sie ging auf dem Gehsteig entlang und blickte in ein weiteres Schaufenster. Der grüne Lincoln Continental fuhr langsam hinter ihr her. Sie sah sein Spiegelbild in einem Schaufenster. Weshalb waren die Amerikaner nur so versessen auf Autos von der Größe eines Schlachtschiffs? Spritfresser nannten sie sie – und das waren sie auch.

Der Wagen hielt ein paar Schritte vor ihr an. Die hintere Tür wurde weit aufgestoßen. Sie bewegte sich nach rechts, um ihr auszuweichen. Als sie neben dem Wagen war, packten zwei kräftige Hände sie bei den Schultern. Eine grobe Stimme knurrte auf englisch mit starkem Akzent.

»Einsteigen, Lady. Wir bringen Sie zurück ins Hilton . . .«

Paula widerstand dem Impuls, sich zu wehren. Sie erinnerte sich an Butlers Anweisung bei dem harten Trainingskurs, den sie absolviert hatte. »Der Augenblick, um eine Entführung zu verhindern, ist der, in dem der Versuch unternommen wird. Danach ist es zu spät . . .« Sie entspannte kurz ihren Körper und ließ sich auf das Wageninnere zustoßen. Der Fahrer, der seine Mütze tief in die Stirn gezogen hatte, beobachtete bei laufendem Motor das Geschehen im Außenspiegel.

Paula stemmte ihre linke Hand aufs Wagendach, um mehr Hebelkraft zu bekommen. Ihr entspannter Körper versteifte sich plötzlich, und sie stieß sich mit aller Kraft ab. Ihr Rücken prallte gegen einen schlaffen Bauch. Sie hörte, wie ihr Angreifer ein Grunzen von sich gab. Was dann geschah, ging so schnell, daß sie es nicht sah.

Aus dem Nirgendwo tauchte ein Motorroller auf. Der Fahrer sprang ab und ließ die Maschine fallen. Dann knallte Nield seine mit einem Schlagring bewehrte Faust gegen den Kiefer des Mannes. Eine Sekunde später war Newman hinter ihm und versetzte ihm einen gemeinen Schlag in die Nieren.

Der große, fette Mann gab ein gräßliches Stöhnen von sich und sackte auf dem Gehsteig zusammen. Paula brachte sich schnell aus der Gefahrenzone. Newman packte den Gangster bei seinem fettigen Haar und dem Hinterteil seiner Hose und warf ihn auf den Rücksitz, wo er ohnmächtig wurde.

Nield war bereits zu dem offenen Fenster geeilt, wo der Fahrer nicht begriffen hatte, was passiert war. Nield versetzte ihm einen nicht ganz so heftigen Schlag, dann zischte er ihn auf französisch an.

»Hau ab, sonst breche ich dir das Genick . . .«

Newman hatte die hintere Tür zugeschlagen. Die zitternden Hände des Fahrers umklammerten das Lenkrad. Der große Wagen rollte vom Bordstein weg, und Newman notierte seine Zulassungsnummer.

»Nicht nötig«, rief Nield.

Der Lincoln fuhr im Zickzack in den Verkehrsstrom hinein. Ein Lastzug hinter ihm bremste, aber zu spät. Er prallte gegen das Heck des Lincoln. Ein weiterer Wagen, der in großen Lettern die Aufschrift ›Politie‹ trug, kam heran. Zwei uniformierte Polizisten sprangen heraus und rissen die Türen des Lincoln auf.

»Einfach weitergehen«, sagte Newman und ergriff Paulas Arm. »Wir wollen da nicht hineingezogen werden . . .«

Paula zwang sich, ganz normal zu gehen, dann warf sie einen Blick zurück. Nield saß wieder auf seinem Motorroller und fuhr langsam hinter ihnen her. Sie drückte Newmans Arm.

»Danke, Bob«, sagte sie. »Aber ich habe Sie doch in dem Geschäft zurückgelassen . . .«

»Und ich bin Ihnen unauffällig gefolgt.«

»Also hat man es jetzt auf mich abgesehen.«

»Es ist Tweed, auf den man es abgesehen hat. Über Sie. Sie haben sich gut gehalten. Aber von jetzt an sollten Sie mehr auf der Hut sein, als Sie es in Ihrem ganzen Leben je waren.«

»Verstanden.«

»Und nun wollen wir sehen, wie die Herren Fanshawe und Burgoyne reagieren, falls sie noch bei ihren Aperitifs im Hilton sitzen. Wenn Sie Ihrer ansichtig werden.«

Sie saßen nach wie vor alle vier im Foyer, und vor ihnen standen volle Gläser: Burgoyne neben Lee und Willie neben Helen. Newman schätzte, daß sie bei ihrem dritten Aperitif angekommen sein mußten. Als sie sich ihrem Tisch näherten, beobachtete Paula sie genau.

Natürlich war es Willie, der mit strahlendem Lächeln aufstand und sich daranmachte, weitere Sessel zu holen. Während er sie zurechtrückte, redete er ununterbrochen.

»Ihr seht großartig aus. Alle beide. Geht doch nichts über einen Spaziergang in der Sonne. Bin früher in Hongkong selbst viel spazierengegangen. Da draußen wurde man im Handumdrehen so braun wie eine Kaffeebohne. In der richtigen Jahreszeit. Ach ja, die alten Zeiten – voller Sonnenschein und Menschengewimmel. Fühlte mich richtig lebendig. Kommen Sie, Paula, setzen Sie sich zwischen mich und Helen. Ist es Ihnen so recht, Newman? Nett von Ihnen.«

»Ich nehme an, Sie würden gern einen Drink haben«, sagte Burgoyne auf seine beiläufige Art.

»Wenn mir einer angeboten wird«, erwiderte Newman, wobei er ihn direkt ansah. »Wie steht es mit Ihnen, Paula?«

»Mineralwasser, ohne Eis und Zitrone, bitte.«

»Ich nehme einen doppelten Scotch. Pur«, entschied Newman.

Burgoyne beorderte einen Kellner herbei – auf seine übliche herrische Art mit einer Bewegung seines Zeigefingers. Bestimmt waren, dachte Newman, auch seine Dienstboten in Hongkong angerannt gekommen, wenn er sie mit derselben Geste dazu aufgefordert hatte. Burgoyne bestellte die Drinks.

»Warten Sie«, fuhr er den Kellner an. »Ich bin noch nicht fertig. Ich möchte eine Zigarre.«

Der Kellner kehrte sofort mit den Zigarren zurück. Burgoyne ließ sich Zeit. Er betrachtete eingehend das Angebot, wählte schließlich eine Zigarre aus, hielt sie an sein Ohr, drehte sie in den Fingern, roch kurz daran.

»Die nehme ich.«

»Einen Abschneider, Sir?«

»Habe meinen eigenen. Und beeilen Sie sich mit den Drinks. Sonst verdursten meine Gäste.«

»Maurice«, protestierte Willie sanft, »Sie trampeln ziemlich auf den Kellnern herum.«

Burgoyne funkelte ihn an. »Sie haben es verdient.

Wenn sie ein bißchen Mumm in den Knochen hätten, wären sie keine Kellner – Leute, die ihr Leben damit verbringen, um andere Leute herumzuscharwenzeln.«

»Ich habe ein paar sehr gute Kellner kennengelernt«, widersprach Paula. »Mit einer Ausbildung in den besten Hotels.«

»Kaum zu glauben – wenn man bedenkt, wie lange sie brauchen, um ein paar Drinks zu bringen.«

»So lange hat es schließlich nicht gedauert«, entgegnete Paula, die nicht daran dachte, klein beizugeben.

Burgoyne musterte sie. Seine eiskalten Augen schienen sie regelrecht zu durchbohren, ihre Gedanken lesen zu wollen. Sie hielt ihnen stand. Wie viele arme Untergebene mögen unter diesem Blick die Augen niedergeschlagen haben? fragte sie sich. Der Mann hatte eine Seele wie ein Eisberg. Helen sprach, um die Spannung zu mildern.

»Wie ich sehe, waren Sie einkaufen. Etwas Hübsches?«

Mit ihren kühlen grauen Augen sah sie zu, wie Paula die Stiefel aus der Tragetasche holte. Helen beugte sich vor und strich mit ihren kräftigen Fingern über das Leder.

»Sie sind so geschmeidig. Trotzdem – ich könnte sie nicht tragen. Stiefel scheuern mir immer die Beine wund.«

»Und so hübsche Beine sollten nicht wundgescheuert werden«, bemerkte Burgoyne mit einer Miene, die so verdrießlich war wie gewöhnlich.

»Wir sprechen über die Stiefel«, fuhr Lee ihn an. Sie beugte sich vor, ergriff einen der Stiefel, ließ die Hand über das Leder gleiten. Um das tun zu können, mußte sie ihre kostbare Zigarettenspitze auf den Tisch legen. Paula streckte die Hand aus, um sie zu betrachten. Sofort nahm Lee sie mit der anderen Hand wieder an sich. »Halten Sie mich nicht für unhöflich, aber diese Steine fallen leicht heraus. Die Spitze ist ein Geschenk von einem reichen Freund. Als er nicht bekam, was er wollte, wurde er gemein. Also ließ ich ihn fallen – aber das Geschenk habe ich behalten.« Sie gab den Stiefel zurück, steckte eine Zigarette in die Spitze, zündete sie aber nicht an. Dann wendete sie sich an Burgoyne.

»Maurice«, sagte sie, ihr blondes Haar zurückwerfend, »du könntest mir auch solche Stiefel kaufen.«

»Das könnte ich«, pflichtete er ihr zynisch bei.

Ganz offensichtlich hatte er nicht die Absicht, ihr diesen Wunsch zu erfüllen. In diesem Augenblick erschien ein Kellner und wendete sich an Willie.

»Ein Anruf für Sie, Sir.«

»Wie lästig.« Willie stand sofort auf, wobei er sich wesentlich schneller bewegte, als es normalerweise seine Art war, und lächelte alle an. »Bitte, entschuldigen Sie mich. Ich nehme den Anruf in meinem Zimmer entgegen. Hier unten ist es entschieden zu laut . . .«

Willie war kaum gegangen, als der Kellner zurückkam. Diesmal wendete er sich an Burgoyne.

»Sie haben gleichfalls einen Anruf, Sir.«

»Das muß Lüttich sein«, murmelte Burgoyne. Dann hob er die Stimme. »Legen Sie ihn auf mein Zimmer – meine Unterlagen sind oben. Meine Zimmernummer kennen Sie inzwischen ja hoffentlich. Und die Drinks, mit denen Sie sich so viel Zeit gelassen haben, gehen auf meine Rechnung . . .«

Ein paar Minuten früher hatte Dr. Wand in seinem Arbeitszimmer in der Villa in Waterloo aufgeschaut, als der uniformierte Chauffeur auf sein Geheiß hin eintrat. Er trug nach wie vor seine dunkle Brille.

»Joseph, seien Sie so freundlich und holen Sie mir Vulcan ans Telefon. Seine Zimmernummer ist Ihnen ja bekannt.«

Er mußte eine kurze Weile warten, während der Chauffeur mit der Vermittlung im Hilton sprach. Wands Lippen waren geschürzt, als er nach dem Hörer griff.

»Hier bin ich«, sagte eine Männerstimme. »Mit wem spreche ich?«

»Sie sprechen mit mir, und ich muß Ihnen sagen, daß ich sehr ärgerlich bin. Eine junge Frau sollte unser Gast sein. Sie sollte mit dem Wagen abgeholt werden. Ich habe gerade erfahren, daß wir nicht das Vergnügen ihrer Gesellschaft haben werden, weil die Einladung schlecht gehandhabt wurde. Sehr schlecht gehandhabt, wenn ich mir die Bemerkung erlauben darf.«

»Ich bitte um Entschuldigung . . .«

»Ich bin, wie Sie wissen, an Entschuldigungen nicht im mindesten interessiert. Mich interessieren nur Ergebnisse.«

»Es war ein überstürztes Arrangement. Ich habe Sie bei unserem letzten Gespräch gewarnt, daß derartig überstürzte Arrangements gefährlich sind.«

»Wie recht Sie haben«, sagte Wand mit trügerisch sanfter Stimme. »Ich erinnere mich genau an eine derartige Bemerkung. Ich erinnere mich auch, daß Sie mir versicherten, meinen Anweisungen würden trotzdem Folge geleistet. Ich würde sogar so weit gehen, zu sagen, daß Sie ein komplettes Fiasko angerichtet haben. In einem Ausmaß, daß die nächste Einladung erheblich schwieriger sein wird.«

»Ich versichere Ihnen . . .«

»Auch an Versicherungen bin ich nicht interessiert. Ihre neue Anweisung lautet, daß Sie mit Joseph zusammenarbeiten werden. Ich könnte mir gut denken, daß er Erfolg haben wird, wo Sie versagt haben. Ich trete Ihnen doch hoffentlich nicht zu nahe, wenn ich Sie frage, ob Sie meine Anweisung verstanden haben? Ich wiederhole – Sie werden so gut sein, mit Joseph zusammenzuarbeiten. Er wird sich zu gegebener Zeit mit Ihnen in Verbindung setzen. Was vermutlich sehr bald sein wird.«

Wand legte den Hörer auf, bevor der Mann am anderen Ende der Leitung etwas erwidern konnte. Er lehnte sich in seinem Sessel zurück, und der Chauffeur verhielt sich ganz still und stumm. Die Augen hinter dem goldenen Kneifer waren ausdruckslos, während er Joseph musterte.

Plötzlich änderte sich sein Verhalten, wurde umgänglich. Er schwenkte eine Hand, und im Licht der Schreibtischlampe blitzte ein Rubinring auf.

»Die Dame, deren Gesellschaft wir genießen möchten, ist Paula Grey. Ich habe größtes Vertrauen in Ihre Fähigkeit, diese kleine Aufgabe zu erledigen. Machen Sie sich mit dem Terrain vertraut – wie ein Kommandeur, der erst dann handelt, wenn er eine gründliche Erkundung durchgeführt hat.«

»Wird bei der ersten sich bietenden Gelegenheit erledigt«, erwiderte der Chauffeur.

Neunundzwanzigstes Kapitel

Ist Ihnen, als wir hereinkamen, bei einem der vier irgendeine Reaktion – Überraschung, Wut oder dergleichen – aufgefallen?« fragte Newman.

Er saß allein mit Paula im Foyer des Hilton. Lee und Helen hatten sich in ihre Zimmer begeben, um sich frischzumachen, und weder Willie noch Burgoyne waren zurückgekehrt, nachdem sie zum Telefon gerufen worden waren. Newman trank seinen Whisky und sah, wie Paula die Stirn runzelte.

»Es war enttäuschend«, erklärte sie. »Ich habe sie mit Argusaugen beobachtet. Willie schien erfreut, mich zu sehen. Der Brigadier machte seinen üblichen unbeteiligten Eindruck. Und auf Lee und Helen habe ich besonders geachtet. Ihnen war nichts anzumerken.«

»Dann ist einer von ihnen ein guter Schauspieler – oder eine gute Schauspielerin.«

»Bob!« Paula ergriff seinen Arm. »Mir kommt da gerade etwas in den Sinn – die Nachforschungen, die in London über sie angestellt wurden, haben ergeben, daß sowohl Lee als auch Helen früher einmal Schauspielerinnen waren. Jetzt, da Sie es sagen, fällt es mir wieder ein. Und Sie haben die Männer beobachtet?«

»Gleichfalls mit Argusaugen, wie Sie sich ausdrückten. Also haben wir eine Niete gezogen. Aber von jetzt an müssen Sie noch viel vorsichtiger sein. Das war ein Versuch, Sie am hellichten Tage zu entführen.«

»Ich weiß.« Sie zitterte; erst jetzt setzte die Reaktion ein. »Dank Ihnen und Pete ist es ihnen mißlungen. Ich weiß nicht, ob ich es allein geschafft hätte.«

»Ist Ihnen klar, weshalb Sie entführt werden sollten? Sie erinnern sich bestimmt, daß ich sagte, sie hatten es letztendlich auf Tweed abgesehen. Was sie vorhatten, war dasselbe wie bei Andover und Delvaux. Dem einen wurde der amputierte Arm seiner Tochter geschickt, dem anderen die amputierte Hand seiner Frau.«

»Wollen Sie mir angst machen?« fragte sie ruhig.

»Ich will Ihnen eine Mordsangst einjagen. Dann tun Sie wenigstens, was ich von Ihnen verlange.«

»Und das wäre?«

»Bis Tweed zurück ist, essen Sie nur noch hier im Hotel . . .«

»Sie können mich nicht hier einsperren . . .«

»Lassen Sie mich doch erst ausreden. Hier im Hause gibt es drei Restaurants – das auf dem Dach mitgerechnet. Damit haben Sie schon etwas Abwechslung. Dann sind da noch zwei ganz in der Nähe – Les Arcades und die Copenhagen Tavern. Aber dorthin gehen Sie nur in Begleitung von Pete oder mir.«

»Sie haben vermutlich recht.« Ihre Stimmung besserte sich. »Und ich kann mich darauf konzentrieren, Lee und Helen besser kennenzulernen.«

»Eine gute Idee.« Newman schwieg einen Moment, trank noch einen Schluck von seinem Whisky. »Solange Sie nicht vergessen, daß vermutlich eine von ihnen eine kaltblütige Mörderin ist.«

FLUGZEUGABSTURZ IM FERNEN OSTEN. KEINE ÜBERLEBENDEN.

Wie gewöhnlich hatte sich Tweed von seinem Taxi am Eingang zur Untergrundbahnstation Regent's Park absetzen lassen. Von dort aus hatte er bis zum Park Crescent nur anderthalb Minuten zu laufen. Er hatte ein Exemplar des *Evening Standard* gekauft, aber noch nicht hineingeschaut. Er betrat mit der Zeitung unter dem Arm sein Büro und blieb stehen.

Monica stand mit starrer Miene langsam auf. Auf dem Schreibtisch vor ihr lag ein Exemplar des *Standard*. Sie wartete, bis Tweed seinen Burberry aufgehängt und sich an seinem Schreibtisch niedergelassen hatte.

»Philip Cardon ist tot. Nicht nur Ihr bester Agent im Fernen Osten, sondern auch so ein netter Mann.«

»Woher wissen Sie das mit Sicherheit?« fragte Tweed.

»Aus der Zeitung. Es war ein Flug von Bangkok nach London. Die Maschine ist kurz nach dem Start explodiert und in den Dschungel gestürzt. Keine Überlebenden. Man vermutet eine Bombe.«

»Aber woher wissen Sie schon jetzt, daß Cardon an Bord war?« fragte Tweed mit einem Anflug von Ungeduld.

»Die Passagierliste ist außerordentlich schnell veröffentlicht worden. Hier – sehen Sie selbst«, sagte sie mit ungewöhnlicher Heftigkeit und brachte ihm die Zeitung.

Tweed las die Stelle, auf die sie mit dem Finger zeigte. *Philip Cardon, Firmenberater*. Er schob die Zeitung beiseite.

»Monica, als ich von Brüssel aus anrief, habe ich Ihnen gesagt, Sie sollten Philip anweisen, nach Hongkong zurückzufliegen und dann über die Pazifikroute heimzukehren. Hat er Sie nicht wie vorgesehen angerufen?«

»Doch, das hat er getan. Und ich habe Ihre Anweisung an ihn weitergegeben. Wie Sie mir aufgetragen hatten, habe ich betont, daß Sie es so wollten, daß es ein Befehl war.«

Tweed stand auf. »Wie Sie wissen, lasse ich meinen Leuten vor Ort immer so viel Spielraum wie möglich. Ich bin nicht dort draußen – sie sind es. Wir wissen nicht, was Philip veranlaßt hat, diese Maschine zu nehmen. Vielleicht war ihm jemand dicht auf den Fersen, und er hat deshalb beschlossen, bei seinem ursprünglichen Plan zu bleiben.«

Monica war den Tränen nahe. Tweed legte einen Arm um sie und drückte sie an sich, und als er dann wieder sprach, tat er es ganz bewußt mit einer sachlichen Stimme.

»Ich könnte eine Tasse Kaffee gebrauchen. Und Sie vermutlich auch.«

Nachdem sie hinausgeeilt war, trat Tweed mit hinter dem Rücken verschränkten Händen ans Fenster. Er sah nicht den grauen Novembertag, den Nieselregen, die Leute, die mit gesenktem Kopf und den Händen in den Taschen durch die Kälte eilten.

Philip Cardon war sein bester Mann im Fernen Osten gewesen. Er war ein Meister der Verkleidung, und seine vorstehenden Wangenknochen hatten ihm geholfen, sich unter die Einheimischen zu mischen und tief ins Innere der Volksrepublik China vorzudringen, ohne erkannt zu werden. Er sprach fließend Kantonesisch. Und er war in der Tat ein netter Mann gewesen.

Wie oft, wenn er einen Rückschlag erlitten hatte, wendete sich Tweed anderen Teilen des Mosaiks zu, das sich in seinem Kopf zu bilden begann. Dr. Carberry-Hyde. Unten auf der Straße nahm die Zahl der Passanten zu. Es war spätnachmittags, die Stoßzeit begann. Carberry-Hyde entsprach in mehrfacher Hinsicht dem Bild des Mannes, den er unbedingt aufspüren wollte.

Der Zeitpunkt stimmte. Der Chirurg verfügte über die Fähigkeiten zur Durchführung dieser grauenhaften Amputationen. Er war ausgestoßen worden – zu Recht. Er hatte einen unersättlichen Appetit auf den Umgang mit vielen verschiedenen Frauen – einen Appetit, der im Laufe der Zeit noch gewachsen war, wenn das, was Tweed über diese Art von Männern wußte, zutraf. Er warf einen Blick über die Schulter – zwei Personen betraten sein Büro.

Harry Butler hielt Monica die Tür auf. Er hatte mehrere Plastikhüllen mit Hochglanzfotos unter den Arm geklemmt. Monica trug ein Tablett mit drei Tassen und Untertassen, einer Kaffeekanne, Milch und Zucker für Harry.

»Sie waren bereits bei Mrs. Goshawk in Brockenhurst?« fragte Tweed.

»Ja. Ich bin gefahren wie der Teufel, aber immer im Rahmen des Erlaubten.« Butler lächelte, was er höchst selten tat. »Gerade so eben.«

»Und«, sagte Monica, während sie Kaffee eingoß, »ich habe etwas Seltsames herausgefunden. Burgoyne ist ein Neffe dieses alten Brigadiers, den Sie im vorigen Jahr in Aldeburgh kennengelernt haben. Der, von dem Sie vermuteten, daß er noch immer für den Militärischen Geheimdienst arbeitet.«

»Das ist wirklich ein merkwürdiger Zufall«, erwiderte

Tweed. »Und das hier sind vermutlich die Vergrößerungen von Dr. Hyde.«

Tweed nahm eine der Plastikhüllen und zog einen Abzug heraus, um ihn genau betrachten zu können. Eine hervorragende Vergrößerung, auf der ihm der Arzt noch mehr mißfiel als zuvor. Seine Art, in die Kamera zu lächeln, hatte etwas Verschlagenes. Aber dies war eine willkommene Ablenkung von dem Thema Philip Cardon.

»Harry, wie sind Sie mit Mrs. Goshawk zurechtgekommen?«

»Ein Kinderspiel. Anfangs wollte sie nicht mit mir reden. Ich zeigte ihr meinen Sonderdezernatsausweis. Erklärte ihr, sie säße tief in der Tinte. Daraufhin konnte sie gar nicht schnell genug reden. Dr. Carberry-Hyde – sie kennt ihn als Dr. Hyde – hat als zahlender Gast bei ihr gewohnt. Vermutlich hat sie eine Menge Geld dafür bekommen – wieviel, wollte sie nicht sagen.«

»Wann und wie lange?« fragte Tweed.

»Hyde hat ungefähr zwei Monate bei ihr gewohnt. Vor zwei Monaten ist er aus *April Lodge* ausgezogen.«

»Das würde mit der Amputation von Irene Andovers Arm zusammenpassen. Und vermutlich hatte sie keine Ahnung, wohin er verschwunden ist?«

Butler, der kein Mann war, der zu theatralischen Gesten neigte, grinste. Tweed wartete geduldig.

»Nach Belgien. Auf dem Kaminsims von Mrs. Goshawk lehnte eine Postkarte. Aus Ostende. Ich bin hingegangen und habe den kurzen Text auf der Rückseite gelesen. ›Ich vermisse Ihre grandiosen Kochkünste. Komme möglicherweise bald zurück. Hyde.‹ Poststempel von vor zwei Monaten.«

»Also war Hyde in Belgien, als Lucie Delvaux' Hand amputiert wurde. Ich vermute, der zweite Satz ist als Irreführung gedacht.«

Tweed spürte ein Flattern von Erregung, obwohl er äußerlich völlig gelassen blieb. Dergleichen war schon so oft passiert: die lange Zeit des Sammelns von Material, mit dem man einfach nicht weiterkam – und dann der Durchbruch, nicht selten infolge irgendeiner scheinbar belanglosen Kleinigkeit. In diesem Fall Rabins Erwähnung von *April Lodge* als Hydes Adresse.

»Hyde hat schon früher bei ihr gewohnt«, setzte Butler hinzu. »Vor ungefähr drei Jahren, Mrs. Goshawk zufolge.«

Und das, dachte Tweed, gab dem Feuer weitere Nahrung. Vor drei Jahren hatte Hyde seine Approbation und damit ein lukratives Einkommen verloren. Weshalb hatte er sich dann im New Forest vergraben? Hatte sich jemand mit ihm in Verbindung gesetzt, nachdem er eine, wenn auch nur kurze, Notiz in der Zeitung gelesen hatte? Und wenn ja, wer war es gewesen? Fanshawe? Burgoyne? Tweed wurde aktiv.

»Monica, verbinden Sie mich mit Benoit. Während ich mit ihm rede, rufen Sie am Flughafen an und buchen einen Flug nach Brüssel, morgen nachmittag. Ich brauche ein Ticket, mit dem ich anschließend nach Hamburg weiterfliegen kann. Wenn Sie das getan haben, machen Sie ein Päckchen aus dreißig dieser Dr.-Hyde-Abzüge und veranlassen Sie, daß ein Kurier sie so schnell wie möglich zu Benoit bringt. Er soll sie nur Benoit persönlich aushändigen.«

»Und soll ich auch einen Kopfstand machen, während ich das alles erledige?« erkundigte sich Monica sarkastisch.

Tweed nickte. Ihre tiefe Trauer über den Tod von Philip Cardon würde zurückkehren. Aber im Augenblick hatte die Aktivität sie verdrängt. Monica nickte gleichfalls, um ihm zu bedeuten, daß der belgische Polizeichef am Apparat war.

»Ich spreche über Scrambler. Sie auch?« waren Tweeds erste Worte.

»Zufällig ja. Können Sie mir sagen, weshalb ich immer wieder den Fehler begehe, in meinem Büro zu sein, wenn Sie anrufen? Und nichts Neues an der Delvaux-Front! Unser Freund steckt Tag und Nacht in seiner Fabrik. Also, was kann ich für Sie tun?«

»Es ist möglich, daß ich den Satan von einem Arzt aufgespürt habe, der Lucie Delvaux' Hand amputiert hat. Ein Dr. Carberry-Hyde. Ich buchstabiere ... Kann sein, daß er sich einfach Hyde nennt. Aber ich glaube, er ist in Belgien. Dreißig gute Abzüge von diesem Mann sind mit Kurier zu Ihnen unterwegs. Könnten Sie versuchen, ihn zu finden?«

»Sie haben Glück, mein Freund. Im Augenblick scheinen alle Verbrecher Urlaub zu machen. Das wird nicht lange so bleiben, aber ich kann ein großes Team meiner Leute losschicken, damit sie die Hotels abklappern ...«

»Konzentrieren Sie sich auf die kleineren. Der Fuchs wird versuchen, in Deckung zu bleiben. Der Kurier müßte eigentlich heute abend bei Ihnen sein.«

»In Ordnung. Wir werden Brüssel auf den Kopf stellen ...«

Tweed legte den Hörer auf die Gabel. Butler trank seinen Kaffee. Monica hatte dreißig Hyde-Abzüge in eine Plastikhülle gesteckt und diese in einen schäbigen Aktenkoffer gelegt, der nicht aussah, als lohnte es sich, ihn zu stehlen. Sie übergab ihn mit den entsprechenden Anweisungen an George, den Pförtner und Wachmann, der inzwischen hereingekommen war. Nachdem er wieder verschwunden war, wendete sie sich an Tweed.

»Sie haben einen Platz in einer Maschine, die morgen am späten Nachmittag nach Brüssel fliegt. Von Brüssel nach Hamburg können Sie anscheinend nur mit einer Firma fliegen, die sich Hamburg Airlines nennt. Ich glaube, es ist ein Privatunternehmen. Weshalb Hamburg, wenn ich mir die Frage erlauben darf?«

»Ich möchte mit Hugo Westendorf sprechen. Und ich kann nicht behaupten, daß ich mich darauf freue. Ich rechne damit, einen weiteren gebrochenen Mann zu finden – mit einem nahen Verwandten, der entführt worden ist.«

Dr. Wand schaute in seinem Arbeitszimmer in der Villa in Waterloo von einer Karte von Dänemark auf. Als Jules, der Butler, sich seinem Schreibtisch näherte, faltete er sie zusammen.

»Bitte, entschuldigen Sie die Störung, Sir. Vulcan ist am Telefon. Er sagt, er hätte nicht viel Zeit. Sie haben immer gesagt, wenn er anruft . . .«

»Danke, Jules. Sie können gehen.«

Sobald er die Tür hinter sich zugemacht hatte, hob Wand den Hörer ab.

»Ja, ich bin es. Wo liegt das Problem?«

»Ich rufe vom Postamt aus an, aber vor den Telefonen ist eine Schlange. Tweed ist verschwunden.«

»Sind Sie sicher? Und wenn ja, wohin hat sich unser guter Bekannter begeben?«

»Ich bin sicher«, erklärte die Stimme des Mannes hastig. »Und ich habe keine Ahnung, wohin er gefahren ist.«

»Nach London vielleicht?«

»Unwahrscheinlich, da er Miß Grey zurückgelassen hat. Ich hatte den Eindruck, daß sie immer zusammen reisen.«

»Könnte es Hamburg sein?«

In Wands Stimme lag jetzt ein drohender Ton, der bis zu diesem Moment nicht darin gewesen war.

»Das wäre möglich. Ja, das könnte durchaus sein. Mir kommt gerade die Idee, daß Delvaux im *Château Orange* Tweed gegenüber den Namen Westendorf erwähnt haben könnte.«

»Diese Idee war mir schon vor einer ganzen Weile gekommen. Bitte arbeiten Sie weiter nach dem System, das sich als so erfolgreich erwiesen hat . . .«

Nachdem er das Gespräch beendet hatte, drückte Wand auf den Knopf unter seinem Schreibtisch, um Jules herbeizubeordern. Er begann zu reden, noch bevor der Butler nach dem Betreten des Arbeitszimmers die Tür hinter sich hatte zumachen können.

»Ich wäre Ihnen dankbar, wenn Sie dies mit höchster Priorität erledigen würden. Der Lear Jet muß morgen jede Minute startklar sein. Der Pilot soll einen Flug nach Hamburg einreichen.«

»Ich rufe sofort an.«

»Ich habe mich wohl nicht klar genug ausgedrückt. Ich dachte, ich hätte den Ausdruck höchste Priorität gebraucht. Ich schlage deshalb vor, daß Sie, anstatt zu telefonieren, sich in einen Wagen setzen und nach Zaventem hinausfahren. Mit anderen Worten«, unterstrich Wand, »ich will, daß Sie meine Anweisungen persönlich an den Piloten weitergeben.«

In ihrem geräumigen Zimmer im Hilton las Paula in einem Buch, während Newman aus dem Fenster in den dichten Abendnebel hinausschaute, der sich von allen Seiten her über Brüssel legte. Marler rauchte eine seiner King-Size-Zigaretten und musterte Newman. Er drückte seine Zigarette aus.

»Es ist also beschlossene Sache, daß wir heute abend hier im Baron de Bœuf im ersten Stock essen?«

»Auszugehen hat nicht viel Sinn«, erwiderte Paula. »Es scheint ziemlich neblig zu werden.«

»In diesem Fall«, erklärte Marler, »werde ich kurz zum Flughafen hinausfahren.«

»Weshalb?« fragte Newman.

»Nur um zu sehen, ob Dr. Wands Lear Jet noch da ist.«

Dreissigstes Kapitel

Als Tweed Brown's Hotel von der Albemarle Street her betrat, erhob sich Commander Noble aus einem Sessel im Foyer. Zu Tweeds Überraschung hatte Noble ihn eine Weile zuvor angerufen und zum Abendessen eingeladen.

»Ich möchte nicht mehr sagen – nicht einmal über Scrambler –, wäre Ihnen halb sieben recht?«

Verblüfft hatte Tweed zugestimmt. Sie gingen geradewegs durch den kostbar getäfelten Speisesaal zu einem Tisch in einer stillen Ecke. Tweed sagte, er wollte nur Mineralwasser, und bestellte für sich ein Steak und Salzkartoffeln. Als der Kellner gegangen war, wendete er sich an Noble.

»Weshalb hier?«

»Weil die Tische weit voneinander entfernt stehen. Niemand kann uns hören. Das ist wichtig.«

»Sie sind zu einer Entscheidung gelangt?« erkundigte sich Tweed.

»Ich hatte eine private Unterredung mit dem Ersten Seelord. Nur wir beide.«

»Mit dem Admiral höchstpersönlich. Sie nehmen die Sache ernst.«

»Das tun wir. Glauben Sie, daß dieses leichte Tarnkappenflugzeug, das Delvaux in seiner Fabrik in Herstal gebaut hat, noch existiert?«

»Da bin ich ganz sicher. Weshalb?«

Sie warteten, während der Kellner Nobles kleine Flasche Rotwein entkorkte. Bisher waren nur wenige Gäste anwesend; Noble hatte den Zeitpunkt gut gewählt.

»Weil«, erklärte Noble, »unsere Experten das Flugzeug brauchen. Sie glauben, das Gerät könnte funktionieren – könnte Tarnkappenschiffe entdecken. Der dem Admiral entsprechende Mann im Luftwaffenstab ist der gleichen Ansicht.«

»Da es sich in diesem Fall um ein Flugzeug handelt – wollen es da nicht die Leute vom Luftwaffenstab in die Hand bekommen?«

»Das hätten sie gern getan.« Nobles Gesicht verzog sich zu einem Grinsen, und er trank Tweed zu. »Aber glücklicherweise haben Sie sich an mich gewendet. Ich bin also diesmal als erster dran.«

»Sie können Delvaux nicht anrufen«, warnte Tweed. »Sein Château wimmelt von Abhörgeräten.«

»Also begeben wir uns direkt in die Fabrik. Ich nehme Experten mit. Sie werden das Flugzeug zerlegen und hierher bringen.«

»Sie werden eine Menge Lastwagen brauchen. So war es mit Delvaux abgemacht.«

»Was ein weiterer Grund dafür ist, weshalb ich mit Ihnen reden wollte. Mit Lastwagen dauert es zu lange. Sie müssen hier auf eine Fähre verladen und in Zeebrügge wieder ausgeschifft werden, und dann das Ganze umgekehrt noch einmal.«

»Sie haben eine bessere Idee?«

»Ja. Und zwar eine viel schnellere. Im Augenblick wird eine Staffel von großen Hubschraubern zusammengestellt. In Lüttich gibt es einen Flughafen. Delvaux' Firma muß über eigene Lastwagen verfügen. Wir benutzen seine Fahrzeuge, um das zerlegte Flugzeug und die neuen Radargeräte, die er uns angeboten hat, nach Lüttich zu transportieren, und dann bringen die Hubschrauber sie hierher.«

»Das ist wirklich eine gute Idee«, pflichtete Tweed ihm bei. »Da gibt es nur ein Problem – der Flughafen von Lüttich. Wie wollen Sie den Fluglotsen dort erklären, was es mit dieser Invasion von Hubschraubern auf sich hat?«

»Ich hatte gehofft, daß Sie mir dabei helfen könnten.« Noble grinste abermals. »Deshalb habe ich Sie zum Essen eingeladen.«

»Benoit«, sagte Tweed plötzlich. »Natürlich. Der Chef der belgischen Polizei. Ein Mann, dem ich mein Leben anvertrauen würde. Und er stellt nicht viele Fragen. Ich werde ihn anrufen, ihn bitten, für ein Team von Männern in Zivil zu sorgen, die den Flughafen Lüttich dichtmachen, solange Ihre Hubschrauber dort stehen. Und die Idee, Delvaux' eigene Laster zu benutzen, ist auch gut. Die Flughafenleute werden denken, es wäre ein geheimer Exportauftrag. Die Belgier sind der Ansicht, sie könnten Waffen an jeden verkaufen, der das Geld hat, sie zu bezahlen. Inoffiziell. Zumal jetzt, da die Rüstungsindustrie in Schwierigkeiten steckt. Außer Delvaux haben sämtliche der einst riesigen Rüstungsfabriken in Lüttich die Produktion eingestellt.«

»Der Papierkram in Lüttich macht mir Sorgen«, erklärte Noble.

»Es wird keinen geben. Dafür sorgt Benoit. Wann sollen die Hubschrauber starten?«

»Morgen abend.«

Tweed war verblüfft. Die Admiralität schien die Sache tatsächlich sehr ernst zu nehmen. Sie hatte vor, blitzschnell zu handeln.

»Natürlich«, erklärte Noble, »wissen wir offiziell nicht, ob es solche Flugzeuge und Schiffe überhaupt gibt – abgesehen von dem Tarnkappenbomber B 2, den die Amerikaner konstruiert haben.«

»Ich verlasse mich auf eine Frau mit scharfem Verstand und außergewöhnlichem Sehvermögen«, betonte Tweed.

»Paula Grey?«

»Ja.«

»Vor vielen Jahren war es eine Frau, die die fliegende Bombe auf ihrer Abschußrampe an der Ostsee entdeckte«, erinnerte ihn Noble. »Ich bin bereit, mein Geld auf Paula Grey zu setzen. Und wenn man es recht bedenkt, setze ich vielleicht sogar meine ganze Karriere auf sie.«

Später am Abend kehrte Tweed allein in seine neue Unterkunft in der Walpole Street in Chelsea zurück. Er hatte sie von seinem Chef Howard gemietet, der sich dort früher mit seinen zahlreichen Freundinnen getroffen hatte.

Neuerdings kehrte Howard immer pünktlich und

pflichtgemäß in sein Haus in Berkshire zurück, um die Abende mit seiner Frau zu verbringen. Monicas Theorie war, daß ihm ›der Dampf ausgegangen‹ war. Tweed hatte eine andere Erklärung.

Howards Frau Cynthia, das wußte er, hatte eine lange Affäre mit einem namhaften Banker gehabt. Nachdem dieses Verhältnis in die Brüche gegangen war, war er zufällig Zeuge eines Streits geworden. Die Tür zu Howards Büro hatte halb offengestanden, und er war, in Gedanken meilenweit entfernt, daran vorbeigegangen. Dann hatte er Cynthias schrille Stimme gehört.

»Gegen zehn Frauen habe ich nichts. Die meisten von euch Männern können einem Paar neuer Beine nicht widerstehen. Aber wenn es eine Nummer elf gibt, dann ist das eine zuviel. Also möchte ich dich von jetzt ab abends zu Hause sehen. Oder überhaupt nicht mehr ...«

Bevor er sich auf den langen Weg zur Walpole Street gemacht hatte, war Tweed mit einem Taxi von Brown's Hotel zum Park Crescent zurückgefahren. Monica hatte die Verbindung nach Brüssel hergestellt.

»Ich bin schon wieder im falschen Moment in meinem Büro«, hatte Benoit Tweed geneckt. »Also, heraus mit der Sprache. Was gibt es zu dieser späten Stunde?«

Tweed hatte ihn kurz über Nobles Plan informiert. Benoit hatte zugehört, ohne ihn zu unterbrechen, und Tweed vermied jede Erwähnung der Tarnkappentechnik.

»... es ist der Papierkram in Lüttich, der uns Sorgen macht«, hatte Tweed geendet.

»Welcher Papierkram?« hatte Benoit erwidert. »Ich werde selbst am Flughafen Lüttich sein. Ihn für andere Maschinen zu sperren, ist kein Problem. Die alte Masche – eine Bombendrohung. Ich werde dort sein, bis die Fracht in der Luft ist.«

»Haben Sie daran gedacht, daß sie sich dem Werksdirektor in Herstal gegenüber ausweisen müssen?« fragte Monica.

»Ja. Ich habe Noble meine Karte mit dem unterstrichenen ›T‹ in meinem Namen gegeben. Der Direktor wird mit uns zusammenarbeiten.« Er trat vor die größte der drei Landkarten an der Wand – die Karte, auf der er mit Stecknadeln die Stellen in aller Welt markiert hatte, an denen Schiffe spurlos verschwunden waren. Er steckte eine weitere Nadel ein.

»Was soll das?« fragte Monica.

»Commander Noble hat mir mitgeteilt, daß südlich vom Kap der Guten Hoffnung ein weiteres Schiff verschwunden ist. Die *Texel*, ein holländischer 8 000-Tonnen-Frachter. Infolge eines Sturms weit nach Süden vom Kurs abgekommen und dann verschwunden wie ein Rauchwölkchen.«

»Infolge eines Sturms? Ja, das könnte durchaus sein.«

»Dann legte sich der Sturm so plötzlich, wie er aufgekommen war.« Tweed hielt inne. »Anschließend bildete sich dichter Nebel. Und auch in diesem Fall wurde kein Mayday-Signal aufgefangen.«

»Hört sich wirklich merkwürdig an.«

»Und noch merkwürdiger, wenn Sie wissen, daß die *Texel* auf ihrer Fahrt nach Indonesien in Port Elizabeth anlegen sollte, ungefähr dreihundert Meilen von ihrer letzten durchgegebenen Position entfernt. Als sie nicht eintraf, wurden sofort Suchflugzeuge ausgeschickt. Kein einziges Wrackteil wurde gefunden. Und keine Überlebenden . . .«

Nach seinem langen Weg zur Walpole Street hätte Tweed eigentlich tief und fest schlafen müssen. Statt dessen wälzte er sich die ganze Nacht von einer Seite zur anderen und versank nur von Zeit zu Zeit in einen kurzen Schlummer. Danach war er wieder hellwach und sah Dr. Wand vor sich – in dem Moment, in dem Newman in der Villa in Waterloo sein Feuerzeug hatte aufschnappen lassen. Den satanischen Ausdruck hinter dem funkelnden Kneifer.

Mehr als tausend Meilen vor Angola an der afrikanischen Westküste – und mitten zwischen zwei Schiffahrtsrouten – war der Treibstoff von dem chinesischen Tanker übernommen worden. Inzwischen befand sich die *Mao III*, nach wie vor auf nordwestlichem Kurs, auf der Höhe von Dakar. Auf der Brücke konsultierte Kapitän Welensky seine Karten und gab dann seinen Befehl an den Maschinenraum: »Volle Fahrt voraus!«

»Sie hätten mich fragen müssen, bevor Sie diesen Befehl gaben«, warf ihm Kim vor.

Welensky drehte seine gewaltige Masse und schaute auf den kleinen Chinesen hinunter. Er verlor allmählich die Geduld mit diesen Asiaten. Seine Stimme war rauh.

»Bisher habe ich immer angenommen, daß ich der Kapitän dieses Schiffes bin. Sie möchten, daß ich langsamer fahre? Noch ist Nacht, aber es wird bald hell werden. Wir wollen weit von dem Tanker entfernt sein, wenn der Tag anbricht.«

»Ich möchte nicht, daß Sie langsamer fahren«, erwiderte Kim leise. »Und ich möchte auch nicht, daß Sie versuchen, meine Gedanken zu lesen.«

Welensky zuckte die Achseln und wendete sich ab. Er drückte auf den Knopf für das Signal, das dem kleineren Tarnkappenschiff, das ihnen folgte, seine Position anzeigte. Nach Welenskys Ansicht hatte er gute Arbeit geleistet. Bisher hatte er den Zeitplan für das Erreichen seines endgültigen Bestimmungsortes, an dem er in der Dunkelheit eintreffen mußte, genau eingehalten.

Inzwischen hatten sie rund zwei Drittel der langen Reise von dem vietnamesischen Hafen Cam Ranh zurückgelegt. Und ohne Zwischenfälle – abgesehen von dieser wahnwitzigen und völlig unnötigen Begegnung mit einem anderen Schiff südlich des Kaps der Guten Hoffnung.

Im Kielwasser der *Mao III* fuhr das kleinere Tarnkappenschiff *Yenan*. An Bord vertrieben sich in geräumigen Unterkünften fünfzehn dänischsprechende Passagiere, alle zwischen fünfundzwanzig und dreißig Jahre alt, die Zeit mit dem Betrachten von Videofilmen, Lesen oder Kartenspielen. Jeder Mann auf diesem Schiff hatte in geheimen Camps im Innern der Volksrepublik China eine ganz spezielle Ausbildung erhalten.

Einige von ihnen waren überaus tüchtige Saboteure, andere Spione. Aber jeder Mann verfügte noch über eine zweite Fähigkeit – er konnte als Werbefachmann, Buchhalter, Funker oder in der Fernsehindustrie arbeiten. Jeder Mann konnte als ganz normaler Bürger mit der Gesellschaft verschmelzen. Sein Lohn? Geld.

Sie waren die Vorhut der Revolution, die über die Welt hinwegfegen sollte.

Der Anruf von Benoit kam mitten in der Nacht. Monica saß noch an ihrem Schreibtisch am Park Crescent und versuchte, die Finanzen des *Moonglow Refugee Aid Trust International* zu entwirren.

Sie waren fast undurchschaubar. Ein Teil des Geldes kam von Spendern, aber das machte nur einen Bruchteil dessen aus, was zum Unterhalt eines Hauses in The Boltons erforderlich war, gar nicht zu reden von der Millionärsvilla in Waterloo. Über Kontaktpersonen auf dem Kontinent hatte Monica vertrauliche Informationen erhalten, die alle auf Liechtenstein verwiesen, den Kleinstaat an der Ostgrenze der Schweiz. Liechtenstein – das stolz war auf seine Verschwiegenheit, was Bankkonten anging. Das Telefon läutete.

»Hier Benoit . . .« Er schien in Eile. »Ist Tweed erreichbar?«

»Er schläft in seiner Wohnung in Chelsea.«

»Das muß ich auch einmal versuchen. Schlafen. Und Sie können ihm mitteilen, daß ich das gesagt habe. Unser Freund Dr. Hyde hat sich in Brüssel aufgehalten.«

»Das war schnelle Arbeit.«

»Oh, wir hatten Glück. Einer meiner Männer war im Hotel Hermitage. Hört sich grandios an, ist aber nur eine ziemlich heruntergekommene Absteige. Dort hat er die letzten zwei Monate gewohnt. Unter dem Namen Dr. Hyde.«

»Und da ist er nicht mehr?«

»Leider nein. Er ist vor ein paar Tagen ausgezogen. Keine Nachsendeadresse. Aber er war es. Die Schlampe, die das Haus führt, identifizierte ihn nach dem Foto.«

»Das wird Tweed interessieren. Sehr.«

»Ich dehne die Suche aus, wobei ich mich auf Lüttich konzentrieren werde. Da das der Ort ist, wo Sir Gerald Andover ermordet wurde. Ich melde mich, wenn es etwas Neues gibt. Sagen Sie Tweed, ich hoffe, er hat gut geschlafen . . .«

Tweed erwachte spät. Als das erste graue Licht der Dämmerung durch die Vorhänge drang, hatte er daran gedacht, aufzustehen und sich eine Tasse Tee zu machen. Noch während er daran dachte, versank er wieder in tiefen Schlaf.

Fluchend setzte er seine Brille auf und sah auf die Uhr; dann zwang er sich zum Aufstehen. Nach wie vor schlaftrunken, ging er in die Küche, setzte Kaffeewasser auf. Dann kehrte er in sein Schlafzimmer zurück und zog sich langsam an.

Es war elf Uhr, als er Schritt für Schritt die Treppe zu seinem Büro hinaufstieg. Als ob es der Mount Everest wäre. Er öffnete die Tür. Das erste, was er sah, war Monica, fast außer sich vor Freude. Er machte die Tür weiter auf und blieb dann fassungslos stehen. Ein kleiner Mann in einem zerknitterten Anzug sprang auf.

Philip Cardon.

Einunddreissigstes Kapitel

»Wir glaubten, Sie wären tot«, sagte Tweed, während er Cardons knochige Hand schüttelte. »Der Flugzeugabsturz. Die Bombe . . .«

»Ich war nicht an Bord dieser Maschine. Ihren Anweisungen gemäß bin ich sofort nach Hongkong zurückgeflogen. In Thailand herrscht gelegentlich ein hoffnungsloses Durcheinander. Offensichtlich hat man meinen Namen nicht von der Passagierliste gestrichen.«

»Ich dachte, Sie hätten meine Anweisungen am Telefon nicht verstanden«, sagte Tweed. »Da waren doch Nebengeräusche in der Leitung.«

Er ließ sich hinter seinem Schreibtisch nieder, und Cardon sackte wieder in seinem Sessel zusammen. Philip Cardon hatte ein knochiges Gesicht, schmale, intelligente Augen, einen schmächtigen Körperbau und eine nervöse Energie, die all seine Bewegungen schnell und behende machte. Wie ein Eichhörnchen.

»Ich habe alles sehr gut verstanden«, erklärte Cardon. »Was mir Sorgen machte, war der Gedanke, daß jemand mithörte – obwohl ich mich in einer öffentlichen Telefonzelle am Flughafen befand.«

»Ziemlich unwahrscheinlich, würde ich meinen.«

»Nicht in Thailand. Korruption ist weit verbreitet, und Informationen kann man überall kaufen. In Hongkong stieg ich in eine andere Maschine nach San Francisco, dann quer über die Staaten nach New York. Dort gab es die einzige Verzögerung – die Concorde konnte wegen dichten Nebels stundenlang nicht starten. Und deshalb mußte ich Monica einen Mordsschrecken einjagen, als ich vor ein paar Stunden hier aufgekreuzt bin.«

»Ich habe versucht, Sie anzurufen«, teilte Monica Tweed mit.

»Mich hätte nicht einmal eine Bombe aufwecken können. Philip, brauchen Sie nicht ein bißchen Ruhe? Ihr Organismus muß völlig durcheinander sein nach diesem langen Flug.«

Cardon hatte dunkle Ringe unter den Augen, und sein Gesicht wirkte eingefallen. Er trank den schwarzen Kaffee, mit dem Monica ihn versorgt hatte, dann schüttelte er den Kopf.

»Ich kann noch eine Weile weitermachen. Ich muß. Dinge, die Sie erfahren müssen. Das Adrenalin macht Überstunden. Ich fange am besten am Anfang an, ja?«

»Also gut, reden Sie. Aber nur so lange, bis die Erschöpfung Sie eingeholt hat. Dann schicke ich Sie heim ins Bett.«

Tweed, plötzlich hellwach, lehnte sich in seinem Sessel zurück. Er stützte einen Ellenbogen auf den Schreibtisch, legte das Kinn auf den Handrücken und betrachtete den Mann, der von den Toten auferstanden war.

»Es ist mir gelungen, zum Lop Nor zu kommen«, begann Cardon auf seine beiläufige Art.

»Zum Lop Nor!« Tweed war verblüfft. Er sprang auf, trat vor die Weltkarte an der Wand, zeigte auf eine bestimmte Stelle. »Sie meinen doch nicht etwa den Lop Nor in Sinkiang, wo die Chinesen ihre Atombomben bauen? Das ist ja eine endlose Reise.«

»Ja, den Lop Nor«, erklärte Cardon, nachdem Tweed zu seinem Sessel zurückgekehrt war. »Ich hatte mich als Bauer verkleidet. In Tschungking ging ich an Bord einer Maschine zum Lop Nor. Ich hatte mich mit einem zweifelhaften Typ angefreundet, der wollte, daß ich für eine kleine Summe ein Päckchen für ihn beförderte. Er saß mir gegenüber, als würden wir uns nicht kennen. Es war eine klapprige alte Kiste. Gott allein weiß, wie sie es geschafft hat, über die Berge zu kommen, und eine Zeitlang war das Atmen schwierig. Kurz bevor wir landeten, ging ich auf die Toilette und schob meinem sogenannten Freund das Päckchen wieder in die Manteltasche. Nach der Landung wurden wir durchsucht. Er wurde vom Sicherheitsdienst verhaftet, weil er Drogen bei sich hatte.«

Er hielt inne, um noch mehr Kaffee zu trinken. Monica starrte ihn verwundert an.

»So, wie Sie es erzählen, hört es sich ganz einfach an«, bemerkte sie.

»Oh, dort ist es wie überall in der Welt. Die Sicherheitsvorkehrungen sind lausig. Man braucht eine gehörige Portion Frechheit, ein unerschütterliches Selbstbewußtsein – und die Fähigkeit, wie ein Chinese auszusehen. Und natürlich muß man die Landessprache sprechen. Aber die Chinesen können stundenlang reisen, ohne auch nur ein Wort zu sagen, und das hilft. Sie sitzen einfach da wie Schaufensterpuppen.«

»Was ist passiert, nachdem Sie das Flugzeug verlassen hatten?« fragte Tweed fasziniert. »Sie sagen, der Sicherheitsdienst wäre zur Stelle gewesen.«

»Ach, der war so sehr damit beschäftigt, den Drogenschmuggler festzunehmen, daß er sich um die anderen Leute überhaupt nicht gekümmert hat. Er wurde natürlich erschossen. Aber es waren noch mehr Bauern mit dem Flugzeug gekommen. Kulis zum Bau unterirdischer Hangars für ihre Tarnkappenbomber. Sie vergrößern Höhlen in den Bergen, dann bauen sie riesige Tore von derselben Farbe wie das Gestein. Ich mischte mich unter sie und hörte ihnen zu; nachdem sie wieder festen Boden unter den Füßen hatten, redeten sie.«

»Und sie wurden nicht kontrolliert?« fragte Tweed.

»Keine Spur. Da oben herrscht das reinste Chaos. So viele Kulis, die sich ein paar Groschen verdienen. Fast wie beim Bau der Pyramiden. Männer mit Muskeln – Tausende von ihnen. Erstaunlich, was man mit einem unerschöpflichen Vorrat an billigen Arbeitskräften zustande bringen kann.«

Er trank noch mehr Kaffee aus dem Becher, den Monica wieder aufgefüllt hatte, dankte ihr, nahm seinen Bericht wieder auf. Er sprach auf eine seltsam eintönige Art, und Tweed vermutete, daß in seiner Sprechweise noch die Gewöhnung an das Kantonesische nachklang.

»Sie erwähnten den Sicherheitsdienst«, fuhr Cardon

fort. »Daß ich ihn zu Gesicht bekam, war ein glücklicher Zufall. Ich merkte mir die Uniform. Ich ging in eine Kneipe. Eine Menge der Gäste dort saßen beim Glücksspiel. Von diesem Zeitvertreib hat die Chinesen noch niemand abbringen können.«

»Ich dachte, es wäre verboten«, bemerkte Monica.

Cardon lächelte. »Ist es auch. Aber der Lop Nor ist weit von Peking entfernt. Und da draußen geht es nur darum, die Arbeiterschaft bei guter Laune zu halten. Ich sah einen uniformierten Mann, der allein an einem Tisch saß. Einen vom Sicherheitsdienst. An seiner Brusttasche steckte ein spezieller Ausweis, außerdem hatte er einige Rangabzeichen. Er hatte gewaltig einen sitzen. Ich kaufte mehr von dem ortsüblichen Gesöff – reines Gift – und sorgte dafür, daß sein Glas ständig voll war. Als ich eintrat, hörte ich, wie er auf kantonesisch nach mehr rief.«

»Sie sind ein großes Risiko eingegangen«, bemerkte Tweed.

»Im Grunde nicht. Noch nicht. Dieser Schwätzer fängt an, damit anzugeben, was für ein großer Mann er ist. Befehlshaber der Wachmannschaft von General Li Yun. Bei dem Namen klingelte etwas. Er erzählt mir, er wäre für die Sicherheit im Stabsbereich verantwortlich. Um eine lange Geschichte kurz zu machen, wir landen draußen, und ich muß meinen neuen Freund auf den Beinen halten. Wir gehen Arm in Arm.«

»War es nicht kalt da oben?« fragte Monica, um Cardons Wortschwall zu bremsen.

»Verdammt kalt sogar. Ich hatte mich in Tschungking warm eingemummelt. Das half. Aber Sie kennen mich ja – nichts als Knochen und Muskeln. Mit den vielen Kleidungsstücken sah ich aus wie der typische stämmige Chinese. Wo war ich stehengeblieben?«

»Arm in Arm . . .«, erinnerte ihn Tweed.

»Richtig. Wir passieren den Eingang zu einem militärischen Hauptquartier, aus Fels erbaut, damit es aus der Luft nicht zu sehen ist. Mein Trunkenbold sagt, da arbeitete er, und er müßte wieder zum Dienst. Ich sage, er soll lieber erst wieder ein bißchen nüchtern werden. Er pflichtet mir bei, und wir verlassen den Ort und wandern hinaus in die Wildnis. Riesige kahle Berge, keine Menschenseele, und man muß aufpassen, wohin man tritt. Tiefe Felsspalten und Schluchten. Der Trunkenbold tut mir den Gefallen. Setzt sich auf einen Felsbrocken und schläft ein. Ich nehme einen kleinen Stein, tippe ihm damit auf den Schädel, damit es so bleibt. Er hat ungefähr dieselbe Größe und denselben Körperbau wie ich – mit all den Kleidungsstücken, die ich übergezogen hatte. Und raten Sie mal, was dann passierte.«

»Wir hören es lieber von Ihnen«, sagte Tweed, der sich kein Wort entgehen lassen wollte.

»Ich ziehe seine Uniform an und setze seine Mütze auf. In seiner Tasche stecken alle möglichen Ausweise. Ich deponiere ihn in einer flachen Spalte. Jedenfalls glaubte ich, sie wäre flach. Er verschwindet, und ich habe nicht gehört, wie er unten aufschlug. Nicht zu ändern. Ich eile zurück zum Hauptquartier. Mir tun die Füße weh. Seine Schuhe sind mir zu klein, aber man kann ja nicht alles haben. Dann gehe ich hinein, an allen Kontrollpunkten vorbei.«

»Wie bitte?« fragte Tweed ungläubig. »Wie haben Sie das geschafft?«

»Ich sagte es schon. Dort wimmelt es von Sicherheitspersonal. Noch mehr Frechheit. Mir wird klar, daß ich ranghöher bin als jedermann in Sicht. Und dazu dieser komische Ausweis an der Brusttasche. Nur ein Mann fragt mich auf kantonesisch, ob er helfen könnte. Ich starre ihn nieder. Sage ›der General‹ und gehe weiter. Später öffnet ein Wachmann eine Tür für mich. Ich gehe hinein. Ein langer polierter Holztisch mit Unmengen von Stühlen. Niemand in Sicht. Am anderen Ende ein Haufen Karten an der Wand. Darüber – auf kantonesisch – die Worte *Stabsraum West: Unternehmen Long Reach*. Ich weiß, daß ich am rechten Ort bin.«

Monica füllte seinen Becher wieder auf, und Cardon

trank noch mehr Kaffee. Er war so aufgeputscht, daß seine Worte sich beinahe überschlugen.

»Eine Tür zu einem anderen Raum steht einen Spaltbreit offen. Ich kann hören, wie ein Chinese – vermutlich General Li Yun – vor etwas redet, was wohl eine Versammlung von Stabsoffizieren war. Der General stammt aus Kanton, also bekomme ich dieses und jenes mit – aber ich bin beschäftigt mit der kleinen Kamera, mit der mich unsere Leute hier im Keller ausgerüstet haben. Mache Aufnahmen von den Karten an der Wand. Dann höre ich, wie der General etwas sagt, wobei es mir kalt den Rücken herunterlief. Ich zitiere: ›Das Unternehmen Long Reach – die Infiltration Europas in ihrer ersten Phase, dem Einschleusen von Saboteuren und Spionen, Europäern also, ist weitgehend abgeschlossen. Aber das eigentliche und wichtigste Ziel ist Großbritannien.‹ Ich ziehe mich schleunigst aus dem Stabsraum zurück.«

»Darf ich etwas aus einer Akte zitieren, die ich von Sir Gerald Andover bekommen habe?« unterbrach Tweed. Er sah Monica an. »Sie haben das auch noch nicht gehört.«

Er schloß eine Schreibtischschublade auf, holte die Akte heraus, blätterte sie rasch durch. Dann las er vor.

»›Unternehmen Torch: die Invasion der Alliierten in Afrika im Zweiten Weltkrieg. Der endgültige Plan für den ersten Angriff sah vor, daß *24 500 in den Vereinigten Staaten eingeschiffte Amerikaner* nördlich und südlich von Casablanca landen sollten . . . Sie mußten, in Anbetracht der Bedrohung durch Unterseeboote und Flugzeuge, mehr als 600 Schiffe eskortieren, die eine *Streitmacht von 90 000 Mann, denen 200 000 weitere folgen sollten*, beförderten, mitsamt ihrem Nachschub und ihren Waffen, und zwar über 1500 Seemeilen von Großbritannien aus und *3000 Meilen von Amerika . . .*‹« Tweed schwieg einen Moment. »Soweit Andovers Zitat aus *The Turn of the Tide* von Arthur Bryant – nach den Tagebüchern von Feldmarschall Viscount Alanbrooke, die nach dem Krieg veröffentlicht wurden.«

»Genau dieses Buch habe ich im Regal von General Li Yun gesehen«, bemerkte Cardon.

»Worauf in aller Welt wollt ihr beide hinaus?« fragte Monica bestürzt.

»Ich habe beim Lesen die Stellen betont, die Andover in seiner Niederschrift unterstrichen hat«, setzte Tweed hinzu.

»Aber worauf wollen Sie hinaus?« wiederholte Monica ihre Frage.

»Oh, es ist im Grunde ganz einfach«, fuhr Cardon fort. »Die Chinesen beschäftigen sich eingehend mit der Geschichte. Sie haben begriffen, daß Hitler nur deshalb scheiterte, weil er nicht in Großbritannien einmarschiert ist. Er ließ es als gigantische schwimmende Basis vor dem Kontinent bestehen – eine Basis, die die Amerikaner benutzen konnten, um ihre Streitkräfte für die Invasion Europas zu versammeln. Ohne Großbritannien hätten sie dazu keinerlei Möglichkeit gehabt.«

»Und deshalb«, warf Tweed ein, »wird, wenn die Zeit gekommen ist, die Eroberung von Großbritannien ihr erstes Ziel sein. Womit die Amerikaner völlig isoliert wären.«

»Das hört sich ja entsetzlich an«, protestierte Monica.

»Genau so, wie sich die Eroberung Europas durch Hitler angehört hätte«, erwiderte Cardon. »Tweed hat recht. China ist der einzige erfolgreiche kommunistische Staat. Man war schlau genug, privates Unternehmertum zuzulassen; das Land hat eine gesunde Wirtschaft – und ein zufriedenes und gehorsames Volk. Und was für ein Volk! Mehr als eine Milliarde Menschen – fast ein Viertel der Weltbevölkerung.«

»Und?« fragte Monica.

»Die Chinesen haben keine Achtung vor dem menschlichen Leben. Mit einer derartigen Bevölkerung können sie es sich leisten, für die Erringung der Macht über Europa fünfzig Millionen zu verlieren. Sie würden uns überwältigen.«

»Erst müssen Sie hierherkommen«, wendete Monica ein.

»Wenn die Amerikaner schon 1944 derartige Massen

über See transportieren konnten«, erinnerte Cardon sie, »wie viele, meinen Sie, können dann die Chinesen heute mit riesigen Schiffen und Flugzeugen befördern?«

»Sie machen mir angst«, sagte Monica.

»Das ist noch gar nichts«, erklärte Cardon. »Aber jetzt werde ich Ihnen eine Heidenangst einjagen. China ist, wie ich bereits sagte, der einzige erfolgreiche kommunistische Staat. Nach dem Zusammenbruch der Sowjetunion hält es sich für den Hüter des Heiligen Grals. Und außerdem für eine riesige, von der kapitalistischen Welt belagerte Festung. Und die Lösung des Problems? Die von Stalin. Anders als er, verfügen die Chinesen über dieses unvorstellbare Menschenpotential, diese riesige Landmasse. Die Lösung? Zuschlagen, bevor liberale Ideen in China Fuß fassen können. Europa besetzen. Dann sind sie in Sicherheit. Und noch mehr als das – sie befinden sich in einer Position, daß sie dem Rest der Welt ihre Bedingungen diktieren können. Und Generäle lieben militärische Aktionen – sie sind es, wofür sie leben.«

»China ist weit weg von London«, sagte Monica, aber es klang nicht sehr überzeugt.

»Liegnitz in Schlesien – ungefähr vierhundert Kilometer von Hamburg entfernt – war weit weg von Ostasien«, erinnerte sie Tweed. »Und dennoch haben die Mongolen es erreicht – obwohl sie die Strecke zu Pferd hinter sich gebracht haben. Stellen Sie sich die Geschwindigkeit vor, mit der ein Tarnkappenflugzeug fliegen kann. Wir reden von Stunden anstatt von Jahren.«

»Sie haben mir wirklich eine Heidenangst eingejagt«, gab Monica zu.

»Und um Sie ein wenig zu beruhigen«, sagte Cardon ironisch, »zeige ich Ihnen jetzt die Fotos, die ich in General Li Yuns Stabsraum West aufgenommen habe. Unsere Leute im Keller haben den Film entwickelt und Abzüge gemacht, bevor Sie kamen, Tweed.«

Er zog eine Plastikhülle aus der Tasche, entnahm ihr eine Reihe von Fotos, legte sie nebeneinander auf den Tisch. Tweed betrachtete sie mit wachsender Bestürzung.

Es waren Fotos von britischen Meßtischblättern. Das erste zeigte einen Abschnitt der Südküste von Bournemouth bis zum Fluß Beaulieu mit Lymington im Zentrum. Ein Kreuz markierte einen Punkt, bei dem es sich zweifellos um Moor's Landing handelte.

Fünf weitere Fotos – gleichfalls von Meßtischblättern – schlossen an die Karte von Lymington an, und auf ihnen waren die schnellsten Routen nach London eingezeichnet.

Er betrachtete die nächste Gruppe von Fotos. Sie zeigten Belgien. Auf einem von ihnen markierte ein Kreuz westlich von Gent einen weiteren Ort. Dieses Foto mußte er Benoit zeigen, wenn er nach Brüssel zurückgekehrt war.

Tweed benutzte eine Lupe, um ein weiteres Foto zu betrachten. Er las die Worte *Ostfriesische Inseln*. Diese Inseln, zu denen Borkum und Norderney gehören, sind in einem Halbkreis der deutschen Nordseeküste vorgelagert. Tweed erinnerte sich an sein erstes Gespräch mit Commander Noble. In dieser Gegend waren Schiffe verschwunden.

Zugleich war es die Gegend, in der Erskine Childers Roman *Das Rätsel der Sandbank* spielte. Eine wundervolle Geschichte darüber, wie die Deutschen vor dem Ersten Weltkrieg planten, eine Flotte von Lastkähnen zur Invasion in Großbritannien zusammenzuziehen. Ob General Li Yun auch ein Exemplar dieses Buches in seinem Regal hatte?

Mit Hilfe seiner Lupe betrachtete er das letzte Foto. Es zeigte eine Karte der deutschen und der dänischen Nordseeküste.

Auf der Karte war die Nordspitze der Insel Sylt zu sehen – gleichfalls mit einem Kreuz markiert. Aber Tweeds Aufmerksamkeit konzentrierte sich auf einen Streifen der dänischen Küste südlich des Hafens Esbjerg – eine außerhalb der Saison öde und einsame Landschaft, wie er von einem Besuch her wußte. Vor diesem Küstenstreifen waren die meisten Schiffe verschwunden. Und da war ein weiteres Kreuz – ungefähr in der Mitte zwischen Esbjerg und der deutschen Grenze –, dicht am Strand.

Er wendete sich noch einmal der Karte der Friesischen Inseln zu. Auf ihr waren auch die Elbe und Hamburg zu sehen. Ein weiteres Kreuz, ein Stück flußabwärts und außerhalb der Stadt. Er sah Cardon an.

»Das dürfte der genialste und brillanteste militärische Plan sein, der mir je begegnet ist.«

»Er setzt allem die Krone auf«, pflichtete Cardon ihm bei. Er war noch immer energiegeladen und bewegte sich rastlos auf seinem Stuhl. »So, und möchte jetzt jemand etwas über Dr. Wand erfahren?«

In Brüssel saß Paula im Foyer des Hilton und blätterte gelangweilt in einer Modezeitschrift. Sie kam sich fast vor wie eine Gefangene – sie konnte nirgendwohin gehen, es sei denn in Begleitung ihrer Beschützer. Sie sehnte sich danach, irgend etwas tun zu können.

»Miß Paula Grey, wenn ich mich recht erinnere?«

Sie schaute auf. Ein gutaussehender Mann mit tiefschwarzem Haar und gewinnendem Lächeln schaute auf sie herunter. Wo hatte sie ihn schon einmal gesehen? Anfang Dreißig, schätzte sie, und er trug einen blauen Nadelstreifenanzug, ein schneeweißes Hemd und eine blaue, gepunktete Krawatte. Das Hemd war eine Abwechslung nach all den gestreiften Dingern, die die meisten Engländer zur Zeit bevorzugten. Sie ließ ihre Zeitschrift sinken, registrierte den kurzen, bewundernden Blick auf ihre Beine. Keine Spur von Lüsternheit in diesem Blick.

»Sie müssen sich erinnern, wo wir uns schon einmal begegnet sind«, erklärte er und ließ sich neben ihr nieder.

»Tut mir leid. Ich kenne Sie nicht . . .«

Ziemlich dürftig, dachte sie, als sie die Worte äußerte. Und es verlangte sie wirklich nach anderer Gesellschaft; nur für ein paar Stunden. Er schlug vor, daß sie etwas trinken sollten, und sie sagte, gegen ein Glas Champagner hätte sie nichts einzuwenden.

»Oder ist es dazu noch zu früh am Tage?« überlegte sie und schaute auf die Uhr.

»Manche Leute haben schon mit dem Lunch angefangen«, beruhigte er sie und bestellte zwei Gläser beim Kellner.

»Ich war anders angezogen – hatte Freizeitkleidung an ...«

»Buckler's Hard! Sie haben uns in Ihrem Boot nach Moor's Landing gebracht. Mr. Mordaunt!«

»So ist es«, pflichtete er ihr bei. »Ich wußte doch, daß Sie ein gutes Gedächtnis haben. Nicht daß ich zu den Leuten gehöre, an die sich jeder gleich erinnert ...«

Das gefiel ihr. Es deutete auf eine gewisse Bescheidenheit hin, die vielen Männern, denen sie begegnet war, völlig abging.

»Sie sind ein Freund von Bob Newman ...«

»Wer mißbraucht da meinen Namen?«

Es war Newman, der aus dem Nirgendwo aufgetaucht war. Sie fragte sich, weshalb sie ein wenig verärgert war. Newman setzte sich und musterte Mordaunt.

»Wo kommen Sie denn her? Das letzte Mal haben Sie sich in Hampshire herumgetrieben. Was führt Sie nach Brüssel?«

»Ein heißer Tip. Durchaus möglich, daß sich hier ein Skandal zusammenbraut. Um einen dieser EG-Kommissare. Könnte sein, daß es der Knüller ist, auf den ich schon lange warte.« Er sah Paula an. »Ich möchte nicht zudringlich erscheinen – aber hätten Sie Lust, mit mir im Tête d'Or zu essen? Das ist ein sehr gutes Restaurant in der Nähe der Grand' Place.«

»Das ist sehr nett von Ihnen.«

Sie überlegte schnell. Sie war einmal mit Tweed im Tête d'Or gewesen. Es war ein sehr elegantes Restaurant, und das Essen war vorzüglich. Außerdem waren das Polizeipräsidium und Benoit ganz in der Nähe.

»Ich komme gern mit«, entschied sie.

Mordaunt stand auf. »Wir trinken gerade ein Glas Champagner. Sie leisten uns doch Gesellschaft?«

»Nein, danke.«

»Wenn der Kellner kommt, übernehme ich die Rechnung. Bitte entschuldigen Sie mich einen Moment. Ich gehe nur eben in den Waschraum . . .«

»Mußten Sie so unhöflich sein?« fuhr Paula Newman an. »Ich brauche ein bißchen Abwechslung.«

»Schöne Abwechslung«, bemerkte Newman. »Mordaunt ist eine Schnüffelnase, ein sogenannter freier Journalist, der die Gosse nach Schnipseln von Informationen durchwühlt, die er professionellen Journalisten andrehen kann. Gegen Bezahlung natürlich. Ein Typ, der von der Hand in den Mund lebt.«

»Sind Sie fertig?« fragte Paula mit gefährlich leiser Stimme. »Eine Schnüffelnase? Das ist ein abscheulicher Ausdruck. Haben Sie nicht zufällig selbst von seinen Diensten Gebrauch gemacht?«

»Habe ich«, informierte Newman sie lächelnd. »Ich habe ihn um Informationen gebeten, die ich nicht brauchte – um unsere Gegner in die falsche Richtung zu dirigieren. Weil ich genau wußte, daß er das, was ich gesagt hatte, unverzüglich an einen Rivalen verkaufen würde.«

»Danke, ich habe genug gehört.« Paula war wütend. »Sogar mehr, als ich hören wollte. Und ich esse mit ihm im Tête d'Or.«

»Tun Sie, was Sie nicht lassen können.« Als der Kellner mit dem Champagner kam, nahm Newman die Rechnung und zeichnete sie mit seiner eigenen Zimmernummer ab. Paula schlug zu, sobald der Kellner gegangen war.

»Diese Rechnung wollte Mordaunt bezahlen. Müssen Sie sich unbedingt einmischen?«

»Sie brauchen sich nicht zu bedanken«, erklärte Newman mit dem gleichen aufreizenden Lächeln wie zuvor. Er sah, daß Mordaunt zurückkam, und stand schnell auf. »Bitte, entschuldigen Sie mich.«

Newman hatte außerdem Marler gesehen, der gerade aus dem Fahrstuhl getreten war; er war in einiger Entfernung stehengeblieben und tat so, als betrachtete er ein Ausstellungsplakat. Newman blieb dicht neben Marler stehen, zündete sich eine Zigarette an und sprach leise.

»Sehen Sie den dunkelhaarigen Typ, der da neben Paula sitzt? Sie wird bald mit ihm abziehen. Sie wollen im Tête d'Or in der Nähe der Grand' Place essen. Heißt Mordaunt. Kleiner Journalist. Scheint im Moment bei Kasse zu sein, seinem Anzug nach zu urteilen. Mordaunt kennt Sie nicht. Folgen Sie ihnen. Ich sage Nield Bescheid, daß er auf seinem Motorroller dasselbe tun soll. Ich fahre in einigem Abstand in einem Taxi hinterher. Paula ist ziemlich gereizt. Vermutlich eine Reaktion auf den Entführungsversuch.«

»Also drei Mann hoch«, bemerkte Marler. »Sie setzen die schwere Artillerie ein.«

»Ich traue Mordaunt nicht.«

»Ich hole meinen gemieteten Mercedes aus der Garage. Ach, übrigens, Dr. Wands Lear Jet bereitet sich auf einen Flug nach Hamburg vor.«

»Wie haben Sie das herausbekommen?«

»Sie kennen mich doch. Bestechung. Ich habe mich in der Flughafenbar mit einem Mechaniker unterhalten, nachdem er mit der Überprüfung des Lear Jets fertig war. Er hat gehört, wie der Pilot über seinen Flugplan redete . . .«

Zweiunddreissigstes Kapitel

Lee Holmes kam auf Newman zu, sowie Paula das Hilton mit Mordaunt verlassen hatte. Sie trug ein grünes Kleid mit tiefem Ausschnitt, der den Ansatz ihrer wohlgeformten Brüste sehen ließ. Über ihrem Arm lag ein zusammengefalteter Kamelhaarmantel. Sie lächelte ihn mit ihren vollen roten Lippen an.

»Ich bin frei – für alles mögliche«, erklärte sie vergnügt. »Und Sie?«

»Vielleicht für einen gemeinsamen Lunch.« Newman überlegte schnell. »Ich kenne da ein nettes Restaurant an der Grand' Place.«

»Hört sich himmlisch an. Da bin ich einmal mit Maurice gewesen.«

Sie hob eine Hand und legte sie auf die Kehle. Ihre grünlichen Augen musterten ihn einladend. Warum eigentlich nicht? dachte er. Vielleicht kann ich etwas über diese Frau herausbekommen und dabei gleichzeitig am rechten Ort sein. Mach dir nichts vor, befahl er sich. Du hast dich über Paula geärgert.

Er half ihr in den Mantel. Sie benutzte beide Hände, um ihr blondes Haar über den Kragen zu legen, dann nahm sie seinen Arm. Draußen winkte der Portier ein Taxi heran. Newman wies den Fahrer an, zur Grand' Place zu fahren.

Lee lehnte sich im Fond zurück, ihr Mantel öffnete sich und brachte ihre eleganten Beine zum Vorschein. Als das Taxi anfuhr, rückte sie näher an Newman heran, ergriff wieder seinen Arm und drückte ihn.

»Ich freue mich wirklich, daß Sie Zeit für mich haben, Mr. Newman.«

»Nennen Sie mich Bob.«

»Dann bin ich Lee . . .«

Wie brachte sie das fertig? Ohne auch nur im geringsten

den Anschein einer Frau zu erwecken, die für jeden zu haben war, benahm sie sich auf eine Weise, als kennten sie einander schon sehr lange. Das Taxi setzte sie an einer der zur Grand' Place führenden Straßen ab; weiter konnte es einer Sperre wegen nicht fahren. Newman geleitete Lee zu einem Restaurant auf der anderen Seite des Platzes und wählte einen Tisch am Fenster.

Von seinem Platz aus konnte er Marler sehen, der an einer Mauer lehnte und in einer Zeitung las. Er hatte sich an der Ecke postiert, an der die Rue Tête d'Or von der Grand' Place abzweigt. Vermutlich stand sein Wagen ganz in der Nähe, und Nield hielt vermutlich auf seinem Motorroller am anderen Ende der kurzen, schmalen Straße Wache. Sie hatten Paula und Mordaunt in der Zange.

»Mögen Sie Chablis?« fragte Newman. Es war sein Lieblingswein.

»Ich liebe Chablis«, erklärte Lee.

Als sie bestellt hatten, beugte sie sich vor und steckte eine Zigarette in ihre edelsteinbesetzte Spitze. Ihr Ton war spöttisch, aber auf eine nette Art.

»Ich sah, wie ein anderer Mann mit Ihrer Freundin Paula abzog. Ich hoffe, sie hat Sie nicht verlassen.«

»Sie ist nicht das, was man normalerweise als Freundin bezeichnet.«

»In welchem Verhältnis stehen Sie dann zu ihr? Ich bin nämlich eifersüchtig, Bob. Sie ist eine sehr reizvolle Frau. Die außerdem Verstand hat.«

Sie beschrieb Paula ohne eine Spur von Gehässigkeit. Ihr Blick ruhte unverwandt auf ihm.

»Sie ist in der Versicherungsbranche. Und manchmal in ziemlich brisante Fälle verwickelt.« Er beobachtete Lee genau. »Es kommt vor, daß sie mit Entführern verhandeln muß.«

»Hört sich gefährlich an.« Lee biß sanft auf das Mundstück ihrer Spitze. »Meinen Sie damit, daß ihre Firma bedeutende Männer für den Fall versichert, daß sie wegen Lösegeld entführt werden?«

»Etwas von der Art.« Er hatte nicht die Spur einer ungewöhnlichen Reaktion bemerkt. Aber schließlich war sie Schauspielerin gewesen. »Aber reden wir nicht über sie«, schlug er vor. »Reden wir über jemanden, der anfängt, mich zu interessieren. Über Sie.«

»Danke«, sagte sie, das Kompliment graziös akzeptierend. »Lassen Sie mich einen Moment überlegen, womit ich anfange.«

Newman stellte fest, daß er in ihren Bann geriet. Ihre Stimme war sanft, und er hatte das Gefühl, ihr stundenlang zuhören zu können. Sie trank einen Schluck Wein, wobei sie ihn nach wie vor ansah, aber in Gedanken schien sie weit weg zu sein. Newman versuchte, sie zum Reden zu bringen.

»Weshalb haben Sie die Nase voll von Maurice?«

»Der Brigadier kann eine Nervensäge sein. Er ist so verdammt starrköpfig – gibt nicht einmal bei der geringsten Kleinigkeit nach. Alles muß eben so und nicht anders sein. Liegt vermutlich an seiner militärischen Vergangenheit. Er benimmt sich, als stünde er immer noch an der Spitze seiner Brigade und ich wäre sein Adjutant oder was auch immer ...« Newman erkannte, daß er auf den richtigen Knopf gedrückt hatte; die Worte sprudelten nur so hervor.

»Ich bin gelernte Buchhalterin«, fuhr sie fort, »und deshalb ziemlich gewissenhaft in allem, was ich tue. Ich habe es aufgegeben. Zahlen sind langweilig. Sie haben mir nie etwas bedeutet – so, wie es bei manchen Buchhaltern der Fall zu sein scheint. Ich habe es mit einem Job nach dem anderen versucht, dann habe ich diese Anzeige gesehen. ›Gewissenhafte Beachtung von Details erforderlich‹, das war eine der Formulierungen. Also dachte ich, genau das richtige für mich. Ich halte seine Papiere in Ordnung – jedenfalls die, die ich in die Hände bekomme ...«

»Es gibt andere, die er für sich behält?«

»Aber sicher!« Ihre Augen öffneten sich weit. »Er hält eine Menge von ihnen in einem Safe verschlossen, zu dem ich keinen Zugang habe. Maurice kann sehr verschwiegen sein. Und er ist kein entspannender Gesellschafter – wie

Sie einer sind, Bob. Sie merken sich jedes Wort, das ich sage, stimmt's?«

»So weit würde ich nicht gehen«, log Newman. »Reisen Sie viel mit ihm?«

»Ja, kreuz und quer durch Europa. Er trifft sich mit Leuten, die er Geschäftsfreunde nennt – und einige davon sind höchst merkwürdige Typen . . .«

»Merkwürdig in welcher Hinsicht?« fragte Newman beiläufig.

»Ziemlich ungeschliffene Diamanten, denen ich nicht in einer dunklen Gasse begegnen möchte. Gott weiß, um was es bei diesen Geschäften geht. Wenn es nicht Maurice wäre, würde ich sagen, es sind Ganoven. Einmal hat er mich in Hamburg in ein Lokal an der Reeperbahn geschickt, wo ich einen Umschlag abholen sollte. Ich mußte mich auf eine bestimmte Art anziehen, damit derjenige, der den Umschlag hatte, mich erkennen konnte. Da wir gerade von rauhen Typen reden – es ist ein Wunder, daß ich meine Sachen noch anhatte, als ich wieder herauskam.«

»Und wie haben Sie das geschafft?«

»Ich packte eine Flasche beim Hals, hieb sie auf die Theke und brüllte auf deutsch, daß jeder, der mir zu nahe käme, sein Leben lang die Narben mit sich herumtragen würde.«

Newman musterte sie. Bei ihrer sanften Stimme und ihrem anmutigen Wesen konnte er sie sich nur schwer als wütende Tigerin vorstellen. Aber er zweifelte nicht daran, daß es so gewesen war, wie sie gesagt hatte.

»Sie bekamen den Umschlag?« fragte er.

»Natürlich.« Sie schaute überrascht drein. »Einen dikken, versiegelten Umschlag. Auf der Taxifahrt zurück zum Hotel habe ich ihn abgetastet. Ich war ziemlich sicher, daß er vollgestopft war mit Fünfhundert-Mark-Scheinen.« Sie lächelte wieder. »Sie hören mir genau zu, fast ohne mich zu unterbrechen. Maurice läßt mich keine Minute ungestört reden. Wir sollten uns wirklich besser kennenlernen.«

»Großartige Idee.« Newman stand auf. »Das Essen kommt bald. Stört es Sie, wenn ich mir eben eine Zeitung hole? Bin gleich zurück . . .«

Er schlenderte in dem kalten Sonnenlicht über den Platz, bis in den Schatten der hohen alten Gebäude. Marler, der ihn beobachtet hatte, war außer Sicht. Newman fand ihn gleich hinter der Ecke.

»Was tut sich?« fragte er Marler. »Ich mache mir Sorgen um Paula.«

»Sie sitzt mit ihrem geschniegelten Freund im Tête d'Or. Also kein Grund zur Sorge. Wie kommen Sie mit Ihrer reizenden Blondine zurecht?«

»Höre ein paar seltsame Dinge über Brigadier Maurice Burgoyne. Behalten Sie Paula und diesen Kerl im Auge. Wo kann ich hier eine Zeitung bekommen?«

Er kehrte mit einem Exemplar von *La Libre Belgique* unter dem Arm in das Restaurant zurück und blieb stocksteif stehen. Die Weinflasche, die Gläser, Besteck und eine zerknüllte Serviette waren noch auf dem Tisch. Aber Lee Holmes war verschwunden.

Im Tête d'Or hatte Paula das vorzügliche Essen genossen, aber gleichzeitig wurde sie allmählich der Komplimente überdrüssig, die Mordaunt ihr machte. Wollte er auf eine intimere Beziehung hinaus? Sie stellte ihre Frage beim Kaffee.

»Die Welt ist klein – entschuldigen Sie das Klischee –, aber es ist wirklich seltsam, daß wir uns zuerst in Buckler's Hard begegnen, und dann tauchen Sie plötzlich in Brüssel im Hilton auf.«

»Ich wohne immer im Hilton«, erwiderte er auf seine umgängliche Art. »Und Brüssel ist der Ort, an dem sich heutzutage die Journalisten versammeln. Wegen der EG-Leute und alledem. Betrachten Sie es als glücklichen Zufall – aus meiner Sicht.«

»Und was haben Sie dann in Buckler's Hard gemacht? Dort gibt es doch wohl kaum Stoff für einen Journalisten.«

»Urlaub. Habe mich einfach herumgetrieben.« Das

hörte sich ziemlich vage an. »Ich spiele gern mit Booten herum.« Paula war sicher, daß er log; zum erstenmal schien er sich in seiner Haut nicht wohl zu fühlen. »Sie haben wunderschöne Hände«, sagte er plötzlich.

Sie machte sich bereit, ihre Hand vom Tisch zurückzuziehen, weil sie damit rechnete, daß er danach greifen würde. Statt dessen lehnte er sich auf seinem Stuhl zurück. Sie hatte den Eindruck, daß er den Blick nicht von ihr wenden konnte. Wenn ich meiner Eitelkeit freien Lauf ließe, würde ich denken, er hat sich in mich verliebt. Also schlag dir diese absurde Idee aus dem Kopf.

»Danke«, sagte sie schnell. »Und ich muß nun allmählich zurück ins Hotel. Ich erwarte einen Anruf.«

Mordaunt winkte sofort den Kellner herbei und bat um die Rechnung. Sein Verhalten verblüffte Paula. Er schien fast zu meinen, was er sagte – und damit hatte sie nicht gerechnet.

»Ich würde Sie gern wiedersehen«, sagte er und legte die Hände auf den Tisch. »Ich habe noch nie eine Frau wie Sie kennengelernt.« Seine Miene ließ wieder Unbehagen erkennen. »Entschuldigen Sie, daß ich das gesagt habe. Es hat sich angehört wie die übliche, billige Tour. Ich hoffe, Sie verzeihen mir?«

»Ich verzeihe Ihnen«, erwiderte sie, noch verwirrter als zuvor.

»Könnten wir uns dann zum Abendessen verabreden? Ich möchte Sie nicht unter Druck setzen. Die Entscheidung liegt ganz bei Ihnen.«

»Vielleicht.« Sie überlegte. »Es müßte im Hilton sein. Ich habe da immer eine Menge Anrufe.«

»Das Hilton wäre mir völlig recht. Das Baron de Bœuf oder der Sky Room? Was immer Sie möchten.«

»Sie gehen aber mächtig ran. Zuerst das Tête d'Or und nun das Baron de Bœuf. Das läuft ganz schön ins Geld.«

»Im Moment habe ich einen Job, der allerhand einbringt«, erwiderte er schroff. Dann mäßigte er seinen Tonfall. »Also sind wir verabredet – wenn Sie es einrichten können?«

»Falls ich es einrichten kann«, korrigierte sie ihn.

Er bezahlte die hohe Rechnung – in bar, wie sie bemerkte. Auf dem Weg zum Taxistand nahm er nicht ihren Arm, wie er es beim Verlassen des Hilton getan hatte. Offenbar bemühte er sich, nicht aufdringlich zu sein, was sie zu würdigen wußte.

»Wenn wir zurückkommen«, sagte er, »sorge ich dafür, daß Sie sicher wieder drinnen sind; dann muß ich über die Straße zur Bank und Geld wechseln. Und, wenn ich mir die Bemerkung erlauben darf, gehen Sie abends nicht allein aus. Brüssel ist nicht gerade die sicherste aller Städte . . .«

»Ich kann Sie doch nicht ständig Mr. Mordaunt nennen«, sagte sie im Taxi. »Wie heißen Sie mit Vornamen?«

»Joseph.«

Dr. Wand saß in seiner Villa in Waterloo an seinem Schreibtisch und betrachtete eine Karte von Afrika. Er schaute auf seinem Kalender nach dem Datum, dann maß er mit einem Plastiklineal eine Entfernung vom Kap der Guten Hoffnung aus. Auf dem Fußboden neben ihm lag aufgeschlagen ein Exemplar von *La Libre Belgique*. Die Schlagzeile über einem kurzen Bericht lautete:

HOLLÄNDISCHER FRACHTER SÜDLICH VOM
KAP DER GUTEN HOFFNUNG VERSCHWUNDEN

Er schürzte, über die Störung verärgert, die Lippen, als Jules das dunkle Zimmer betrat. Seine erste Regung war, das Lineal hinzuwerfen, doch statt dessen legte er es parallel zur Oberkante der Karte auf den Schreibtisch. Dr. Wand war ein sehr präziser, beherrschter Mann.

»Ja, Jules?«

»Joseph ist am Telefon. Ruft von einer Zelle aus an und scheint sehr aufgeregt zu sein.

»Warten. Hinsetzen.«

Nur der ungewöhnlich knappe Ton verriet Jules, daß sein Chef verärgert war, denn als Wand den Hörer abgenommen hatte, klang seine Stimme so sanft wie immer.

»Es ist mir immer ein Vergnügen, von Ihnen zu hören, Joseph. Gibt es irgendein unvorhergesehenes Problem, bei dem ich Ihnen behilflich sein kann?«

»Ja.« Er hörte, wie Joseph schluckte, als müßte er sich zum Weitersprechen zwingen. »Ich bitte Sie, mich von dem Auftrag zu entbinden, den Sie mir erteilt haben.«

»Also, Joseph, diese Bitte erscheint mir höchst verwunderlich. Wäre es Ihnen möglich, mir einen Grund für dieses Ansinnen zu nennen?«

»Gewiß. Es ist ganz einfach. Ich weiß nicht, ob ich in der Lage bin, den Auftrag auszuführen. Ich möchte Sie nicht enttäuschen.«

»Ganz einfach?« wiederholte Wand leise. »Ich glaube, das verstehe ich. Und Sie haben recht, Joseph, wie immer. Ich würde nicht wünschen, daß Sie mich enttäuschen, wie Sie es ausdrückten. Ich darf Ihnen meine Anerkennung dafür aussprechen, daß Sie mir gegenüber so aufrichtig waren. In Anbetracht der Umstände bleibt das Vertrauensverhältnis zwischen uns unverändert bestehen. Und nun habe ich einen ganz anderen Auftrag für Sie. Hinter dem Hilton liegt eine große Gartenanlage, der Parc d'Egmont. Ich möchte, daß Sie folgendes tun . . .«

Als das Gespräch beendet war, beugte sich Wand vor, um den Hörer wieder auf die Gabel zu legen. Einen Augenblick lang tauchte sein Gesicht in den Schein der Schreibtischlampe. Jules war, als sähe er den Teufel in Person.

Dann lehnte sich Wand wieder zurück und stützte das Kinn auf seine große Hand.

Jules Starmberg stammte aus Luxemburg. Er hatte in einem Lager in der Nähe von Hankow, tief im Innern Chinas, ein intensives Training absolviert. Er war stämmig und kräftig gebaut, verfügte über beträchtliche Körperkräfte, und im Rahmen seiner Ausbildung war ihm – um seine Fähigkeiten zu testen – befohlen worden, einem Mann das Genick zu brechen, einem Mann wie ein Bulle. Starmberg hatte den Test mit fliegenden Fahnen bestanden.

Offiziell war Starmberg der Butler, in Wahrheit aber

Wands rechte Hand. Seiner Profession entsprechend nannte Wand den Luxemburger manchmal seinen Stabschef. Im Westen gab es nur zwei Männer, denen Wand vollauf vertraute – Jules Starmberg und Vulcan.

»Jules, ich fürchte, wir haben wieder einmal eines dieser kleinen Probleme.«

»Für das es natürlich eine Lösung gibt«, erwiderte Starmberg.

»Das Problem ist Joseph.« Wand seufzte bedauernd. »Ach ja, die menschliche Natur kann ein Problem darstellen. Wer hätte ahnen können, daß Joseph den Reizen von Miß Grey erliegen würde?«

»Er weigert sich, Ihren Befehl auszuführen?«

»Nicht gerade die subtilste Form, es auszudrücken – aber auf Ihre unverblümte Art haben Sie leider den Nagel auf den Kopf getroffen. Würden Sie so gut sein, Vulcan anzurufen? Bitten Sie ihn, sich in eine Telefonzelle zu begeben und mich von dort aus anzurufen. Ich habe Anweisungen, die er an Anne-Marie weitergeben soll. Die Vorarbeit ist bereits getan. Joseph wird zu einer vereinbarten Zeit im Parc d'Egmont warten. Und diese Lösung hat außerdem den Vorteil, daß sie Miß Grey und Newman nervös machen wird. Und Tweed auch, falls er nach Brüssel zurückkehrt.«

»Wir müssen die Schwächlinge zermalmen, als wären sie Küchenschaben«, pflichtete Jules ihm bei.

»Ich hätte es etwas anders ausgedrückt«, bemerkte Wand. »Ich habe mir gerade die Karte angesehen. Meiner Schätzung nach müssen die *Mao III* und die *Yenan* bei der hohen Geschwindigkeit, mit der sie fahren, inzwischen vor der Westküste Afrikas ziemlich weit nach Norden gelangt sein. Das bestätigt die Notiz in der Zeitung, denn ihr ist zu entnehmen, an welchem Tag der holländische Frachter *Texel* die Leiden dieser Welt hinter sich ließ.«

»Und die Leute, die diese Schiffe nach Dänemark bringen, sind das wirklich wichtige Team«, bemerkte Jules, der neben Wand getreten war, um die Karte betrachten zu können.

»Wir befinden uns noch in einem frühen Stadium des

Unternehmens *Long Reach*«, erklärte Wand. »Das jedenfalls ist meine Meinung. Und Sie haben völlig recht – die Männer auf diesen Schiffen sind die Elite, dazu ausgebildet, das Kommando zu übernehmen. Andererseits kann es durchaus sein, daß sich die Dinge schneller entwickeln, als vorgesehen war. Europa glaubt, sich nicht mehr verteidigen zu müssen. Ich habe eine Nachricht bekommen, derzufolge das Unternehmen möglicherweise viel früher gestartet wird als ursprünglich geplant.«

»Sie sagten, ich sollte mich mit Vulcan in Verbindung setzen«, erinnerte Jules seinen Chef.

»Ich wollte Sie gerade bitten, ihn anzurufen. Heute abend wird der Parc d'Egmont in aller Munde sein.«

Der Himmel war ein Meer aus grauen Regenwolken, als Mordaunt auf den schmalen Eingang zum Parc d'Egmont zuging. Er warf einen Blick auf das Leuchtzifferblatt seiner Uhr – es war so dunkel, daß man hätte denken können, es wäre schon Nacht. Er trug einen Trenchcoat, dessen Kragen er der Kälte wegen hochgeschlagen hatte, und einen weichen Filzhut. Niemand war zu sehen, und er war pünktlich.

Er war erleichtert über den Ausgang seines Gesprächs mit Dr. Wand. Bevor er den Hörer abnahm und die Nummer wählte, hatte er seine gesamte Willenskraft aufbieten müssen. Er hatte sich noch nie zuvor einem Befehl widersetzt. Rückschauend fragte er sich, wie er überhaupt den Mut dazu aufgebracht hatte. Seine Gedanken waren halb bei Paula gewesen. Sie hatte ihn dazu gebracht, den Befehl zu verweigern.

Er ging jetzt leise den schlammigen Pfad entlang und gelangte in das mit Gras und Bäumen bewachsene Areal. Wie er erwartet hatte, war niemand sonst im Park. Am frühen Nachmittag hatte es eine Weile stark geregnet. Er blieb stehen und lauschte. Das einzige Geräusch war das stetige Tropfen von Wasser von den Bäumen, ein Geräusch, das ihn aus irgendeinem Grund nervös machte. Wie die chinesische Wasserfolter.

Nimm dich zusammen. Du bist nur ein paar Meter von der Rückfront des Hilton entfernt. Hin und wieder konnte er das Licht im Café d'Egmont sehen, wo die teuer gekleideten Brüsseler Matronen beim Tee saßen. Er befand sich mitten in der Zivilisation.

Er ging tiefer in den Park hinein – fort vom Hilton und auf die fernen Mauern der Villen am unteren Ende des Parks zu. Wen zum Teufel sollte er hier treffen?

Er blieb in der kleinen, ungepflegten Wildnis abermals stehen. Das ununterbrochene Tropfen des Wassers von den Bäumen ging ihm auf die Nerven. Von diesem unheimlichen Geräusch abgesehen war es totenstill, fast so, als wäre er meilenweit von jeder Stadt entfernt.

»Joseph! Hier drüben ...«

Die gedämpfte Stimme einer Frau. Hinter einem Baumstamm kam ein vager Schatten zum Vorschein, wartete darauf, daß er herankam. Die Frau trug einen langen Regenmantel mit einer Kapuze, die sie tief in die Stirn gezogen hatte. Er ging auf sie zu. Sie hielt etwas in der Hand.

»Joseph, setzen Sie diese dunkle Brille auf. Wir können nicht riskieren, daß Sie erkannt werden, wenn wir denjenigen treffen, dem wir das Päckchen übergeben sollen.«

Jetzt vermutete er, daß er bei irgendeiner Transaktion als Leibwächter fungieren sollte. Er streckte die rechte Hand aus, um die Brille entgegenzunehmen, hob den Arm, um sie aufzusetzen. Der rechte Arm der Frau schoß hoch, stieß nieder. Er spürte, wie etwas Scharfes den Stoff seines Regenmantels zerriß, seinen Anzug und sein Hemd durchdrang, schmerzhaft in seinen erhobenen Arm stach.

Er spürte ein kurzes Aufflackern von Schmerz, dann ein plötzliches, weißglühendes Brennen in seinem Körper. Er gurgelte gräßlich, schwenkte eine Millisekunde lang hilflos die Hände, sackte auf das durchweichte Gras und rührte sich nicht mehr.

Dreiunddreissigstes Kapitel

In London war es Nachmittag, und Tweed wanderte langsam in seinem Büro herum. Monica beobachtete ihn. Philip Cardon hatte seinen Bericht beendet, dann hatte die Erschöpfung ihn überwältigt.

Er hatte in der Wohnung seiner Freundin angerufen, um ihr zu sagen, daß er nach Hause käme. Sie hatte ihm gesagt, ihre Wohnung wäre nicht mehr sein Zuhause; während seiner langen Abwesenheit hatte sie sich einen anderen Freund zugelegt. Tweed hatte sofort Butler hereingerufen, der sich bereit erklärt hatte, Cardon in seinem Wagen in seine eigene Wohnung zu bringen. Als er zurückkam, sagte er, Cardon schliefe wie ein Toter.

Tweed hatte ihn angewiesen, in dem Büro zu warten, das er mit Pete Nield teilte.

»Es kann sein, daß ich Sie von einer Minute auf die andere brauche. Richten Sie sich darauf ein, ins Ausland zu reisen. Monica wird Sie mit deutschem und belgischem Geld versorgen.«

»Sie bereiten sich auf eine Generalattacke vor«, hatte Monica am späten Vormittag bemerkt.

»Es kann sein, daß wir sehr schnell handeln müssen. Ich versuche, schneller zu denken als Dr. Wand – und ich bin sicher, er versucht genau dasselbe. Alles hängt davon ab, wem es gelingt, den Gegner erfolgreich zu täuschen ...«

Es hatte eine Unzahl von Telefongesprächen gegeben – und einige davon hatten Monica verblüfft. Zuerst hatte Tweed den Premierminister angerufen und um die Erlaubnis gebeten, gewisse Maßnahmen zu ergreifen. Dann hatte er gewartet, um dem Premierminister Zeit zu geben, seine eigenen Anrufe zu erledigen. Später hatte Tweed beim Hauptquartier des SAS in Hereford angerufen und mit dem Mann gesprochen, der das Kommando über das Bereitschaftsteam hatte.

»Es kann sein, daß ich Ihre Leute dringend für einen Einsatz in Europa brauchen werde.«

»Nord oder Süd?« hatte der Offizier gefragt. »Das macht einen Unterschied.«

»Auf jeden Fall Nordeuropa. Und möglicherweise rufe ich aus dem Ausland an, um Ihnen den Einsatzort zu nennen. Ich werde das Codewort *Hurrikan* benutzen.«

»Wenn es sich einrichten läßt, transportiere ich meine Leute am liebsten mit Hubschraubern«, hatte der Offizier erklärt.

»Das wird es wohl. Es könnte ein kleiner Flughafen da sein, auf dem Sie landen können. Und es könnte überaus wichtig sein, daß Sie ein paar Haftminen mitbringen. Um Schiffe zu versenken.«

»Das ist kein Problem.«

»Ich melde mich wieder, Conway . . .«

Tweed bezweifelte, daß das sein wirklicher Name war. Als er Noble anrief, bestand der Leiter des Geheimdienstes der Marine darauf, ihn sofort persönlich aufzusuchen – er wollte nicht einmal über Scrambler-Telefon reden.

Als Noble eintraf, machte er einen sehr vergnügten Eindruck. Er nahm den Kaffee, den Monica ihm anbot, dann begann er, pausenlos zu reden.

»Wir haben uns mit dem Abholen der Ware aus Lüttich sehr beeilt. Wir sind gestern abend hingeflogen. Benoit war sehr hilfsbereit. Als wir ankamen, hatte er den Flughafen bereits geschlossen. Außerdem standen ungekennzeichnete Fahrzeuge bereit, die uns zu Delvaux' Fabrik brachten. Delvaux war selber da. Sah ziemlich mitgenommen aus, wußte aber genau, was er tat.«

»Wollen Sie damit sagen, daß Sie bereits alles hergebracht haben?« fragte Tweed. Er machte sich nicht die Mühe, seine Verblüffung zu verhehlen.

»Alles befindet sich jetzt in der Forschungsabteilung der Admiralität. Schon seit vielen Stunden. Dieses Tarnkappenflugzeug, das wir zerlegt haben, ist ein tolles Ding. Wir haben es wieder zusammengesetzt – haben die ganze Nacht durchgearbeitet –, und keines unserer Radargeräte konnte es ausmachen. Aber Delvaux' Gerät kann es – den ersten Berichten unserer Experten zufolge, die mich telefonisch informierten, kurz bevor ich mich auf den Weg zu Ihnen machte.«

»Wie lange wird es dauern, bis Sie sicher sind?« fragte Tweed besorgt. »Es kann sein, daß die Zeit gegen uns arbeitet.«

»Ein paar Stunden. Dieses leichte Flugzeug, das Delvaux konstruiert hat, kann richtig fliegen. Ein Pilot steigt damit auf – danach werden wir sicher sein. Und wir haben fünfzig von Delvaux' Radargeräten mitgebracht. Ich hoffe, ich bin nicht voreilig – aber ich glaube, Sie haben uns ein Instrument gegen die Tarnkappenschiffe verschafft. Unter uns gesagt, der Gedanke, daß eine feindliche Macht sie bauen könnte, hat mir schlaflose Nächte bereitet.«

»Können Sie mir sagen, ob eines Ihrer Schiffe in der Nordsee operiert? Genauer gesagt, in Reichweite der Küsten von Deutschland und Dänemark?«

»Eigentlich dürfte ich das nicht – aber ich stehe tief in Ihrer Schuld. Die mit Raketen bestückte Fregatte *Minotaur* kreuzt in dieser Gegend und wird noch eine Weile dort bleiben. Weshalb?«

»Falls Sie feststellen sollten, daß Delvaux' Geräte einwandfrei arbeiten – könnten Sie dann eines davon zur *Minotaur* fliegen lassen?«

»Notfalls sogar sehr schnell. Der Kommandant der *Minotaur* ist Tug Wilson, ein junger Mann, aber von der alten Schule. Sein Motto ist: ›Falls erforderlich, rammt die Bastarde.‹« Er wendete sich an Monica. »Ich hoffe, Sie entschuldigen die harten Worte.«

»Ich habe hier schon härtere gehört«, beruhigte sie ihn.

»Also könnte ich mich mit diesem Tug Wilson in Verbindung setzen, indem ich Sie anrufe?« erkundigte sich Tweed.

»Ohne weiteres. Und ich schlafe an Bord, solange diese Sache im Gange ist.« Tweed begriff, daß er mit ›an Bord‹ das Feldbett in seinem Büro in der Admiralität meinte.

»Sie nehmen all das überaus ernst«, bemerkte Noble, der inzwischen aufgestanden war. »Ist die Situation so kritisch? Wenn ich meinen Leuten sagen kann, daß das der Fall ist, bekomme ich volle Rückendeckung vom Admiral, und dann tun alle, was in ihren Kräften steht.«

»Ich möchte nicht melodramatisch erscheinen, aber es ist durchaus möglich, daß das Überleben der westlichen Welt auf dem Spiel steht«, sagte Tweed langsam. »Und wenn ich Sie aus dem Ausland anrufe, werde ich das Codewort *Hurrikan* benutzen, damit Sie ganz sicher sein können, daß ich es bin, der mit Ihnen spricht.«

»*Hurrikan*«, wiederholte Noble, im Begriff, Tweeds Büro zu verlassen. »Das hört sich an, als rechneten Sie mit einem. Aber uns geht es nicht anders. Ich werde mich mit Tug Wilson in Verbindung setzen, sobald ich zurück bin. Viel Erfolg ...«

Nachdem er gegangen war, hatte Tweed Monica gebeten, ein paar Sandwiches kommen zu lassen. Noch während er das letzte aß, begann er, in seinem Büro herumzuwandern.

»Was halten Sie von dem, was Cardon uns über den mysteriösen Dr. Wand erzählt hat?« fragte Monica.

Tweed antwortete nicht gleich, sondern rief sich das, was Cardon ihnen berichtet hatte, noch einmal ins Gedächtnis.

»Ich betone, das alles sind nur Gerüchte«, hatte Cardon erklärt, »aber sie kommen von drei verschiedenen Kontaktleuten – und alle drei haben dasselbe gesagt. Man glaubt, daß Wand in Wirklichkeit General Chang ist, einer der Spitzenmänner des chinesischen Oberkommandos. Er ist wie aus dem Nichts in Hongkong aufgetaucht, nachdem er einige Monate in den Vereinigten Staaten verbracht hatte. Dort soll er bei einem amerikanischen Experten für plastische Chirurgie in Behandlung gewesen sein – der wenig später bei einem Autounfall ums Leben kam. Er gründete seine Handelsgesellschaft – schien über unbegrenzte Geldmittel zu verfügen. Zwei Jahre später prosperierte seine Firma, dann äußerte er sein Interesse am weltweiten Flüchtlingsproblem. Also kam er nach Europa und baute seine Hilfsorganisation auf.«

»Einen Moment«, hatte Tweed ihn unterbrochen. »Haben Sie eine Ahnung, wo diese Geldmittel herkamen?«

»Lassen Sie mich der Reihe nach erzählen. Er freundete sich mit einflußreichen Männern in allen wichtigen europäischen Ländern an – Männern, denen das Flüchtlingsproblem gleichfalls am Herzen liegt. Mehrere EG-Kommissare werden von ihm regelmäßig zum Essen eingeladen – sie wissen seine verschwenderische Gastfreundlichkeit zu schätzen. Die meisten von ihnen glauben, er wäre in Hongkong geboren – eine chinesische Mutter und ein englischer Vater. Als ich sagte, man vermutet, daß er General Chang ist, bezog ich mich auf Kontaktleute aus dem Untergrund. Keiner der großen Bosse, mit denen er in Hongkong verkehrte, hatte auch nur gerüchtweise davon gehört . . .«

Cardon hatte innegehalten, um ein ganzes Glas Wasser zu leeren. Tweed beobachtete ihn sorgfältig, sah Anzeichen dafür, daß er ziemlich am Ende war.

»Jetzt kommen wir zu dem Geld«, hatte Cardon seinen Bericht fortgesetzt. »Das ist der Grund dafür, weshalb ich drei Tage in Chengmai im Norden von Thailand verbracht habe, in der Nähe des sogenannten Goldenen Dreiecks – dem Zentrum für den illegalen Drogenhandel in großem Maßstab.« Er hielt einen Moment inne, um seinen nächsten Worten mehr Nachdruck zu verleihen.

»Die riesige Drogenindustrie, die im Westen so große Verheerungen anrichtet, wird von der chinesischen Regierung kontrolliert.«

»Aber in China werden Drogenhändler doch erschossen«, hatte Monica eingewendet.

»Natürlich werden sie erschossen«, hatte Cardon erklärt. »Sie wollen nicht, daß ihr eigenes Volk von der Geißel geschwächt wird. Nur der Westen. Es ist ein klassisches Beispiel für die chinesische Vorliebe für zweischneidige Schwerter – sie verkaufen die Drogen im Westen über Dritte. Die Drogen zerstören die Moral und die Widerstandskraft des Westens – und verschaffen Peking Unsummen in harter Währung. Also finanzieren Drogenkonsumenten hier in Europa und in den USA, ohne es zu wissen, das Unternehmen *Long Reach* und letzten Endes ihre eigene Vernichtung . . .«

Später hatte Tweed ihm die Frage gestellt, die ihn ununterbrochen beschäftigt hatte.

»Philip, wie in aller Welt sind Sie vom Lop Nor wieder weggekommen?«

»Ach, das war ziemlich leicht. Inzwischen war mir klargeworden, daß ich die Uniform eines hochrangigen Sicherheitsbeamten trug. Ich kehrte zum Flugplatz zurück und stellte fest, daß eine ihrer alten Kisten gerade nach Tschungking starten wollte. Der Steward veranlaßte, daß einer der Passagiere von seinem Sitz aufstand und sich im hinteren Teil der Maschine in den Gang hockte. Ich habe ihn nicht darum gebeten – er hat es von sich aus getan. Es war schon fast dunkel, als wir in Tschungking landeten. Ich verschwand schnell vom Flughafen, wanderte aufs Land hinaus, zog die Uniform aus und verbrannte sie, wonach ich wieder in meinen ursprünglichen Klamotten steckte. Danach habe ich mich als Besatzungsmitglied auf ein Luftkissenfahrzeug geschmuggelt, das den Jangtse hinunterfuhr . . .«

»Ein Luftkissenfahrzeug!« hatte Monica ihn unterbrochen. »Soll das ein Witz sein?«

»Nein, soll es nicht. Die Fahrt war ein bißchen unruhig, aber die Maschinen arbeiteten fast lautlos. Würde ein gefährliches Kriegsschiff abgeben. Ich ging in Hankow von Bord und machte dann die lange Bahnfahrt nach Kanton. Von dort ist es nur ein Katzensprung bis zur Grenze von Hongkong. Eine Kleinigkeit . . .«

Als er so weit gekommen war, hatte Cardon die Augen geschlossen und tief und fest geschlafen, bis Butler ihn zu seinem Wagen geführt hatte.

Tweed beantwortete die Frage, die Monica ihm eine Weile zuvor gestellt hatte, nachdem er das Herumwandern aufgegeben und sich wieder an seinem Schreibtisch niedergelassen hatte.

»Ich glaube, was Dr. Wand angeht, könnte Cardon recht haben. In dem Augenblick, in dem ich Wand im Licht von Bobs Feuerzeug deutlich sehen konnte, hatte ich den Eindruck, als hätte sein Gesicht etwas Asiatisches. Bei hellem Tageslicht wäre es mir vermutlich nicht aufgefallen.«

»Was ich einfach nicht verstehe, ist, wieso Philip immer wieder behauptet hat, es wäre einfach gewesen, eine Kleinigkeit oder dergleichen.«

»Ich glaube keine Sekunde, daß es einfach war. Das ist einfach Philips wegwerfende Art. Und bedenken Sie, daß die Engländer in früheren Zeiten immer gut darin waren, sich für Angehörige einer anderen Rasse auszugeben und in alle möglichen gefährlichen Gegenden einzuschleichen. Lawrence von Arabien – der sich als Araber ausgegeben hat. In Indien haben sich zur Zeit der britischen Herrschaft eine ganze Menge tüchtige Soldaten als Einheimische verkleidet an der Nordwestgrenze auf feindlichem Territorium herumgetrieben, um irgendeinen rebellischen Khan auszuspionieren. Cardon gehört in diese Zeit.«

»Was meinte Philip damit, als er sagte, der große Hafen von Cam Ranh in Vietnam wäre für alle Schiffe gesperrt?«

»Werfen Sie einen Blick auf die Karte.« Tweed sprang auf und trat vor die Weltkarte an der Wand. »Ich glaube, von dort aus fahren die Tarnkappenschiffe nach Europa. Die logische Geheimroute – außerhalb der normalen Schiffahrtswege – führt durch die Timorsee – in der Schiffe verschwunden sind. Dann um das Kap der Guten Hoffnung herum – wo weitere Schiffe verschwanden. Und Vietnam ist das einzige weitere bedeutende Land, in dem die Kommunisten noch fest im Sattel sitzen. Ich vermute, es hat sich insgeheim mit China verbündet.«

»Das ist wirklich beängstigend. Und gerade jetzt, wo wir glaubten, wir könnten uns entspannen . . .«

»Was genau das ist, was wir nicht tun werden«, sagte Tweed ingrimmig und kehrte zu seinem Schreibtisch zurück. »Wenn ich heute abend nach Brüssel zurückkehre, brauche ich das stärkste Team, das ich auf die Beine stellen kann. Buchen Sie einen Platz in meiner Maschine – und später weiter nach Hamburg – für Butler.«

Das Telefon läutete. Monica nahm den Anruf entgegen, legte eine Hand über die Sprechmuschel.

»Sie werden es kaum glauben. Es ist Philip Cardon.«

»Sie sollten schlafen«, fuhr Tweed ihn an. »Weshalb rufen Sie an? Und bevor Sie antworten, will ich wissen, von wo aus Sie anrufen.«

»Um kurz mit Ihnen zu reden, von einer Telefonzelle aus«, sagte Cardon lakonisch.

»Sie sind nicht ins Bett gegangen?« fragte Tweed.

»Doch. Aber ich konnte nicht schlafen. Ich trage einen Mantel und eine Hose über meinem Pyjama. Sehen Sie, ich habe das Gefühl, daß sich irgend etwas Großes tut. Nach ein paar Stunden Schlaf möchte ich dabeisein.«

»Sie brauchen Urlaub . . .«

»Ich sagte, ich möchte dabeisein. Sind Sie taub?«

»Na schön«, sagte Tweed resignierend. »Rufen Sie Monica an. Aber erst, wenn Sie richtig ausgeschlafen haben.«

»Einverstanden. Und vergessen Sie nicht, was ich Ihnen über Chengmai erzählt habe.«

Nachdem er den Hörer aufgelegt hatte, informierte Tweed Monica über das Gespräch. Er trommelte mit den Fingern auf die Schreibtischplatte.

»Wir könnten jeden Mann brauchen. Besorgen Sie für Philip ein offenes Ticket nach Brüssel mit Weiterflug nach Hamburg. Und ein weiteres für den direkten Flug nach Hamburg.«

»Sie ziehen wirklich Ihre Truppen zusammen«, bemerkte sie.

»Ich bin sicher, Dr. Wand tut genau dasselbe.«

»Glauben Sie, daß er recht hat mit diesem Vulcan? Ein Maulwurf, der ganz eng mit Wand zusammenarbeitet. Und zudem ein Engländer.«

»Er ist kein Maulwurf«, korrigierte Tweed sie. »Cardon hat ausdrücklich darauf hingewiesen, daß seine Kontaktleute in Hongkong behauptet haben, daß er existiert. Daß er eine Zeitlang in der Kolonie gelebt hat. Ja, ich bin sicher, daß er existiert. Interessant, daß er Engländer ist . . .«

Benoit, von Beamten in Zivil begleitet, folgte Newman in die Wildnis des Parc d'Egmont. Hinter ihm gingen Paula und Nield.

Auf Benoits Anordnung hin hatte der Geschäftsführer des Hilton die Vorhänge der auf den Park hinausgehenden Fenster des Café d'Egmont schließen lassen. Inzwischen war es völlig dunkel geworden, und das einzige Licht kam von den Taschenlampen, die Newman und die Polizisten eingeschaltet hatten.

Newman hatte Benoit angerufen, nachdem er in seinem Zimmer einen merkwürdigen Anruf erhalten hatte. Die verstellte Stimme hatte sich angehört wie die eines Mannes, und die Botschaft war auf englisch übermittelt worden.

»Wenn Sie jetzt in den Parc d'Egmont gehen, werden Sie etwas Interessantes finden. Kehren Sie lieber nach Hause zurück. Und stolpern Sie nicht über etwas . . .«

»Ich kann Sie direkt zu der Stelle hinführen«, sagte Newman, der Benoit den Weg zeigte.

»Ich bin ganz sicher, daß das, was Sie gesehen haben, keine Einbildung war«, versicherte Benoit.

Newman ging vorsichtig den nassen Abhang hinunter und blieb dann dicht bei einem Baum stehen. Schweigend richtete er das Licht seiner Taschenlampe auf den Boden. Der Tote lag auf dem Rücken, mit blicklos emporstarrenden Augen. Benoit und ein weiterer Beamter bückten sich, um ihn zu untersuchen.

»Zyanose«, bemerkte Benoit. »Blaue Lippen, das ganze Gesicht bläulich angehaucht.«

»Ganz meine Meinung«, bestätigte Newman. »Das ist Joseph Mordaunt. Ein freiberuflich arbeitender Journalist, den ich flüchtig kannte. Das letzte Mal habe ich ihn in England im New Forest gesehen.« Er schwieg einen Moment. »Und dann heute mittag im Foyer des Hilton.«

Paula trat bestürzt vor. Nur ein paar Stunden zuvor

hatte sie mit dem Bündel auf der Erde, das ein lebendiges menschliches Wesen gewesen war, einen langen und sehr erfreulichen Lunch genossen.

»Ich kann Ihnen etwas über ihn erzählen«, sagte sie.

»Nachher im Hotel«, sagte Benoit knapp. Er sah Newman an. »Das ist der zweite Fall eines Mordes mit Zyanid in unmittelbarer Nachbarschaft des Hilton. Wie Sie wissen, wurde der Fahrer des Taxis, das gestohlen und dann nach Lüttich gefahren wurde, im Marolles-Distrikt gefunden. Und der Fahrer dieses Taxis hat Sir Gerald Andover ermordet. Drei Morde in kürzester Zeit. Für mich sind das drei zuviel.«

»Ich glaube, Sie können sehen, wie es gemacht worden ist.« Newman hockte sich nieder und richtete das Licht seiner Taschenlampe auf den rechten Ärmel des Toten. In dem Stoff war ein deutlicher Riß zu sehen. »Ich nehme an, daß die Spritze durch seine Kleidung hindurch in seinen Arm gerammt wurde.«

»Dieselbe Handschrift wie bei dem Taxifahrer«, bemerkte Benoit. »Was darauf hindeutet, daß es dieselbe Person gewesen sein könnte.«

»Ich glaube, es war eine Frau«, sagte Paula plötzlich.

»Wie kommen Sie darauf?« fragte Benoit scharf und sah zu Paula auf.

»Weil Mordaunt ein Mann war, der Frauen mochte. Aber er war nicht dumm. Das ist ein einsamer Ort. Meiner Meinung nach konnte nur eine Frau nahe genug an ihn herankommen, und ...«

Sie brach ab, als weitere Männer mit Taschenlampen herankamen. Ein kleiner, untersetzter und kahlköpfiger Mann mit einer Tasche setzte seine Brille auf, warf einen Blick auf den Toten und wendete sich dann an Benoit.

»Sie suchen sich für Ihre Leichen wirklich die originellsten Orte aus«, bemerkte er.

»Der Pathologe«, flüsterte Benoit Newman zu, nachdem sie sich wieder aufgerichtet hatten. »Und die Leute vom Erkennungsdienst. Wir wollen ins Hotel zurückkehren und sie ihrer Arbeit überlassen. Ich begleite Sie. Der

Geschäftsführer ist völlig aus dem Häuschen über den Mord, der unmittelbar vor dem Fenster seines Cafés begangen wurde. Außerdem habe ich unschöne Neuigkeiten für Sie.«

Gemeinsam verließen sie den Park.

Beim Betreten des Hotels bemerkte Paula Helen Claybourne, die sich auf einer Couch wie eine Katze zusammengerollt hatte und in einem Buch las. Sie schaute auf, hob kurz die Hand zum Gruß und las dann weiter.

Benoit schüttelte den Kopf, als er sah, daß der Geschäftsführer auf ihn zukam. Sie standen vor den geschlossenen Fahrstuhltüren, und keiner sagte ein Wort. Die Türen glitten auf, und Lee Holmes trat heraus. Paula roch einen Hauch von frischem Körperpuder. Lee hatte gerade ein Bad genommen. Sie ergriff Newmans Arm.

»Bob! Nur einen Moment! Bitte! Ich möchte Ihnen eine Erklärung geben«, flehte sie.

»Ich komme gleich nach«, sagte Newman. »Hier ist der Schlüssel zu meinem Zimmer«, fuhr er schnell fort und händigte ihn Benoit aus. »Paula kennt die Nummer. Es dauert nur eine Minute . . .«

Newman schlug vor, daß sie sich in der Bar unterhielten. Sie nickte, und er war froh, daß sie nicht seinen Arm nahm. Er war immer noch ein wenig verärgert wegen ihres plötzlichen Verschwindens aus dem Restaurant an der Grand' Place, aber sein Denken drehte sich in erster Linie um den Mord an Joseph Mordaunt.

Sie führte ihn zu einer Eckbank. Er setzte sich neben sie, ließ aber einigen Abstand zwischen ihnen. Sie bestellte einen Kognak, und Newman bat um ein Glas Chablis.

»Es tut mir wirklich leid, daß ich Sie so behandeln mußte«, sagte sie. »Hat der Kellner Ihnen meine Nachricht ausgerichtet?«

»Nein. Aber in dem Restaurant herrschte Hochbetrieb, und ich habe die Getränke bei einem anderen Kellner bezahlt. Welche Nachricht?«

Die Drinks kamen, und sie griff sofort nach ihrem Glas und trank einen kleinen Schluck Kognak. Dann wendete sie ihm ihr Gesicht zu.

Er erhaschte einen Hauch von ihrem Parfüm. Guerlain Samsara, hatte Tweed gesagt. Und es war immer noch nicht klar, wem die Flasche gehörte, Lee oder Helen.

»Mir wurde plötzlich schlecht – sehr schlecht. Und der Essensgeruch machte es noch schlimmer. Ich habe ein ganzes Glas Mineralwasser auf einen Zug ausgetrunken, und dann habe ich den Kellner gebeten, Ihnen zu sagen, daß ich mich nicht wohl fühle und ins Hotel zurückfahre.«

Er war sich nicht sicher, ob er ihr glaubte oder nicht. Er konnte nicht in ihren Augen lesen, geschweige denn ihre Gedanken erraten.

»Es tut mir leid, daß es Ihnen nicht gutging«, sagte er. »Fühlen Sie sich jetzt besser?«

»Ich habe fast den ganzen Nachmittag gelegen, dann habe ich ein Bad genommen. Ich glaube, ich werde mir bald wieder wie ein halbwegs zivilisierter Mensch vorkommen. Der Kognak hilft.«

»Gut. Trinken Sie ihn ganz langsam.«

Sie legte eine Hand auf seinen Arm. »Haben Sie mir verziehen, Bob?«

»Da gibt es nichts zu verzeihen. Sie können nichts dafür, daß Ihnen schlecht war. Ich empfehle einen ruhigen Abend.«

»Ich fürchte, ich habe Sie von einer geschäftlichen Besprechung abgehalten. Also, wenn Sie gehen wollen, dann tun Sie es bitte.«

»Wenn es Ihnen nichts ausmacht . . .«

Er zahlte für die Drinks, verließ die Bar und sah Helen Claybourne, die vor einem Ausstellungsplakat stand. Sie drehte sich um, kam mit ihrem langsamen, eleganten Schritt auf ihn zu. Wie immer sah sie aus wie aus dem Ei gepellt; sie trug eine blaßblaue Bluse, einen taubengrauen Faltenrock und Schuhe mit flachen Absätzen. In ihren kühlen Augen lag ein mutwilliger Ausdruck, den Newman sehr reizvoll fand.

»Ich bin eine im Stich gelassene Frau«, teilte sie ihm mit. »Keine Spur von Willie. Auch der Brigadier ist verschwunden. Würden Sie es für sehr dreist halten, wenn ich Sie fragte, ob Sie später Zeit hätten, mit mir zu essen?«

»Das kann sein, aber ich weiß es jetzt noch nicht. Tut mir leid, daß ich Ihnen nichts Genaueres sagen kann, aber ich bin auf dem Weg zu einer geschäftlichen Besprechung, und ich habe keine Ahnung, wie lange sie dauern wird. Ich werde versuchen, sie möglichst kurz zu halten«, sagte er und lächelte sie an.

Sie zeigte ihm die kleine Karte mit der Zimmernummer, die das Hotel an seine Gäste ausgab. Dann beugte sie sich vor und sagte mit ihrer sanften Stimme: »Vielleicht können Sie es mich bis acht Uhr wissen lassen. Bis dahin werde ich in Hoffnung leben . . .«

Während der Fahrt im Lift war Newman beunruhigt. »*Ich glaube, es war eine Frau*«, hatte Paula gesagt, als sie neben der Leiche von Mordaunt standen.

Hatte er – im Laufe der letzten zehn Minuten – mit einer Mörderin gesprochen?

Vierunddreissigstes Kapitel

In Lüttich kehrte Dr. Hyde in die obskure Pension zurück, in der er abgestiegen war. Er hatte gerade das lokale Angebot weiblicher Gesellschaft geprüft. Die Qualität lag weit unterhalb dessen, was Brüssel zu bieten hatte. Die neugierige Person, die die Pension leitete, stürzte sich auf ihn.

»Sie hatten einen Anruf«, sagte sie auf französisch. »Sie haben keinen Namen und keine Nummer hinterlassen«, erklärte sie bedauernd, »aber sie haben gesagt, es wäre dringend.«

»Das kann warten«, sagte Hyde schnell. »Mir fällt gerade ein, daß ich etwas zu kaufen vergessen habe. Bin bald wieder da.«

Er eilte zur nächsten Telefonzelle. Der einzige Mensch, der wußte, wo er sich aufhielt, war Dr. Wand.

Er wählte die Nummer, und zu seiner Überraschung war es Dr. Wand selbst, der den Anruf entgegennahm. Normalerweise sprach er zuerst mit dem Mann, der sich Jules nannte.

»Wie ist es – können Sie gleich abreisen?« fragte Dr. Wand, nachdem er sich erkundigt hatte, von wo aus Hyde anrief.

»Meine Koffer sind immer gepackt, und ich kann jederzeit reisen«, versicherte ihm Hyde.

»Dann wäre ich Ihnen sehr verbunden, wenn Sie genau das tun würden. Seien Sie so gut, Lüttich sofort zu verlassen. Nehmen Sie den ersten Expreß nach Köln. Von dort aus fliegen Sie nach Hamburg. Sobald Sie eine geeignete Unterkunft gefunden haben, hinterlassen Sie für mich eine anonyme Notiz im Hotel Vier Jahreszeiten. Eine Notiz, die nichts enthält außer Ihrer Telefonnummer. Dr. Hyde, ich rate Ihnen dringend, keine Minute zu verlieren. Ich bin sehr um Ihre Sicherheit besorgt. Und richten Sie sich auf die Behandlung eines neuen Patienten ein. Eines Deutschen, der siebzehn Jahre alt ist . . .«

Als Newman sein Zimmer betrat, saß Pete Nield auf einer Couch und schaute zum Fenster hinaus auf die Lichter von Brüssel, leuchtende Neonreklamen auf der gegenüberliegenden Seite des Boulevard de Waterloo. Benoit saß an einem Schreibtisch und hatte ein großes, in seiner sauberen Handschrift beschriebenes Blatt Papier vor sich. Paula saß neben ihm.

»Wir haben gearbeitet«, sagte Benoit mit einem boshaften Grinsen, »während Sie mit der ersten wohlgerundeten Blondine abgezogen sind, die Ihnen über den Weg gelaufen ist. Aber weshalb, kann ich mir beim besten Willen nicht vorstellen, wenn Sie die reizende Paula in Ihrem Zimmer haben.«

»Ich dachte, Sie hätten gern etwas Zeit, ihre Gesellschaft zu genießen«, konterte Newman. »Und was haben Sie gearbeitet?«

»Paula hat zu Protokoll gegeben, was sie im Parc d'Egmont gesehen hat, und über ihren Lunch mit dem Opfer ausgesagt. Und jetzt möchte ich eine Aussage von Ihnen . . .«

Zehn Minuten später hatte Newman seine Aussage unterschrieben. Benoit zeichnete sie ab, wie er es auch bei Paulas Aussage getan hatte.

»Genaugenommen«, erklärte er, »hätte ich einen meiner Männer bitten müssen, diese Aussagen zu bezeugen. Aber ich bin schließlich der Polizeichef, und jeder, der dieses Verfahren anzweifelt, bekommt meinen Stiefel in einem empfindlichen Teil seiner Anatomie zu spüren.«

»Sie sagten, Sie hätten Neuigkeiten für mich«, erinnerte ihn Newman.

»Möchten Sie zuerst die gute oder die schlechte hören?«

»Die schlechte.«

»Dann teile ich Ihnen zuerst die gute mit. Ich habe vor einer Weile mit Tweed gesprochen und ihm gesagt, daß wir diesen Dr. Hyde in einer Pension hier in Brüssel aufgespürt haben. Aber der Vogel war ausgeflogen. Jetzt konzentrieren wir uns auf Lüttich. Ein Team überprüft jede billige Absteige in dieser schönen Stadt.« Er sah auf die Uhr. »Die Leute dürften sich gerade an die Arbeit machen.«

»Ich kann mir einfach nicht vorstellen, weshalb Mordaunt ermordet wurde«, sinnierte Newman. »Und das direkt nach einem Lunch mit Paula – also, wenn er vorgehabt hätte, sie irgendwohin zu locken, damit sie entführt werden kann . . . Aber das ist eine ziemlich verrückte Idee.«

»Vielleicht ist sie gar nicht so verrückt«, sagte Paula leise. Sie setzte sich neben Nield und machte einen bedrückten Eindruck. »Zuerst hat er eine Schau abgezogen, seinen ganzen Charme spielen lassen. Doch dann, während des Essens, änderte sich das. Er . . .« Sie suchte nach einem Wort, das nicht überheblich klang. ». . . er schien mich wirklich zu mögen. Ich hatte das Gefühl, daß er ein bißchen hingerissen war. Angenommen, er beschloß, die Sache nicht durchzuziehen?«

»Und wenn ich mich an unser Gespräch mit Dr. Wand erinnere, bin ich sicher, daß er daraufhin entbehrlich war. Wenn es so war, dann ist es wirklich bestürzend – die Schnelligkeit, mit der Wand reagiert hat.«

»Dafür gibt es keinerlei Beweise.« Benoit warf beide Hände hoch. »Und Dr. Wand ist ein Mann mit sehr viel Einfluß in den höchsten Kreisen. Ich würde unumstößliche Beweise brauchen, bevor ich es riskieren könnte, mich ihm zu nähern.«

»Und was ist die schlechte Nachricht?« fragte Newman.

»Man hat die Leiche von Lucie Delvaux aus der Maas gefischt. Getötet mit einer Zyanidinjektion. Gaston Delvaux ist zusammengebrochen.«

Tweed fuhr in einem Taxi zum Flughafen. Auf seinen Vorschlag hin hatte Butler ein anderes Taxi genommen, und im Flugzeug würde er nicht in Tweeds Nähe sitzen. Es konnte nichts schaden, wenn man den Gegner nicht wissen ließ, daß man ein Team gegen ihn zusammenzog.

Er ging auf die Paßkontrolle zu, als er Jim Corcoran sah,

Chef des Sicherheitsdienstes am Flughafen und zugleich ein alter Freund. Zu seiner Überraschung schaute Corcoran beiseite, wollte sich in einer anderen Richtung entfernen. Tweed holte ihn ein.

»Ist etwas, Jim? Sie haben regelrecht durch mich hindurchgesehen.«

»Entschuldigung. Ich war meilenweit entfernt. Sie sind wieder irgendwohin unterwegs?«

»Nach Brüssel.«

»Guten Flug.«

»Danke.«

Tweed ging weiter mit der Bordkarte in der Hand. Corcoran hatte ganz eindeutig den Eindruck gemacht, als wäre ihm nicht wohl in seiner Haut. Wenig später hatte er sich auf seinem Sitz im Flugzeug niedergelassen. Butler saß zwei Reihen hinter ihm.

Nachdem die Maschine gestartet war und an Höhe gewann, lehnte sich Tweed zurück, um nachzudenken. Er reiste gern allein, mit nichts und niemandem, der seine Gedanken unterbrach. Er lehnte alle Erfrischungen ab und konzentrierte sich auf das Muster der Ereignisse, das jetzt in seinem Denken deutliche Formen anzunehmen begann.

Seine letzte Tat vor dem Verlassen des Hauses am Park Crescent war ein Gespräch mit einem mächtigen Mann im Sonderdezernat gewesen. Er hatte ihm ganz spezifische Anweisungen in Hinsicht auf Moor's Landing erteilt und betont, sie dürften nicht einmal in die Nähe dieses Ortes kommen, bevor sie von ihm das Signal dazu erhalten hätten.

Vulcan. Sein Gehirn schaltete auf ein anderes Gleis. Philip Cardon war ganz sicher gewesen, daß der unbekannte Vulcan existierte, daß er Engländer war, daß er Hongkong vor langer Zeit verlassen hatte und nach Großbritannien zurückgekehrt war. Vulcan – eine Schlüsselfigur in den gründlichen Vorbereitungen auf das Unternehmen *Long Reach*. Wer war der wahrscheinlichste Kandidat für Vulcan? Tweed war überzeugt, daß er ihm schon begegnet war.

Die Person, die die Morde beging. Den an Hilary Vane, der Amerikanerin, die bei der Ankunft mit Cord Dillon am Londoner Flughafen umgebracht worden war. Es war eine Frau gewesen, die das getan hatte. Zyanidvergiftung. Paula hatte gesehen, wie sie die Vane angerempelt hatte, bevor das Opfer zusammenbrach. Eine Frau mit einem breitkrempigen Hut, der ihr Gesicht verdeckte.

Und dann war da der Taxifahrer, den man tot in seinem eigenen Taxi im Marolles-Viertel gefunden hatte. Nachdem die Frau, die am Steuer des Taxis saß, Sir Gerald Andover überfahren hatte. Paula hatte geschworen, daß es eine Frau gewesen war. Es war eine neue und bestürzende Idee – eine Frau, die ein Berufskiller war.

37,5 Grad nördlicher Breite, 21,5 Grad westlicher Länge. Die *Mao III* und ihr Begleitschiff *Yenan* befanden sich mehr als neunhundert Meilen westlich der Straße von Gibraltar. Sie fuhren mit einer Geschwindigkeit von dreißig Knoten.

Das Meer war spiegelglatt, und es kam wieder dichter Nebel auf. Kapitän Welensky war froh, allein auf der Brücke zu sein. Kim war unter Deck gegangen, um irgend etwas zu überprüfen. Er schaute auf den Radarschirm und war gerade im Begriff, einen Befehl zu geben, als Kim in seinen Segeltuchschuhen plötzlich lautlos neben ihn trat. Er packte Welenskys Arm mit eisernem Griff.

»Da ist ein kleines Fischerboot.«

»Ich weiß. Steuerbord voraus . . .«

»Rammen Sie es! Auf der Stelle!«

»Ich wollte gerade den Kurs ändern, um zu verhindern, daß . . .«

»Ich habe gesagt, Sie sollen es rammen! Ich komme gerade aus der Funkkabine. Dieses Schiff fängt an, Mayday zu senden.«

»Das ist kaltblütiger Mord.«

Welensky bedauerte seine Worte, sobald er sie ausgesprochen hatte. Kims Griff wurde härter.

»Mir scheint, Ihre Fähigkeiten sind beeinträchtigt. Muß ich den Befehl selbst geben?«

Welensky hatte Angst. Kims Stimme hatte nicht im mindesten erregt geklungen. Aber er war durchaus imstande, Welensky ein Messer in den Rücken zu stoßen, seine Leiche zu beschweren und sie dann über Bord zu werfen. Welensky gab den Befehl.

Es war ein kleines Schiff, das denselben Kurs fuhr. Welensky schaute auf den Radarschirm. Er spürte kaum ein Beben, als die *Mao* das Fischerboot mittschiffs zerschnitt. Kim ging nach Backbord und hob das Nachtglas vor die Augen.

Er sah zwei Männer, die im Wasser trieben. Einer hob die Arme wie in einer verzweifelten Bitte um Gnade, dann verschwanden die Arme und der Kopf unter Wasser. Der andere Fischer war bereits untergegangen. Kim ging schnell nach Steuerbord, hob wieder das Glas. Der Bug des Fischerbootes war bereits gesunken. Er sah zu, wie das Heck in den Wellen verschwand. Auf der Oberfläche der eiskalten See waren keine Köpfe zu sehen. Keine Überlebenden. Er kehrte zu Welensky zurück.

»Ich glaube, Sie brauchen eine Lektion in seemännischem Verhalten, Kapitän. Wenn ein Schiff wiederholt Mayday funkt, ist damit zu rechnen, daß andere Schiffe das Signal hören und ihren Kurs ändern, um ihm zu Hilfe zu kommen. Aber bei dieser Fahrt geht es darum, jedes Risiko einer Entdeckung zu vermeiden. Haben Sie die kleine Lektion verstanden, Kapitän?«

»Sie ist eindeutig«, erwiderte Welensky, ohne Kim anzusehen.

»Gut. Wir sind auf Kurs und in der Zeit. Unser weiterer Kurs führt westlich der Britischen Inseln und Irland entlang. Danach wenden wir uns nach Süden und fahren zwischen den Shetlandinseln und Norwegen hindurch und halten auf die Westküste von Dänemark zu. Auf Jütland, um genau zu sein.«

»Ich habe in der Schule Geographie gelernt«, bemerkte Welensky.

Kim erwiderte nichts, aber inzwischen war Welensky klargeworden, daß er keinen Sinn für Humor hatte.

Tweed hatte Monica gebeten, Benoit seine Flugnummer und voraussichtliche Ankunftszeit wissen zu lassen. Er rechnete nicht damit, daß der Polizeichef ihn abholte, aber als er den Flughafen Zaventem verließ, kam Benoit mit einem erfreuten Lächeln auf ihn zu.

»Ich habe ein Zivilfahrzeug dabei. Wohin? Ins Hilton?«

»Ja, bitte.«

Butler hatte sich im Hintergrund gehalten und nahm ein Taxi zum Hotel. Als Benoit in einem Stau festsaß, wendete er sich an Tweed.

»Diese Sache wird immer gräßlicher. Während Sie fort waren, hat es zwei weitere Morde gegeben.«

»Wer?« fragte Tweed mit normaler Stimme, seine Besorgnis verhehlend.

»Ein Mann namens Joseph Mordaunt, anscheinend ein Bekannter von Newman.«

»Ich habe ihn flüchtig in der Nähe von Lymington an der Südküste Englands kennengelernt. Ich hätte nicht gedacht, daß er wichtig wäre.«

»Immerhin so wichtig, daß jemand ihn umbringen ließ«, bemerkte Benoit. »Durch Injektion von Zyanid.«

»Genau wie bei dem Taxifahrer im Marolles-Viertel«, erinnerte sich Tweed. »Jemand hat ein Instrument, das aussieht wie ein ganz alltäglicher Gegenstand. Ich bin überzeugt, daß ich es irgendwo schon gesehen habe, aber ich weiß beim besten Willen nicht, wo das war. Und der zweite Mord?«

»Lucie Delvaux' Leiche wurde aus der Maas gefischt. Gleichfalls mit Zyanid umgebracht. Delvaux ist ein gebrochener Mann – seelisch und körperlich.«

»Armer Gaston.« Tweed runzelte die Stirn. »Wasser«, sagte er. »Immer spielt Wasser eine gewisse Rolle.«

»Bitte erklären Sie mir das«, sagte Benoit, als der Wagen sich wieder in Bewegung setzte.

»Irene, die Tochter von Sir Gerald Andover – ihre Leiche wurde in der Nähe von Lymington aus dem Meer geborgen. Auch sie wurde mit Zyanid umgebracht.« Und Moor's Landing liegt am Fluß Beaulieu, dachte er, behielt den Gedanken aber für sich. »Wasser«, wiederholte er. »Lucies Leiche wurde in der Maas gefunden.«

»Sie meinen, das hätte etwas zu bedeuten?«

»Wahrscheinlich ist es nur Zufall.«

Aber Tweed glaubte nicht, was er gerade gesagt hatte. Ein Tarnkappenschiff mußte auf dem Wasser operieren. Aber das war etwas, das er lieber für sich behielt.

»Wir waren auch in anderer Hinsicht vollauf beschäftigt«, informierte ihn Benoit. »Dr. Hyde. Am Telefon habe ich Ihnen gesagt, daß wir herausgefunden haben, daß er in einer Absteige namens Hermitage hier in Brüssel gewohnt hat. Anschließend habe ich mein Team nach Lüttich geschickt. Einer meiner Männer zeigte sein Foto einer Pensionswirtin in dieser Stadt. Wir haben ihn um eine Stunde verpaßt. Er hat ihr gesagt, er führe nach Brüssel.«

»Was bedeutet, daß er bestimmt nicht nach Brüssel gefahren ist. Aber die Information ist sehr wertvoll. Ich bedanke mich.«

»Ich könnte jetzt Antwerpen durchkämmen lassen«, schlug Benoit vor.

»Sparen Sie sich die Mühe. Ich bin sicher, Hyde hat Belgien verlassen. Vielleicht ist er in die Niederlande gefahren, vielleicht nach Deutschland.«

Sie fuhren jetzt die parallel zum Boulevard verlaufende Nebenstraße entlang, die zum Hilton führte. Was er über Hyde erfahren hatte, gab Tweed neuen Mut. Er hatte das Gefühl, daß sie ihm näher kamen.

Benoit war so taktvoll, Tweed nicht ins Hilton zu begleiten. Eine Weile zuvor hatte er auf der Suche nach einem Verdächtigen die Gästeliste durchgesehen. Es hatte sich als hoffnungslos erwiesen – zu viele Leute und kein vertrauter Name. Außerdem stand er mit dem Geschäftsführer nicht gerade auf bestem Fuß.

Das Zimmer, für das Tweed einige Tage im voraus bezahlt hatte, stand ihm nach wie vor zur Verfügung. Als er im zwanzigsten Stock aus dem Fahrstuhl trat, sah er, wie Marler gerade Newmans Zimmer verließ.

»Willkommen zurück in der Mörderstadt«, begrüßte ihn Marler mit schwarzem Humor.

»Ich weiß. Wo sind meine Leute?«

»In Newmans Zimmer. Sie möchten jemanden sehen?«

»Alle miteinander. Und zwar so schnell wie möglich.«

Zwei Minuten später packte Paula seinen Koffer aus, während Newman zusammen mit Pete Nield auf einer Couch saß. Marler lehnte wie üblich an der Wand und zündete sich eine seiner King-Size-Zigaretten an. Tweed wanderte mit hinter dem Rücken verschränkten Händen im Zimmer herum. Seine Stimme klang entschlossen.

»Wir reisen morgen so früh wie möglich ab. Butler ist mit mir herübergekommen. An der Rezeption konnte ich ihm einen Zettel mit meiner Zimmernummer zukommen lassen und der Bitte, sofort hier zu erscheinen.« Er hatte kaum ausgesprochen, als an die Tür geklopft wurde. Newman schob die Hand unter sein Jackett, umfaßte den Kolben seines Smith & Wesson und schloß die Tür auf. Butler kam herein.

»Also alle Mann an Bord«, bemerkte Newman, nachdem er wieder abgeschlossen hatte.

»Ja«, bestätigte Tweed. »Und es kann sein, daß Philip Cardon später dazukommt.«

»Weshalb ein derartiges Aufgebot?« fragte Paula, während sie einen Stapel von Tweeds Hemden in eine Schublade legte. »Normalerweise arbeiten Sie mit einem Minimum an Leuten – um unauffällig operieren zu können.«

»Stimmt. Aber die Lage ist wirklich bedrohlich. Wir haben keine Ahnung, über wie viele Killer Wand verfügen kann. Wahrscheinlich weit mehr, als daß wir nachts unbesorgt schlafen könnten. Ich bin ziemlich sicher, daß wir alle verfügbaren Ressourcen brauchen werden, wenn wir mit dem hinterhältigen Dr. Wand fertig werden wollen.«

»Ihre Reise nach London war erfolgreich?« erkundigte sich Paula.

»Ich denke schon . . .«

Tweed lieferte einen kurzen Bericht darüber, wen er getroffen hatte, was er erfahren hatte und über die Vorkehrungen, die er getroffen hatte, um sich der Mitarbeit bestimmter Leute zu versichern.

»Sie sind ganz schön aktiv gewesen«, bemerkte Marler.

»So könnte man es ausdrücken. Aber eine wichtige Sache müssen wir sofort erledigen. Die Waffen, die Benoit uns zur Verfügung gestellt hat. Marler, ich brauche die Tasche, die Sie immer mit sich herumtragen – mit dem Armalite-Gewehr darin ...« Marler verließ das Zimmer, und er fuhr fort: »Alle Waffen kommen in diese Tasche, und dann gebe ich sie Benoit zurück. Die Flughafenkontrollen ...« Marler kehrte zurück, und als die Waffen in der Tasche lagen, zog Tweed den Reißverschluß zu.

»Bin gleich wieder da. Benoit, der mich am Flughafen abgeholt hat, sagte, er würde eine halbe Stunde warten, falls ich noch etwas von ihm wollte.«

Nachdem Tweed gegangen war, ließ Newman den Blick durchs Zimmer schweifen. Paula war mit dem Auspacken fertig und schaute aus dem Fenster. Draußen verschleierte ein grauer Nieselregen den Blick über die Stadt.

»Wir sollten uns auf einiges gefaßt machen«, sagte Newman. »Er hat den schnellsten Gang eingeschaltet ...«

Als Tweed in den Regen hinaustrat, sah er neben Benoits Wagen einen neuen Pförtner, der sich offensichtlich erkundigte, was er hier wollte. Ohne ihn anzusehen, hielt ihm Benoit seinen Ausweis unter die Nase. Der Pförtner zog sich rasch zurück. Benoit beugte sich zur Seite, öffnete die Beifahrertür, und Tweed setzte sich neben ihn.

Tweed händigte ihm die Tasche mit den Waffen aus und dankte ihm. Dann zeigte er ihm ein Foto.

»Sagt Ihnen der auf der Karte mit einem Kreuz markierte Ort etwas?«

»Merkwürdig, daß Sie damit kommen. Ich habe mich vor kurzem mit einem Beamten im Rathaus von Gent unterhalten. Das Dorf ist ganz neu und wurde erst kürzlich bezogen – vor ungefähr sechs Monaten. Vieux-Fontaine. Es gibt nicht einmal Wegweiser dorthin.«

»Wer wohnt dort?«

»Das scheint niemand zu wissen. Angeblich bezeichnen

die Leute sich selbst als Manager – aber in Wirklichkeit sollen sie Sicherheitsexperten sein, die unsere EG-Kommissare beschützen. Zufällig weiß ich, daß das Unsinn ist. Aber da sie, soweit wir wissen, keinerlei Verbrechen begangen haben, kümmert sich niemand um sie.«

»Es kann durchaus sein, daß sie Saboteure und Spione sind, die ins Land geschmuggelt wurden. Bitte lassen Sie sie in Ruhe – bis ich mich mit Ihnen in Verbindung gesetzt habe. Dann stürmen Sie das Dorf, und zwar an einem noch zu verabredenden Zeitpunkt.«

»Sie wissen gewöhnlich, was Sie tun.« Benoit schwieg einen Moment. »Ich fahre jetzt ins Präsidium zurück. Ich werde dafür sorgen, daß ein schlagkräftiges Team bereitsteht, das sofort tätig werden kann, wenn Sie mir Bescheid geben.«

»Ich reise morgen aus Brüssel ab. Danke für Ihre Mitarbeit – besonders was die Armada von Hubschraubern angeht, die in Lüttich gelandet sind.«

»Das war eine Kleinigkeit.« Benoit ergriff Tweeds Arm. »Bitte, passen Sie gut auf sich auf. Ich habe so das Gefühl, daß Sie im Begriff sind, sich in eine Zone höchster Gefahr zu begeben.«

»Hamburg.«

»Ich konnte Dr. Wand nicht verhören, aber ich habe Leute losgeschickt, die seinen Lear Jet in Zaventem beobachten sollten. Der Sicherheitschef hat ihnen erzählt, daß der Pilot einen Flugplan vorgelegt hat. Nach Hamburg. Heute nachmittag ist Dr. Wand zusammen mit einem Luxemburger namens Starmberg abgeflogen. Eine Zone höchster Gefahr«, wiederholte Benoit.

FÜNFUNDDREISSIGSTES KAPITEL

Der Start der Maschine der Hamburg Airlines sollte um 11.15 Uhr erfolgen. Als Paula neben Tweed auf das wartende Flugzeug zuging, stellte sie die Frage, die sie beschäftigt hatte.

»Weshalb Hamburg?«

»Um Hugo Westendorf zu besuchen, den früheren Innenminister, der vor ungefähr drei Monaten von einem Tag auf den anderen zurückgetreten ist.«

»Zurückgetreten? Von einem Tag auf den anderen? Sie glauben doch nicht etwa ...«

»Daß die Dinge genau so liegen wie bei Andover und Delvaux? Ja, genau das glaube ich«, sagte Tweed grimmig. »Wir werden einen weiteren gebrochenen Mann sehen. Ich fürchte, der reizende Dr. Wand hat eine lange Liste.«

Newman, gefolgt von Nield und Butler, holte sie ein, als sie sich dem Flugzeug näherten. Eine Treppe führte zum Einstieg empor. Newman starrte die Maschine fassungslos an.

»Was sind das für Dinger da vorne am Flugzeug?«

»Propeller, wie Sie sehr gut wissen«, erwiderte Tweed.

»Eine Propellermaschine? Das hat mir gerade noch gefehlt. Ich ziehe einen Jet vor.«

»Mit Flugzeugen, die nur einen Propeller hatten, haben wir die Schlacht um England gewonnen«, erinnerte ihn Tweed, ein Lächeln unterdrückend. »Es wird uns hinbringen.«

»Und wann soll dieses Ding in Hamburg sein?« fragte Newman verdrossen.

»Dreizehn Uhr. Ich bin sicher, wir werden pünktlich landen.«

»Hört sich an, als machte es einen Umweg über Paris ...«

Paula saß neben Tweed, der einen Fensterplatz hatte.

Sie stieß ihn an. Sie glaubte, ihren Augen nicht trauen zu können.

»Sehen Sie, wer da an Bord kommt? Was geht da vor? Werden wir verfolgt? Wie haben sie herausbekommen, daß wir mit dieser Maschine fliegen?«

»Zu viele Fragen«, erwiderte Tweed und sah weiterhin aus dem Fenster.

Brigadier Burgoyne kam mit einem teuren Koffer in der Hand den Gang entlang. Er schaute weder nach rechts noch nach links, sondern folgte dem Steward und bellte seinen Befehl heraus.

»Wir möchten vier Plätze im hinteren Teil der Maschine . . .«

Lee Holmes folgte ihm gemächlicheren Schrittes. Sie blieb neben Paula stehen und beugte sich vor, um mit Tweed zu sprechen.

»Was für ein wundervoller Zufall. Ich habe unsere Eskapade in der Copenhagen Tavern sehr genossen.«

»Ganz meinerseits.« Tweed schaute weiterhin zum Fenster hinaus.

»Wo werden Sie in Hamburg wohnen?« erkundigte sich Lee, wobei sie ihr blondes Haar über den Mantelkragen zurückwarf.

»Vier Jahreszeiten«, sagte er schroff.

»Vielleicht sehen wir uns dort . . .«

Sie mußte weitergehen, weil Helen Claybourne sie mit ihrem Koffer in den Rücken stieß. Helen ging wortlos vorbei und beeilte sich, die anderen einzuholen. Willie bildete die Nachhut, blieb mit einem strahlenden Lächeln stehen und wendete sich an Paula.

»Ich denke immer noch an das Zusammensein mit Ihnen. Die schönsten Stunden, die ich in Brüssel verlebt habe. Daneben kam mir alles andere zweitrangig vor. Würde es gern bei der nächsten Gelegenheit wiederholen. Himmel, ich halte ja den ganzen Verkehr auf. Bis zum nächstenmal . . .«

Das Flugzeug hatte sechsunddreißig Sitze. Als die Tür geschlossen wurde, war es halb leer. Paula schaute über die Schulter. Das Burgoyne-Quartett saß ganz hinten, außer Hörweite. Newmans Gesicht steckte in einer Zeitung; sie vermutete, daß er nicht aufgeschaut hatte, als die Neuankömmlinge an ihm vorübergingen. Butler und Nield hatten sich weit voneinander entfernt niedergelassen. Die Propeller begannen sich zu drehen, anfangs ruckhaft, dann wirbelten sie so schnell, daß nur noch eine verschwommene Scheibe zu sehen war. Die Maschine rollte langsam an, beschleunigte, dann waren sie in der Luft.

Paula wartete, bis der Pilot, zuerst auf deutsch und dann auf englisch, ansagte, daß sie in einer Höhe von 3000 Metern und mit einer Geschwindigkeit von 500 Stundenkilometern fliegen würden. Sie warf einen Blick auf Newman, der eine Geste des Abscheus machte. Die Vibration war stärker als in einem Jet.

»Sie schienen nicht sonderlich erfreut zu sein, als sie an Bord kamen«, sagte sie zu Tweed.

»Das war der Eindruck, den ich erwecken wollte«, erwiderte er geheimnisvoll.

»Das Burgoyne-Quartett.« Der Ausdruck gefiel Paula. »Hört sich an wie eine Jazz-Combo.« Sie kicherte.

Tweeds Miene war ausdruckslos. Er war sicher, daß Vulcan an Bord war. Aber wer war es? Ganz zu schweigen von der Frau, die eine Berufskillerin war. Und wer war sie?

Er schaute weiterhin aus dem Fenster. Während des ersten Teils des Fluges hätten sie sich über der Arktis befinden können. Weiße Wolkenmassen leuchteten im Sonnenschein. Hier und dort ragte ein hoher Wolkengipfel empor wie ein riesiger Eisberg. Als sie sich Hamburg näherten, klarte es auf. Tweed schaute herab auf ein Mosaik aus grünen Wiesen und braunem Ackerland. Sie flogen über einen blauen See und dichte Inseln aus grünen Bäumen. Die Maschine hatte ihren Anflug auf den Flughafen begonnen, und aus dieser geringeren Höhe hatte er einen viel besseren Ausblick.

»Weshalb haben Sie ihr gesagt, wo wir wohnen werden?« fragte Paula. »Verlangt es Sie nach einer weiteren Eskapade – ich glaube, das war das Wort, das sie gebraucht hat – mit ihr?« zog sie ihn auf.

»Sie hätten uns in einem anderen Taxi folgen können.« »Ich nehme an, Sie wollen sie im Auge behalten.«

»Ich will, daß wir das Flugzeug als erste verlassen«, erklärte er.

Tweed war immer froh, wenn er in Hamburg ankam. Es stand in dem Ruf, die ›englischste‹ aller deutschen Städte zu sein. Nicht daß es äußerlich London ähnlich gewesen wäre. Die Beschreibung bezog sich auf die Umgangsformen seiner Einwohner.

»Dieses Flugzeug ist geflogen wie eine verrostete Nähmaschine«, bemerkte Newman. »Und so hat es auch vibriert.«

Tweed und Paula saßen zusammen mit ihm in einem Taxi, das in einem Stau eine von Bäumen gesäumte Straße entlangkroch. Die Luft war frisch, die Atmosphäre ländlich.

»Sie hat uns hergebracht«, erinnerte ihn Tweed. »Und in interessanter Gesellschaft.«

»Lee hätte, kurz nachdem wir endlich gestartet waren, beinahe einen Krach mit dem Steward gehabt. Sie steckte eine Zigarette in ihre dicke Spitze. Der Steward erklärte ihr, in diesem Flugzeug wäre das Rauchen verboten. Es dauerte eine Weile, bis er begriffen hatte, daß sie nicht vorhatte, sie anzuzünden. Und wie zum Teufel sind sie überhaupt an Bord gekommen?«

»Ich glaube, das ist mir klargeworden«, sagte Tweed. »Aber fragen Sie mich noch nicht danach. Ich möchte erst sicher sein.«

»Vielleicht ist es Zufall.«

»Glauben Sie nicht an Zufälle«, riet Tweed.

Newman warf einen Blick durchs Rückfenster. Butler und Nield hatten jeder ein Taxi genommen. Marler hatte, schon bevor sie das Hilton verließen, gesagt, daß er einen Wagen mieten würde. Er verfügte immer gern über ein eigenes Fahrzeug.

Sie kamen vor dem palastartigen Eingang des Hotels Vier Jahreszeiten an, und sofort erschienen livrierte Pagen, um ihr Gepäck in Empfang zu nehmen. Tweed eilte die breite Treppe in das luxuriöse Foyer empor. Monica hatte Zimmer für sie bestellt, und die Dame am Empfang teilte Tweed mit, daß ihre Unterkunft bereit war. Nachdem er das Anmeldeformular ausgefüllt hatte, zeigte er Paula seine Zimmernummer, trat allein in den Fahrstuhl, verließ ihn aber sofort wieder, als er den Portier entdeckte, der bei seinem letzten Besuch so hilfsbereit gewesen war.

»Ich möchte einen Bekannten besuchen, der in der Nähe von Blankenese wohnt. Hugo Westendorf. Können Sie mir die genaue Adresse und seine Telefonnummer geben?«

»Schloß Tannenberg«, erwiderte der Portier prompt. »Aber dazu brauchen Sie nicht bis nach Blankenese zu fahren. Das Schloß steht in Nienstedten. Hier haben Sie die Telefonnummer – und ich mache Ihnen eine kleine Skizze, wie Sie am besten hinkommen. Auf dem Stadtplan ist es schwer zu finden.«

Tweed gab dem Portier ein Trinkgeld und fuhr hinauf. Er hatte sein gewohntes Zimmer, Nummer 331, das fast eine Suite war und eine Sitzecke mit Ausblick auf die Binnenalster hatte. Nachdem er in seinem Zimmer angekommen war, wählte er die Nummer, die ihm der Portier genannt hatte. Er versuchte es zuerst auf englisch.

»Mein Name ist Tweed. Ich kenne Mr. Westendorf. Ich bin gerade aus England angekommen und würde ihn gern sprechen.«

»Ich verstehe«, erwiderte der Mann am anderen Ende. »Bitte bleiben Sie einen Moment am Apparat . . .«

Tweed wartete. Der Butler? Die Stimme hatte sich sehr amtlich angehört, war aber kaum die eines Bediensteten gewesen. Tweed vermutete, daß die Leitung angezapft war – genau wie die von Andover und Delvaux. Er hatte das Stadium erreicht, in dem er den Gegner aufstören wollte. Die Stimme meldete sich wieder.

»Mr. Westendorf würde Sie gern heute abend sehen. Könnten Sie um sechs Uhr hier sein? Und darf ich fragen, wo Sie wohnen?«

»Hotel Vier Jahreszeiten, Zimmer 331.«

»Danke, Sir. Wir erwarten Sie um sechs.«

Tweed war verwirrt, als er den Hörer auflegte. Nichts war so gelaufen, wie er es erwartet hatte. Er hatte damit gerechnet, daß Westendorf selbst am Apparat sein würde – falls sich auf seinen Anruf hin überhaupt jemand meldete. Er hatte sich vorgestellt, daß der Deutsche ganz allein in seinem Schloß lebte – seine Frau war etliche Jahre zuvor gestorben.

Westendorf hatte einen siebzehnjährigen Sohn. Tweed war davon ausgegangen, daß auch er entführt worden war, denn irgend etwas mußte geschehen sein, das Westendorf veranlaßt hatte, von einem Tag auf den anderen von seinen Ämtern zurückzutreten. Was ging in Deutschland vor?

Jemand klopfte an die Tür. Es war Paula.

»Was für ein schönes Zimmer«, schwärmte sie. »Und diese herrliche Aussicht.«

»Ich glaube, diese Fontäne mitten im Wasser muß seit meinem letzten Besuch hier installiert worden sein. Aber vielleicht hatte ich sie auch vergessen.«

»Und wie ich Sie kenne, haben Sie auch vergessen, daß es höchste Zeit ist, daß wir hinuntergehen und etwas essen.«

»Irgend etwas Schnelles. Mir ist nicht nach Umziehen zumute. Wie wäre es mit der Bar?«

Newman hatte gerade anklopfen wollen, als sie auf den Flur hinaustraten. Paula genoß die friedvolle Atmosphäre des Hauses. Als sie in den Fahrstuhl traten, wünschte ihnen ein Zimmermädchen einen guten Tag. Die Bar lag hinter dem geräumigen Foyer. Sie war klein und behaglich eingerichtet und leer bis auf den Barkeeper, der sofort auf sie zukam.

»Wir könnten ein paar Schinkenbrötchen vertragen – wenn Sie beide damit einverstanden sind«, schlug Tweed vor.

»Und was möchten Sie trinken?« erkundigte sich der Barkeeper.

»Eine Flasche Champagner«, entschied Newman.

»Für mich Mineralwasser«, bestellte Tweed.

Sobald der Barkeeper gegangen war, berichtete Tweed über seinen Anruf in Schloß Tannenberg. Er war gerade damit fertig, als Marler hereinschaute. Er reckte kurz und unauffällig den Daumen hoch, dann verschwand er wieder.

»Das bedeutet, daß er einen Wagen hat«, sagte Newman.

»Es wird bereits dunkel sein, wenn wir dort ankommen«, dachte Tweed laut nach. »Merkwürdig, wie der Mann betont hat, wir sollten um sechs kommen.«

»Alles weitere wird sich ergeben, wenn wir dort sind«, erklärte Newman.

Viertel nach fünf wanderte Tweed, in einem Mantel mit hochgeschlagenem Kragen vor der Kälte geschützt, zusammen mit Paula vor dem Hotel hin und her. Auch sie hatte ihren Mantel bis zum Hals zugeknöpft. Der Abend war klar, am Himmel standen Sterne, und die Temperatur war unter den Gefrierpunkt gesunken. Es war der erste Dezember.

Newman stand da und rauchte eine Zigarette, als ein sehr großer schwarzer Mercedes 600 an den Bordstein fuhr. Marler saß am Steuer und rief ihnen durch das offene Fenster hindurch zu: »Steht nicht da in der Kälte herum, sondern steigt ein.«

Sie befanden sich bereits in den Außenbezirken von Hamburg, als Tweed seine Frage stellte. Sie fuhren durch ein Viertel mit beeindruckenden zweigeschossigen Villen auf geräumigen Grundstücken, die von hohen Zäunen umgeben waren. Außer ihnen waren kaum Fahrzeuge unterwegs.

»Wie in aller Welt sind Sie an diesen fahrbaren Palast gekommen?« fragte er.

»Ach«, erklärte Marler, »ich habe gesagt, ich müßte

einen hohen Beamten zu einem Minister fahren. Schließlich ist er einer gewesen.« Er warf einen Blick in den Rückspiegel und musterte Tweed. »Diese Kutsche kostet Sie ein Vermögen. Aber nach der Skizze, die Sie mir gegeben haben, müssen wir gleich da sein.«

Paula, die die Geräumigkeit genoß und die von der Heizung ausstrahlende Wärme, erhaschte, während der Wagen um Kurven bog, flüchtige Blicke auf elegante Villen. Eine sehr teure Gegend.

Marler hielt plötzlich an, versteifte sich wie ein Fuchs, der Gefahr wittert. Während der letzten fünf Minuten war er langsam gefahren und hatte auf die von Laternen beleuchteten Namensschilder neben hohen Toren geschaut. Alle Tore waren geschlossen gewesen, aber dieses stand offen. *Schloß Tannenberg*. Tweed spürte seine Wachsamkeit.

»Stimmt etwas nicht?«

»Ich meine, Sie sollten gerüstet hineingehen.« Er öffnete eine Tasche, die auf dem Sitz neben ihm stand, und holte eine .32er Browning Automatik heraus, die er Paula zusammen mit Reservemunition aushändigte. Für Newman hatte er ein Hüftholster und einen Smith & Wesson .38 Spezial. Bevor er auf Tweeds Frage antwortete, wartete er, bis Newman das Holster angelegt, die Waffe überprüft und geladen, sie in das Holster gesteckt und Jackett und Mantel wieder angezogen hatte. Paula hatte den Browning in ihrer Umhängetasche verstaut, nachdem sie ihn überprüft und geladen hatte.

»So ist es«, berichtete Marler. »Sehen Sie aus dem Fenster. Das Tor steht weit offen – und ein paar Meter dahinter liegt eine dieser Stachelketten auf der Einfahrt.«

»Wo haben Sie die Waffen her?« wollte Tweed wissen.

Er war verärgert: Sie waren nicht befugt, in Deutschland Waffen zu tragen. Anderseits hatte Benoit ihn vor einer ›Zone größter Gefahr‹ gewarnt.

»Ich bin heute nachmittag fleißig gewesen«, erklärte Marler ironisch. »Ich habe einen Bekannten besucht, einen deutschen Waffenhändler auf einem Kahn im Hafen. Er hat mir erzählt, die Geschäfte gingen ganz miserabel, seit die Mauer in Berlin gefallen ist. Ich habe das Zeug für ein Butterbrot bekommen – einschließlich je einer Walther für Butler und Nield. Und einem Armalite für mich selbst. Man muß nur die richtigen Leute kennen.«

»Oder die falschen«, entgegnete Tweed. »So, und jetzt gehe ich diese Auffahrt entlang. Bob und Paula, ihr könnt in einigem Abstand folgen. Ich möchte Westendorf nicht erschrecken.«

»Ich suche einen Parkplatz für den Wagen«, erklärte Marler.

Tweed ging langsam die asphaltierte Auffahrt entlang. Seine Schritte machten keinerlei Geräusch. Er stieg über die Stachelkette, die die Reifen eines Fahrzeugs zerfetzen und es in Sekundenschnelle zum Stehen bringen würde. Es war zu ruhig.

Er konnte die alte zweigeschossige Villa in einiger Entfernung sehen. Licht fiel durch die zugezogenen Vorhänge an den Fenstern im Erdgeschoß. Das Gelände beiderseits der Zufahrt war von hohen, dichten Rhododendronsträuchern verdeckt.

Er nahm an, daß die bedrückende Stille darauf zurückzuführen war, daß Westendorf die Villa allein bewohnte.

Wie Andover. Wie Delvaux . . .

Der Lauf einer Waffe bohrte sich in seinen Rücken. Im gleichen Augenblick legte sich eine Hand auf seine Schulter, und eine Stimme knurrte auf englisch.

»Eine falsche Bewegung und ich puste Ihnen den Kopf weg.«

Im Hotel Vier Jahreszeiten wanderte Pete Nield, wie gewöhnlich gut gekleidet, in die Sitzecke im Foyer. Auf einer Couch saß eine sehr reizvolle blonde Frau in einem eng anliegenden schwarzen Kleid, das an einer Seite geschlitzt war. Lee Holmes.

Nield blieb bei einem Tisch mit Zeitungen und Zeitschriften stehen und tat so, als suchte er etwas zum Lesen. Lee rief ihn mit ihrer rauchigen Stimme an.

»Kenne ich Sie nicht? Waren Sie nicht in Brüssel im Hilton? Ja, da bin ich ganz sicher.« Sie tippte auf den Platz neben sich. »Bitte, setzen Sie sich zu mir. Ich langweile mich und brauche ein bißchen Ablenkung und einen unterhaltsamen Mann. Und Sie sehen aus, als wären Sie einer.«

»Ich hätte gedacht, daß die Männer Schlange stehen und nur darauf warten, Sie ablenken zu dürfen.« Nield setzte sich neben sie und befingerte seinen schmalen Schnurrbart.

»Und natürlich erinnere ich mich, Sie gesehen zu haben, aber Sie wurden immer von einem Mann bewacht. Gefährlich aussehender Typ. Mein Pech.«

»Ein galanter Mann.« Sie seufzte, und ihr Busen hob sich.

»So etwas ist heutzutage selten.« Ihr Arm berührte seinen Ärmel, als sie ihre juwelenbesetzte Zigarettenspitze hervorholte und eine Zigarette hineinsteckte.

Nield ließ sein Feuerzeug aufschnappen. Sie schüttelte den Kopf und lächelte. »Ich gebe das Rauchen auf – damit stelle ich nur meine Willenskraft auf die Probe. Verrückt, ich weiß.«

Nield lächelte. Er kannte ihre Technik, wollte aber, daß sie glaubte, er wüßte nichts über sie.

»Weshalb langweilen Sie sich?« fragte er.

»Ich habe Sie mit einem militärischen Typ zusammen gesehen, der einen sehr bemerkenswerten Eindruck machte.«

»Brigadier Burgoyne. Bemerkenswert, weil immer alles nach seinem Kopf gehen muß. Jetzt ist er in irgendeiner geschäftlichen Angelegenheit unterwegs. Für ihn bin ich nur ein Teil des Mobiliars.« Sie lächelte wieder. »Mein einziger Trost ist ein guter Lohn.«

»Dem Himmel sei Dank für kleine Wohltaten. Was möchten Sie trinken?«

»Champagner. Zur Feier des Beginns unserer Freundschaft.«

Tweed erstarrte, blieb ganz still stehen. Der Revolverlauf in seinem Nacken fühlte sich an wie Eis. Die Hand auf seiner Schulter war groß und hatte kraftvoll zugepackt. Dann hörte er eine weitere Stimme.

»Diese Waffe liegt auf Ihrem Rückgrat. Lassen Sie Ihre fallen, sonst sind Sie zeitlebens ein Krüppel. Bestenfalls«, erklärte Newman.

Tweed hörte ein leises Klicken – die Waffe wurde gesichert. Dann ein wesentlich lauteres Geräusch, als die Waffe auf dem Asphalt landete. Er drehte sich langsam um. Die erste Stimme war ihm bekannt vorgekommen. Und deshalb war er nicht überrascht, Otto Kuhlmann vom Bundeskriminalamt in Wiesbaden vor sich zu sehen.

»Ein netter, freundlicher Empfang in Deutschland, Otto«, sagte er liebenswürdig. »Aber was zum Teufel tun Sie hier?«

Newman hatte seine Waffe wieder weggesteckt. Kuhlmann bückte sich, nahm die seine wieder an sich, richtete sich auf und musterte Newman. Kuhlmann war relativ klein, hatte aber sehr breite Schultern.

Er erinnerte Newman immer an alte Filme mit Edward G. Robinson. Genau wie dieser hatte er einen breiten Mund, ein hartes Gesicht, dichtes, dunkles Haar und ebensolche Augenbrauen und hellwache Augen.

Ein mit Energie geladener Polizeichef – und einer von Tweeds alten Freunden.

»Entschuldigung«, sagte Kuhlmann, »aber wir erhielten einen Anruf von einem Mann, der behauptete, er wäre Tweed. Einer meiner Beamten nahm den Anruf entgegen. Konnten wir sicher sein, daß Sie es wirklich waren? Und im Dunkeln waren Sie nichts als ein Schatten. Wir gehen keine Risiken ein.«

»Und ich auch nicht«, erklärte Newman. »Wie Sie, sah auch ich nur einen Schatten mit einer Waffe. Ich entschuldige mich nicht.«

»Haben Sie einen Waffenschein?« erkundigte sich Kuhlmann.

»Hat er nicht«, sagte Tweed schnell. »Aber wenn ich

mich hinsichtlich dessen, was Hugo Westendorf durchgemacht hat, nicht irre, dann ist Selbstschutz angebracht.«

»Vielleicht lasse ich Ihnen das durchgehen, Newman.« Kuhlmann wendete sich an Tweed. »Wollen wir sehen, was in *Schloß Tannenberg* vorgeht – bevor wir hier draußen erfrieren?«

Tweed wappnete sich für die Begegnung mit Westendorf. Er erinnerte sich gut an ihn. Westendorf, damals noch Minister, war inkognito nach Großbritannien gekommen, um an einer Sitzung von INCOMSIN – dem *International Committee of Strategic Insight* – teilzunehmen.

Er war eins fünfundachtzig groß, schlank, mit einem knochigen Gesicht und einer hohen Stirn. Sein Verstand war messerscharf gewesen, seine Umgangsformen höflich, seine Energie phänomenal. Tweed fürchtete sich vor dem, was er jetzt sehen würde.

Kuhlmann drückte viermal kurz hintereinander auf die Klingel neben der geschlossenen Haustür und nach einer kurzen Pause noch einmal. Das erste, was Tweed sah, als die Tür einen Spaltbreit geöffnet wurde, war der Lauf einer 9 mm Heckler & Koch-Maschinenpistole. Dann kam der Mann zum Vorschein, der sie in der Hand hielt, ein Kriminalbeamter in Zivil, ohne die Andeutung eines Lächelns.

Tweed fragte sich, ob er es gewesen war, mit dem er am Telefon gesprochen hatte.

Zuerst wurde Kuhlmann mit Paula eingelassen, die er in die Arme schloß, dann auch die anderen beiden. Dann erlebte Tweed die Überraschung seines Lebens.

»Wir sollten nicht reden«, warnte Tweed schnell. »Hier wimmelt es wahrscheinlich von Abhörgeräten.«

»Das war einmal«, erwiderte Kuhlmann. »Ich habe jedes dieser verdammten Dinger selbst herausgerissen.«

Aber es war Hugo Westendorf, den Tweed fassungslos anstarrte. Der Deutsche hatte die große Halle mit lebhaften Schritten durchquert und streckte ihm die Hand entgegen. Er hielt sich aufrecht, sein Griff war kraftvoll. Auf seinem Gesicht waren keinerlei Anzeichen von Qual zu sehen, und er begrüßte seinen Besucher mit einem herzlichen Lächeln.

»Willkommen in Haus *Tannenberg*, mein Freund. Ich freue mich, Sie hier zu sehen.«

»Und ich dachte, irgend jemand – vielleicht Ihr Sohn – wäre entführt worden.«

»Ist er auch. Vor drei Monaten. Deshalb bin ich zurückgetreten. Es war eine Anweisung der Entführer – der ich sofort Folge geleistet habe.«

Sechsunddreissigstes Kapitel

Sie saßen in einer behaglichen Bibliothek, die Westendorf als geeigneten Ort für eine Unterhaltung vorgeschlagen hatte. Ihr Gastgeber stand vor einem Kamin, in dem große Scheite loderten. An den Wänden standen Bücherschränke, die vom Fußboden bis zur Decke reichten, und Tweed hatte den Eindruck, daß die Bücher auch gelesen wurden. Er wußte nicht, was er von der Situation halten sollte, und formulierte seine Frage sorgfältig.

»Befindet sich Ihr Sohn bei guter Gesundheit?«

»Sie meinen«, meldete sich Kuhlmann zu Wort, »ob Westendorf einen amputierten Arm oder eine amputierte Hand erhalten hat – wie Andover und Delvaux? Die Antwort lautet nein. Westendorf hat sich gleich nach der Entführung von Franz mit mir in Verbindung gesetzt. Ich habe mit größtmöglicher Heimlichkeit gearbeitet. Die Presse hatte keine Ahnung von dem, was passiert war.«

»Was haben Sie unternommen?« fragte Tweed.

»Ich habe die größte Fahndung organisiert, die je in der Bundesrepublik in die Wege geleitet wurde. Ich habe jeden Stein umgedreht. Immer unauffällig. Ich habe mich mit Informanten in der Unterwelt in Verbindung gesetzt, und sie haben sich umgesehen. Wie viele ehrbare Bürger hassen sie die ausländischen Flüchtlinge – von denen ihnen viele bei ihren dunklen Machenschaften Konkurrenz machen.«

»Das Ziel war, Franz ausfindig zu machen, wenn irgend möglich?«

»Nur zum Teil.« Es war Westendorf, der erklärte. »Ich hatte gehört, was Andover und Delvaux durchmachen mußten – ich war in Lüttich und habe mit ihnen gesprochen. Kuhlmanns Hauptanliegen war, die Entführer und meinen entführten Sohn ständig in Bewegung zu halten. Der Arzt, der bei Andovers Tochter und Delvaux' Frau die

Amputation vorgenommen hat, würde Ruhe und Stille – und vor allem Sicherheit – brauchen, um seine satanische Arbeit zu tun. Kuhlmann sorgte dafür, daß sie nie Zeit dazu hatten. Dreimal sind sie ihm mit ein paar Stunden Vorsprung entwischt – aber sie mußten rennen wie verängstigte Kaninchen.«

»Und wie ist die gegenwärtige Situation?« fragte Tweed.

Kuhlmann hatte eine seiner Zigarren angezündet. Als er antwortete, schwenkte er sie wie einen Marschallstab.

»Franz Westendorf wurde vor ein paar Stunden in einem einsamen Bauernhaus in der Nähe von Bremen befreit. Seine drei Entführer wurden erschossen. Ich hatte von unserem neuen Innenminister – einem Freund von Westendorf – die Erlaubnis eingeholt, unsere Elite-Antiterror-Einheit einzusetzen.«

»Womit wir keine Chance mehr haben, den Mann zu identifizieren, der hinter alledem steckt«, bemerkte Tweed.

»Unsinn!« fuhr Kuhlmann auf. »Die Entführer waren irgendwelches Gesindel aus dem Osten. Sie hatten keine Ahnung, wer sie benutzte. Und ich betone, daß Westendorf mit dieser Aktion vollauf einverstanden war.«

»Es war Erpressung.« Der ehemalige Minister richtete sich auf. »Ich werde nie auf eine Erpressung eingehen. Und Franz, der in drei Tagen achtzehn wird, ist derselben Ansicht.«

»Sie haben sehr viel Mut bewiesen«, bemerkte Tweed. »Aber Sie sind von Ihrem Ministerposten zurückgetreten und haben sich auch aus INCOMSIN und anderen Organisationen zurückgezogen.«

»Auf Kuhlmanns Rat«, erklärte Westendorf. »Das Ziel war, den Mann zu verwirren, der hinter der Entführung steckte. Anfangs glaubte er, ich reagierte wie Andover und Delvaux. Inzwischen bedrängte Kuhlmann die Entführer, hielt sie auf Trab und zwang sie, ständig über die Schulter zu schauen.«

»Und wie haben Sie Franz schließlich aufgespürt?« fragte Tweed.

»Wie Sie aus Ihrer Zeit als jüngster Superintendent bei der Mordkommission von Scotland Yard sicher noch wissen«, erwiderte Kuhlmann, »braucht man ein bißchen Glück. Aber gleichzeitig muß man klug genug sein, um zu erkennen, daß man dieses Glück hat. Von einem Schuljungen erfuhren wir, daß das Fahrzeug, das die Entführer benutzten, ein grauer Audi war. Einer seiner Freunde entdeckte den leeren Wagen in der Nähe dieser Villa, natürlich ohne zu wissen, daß eine Entführung vonstatten ging. Nur so zum Spaß brachte der Junge den gelben Luftballon zum Platzen, den sein Freund an die hintere Stoßstange des Audi gebunden hatte. Auf diese Tatsache bin ich in einem Routinebericht gestoßen. Daher wußte ich, daß an dem Audi möglicherweise nach wie vor ein geplatzter Luftballon hing – etwas, was den Entführern vielleicht nicht aufgefallen war. Also habe ich den Bericht hinausgehen lassen.«

»Und dann?« fragte Tweed, während Kuhlmann einen Zug an seiner Zigarre tat.

»Obwohl sie den Wagen bestimmt viele Male wechseln sollten, konnten die verdammten Narren sich nicht von dem Audi trennen. Heute morgen hat ein Streifenpolizist auf einem Motorrad an einer Ampel einen Audi gesehen, an dessen hinterer Stoßstange die Fetzen eines gelben Luftballons hingen. Es war neblig, und er folgte ihm bis zu diesem Bauernhaus. Dann gab er die Meldung über Funk an das Polizeipräsidium in Bremen durch, und eine halbe Stunde später erfuhr ich es in dem Krisenstab, den ich hier am Berliner Tor eingerichtet habe. Ein Team der Antiterror-Einheit wurde nach Bremen geflogen . . .«

»Auf ziemlich blauen Dunst hin«, bemerkte Tweed.

»Keineswegs. Ich habe vorher in Bremen angerufen und von den Leuten dort erfahren, daß das Bauernhaus vor drei Monaten mit einer Überweisung aus Luxemburg gemietet worden war. Das hat mir genügt. Ich gab Anweisung, das Haus zu stürmen. Das Ergebnis ist Ihnen bekannt.«

»Ich gratuliere Ihnen«, sagte Tweed.

Eine Weile zuvor hatte Westendorf seinen Gästen Rheinwein eingeschenkt. Er ging zu Paula, die neben Newman saß, und legte ihr sanft eine Hand auf die Schulter.

»All das muß ziemlich anstrengend gewesen sein für Sie. Ich habe gehört, daß Sie Tweed überallhin begleiten. Wie ist der Wein?«

»Sehr erfrischend«, entgegnete sie dankbar.

»Und nun habe ich einen Vorschlag.« Westendorfs blaue Augen waren klar, sein Verhalten entschlossen. »Ich möchte mich mit Tweed über einige wichtige Dinge unterhalten. Die Schritte, die wir als nächstes unternehmen. Aber hier fühle ich mich irgendwie eingesperrt, deshalb meine ich, wir sollten zu meiner Motorjacht fahren. Die *Holsten V* liegt in Blankenese vor Anker. Ich würde mich freuen, wenn Sie mitkämen«, sagte er zu Paula. »Intelligente Frauen denken oft an Aspekte, die Männer übersehen.«

»Gute Idee«, erklärte Tweed. »Aber vorher möchte ich noch etwas wissen. Weshalb haben Sie die Abhörgeräte zerstört?«

Kuhlmann nahm die Zigarre aus dem Mund. »Ich habe mit der Idee gespielt, sie zu benutzen, um vorher abgesprochene Unterhaltungen zu arrangieren. Aber Westendorf war dagegen.«

»Weshalb?« fragte Tweed ihren Gastgeber.

Westendorf machte eine wegwerfende Handbewegung. »Ich war wütend über dieses widerliche Eindringen in meine Privatsphäre. Und Kuhlmann war aus einem anderen Grund einverstanden.«

»Ich kam zu dem Schluß«, erklärte Kuhlmann, »daß es in psychologischer Hinsicht ein weiterer Schritt war, der den Mann hinter den Entführern verwirren würde. Etwas, was man als Zuckerbrot und Peitsche bezeichnen könnte. Das Zuckerbrot war Westendorfs Rücktritt von allen Ämtern – wie es die Ratte verlangt hatte, die ihn nach der Entführung anrief. Die Peitsche war dann, daß ich alle Abhörgeräte herausriß, die ich entdeckt hatte – angebracht, als niemand im Haus war.«

»Haben Sie eine Ahnung, wo sie hergestellt wurden?« fragte Tweed.

»In Hongkong.«

Als sie das Haus verließen und in Westendorfs großen schwarzen Mercedes einstiegen, sah Paula, daß sich das Wetter geändert hatte. Jetzt war es naßkalt, die Sterne waren verschwunden, dünne Nebelschwaden trieben über den Boden auf die Villa zu. Sie sah auch, daß die Stachelkette, die vorher die Zufahrt abgesperrt hatte, beiseite gelegt worden war.

Auf Tweeds Bitte hin hielten sie vor dem Tor an, und er stieg aus, um ein paar Worte mit Marler zu reden, der am Steuer des Mercedes 600 saß. Ein mit einer Maschinenpistole bewaffneter Polizeibeamter in Zivil stand ganz in der Nähe im Schatten eines Baumes.

»Wir fahren nach Blankenese zu einem Gespräch auf Westendorfs Jacht, die dort vor Anker liegt«, teilte Tweed ihm mit.

»Ich folge Ihnen unauffällig. Keine Widerrede«, sagte Marler. »Ich habe das Gefühl, daß Sie vielleicht ein bißchen Rückendeckung brauchen können.«

Westendorf saß am Steuer mit Tweed neben sich; im Fond hatten Paula und Newman Kuhlmann in die Mitte genommen. Als sie weitere Villen passierten, verdichtete sich der Nebel. Sie fuhren durch etwas, das – bei gutem Wetter – vermutlich eine reizvolle Parklandschaft gewesen wäre.

»Gleich sind wir in Blankenese«, sagte Westendorf. »Früher war es ein kleines Fischerdorf, aber seit die Elbe so verschmutzt ist, dürfen keine Fische mehr gefangen werden. Wir zahlen einen hohen Preis für die Annehmlichkeiten unserer modernen Zivilisation.«

»Und das Heer von Flüchtlingen«, bemerkte Kuhlmann, »das an unseren Ostgrenzen wartet, würde seinen rechten Arm dafür geben, an dieser Zivilisation teilhaben zu dürfen.«

»Das ist eines der Themen, über die wir reden müssen«,

bemerkte Westendorf, dann konzentrierte er sich wieder aufs Fahren.

Er fuhr auf einer schmalen Straße langsam eine steile Anhöhe hinunter. Paula hatte den Eindruck, daß Blankenese eine kleine, auf zahlreichen Hügeln errichtete Stadt war. Durch den wogenden Nebel hindurch sah sie Villen, die hoch oben lagen und nur über alte Steintreppen zu erreichen waren. Sie hatten die Blankeneser Hauptstraße verlassen und fuhren ganz langsam eine noch steiler abfallende Straße hinunter.

Jetzt befanden sie sich in einem Labyrinth aus engen, gewundenen und steil aufwärts führenden Straßen und Treppen. Im verschwommenen Licht einer Straßenlaterne konnte sie ein Schild erkennen – *Beckers Treppe*. Als sie unten am Fluß angekommen waren, sah sie ganz flüchtig einen weiteren Straßennamen. *Strandweg*.

Als Westendorf schließlich anhielt, waren Paulas Nerven aufs höchste angespannt. Der Nebel war wesentlich dichter geworden. Nachdem sie ausgestiegen waren, hörte sie das ferne Tuten eines Nebelhorns. Sie zitterte. Die Atmosphäre glich so sehr der an jenem Abend, an dem sie am Jachthafen von Lymington gestanden und auf Harvey Boyds Rückkehr gewartet hatte.

Marler, der Westendorfs Limousine in einigem Abstand folgte, war beunruhigt. Wie aus dem Nichts war ein großer brauner Cadillac aufgetaucht, in dem zwei Männer saßen. Er war sich ziemlich sicher, daß dieses Schlachtschiff von einem Wagen der Limousine folgte.

Am Fluß angekommen, bog der Cadillac auf dem Strandweg nach links ab. Er fuhr ganz langsam, dann hielt er plötzlich an. Marler bremste sofort. Der Cadillac war ein verschwommener Schatten, und er glaubte nicht, daß die Leute darin ihn gesehen hatten; sie waren zu sehr damit beschäftigt, die Limousine zu beobachten. Der Nebel zerteilte sich für einen Moment, und er sah das Heck des Fahrzeugs und eine automatisch ausfahrende Antenne. Sie erstatteten irgend jemandem Bericht.

Marler wartete. Die Nebelwand hatte sich wieder geschlossen und nahm ihm jede Sicht auf den Cadillac. Er griff unter seinem Sitz nach dem Armalite-Gewehr, das er zusammengesetzt hatte, während er vor Schloß Tannenberg wartete. Er stieg schnell aus, schloß seinen Wagen ab und ging langsam dorthin, wo der Cadillac angehalten hatte. Er war verschwunden.

»Mit dem Nebel hatte ich nicht gerechnet«, sagte Westendorf, während er sie zum Hafen führte. »Im Wetterbericht war davon nicht die Rede.«

Der Nebel lichtete sich wieder, und Paula sah ein kleines, längliches Becken, von der Elbe durch einen Damm abgetrennt, der ins Wasser hinausragte, dann einen rechten Winkel bildete und schließlich parallel zu dem stillen Fluß verlief.

Das Becken war bis auf den letzten Platz mit Jachten gefüllt. Die meisten von ihnen waren für den Winter mit blauer Plastikfolie abgedeckt. Westendorf hatte das Ende des kurzen Dammabschnitts erreicht und war nach links auf den Hauptdamm abgebogen. Er wendete sich an Paula.

»Die *Holsten V* liegt an der Außenseite des Damms. Als ich sie hereinbrachte, war im Hafen kein Platz mehr frei.«

Tweed ging dicht hinter Paula, und Kuhlmann und Newman bildeten die Nachhut. Westendorf ergriff Paulas Arm, um ihr an Bord einer großen, luxuriösen Motorjacht zu helfen. Er zeigte ihr mit einer Taschenlampe den Weg, schloß eine Tür auf, eilte eine Kajütstreppe hinunter, öffnete eine zweite Tür. Er schaltete das Licht ein, und wenig später befanden sie sich alle in einem gut eingerichteten Salon. Funkelndes Messing und Holz, so blank poliert, daß man sich darin spiegeln konnte.

»Bitte, nehmen Sie Platz«, forderte er sie auf. »Möchte jemand etwas trinken, um sich aufzuwärmen?«

Paula setzte sich nicht. Sie stand an einem Fenster und schaute hinaus in den Nebel, der jetzt wie ein dichter grauer Vorhang vor der Scheibe lag. Westendorf spürte ihre Unruhe und nahm ihren Arm.

»Vielleicht interessiert Sie die Brücke. Ich werde das Radar einschalten.«

Am hinteren Ende des Salons führte eine weitere Treppe zur Brücke hinauf. Westendorf deutete auf einen Schirm, schaltete das Radar ein. Sie schaute auf den Schirm. Er war völlig leer.

»Heute abend ist bestimmt kein Schiff draußen«, bemerkte Westendorf. »Nicht bei diesem Nebel. Ich lasse die Tür offen, damit Sie uns hören können. Kommen Sie zurück in den Salon, wenn Ihnen danach ist . . .«

Er ging wieder die Treppe hinunter und holte eine Flasche Laurent Perrier aus dem Kühlschrank. Tweed saß neben Kuhlmann auf einer bequemen Lederbank. Newman schaute aus dem Fenster. Westendorf reichte Gläser herum, brachte eines zu Paula hinauf.

»Regt die Gehirnzellen an«, sagte er, nachdem er zurückgekehrt war. »Das jedenfalls ist meine Ausrede. Prost!«

»Wir sprachen vorhin über Flüchtlinge«, begann Tweed. »Sind Sie je einem Dr. Wand begegnet?«

»Einmal.« Westendorf setzte sich und schlug die Beine übereinander. »Ein merkwürdiger Mann. Ich mochte ihn nicht. Er hat eine Filiale seiner Organisation in Deutschland eingerichtet, eine weitere in Dänemark. Er sagte, ihm ginge es darum, daß nur solche Flüchtlinge, die einen Gewinn für das jeweilige Land darstellten, eingelassen werden sollten. Ich hatte den Eindruck, daß er log. Ich habe nichts gesagt. Er ging wieder. Ende der Geschichte.«

»Aber nicht das Ende der Flüchtlingsgeschichte«, beharrte Tweed. »Ich erinnere mich, daß Sie sehr rigorose Ansichten vertraten, als Sie als Minister an einem Treffen von INCOMSIN in London teilnahmen.«

»So ist es. Es gibt buchstäblich Millionen von Flüchtlingen aus dem ganzen ehemaligen Ostblock, die auf der anderen Seite der Oder-Neiße-Grenze nur darauf warten, ins Land strömen zu können. Sie sehen in Westeuropa ein Eldorado des Wohlstands. Aber wenn diese Flut über uns hereinbricht, wird sie die Wirtschaft Europas zerstören.

Ich habe damals vorgeschlagen, gewissermaßen dem Beispiel der ehemaligen Sowjetunion zu folgen, die seinerzeit verhindert hat, daß ihre Bewohner hierher flüchten konnten. Aber das waren natürlich ganz andere, zivilisierte Leute.«

»Wie genau sollte das geschehen?«

»Grob gesagt, wollte ich einen neuen Todesstreifen von der Ostsee bis zur Adria schaffen. Die Flüchtlingsmassen sollten gewarnt werden, daß eine illegale Überquerung verboten war und tödlich sein konnte. Ich wollte einen ungefähr einen Kilometer breiten Sperrgürtel. Wachttürme auf unserer Seite mit schwenkbaren Maschinengewehren. Bewaffnete Patrouillen mit scharfen Hunden. Und die Bestückung des Sperrgürtels mit Minen. Außerdem sollten Kriegsschiffe vor den Küsten patrouillieren und bei Tag und Nacht jedes Schiff aus dem Osten überprüfen. Damit hätte ich Europa gerettet. Aber jetzt sind zahllose Illegale mitten unter uns.«

»Haben Sie schon einmal daran gedacht«, fragte Tweed, »daß eine feindliche Macht mit den Flüchtlingen auch Saboteure und Spione einschmuggeln könnte?«

»Das habe ich.«

Tweed zog einen Abzug des Fotos von der deutschen Küste, den Friesischen Inseln und der Elbe einschließlich Hamburgs aus der Tasche. Er zeigte ihn zuerst Kuhlmann, dann händigte er ihn Westendorf aus.

»Sagt Ihnen dieses Kreuz, das einen Ort ein Stück flußabwärts markiert, irgend etwas? Vielleicht ein Dorf?«

»Oh, das muß Neustadt-Sowieso sein – den genauen Namen habe ich vergessen. Eine neue Siedlung. Bewohnt, soweit ich weiß, von jungen Managern, die Porsche und ähnlich teure Wagen fahren. Sie bleiben ziemlich unter sich.«

»Wann sind die Leute eingezogen? Wann wurden die Häuser verkauft?«

»Vor ein paar Monaten. Genau weiß ich es nicht. Aber es ist noch nicht lange her.«

»Ich finde, Otto sollte dieses Foto bekommen.« Tweed

wendete sich an Kuhlmann. »Darf ich vorschlagen, daß Sie nicht einmal in die Nähe dieses Dorfes kommen, bevor ich Ihnen das Signal dazu gebe. Dann stürmen Sie es vor Tagesanbruch. Ich weiß von einer ähnlichen Siedlung an der Südküste von England und einer weiteren in der Nähe von Gent. Es ist überaus wichtig, daß alle Angriffe gleichzeitig erfolgen – damit niemand Zeit hat, die anderen zu warnen.«

»Es gibt ein ähnliches, größeres Objekt an der Westküste von Dänemark«, bemerkte Westendorf. »In Jütland – zwischen Esbjerg und der deutschen Grenze. Eine einsame Gegend – vor allem im Winter.«

»Sie meinen, ungefähr hier«, sagte Tweed und zeigte ihm ein weiteres Foto. »Aber woher wissen Sie davon?«

»Ja, offenbar dort, wo das Kreuz eingezeichnet ist. Woher ich das weiß? Andover hat es aufgespürt. Er ist viel herumgereist, als Ornithologe getarnt. Als ich vor kurzem in Lüttich mit ihm sprach, sagte er, diese neue Siedlung in Jütland wäre noch unbewohnt, obwohl alle Häuser verkauft und möbliert waren. Er sagte, weil es ganz dicht am Meer läge – und Dänemark so ein friedliches Land ist –, würde dort vermutlich bald das Hauptquartier einer erschreckend subversiven Organisation eingerichtet werden.«

»Ich habe schlimme Neuigkeiten«, sagte Tweed. »Andover ist tot – er wurde in Lüttich ermordet. Und die Leiche von Delvaux' Frau Lucie wurde kürzlich aus der Maas gefischt. Das Tempo der Attacke auf unsere Art zu leben beschleunigt sich.«

Als Marler feststellte, daß der Cadillac verschwunden war, bewegte er sich schnell. Der Nebel lichtete sich gerade lange genug, daß er sehen konnte, wie Tweed und die anderen an Bord eines Schiffes gingen. Links von ihm – neben dem Hafen – trennte eine Steinmauer einen breiten Fußweg von einem steilen, grünen Abhang.

Er rannte mit dem Armalite über der Schulter am Hafen vorbei, schwang sich über die Mauer und ließ sich in das hohe, feuchte Gras fallen. Dann stieg er ein paar Meter den Abhang hinauf und lehnte sich an einen Baumstamm. Er konnte gerade noch die genaue Position der Motorjacht ausmachen. Er hob das mit einem Nachtsichtgerät ausgestattete Gewehr und zielte damit über das Deck hinweg, das gleich darauf im Nebel verschwand.

Marler richtete sich aufs Warten ein – etwas, das er seit langem gewohnt war.

»Das ist ja grauenhaft«, sagte Westendorf zu Tweed. »Andover war einer der brillantesten Männer, die wir im Westen hatten. Er sah die Welt unter globalem Aspekt.«

»Und es ist eine globale Organisation, mit der wir es zu tun haben«, erwiderte Tweed. »Eine Frau namens Hilary Vane wurde in London kurz nach dem Verlassen einer Transatlantik-Maschine aus Washington ermordet. Was nur bedeuten kann, daß am Dulles Airport in Washington jemand gesehen hat, daß sie an Bord ging, und die Meldung nach London weitergab. Einer meiner eigenen Leute wäre beinahe ums Leben gekommen, als ein Flugzeug von Bangkok aus startete und dann in der Luft explodierte. Glücklicherweise hatte ich ihn in letzter Minute angewiesen, auf einer anderen Route zu fliegen. Global«, wiederholte er. »Weltweit.«

Paula war immer noch auf der Brücke, nippte an ihrem Champagner. Sie betrachtete abwechselnd den leeren Radarschirm und den über der unsichtbaren Elbe hängenden Nebel.

Sie war aufs äußerste angespannt und folgte der Unterhaltung im Salon nur mit halbem Ohr. Sie begann, sich auf den nebligen Fluß zu konzentrieren. Sie runzelte die Stirn, beugte sich vor. Der Nebel wirbelte, erzeugte seltsame Formen. Dann sah sie einen vagen Umriß, eine verschwommene Form, die auf die *Holsten V* zukam.

Sie knallte ihr Glas auf ein Bord, drehte sich um und rannte die Treppe hinunter in den Salon.

»Wir müssen hinaus!« rief sie. »Schnell. Beeilt euch, verdammt noch mal!«

Westendorf reagierte sofort. Er packte sie mit einem Arm um die Taille, benutzte den anderen, um ihre Beine anzuheben, rannte die Kajütstreppe hinauf, trat schnell von Bord, rannte weiter den Damm entlang.

Während er sie die Kajütstreppe hinauftrug, hörte Paula, wie Tweed etwas rief, und Schritte, die über das Deck eilten. Westendorf erreichte das Ufer und setzte sie gerade ab, als die anderen – Tweed, Kuhlmann und Newman – schwer atmend bei ihnen ankamen.

»Was zum Teufel . . .«, begann Newman.

Er beendete seinen Satz nicht. Sie hörten ein kurzes, berstendes Krachen. Der Damm, auf den Newman einen Fuß gesetzt hatte, erbebte unter dem heftigen Anprall. Wieder lichtete sich der Nebel für einen Moment, und sie konnten sehen, wie die *Holsten V* mit entsetzlicher Geschwindigkeit versank. Ein anderes Schiff konnten sie nicht entdekken.

Auf der Anhöhe sah Marler ihre schattenhaften Figuren das Boot verlassen, zählte, wußte, daß alle an Land waren. Er hörte das unheimliche Geräusch der Kollision. Das Armalite lag an seiner Schulter. Als die *Holsten* zu sinken begann, gab er blind zwei Schüsse ab – auf einen Punkt ein paar Meter oberhalb der Stelle, an der das untergehende Schiff festgemacht hatte.

Dann hörte er einen gedämpften Aufschrei. Gefolgt von Stille. Einen Augenblick später hörte er, wie etwas aufs Wasser aufklatschte. Dann herrschte wieder Stille.

Siebenunddreissigstes Kapitel

An der Innenseite des Hafenbeckens ergriff Tweed Kuhlmanns Arm und sprach leise, aber eindringlich.

»Das war ein Tarnkappenschiff, das Westendorfs Jacht versenkt hat . . .«

»Was für ein Schiff?« fragte Kuhlmann verblüfft.

»Sie haben doch bestimmt schon von den Tarnkappenbombern gehört, die die Amerikaner gebaut haben? Es gibt jetzt Schiffe aus einem ähnlichen Material – mit normalem Radar nicht zu entdecken. Praktisch unsichtbar. Paula hat auf dem Radarschirm nichts gesehen, bevor sie in den Salon hinunterrannte. Glauben Sie mir, ich weiß, wovon ich rede.«

»Das wissen Sie gewöhnlich. Ein *unsichtbares* Schiff?«

»Unsichtbar für alle Radarsysteme«, betonte Tweed.

»Dann setze ich mich sofort mit der Wasserschutzpolizei in Verbindung. Und der Küstenwache. Dieser Nebel reicht bis auf die See hinaus.«

Am Ufer lichtete sich der Nebel. Kuhlmann lief auf den Eingang eines dreigeschossigen Hotels zu; die anderen folgten ihm. Das Hotel war ein dekoratives altes Gebäude mit weiß verputzten Wänden. Als sie einen von einer Buchenhecke mit totem Laub umgebenen Garten betraten, fiel Paula ein Turm an einer Ecke auf, und an einer Seitenwand war das Baujahr vermerkt. 1902.

Marler war ihnen gefolgt. Das Armalite hatte er wieder in seiner Tasche verstaut. Seine Hosenbeine waren von dem feuchten Gras durchweicht. Er sprach schnell.

»Ich habe einen von ihnen getroffen und gehört, wie er ins Wasser fiel.«

»Sagen Sie es sofort Kuhlmann . . .«

Marler rannte hinter dem Polizeichef her, der gerade die Treppe zum Eingang des Gebäudes emporstieg. Das Strandhotel. Die beiden Männer sprachen kurz miteinander, dann eilte Kuhlmann ins Haus. Marler kehrte zu den anderen zurück. Inzwischen war auch Westendorf eingetroffen.

»Paula zittert vor Kälte. Wir sollten zu meinem Wagen zurückkehren und dort auf Kuhlmann warten«, schlug der Deutsche vor.

»Ich warte in meinem eigenen Wagen. Er steht ein paar Meter hinter Ihrem«, erklärte Marler.

Den Mann, von dem er wußte, daß er ihn getroffen hatte, erwähnte er nicht, weil er nicht sicher war, wieviel Tweed Westendorf wissen lassen wollte.

»Das ist besser«, sagte Paula. Sie hatte sich im Fond der Limousine niedergelassen und ihre Handschuhe ausgezogen, um sich die Hände zu reiben. Die Heizung, die Westendorf eingeschaltet hatte, erfüllte das Wageninnere mit willkommener Wärme. Und Westendorf war taktvoll gewesen, indem er ihr Zittern der Kälte zugeschrieben hatte; vermutlich war ihm klar, daß sie unter einem verzögerten Schock litt.

»Was ist mit Ihrem Sohn Franz?« erkundigte sich Tweed, der vorn neben Westendorf saß.

»Er bleibt über Nacht in einer Klinik in Bremen, wo er gründlich untersucht werden soll. Morgen kommt er zurück. Ich habe am Telefon mit ihm gesprochen, und er war ziemlich empört, daß er dableiben und zulassen mußte, daß die Ärzte ›an ihm herumpfuschen‹, wie er es ausdrückte. Es hörte sich an, als wäre er in guter Verfassung, Gott sei Dank. So, und was ist nun da drüben am Hafen passiert?«

Tweed informierte ihn schnell über die Tarnkappenschiffe, über die Tragödie in Lymington, wo Paula am Jachthafen gewartet hatte. Er schaute über die Schulter.

»Ich habe mich immer auf Ihr Sehvermögen verlassen. Jetzt haben wir einen weiteren Beweis dafür, wie gut es ist. Wenn Sie nicht so schnell reagiert hätten, wären wir jetzt alle tot.«

»Ich habe gesehen, wie etwas auf die *Holsten* zukam«, erklärte Paula. »In Lymington war ich mir nicht hundertprozentig sicher, aber diesmal war ich es. Und der Radarschirm war leer – ich habe einen Blick darauf geworfen, bevor ich die Treppe hinunterrannte.«

»Andover und Delvaux haben mir von den Tarnkappenschiffen erzählt, als ich in Lüttich war«, sagte Westendorf. »Damals habe ich ihnen nicht geglaubt. Jetzt tue ich es. Sie geben der Bedrohung, der Europa und – letzten Endes – auch Amerika ausgesetzt sind, eine beängstigende Dimension. Wenn der Feind kommt, werden wir ihn nicht sehen. Andover hat mir eine Menge erzählt, als ich in Lüttich war.«

»Und wer ist dieser Feind?« fragte Tweed.

»Die Volksrepublik China, die Zitadelle des Kommunismus. Er prophezeite ein Heer von zwanzig Millionen, das über Asien hinwegfegen würde wie einst die Mongolenhorden, aber wesentlich schneller, weil sie über moderne Panzer verfügen. Er sagte, er hätte in Hongkong mit einem Russen namens Woronow gesprochen.«

»Doch nicht mit Viktor Woronow, dem Verwalter des KGB-Archivs zu Breschnews Zeiten?«

»Genau dem. Er war ein alter Mann, als er sich mit Andover in Verbindung setzte, um ihn zu warnen.«

Westendorf verstummte. Er starrte auf den Hafen, als könnte er immer noch nicht begreifen, was passiert war.

»Um Andover wovor zu warnen?« drängte Tweed.

»Woronow hatte jeden Glauben an das alte System verloren. Und das offenbar schon vor geraumer Zeit. Aus diesem Grund hat er sich über die Grenze nach China abgesetzt und von dort aus nach Hongkong. Er erzählte Andover, daß die Chinesen mit den alten sowjetischen Hardlinern ständig Kontakt hielten – in Kasachstan, Rußland und der Ukraine. Sobald die chinesischen Horden eintreffen, werden sie die Hardliner als Marionettenherrscher einsetzen. Dann können sie über die ehemalige Sowjetunion hinwegfegen, ohne auf irgendwelchen Widerstand zu stoßen, und weiter nach Europa. Aber was ich nicht verstehe, sind diese merkwürdigen Managersiedlungen, die Sie erwähnten.«

»Ich zitiere Andovers historische Recherchen aus dem Gedächtnis – *›1235 führte Ogdai-Khan seine Heerscharen durch ganz Asien nach Rußland ... Polen wurde verwüstet, und im Jahre 1241 wurde ein aus Polen und Deutschen bestehendes Heer in der Schlacht bei Liegnitz in Niederschlesien vernichtet ... die Mongolen ließen sich mit voller Kenntnis der Lage Ungarns und der Zustände in Polen auf das Unternehmen ein – sie hatten sich mit Hilfe eines wohlorganisierten Spionagesystems informiert.‹*« Tweed machte eine kurze Pause. »Das wichtigste sind die letzten Worte. Die Geschichte wiederholt sich.«

»Sie meinen ...«, setzte Westendorf an.

»Daß diese sogenannten Manager in Großbritannien, Belgien, Deutschland – und, wie ich vermute, in Kürze auch in Dänemark – im Osten, vermutlich in China, ausgebildete Spione sind. Es kann durchaus sein, daß sie die Vorhut darstellen, die Elite, die diejenigen befehligen soll, die noch kommen werden – zusammen mit anderen Flüchtlingen über die Oder-Neiße-Grenze.«

»Davon scheinen Sie überzeugt zu sein«, bemerkte Westendorf.

»Nun, so würde ich es organisieren ...«

Er hörte auf zu sprechen, als Kuhlmann erschien, ans Fenster klopfte und Tweed bedeutete, zu ihm hinauszukommen. Tweed stieg aus und folgte dem Polizeichef.

»Ich habe alle zuständigen Stellen informiert. In Kürze werden Polizisten eintreffen, die das Ufer absuchen werden. Ah, ich glaube, da kommen sie schon.«

Streifenwagen wurden als undeutliche Formen sichtbar, näherten sich ohne Sirene und Blaulicht, parkten auf dem Strandweg. Uniformierte Männer sprangen heraus, eilten über den Grasstreifen hinweg ans Elbufer. Andere verschwanden parallel zum Fluß außer Sichtweite.

»Funkgeräte in Streifenwagen haben ihre Vorteile«, bemerkte Kuhlmann.

»Wonach suchen sie das Ufer ab?«

»Nach der Leiche des Mannes, den Marler getroffen hat. Er glaubt gehört zu haben, wie er ins Wasser fiel. Mit ein bißchen Glück wurde er ein Stück flußabwärts auf eine der kleinen Sandbänke geschwemmt. Es ist natürlich ein Vabanquespiel, aber . . .«

Kuhlmann brach ab, als ein Polizist auf ihn zugerannt kam und nach Atem ringend vor ihm stehenblieb.

»Wir haben am Strand die Leiche eines Mannes gefunden . . .«

»Zum Berliner Tor!«

Kuhlmanns Befehl galt dem Polizisten, der jetzt am Steuer von Marlers Mercedes 600 saß. Sie hatten Blankenese verlassen und Westendorf, der seine eigene Limousine fuhr, zum Schloß Tannenberg eskortiert. Ein Beamter in Zivil hatte die dicht hinter dem Tor liegende Stachelkette entfernt. Westendorf grüßte durchs Fenster hindurch, dann verschwand er auf seiner Zufahrt.

»Was bezweckt eigentlich diese Kette, die beiseite geräumt wurde, als wir die Villa verließen?« erkundigte sich Tweed bei Kuhlmann.

Marler saß vorn neben dem Fahrer, der den Weg kannte. In dem geräumigen Fond saß Tweed neben Kuhlmann. Links von Kuhlmann saßen Paula und Newman.

»Ich habe befürchtet, daß die Entführer – als ihnen klar wurde, daß ich ihnen dicht auf den Fersen war – beschließen könnten, die Villa anzugreifen und Westendorf selbst zu entführen. Es liegen drei Ketten auf der Zufahrt – für den Fall, daß sie versuchen sollten, mit einem gepanzerten Fahrzeug durchzubrechen. Selbst ein solches Fahrzeug würde von ihnen aufgehalten.«

»Und wird es möglich sein, daß ich mit Inspektor Nielsen in Kopenhagen spreche? Über Scrambler?«

»Weshalb führen wir sonst zum Berliner Tor? Ein tüchtiger Mann, dieser Nielsen. Kein Wunder, daß er Chef des Staatsschutzes ist. Sie glauben, diese ganze grauenhafte Sache wird sich in Kopenhagen entscheiden?«

»In Dänemark«, sagte Tweed geheimnisvoll.

»Ich hätte nicht fragen sollen!«

»Sie dürfen nicht vergessen, daß ich nur rate – eine Spekulation in großem Rahmen. Ich versuche, in Gedanken dem Verbrecher, der hinter all dieser Schurkerei steckt, einen Schritt voraus zu sein.«

»Sie raten gewöhnlich richtig. Sie schienen überrascht zu sein, als ich Marler um sein Armalite bat. Ich brauche es für eine ballistische Untersuchung am Berliner Tor – wir müssen es mit der Kugel im Kopf des Toten vergleichen, den wir am Strand gefunden haben. Etwas war überaus seltsam. In seinen Taschen haben wir keinerlei Hinweise auf seine Identität gefunden. Er war gekleidet wie ein Matrose, aber mir ist noch nie ein Matrose begegnet, der nichts in den Taschen hatte – kein Geld, kein Foto einer Freundin. Überhaupt nichts. Vielleicht kann uns der Pathologe etwas über seine Herkunft sagen. Außerdem habe ich mit dem Hafenmeister gesprochen. Er gibt mir morgen früh Bescheid, ob sich in dem Nebel ein Schiff auf der Elbe befunden hat. Er bezweifelt es.«

»Sie sind fleißig gewesen«, erwiderte Tweed. »Darf ich Sie bitten, noch einen Punkt auf Ihre Liste zu setzen? Könnten Sie feststellen, ob ein Lear Jet, Besitzer Dr. Wand, auf dem Hamburger Flughafen steht? Und wenn ja, ob der Pilot einen Flugplan eingereicht hat? Falls er das getan hat – mit welchem Ziel?«

»Ich schicke einen Beamten los, der ein paar Worte mit dem Sicherheitschef sprechen soll. Diskret. Wand hat eine Menge Einfluß.«

»Hier? Wie kommt das?«

»Ein merkwürdiger Mann. Er leitet diese Flüchtlingsorganisation. Schon das allein verschafft ihm Einfluß. Aber vor allem hat er Geld. Er hat eine Villa in Othmarschen gemietet – das ist ein teurer Vorort, durch den man hindurchfährt, wenn man nach Nienstedten will, wo Westendorf wohnt. Mehrere Minister in Bonn, deren Namen ich nicht nennen will, lassen sich von Wand regelmäßig zum Essen einladen. Sie genießen es, in den teuersten Restaurants zu speisen und die besten Weine vorgesetzt zu bekommen.«

»Die gleiche Methode, mit der Dr. Wand auch in Belgien

arbeitet«, bemerkte Tweed. »Seit wann hat er diese Villa gemietet?«

»Keine Ahnung. Der Besitzer hat ein Haus in Kalifornien, in dem er sich lieber aufhält – oder besser gesagt, das seine junge Frau bevorzugt.«

Newman schaute aus dem Fenster. Jetzt wußte er wieder, wo sie sich befanden. Er beugte sich über Paula hinweg und wendete sich an Kuhlmann.

»Könnten Sie mich in der Nähe des Vier Jahreszeiten absetzen? Da sind ein paar Leute, mit denen ich gern sprechen würde.«

»Sie haben die gesamte Brigade mitgebracht?« fragte Kuhlmann, wobei er Tweed ansah. »Sie halten dies für ein wichtiges Unternehmen?«

»Es ist ernst«, sagte Tweed und beließ es dabei. Der Wagen hielt an der Ecke Jungfernstieg und Neuer Jungfernstieg, und Newman stieg aus. Er winkte noch einmal, dann ging er auf das Hotel zu, während der Mercedes davonfuhr.

Dr. Wand saß in seinem großen Zimmer im Vier Jahreszeiten an einem Schreibtisch. Sein Vertrauter, der Luxemburger Starmberg, hatte sich auf einer Couch niedergelassen und beobachtete seinen Chef. Wand betrachtete die mit Bleistift geführte Liste bedeutender Europäer in seinem dünnen Notizbuch. Es bereitete ihm ein sadistisches Vergnügen, einen der Namen durchstreichen zu können. Tweed.

»Das war wirklich eine ganz vortreffliche Nachricht, die uns Karl aus Blankenese übermittelt hat«, sagte er und musterte Starmberg über den Rand seines Kneifers hinweg. »Unser Gegner – der allmählich äußerst lästig zu werden begann, dürfte jetzt die Elbe hinuntertreiben.«

»Und Sie waren so klug, vorherzusehen, daß Westendorf vielleicht an Bord der *Holsten* gehen würde«, bemerkte Starmberg, der wußte, wie sehr sein Chef es liebte, wenn man ihm schmeichelte. »Ich selbst wäre nie auf diese Idee gekommen.«

»Oh, simple Psychologie, mein lieber Jules. Ein Wissen um die menschliche Natur – und die Fähigkeit, sich in das Denken eines anderen Menschen zu versetzen. Westendorf war wochenlang in seiner Villa eingesperrt, und er liebt seine Jacht. Also, was wäre natürlicher gewesen – nachdem sein Sohn befreit worden war –, als der Wunsch nach einer ganz anderen Umgebung? Wobei mir etwas einfällt.«

Er wendete sich wieder seinem Notizbuch zu und strich einen weiteren Namen durch. Westendorf. Voller Genugtuung betrachtete er die Liste. Die ersten vier Namen waren durchgestrichen. Auch Andover und Delvaux. Inzwischen hatte er erfahren, daß Delvaux kürzlich in eine Klinik gebracht worden war. Alles lief bestens – dem entscheidenden Unternehmen in Dänemark stand nichts mehr im Wege. Er schaute auf seine Rolex.

»Ich glaube, es ist an der Zeit, daß wir zum Essen in den Grill Room hinuntergehen. Und weshalb machen Sie einen so enttäuschten Eindruck, wenn ich mir die Frage erlauben darf?«

»Ich hatte einen narrensicheren Plan zum Ergreifen von Paula Grey ausgearbeitet. Die erforderliche Ausrüstung beschafft und das Team instruiert, was es zu tun hat.«

»Sie brauchen nicht das Gefühl zu haben, Ihre hochgeschätzten Talente wären vergeudet. Es kann durchaus sein, daß Sie Ihren Plan trotzdem noch in die Tat umsetzen können. Schließlich«, erklärte Wand lächelnd, »ist es eine sehr lange Liste.«

»Weshalb wohnen wir eigentlich hier.«

»Haben Sie vergessen, daß ich es nicht liebe, wenn man mir Fragen stellt? Aber in diesem Fall werde ich Ihre Neugierde ausnahmsweise einmal befriedigen. Ich möchte mit Vulcan reden, der gleichfalls hier wohnt. Es erschien mir sicherer, das in der diskreten Umgebung dieses Hotels zu tun. Zumal, solange Tweed noch lebte. Jetzt ist er tot ... Aber lassen Sie uns nicht bei den unangenehmen Seiten des Lebens verweilen, sondern lieber in den Grill Room hinuntergehen ...«

Sie benutzten die Treppe. Wand mied Fahrstühle, wann immer es möglich war; er war einmal zehn Minuten lang in einem Fahrstuhl eingeschlossen gewesen und hatte das Erlebnis nie vergessen.

In diesem Moment stieg Newman mit einer Hand auf dem Geländer die erste Treppenflucht hinauf. Als er das Hotel betrat, hatte er die Rücken von Brigadier Burgoyne und Willie Fanshawe gesehen, die gerade in den einzigen im Moment verfügbaren Fahrstuhl traten.

Er schaute auf und sah zwei Männer, die ihm auf der Treppe entgegenkamen – Dr. Wand auf der Außenseite, und Jules, der Butler, der ihnen bei Tweeds und seinem Besuch in der Villa in Waterloo die Tür geöffnet hatte. Ein massiger Mann mit dunklem Haar. Ein übler Kunde, dachte Newman, aber die finsteren Augen waren intelligent. Er setzte seinen Weg fort, und sie kamen weiterhin auf ihn zu. Jules' dicke Lippen verspannten sich, und Newman wußte, daß er erkannt worden war.

Der Luxemburger ging weiterhin neben Wand und ließ Newman wenig oder gar keinen Platz, um an ihnen vorbeizukommen. Als sie sich auf gleicher Höhe befanden, kollidierte Jules' massige Schulter mit der von Newman. Newman wäre die Treppe hinuntergestürzt, wenn er nicht mit einem aggressiven Akt dieser Art gerechnet hätte. Er hielt sich mit einer Hand am Geländer fest, um das Gleichgewicht halten zu können. Gleichzeitig versteifte er seine Schulter, fing den Aufprall ab und stieß zu. Jules taumelte gegen Wand, der dastand wie ein Fels.

»Ungeschickter Flegel!« knurrte Jules auf deutsch.

»Sie haben mir keinen Platz zum Vorbeigehen gelassen«, bemerkte Newman ganz ruhig. Er sah Wand an. »Dies ist ein Fünf-Sterne-Hotel. Halten Sie es für klug, Ihren Bullterrier hierher mitzubringen?«

»Sie ...!«

Jules' Gesicht war zu einem Ausdruck unbeherrschter Wut verzerrt. Wand legte eine Hand auf seinen Arm, um ihn zurückzuhalten. Dann lächelte er Newman an.

»Was für eine angenehme Überraschung, Sie so bald

wiederzusehen, Mr. Newman. Wie man so sagt – die Welt ist klein. Bitte entschuldigen Sie das unfreundliche Verhalten von Mr. Starmberg. Er hat in letzter Zeit sehr schwer gearbeitet und seit Tagen nicht mehr geschlafen. Erschöpfung kann einen Menschen aus dem Gleichgewicht bringen. Wären Sie bereit, meine Entschuldigung zu akzeptieren?«

»Solange sich das nicht wiederholt . . .«

Newman setzte seinen Weg die Treppe hinauf fort. Hinter ihm steuerten die beiden Männer auf den Grill Room zu. Starmberg flüsterte seine Bemerkung.

»Schade, daß er nicht mit der *Holsten* untergegangen ist.«

»Kein Grund, rachsüchtig zu sein«, tadelte Wand. »Es waren mehrere Leute, die zusammen mit Tweed und Westendorf an Bord gingen, aber unsere Leute im Cadillac konnten die anderen nicht deutlich sehen. Seien Sie zufrieden mit dem, was wir heute abend erreicht haben. Und nun entspannen Sie sich. Es wäre ein Jammer, eine erstklassige Mahlzeit mit einer Indigestion zu verderben . . .«

Newman war sehr nachdenklich, als er weiter die Treppe hinaufstieg. Als er mit Jules Starmberg kollidiert war, hatte er an der Hüfte des Luxemburgers etwas Hartes gespürt, das sich anfühlte wie ein Messer in einer Scheide. Und außerdem war ihm nahe der Schulter seines Jacketts eine verräterische Ausbuchtung aufgefallen. Starmberg trug eine Waffe. Und er war auf dem Absatz der ersten Treppenflucht stehengeblieben und hatte sich gerade noch rechtzeitig umgedreht, um zu sehen, wie die beiden Männer auf den Grill Room zusteuerten. War es üblich, daß jemand in Begleitung seines Butlers zum Essen ging? Newman glaubte es nicht.

Er hatte gerade den langen Flur erreicht, der zu seinem Zimmer führte, als eine vertraute Gestalt auf ihn zukam. Willie Fanshawe, der seinen Zimmerschlüssel schwenkte. Willie, der sich mit der Behendigkeit bewegte, die Newman bei dicklichen Männern schon oft aufgefallen war, eilte freudestrahlend auf ihn zu.

»Na so etwas! Zuerst Brüssel und nun Hamburg! Hätte nie gedacht, daß ich soviel Glück haben würde. Der Brigadier ist auch hier. Und genau deshalb bin ich es gleichfalls! Anscheinend haßt er es, ohne ein Gefolge zu reisen. Aber heute abend ist er ein bißchen gereizt. Ziemlich schwer zu ertragen.« Er senkte seine laute Stimme. »Unter uns gesagt, ich glaube nicht, daß seine Geschäfte sonderlich gutgehen. Nun, habe ich zu ihm gesagt, Sie können nicht erwarten, daß Sie jedesmal gewinnen. Das hat ihm gar nicht gefallen. Deshalb habe ich mich rar gemacht und ihn unter einem Vorwand allein in seinem Zimmer zurückgelassen. Das ist die einzige Lösung, wenn er in einer solchen Stimmung ist. Ich muß es schließlich wissen! Schließlich lebe ich Tür an Tür mit dem Mann. Wie wäre es mit einem Drink? In der Sambri-Bar, gleich neben dem Foyer? Dort gibt es vorzüglichen Champagner . . .«

»Ich fürchte . . .«

»Und Helen ist natürlich auch hier«, sprudelte Willie weiter. Er versetzte Newman einen spielerischen Rippenstoß. »Sie hat eine Schwäche für Sie. Ich bin sicher, sie springt vor Freude in die Luft, wenn sie hört, daß Sie unter dem gleichen Dach wohnen. So, und was nun diesen Drink betrifft . . .«

»Tut mir leid, Willie, aber es geht nicht. Jedenfalls nicht gleich. Ich habe eine Verabredung. Vielleicht später am Abend?«

»Wunderbar! Sie finden mich in der Sambri. Wetten, daß ich Ihnen dann schon drei Gläser voraus sein werde? Nicht vergessen . . .«

Als Willie feststellte, daß alle Fahrstühle besetzt waren, und die Treppe hinuntereilte, hatte Newman es sich anders überlegt. Er wartete – um Willie Zeit zu lassen, sich in die Bar zu begeben –, dann trat er in einen Fahrstuhl, aus dem gerade ein Ehepaar ausgestiegen war. Er mußte Tweed warnen.

ACHTUNDDREISSIGSTES KAPITEL

Berliner Tor.

Das Hamburger Polizeipräsidium. Ein schlankes, zwanzig Stockwerke hohes Gebäude, das hell erleuchtet in die Nacht aufragte. Tweed erinnerte sich gut: Es stand ganz für sich allein und war, soweit das Auge reichte, das einzige Hochhaus.

»Kommen Sie mit!«

Kuhlmann führte sie in eine riesige Eingangshalle, hielt dem diensttuenden Beamten seinen Ausweis unter die Nase, steuerte auf die Fahrstühle zu, drückte den Knopf für den fünfzehnten Stock. Dann wendete er sich an Tweed.

»Man hat mir ein großes Büro im fünfzehnten Stock gegeben, mit allen Schikanen, Scrambler-Telefon und was sonst noch dazugehört. Wollen Sie Nielsen gleich anrufen?«

»Es ist dringend. Ja. Falls ich ihn erreichen kann – aber er arbeitet gewöhnlich Tag und Nacht . . .«

Als sie den fünfzehnten Stock erreicht hatten, geleitete Kuhlmann Paula und Marler in ein anderes Zimmer und sagte, er würde jemanden zu ihnen schicken.

»Kaffee. Etwas zu essen. Aber keinen Alkohol, leider . . .«

Er führte Tweed in ein größeres Büro mit Aussicht auf die mondbeschienene Außenalster. Dann deutete er auf ein Telefon und erinnerte Tweed daran, daß er auf den roten Knopf drücken mußte, um über Scrambler sprechen zu können.

»Ich nehme Marler mit in die Ballistik. Bin in ein paar Minuten wieder da. Sie können völlig offen sprechen – dieser Apparat ist nicht an ein Bandgerät angeschlossen. Viel Glück.«

Er ging, um Marler zu holen. Kuhlmann vergeudet nie

auch nur eine Minute, dachte Tweed, als er sich auf einem Stuhl niederließ. Er schlug in seinem Notizbuch nach, drückte auf den roten Knopf und wählte die Nummer von Nielsens Privatapparat. Er kam sofort durch.

»Von wo rufen Sie an, Sie alter Schurke?« begrüßte Nielsen ihn erfreut.

»Hamburg, Polizeipräsidium. Ich spreche über Scrambler. Sie auch?«

»Immer unter dieser Nummer. Ihre Anrufe bedeuten gewöhnlich Ärger. Also, das Schlimmste zuerst.«

»Erstens, können Sie jemanden damit beauftragen, rund um die Uhr am Flughafen Kastrup nach einem Lear Jet Ausschau zu halten? Hier sind die Details . . .« Er las die Angaben, die Marler ihm gemacht hatte, aus seinem Notizbuch vor. »Und wenn er landet, wird er vermutlich woanders hinfliegen. Ich muß unbedingt wissen, wohin.«

»Also besorgen wir uns den Flugplan des Piloten. Ohne daß er merkt, daß er beobachtet wird«, versprach Nielsen auf seine präzise Art. »Wie gebe ich die Informationen an Sie weiter?«

»Über unseren alten Freund Otto Kuhlmann hier am Berliner Tor. Im Notfall – falls Otto nicht erreichbar ist – versuchen Sie es im Hotel Vier Jahreszeiten, Zimmer 331.«

»Soweit ist alles klar. Können Sie nicht wenigstens eine Andeutung machen, um was es geht?«

»Ich bin noch nicht fertig. Die Gefahrenzone ist Jütland. Wie ist das Wetter dort?«

»In Jütland? Dem Wetterbericht zufolge dichter Nebel an der gesamten Westküste. Können Sie die Gegend genauer bestimmen?«

»Irgendwo südlich von Esbjerg – zwischen Esbjerg und der deutschen Grenze. Wahrscheinlich ein einsamer Küstenstreifen.«

»Da ist der Nebel ganz dick«, warnte Nielsen. »Und keinerlei Anzeichen dafür, daß er sich lichtet.«

»Ich muß Sie um einen großen Gefallen bitten.«

»Ah, jetzt kommt es. Unorthodox und illegal. Heraus mit der Sprache.«

Tweed dankte Gott, daß der Däne immer so kooperativ war. Aber würde er dies akzeptieren?

»Es kann sein, daß ich in der Gegend ein SAS-Team einsetzen muß. Sind Sie noch da, Lars?«

Es folgte eine Pause, als müßte sich Lars Nielsen erst von einem Schock erholen. Er räusperte sich.

»Sie verlangen nicht gerade wenig, nicht wahr? Ich muß mich vorher mit einem Minister in Verbindung setzen.«

»Tun Sie das. Geben Sie mir seinen Namen. Ich bitte unseren Premierminister, ihn anzurufen.«

»Auf so hoher Ebene?« Nielsen klang beeindruckt. »In diesem Fall überlassen Sie alles weitere mir. Schließlich sind wir beide in der NATO.«

»So ist es. Aber vorher sehen wir uns noch – in Kopenhagen.«

Tweed hatte kaum den Hörer aufgelegt, als das Telefon läutete. Eine Telefonistin teilte ihm mit, daß ein Mr. Robert Newman ihn sprechen wollte. Tweed bat sie, ihn durchzustellen.

»Ich rufe von einer Telefonzelle aus an«, informierte Newman ihn schnell. »Ich dachte, Sie sollten wissen, daß die ganze Horde hier ist – die Herren Fanshawe und Burgoyne mitsamt ihren Damen. Und – Sie werden es kaum glauben – auch Dr. Wand logiert im Vier Jahreszeiten.«

Er berichtete kurz über seine Begegnung mit Wand und Jules Starmberg auf der Treppe. Tweed dankte ihm für die Information und erklärte, er wäre nicht überrascht und würde bald ins Vier Jahreszeiten zurückkehren.

Als er den Hörer zum zweitenmal aufgelegt hatte, kam Kuhlmann ins Zimmer, mit einem Tablett mit Kaffee und belegten Brötchen.

»Ich habe Neuigkeiten für Sie«, sagte er, nachdem er sich Tweed gegenüber niedergelassen hatte. »Ein Streifenwagen war am Flughafen. Glücklicherweise war einer der Männer ein Beamter, den ich kenne – und außerdem ein Freund des Sicherheitschefs am Flughafen. Er hat mich vor zwei Minuten über Funk informiert. Über diesen Lear Jet.«

»Irgend etwas Eindeutiges?«

»Ja. Die Maschine wird in ständiger Bereitschaft gehalten. Tag und Nacht – mit drei Crews, die sich abwechseln. Ein Flugplan ist eingereicht worden. Nach Kopenhagen.«

Tweed, dem plötzlich sein Heißhunger bewußt geworden war, hatte die Zähne in ein Schinkenbrötchen geschlagen. Er nickte, schluckte, dann informierte er Kuhlmann über sein Gespräch mit Lars Nielsen und Newmans Bericht über seine Begegnung mit Wand und Starmberg.

Dann fragte er Kuhlmann, ob bei diesen Namen bei ihm irgendwelche Glocken läuteten.

»Ohrenzerreißende Domglocken«, erwiderte Kuhlmann. »Also, Jules Starmberg ist wieder in Hamburg. Ein Luxemburger, und ein ganz übler Kunde. Vor zwei Jahren wurde seine Frau in einer Wohnung in Altona brutal zu Tode geprügelt. Starmberg ist der einzige Mann, bei dem es mir nicht gelungen ist, ihn beim Verhör zu brechen. Das heißt, der einzige, bei dem ich wußte, daß er ein schauderhaftes Verbrechen begangen hatte.«

»Was ist schiefgegangen?«

»Ein unwiderlegliches Alibi für die Zeit des Mordes. Angeblich hat er in der relevanten Zeitspanne in einem Lokal am Hafen gesessen. Drei seiner Kumpane haben geschworen, daß er dort war.« Kuhlmanns Miene war grimmig. »Aber das Hauptproblem war, daß Starmberg sich weigerte, auch nur eine einzige Frage zu beantworten. Er hat während des ganzen Verhörs geschwiegen. Über das Alibi hat mich sein Anwalt informiert. Starmberg ist ein Mann aus Eisen.«

»Den Eindruck hatte ich auch, als ich ihm in Brüssel kurz begegnet bin. Jetzt wohnt er zusammen mit Dr. Wand im Vier Jahreszeiten.«

»Dann befindet sich Dr. Wand in sehr schlechter Gesellschaft.«

»Was mich nicht überrascht«, bemerkte Tweed. Er trank etwas Kaffee, dann nahm er ein weiteres Brötchen in Angriff.

»Ich habe noch mehr für Sie«, fuhr Kuhlmann fort.

»Morgen früh will die Wasserschutzpolizei mit einem Kran die Überreste der *Holsten V* heben. Westendorf hat vor, Sie um neun in Ihrem Hotel abzuholen. Wenn es Ihnen recht ist.«

»Es ist mir sogar sehr recht. Ich möchte sehen, in welchem Zustand sich das Schiff befindet. Sie handeln sehr schnell, Otto.«

»Dasselbe wollte ich gerade von Ihnen sagen ...«

Kuhlmann brach ab, als abermals das Telefon läutete. Er nahm den Hörer ab, hob die dichten Brauen. Tweed hörte zu und nahm sich ein weiteres Brötchen. Paula erschien an der Tür, sagte, sie führe mit einem Polizeiwagen ins Hotel zurück, winkte Tweed kurz zu und verschwand.

Kuhlmann legte den Hörer auf und führte in gespielter Verblüffung eine Hand an den Kopf.

»Das habe ich noch nie erlebt. Normalerweise läßt sich der Pathologe eine Ewigkeit Zeit, und ich warte Stunden oder sogar Tage. Er ist gerade mit einer vorläufigen Untersuchung der Leiche dieses Matrosen fertig geworden. Jetzt wissen wir, wo er herkommt – oder auch nicht.«

»Wie meinen Sie das?« fragte Tweed.

»Die Plomben in seinen Zähnen. Er ist von keinem Zahnarzt in Westeuropa behandelt worden. Er stammt aus dem Osten. ›Und von wo da?‹ habe ich gefragt. Vielleicht aus Bulgarien, vielleicht aus Rumänien, vielleicht aus einer der früheren Sowjetrepubliken. Überaus präzise – obwohl er so schnell gearbeitet hat.«

»Das paßt in das Bild, das ich mir von den Vorgängen mache.«

»Und Sie wollen mich nicht wissen lassen, wie dieses Bild aussieht?«

»Dazu ist es noch zu früh.« Tweed stand auf. »Danke für das Essen und Ihre Mitarbeit. Und jetzt sollte ich ins Hotel zurückkehren.«

»Ich lasse Sie hinbringen. Wir sehen uns morgen früh – in Blankenese. Ich bin sehr gespannt darauf, was sie aus der Elbe herausholen werden.«

Tweed dankte dem Fahrer und stieg aus. Er wollte gerade die Eingangsstufen hinaufsteigen, als er sah, daß Paula ihm entgegenkam. Er ging auf sie zu.

»Was zum Teufel tun Sie ganz allein hier draußen?«

»Ich zähle wohl nicht?«

Newman trat aus dem Schatten, wo er eine Sekunde lang stehengeblieben war, um sich ein Schaufenster anzusehen. Er reagierte mit einem Lächeln auf Tweeds Erregung.

»Wie Sie sehen, passen wir sehr gut auf sie auf.«

»Gott sei Dank. Entschuldigung, Paula, ich war besorgt. Es ist plötzlich sehr kalt geworden – kommen Sie, wir gehen ins Warme.«

Sie stiegen mit Tweed in der Mitte die Treppe zum Eingang hinauf. Als sie das Foyer betraten, blieb Tweed unvermittelt stehen und bedeutete Paula und Newman mit einer Handbewegung, dasselbe zu tun. Direkt vor ihnen zweigte vom Foyer ein Durchgang zu den Toiletten ab, an dessen Wänden einige Tapisserien hingen.

Eine imposante Gestalt in Smokingjacke, teurer blauer Hose, weißem Hemd und roter Frackschleife stand vor den Tapisserien und betrachtete sie. Dr. Wand. Neben ihm stand Jules Starmberg. Die beiden Männer drehten sich um, gingen auf das Foyer zu. Im gleichen Moment sahen sie Tweed und seine Begleiter.

Dr. Wand blieb stehen, so reglos, als wäre er eine Statue, und starrte Tweed durch seinen Kneifer hindurch an. Auch seine Miene erstarrte und verriet nicht die Spur einer Emotion. Starmberg besaß nicht die eiserne Selbstbeherrschung seines Chefs. Verblüffung, Unglaube, Wut – sein brutales Gesicht ließ keinerlei Zweifel an seiner Reaktion.

Wand erholte sich als erster. Er produzierte sein aufgesetztes Lächeln und trat mit funkelnden Augen vor.

»Mein lieber Tweed, was für ein erstaunlicher Zufall. Ausgerechnet in dieser von allen Städten Europas, diesem wundervollen Kontinent mit seiner unendlichen Vielfalt, wie außergewöhnlich, daß wir . . .«

»Gute Nacht«, sagte Tweed und steuerte auf das Haerlin-Restaurant zu.

Dr. Hyde stieg langsam die Anhöhe oberhalb des Hafens empor. Er hatte gerade die Gesellschaft einer willfährigen Dame genossen, die er unten am Fluß kennengelernt hatte. Im Vergleich zu Lüttich war sie unverschämt teuer gewesen, aber dann erinnerte er sich daran, daß auch die Qualität ihrer Unterhaltung entsprechend höher war.

Er bewegte sich langsam, weil der Nebel alles schwieriger zu machen schien. Er mußte unbedingt den Weg zu der bescheidenen Pension wiederfinden, in der er abgestiegen war, und seufzte erleichtert auf, als er das verschwommene Neonzeichen ›Zimmer frei‹ sah.

Sein Versuch, ungesehen ins Haus zu gelangen – die Wirtin hatte ihm einen Schlüssel gegeben –, schlug fehl. Als er auf die Treppe zuging, öffnete sie die Tür ihres Wohnzimmers. Sie war eine knochige Frau mit gierigen Augen, und auf ihrem Gesicht lag ein unangenehm belustigter Ausdruck.

»Nicht gerade ein idealer Abend für einen Ausflug zum Hafen. Sie müssen einen langen Spaziergang gemacht haben. Sie waren mehr als zwei Stunden fort.«

»Und was geht Sie das an?« fauchte er in seinem gebrochenen Deutsch.

»Ich dachte, Sie hätten vielleicht Gesellschaft gefunden. Das Angebot unten am Hafen ist ziemlich gut.«

»Halten Sie den Mund, Sie alte . . .«

Sein Gesicht verzerrte sich zu einer bösartigen Fratze – ein Fehler, den er sofort wiedergutzumachen versuchte, indem er sie mit seinem besten Krankenbettlächeln bedachte. Und er war froh, daß es ihm gerade noch gelungen war, das Wort ›Hexe‹ zu unterdrücken. Damit hätte er entschieden zuviel Aufmerksamkeit auf sich gelenkt.

»Bitte, entschuldigen Sie, aber ich habe ein paar Glas Wein getrunken, und die sind mir nicht bekommen. Ich hoffe, Sie nehmen meine Entschuldigung an . . .«

Sie schürzte die Lippen, hob die dünnen Schultern,

schlug ihm die Tür vor der Nase zu. Beunruhigt stieg er die Treppe hinauf, schloß die Tür seines spärlich möblierten Zimmers auf, hörte das Läuten des Telefons und beeilte sich, den Hörer abzunehmen.

In seinem Zimmer im Vier Jahreszeiten saß Dr. Wand am Schreibtisch und trommelte mit den Fingern auf der Platte. Starmberg wartete begierig auf seine Reaktion. Sie kam schnell genug.

»Mein lieber Jules, ich wüßte nur zu gern, wie in aller Welt Tweed überleben konnte?«

»Unsere Leute im Cadillac haben über Funk gemeldet, daß die Hauptlieferung an Bord ist. Damit muß Tweed gemeint gewesen sein. Ich verstehe einfach nicht, was da schiefgegangen ist.«

»Miß Paula Grey muß unser Gast werden«, entschied Wand. »Sie sagten, Sie haben einen Plan?«

»Er ist unfehlbar«, versicherte ihm Starmberg.

»Dann sind Sie vielleicht so gut, diesen wundervollen Plan in die Tat umzusetzen. Und ich muß Dr. Hyde anrufen. Diesmal werden wir nur drei Tage warten, nachdem Miß Grey in den Genuß unserer Gastfreundschaft gekommen ist. Drei Tage für Tweed, in denen er sich vor Sehnsucht nach ihr verzehrt. Dann schicken wir ihm einen Teil von Miß Grey, um ihn daran zu erinnern, daß er im Ruhestand bleiben muß.«

Wand suchte die Nummer der Pension heraus, die Dr. Hyde ihm durchgegeben hatte, als Wand noch in der Villa in Waterloo weilte. Er wählte und biß sich auf die dünnen Lippen, als das Telefon endlos läutete. War das korrupte Schwein wieder unterwegs und gab sein Geld für Huren aus?

»Mit wem spreche ich?«

Dr. Hydes unverwechselbare, kriecherische Stimme. Er schien außer Atem zu sein.

»Sie wissen genau, mit wem Sie sprechen«, sagte Wand. »Eine Patientin bedarf dringend Ihrer Behandlung. Also hören Sie genau zu. Ihr Koffer ist gepackt? Sehr gut. Fahren Sie sofort zum Bahnhof. Nehmen Sie den ersten Zug nach Flensburg. Dort wird ein Wagen auf Sie warten, der Sie über die Grenze nach Dänemark bringt. Der Fahrer wird sich als Johnny aus Tinglev identifizieren. Ich buchstabiere den Namen . . . Bitte wiederholen Sie. Gut . . .«

»Kann ich nicht mit einem anderen Zug nach Tinglev weiterfahren?

»Mein lieber Herr« – Wands Ton war reine Säure –, »wenn ich einen Vorschlag mache, habe ich gewöhnlich einen guten Grund dafür. Um diese Zeit dürfte es kaum eine Verbindung dorthin geben. Falls Johnny aus irgendeinem Grund noch nicht da sein sollte, wenn Sie in Flensburg ankommen, dann warten Sie auf ihn. Wenn er Sie aufgenommen hat, wird er Sie zu Ihrem eigentlichen Bestimmungsort bringen. Ich sorge dafür, daß eine Schwester zur Verfügung steht . . .«

»Die Patientin . . .«, setzte Dr. Hyde an.

»Ich wäre Ihnen äußerst dankbar, wenn Sie mich nicht unterbrechen würden. Ich wollte Ihnen gerade sagen, daß die Patientin in Kürze eintreffen wird. So, und nun lassen Sie sich von Ihrer Pensionswirtin ein Taxi rufen. Und zwar sofort . . .«

Dr. Wand legte den Hörer auf. Sein Gesicht war vor Ärger gerötet. Er erteilte Starmberg seine Befehle.

»Sie haben gehört, was ich gesagt habe. Rufen Sie Clausen an, nachdem Sie festgestellt haben, wann der Zug in Flensburg ankommt. Und je früher Sie Ihren Plan in bezug auf Miß Grey in die Tat umsetzen können, desto besser. Sie haben den Namen Tinglev gehört und wissen also, wohin sie gebracht werden soll.«

»Aus technischen Gründen kann die Entführung von Miß Grey erst morgen abend erfolgen.«

»Das ist Ihre Sache.« Wands Miene drückte Mißbilligung aus. »Und ich wäre Ihnen dankbar, wenn Sie nicht so rüde Worte wie Entführung gebrauchen würden. Sie wird unser Gast sein.«

Tweed hatte gerade anhand der Speisekarte im Haerlin-

Restaurant seine Wahl getroffen, als er sich plötzlich versteifte. »Verdammt!« murmelte er.

»Stimmt etwas nicht?« erkundigte sich Newman.

»Ja, mit mir. Ich habe vergessen, Kuhlmann um etwas sehr Wichtiges zu bitten. Ist diese Telefonzelle weit weg von hier?«

»Nur ein paar Minuten. Ich begleite Sie.«

»Verlassen Sie nicht das Restaurant«, schärfte Tweed Paula ein. »Wir sind zurück, bevor das Essen kommt . . .«

Sie holten ihre Mäntel, die ihnen der Kellner abgenommen hatte, und stürzten in die bitterkalte Nacht hinaus. Newman wartete draußen, während Tweed im Polizeipräsidium anrief und nach Kuhlmann verlangte, der schnell an den Apparat kam.

»Eine wichtige Bitte, die ich vorhin vergessen habe. Es könnte sein, daß sich ein Dr. Hyde, ein ganz übler Typ, in Hamburg aufhält. Können Sie einen Kurier zum Haerlin-Restaurant schicken? Ich gebe ihm einen Packen Fotos von dieser Kreatur. Und ich vermute, daß er mit Prostituierten verkehrt.«

»Ich schicke sofort einen Mann in Zivil auf einem Motorrad los. Außerdem werde ich ein paar Streifenwagen anweisen, sich in der Hafengegend umzusehen. Dort warten eine Menge dieser Frauen auf Kundschaft. In einer halben Stunde ist die Suche im Gang . . .«

Neununddreissigstes Kapitel

Niemand war nach Schlafen zumute gewesen; sie standen unter Hochspannung, weil sie spürten, daß die Schlacht gegen Dr. Wand sich ihrem Höhepunkt näherte.

Sie saßen in Tweeds Zimmer – Paula, Newman, Marler, Butler, Nield und noch eine sechste Person. Es war nach Mitternacht, und der Neuankömmling war erst wenige Minuten zuvor eingetroffen.

Jemand hatte leise angeklopft. Newman hatte mit dem Smith & Wesson in der Hand aufgeschlossen, plötzlich die Klinke niedergedrückt und die Tür einen Spaltbreit aufgerissen. »Großer Gott!« hatte er geflüstert. »Kommen Sie schnell herein.«

Philip Cardon war eingetreten, der kleine Mann, dem Paula den Spitznamen ›das Eichhörnchen‹ gegeben hatte. Er schaute sich um, während Newman die Tür wieder abschloß, und lächelte vergnügt, während alle ihn verblüfft anstarrten.

»Guten Morgen alle miteinander. Ich wußte, daß Sie nicht auf meine Mitarbeit verzichten würden.« Er sah Tweed an. »Um was für einen Job handelt es sich?«

»Setzen Sie sich, Philip. Sind Sie wirklich ausgeruht? Für diese späte Stunde sehen Sie erstaunlich frisch aus.«

»Ich bin eine Nachteule.« Cardon zwinkerte Paula zu, die auf die Couch neben sich geklopft hatte, und ließ sich an ihrer Seite nieder. »Ich wache auf, wenn der Rest der Welt schläft. Die beste Zeit, um den Gegner zu erwischen, während er nicht auf der Hut ist.« Er sah wieder Tweed an. »Wer genau ist der Gegner?«

»Ich war gerade im Begriff, die Situation zusammenzufassen. Kurz gesagt, wir haben es mit dem sadistischsten, skrupellosesten und gerissensten Feind zu tun, dem wir je gegenübergestanden haben. Das beweist die Zahl der Toten, die es bislang gegeben hat – alle ermordet.« Er zählte sie an den Fingern ab. »Hilary Vane, Irene Andover, ein Taxifahrer in Brüssel, Sir Gerald Andover, Lucie Delvaux, Joseph Mordaunt – das macht sechs.«

»Vergessen Sie nicht die alte Mrs. Garnett in Moor's Landing, die verschwunden ist«, erinnerte ihn Newman. »Ich bezweifle, daß wir sie je lebend wiedersehen werden.«

»Ich auch«, sagte Tweed. »Ich habe eine Ahnung, wo wir nach ihr suchen könnten – aber das muß warten, bis wir wieder zu Hause sind. Ich komme jetzt zu Fakten, die streng geheim sind . . .«

»Ist dieses Zimmer überprüft worden?« fragte Cardon schnell.

»Ja, das hat Butler getan.«

Butler, der als einer der ersten eingetroffen war, hatte darauf bestanden, ein Instrument zu benutzen, das er immer bei sich trug. Er hatte das ganze Zimmer auf Abhörgeräte untersucht. Auf seine gründliche Art hatte er dazu eine halbe Stunde gebraucht, doch schließlich hatte er Tweed zugenickt.

»Alles sauber . . .«

In der nächsten Viertelstunde gab Tweed Cardon einen kurzen Bericht über das, was sich bisher ereignet hatte. Er fing an mit dem, was Paula am Jachthafen von Lymington erlebt hatte, und endete mit seiner Begegnung mit Dr. Wand im Foyer des Vier Jahreszeiten. Er war gerade fertig geworden, als das Telefon läutete. Paula nahm den Hörer ab und sah Tweed an.

»Otto Kuhlmann für Sie . . .«

»Wir haben Ihren guten Freund Hyde um nicht mehr als eine halbe Stunde verfehlt«, berichtete Kuhlmann. »Er hat in einer Pension oberhalb des Hafens gewohnt. Die alte Schnecke, der das Haus gehört, hat ihn anhand eines der Fotos eindeutig identifiziert. Er hat ein paar Tage dort gewohnt und ist dann ganz plötzlich abgereist, nachdem er einen Anruf erhalten hatte.«

»Also ist uns dieser verdammte Kerl schon wieder entwischt!« bemerkte Tweed.

»Warten Sie, ich habe noch mehr. Hyde hat der Alten gesagt, er flöge nach Düsseldorf und von dort aus später nach Belgien. Zu viele Details. Das kam mir komisch vor. Ich habe Streifenwagen zum Bahnhof Altona geschickt. Die Leute sollten sein Foto sämtlichen Schalterbeamten zeigen. Einer hatte leider schon Feierabend gemacht. Mein Beamter erfuhr seine Adresse und fuhr zu ihm. Der Mann erinnerte sich sehr gut an Hyde. Er war wütend und beschimpfte den Schalterbeamten, weil er ihm seine Fahrkarte nach Flensburg nicht schnell genug gab.«

»Flensburg? Das liegt in der Nähe der dänischen Grenze.«

»So ist es. Ich habe die Polizei in Flensburg verständigt, aber sie ist zu spät gekommen. Der Zug aus Hamburg war zehn Minuten zuvor eingetroffen.«

»Also sitzen wir fest . . .«

»Nein! Ich bin wie eine Dogge mit einem Knochen. Ich habe einen Freund angerufen, der bei der dänischen Grenzkontrolle arbeitet – obwohl es da heutzutage nicht mehr viel zu tun gibt. Ich habe ihm Dr. Hyde anhand des Fotos beschrieben, das ich vor mir liegen hatte. Er hat ein unverwechselbares Gesicht. Mein Freund erinnerte sich an einen Wagen, der die Grenze passiert hat – mit Hyde als Passagier auf dem Rücksitz. Er weiß, wo der Fahrer herstammt. Aus einem dänischen Städtchen, das Tinglev heißt und nicht weit von der Grenze entfernt in Jütland liegt.«

»Sie sind wirklich eine Dogge, und ich kann Ihnen gar nicht genug danken. Das ist vielleicht das letzte Glied in der Kette, die ich konstruiert habe.«

»Gern geschehen. Jederzeit zu Diensten. Wie wäre es, wenn Sie ein bißchen schlafen würden? Und was das betrifft – mir könnte etwas Schlaf auch nicht schaden . . .«

Tweed legte mit grimmiger Miene den Hörer auf. Er wendete sich an sein Publikum, berichtete, was er von Kuhlmann erfahren hatte.

»Dänemark«, schloß er. »Meine Vermutungen waren anscheinend richtig. Dänemark ist der Schlüssel. Um genau zu sein, der einsame Küstenstreifen in Jütland zwischen Esbjerg und der deutschen Grenze.«

»Weshalb Dänemark?« fragte Cardon.

»Punkt eins, Westendorf hat mir erzählt, daß Andover diesen Teil von Jütland für wichtig hielt. Punkt zwei, der Pilot von Wands Lear Jet hat einen Flugplan nach Kopenhagen eingereicht. Punkt drei, Wands Kreatur, Dr. Hyde, befindet sich jetzt irgendwo in der Gegend von Tinglev, einem Städtchen im Süden von Jütland und nicht sehr weit von der Küste entfernt, die im Winter praktisch menschenleer ist.«

»Klingt logisch«, pflichtete Cardon ihm bei. »Und was unternehmen wir?«

»Wir mobilisieren unsere Streitmacht – an den strategisch wichtigen Punkten in Dänemark. Marler, Sie haben einen Mietwagen. Ich möchte, daß Sie morgen früh nach Tinglev fahren. Nehmen Sie Butler und Nield mit – Sie haben das Kommando. Versuchen Sie, mit Hilfe der Fotos Dr. Hyde ausfindig zu machen, und wenn er irgend etwas unternimmt, beschatten Sie ihn.«

»Wie kann ich Sie erreichen?« fragte Marler.

»Ich fliege nach Kopenhagen, wahrscheinlich morgen am späten Vormittag. Ich werde im Hotel d'Angleterre absteigen. Wenn ich nicht dort bin, rufen Sie hier an.«

»Waffen?« fragte Butler.

»Kuhlmann hat sich bereit erklärt, sie zur Verfügung zu stellen – im Austausch gegen die, die Marler von seinem Freund am Hafen gekauft hat. Er hat gesagt, es wäre durchaus möglich, daß diese Waffen bei irgendwelchen Verbrechen benutzt wurden.«

»Was ist mit meinem Armalite?« erkundigte sich Marler. »Es ist in perfektem Zustand.«

»Kuhlmann schickt ein anderes für Sie.«

»Und was ist mit uns anderen?« fragte Newman. »Wir fahren nicht nach Tinglev?«

»Nein. Ich plane eine Zangenbewegung. Paula, Sie und Cardon fliegen mit mir nach Kopenhagen. Ihr müßt also auf eure Waffen verzichten – wegen der Sicherheitskontrollen am Flughafen.« Er wendete sich an Marler. »In dieser Beziehung werden Sie keine Probleme haben – Sie fahren über die Grenze.«

»Ich befestige sie unter dem Chassis. Nicht daß wir einen irgendwie verdächtigen Eindruck machen würden. Wir sind drei Geschäftsleute, die Bootszubehör verkaufen.«

»Sie haben starke Argumente angeführt für Dänemark«, bemerkte Newman, »aber es sind trotzdem nur Vermutungen.«

»Punkt vier«, fuhr Tweed fort. »Eines dieser Kreuze auf den Kriegskarten von General Li Yun am Lop Nor markiert dieselbe Gegend in Jütland . . .«

»So ist es«, pflichtete ihm Cardon bei. »Seien Sie nicht so skeptisch, Newman. Ich habe es mit eigenen Augen gesehen, bevor ich diese Fotos machte.«

»Es sieht wirklich so aus, als wäre es Dänemark«, gab Newman nach.

»Hinzu kommt noch«, erinnerte ihn Tweed, »daß Andover gesagt hat, in Jütland gäbe es eine neue Siedlung mit Häusern, die angekauft und möbliert wurden, aber noch nicht bewohnt sind. Ich vermute, daß Dr. Wand sich bald auf den Weg nach Dänemark machen wird, um bei der Ankunft eines großen Teams von sogenannten Managern dabeizusein. Saboteure und Spione. Wir müssen zusehen, daß wir sie in Empfang nehmen.«

Jemand klopfte an. Alle außer Tweed erstarrten. Er begleitete Newman zur Tür.

»Das dürfte einer von Kuhlmanns Kurieren sein – der mit den Waffen . . .«

Tweed lugte hinaus. Er erkannte einen der Beamten, die Kuhlmann ihm vorgestellt hatte, bevor er das Polizeipräsidium am Berliner Tor verließ. Der Mann hatte eine abgeschabte Tasche bei sich, die Tweed ihm abnahm.

»Könnten Sie bitte in fünf Minuten wiederkommen? Danke.«

Er öffnete die Tasche, holte ein Armalite-Gewehr mit Reservemunition heraus und tauschte es gegen Marlers

Waffe aus. Außerdem waren zwei 7,65 mm Walther Automatik und die dazugehörige Munition in der Tasche, die er Butler und Nield aushändigte. Dann ließ er sich von Newman seinen .38er Smith & Wesson und von Paula ihren Browning sowie sämtliche Munition geben, packte sie in die Tasche und zog den Reißverschluß zu. Als der Kurier zurückkehrte, übergab er ihm die Tasche und dankte ihm, daß er so spät noch gekommen war. Der Beamte grinste und gab ihm die Waffenscheine.

»Mein Chef ist der Ansicht, daß es keine Uhren gibt ...«

»Und was nun?« fragte Newman, ein Gähnen unterdrückend.

»Westendorf holt uns morgen früh um neun hier ab. Bis dahin sollten wir alle ein paar Stunden schlafen. Gott weiß, was der morgige Tag bringen wird.«

Es war eine Bemerkung, an die er sich später mit Grausen erinnern sollte.

Auf die Minute genau um neun Uhr hielt der schwarze Mercedes mit Westendorf am Steuer vor dem Vier Jahreszeiten. Tweed setzte sich neben den Deutschen, während Newman und Paula im Fond Platz nahmen. Der Nebel war verschwunden.

»Wie geht es Franz?« erkundigte sich Tweed, als sie sich in den dichten Verkehr einfädelten.

»Er wurde heute morgen ganz früh gebracht. Er ist in bester Verfassung – seelisch und körperlich. Wir haben uns eine Stunde lang pausenlos unterhalten, dann ist er eingeschlafen.«

»Wird er bewacht?«

»In der Villa und auf dem Grundstück wimmelt es von versteckten und schwerbewaffneten Polizisten. Darauf hat Kuhlmann bestanden.«

»Und wie steht es mit Ihnen? Sollten Sie nicht auch bewacht werden?«

»Das werde ich – gegen meinen Willen.« Westendorf warf einen Blick in den Rückspiegel. »Zwei Zivilstreifenwagen fahren hinter uns her. Das ist bestimmt Kuhlmanns Werk.«

»Sehr vernünftig . . .«

Paula schaute aus dem Fenster, während der Wagen durch die Elbvororte fuhr. Bei Tageslicht – und Sonnenschein – konnte sie die großartigen Villen auf ihren ausgedehnten Grundstücken deutlich sehen. Tweed deutete auf sie.

»Ich nehme an, hier wohnen Freunde von Ihnen.«

»Nein, eigentlich nicht.« Westendorf lächelte. »Diese reichen – sehr reichen – Leute bleiben gern unter sich. Viele von ihnen wohnen seit Generationen hier. Einige sind Reeder, andere besitzen große Brauereien. Sie bilden eine Art Klub und verkehren nur miteinander. Wogegen nichts einzuwenden ist. Sie haben das Recht, sich ihre eigene Lebensweise zu bewahren.« Er lächelte wieder. »Aber wenn eine ihrer Töchter auf die Idee kommen sollte, außerhalb ihrer Kreise zu heiraten, dann ist der Teufel los. Ich rechne nicht damit, daß Franz seine Frau in dieser Gegend findet . . .«

Er verstummte und konzentrierte sich ganz aufs Fahren. Paula stellte fest, daß sie jetzt eine andere Route benutzten als am Vorabend. Sie fuhren bergauf, und dann hielt Westendorf am Rande eines grasbewachsenen Abhangs an.

»Der Süllberg, der höchste Punkt von Blankenese. Wenn Sie gegen einen kurzen Spaziergang nichts einzuwenden haben, können wir hinunterschauen und sehen, was da vorgeht. Später fahren wir dann zum Hafen hinunter.«

Sie erklommen eine breite Treppe, die zu einem Restaurant auf dem Gipfel führte. Westendorf öffnete eine Tür, und sie folgten ihm hinein. Westendorf grüßte einen Kellner, der ein hoch mit sauberen Tellern beladenes Tablett trug.

»Ich bin hier bekannt«, erklärte er, »deshalb wird niemand etwas dagegen haben, wenn wir nur die Aussicht genießen.«

Er führte sie zu einer verglasten Terrasse, und Paula stockte fast der Atem angesichts des großartigen Panoramas. Es war ein herrlicher Morgen, und die Luft war klar bis zum Horizont. Am anderen Elbufer erstreckte sich flaches Land. Tweed zeigte nach unten.

Am Rande des Hafenbeckens hatte ein großes Boot festgemacht, auf dessen Deck ein gewaltiger Kran montiert war; sein Greifer war im Wasser verschwunden. Paula schüttelte den Kopf, um wieder klar denken zu können. Es kam ihr so unreal vor – die herrliche Aussicht und das gräßliche Geschehen am Vorabend. Westendorf deutete auf das gegenüberliegende Ufer.

»Da drüben wachsen die größten und besten Kirschen, die es in Deutschland gibt. Aber vielleicht sollten wir jetzt lieber hinunterfahren . . .«

Unten hatte sich eine Menschenmenge angesammelt, die von uniformierten Polizisten zurückgehalten wurde. Mehrere Streifenwagen parkten ganz in der Nähe – grünweiße Fahrzeuge mit der unübersehbaren Aufschrift ›Polizei‹.

Tweed war froh, daß sich so viele Leute eingefunden hatten. Er hatte die Abreise von Marler und seinem Team nach Dänemark aufgeschoben, damit sie nach dem Gegner Ausschau halten konnten. Als Kuhlmann mit einer Zigarre im Mund auf sie zukam, stahl sich Newman davon, setzte eine Mütze auf, die er aus der Tasche seines Trenchcoats gezogen hatte, und eine Brille mit Gläsern aus Fensterglas.

»Kommen Sie mit«, sagte Kuhlmann. »Was immer da unten ist, dürfte gleich zum Vorschein kommen.«

Paula folgte, verblüfft über Newmans schnelles Verschwinden. Sie hatte gesehen, daß einer der Zivilstreifenwagen angehalten hatte; die Insassen waren ausgestiegen und hielten sich ganz in der Nähe von Westendorf auf. Außerdem hatte sie am Rande der Menge Marler entdeckt und Cardon, der zwischen den Zuschauern herumwanderte.

Kuhlmann hatte sie ans Ende des kürzeren Dammabschnitts geführt. Dort hob er die Hand und wartete. Der Kran zerrte an etwas, wie ein Fischer, der einen riesigen

Fisch an der Angel hat. Die Kette war straff gespannt und gab ein klirrendes Geräusch von sich, als sie langsam eingeholt wurde. Die Zuschauer waren verstummt.

Zwei Froschmänner tauchten aus dem Wasser auf und kletterten die Stufen auf den Damm hinauf. Dort blieben sie stehen und schauten aufs Wasser, das jetzt brodelte und kleine Wellen erzeugte, die gegen den Damm schlugen. Plötzlich kam der Fang des Krans zum Vorschein. Paula hielt den Atem an.

»Mein Gott!« knurrte Kuhlmann. »Was in aller Welt kann das bewirkt haben?«

Einen kleinen Niagarafall von Wasser verströmend, tauchte der Greifer des Krans auf, mit dem Bug, der Brücke und dem unmittelbar hinter der Brücke liegenden Teil der *Holsten*. Die andere Hälfte des Rumpfes und das Heck lagen nach wie vor auf dem Grund der Elbe. Aber es war der glatte Schnitt durch das Boot, der Kuhlmann so verblüfft hatte.

Nirgends war ein loser Holzsplitter zu sehen. Es war, als wäre die Jacht mit einer riesigen Axt mittschiffs durchgetrennt worden. Paula hielt sich an Tweeds Arm fest und schaute über den Rand des Dammes. Die Steinmauer wies dort, wo sie mit ungeheurer Kraft gerammt worden war, einen tiefen Spalt auf. Sie sagte Tweed, was sie gesehen hatte.

»Das überrascht mich nicht«, sagte er.

»Weshalb nicht?«

»Ich erinnere mich an das, was mir Commander Noble in London erzählt hat, als wir über die Schiffe sprachen, die auf der ganzen Welt verschwunden sind. An seinen Bericht über einen Mann, der sich von einem Hubschrauber aus abgeseilt hat – nachdem sie die Überreste eines kleinen Bootes gefunden hatten, das einem Deutschen namens Vogel gehörte. Nur der Bug war noch vorhanden – glatt durchgeschnitten mit Vogels in das Wrackteil eingeklemmtem Kopf.«

»Was meinen Sie – wie viele von diesen Tarnkappenschiffen gibt es?«

Er antwortete nicht, weil Kuhlmann zu ihnen zurückkehrte. Seine Miene war finster.

»Die Froschmänner – einer von ihnen war früher bei der Marine – haben gesagt, so etwas hätten sie noch nie gesehen. Was kann das angerichtet haben?«

»Ein Schiff mit einem messerscharfen Bug aus irgendeiner Art von Stahl.« Tweed zuckte die Achseln. »Aber das ist nur eine Vermutung. Waren gestern abend irgendwelche Schiffe auf der Elbe unterwegs?«

»Nein!« Kuhlmann war seiner Sache ganz sicher. »Ich habe mit dem Hafenmeister gesprochen. Der Nebel war so dicht, daß kein Schiff seinen Ankerplatz verlassen hat. Ein Tanker sollte auslaufen, mußte aber im Hafen bleiben. Und die Hafenpolizei berichtet, daß sich der Nebel an der Mündung erst gegen Morgen gelichtet hat. Kein Schiff war unterwegs – ihr Radar hätte es registriert.«

»Nein, das hätte es nicht – sie haben nicht die richtige Ausrüstung.«

»Wenn Sie meinen. Ich muß wieder dort hinüber. Wir bleiben in Verbindung?«

»Natürlich.« Tweed wartete, bis Kuhlmann gegangen war, bevor er auf Paulas Frage zurückkam. »Wie viele Tarnkappenschiffe? Eine Menge, vermute ich. Und vielleicht mit sehr unterschiedlicher Tonnage. Es ist durchaus möglich, daß dasjenige, das die *Holsten* versenkt hat, gerade das Navigieren auf einem von Europas großen Flüssen übte. Es war zufällig zur Hand und stand in Funkkontakt mit einem von Dr. Wands Handlangern . . .«

Er hörte auf zu sprechen, als Newman, der Mütze und Brille wieder abgesetzt hatte, neben ihnen auftauchte. Er senkte die Stimme.

»Schauen Sie sich nicht um. Ich habe in der Menge unseren Freund Jules Starmberg entdeckt. Marler hat drei Aufnahmen von ihm gemacht, mit dieser kleinen Polaroidkamera, die er immer bei sich hat. Starmberg hat nicht die geringste Ahnung, daß seine häßliche Visage festgehalten worden ist. Paula, Sie sind ihm noch nicht begegnet – hier ist eines der Fotos.«

»Häßliche Visage ist der richtige Ausdruck«, bemerkte sie.

»Interessant«, sagte Tweed, »daß Wands sogenannter Butler hier ist und zuschaut. Wand war wie vom Donner gerührt, als ich gestern abend quicklebendig auftauchte. So, und jetzt still . . .«

Westendorf, der auf dem Damm entlanggewandert war, um die Reste seines Schiffes aus der Nähe betrachten zu können, kehrte zurück. Seine Miene war ebenso finster wie die von Kuhlmann.

»Das ist wirklich fürchterlich. Wenn Sie nicht so schnell reagiert hätten, Paula, wären wir jetzt alle tot. Ich stehe tief in Ihrer Schuld.«

»Unsinn.« Sie tat das Thema mit einem Lächeln ab, aber ihr Gesicht war vor Freude über das Kompliment des bedeutenden Mannes leicht gerötet. »Ich habe nur in letzter Sekunde etwas gesehen.«

»Und Sie sagten, auf dem Radarschirm wäre nicht das Geringste zu sehen gewesen.« Westendorf schüttelte den Kopf, dann sah er Tweed an. »Diese Tarnkappentechnik ist grauenhaft. So, und wenn es Ihnen recht ist, fahre ich Sie jetzt zu Ihrem Hotel zurück.«

»Das wäre sehr freundlich von Ihnen«, erwiderte Tweed.

»Mir scheint, da ist jemand im Vier Jahreszeiten, mit dem Sie reden möchten«, vermutete Paula, als sie Westendorf und Newman folgten.

»Vulcan. Und wenn es sich einrichten läßt, möchte ich auch mit Fanshawe und mit Burgoyne reden. Und ich möchte, daß Newman sich an Helen Claybourne heranmacht.«

»Das hört sich an, als wüßten Sie, wer Vulcan ist.«

»Ich weiß es nicht. Aber das Feld ist enger geworden«, erwiderte Tweed.

Vierzigstes Kapitel

»Paula Grey war heute morgen mit Tweed in Blankenese«, berichtete Starmberg. »Einer meiner Leute, die das Vier Jahreszeiten bewachen, hat bestätigt, daß sie in das Hotel zurückgekehrt sind.«

»Ich würde es sehr zu schätzen wissen, Jules, wenn Sie mir garantieren könnten, daß dieser zweite Versuch, Miß Grey zu unserem Gast zu machen, gelingt.«

Dr. Wand saß in dem großen Arbeitszimmer seiner Villa in Othmarschen. Obwohl es Tag war, waren – wie in Waterloo – alle Vorhänge zugezogen, und zwar in sämtlichen Zimmern im Erd- und im Obergeschoß. Die Möbel waren mit Schutzbezügen abgedeckt. In der Villa hielten sich sechs von Starmbergs Männern auf, aber nach außen machte sie einen unbewohnten Eindruck.

»Dieser neue Plan ist so einzigartig, daß er nicht mißlingen kann«, versicherte Starmberg und fuhr sich mit einer Hand über sein dichtes, gepflegtes Haar. »Die Durchführung ist für irgendwann heute abend geplant, und Miß Grey wird lange vor Mitternacht in Dänemark unser Gast sein.«

»Das hoffe ich.« Wand musterte Starmberg über seinen Kneifer hinweg, und der Luxemburger bewegte sich unbehaglich unter dem durchdringenden Blick. »Außerdem«, fuhr Wand fort, »habe ich jetzt endgültig beschlossen, Tweed drei schlaflose Nächte zu gönnen.«

»Und dann?« fragte Starmberg.

»Dann? Nun, dann wird Tweed einen Teil von Miß Grey als Andenken erhalten. Vorher werden Sie ihm mitteilen, daß er, wenn er Miß Grey jemals lebend wiedersehen will, sofort von seinem Posten zurücktreten muß. Unsere Verbindungsleute in London werden uns mitteilen, ob er dieser Forderung nachgekommen ist.«

»In ein paar Stunden haben wir Miß Grey.«

»Und ich rufe Dr. Hyde an. Er muß Vorbereitungen treffen für die Behandlung.«

In der Nähe des öden Küstenstrichs im Süden von Jütland kehrte Dr. Hyde von einem kurzen Spaziergang zurück. Er hatte ihn nicht genossen – die Gegend war menschenleer, und die kahle Landschaft, die sich bis zum Strand erstreckte, deprimierte ihn. Sogar noch deprimierender war der Wind, der ständig von See her wehte und Sand aufwirbelte. Wäre da nicht das Haus gewesen, hätte er sich ebensogut auf dem Mond befinden können.

Das Haus, ein alter, zweigeschossiger Holzbau mit Giebeldach, stand völlig isoliert da und mußte früher einmal pittoresk ausgesehen haben. Aber es hatte lange Zeit leergestanden, bis Dr. Wand es über eine Holdinggesellschaft gekauft hatte.

Die einstmals leuchtendrote Fassadenfarbe und die weiße Umrahmung der Fenster blätterten ab, von der salzhaltigen Luft zerfressen. Das Haus machte einen heruntergekommenen, unbewohnten Eindruck. Mit seinem langen Hals, der aus einem steifen Kragen herausragte, ähnelte Dr. Hyde einem bösartigen Vogel. Bevor er den Schlüssel ins Schloß steckte, warf er einen langen Blick zurück: eine traurige Wüste, in der nichts wuchs außer Büscheln von Gras zwischen pulverigem Sand.

Als er die Tür schloß, hörte er das Läuten des Telefons und eilte ins Hinterzimmer. Der Anrufer konnte nur eine Person sein, und Dr. Hyde wußte, daß er getadelt wird.

»Darf ich mir die Frage erlauben, wo Sie gesteckt haben? Schließlich ist es unwahrscheinlich, daß Sie in diesem Teil der Welt weibliche Gesellschaft gefunden haben«, bemerkte Wand sarkastisch.

»Ich habe einen kleinen Spaziergang gemacht. Ich muß mich fithalten für meine Arbeit«, erwiderte Hyde hitzig.

»Wie lobenswert. Vielleicht sollte ich mich dafür entschuldigen, daß ich immer zur unpassenden Zeit anrufe.«

»Ich stehe Ihnen zu Diensten«, entgegnete Hyde, seinen Ausbruch bedauernd, mit öliger Stimme.

»Vorzüglich! Sie werden nicht lange müßig sein müssen. In Kürze wird eine Patientin eintreffen. Soweit ich es absehen kann, wird die Behandlung in drei Tagen erforderlich sein. Nicht früher, haben Sie verstanden? Ich schlage folgendes vor – sofern das Ihrer eigenen Diagnose entspricht . . .«

Nachdem er seine Anweisungen erteilt hatte, legte Wand den Hörer auf. Er hatte sie sehr sorgfältig so formuliert, daß Hyde verstand, aber niemand, der zufällig mithörte, ihre finstere Bedeutung erkennen würde. Starmberg, der das Arbeitszimmer verlassen hatte, trat wieder ein, sobald das Gespräch beendet war.

»Acht weitere Männer sind eingetroffen«, berichtete er. »Jetzt steht das gesamte Team für das Unternehmen heute abend bereit.«

»Ich kann mich doch darauf verlassen, daß niemand gesehen hat, wie die Wagen auf das Grundstück fuhren?«

»Das können Sie. Wir haben die gleiche Methode benutzt wie bei unserer Ankunft. Ein Wagen parkt nahe der Einfahrt, wartet, bis keine anderen Fahrzeuge zu sehen sind, das Tor wird geöffnet, der Wagen biegt schnell auf die Einfahrt ab, das Tor wird hinter ihm wieder geschlossen. Was ich gerne wissen möchte – was unternehmen wir jetzt wegen Westendorf?«

»Nichts. Und Sie sollten, wenn ich mir die Bemerkung erlauben darf, damit aufhören, derartige Fragen zu stellen. Aber da Sie das Thema nun einmal angeschnitten haben, gebe ich Ihnen eine kurze Erklärung. Westendorf war kein voller Erfolg, und in den nächsten paar Monaten wird er fraglos schwer bewacht werden. Vielleicht werden wir ihn eliminieren, wenn einige Zeit vergangen ist.« Wand lehnte sich vor in den Lichtkegel seiner Schreibtischlampe, der einzigen Beleuchtung im Zimmer. Seine Miene war niederträchtig, aber er sprach auf seine normale, unbeteiligte Art.

»Konzentrieren Sie sich jetzt ausschließlich auf Miß Grey, Jules. Ein weiteres Fiasko werde ich nicht hinnehmen. Sie muß vor Mitternacht in Dänemark sein. Ich wiederhole – vor Mitternacht.«

Bevor er Blankenese verließ, hatte Tweed Marler durch Newman mitteilen lassen, er sollte mit seinem Team sofort nach Dänemark aufbrechen. Das bedeutete, daß nur Paula, Newman und Cardon mit ihm nach Kopenhagen fliegen würden. Aber er war sicher, daß das mehr als genug war.

Als sie ins Vier Jahreszeiten zurückkehrten, hatte er Glück. Sie verabschiedeten sich von Westendorf, der in seiner Limousine davonfuhr, und stiegen die Treppe hinauf. Die erste Person, die er sah, war Willie Fanshawe.

»Laßt mich mit ihm allein«, flüsterte er Paula und Newman zu.

»Na so etwas! Wie ich mich freue, Sie zu sehen«, redete Willie darauflos. »Ich hasse es, allein zu sein. Wir sind nur drei Schritte von der Sambri-Bar entfernt. Seien Sie nett, trinken Sie ein Glas Champagner mit mir. Es ist zwar noch ein bißchen früh am Tage, aber was soll's. Oh, Ihre Freunde sind weg. Sie wären gleichfalls willkommen gewesen . . .«

»Sie hatten eine Verabredung«, sagte Tweed in den unaufhörlichen Wortschwall hinein.

»Nun, dann werden wir uns eben von Mann zu Mann unterhalten. Ich liebe die Damen, Gott segne sie, aber manchmal ist es eine angenehme Abwechslung, sie einmal los zu sein. Champagner natürlich!

Tweed stimmte widerstrebend zu. Willies Begeisterung war so ungestüm, daß sie sich bereits in der leeren Bar befanden. Er bestellte zwei Gläser, und sie ließen sich in der am weitesten vom Eingang entfernten Ecke nieder.

»Was ist mit Brigadier Burgoyne passiert?« fragte Tweed beiläufig. Er hob sein Glas, trank einen kleinen Schluck, setzte es wieder ab.

»Oh, ich bin ziemlich sicher, daß der Brigadier unterwegs ist, um irgendeines seiner kleinen Geschäfte abzuwickeln. Das liebt er. Immer auf Zack, das ist sein Motto. Was er nicht liebt, ist der gegenwärtige Zustand von England.«

»Ach, wirklich? Was stimmt denn daran nicht?«

»Alles ...« Willie wurde emphatisch. »Meint der Brigadier. Es gibt keine Selbstdisziplin mehr. Die Moral ist zusammengebrochen. Der Wohlfahrtsstaat hat die Charakterstärke ausgehöhlt, für die wir früher berühmt waren. Alle halten nur die Hand auf, um zu kassieren. Sie haben ein bißchen Kopfschmerzen und rennen zum Arzt, weil sie meinen, daß alles umsonst ist. Das heißt, dem Brigadier zufolge. Die Hälfte der Bevölkerung will nur gehätschelt werden. Anstatt sich anzustrengen, um voranzukommen, wollen die jungen Leute, daß ihnen alles auf einem silbernen Tablett serviert wird. Und jetzt wollen die Spinner das alte Vereinigte Königreich in Einzelteile auflösen. Was not tut, wäre eine gute Dosis Regierung mit eiserner Hand – meint der Brigadier. Schocktherapie ist die einzige Lösung, sagt er immer.«

»Ich nehme an, das kommt, weil er früher beim Militär war«, warf Tweed ein.

»Das ist auch so etwas! Die allgemeine Wehrpflicht sollte wieder eingeführt werden. Da würden diese Typen, die alten Damen eins über den Schädel geben, um ein paar Pfund zu klauen, wenigstens ein bißchen Disziplin lernen. Und weshalb tun sie das? Um sich Geld für ihre widerlichen Drogen zu beschaffen. Darüber gerät der Brigadier immer in Rage.«

»Und was ist Ihre Ansicht?« fragte Tweed.

Willie strahlte. »Trinken Sie noch ein Glas. Ich werde ...«

»Danke, ich habe noch nicht ausgetrunken.«

Tweed war sicher, daß dies an diesem Morgen schon Willies zweiter Besuch in der Sambri-Bar war. Sein Gesicht war noch stärker gerötet als üblich, als er für sich ein zweites Glas bestellte.

»Meine Ansicht?« Willie schürzte seine breiten Lippen. »Der Brigadier schießt weit übers Ziel hinaus. Vorwärts marsch und all das. Aber er war ein brillanter Soldat. Ein regelrechter Haudegen. Und so höre ich eben zu. Etwas anderes bleibt mir gar nicht übrig. Aber es ist nie auch nur eine Sekunde langweilig, wenn er da ist.«

»Hat er vor, noch eine Weile in Hamburg zu bleiben?«

»Das kann man bei ihm nie wissen. Heute hier, morgen dort. Kann sein, daß wir nach Wien unterwegs sind, bevor der Tag zu Ende geht.« Willie kicherte, trank noch mehr Champagner. »Wie steht es mit Ihnen?«

»Ich habe noch keine festen Pläne. Hängt davon ab, wie sich bestimmte Dinge entwickeln. Und nun entschuldigen Sie mich bitte. Ich habe auch noch eine Verabredung . . .«

Es war ein sehr nachdenklicher Tweed, der in sein Zimmer zurückkehrte.

»Das ist Ihre Chance, Bob«, sagte Paula, nachdem sie Tweed verlassen hatten und das Foyer durchquerten. »Tweed hat gesagt, Sie sollten sich an Helen heranmachen – und da ist sie. Schaut in unsere Richtung und hat für Sie praktisch die Sirene eingeschaltet. Ich gehe hinauf und nehme ein Bad. Viel Spaß . . .«

Helen Claybourne saß auf einer Couch und schrieb mit ihrem großen Füllfederhalter etwas in ihr Notizbuch. Sie lächelte Newman auf ihre kühle Art an, als er sich neben ihr niederließ.

»Oder haben Sie zu tun?« fragte er.

»Gott sei Dank nicht.« Sie klappte ihr Notizbuch zu. »Willie hat immer die verrücktesten Ideen, wie er zu Geld kommen könnte. Ich verbringe die Hälfte meiner Zeit damit, ihn zu überreden, daß er nicht in irgendwelche absurden Dinge investiert. Er ist für Betrüger eine leichte Beute – ganz im Gegensatz zu Maurice. Aus dem Brigadier würde man nicht einmal einen Penny herausholen, bevor er die Sache auf Herz und Nieren geprüft hat.«

Helen sah aus wie aus dem Ei gepellt, wie üblich. Sie saß in einer Ecke der Couch, hatte die Beine untergeschlagen wie eine Katze und wendete Newman das Gesicht zu. Sie schnippte etwas Zigarettenasche von seinem Revers und musterte ihn mit kritischen Augen.

»Was tun Sie eigentlich hier, Mr. Newman? Sie scheinen fast ständig auf Achse zu sein. Ich habe gesehen, wie Sie gegen neun mit Paula und Tweed das Haus verließen.

Sind Sie hinter einer interessanten Story her? Oder darf man nicht danach fragen?« erkundigte sie sich leicht spöttisch.

»Wir haben Hamburg erkundet und dabei noch eine geschäftliche Sache erledigt. Bleiben Sie noch länger hier?«

»Keine Ahnung. Maurice hat etwas davon gesagt, daß wir nach Kopenhagen weiterreisen. Kennen Sie dort ein gutes Hotel?«

»Das d'Angleterre«, sagte Newman prompt.

»Vielleicht könnten wir zusammen zu Mittag essen«, schlug sie vor, ohne den Blick von ihm abzuwenden. »Ich nehme an, Sie wissen, daß man es heutzutage für nicht sonderlich dreist hält, wenn eine Frau die Initiative ergreift?«

»Das ließe sich vielleicht einrichten. Sofern wir Willie und dem Brigadier aus dem Wege gehen können.«

»Wenn man vom Teufel spricht – da kommt Maurice. Erretten Sie mich vor einem Schicksal, das schlimmer ist als der Tod.«

Burgoyne, elegant in einem karierten Sportjackett, marineblauer Hose, handgearbeiteten Schuhen und karminroter Krawatte, zog sich einen Stuhl heran. Er ließ sich sehr aufrecht darauf nieder, zupfte an seinem Schnurrbart und musterte sie beide.

»Ich hoffe, ich störe nicht – oder fangen Sie gerade eine Affäre an?«

»Ich gebe die Hoffnung nie auf«, erwiderte Newman gelassen.

Helens Reaktion war überaus heftig. Sie richtete sich auf, beugte sich vor. Ihre grauen Augen funkelten, und ihr Ton war giftig.

»Das ist eine Unverschämtheit. Hüten Sie Ihre Zunge. Sie sind nicht mehr in der Armee. Schlechte Manieren aus der Offiziersmesse passen nicht in diese Umgebung.«

»Habe ich einen großen Felsbrocken in den Teich geworfen?« fragte Burgoyne ironisch. »Es war ein Scherz. Oder wissen Sie nicht, was ein Scherz ist, Helen?«

»Ein verdammt geschmackloser Scherz«, fauchte Helen.

»Wie wär's mit Kaffee?« fragte Burgoyne völlig ungerührt.

»Ich dachte, Sie würden fragen ›Wie wär's mit Tennis?‹« setzte Helen ihre Attacke fort. »Ist Ihnen eigentlich klar, daß Sie immer noch so reden, wie die alten Chinaleute in Hongkong vor dreißig Jahren geredet haben?«

Newman bemerkte, wie bei dem Ausdruck ›alte Chinaleute‹ Wut in Burgoynes Augen aufflackerte. Es dauerte nur eine Sekunde, dann gab sich Burgoyne wieder so verbindlich wie zuvor.

»Ich fürchte, mit dem Wort ›Affäre‹ habe ich einen wunden Punkt getroffen. Sie sollten lernen, in solchen Dingen etwas umsichtiger zu sein.«

»Und Sie«, erklärte Helen, »sollten lernen, sich nicht aufzudrängen, wo Sie unerwünscht sind. Daheim im New Forest schleppen Sie Willie und mich ständig irgendwohin, wo wir gar nicht hinwollen. Oder ist Ihnen das noch nie aufgefallen?«

»Willie«, bemerkte Burgoyne, »kommt gern überallhin mit – sofern jemand anders für die Drinks, das Essen und die Unterkunft bezahlt.«

»Für einen Pseudo-Brigadier haben Sie eine verdammt ungehobelte Art, sich auszudrücken«, fuhr Helen ihn an. Sie richtete den Blick auf Newman. »Ich habe Hunger, Bob.«

»Dann sollten wir in den Grill Room gehen.«

Als sie aufstanden, schleuderte Helen noch einen letzten verbalen Speer auf Burgoyne.

»Falls Sie hier auch essen wollen, kann ich Ihnen das Haerlin-Restaurant empfehlen . . .«

Tweed und Paula traten aus dem Fahrstuhl, und Paula entdeckte sofort Burgoyne, der noch mit einer Tasse Kaffee vor sich im Foyer saß. Sie stieß Tweed an.

»Ich habe ihn gesehen. Gehen wir hin und unterhalten wir uns ein bißchen mit unserem tüchtigen Soldaten.«

Zu ihrer Überraschung lächelte Burgoyne, als wäre ihm ihre Gesellschaft willkommen. Noch überraschter war sie, als er aufsprang und ihr einen Sessel anbot.

»Miß Grey, Sie sehen bezaubernd aus. Ihr Kostüm gefällt mir. Sehr schick.«

»Danke.« Sie setzte sich, ein wenig verblüfft über das Fehlen von Burgoynes normaler barscher Art. Tweed entschied sich für einen Sessel, auf dem er zwischen ihnen sitzen konnte. »Hat man Sie ganz allein gelassen?« fragte Paula.

»Ja, leider«, erwiderte er. »Ich scheine nicht sonderlich beliebt zu sein. Würden Sie mir die Ehre erweisen, mir bei einem Aperitif Gesellschaft zu leisten?«

So höflich hatte Paula den Brigadier noch nie erlebt. »Gegen ein Glas trockenen französischen Weißwein hätte ich nichts einzuwenden.« Burgoyne schaute zu Tweed, der sich für Mineralwasser entschied.

Burgoyne hob eine Hand, winkte mit dem Zeigefinger einen Kellner heran. Wie gehabt, dachte Paula – seine Art, mit den Bauern umzugehen. Doch dann erlebte sie eine weitere Überraschung.

»Würden Sie so gut sein, uns ein Glas französischen Weißwein zu bringen – und Mineralwasser? Und ich wäre Ihnen dankbar für einen doppelten Scotch.«

»Ich hoffe, wir verderben Ihnen nicht ein paar ruhige Minuten, in denen Sie über ein Geschäft nachdenken wollten«, bemerkte Tweed.

»Im Gegenteil, ich freue mich, zur Abwechslung einmal nette Gesellschaft zu haben. Ich hatte gerade ein heftiges Wortduell mit Helen Claybourne. Sie ist mit Ihrem Mr. Newman zum Lunch gegangen und hat mir praktisch verboten, gleichfalls im Grill Room zu essen.«

»Das paßt aber gar nicht zu der Helen, die ich kennengelernt habe«, bemerkte Paula. »Was kann in sie gefahren sein?«

»Oh, Sie kennen die wirkliche Helen nicht. Diese äußerliche Kühle täuscht jeden. Darunter ist sie eine erbarmungslose Tigerin.«

»Das ist interessant«, warf Tweed ein. »Das hört sich ganz so an, als könnte sie Sie nicht leiden. Aber wenn das so ist – weshalb in aller Welt reist sie dann mit Ihnen?«

»Willie . . .« Er bezahlte den Kellner, gab ihm ein großzügiges Trinkgeld und seufzte. »Willie«, wiederholte er. »Sie scheint zu glauben, zu ihrem Job gehörte auch, ständig auf ihn aufzupassen. Was ein Witz ist. Master Willie ist vollauf imstande zu sehen, wo er bleibt.«

»Er wirkt immer so unentschlossen«, sagte Paula.

»Ich gebe zu, das ist der Eindruck, den er erweckt. Im Geschäftsleben genau wie früher in der Armee . . .« Er hielt einen Moment inne und sah Tweed an. »Ich habe gelernt, Leute nie nach dem äußeren Anschein zu beurteilen. Man kann schwer hereinfallen, wenn man das tut. Aber ich bin sicher, daß Sie das bei Ihrer Versicherungsarbeit gleichfalls gelernt haben . . .«

Sie plauderten noch eine Weile, und dann sagte Tweed, er wollte mit Paula ein wenig frische Luft schnappen. Sie zogen ihre Mäntel an, die sie auf einem Sessel deponiert hatten, und bedankten sich bei Burgoyne für seine Gastfreundschaft. Wieder war es ein sehr nachdenklicher Tweed, der mit Paula das Hotel verließ.

»Er schien es darauf anzulegen, mit dem Finger auf Willie zu zeigen«, bemerkte Paula, als sie die Straße überquerten, die an der Binnenalster entlangführte.

»Und zwar überaus geschickt«, pflichtete Tweed ihr bei.

Der weiße Volvo kam mit quietschenden Reifen hinter ihnen zum Stehen. Tweed packte Paula um die Taille, bereit, sie vorwärtszustoßen und ihr zu sagen, sie sollte davonrennen.

»Kein Grund, die Polizei zu rufen«, knurrte eine vertraute Stimme.

Sie fuhren herum, und Kuhlmann stieg aus, während sein Fahrer am Steuer sitzenblieb. Er nahm eine unangezündete Zigarre aus dem Mund und schwenkte sie wie einen Dirigentenstab durch die Luft, um zu unterstreichen, was er sagte.

»Eine neue Entwicklung. Hielt es für unklug, am Telefon mit Ihnen zu reden. Schließlich ist es nicht weit vom Berliner Tor bis hierher.«

»Was ist passiert?« fragte Tweed.

»Vor einer halben Stunde ist Dr. Wand mit seinem Lear Jet gestartet – zum Flughafen Kastrup in Kopenhagen.«

»Gut, daß ich das weiß. Danke, Otto. Alles scheint so zu laufen, wie ich erwartet hatte. Übrigens, wissen Sie, ob Wand Jules Starmberg mitgenommen hat?«

»Nein, eindeutig nicht. Ich habe alte Fotos von dem Kerl wieder ausgegraben – aus der Zeit, als seine Frau ermordet wurde. Habe sie den Männern gegeben, die den Lear beobachteten.«

Diese Information ließ bei Tweed keine Alarmglocken läuten. Er war zu sehr damit beschäftigt, in Gedanken blitzschnell noch einmal alle Vorkehrungen durchzugehen, die er getroffen hatte.

»Und wie sehen Ihre weiteren Pläne aus?« fragte Kuhlmann.

»Wir fliegen heute abend gleichfalls nach Kopenhagen. Ihre Mitarbeit war mir eine sehr große Hilfe. Ich habe gerade zwei überaus interessante Unterhaltungen geführt.«

»Von denen Sie mir nichts erzählen wollen. Tun Sie, was Sie für richtig halten. Aber das tun Sie ja immer.«

»Da fällt mir gerade etwas ein – ich muß sofort Nielsen in Kopenhagen anrufen . . .«

»Ist bereits erledigt.« Kuhlmann grinste. »Inzwischen dürfte er Männer in Zivil nach Kastrup geschickt haben, die auf das Eintreffen des Lear Jet warten. Sie werden Wand folgen, feststellen, wo er sich verkriecht. Ich denke, damit ist alles getan, was wir im Augenblick tun können.«

»Sie denken wirklich an alles. Nochmals vielen Dank . . .«

Tweed und Paula setzten ihren Spaziergang am Alsterufer fort. Sie waren ganz allein in der kalten Luft und der Sonne.

»Hamburg ist eine herrliche Stadt«, schwärmte Paula. »Sehen Sie die grünen Dächer von diesen großen Gebäuden am anderen Ufer? Ich nehme an, sie sind aus Kupfer, das sich im Laufe der Zeit verfärbt hat.«

»Vermutlich«, pflichtete Tweed ihr bei.

Der Weg machte eine Biegung, und dann gingen sie unter einem Brückenbogen hindurch. Vor ihnen lag eine Parklandschaft und eine wesentlich größere Wasserfläche.

»Das ist die Außenalster«, sagte Tweed. »Wenn wir wollten, könnten wir ganz um sie herumlaufen, aber ich glaube, wir sollten uns lieber auf den Rückweg machen.«

»Es ist so friedlich hier«, sagte sie, als sie auf dem stillen Fußweg zurückwanderten, wo der Wind leichte Wellen ans Ufer klatschen ließ.

Newman, Tweed und Paula saßen bei einem sehr frühen Abendessen im Grill Room. Newman bestand immer darauf, wenn er ein Flugzeug erreichen wollte, reichlich Zeit einzukalkulieren. Tweed hätte es bis zur letzten Minute aufgeschoben, um nicht am Flughafen herumhängen und auf den Abflug der Maschine nach Kopenhagen warten zu müssen.

Ungeachtet der frühen Stunde hatten sie Gesellschaft am Nebentisch. Burgoyne und Lee, Willie und Helen verzehrten eine gemächliche Mahlzeit. Burgoyne schickte mit seinen besten Empfehlungen eine Flasche Laurent Perrier herüber.

»Nett von ihm«, bemerkte Paula. »Ich weiß gar nicht, was in ihn gefahren ist – er ist auf einmal so menschlich.«

»Tarnung«, erklärte Newman. »Übrigens habe ich mich eine Weile mit Helen unterhalten, bevor ich mit ihr essen ging . . .«

Er beschrieb die Szene zwischen Helen und Burgoyne. Tweed, der Mineralwasser trank, hörte aufmerksam zu. Newman und Paula fielen gemeinsam über die Flasche Champagner her. Sie waren fast mit dem Essen fertig, als Lee, auch diesmal in einem ihrer schulterfreien Kleider, mit einem Glas Rotwein in der Hand auf sie zukam.

»Ich würde sagen, körperlich ist Lee sehr kräftig«, bemerkte Paula.

»Und sie hat einen gewaltigen Schwips«, fügte Newman hinzu.

»Lieber Mr. Tweed« – Lee beugte sich über ihn, legte ihm den nackten Arm um die Schultern –, »ich brauche unbedingt nette Gesellschaft. Laden Sie mich später zu einem Drink ein? Bitte!«

»Tut mir leid, aber wir . . .«

Das war der Moment, in dem Lee ihr Glas neigte und ein Schwall von Rotwein sich über sein Jackett ergoß. Lee war entsetzt. Sie griff nach einer Serviette und begann, den Stoff abzutupfen.

»Es tut mir fürchterlich leid. Und ausgerechnet Rotwein . . .«

»Kein Beinbruch«, sagte Tweed und stand auf. »Aber ich gehe lieber hinauf in mein Zimmer und ziehe mich um.« Er sah Newman an. »Könnten Sie bitte die Rechnung bezahlen? Gut. Und wir haben massenhaft Zeit . . .«

Newman bat um die Rechnung. Paula stand gleichfalls auf. Sie fühlte sich ein bißchen benommen. Zuviel Champagner nach einem langen Tag.

»Ich gehe hinauf und packe mein Waschzeug ein«, sagte sie.

Sie ging aus dem Grill Room ins Foyer.

Dritter Teil

IN ALLER HEIMLICHKEIT

Einundvierzigstes Kapitel

Paula blieb am Ausgang des Hotels stehen. Draußen schien irgend etwas zu passieren. Ein Portier, den sie vorher noch nie gesehen hatte, kam aufgeregt auf sie zu.

»Da draußen wird ein Film gedreht, mit dem Hotel als Kulisse. Ich weiß nicht, wer der Star ist.«

Ich könnte einen Augenblick frische Luft gebrauchen, damit mein Kopf wieder klar wird, dachte Paula. Sie nahm flüchtig wahr, daß der Portier eine auffällig schlechtsitzende Livree trug. Sie ging langsam die Stufen hinunter, und der Portier eilte vor ihr her, um ihr die Tür zu öffnen.

»Kommt das oft vor?« fragte sie.

»Meines Wissens ist dies das erste Mal. Eine gute Werbung für das Vier Jahreszeiten.«

Die Abendluft war kalt und erfrischend. Sie hob eine Hand, um ihre Augen vor dem Gleißen der Scheinwerfer zu schützen. Am Bordstein parkten mehrere weiße Transporter. Jeder trug die Aufschrift INTER-VISION TV UND RADIO GmbH.

Zwei Kameras auf Stativen waren auf einen Punkt an der anderen Straßenseite gerichtet. Eine Mann und eine Frau umarmten sich. Paula zählte ungefähr ein Dutzend Männer in weißen Kitteln und mit weißen Handschuhen. Ein Mann, den sie für den Regisseur hielt, schwenkte ein Megaphon.

Auf dem Gehsteig summte neben der offenen Tür von einem der Transporter ein Generator. Hinter der offenen Tür des ihr am nächsten stehenden Fahrzeugs konnte sie ein paar Gerätschaften sehen und im Schatten einen weiteren Mann, der gleichfalls einen weißen Kittel trug.

Sie ging ein paar Schritte auf dem Gehsteig entlang, um besser sehen zu können. Es herrschte hektische Aktivität. War das wirklich notwendig, oder glaubten die Fernsehleute, das gehöre nun einmal zu ihrem Job? Sie blieb bei der offenen Tür des ersten Transporters stehen.

Im nächsten Augenblick spürte sie, wie zwei Paar Hände sie packten, hochhoben und ins Innere des Transporters beförderten. Sie öffnete den Mund, um aus Leibeskräften zu schreien. Eine Hand legte sich auf ihren Mund. Sie biß in die Finger, bis fast auf die Knochen. Eine wütende Stimme brüllte »Miststück!«, und sie wurde zu der schattenhaften Gestalt tief im Wageninnern hingeschleudert. Sie prallte gegen die Wand des Fahrzeugs. Das Gleißen eines Scheinwerfers fiel ins Wageninnere.

»Seid ihr wahnsinnig? Bastarde!« schrie sie.

Einer der beiden Männer, die sie von hinten ergriffen hatten, kam mit gekrümmten Händen auf sie zu, um sie bei der Kehle zu packen. Sie riß die Dose Haarspray aus ihrer Umhängetasche, zielte auf seine Augen und drückte mit halbgeschlossenen Augen auf den Knopf. Der Angreifer schrie auf, schlug beide Hände vors Gesicht. Sie bewegte sich näher heran, hieb ihm das Knie zwischen die Beine. Er schrie abermals, krümmte sich zusammen, die Hände immer noch vor den Augen. Sie stemmte den Rükken gegen die Seitenwand des Transporters, versetzte ihm einen Tritt gegen den Kopf, und er taumelte an die gegenüberliegende Wand.

Der zweite Angreifer erreichte sie. Zu nahe, um das Spray noch einmal zu benutzen. Sie grub ihre Finger tief in sein fettiges Haar, packte fest zu, zerrte ihn auf sich zu. Wie sie erwartet hatte, versuchte er, seinen Kopf wegzureißen. Plötzlich schob sie mit aller Kraft, ohne loszulassen, und drängte ihn quer durch den Transporter. Sie hörte, wie sein Kopf an die Wand prallte. Seine Beine gaben nach, und er sackte auf den Boden.

Sie warf einen Blick auf ihren Fluchtweg, die offenen Hecktüren, und war verblüfft, als sie eine Kamera sah, die im Gleißen des nach wie vor ins Wageninnere gerichteten Scheinwerfers allem Anschein nach die Szene filmte. Dann rutschte sie auf einer Filmspule aus und fiel über ihre beiden Angreifer.

Sie sprang sofort wieder auf, doch in diesem Augenblick war Starmberg hinter ihr und drückte ihr etwas Weiches auf Nase und Mund. Sie registrierte den Geruch von Äther und rammte ihre geballten Fäuste hinter sich, zielte auf die Nieren. Sie hörte ein gequältes Grunzen, die Welt verschwamm, und sie versank in eine unendlich tiefe und dunkle Grube.

Colonel Winterton und seine Frau Edith, ein ältliches Ehepaar, waren aus dem Vier Jahreszeiten herausgekommen. Sie beobachteten den heftigen Kampf im Innern des Transporters. Der weißbekittelte Mann mit dem Megaphon kam auf sie zu, bemerkte ihre sehr englische Kleidung und lächelte.

»Das war die erste Szene von unserem neuen Thriller. Ja, man muß den Zuschauer vom ersten Augenblick an fesseln . . .«

»Es ist kalt, John«, beklagte sich Edith. »Und wir kommen zu spät zu den Reuters.«

»Natürlich, meine Liebe . . .«

Der Mann mit dem Megaphon beobachtete, wie sie davongingen, drehte sich um und knallte die Türen des Transporters zu. Er rannte zum Fahrer und rief: »Die Fracht ist an Bord. Fahr los!«

Der Transporter setzte sich in Bewegung. Binnen fünf Minuten hatte sein Team sämtliche Gerätschaften in den anderen Transportern verstaut, die gleichfalls sofort davonfuhren. Auf dem Neuen Jungfernstieg vor dem Vier Jahreszeiten kehrten wieder Ruhe und Ordnung ein.

»Wo in aller Welt bleibt Paula?« Tweed sah Newman an und schaute auf die Uhr. »Die Zeit wird allmählich knapp.«

»Sie ist die gewissenhafteste Frau, die ich kenne«, sagte Cardon.

Der Mann, den Paula ›das Eichhörnchen‹ nannte, war nach einem kurzen Anruf von Tweed mit seinem Koffer in Tweeds Zimmer gekommen. Bis dahin hatte er sich von den anderen ferngehalten und so getan, als wären sie einander fremd.

»Ich gehe hinüber und klopfe bei ihr an«, sagte Tweed ungeduldig. »Meiner Meinung nach haben wir die Maschine ohnehin schon verpaßt.«

»Nicht nervös werden«, riet Cardon grinsend.

Er hatte kaum ausgeredet, als das Telefon läutete. Tweed nahm den Hörer ab. Seine Stimme klang völlig normal, als er fragte, wer am Apparat war. Eine leicht verzerrte Frauenstimme antwortete.

»Hier ist Paula. Können Sie mich hören? Die Verbindung ist miserabel . . .«

»Ja, das kann ich. Was ist passiert?«

»Ich habe gesehen, wie jemand das Hotel verließ. Keine Namen am Telefon. Es stand gerade ein Taxi da, ich bin eingestiegen und einem Wagen gefolgt. Hoffe, bald zurück zu sein . . . Können Sie mich hören? Die Verbindung ist wirklich miserabel. Machen Sie sich keine Sorgen. Bin bald zurück . . .«

Die Leitung war tot. Tweed stand ganz still da. Dann informierte er die anderen über das Gespräch. Newman reagierte als erster.

»Sind Sie sicher, daß es Paula war?«

»Nein, das bin ich nicht.«

»Hat sie das jemals zuvor getan?« fragte Cardon. »Auf und davon, ohne Ihnen vorher Bescheid zu sagen? Und was hat sie angehabt?«

»Sie hat eine Menge Initiative«, sagte Tweed langsam. »Um Ihre erste Frage zu beantworten, ja, hin und wieder – wenn sie etwas gesehen hatte, das ihr entgangen wäre, wenn sie mir erst Bescheid gesagt hätte. Sie wissen aus eigener Erfahrung, daß ich meinen Leuten viel Spielraum lasse. Weshalb die Frage nach ihrer Kleidung?«

»Als ich sie zuletzt sah, trug sie ein blaues Kostüm«, erklärte Newman.

»Ich habe gefragt«, antwortete Cardon, »weil es draußen sehr kalt ist. Aber wenn sie in ein Taxi gestiegen ist, hätte ihr das Wetter nichts ausgemacht.«

»Eines ist sicher«, entschied Newman. »Ich mache sofort unsere Flugreservierung rückgängig.«

»Ja, tun Sie das«, stimmte Tweed ihm mit geistesabwesender Miene zu.

Beim Aufwachen fühlte Paula sich gräßlich. Sie biß die Zähne zusammen, als eine Welle von Übelkeit sie überkam, kämpfte dagegen an, hielt die Augen geschlossen. Der Transporter war zuerst sehr schnell gefahren und dann langsamer geworden. Sie öffnete die Augen einen Spaltbreit, sah den Rücken von Starmberg auf einem Klappsitz.

Sie lag auf einer Lederbank im vorderen Teil des Fahrzeugs, ihr Kopf ruhte auf einem harten Kissen. Sie bewegte ganz langsam die rechte Hand und stellte fest, daß ihr Handgelenk mit etwas gefesselt war, das sich anfühlte wie ein Riemen.

Das linke gleichfalls.

Sie bewegte vorsichtig die Füße und stellte fest, daß auch sie mit Riemen gefesselt waren. Der Transporter wurde noch langsamer und hielt dann an. Starmberg drehte sich plötzlich um und sah, daß sie wach war. Er legte ihr die große Hand auf den Mund. In der anderen Hand hatte er einen breiten Streifen Heftpflaster, den er ihr grob über den Mund klebte.

Gerede außerhalb des Transporters und aus der Richtung der Fahrerkabine. Sonst war es sehr still. Sie lauschte angestrengt. Die beiden Stimmen schienen sich in einer skandinavischen Sprache zu unterhalten. Sie dachte daran, mit dem Kopf gegen die Rückwand der Fahrerkabine zu hämmern, aber sie wußte, daß es sinnlos war.

Starmberg stand in angespannter Haltung über ihr. Beim ersten Anzeichen einer Bewegung ihrerseits würde er sie vermutlich wieder mit Äther betäuben. Darauf konnte sie verzichten. Die Stimmen redeten weiter, schienen zu scherzen. Jemand lachte. Der Motor wurde angelassen, der Transporter setzte sich wieder in Bewegung. Wo in aller Welt bringen sie mich hin? dachte sie. Wie lange war ich bewußtlos? Sie konnte die Zeitspanne nicht einmal schätzen.

Aber was sie am meisten beunruhigte, war die Tatsache, daß ihr Entführer ihr nicht die Augen verbunden und zugelassen hatte, daß sie sein Gesicht sah, so daß sie ihn hätte identifizieren können. Was das bedeutete, war beängstigend.

»Ich gehe hinunter und spreche mit dem Portier«, sagte Newman.

»Daran hätten wir schon früher denken können«, pflichtete Tweed ihm bei.

Seit dem Anruf der Frau mit der verzerrten Stimme war geraume Zeit vergangen. Während Cardon schweigend auf einer Couch saß, war Tweed ans Fenster getreten und schaute hinaus auf die dunkle Binnenalster.

Er hatte die Hände hinter dem Rücken verschränkt und stand sehr still da, ohne sich seine wachsende Besorgnis anmerken zu lassen. Er hatte daran gedacht, sich mit Kuhlmann in Verbindung zu setzen, aber Newman hatte widersprochen.

»Bisher haben wir keinerlei Beweise dafür, daß ihr etwas zugestoßen ist«, hatte er gesagt. »Und die würde Kuhlmann brauchen. Außerdem müßten Sie ihm von dem Anruf erzählen – und ihm sagen, daß Paula schon früher aus eigener Initiative gehandelt hat.«

»Ja, da haben Sie vermutlich recht«, hatte Tweed erwidert. »Wir müssen noch eine Weile warten.«

Aber das Warten fiel ihm schwer. Sein sechster Sinn sagte ihm, daß etwas Schlimmes passiert sein mußte. Er erinnerte sich an den Entführungsversuch in Brüssel, wo nur das Eingreifen von Newman und Nield sie gerettet hatte. Aber er konnte sich immer noch nicht vorstellen, auf welche Art und Weise es ihnen gelungen war, sie zu überlisten. Die Atmosphäre im Zimmer war bedrückend.

Auf den Stufen vor dem Eingang stellte Newman fest, daß ein anderer Portier Dienst tat. Er trat ins Freie, während der Portier die Treppe hinuntereilte, um die Tür eines Taxis zu öffnen. Ein junges deutsches Ehepaar stieg aus. Die Abendluft schien noch kälter geworden zu sein.

»Sie haben Ihren Dienst gerade erst angetreten?« fragte Newman beiläufig.

»Eigentlich hätte ich heute abend frei gehabt. Aber der Kollege, der eigentlich Dienst gehabt hätte, ist verschwunden. Niemand hat eine Ahnung, wo er steckt.«

»Wann ist das passiert?«

»Schon vor einer ganzen Weile. Bisher konnte man sich immer auf ihn verlassen.«

Er öffnete abermals die Tür, um ein ältliches Ehepaar einzulassen. Der Mann sah aus wie ein Militär, die Frau wirkte verdrossen.

»Diesen Ausflug in die Kälte hätten wir uns sparen können. Die Reuters waren heute abend ziemlich schlechter Laune. Aber Gott sei Dank sind diese Fernsehleute fort. Diese fürchterlichen Scheinwerfer . . .«

»Entschuldigen Sie«, sagte Newman, »aber wann haben Sie die Fernsehleute gesehen?«

»Sie sind Robert Newman«, sagte der Mann. »Habe Ihr Bild oft in der Zeitung gesehen. In letzter Zeit allerdings kaum noch.«

Normalerweise hätte es Newman irritiert, erkannt zu werden, doch jetzt nutzte er diesen Umstand und stellte seine Fragen.

»Es könnte sehr wichtig sein. Wie lange ist es her, seit Sie diese Fernsehleute sahen?«

»Ich bin Colonel Winterton. Meine Frau Edith. Oh, das war, als wir das Hotel verließen. Auf den Transportern stand *Inter-Vision TV und Radio GmbH*.. Sie haben gerade eine sehr gewalttätige Szene gefilmt – eine Frau wurde in einen der Wagen gezerrt. Der Regisseur war sehr mit sich zufrieden – sagte, es wäre die Eröffnungsszene, und man müßte den Zuschauer vom ersten Augenblick an fesseln.«

»Mir sind Musicals lieber«, erklärte Edith.

»Können Sie die Frau beschreiben?« fragte Newman. »Haarfarbe, Alter, Kleidung?«

»Ziemlich attraktiv – für einen Mann Ihres Alters«, ergriff Edith mit einem Seitenblick auf ihren Mann das Wort. »Ende Zwanzig, Anfang Dreißig. Schwarzes Haar.

Schlank. Sie trug ein marineblaues Kostüm. Wadenlanger Rock – nicht einer von diesen widerlichen Miniröcken, in denen die Frauen aussehen, als hätten sie überhaupt nichts an. Sie muß eine sehr gute Schauspielerin sein – es war sehr überzeugend, wie sie sich gegen die beiden Männer zur Wehr setzte, die sie festhalten wollten.«

»Wie kommt es, daß Sie das alles so deutlich sehen konnten?« fragte Newman. »Ihre Beschreibung war wirklich sehr präzise.« Es war seine alte Reporterskepsis, die ihn zu dieser Frage veranlaßte.

»Sie hatten einen dieser schauderhaften Scheinwerfer so aufgestellt, daß sein Licht direkt in den Wagen fiel, und eine Kamera filmte die Szene. Ich konnte sie so deutlich sehen, wie ich Sie jetzt sehe. Und meine Augen sind in Ordnung!«

»Daran zweifle ich nicht, und ich bin Ihnen sehr dankbar.« Er wendete sich an Colonel Winterton. »Würden Sie bitte den Namen wiederholen, der auf den Transportern stand?«

»*Inter-Vision TV und Radio GmbH*. Gibt es irgendwelche Probleme?«

»Ich glaube nicht.« Newman lächelte. »Aber ich habe gehört, daß sie an irgendeinem geheimen Projekt arbeiten, und da könnte eine gute Story drin sein. Ich schreibe hin und wieder etwas – um nicht aus der Übung zu kommen. Haben Sie vielen Dank.«

Edith zupfte am Ärmel ihres Mannes. »Ich bin müde, John. Ich möchte in unser Zimmer. Da ist es wenigstens warm . . .«

Newman wartete, bis sie im Foyer verschwunden waren. Der Portier sah ihn an.

»Da stimmt doch etwas nicht, oder? Das alles – und daß Edgar verschwunden ist . . .«

»Das glaube ich keine Sekunde. Aber vielleicht steckt eine Story für mich darin.« Er gab dem Portier ein großzügiges Trinkgeld. »Gute Nacht.«

»Schlimme Neuigkeiten«, sagte Newman mit grimmiger

Miene zu Tweed, nachdem er die Tür hinter sich zugemacht hatte. »Ich habe gerade ...«

Er brach ab, als das Telefon läutete. Tweed ging schnell zum Apparat, war im Begriff, den Hörer abzunehmen, zwang sich dann aber zu warten, bis es mehrere Male geläutet hatte.

»Mr. Tweed?« fragte eine Männerstimme.

»Ja. Wer ist ...«

»Halten Sie die Klappe und hören Sie zu. Wir haben Miß Grey ...«

»Ich kann Sie nicht verstehen. Warten Sie einen Moment ...«

Tweed legte die Hand über die Sprechmuschel. Er sah Newman an, deutete mit einem Kopfnicken auf das Telefon.

»Schnell! Was ist, Bob?«

»Sie haben Paula. Kein Zweifel möglich.«

Tweed nahm die Hand von der Sprechmuschel und hieb den Hörer auf die Schreibtischplatte.

»Jetzt ist es besser. Mit wem spreche ich? Was haben Sie gesagt?«

»Ich habe gesagt, Sie sollen Ihre verdammte Klappe halten.« Die Stimme sprach englisch mit einem gutturalen Akzent. »Wir haben Miß Grey. Wenn Sie sie jemals wiedersehen wollen, treten Sie noch heute abend von Ihrem Amt zurück. Sie haben zwei Stunden. Wenn Sie das nicht tun, bekommen Sie sie zurück. In vier Stükken ...«

»Ich brauche einen Lebensbeweis. Sie könnte ...«

»Zurücktreten, habe ich gesagt. Sonst bekommen Sie einen Todesbeweis. Und rufen Sie nicht die Polizei. Wenn Sie das tun, läuft es auf dasselbe hinaus. Wir werden wissen, ob Sie unseren Anweisungen Folge geleistet haben. Treten Sie zurück. Und zwar sofort! Zwei Stunden ...«

»Hören Sie, vorher muß ich ...«

Die Leitung war tot. Tweed legte langsam den Hörer auf. Er berichtete Newman und Cardon, was der Mann gesagt hatte. Newman teilte ihm mit, was er von den

Wintertons erfahren hatte. Tweed seufzte und setzte sich dann neben Cardon auf die Couch.

»Diesmal sind sie sehr clever gewesen. Und sie ist ganz offensichtlich in ihren dreckigen Händen. Mir bleibt keine andere Wahl.«

Er stand auf, ging wieder ans Telefon und wählte die Nummer vom Park Crescent. Monica meldete sich, schien erfreut, seine Stimme zu hören.

»Ist Howard noch im Hause – oder hat er sich schon in seinen Club zurückgezogen?«

»Nein, er ist noch hier. Seit Sie London verlassen haben, hat er eine Menge Überstunden gemacht.«

»Verbinden Sie mich mit ihm. Und zwar bitte sofort.«

»Kann ich Ihnen nicht helfen?«

»Ich habe gesagt, Sie sollen mich sofort mit Howard verbinden. Es ist dringend.«

»Ich stelle Sie gleich durch . . .«

Es hörte sich an, als wäre Monica verletzt von seinem brüsken Befehl. Aber in wenigen Sekunden war Howard am Apparat, und er stellte seine Frage ohne eine Spur seiner normalen, hochtrabenden Art.

»Was ist passiert? Und wo sind Sie?«

»In Hamburg. Hotel Vier Jahreszeiten. Rufen Sie mich nicht an. Ich erkläre hiermit meinen Rücktritt. Mit sofortiger Wirkung. Die schriftliche Bestätigung erhalten Sie per Kurier.«

»Sie hören sich angespannt an«, bemerkte Howard. »Ist dieser Schritt wirklich nötig?«

»Er ist es. Versuchen Sie nicht, ihn mir auszureden. Mein Entschluß steht fest. Ich trete zurück.«

»Dies ist eine Notfallsituation?«

»So ist es. Auf eine Erklärung müssen Sie verzichten.«

»Ich nehme Ihren Rücktritt an. Ich werde die ganze Nacht hierbleiben und mich um die Formalitäten kümmern. Ich bedaure dies mehr, als ich sagen kann.«

»Danke . . .«

Tweed legte den Hörer auf, und auf seiner Stirn standen Schweißtropfen. Er setzte sich wieder neben Cardon auf die Couch und wischte sich mit einem Taschentuch die Stirn ab. Newman kam und ließ sich auf seiner anderen Seite nieder. Tweed sah ihn an und fuhr sich mit der Hand übers Gesicht.

»Das ist das einzige, womit wir Paulas Leben vielleicht für ein paar Tage retten können.« Er senkte die Stimme. »Gehen Sie zu dieser Telefonzelle, bei der Sie schon öfter waren. Rufen Sie Kuhlmann an – holen Sie ihn aus dem Bett, wenn es sein muß. Aber vermutlich ist er nach wie vor am Berliner Tor. Sagen Sie ihm, was passiert ist. Geben Sie ihm den Namen dieser Fernsehgesellschaft. Und vor allem sagen Sie ihm, daß die Entführung geheim bleiben muß.«

»Bin schon unterwegs«, war alles, was Newman darauf erwiderte.

Zweiundvierzigstes Kapitel

Paula wurde auf ihrer Lederbank von einer Seite zur anderen geschleudert. Der Transporter war offensichtlich kurz zuvor von einer befestigten Straße abgebogen und fuhr jetzt über rauhes Gelände. Ihr war schlecht, und sie hatte heftige Kopfschmerzen, aber das Pflaster über ihrem Mund hatte sich gelockert und war entfernt worden.

Als der Wagen langsamer wurde, stand Starmberg von seinem Klappsitz auf. Er löste den Riemen, der ihre rechte Hand hielt, und legte ihr eine stählerne Handschelle an. Dann löste er den Riemen an ihrer anderen Hand, zwang sie, sich aufzurichten, und befestigte den anderen Teil der Handschelle an ihrem linken Handgelenk. Jetzt waren ihre Arme hinter ihrem Rücken gefesselt.

»Das wird Ihnen ein paar Jahre einbringen«, fuhr sie ihn an.

»Wenn Sie Ihren verdammten Mund nicht zumachen, dann tue ich es.«

Er löste die beiden Riemen um ihre Knöchel und fesselte ihre Beine mit einer zweiten Handschelle. Der Transporter hatte angehalten. Draußen herrschte eine unheimliche Stille, die an ihren ohnehin schon angespannten Nerven zerrte.

Starmberg trat hinter sie und stopfte ihr plötzlich einen festen Knebel aus gedrehtem Stoff in den Mund. Sie spürte die Kraft, die in diesem brutalen Kerl steckte, und kam sich völlig hilflos vor.

»Sie sind in Ihrem neuen Heim angekommen«, sagte er sarkastisch. »Und hier ist ein sehr netter Mann, der es kaum erwarten kann, Sie willkommen zu heißen.«

Der Fahrer, der inzwischen ausgestiegen war, öffnete die Hecktür, aber sie konnte ihn nicht deutlich sehen. Es war eine stockfinstere Nacht, und eiskalte Luft drang ins Innere des Wagens.

»Wehren Sie sich nicht, sonst schlage ich Ihnen die Zähne ein«, erklärte Starmberg.

Er warf sich Paula über die Schulter wie den sprichwörtlichen Sack Kartoffeln, bückte sich, um nicht gegen das Wagendach zu stoßen, und trat in die Nacht hinaus. Sofort blies ihr ein heftiger Wind Sandkörnchen in die Augen. Sie wurde kopfunter über ein Stück kahles Land und in ein Haus geschleppt.

Ihre Augen sahen nur, wie ein rissiger Parkettboden unter ihr vorbeiglitt, ein Boden, in dem etliche Dielen lose waren und der seit einer Ewigkeit nicht mehr gebohnert worden war. Starmberg, der eine Hand grob um ihren Hals gelegt hatte, benutzte die andere, um eine Tür zu öffnen. Sie traten ins grelle Licht einer Leuchtstoffröhre, und sie blinzelte.

Starmberg stieg eine Plankentreppe hinunter, die in einen Keller führte. An einer Wand stand eine weitere Lederbank. Er ließ sie darauf fallen, streckte sie aus. Er redete mit jemandem, den sie nicht sehen konnte, während er ihr die Handschellen an Händen und Füßen abnahm und sie wieder durch Lederriemen ersetzte. Sie erinnerte sich an etwas, das Butler ihr während des harten Trainingskurses beigebracht hatte, und zwang sich, sich während des Anlegens der Riemen vollständig zu entspannen. Der Knebel wurde entfernt.

»So, Dr. Hyde«, sagte Starmberg in seinem gutturalen Englisch, »das ist Miß Grey, Ihre neue Patientin. Sie werden sie operieren.«

»Ich habe ganz präzise Anweisungen«, erwiderte eine ölige Stimme. »Es ist lediglich eine Frage des Zeitpunktes.«

»Der wird Ihnen noch mitgeteilt. Innerhalb der nächsten drei Tage. Ich überlasse sie Ihren zarten Händen.«

Das Geräusch schwerer Schritte, die die Plankentreppe hinauftrampelten, das Öffnen und Zuschlagen einer Tür. Bei diesem letzten Geräusch verließ Paula der Mut. Und dieser makabre Satz. *Sie werden sie operieren.*

»Nun, meine liebe Miß Grey, haben Sie es bequem?« erkundigte sich die ölige Stimme, und der Sprecher kam in Sicht und schaute auf sie herunter.

Er war glatt rasiert, trug eine randlose Brille, hatte eine hohe Stirn und gelichtetes braunes Haar. Er lächelte und entblößte dabei ein perfektes Gebiß. Das Lächeln war so falsch wie das eines Betrügers, aber sie hatte den Eindruck, daß in diesem Lächeln eine Portion Sadismus steckte.

»Was zum Teufel soll die Frage, ob ich es bequem habe?« fuhr sie ihn an. »Und wissen Sie, welche Strafe auf Entführung steht? Das Verbrechen wurde in Deutschland begangen, also werden Sie sich dort dafür zu verantworten haben. Und da wir gerade bei diesem Thema sind – wo bin ich?«

»Aber, aber ...« Das gräßliche Lächeln vertiefte sich, es erinnerte Paula an das geöffnete Maul eines Hais. »Sie müssen sich beruhigen«, mahnte Hyde. »Wenn Sie hysterisch werden, muß ich Ihnen etwas geben, damit Sie einschlafen. Liegen Sie still, ich muß Sie untersuchen und feststellen, in welchem Zustand Sie sind.«

Er beugte sich über sie, und sie sah, daß er ein großer Mann war, massig und mit einem Bauch. Er trug einen weißen Arztkittel. Seine Finger waren lang, schlank und sensitiv, wie Klauen. Sie zerrten ihr die Jacke von der rechten Schulter, dann hielten sie inne.

»Sie werden mit gutem Essen und reichlich Flüssigkeit versorgt werden. Es ist wichtig, daß Sie sehr viel Flüssigkeit zu sich nehmen. Zum Essen wird eine Ihrer Hände freigemacht. Sind Sie rechts- oder linkshändig?«

»Rechtshändig«, sagte Paula, ohne nachzudenken.

»Falsche Schulter.«

Hydes Finger zerrten ihre Jacke wieder hoch, wendeten sich ihrer linken Schulter zu. Er zog erst die Jacke herunter, danach ihre Bluse, dann schob er die Träger ihrer Unterwäsche über ihren linken Oberarm. Seine Finger tasteten, kneteten ihre nackte linke Schulter, drückten darauf herum.

Paula zwang sich, nicht vor Widerwillen gegen diese tastenden Hände zu schaudern. Dann schoß ihr durch den

Kopf, daß Irene Andovers linker Arm dicht unterhalb der Schulter amputiert worden war. Sie unterdrückte ein Gefühl der Mutlosigkeit. Du perverses Schwein, dachte sie. Sie zwang sich, mit beherrschter Stimme zu sprechen.

»Wenn Sie mir nichts tun, wird Ihnen das bei der Anklage gegen Sie zugute kommen.«

»Blöde Kuh!«

Während er die giftigen Worte herausspie, gruben sich seine Finger brutal in ihr Fleisch. Sie biß die Zähne zusammen, um nicht vor Schmerz aufzuschreien. Das Lächeln war verschwunden. Er richtete sich auf, schob die randlose Brille auf der leicht gekrümmten Nase hoch und verschwand einen Moment außer Sicht. Dann spürte sie, wie eine Hand ihr rechtes Handgelenk packte. Im gleichen Moment wurde die zu dem Keller führende Tür geöffnet und wieder geschlossen, dann hörte sie schwere, tappende Schritte, die die Plankentreppe herunterkamen.

»Kommen Sie, Ilena«, rief Hyde. Er schaute auf Paula herab. »Ilena ist die Schwester, die mir helfen wird, wenn Ihre Zeit gekommen ist. Bis dahin wird sie für Sie sorgen. So, Ilena, das ist unsere neue Patientin.«

Eine Schwester? Paula schaute auf und sah eine Frau, die gleichfalls einen weißen Kittel trug und sich über sie beugte. Eine kleine, massige Frau, mit Armen, die aussahen wie Baumstämme. Ein breites Gesicht, slawisch, vermutete Paula. Eine Rumänin? Auf jeden Fall aus Osteuropa. Harte Augen ohne eine Spur von Menschlichkeit starrten auf sie herab. Sie war gebaut wie ein Ochse. Mit einem Gefühl der Verzweiflung erkannte Paula, daß sie, wenn es zu einem Kampf zwischen ihnen kommen sollte, gegen dieses bäurische Monstrum nicht die geringste Chance haben würde. Das Haar der Frau war dunkel, sehr kurz geschnitten.

»Spricht Sie überhaupt ein Wort Englisch?« fuhr Paula wieder auf. »Sonst ist sie zu überhaupt nichts nütze.«

»Ilena spricht ein bißchen Englisch – genug, um zu verstehen, was Sie gerade gesagt haben«, bemerkte Hyde auf seine sarkastische Art.

Er händigte der Frau die Spritze aus, die er gerade selbst hatte benutzen wollen.

»Sie können gleich an der Patientin üben – geben Sie ihr die Injektion.«

Ilena packte Paulas Handgelenk mit eisernem Griff. Ohne eine Spur von Rücksichtnahme rammte sie die Spritze in ihren Arm, drückte den Kolben nieder. Paula unterdrückte einen Schmerzensschrei. Die Welt verschwamm und versank wieder. *Diesmal darf ich nicht wieder das Bewußtsein verlieren,* befahl sie sich.

Kuhlmann, immer noch am Berliner Tor, reagierte schnell und effektiv auf Newmans Anruf. Eine kleine Schar von Polizisten, mit Jeans und Anoraks bekleidet, wurde mit einem Transporter in eine Nebenstraße in der Nähe des Vier Jahreszeiten befördert.

Leere Bierflaschen schwenkend, torkelten sie auf den Neuen Jungfernstieg und begannen vor dem Vier Jahreszeiten eine gespielte Schlägerei. Streifenwagen mit uniformierten Beamten erschienen, kämpften mit den Pseudo-Punkern und ›verhafteten‹ sie schließlich.

Während dies geschah, hielt ein unscheinbarer Wagen vor dem Hoteleingang. Ein Beamter in Zivil ging hinein, trat sofort in einen Fahrstuhl und fuhr hinauf zu Tweeds Zimmer. Er zeigte ihm seinen Ausweis und gab ihm einen Hut mit schlaffer Krempe und einen Trenchcoat, beide von deutscher Machart.

»Bitte ziehen Sie das an. Ich bringe Sie zum Berliner Tor. Es ist eine Vorsichtsmaßnahme – für den Fall, daß der Gegner das Hotel beobachtet.«

Als sie in dem Wagen saßen und um die Alster herumfuhren, informierte ihn der Beamte.

»Dies ist ein ganz besonderer Wagen. Die Scheiben bestehen aus Spezialglas. Wir können hinausschauen, aber niemand kann hereinsehen. Mr. Newman ist mit einem Taxi zum Berliner Tor gefahren. Er hat gesagt, er könnte sich mit einer Mütze und einer Brille tarnen, die er bei sich hätte ...«

Am Berliner Tor angekommen, hielt er vor einem Hintereingang, begleitete Tweed in das Gebäude hinein und brachte ihn in das große Büro, von dem aus Tweed mit Nielsen in Kopenhagen telefoniert hatte. Newman wanderte rauchend im Zimmer herum, während Kuhlmann telefonierte. Als er sein Gespräch beendet hatte, sprang er auf, während sich Tweed des Mantels und des Hutes entledigte.

»Niemand wird wissen, daß Sie hier waren. Setzen Sie sich. Ich habe eine Menge zu berichten.« Er sah Newman an, schwenkte seine Zigarre. »Und Sie setzen sich jetzt auch. Ich weiß, daß Sie sich Sorgen machen – aber hören Sie bitte zu. Die Ermittlungen laufen auf Hochtouren.«

»Paula ist entführt worden«, sagte Tweed ruhig, nachdem er sich gesetzt hatte.

»So sieht es leider aus. Ich weiß, wie schwer Sie das trifft – Sie haben mein volles Mitgefühl. Aber jetzt ist Handeln angesagt.«

»Völlig richtig.« Tweed richtete sich auf. »Was haben Sie bisher herausgefunden?«

»Ich habe einen Bekannten bei *Inter-Vision TV* angerufen. Er hat mir gesagt, daß nicht einmal im weiteren Umkreis des Vier Jahreszeiten Dreharbeiten stattfänden. Außerdem hat er seinen Fuhrpark überprüft und festgestellt, daß keiner seiner Transporter gestohlen wurde. Offensichtlich haben die Entführer ganz gewöhnliche weiße Transporter mit dem Namen der Firma beklebt und die Aufkleber schon vor Stunden wieder entfernt. Es war ein sehr gerissener Plan. Wir haben es mit äußerst cleveren Leuten zu tun.«

»Irgendeine Spur von diesen Transportern?« fragte Tweed.

»Bisher nicht. Lassen Sie mich weiterreden. Ich habe meine eigene Schau vor Ihrem Hotel inszeniert und eine Scheinschlägerei organisiert – was mir einen plausiblen Vorwand dafür lieferte, Streifenwagen in diese Gegend zu schicken. Durchaus möglich, daß einer der Hotelgäste aufpaßt. Wir haben den Portier gefunden, den sie sich gegriffen haben, um seine Livree benutzen zu können – sie haben ihn gefesselt, eine Decke über ihn geworfen und ihn in der Nähe des Fußwegs am Ufer unter einen Busch geschoben. Er liegt jetzt mit schwerer Unterkühlung im Krankenhaus.«

Tweed warf einen Blick auf Newman, der aufmerksam zuhörte.

»Berichten Sie noch einmal kurz, wie Sie sie das letzte Mal gesehen haben.«

»Ich habe es Kuhlmann bereits erzählt. Nachdem Sie den Grill Room verlassen hatten, um sich umzuziehen, wartete ich auf die Rechnung, um dann an der Rezeption alles bezahlen zu können. Paula sagte, sie wollte nach oben gehen und ihr Waschzeug zusammenpacken. Seither habe ich sie nicht wiedergesehen. Mir ist, als wäre ich verantwortlich . . .«

»Keine Gewissensbisse!« Tweeds Ton war plötzlich entschlossen. »Es sieht so aus, als hätte ein falscher Portier sie auf die Straße gelockt.«

»Zu dem Schluß sind wir auch gekommen«, warf Kuhlmann ein.

»Straßensperren haben wohl keinen Sinn, oder?« erkundigte sich Tweed.

»Zu spät. Sie haben inzwischen mehrere Stunden Vorsprung. Ich habe Leute am Flughafen, die die Flüge am Morgen überwachen. Sie werden jeden überprüfen, der auf einer Trage an Bord gebracht werden soll. Aber ich glaube nicht, daß sie dort auftauchen werden. Dasselbe gilt für die Bahnhöfe. Und die Wasserschutzpolizei durchsucht systematisch jedes Schiff, das bei Tagesanbruch auslaufen will. Kohler, der Hamburger Polizeichef, ist ein guter Freund von mir. Er hat mir ein Viertel seiner gesamten Truppe zur Verfügung gestellt. Leute in Zivil, die diskret vorgehen und keinerlei Aufsehen erregen werden.«

»Danke«, sagte Tweed. »Sie scheinen sämtliche Schlupflöcher verstopft zu haben.«

»Ich habe noch gar nicht richtig angefangen. Hören Sie einfach zu. Sie erinnern sich, daß Sie mich gebeten haben, einen gewissen Dr. Hyde aufzuspüren? Ich hatte Glück, als ich an der dänischen Grenze anrief – anhand meiner Beschreibung konnte mir der dänische Beamte sagen, daß er der Passagier eines Fahrers aus Tinglev war. Vor ein paar Minuten habe ich ihn noch einmal angerufen. Ein weißer Transporter, der immer eine bestimmte Gebäcksorte nach Deutschland bringt, kam erst kurz vor Mitternacht zurück. Der Beamte fand, daß dies eine höchst ungewöhnliche Zeit für seine Rückkehr wäre. Der Fahrer sagte, sein Wagen hätte eine Panne gehabt, er hätte warten müssen, bis er repariert worden war. Sie machten Witze über die Unmengen von Gebäck, die die Deutschen essen. Später hat der Beamte bedauert, daß er nicht verlangt hat, daß der Transporter geöffnet wurde – irgend etwas an dem Verhalten des Fahrers kam ihm komisch vor.«

»Jütland. Immer wieder Jütland«, sagte Tweed laut, aber seine Bemerkung war im Grunde nur für ihn selbst bestimmt. Er sah Kuhlmann an. »Darf ich noch einmal dieses Scrambler-Telefon benutzen? Und hätten Sie etwas dagegen, mich dabei allein zu lassen? Es ist ein schwieriges Gespräch.«

»Ich habe noch einiges in der Kommunikationszentrale zu erledigen . . .«

Newman verhielt sich ganz still, während Tweed die Nummer vom Park Crescent wählte. Monica meldete sich.

»Ich muß noch einmal mit Howard sprechen, falls er noch da ist. Ich werde ihn bitten, Ihnen nach Beendigung unseres Gesprächs bestimmte Anweisungen zu erteilen. Anweisungen, die von größter Wichtigkeit sind, und ich weiß, Sie werden beste Arbeit leisten. Er ist noch da? Gut. Verbinden Sie mich mit ihm.«

Ein Knacken im Hörer, dann meldete sich Howard.

»Howard, diesmal spreche ich über Scrambler vom Hamburger Polizeipräsidium aus. Ich kann also offener reden. Ich werde Kuhlmann bitten, mit der ersten Maschine einen Kurier loszuschicken, der Ihnen meine Rücktrittserklärung überbringt. Geschrieben auf einem Briefbogen des Vier Jahreszeiten, datiert und mit Angabe der Uhrzeit.«

»Müssen Sie einen derart drastischen Schritt unternehmen?«

»Ja. Und den Grund dafür kann ich Ihnen nicht nennen. Es ist überaus wichtig, daß Monica die Neuigkeit sofort über unser Netzwerk von Kontaktleuten in England und auf dem Kontinent verbreitet. Sie weiß, mit wem sie sich in Verbindung setzen muß.«

Howards Stimme änderte sich, wurde geschäftsmäßig. »Wird gemacht. Sie stecken in einer ganz schlimmen Klemme. Ich könnte Vermutungen anstellen, aber ich werde es nicht tun.«

»Howard, was ich Ihnen jetzt sage, ist überaus wichtig. Und es muß unbedingt unter uns bleiben. Sagen Sie es nicht einmal Monica. Und lassen Sie sie Tag und Nacht bewachen. Es wäre möglich, daß man sich ihrer bemächtigt, um die Geschichte meines Rücktritts zu überprüfen.«

»Das wird ja immer schlimmer. Fahren Sie fort.«

»Ich möchte das Kommando über die Männer behalten, die hier bei mir sind. Und das muß unbedingt geheim bleiben . . .«

»Sie haben das Kommando.« Eine kurze Pause. »Ich habe auch eine schlechte Nachricht. Der Premierminister will den Einsatz des SAS-Teams nicht genehmigen, bevor er nicht mehr über das Unternehmen weiß.«

»Also vergessen wir den SAS. Wir müssen mit dem auskommen, was wir haben. Aber ich brauche die Unterstützung eines Mannes – Commander Noble vom Geheimdienst der Marine. Ich möchte so bald wie möglich mit ihm sprechen.«

»Er hat vor ein paar Minuten angerufen und wollte Sie sprechen. Er arbeitet die ganze Nacht durch. Das Telefon ist mir zu riskant – ich setze mich in meinen Wagen, fahre zur Admiralität und rede persönlich mit ihm. Um diese Zeit herrscht kein Verkehr, ich müßte es in einer Viertelstunde schaffen.«

»Also machen wir Schluß.«

»Viel Glück, Tweed ...«

»Warum mußten Sie zurücktreten?« fragte Newman, solange sie noch allein waren. »Ich weiß, Sie meinen, auf diese Weise haben wir vielleicht drei Tage Zeit, um sie zu finden. Aber Wand ist derart unmenschlich – es kann sein, daß Paula schon tot ist.« Er war so niedergeschlagen, daß Tweed reagieren mußte.

»Ja«, sagte er, stand auf und begann, im Zimmer herumzuwandern, »das ist einer der Gründe. Und wir müssen alles nur Erdenkliche unternehmen, um sie zu retten. Aber genauso wichtig ist es, Wand zu Unvorsichtigkeiten zu verleiten. Wenn er von meinem Rücktritt erfährt, wird er glauben, die gesamte Opposition losgeworden zu sein. Ich bin ziemlich sicher, daß ich inzwischen weiß, wie sein niederträchtiger Verstand funktioniert.«

»Und wie geht es jetzt weiter?«

»Ich hatte mir Sorgen gemacht, ich könnte unsere Streitmacht auf die falsche Art aufgespalten haben. Jetzt ist mir klar, daß ich es genau richtig gemacht habe. Eine Gruppe – Marler, Nield und Butler – ist nach Jütland unterwegs. Dort hält sich, wie Kuhlmann herausgefunden hat, dieser widerliche Dr. Hyde auf. Es mag kein erfreulicher Gedanke sein, aber ich bin sicher, daß Paula da festgehalten wird, wo Hyde sich befindet. Marler wird alles tun, was in seinen Kräften steht. Und Sie und ich werden so bald wie möglich nach Kopenhagen fahren, zusammen mit Cardon.« Er hielt einen Moment inne. »Wie müde sind Sie? Wenn Kuhlmann uns einen Wagen zur Verfügung stellt, könnten wir noch heute nacht fahren. Sonst fahre ich ...«

»Nein! Ich komme zwei Nächte ohne Schlaf aus und bin frisch und munter. Aber ich habe den Eindruck, daß Sie sich immer noch in einer Art Schockzustand befinden und den Autopiloten eingeschaltet haben ...«

Die Tür ging auf. Kuhlmann steckte den Kopf herein, wendete sich an Tweed.

»Da ist ein Mann namens Cardon am Telefon. Behauptet, er müßte dringend mit Ihnen sprechen.«

»Das ist einer von meinen Leuten.«

Tweed nahm den Hörer ab, und Kuhlmann verschwand wieder. Tweed fragte, wer am Apparat war.

»Cardon, Chef. Ich spreche von Newmans Lieblingstelefonzelle aus. Marler hat im Vier Jahreszeiten angerufen, und weil Sie nicht erreichbar waren, hat er nach mir verlangt. Kann ich reden?«

»Ich spreche über Scrambler. Was ist mit Marler?«

»Er ist in Dänemark. Da das Gespräch über eine Hotelvermittlung lief, hat er sich sehr vorsichtig ausgedrückt. Er hat gesagt ›Ich verbringe einen herrlichen Urlaub. Ich bin in einer Stadt, die Tønder heißt.‹ Er hat mir den Namen des Hotels genannt – soweit ich verstanden habe, ist es ein kleines – und die Telefonnummer. Hier ist sie . . .«

Tweed notierte sich die Details auf einem Block.

»Philip, ist Ihr Koffer gepackt?«

»Ja. Ich kann jederzeit aufbrechen.«

»Dann tun Sie das. Ihre Rechnung ist bezahlt. Geben Sie irgendeinen plausiblen Grund dafür an, daß Sie das Hotel um diese Zeit verlassen. Mir fällt im Augenblick keiner ein.«

»Ich ziehe ins Atlantik«, sagte Cardon sofort. »Weshalb? Weil meine Freundin dort wohnt und ich in ihrer Nähe sein möchte. Wollen doch mal sehen, ob es dem Mann an der Rezeption gelingt, diese würdevolle ›Der Gast hat immer recht‹-Miene beizubehalten, für die dieses Hotel berühmt ist. Was tue ich dann?«

»Verschwinden Sie aus der Nähe des Vier Jahreszeiten. Besorgen Sie sich ein Taxi, lassen Sie sich zum Hotel Berlin bringen. Dann sehen Sie sich um – ich bin im Polizeipräsidium, und das ist weit und breit das einzige Gebäude, das zwanzig Stockwerke hoch ist. Fragen Sie nach mir – ich bin im fünfzehnten Stock.«

»Sie haben gelächelt über etwas, das er sagte«, bemerkte Newman.

»Er hat etwas Spaßiges gesagt. Er muntert mich immer auf. Und er wird bald hier sein.«

Er hatte gerade ausgesprochen, als Kuhlmann hereingestürmt kam und Tweed gegenüber auf einen Stuhl sackte.

»Da ist noch etwas, das ich vorhin vergessen habe. Vor ein paar Stunden ist Dr. Wand in Kastrup gelandet. Inspektor Nielsen hat mich angerufen. Er war allein, und eine Limousine hat ihn abgeholt und nach Gentofte im Norden von Kopenhagen gebracht. Das ist ein reiches Viertel mit teuren Villen.«

»Wie bei Dr. Wand nicht anders zu erwarten«, sagte Tweed zynisch. »Alles von seiner Flüchtlingshilfsorganisation finanziert. Haben Sie die Adresse?«

Kuhlmann holte ein Blatt Papier aus der Tasche und schob es über den Schreibtisch.

»Hier. In der Nähe eines Nobelhotels, das Jaegersborg heißt, hat Nielsen gesagt. Seine Leute beobachten Wands Villa.« Als Tweed etwas sagen wollte, hob er eine Hand. »Keine Sorge – Nielsens Leute sind sehr diskret. Sie beobachten das Haus mit einer Spezialausrüstung aus einiger Entfernung.«

»Könnten Sie mir einen Gefallen tun?« Tweed legte den an Howard adressierten Briefumschlag mit seiner schriftlichen Rücktrittserklärung auf den Tisch. »Ich brauche einen Kurier, der dies morgen – nein, heute –, so schnell wie möglich nach London bringt. Er soll zum Park Crescent fahren und diesen Brief Howard persönlich übergeben. Niemand anderem als Howard.«

»Kein Problem.« Kuhlmann nahm den Umschlag. »Jeder der hiesigen Beamten wird sich freuen, wenn er einen Ausflug nach London machen darf. Kohler wird einen verläßlichen Mann aussuchen, der dann mit der ersten Maschine hinüberfliegt.«

»Noch eine Bitte. Können Sie uns einen Wagen für eine Fahrt nach Kopenhagen zur Verfügung stellen? Um diese Zeit fliegt kein Flugzeug, und ich möchte so bald wie möglich in Puttgarden sein und dann mit der Fähre übersetzen. Ich glaube, ich kann diesen widerlichen Dr. Wand matt setzen.«

»Einen Mercedes, wenn möglich«, warf Newman ein.

»Sie verlieren wirklich keine Zeit«, bemerkte Kuhlmann. »Ich gehe und kümmere mich um den Wagen. Bin bald zurück . . .«

Eine halbe Stunde später öffnete er abermals die Tür, sagte: »Ein Freund von Ihnen«, und verschwand wieder.

Philip Cardon kam herein, nickte Newman zu, setzte sich mit seinem Koffer neben sich auf eine Couch.

»Hat Marler auch nur die geringste Chance, Dr. Hyde aufzuspüren?« fragte Newman besorgt.

»Ich bin überzeugt, daß sich Starmberg bei ihm in Jütland aufhält«, erklärte Tweed. »Und Marler hat Fotos von ihm, die er gestern morgen in Blankenese gemacht hat – Sie haben Paula eines davon gezeigt. Er hat mir Abzüge gegeben.«

Tweed öffnete die Tasche, die er vom Vier Jahreszeiten mitgebracht hatte, und holte eine Plastikhülle mit Fotos heraus. Er gab Newman ein paar Bilder von Starmberg, dann ging er hinüber zu Cardon, suchte weitere Fotos heraus, legte sie auf die Couch.

»Das hier ist Dr. Wand – von Marler am Londoner Flughafen aufgenommen. Da ist Dr. Hyde. Und auf diesen dreien ist Jules Starmberg.« Er stand auf, spürte seine Erschöpfung, setzte sich wieder an den Schreibtisch.

»Ich schlage vor, daß wir sofort losfahren, sowie Kuhlmann den Wagen besorgt hat, und zwar nach Puttgarden. Auf diese Weise kommen wir am schnellsten nach Kopenhagen.«

»Und vermutlich«, meinte Newman, »dürfen wir keinesfalls die Tarnkappenschiffe vergessen – besonders nach dem, was in Blankenese mit der *Holsten* passiert ist.«

»Ich denke unablässig an sie«, versicherte ihm Tweed. »Zumal sich Dr. Wand nach Dänemark begeben hat – und diese große Siedlung von leerstehenden, aber möblierten Häusern in Jütland auf das Eintreffen ihrer Bewohner wartet.«

Dreiundvierzigstes Kapitel

Die *Mao III*, dichtauf gefolgt von der *Yenan*, fuhr mit leicht gedrosselter Geschwindigkeit und passierte mit zweihundert Meilen Abstand die winzige Insel Rockall – *57,45° nördlicher Breite, 20,0° westlicher Länge*. Die beiden Schiffe, die nach wie vor die Hauptschiffahrtsrouten so weit wie möglich mieden, befanden sich weit draußen im Atlantik.

Kim hatte Kapitän Welensky befohlen, die Geschwindigkeit zu drosseln, weil sie seit dem Kap der Guten Hoffnung sehr schnell vorangekommen waren und ihr Ziel unbedingt zur vereinbarten Zeit erreichen mußten.

Es war mitten in der Nacht. Der massige Welensky stand mit verschränkten Armen auf der Brücke, und der kleine Kim stand neben ihm. Welensky hoffte, daß der Chinese den Mund halten würde, aber das tat er nicht.

»Ich nehme an, Sie werden auf diesem Kurs weiterfahren, bevor wir nach Südosten schwenken«, bemerkte Kim.

»Es ist mein Job, den Kurs zu bestimmen und zur rechten Zeit anzukommen«, fuhr Welensky auf. »Und was ist mit Ihren Problemen? Ich habe gehört, unsere skandinavischen Passagiere und auch die an Bord der *Yenan* sind unruhig.«

»Jetzt nicht mehr«, schnurrte Kim. »Als Becher mit starkem Kaffee für sie zubereitet wurden, habe ich selbst eine kleine Portion des Schlafmittels Soneryl zerstampft. Das wurde in ihren Kaffee getan. Sie schlafen zwar nicht, sind aber sehr lethargisch.«

»Wenn wir zwischen den Shetlands und Norwegen auf Südostkurs gehen und auf die Südküste von Jütland zusteuern, muß ich mich voll und ganz konzentrieren. Da fahren zahlreiche Schiffe, unter anderem die, die die Ölbohrplattformen versorgen.«

Er hoffte bei Gott, daß Kim den Wink verstanden hatte, aber auch diese Hoffnung erfüllte sich nicht.

»Ich bin natürlich an Ihrer Seite – für den Fall, daß sich eine kritische Situation ergeben sollte. Und es ist äußerst wichtig, daß wir die Küste von Jütland mitten in der Nacht erreichen. Haben Sie einen Wetterbericht für diesen Teil der Welt gehört?«

»Nebel. Dichter Nebel.«

»Vorzüglich.« Kim lächelte. »Fast wie bestellt.«

Paula kam plötzlich zu sich und war hellwach. Sie lag immer noch auf der Lederbank, mit Riemen an Händen und Füßen gefesselt. Es war mitten in der Nacht, aber Gott sei Dank hatten sie die verdammte Leuchtstoffröhre ausgeschaltet. Ihre Glieder taten weh und waren steif, weil sie stundenlang in derselben Position verharren mußte, abgesehen von den kurzen Zeiten, in denen sie von Ilena Essen und Wasser erhielt.

Sie runzelte die Stirn, als sie ein Geräusch hörte, das ihr schon früher aufgefallen war – ein Geräusch wie von fernen Brechern, die auf eine Küste rollten. War es das Meer oder pure Einbildung? Sie erinnerte sich an zwei Dinge, die Butler sie im Laufe des Trainingskurses gelehrt hatte.

»Wenn Sie je von einem Gegner in Einzelhaft gehalten werden, konzentrieren Sie sich auf ein Problem, damit ihr Verstand aktiv bleibt . . .«

Außerdem hatte er sie in etwas unterrichtet, was er die Houdini-Technik nannte. Sie begann zu tun, was sie gelernt hatte – wie schon zuvor, als das Licht ausgeschaltet wurde und Ilena die Tür hinter sich zugeschlagen hatte. Sie ließ ihre rechte Hand erschlaffen und begann, ihr Handgelenk innerhalb des Riemens zu drehen. Anfangs schien das nicht das mindeste zu bewirken, dann spürte sie eine Lockerung. Sie machte weiter, hörte aber sofort auf, als sie ein neues Geräusch vernahm.

Ein schlagendes, klatschendes Geräusch, das sich in regelmäßigen Abständen wiederholte. Aus der Außenwelt drang ein schwacher Lichtschimmer herein. Sie begriff, daß es ein Laden vor dem Kellerfenster war, der im Wind klapperte. Ein neues Geräusch: der Schlüssel, der ins

Schloß der äußeren Tür gesteckt wurde. Sie schloß die Augen.

Die Tür ging auf, die blendende Leuchtstoffröhre wurde eingeschaltet, und Ilenas schwere Tritte kamen die Plankentreppe herunter. Als sie unten angekommen war, kam sie auf die Bank zu und packte Paula bei der Schulter.

»Ich weiß, Sie nicht schlafen. Sie wollen Toilette?«

»Nein, vielen Dank.«

Sie bemühte sich, die unberechenbare, bäurische Frau nicht zu provozieren. Ein Gang zur Toilette war demütigend. Ilena hatte eine alte 7,65er Mauserpistole mit langem Lauf. Hatte sie die aus Rumänien mitgebracht – oder von wo immer sie herstammte? Die Waffe war auf Paula gerichtet, während sie die Riemen löste und dann zurücktrat. Dann mußte Paula die Kellertür aufstoßen, die in etwas führte, das kaum größer war als ein Schrank. Drinnen befand sich eine Campingtoilette. Während sie ihr Geschäft erledigte, stand Ilena mit auf sie gerichteter Waffe vor ihr. Dann mußte sie zu ihrer Bank zurückkehren, und die Riemen wurden wieder festgeschnallt.

»Dann ich bereite Operationstisch vor. Dr. Hyde sehr sauberer Mann . . .«

Ilena wendete Paula den Rücken zu, die den Kopf drehte, um zu sehen, was sie tat. Mit Grausen sah sie, daß Ilena einen Plastikeimer mit dampfendem Seifenwasser und eine Scheuerbürste mitgebracht hatte. Sie machte sich daran, jeden Zentimeter eines langen Holztisches zu scheuern.

Paula reagierte mit Entsetzen und Wut. Entsetzen über das, was die Vorbereitung für sie ankündigte. Wut darüber, daß dieses Weibsbild sie geweckt hatte – davon mußte sie ausgegangen sein –, um mitten in der Nacht ihr gemeines Werk zu verrichten.

Paula starrte auf Ilenas breiten Rücken und begriff abermals, daß sie, falls es zu einem Handgemenge kommen sollte, gegen dieses muskelbepackte Geschöpf nichts würde ausrichten können. Ilena beendete ihre Arbeit, trat zurück, um ihr Werk zu bewundern.

»Das ist gut – Doktor sagt, keine Infektion, wenn Operation gemacht wird.«

Dann stellte sie den einzigen im Raum vorhandenen Holzstuhl unter das Fenster. Als sie daraufstieg, ächzte der Stuhl unter ihrem Gewicht. *»Brich dir dein verdammtes Genick!«* sagte Paula unhörbar. Die Frau hantierte mit dem Riegel des Ladens, und Paula sah, daß sie, um ihn zu erreichen, durch Gitterstäbe fassen mußte. Also auch hier keine Möglichkeit zu entkommen. Nachdem sie den Laden befestigt hatte, hievte Ilena ihre Masse von dem Stuhl herunter und drehte sich um. Sie ergriff ihren Eimer mit der Bürste darin und machte noch eine letzte Bemerkung, bevor sie die Treppe hinaufstieg, das Licht ausschaltete, die Tür zuschlug und verschloß, eine Bemerkung, bei der Paula das Blut in den Adern gerann.

»Operation jetzt bald.«

Als Marler mit Butler und Nield an der dänischen Grenze angekommen war, hatte er seinen britischen Paß in der Hand. Der Grenzbeamte, ein Mann in den Fünfzigern mit ausgesprochen skandinavischen Zügen, hatte sich für den Paß kaum interessiert.

»Geschäft oder Vergnügen?« erkundigte er sich.

»Eine Menge Geschäft«, erwiderte Marler.

»Hört sich amtlich an«, bemerkte der Däne.

Marler faßte einen blitzschnellen Entschluß und ging ein großes Risiko ein. Er verzichtete auf die Geschichte über den Handel mit Bootszubehör. Statt dessen holte er ein Foto von Dr. Hyde aus der Tasche und hielt es dem Beamten hin.

»Haben Sie zufällig gesehen, ob dieser Mann heute im Laufe des Abends hier durchgekommen ist? Vielleicht vor mehreren Stunden?« Der Däne betrachtete das Foto im Licht der Taschenlampe, die er ins Innere des Mercedes gerichtet hatte. Er ließ sich Zeit, musterte abermals Marler, dann wendete er seine Aufmerksamkeit wieder dem Foto zu. Marler hatte den Eindruck, daß er nicht recht wußte, wie er auf die Frage und das Foto reagieren sollte.

»Wo kommen Sie her?« fragte der Beamte schließlich.

»Wir kommen aus Hamburg und sind gefahren, als wäre der Teufel hinter uns her.« Marler lächelte trocken.

»Aus Hamburg, sagen Sie? Kennen Sie dort jemanden von Rang?«

Marler ging abermals ein Risiko ein. Er hatte das Gefühl, daß seine Karten gut standen.

»Ja. Chefinspektor Kuhlmann vom Bundeskriminalamt in Wiesbaden.«

»Ah ja.« Der Däne schwieg einen Moment, als müßte er einen Entschluß fassen. »Das ist wirklich ein erstaunlicher Zufall. Sie kennen Kuhlmann gut?«

»Wir arbeiten seit Jahren zusammen«, erwiderte Marler. Sein Ton war freundlich, sein Verhalten aber das eines Mannes mit amtlichem Auftrag. »Otto Kuhlmann hat uns immer nach Kräften unterstützt.«

Der Däne war taktvoll genug, nicht zu fragen, wer mit ›uns‹ gemeint war. Er befingerte das Foto, musterte Marler abermals.

»Der Zufall besteht darin, daß Kuhlmann mich vor einer Weile angerufen und mir eine mündliche Beschreibung eines Mannes gegeben hat. Sie entspricht genau diesem Foto.«

»Ich weiß«, versicherte ihm Marler. »Er wollte wissen, ob er die Grenze nach Dänemark überquert hat. Sie sind ein genauer Beobachter – Sie haben ihm gesagt, daß Sie einen Mann gesehen haben, der im Fond eines Wagens saß. Wissen Sie, wer der Fahrer war?«

»Ja. Sein Passagier war ein ziemlich widerlicher Typ. Sehr von sich eingenommen, war mein Eindruck.«

Marler wartete. Seine Hände lagen locker auf dem Lenkrad und verrieten nichts von seiner Anspannung. Würde der Däne mit der Information herausrücken, die er so dringend brauchte?

»Ihre Fahrt steht mit dem Anruf von Kuhlmann in Zusammenhang?« erkundigte sich der Beamte.

»Ja.«

Marler beließ es dabei. Er wollte das Vertrauen, das er

aufgebaut hatte, nicht dadurch zerstören, daß er zuviel sagte.

»Also wäre es für Sie von Nutzen, wenn Sie den Namen und die Adresse des Fahrers wüßten? Er wohnt in Tinglev. Auch er ist nicht gerade ein angenehmer Zeitgenosse. Er betrügt beim Kartenspielen.«

»Ein schlechtes Zeichen. Dann betrügt er wahrscheinlich auch bei anderen Dingen«, bemerkte Marler.

»Wir reden von Johnny Clausen, einem Mann, der lügt wie gedruckt.«

»Es wäre für uns sehr nützlich, wenn wir seine Adresse wüßten«, erklärte Marler. »Es kann sein, daß wir ein schweres Verbrechen verhindern können. Wir stehen im Wettlauf mit der Zeit.«

»So ernst?« Der Däne schrieb mit Großbuchstaben etwas auf einen Block, riß das Blatt ab und gab es Marler. »Da ist Johnny Clausens Adresse in Tinglev – am Stadtrand. Ich wünsche Ihnen viel Glück.«

»Und ich danke Ihnen für Ihre unschätzbare Hilfe. Wir stehen tief in Ihrer Schuld. So, und wenn Sie nichts dagegen haben – wir müssen zusehen, daß wir schnell weiterkommen.«

»Wir fahren direkt nach Tinglev?« fragte Butler vom Rücksitz her, nachdem sie ein Stück von der Grenzstation entfernt waren.

»Nicht um diese Zeit.«

Marler hatte in der Mitte von Nirgendwo angehalten. Er gab Butler den Zettel mit Clausens Adresse, dann händigte er Nield eines der Fotos von Dr. Hyde aus.

»Ich habe mir die Karte angesehen«, erklärte Marler. »Es würde auffallen, wenn wir mitten in der Nacht in Tinglev ankämen. Wir werden uns getrennte Quartiere suchen, und zwar in Tonder – das liegt ungefähr fünfundzwanzig Kilometer westlich von Tinglev. Wir kennen uns nicht.«

»Und am Morgen?« drängte Butler.

»Sie werden nicht viel Schlaf bekommen. Stehen Sie bei Tagesanbruch auf. Finden Sie jemanden, der Ihnen einen

Wagen leiht – sagen Sie, Ihr eigener wäre zusammengebrochen und stünde zur Reparatur in einer Werkstatt. Gegen großzügige Bezahlung – Sie haben massenhaft Kronen – müßten Sie einen Wagen bekommen. Fahren Sie nach Tinglev, und spüren Sie Johnny Clausen auf. Wie Sie ihn zum Reden bringen, ist Ihre Sache, aber tun Sie es. Wir müssen wissen, wo er Dr. Hyde hingebracht hat.«

Dann wendete er sich an Nield. »Pete, Sie besorgen sich gleichfalls einen Wagen. Dann zeigen Sie Hydes Foto den Einheimischen – unter dem Vorwand, daß Sie ihm Geld schulden für eine Operation an ihrem Knöchel. Damit machen Sie einen ehrlichen Eindruck – und die Dänen schätzen Ehrlichkeit. Sobald wir in Tonder sind, lassen Sie mich wissen, unter welcher Telefonnummer ich Sie beide erreichen kann. Behaupten Sie, ich hätte mich vor dem Überqueren der Grenze in Schleswig-Holstein verfahren. Deshalb das Eintreffen mitten in der Nacht. Keine Fragen? Gut. Also weiter . . .«

Später in der Nacht fluchte Paula innerlich, als sie abermals geweckt wurde, weil jemand die Tür öffnete, das blendende Licht einschaltete und die Treppe herunterkam. Aber diese Tritte waren anders, nicht die von Ilena, die zurückkam, um sie wieder zu stören. Sie öffnete die Augen.

Ein massiger Mann mit zerzaustem schwarzem Haar und über die hastig angezogene Hose hängendem Hemd stand da und sah sie an. Jules Starmberg. Zum erstenmal wurde ihr bewußt, daß er sich im Haus aufhielt. Dann hörte sie wieder das Geräusch, das sie schon früher gehört hatte – das langsame Klappern des losen Fensterladens.

»Diese dumme Kuh«, schimpfte Starmberg. »Kann nicht einmal einen Laden festmachen. Hat Ihren Schönheitsschlaf gestört, stimmt's?«

»Könnten Sie bei diesem Getöse schlafen?« fuhr Paula ihn an.

»Die Dame hat Mut.«

Als Starmberg den Stuhl unter das Fenster zerrte, hörte

sie unter dem Klappern des Ladens noch ein weiteres Geräusch. Den starken Motor eines Wagens, der sich über das rauhe Gelände quälte. Dann schwenkten einen Moment lang Scheinwerfer über das offene Fenster. Starmberg fluchte, stieg auf den Stuhl, steckte die Hand zwischen den Stäben hindurch und zog den Laden zu sich heran.

Er hantierte mit dem Riegel, ließ sich Zeit. Paula hörte, wie der Wagen davonfuhr, und Verzweiflung überkam sie. Einen Augenblick lang hatte sie gedacht, jemand wäre zum Haus gekommen. Als Starmberg überzeugt war, seine Arbeit gründlich erledigt zu haben, stieg er vom Stuhl herab und schob ihn an seinen früheren Platz an der Wand. Dann musterte er sie wieder.

»Die Dame wird diesen Mut brauchen. Tweed hat seine Nase entschieden zu oft in Dinge gesteckt, die ihn nichts angehen. Und Sie sind das Opferlamm.«

Als Marler in Tønder Unterkunft für Butler und Nield – und ein Zimmer für sich selbst – gefunden hatte, kam er zu dem Schluß, daß die Nacht die beste Zeit war, die Gegend zu erkunden. Da er sein Zimmer für eine Woche im voraus bezahlt hatte, hatte er keine Mühe, die Wirtin dazu zu überreden, daß sie ihm einen Hausschlüssel aushändigte.

»Ich brauche frische Luft«, erklärte er der grauhaarigen alten Dame, die einen warmen, gesteppten Hausmantel trug. »Ich bin stundenlang in dem überheizten Wagen gefahren, und jetzt möchte ich ein bißchen Seeluft schnuppern.«

»Haben Sie eine Karte?« fragte sie besorgt. »Um diese Zeit ist niemand unterwegs, den Sie fragen könnten.«

»Eine sehr gute Karte«, versicherte er ihr.

Draußen warf er einen Blick hinauf zu seinem Fenster im ersten Stock mit Aussicht auf die schmale, mit Kopfsteinen gepflasterte Straße. Alle Häuser waren alte, aus roten Backsteinen erbaute Gebäude mit steilen Ziegeldächern. Bei einigen Häusern waren die Mauern verputzt und gelb oder weiß gestrichen. Die Straße war still und menschenleer. Er setzte sich ans Steuer und fuhr langsam an, um die Bewohner nicht aufzuwecken.

Am Stadtrand betrachtete er noch einmal die Karte und beschloß, nach Westen in Richtung der kleinen Stadt Hojer zu fahren. Das Land war flach, und als er Hojer erreicht hatte, bog er nach Norden auf eine Straße ab, die ungefähr parallel zur See verlief. Er sah keine anderen Fahrzeuge und keine Menschenseele, und in den wenigen Häusern, die er passierte, brannte kein Licht. Sein Nacht-Sehvermögen war ausgezeichnet, und er konnte im Westen die Deiche erkennen, die das Land vor der Gewalt des Meeres schützten. Als er eine einsame Kreuzung erreichte, bog er aus einer Laune heraus abermals nach Westen ab. Er fuhr durch eine Wildnis aus struppigem Gras und Sand.

Der Wind wurde stärker, wirbelte pulvrigen Sand auf, schleuderte ihn gegen seine Windschutzscheibe. Ein Stück abseits der Straße stand ein einsames Haus. Er schaltete die Scheibenwischer ein, um den Sand von der Windschutzscheibe loszuwerden, steuerte den Wagen von der Straße herunter, rumpelte über rauhes Gelände. Obwohl alle Fenster geschlossen waren, drangen Sandkörnchen ins Wageninnere ein, und jetzt konnte er auch das Tosen der auf die nahe Küste rollenden Brecher hören.

Er war um das Haus herumgefahren, das einen heruntergekommenen Eindruck machte, und jetzt fuhr er in ungefähr zwanzig Meter Abstand an der Haustür vorbei. Ganz offensichtlich ein aufgegebenes Gebäude. Rote Farbe blätterte von der Fassade, weiße Farbe von der Umrahmung der Fenster. Er runzelte die Stirn, als er sah, wie plötzlich aus einem der Kellerfenster Licht herausfiel. Merkwürdig. Er ließ seine Scheinwerfer über das zweigeschossige Gebäude schwenken. Das Licht war wieder verschwunden. Hatte er sich nur eingebildet, es gesehen zu haben?

Er fuhr weiter über die ödeste Strandlandschaft, die er bisher je gesehen hatte. Dann bremste er und stieg aus. Das Donnern der See wurde zum Tosen. Von dem stürmischen Wind aufgewirbelte Gischt landete dicht vor seinem

Wagen. Er kniff die Augen zusammen, um sie vor dem feinen Sand zu schützen, und der Wind drohte, ihn umzuwerfen.

Das reicht, dachte er und stieg wieder ein. Er mußte seine ganze Kraft aufwenden, um die schwere Tür zuzuziehen. Zurück nach Tønder und in ein warmes Bett. Morgen war auch noch ein Tag. Dann würde die Suche nach Paula richtig beginnen.

Vierundvierzigstes Kapitel

»Tweed ist also zusammengebrochen, wie nicht anders zu erwarten.«

In der großen Villa in der Jaegersborg-Allee, die hinter einem weiten, von einer Hecke umgebenen Vorgarten lag, rieb sich Dr. Wand voller Genugtuung die Hände. Er saß an einem Regency-Schreibtisch in einem Zimmer an der Rückfront des Hauses. Die Vorhänge waren zugezogen, und wieder lieferte die Schreibtischlampe die einzige Beleuchtung.

Die Villa trug die Hausnummer 988 und lag im Vorort Gentofte im Norden von Kopenhagen. Außer ihm hielt sich nur die hagere Mrs. Kramer im Hause auf, wie immer in Schwarz gekleidet, eine hochgewachsene Frau, deren Gesicht aussah, als wäre es aus Stein gehauen.

Wand hatte sie von Hamburg aus angerufen und sie angewiesen, direkt nach Kopenhagen zu fliegen und die Villa für seine Ankunft vorzubereiten. Seine Anweisungen waren präzise gewesen. »Die Villa macht, wie Sie wissen, einen unbewohnten Eindruck. Ich wäre Ihnen überaus dankbar, wenn Sie diesen Eindruck aufrechterhalten würden. Verlassen Sie The Boltons bitte zum frühestmöglichen Zeitpunkt, und nehmen Sie die nächste Maschine nach Kopenhagen.«

»Sie sind sicher, daß dieser Tweed zusammengebrochen ist?« fragte Mrs. Kramer.

»Ich habe es heute morgen erfahren. Er ist zurückgetreten. Hat sich in den Ruhestand begeben. Ich habe sicherheitshalber im Hotel Vier Jahreszeiten angerufen. Man sagte mir, daß er abgereist ist. Ich bin sicher, er ist jetzt auf dem Heimweg nach London. Er hat keine Möglichkeit mehr, sich in meine Unternehmungen einzumischen. Und jetzt wäre ich Ihnen für eine Tasse Kaffee dankbar . . .«

Nachdem Mrs. Kramer gegangen war, schaute Wand

auf die Uhr. 11.30. Eine Weile zuvor hatte er mit einem höheren Regierungsbeamten in London gesprochen, der immer wußte, was vor sich ging. Er hatte versichert, er hätte gehört, daß Tweed sich aus dem öffentlichen Leben zurückgezogen hätte.

Wand wußte, daß er sich auf seinen Informanten verlassen konnte. Schließlich hatte er dem Mann sehr viel Geld für eine Hypothek auf einen Landsitz geliehen. Und er hatte nicht die Absicht, Mrs. Kramer wissen zu lassen, wer seine Quelle war. Jeder erfuhr nur so viel, wie er unbedingt wissen mußte.

Wand operierte nach einem Zellensystem. In Jütland hatte er zwanzig Männer, die auf das Eintreffen der *Mao III* und der *Yenan* warteten. Keiner von ihnen wußte, daß die beiden Tarnkappenschiffe ihre menschliche Fracht an einem abgelegenen Teil der Küste von Jütland an Land setzen sollten. Sie würden erst im allerletzten Moment ihre Instruktionen von Starmberg erhalten.

»Leben Sie wohl, Mr. Tweed«, sagte Wand zu sich selbst.

Es war eine Erleichterung zu wissen, daß er den Engländer auf Dauer außer Gefecht gesetzt hatte. Die Fracht von ausgebildeten Männern, die an Land gebracht werden sollten, war seine wichtigste Agententruppe. Sie würden die Anführer des gesamten Untergrundapparats sein, den Wand an strategischen Orten in ganz Europa aufbaute – einschließlich Großbritannien, dem wichtigsten Ziel.

Der Gedanke an Tweed erinnerte ihn daran, daß er Dr. Hyde anrufen mußte. Er wählte die Nummer des alten Hauses in Jütland und machte sich auf eine lange Wartezeit gefaßt. Zu seiner Überraschung meldete sich Hyde sofort.

»Mein lieber Herr«, begann Wand, »kann ich davon ausgehen, daß Ihre neue Patientin bei Ihnen abgeliefert wurde und sich jetzt in Ihren kompetenten Händen befindet?«

»Sie ist hier, ja. Alles ist bereit«, versicherte ihm die ölige Stimme.

»Ich sagte, wir würden drei Tage warten, bevor Sie die Operation vornehmen. Ich halte es für möglich, daß Sie auf die Idee kommen könnten, mit der Behandlung schon früher zu beginnen. Also seien Sie bitte so freundlich, meinen nächsten Anruf abzuwarten.«

»Alles ist bereit«, wiederholte Hyde. »Ich kann jederzeit anfangen . . .«

Hyde stellte fest, daß Dr. Wand einfach den Hörer aufgelegt hatte. »Arrogantes Schwein«, murmelte er.

Ein Stück von der Villa entfernt parkte auf der anderen Seite der Jaegersborg-Allee ein weißer Transporter. Er trug den Namen einer Firma von Innenarchitekten – genau die Art von Fahrzeug, bei dem man erwarten konnte, daß es in diesem reichen Viertel parkte, während ein Team von Leuten in einem der Häuser einen der eleganten Räume neu einrichtete.

Im Inneren des Transporters saß ein ganz anderes Team. Er war mit Fenstern ausgestattet, durch die man nicht hineinschauen konnte, und drinnen befand sich eine für Innenarchitekten höchst ungewöhnliche Ausrüstung. Videokameras mit Teleobjektiven waren auf den Eingang von Nr. 988 gerichtet.

Sie hatten bereits die Ankunft von Dr. Wand festgehalten, der seine Limousine selbst gefahren hatte. Eine Kamera hatte Großaufnahmen gemacht, als Dr. Wands massige Gestalt ausgestiegen war, das Tor geöffnet und dann die Limousine in eine Garage mit ferngesteuertem Tor gefahren hatte.

Ulf Kilde, der Leiter des Drei-Mann-Teams der Geheimpolizei, hatte Inspektor Nielsen in regelmäßigen Abständen über Funk Bericht erstattet. Für den Fall, daß Wand die Villa verlassen und woanders hinfahren sollte, hatte Kilde ein Reservefahrzeug, das in einer nahen Seitenstraße parkte.

Dieses Fahrzeug sah ganz anders aus als der auf Hochglanz polierte weiße Transporter. Es war ein ramponierter alter Fiat mit frisiertem Motor. Kilde stand mit dem wartenden Fahrer über Funk in Verbindung.

»Bisher noch keinerlei Anzeichen für irgendwelche Aktivitäten«, berichtete er der Zentrale. »Die Villa macht einen unbewohnten Eindruck – alle Läden sind geschlossen. Aber unser Freund ist eindeutig drinnen . . .«

In den frühen Morgenstunden dieses Tages war Newman am Steuer eines Mercedes, den Kuhlmann ihnen zur Verfügung gestellt hatte, von Hamburg aus nach Norden gefahren. Sein Ziel war eine der großen Autofähren, die von Puttgarden aus die Ostsee überqueren.

»Tweed schläft«, bemerkte Cardon, der neben Newman saß.

»Gott sei Dank«, erwiderte Newman. »Die Sorge um Paula hat ihn völlig erschöpft. Er braucht Ruhe.«

Doch die beiden Männer irrten sich. Tweed hatte zwar die Augen geschlossen, aber sein Verstand lief auf Hochtouren. Im Geiste ging er durch, was er tun mußte, wenn er Nielsens Zentrale in Kopenhagen erreicht hatte.

Nielsen würde ein Scrambler-Telefon haben. Als allererstes mußte er Commander Noble in der Admiralität in London anrufen. Tweed hoffte bei Gott, daß es Noble gelungen war, eines der von Delvaux entwickelten Radargeräte an Tug Wilson zu schicken, den Kommandanten der in der Nordsee patrouillierenden Fregatte *Minotaur*.

Nicht minder wichtig war der Versuch, Marler in Tønder unter der Telefonnummer zu erreichen, die er nach Hamburg durchgegeben hatte. Wie standen die Chancen, daß Marlers Team diesen obskuren Dr. Hyde noch rechtzeitig aufspürte? Er hustete, um Newman nicht zu erschrecken.

»Bob, sagten Sie nicht, daß Helen Claybourne Ihnen erzählt hat, das Burgoyne-Quartett, wie Paula sie genannt hat, würde vielleicht nach Kopenhagen weiterreisen?«

»Ja. Und ich habe ihr gesagt, wir würden im d'Angleterre wohnen. Ich hoffe, das war richtig.«

»Das war es. Ich wäre sehr froh, wenn die vier dort aufkreuzen würden.«

»Weshalb? Sie sind ein merkwürdiger Verein.«

»Weshalb?« wiederholte Tweed. »Weil es mir unter anderem darum geht, Vulcan in die Hand zu bekommen.«

»Und Sie glauben, entweder Burgoyne oder Fanshawe ist Vulcan?«

»Ich *glaube* es nicht nur. Ich bin davon überzeugt. Und dieser Teufel ist eine Schlüsselfigur in Wands Plänen – jedenfalls nach dem, was Sie uns berichtet haben, Philip.«

»Das ist er«, bestätigte Cardon. »Meine Quelle war absolut verläßlich.«

»Weckt mich, wenn wir in Lübeck sind«, bat Tweed.

Er schloß abermals die Augen, aber der Schlaf wollte nicht kommen. Er erinnerte sich an das, was Fieldway, der Beamte im Verteidigungsministerium, ihm über Burgoyne erzählt hatte. Der Brigadier war während des Koreakrieges ungefähr vier Monate spurlos verschwunden gewesen und dann plötzlich wiederaufgetaucht. Höchst merkwürdig.

Tweeds Gedanken schalteten um. Er war außerdem überzeugt, daß entweder Helen Claybourne oder Lee Holmes eine professionelle Mörderin war. Er war Augenzeuge des ersten Mordes gewesen, dem an Hilary Vane am Londoner Flughafen, nachdem sie aus der Maschine aus Washington ausgestiegen war. Zyanose.

Dieselbe Frau – wer immer sie sein mochte – hatte in Brüssel einen Taxifahrer getötet, um seinen Wagen zu stehlen. Zyanose. Und der Duft eines Parfüms. Guerlain Samsara. Dieselbe Frau war losgefahren, um Sir Gerald Andover in Lüttich umzubringen. Sie hatte vermutlich auch Joseph Mordaunt ermordet. Zyanose. Ja, er hoffte, daß das Burgoyne-Quartett im d'Angleterre auftauchen würde.

In Puttgarden, an der Spitze der Insel Fehmarn, steuerte Newman den Mercedes in das riesige Maul der Fähre. Er war frühzeitig angekommen und stand in der Wagenschlange ganz vorn. Er fuhr an die Seitenwand des untersten Decks und schaltete den Motor aus.

»Ich glaube, ich bleibe lieber beim Wagen«, sagte Cardon. »Dann sind wir sicher, daß sich niemand daran zu schaffen macht. Ich setze mich in diese Nische dort . . .«

Eine halbe Stunde später stand Tweed neben Newman auf dem Hauptdeck in der Nähe des Bugs. Nachdem sie in Lübeck, einer Stadt, die Tweed sehr liebte, gefrühstückt hatten, hatte er ein Dramamin genommen. Die Fähre glitt hinaus aufs offene Meer. Es herrschte ein starker Gegenwind; große, gischtgekrönte Wellen rollten auf sie zu.

»Für gewöhnlich bleiben Sie doch drinnen«, bemerkte Newman. »Es dürfte eine rauhe Überfahrt werden.«

»Ich brauche die frische Luft, um klar denken zu können...«

Tweed war so tief in Gedanken versunken, daß es ihm vorkam, als hätte die Überfahrt nur Minuten gedauert. Sie fuhren in Rødby von der Fähre herunter und waren in Dänemark.

Auch die Weiterfahrt nach Kopenhagen verging für Tweed wie im Fluge. Sie passierten den alten Bahnhof aus der Zeit vor dem Ersten Weltkrieg und fuhren in einen Stadtteil, in den sich Touristen nur selten verirrten.

Tweeds Anweisungen folgend, fuhr Newman an dem grauen, dreieckigen Gebäude vorbei, in dem das Polizeipräsidium untergebracht ist. Sie bogen in die Hambrosgade ein, eine lange, breite Straße, die an einer Seite des dreieckigen Gebäudes entlangführt. Dann deutete Tweed auf eine Ansammlung eingeschossiger Holzbaracken.

»Hier arbeitet Nielsen. Halten Sie an.«

Newman betrachtete eine sehr lange, aus Holzplanken erbaute und leuchtendrot gestrichene Baracke mit der Aufschrift KRIMINAL POLITIET. Cardon sagte wieder, er würde beim Wagen bleiben. Newman folgte Tweed, der auf die Tür zuging und klingelte. Inspektor Lars Nielsen, Chef der Geheimpolizei, machte selbst auf.

»Willkommen in Kopenhagen, Tweed. – Und Sie kenne ich auch«, sagte er, nachdem er Newman gemustert hatte. »Der Auslandskorrespondent. Kommen Sie herein. Hier tut sich einiges.«

Nielsen war ein kleiner, schmalgesichtiger Mann mit kraftvollen Zügen und blauen Augen, die in einen hineinzuschauen schienen. Das Büro, in das er sie führte, war zu Newmans Überraschung sehr behaglich eingerichtet.

»Wie kommt es, daß Sie mich erwartet haben?« fragte Tweed.

»Otto Kuhlmann hat mich angerufen und ziemlich genau geschätzt, wann Sie eintreffen würden. Sie möchten ihn so schnell wie möglich anrufen. Dieser Apparat ist ein Scrambler. Möchten Sie Kaffee? Haben Sie gegessen? Bin gleich wieder da. Erledigen Sie Ihren Anruf . . .«

»Hier Kuhlmann. Ah, Tweed. Von wo sprechen Sie? Sie sind in Nielsens Blockhütte angekommen? Marler hat sich gemeldet. Sie möchten ihn anrufen. Sie haben die Nummer? Dann tun Sie's gleich. Und lassen Sie es mich wissen, wenn ich Ihnen helfen kann . . .«

Tweed wählte die Nummer in Tønder. Er war darauf gefaßt, daß sich der Hotelbesitzer meldete und er sehr vorsichtig sein mußte, aber es war Marler selbst, der am Apparat war.

»Ich spreche von meiner Pension aus«, warnte er.

Marler hatte keine Veranlassung zu der Annahme, daß seine Wirtin, die im Moment hinter geschlossener Tür in der Küche arbeitete, mithören könnte. Trotzdem würde er sich genau überlegen, was er sagte.

»Ich bin bei Nielsen in Kopenhagen«, erklärte Tweed. »Haben Sie schon irgendeine Spur von unserem abhanden gekommenen Paket entdeckt?«

›Paket‹ war nicht gerade eine sonderlich feinfühlige Art, von Paula zu sprechen, aber er wollte kein Risiko eingehen.

»Nein«, teilte Marler ihm unumwunden mit. »Und es gab eine Verzögerung, bis wir Fahrzeuge für Butler und Nield gefunden hatten. Ich mußte sie zu Avis in Esbjerg fahren. Im Augenblick versuchen sowohl Butler als auch Nield, unseren freundlichen Doktor zu finden. Ich nehme an, es wird Butler sein, der den Job erledigt.«

»Wir haben nicht viel Zeit«, schärfte Tweed ihm ein. »Von jetzt an können Sie mich entweder über Nielsen erreichen oder im Hotel d'Angleterre in Kopenhagen. Sobald die Ereignisse es erforderlich machen, komme ich selbst nach Jütland.«

In dem alten Haus in Tønder legte Marler den Hörer auf. Er war erleichtert, daß Tweed in Dänemark eingetroffen war. Aber sie mußten Hyde so schnell wie möglich aufspüren. Die Zeit arbeitete eindeutig nicht für sie.

In der nächsten halben Stunde war Tweed überaus aktiv. Zuerst rief er Commander Noble in der Admiralität an.

»Ich schlafe hier auf einem Feldbett, solange dieses Unternehmen läuft«, sagte Noble, nachdem Tweed ihm mitgeteilt hatte, daß er von Kopenhagen aus über Scrambler sprach. »Die *Minotaur* hat das neue Radarsystem, und Tug möchte wissen, in welcher Gegend er patrouillieren soll.«

»Sagen Sie mir vorher, sind noch weitere Schiffe verschwunden?« fragte Tweed. »Falls ja, wird uns das einen Anhaltspunkt dafür geben, wo sich die Tarnkappenschiffe befinden, von deren Kommen ich fest überzeugt bin.«

»Ein kleines Versorgungsschiff für die Bohrinseln ist verschwunden. Nordöstlich der Shetlands, zwischen den Inseln und Norwegen.«

»Tug sollte etwa zwanzig bis dreißig Meilen nördlich der deutsch-dänischen Grenze vor der Küste von Jütland patrouillieren«, schlug Tweed vor.

Das war ungefähr die Position des Kreuzes auf dem Foto von der Karte, das Cardon aus dem Stabsraum West am Lop Nor mitgebracht hatte.

»Er kreuzt bereits in dieser Gegend. Und er hat eine Barkasse zu einem sogenannten Höflichkeitsbesuch in den Hafen von Esbjerg geschickt. Ausgerüstet mit einem Funkgerät, das mit der *Minotaur* Verbindung aufnehmen kann. Können Sie nach Esbjerg fahren, wenn die Krise nahe bevorsteht?«

»Ich kann und ich werde. Vermutlich innerhalb der nächsten vierundzwanzig Stunden, vielleicht auch achtundvierzig. Der Mann, der hinter alledem steckt, ist in Dänemark«, sagte Tweed.

»Wir bleiben in Verbindung. Seien Sie vorsichtig ...«

Zuvor hatte Nielsen bestätigt, was er bereits von Kuhlmann erfahren hatte – daß Dr. Wand mit seinem Lear Jet auf dem Flughafen Kastrup gelandet und von dort aus allein in einer Limousine in einen nördlichen Vorort von Kopenhagen gefahren war.

»Ich hatte meine besten Leute in Kastrup postiert«, hatte Nielsen ihm mitgeteilt. »Sie sind ihm in einem Transporter nach Gentofte gefolgt. Die unauffällige, aber gründliche Überwachung dauert an. Dr. Wand ist nach wie vor dort.«

»Lars, ich muß es sofort wissen, wenn Wand diese Villa verläßt. Und wenn möglich, wo er hinfährt . . .«

Nielsen hatte zugesagt, daß das geschehen würde. Jetzt, immer noch mit Newman allein, führte Tweed drei weitere wichtige Telefongespräche. Das erste mit dem Beamten des Sonderdezernats, den er schon früher über Moor's Landing informiert hatte. Auf der Fahrt nach Kopenhagen hatte Tweed ausgerechnet, wie spät es um drei Uhr nachts nach Ortszeit in den verschiedenen Ländern sein würde.

»Hier Tweed. Sie brauchen nicht zu wissen, woher ich anrufe.«

»Howard war bei mir«, informierte ihn der Beamte, seine Worte sorgfältig wählend. »Ich bin über Ihren offiziellen Rücktritt informiert. Ich höre.«

»Es ist bald soweit für Ihre Attacke auf Moor's Landing. Ich möchte, daß der Ort abgeriegelt und um drei Uhr nachts gestürmt wird. Alle Bewohner müssen als illegale Einwanderer verhaftet werden. Ich synchronisiere das, wenn die Zeit dazu gekommen ist, mit drei weiteren Attacken auf dem Kontinent. Die zeitliche Abstimmung ist von größter Wichtigkeit.«

»Ich schicke sofort ein großes Team los, das in der Nähe von Southampton in Ausgangsposition geht.«

»Gut. Und vergessen Sie nicht, Mrs. Goshawk in *April Lodge* in Brockenhurst festzunehmen.«

»Bereits notiert.«

»Wenn ich wieder anrufe, habe ich vielleicht nicht viel Zeit. Das Codewort für das Unternehmen ist *Landslide.*«

»Verstanden.«

Anschließend rief Tweed Benoit an und gab ihm entsprechende Instruktionen für die Erstürmung von Vieux-Fontaine, der neuen Siedlung, die Paula und Marler in der Nähe von Gent entdeckt hatten. Er nannte ihm das gleiche Codewort, und Benoit reagierte ähnlich.

»Ich stelle sofort ein Team aus schwerbewaffneten Männern zusammen. Wir holen die Kerle aus den Betten und durchsuchen die Häuser von oben bis unten. Ich erwarte Ihre Nachricht ...«

Der dritte Anruf galt Otto Kuhlmann am Berliner Tor. Der Deutsche hörte zu, sagte, er würde gleichfalls eine Truppe in Bereitschaft halten. Ihr Ziel: die neue Siedlung an der Unterelbe.

»Wir greifen uns die Bande«, versprach er.

Tweed hatte kaum den Hörer aufgelegt, als Nielsen in das Büro zurückkehrte. Er bat ihn, im richtigen Augenblick ein ähnliches Unternehmen zu starten. Er zeigte dem Dänen eines der Fotos, die Cardon von den Karten gemacht hatte, und deutete auf das Kreuz an der Küste von Jütland.

»Das ist der Ort.«

»Den kenne ich. Eine Siedlung von achtundzwanzig neuen Bungalows direkt hinter den Dünen. Irgendwas ist faul daran – sie wurde von einer Holdinggesellschaft in Luxemburg finanziert. Es gibt ein Gerücht, nach dem ein europäischer Konzern sie als Kombination aus Trainings- und Ferienlager für Manager benutzen will. Die Bungalows sind möbliert und sollen demnächst bezogen werden.«

»Ich habe keine Genehmigung bekommen, den SAS einzusetzen. Sie brauchen sich deshalb also nicht mit Ihrem Minister anzulegen.«

»Wir haben unsere eigene Antiterror-Einheit. Das haben wir bisher geheimgehalten. Sie steht zu Ihrer Verfügung.«

»Könnten Sie sie sofort nach Esbjerg verlegen? Und mir sagen, wie ich mich mit ihrem Chef in Verbindung setzen kann?«

»Anton Norlin. Ein ganz zäher Bursche. Ich lasse die Leute sofort zu einem militärischen Trainingslager unmittelbar südlich von Esbjerg fliegen. Hier ist die Telefonnummer. Verlangen Sie Norlin, nennen Sie Ihren eigenen Namen.«

Tweed steckte den Zettel in seine Brieftasche, stand auf, streckte seine verkrampften Arme. Dann verabschiedete er sich von Nielsen.

»Ich kann Ihnen gar nicht genug danken . . .«

»Dann versuchen Sie es gar nicht erst.«

»Und jetzt fahren wir zum d'Angleterre. Durchaus möglich, daß wir dort auf ein paar sehr interessante Leute stoßen werden . . .«

Fünfundvierzigstes Kapitel

Paula machte sich auf das Schlimmste gefaßt. Dr. Hyde war zusammen mit Ilena in den Keller gekommen. Beide trugen weiße Kittel, und Dr. Hyde hatte eine große, altmodische Arzttasche bei sich. Er stellte sie auf den Tisch, während Ilena Paulas linken Ärmel herunterzog.

»Was haben Sie vor?« fuhr Paula auf.

Hyde drehte sich langsam um, lächelte, entblößte die Zähne. Er schob die randlose Brille auf seiner Hakennase hoch und lächelte abermals. Es war das Lächeln eines Krokodils, das seine Beute entdeckt hat.

»Bitte, entspannen Sie sich, und lassen Sie Ilena ihre Arbeit tun.«

Die Frau mit dem slawischen Gesicht knöpfte Paulas Bluse auf und entblößte ihre Schulter und ihren Oberarm. Dann schob sie die Träger ihrer Unterwäsche herunter. Die Berührung von Ilenas dicken, häßlichen Fingern erfüllte Paula mit Abscheu.

Hyde holte eine dicke Stoffrolle aus seiner Tasche und entrollte sie auf dem gescheuerten Tisch. Er legte eine Reihe von funkelnden Skalpellen zurecht, betastete sie liebevoll mit seinen in Operationshandschuhen steckenden Händen. Paula war eiskalt vor Angst.

»Mein Werkzeug. Sie brauchen sich nicht zu fürchten. Ich bin einer der fähigsten Chirurgen der Welt.«

»Sie wollen an mir herumsäbeln, Sie Schwein!« zischte Paula.

»Das ist aber sehr unhöflich.« Einen Moment lang blitzte in seinen Augen Wut auf. »Sie müssen sich unbedingt entspannen. Natürlich bekommen Sie ein Betäubungsmittel. Sie werden keine Schmerzen spüren.«

»Aber Sie werden welche spüren, wenn meine Freunde Sie erwischen«, fuhr sie ihn an. »Sie werden sich wünschen, nie geboren zu sein.«

»Die Patientin ist wirklich sehr aufgeregt. Ilena, wissen Sie genau, was Sie zu tun haben?«

»Ich sehr okay. Ich kenne Arbeit, die ich zu tun habe.«

»Und deshalb wird unsere Operation reibungslos verlaufen«, bemerkte Hyde.

Ilena schob ihr die Träger wieder hoch, knöpfte ihr die Bluse zu und zerrte den Ärmel wieder über ihren Oberarm und ihre Schulter. Dann richtete sie sich auf und starrte mit den dicken Händen auf den Hüften auf Paula herab.

Hyde legte die Skalpelle wieder säuberlich auf das Tuch und rollte es sorgfältig zusammen. Er verschloß die dicke Rolle und verstaute sie wieder in seiner Tasche. Dann drehte er sich um und bedachte Paula mit einem noch widerwärtigeren Lächeln.

»Das war nur eine Probe. Wie ich schon sagte, Sie brauchen sich nicht zu fürchten. Sie müssen lernen, sich auf mich zu verlassen und meinen Fähigkeiten zu vertrauen. Geben Sie ihr zum Essen noch mehr Suppe, Ilena. Sie muß bei Kräften bleiben.«

Von Ilena gefolgt, stieg Hyde die Treppe hinauf, öffnete die Tür und verschwand. Wie gewöhnlich knallte Ilena die Tür hinter sich zu. Paula hörte, wie sich der Schlüssel im Schloß drehte. Ihre Reaktion war eine Mischung aus Erleichterung und mörderischer Wut.

Eine Probe! Dieses sadistische Schwein. Sie war von Kopf bis Fuß in Schweiß gebadet und hätte alles gegeben für ein Bad und frische Kleidung. Doch dann kam ihr plötzlich der Gedanke, daß die Feuchtigkeit vielleicht helfen würde.

Wieder begann sie, ihre feuchten Handgelenke unter den Riemen zu drehen. Sie fühlten sich lockerer an. Sich zur Langsamkeit zwingend, fuhr sie fort, die Handgelenke von einer Seite zur anderen zu bewegen. Dann entspannte sie ihre Finger und zog den Arm hoch. Diesmal konnte sie die Hand zur Hälfte aus dem Riemen befreien. Nur die Breite der Knöchel hielt sie noch gebunden. Sie fuhr fort, die Handgelenke zu drehen.

»Sind wir diesem Johnny Clausen inzwischen auf der Spur?« fragte Marler Butler.

Sie standen am südöstlichen Rand von Tinglev. Das Land war eben, mit monotonen Feldern, durch die ein Pfad von der Stadt fortführte. Marlers Mercedes stand am Straßenrand hinter dem Volvo, den Butler in Esbjerg gemietet hatte.

»Ich habe herausgefunden, wo er wohnt. Es ist eine kleine Sackgasse, nicht weit von hier«, erwiderte Butler. »Er ist mit seinem Wagen unterwegs und bringt jemanden nach Bolderslev – das liegt ein Stück weiter nördlich. Wenn er zurückkommt, warte ich auf ihn.«

»Sie müssen ihn zum Reden bringen«, betonte Marler. »Wie wollen Sie das anstellen? Es kommt auf jede Minute an.«

»Hinten in meinem Wagen liegt ein langes Seil. Ich habe es bei einem Schiffsausrüster gekauft. Kommen Sie mit . . .«

Er führte Marler den Pfad entlang. Keine Menschenseele war zu sehen. Auf einer nahe gelegenen Wiese grasten ein paar Kühe. Der Pfad führte um eine große Baumgruppe herum, und hinter ihr veränderte sich die Landschaft. Marler betrachtete ein tückisch aussehendes Sumpfgelände. Dunkles Wasser stand still zwischen großen Büscheln aus giftgrünem Gras. Unter dem Wasser entdeckte er ein Schlammbett.

»Johnny Clausen muß reden«, erklärte Marler noch einmal. »Er muß uns sagen, wohin er Dr. Hyde gebracht hat.«

»Überlassen Sie das mir. Er wird reden«, sagte Butler. »Darauf können Sie sich verlassen.«

Pete Nield stieg aus seinem gemieteten Volvo. Mit einem Foto von Dr. Hyde in der Hand betrat er ein kleines, ganz in dunkler Eiche gehaltenes Lokal. Die Theke, die Deckenbalken, der Fußboden – alles war aus Eiche. Das Lokal war leer bis auf den Wirt. Nield setzte sich an die Theke, bestellte ein Glas Cola.

»Ich suche einen Freund, der sich in dieser Gegend hier

aufhalten soll«, sagte er und lächelte. »Ich schulde ihm noch Geld. Hier ist ein Foto, das ich von ihm gemacht habe. Haben Sie zufällig in letzter Zeit jemanden gesehen, der so aussieht?«

Er legte das Foto auf die blitzsaubere Theke. Es war das zehnte Lokal, das Nield an diesem Tage an der Küste und im Inland aufgesucht hatte. Der rotgesichtige Wirt polierte ein Glas, das ohnehin schon funkelte, und betrachtete das Foto länger, als Nield erwartet hatte. Dann sah er zu seinem Gast auf.

»Haben Sie gesagt, dieser Mann wäre ein Freund?« Nield, der ein feines Gespür für die Reaktion anderer Leute hatte, hörte Alarmglocken läuten. Er befingerte seinen schmalen Schnurrbart.

»Das war pure Höflichkeit. Offen gestanden ist er mir ziemlich unsympathisch. Und schon deshalb möchte ich ihm sein Darlehen mit Zinsen zurückzahlen. Um ihn loszuwerden.«

»Er war gestern hier. Er hatte drei doppelte Gin. Außer ihm hatte ich noch einen Gast, eine hübsche junge Frau. Er machte anzügliche Bemerkungen, die ihr nicht gefielen. Als er noch einen doppelten Gin verlangte, sagte ich ihm, er hätte genug gehabt. Er hat geflucht und mich beschimpft, dann ist er zu seinem Wagen hinausgetorkelt.«

»Zu seinem Volvo?« vermutete Nield.

»Nein. Es war ein grüner Renault. Ich ging zur Tür, um zu sehen, ob er wirklich losfuhr. Der Renault schien genau so ein Säufer zu sein wie er.«

»Wohnt er hier in Tønder?«

»Keine Ahnung. Ich hatte ihn noch nie zuvor gesehen. Und ich möchte ihn auch nicht wiedersehen. Ich habe früher einmal ein Jahr lang in London als Barkeeper gearbeitet – aber so ein widerlicher Typ ist mir noch nie begegnet.«

Nield dankte dem Wirt und ging hinaus. Er setzte sich ans Steuer seines Volvo und trommelte mit den Fingern aufs Lenkrad.

Er mußte Marler sofort berichten, daß Hyde in Tønder gewesen war.

Tweed und Newman betraten das Foyer des Hotels d'Angleterre, während Cardon das Taxi bezahlte.

Newman hatte beschlossen, die Existenz seines Mercedes nicht publik zu machen; er hatte ihn deshalb auf einem Parkplatz in der Nähe des Radhuspladsen stehengelassen. Von dort aus waren die drei Männer mit einem Taxi zum Hotel gefahren.

Tweed stand an der Rezeption und buchte drei Einzelzimmer. Dann nahm er seinen Koffer und ging die Stufen zu einem Gesellschaftsraum hinauf, der, anders als im Vier Jahreszeiten, keine Fenster zur Außenwelt hatte. Die Sessel waren bequem, aber die Beleuchtung war trübe. In dem Raum verstreut saßen mehrere Gruppen von Leuten.

Lee Holmes, die ein schwarzes, schulterfreies Kleid trug, sprang auf und kam mit anmutigem Hüftschwingen auf Tweed zu.

»Ich kann es einfach nicht glauben«, sagte sie und küßte ihn auf die Wange. »Sie folgen mir.« Sie senkte die Stimme. »Zumindest hoffe ich, daß Sie das tun. Ich kenne hier einen Nachtclub, in dem wir eine Menge Spaß haben könnten. Ein bißchen laut, aber sehr lebendig. Würden Sie eine Dame heute abend dorthin begleiten?«

»Das weiß ich noch nicht. Ich sage es Ihnen später.«

Er schaute über ihre Schulter. Helen Claybourne, die mit Lee und Willie zusammengesessen hatte, war gleichfalls aufgestanden. Sie kam herüber, sehr aufrecht, streckte ihm die Hand entgegen.

»Willkommen in Kopenhagen, Mr. Tweed.« Ihre kühlen grauen Augen blickten in die seinen. »Könnten wir uns irgendwo in Ruhe unterhalten?«

»Er gehört mir«, erklärte Lee.

Willie war ihnen gefolgt. Übers ganze Gesicht strahlend, packte er Tweed bei der Schulter.

»Mein lieber Freund! Wie wäre es mit einem Drink? Zur Feier unseres Wiedersehens? Die Welt ist klein – oder hat das schon einmal jemand gesagt? Macht nichts. Ein Drink ...«

»Danke, im Augenblick nicht. Wir sind gerade erst angekommen. Ich sehe den Brigadier nicht.«

»Schauen Sie hinter sich. Er schleicht sich an wie eine Katze.«

»Diese Bemerkung habe ich gehört«, knurrte eine vertraute Stimme.

Tweed warf einen Blick über die Schulter. Burgoyne kam aus der Richtung eines altmodischen Fahrstuhls, der in die oberen Stockwerke führte. Er trug eine Twillhose und einen marineblauen Blazer mit Goldknöpfen und schien gar nicht erfreut, Tweed zu sehen.

»Anscheinend können wir Sie nicht abschütteln.«

»Ich dachte, es wäre vielleicht umgekehrt. Newman hat Helen erzählt, daß wir in diesem Hotel absteigen würden.«

»Was Helen weiß, behält sie für sich. Aber es ist interessant zu hören, auf wie gutem Fuße sie mit Newman steht.«

»Scheren Sie sich zum Teufel!« fuhr Helen ihn wütend und mit funkelnden Augen an.

Tweed nickte, gesellte sich zu Newman und Cardon, die amüsiert zugesehen und zugehört hatten. Er führte sie zu dem altmodischen Fahrstuhl und drückte auf den Knopf.

»Dort drüben sind mehrere moderne Lifts«, bemerkte Newman.

»Hier drin ist mehr Platz für unser Gepäck«, sagte Tweed, der schon früher in diesem Hotel gewohnt hatte. Er sprach erst wieder, als der Fahrstuhl sich in Bewegung gesetzt hatte. »Kommt beide in mein Zimmer. Wir haben nicht lange gebraucht, um auf das Burgoyne-Quartett zu stoßen. Bezeichnend.«

In der Villa in Gentofte betrat Mrs. Kramer Dr. Wands Zimmer an der Rückfront des Hauses. Wand, der gerade eine Karte von der Küste von Südjütland betrachtet hatte, klappte die Karte zu.

»Was ist?« fuhr er sie ungewöhnlich brüsk an.

»Eine Dame, die sich Anne-Marie nennt, ist am Telefon.«

»Lassen Sie mich allein, damit ich mich konzentrieren kann.« Er nahm den Hörer des Telefons auf seinem Schreibtisch ab. Natürlich hatte er Mrs. Kramer nicht darüber informiert, daß Anne-Marie ein Deckname war. »Ja, meine Liebe?« fragte er. »Ich bin sicher, Sie rufen von einer Telefonzelle aus an. Es gibt etwas Neues? Seien Sie so gut, mich über den gegenwärtigen Stand der Dinge zu informieren.«

»Tweed«, berichtete eine Frauenstimme, »ist vor knapp einer Stunde im Hotel d'Angleterre hier in Kopenhagen angekommen.«

Dr. Wands Hand umklammerte den Hörer wie ein Schraubstock. Ein paar Augenblicke lang konnte er nicht sprechen. Sein Gesicht verzerrte sich zu einer Miene des Unglaubens – und erstarrte dann zu einer grausamen Maske.

»Sind Sie noch da?« fragte die Frauenstimme besorgt.

»Ja, ich bin noch da.« Eine weitere lange Pause. »Danke für Ihren Anruf.«

Er legte den Hörer auf, bevor sie noch etwas sagen konnte. Mit einem Knopf unter seinem Schreibtisch beorderte er Mrs. Kramer herbei. Als sie ins Zimmer trat, knallte seine große Faust auf die Schreibtischplatte – so heftig, daß eine Glasfigur herunterfiel und auf dem Parkett in Stücke zerbrach.

»Lassen Sie das!« krächzte er, als sie darangehen wollte, die Scherben aufzusammeln. »Der Lear Jet steht hoffentlich abflugbereit in Kastrup?«

»Ja, Sir.«

Mrs. Kramer, eine sonst völlig gefühllose Frau, war starr vor Schreck. Sie starrte Wand an, der sie mit eisigem Blick musterte.

»Ich reise in Kürze ab«, fauchte er. »Sie schließen die Villa und kehren nach London zurück . . .«

»Ich werde mich sofort darum kümmern.«

»Unterbrechen Sie mich nicht! Vorher müssen Sie noch etwas anderes erledigen. Und zwar folgendes . . .«

Marlers Anruf kam nur wenige Minuten nachdem Tweed mit Newman und Cardon in seinem Zimmer angekommen war. Marler, der wußte, daß er über eine Hotelvermittlung sprach, wählte seine Worte vorsichtig.

»Ich muß Ihnen leider sagen, daß es uns bisher nicht gelungen ist, das verlorengegangene Paket aufzuspüren. Wir versuchen es weiter. Sobald wir Erfolg haben, lasse ich es Sie wissen. Entschuldigen Sie, wenn ich mich kurz fasse.«

»Ja, vergeuden Sie keine Zeit . . .«

Tweed legte den Hörer auf und informierte Newman und Cardon über den Inhalt des Gesprächs. Während er im Zimmer herumwanderte, rief Newman den Zimmerservice an und bestellte eine Mahlzeit für drei Personen. Tweed hatte seit Stunden nichts mehr gegessen, Newman und Cardon ging es nicht viel besser.

Sie hatten ihre Mahlzeit fast beendet, als abermals an die Tür geklopft wurde. Newman öffnete mit dem Smith & Wesson in der Hand. Ein junger Mann mit weißer Schirmmütze übergab ihm einen länglichen Karton mit einer blauen Schleife.

»Von wem kommt das?« fragte Newman.

»Ich nehme an, es liegt eine Karte darin.«

Der junge Mann verschwand, und Newman schloß die Tür wieder ab. Tweed betrachtete den länglichen Karton, und Newman musterte Tweed.

»Fühlt sich sehr kalt an.«

»Geben Sie ihn mir.«

Mit grimmiger Miene stellte Tweed den eiskalten Karton auf den Tisch. Er dachte an das, was Paula in Andovers Tiefkühltruhe gefunden hatte, holte tief Luft und löste die Schleife. Dann hob er ohne zu zögern den Deckel ab und betrachtete den Inhalt. Ein mit Eis gefüllter Plastikbehälter. Unter den Eisbrocken lag eine rote Rose.

Newman explodierte. »Mir ist es egal, was Sie als nächstes unternehmen wollen. Ich fliege nach Esbjerg und helfe Marler. Ich dachte, in diesem verdammten Karton läge ein Stück von Paula – ihre Hand, ihr Arm.«

»Ich auch«, sagte Tweed leise. »Gehen Sie los, suchen Sie sich eine Telefonzelle, rufen Sie Nielsen an. Fragen Sie ihn, wie wir auf schnellstem Wege nach Esbjerg kommen, und ob er dafür sorgen kann, daß am Flughafen von Esbjerg ein Wagen bereitsteht, der uns zu Anton Norlins Einheit bringt.«

Newman hatte kaum das Zimmer verlassen, als das Telefon läutete. Tweed erkannte Nielsens Stimme am anderen Ende der Leitung. Auch der Däne formulierte seine Information sehr vorsichtig.

»Ich dachte, es interessiert Sie vielleicht, daß unser Freund sich wieder nach Kastrup begeben hat. Der Pilot seines Jet hat einen Flugplan nach Esbjerg eingereicht.«

»Newman wird Sie in Kürze anrufen. Danke, Lars . . .« Tweed teilte Cardon mit, was er gerade gehört hatte.

»Ich habe die Zimmer für eine Woche im voraus bezahlt«, erklärte er. »Also können wir, wenn Newman zurückkommt, unauffällig aus dem Hotel verschwinden. Das bedeutet, daß ich an Ort und Stelle sein kann, wenn sich die Lage zuspitzt, was, da Wand nach Jütland fliegen will, vermutlich sehr bald der Fall sein wird.«

Als Newman zurückkam, hatte Tweed das Gefühl, als wäre eine Ewigkeit vergangen. In Wirklichkeit war er nur eine Dreiviertelstunde fort gewesen. Er sank in einen Sessel und wischte sich trotz der bitteren Kälte draußen den Schweiß von der Stirn.

»Nachdem ich mit Nielsen gesprochen hatte, konnte ich kein Taxi finden. Ich bin den ganzen Weg bis zum Radhuspladsen zu Fuß gelaufen, habe den gemieteten Mercedes zurückgegeben und bin dann mit einem Taxi hierhergekommen.

»Was hat Lars gesagt?« fragte Tweed ungeduldig.

»Um diese Tageszeit fliegt keine Maschine nach Esbjerg. Er hat veranlaßt, daß wir in einer kleinen Piper Archer dorthin gebracht werden. An der anderen Seite des Platzes wird ein Wagen auf uns warten. Der Fahrer trägt eine gelbe Nelke im Knopfloch und raucht einen Stumpen.«

»Und wann soll er da sein?« fragte Cardon.

Tweed schaute aus dem Fenster von Zimmer 209, das auf den Kongens Nytorv hinausging. Er glaubte, durch die kahlen Äste der Bäume hindurch an der gegenüberliegenden Seite des Platzes einen Wagen zu sehen.

»Er müßte eigentlich schon auf uns warten«, sagte Newman.

»Dann verschwinden wir sofort«, entschied Tweed. »Philip, Sie gehen als erster hinunter und rufen uns vom Foyer aus an, wenn von den vier Personen, mit denen ich gesprochen habe, keine in Sicht ist.«

Das Telefon läutete zwei Minuten später. Cardon berichtete, daß die Luft rein war. Tweed verließ zusammen mit Newman das Hotel und trat hinaus in die arktische Kälte.

»Dieser Karton, den wir bekommen haben, hat uns einen gewaltigen Schrecken eingejagt – was er ja auch sollte. Aber Wand hat sich einen strategischen Schnitzer geleistet. Die einzige Person, von der er von meiner Ankunft erfahren haben kann, ist jemand aus dem Burgoyne-Quartett. Fragt sich nur, wer?«

Bevor er an Bord seines Lear Jet ging, tätigte Wand von der Abflughalle des Flughafens Kastrup aus noch einen Anruf. Er wählte die Nummer von Dr. Hyde. Wieder kam die Verbindung schnell zustande.

»Sie wissen, wer spricht«, sagte Wand brüsk.

»Natürlich. Ich bin im Haus geblieben für den Fall . . .«

»Ich wäre Ihnen dankbar, wenn Sie einfach zuhören würden«, sagte Wand sarkastisch. »Die Operation an Ihrer Patientin muß früher vorgenommen werden – heute abend. Es gibt da jemanden, dessen Moral ich in Grund und Boden zerschmettern muß.«

Er knallte den Hörer so heftig auf die Gabel, daß fast der Apparat zerbrochen wäre. Dann eilte er zu seinem wartenden Jet.

Sechsundvierzigstes Kapitel

»Hallo, Johnny.«

Butler hatte seinen Volvo quer über die einsame Straße zwischen Bolderslev und Tinglev gestellt und war ausgestiegen. Sein rechter Arm hing schlaff herunter, in der linken Hand hielt er einen dicken Packen Kronenscheine.

Er war zu dem Schluß gekommen, daß es an der Zeit war, Tempo vorzulegen. Eine Weile zuvor hatte er in Tinglev mit einem Nachbarn von Johnny Clausen gesprochen. Er hatte ihm erklärt, daß er dringend einen Fahrer brauchte und willens war, gut für seine Dienste zu zahlen.

»Ich habe gehört, daß er jemanden nach Bolderslev gebracht hat«, hatte Butler gesagt. »Wenn Sie mir sagen könnten, was für einen Wagen er fährt und welches Kennzeichen er hat, dann könnte ich ihm entgegenfahren. Ich habe entschieden zu viel getrunken für die lange Fahrt, die ich vor mir habe.« Er hatte den Nachbarn Alkoholdunst spüren lassen; daß er sich lediglich die Lippen mit Gin aus einer kurz zuvor gekauften Flasche eingerieben hatte, konnte der Nachbar nicht wissen.

Der Nachbar hatte verständnisvoll genickt. Und von ihm hatte Butler erfahren, daß Clausen einen blauen Saab fuhr und welche Nummer er hatte.

Jetzt ging er schwankend auf Johnny Clausen zu, der aus seinem Saab ausgestiegen war und ihm entgegenkam. Clausen warf den Kopf zurück und reagierte aggressiv.

»Was fällt Ihnen ein, die Straße zu blockieren?«

Clausen war ein Mann mit verschlagenen Augen, der einen schmutzigen Anorak und an den Nähten aufgeplatzte Jeans trug. Seine Miene änderte sich, als er den Pakken Geldscheine sah. Er stemmte die Hände in die Hüften.

»Was wollen Sie?«

»Ich brauche jemanden, der mich nach Esbjerg fährt. Hab' zuviel getrunken. Ich bezahle gut.«

»Lassen Sie mich sehen.«

Er brachte seinen Satz nicht zu Ende. Butlers schlaffer rechter Arm erwachte plötzlich zum Leben, und Johnny starrte in die Mündung einer 7,65er Automatik. Butler steckte die Scheine in die Tasche.

»Sie bekommen das Geld, wenn Sie genau das tun, was ich Ihnen sage. Sonst blase ich Ihnen den Kopf weg. Zuerst einmal setzen Sie sich wieder ans Steuer Ihres Wagens. Ich steige neben Ihnen ein . . .«

Butlers brüske Anweisungen befolgend, fuhr Johnny seinen Saab von der Straße herunter und tief in eine Gruppe von Nadelbäumen hinein. Dann stieg er aus und kehrte mit Butler zu dem Volvo zurück.

»Wie gehabt«, befahl Butler. »Sie setzen sich ans Steuer und folgen meinen Anweisungen. Und keine Mätzchen, falls wir einem Streifenwagen begegnen sollten . . .«

Er befahl Johnny, in Richtung Tinglev zu fahren und dann auf die Straße abzubiegen, die um die Stadt herumführte. Sie kamen zu dem Pfad, den Butler zuvor Marler gezeigt hatte.

»Biegen Sie hier ab. Fahren Sie diesen Pfad entlang. Wir müssen noch jemanden mitnehmen.«

Der Volvo holperte über den Pfad, und Butler befahl Johnny, hinter die Baumgruppe zu fahren, die er bei seinem ersten Besuch gesehen hatte. Johnny gehorchte, schaltete den Motor ab und stieg aus. Butler lief um den Kühler herum; die Automatik war nach wie vor auf Johnny gerichtet. Sie standen am Rande des Sumpfes. Butler bohrte die Automatik in den Rücken seines Gefangenen.

»Ich muß wissen, wo Sie einen Fahrgast hingebracht haben, den Sie aus Deutschland abgeholt haben.« Er hielt Johnny das Foto von Dr. Hyde vor die Nase. »Wo haben Sie ihn hingebracht?«

»Ich habe diesen Mann noch nie gesehen.«

»So viel hat er bezahlt, damit Sie die Klappe halten? Hier ist Ihr Geld . . .«

Als Johnny sich umdrehte, versetzte Butler ihm einen

Kinnhaken. Der Däne sackte zusammen, und Butler handelte schnell. Er drehte den Mann auf den Bauch, holte das Seil, in das er bereits eine Schlinge gemacht hatte, aus seinem Wagen. In Sekundenschnelle hatte er die Schlinge über die ausgestreckten Arme und den Körper bis zur Taille hinuntergeschoben. Dann zog er den Knoten fest. Er hatte Johnny absichtlich nicht besonders hart geschlagen. Nach ein paar Minuten begann er sich zu regen.

Benommen schaute er zu Butler auf, der ein paar Minuten wartete und ihm dann seine Frage noch einmal stellte.

»Wo haben Sie diesen Mann hingebracht?«

»Ich habe ihn noch nie gesehen . . .«

»O je.« Butlers Stimme klang bedauernd. »Sie wollen es also auf die harte Tour. Gut, aber Sie werden ein toter Mann sein, wenn Sie nicht reden.«

Butler stopfte das aufgerollte Ende des Seils in seinen Gürtel, hob Johnny auf, trug ihn an den Rand des Sumpfes und warf ihn hinein. Der Däne landete mit einem Aufklatschen in einer Lache aus schmutzigem Wasser. Seine Beine versanken zuerst, angesaugt von dem Schlamm. Er strampelte vergeblich, schrie um Hilfe.

Butler zog das Seil straff, und für einen Augenblick kam Johnnys Versinken im Sumpf zum Stillstand. Dann ließ Butler das Seil locker. Johnny versank bis zur Taille in dem gurgelnden Schlamm, dann bis zum Brustkorb. Er schrie um Gnade. Butler ließ das Seil noch etwas nachgeben. Auch Johnnys Arme verschwanden im Sumpf. Nur sein Hals und sein verstörtes Gesicht waren noch zu sehen.

An einer abgelegenen Stelle des Flughafens Kastrup stiegen Tweed, Newman und Cardon in die kleine Piper Archer. Sie mußten erst auf die Tragfläche steigen und sich dann durch eine Tür hineinzwängen, die aussah wie die eines Wagens.

Auch das Innere erinnerte Tweed an einen Wagen. Da war der Pilotensitz und daneben ein weiterer, auf dem Tweed sich niederließ. Auf den beiden Rücksitzen saßen Newman und Cardon. Alle hatten ihre Koffer auf dem

Schoß. Tweed warf über die Schulter einen Blick auf Newman.

»Die Maschine hat nur einen Propeller«, zog er ihn auf.

»Ich hätte nicht einmal etwas dagegen, wenn wir mit nur einer Tragfläche und einem Gebet nach Jütland fliegen müßten«, fuhr Newman auf. »Hauptsache, wir kommen schnell hin.«

»Ganz meine Meinung«, sagte Tweed.

Sobald sie sich angeschnallt hatten, startete der Pilot den Motor. Der Himmel war klar, als die Maschine anrollte, den Boden verließ und stieg.

»Wir fliegen mit einer Maximalhöhe von dreitausend Fuß«, teilte der Pilot Tweed mit. »Dem Wetterbericht zufolge bleibt es auf der ganzen Strecke klar. Sie müßten einen einzigartigen Ausblick auf Dänemark haben.«

»Und heute abend?« erkundigte sich Tweed.

»Ein Wetterumschlag – vor allem in Jütland. Dichter Nebel an der ganzen Küste. Ich hoffe, Sie haben nicht vor, einen Ausflug mit einem Segelboot zu machen?«

»Ich mache nie Ausflüge mit Segelbooten«, erklärte Tweed nachdrücklich.

Sie flogen über die große Insel Seeland, auf der Kopenhagen liegt. Der Pilot hat recht gehabt, dachte Tweed. Aus dieser Höhe konnte er sogar Leute erkennen, winzige Gestalten, die sich bewegten. Er sah die Landschaft so, wie die meisten Touristen sie nie zu Gesicht bekommen. Wunderschöne, grasbewachsene Abhänge, einige davon auch bewaldet. Hin und wieder ein See, der funkelte wie ein Saphir. Es war, als überflöge man ein Paradies.

»Wir fliegen genau nach Westen?« erkundigte sich Tweed bei dem Piloten.

»Im Moment nicht. Zur Zeit haben wir Anweisung, einen nordwestlichen Kurs zu fliegen. Aber wir gehen bald auf Südkurs, und danach fliegen wir westwärts.«

Sie überflogen ein funkelndes Gewässer, von dem der Pilot sagte, es wäre der Große Belt. In nördlicher und südlicher Richtung fahrende Schiffe und ihr weißes Kielwasser waren kristallklar zu sehen. Sie überquerten Fünen, eine weitere große Insel, und dann einen schmaleren Wasserstreifen. Danach kam wieder Land, und der Pilot sagte, sie befänden sich jetzt über Jütland.

»Gott sei Dank!« sagte Newman. »Sobald wir angekommen sind, miete ich mir einen Wagen. Avis hat eine Niederlassung in Esbjerg. Dann fahre ich sofort nach Süden zu Marler. Ich muß wissen, ob er inzwischen Erfolg gehabt hat.«

»Einverstanden«, sagte Tweed. »Sie haben die Nummer meines Hotels. Und auch die von Anton Norlin. Halten Sie mich auf dem laufenden.«

Marler suchte nach Butler. Er fuhr durch Tinglev und dann zu der Stelle, an der er ihn zum letztenmal gesehen hatte. Als er auf den Pfad abgebogen und an der Baumgruppe vorübergefahren war, bot sich ihm ein seltsamer Anblick. Er hielt an und stieg schnell aus.

Butler zog einen kleinen, dürren Mann an einem Seil aus dem Sumpf. Die Erscheinung war bis zum Hals mit Schlamm bedeckt. Mit einem letzten kräftigen Ruck zerrte Butler den Mann auf festen Boden. Dann ließ er das Seil fallen und wendete sich an Marler.

»Ich habe ihn zum Reden gebracht. Er wäre fast untergegangen, der verdammte Narr.«

»Er weiß, wo sie ist?« fragte Marler schnell.

»Nein, aber er hat mir gesagt, wo er Dr. Hyde abgesetzt hat, stimmt's, Johnny?« wendete er sich an die auf dem Boden liegende traurige Gestalt.

»Ja . . . ich habe es gesagt . . . bitte . . .«

»Sie müssen schleunigst aus diesen Klamotten raus«, sagte Butler. »Ich habe frische Sachen, die Sie anziehen können. Zu groß, aber wenigstens sauber.«

Butler lief zu seinem Volvo und kehrte mit Jeans, einem Flanellhemd und einem Anorak zurück. Er warf sie zusammen mit einem Paket Papierhandtücher neben Clausen auf die Erde. Der Däne rappelte sich auf, starrte auf seine schlammigen Hände.

»Wischen Sie sie ab, so schnell Sie können, und ziehen Sie die sauberen Sachen an. Sie haben zwei Minuten.«

Butler schwenkte die Walther in seine Richtung. In dem kalten Wind zitternd, zog Clausen sich in Windeseile um. Butler rollte die abgelegten Kleidungsstücke zu einem Bündel zusammen und warf sie in den Sumpf. Dann holte er eine Karte aus der Tasche.

»So, und nun zeigen Sie meinem Freund, wo Sie Dr. Hyde abgesetzt haben.«

»Hier.« Clausen deutete mit einem schmutzigen Finger auf die Stelle, die Butler mit einem Kreuz markierte. »Mitten in einer leeren Gegend«, fuhr er fort. »Ein Stück weiter die Straße hinauf stand ein grüner Renault. Mein Fahrgast stand im Wind, bis ich in Richtung Tønder davongefahren war und ihn fast aus den Augen verloren hatte. Dann sah ich im Rückspiegel, wie er auf den Renault zuging, der von jemand anderem gefahren wurde.«

»Sie machen Ihre Sache gut, Johnny«, sagte Butler ironisch, während Clausen sich den Schlamm vom Hals wischte. »Aber Sie haben sich viel Zeit gelassen.«

»Sie hätten mich beinahe umgebracht. Noch ein paar Sekunden, und ich wäre in diesem verdammten Sumpf untergegangen.«

»Das wären Sie«, versicherte ihm Butler. Er trat näher an ihn heran, berührte den Kopf des Dänen mit dem Lauf der Walther. Clausen erstarrte. Butlers nächste Worte klangen sehr grimmig.

»Noch etwas. Sie erzählen niemandem davon, was hier passiert ist. Niemandem! Drei Wochen lang nicht. Wir haben verläßliche Informanten hier in der Gegend. Wenn ich höre, daß Sie auch nur ein einziges Wort von sich gegeben haben, bin ich wieder da, und Sie erleben, was ein Genickschuß ist.«

»Das Geld . . .«, murmelte Clausen.

»Das Geld bekommen Sie, wenn die drei Wochen um sind. Vorausgesetzt, Sie leben dann noch. Wenn wir fort sind, warten Sie drei Minuten und fahren dann nach Hause. Sie haben immer noch Schlamm im Gesicht, am

Hals und wer weiß wo sonst noch. Ihre Geschichte ist, daß Sie mit einer Frau aus waren. Sie waren betrunken und sind in den Sumpf gefallen.«

Butler holte den Gin, den er zuvor an sich selbst benutzt hatte, und goß etwas davon über das Vorderteil von Clausens Anorak.

»Und kommen Sie nicht auf dumme Gedanken«, warnte Butler drohend. »Es könnten Ihre letzten sein . . .«

Er folgte Marler den Pfad entlang, stieg in seinen Volvo und fuhr langsam an, während Marler seinen Wagen wendete. Sie hatten Tønder fast erreicht, befanden sich aber noch in offenem Gelände, als Marler Butler bedeutete, er sollte am Straßenrand anhalten.

Butler stieg aus und setzte sich neben Marler in dessen Wagen. Marler war schnell gefahren, und jetzt redete er schnell.

»Lassen Sie mich die Karte sehen, auf der Sie die Stelle, an der Ihr Johnny Dr. Hyde abgesetzt hat, mit einem Kreuz markiert haben. Ich habe vorhin nur über Ihre Schulter geschaut. – Ach, das ist interessant. Ich bin durch Hojer gefahren und dann nach Norden abgebogen und dann, an einer Kreuzung mitten in der Wildnis, nach Westen. Johnny hat Hyde ganz in der Nähe dieser Kreuzung abgesetzt. Ich konnte nichts Auffälliges entdecken. Und jetzt fahren wir in meine Pension in Tønder – für den Fall, daß irgendeine Nachricht vorliegt. Hoffentlich ist Paula noch nichts passiert . . .«

Siebenundvierzigstes Kapitel

»Sie schläft, Ilena. Das ist gut. Wir können unsere letzten Vorbereitungen treffen.«

»Sie wollen jetzt heißes Wasser?«

»Noch nicht.« Hydes Stimme klang gereizt. »Ich sage Ihnen, was ich brauche, wenn ich es brauche. Nehmen Sie den Staubsauger, und machen Sie hier noch einmal gründlich sauber. Von draußen ist Sand eingedrungen.«

Paula hatte die Augen geschlossen, war aber hellwach. Sie zwang sich, sich nicht anmerken zu lassen, daß sie bei vollem Bewußtsein war. Es war gräßlich, nichts zu sehen, sondern nur zu hören. Ihre Fantasie machte Überstunden.

Sie hörte das Brummen des Staubsaugers, als Ilena Hydes Anweisung befolgte. Sie hörte das vertraute Klicken, als er seine Tasche öffnete. Ungefähr eine Minute später kam ein leises Klirren. Er legte seine Skalpelle in der richtigen Reihenfolge zurecht. Sie hatte die Augen offen gehabt, bis sie hörte, wie der Schlüssel in die Tür hinter der Plattform am oberen Ende der Treppe ins Schloß gesteckt wurde. Die Plattform hatte ein knapp hüfthohes Holzgeländer.

Es war noch Tag, aber es dämmerte bereits. Der Wind wehte nach wie vor, und als Dr. Hyde seine Instrumente ordnete, gab es ein knallendes Geräusch. Der Laden hatte sich wieder gelöst. Als sie hereinkamen, hatten sie die Leuchtstoffröhre eingeschaltet – was es ihr noch schwerer machte, die Augen geschlossen zu halten. Hyde fluchte.

»Sie dämliche Kuh! Sie haben diesen verdammten Laden immer noch nicht festgemacht. Muß ich denn alles selber tun?«

Offensichtlich, dachte Paula, hatte Hyde vergessen, daß es Starmberg gewesen war, der es als letzter versucht hatte. Der Staubsauger brummte weiter, und sie hörte, wie der Stuhl über den Boden gezerrt wurde. Hyde war im Begriff, daraufzusteigen und den Laden erneut festzumachen.

Paula hörte, wie der Stuhl knarrte und gegen das Gewicht eines auf ihm stehenden menschlichen Wesens protestierte. Ein menschliches Wesen? Hyde war alles andere als ein menschliches Wesen – er war ein Ungeheuer.

Es gab ein weiteres Geräusch, als Hyde den Laden zuzog, dann das Schaben von Metall, als er sich mit dem Riegel abmühte. Nur zu hören und nicht zu sehen wurde unerträglich. Paula biß die Zähne zusammen, hörte, wie der Stuhl wieder an die Wand zurückgeschoben wurde.

Das Brummen des Staubsaugers hörte auf. Dann trat eine beängstigende Stille ein. Ein paar Sekunden lang hätte sie glauben können, allein zu sein. Dann sprach Dr. Hyde.

»Schaffen Sie das Ding weg, und kümmern Sie sich um das heiße Wasser. Es muß kochendheiß sein, damit ich meine Instrumente sterilisieren kann.«

Das schwere Stapfen von Ilenas Füßen auf der Treppe. Das Öffnen und Schließen der Tür. Jetzt war sie mit Hyde allein. Seine krallenartigen Finger packten einen ihrer Arme, schüttelten ihn heftig. Sie öffnete langsam die Augen. Dr. Hyde lächelte auf sie herab.

»Wie Sie gleich sehen werden, Miß Grey, ist der Operationstisch vorbereitet. Aber Sie brauchen sich keine Sorgen zu machen. Ich gebe Ihnen eine Spritze, die Sie einschlafen läßt. Danach lege ich Sie auf den Tisch . . .«

Dichtauf gefolgt von Butler in seinem Volvo, war Marler mit Höchstgeschwindigkeit nach Tønder gefahren. Der Himmel war ein Meer aus grauen Wolken, die in dem heftigen Wind über ihm dahinjagten. Jetzt langsamer fahrend, erreichte er die mit Kopfsteinen gepflasterte Straße, in der seine Pension lag.

Zu seiner Überraschung sah er einen grauen BMW am Straßenrand. Dann entdeckte er Newman, der eine Zigarette rauchte und mit offensichtlicher Ungeduld herumwanderte. Zweite Überraschung. Als er anhielt, öffnete Newman die Beifahrertür und setzte sich neben ihn.

»Schalten Sie den Motor nicht aus«, befahl Newman.

»Ganz wie Sie wünschen«, erwiderte Marler gelassen.

»Haben Sie eine Ahnung, wo Paula festgehalten wird?« fragte Newman.

Butler war ausgestiegen, stand am offenen Fenster, hörte zu.

»Noch nicht«, gab Marler widerstrebend zu. »Aber wir wissen, wo dieser Taxifahrer Dr. Hyde abgesetzt hat.«

Newmans Miene war düster, und er machte den Eindruck, als wäre er nahe daran, die Beherrschung zu verlieren.

»Weit von hier? Schnell.«

Marler berichtete kurz über die Information, die Butler aus Johnny Clausen herausgeholt hatte. Außerdem erklärte er, daß er die Gegend kannte, weil er in der vergangenen Nacht dort herumgefahren war. Butler holte seine Karte hervor und zeigte Newman das Kreuz, das die Stelle markierte, an der Dr. Hyde Clausens Wagen verlassen hatte.

»Lassen Sie Ihren Wagen hier«, wies Newman Butler an. »Wir fahren mit meinem BMW dorthin.« Er sah Butler an. »Sie folgen uns mit Ihrem Volvo. Los! Es könnte auf jede Minute ankommen.« Er war schon halb ausgestiegen, als er fragte: »Seid ihr beide bewaffnet?«

»Ja«, sagte Butler. »Walther.« Er klopfte auf seine Hüfte.

»Und mein Armalite steckt in dieser Tasche.«

»In Ordnung.«

Marler saß neben Newman. Sie waren wieder aus Tønder heraus, und Newman beschleunigte und deutete mit einem Kopfnicken auf die Windschutzscheibe, auf der knirschender Sand klebte.

»Tønder ist ein hübsches Städtchen, aber die Fahrt durch Südjütland an der Küste entlang war die reine Hölle. Gott, was für eine Einöde. Nichts als Sand und struppige Grasbüschel. Und dann der Wind, der ständig diesen verdammten Sand hochwirbelt. Ein Alptraum.«

»Ich habe Dr. Wands Siedlung gefunden – achtundzwanzig neue Häuser, alle möbliert und auf ihre Bewohner wartend. An einer abgelegenen Stelle dicht am Meer, hinter den Dünen versteckt. Und genau da, wo sie nach der Karte, die Cardon vom Lop Nor mitgebracht hat, liegen sollte. Wo steckt Cardon übrigens? Und Tweed?« fragte Marler.

»Cardon hat etwas zu erledigen. Tweed befindet sich in einem Militärlager südlich von Esbjerg. Er glaubt, daß die Tarnkappenschiffe heute nacht eintreffen werden. Aber für uns steht Paula an erster Stelle.«

»Ganz meine Meinung.«

Marler schwieg eine Weile, weil er spürte, wie wütend und verzweifelt Newman war. Es war Newman, der das Schweigen brach, als sie sich der Kreuzung näherten, an der Marler nach Westen abgebogen war.

»Sie sind doch hier in dieser Gegend herumgefahren. Haben Sie da nicht irgendein Haus gesehen, in dem Paula vielleicht festgehalten werden könnte? Ist Ihnen nicht irgend etwas aufgefallen?«

Marler schnippte mit den Fingern. Newmans Frage hatte eine Erinnerung ausgelöst.

»Fahren Sie langsamer. Wir kommen gleich an eine Nebenstraße, die nach links abzweigt. Nicht gerade die allerbeste Straße, aber biegen Sie ab . . .«

»Weshalb?«

»Hören Sie auf, blöde Fragen zu stellen. Langsam. Wir biegen hier links ab.«

Newman drehte das Lenkrad, und sie fuhren langsamer eine einsame Straße entlang. Marler lehnte sich vor, um durch die gegen den Sand ankämpfenden Scheibenwischer hindurch deutlicher sehen zu können.

»Ein abgelegenes Haus. Ziemlich groß, aber heruntergekommen, dachte ich. Als ich in ungefähr zwanzig Metern Abstand daran vorbeifuhr, sah ich Licht in einem Kellerfenster. Als es gleich wieder verschwand, dachte ich, ich hätte es mir nur eingebildet. Aber jetzt glaube ich das nicht mehr. Da ist es. Sie müssen gleich von der Straße herunter und durch den Sand fahren, wenn ich es sage. Und fragen Sie nicht, weshalb!«

»Hat da nicht ein Wagen an der Straße gewartet, wo der Taxifahrer Dr. Hyde abgesetzt hat?«

»Ja, ein grüner Renault.«

»Hinter dem Haus ist eine Art Schuppen, der als Garage dienen könnte . . .«

»Auf den Sand abbiegen. Jetzt!«

Nachdem Hyde Paula geweckt hatte, trat er an den Operationstisch und griff nach einer Spritze in der Emailleschale, in der er seine Instrumente zurechtgelegt hatte. Er ließ sich Zeit. Nichts überstürzen.

Hinter ihm zog Paula ihre Hände aus den Lederriemen heraus. Es hatte sie viel Zeit gekostet, ihre Bewegungsfreiheit zurückzugewinnen. Sobald ihre Hände frei gewesen waren, hatte sie die Riemen um ihre Knöchel gelöst. Sie hatte ihre schmerzenden Beine trainiert, immer wieder die Knie gebeugt, die Handgelenke bewegt, die Finger der einen Hand mit der anderen massiert.

Würden ihre Beine sie tragen? Die Emailleschale stand am anderen Ende des langen Tisches. Sie schwang blitzschnell die Füße auf den Holzfußboden. Der Kampf stand eins zu eins – aber nur so lange, bis Ilena, das gräßliche Muskelweib, zurückgekehrt war.

Sie fühlte sich etwas unsicher, zwang sich aber, bis zu ihrem Ende des Tisches zu gehen. In diesem Augenblick drehte Dr. Hyde sich mit der Spritze in der Hand um und sah sie. Seine Augen weiteten sich vor Überraschung, dann vor unbeherrschter Wut. Er kam auf sie zu, und sie wartete. Als er nahe heran war, lief sie um den Tisch herum, so daß eine Barriere zwischen ihnen lag.

Als er hinter ihr herkam, ergriff ihre rechte Hand ein Skalpell. Einen Moment später war er ganz nahe. Ihre andere Hand packte ein kleines Becherglas, das eine blaue Flüssigkeit enthielt, und schleuderte ihm den Inhalt, was immer es sein mochte, ins Gesicht. Er blieb stehen, hob die linke Hand vor die verschmierte Brille. Immer noch unsicher auf den Beinen, stürzte sich Paula auf ihn. Sich an noch etwas erinnernd, das Butler ihr bei dem Trainingskurs beigebracht hatte, zielte sie mit dem Skalpell auf einen Punkt zwischen den Rippen. Wenn man eine Rippe trifft, gleitet es ab. Sie stieß mit aller Kraft zu, spürte, wie das Skalpell durch seine Kleidung und dann wesentlich tiefer schnitt. Wie ein Messer durch Butter, dachte sie boshaft. Keine Gnade für dieses Schwein. Sie rammte das Skalpell noch tiefer hinein, ließ es los, trat zurück.

Hyde stand stocksteif da. Auf seinem Gesicht spiegelten sich Überraschung, Verblüffung, Angst. Die Hand mit der Spritze sank auf den Tisch, die Spritze entfiel ihr. An der Stelle, an der das Skalpell eingedrungen war, breitete sich auf seinem weißen Kittel ein roter Fleck aus. Er machte zwei Schritte rückwärts auf die Treppe zu, dann sackte er mit dem Gesicht nach unten auf den Boden.

Er wand sich, drehte sich auf den Rücken, seine Beine zuckten, dann ließen die Bewegungen nach, und er stieß ein tiefes Stöhnen aus.

Paula nahm die Spritze an sich. Bald würde Ilena mit ihrer Schüssel voll kochendem Wasser zurückkommen. Paula war nicht sicher, ob es ihr gelingen würde, die massige Schwester zu überwältigen. Sobald sie den Keller betrat, würde sie Hyde am Boden liegen sehen.

Paula, deren Kraft mit jeder Bewegung zunahm, stieg die Treppe hinauf und blieb auf der Plattform stehen. Sie hielt die Spritze bereit und betete. Dann hörte sie, wie der Schlüssel ins Schloß gesteckt wurde – aber er wurde nicht herumgedreht. Jemand hämmerte an die Haustür.

Nachdem er auf die Klingel gedrückt und drinnen nichts gehört hatte, benutzte Newman seine Faust und hämmerte damit gegen die schwere Haustür. Sie hatten in der Garage hinter dem Haus einen grünen Renault gefunden. Sie waren am rechten Ort. Er hörte, wie ein Riegel zurückgezogen und ein schwerer Schlüssel gedreht wurde. Er hatte ein Lächeln im Gesicht, als die Tür langsam nach innen schwang.

Vor ihm stand eine massige Frau mit kantigem Gesicht und sehr kurzen Haaren in einem weißen Kittel. Sie hielt eine langläufige Mauser in der Hand und zielte damit auf seinen Magen. Er runzelte die Stirn, hob die Hände.

»Dazu besteht keine Veranlassung. Ich habe mich verfahren.«

Er wich langsam zurück, Schritt um Schritt. Sie folgte ihm.

»Wie Sie hergekommen?«

Der Lauf der Waffe erschien außerhalb der Tür, dann die dicke Hand, die sie hielt. Marler, an die Hauswand gedrückt, ließ den Lauf seines Armalite mit aller Gewalt auf ihr Handgelenk niedersausen. Sie ließ die Waffe fallen und grunzte wie ein Wildschwein. Als sie ins Haus zurückwich, hatte sie mit der anderen Hand ein gemein aussehendes Messer mit breiter, zweischneidiger Klinge gezogen. Sie hielt es vor sich, während sie weiter zurückwich und Newman ihr folgte.

»Wo ist die Frau?« fuhr Newman sie an.

»Wenn Sie kommen, Frau stirbt ...«

Newman drängte sie weiter zurück, gefolgt von Marler und Butler. Sie erreichte die Tür zum Keller. Trotz des Hiebs, den Marler ihr versetzt hatte, drehte ihre rechte Hand den Schlüssel, und sie wich auf die Plattform innerhalb des Kellers zurück.

Sie sah Paula und wollte mit ihrem Messer zustoßen. Zweierlei passierte gleichzeitig. Paula stieß ihr die Spritze in den dicken Unterarm, drückte den Kolben herunter. Newmans rechtes Bein schoß vor und trat ihr in den Bauch. Es war, als träte man gegen einen Baumstamm, aber Ilena wurde gegen das Geländer gerammt. Das Holz hielt ihrem Gewicht nicht stand. Mit der Spritze noch im Arm und verdrehten Augen stürzte sie rücklings drei Meter tief auf den Kellerboden.

»Oh, Gott sei Dank!«

Paula warf sich in Newmans Arme. Er umarmte und küßte sie, während sie sich an ihn klammerte, dann richtete er sich auf. Butler war mit der Walther in der Hand dabei, das Obergeschoß zu durchsuchen. Marler machte die Runde durchs Erdgeschoß.

»Himmel, ich muß mich unbedingt waschen«, sagte Paula.

»Versuchen Sie es mit der Küche da hinten«, riet Marler, der sie gehört hatte, als er von seiner schnellen Durchsuchung zurückkam. »Da ist ein Ausguß mit Wasserhähnen.«

Als sie fort war, stiegen Newman und Marler in den Keller hinunter. Newman fühlte Ilenas Puls. Nichts. Er schaute zu Marler auf.

»Tot. Ihr Genick ist gebrochen.«

»Das Ding da lebt noch«, stellte Marler fest und deutete auf Hyde. »Was meinen Sie?«

»Wenn er vor Gericht gestellt wird, bekommt er ein paar Jahre. Dann bescheinigt ihm irgendein Psychiater, daß er normal ist, und er wird entlassen. Ich bin nicht dafür.«

»Ganz meine Meinung.«

Mit den Knöcheln, um keine Fingerabdrücke zu hinterlassen, kippte Marler den Tisch um. Hyde schrie auf, als er auf seinen Knien landete und ihn festnagelte. Seine kostbaren Skalpelle klirrten neben ihm auf den Boden.

»Er wird verbluten, bevor ihn jemand findet«, bemerkte Newman.

»Was der Zweck der Übung ist«, erwiderte Marler.

Paula machte sich unter dem Kaltwasserhahn frisch. Butler hatte ihre Umhängetasche auf einer Couch im Vorderzimmer gefunden. Zu ihrer Überraschung war der Inhalt unangetastet – sogar ihr .32er Browning war noch darin.

»Sonst ist nichts und niemand im Haus«, berichtete Butler.

Newman warf noch einen Blick in das Vorderzimmer. Auf dem Tisch stand eine altmodische Petroleumlampe. Er ging hinein, zündete die Lampe an und stieß sie vom Tisch auf den Holzfußboden. Dann kehrte er in die Diele zurück, machte die Tür hinter sich zu.

Paula war in die frische Seeluft hinausgetreten und atmete sie in tiefen Zügen ein. Dann versteifte sie sich. Die Nacht war hereingebrochen, und der Wind hatte sich plötzlich gelegt. Kein aufgewirbelter Sand mehr. Nur eine unheimliche Stille. Dann sah sie, was von der See herankam. Dichter Nebel. Und er wurde von Minute zu Minute dichter.

Achtundvierzigstes Kapitel

»Es war wirklich ärgerlich«, bemerkte Dr. Wand zu Starmberg, als ihn der Luxemburger vom Flughafen Esbjerg wegfuhr. »Wir mußten Warteschleifen drehen, damit irgendein anderes Kleinflugzeug landen konnte. Offenbar hatte es sich verflogen, und sie wollten es so schnell wie möglich auf dem Boden haben.«

Die beiden Männer saßen in einer Limousine mit getönten Scheiben. Wand hatte keine Ahnung, daß Inspektor Nielsen den Flugleiter in Esbjerg angerufen hatte.

»Wenn eine Piper, Kennung Kalundborg, in Ihren Bereich kommt – geben Sie Ihr dann bitte Vorrang vor allen anderen Maschinen?« hatte Nielsen ihn gebeten.

»Wird gemacht«, hatte der Flugleiter geantwortet.

Am Flughafen Kastrup hatte Nielsen dafür gesorgt, daß sich der Start des Lear Jet verzögerte, weil er annahm, daß Tweed gern vor ihm eintreffen würde. Nielsen hatte vor, die ganze Nacht in seinem Büro zu bleiben – zumindest so lange, bis er von Tweed gehört hatte.

Starmberg trug eine Chauffeurslivree und eine dunkle Brille. Sie fuhren um Esbjerg herum und dann auf der Route 11 nach Süden. Wand, völlig entspannt, warf einen Blick auf den Luxemburger.

»Heute nacht kommen zwei Tarnkappenschiffe an – die *Mao III*, ein starkes, mit Raketen bewaffnetes Schiff, dem ein kleineres, die *Yenan*, folgt. Sämtliche Spitzenleute befinden sich an Bord der *Yenan* . . .«

»Weshalb das?« fragte Starmberg.

Wand seufzte. »Sie wissen, daß ich es nicht liebe, wenn man mir Fragen stellt.«

»Ich bitte um Entschuldigung . . .«

»Halten Sie den Mund, dann bekommen Sie eine Antwort auf Ihre Frage. Die Hauptaufgabe der *Mao III* besteht darin, die *Yenan* zu schützen. Sie hat gleichfalls Leute an

Bord, aber die sind weniger wichtig. Sobald das Team von der *Yenan* an Land gegangen ist und die Bungalows bezogen hat, befindet sich mein gesamter europäischer Apparat an Ort und Stelle.«

»Sehr erfreulich. Sie haben das hervorragend geplant«, erwiderte Starmberg mit kriecherischer Begeisterung. »In Jütland ist alles für ihren Empfang vorbereitet.«

»Haben alle Eskorten Stellung bezogen?«

»Zwanzig bewaffnete Männer liegen hinter den Dünen bereit.«

»Und die Schlauchboote liegen gleichfalls an einer strategisch günstigen Stelle? Die *Mao* und die *Yenan* müssen ein Stück vor der Küste ankern, während die Leute an Land gebracht werden.«

»Auch die Schlauchboote sind hinter den Dünen versteckt. Sie wurden vor einer Stunde von Lastwagen dorthin befördert.«

Eine Zeitlang herrschte Schweigen, während Starmberg weiter nach Süden fuhr. Wand schien in einer Art Trance versunken zu sein. Inzwischen hatten sie die Einöde von Südjütland erreicht. Der Wind peitschte staubfeinen Sand über die Windschutzscheibe. Starmberg hatte die Scheibenwischer auf Höchstgeschwindigkeit gestellt; trotzdem bedeckte ein Sandfilm die Scheibe.

»Sie haben hoffentlich den Wetterbericht gehört?« fragte Wand plötzlich.

»Der Wind soll sich gegen Abend legen. Danach dichter Nebel an der gesamten Küste.«

»Es dämmert schon . . .«

Wand hatte gerade seine Bemerkung gemacht, als der Wind nachließ und sich dann völlig legte. Ein paar Minuten später sah er in dem schwindenden Licht dichten grauen Nebel, der von der See her landeinwärts vordrang. Sein Mund verzerrte sich zu einem erfreuten Lächeln.

»Sie haben mich noch gar nicht nach unserem Freund Tweed gefragt.«

»Sie mögen es nicht, wenn man Ihnen Fragen stellt«, erinnerte Starmberg ihn respektvoll.

»Gut. Wirklich sehr gut. Vielleicht interessiert es Sie, daß Tweed demnächst eine Erinnerung an seine heißgeliebte Miß Grey bekommen wird. Nämlich ihren amputierten Arm. Das dürfte ihm den Rest geben.«

»Wie schön für ihn«, erwiderte Starmberg voller Genugtuung. »Jetzt ist es nicht mehr weit bis zu den Bungalows. In dem, der Ihr Hauptquartier sein wird, wurde ein Funkgerät installiert.«

»Das hoffe ich. Ich brauche es, um mit der *Mao* in Verbindung zu treten . . .«

Die beiden Männer waren in Gedanken so sehr mit dem beschäftigt, was vor ihnen lag, daß sie keinen Blick zurück warfen. Aber selbst wenn sie es getan hätten, wäre es zweifelhaft gewesen, ob sie den schäbigen Ford Sierra gesehen hätten, der ihnen den ganzen Weg vom Flughafen gefolgt war. Am Steuer saß Philip Cardon, der überaus geschickt und nur mit Standlicht fuhr.

Kurz nach dem Start von Kastrup aus hatte Tweed den Piloten – einem Vorschlag Cardons folgend – gebeten, über Funk eine Nachricht an Nielsen durchzugeben.

Der Pilot hatte sofort sein Mikrofon ergriffen und auf der vereinbarten Frequenz mit Nielsen gesprochen. Er hatte darum gebeten, dafür zu sorgen, daß bei ihrer Ankunft in Esbjerg ein unauffälliger Wagen mit einem Funktelefon bereitstand. Wie gewöhnlich hatte Nielsen sofort reagiert.

Nach der Landung in Esbjerg hatte der Sicherheitschef die drei Passagiere zu zwei Wagen geführt, die an einer abgelegenen Stelle auf sie warteten. Einer davon war ein alter, mit Schlamm bespritzter Ford Sierra.

»Das ist der mit dem Funkgerät«, hatte der Sicherheitschef erklärt. »Auf die richtige Frequenz eingestellt. Und auf diesem Zettel steht das Rufzeichen, mit dem Sie einen Mann namens Anton Norlin erreichen können.«

»Das ist meiner«, hatte Cardon gesagt.

Er hatte am Flughafen gewartet, bis Wands Lear Jet gelandet war. Nielsen hatte Tweed während des Fluges über

Funk mitgeteilt, zu welchen Mitteln er gegriffen hatte, um den Lear Jet aufzuhalten. Cardon hatte bereits am Steuer des Ford Sierra gesessen, als Wand sich auf dem Beifahrersitz der Limousine niedergelassen hatte, dessen Tür der livrierte Chauffeur für ihn offenhielt.

Er weiß, daß er der große Boß ist, hatte Cardon gedacht.

Später, als er ihnen nach Südjütland folgte, hatte er festgestellt, daß sein frisierter Motor ihn zu nahe heranbrachte. Er hatte die Fahrt verlangsamt, zumal um ihn herum der Sandsturm tobte.

Er hielt erst an, als er sah, daß die Limousine nach Westen von der Straße abbog und auf die See und eine Reihe von hohen Sanddünen zuhielt. Er hatte sich zu Fuß an die Dünen herangeschlichen und gesehen, daß sich hinter ihnen eine große Kolonie von Bungalows verbarg. Die Limousine parkte vor einem der Bungalows, aus dem eine hohe Antenne ausgefahren wurde.

Er war sofort zu dem Sierra zurückgekehrt, hatte sich wieder ans Steuer gesetzt und nach dem Mikrofon gegriffen.

Tweed und Newman waren am Flughafen Esbjerg von dem Sicherheitsbeamten zu einem Opel Omega geführt worden. Ein Fahrer in Zivil hatte sie aufgefordert, im Fond Platz zu nehmen.

»Soweit ich informiert bin, soll ich Sie zu Anton Norlin in das Militärlager bringen«, sagte er über die Schulter.

»Noch nicht«, erwiderte Tweed. »Könnten Sie vorher meinen Freund bei der Avis-Autovermietung in Esbjerg absetzen? Er braucht dringend ein eigenes Fahrzeug. Anschließend muß ich zum Hafen und einem dort liegenden Schiff einen Besuch abstatten.«

»Zuerst zu Avis, dann zum Hafen, dann zu Norlin«, bestätigte der Fahrer knapp.

Er setzte Newman vor der Avis-Filiale ab und fuhr dann mit Tweed allein weiter.

Die Stadt war hübsch und belebt, aber ohne ausgeprägten Charakter. Als sie sich dem Hafen näherten, machte der Fahrer Tweed auf einen aus Backstein erbauten und mit Zinnen versehenen Wasserturm aufmerksam. Der Hafen wimmelte von Fischerbooten. Nachdem er ausgestiegen war, entdeckte Tweed eine große Barkasse mit einem geräumigen Deckshaus, über dem die britische Handelsflagge wehte. Wellen schlugen gegen eine Mauer, und ein Wald aus Masten schwankte wie betrunken, als Tweed, gegen den Wind ankämpfend, am Pier entlangeilte.

Auf der zu der Barkasse führenden Gangway – die Gott sei Dank Geländer an beiden Seiten hatte – kam Tweed ein hochgewachsener, glattrasierter Mann in den Dreißigern entgegen.

»Ich bin Tweed.«

»Dave Lane. Willkommen an Bord.«

Mit zusammengepreßten Lippen überquerte Tweed, den Handlauf umklammernd, die Laufplanke. Lane führte ihn in die Kabine der Barkasse, schloß die Tür, wendete sich an seinen Besucher.

»Bitte weisen Sie sich aus, Sir. Vorschrift.«

Tweed holte seinen Paß hervor, wobei er es sorgfältig vermied, aus dem Fenster zu schauen. Lane betrachtete ihn eingehend und gab ihn dann zurück.

»Sie möchten sich mit Commander Wilson in Verbindung setzen?«

»Wo ist die *Minotaur* jetzt?« fragte Tweed schnell.

»Da draußen.« Lane deutete mit einer Handbewegung auf die offene See. »Patrouilliert vor der Küste.« Er ließ sich vor einem Funkgerät nieder, das hinter unauffälligen Schranktüren verborgen war. »Die Verbindung ist möglicherweise ein bißchen gestört. Aber wir können es ja versuchen . . .«

Eine Minute später übergab er Tweed das Mikrofon, der sich auf dem Stuhl niederließ, den Lane freigemacht hatte.

»Hier Tweed. Ich wiederhole – hier Tweed.«

»Habe Sie schon beim erstenmal gehört. Hier Tug Wilson. Wir sind uns vor zwei Jahren bei einer Party in der Admiralität begegnet. Kann mich gut an Sie erinnern. Wie viele Objekte werden erwartet?«

Mit ›Objekten‹ meinte er die Tarnkappenschiffe. Jetzt erinnerte sich Tweed an das wettergegerbte Gesicht von Tug Wilson. »Ich habe keine Ahnung«, gestand er.

»Sind sie bewaffnet?«

»Auch das weiß ich nicht.«

»Sie sind eine Goldgrube an Informationen!« kicherte Wilson. Es gab kein Knistern, und die Verbindung war kristallklar. »Aber soweit ich weiß, waren Sie es, der mir mein Weihnachtsgeschenk geschickt hat. Sehr brauchbar. Vielen Dank.«

»Von jetzt ab muß ich von Land aus mit Ihnen in Verbindung treten«, warnte Tweed. »Das sollte möglich sein – die Leute dort sind bestimmt bestens ausgerüstet.«

»Lassen Sie sich von Lane die Frequenz geben. Ich möchte ihn noch einmal sprechen. Schön, Sie an Bord zu haben . . .«

Tweed übergab Lane das Mikrofon und setzte sich schnell auf einen anderen Stuhl. Die große Barkasse schaukelte heftig, und er hatte nicht daran gedacht, ein Dramamin zu nehmen. Doch trotz seiner aufsteigenden Übelkeit war Tweed erleichtert: Tug Wilson war ein Mann, den man gern auf seiner Seite hatte. Seine letzte Bemerkung, daß es schön sei, ihn an Bord zu haben, war – aus dem Munde des Kommandanten eines Kriegsschiffes – ein großes Kompliment.

Er schaute zufällig gerade in einem Moment auf, in dem die Barkasse seewärts krängte. Er sah, wie eine Masse hoher Wellen in den Hafen rollte, wendete schnell den Blick ab und dankte dem Himmel, daß er sich nicht an Bord der *Minotaur* befand. Die Erleichterung verflog, als sich ihm der Gedanke an Paula aufdrängte. Eine tiefe Depression überkam ihn. Lane beendete sein Gespräch mit Wilson, notierte etwas auf einem Block, riß den Zettel ab, faltete ihn zusammen und gab ihn Tweed.

»Das ist streng geheim. Es ist die Frequenz, auf der Sie die *Minotaur* erreichen können, und das Codewort. Wie Sie sehen werden, wird beides alle drei Stunden zur vollen Stunde geändert.«

»Eine hervorragende Sicherheitsmaßnahme. Und ich meine, Sie sollten erfahren, daß das Funkgerät, das ich benutzen werde, von einer Militärbasis aus bedient wird. Einer sehr speziellen Basis. Und werden Sie jetzt, wenn ich das fragen darf, zur *Minotaur* zurückkehren?«

»Keine Sorge!« Lane grinste jungenhaft. »Der Commander ist einverstanden, daß ich sofort auslaufe – sofern Ihnen das recht ist. Ich nehme an der Küste entlang Kurs nach Südjütland. Sie glauben, es wird eine Keilerei geben?«

»Ich glaube, daß es heute nacht zum tödlichsten und seltsamsten Duell kommen wird, das je ausgetragen wurde.«

Neunundvierzigstes Kapitel

»Wir sollten jetzt zuerst nach Norden fahren und uns diese merkwürdige Kollektion von Bungalows ansehen, die Sie gefunden haben«, schlug Newman vor.

»Einverstanden«, erklärte Marler.

»Paula«, drängte Newman und legte ihr den Arm um die Schultern, »ich glaube, Sie kehren besser nach Tønder zurück und ruhen sich gründlich aus – nach dem, was Sie durchgemacht haben.«

Sie hatten das Haus des Todes, Ilena und den skrupellosen Dr. Hyde in aller Eile hinter sich gelassen. Erst als sie sich wieder auf der Straße befanden und das Haus im Nebel verschwunden war, hatte Newman seinen BMW angehalten.

Marler war ihm in seinem Volvo gefolgt, und Butler hatte die Nachhut gebildet. Jetzt standen sie alle neben dem BMW. Paula war zehn Minuten lang auf der Straße auf und ab gegangen, hatte ihre Gliedmaßen bewegt, sich körperlich und seelisch wieder in den Normalzustand zurückversetzt. Sie schob Newmans Arm sanft beiseite.

»Glaubt ihr etwa, ihr könntet mich ins Bett stecken – ausgerechnet jetzt, wo es vielleicht bald zu der entscheidenden Auseinandersetzung kommt? Ich weiß euer Mitgefühl zu würdigen, aber ich bleibe bei euch.«

»Newman könnte recht haben«, meinte Marler.

Paula wurde wütend. »Kommt gar nicht in Frage!« Sie hatte die Hände auf die Hüften gestemmt und funkelte sie an.

Butler, der normalerweise mit Worten so umging, als wären sie Münzen, mit denen man sparsam sein mußte, trat vor.

»Die Dame ist wieder fit. Habt ihr nicht gehört, was sie davon hält, daß ihr sie wie eine Schwerkranke behandeln wollt?«

»Und ich wünschte bei Gott«, fuhr Paula fort, »daß es eine Möglichkeit gäbe, Tweed wissen zu lassen, daß ich okay bin.«

»Mit Kommunikationsmöglichkeiten ist es in diesem Teil der Welt ziemlich schlecht bestellt«, erklärte Marler.

»Dann sollten wir endlich losfahren und keine Zeit mehr vergeuden!« drängte sie. »Wir sind alle bewaffnet. Bob, ich fahre mit Ihnen.«

Nebel. Dichter Nebel, der wie eine Giftgaswolke von der See heranrollte. Paula verbarg vor Newman die Gefühle, die in ihr aufwallten. Nebel stand für das Grauen im Jachthafen von Lymington an der englischen Südküste – wo Harvey Boyd nicht lebend zurückgekehrt war.

Nebel stand für den Alptraum in Blankenese – wo die *Holsten* in zwei Teile zerschnitten wurde und, nur Sekunden, nachdem sie sich in Sicherheit gebracht hatten, gesunken war.

Nebel stand für das Unbekannte, für Angst, für Bedrohung. Sie schob eine Hand in ihre Umhängetasche und umklammerte, um sich zu beruhigen, den Griff ihres Browning. In diesem Moment fuhr Marler neben sie und bedeutete ihnen anzuhalten.

Als Newman und Paula ausgestiegen waren, beugte Marler sich vor und schaltete die Scheinwerfer des BMW aus. Paula warf einen Blick zurück. Keine Lichter, weder an Marlers noch an Butlers Wagen.

»Was ist los? Wo sind wir?« fragte sie.

»Ziemlich nahe bei den Dünen«, sagte Marler leise. »Und ich habe Lichter gesehen – von Taschenlampen. Eine ganze Menge. Wenn jede von ihnen zu einem Mann gehört, müssen an die zwanzig von ihnen da drüben sein.«

»Also sind sie in der Überzahl – sofern sie bewaffnet sind«, bemerkte Paula.

»Oh, die sind sicher bewaffnet«, sagte Newman. »Ich glaube, ich habe eine Dünenkette gesehen, als sich der Nebel für einen Augenblick lichtete.«

»Von hier aus verläuft die Straße ziemlich gerade«, erklärte Marler. »Ich schlage vor, wir fahren noch ein paar hundert Meter weiter und überlegen uns dann, was wir als nächstes unternehmen.«

»Einverstanden«, entgegnete Newman.

Sie stiegen wieder in ihre Wagen ein und fuhren ohne Licht langsam weiter. Wenig später konnte Newman schwache Lichtpunkte erkennen, die sich zwischen den Dünen bewegten. Dann sah er einen kleinen Hügelkamm. Er vergewisserte sich, daß Marler dicht hinter ihm war, dann bog er von der Straße ab.

»Wo wollen Sie jetzt hin?« fragte Paula.

»Von diesem Kamm aus müßten wir eigentlich gut sehen können, was vor sich geht.« Er lenkte den Wagen in eine kleine Senke, schaltete den Motor ab und stieg aus. Marler folgte seinem Beispiel. Newmans rechte Hand fuhr unter seinen Anorak, zog den Smith & Wesson. Eine kleine Gestalt kam auf sie zu.

»Mr. Robert Newman, wenn ich nicht irre«, sagte Philip Cardon.

»Was zum Teufel machen Sie hier?«

»Beobachte den Gegner . . .« Er brach ab. »Paula! Gott sei Dank! Sind Sie okay?«

»Völlig okay. Jetzt«, setzte sie hinzu. Sie erzählte ihm kurz, was passiert war, aber ohne viel Aufhebens davon zu machen. Cardon nahm ihren Arm, und Newman folgte ihnen. »Tweed wird selig sein, wenn er erfährt, daß Sie am Leben sind. Ich habe ein Funktelefon in meinem Wagen hinter der Kuppe dort. Kommen Sie mit, und sprechen Sie selbst mit ihm . . .«

Mehrere Stunden zuvor hatte Tweed den Hafen verlassen und sich zu dem Militärlager südlich von Esbjerg bringen lassen. Auch hier war er von den Sicherheitsvorkehrungen beeindruckt. Nachdem ihn der Fahrer am Eingang abgesetzt hatte, wurde er von einem dänischen Offizier in das Wachhaus geführt.

Der weitläufige Komplex, umgeben von einem dreieinhalb Meter hohen Drahtzaun, der vermutlich unter Strom stand, bestand aus eingeschossigen Hütten, die aussahen wie Wohncontainer. Er mußte dem Offizier nicht nur seinen Paß, sondern auch seinen SIS-Ausweis zeigen.

»Anton Norlin erwartet mich.«

»Das tut er. Bitte folgen Sie mir . . .«

Der Offizier führte ihn zwischen zwei Reihen von Hütten hindurch zu dem größten Gebäude, von dessen Dach mehrere Antennen aufragten und eine große Satellitenschüssel, die sich langsam drehte. Tweed bekam einen leichten Schock, als der Offizier die Tür öffnete, ihn eintreten ließ und die Tür dann wieder schloß, ohne selbst mit hereinzukommen. Im Wachhaus hatte er kurz telefoniert und dabei dänisch gesprochen, von dem Tweed kein Wort verstanden hatte.

Der Schock kam, als eine hochgewachsene, stämmige Gestalt von einem Schreibtisch aufstand und sich umdrehte. Das Gesicht war von einer Sturmhaube verdeckt. Durchdringende Augen musterten ihn. Der Mann trat vor und reichte ihm die Hand.

»Wir freuen uns, Sie zu sehen, Mr. Tweed. Ich bin Anton Norlin, was allerdings nicht mein richtiger Name ist.«

Es war genau so, als begegnete man einem Kommandeur des britischen SAS. Als sie sich die Hand gaben, stellte Tweed fest, daß die Hütte in zwei Bereiche unterteilt war. Ungefähr in der Mitte des langen Raums befand sich eine Glaswand mit einer geschlossenen Tür. Norlin mußte seinen schnellen Blick bemerkt haben.

»Hinter der Wand befindet sich die Kommunikationszentrale. Sie steht Ihnen zur Verfügung, falls Sie sie brauchen sollten.«

Nachdem er sich gesetzt und Norlin ihm Kaffee aus einer Maschine vorgesetzt hatte, sah er, daß alle Männer hinter der Glaswand gleichfalls Sturmhauben trugen. Norlin holte seinen Stuhl hinter dem Schreibtisch hervor und setzte sich dicht neben Tweed.

»Gibt es etwas, das ich wissen sollte?« fragte er.

»Eine ganze Menge . . .«

Norlin hörte genau zu, ohne ein Wort zu sagen. Tweed

teilte ihm mit, daß sich seiner Überzeugung nach feindliche Schiffseinheiten der Küste von Südjütland näherten, und informierte ihn über die Kolonie von Bungalows – er zeigte ihm die mit einem Kreuz markierte Karte – und über die vor der Küste patrouillierende *Minotaur*. Er setzte den Dänen rückhaltlos ins Bild. Als er fertig war, nickte Norlin und dachte kurz nach.

»Inspektor Nielsen hat sich mit mir in Verbindung gesetzt. Ich verfüge über ein großes Team von schwerbewaffneten Männern. Sie können schnell zu diesem auf der Karte markierten Punkt gebracht werden. Entweder mit Hubschraubern oder mit Lastwagen.«

»Ich schlage vor, daß Sie das Hauptkontingent mit Lastwagen befördern«, sagte Tweed. »Eine Hubschrauberflotte würde den Leuten auffallen, die bestimmt an der Küste bereitstehen, um die menschliche Fracht dieser Schiffe in Empfang zu nehmen.«

»Also Lastwagen. Diese Leute, die dort warten – wir gehen doch davon aus, daß sie bewaffnet sind?«

»Mit großer Wahrscheinlichkeit. Es ist ein ziemlich komplexes Unternehmen. Wie Sie gegen diese Leute vorgehen, ist mir gleich – die Sicherheit Ihrer Männer hat Vorrang. Aber wenn möglich, möchte ich diejenigen, die von dem Schiff – oder den Schiffen – an Land gebracht werden, lebendig haben, um sie verhören zu können.«

Norlin griff nach dem Telefon, sprach schnell auf dänisch. Tweed hatte den Eindruck, daß er mit dem Tempo eines Maschinengewehrs Befehle erteilte. Obwohl er sein Gesicht nicht sehen konnte, hatte ihn Norlin schon jetzt sehr beeindruckt. Er machte einen überaus kompetenten und entschlossenen Eindruck.

»Ich habe gerade veranlaßt, daß die Lastwagen auch große Schlauchboote mit Außenbordmotoren mitnehmen«, sagte er, nachdem er den Hörer aufgelegt hatte. »Und außerdem Entergerät – für den Fall, daß wir auf die Schiffe müssen.«

»Eine sehr gute Idee«, erklärte Tweed. »Das Problem ist nur, daß noch niemand diese Schiffe gesehen hat.«

»Also bereiten wir uns auf alle Eventualitäten vor . . .«

Das Telefon läutete, und er nahm den Hörer ab. Ein kurzer Wortschwall auf dänisch, dann legte Norlin wieder auf und erhob sich.

»Bitte kommen Sie mit in den Kommunikationsraum. Ein Mann namens Philip Cardon möchte Sie sprechen.«

»Hier Tweed. Etwas Neues von Paula? Haben Sie etwas herausgefunden?«

»Um Ihre erste Frage zu beantworten – im Augenblick bin ich ganz allein hier. Newman und die anderen dürften jetzt unterwegs sein. Wir haben ein erstklassiges Team, das weiter nach Paula sucht«, versicherte er Tweed. »Und Ihre zweite Frage kann ich mit Ja beantworten. An der mit einem Kreuz gekennzeichneten Stelle stehen achtundzwanzig Bungalows, hinter Sanddünen verborgen. Ganz dicht an der Küste. Nur eine grobe Schätzung, aber ich würde sagen, daß sich fünfzehn bis zwanzig Gangster für die Party versammelt haben. Ihr spezieller Freund ist auch hier und offenbar zu allen Schandtaten bereit. Sie können mich gut verstehen?«

»Ausgezeichnet. Ich habe alles mitbekommen. Sonst noch etwas?«

Cardon hatte sehr schnell gesprochen. Funkverbindungen hatte er noch nie getraut.

»Ja. Sie haben mit Schlauchbooten mit Außenbordmotoren geübt. Haben sie zu Wasser gelassen, sind ein paar hundert Meter weit hinausgefahren und dann wieder an den Strand zurückgekehrt. Das ist im Moment alles.«

»Gut. Sehr gut. Melden Sie sich demnächst wieder . . .«

Tweed drehte sich auf dem Stuhl vor dem Funkgerät um und teilte Norlin mit, was Cardon berichtet hatte.

»Wie gut, daß ich veranlaßt habe, daß meine Männer auch Schlauchboote mitnehmen . . .«

Sie waren gerade dabei, die Kommunikationszentrale zu verlassen, als der Mann, der den Stuhl wieder eingenommen hatte, eine weitere Nachricht meldete. Er sagte etwas auf dänisch zu Norlin.

»Noch ein Gespräch für Sie«, sagte Norlin. »Inspektor Nielsen aus Kopenhagen.«

»Hier Tweed.«

»Ich muß mich bei Ihnen entschuldigen«, begann Nielsens deutliche Stimme. »Ich war gezwungen, unseren militärischen Geheimdienst zu informieren . . .«

»Ja?«

Es knisterte in der Leitung, dann war sie tot. Der Funker übernahm und versuchte angestrengt, die Verbindung mit Nielsen wiederherzustellen. Schließlich gab er es auf, sprach ein paar Worte zu Norlin.

»Das kommt gelegentlich vor«, erklärte Norlin. »Irgendwelche atmosphärischen Störungen. Man kommt einfach nicht durch.«

»Könnte das auch mitten in dem Unternehmen passieren zwischen hier und Südjütland?« fragte Tweed besorgt.

»Nein. Das ist eine Sache der Entfernung. Kopenhagen ist viel weiter weg. Von hier aus bis zum Operationsgebiet in Südjütland sind es nur knapp fünfzig Kilometer oder sogar noch weniger. Wir werden ohne irgendwelche Probleme mit der Basis Kontakt halten können.«

»Das ist beruhigend.«

Sie kehrten in den anderen Teil der Hütte zurück. Tweed setzte sich, während Norlin weiteren Kaffee einschenkte. Er machte sich Gedanken über Nielsens Hinweis auf den Militärischen Geheimdienst und konnte sich beim besten Willen nicht vorstellen, wovor Nielsen ihn hatte warnen wollen. Aber es bereitete ihm eine grimmige Genugtuung, daß Dr. Wand sich am Schauplatz des bevorstehenden Unternehmens aufhielt. Diese möblierten, aber noch unbewohnten Bungalows waren ein weiteres Moor's Landing. Aber was ihm nach wie vor schwer zu schaffen machte, war die Ungewißheit über Paulas Schicksal.

Über dem Militärlager war die Nacht hereingebrochen. Tweed hatte sich gezwungen, die vorzügliche Mahlzeit zu verzehren, die ihm vorgesetzt worden war. Es war seine Pflicht, bei Kräften zu bleiben.

Draußen war der Wind abgeflaut; statt dessen hatte sich dichter Nebel über diesen Teil von Dänemark gelegt. Tweed stand auf und wanderte ruhelos herum. Norlin blieb völlig reglos auf seinem Stuhl sitzen. Eiserne Nerven, aber er hatte auch nicht die Sorge, die Tweed innerlich verzehrte.

Die in die Kommunikationszentrale führende Glastür wurde geöffnet. Der Funker sagte etwas auf dänisch. Norlin sprang auf, als Tweed auf die Tür zurannte.

»Ein Commander Wilson will Sie sprechen«, sagte Norlin, als er Tweed eingeholt hatte.

Mit grimmiger Miene griff Tweed nach dem Mikrofon. Warum zum Teufel hatte Newman noch nichts von sich hören lassen?

»Hier Tweed.« Er nannte das Codewort. »Gibt es etwas Neues?«

»Sie sind ein Genie«, dröhnte Wilsons Stimme. »Zwei Objekte in Sicht. Ein größeres und ein kleineres. Wie ein Mutterschiff, das sein Baby nach Hause bringt. Nicht das geringste Flackern auf unserem normalen Radar, aber kristallklare Markierungen auf Ihrem Weihnachtsgeschenk. Ungefähr zwanzig Meilen von der Küste entfernt. Auf einem Kurs, mit dem sie, wenn er beibehalten wird, auf einen Punkt nördlich eines Ortes namens Hojer zusteuern. Wann soll ich in Aktion treten – und ihnen notfalls einen Schuß vor den Bug verpassen?«

»Nicht bevor sie dicht vor der Küste vor Anker gegangen sind – falls das sinnvoll sein sollte.«

»Das ist es. Einfach unglaublich – zwei *Marie Celestes*, die heimkommen. Ich halte Sie über ihre Position auf dem laufenden.«

»Danke, Tug. Das war's fürs erste . . .«

Tweed wollte den Kommunikationsraum gerade verlassen, als er abermals zurückgerufen wurde. Aus den dänischen Worten, die der Funker sprach, als er seinen Stuhl räumte, hörte Tweed den Namen ›Robert Newman‹ heraus. Er griff nach dem Mikrofon.

»Tweed?« Newmans Stimme war völlig klar. »Bleiben

Sie dran. Hier ist jemand, der mit Ihnen sprechen möchte.«

»Hier ist Paula. Ich bin okay. Völlig okay.« Tweed rang nach Atem, als er ihre Stimme hörte. »Tweed, sind Sie noch da?«

»Ja, ich bin noch da. Wie geht es Ihnen? Haben sie . . .«

»Nein, sie haben nicht. Ich sage es noch einmal. Ich bin okay! Verstanden? Wundervoll, Ihre Stimme zu hören. Diese Kerle wollten mich ins Bett schicken. Können Sie sich das vorstellen? Aber ich habe ihnen gründlich meine Meinung gesagt. Irgend etwas Neues über Sie-wissen-schon?«

»Ja, Paula, eine Menge Neues. Und auch ich bin sehr froh, Ihre Stimme zu hören. Aber wir haben nicht viel Zeit. Geben Sie mir Bob noch einmal.«

»Hier ist der führende Kopf . . .«

»Bob, sorgen Sie dafür, daß alle in Deckung bleiben. Freunde sind unterwegs, um zu helfen. Profis. Warten Sie, bis wir bei Ihnen sind. Das ist ein Befehl. Wir kommen in aller Heimlichkeit.«

»Verstanden«, sagte Newman kurz. »Machen Sie sich auf die Socken.«

Fünfzigstes Kapitel

»Ich habe Verbindung mit der *Mao III*«, meldete Starmberg. »Beide Schiffe sind nur ungefähr zwanzig Meilen von der Küste entfernt.«

»Geben Sie bitte durch, daß wir bereit sind, ihre Passagiere auszubooten«, befahl Dr. Wand.

Sie saßen in dem geräumigen Wohnzimmer des Bungalows, der mit einer Antenne ausgerüstet war, die automatisch ausgefahren und eingezogen werden konnte. Starmberg, der Kopfhörer trug, wiederholte die Botschaft seines Chefs. Wand hatte sich an einem Schreibtisch niedergelassen.

Vor den Fenstern, durch die man hinaus-, aber nicht hereinsehen konnte, waren die Vorhänge zugezogen. Ein paar Minuten zuvor hatte Wand einen Vorhang beiseite gezogen und befriedigt den Nebel registriert, der über eine nahe gelegene Düne herantrieb. Das Wetter war ideal für das Unternehmen. Sowie Starmberg seine Meldung an die *Mao* durchgegeben hatte, erteilte Wand ihm den nächsten Befehl.

»So, und nun seien Sie so gut und weisen Sie das Team an, das Manöver der Schlauchboote noch einmal zu üben.«

»Das haben wir doch schon einmal gründlich geübt«, erinnerte ihn Starmberg.

»Wissen Sie nicht, wie sehr ich es hasse, einen Befehl zweimal geben zu müssen? Sie müssen darauf vorbereitet sein, unsere Gäste schnell auszubooten. Beim letztenmal haben sie die Boote in stürmischer See zu Wasser gelassen. Jetzt ist sie spiegelglatt.«

»Natürlich, Sir!« Starmberg sprang auf.

Bevor er in die Nacht hinauseilte, griff er sich eine der beiden Uzi-Maschinenpistolen, die an einem Haken an der Wand hingen. Sie rechneten nicht mit Einmischung, aber Dr. Wand arbeitete immer nach dem Grundsatz, Schwierigkeiten vorauszuberechnen. Starmberg streckte gerade die Hand nach der Türklinke aus, als Dr. Wand wieder das Wort ergriff.

»Ich habe beschlossen, im größten Schlauchboot selbst mit hinauszufahren, um dem Kommandanten der Expedition zu einem erfolgreichen Unternehmen zu gratulieren.«

»Darf ich darauf hinweisen, daß das gefährlich sein könnte, Sir?« sagte Starmberg.

»Ich habe den Eindruck, daß Sie das gerade getan haben. Sie können ganz sicher sein – wenn ich Ihren Rat hören will, werde ich nicht zögern, Sie darum zu bitten.«

Der sarkastische Tadel ließ Starmberg erröten. Er vergaß manchmal, daß Wand ein Autokrat war, mit den Umgangsformen eines kommandierenden Generals.

»Ich werde dafür sorgen, daß das größte Schlauchboot für Sie bereitgehalten wird. Darf ich fragen – haben wir eine Ahnung, wann die Schiffe vor der Küste Anker werfen werden?«

»Gegen zwei Uhr morgens. Wie Sie wissen, warten sie zur Zeit noch auf hoher See. Zwei Uhr ist die Stunde meines Sieges.«

In dem Militärlager hatte das Einsatzkommando die Lastwagen bestiegen. Tweed erhielt eine weitere Nachricht von der *Minotaur*.

»Beide Objekte liegen jetzt still. Ungefähr zwanzig Meilen vor der Küste, außerhalb der Hoheitsgewässer. Halte Sie weiter auf dem laufenden . . .«

Tweed stellte Norlin seine Frage, nachdem sie wieder an den Schreibtisch des Dänen zurückgekehrt waren.

»Sollten Ihre Männer jetzt nicht weiter nach Süden vorrücken?«

»Nicht nötig. Sie könnten gesehen werden. Die beiden Schiffe liegen zwanzig Meilen vor der Küste. Wir können uns offensichtlich darauf verlassen, daß Ihr Freund, der Kommandant der Fregatte, uns regelmäßig informiert.

Wenn die Zeit gekommen ist, fahre ich selbst den ersten Lastwagen des Konvois.«

»Es herrscht dichter Nebel«, warnte Tweed.

»Das macht nichts. Ich kenne diese Straße wie meine Hosentasche. An meinem Lastwagen – und an denen, die mir folgen – werden die Rücklichter eingeschaltet sein, so daß jeder der dicht hintereinander fahrenden Wagen sich an den roten Lichtern des Wagens vor ihm orientieren kann. Wir warten, bis die Schiffe aufs Land zuhalten.«

»Ich glaube, ich möchte zu meinen Leuten, sobald es sich einrichten läßt.«

»Wenn Sie wollen, können Sie gleich fahren. Ein Wagen mit Funktelefon steht bereit. Und ein Fahrer, der die Straße ebenso gut kennt wie ich.«

»Ich habe noch eine Bitte. Ich würde meinen Leuten – es sind sechs – gern etwas Warmes zu essen und zu trinken mitbringen. Könnten Sie das veranlassen?«

»Kein Problem. Für sechs Personen.« Norlin griff nach dem Telefon, ratterte einen Wortschwall auf dänisch herunter, legte den Hörer wieder auf. Dann musterte er Tweed mit einem prüfenden Blick. »Sagen Sie, Tweed – sind Sie bewaffnet? Nein? Wäre es nicht vernünftiger, wenn Sie eine Waffe trügen?«

Tweed zögerte. Es kam selten vor, daß er eine Schußwaffe bei sich hatte. Aber diese Aktion konnte sich zu einem gefährlichen Handgemenge entwickeln.

»Eine 7,65er Walther Automatik, wenn es sich einrichten läßt.«

Norlin schloß eine Schublade auf und holte eine Walther heraus. »Wie wär's damit?«

»Sehr gut.« Tweed warf das Magazin aus, prüfte den Mechanismus und steckte die Waffe in eine Tasche seines Trenchcoats, den er über eine Stuhllehne gehängt hatte. Dann deutete er mit einem Kopfnicken auf den Kommunikationsraum.

»Noch eine sehr wichtige Sache. Spricht Ihr Funker englisch, wird er die ganze Nacht Dienst tun, und wie heißt er?«

»Er spricht englisch. Hat seinen Dienst erst kurz vor Ihrem Eintreffen angetreten und wird die ganze Nacht hier sein. Er heißt Erik.«

»Da ist ein weiteres Unternehmen, das den gesamten Kontinent betrifft und in Gang gesetzt werden muß, sobald diese Schiffe ihre menschliche Fracht an Land bringen.« Aus dem Gedächtnis schrieb er auf einen Block die Namen und Telefonnummern von Kuhlmann, Benoit und dem Leiter des Sonderdezernats in London. »Klar?«

»Absolut.«

»Ich muß mit diesen Leuten sprechen und ihnen sagen, daß es Erik sein wird, der sie anruft. Das soll er aber erst tun, nachdem ich mich mit ihm in Verbindung gesetzt und das Codewort genannt habe.«

Tweed rief die drei Männer an, die noch immer an ihren Schreibtischen saßen und darauf vorbereitet waren, die ganze Nacht dort zu verbringen. Dann instruierte er Erik.

»Es muß sehr schnell gehen. Nennen Sie Ihren Namen, sobald Sie sicher sind, daß Sie mit dem richtigen Mann sprechen. Dann wiederholen Sie dreimal das Codewort *Landslide.* Sobald Sie das getan haben, gehen Sie schnell aus der Leitung. Die Leute werden dann sofort handeln.«

»Verstanden«, sagte Erik durch seine Sturmhaube hindurch. »Ich warte nur darauf, daß Sie mich anrufen und das Codewort sagen.«

»Sie scheinen alles bestens organisiert zu haben«, bemerkte Norlin beifällig, als sie sich wieder an seinem Schreibtisch niedergelassen hatten. »Jetzt können wir nichts tun als warten – und das bin ich gewohnt.«

Tweed sah auf die Uhr. Es war kurz vor Mitternacht.

»Allzu lange wird es nicht mehr dauern, bis der Ballon hochgeht«, bemerkte er.

Wand, in Mantel und Gummistiefeln, trat aus dem großen Schlauchboot an Land. Es hatte ihn zusammen mit Starmberg eine Viertelmeile weit auf die See hinausgebracht – eine See, die so unbewegt war wie ein Dorfteich.

Sie gingen den Strand hinauf auf den Bungalow zu, als sie das Flugzeug hörten.

Starmberg, der erkannte, daß es von Norden kam, hob seine Uzi. Wand hieb mit der Faust den Lauf der Waffe herunter.

»Sind Sie verrückt geworden? Wollen Sie publik machen, daß sich hier etwas tut? Bleiben Sie ruhig stehen, und warten Sie . . .«

Als der Nebel sich einen Moment lang lichtete, wurde die Maschine, ein leichtes Flugzeug, als undeutliche Form sichtbar. Sie flog in einer Höhe von nicht mehr als fünfzehn Metern über den Strand. Ihre Silhouette glitt vorüber, weiter nach Süden, und gleich darauf verstummte auch das Motorengeräusch, vom Nebel gedämpft. Wand winkte einem der am Strand patrouillierenden Männer, über dessen Schulter eine automatische Waffe hing.

»Sagen Sie – ist es ungewöhnlich, daß leichte Maschinen diese Gegend überfliegen?«

»Nein. In Esbjerg gibt es einen Fliegerclub. Sie fliegen an der Küste entlang und benutzen sie als Orientierung. Ich nehme an, der da hatte sich verflogen.«

»Das gefällt mir nicht«, bemerkte Starmberg.

»Wer verlangt denn, daß Ihnen das gefallen soll?« fragte Wand.

Er musterte den Luxemburger, der den Kopf zur Seite geneigt hatte und auf die See hinausschaute. Wand schlug die Hände zusammen; es war sehr kalt und ungemütlich.

»Ich hätte schwören können, daß diese Maschine über See zurückfliegt«, sagte Starmberg.

»Lassen Sie Ihr Gehör testen, wenn das hier vorbei ist.« Wand schaute auf die Uhr. »Wir müssen zurück an das Funkgerät. Die *Mao* rufen. Sie sollte jetzt allmählich hereinkommen . . .«

»Wir sind jetzt sehr nahe an dem Punkt, der auf Ihrer Karte mit einem Kreuz markiert ist«, sagte der Fahrer zu Tweed, der neben ihm saß. »Deshalb fahre ich so langsam.«

Es war derselbe Fahrer, der Tweed vom Flughafen

Esbjerg zuerst zum Hafen und dann in das Militärlager gebracht hatte.

Sein Name war Langhorn, und er war der einzige Mann, dessen Gesicht Tweed zu sehen bekommen hatte. Sie fuhren ohne Licht, und Tweed hatte keine Ahnung, wie es ihm gelungen war, den Opel Omega auf der Straße zu halten. Zu seiner Rechten konnte Tweed gerade noch eine Dünenkette erkennen. Langhorn hielt auf der Kuppe eines kleinen Kammes an.

Er öffnete das Fenster und ließ einen Strom eiskalter Luft herein. Ja, er hatte sich nicht geirrt – er konnte weiter westlich ein kleines Flugzeug hören. Das Motorengeräusch verklang, und er runzelte die Stirn.

Hatte Norlin den Fehler begangen, ein Erkundungsflugzeug auszuschicken? Dann bestand die Gefahr, daß es Dr. Wand alarmierte. Aber nein. Dazu war Norlin entschieden zu klug. Trotzdem . . . Etwas Kaltes, Metallisches wurde von außerhalb des offenen Fensters gegen seinen Kopf gedrückt.

»Sagen Sie dem Fahrer, er soll den Zündschlüssel herausziehen, sonst verpasse ich euch beiden eine Kugel«, drohte eine vertraute Stimme.

»Ich hatte eigentlich einen etwas freundlicheren Empfang erwartet, Bob«, sagte Tweed.

»Gott! Es tut mir leid. Ich habe Sie nicht erkannt mit diesem Hut«, sagte Newman und senkte seinen Smith & Wesson.

»Was geht hier vor?« fragte Tweed, nachdem er in den wirbelnden Nebel ausgestiegen war, der immer dichter wurde.

Eine weitere Gestalt erschien, rannte auf ihn zu. Paula schlang die Arme um Tweed, drückte ihn an sich, küßte ihn auf die Wange. Ihr Anorak fühlte sich feucht an. Er erwiderte die Umarmung, sah Newman an.

»Nett, daß sich wenigstens eine Person freut, mich zu sehen. Was bedeutet, daß ich auf Ihre Umarmung verzichten kann.« Nachdem Paula ihn freigegeben hatte, musterte er sie. »Ich kann Ihnen gar nicht sagen, wie erleichtert ich bin, Sie zu sehen. Sind Sie wirklich okay? Das muß eine schlimme Zeit für Sie gewesen sein.«

»Wir haben jetzt keine Zeit, darüber zu reden. Dazu passiert hier zuviel.«

»Vor allem müssen wir diesen Wagen von der Straße herunter in eine Senke befördern«, erklärte Newman. »Paula, holen Sie Butler und Nield.« Sie rannte los, und er wendete sich an den Fahrer. »Wir müssen den Wagen schieben. Können nicht riskieren, daß die Banditen hinter den Dünen dort Ihren Motor hören. Glücklicherweise hat dieses Flugzeug das Geräusch übertönt, als Sie so nahe herankamen . . .«

Butler und Nield erschienen und schoben mit Newmans Hilfe den Opel mit Langhorn am Steuer von der Straße und über einen Streifen Grasland in die Senke, in der auch die anderen Wagen standen. Tweed war ihnen mit Paula gefolgt und wollte gerade wieder fragen, wie die Lage war, als Langhorn nach dem Mikrofon griff, weil das Funkgerät sich gemeldet hatte. Er hörte zu, erwiderte etwas auf dänisch, rief Tweed.

»Es ist Norlin. Für Sie . . .«

»Meldung von Commander Wilson«, sagte Norlin knapp. »Objekte bewegen sich landeinwärts. Wir fahren los.«

In der Deckung des Kammes schöpfte Paula die heiße Suppe aus einem Thermosbehälter, den Tweed aus dem Kofferraum des Opel geholt hatte. Außerdem hatte Norlin Tweed einen großen Picknickkoffer mitgegeben, den Paula im Licht einer Taschenlampe inspiziert hatte. Er enthielt Becher, Löffel, Messer und Teller aus Plastik, eine Unmenge belegter Brote, eine Thermosflasche mit Kaffee und den größten Apfelkuchen, den sie je gesehen hatte.

Obwohl ihr der Mund wässerte, bestand sie darauf, erst die anderen zu versorgen, bevor sie sich selbst bediente. Tweed wurde klar, daß sie alle sehr hungrig waren. Während sie aßen und tranken, lieh er sich von Paula ein Nachtglas und suchte das Gebiet zwischen den Dünen ab.

»Ich habe fünfzehn Männer gezählt, die am Strand patrouillieren, und alle sind bewaffnet.«

»Wie vernünftig, Plastikteller und -besteck zu schikken«, bemerkte Paula, um die Atmosphäre zu lockern. »So besteht wenigstens nicht die Gefahr, daß Metallbesteck klirrt.«

»Genau deshalb hat Norlin es einpacken lassen«, flüsterte Tweed zurück. »Ist euch allen jetzt ein bißchen wohler zumute?«

Köpfe nickten. »Dann sollt ihr hören, was ich gerade von Norlin erfahren habe. Zwei Tarnkappenschiffe, eines davon ein großes, haben sich jetzt in Bewegung gesetzt und halten, da bin ich ganz sicher, auf genau diesen Punkt der Küste zu. Tug Wilson, den ich kenne, ist Kommandant der Fregatte *Minotaur*, die sie beschattet. Er hält mich ständig auf dem laufenden. Und jetzt müßt ihr diese Dinger überziehen. Norlin hat gesagt, er wäre nicht wild darauf, einen von uns niederzuschießen.«

Aus einer Segeltuchtasche, die sich gleichfalls in dem Opel befunden hatte, holte er sieben Sturmhauben heraus. Außerdem zeigte er ihnen eine Kollektion von breiten, elastischen Armbändern.

»Die müßt ihr alle als Erkennungszeichen tragen – an jedem Arm eines. Legt sie jetzt an.«

Nachdem Paula ihre Sturmhaube über den Kopf gezogen hatte, streifte Tweed die grün fluoreszierenden Bänder über ihre Unterarme.

Dann rannte er tief geduckt zu dem Opel zurück. Langhorn wollte gerade aussteigen, ließ es aber, als er Tweed sah, und öffnete die Beifahrertür.

»Ich muß dringend mit Erik sprechen«, sagte Tweed.

»Ich wollte gerade zu Ihnen. Eine weitere Meldung von Wilson. Die beiden Schiffe, die er beschattet, sind jetzt weniger als zehn Meilen von der Küste entfernt und fahren mit voller Kraft.«

»Danke.« Tweed sah auf die Uhr. Zwei Uhr. »Und jetzt geben Sie mir Erik.«

»Erik«, sagte Tweed, nachdem er das Codewort genannt hatte, »können Sie mich deutlich hören? Gut. Ich werde Ihnen vermutlich bald das Signal für Ihre drei Anrufe geben.«

»In Ordnung, Mr. Tweed. Eine neue Meldung von Wilson – die Objekte befinden sich jetzt fünf Meilen vor der Küste und fahren sehr schnell.«

»Dann werden Sie bald von mir hören.«

An Bord der *Minotaur* stand Commander Tug Wilson, ein untersetzter Mann mit eisblauen Augen, in der Operationszentrale und schaute auf den Schirm von Gaston Delvaux' Radargerät. Zwei Leuchtpunkte waren deutlich zu sehen.

»Verblüffend«, bemerkte er zu dem Beobachter.

»Unheimlich, Sir«, pflichtete der jüngere Offizier ihm bei. »Schauen Sie auf unseren eigenen Schirm.«

Wilson warf einen Blick auf den anderen Schirm. Leer. Keine Spur von einem Schiff im Umkreis von vielen Meilen.

»Wie weit von der Küste entfernt?« fragte er.

»Im Moment vier Meilen. Sie machen weiterhin volle Fahrt.«

»Halten Sie mich ständig auf dem laufenden.«

Wilson kehrte auf die Brücke zurück. Überall dichter Nebel, der sich nicht lichten würde. Er erteilte seinen Befehl.

»Klar zum Gefecht. Feuerbefehl abwarten. Auf das größere Objekt zielen . . .«

Tweed rannte von dem Opel aus zurück, ließ sich zwischen Newman und Marler hinter dem Kamm zu Boden fallen. Marler schaute durch sein Nachtsichtgerät, verfolgte einen Mann, der mit einer automatischen Waffe in der Hand am Strand patrouillierte.

»Unsere Freunde – unter Norlins Kommando – können jeden Moment eintreffen. Also erschrecken Sie nicht. Haben Sie eine Ahnung, was die da unten vorhaben?«

»Ja«, sagte Newman entschieden, aber leise. »Sie haben

das Zuwasserlassen dieser Schlauchboote geübt, die da unten am Strand liegen. Sie werden zu den Tarnkappenschiffen hinausfahren, die allem Anschein nach ihre Passagiere ein Stück von der Küste entfernt ausbooten wollen. Ich schlage vor, wir bemächtigen uns eines der letzten Boote, das zu Wasser gelassen wird, und mischen uns unter sie.«

»Keine schlechte Taktik . . .«

Trotz Tweeds Warnung wäre Newman beinahe aus der Haut gefahren, als er hinter sich eine leise Stimme hörte. Sein Smith & Wesson fuhr herum, aber Tweed umklammerte schnell sein Handgelenk. Er hatte Anton Norlins Stimme erkannt.

Langsam drehten sie sich alle um. Paula unterdrückte ein Keuchen. Sie war außerstande festzustellen, wie viele bedrohliche Gestalten sich von hinten an sie angeschlichen hatten, alle mit Sturmhauben und Overalls von einer Farbe, die mit dem Hintergrund verschmolz.

Einundfünfzigstes Kapitel

»Erik – *Landslide! Landslide! Landslide . . .*«

»Verstanden.«

Befriedigt, daß seine Nachricht durchgekommen war, kehrte Tweed von dem Opel zu dem Kamm zurück, hinter dem Reihen von Männern ausgestreckt auf der Erde lagen. Wieder ließ er sich zwischen Newman und Marler fallen.

Eine Weile zuvor war die letzte Nachricht von Tug Wilson eingetroffen.

»Objekte jetzt eine halbe Meile vor der Küste vor Anker. Nehme Fahrt auf, um einzugreifen.«

Norlin war zwischen seinen Leuten herumgekrochen, die er in verschiedene Gruppen mit speziellen Aufträgen aufgeteilt hatte. Er hatte Befehle erteilt, dann war er zurückgekehrt und hatte sich wieder hinter Newman gelegt. Tweed flüsterte Paula, die neben Newman lag, gleichfalls einen Befehl zu.

»Sie bleiben an Land. Das ist ein Befehl.«

»Ich habe es gehört«, war alles, was sie erwiderte.

Tweed hatte sich Marlers Nachtglas geben lassen und richtete es auf eine vertraute große, schwere Gestalt in Gummistiefeln, die auf das Schlauchboot zusteuerte, das als vorletztes zu Wasser gelassen werden sollte. Auf diese kurze Entfernung konnte er sogar den Kneifer erkennen.

»Dr. Wand – jetzt hüte dich.«

Obwohl er fast lautlos gesprochen hatte, hörte Paula seine Worte und war überrascht. Noch nie zuvor hatte sie ein solches Maß kalter Wut in Tweeds Stimme gehört. Seine rechte Hand umklammerte seine Walther. Eine halbe Stunde zuvor hatte er ein Dramamin genommen – dies war eine Situation, in der er nicht riskieren konnte, daß ihm schlecht wurde.

Der Außenbordmotor des Schlauchbootes wurde angelassen, die restlichen drei Männer sprangen hinein. Dr. Wand hatte sich im Bug niedergelassen. Das Boot steuerte auf die See hinaus, verschwand im Nebel, das rote Licht an seinem Heck wurde unsichtbar. Norlin drückte seine Hand fester auf Newmans Schulter, eine Aktion, die Paula ein Lächeln entlockte. Der Däne wußte, wer an der Leine zerrte. Sie holte ihren Browning aus ihrer Umhängetasche, langsam und vorsichtig, damit Tweed es nicht bemerkte.

Ein letztes großes Schlauchboot wurde von fünf Männern, alle mit automatischen Waffen über der Schulter, zum Wasser heruntergezogen. Newman drehte sich um und funkelte das unsichtbare Gesicht von Norlin an.

»Das ist das Boot, das wir uns greifen wollten . . .«

»Geduld. Was wir jetzt tun, ist sorgfältig geplant. Und geben Sie das an Ihre Freunde weiter. *Unsere* Boote haben ein grünes Licht. *Grün* . . .«

Newman gab die Information an Paula zu seiner Rechten weiter, während Tweed Marler verständigte, der es Butler und Nield sagte. Jetzt begriff Tweed auch, weshalb Norlin Newman zurückhielt. Als die fünf Männer ihr Boot seewärts zerrten, kamen sechs Männer mit Sturmhauben hinter einer nahen Düne hervor.

»Meine Leute«, flüsterte Norlin.

Fasziniert verfolgte Tweed durch sein Glas die Vorgänge. Die sechs Männer bewegten sich so schnell und so lautlos, daß sie Wands Gangster in Sekunden überwältigt hatten. Vier von ihnen wurden sofort mit einem heftigen Hieb mit einem Revolverlauf auf den Schädel gefällt und sackten am Strand zusammen. Einer hatte gerade noch Zeit, seine automatische Waffe von der Schulter zu reißen. In der Hand eines der Männer mit den Sturmhauben blitzte ein Messer auf, sauste nieder und fuhr dem Gangster bis zum Heft in die Brust. Er stürzte ins Wasser.

Weitere Männer mit Sturmhauben erschienen mit Tragbahren. Als sie ankamen, waren den bewußtlosen Banditen die Hände bereits mit Handschellen auf den Rücken gefesselt und die Münder verklebt. Sie wurden ohne viel Federlesens aufgehoben und auf die Bahren geworfen.

Der Mann, der versucht hatte, sich zu wehren, lag reglos auf einer Bahre, das Messer noch in der Brust. Als die Bahren schnell zu einem der Bungalows davongetragen wurden, tauchte ein anderer Mann auf und ließ eine Taschenlampe dreimal aufleuchten.

»Alles klar«, sagte Norlin mit normaler Stimme. »Eine Gruppe hatte Anweisung, die Bungalows zu durchsuchen. Wenn Leute darin gewesen wären, hätten sie uns von hinten angreifen können. Die Bungalows sind leer.« Er nahm die Hand von Newmans Schulter.

»Und nun los!«

Newman stürmte davon wie ein Windhund. Er hielt seinen Smith & Wesson in der Hand und rannte, gefolgt von Marler, Tweed, Butler und Nield, den Hang hinunter. Tweed legte eine erstaunliche Behendigkeit an den Tag; er rannte und schlitterte zum Strand hinunter und überholte sogar Marler.

Als sie das Schlauchboot erreicht hatten, tauchte Norlin neben Tweed auf. Der Däne schaltete das rote Licht am Heck aus, drehte die Birne heraus, ersetzte sie durch eine andere, schaltete es wieder ein. Grünes Licht. Die anderen waren bereits an Bord. Norlin befestigte, ein gutes Stück von dem Außenbordmotor entfernt, eine kleine Metallscheibe mit Saugnäpfen an der Seitenwand des Bootes.

»Ein Piepser«, erklärte er schnell. »Reichweite zwanzig Meilen. Sie hören ihn nicht, wohl aber wir, falls wir nach Ihnen suchen müssen. Wie Sie sehen, sind genügend Leute da, um Ihnen Gesellschaft zu leisten.«

Tweed, der auf einer Planke im Bug saß, schaute zurück. Am Strand wimmelte es von Männern mit Sturmhauben, die eine ganze Flotte von Schlauchbooten ans Wasser trugen. Marler startete den Außenbordmotor. Als er ansprang, kletterte eine sechste Gestalt an Bord, dann fuhren sie. Tweed schaute abermals zurück und fluchte leise. Auf der Planke im Heck, neben Marler, saß Paula. Sie hob die Hand und winkte ihm zu.

Auf der Brücke der *Mao III* stand Kim neben Kapitän Welensky, der zum erstenmal den Eindruck hatte, daß der Chinese nervös war, obwohl sein Gesicht nichts davon verriet. Das Schiff bewegte sich kaum, und hinter ihnen lag die *Yenan* gleichfalls fast reglos auf dem Wasser.

»Wir befinden uns genau da, wo wir sein sollten«, bemerkte der Kapitän mit unverhohlener Genugtuung. »Das beweisen die Funkmeldungen von Land.«

»Ich habe auch nichts anderes erwartet«, fuhr Kim auf.

»Sie scheinen müde zu sein«, stichelte Welensky.

»Ich spüre Gefahr.«

Welensky folgte Kim, als dieser sich auf die Waffenkontrollstation zubewegte. Kim erteilte seinen Befehl über ein feststehendes Mikrofon.

»Raketen klar zum Abschuß. Alarmstufe Rot.«

Kim, der vor einer Konsole stand, steckte einen Schlüssel hinein. Der Metalldeckel glitt zur Seite, und es erschien eine Reihe von Knöpfen, von denen jeder eine andere Farbe hatte. Er brauchte nur auf einen dieser Knöpfe zu drücken, und eine Rakete würde abgefeuert werden.

Als er den Befehl erteilt hatte, waren zwei Klappen in der Nähe des Bugs aufgegangen und hatten die Öffnungen der Silos freigelegt, die zwölf Raketen enthielten. Kim blieb mit hinter dem Rücken verschränkten Händen vor der Konsole stehen.

»Sind Sie wahnsinnig?« brüllte Welensky. »Wir befinden uns dicht vor der dänischen Küste – nicht irgendwo mitten im Pazifik!«

»Ist das Fallreep heruntergelassen worden?« fragte Kim mit ruhiger Stimme. »Ich muß General Chang empfangen, wenn er an Bord kommt. Bitte verlassen Sie die Brücke.«

»Ich bin der Kapitän dieses Schiffes«, sagte Welensky gelassen. »Und solange ich das bin, bleibe ich auf der Brücke.«

Kim kam zu dem Schluß, daß es keinen Sinn hatte, sich in diesem kritischen Moment auf eine Konfrontation mit Welensky einzulassen. Kim war voll und ganz imstande, das Schiff zu führen. Sie würden Welensky auf der Rückfahrt nach Cam Ranh Bay die Kehle durchschneiden und dann seine Leiche beschweren und über Bord werfen.

Kim schaute durch ein schmales Fenster und sah einen großen Mann, der gerade über das Fallreep heraufgekommen war. Er öffnete eine Tür und verbeugte sich tief, als Dr. Wand die Brücke betrat.

»Willkommen an Bord meines bescheidenen Schiffes, General.«

Auf ihrem Platz im Heck neben Marler, der das Ruder in der Hand hielt, umklammerte Paula die Planke. Der Alptraum hatte von neuem begonnen.

Sie erinnerte sich an das einsame Warten im Jachthafen von Lymington. Dichter, treibender Nebel. Das entsetzliche Erlebnis an Bord der *Holsten*. Auch über der Elbe dichter, wirbelnder Nebel. Während das Schlauchboot Kurs auf die See hinaus hielt, spürte sie die gleiche Atmosphäre – noch mehr Nebel, der langsam driftete und grauenhafte Formen annahm. Sie starrte in ihn hinein, überzeugt, daß etwas ganz in der Nähe war – und zwar nicht eines von Norlins Schlauchbooten.

Der Nebel lichtete sich kurz. Sie hörte das Tuckern eines Bootsmotors an Steuerbord. Marler riß sein Gewehr hoch. Tweed war der erste, der die Barkasse deutlich sah und darin die hochgewachsene Gestalt in einem weißen Rollkragenpullover. Dave Lane. Er rief Marler an.

»Runter mit dem Gewehr! Das sind Freunde.«

»Möchten Sie an Bord kommen?« fragte Lane. »Sagte Ihnen doch, ich würde an der Küste entlang nach Süden fahren, um die Party nicht zu versäumen.«

»Ja, nur zu gern«, erklärte Tweed nachdrücklich. »Holen Sie uns aus diesem verdammten Spielzeugboot heraus . . .«

Er war als erster auf dem Deck der Barkasse und half Paula, an Bord zu kommen. Die anderen folgten und halfen dann Lane und zwei Männern von seiner Besatzung, das Schlauchboot hochzuziehen. Tweed wurde sofort aktiv.

»Wir müssen Ihr Licht durch ein grünes ersetzen, und zwar sofort. Das macht uns für eine Unmenge von dänischen Scharfschützen erkennbar, die in Schlauchbooten um uns herumschwärmen.« Während Lane die rote Birne gegen eine grüne austauschte, löste Tweed den Piepser von der Seite des Schlauchboots, feuchtete ihn mit Seewasser an und befestigte ihn am Rumpf der Barkasse.

»Irgendwo da draußen im Nebel dröhnt ein Rennboot herum«, berichtete Lane. »Einer Ihrer Freunde?«

»Nein. Ganz bestimmt nicht.«

Die Neuigkeit beunruhigte Tweed. Die Barkasse machte wieder Fahrt, als er seine Frage stellte.

»Haben Sie ein leichtes Flugzeug gehört, das an der Küste entlangflog?«

»Ja. Ich nahm an, daß es zu der dänischen Truppe gehörte.«

»Der Kommandeur des Einsatzkommandos hatte beschlossen, keine Hubschrauber zu verwenden, damit der Gegner nicht gewarnt würde. Ich bin sicher, daß er kein Flugzeug riskiert hätte. Es flog in nur etwa fünfzehn Metern Höhe über die Kolonie von Bungalows – zu denen die Tarnkappenschiffe vermutlich weitere Saboteure bringen wollen.«

»Also haben wir ein mysteriöses Rennboot und davor ein mysteriöses Flugzeug«, überlegte Lane. »Und ich glaube, einer Ihrer Leute hat etwas gesehen.«

Tweed fuhr herum. Paula stand am Bug der Barkasse. Sie deutete auf etwas im Nebel und drehte sich zwischendurch immer wieder um, um Tweed aufmerksam zu machen. Er rannte zu ihr, dichtauf gefolgt von Marler.

»Da ist etwas Großes, ganz nahe.« Sie sah den skeptischen Ausdruck auf dem Gesicht von Lane, der sich zu ihnen gesellt hatte. »Sehen Sie mich nicht so an! Benutzen Sie lieber Ihre Augen!«

Der Nebel driftete fort. Eine riesige graue Form, die aussah wie ein halb untergetauchter Wal, wurde sichtbar. Auf dem gerundeten Deck stand Dr. Wand und starrte auf sie herab. Er entriß einem neben ihm stehenden Mann seine automatische Waffe und richtete sie auf Tweed.

Alles passierte mit der Geschwindigkeit eines schnell

ablaufenden Films. Das Dröhnen eines Rennboots an Backbord, das plötzlich abbrach. Eine Sekunde bevor Wand sie mit einem Kugelhagel überschütten konnte, feuerte Tweed zweimal seine Walther ab. Wands rechter Arm erschlaffte, die Waffe fiel auf das Deck. Seine Schüsse gingen harmlos in die Luft. Dann zwei weitere Schüsse aus der Richtung, in der das Rennboot gestoppt hatte. Wand wurde rückwärts gegen die tiefliegende Brücke geschleudert.

»Das war eine .45er«, sagte Newman, der jetzt hinter ihnen stand.

Der Motor des Rennboots sprang an. Tweed warf einen Blick nach links und sah gerade noch, wie es im Nebel verschwand und auf die Küste zusteuerte; nur noch sein Kielwasser war zu sehen. Lane packte Tweeds Arm.

»Da! An Steuerbord. Die *Minotaur* . . .«

Die Fregatte war kaum eine Viertelmeile von der Stelle entfernt, an der sich der Nebel vorübergehend gelichtet hatte. Sie kam mit voller Fahrt heran, und sie hörten Wilsons Stimme, von einem Lautsprecher verstärkt.

»Lane, aus der Schußlinie! Sofort!« In Sekundenschnelle war die Barkasse mit Höchstgeschwindigkeit unterwegs. Am Bug mußten sie sich an der Reling festklammern, um nicht über Bord geschleudert zu werden. Jetzt richtete sich Wilsons befehlsgewohnte Stimme über den Lautsprecher an die Tarnkappenschiffe. »Beidrehen. Maschinen stoppen. Wir kommen an Bord . . .«

Auf der Brücke der *Mao III* schrie Welensky Kim an, der vor der Konsole stand.

»Es ist vorbei. Weg von dieser verdammten Konsole.«

Die *Minotaur*, die der *Mao* die Breitseite zugewendet hatte, drehte schnell bei und bot danach nur noch das kleinstmögliche Ziel, den Bug. Kim stieß seinen Daumen nach unten, um auf den Knopf zu drücken. Welenskys massiger Körper prallte gegen ihn, drängte ihn von der Konsole weg. Es dauerte nur Sekunden. Ein Messer erschien in Kims Hand, wurde Welensky tief in die Seite gerammt. Er taumelte zurück. Kim stieß den Daumen auf den Knopf – aber es waren ein paar Sekunden vergangen. Die Rakete heulte aus ihrem Silo, jagte auf ihr vorausberechnetes Ziel zu – ein Ziel, das inzwischen die Position geändert hatte.

Die Rakete explodierte unter Wasser, ungefähr fünfzig Meter von der *Minotaur* entfernt.

Tug Wilson zögerte nicht, sondern gab knapp und gelassen seinen Befehl.

»Feuer!«

Eine einzige Rakete sauste durch die neblige Luft, landete auf dem Bug der *Mao*. Ein Volltreffer. Genau auf die Raketensilos. Es gab eine gewaltige Explosion. Die Schockwelle fegte über die See und erschütterte die Barkasse, auf der Paula, sich an der Reling festklammernd, zum Heck zurückeilte, gefolgt von Tweed und Marler. Butler und Nield waren bereits dort angekommen.

Über der Auseinandersetzung mit Welensky hatte Kim vergessen, daß Wand noch draußen auf dem Deck war. Obwohl von vier Kugeln getroffen, schleppte er sich auf die zur Brücke führende Tür zu, als die Rakete einschlug.

Die Explosion zerschmetterte das gesamte Vorderteil des Tarnkappenschiffes bis achtern der Brücke. Durch die Sehschlitze ihrer Sturmhaube sah Paula, wie Wand von den hochschießenden Flammen ergriffen wurde. Er taumelte, von den Füßen bis zur Taille brennend, schwenkte die massigen Arme, verlor jeden Orientierungssinn, taumelte in das Inferno hinein, war verschwunden.

»Verbrannt«, bemerkte Newman. »Ein verdientes Ende.«

Das Vorderteil der *Mao* brach ab und tauchte ins Meer. Es gab ein lautes Zischen, als die See das Feuer mit einer Temperatur von mehr als tausend Grad löschte. Das Schiff begann zu kreiseln. Mehrere von Norlins Schlauchbooten, voll besetzt mit bewaffneten, enterbereiten Männern, hatten abgedreht und jagten über das Wasser. Hinter ihnen ging zuerst das Vorderteil der *Mao* mitsamt der Brücke unter, und das Heck hob sich hoch in die Luft. Dann versank das gesamte Schiff in der Tiefe. Die See brodelte, große Wellen breiteten sich in alle Richtungen aus. Dann, als die See sich wieder beruhigt hatte, war es plötzlich ganz still. Aber nur für ein paar Augenblicke.

Die gewaltige Explosion hatte den Nebel vertrieben, und nun war das kleinere Tarnkappenschiff zu sehen. Die *Minotaur* fuhr mit voller Kraft und nahm eine Position hinter der *Yenan* ein. Die Kommandostimme von Tug Wilson dröhnte über den Lautsprecher, hart und fordernd.

»Kurs beibehalten. Nach Osten. Mit voller Kraft.«

Eine weitere Rakete wurde abgefeuert, absichtlich so gezielt, daß sie das Tarnkappenschiff verfehlte und ein gutes Stück Backbord voraus im Wasser explodierte. Der Kapitän der *Yenan* war ein Balte. Der chinesische Kommissar, der normalerweise neben ihm stand, war unter Deck und versuchte, die in Panik geratenen Passagiere zu beruhigen.

Der Balte zögerte nicht. Er hatte gesehen, wie die *Mao III* zerstört worden war, und das war Ermunterung genug. Die Rakete tat ein übriges. Er schrie den Befehl in den Maschinenraum.

»Volle Kraft voraus!«

Der Gedanke, wohin diese Aktion ihn bringen würde, kam ihm nicht. An Bord der Barkasse segnete Tweed Tug Wilson. Der Kommandant der Fregatte hatte daran gedacht, daß er Gefangene haben wollte. Die *Yenan* schoß vorwärts, jagte über die stille See. Nur wenig später schaute der Balte nach vorn und wurde von frischem Entsetzen gepackt, als er sah, worauf er zusteuerte.

Bevor der Kampf begann, hatte Tweed Philip Cardon spezielle Anweisungen erteilt. Er mußte an Land und auf dem Kamm bleiben, von dem aus er den ganzen Strand überblicken konnte.

Das Eichhörnchen hatte nicht müßig gewartet, sondern ein großes Taschentuch gezogen, mehrere Handvoll Sand darauf geschaufelt und dann das Taschentuch an den Ekken verknotet.

Als er damit fertig war, hatte er sich hingelegt und beobachtet. Er hatte die heftige Explosion draußen auf See gehört. Sie war so stark gewesen, daß sie den Nebel vertrieben und Sandvorhänge an der Küste entlanggeweht hatte. Minuten später sah er das auf die Küste zurasende Schlauchboot. Er hob das Fernglas, das Tweed ihm überlassen hatte, stellte es scharf ein und erkannte seinen einzigen Insassen – Jules Starmberg.

Als er begriffen hatte, daß alles vorbei war, hatte Starmberg die anderen beiden Insassen des Bootes über Bord geworfen und auf die Küste zugehalten. Er wollte entkommen. Sobald das Boot den Strand erreicht hatte, sprang er heraus und rannte die Flanke des Kammes hinauf, ungefähr zehn Meter links von der Stelle, an der Cardon lag. Das Eichhörnchen lief geduckt auf dem Kamm entlang und kam gerade noch rechtzeitig, um zu sehen, wie Starmberg neben einem Volvo stand, der in einer ähnlichen Senke verborgen war wie der, in der auch Tweeds Leute ihre Wagen abgestellt hatten.

Starmberg hielt die Wagenschlüssel in der Hand und wollte gerade die Tür aufschließen, als er Cardon hinter sich hörte. Bevor er sich umdrehen konnte, hatte ihm Cardon mit seinem improvisierten Sandsack einen Schlag auf den Hinterkopf versetzt. Der Luxemburger sackte zusammen. Binnen weniger Minuten hatte Cardon ihn in seinen eigenen Ford Sierra befördert und auf den Boden hinter den Vordersitzen geworfen. Er schaute auf den bewußtlosen Mann herab. Seine Hände waren mit Handschellen auf dem Rücken gefesselt, sein Mund mit einem Knebel verschlossen.

»Gerechtigkeit, mein Freund«, sagte Cardon laut. »Genau das hast du mit unserer Paula gemacht. Viel Vergnügen ...«

Er befand sich wieder in seiner vorigen Position auf dem Kamm der Anhöhe, als er etwas sah, bei dem er sich fragte, ob er seinen Augen trauen konnte. Die *Yenan* – deren Maschinen so leise waren, daß sie ihn nicht auf ihr Kommen vorbereitet hatten – raste mit voller Kraft aufs

Land zu und wurde von ihrem eigenen Schwung durch die Untiefen und ein ganzes Stück den Strand hinaufbefördert.

Obwohl kleiner als die *Mao*, war sie immer noch ein großes Schiff. Cardon beobachtete fassungslos, wie das walartige Ding über den Strand schoß, wobei sein Bug einen tiefen Spalt in den Sand schnitt. Einen Augenblick lang blieb es aufrecht, halb im Wasser, halb auf dem Strand. Dann kippte es mit einem erderschütternden Schlag nach Backbord um und lag still.

Eine Flotte von Schlauchbooten mit grünen Lichtern landete beiderseits des Schiffes. Norlins Männer bezogen Position, und als benommene Passagiere zum Vorschein kamen, wurden sie mit Handschellen gefesselt.

Tweeds Barkasse erschien und fuhr bis dicht an den Strand heran. Tweed und die anderen hatten es so eilig, an Land zu kommen, daß sie ausstiegen und die letzten paar Meter bis zum Strand durchs Wasser wateten. Cardon rannte auf Tweed zu, der Paula am Arm hielt.

»Ich habe Starmberg, verschnürt wie eine Weihnachtsgans.«

»Weihnachten kommt früh in diesem Jahr«, erwiderte Tweed.

Zweiundfünfzigstes Kapitel

»Landslide . . .«

Sofort nach Erhalt des Codeworts hatte Kuhlmann gehandelt. Mitten in der Nacht hatte ein Team von bewaffneten Männern die neue Siedlung an der Unterelbe umstellt.

Sie hatten zwanzig Männer zwischen fünfundzwanzig und dreißig und zwei Frauen festgenommen. Ein riesiges Arsenal an Waffen und Sprengstoff war gefunden worden – zusammen mit Luftaufnahmen der Flughäfen von Frankfurt und Hamburg. Ihre Papiere waren überprüft worden, wobei sich herausstellte, daß es sich um vorzügliche Fälschungen handelte.

»Die Anklage lautet auf Beihilfe zum versuchten Mord an Hugo Westendorf und anderen«, hatte Kuhlmann ihnen mitgeteilt.

»Das sollte sie auf lange Zeit hinter Gitter bringen«, hatte er einem Kollegen gegenüber voller Genugtuung erklärt.

»Landslide . . .«

In Brüssel hatte Benoit ebenso schnell reagiert, nachdem er das Codewort erhalten hatte. Zur gleichen Stunde, zu der Kuhlmanns Leute ans Werk gingen, hatten bewaffnete Männer das neue Dorf Vieux-Fontaine in der Nähe von Gent umstellt.

Fünfundzwanzig Personen, darunter drei Frauen, waren aus dem Bett geholt worden. Nachdem sie in Polizeifahrzeugen weggebracht worden waren, wurden die Häuser durchsucht. Weitere Waffen, weiterer Sprengstoff wurden gefunden – zusammen mit detaillierten Luftaufnahmen der Flughäfen Zaventem und Lüttich – so detailliert, daß auf ihnen sogar die Länge der Rollbahnen verzeichnet war.

»Die Anklage lautet auf Sabotage und Terrorismus«,

hatte Benoit seinen Gefangenen mitgeteilt. »Ihr werdet für lange Zeit unsere Gäste sein.«

»*Landslide . . .*«

Eine große Streitmacht von Beamten des Sonderdezernats hatte um drei Uhr nachts Moor's Landing gestürmt. Ironischerweise war das Einsatzkommando den Fluß Beaulieu heraufgekommen und über den Anleger an Land gegangen. Es hatte damit die Route benutzt, auf der, wie Tweed überzeugt war, die Tarnkappenschiffe die Leute eingeschleust hatten. Vor Tagesanbruch waren achtundzwanzig Personen, darunter zwei Frauen, im Alter zwischen dreißig und fünfunddreißig auf Fahrzeuge verladen worden, die auf dem Landweg gekommen und als Geschäftstransporter getarnt waren. Es wurden detaillierte Pläne der Flughäfen Heathrow, Gatwick und Standstead gefunden, dazu Bomben mit Zeitzündern und Waffen.

Der Mann, der das Einsatzkommando des Sonderdezernats befehligte, äußerte sich nicht.

Dreiundfünfzigstes Kapitel

»So, damit wäre alles erledigt«, bemerkte Newman.

»Nein«, widersprach Tweed. »Wir müssen immer noch herausfinden, wer Vulcan ist – wahrscheinlich Wands gefährlichster Agent in Europa. Außerdem müssen wir die Mörderin finden – die Frau, die ihre Opfer mit Zyanid umbringt, ohne mit der Wimper zu zucken.«

Nach den dramatischen Geschehnissen an der dänischen Küste waren sie durch die Nacht gefahren – südwärts über die Grenze, zurück nach Deutschland. In den frühen Morgenstunden hatten sie das Hotel Vier Jahreszeiten in Hamburg erreicht.

Jetzt saßen Paula, Newman, Marler, Butler, Nield und Cardon in Tweeds Zimmer. Es war Mittag, und die einzige Person, die einen frischen Eindruck machte, war Tweed, der zeitig aufgestanden war.

»Ich war am Berliner Tor«, informierte er sie. »Habe Otto gedankt und mit Nielsen, Benoit und dem Sonderdezernat in London telefoniert. Außerdem mit Commander Noble in der Admiralität. Er hat ein Expertenteam losgeschickt, das die *Yenan* untersuchen soll. Die Dänen waren sehr hilfsbereit. Ein großes Hebedock ist auf dem Weg über die Nordsee, um die *Yenan* zu holen.«

»Der Mann ist unermüdlich«, bemerkte Paula, die dunkle Ringe unter den Augen hatte.

»So, und jetzt, nachdem Sie gegessen haben« – Tweed deutete auf die Überreste einer Mahlzeit auf mehreren Servierwagen –, »müssen wir uns sofort auf den Weg zum Flughafen machen. Wir fliegen nach Hause.«

»Wo wir vielleicht ein bißchen ausruhen können?« fragte Marler.

»Ich glaube nicht«, erklärte Tweed. »Ich habe in Heathrow angerufen. Dort warten Wagen auf uns, die uns auf schnellstem Wege zum New Forest bringen werden.«

»Weshalb dorthin?« fragte Paula.

»Weil ich auch in Kopenhagen angerufen und mit der Rezeption des Hotel d'Angleterre gesprochen habe. Das Burgoyne-Quartett hat das Hotel gestern nachmittag verlassen. Vom Sonderdezernat habe ich erfahren, daß sich in *Leopard's Leap* und *The Last Haven* – den Häusern von Burgoyne und Fanshawe – Leute aufhalten. Dort werden wir Vulcan bloßstellen. Und unsere Mörderin finden. Keine nette Person.«

Im New Forest herrschte Dezemberkälte. Es dämmerte bereits, und Paula bemerkte, wie Nebelschwaden zwischen den kahlen Bäumen waberten. Sie zitterte, als Tweed in die Zufahrt zu *The Last Haven* eingebogen war. In dem Haus im skandinavischen Stil brannte Licht.

Im Fond des Wagens saßen Butler und Nield. Alle hatten bei der Ankunft im Vier Jahreszeiten ihre Waffen an Tweed abgeliefert, der sie zum Berliner Tor gebracht und Kuhlmann ausgehändigt hatte. Außerdem hatte er dafür gesorgt, daß alle – außer ihm selbst – bei der Ankunft in Heathrow mit neuen Waffen ausgerüstet wurden.

»Wo sind Newman, Marler und Cardon?« fragte Paula.

»Sie sind zum Haus des Brigadiers gefahren. Sie sollen ihn bitten, zu uns zu kommen. Zusammen mit der reizenden Lee Holmes natürlich.«

»Natürlich«, erwiderte sie säuerlich.

»Unser kleines Tête-à-tête muß in einem der Häuser stattfinden«, setzte Tweed hinzu, als er vor dem Anwesen vorfuhr.

»Sie glauben zu wissen, wer Vulcan ist?« fragte sie.

»Ja.«

»Und die Mörderin?«

»Gleichfalls ja.«

Paula zügelte ihre Neugierde, zumal sie sicher war, daß Tweed ihr in diesem Stadium nichts verraten würde. Als er den Arm ausstreckte, um auf die Klingel zu drücken, schwang die Tür auf. Willie Fanshawe stand da in einem eleganten, aber leicht zerknitterten marineblauen Blazer und grauer Hose. Bei seiner Figur, dachte Paula, wird er nie tadellos aussehen. Er strahlte vor Vergnügen, trat vor und küßte Paula auf die Wange. »Na, wer sagt's denn! Wie schön! Haben den Kreis geschlossen, stimmt's? Ist es nicht so, Tweed? Sie haben uns hier besucht. Dann sind wir durch ganz Europa gehüpft. Und nun wieder auf der heimischen Scholle. Freue mich wirklich, Sie zu sehen. Ein bißchen deprimierend nach unserer Reise, wieder hier im New Forest zu sein. Aber kommen Sie doch herein. Was ist mit den beiden Männern da draußen?«

Butler und Nield waren ausgestiegen, gingen aber nicht auf das Haus zu. Sie hatten von Tweed ihre Instruktionen erhalten – auf dem Gelände hinter dem Haus zu patrouillieren.

»Ich glaube, sie möchten lieber ein bißchen frische Luft schnappen«, erwiderte Tweed. »Wir sind stundenlang gefahren«, log er.

»Dann kommen Sie beide herein.« Willie ergriff Paulas Arm. Von der schweren Haustür aus traten sie direkt in das L-förmige, im skandinavischen Stil möblierte Wohnzimmer. Paula kam es vor, als wären Jahre vergangen, seit sie dieses Haus zum erstenmal betreten hatten. »Setzen Sie sich auf die Couch«, drängte Willie, nachdem er sie von ihrem Trenchcoat befreit hatte.

»Helen!« rief er. »Du rätst nie, wer hier aufgekreuzt ist. Mach die Augen zu, du hast drei Versuche.«

Die Tür zur Küche wurde geöffnet, und Helen kam herein, mit ihrem Füllfederhalter und einem Notizblock in der Hand. Sie trug eine graue Strickjacke und darunter eine weiße Bluse mit Stehkragen. Ihre Hose war gleichfalls grau. Ihre Augen waren weit geöffnet. Die Dame in Grau, dachte Paula.

»Laß die albernen Spielchen, Willie«, tadelte sie ihn. Ihre kühlen Augen glitten über Paula hinweg, richteten sich auf Tweed. Sie ging auf ihn zu, streckte ihm ihre schlanke Hand entgegen. »Wie schön, Sie wiederzusehen. Was möchten Sie trinken?«

Tweed, der Willies Angebot, ihm seinen Trenchcoat abzunehmen, abgelehnt hatte, sagte, er wollte nicht lange bleiben. Er ergriff ihre Hand. Sie war fest und kühl. Mit dem Rücken zu den anderen bedachte sie ihn mit einem verstohlenen Lächeln, dann drehte sie sich um und setzte sich neben Paula auf die Couch. Sie schwenkte Block und Federhalter.

»Einkaufsliste. Jemand muß dafür sorgen, daß etwas zu essen im Hause ist.«

»Ich hoffe, Sie haben nichts dagegen«, sagte Tweed zu Willie, »aber ich habe Bob Newman gebeten, Burgoyne und Lee Holmes herüberzuholen. Eine Art Wiedervereinigung ...«

Er hatte kaum ausgesprochen, als die Türklingel läutete. Willie eilte zur Tür, und Tweed begleitete ihn.

»Großartige Idee«, schwärmte Willie. »Wir haben den Brigadier und seine *femme fatale* kaum gesehen, seit wir zurück sind.«

Draußen hatte Newman seinen Volvo so gewendet, daß der Kühler wieder in die Richtung zeigte, aus der er gekommen war. Im Schatten des Hauses bemerkte er einen schlammbespritzten Mercedes. Tweeds Ford Escort stand neben der Haustür, die jetzt geöffnet wurde.

Lee stieg an der einen Seite des Volvo aus, Burgoyne an der anderen. Seine Miene war grimmig, und das Ganze schien ihm gar nicht zu gefallen. Bevor er zu ihnen gefahren war, hatte Newman Marler und Cardon an der Straße abgesetzt – sie hielten sich jetzt gegenüber der Einfahrt zwischen den Bäumen versteckt.

»Tweed, Darling!«

Lee, die heute eine elegante Kreation in Grün trug, stürmte auf ihn zu, legte ihm die Hände auf die Schultern und küßte ihn.

»Das ist einfach großartig!« erklärte sie ihm. »Wenn es geht, sollten wir unbedingt das Wochenende irgendwo zusammen verbringen.«

»Das wäre zu überlegen«, erwiderte Tweed.

Sie hatte einen Arm um seine Taille gelegt, und sie betraten zusammen das Wohnzimmer. Paula warf einen

Blick auf Helen, die neben ihr saß, und sah, wie ihre Lippen sich kurz zusammenpreßten. Die beiden Frauen haben nicht viel füreinander übrig, dachte sie.

»Einen doppelten Scotch. Pur«, brummte Burgoyne, als er gefragt worden war, was er trinken wollte.

»Weshalb nicht Champagner für alle?« schlug Lee vor und zog einen Stuhl nahe an Paula heran. »Das muß schließlich gefeiert werden.«

Burgoyne hatte sich auf einem Lehnstuhl in einer Ecke niedergelassen, von dem aus er alle sehen konnte. Newman saß auf der Lehne der Couch. Tweed, der stehengeblieben war, hatte die Hände in die Taschen seines Trenchcoats geschoben – eine Haltung, die seinen alten Kollegen in Scotland Yard vertraut gewesen wäre.

»Diese Zusammenkunft ist leider kein Grund zum Feiern, Lee«, begann er. »Sie hat den Zweck, eine Massenmörderin und einen professionellen Verräter zu entlarven.«

Die Atmosphäre änderte sich sofort, wurde angespannt, beunruhigend, bedrohlich. Burgoyne reagierte als erster; er umklammerte sein Whiskyglas, und seine Stimme war hart.

»Tweed, was soll dieser verdammte Unsinn?«

»Wissen Sie das nicht?«

Tweed sah den Brigadier an, der den Blick mit wütender Miene erwiderte. Er leerte sein Glas zur Hälfte und stellte es auf einen Tisch.

»Nein, das weiß ich nicht. Ich finde, ich sollte eine Entschuldigung erwarten.«

»Ich glaube, eine Erklärung wäre vielleicht sinnvoller.«

Tweed schwieg, während Lee ihre mit Edelsteinen besetzte Zigarettenspitze hervorholte. Mit zitternden Fingern schob sie eine Zigarette hinein, steckte sie aber nicht an.

»Beschäftigen wir uns zuerst mit der Identität der Mörderin«, fuhr Tweed im Plauderton fort. »Bisher wurden folgende Personen durch eine Injektion von Zyanid ermordet. Eine Frau namens Hilary Vane auf dem Londoner Flughafen kurz nach dem Verlassen einer Maschine, mit der sie aus Washington gekommen war. Gleichfalls in England wurde Irene Andover durch eine Zyanidinjektion ermordet – das geschah vor dem Mord an der Vane. Jetzt kommen wir nach Brüssel. Dort wurde ein Taxifahrer auf dieselbe Art ermordet – durch die Injektion von Zyanid mit irgendeiner Art von Spritze. Vane und der Taxifahrer wurden von einer Frau ermordet. Dieselbe Frau fuhr dann mit dem Wagen des toten Taxifahrers nach Lüttich, wo sie Sir Gerald Andover überfuhr und tötete. Ich bin sicher, daß dieselbe Frau . . .«

»Das ist ja grauenhaft«, protestierte Lee. In ihrer Stimme war ein stählerner Klang. »Müssen wir weitermachen?«

»Das müssen wir«, fuhr Tweed unerbittlich fort. »Ich bin sicher, daß dieselbe Frau später auch Lucie Delvaux mit einer Zyanidinjektion umbrachte, nachdem ihr eine Hand amputiert worden war. Und schließlich wurde ein Mann namens Joseph Mordaunt im Parc d'Egmont ermordet. Gleichfalls durch eine Zyanidinjektion.«

Helen hatte mit ihrem Füllfederhalter die Namen auf ihrem Block notiert. Sie zählte.

»Großer Gott! Das sind ja mindestens sechs Morde«, bemerkte sie.

»Genau deshalb habe ich den Ausdruck Massenmörderin gebraucht. Und ich fand es bezeichnend, daß zwei dieser Morde nur einen Steinwurf vom Hilton entfernt begangen wurden – der an dem Taxifahrer im Marolles-Viertel, der an Mordaunt in dem Park hinter dem Hotel. In dem Sie beide wohnten.«

»Sie wollen doch nicht andeuten, daß eine von uns . . .« setzte Lee an.

»Ich deute nicht an, ich beschuldige«, erklärte Tweed. Er wendete sich an Lee. »Der Mord am Londoner Flughafen, der an dem Taxifahrer und an Mordaunt lassen vermuten, daß eine ganz speziell konstruierte Spritze benutzt wurde. Etwas, das nach außen hin aussieht wie ein alltäglicher Gegenstand. Lee, dürfte ich mir Ihre Zigarettenspitze ansehen?«

»Auf gar keinen Fall. Die Steine fallen leicht heraus, wenn man nicht ganz vorsichtig damit umgeht.«

Paula strich sich mit einer Hand übers Gesicht. Einen Moment zuvor hatte Tweed die linke Hand aus der Tasche gezogen, sich mit einem Finger die Nase gerieben und die Hand dann wieder in die Tasche gesteckt. Das Zeichen, das er mit Paula vereinbart hatte.

»Ich muß mich unbedingt ein bißchen frischmachen«, sagte sie. »Falls eine von Ihnen mir etwas Guerlain Samsara geben könnte – mein Lieblingsparfüm –, wäre mir vermutlich gleich wohler. Lee, ich glaube, Sie benutzen es. Ich habe es gerochen, als Sie im Hilton Karten spielten.«

»Ich hatte es mir von Helen geliehen.«

»Ich hole Ihnen meine Flasche.«

Helen sprang auf und verließ das Zimmer durch eine Tür neben der, die zur Küche führte. Sie kehrte mit der Flasche zurück und gab sie Paula, die ihr dankte, etwas Parfüm hinter die Ohren tupfte und die Flasche dann zurückgab. Helen stellte sie auf einen Tisch.

»Das war es, wonach wir gesucht haben«, teilte Tweed Helen mit. »Sehen Sie, als zwei Polizisten das Taxi öffneten, in dem die Leiche des Fahrers lag, bemerkten sie einen starken Duft von Parfüm. Von Ihrem, Guerlain Samsara.«

»Sehr clever, Mr. Tweed.«

Während sie sprach, steckte sie die Kappe auf ihren Füllfederhalter. Aber diesmal drehte sie anschließend die Kappe und schraubte sie fest. Mit der Handfläche drückte sie auf das Ende, und eine Nadel schoß heraus. Mit ihrer linken Hand umklammerte sie Paulas Handgelenk.

»Wenn sich jemand auf mich zubewegt, ist sie tot«, sagte sie mit kalter Stimme. Ihre grauen Augen waren leer, ohne die Spur eines menschlichen Gefühls.

Paulas andere Hand schoß vor, packte das Gelenk der Hand, in der Helen die Spritze hielt. Es begann ein Tigerkampf auf Leben und Tod. Helen stand auf, und Paula fuhr zusammen mit ihrer Gegnerin hoch. Der Beistelltisch stürzte um, die Flasche zerklirrte auf dem Boden.

Newman wollte Paula zu Hilfe kommen, aber die Spritze schwenkte unkontrollierbar durch die Luft. Paula war überrascht von Helens geschmeidiger Kraft. Sie umklammerte weiter ihr Handgelenk, zwang es von sich weg. Helen versuchte, die Nadel näher an Paulas Körper heranzubringen. Ein weiterer Beistelltisch kippte um. Die Nadel kam noch dichter an Paula heran. Dann benutzte Paula ihre freie Hand, um Helen mit einem Würgegriff bei der Kehle zu packen. Sie grub ihre Fingernägel in Helens Hals.

Helen unternahm eine gewaltige Anstrengung, um die Nadel in ihre Gegnerin zu stoßen. Paula lenkte den Stoß ab. Die Nadel bohrte sich tief in Helens Brust, und Paula drückte – unabsichtlich – den Kolben nieder. Helens ganzer Körper erstarrte. Sie hörte auf, sich zu wehren, sackte über die Rückenlehne der Couch und rührte sich nicht mehr.

Tweed warf einen Blick auf Burgoyne, der nun neben ihm stand und auf die Tote herabschaute.

»Zyanose, Brigadier. Die Symptome sind Ihnen bekannt?«

Vierundfünfzigstes Kapitel

»Helen! Ausgerechnet sie! Ich kann es einfach nicht glauben.« Willie ging zu einem zweitürigen Wandschrank, öffnete den linken Flügel. »Ich brauche eine Stärkung. Das ist einfach grauenhaft . . .«

Er goß sich ein Glas Sherry ein, stellte die Flasche wieder auf das Bord und ließ die Tür halb offen stehen. Dann wankte er zu seinem Stuhl zurück, ließ sich schwer darauffallen. Er trank einen großen Schluck und sah sich benommen um.

»Entschuldigung. Braucht sonst noch jemand einen Drink?«

Köpfe wurden geschüttelt, während Paula mit steifen Beinen zu einer anderen Couch ging. Als sie sich setzte, gesellte Newman sich zu ihr, legte einen Arm um ihren angespannten Körper. Ihre Brüste hoben und senkten sich von der Anstrengung.

»Nein«, sagte Burgoyne, der sich wieder auf dem Lehnstuhl in der Ecke niedergelassen hatte. »Die Symptome sind mir nicht bekannt. Jedenfalls bis jetzt nicht.«

Helens Lippen hatten sich bereits bläulich verfärbt, und die gleiche Farbe breitete sich auf ihrem Gesicht aus. Willie schwenkte eine Hand.

»Kann sie nicht einfach so liegenlassen. Ich werde sie . . .«

»Nein!«

Das war Tweeds Befehl. Er stand noch immer mit den Händen in den Taschen seines Trenchcoats da.

»Nichts darf angerührt werden, bevor die Polizei verständigt worden ist – aber das hat noch ein paar Minuten Zeit. Brigadier, haben Sie je von jemandem gehört, der Vulcan genannt wird?«

»Ja, ich glaube schon. In Hongkong.«

»Ah, der Ferne Osten«, erinnerte Tweed. »Wo Sie vor

langer Zeit in Korea vier Monate hinter den chinesischen Linien verschwunden waren. Was haben Maos Leute mit Ihnen angestellt, als Sie ihr Gefangener waren?«

»Hören Sie auf damit!« protestierte Willie. »Wir haben gerade eine furchtbare Tragödie erlebt. Der Brigadier mag es nicht, wenn er an diese Zeit erinnert wird. Beweisen Sie ein bißchen Feingefühl.«

»Maos Leute haben nichts mit mir angestellt.« Burgoyne sah Tweed unverwandt an. »Weil ich nie gefangengenommen worden bin. Ich bin in Deckung gegangen, bis ich verschwinden konnte. Sie scheinen verdammt viel zu wissen.«

Lee war auf ihrem Stuhl zusammengesunken. Sie zitterte. Tweed erkannte, daß sie am Rande der Hysterie stand. Sie spielte mit ihrer Zigarettenspitze.

»Ich habe gehört, es hätte pausenlos geregnet, während wir fort waren. Alle Flüsse führen Hochwasser.«

Es war die Art von Bemerkung, die Leute manchmal machen, wenn sie hochgradig erregt sind. Sie brach plötzlich in Tränen aus. Paula eilte zu ihr und kniete neben ihr nieder. Tweed wartete, bis sie sich beruhigt hatte, dann fuhr er herum und sah auf Willie herab.

»Haben Sie von Vulcan gehört?«

»Einer von den alten griechischen oder römischen Göttern. Machte Donnerkeile für Jupiter . . .«

»Und Sie haben sie für Dr. Wand gemacht.«

»Tut mir leid. Das verstehe ich nicht.«

»Willie, erinnern Sie sich an unsere Unterhaltung in der Sambri-Bar im Vier Jahreszeiten? Das Gespräch kam auf Brigadier Burgoyne. Sie haben mir erzählt, daß ihm der gegenwärtige Zustand Englands nicht gefällt. Sie redeten über den Wohlfahrtsstaat, über die jungen Leute, die verlangten, daß ihnen alles auf einem silbernen Tablett serviert wird. Daß das, was gebraucht würde, eine Regierung mit eiserner Hand wäre – oder, anders ausgedrückt, kommunistische Disziplin . . .«

»Unfug!« fuhr Burgoyne auf.

»Lassen Sie mich ausreden. Willie behauptete immer

wieder, das wären Ihre Ansichten. Aber er hatte eine Menge getrunken und ließ zu, daß seine Zunge mit ihm durchging. Ich hatte den Eindruck, daß Willie seine *eigenen* Ansichten aussprach und nur so tat, als wären es die des Brigadiers. Willie, Sie haben diese Ansichten ein bißchen zu nachdrücklich vertreten, und es waren ihre eigenen. Sie sind Vulcan.«

»Ich bin verwirrt. Brauche noch einen Tropfen von diesem guten Zeug ...«

Er stand auf und ging mit unsicheren Schritten auf den zweitürigen Schrank zu. Er griff hinein, holte die Heckler & Koch-Maschinenpistole heraus, die hinter der linken Tür verborgen gewesen war, drehte sich um und richtete die Waffe, plötzlich hellwach und entschlossen, auf Paula.

»Wenn sich jemand bewegt, bekommt sie die ganze Ladung ab.«

Alle erstarrten. Vor allem Tweed. Die Schulterstütze der Maschinenpistole war umgelegt, aber die Mündung zielte auf Paula. Eine Heckler & Koch; ihre Möglichkeiten schossen Tweed durch den Kopf.

Eine 9-mm-Waffe mit einer Feuergeschwindigkeit von sechshundertfünfzig Schuß pro Minute. Eine Reichweite von fast einhundertfünfzig Metern. Sie würde Paula auslöschen.

»Sie sind Vulcan«, sagte Tweed ruhig.

»Der Eckpfeiler des gesamten Unternehmens – das Sie zerstört haben. Aber keine Sorge – wir kommen wieder. Ich habe meine Verbindungen. Und jetzt gehe ich. Durch die Vordertür. Jeder, der sie in den nächsten fünf Minuten öffnet, bekommt eine volle Ladung ab.«

Sein verbindliches Lieblingsonkelgesicht war wie aus Stein gemeißelt. Willie ging rückwärts auf die Vordertür zu, öffnete sie, trat hinaus, machte sie wieder zu. Newman rannte mit seinem Smith & Wesson in der Hand zur Tür, lauschte. Er hörte, wie der Motor des Mercedes angelassen wurde und der Wagen die Zufahrt entlangjagte. Er öffnete die Tür gerade noch rechtzeitig, um sehen zu können, wie der Wagen nach links abbog – in Richtung Beaulieu. Er rannte zu seinem Volvo, sprang hinein, startete, mit der Waffe auf dem Sitz neben sich, den Motor und nahm die Verfolgung auf.

Fanshawe sah die Lichter des Wagens, der hinter ihm herkam, und drückte auf den Knopf, der automatisch das Schiebedach öffnete.

Nebelschwaden und kalte Luft fluteten herein, aber Fanshawe drehte die Heizung voll auf. Vielleicht bot sich eine Gelegenheit, seinen Verfolger in einen Hinterhalt zu locken. Falls ja, konnte er sich auf den Sitz stellen und auf seinen Verfolger herabschauen. Die Maschinenpistole lag auf dem Sitz neben ihm.

Als sie über die einsamen, kurvenreichen Straßen durch den New Forest rasten, erkannte Newman, daß die Temperatur ganz plötzlich gesunken war. Auf seiner Windschutzscheibe bildete sich Eis. Er schaltete die Scheibenwischer ein, blendete die Scheinwerfer voll auf. Das war gefährliches Wetter – eine übersehene Eispfütze auf der Straße, und er würde an einem Baumstamm enden.

Fanshawe fuhr wie ein Besessener und beschleunigte immer weiter. Der tote Farn, die kahlen Äste waren dick mit Rauhreif überzogen. Sie hatten den New Forest hinter sich gelassen und passierten mit ein paar hundert Metern Abstand Hatchet Pond. Der Mond war hervorgekommen, und Newman sah eine Eisdecke auf der Oberfläche des kleinen Sees. Kein Wetter, um in einem derartigen Tempo zu fahren.

Fanshawe näherte sich Beaulieu, jagte den Abhang hinunter. Entsetzt sah Newman zwei Jungen auf Fahrrädern in der gefährlichen Kurve, an der die Straße nach Buckler's Hard rechts abzweigte und auf den Bunker's Hill hinaufführte. Ohne die Geschwindigkeit zu verringern, schlitterte Fanshawe herum, verfehlte die Radfahrer nur um Haaresbreite und jagte Bunker's Hill hinauf. Die Radfahrer, unverletzt, aber völlig verstört, waren auf das Bankett gestürzt.

»Blöde Kerle!« brüllte Fanshawe und schwenkte, mit nur einer Hand steuernd, eine geballte Faust.

»Kaltblütiger Bastard!« knurrte Newman.

Er nahm die Kurve langsamer und beschleunigte erst wieder, als er die gewundene Straße hinauffuhr. Eine Minute später war er auf einem ebenen Abschnitt der einsamen Landstraße. Fanshawes rote Rücklichter verschwanden, und Newman gab Gas. Sein Wagen schoß vorwärts wie eine Rakete, und er ließ die Straßenoberfläche im Licht seiner Scheinwerfer nicht aus den Augen.

Fanshawe war auf die Privatstraße nach Buckler's Hard eingebogen, und als Newman die Abzweigung erreicht hatte, bog er gleichfalls ab. Er gab noch mehr Gas, verringerte den Abstand. Vor ihm schleuderte Fanshawe um Kurven. Weshalb wollte er nach Buckler's Hard?

Newman steuerte mit einer Hand. Mit der anderen ergriff er den Smith & Wesson, legte den Arm auf den Rahmen des offenen Fensters und schoß zweimal über das Dach des Mercedes hinweg. Wie er gehofft hatte, geriet Fanshawe in Panik, fuhr noch schneller, und Newman feuerte noch einmal, wieder über das Dach hinweg.

In seinem Mercedes schaute Fanshawe ununterbrochen in den Rückspiegel, um zu sehen, wie nahe sein Verfolger war. Die Konzentration auf seine Befürchtungen ließ ihn die Geschwindigkeit vergessen, mit der er fuhr. Er erreichte den Anleger, und erst jetzt schaute er entsetzt nach vorn.

Newman bremste vorsichtig und brachte seinen Wagen zum Stehen, als der Mercedes die zum Wasser hinunterführende Rampe erreicht hatte. *Alle Flüsse führen Hochwasser.* Newman erinnerte sich an Lee Holmes' Bemerkung, als er sah, wie hoch das Wasser stand und wie stark die Strömung war.

Fanshawe trat auf die Bremse. Zu spät. Er befand sich bereits auf der abwärts führenden, vereisten Rampe. Der Mercedes geriet ins Rutschen und schoß mit hoher Geschwindigkeit in den Fluß. Er war bereits halb versunken, als Newman aus dem Wagen sprang. In einer Hand hielt er eine Taschenlampe, in der anderen seinen Smith & Wesson. Er blieb am Ufer stehen und schaltete die starke Lampe ein.

Der Wagen schien in der Luft zu hängen. Im Licht der Taschenlampe sah Newman, daß Fanshawe auf den Sitz geklettert war. Seine breiten Schultern ragten heraus, und er hatte die Maschinenpistole in den Händen. Sein weißes Haar war wirr, seine Stimme heiser.

»Werfen Sie mir ein Seil zu, Newman, sonst schieße ich Sie über den Haufen.«

»Das werden Sie nicht tun – dann hätten Sie nämlich keine Hoffnung auf Rettung mehr. Also lassen Sie die Waffe fallen.«

Fanshawes kraftlose Hände ließen die Maschinenpistole los, und sie fiel in den Wagen. Dann schwenkte er die leeren Hände und begann zu flehen.

»Um Gottes willen, werfen Sie mir ein Seil zu. Am Ufer sind Rettungsringe.«

»Ich könnte mich entschließen, Sie zu retten – vorausgesetzt, Sie beantworten mir eine Frage.«

»Beeilen Sie sich, Mann. Ich gehe unter . . .«

»Und sagen Sie die Wahrheit, denken Sie daran. Ich werde es wissen, wenn Sie lügen. Haben Sie Dr. Wands Befehle zum Töten der Opfer weitergegeben?«

»Ich mußte es tun«, keuchte Willie. »Ich war sein Stellvertreter. Mir blieb nichts anderes übrig . . .«

»Ich verstehe«, erklärte Newman mit harter Stimme. »Sie haben nur Befehle befolgt. Mir ist, als hätte ich diese Ausrede schon einmal gehört. Inzwischen habe ich mir überlegt, ob ich Sie retten soll – und beschlossen, es nicht zu tun.«

»Ich kann nicht schwimmen!« kreischte Fanshawe. »Im Namen der Menschlichkeit . . .«

Der Mercedes war weiter abgerutscht und hatte sich dabei gedreht. Das Heck lag im Wasser, das Vorderteil auf dunklem Schlamm. Der Wagen hatte sich geneigt. Jetzt versank auch das Vorderteil tiefer im Schlamm, und der Mercedes war bis an die Dachkante eingesunken.

Newman stand still da und hielt das Licht seiner Taschenlampe auf Fanshawe gerichtet, der eine Mischung aus Obszönitäten und Bitten hervorstieß. Ganz in der Nähe lag ein Motorboot – Fanshawes Fluchtfahrzeug. Über dem Anleger hingen reglos Schwaden aus Eisnebel.

Newman reagierte nicht auf die verzweifelten Hilferufe. Dieser Sadist hatte die Ermordung von unschuldigen Männern und Frauen veranlaßt. Der Wagen sank tiefer, wäßriger Schlamm quoll über das Dach, ergoß sich ins Innere. Das letzte, was Newman von Fanshawe sah, waren emporgestreckte Hände. Der Schlamm füllte den Wagen. Einen Moment nachdem Fanshawe ein Gurgeln schieren Entsetzens ausgestoßen hatte, verschwanden die Hände und das weiße Haar. An der Stelle, an der der Wagen versunken war, bildeten sich Blasen, die schnell wieder verschwanden, mitgerissen von der Strömung des auf den Solent zufließenden Flusses. Die Stille war vollkommen.

Nachspiel

»Wie sind Sie darauf gekommen, daß Helen – und nicht Lee – die Mörderin war?« fragte Paula.

Es war ein paar Tage später, und alle – Monica, Newman, Marler, Butler, Nield und Cardon – hatten sich in Tweeds Büro am Park Crescent versammelt. Sie hörten zu und tranken den von Monica herbeigeschafften Kaffee. Die Heizung lief auf vollen Touren – es war ein eisiger Dezembertag.

»Ihr Temperament. Das war der erste Hinweis«, erklärte Tweed. »Um mindestens sechs Menschen – darunter drei Frauen – mit einer Zyanidspritze zu ermorden, mußte jemand schon sehr kaltblütig sein. Ich weiß, daß beide Frauen zeitweise Schauspielerinnen waren, aber je besser ich Lee kennenlernte, desto stärker wurde mein Eindruck, daß sie wirklich nur ihren Spaß haben wollte.«

»Während Helen immer kühl wie Eis war«, bemerkte Paula.

»Genau. Und dann war da das Rätsel des Alltagsgegenstandes, der die Spritze tarnte – in Hongkong konstruiert. Es hätte Lees juwelenbesetzte Zigarettenspitze sein können, aber sie ging zu *offensichtlich* damit um.«

»Offensichtlich?« fragte Paula.

»Ja – sie schwenkte sie ständig, lenkte die Aufmerksamkeit auf ihren wertvollen Besitz, während Helen Claybourne ihren Füllfederhalter nur hin und wieder sehen ließ.«

»Und was ist mit Vulcan?« fragte Newman. »Ich dachte, es wäre Burgoyne.«

»Das tat ich auch eine Zeitlang, aber zwei Faktoren ließen mich zweifeln. Im Verteidigungsministerium legte es ein Beamter namens Fieldway etwas zu sehr darauf an, ihn als verdächtigen Menschen hinzustellen. Als das Burgoyne-Quartett in die Maschine einstieg, mit der wir nach

Brüssel flogen – woher wußte der Brigadier, welche Maschine wir nehmen würden?«

»Nun, woher wußte er es?« fragte Paula ungeduldig.

»Er konnte es nur wissen, weil jemand am Londoner Flughafen vom Verteidigungsministerium unter Druck gesetzt worden war und es informieren mußte, wenn ich einen Flug buchte. Dieser Jemand muß Jim Corcoran gewesen sein, der Sicherheitschef. Mir fiel auf, daß Corcoran ziemlich verlegen war, als wir uns begegneten – er versuchte sogar, mir aus dem Wege zu gehen. Ich spürte in seinem Verhalten die gleiche Art von Unbehagen, die ich auch bei Fieldway gespürt hatte.«

»War das schlüssig?« fragte Marler.

»Nein. Aber wie ich schon sagte, als wir vor ein paar Tagen im New Forest waren – Willie hatte seine antibritischen Ansichten ein bißchen zu vehement geäußert und sie nachträglich Burgoyne zugeschrieben, um mich von der Fährte abzubringen.«

»Und welche Rolle hat Burgoyne selbst gespielt?« beharrte Marler.

»Nachdem Newman hinter Willie hergefahren war, habe ich in *Leopard's Leap* mit Burgoyne allein gesprochen. Er arbeitet seit Jahren für den Militärischen Geheimdienst. Und zwar mit dem Auftrag, Dr. Wand auszuschalten. Deshalb die Unterstützung durch das Verteidigungsministerium. Er kam zu dem Schluß, daß ich mehr Glück haben könnte, also hängte er sich an uns. Das Burgoyne-Quartett tauchte immer da auf, wo wir uns gerade befanden.«

»Und was ist mit dem mysteriösen Flugzeug und dem Rennboot, die in Jütland auftauchten, als wir uns mit der *Mao* beschäftigten?« fragte Newman.

»Das war Burgoyne. Auch in diesem Fall hatte er von seinem Einfluß Gebrauch gemacht. Nielsen mußte ihm sagen, wohin ich gefahren war. Nielsen hat versucht, mich zu warnen, aber die Funkverbindung brach zusammen. Burgoyne kann fliegen; er mietete am Flughafen Esbjerg eine Maschine und flog über den Strand, um die

Lage zu erkunden. Ich habe ihm gesagt, wie unklug das war, und er hatte den Anstand, sich zu entschuldigen.«

»Und das Rennboot?« fragte Newman weiter.

»Wurde auch von Burgoyne gesteuert. Er glaubte zu wissen, daß Dr. Wand identisch war mit General Chang, dem Stabschef von Cardons General Li Yun am Lop Nor. Nachdem er Wand all die Jahre über nachgespürt hatte, war er entschlossen, ihn zu töten. Nachdem ich auf Wand geschossen hatte, gab er die beiden Schüsse auf ihn ab. Eine .45er, sagten Sie, Bob, und Sie hatten recht. Es bereitete dem Brigadier eine ziemliche Genugtuung, daß seine beiden Kugeln ihn getroffen hatten – obwohl Dr. Wand ohnehin in Flammen aufgegangen wäre. Da wir gerade von Flammen reden – Nielsen hat angerufen und mir mitgeteilt, daß das Haus, in dem Paula gefangengehalten wurde, völlig niedergebrannt ist. In der Asche des Kellers wurden zwei Leichen gefunden – eine davon vermutlich die von Dr. Hyde. Feuerbestattung auf der ganzen Linie.«

»Sie haben eine überaus anschauliche Art, sich auszudrücken«, bemerkte Paula.

»Sie waren üble Männer. Wands gesamter Apparat – der möglicherweise erst in mehreren Jahren aktiviert worden wäre – ist vernichtet worden. Auch die Moonglow-Organisationen in Europa und in Hongkong wurden aufgelöst. Und Jules Starmberg singt wie der sprichwörtliche Vogel.«

»Zumindest hatten wir keine Probleme, ihn in Hamburg und London durch die Sicherheitskontrollen zu bringen«, erinnerte sich Paula.

»Kuhlmann war hilfsbereit wie immer – er hat uns begleitet, so daß wir die normalen Kontrollen umgehen konnten. Jim Corcoran war offenbar froh, uns am Londoner Flughafen den gleichen Dienst erweisen zu können. Ich glaube, er war erleichtert, den Streich, den er mir gespielt hatte, wiedergutmachen zu können. Nicht daß er irgendeine andere Wahl gehabt hätte.«

»Und gibt es etwas Neues von Mrs. Garnett, die in Moor's Landing gewohnt hat?« fragte Newman.

»Ja. Ich habe Stanstead, dem dortigen Chief Constable, empfohlen, alle Friedhöfe überprüfen zu lassen. Sie entdeckten ein Grab, an dem sich kürzlich jemand zu schaffen gemacht hat. Sie gruben es auf und fanden die arme alte Seele mit dem Gesicht nach unten auf einem Sarg liegend. Man hatte ihr den Schädel eingeschlagen. Barton, der angebliche Grundstücksmakler, und die anderen Bewohner von Moor's Landing werden der Beihilfe zum Mord angeklagt. Ich glaube, sie wollten keine weitere im Solent treibende Leiche.«

»Moonglow war also eine Art Tarnorganisation?« fragte Paula.

»Genau das. Wirtschaftsprüfer, die sich die Bücher ansahen, haben bereits festgestellt, daß Moonglow gewaltige Geldbeträge gewaschen hat.« Tweeds Miene war grimmig. »Es war ein übles Geschäft. Unter dem Vorwand, Flüchtlingen zu helfen, hat die chinesische Armee riesige Profite aus dem Drogenhandel dazu benutzt, den Apparat zu finanzieren, der ihre Invasion des Westens vorbereiten sollte.«

»Und die Tarnkappenschiffe«, fragte Newman, »stellen jetzt kein Problem mehr dar?«

»Nicht das geringste.« Tweed putzte seine Brille. »Das schwimmende Dock mit seinen großen Hebekränen wird bald in Jütland eintreffen. Es wird die unbeschädigte *Yenan* aufladen und zur Untersuchung hierherbringen. Außerdem gibt uns Gaston Delvaux neues Radarsystem die Möglichkeit, solche Schiffe oder Flugzeuge zu entdekken.«

»Und Sie haben Ihre Rücktrittserklärung zurückgezogen. Ende der Geschichte«, sagte Newman.

»Dieser Geschichte, ja. Jetzt hat der Osten keine Möglichkeit mehr, heimlich bei uns einzudringen.«

Anhang

KRIEG DER WORTE ÜBER ›UNSICHTBARE‹ SCHIFFE UND FLUGZEUGE

Alle Abteilungen der Streitkräfte der Vereinigten Staaten planen, die Tarnkappentechnik weiterzuentwickeln ... Die US-Marine arbeitet an Entwürfen für Tarnkappenkreuzer und -zerstörer, die keine Brücke und kein Deck haben sollen und, wie die U-Boote, von einer internen Kommandozentrale aus befehligt werden.

Masten und Antennen, die dazu beitragen, daß ein Schiff auf dem Radarschirm einen großen Querschnitt hat, sollen unter Deck verschwinden. Das letzte Ziel ist die Entwicklung von Fregatten und Zerstörern, die nicht auf Begleitschutz in der Luft angewiesen sind ...

Daily Telegraph, Montag, 29. November 1988

Hexenkessel

Für Suzanne

Vorbemerkung des Autors

Alle Figuren dieses Romans sowie alle in Cornwall oder Kalifornien gelegenen Häuser oder Landsitze sind lediglich ein Produkt der Erfindungsgabe des Autors und stehen in keinerlei Bezug zu lebenden Personen oder real existierenden Schauplätzen.

Prolog

Paula Grey erstarrte, als sie den Leichnam entdeckte, der auf dem Kamm einer mächtigen Welle dahintrieb und langsam auf die Küste zugetragen wurde. Im fahlen Mondlicht erinnerte der leblose Körper an einen auf dem Rücken liegenden einsamen Schwimmer.

Paula war von dem luxuriösen Spanish Bay Hotel zu einem nächtlichen Spaziergang aufgebrochen, der sie über einen Bohlenweg, zu dessen beiden Seiten sich der zu dieser Stunde verlassene Golfplatz erstreckte, hinunter zum Meer führte. Sie hatte sich zu dem Spaziergang entschlossen, um die bedrückte Stimmung abzuschütteln, in der sie sich befand, nachdem es ihr nicht gelungen war, etwas Belastendes über Vincent Bernard Moloch, den milliardenschweren Besitzer der AMBECO, des größten Mischkonzerns der Welt, herauszufinden – mit diesem Auftrag hatte Tweed sie von London hierhergeschickt. Jetzt wollte sie endlich wieder einen klaren Kopf bekommen.

Die Julinacht war empfindlich kühl, und der Sturm, der über dem Meer aufzog, ließ sie trotz ihrer Jeans, des dicken Wollpullovers und der Windjacke frösteln. Eine weitere riesige Woge schwemmte die unheimliche Last noch näher an die Küste heran, und Paula rechnete sich aus, daß sie wohl bei Octopus Cove an Land gespült würde.

Sie sah sich nach allen Seiten um, zog dann den Reißverschluß ihrer Windjacke herunter und griff nach dem 32er Browning, den sie in den Bund ihrer Jeans geschoben hatte. Als sie hastig zum Wasser hinuntereilte, schwoll der Lärm der aufgewühlten See zu einem ohrenbetäubenden Getöse an. Gewaltige Brecher donnerten gegen die zerklüfteten Felsen und warfen meterhohe Gischtschleier darüber.

Der reglose Körper trieb ganz in der Nähe der Steine, zu denen Paula jetzt hinunterkletterte. Inzwischen war ihre Kleidung von der Gischt durchnäßt, doch ihre Furcht vor der tobenden Brandung verschwand, als sie sah, wie der Leichnam von der nächsten heranrollenden Welle in das seichte Wasser einer tiefen Rinne geschleudert wurde. Sie beugte sich hinunter, packte eine eiskalte Hand und stellte fest, daß es sich um die Leiche einer Frau handelte.

Ehe eine weitere Welle sie gegen die Felsen schmettern konnte, zerrte sie die tote Frau hoch und entriß sie den gnadenlosen Naturgewalten. Im Schein des Mondlichts war das Gesicht der Toten deutlich zu erkennen. Ihr dunkles Haar klebte ihr am Kopf, und sie trug ein weißes, bis oberhalb des Bauchnabels hochgerutschtes Kleid. Rund um das linke Handgelenk, an dem Paula sie aus dem Wasser gezogen hatte, verlief eine häßliche dunkelrote Schürfwunde, und um das rechte waren die Überreste eines zerrissenen Stricks geschlungen. Aus einer großen Platzwunde am Kopf, die ihr vor nicht allzulanger Zeit zugefügt worden sein mußte, war wohl viel Blut geströmt. Paula wollte sie gerade eingehender untersuchen, als sie vom Meer her Motorengeräusche hörte, die rasch näherkamen.

Sie blickte hoch und sah drei große, von starken Außenbordmotoren angetriebene Schlauchboote direkt auf Octopus Cove zurasen. In jedem saßen mehrere mit Sturmhauben maskierte Männer, die etwas in den Händen hielten, was verdächtig nach Maschinenpistolen aussah. Das vorderste Boot wurde von einem ungewöhnlich großen und kräftigen Mann gesteuert. Trotz des hohen Wellengangs stand er hochaufgerichtet da, hielt sich mit einer Hand an der Seite des Bootes fest und riß sich mit der anderen die Haube vom Kopf. Er starrte direkt zu Paula hinüber – ein Mann mit dichtem, dunklem Haar und einer Römernase. Paula duckte sich, zerrte den schweren Leichnam näher an die Felsen heran und rannte dann in gebückter Haltung weg.

Zuerst lief sie ein Stück den Bohlenweg entlang, der aus parallel verlaufenden Holzplanken bestand, dann bog sie auf den Golfplatz ab. Ein sechster Sinn veranlaßte sie, sich fieberhaft nach einem geeigneten Versteck umzuschauen. Ihre durchnäßten Turnschuhe verursachten schmatzende Geräusche, als sie über den sauber gestutzten Rasen lief.

Wo um alles in der Welt sollte sie sich in Sicherheit bringen? Behalt die Nerven, mahnte sie sich selbst.

Sie hatte den Bohlenweg bereits ein gutes Stück hinter sich gelassen, als sie buchstäblich über ein Versteck stolperte – eine große Sandgrube, die als Hindernis für die Golfer gedacht war. Sie ließ sich hineinfallen und zog ihren Browning, den sie während der Bergung der Leiche wieder in den Bund ihrer Jeans zurückgeschoben hatte. Vorsichtig robbte sie zum Rand der Grube und spähte auf Octopus Cove hinunter.

Trotz der Wolken, die nun über den Mond hinwegzogen, konnte sie etwa eine halbe Meile von der Küste entfernt die Umrisse einer großen Luxusjacht ausmachen, die dort vor Anker lag und auf den vom aufziehenden Sturm gepeitschten Wellen schaukelte. Paula schätzte ihre Länge auf fast hundert Meter. Sie war mit einer leistungsfähigen Radaranlage sowie einer Comsat-Nachrichtensatellitenschüssel ausgerüstet, die es ermöglichte, Nachrichten per Satellit zu empfangen und zu senden. Kein Licht, noch nicht einmal auf der Steuerbordseite. Mehr als merkwürdig.

Maskierte Gestalten in Kälteschutzanzügen verließen die Schlauchboote und kletterten bei Octopus Cove an Land. Einige beugten sich zu dem Leichnam nieder, hoben ihn auf und schleppten die grausige Last durch die aufgewühlte See zu einem der Schlauchboote. Der schwarzhaarige Riese ließ den Blick über den Golfplatz schweifen und machte mit der linken Hand eine umfassende Geste. Sechs mit Maschinenpistolen bewaffnete Männer schwärmten daraufhin aus und verteilten sich über den Platz. Sie hielten nach ihr Ausschau.

In ihren nassen Kleidern fröstelnd lag Paula in der Sandgrube und lauschte auf die schweren Schritte der Männer, die immer näher kamen. Ihre Hände schlossen sich fester um den Browning, während sie den Rand der Grube aufmerksam im Auge behielt. Gelegentlich wehten Wortfetzen zu ihr herüber.

»Sie muß hier irgendwo stecken.«

»Worauf du dich verlassen kannst, Buddy Boy. Sie hatte nicht genug Zeit, um das Hotel zu erreichen. Außerdem hätten wir sie dann gesehen …«

Wenig später waren einige der Stimmen bedrohlich nah an die Grube herangekommen.

»Joel reißt uns den Kopf ab, wenn wir sie nicht erwischen.«

»Keine Namen, du Idiot. Such lieber weiter …«

Die Stimmen entfernten sich wieder, doch erst nach einer Stunde hörte Paula, wie in einiger Entfernung Motoren angelassen wurden. Mit der Waffe in der rechten Hand kroch sie zum Rand ihres Verstecks und spähte hinaus. Die Schlauchboote verließen Octopus Cove und kehrten zu ihrem Mutterschiff zurück, das auf den Wellen schaukelte. Dann schoben sich dunkle Wolken vor den Mond und nahmen ihr die Sicht.

Sorgfältig, wohl wissend, daß es sich um eine Falle handeln konnte, suchte sie mit den Blicken ihre Umgebung ab, um sicherzugehen, daß sie alleine war. Vielleicht hatten sie einen Mann zurückgelassen, der sie überrumpeln sollte. Erst als sie überzeugt war, daß sich niemand in der Nähe aufhielt, trottete sie erschöpft den Bohlenweg entlang auf das Spanish Bay Hotel zu, von dem aus man den gesamten Golfplatz bis hinunter zum Pazifik überblicken konnte. Während sie die hohe Glastür zurückschob, ihr Zimmer betrat, und die Tür hinter sich verriegelte, dankte sie dem Himmel dafür, daß sie unbeobachtet ihre komfortable, zu ebener Erde gelegene Suite hatte verlassen können. Sie zwang sich dazu, die Vorhänge zu schließen, tastete sich im Dunkeln bis zur Tür ihres verschwenderisch ausgestatteten Badezimmers, zog auch diese hinter sich zu und knipste das Licht an.

Paula deponierte ihren Browning auf dem Rand des Jacuzzi, entkleidete sich, schlüpfte in die Duschkabine und ließ, immer noch am ganzen Leib zitternd, heißes Wasser auf sich niederprasseln. Das Glas war beschlagen, als sie endlich die Dusche abdrehte, sich abtrocknete und, die nassen Kleider auf dem Fußboden geflissentlich ignorierend, durch eine weitere Tür hindurch an schimmernden Waschbecken vorbei in ihr geräumiges Schlafzimmer mit dem Doppelbett ging. Dort streifte sie ihren Pyjama über, setzte sich auf die Bettkante und goß sich aus einer Thermoskanne, die sie stets bei Roy's, dem Hotelrestaurant, auffüllen ließ, heißen Kaffee ein.

Sowie sie wieder ein wenig zu Kräften gekommen war, wählte sie Tweeds Londoner Nummer am Park Crescent, wo sich die Zentrale des SIS befand. Zuvor hatte sie die Uhrzeit überprüft. Drei Uhr morgens. Der Zeitunterschied zwischen Kalifornien und Großbritannien betrug acht Stunden, also mußte es in London jetzt elf Uhr morgens sein.

»Monica, Paula hier. Ich muß ihn dringend sprechen.«

»Bleiben Sie am Apparat. Er ist im Haus ...«

»Schön, daß Sie sich melden, Paula«, klang gleich darauf die vertraute Stimme an ihr Ohr. »Irgendwelche Neuigkeiten?«

»Nein. Die Mannschaft ist in ausgezeichneter Verfassung. Ich kann Ihnen ... nichts ... Neues berichten.«

»Dann schlage ich vor, daß Sie den nächsten Flug Richtung Heimat buchen. Ich freue mich, Sie bald wiederzusehen.«

»In Ordnung. Bis dann ...«

Voller Erleichterung legte Paula auf. Ihre bewußt gewählten Worte hatten zwei verschlüsselte Botschaften enthalten. Der Ausdruck *ausgezeichnet* verriet Tweed, daß etwas nicht stimmte. Ferner hatte sie vor dem Wort *nichts* absichtlich eine Pause eingelegt.

Todmüde kroch sie in ihr Bett und fühlte sich plötzlich sehr verloren. Monterey, das reizvolle Städtchen in der Nähe von Spanish Bay, gehörte zusammen mit dem nahegelegenen Carmel zu den friedlichsten Orten der Vereinigten Staaten, die sie bislang besucht hatte. Zumindest nach außen hin. Und bis zu ihrem schrecklichen Erlebnis.

Als sie den Kopf in den Kissen vergrub, sah sie wieder die Umrisse jener mysteriösen Jacht vor sich, die vor der Küste vor Anker gelegen hatte. Vielleicht konnte sie am kommenden Morgen dem Hafenmeister von Monterey den

Namen des Schiffes entlocken, dachte sie, bevor sie erschöpft in einen tiefen Schlaf fiel.

Es war ein herrlicher sonniger Nachmittag, der die Temperatur auf über 30 Grad hatte klettern lassen, als Paula in der Nähe des Hafens von Monterey aus einem gelben Taxi stieg. Der große, von Kaimauern eingeschlossene Liegeplatz war voll belegt. Am Südende des Hafens waren Fischkutter neben Schiffen der Küstenwache vertäut, und mehrere kostspielige Schnellboote stießen träge dümpelnd mit ihren Pontons aneinander.

Hier liegt eine Menge Geld im Wasser, sagte Paula zu sich selbst.

Der Taxifahrer hatte ihr den Weg zur Hafenmeisterei genau beschrieben. Während sie auf das Gebäude zuschlenderte, dankte Paula ihrem Schöpfer dafür, daß der gestrige Sturm draußen auf dem Meer geblieben war. Wäre er weiter landeinwärts gezogen, hätte sie auf dem Heimweg in große Schwierigkeiten geraten können. Jetzt bildete der Himmel eine strahlendblaue Kuppel, und in der Ferne hinter Monterey ragten die braunen, von der Sonne versengten Berge auf.

Sie hatte die Hafenmeisterei beinahe erreicht, als sie einen untersetzten Mann mit schwankenden Schritten herauskommen sah. Sie blieb bei einem Restaurant mit einer von einer großen Markise geschützten Terrasse stehen, vor dem ein Kellner in einer weißen Schürze eifrig damit beschäftigt war, den Boden zu fegen.

»Entschuldigen Sie bitte, aber können Sie mir sagen, ob der Mann, der eben dieses Haus verlassen hat, der Hafenmeister ist?«

»Ihr englischer Akzent gefällt mir.« Der Kellner lächelte ihr freundlich zu. »Nein, er vertritt den Hafenmeister nur. Der ist nämlich erst vor ein paar Minuten aus dem Urlaub zurückgekommen.« Er senkte die Stimme. »Dieser Bursche heißt Chuck Floorstone. Unter uns gesagt – er schaut gern zu tief ins Glas. Hab' ich früher auch getan, aber das liegt hinter mir. Heute halte ich mich an Coca-Cola.«

»Sehr vernünftig. Haben Sie vielen Dank.«

Rasch eilte sie der stämmigen Gestalt hinterher, der das T-Shirt über der ausgebeulten Hose hing. Sie holte den Mann im selben Augenblick ein, als er eine Bar betrat. Paula drängte sich an ihm vorbei und entschuldigte sich sofort.

»Tut mir wirklich leid.«

»Keine Ursache, meine Schöne. Ganz alleine hier? Genau wie ich. Kommen Sie, ich lad' Sie zu einem Drink ein.«

»Danke, das ist sehr nett von Ihnen.«

Chuck Floorstone führte sie zu einem ruhigen Ecktisch, von dessen Fenster aus man den Hafen überblicken konnte. Zu dieser Tageszeit waren sie fast die einzigen Gäste. Paula bat um ein Glas Chardonnay, und Floorstone schlurfte zum äußersten Ende der Theke, so daß sie nicht verstehen konnte, was er bestellte. Für dieses erhoffte Gespräch hatte sie sich mit besonderer Sorgfalt zurechtgemacht. Sie trug eine figurbetonende, hochgeschlossene weiße Seidenbluse und einen blauen Rock, der ihr bis knapp über die Knie reichte.

Floorstone beäugte sie anerkennend, als er zurückkam und beim Gehen etwas Wein verschüttete. Er sah eine schlanke Frau Anfang Dreißig vor sich, deren dunkles, glänzendes Haar ihr fast bis auf die Schultern fiel. Sie hatte eine ausgezeichnete Figur, lange, wohlgeformte Beine und ein gutgeschnittenes Gesicht mit ausgeprägtem Kinn und hohen Wangenknochen, die von einem starken Charakter zeugten. Ihre intelligenten graublauen Augen musterten ihn prüfend, als er auf sie zukam, das Weinglas vor sie hinstellte und sich dann auf den Stuhl ihr gegenüber fallen ließ.

»Wir könnten einen kleinen Ausflug in die Stadt machen, meine Schöne.«

»Irgendwer sagte mir, sie hätten einen wichtigen Job«, entgegnete sie.

»Ich bin hier der Hafenmeister.«

Sein wettergegerbtes, von den verräterischen Äderchen des Gewohnheitstrinkers gezeichnetes Gesicht verzog sich zu einem selbstgefälligen Grinsen, wobei schlechte Zähne sichtbar wurden. Paula lächelte, schaute aus dem Fenster und unterdrückte einen erschrockenen Ausruf. Eine große Luxusjacht verließ gerade den Hafen; ein Kreuzer mit einer aufwendigen Radaranlage oberhalb der Ruderbrücke – und einer Comsat-Schüssel.

»Wem gehört denn dieses Prachtstück?« fragte sie unbefangen.

»Der Besitzer dieses bescheidenen Bötchens heißt Vincent Bernard Moloch. Ihm gehört praktisch die halbe Welt. Einer von den ganz großen Jungs.«

»Tatsächlich? Wie heißt das Schiff denn?«

»*Venetia V …*« Floorstones Stimme schlurrte so stark, daß es ihm selbst auffiel. »V..e..n..e..t..i..a … Fünf«, wiederholte er deshalb betont deutlich. »Es wird behauptet, sie sei auf dem Weg nach Baja California in Mexiko.« Er stärkte sich mit einem weiteren großen Schluck, ehe er sich näher zu ihr beugte. »Moloch ist ein Geheimniskrämer. Ich persönlich glaube eher, daß er zum Panamakanal und dann weiter hinaus auf den Atlantik will.«

»Liegt das Schiff schon lange hier?« erkundigte sich Paula beiläufig.

»Aber nein. Kam heute ganz früh am Morgen rein, tankte auf, und jetzt ist es wieder weg. Bei Moloch weiß man nie, wie man dran ist. Aber Sie trinken ja gar nichts.«

»Ich trinke immer sehr langsam.« Paula traute dem Inhalt ihres Glases nicht. Das Getränk schmeckte verdächtig streng. »Ist dieser Moloch jetzt an Bord der *Venetia V?*«

»Nee. Sein Wachhund Joel Brand hat auf dieser Fahrt das Kommando.«

Paula verzog bei der Erwähnung des Namens keine Miene. »Sein Wachhund?«

»Yeah. Ein Brite. Ziemlich häßlicher Vogel. Erledigt für Moloch die Drecksarbeit. Wie steht's denn jetzt mit einem kleinen Ausflug in die Stadt?«

»Was trinken Sie da eigentlich?«

»Bourbon mit Soda. Ich könnt' noch einen vertragen. Werd' Ihnen auch noch einen Drink mitbringen. Bin in einer Minute wieder da.« Er drohte ihr spielerisch mit dem Zeigefinger. »Laufen Sie mir ja nicht weg.«

Paula sah ihm nach, als er zur Theke torkelte, hängte sich dann ihre Handtasche um und verließ hastig die Bar. Sie hatte bereits gepackt, die Hotelrechnung beglichen, ein Auto gemietet, mit dem sie die zweistündige Fahrt zum San Francisco International Airport zurücklegen wollte, und einen Platz Erster Klasse gebucht.

Als sie im Taxi saß, das sie zum Hotel zurückbrachte, wünschte sie, Bob Newman wäre bei ihr. Sie hätte aus Floorstone sicherlich noch mehr herausholen können, aber für ihre Zwecke hatte sie ihrer Meinung nach genug erfahren. Nun lag der anstrengende Elfstundenflug zurück nach Heathrow vor ihr. Sie konnte nicht behaupten, daß sie sich auf die Reise freute, auch wenn Tweed so großzügig gewesen war, ihr ein Ticket Erster Klasse zu spendieren.

Während der Fahrt nach San Francisco ließ sie das Gesicht der toten Frau nicht los; jener Frau, die sie aus dem Wasser gezogen hatte. Wer sie wohl sein mochte?

Einige Wochen später hielt sie sich gemeinsam mit Bob Newman in Cornwall auf, wohin Tweed sie, mit genauen Instruktionen versehen, geschickt hatte.

Er hatte sie in sein Büro im ersten Stock des Gebäudes am Park Crescent beordert, dessen Fenster zum Regent's Park hinausgingen. Tweed, ein mittelgroßer Mann mittleren Alters, war glatt rasiert und trug eine Hornbrille. Rein äußerlich war er der Typ Mann, der einem auf der Straße begegnen konnte, ohne daß er einem auffiel – eine Eigenschaft, die ihm in seiner Funktion als stellvertretender Direktor des SIS schon häufig gute Dienste geleistet hatte.

Paula nahm an ihrem Schreibtisch in der Ecke des großen Raumes Platz. In der Nähe der Tür saß Monica an ihrem mit einer komplizierten Sprechanlage bestückten Tisch. Auch ein modernes Faxgerät sowie andere technische Spielereien standen zu ihrer Verfügung.

Monica, eine Frau unbestimmbaren Alters, die ihr graues Haar zu einem Knoten geschlungen trug, war seit Jahren Tweeds Assistentin, und der wußte genau, daß er sich auf ihre Loyalität und Diskretion bedingungslos verlassen konnte. Die vierte Person im Raum war Bob Newman, der weltweit bekannte Auslandskorrespondent, der sich vor langer Zeit vom Sicherheitsdienst hatte anwerben lassen.

Newman war ein gutgebauter Mann Anfang Vierzig, ebenfalls glattrasiert, mit hellem Haar und einem steten Lächeln, das Sinn für Humor verriet und auf viele Frauen äußerst anziehend wirkte. Er saß mit verschränkten Armen auf seinem Platz und neigte den Kopf zur Seite, als jemand an die Tür klopfte und eintrat. Marler hatte sich verspätet, wie gewöhnlich.

»Morgen zusammen. Wie ich sehe, hat sich der ganze Clan zusammengefunden«, begrüßte er die Anwesenden in seinem üblichen gedehnten Tonfall. »Steht wieder mal eine große Sache an?«

Sich lässig gegen eine Wand lehnend, zündete er sich eine King-size-Zigarette an. Er war Ende Dreißig, schlank gebaut und legte großen Wert auf ein gepflegtes Äußeres. Und er galt als einer der besten Schützen ganz Europas. Tweed nickte ihm zu, beugte sich vor und ergriff das Wort. Seine Stimme klang leise und ruhig, verriet jedoch absolute Autorität.

»Paula ist vor einiger Zeit von einem dreiwöchigen Aufenthalt im Gebiet von Monterey und Carmel in Kalifornien zurückgekehrt. Sie sollte dort so viele Informationen wie möglich über einen gewissen Vincent Bernard Moloch zusammentragen und wird gleich selbst von ihrer Reise berichten, damit auch Sie, Marler, auf dem neuesten Stand sind. Moloch besitzt draußen in Cornwall, kurz hinter Falmouth, ein großes Haus. Ich möchte, daß Sie, Paula, mit Bob und Marler dorthin fahren, um Nachforschungen über diesen Mann anzustellen. Ich habe für Sie alle in einem schönen Landhotel, dem Nansidwell, getrennte Zimmer gebucht. Das Hotel liegt in der Nähe eines Dorfes namens Mawnan Smith. Zufällig kenne ich den Besitzer, einen sehr netten, umgänglichen Mann …«

»Ich nehme an, er weiß nicht, wer Sie in Wirklichkeit sind«, warf Paula ein.

»Natürlich nicht. Ich habe unsere übliche Tarnung benutzt und mich als Ermittler der General & Cumbria Assurance-Versicherungsgesellschaft ausgegeben. Wir untersuchen einen großangelegten Versicherungsbetrug.«

»Sind drei Leute nicht ein zu großes Team für eine solche Angelegenheit?« gab Marler zu bedenken.

»Ich habe doch gesagt, daß Sie in getrennten Zimmern untergebracht sind. Sie werden auch an getrennten Tischen essen. Tun Sie so, als würden Sie sich nicht kennen. Ich habe einige Freunde bei der Staatssicherheitspolizei dazu veranlaßt, telefonisch Zimmer für Sie und Bob zu reservieren. Sie haben die Anrufe an verschiedenen Tagen getätigt, und ich persönlich habe Paula angemeldet.« Er blickte zu ihr hinüber. »Der Arzt hat Ihnen bescheinigt, daß Sie unter akuter Erschöpfung leiden und dringend Ruhe und Erholung benötigen.«

»Dann setzen Sie mal eine glaubwürdige Leidensmiene auf«, neckte Marler sie. »Versuchen Sie, so müde und abgekämpft wie möglich auszusehen.«

»Wenn ich bitte fortfahren dürfte«, unterbrach Tweed scharf. »Molochs Besitz heißt Mullion Towers. Er liegt in der Nähe eines gottverlassenen Nestes namens Stithians.«

»Ich würde gerne wissen, warum wir uns ausgerechnet mit diesem Burschen befassen sollen«, warf Marler ein.

»Auf ihn selbst kommt es vielleicht gar nicht so sehr an«, bemerkte Tweed geheimnisvoll. »Aber seine Firma, die AMBECO, ist so groß und einflußreich, daß nicht nur London, sondern auch Washington deswegen beunruhigt ist. Dazu kommt, daß Moloch mit einigen zwielichtigen Arabern in Verbindung steht. Der Mann bereitet mir Kopfzerbrechen. Er ist allem Anschein nach darauf aus, ein enormes Machtpotential anzusammeln.«

»Was hat es denn mit dieser Gesellschaft auf sich?« Marler ließ nicht locker. »Ich habe zwar schon von der AMBECO gehört, weiß aber nicht, womit sie sich genau befaßt.«

»Die AMBECO«, erläuterte Tweed, »stellt Waffen, Werkzeugmaschinen und chemische Kampfstoffe her – es können auch biologische sein –, hat die Finger im Bankwesen und in der Elektronikindustrie und mischt auch im Ölgeschäft mit.«

»Gefährliche Kombination«, meinte Newman nachdenklich. »Waffen und chemische Kampfstoffe. Für mich klingt das nach neuartigen Waffensystemen. Ich kann nicht behaupten, daß mir dieser Mr. Moloch sympathisch ist.«

»Im Augenblick«, fuhr Tweed fort, ohne auf die Bemerkung einzugehen, »gilt Molochs Hauptinteresse der Elektronik. Sein Ehrgeiz ist es, die Vorherrschaft auf dem Gebiet der Nachrichtentechnik zu gewinnen.«

»Da dürfte er in Bill Gates von Microsoft in Seattle einen gefährlichen Konkurrenten haben«, stellte Newman fest.

»Möglich. Paula, berichten Sie uns jetzt bitte, was Sie in Kalifornien herausbekommen haben.«

Alle Anwesenden lauschten aufmerksam, während Paula ihre Erlebnisse knapp und präzise zusammenfaßte und mit einer Bekanntschaft schloß, die sie im Laufe ihres Aufenthaltes dort gemacht hatte.

»Eine sehr attraktive rothaarige Engländerin namens Vanessa Richmond hat ständig den Kontakt zu mir gesucht, aber ich traute ihr nicht und bin ihr daher aus dem Weg gegangen. Später erzählte mir dann eine andere Frau, daß die Einheimischen ihr den Spitznamen ›Vanity‹ Richmond gegeben hätten. Ich nehme allerdings an, daß diese Bemerkung purer Eifersucht entsprang.« Sie wandte sich an Tweed. »Sagen Sie«, fragte sie eindringlich, »stellt dieser Moloch noch in anderer Hinsicht eine Bedrohung dar? Das, was Sie über ihn erzählt haben, scheint mir den Aufwand, den wir in bezug auf seine Person betreiben, nicht ganz zu rechtfertigen.«

»Sie haben für den Augenblick genug Informationen erhalten«, erwiderte Tweed schroff, lächelte aber dabei, um seinen Worten die Schärfe zu nehmen. »Und nun machen Sie sich auf den Weg und genießen Sie Ihren Aufenthalt in Cornwall.« Er erhob sich, und sein Tonfall wurde ernst. »Aber betrachten Sie Ihren Einsatz trotzdem als eine gefährliche Mission ...«

Die Abreise nach Cornwall ging schnell vonstatten. Jeder hatte für den Fall eines sofortigen Aufbruchs stets einen gepackten Koffer am Park Crescent liegen. Newman fuhr als erster in seinem geliebten Mercedes 280 E los. Er hatte gerade Stonehenge passiert, als er im Rückspiegel Marler in seinem Saab auftauchen sah. Wenig später gesellte sich Paula in ihrem Ford Fiesta dazu.

Sie war in einer übermütigen Stimmung. Als sie auf eine verlassene zweispurige Landstraße abbogen, trat sie das Gaspedal durch und überholte erst Marler und dann Newman. Newman grinste in sich hinein, nahm Tempo weg und sah ihr nach, bis sie außer Sicht war.

Paula befand sich immer noch auf der Landstraße, als sie plötzlich einen blauen Volvo bemerkte, der sich hinter sie gesetzt hatte und zu ihr aufschloß. Am Steuer saß eine brünette junge Frau, deren Gesicht von einer großen Sonnenbrille teilweise verdeckt wurde. Paula war sicher, sie kurz nachdem sie Park Crescent verlassen hatte schon einmal gesehen zu haben; und ein sehr ähnlich aussehendes Mädchen war auch an Bord ihres Rückflugs von San Francisco gewesen.

»Willst du was von mir, Honey?« fragte sie sich laut, unwillkürlich in die amerikanische Ausdrucksweise verfallend.

Sie fuhr mit gleichbleibender Geschwindigkeit weiter. Sonnenbrille ließ sich zurückfallen, blieb aber in Sichtweite, während Paula Exeter umging und Bodmin Moor durchquerte. Als sie das Nansidwell Country Hotel erreichte, war Sonnenbrille verschwunden.

Der Besitzer persönlich begrüßte sie herzlich, aber respektvoll. Sie wurde zu ihrem Zimmer im ersten Stock geführt, das eine herrliche Aussicht auf den parkähnlichen, gepflegten Garten und die ineinander übergehenden, abfallenden und sorgfältig getrimmten Rasenterrassen bot. In der Ferne schimmerte das Meer azurblau im strahlenden Sonnenschein. Ein Tanker und ein großer Frachter warteten vor der Hafeneinfahrt auf die Erlaubnis zum Einlaufen.

Nachdem sie sich ein ausgiebiges Bad gegönnt hatte, kleidete sie sich zum Dinner um, ging die breite Treppe hinunter und sah Bob Newman in der Nähe der Eingangstür in einem der beiden gemütlichen Salons des Hotels stehen. Er lächelte sie an, als würde er eine hübsche Fremde begrüßen.

»Guten Abend. Ein wirklich nettes Hotel ist das. Sind Sie schon länger hier? Ich heiße übrigens Bob Newman.«

»Paula Grey. Nein, ich bin heute erst angekommen. Wie ich sehe, wird das Abendessen ab halb acht serviert.«

»Jetzt ist es aber erst halb sieben. Ich wollte mich gerade ein bißchen hier umsehen und die Gegend erkunden. Haben Sie Lust, mir Gesellschaft zu leisten, oder möchten Sie lieber Ihre Ruhe haben?«

»Nein, ich begleite Sie gern. Wollen Sie Vögel beobachten? Sie haben ja ein Fernglas um den Hals hängen.«

»Das nehme ich auf meinen Spaziergängen immer mit.«

Ihr Gespräch diente einzig und allein dem Zweck, ein Pärchen zu täuschen, das auf einer Couch saß, einen Drink zu sich nahm und offensichtlich aufmerksam auf jedes ihrer Worte lauschte.

Als Bob und Paula das Hotel durch den Haupteingang verließen und um das Haus herum zu der dahinter gelegenen Terrasse gingen, tauchte Marler in seinem Saab am Fuß der von Rhododendronbüschen gesäumten Auffahrt auf und brauste auf den Parkplatz zu, beschrieb eine scharfe Kurve und stellte den Wagen in einer Parklücke neben Paulas Fiesta ab. Er würdigte die beiden keines Blickes.

Paula erstarrte. Direkt neben Newmans Mercedes parkte nun ein blauer Volvo. Während der Fahrt hatte sie die Zulassungsnummer des von Sonnenbrille gesteuerten Wagens leider nicht erkennen können. Es gibt eine Menge blauer Volvos auf der Welt, also mach dich nicht verrückt, befahl sie sich streng. Newman und sie schlenderten um die Ecke und gingen einen Kiesweg entlang, der vor der obersten Rasenterrasse verlief. Von hier aus hatten sie denselben atemberaubenden Panoramablick, den Paula von ihrem Schlafzimmer aus genießen konnte.

»Womit verdienen Sie sich denn Ihren Lebensunterhalt, wenn ich fragen darf?« erkundigte sie sich.

»Oh, ich bin Auslandskorrespondent.«

Jetzt führten sie die Posse fort, weil ein anderes Pärchen in Hörweite auf einer gepolsterten Bank am offenen Fenster saß und sich vor dem Dinner gleichfalls einen Drink genehmigte.

»Wirklich?« bemerkte Paula. »Ich glaube, ich habe Ihren Namen schon irgendwo einmal gehört«, witzelte sie dann.

»Das wundert mich aber. Ich verfasse nur noch gelegentlich Artikel für ein oder zwei Zeitungen.«

Paula blickte auf das Meer hinaus und zuckte vor Schreck zusammen. Der Tanker war verschwunden, und an seinem Platz ankerte jetzt eine sehr große Luxusjacht mit einer aufwendigen Radaranlage oberhalb der Ruderbrücke – und einer Comsat-Schüssel. Dasselbe oder ein sehr ähnliches Schiff hatte sie bereits zweimal zuvor gesehen; einmal vor Octopus Cove und dann beim Verlassen des Hafens von Monterey.

Schweigend gingen sie weiter den Kiesweg entlang und dann über den Rasen, bis sie schließlich vor einer mit bunten Blumentöpfen geschmückten niedrigen Mauer stehenblieben.

»Bob«, flüsterte Paula, »das Schiff dort sieht haargenau so aus wie die Jacht, die ich vom Ufer aus gesehen habe, als der Leichnam der Frau bei Octopus Cove an Land gespült wurde.«

»Das klingt ziemlich unwahrscheinlich.« Newman hob sein Fernglas und richtete es auf die Jacht. »Es wäre ein unglaublicher Zufall, wenn Sie recht hätten. Und ich glaube nun einmal nicht an Zufälle.«

»Dann handelt es sich also um ein anderes Schiff?«

»Es gibt noch mehr Leute auf der Welt, die sich so ein kleines Spielzeug leisten können. Dies hier muß ja fast hundert Meter lang sein. Vergessen Sie nicht, Tweed hat viele Methoden, um gewisse Dinge herauszufinden. Allmählich glaube ich selbst, daß Sie mit Ihrer Behauptung, er würde Informationen zurückhalten, richtig gelegen haben.«

»Wie lautet denn nun der Name von dem verdammten Kahn?«

»Tweed wußte genau, was er tat. Der Name dieser schwimmenden Schatzkammer ist *Venetia V.*«

Gemäß ihren Anweisungen belegte das Trio getrennte Tische in dem geräumigen, bequemen Speisesaal mit Blick auf den Garten. Marler hatte es klugerweise so eingerichtet, daß er an einem Ecktisch im hinteren Teil des Raumes mit dem Rücken zur Wand saß.

Das Essen war vorzüglich und wurde von drei jungen Mädchen serviert, die Paula nach einem kurzen Gespräch alle als Einheimische einstufte. Während sie aß, ohne Newman und Marler zu beachten, obwohl sie sich ihrer Gegenwart stets bewußt war, dachte sie darüber nach, was für ein schönes altes Gebäude das Nansidwell doch war.

Das Haus war aus grauem, hier und da mit Kletterpflanzen überwuchertem Stein erbaut und hatte hohe Fenster mit unterteilten Scheiben. Ein wirklich stattliches Gemäuer. Der Besitzer hatte ihr erzählt, daß es früher einmal ein privater Landsitz gewesen wäre. Paula schaute aus dem Fenster, als die Dämmerung hereinbrach. Das diffuse Licht ließ die sanftgeschwungenen Hügel im Süden wie mit einer Samtschicht überzogen erscheinen. Als sie dann auf das Meer hinausblickte, sah sie die helle Bordbeleuchtung der *Venetia V* aufleuchten. Der Anblick jagte ihr einen Schauer über den Rücken, obwohl sich das Schiff durch nichts von einer ganz normalen Luxusjacht unterschied.

Sie verzehrte gerade ihr Dessert, als sie den nächsten Schreck bekam. Die Speisesaaltür öffnete sich, und eine Frau trat ein und nahm allein an einem Tisch in der Nähe von dem Newmans Platz. Sie war brünett, trug eine getönte Brille und ein tief ausgeschnittenes blaues Modellkleid, das ihre gute Figur betonte. Ihr Profil kam Paula bekannt vor, und blitzartig schoß ihr die Erinnerung an die Frau in Spanish Bay durch den Kopf, die so augenfällig versucht hatte, ihre Bekanntschaft zu machen.

Großer Gott, dachte sie bei sich, ich könnte schwören, daß das Vanity Richmond ist. Nur hatte sie damals in Kalifornien leuchtendrote Haare.

Beim Verlassen des Speisesaals gab Newman seinem Kollegen Marler, der in einem der Salons saß und – typisch für ihn – in ein intensives Gespräch mit einer attraktiven Frau verstrickt war, unauffällig ein Zeichen. Marler war ein glänzender Unterhalter, witzig und charmant, und seine Begleiterin erstickte beinahe vor Lachen.

Newman, der draußen in der Dunkelheit auf ihn wartete, bemerkte plötzlich, daß Paula neben ihm stand.

»Was ist los?« wollte sie wissen. »Mir fiel auf, daß Sie Marler ein Zeichen gegeben haben.«

»Ich gehe mit ihm zu einer Höhle am Meer hinunter. Der Hotelbesitzer hat mir einen Weg gezeigt, den sonst kaum jemand kennt. Ich möchte mir dieses Schiff einmal genauer ansehen.«

»Gut, ich komme mit.«

»Das werden Sie schön bleibenlassen. Wenn wir drei zusammen gesehen werden, ist das Spiel hier gelaufen.«

»Das ist doch nicht der einzige Grund. Sie glauben, die Sache könnte gefährlich sein.«

»Auch das. Tweed hat mir in dieser Angelegenheit das Kommando übertragen. Also befehle ich Ihnen hiermit, brav in Ihrem Zimmer zu bleiben.«

»Sie herrschsüchtiges Ekel!«

Paula stand schon im Begriff, ins Hotel zurückzugehen, als sie sich rasch noch einmal umdrehte, nachdem sie sich vergewissert hatte, daß niemand sonst in der Nähe war.

»Tut mir leid, Bob, ich hätte das nicht sagen sollen. Ich weiß, daß Sie die alleinige Verantwortung tragen. Ich werde auf meinem Zimmer bleiben. Seien Sie vorsichtig.«

»Bin ich das nicht immer?«

»Nein, sind Sie nicht.«

Sie drückte liebevoll seinen Arm und kehrte zum Hotel zurück. Einige Minuten später kam Marler angeschlendert. Er rauchte seine unvermeidliche King-size.

»Machen Sie die Zigarette aus«, ordnete Newman an.

Marler bückte sich und drückte die Zigarette vorsichtig aus, während Newman ihm seinen Plan erläuterte. Dann zog er eine leere Zigarettenschachtel hervor und verstaute die Kippe darin, da er keine Spuren hinterlassen wollte. Newman redete weiterhin leise auf ihn ein.

»Ich trage eine 38er Smith & Wesson im Hüftholster bei mir. Wie steht's mit Ihnen?«

»Meine treue alte Walther begleitet mich wie immer. Sehen Sie, dort neben meinem Zimmer liegt ein Hinterausgang. Ich werde Sie am anderen Ende des Hauses treffen. So kann uns niemand zusammen sehen, wenn Sie über die Terrasse gehen ...«

Der schmale, von hohen Hecken umgebene Pfad, der hinunter zum Meer führte, fiel ziemlich steil ab. Nachdem sich ihre Augen an die Dunkelheit gewöhnt hatten, achteten Newman und Marler darauf, nicht über die Wurzeln zu stolpern, die überall den Boden durchbrachen. Die Bäume, die den Pfad zu beiden Seiten einschlossen, schufen eine fast bedrohliche Atmosphäre.

Der Weg schlängelte und wand sich, jetzt von dichten Hecken gesäumt, stetig abwärts. Tiefe Stille herrschte, als die beiden Männer weitereilten, bis sie die kleine Höhle erreicht hatten. Keine Menschenseele war zu sehen, und das Gluckern der herannahenden Flut bildete das einzige Geräusch, bis plötzlich das unheimliche Dröhnen eines Nebelhorns ertönte. Eine dichte Dunstwand zog über dem Meer auf.

»Das hat uns gerade noch gefehlt«, knurrte Newman.

»Jemand kommt auf uns zugeschwommen«, sagte Marler leise. »Ich glaube, es ist eine Frau. Sie ist noch ziemlich weit weg und wird anscheinend müde. Am besten, ich schwimme raus und hole sie rein.«

»Warten Sie noch einen Augenblick.«

Newman richtete sein Fernglas auf die Gestalt und beobachtete sie eine Zeitlang wortlos, dann ließ er das Glas wieder sinken.

»Sie scheint noch genug Luft zu haben; sie schwimmt ziemlich schnell. Und sie hält direkt auf diese Höhle zu ... Was war denn das?«

»Das«, erwiderte Marler, »war zweifellos ein Schuß. Aus

einem Gewehr, würde ich sagen. Aber sie schwimmt weiter. Selbst ein Meisterschütze könnte sie auf diese Entfernung nicht treffen. Man muß von diesem Schiff aus auf sie geschossen haben.«

Die Schwimmerin kam mit kraftvollen Zügen auf sie zugekrault. Kein weiterer Schuß fiel; der Nebel hatte das Schiff inzwischen vollkommen eingehüllt. Newman und Marler warteten auf die Frau, die soeben das Ende einer Betonrampe erreichte; als sie kraftlos versuchte, sich an Land zu ziehen, faßten sie zu und trugen die nach Luft ringende Unbekannte zu dem Pfad, wo sie sie behutsam niederlegten.

Die Frau, deren nasses Haar eng am Kopf klebte, trug einen Badeanzug. Sie hob eine Hand, um Newman zu sich hinunterzuziehen. Mit erstaunlich kräftigem Griff umschloß sie seinen Arm, und er beugte sich näher zu ihr, um besser verstehen zu können, was sie ihm mitzuteilen versuchte.

»Quack ... Quack ... Professor Benyon ... Quack ...«

Dann fiel ihr Kopf nach hinten, und sie verstummte. Die beiden Männer wandten jedes nur erdenkliche Mittel an, um sie wiederzubeleben, bis Newman erschöpft aufgab, sich erhob und den Kopf schüttelte.

»Es hat keinen Zweck, Marler. Sie ist tot. Kein Puls mehr zu spüren, nichts. Vermutlich hat sie zuviel Wasser geschluckt.«

»Wir sollten den Vorfall lieber melden ...«

»Damit wir Gott weiß wie lange die Polizei im Nacken haben? Tweed wäre damit bestimmt nicht einverstanden. Was ich vorhabe, mag Ihnen ja makaber erscheinen, aber es muß sein.«

Er griff nach der Kamera, die er stets bei sich trug, ging nah an den Leichnam heran und ließ sein Blitzlicht dreimal aufflammen. Dann verließ er mit einem tiefen Seufzer die Höhle und ging Marler voran zurück zum Hotel.

»Sobald wir zurück sind, werde ich anonym die Polizei in Truro anrufen«, informierte er seinen Begleiter. »Als wir durch dieses nette kleine Dörfchen Mawnan Smith gefahren sind, habe ich eine öffentliche Telefonzelle gesehen.«

»Wieso Truro? Falmouth liegt doch viel näher.«

»Weil die Polizei dann nicht sofort vermuten wird, daß der Anruf aus der näheren Umgebung kommt. Außerdem muß ich mit Tweed Verbindung aufnehmen. Er soll uns unverzüglich einen Kurier schicken, der meinen Film abholt. Die Experten im Labor am Park Crescent können ihn dann entwickeln und Abzüge machen. Ich werde Monica bitten, die Sache nach Truro zu melden.«

»Klingt vernünftig. Es ist sicher besser, wenn vorerst niemand sonst Ihre Fotos zu Gesicht bekommt. Sollen wir Paula einweihen?«

»Jetzt noch nicht.«

Nachdem er seinen Anruf getätigt hatte und ins Nansidwell zurückgekehrt war, führte Newman ein kurzes Gespräch mit dem Besitzer.

»Ich erwarte einen Kurier aus London mit wichtigen Unterlagen. Er wird in den frühen Morgenstunden hier eintreffen. Haben Sie etwas dagegen, wenn ich – natürlich angezogen – auf einer Couch in der Nähe der Eingangstür schlafe?«

»Sie werden einen steifen Nacken bekommen«, scherzte der Besitzer. »Selbstverständlich habe ich nichts dagegen. Ich werde Ihnen zeigen, wie das Spezialschloß an der Tür funktioniert.«

Der Kurier aus London, Harry Butler, kam gegen drei Uhr morgens im Hotel an. Er war darauf bedacht gewesen, kein Aufsehen zu erregen und hatte sein Motorrad die Auffahrt zum Nansidwell hochgeschoben, um keinen unnötigen Lärm zu machen. Newman, von innerer Unruhe wachgehalten, öffnete die Tür.

Als er ins Freie trat, bemerkte er sofort die Sicherheitsvorkehrungen, die Butler getroffen hatte: Er trug eine Botenuniform, und der Namenszug eines fiktiven Kurierdienstes zierte seine Maschine. Er nahm die Filmkapsel entgegen, die Newman ihm reichte, und redete mit gedämpfter Stimme: »Tweed schickt mich mit den Abzügen zurück, sowie die Kollegen vom Labor mit ihrer Arbeit fertig sind. Vermutlich bin ich rechtzeitig zum Frühstück wieder da.«

»Dreihundert Meilen hin und nochmal dreihundert zurück – das ist eine verdammt anstrengende Fahrt, Harry.«

»Ich hab' schon schlimmere hinter mir. Die Foto-Experten sind angewiesen, auf mich zu warten. Wir setzen auf Geschwindigkeit, Bob. Also, dann mache ich mich besser wieder auf die Socken ...«

Newman kehrte in sein Zimmer zurück, nachdem er die Tür sorgfältig abgeschlossen hatte. Er nahm ein Bad und ging dann zu Bett, nicht ohne zuvor seinen Revolver unter das Kopfkissen geschoben zu haben. Um sieben Uhr morgens war er bereits wieder wach – Newman gehörte zu den Menschen, die problemlos mit nur vier Stunden Schlaf auskamen. Um nicht aufzufallen, blieb er in seinem Zimmer und betrat erst um neun Uhr den Speisesaal. Paula saß an ihrem Tisch und beendete gerade ein reichhaltiges englisches Frühstück. Er staunte immer wieder, daß es ihr gelang, gertenschlank zu bleiben, obwohl sie möglichst keine Mahlzeit ausließ. In ihrem hellblauen T-Shirt, den weißen Leinenhosen und den gleichfarbigen Pumps wirkte sie ungemein attraktiv.

Kurz nachdem Newman gleichfalls ein englisches Frühstück bestellt hatte, kam eine der jungen Kellnerinnen zu ihm an den Tisch, beugte sich zu ihm herunter und flüsterte ihm etwas zu: »Draußen wartet ein Kurier, der nach Ihnen gefragt hat. Er besteht darauf, mit Ihnen persönlich zu sprechen. Machen Sie sich wegen Ihres Frühstücks keine Gedanken. Ich serviere es erst, wenn Sie da sind.«

Butler wartete, immer noch in Uniform, auf dem großen Hof etwas außerhalb des Hauses auf ihn. Diesmal hatte er seinen Helm aufbehalten. Ein cleverer Schachzug, dachte Newman, als er zu ihm hinüberging – Butler wußte nur zu gut, daß er zu dieser Zeit bereits Hotelgästen über den Weg laufen konnte. Er überreichte Newman einen großen wattierten Umschlag, der äußerlich nicht erkennen ließ, woher er stammte, und begann leise auf ihn einzureden:

»Tweeds Instruktionen lauten wie folgt: Sie bleiben vor

Ort, Sie alle. Ich soll Ihnen zur Verfügung stehen. Meinen Koffer habe ich im Meudon Hotel ein Stück die Straße hinunter deponiert, dort bin ich für die nächste Zeit einquartiert. Vielleicht kommt auch Tweed selbst noch – unter dem Vorwand, Paula Gesellschaft leisten zu wollen. Er hält es für wichtig, daß wir Mullion Towers unter die Lupe nehmen, Molochs Haus draußen im Umland.«

Newman gab keine Antwort, sondern löste, den Rücken zum Hotel gekehrt, vorsichtig das Siegel und entnahm dem Umschlag drei große Hochglanzfotografien. Das Gesicht der toten Schwimmerin war sogar noch deutlicher zu erkennen, als er gehofft hatte. Er betrachtete die Bilder kurz und ließ sie dann in den Umschlag zurückgleiten, während Butler weitersprach:

»Falls es Ihnen nicht aufgefallen ist – ich habe den Firmennamen des Kurierdienstes von meinem Motorrad entfernt. Wenn Sie mich brauchen, rufen Sie mich im Meudon an. Ich bin dort unter meinem richtigen Namen registriert. Und unternehmen Sie nichts, was ich an Ihrer Stelle nicht auch tun würde.«

»Was mir sozusagen Narrenfreiheit für jedes noch so gewagte Unternehmen gibt«, frotzelte Newman. »Vielen Dank auch, Harry. Dafür, daß Sie eine so lange Fahrt hinter sich haben, sehen Sie bemerkenswert frisch aus.«

»Wer benötigt schon Schlaf?«

Butler klappte das Visier seines Helms herunter und ging zu seinem Motorrad hinüber. Gerade als Newman sich abwandte, verließ die attraktive Brünette das Hotel. Er grüßte sie mit einem knappen Kopfnicken und betrat dann das Haus.

Paula saß, allem Anschein nach in eine Zeitschrift vertieft, mit übereinandergeschlagenen Beinen allein auf einem Sofa. Newman blieb neben ihr stehen und tippte gegen die Seite, die sie aufgeschlagen hatte.

»Wir müssen Kriegsrat halten. Alle drei. Am besten treffen wir uns irgendwo im Hotel.«

»In meinem Zimmer«, erwiderte sie prompt. »Es ist groß genug. Ich werde die Tür nicht abschließen.«

Marler stand im Salon und starrte aus dem Fenster auf die *Venetia V*, die immer noch vor der Hafeneinfahrt von Falmouth lag. Mit seinem feinen Gehör hatte er die gedämpften Stimmen deutlich vernommen; er fuhr herum, doch außer Newman, der, einen großen Umschlag unter den Arm geklemmt, auf ihn zukam, hielt sich niemand in dem Raum auf.

»Wir treffen uns in Paulas Zimmer. Die Tür ist offen. Kommen Sie in ein paar Minuten nach.«

»Verstanden. Paula ist gerade gegangen.«

Zehn Minuten später hatten sich Newman und Marler in Paulas geräumigem Zimmer im ersten Stock eingefunden. Sie hatte bereits Sicherheitsmaßnahmen ergriffen – das Radio, welches sie auf jede ihrer Reisen begleitete, spielte klassische Musik, und sie hatte beide Wasserhähne im Bad aufgedreht und die Tür offengelassen. Das reichte aus, um es einem etwaigen Lauscher unmöglich zu machen, ihre Unterhaltung zu verstehen.

»Harry Butler hat sich im Meudon Hotel ein Stück die Straße abwärts eingemietet«, begann Newman. »Er benutzt seinen richtigen Namen. Tweed stößt möglicherweise selbst bald zu uns. Wenn er kommt, dann kennt er offiziell nur Sie, Paula, sonst keinen.«

»Was geht hier eigentlich vor?« unterbrach Paula. »Mir kommt es so vor, als ob Tweed eine halbe Armee hier versammeln will.«

»Lassen Sie mich bitte fortfahren«, bat Newman. »Unser Hauptziel ist nach wie vor Molochs Besitz Mullion Towers. Ich habe eine Landkarte zu Rate gezogen und festgestellt, daß das Haus wirklich sehr abgeschieden gelegen ist, mitten in der Wildnis sozusagen.«

»Also macht er sich Molochs wegen größere Sorgen, als er zugibt.« Paula hatte laut gedacht.

»Wenn Sie mich doch ausreden lassen wollten!« rügte Newman mit gespielter Strenge.

»Von jetzt an bin ich stumm wie ein Fisch«, entgegnete Paula. »Reden Sie nur weiter, von mir aus bis morgen früh.«

Newman erzählte ihr dann von seinem nächtlichen Erlebnis mit Marler und von der unbekannten Schwimmerin, die sie gemeinsam aus dem Wasser gezogen hatten. Paula reagierte mit Überraschung und Entsetzen.

»Das klingt wie eine Wiederholung dessen, was mir bei Octopus Cove passiert ist. Wirklich merkwürdig.«

»Es könnte von Bedeutung sein«, stimmte Newman nachdenklich zu. »Zumal die *Venetia V* beide Male in der Nähe war. Mittlerweile bin ich nämlich davon überzeugt, daß Tweed uns hierher geschickt hat, weil er wußte, daß der nächste Zielhafen des Schiffes Falmouth ist und daß es deshalb sehr bald hier eintreffen würde.«

Er griff nach dem Umschlag, den er auf Paulas Bett gelegt hatte, entnahm ihm die drei Fotos und hielt sie hoch.

»Das sind Bilder von der Frau, die Marler und ich an Land geholt haben. Sie sind gestochen scharf. Leider war die Frau bereits tot, als ich diese Aufnahmen machte.«

»Sie haben sie demnach einfach dort liegengelassen«, stellte Paula vorwurfsvoll fest.

»Ich hatte keine andere Möglichkeit. Tweed möchte auf jeden Fall vermeiden, daß die Polizei auf uns aufmerksam wird. Aber ich habe anonym bei der Polizeiwache in Truro angerufen, sie wird also nicht die ganze Nacht dort liegen.«

Er breitete die Fotos auf dem Bett aus. Paula und Marler standen auf und kamen näher. Als Paula einen Blick auf die Aufnahmen warf, schnappte sie nach Luft und unterdrückte einen leisen Aufschrei, hatte sich jedoch sofort wieder in der Gewalt und starrte die Bilder lediglich wie hypnotisiert an. Newman spürte, daß sie einen Schock erlitten hatte.

»Stimmt etwas nicht?«

»Das ist *dieselbe* Frau, die ich bei Octopus Cove aus dem Wasser gezerrt habe. Aber sie war doch tot! Tot! Wie um alles in der Welt kann sie dann hier, sechstausend Meilen von Kalifornien entfernt, wieder auftauchen? Ich *weiß*, daß es dieselbe Frau ist. O Gott, was geht hier vor?«

1.

In seinem Büro in Mullion Towers saß ein kleiner, adretter Mann Ende Vierzig an seinem Schreibtisch. Der durchdringende Blick seiner hellen Augen wirkte geradezu hypnotisch, und er strahlte eine fast greifbare Aura von Macht aus. Von einem Mann wie ihm hätte ein jeder erwartet, daß er in einem palastähnlichen, mit kostbaren Teppichen und Antiquitäten ausgestatteten Raum residierte. Statt dessen war sein Büro einfach und schmucklos eingerichtet; kein Teppichboden bedeckte den Holzfußboden, sein Schreibtisch nebst Drehstuhl sahen billig aus, und bei den einzigen Bildern an der Wand handelte es sich um Drucke von Monet. Zwei schwere Aktenschränke aus Metall standen in einer Ecke des Raumes. Gegenüber von seinem Schreibtisch befand sich ein für Besucher gedachter hochlehniger Holzstuhl, und in einer anderen Ecke war ein massiver, mit zwei Kombinationsschlössern versehener Safe mit dem Fußsokkel im Boden verankert und zudem mit einer Reihe komplizierter Alarmanlagen gesichert worden. Wenn ein Unbefugter ihn berührte, löste er dadurch in dem unterhalb des Büros gelegenen Wachhaus ein Lichtsignal aus.

Vincent Bernard Moloch studierte eine Landkarte von Kalifornien, auf der merkwürdige unregelmäßige Linien vom Süden her quer durch das Land, vorbei an Silicon Valley, der Heimat der amerikanischen Elektronikindustrie, bis hin nach San Francisco verliefen. Als er hörte, wie die Türklinke niedergedrückt wurde, faltete er die Karte hastig wieder zusammen und verschränkte beide Hände auf dem Tisch.

»Sie wollten mich sprechen?« fragte Joel Brand trotzig, als er den Raum betrat.

»Wir müssen uns einmal unterhalten«, entgegnete Moloch ruhig, beinahe mild. »Nimm bitte Platz.«

Er musterte seinen Besucher durch seine goldgefaßte

Brille. Seinem Blick entging auch nicht die geringste Kleinigkeit. Brands dichtes, dunkles Haar wirkte ungepflegt; er trug ein kragenloses T-Shirt mit kurzen Ärmeln, die muskulöse, behaarte Arme freigaben, und dazu Jeans und Stiefel, die an den Kappen mit Ziernägeln beschlagen waren. Zögernd ließ er sich auf dem Holzstuhl nieder und wartete ab.

»Wie ist diese Frau auf die *Venetia* gelangt?« fragte Moloch.

»Sie muß sich an Bord geschlichen haben, während das Schiff im Hafen von Monterey lag. Als wir den Panamakanal verlassen hatten und Kurs auf diesen Hafen nahmen, da tauchte sie plötzlich auf. Sie hatte einen kleinen Koffer voller Kleider bei sich.«

»Und was geschah als nächstes?«

»Nicht viel, während wir auf See waren. Was haben Sie denn erwartet?«

Brands Benehmen verriet eine gewisse Gereiztheit. Offensichtlich behagte es ihm nicht, derart verhört zu werden. Molochs Gesicht zeigte dagegen keine Gemütsbewegung, als er in demselben milden Tonfall weitersprach, in dem er das Gespräch eröffnet hatte.

»Joel, wenn ich dir eine Frage stelle, möchte ich die nicht mit einer Gegenfrage beantwortet wissen. Und jetzt will ich die Einzelheiten hören.«

»Der Frau wurde eine Kabine zugewiesen. Ich wußte nicht so recht, wie ich mich ihr gegenüber verhalten sollte. Dann erschien sie abends im Speisesaal, aufgeputzt wie eine Ballkönigin, und bemühte sich nach Kräften, allen den Kopf zu verdrehen. Tatsächlich war sie eine charmante Gesellschafterin, hat sich sehr angeregt mit mir und den anderen unterhalten. Ich muß gestehen, daß ich aus der ganzen Sache nicht schlau geworden bin.«

»Hast du ihre Sachen durchsucht?«

»Wenn Sie es unbedingt wissen wollen – ja.«

»Ich will es wissen. Fahr bitte fort.«

»Sie hat den größten Teil ihrer Kleider in den Schrank gehängt. In ihrem Köfferchen fand ich eine Handtasche mit ihrem Paß, den habe ich an mich genommen. Ach ja, und dann hatte sie noch einen Badeanzug dabei.«

»Und das hat dich nicht stutzig gemacht?«

»Warum sollte es? Sie ist ja fast jeden Tag ein paar Runden im Pool geschwommen.«

»Die Dame hatte zweifellos ein kluges Köpfchen. Aber ich bin mir nicht sicher, ob es richtig war, ihren Paß wegzunehmen. Daran wird sie gemerkt haben, daß ihre Sachen durchsucht worden sind.«

»Der Paß war ihr einziger Identitätsbeweis.« Brand zog eine Packung Zigaretten aus der Tasche und zündete sich eine an. »Ich darf doch in den heiligen Hallen rauchen?«

»Du weißt genau, daß ich Nichtraucher bin. Also sei so gut und mach die Zigarette wieder aus.«

Wütend drückte Brand seine Zigarette in dem Aschenbecher aus, den Moloch seiner Schreibtischschublade entnommen hatte. Er machte aus seinem Ärger keinen Hehl, während Moloch sich in seinem Sessel zurücklehnte und ihn mit verschränkten Armen beobachtete.

»Joel, was passierte, nachdem die *Venetia* vor dem Hafen von Falmouth vor Anker gegangen war?«

»Ich habe Ihnen doch schon gesagt …«

»Dann sag es bitte noch einmal. Es ist wichtig.«

»Es war schon ziemlich spät am Abend«, begann Brand. »Ich hab' wie üblich an Deck meine Runde gemacht, um mich zu vergewissern, daß alles in Ordnung ist. Auf einmal sah ich sie – sie trug ihren Badeanzug und war offensichtlich im Begriff, über die Reling zu springen. Ich rannte auf sie zu, um sie daran zu hindern, aber ich kam zu spät … konnte ihr gerade noch einen kräftigen Hieb verpassen.«

»Du hast sie geschlagen, Joel?«

»Und ob! Hab' ihr hiermit eins über den Rücken gezogen.« Zur Bekräftigung ballte er seine riesige Faust. »Hat aber nichts genützt, sie war zu schnell.«

»Hast du sie verletzt?«

»Kam mir nicht so vor. Sie schwamm so flink wie ein Fisch auf die Küste zu. Ich mußte in meine Kabine hinunterlaufen, um mein Gewehr zu holen, und als ich wieder an Deck kam, war sie schon meilenweit weg, und ich konnte sie im Nebel kaum noch erkennen. Einen Schuß habe ich abgegeben, aber ich fürchte, ich habe sie verfehlt. Und dann hüllte der Nebel das Schiff völlig ein.«

»Du hast ihr also keine Motorboote hinterhergeschickt?«

»Das hätte doch überhaupt keinen Sinn gehabt«, rechtfertigte sich Brand empört. »Der Nebel war so dick wie Milchsuppe. Wir hätten gar nicht gewußt, wo wir mit der Suche beginnen sollten.«

»Du hast aber einen Schuß abgegeben.«

»Das habe ich Ihnen doch schon gesagt.«

»Ich glaube, das hättest du besser nicht getan. Falls ein kleineres Schiff in der Nähe war, könnte man den Schuß gehört haben. Die Frau muß ans Ufer gelangt sein und befindet sich nun irgendwo in England. Die Sache ist ernst, Joel, sehr ernst. Denn jetzt haben wir einen der fähigsten und gefährlichsten Männer der Welt auf den Fersen. Tweed ...«

Einen Moment herrschte Stille, während Brand das verarbeitete, was Moloch soeben gesagt hatte. Endlich reagierte der große Mann.

»Sie haben mir schon einmal von diesem Tweed erzählt. Warum um alles in der Welt sollte der auf einmal in Erscheinung treten? Sie müssen sich irren.«

»Ich irre mich nie.« Moloch lächelte humorlos. »Ich habe es mir zum Ziel gemacht, möglichst viel über ihn und seine geheimnisvolle Truppe herauszufinden; einige Leute in den Staaten, die ihn kennen, haben dann auch mir gegenüber den Mund zu weit aufgemacht. Während du auf dem Weg nach Monterey warst, hat sich Tweeds rechte Hand, eine Frau namens Paula Grey, in Spanish Bay aufgehalten, und ich bin mir ziemlich sicher, daß sie dort nicht nur Urlaub gemacht hat. Sie wurde von Tweed hingeschickt, um herumzuschnüffeln und herauszubekommen, wie meine weiteren Pläne aussehen.«

»Wie können Sie da so sicher sein?« begehrte Brand auf.

»Weil ich alles überprüfe, was mir auch nur im geringsten verdächtig erscheint. Während du den Atlantik überquert hast, habe ich einige Leute aus meinem Hauptquartier in der Nähe von Big Sur angewiesen, den Hafen von Monterey zu beobachten; außerdem hat eine erstklassige Detektivin dort Nachforschungen angestellt. Zufällig ist sie dabei auf Gold gestoßen.«

»Auf Gold? Was für Gold denn?«

»Sie hat sich an einen Betrunkenen namens Floorstone herangemacht, der kürzlich den Hafenmeister vertreten mußte. Er erzählte ihr, er habe eine sehr attraktive dunkelhaarige Engländerin kennengelernt. Sie hat sich auffällig für die *Venetia* interessiert – wollte unbedingt wissen, ob ich an Bord war. Die Detektivin hat sich die Frau beschreiben lassen, und die Beschreibung deckt sich mit der von Paula Grey. Außerdem weiß ich noch aus anderer Quelle, daß sich die Grey in Spanish Bay aufgehalten hat. Es besteht kein Zweifel daran, daß Tweed uns auf der Spur ist.«

»Dann wäre es vielleicht besser, Paula Grey zu liquidieren. Und diesen Tweed gleich dazu.«

Moloch erstarrte. Er beugte sich mit grimmiger Miene vor, und seine eisblauen Augen glitzerten gefährlich.

»Hast du den Verstand verloren? Erstens sind diese Leute Profis von Weltklasseformat …«

»Dieser Typ – wer immer er auch sein mag –, den Sie den Buchhalter nennen, könnte doch den Job übernehmen.«

Moloch gab keine Antwort, sondern blieb regungslos sitzen und musterte Brand durchdringend. Der große Mann hielt dem Blick der eiskalten Augen stand, spürte aber, wie leise Furcht in ihm aufstieg. Er räusperte sich verhalten.

»Okay, vielleicht bin ich etwas zu weit gegangen …«

»Du bist verrückt geworden.« Molochs Stimme war so kalt wie sein Blick. In diesem Moment ähnelte er einer unheimlichen Wachsfigur. Nach einer langen Pause ergriff er erneut das Wort; jetzt sprach er langsam, nachdrücklich und betont deutlich.

»Du *bist* verrückt. Tweed gehört zum SIS. Paula Grey gehört zum SIS. Wenn mir je zu Ohren kommt, daß du dich auch nur in ihre Nähe gewagt hast, dann beende ich dein Arbeitsverhältnis. Und zwar für immer«, fügte er hinzu.

»Verstanden«, erwiderte Brand heiser. »Kann ich jetzt gehen?«

»Ich habe nichts dagegen. Aber du hältst dich die nächste Zeit zur Verfügung. Funke Penhale an Bord der *Venetia* an und sag ihm, daß er vorerst auf dem Schiff das Kommando hat.«

»Penhale ist ein nutzloser ...«

»Penhale ist ein erfahrener Seemann, einer der besten. Ich wäre dir sehr dankbar, wenn du meine Anweisungen ausführen würdest,«

»Wie Sie meinen. Ach ja, hier sind einige Bilanzen, die Ihr Lieblingsbuchhalter, Geach, für Sie aufgestellt hat. Ich für meinen Teil traue dem Kerl nicht über den Weg.«

»Du mußt ihm auch nicht vertrauen. Es reicht, wenn ich es tue«, entgegnete Moloch, der bereits nach dem Stoß von Papieren griff, den Brand auf seinen Schreibtisch gelegt hatte. »Da ist noch etwas – falls meine Stiefmutter, Mrs. Benyon, aus Kalifornien anruft, sag ihr bitte, ich sei nicht da.«

In dem Haus am Park Crescent blickte Tweed auf, als Howard, der Direktor, mit selbstherrlicher Miene in das Büro rauschte. Monica verzog säuerlich das Gesicht. Wie üblich war Howard untadelig gekleidet. Er trug einen modischen Chester-Barrie-Anzug von Harrods, ein neues pinkfarbenes Hemd und eine Chanel-Krawatte. Ohne Monica zu beachten, ließ er sich in einem Ledersessel neben Tweeds Schreibtisch nieder, schlug seine langen Beine übereinander – Howard maß über einen Meter achtzig – und zupfte sorgfältig die Bügelfalte seiner Hose zurecht.

»Wie geht es denn voran?« erkundigte er sich.

»Wie geht was voran?« schoß Tweed zurück.

»Nun, genaugenommen denke ich da an Ihre Ermittlungen hinsichtlich des berühmten VB – so wird Vincent Bernard Moloch wohl von seinen engsten Mitarbeitern genannt.«

»Das wissen wir bereits. Monica fand es im Zuge ihrer Nachforschungen bezüglich seiner Person heraus.«

»Wie schön für Monica«, erwiderte Howard, ohne Tweeds Assistentin eines Blickes zu würdigen. »Der Premierminister lechzt nach Informationen.«

»Lassen Sie ihn nur zappeln, bis ich handfeste Ergebnisse vorweisen kann – was im Moment noch nicht der Fall ist. Monica erstellt gerade ein Persönlichkeitsprofil von VB.«

»Dauert verdammt lange, finde ich.«

»Da irren Sie sich. Monica ist bis heute morgen um drei aufgeblieben und hat sich mit Kontaktmännern in den Staaten in Verbindung gesetzt.«

»Wir müssen diese Angelegenheit ein bißchen intensiver in Angriff nehmen ...«

»Das geschieht bereits.« Tweed hob abwehrend die Hände. »Nein, fragen Sie mich nicht nach Details. Sie bekommen einen vollständigen Bericht.«

Howard fuhr mit einem Finger über sein rundes, rosiges, glattrasiertes Gesicht. Er überprüft die Rasur, stellte Tweed fest. Ob er wohl wieder damit begonnen hat, mit anderen Frauen auszugehen? Eigentlich bezweifelte er das – schließlich war Howard von seiner Frau Cynthia dazu gezwungen worden, seine Wohnung in London aufzugeben und sich jeden Abend in dem gemeinsamen Haus in Atwood einzufinden.

»Vermutlich muß ich mich fürs erste mit dem wenigen zufriedengeben, was Sie bis jetzt herausgefunden haben«, bemerkte Howard. »Aber denken Sie daran: Jeder ist zu ersetzen.«

»Ich hoffe, Sie beziehen sich selbst in diese Beobachtung mit ein«, gab Tweed bissig zurück.

»Nur ein kleiner Witz am Rande, alter Freund«, beschwichtigte Howard ihn, erhob sich und schickte sich an, den Raum zu verlassen. »Machen Sie nur weiter so, Monica«, fuhr er fort, als er die Tür öffnete. »Es tut Ihnen offenbar gut, bis spät in die Nacht zu arbeiten.«

Monica hob die Brauen, schwieg aber, bis Howard außer Hörweite war. Dann sprang sie auf und machte ihrer Empörung Luft: »Kleiner Witz, daß ich nicht lache! Sie könnten morgen schon auf seinem Stuhl sitzen! Ich weiß, daß der Premierminister große Stücke auf Sie hält und Sie sehr bewundert. Kann ich noch ein Fenster öffnen? Ich kann sein After-shave nicht ertragen.«

»Selbstverständlich. Aber ich möchte seinen Job gar nicht haben, und er ist ganz brauchbar, wenn es darum geht, mit einem Glas in der Hand auf einem Diplomatenempfang in der russischen oder sonst einer Botschaft herumzustehen. Nun erzählen Sie mir aber bitte, was Sie herausbekommen haben.«

»VB gilt als der große Unbekannte. Ich hatte ziemliche Mühe, seinen Lebenslauf nachzuvollziehen. Er haßt Publicity. Fangen wir einfach mit seiner rechten Hand an, das ist ein ungehobelter Klotz namens Joel Brand – hier ein Foto von ihm. Es wird gemunkelt, er habe bei der Navy gedient, aber als ich bei der Admiralität nachfragte, hatte man dort noch nie von ihm gehört. Außerdem ist Brand nicht sein richtiger Name. Er stammt aus Armenien und heißt eigentlich Varouj Kerkorian. Spielt gern den harten Mann. Aber er hat Grips, wie so viele seiner Landsleute. Hat die Harvard School of Business besucht und seinen MBA gemacht, obwohl man sich heutzutage für einen akademischen Titel auch nichts mehr kaufen kann. Danach kehrte er nach England zurück, wo er damit begann, Schmuggelware über die Nordsee zu schaffen.«

»Haken wir hier einmal ein. Ist er jemals verurteilt worden?«

»Nein, dazu war er zu gerissen. Aber die Zollbehörde ist überzeugt, daß er einen großen Schmugglerring geleitet hat. Der Mann wechselt seine Freundinnen wie seine Hemden und läßt jede fallen, sobald er erreicht hat, was er wollte. Einmal hat er auf der Hamburger Reeperbahn beinahe einen Mann getötet.«

»Klingt alles sehr unsympathisch. Brand ist also ein Schürzenjäger und ein Schläger.«

»Eine sehr treffende Beschreibung. Aber auch in dieser

Angelegenheit ist er ungeschoren davongekommen. Die deutsche Polizei konnte ihm noch nicht einmal versuchten Mord zur Last legen, weil alle Zeugen eingeschüchtert wurden und sich daraufhin weigerten, gegen ihn auszusagen. Er muß ungefähr achtunddreißig Jahre alt sein, aber bei einem Armenier läßt sich das Alter nur schwer bestimmen.«

»Warum stellt jemand wie Moloch einen solchen Mann ein? Nach außen hin wirkt VB doch sehr kultiviert und gebildet.«

»Laut Aussagen der Leute, die ihn gekannt haben, ist Mr. Brand ein Typ wie Dr. Jekyll und Mr. Hyde. Ich habe die Hyde-Seite seiner Persönlichkeit beschrieben. Er kann aber auch sehr charmant und unterhaltsam sein – besonders im Umgang mit Frauen, aber auch in der Gesellschaft von Männern, wenn er nur will. Er hat an Molochs Stelle an Empfängen in Europa und in den Staaten teilgenommen. VB hält sich lieber im Hintergrund. Aber ich erwarte noch weitere Informationen über Joel Brand.«

»Wie steht es mit dem übermächtigen Mr. Moloch? Welcher Nationalität gehörte er denn ursprünglich an?«

»›Übermächtig‹ ist genau das Schlüsselwort. Moloch kennt einige der reichsten Männer der Welt – wie Sie wissen, bilden sie eine Art Club. Moloch ist von allen der reichste. Seine Herkunft liegt im dunkeln. Ich glaube, er ist in jungen Jahren aus der ehemaligen Tschechoslowakei, dem heutigen Tschechien, nach England gekommen. Er studierte hier, schloß eine Ausbildung zum Wirtschaftsprüfer ab und verschwand dann nach Amerika. Dort baute er in Kalifornien eine Elektronikfirma auf, aber die anderen Gesellschaften schlossen sich zusammen, um den lästigen Konkurrenten loszuwerden, und trieben ihn in den Ruin.«

»Dann muß er Amerika ja sehr lieben«, kommentierte Tweed trocken.

»Es heißt, daß er nach dem, was ihm dort zugestoßen ist, das Land regelrecht haßt, auch wenn er seine wahren Gefühle für sich behält. Kurz darauf gründete er die AMBECO und baute sie zum größten Mischkonzern der Welt auf. Er mußte einige Kredite aufnehmen, die er jedoch schnellstens zurückzahlte, sowie er Erfolg hatte, weil er seine Unabhängigkeit bewahren wollte. Er schuftet wie ein Pferd und kommt mit extrem wenig Schlaf aus.«

»Wie ist er als Mensch?«

»Wie man mir sagte, kann er sehr charmant sein – mehr noch als Brand. Bislang konnte ich kein Foto von ihm auftreiben, aber ich bleibe am Ball. Er weigert sich, fotografiert zu werden. Überall in den Staaten besitzt er Fabriken, hier im Norden Englands auch, ferner in Deutschland, Frankreich und in Holland. Und er hat eine Niederlassung in Saudi-Arabien.«

»Macht Geschäfte mit den arabischen Pakt-Staaten?«

»Genau. Er spricht fließend Arabisch, Deutsch, Französisch, Italienisch, Spanisch und natürlich Englisch. Mein diesbezüglicher Informant sagte mir, er habe sich alles selbst beigebracht. Er ist überdurchschnittlich intelligent ...«

»Verheiratet?«

»Nein, nie gewesen. Jedenfalls habe ich noch nicht den leisesten Hinweis auf eine Ehefrau. Aber VB hatte eine ganze Reihe Freundinnen – alle aus der sogenannten Oberschicht. Bis jetzt waren es sieben an der Zahl, und sie sind alle verschwunden.«

»Verschwunden? Was soll das heißen?«

»Das, was ich gesagt habe. Sie sind spurlos verschwunden, bis heute unauffindbar. Es ist ein Gerücht in Umlauf, sie seien von VB reichlich mit Geld versehen worden und auf Reisen gegangen, aber niemand hat sie seitdem gesichtet. Ich habe mit Cord Dillon gesprochen, Ihrem amerikanischen Gegenstück beim CIA in Langley. Der Vater von einem der Mädchen, Julia Sanchez, ist sehr wohlhabend. Er rief Cord aus Philadelphia an, und der überprüfte aus Gefälligkeit Julias letzte Aufenthaltsorte. Laut Computer hat sie sich ein Rückflugticket nach London gekauft, und ein Mädchen, das wie Julia Sanchez aussah, war auch an Bord der Maschine, aber danach verliert sich ihre Spur. Der Flug startete in San Francisco.«

»Genossen diese Freundinnen VBs Vertrauen?«

»Ich glaube schon. Cord macht auch die ungeheure Macht Sorgen, die Moloch inzwischen in den Händen hält. Einige einflußreiche Senatoren stehen bereits auf seiner Lohnliste. Mit Geld kann man eben fast alles kaufen.«

»Allerdings.« Tweed nickte nachdenklich. »Besteht die Möglichkeit, ein Foto von dieser Julia Sanchez zu bekommen?«

»Ja. Ihr Vater in Philadelphia hat Cord einige zur Verfügung gestellt, und auf meine Bitte hin hat er Ihnen eines davon mit dem Federal Express geschickt. Es müßte morgen hier sein.«

»Verteidigt dieser Armenier Varouj Kerkorian – oder Joel Brand, wie er sich jetzt nennt – eigentlich eifersüchtig seine Position als Molochs engster Vertrauter?«

Bei dieser unerwarteten Frage blickte Monica ihren Vorgesetzten überrascht an, dann lächelte sie schief.

»Sie haben manchmal wirklich den sechsten Sinn. Eines der Dinge, die ich ausgelassen habe, ist die Tatsache, daß Brand es nicht leiden kann, wenn ein anderer außer ihm das Vertrauen VBs genießt.«

»Wo liegt VBs Hauptquartier?«

»Das habe ich Cord auch gefragt. VB besitzt ein riesiges Haus in der Nähe von Big Sur, südlich von Carmel. Es heißt Black Ridge, geht auf den Pazifik hinaus und wird scharf bewacht. Kampfhunde, Suchscheinwerfer und ein Elektrodraht oben auf der Mauer, die den Besitz umgibt. Er hat jede nur erdenklichen Sicherheitsvorkehrungen getroffen.«

»Was wissen Sie über sein Prachtschiff, die *Venetia V?*«

»Nun, wie ich Ihnen schon sagte, hat sie vor einiger Zeit Monterey verlassen. Laut Angaben meines Kontaktmannes bei Lloyd's sollte sie ursprünglich nach Baja California in Mexiko fahren, hat dann aber den Kurs geändert und Falmouth angesteuert.«

»Ja, ich erinnere mich.«

»Deswegen haben Sie wahrscheinlich auch ein so großes Team nach Cornwall geschickt?«

»Ja. Ich habe bewußt vermieden, das Schiff zu erwähnen, weil ich wissen wollte, wie sie spontan darauf reagieren. Natürlich hat mir Paula einige dieser Informationen bereits telefonisch vom Flughafen San Francisco aus durchgegeben, ehe sie an Bord ihrer Maschine ging. Was konnte Ihr Kontaktmann bei Lloyd's sonst noch sagen?«

»Er meinte, die *Venetia* wäre der teuerste und am besten ausgestattete Privatkreuzer der Welt – besonders im Bereich der Nachrichtentechnik.«

»Muß eine hübsche Stange Geld gekostet haben – aber Molochs Mittel sind anscheinend unerschöpflich. War das alles?«

»Eine Kleinigkeit noch. Molochs finsterblickende Stiefmutter, Mrs. Benyon, lebt in einem großen Haus in der Nähe von Mission Ranch, im südlichen Randbezirk von Carmel.«

»Wieso bezeichnen Sie sie als finsterblickend? Woher wissen Sie das?«

»Weil ich mir ein erst kürzlich aufgenommenes Foto von ihr beschafft habe.« Monica stand auf, entnahm ihrer Schreibtischschublade ein vergrößertes Foto und legte es vor Tweed auf den Tisch. »Das ist sie.«

Tweed betrachtete das Bild; es zeigte Mrs. Benyon auf einem thronähnlichen Stuhl. Sie war unglaublich dick und aufgedunsen, hatte Hängebacken und Raubvogelaugen, die Tweed zu durchbohren schienen. Tatsächlich erinnerte sie ihn an einen weiblichen Buddha, und er fühlte sich auf Anhieb von ihr abgestoßen. Ihr Mund war giftig verzogen, und dichtes graues Haar hing ihr bis auf die massigen Schultern herab. Sogar auf dem Foto wirkte sie übellaunig und herrschsüchtig; eine Frau, die erwartete, daß jeder sprang, wenn sie nur mit dem Finger schnippte. Er gab Monica das Bild zurück.

»Wie alt ist die ehrenwerte Lady denn?«

»Das weiß ich nicht. Aber sie hat einen Sohn, der gleichfalls für Moloch arbeitet. Er heißt Ethan Benyon und ist Seismologe.«

»Was hat VB denn mit Seismologie zu tun?«

»Keine Ahnung. Auch das ist ein Punkt, der Cord Dillon Kopfschmerzen bereitet. Er wollte mir aber nicht sagen, wieso, und ich mochte ihn nicht zu sehr bedrängen. Aber ich bleibe dran. Was halten Sie denn bislang von der ganzen Sache?«

»Sie gefällt mir nicht – am wenigsten die Geschichte von den sieben spurlos verschwundenen Freundinnen VBs. Es klingt, gelinde ausgedrückt, alles sehr merkwürdig. Vielleicht muß ich bald selbst nach Cornwall, dann nehme ich Harry Butlers Partner Pete Nield mit.«

»Die Geier versammeln sich ...«

Sie hatte den Satz noch nicht zu Ende gebracht, als das Telefon klingelte. Sie griff nach dem Hörer, aber Tweed war schneller. Newmans Stimme drang klar und deutlich an sein Ohr.

»Bob am Apparat.«

»Hier Tweed.«

»Ich melde mich nur kurz über eine sichere Leitung. Stehe in einer öffentlichen Telefonzelle. Wir sind auf dem Weg, um uns Mullion Towers einmal genauer anzuschauen.«

»Seid vorsichtig. Monica hat von Jim Corcoran, dem Sicherheitschef von Heathrow, erfahren, daß Molochs Maschine vor einigen Tagen aus den Staaten eingetroffen ist, auf dem Flughafen von Newquay aufgetankt hat und wieder abgeflogen ist. Newquay liegt nahe bei Stithians, also hält sich unser Freund vielleicht persönlich in seiner Residenz auf. Das Unternehmen könnte gefährlich werden, also geht mit äußerster Umsicht vor ...«

2.

Newman trat aus der Telefonzelle und setzte sich neben Paula hinter das Steuer seines Mercedes. Als er das kleine Dorf Mawnan Smith mit seinen strohgedeckten Cottages, dem Pub Red Lion und dem von kleinen Geschäften umgebenen Marktplatz verließ, setzte sich hinter ihnen ein anderer Wagen in Bewegung. Marler folgte ihnen in seinem Saab, sein Armalite-Gewehr hatte er auf dem Boden vor den Rücksitzen verstaut. Butler auf seiner Harley Davidson bildete die Vorhut. Jeder von ihnen wußte genau, was das Ziel dieser Fahrt war und welchen Weg sie nach Mullion Towers einschlagen würden.

»Ich komme mir vor wie ein Mitglied des Königshauses, wenn wir in so einem Konvoi fahren«, gestand Paula. »Ein Motorrad als Vorhut und Marler, der uns den Rücken deckt.«

»Sie sind mehr wert als jeder Blaublütler, der mir einfällt«, entgegnete Newman mit einem schelmischen Grinsen.

»Dank Euch, edler Herr«, bedankte Paula sich scherzhaft.

»War mir ein Vergnügen, Prinzessin.«

»Spaß beiseite, Bob – glauben Sie, daß dieser Ausflug problemlos verlaufen wird?«

»Ich bezweifle es. Aus dem, was Sie mir von Ihren Erlebnissen in Monterey – und von dieser Frau, Vanity Richmond, die sich unbedingt mit Ihnen anfreunden wollte – erzählt haben, schließe ich, daß Moloch mehr über uns weiß, als mir lieb ist. Butler und Marler werden gut daran tun, die Augen offenzuhalten.«

»Ich habe mir die Karte, die Sie uns gezeigt haben, noch einmal angesehen, und dabei ist mir aufgefallen, daß Molochs Besitz in einem ziemlich abgelegenen Landstrich liegt. Ich bin sicher, dort herrscht so geringer Verkehr, daß jedes Auto sofort auffällt. Und unser Konvoi ist kaum zu übersehen.«

»Dann wollen wir mal sehen, wie der Schloßherr auf Besucher reagiert. Möglich, daß Moloch persönlich anwesend ist.«

»Wie kommen Sie darauf?«

»Während ich am Park Crescent meinen Koffer abholte, warnte mich Monica, daß VB in seinem Learjet von San Francisco nach Heathrow geflogen ist, dort aufgetankt hat und nach Newquay weitergeflogen ist. Von da aus ist es mit dem Auto nur noch ein Katzensprung bis zu diesem Örtchen Stithians.«

»Sieht aus, als könnte die Sache spannend werden. Zum Glück habe ich meinen Browning in meiner Umhängetasche.«

»Gut. Mein Rat lautet: Bereiten Sie sich auf ein Feuerwerk vor …«

Die Fahrt führte sie durch eine karge Landschaft über eine Kreuzung und dann eine Nebenstraße entlang, die mit einem Wegweiser mit der Aufschrift *Stithians* gekennzeichnet war. Diese schmalen, von hohen Farnstauden und Stechginsterhecken gesäumten Sträßchen waren typisch für Cornwall. Vom Kamm eines kleinen Berges aus bot sich ihnen ein herrlicher Panoramablick über das weitflächige, hügelige Land mit seinem spärlichen Baumbewuchs. Weit in der Ferne hoben sich hohe Bergketten schroff von dem azurblauen Himmel ab. Die Sonne schickte gleißende Strahlen zur Erde hinab, so daß die Temperatur im Wageninneren trotz der heruntergekurbelten Fenster der eines Backofens glich.

»Langsam wird es ein bißchen warm und stickig«, bemerkt Paula.

»Ein bißchen!« stöhnte Newman entnervt. »Es ist glühendheiß wie in den Tropen. Mein Hemd klebt mir ja schon am Rücken.«

Die schmale Straße wand und schlängelte sich durch das Land, während Paula sich dazu zwang, sich auf die aufgeschlagene Karte auf ihrem Schoß zu konzentrieren. Sie gelangten auf eine der Hauptstraßen, folgten ihr kurze Zeit und bogen dann auf eine noch schmalere Nebenstraße ab, die wiederum mit einem Wegweiser nach Stithians ausgeschildert war. Paula holte tief Luft, als Newman den Wagen zwischen den sich immer enger um sie schließenden Büschen hindurchmanövrierte. Eine Weile später bogen sie erneut in eine ähnlich schmale Straße ab, wo ihnen ein Schild den Weg zum *Stithians Dam* wies.

»Ein Staudamm hier draußen?« wunderte sich Paula. »Das ist ungewöhnlich.«

»Dort, wo ich Mullion Towers vermute, gibt es ein Wasserreservoir«, erklärte Newman. »Also ist dort vermutlich auch ein Damm ...«

Sie durchquerten das Dorf Stithians, das eigentlich nicht viel mehr als ein Weiler mit ein paar aus Granitstein erbauten schiefergedeckten Häusern war. Keine Menschenseele ließ sich blicken, und noch nicht einmal die wenigen weißgetünchten Häuschen zwischen den anderen heiterten die düstere Atmosphäre dieses Ortes auf. Als sie an einem ungepflegten Kinderspielplatz mit ein paar rostigen Schaukeln vorbeikamen, riß Paula ungläubig die Augen auf. »Welche Zukunft erwartet denn ein Kind, das hier aufwachsen muß?«

»Überhaupt keine. Hier gibt es keine Zukunft ...«

Er verstummte, nahm Gas weg und fuhr langsam um die Ecke, wo sich unter ihnen ein langer, hoher Damm erstreckte. Dahinter glitzerte die stille Oberfläche des Wasserreservoirs. Newman stellte den Motor ab, stieg aus und zog sich widerwillig sein Jackett über, da er das Hüftholster mit seiner Smith & Wesson verdecken mußte. Er langte nach dem Fernglas, das auf dem Rücksitz lag, hängte es sich um den Hals und ging zum Damm hinunter.

Paula hielt sich an seiner Seite. Der Damm und die seltsame, nervenzermürbende Stille, die über diesem Ort lag, trugen nicht gerade dazu bei, ihre innere Anspannung zu mildern. Während der gesamten Fahrt war ihnen nicht ein einziges anderes Fahrzeug begegnet, und das Gebiet rund um den Damm lag gleichermaßen verlassen da. Newman blieb stehen, hob das Fernglas an die Augen und stellte die Schärfe ein.

»Das da muß Mullion Towers sein – das Haus dort oben auf dem Bergkamm.«

»Sind Sie sicher?« fragte Paula. »Meiner Meinung nach ist dies eine sehr unwirtliche Wohngegend.«

»Ich bin mir ziemlich sicher. An jeder Ecke steht ein mit Wasserspeiern geschmückter Turm. Die Fenster haben alle Mittelpfosten. Welches Haus hier in der Gegend könnte es denn sonst noch sein?«

Paula blickte über ihre Schulter und sah, daß Marler ein

Stückchen hinter dem Mercedes angehalten hatte. Er stand neben seinem Saab und beugte sich gerade in das Wageninnere. Sie vermutete, daß er sein Armalite-Gewehr überprüfte. Butler hatte sein Motorrad hinter einer Mauer verborgen. Wieder blickte sie zu dem abgelegenen Haus hinüber und fühlte sich unwillkürlich abgestoßen.

Die lange, schroffgezackte Bergkette, auf der das Gebäude erbaut worden war, erstreckte sich fast eine Meile abwärts in ihre Richtung und wirkte trostlos und kahl, da auf den Abhängen nicht ein einziger Baum oder Busch wuchs. Newman betrachtete das Haus Meter für Meter. Der riesige Granitklotz bestand aus drei Stockwerken, und die hohen Türme wurden noch von einem Mast überragt, an dem eine Reihe von Antennen sowie eine Comsat-Schüssel angebracht waren. Die elektronische Ausstattung ähnelte der der *Venetia,* was ihn endgültig davon überzeugte, das gesuchte Objekt gefunden zu haben.

»Es handelt sich wirklich um Mullion Towers«, sagte er.

»Diese ganze Gegend ist eine einzige öde Wildnis«, bemerkte Paula ohne große Begeisterung. »Ich komme mir hier vor wie in der Wüste.«

Newman war bereits dabei, die steile Böschung zum Damm hinunterzuklettern. Paula folgte ihm rasch. Dem stillen Damm haftete etwas Unheimliches an, und sie wurde von Minute zu Minute unruhiger.

»Es ist in der Tat die reinste Wildnis«, stimmte Newman ihr zu. »Nirgendwo ein Zeichen dafür, daß hier noch andere Menschen leben, also genau der Ort, an den sich ein geheimnisvoller Milliardär zurückziehen würde.«

Halbhohe, in einem scheußlichen, schon fast ins Violette schimmernden Blau gestrichene Geländer sicherten beide Seiten des Fußweges oben auf dem Damm. Die kleinen Tore an jedem Ende des Weges schienen verschlossen zu sein. Nach ein paar Minuten kamen sie zu einem weiteren hohen, verriegelten Tor, an dem ein Schild hing, welches Passanten warnte, nicht weiterzugehen. Hoch über ihnen ragte der Damm bedrohlich auf.

Newman blickte nach oben und schätzte die Entfernung

vom Weg bis zum Fuß des Dammes, wo die Wände sich nach außen neigten. Jeder, der in der Mitte des Dammes über das Geländer fiel, würde den Sturz schwerlich überleben.

Hier unten wurde die nervtötende Stille von dem leisen Gluckern des Wassers unterbrochen, das unter dem Damm hindurchfloß. Und ein weiteres, noch unangenehmeres Geräusch mischte sich in dieses Gurgeln – das Rattern von Hubschrauberrotoren. Sowohl Newman als auch Paula schauten zum Himmel und sahen einen Hubschrauber, der in ungefähr dreihundert Metern Höhe über ihren Köpfen kreiste.

»Sollen wir versuchen, uns irgendwo zu verstecken?« schlug Paula vor.

»Hier gibt es keine Versteckmöglichkeit. Gehen Sie ganz einfach ruhig mit mir zum Auto zurück, wie normale Touristen es tun würden.«

»Es könnte sich um einen Hubschrauber handeln, der zu dem großen Trainingsflugplatz der RAF in Culdrose gehört«, überlegte Paula laut, während sie zum Auto zurückschlenderten. »Der Hotelbesitzer hat mir davon erzählt.«

»Möglich.«

»Aber Sie glauben nicht daran?«

»Nein, denn als ich damals mit Marler unten an der Höhle war, hatte ich Gelegenheit, mir die *Venetia* etwas genauer anzusehen. Auf dem hinteren Teil des Schiffes befand sich ein Hubschrauberlandeplatz, und darauf stand genau so ein Helikopter wie der, der jetzt über uns kreist.«

»Demnach könnten sie wissen, daß wir kommen?«

»Sie *werden* es wissen. Der Pilot wird Moloch per Funk warnen. Er hat sein Haus nicht umsonst mit so ausgeklügelter Nachrichtentechnik ausgestattet.«

»Sollen wir wirklich weitermachen? Ich bin zwar eine Spielernatur, aber wenn der Gegner von unserem Kommen unterrichtet ist …«

»Sehen wir uns erst einmal die Ausrüstung an, die Marler mitgebracht hat. Auch Harry hat stets seine Werkzeugtasche bei sich. Der ganze Besitz ist von einer hohen Mauer umgeben und mit einem möglicherweise elektrisch geladenen Draht gesichert.«

»Herzlich willkommen, alle miteinander«, begrüßte Marler sie aufgeräumt, wobei er einen Gegenstand auf den Rücksitz seines Wagens schob.

»Das ist eine Teleskopleiter, nicht wahr?« erkundigte sich Newman.

»Ganz genau. Wie ich hörte, hat Moloch sein bescheidenes Häuschen mittels einer hohen Mauer von der Außenwelt abgeschottet.«

»Stimmt.«

»Und, Harry«, fuhr Newman fort, als Butler auf sie zukam, »oben auf der Mauer verläuft ein Draht, möglicherweise ein elektrisch geladener.«

»Ein Kinderspiel für mich«, versicherte Butler ihm.

»Dann klettern wir also zu diesem architektonischen Meisterwerk empor?« wollte Paula wissen.

»Tweed möchte, daß wir den Besitz in Augenschein nehmen, und was Tweed will, das bekommt er auch.«

Joel Brand setzte die Kopfhörer ab, nachdem er die verschlüsselte Botschaft des Hubschrauberpiloten entgegengenommen hatte, und eilte nach unten in Molochs Büro. Dort studierte Moloch schon wieder die Karte von Kalifornien mit den seltsamen krakeligen Linien. Er blickte hoch, als Brand auf seine übliche formlose Art in den Raum stürmte und reichte ihm die Karte, nachdem er sie in vier Teile zerrissen hatte.

»Steck das in den Reißwolf. Es muß vernichtet werden.«

Brand stopfte die Fetzen ungeduldig in die Tasche seiner Jeans und setzte sich kerzengerade auf den Stuhl vor Molochs Schreibtisch. Moloch faltete seine feingeformten Hände und lehnte sich zurück.

»Wieso beruhigst du dich nicht wieder, Joel, und erzählst mir, was du auf dem Herzen hast?«

»Weil es sich um einen gottverdammten Notfall handelt, darum! Ein ganzer Trupp von Eindringlingen nähert sich uns ...«

»Was für Eindringlinge? Drück dich bitte etwas genauer aus.«

»Ich bekam eben einen Funkspruch vom Hubschrauberpiloten der *Venetia,* der dieses Gebiet überwacht. Aber ich habe sie vorher schon von der Funkzentrale aus mit meinem Fernglas entdeckt. Sie waren unten beim Damm. Einer ist ein ziemlich kräftig gebauter Typ, der aussieht, als wäre er sehr gut in Form – nicht, daß ich mit so einem nicht fertig werden würde«, fügte er in aggressivem Tonfall hinzu. »In seiner Begleitung befand sich ein niedliches dunkelhaariges Küken – hatte die Haare mit einem Band zusammengebunden und trug ein T-Shirt und weiße Hosen. Dann ...«

»Einen Moment.« Moloch öffnete eine Schublade und entnahm ihr ein Foto, das heimlich in Kalifornien aufgenommen worden war. »Könnte es dieses Mädchen gewesen sein?«

»Ihr Ebenbild. Hübscher Käfer, wenn Sie mich fragen. Auf diesem Bild hat sie zwar ihr Haar nicht zusammengebunden, aber das ist sie, kein Zweifel.«

»Schlechte Nachrichten.« Moloch legte das Foto in die Schublade zurück. »Wir haben es mit Tweeds Leuten zu tun. Tweed«, wiederholte er gedankenvoll. »Der Mann arbeitet schnell.«

»Dieser Tweed ist doch nicht Supermann ...«

»Halt den Mund. Du weißt ja nicht, wovon du redest. Hast du nur diese beiden gesehen?«

»Nein, es sind mindestens vier. Einer ist ein schlanker Bursche in einem Leinenanzug. Sieht aus wie ein feiner Pinkel. Der andere wirkt wie ein Boxer, er fährt ein Motorrad. Sie haben den Damm verlassen und kommen die Straße hoch direkt auf uns zu. Ich hab' die Jungs schon in Alarmbereitschaft versetzt. Sie sind alle bewaffnet, und ehe Sie mir jetzt den Kopf abreißen – die Farmer hier in der Gegend tragen oft Gewehre bei sich, um ihre Felder sauberzuhalten.«

»Laß mich nachdenken – mit diesen Leuten müssen wir vorsichtig umgehen, erst recht, wenn Paula Grey, Tweeds rechte Hand, mit von der Partie ist.«

»Ist das Küken Tweeds Bettwärmer?« erkundigte sich Brand höhnisch.

»Nein, das ist sie nicht.« Moloch schlug mit der flachen Hand auf den Tisch. Es klang wie ein Pistolenschuß. »Jetzt hör mir mal gut zu, Joel. Tweed ist ein Mann von hohen ethischen Grundsätzen. Nicht, daß du einen solchen Menschen je verstehen würdest, aber ich respektiere ihn als würdigen Gegner. Die Hunde sollen hereingeholt und in ihren Zwingern angekettet werden. Das ist ein Befehl. Versuche bitte, die Situation mit *finesse* zu handhaben ...«

»*Finesse?*«

»*Finesse.* Du denkst vermutlich, dabei handelt es sich um ein französisches Gebäck. Und jetzt verschwinde ...«

Brand, trotz seines grobschlächtigen Äußeren ein guter Stratege, verließ Molochs Büro und rannte die Treppe zur Funkzentrale hoch. Er hatte den Funker vorsorglich angewiesen, an seinem hochmodernen Gerät sitzenzubleiben.

»Wir bekommen Besuch. Senden Sie dem Piloten eine codierte Botschaft und weisen Sie ihn an, auf direktem Weg zur *Venetia* zurückzufliegen, sonst verrät er unseren Gegnern, daß wir wissen, daß sie zu uns vordringen. Und machen Sie schnell ...«

Er rannte die Treppe wieder hinunter zur Hintertür, um die Wachposten zu überprüfen, die auf dem Gelände auf und ab patrouillierten. Dabei kam er an einer Mülltonne vorbei, und ihm fiel der Befehl wieder ein, den Moloch ihm erteilt hatte.

»Scheiß auf den Reißwolf«, murmelte er leise. Er zog die vier Papierfetzen aus der Tasche, knüllte sie zusammen, hob den Plastikdeckel der Tonne und ließ die Fetzen hineinfallen. Dann lief er um das Haus herum, um seinem zuverlässigsten Schläger, Gene Lessinger, einige Anweisungen zu geben.

»Hol sofort alle Hunde herein und steck sie in die Zwinger. Alle außer einem. Du nimmst Brutus an die Leine und machst mit ihm ständig die Runde ums Haus. Es kommen Leute, die hier eindringen wollen ...«

Gene, ein hagerer Mann mit knochigem Gesicht, über dessen rechte Wange eine häßliche Narbe verlief, grinste nur. Messer waren seine bevorzugten Waffen, und auch jetzt steckte eines in der Scheide, die an seinem Ledergürtel hing.

»Wenn sie Brutus sehen, dann geben sie sowieso Fersengeld.«

Brutus war der größte und kräftigste der Dobermann-Hunde, die auf dem Gelände herumliefen. Brand lächelte zufrieden, als er weiterging, um mit den restlichen Männern zu sprechen.

»VB sagte etwas von Hunden«, murmelte er vor sich hin. »Von einem bestimmten Hund war nicht die Rede. Kommt nur her, Grey und Genossen. Auf euch wartet ein interessantes Empfangskomitee.«

Butler fuhr auf seinem Motorrad an der Spitze des kleinen Konvois die schmale Straße hoch, die bergaufwärts auf das seltsame Gebäude zuführte. Er fuhr ganz langsam und bremste abrupt, als er die Kuppe eines Hügels erreicht hatte. Dann stellte er den Motor ab, schob die Maschine ein paar Meter zurück und hob warnend die Hand, um den Mercedes und den Saab anzuhalten.

Newman stoppte, sprang aus seinem Wagen und lief, Paula im Schlepptau, auf Butler zu.

»Wir sind ganz nah dran«, warnte dieser. »Oben von diesem Hügel aus kann man das Haus schon sehen.«

»Gut«, sagte Newman, als sich Marler zu ihnen gesellte. »Sehen wir uns das Ganze doch einmal genauer an.«

Zuvor hatte er bereits mit den anderen einen Plan entworfen, der auf dem basierte, was ihm aufgefallen war, als er das Haus vom Damm aus durch sein Fernglas betrachtet hatte. Auch Marler hatte danach noch ein paar eigene Vorschläge beigesteuert. Die Gruppe bewegte sich auf die Hügelkuppe zu, um sich das Gebäude, dessen bloßer Anblick Paula erschauern ließ, noch einmal anzusehen.

Die Bergkette, auf der Mullion Towers thronte, wirkte aus der Nähe besehen noch trostloser. Nicht eine einzige

Pflanze wuchs auf dem langen Abhang, der vom Gipfel bis hinunter zum Reservoir und dem Damm, der nun tief unter ihnen lag, steil abfiel. Der Hang schien nur aus staubigem Sand zu bestehen, der im grellen Sonnenlicht eine merkwürdig gelbliche Farbe annahm.

»Wie in der Sahara«, stellte Paula fest. »Ich hätte nie gedacht, daß das Landesinnere von Cornwall derart ungastlich sein könnte; ein solch krasser Gegensatz zu der Küstenregion mit den schönen Stränden und Höhlen und den vielen hübschen Flüßchen.«

Newmans Beispiel folgend, legten sich alle nebeneinander flach auf den Boden und spähten vorsichtig hinüber. Newman betrachtete die gotische Scheußlichkeit namens Mullion Towers noch einmal genau, ehe er das Fernglas an Marler weiterreichte.

»Was halten Sie von den Efeuranken dort an der einen Seite des Hauses?«

»Genau das, was ich brauche, denke ich. Sicher weiß ich es erst, wenn ich die Ranken untersucht habe, aber sie sehen aus, als wären sie schon uralt. Die Stämme sind dick und knorrig. Der Plan wird funktionieren, glaube ich – falls es mir gelingt, unbeobachtet bis zu dem Efeu zu gelangen.«

»Was hat denn das lange Seil mit den Knoten zu bedeuten, das an Ihrer Teleskopleiter hängt?« wollte Paula wissen.

»Das werden Sie sehen, sobald wir dort drüben angekommen sind. Bewaffnete Wachposten patrouillierten auf dem Gelände – aber anscheinend konzentrieren sie sich auf die Vorderseite des Hauses. Einer hat einen ziemlich schlechtgelaunt wirkenden Dobermann an der Leine. Ich werde mich um das liebe Tierchen kümmern.«

»Dann vorwärts«, befahl Newman, ein Stück zurückrobbend, ehe er sich wieder aufrichtete. »Ich finde es bemerkenswert, daß der Hubschrauber sang- und klanglos verschwunden ist. Anscheinend will man uns in falscher Sicherheit wiegen. Wir müssen von der schlimmsten aller Möglichkeiten ausgehen – der, daß sie wissen, daß wir kommen.«

Am Park Crescent saß Tweed reglos hinter seinem Schreibtisch und blickte aus dem Fenster. Monica wußte, daß er sich wegen der Vorgänge in Cornwall Sorgen machte. Gerade schaute er erneut auf seine Uhr, als das Telefon klingelte. Monica nahm den Anruf entgegen, runzelte die Stirn und wiederholte ihre Frage mehrmals.

Dann drückte sie den Verbindungsknopf zu Tweed.

»Jemand mit einer auffällig heiseren Stimme besteht darauf, mit Ihnen persönlich zu sprechen. Er oder sie nennt sich Waltz.«

»Stellen Sie durch. – Ja, Tweed hier.«

»Sie sollten wissen, daß eine Person namens Vanity Richmond während Paulas Aufenthalt in Monterey heimlich Fotos von ihr geschossen hat. Ich bin ihr gefolgt und habe gesehen, wie sie per Federal Express ein Päckchen an einen Ort irgendwo in Cornwall geschickt hat. Das ist im Augenblick alles.«

»Danke.« Tweed legte den Hörer auf. Seine Miene verfinsterte sich. Wieder starrte er blicklos aus dem Fenster, während er Monica über den Inhalt des Gespräches informierte.

»Wer ist Waltz?« fragte sie.

»Ein Informant, der zur selben Zeit wie Paula in Monterey war. Waltz ist natürlich ein Deckname.«

»Offenbar konnte er nicht mit erfreulichen Nachrichten aufwarten.«

»Beileibe nicht – besonders zu diesem Zeitpunkt. Ich wünschte, der Anruf wäre gestern erfolgt. Er bedeutet nämlich, daß jemand Paula erkennen könnte, falls unser Team dabei beobachtet wird, wie es sich Mullion Towers nähert – und dann wissen sie, mit wem sie es zu tun haben.«

»O Gott, heißt das nicht, daß das ganze Unternehmen in Gefahr ist?«

»Bob Newman wird mit jeder Situation fertig – aber unserer Mission wird es nicht gerade helfen. Wir müssen herausfinden, was Moloch vorhat – und ich bin felsenfest davon überzeugt, daß er etwas Spektakuläres im Schilde führt. Wenn wir doch bloß die Identität jenes Mädchens kennen würden, das bei Octopus Grove an Land gespült wurde – und die der Frau, die in Cornwall von dem Schiff gesprungen ist.«

»Cords Foto von Julia Sanchez, dem verschwundenen Mädchen aus Philadelphia, die Molochs Geliebte war, müßte jeden Moment hier eintreffen. Vielleicht hilft uns das weiter.«

»Vielleicht – vielleicht auch nicht.«

Wieder sah Tweed auf die Uhr. »Dem Zeitpunkt von Bobs Anruf und der Entfernung bis nach Stithians hier auf der Karte nach zu schließen dürften er und sein Team sich gerade bereitmachen, in Mullion Towers einzudringen. Vielleicht sind sie schon dabei …«

3.

Marler ging zu seinem Saab zurück und bedeutete den anderen, ihm zu folgen. Er öffnete die hintere Tür, und Paula sah, daß jetzt eine große Jutetasche auf der Teleskopleiter lag.

»Ich weiß, daß Sie alle bereits mit Waffen versehen sind«, sagte er brüsk, »aber jeder von Ihnen benötigt vielleicht noch weitere Verteidigungsmittel. Hier in dieser Tasche sind welche. Der liebe Nikolaus wird gleich sein Spielzeug an brave Kinder verteilen.«

Er beugte sich ins Wageninnere, öffnete die Tasche, kramte darin herum und förderte etwas zutage, das wie eine kleine Handgranate aussah. Er reichte den Gegenstand Paula.

»Das ist eine neuentwickelte Rauchbombe. Drücken Sie einfach oben auf den Knopf und werfen Sie das Ding weg. Der Rauch nimmt dem Gegner nicht nur die Sicht, die Bombe verströmt auch noch einen beißenden Geruch, der jeden Angreifer für dreißig Minuten außer Gefecht setzt. Danach erholt er sich aber relativ rasch wieder. Hier sind zwei für Sie, Paula, und zwei für Bob.«

»Sie sind ja gut ausgerüstet hierhergekommen, Bob«,

meinte Paula, inspizierte die kleine Handgranate kurz und verstaute sie dann in ihrer Umhängetasche.

»Moment, ich habe noch mehr ...«

»Wollen wir einen Kleinkrieg führen?« witzelte Paula.

»Genau darauf könnte es hinauslaufen«, entgegnete Marler ernst.

Er reichte ihr eine mit einem Stift versehene Granate. Worum es sich dabei handelte, erkannte sie in dem Moment, als er zu sprechen begann.

»Eine Schreckschußgranate. Im Trainingszentrum unten in Send haben Sie damit geübt. Wenn diese Granate in der Nähe Ihres Gegners detoniert, macht ihn die ohrenbetäubende Explosion vorübergehend kampfunfähig – lange genug, um uns eine Fluchtmöglichkeit zu geben. Aber das wissen Sie ja alles. Nehmen Sie noch eine, Paula.«

Er händigte auch Newman und Butler je zwei weitere aus, dann trat er einen Schritt zurück und schloß leise die Wagentür, ehe er sich eine King-size anzündete.

»Ich würde sagen, wir können es mit einer ganzen Armee von Gangstern aufnehmen und wir müssen damit rechnen, daß eine solche uns empfängt. Jeder weiß, was er zu tun hat. Worauf warten wir dann noch?«

»Darauf, daß Sie zum Ende kommen«, erklärte Newman grinsend.

Der Konvoi setzte sich, wieder mit Butler an der Spitze, in Bewegung und beschleunigte. Newman mit Paula an seiner Seite kam mit seinem Mercedes als zweiter, und Marler folgte in einigem Abstand.

Sie fuhren einen weiteren kleinen Hügel hinauf und dann über eine wesentlich steilere Anhöhe hinweg. Oben auf der Bergkette angekommen, passierten sie die hohen, festverschlossenen schmiedeeisernen Tore, hinter denen die lange Auffahrt zu Mullion Towers lag. Diese Taktik diente dazu, den Gegner zu verwirren – indem sie mit hohem Tempo zunächst an dem Gebäude vorbeifuhren, gaukelten sie ihm vor, sie hätten ein ganz anderes Ziel. Nur Butler hatte kurz hinter dem Tor angehalten und seine Maschine in einer Hecke versteckt.

Aus seiner Satteltasche holte er die Handgranate, die Marler ihm vor ihrer Abreise aus dem Nansidwell Country Hotel gegeben hatte, und wartete einige Zeit ab. Vom Schutz der Hecke aus behielt er sowohl das Eingangstor als auch die Straße im Auge.

Ein paar Minuten später tauchte Marler auf. Er trug die Teleskopleiter, hatte sich das Armalite-Gewehr über die Schulter gehängt und rannte den Hügel hinab die Strecke zurück, die sie gekommen waren, wobei ihn die Granitmauer davor schützte, vom Haus aus entdeckt zu werden. Als er sich Butler näherte, hatte letzterer bereits den Draht inspiziert, der oberhalb der Mauer verlief. Newman und Paula kamen hinter Marler in Sicht. Alle trugen sie Schuhe mit weichen Sohlen und bewegten sich nahezu lautlos. Marler blieb ungefähr hundert Meter von Butler entfernt stehen und gab ein Zeichen, welches besagte, daß die Operation beginnen konnte. Irgendwo in der Nähe des Hauses ertönte Hundegeknurr.

Butler löste sich aus dem Schatten der Hecke und warf die Granate so zielsicher, daß sie genau am Fuß des Tores liegenblieb; und die Wucht der Detonation ließ die Flügel auffliegen. Die Wachposten würden annehmen, daß der Angriff von vorne, von der Auffahrt aus erfolgte.

»Können Sie den elektrischen Draht ausschalten?« zischte Marler zu Butler hinüber.

»Wie ich schon sagte – ein Kinderspiel. Los jetzt, bringen Sie die verflixte Leiter in Position. Wir haben nicht den ganzen Tag Zeit.«

Marler zog die Metalleiter zu voller Länge aus und lehnte sie an einer vorher berechneten, strategisch günstigen Stelle hinter dem Haus gegen die Mauer. Nachdem er vorsichtig hinaufgeklettert war, spähte er über den Draht. Zwei mit Gewehren bewaffnete Wachposten, von denen einer einen riesigen Dobermann an der Leine hielt, rannten, von großen Tontöpfen mit blühenden Sträuchern darin halb verborgen, am Haus vorbei. Sie liefen zur Vorderseite des Gebäudes. Dann hörte Marler einen mit lauter Stimme gebrüllten Befehl.

»Am vorderen Tor brauchen wir Verstärkung, da wollen die Bastarde eindringen! Behaltet beide Seiten im Auge!«

Marler lächelte in sich hinein: Der Plan funktionierte. Er kletterte wieder hinunter, und Butler, der eine lederne Werkzeugtasche bei sich trug, stieg hinauf. Marler hatte die Leiter exakt an der von ihm angegebenen Stelle plaziert.

Von einer Hauptelektrode aus, die ihn mit Strom versorgte, lief der Draht durch einen mit Gummi überzogenen Eisenring. Butler nahm eine Tube aus seiner Tasche und strich eine zähe, leimähnliche Masse über die ganze Elektrode und über Teile des Drahtes. Dann knipste er mit einem Seitenschneider den Draht auf beiden Seiten der Elektrode dort durch, wo er mit dem Leim bedeckt war. Nun stand er nicht mehr unter Strom, und die gesamte Alarmanlage des Hauses war gleichfalls außer Betrieb gesetzt. Butler stieg wieder hinunter, wo Marler mit Newman und Paula bereits auf ihn wartete.

»Alles klar …«

Er hatte kaum zu Ende gesprochen, als Marler auch schon wieselflink die Leiter emporkletterte und erneut über die Mauer spähte. Kein Mensch war zu sehen. Rasch entrollte er das oben an der Leiter befestigte Seil mit den Knoten, das am anderen Ende mit einem Gewicht versehen war, und ließ es an der Mauer hinunter, nachdem er es mehrmals fest um den Eisenring gewickelt hatte, der in dem Stein eingelassen war. Das sollte ihr Fluchtweg werden.

Er kletterte schnell an dem Seil hinunter und rannte gebückt, hinter jedem Tontopf Deckung suchend, auf das Haus zu. Es gelang ihm, ungesehen die mit Efeu bewachsene Wand zu erreichen. Mit einer Hand zog er kräftig an den Ranken, um ihr Stärke zu testen, und stellte zufrieden fest, daß sie sein Gewicht tragen würden. Mit der Gewandtheit eines Fassadenkletterers begann er, sich an dem Efeu emporzuhangeln.

Er erreichte die Dachrinne, zog sich daran hoch und kroch auf das flache Dach des Gebäudes. Weiter vorne entdeckte er mehrere massive Schornsteinkästen. Geduckt rannte er zur Vorderfront des Hauses und suchte hinter einem der Kästen Schutz. Mit dem Armalite im Anschlag blickte er sich um. Von seiner Position aus konnte er aus der Vogelperspektive beobachten, was unten vor dem Haus vor sich ging. In der Nähe des Eingangs hatte sich eine Anzahl bewaffneter Männer versammelt, die gerade von einem schwarzhaarigen Riesen durch Handzeichen angewiesen wurden, sich über das Gelände zu verteilen.

Marler lief zu seinem Ausgangspunkt zurück, hob vorsichtig den Kopf und sah, daß Newman bereits oben auf der Leiter auf das Signal zum Handeln wartete. Er winkte ihm kurz zu und eilte dann zur Vorderseite des Hauses zurück, um von dort das Geschehen zu verfolgen. Die Attacke konnte beginnen.

Newman ließ sich, gefolgt von Paula und Butler, an dem Seil herunter. Paula, die ihre Umhängetasche bei sich trug, umklammerte den Browning, während Newman ihnen voran auf die Vorderfront des Gebäudes zulief. Beide verbargen ihre Waffen vorerst noch. Butler hielt sich hinter ihnen, um ihnen, wenn nötig, den Fluchtweg freizuhalten. Eine Hand hatte er in eine kleine Leinentasche geschoben.

Newman tat zunächst so, als käme er in friedlicher Absicht und näherte sich dem Haus mit einem Lächeln auf den Lippen. Brand entdeckte ihn als erster, und da er den Gegner aus dieser Richtung nicht erwartet hatte, riß er zutiefst erschrocken die Augen auf. Newman sprach ihn unbefangen an.

»Entschuldigen Sie, ist dies hier Mullion Towers? Wenn ja, dann würde ich mit dem Eigentümer, Mr. Moloch, gern ein paar Worte wechseln.«

»Worum geht es?« fragte Brand, der Zeit gewinnen wollte.

»Das möchte ich Mr. Moloch selbst erklären. Es handelt sich um etwas Persönliches«, erläuterte Newman freundlich.

»Dies hier ist auch etwas Persönliches«, entgegnete Brand, wobei er sein Gewehr auf Newman richtete. »Wie sind Sie hier hereingekommen?«

»Hinten herum. Das vordere Tor und die Auffahrt glichen nämlich einem Trümmerfeld, da wäre ich mit dem Wagen kaum durchgekommen.«

»Sie haben unbefugt Privatbesitz betreten! Sagen Sie mir sofort, wer Sie sind und was Sie hier wollen, oder ich schieße!«

Paula zielte mit ihrem Browning auf Brands Magengegend. Ihre Hand zitterte nicht, und ihre Stimme klang so scharf wie ein Peitschenknall.

»Wenn Sie abdrücken, haben Sie ein Loch im Bauch!«

Brand riß sein Gewehr herum, so daß der Lauf der Waffe nun auf Paula zeigte. Sein Grinsen verriet, daß er sicher war, die Oberhand zu haben. Doch Paula zuckte mit keiner Wimper und zielte unbeirrt weiterhin auf seinen Magen.

»Wenn Sie abdrücken«, wiederholte sie, »dann wird sich mein Zeigefinger noch im letzten Reflex um den Abzug krümmen, und Sie enden trotzdem mit einem Loch im Bauch.«

Wieder wirkte Brand aus der Fassung gebracht. Eine solche Reaktion hatte er wohl von einer Frau am allerwenigsten erwartet. Er zögerte, dann stieß er ein grollendes Lachen aus und ließ sein Gewehr fallen. Mit einem tückischen Grinsen ging er auf Newman zu und streckte ihm die Hand hin, woraufhin dieser seinen Revolver in das Holster zurückschob. Brands Grinsen wurde breiter.

»Recht so. Ein Mann wie Sie hat es nicht nötig, mit einer Spielzeugpistole herumzufuchteln. Wir tragen die Sache auf andere Weise aus ...«

Er trat einen Schritt näher, seine linke Hand ballte sich zu einer gewaltigen Faust und schoß mit blitzartiger Geschwindigkeit vor. Sie streifte Newmans Kinn mit solcher Wucht, daß dieser taumelte und rücklings zu Boden ging. Immer noch grinsend holte Brand mit dem Fuß aus, um seinem Widersacher mit seinem an der Kappe eisenbeschlagenen Stiefel einen brutalen Tritt in die Seite zu versetzen, der unweigerlich einige Rippen gebrochen hätte.

Aber Newman war schneller. Er packte mit beiden Händen den Knöchel seines Gegners und verdrehte ihn, so fest er konnte. Der große Mann schrie vor Schmerz auf und verlor das Gleichgewicht. Newman sprang mit einem Satz auf die Füße, beugte sich hinunter, krallte seine Finger in Brands zottiges Haar und riß seinen Kopf hoch. Als der Riese instinktiv zurückzucken wollte, stieß Newman ihn mit der Stirn auf die Pflastersteine des schmalen Weges, der quer über den Rasen führte. Der Aufprall erinnerte an das Geräusch, mit dem ein Hammer auf harten Stein trifft, und Brand blieb regungslos liegen.

Immer mehr Männer kamen mit angelegten Gewehren auf sie zugerannt, ohne sich um Paulas Browning zu kümmern, denn sie wußten ebenso gut wie Paula selbst, daß sie unmöglich mit einer solchen Übermacht fertig werden konnte. Doch dann krachte plötzlich eine ganze Salve von Schüssen. Jede Kugel schlug präzise vor den Füßen eines Angreifers ein, und die Männer, völlig überrumpelt, blieben vor Schreck wie angewurzelt stehen und versuchten zu ergründen, aus welcher Richtung die Schüsse kamen. Marler fuhr ungerührt fort, einen nach dem anderen ins Visier zu nehmen und kurz vor ihm eine Kugel in den Boden zu jagen. Newman hatte gerade Brand unschädlich gemacht, als Paula ihm eine Warnung zurief:

»Achtung, Bob! Gefahr von rechts!«

Newman fuhr herum. Von der Seite des Gebäudes aus kam Gene mit Brutus an der Leine gemächlich auf ihn zu. Er ließ den Hund frei, und der Dobermann fegte auf sein Opfer zu, dem keine Zeit mehr blieb, seinen Revolver zu ziehen. Brutus flog mit einem mächtigen Satz durch die Luft und schnappte nach Newmans Kehle, doch ehe er zubeißen konnte, schien er mitten in der Bewegung zu erstarren – eine Kugel aus Marlers Armalite hatte seine Schädeldecke durchschlagen, und das riesige Tier fiel leblos zu Boden. Gene rannte mit einem langen Stilett in der Hand auf Newman zu.

Newman blieb, die Hände in die Hüften gestemmt, seelenruhig stehen. Wieder blieb ihm keine Zeit mehr, nach dem Smith & Wesson zu greifen. Ohne ein Anzeichen von Furcht zu zeigen, rief er Gene entgegen: »Ehe Sie mir dieses Ding da zwischen die Rippen bohren, würde ich gerne noch eine letzte Zigarette rauchen!«

»Rauchen Sie nur. Aber nicht mehr als zwei Züge ...«

Newman holte langsam ein Zigarettenpäckchen und ein Feuerzeug aus der Tasche, zündete sich eine Zigarette an und inhalierte ein paarmal genüßlich. Gene, der ihn nicht aus den Augen ließ, verzog die Lippen zu einem sadistischen Lächeln. Jetzt hat er Todesangst, dachte er befriedigt. Newman nahm noch einen Zug, und das Ende der Zigarette glühte hell auf, als er einen Punkt hinter Gene ins Auge faßte.

»Mach ihn fertig, Ed!« brüllte er.

Automatisch blickte Gene über seine Schulter, und Newman nutzte sein erfolgreiches Ablenkungsmanöver, um die brennende Zigarette fest auf die Hand zu drücken, die das Messer hielt. Gene jaulte auf und ließ das Messer fallen. Newman rammte ihm das rechte Knie mit aller Kraft zwischen die Beine, woraufhin Gene mit einem schrillen Aufschrei zusammenbrach und Newman seinen Revolver aus dem Holster riß. Mit dem Kolben versetzte er Gene einen harten Schlag gegen die Schläfe. Der glücklose Killer stöhnte noch einmal auf, dann regte er sich nicht mehr.

Als Paula dann ihre Schreckschußgranate auf die anderen Männer schleuderte, brach die Hölle los. Drei der Wächter stürzten bewußtlos zu Boden. Paula ließ eine Rauchbombe folgen, um die Gegner vollends aus dem Konzept zu bringen, und war mit dem Erfolg zufrieden. Hustend und keuchend taumelten die Angreifer durch den dichten, beißenden Rauch und rieben sich ihre tränenden Augen. Doch plötzlich wurde aus dem Qualm heraus eine Reihe von Schüssen auf sie abgegeben. Aus dem Klang schloß Newman, daß es sich um eine Maschinenpistole handelte. Vermutlich hatte einer der Wachposten sich zu Boden geworfen, die Augen geschlossen und feuerte nun in der Hoffnung, einen seiner Gegner zu treffen, aufs Geratewohl um sich.

»Zeit zum Rückzug!« rief er Paula zu. »Zurück zur Leiter, und dann nichts wie weg!«

Er blickte zum Flachdach empor und sah, daß Marler

immer noch auf seinem Posten stand und darauf wartete, daß einer von Molochs Leuten aus den Rauchschwaden auftauchte. Newman bedeutete ihm mit einer Handbewegung, unverzüglich herunterzukommen und zu der Leiter zu rennen. Dann lief er auf Butler zu, der neben dem Seil stand, um Paula, die mit der Gewandtheit einer Akrobatin an den Knoten hochkletterte und sich über die Mauer schwang, im Notfall Feuerschutz zu geben.

Marler hatte sich sein Armalite-Gewehr über die Schulter geworfen und hangelte sich gerade an den Efeuranken herab. Newman wartete und beobachtete ihn mit der Smith & Wesson in der Hand. Marler war fast unten angekommen, ließ die Ranken los und sprang den letzten Meter zu Boden. Eine Maschinenpistole, grübelte Newman. Diese Burschen waren Profis.

Als Marler sich aufrappelte, fiel sein Blick auf eine Plastikmülltonne, die an der Hausecke stand. Er rannte darauf zu und hob den Deckel. Nur gewöhnlicher Abfall. Dann entdeckte er einen zusammengeknüllten Papierball, griff danach, stopfte ihn in die Hosentasche und ließ den Deckel wieder zufallen.

»Was zum Teufel sollte diese Aktion denn bedeuten?« zischte Newman erbost, als Marler bei ihm anlangte.

»Man kann nie wissen, was einem so in die Hände fällt …«

»Sehen Sie zu, daß Sie über die Mauer kommen. *Bewegung!*«

Nachdem Marler in Windeseile an dem Seil hochgeklettert und aus seinem Blickfeld verschwunden war, trat Newman ein Stück näher an die Mauer heran. Er würde den Ort des Geschehens als letzter verlassen. Ohne den Blick von der sich langsam lichtenden Rauchwolke zu wenden, befahl er Butler, sich gleichfalls aus dem Staub zu machen. Da kam einer der Wachposten auf ihn zugetaumelt. Er hatte sich ein Taschentuch vor den Mund gebunden und die Augen mit einer enganliegenden Schweißerbrille geschützt; seine Maschinenpistole richtete er auf Newman. Dieser warf sich zur Seite, schleuderte dem Mann eine

Schreckschußgranate entgegen und ließ eine weitere Rauchbombe folgen. Der Wachposten schwankte, sank zu Boden und wurde sofort vom Rauch eingehüllt.

Newman klomm an dem Seil hoch, zog sich über die Mauer, holte dann das Seil ein und nahm ein Messer zur Hand, um es von dem Eisenring zu lösen, an dem er es befestigt hatte. Danach warf er das Seil zu dem unten wartenden Marler hinunter, der es rasch aufrollte. Sowie Newman sicher auf der anderen Seite der Mauer angekommen war, schob er mit Marlers Hilfe die Teleskopleiter wieder zusammen, und letzterer verstaute sie in seinem Saab.

Als Newman bei seinem Mercedes ankam, fand er Paula hinter dem Steuer vor. Sie hatte den Motor schon angelassen und war bereit, im selben Moment loszufahren, in dem Newman auf dem Beifahrersitz Platz genommen hatte. Vor ihnen ließ Butler sein Motorrad aufröhren und schoß wie ein Pfeil den Hügel hinab. Als er an den zerstörten Toren von Mullion Towers vorbeikam, nahm er Tempo weg, warf noch eine Granate in Richtung des Hauses und brauste dann mit Vollgas weiter.

Der Mercedes folgte ihm mit ähnlich hoher Geschwindigkeit, und der Saab hielt sich direkt dahinter. Newman wischte sich mit der flachen Hand den Schweiß von der Stirn.

»Na, hat Ihnen das kleine Abenteuer gefallen?«

»So etwas haben wir doch schon öfter erlebt«, gab sie gelassen zurück. »In ganz ähnlichen Situationen. Glauben Sie, daß diese Aktion etwas gebracht hat?«

»Mit Sicherheit haben wir Moloch aufgerüttelt, was meiner Meinung nach genau in Tweeds Absicht lag. Jemand hat uns von einem Seitenfenster aus beobachtet, als wir abgezogen sind. Es könnte sich dabei um Seine Hoheit persönlich gehandelt haben. Folgt uns jemand?«

»Nur Marler«, antwortete sie, nachdem sie einen raschen Blick in den Rückspiegel geworfen hatte. »Fahren wir jetzt nach Nansidwell zurück? Nur gut, daß Moloch und Konsorten nicht wissen, wo wir Quartier genommen haben.«

»Da wäre ich mir an Ihrer Stelle gar nicht so sicher.«

Moloch hatte die ganze Operation aufmerksam verfolgt. Vom Fenster seines im ersten Stock gelegenen Büros aus hatte er mit auf dem Rücken verschränkten Händen dagestanden und gehört, wie die erste Granate detonierte und das vordere Tor zerstörte. Während er zusah, wie Brand seine große Truppe am Vordereingang versammelte, war ihm der Gedanke gekommen, es könne sich um ein Ablenkungsmanöver handeln und der Angriff würde von ganz anderer Seite erfolgen. Aber Brand wußte für gewöhnlich, was er tat.

Etwas später verließ er dann eilig sein Büro und huschte über den Korridor zu einem Raum mit einem Seitenfenster. Er kam gerade rechtzeitig, um mit anzusehen, wie Newman den Wachposten mit der Maschinenpistole außer Gefecht setzte, am Seil emporkletterte, es zu sich hochzog und damit verschwand.

Ein ausgezeichnet durchorganisierter Einsatz, dachte er. Ich habe Tweed unterschätzt. Wir werden ihn ein wenig in die Zange nehmen müssen.

4.

Howard machte sich nicht die Mühe, anzuklopfen, ehe er in Tweeds Büro platzte. Seine Miene drückte tiefe Besorgnis aus. Als er sich auf den Lehnstuhl neben Tweeds Schreibtisch sinken ließ, schoben sich die Ärmel seines Jacketts nach oben und gaben den Blick auf goldene Manschettenknöpfe in Form von Blüten mit Blättern frei. Monica hinter ihrem Schreibtisch zuckte innerlich zusammen. Nur Angeber trugen ihrer Meinung nach derart auffallende Manschettenknöpfe.

»Der Premierminister verliert im Fall dieses Vincent Bernard Moloch allmählich die Geduld«, begann Howard in seinem herablassenden Tonfall.

»Ich weiß«, erwiderte Tweed. »Er hat mich heute nachmittag angerufen.«

»Soll das heißen, er hat sich zuerst an Sie gewandt?« erkundigte sich Howard indigniert. »Eigentlich bin ja wohl ich derjenige, der die Ermittlungen leitet.«

»Dann beschweren Sie sich doch beim Premierminister.«

»Sie wissen ganz genau, daß das nicht möglich ist. Er wünscht, daß diese Angelegenheit vorrangig behandelt wird. Übrigens hat VB eine bedeutende Elektronikfirma im Thames Valley erworben. Wie Sie vielleicht wissen, ist das unsere Version des amerikanischen Silicon Valley.«

»Ich weiß.«

»Sie wollen damit sagen, daß Sie über Thames Valley Bescheid wissen?«

»Ich weiß, daß VB die Firma aufgekauft hat. Er hat bereits Pläne in Auftrag gegeben, um Größe und Kapazität zu verdoppeln.«

»Darf ich fragen, warum *Ihnen* all diese Einzelheiten bekannt sind?«

»Ich habe in dem Gebiet einen Kontaktmann sitzen, dessen Namen ich nicht nennen möchte. Er hat mir vor einiger Zeit unter dem Siegel der Verschwiegenheit gewisse Informationen zukommen lassen«, sagte Tweed gleichmütig.

»Was den Premierminister so aufbringt – und ihm überdies ziemliche Sorgen macht –, ist, daß VB bereits einige Parlamentsmitglieder auf seiner Lohnliste stehen hat. Das Ganze läuft nach dem üblichen Muster ab – sie werden einfach als Berater bezeichnet. Er meint, daß VB über entschieden zuviel Macht verfügt.«

»Womit er zweifellos recht hat. Was erwarten Sie denn jetzt von mir? Soll ich hingehen und den Mann über den Haufen knallen?«

»Das wäre vielleicht keine schlechte Idee«, erwiderte Howard mit einem seltenen Anflug von Humor. »Wie kommen Sie mit Ihren Nachforschungen voran?«

»Es geht. Sowie ich eindeutige Fakten vorweisen kann, sind Sie der erste, der davon erfährt.«

»Na hoffentlich …«

Howard erhob sich und verließ den Raum. Monica verdrehte die Augen gen Himmel, und Tweed grinste zu ihr hinüber.

»Ich sag' es trotzdem«, murrte Monica. »Der Mann ist eine Pest. Mir ist aufgefallen, daß Sie ihm nur das Allernotwendigste verraten.«

»Sicher, weil ich weiß, wie mitteilsam er werden kann, wenn er in seinem Club drei doppelte Whisky zu sich genommen hat. Was halten Sie von Newmans Anruf?«

Newman hatte Tweed auf dem Rückweg von Mullion Towers von der Telefonzelle in Mawnan Smith aus angerufen. Monica runzelte die Stirn.

»Hört sich an, als hätte er eine ziemlich hartgesottene Profitruppe geschickt ausmanövriert. Was war denn der Zweck der Übung?«

»Moloch aufzuschrecken, ihn wissen zu lassen, daß wir ihm auf der Spur sind. Wenn er sich bedroht fühlt, macht er vielleicht einen Fehler. Diese Papierfetzen, die Marler aus VBs Mülltonne gefischt hat, interessieren mich. Eine Karte von Kalifornien mit merkwürdigen Linien darauf ...«

»Haben Sie deshalb Pete Nield in aller Eile hinunter nach Nansidwell geschickt?«

»Ja«, bestätigte Tweed. »Er bringt mir die Karte so schnell wie möglich her. Ich möchte sie mir gern selbst ansehen. Ach, übrigens – haben Sie etwas über diesen weiblichen Buddha, Mrs. Benyon, VBs Stiefmutter, herausgefunden – und über ihren Sohn Ethan?«

»Mrs. Benyon besitzt einen kleinen Aktienanteil an der Gesellschaft, die VBs Imperium kontrolliert. Das Gerücht will wissen, daß sie VB ständig bedrängt, ihren Anteil zu erhöhen. Sie will ein größeres Mitspracherecht.«

»Diese Forderung paßt zu dem Eindruck, den sie auf dem Foto macht. Sonst noch etwas?«

»Ihr Sohn Ethan scheint ein etwas verschrobener Charakter zu sein. Er haßt seine Mutter, die ihn schikaniert, wo sie nur kann. Deshalb lebt er auch nicht bei ihr – er wohnt in Black Ridge, VBs Hauptquartier an der Küste von Carmel, in der Nähe von Big Sur. Auf seinem Fachgebiet soll er brillante Arbeit leisten.«

»Was genau macht er denn beruflich?«

»Er ist Seismologe – Experte für Erdbeben. Mehr weiß

ich selber nicht. Aber als er hier studiert hat, waren seine Kommilitonen einhellig der Meinung, daß er einen Sprung in der Schüssel hat. Vielleicht liegt das daran, daß er der typische zerstreute Gelehrte ist. Er geht in seiner Arbeit völlig auf.«

»Interessant.« Tweed trug einen geistesabwesenden Gesichtsausdruck zur Schau.

»Interessant? Weshalb?«

»Weil sich einzelne Teilchen des Puzzles allmählich in das Gesamtbild einfügen. Aber ich kann mich natürlich auch irren.«

»Fast hätte ich's vergessen: Während Sie heute morgen unterwegs waren, traf das Foto von Julia Sanchez, das Cord Dillon Ihnen per Federal Express geschickt hatte, hier ein. Sie wissen ja – die Freundin von VB, die sich zusammen mit weiteren sechs Mädchen scheinbar in Luft aufgelöst hat. Das ist sie.«

Sie legte das Foto vor Tweed auf den Schreibtisch. Es zeigte eine ausgesprochen attraktive Brünette mit festem Kinn, klaren Zügen und lachenden Augen. Der Typ Mädchen, mit dem man viel Spaß haben konnte. Tweed schätzte ihr Alter auf Anfang Dreißig.

»Es besteht nicht die geringste Ähnlichkeit mit der Frau, die Newman in Cornwall aus dem Wasser gezogen hat – mit der, von der Paula behauptet, es sei dieselbe Frau, die bei Octopus Cove in Kalifornien an Land geschwemmt wurde. Hier ist ein Phantombild, das Paula zusammen mit unserem Zeichner im Labor angefertigt hat.« Monica wies mit dem Finger darauf.

Tweed musterte Paulas Zeichnung flüchtig. Er wußte, daß sie eine besondere Begabung dafür hatte, sich die Gesichtszüge ihrer Mitmenschen genau einzuprägen und sich später wieder ins Gedächtnis zu rufen. Doch noch bevor er das Bild näher betrachtete, hatte er schon erkannt, daß das Mädchen keine Ähnlichkeit mit Julia Sanchez aufwies. Noch eine Sackgasse. Auf wie viele waren sie im Laufe der Jahre nun schon gestoßen.

»Nein, da besteht wirklich keine Ähnlichkeit«, stimmte

er zu. »Ich werde jetzt lieber Cord anrufen, um ihn auf dem laufenden zu halten ...«

Er wurde vom Klingeln des Telefons unterbrochen. Monica nahm den Hörer ab und teilte Tweed mit, daß Cord Dillon ihn sprechen wollte.

»Hallo, Cord. Tweed am Apparat.«

»Hi! Verraten Sie mir eines: Klinge ich freudig erregt – so, als hätte ich gerade eine gute Nachricht bekommen?«

»Kann man so sagen ...«

»Was wieder einmal beweist, wie gut ich mich in Krisensituationen verstellen kann.«

»Wer bereitet Ihnen denn Probleme?«

»Der Präsident der Vereinigten Staaten höchstpersönlich. Ich wurde zu ihm ins Oval Office zitiert. Er schäumt vor Wut. Offenbar hat Moloch inzwischen im Repräsentantenhaus – und im Senat – eine solche Macht erlangt, daß der Präsident fürchtet, er könne die nächsten Wahlen ganz nach seinem Belieben beeinflussen. Ich versuchte, ihm klarzumachen, daß er ein wenig übertreibt, aber er ließ kein vernünftiges Argument gelten. Jetzt bin ich beauftragt worden, herauszufinden, was VB konkret vorhat. Eine Frage dazu – mir ist zu Ohren gekommen, daß Moloch in seinem Learjet den Atlantik überquert hat und sich jetzt irgendwo in England aufhalten soll ...«

»Das stimmt. Mir ist sein momentaner Aufenthaltsort bekannt.«

»Tun Sie mir einen großen Gefallen, alter Freund, und verschaffen Sie mir ein paar Informationen über den Mann – was er vorhat, welche Motive ihn leiten und so weiter. Ihre Leute sind Experten auf diesem Gebiet, und ich kann von hier aus nicht viel unternehmen. Vermutlich werde ich in Kürze erneut ins Weiße Haus beordert, und dann sollte ich besser handfeste Ergebnisse vorzuweisen haben. Ganz Washington ist in Panik. Man ist einhellig der Meinung, Moloch wäre ein Siegertyp; einer, der weiß, wie man zu Macht und Einfluß kommt und dabei keine Skrupel kennt.«

»Cord, überlassen Sie die Sache mir. Ich habe bereits Ermittlungen im großen Stil eingeleitet, um diesem Mann auf die Schliche zu kommen. Wenn ich konkrete Beweise habe, rufe ich Sie an. Die Operation ist in vollem Gange.«

»Vielleicht kann ich dann heute nacht ruhiger schlafen. Besten Dank auch.«

Tweed erzählte Monica, was der Amerikaner gesagt hatte, und diese schürzte nachdenklich die Lippen. »Sie haben nicht erwähnt, daß sich der Premierminister aus denselben Gründen in heller Aufregung befindet.«

»Das habe ich absichtlich für mich behalten. Warum soll ich Cord Dillon noch mehr beunruhigen? Ich stelle nur fest, daß dieser eine erstaunliche Mann, Vincent Bernard Moloch, imstande ist, sowohl London als auch Washington vor Angst erbeben zu lassen. Beben …«, wiederholte er gedankenvoll.

»Ich versuche immer noch, Informationen über Vanity Richmond zu bekommen«, fuhr Monica fort. »Deswegen habe ich mich auch mit einem verläßlichen Kontaktmann in San Francisco in Verbindung gesetzt. Er hat versucht, Auskünfte über Vanessa Richmond einzuholen: über das Straßenverkehrsamt, verschiedene Kreditinstitute, das Finanzamt, die Einwanderungsbehörde – für den Fall, daß sie eine registrierte Ausländerin mit permanenter Aufenthaltsgenehmigung für die Vereinigten Staaten ist – und über die Sozialversicherungsstelle. Niemand konnte nähere Angaben machen. Vanessa Richmond ist eine Frau ohne Identität.«

»Klingt ausgesprochen geheimnisvoll«, kommentierte Tweed.

»Ich gebe mir alle Mühe, hierzulande etwas über sie in Erfahrung zu bringen, aber bislang ist der Erfolg gleich Null.«

»Als Newman mir telefonisch seinen Bericht über das Unternehmen Mullion Towers durchgegeben hat, kam Paula hinterher kurz an den Apparat. Ihrer Aussage zufolge hält sich im Augenblick eine alleinreisende Frau im Nansidwell Country Hotel auf, die Vanity gleicht wie ein Ei dem anderen. Allerdings war sie in Kalifornien ein Rotschopf, und die Frau im Nansidwell ist brünett.«

»Sie trägt eine Perücke oder hat sich ihr Haar gefärbt«, antwortete Monica sofort.

»Dieser Gedanke ist mir auch schon gekommen. Sowie ich in Nansidwell angekommen bin, werde ich die Dame einmal genauer unter die Lupe nehmen. Haben Sie mir ein Zimmer reservieren lassen?«

»Natürlich. Für heute abend. Sollten Sie sich nicht langsam auf den Weg machen?«

»Ich warte darauf, daß Pete Nield mir den Papierfetzen bringt, den Marler aus VBs Mülltonne gefischt hat. Er müßte in Kürze hier eintreffen.«

Eine halbe Stunde später kam Nield in dem Haus am Park Crescent an, nachdem er den ganzen Weg nach Cornwall und zurück praktisch ohne Pause zurückgelegt hatte. Monica fand, daß er trotz dieser Strapaze erstaunlich frisch wirkte. Er überreichte Tweed einen wattierten Umschlag.

»Marler sagte mir, das Papier sei, als er es fand, in vier Stücke zerrissen gewesen. Er hat es wieder zusammengesetzt und mit Tesafilm zusammengeklebt.«

»Möchten Sie nach der langen Fahrt nicht einen Schluck trinken?« schlug Monica vor.

»Ich könnte ein Glas Wasser vertragen – und eine Tasse von Ihrem ausgezeichneten Kaffee. Mit Zucker, bitte.« Nield lächelte sie an. »Auf dem letzten Stück der Strecke kam ich mir vor, als würde ich bei lebendigem Leib gebraten. In meinem Wagen war es so heiß wie in einem Backofen. Ich hatte zwar eine Flasche Mineralwasser bei mir, aber die hat nicht lange vorgehalten.«

»Setzen Sie sich, Pete«, forderte Tweed ihn auf. »Ich möchte gleich noch mit Ihnen sprechen.«

Er studierte aufmerksam das Dokument, das Marler wieder zusammengefügt hatte. Es war eine Karte des Staates Kalifornien, auf der von Süden nach Norden fünf krakelige Linien quer durch das Land verliefen. Am Ende einer jeden stand in winzigen Buchstaben ein Name. Auf Anhieb erkannte Tweed die berüchtigte San-Andreas-Verwerfung. Was ihn irritierte, war eine andere Linie, die sich nahe an der Küste entlangzog und als San-Moreno-Verwerfung bezeichnet wurde.

Als Monica mit einem Tablett mit Kaffee und Keksen für Nield zurückkam, wartete Tweed geduldig, bis dieser die Kanne geleert und alle Kekse vertilgt hatte. Pete Nield war das genaue Gegenteil von dem stämmigen Harry Butler, der selten ein Blatt vor den Mund nahm. Der schlank gebaute Mann Ende Dreißig kleidete sich gern mit lässiger Eleganz, hatte ein schmales, intelligentes Gesicht und trug einen säuberlich gestutzten Schnurrbart.

»Monica«, rief Tweed seiner Assistentin zu, »könnten Sie bitte versuchen, eine Telefonverbindung zu Professor Weatherby herzustellen?«

»Meinen Sie den führenden Seismologen dieses Landes?«

»Ja. Tom Weatherby.«

Ein paar Minuten später nickte Monica Tweed zu, der den Hörer seines Telefons abnahm. Die vertraute Stimme mit dem schnarrenden schottischen Akzent begrüßte ihn herzlich.

»Tweed? Ich dachte, Sie wären inzwischen Mitglied der Regierung.«

»Um Himmel willen, nein. Tom, ich weiß, daß es ein bißchen viel verlangt ist, aber könnte ich mal kurz bei Ihnen vorbeischauen? Nur für ein paar Minuten. Es ist wirklich dringend.«

»Wenn Sie mich bitten, ein Rätsel für Sie zu lösen, ist es immer dringend. Kommen Sie nur her. Ich erwarte Sie ...«

Tweed ging zu einem Schrank und holte den bereits gepackten Koffer heraus, den er für den Fall einer übereilten Abreise stets dort aufbewahrte. Pete Nield hatte den seinen schon bereitgestellt.

»Wir sind auf dem Weg nach Cornwall, aber vorher statten wir Tom Weatherby noch einen Besuch ab.«

»Pete hat doch gerade erst den langen Weg hin und zurück hinter sich«, protestierte Monica.

»Oh, ich kann die Rückfahrt nach Cornwall durchaus verkraften«, versicherte Nield ihr.

»Sie erreichen mich im Nansidwell«, teilte Tweed seiner Assistentin mit. »Ich werde selbst fahren. Während meiner Abwesenheit tragen Sie hier die Verantwortung. Und sagen Sie Howard, Sie wüßten nicht, wo ich mich aufhalte, falls er nach mir fragt – und das wird er ...«

Zuerst fuhren sie zu einem großen Haus im Londoner Stadtteil Holland Park. Weatherby selbst öffnete ihnen die Tür, bat sie herein und führte sie in einen geräumigen, gemütlich möblierten Wohnraum, dessen eine Wand fast völlig von einem mächtigen Schreibtisch eingenommen wurde. Er fragte seine Gäste, was sie trinken wollten. Beide baten um Kaffee.

Der ungefähr siebzigjährige Weatherby wirkte wie ein freundlicher Gnom. Er hatte ergrauendes Haar, eine breite, hohe Stirn, war nur mittelgroß und musterte seine Besucher mit einem koboldhaften Grinsen. Nield fand, daß er wie eine weise alte Eule aussah.

»Welches Problem führt Sie denn zu mir?« fragte er Tweed, nachdem er den Kaffee serviert hatte. Er selbst nippte an einem Glas Whisky. »Soll ich irgendein rätselhaftes Dokument für Sie entziffern?«

»Sie haben den Nagel auf den Kopf getroffen.«

Tweed reichte ihm die Karte von Kalifornien, die Marler so liebevoll wieder zusammengeklebt hatte. Weatherby faltete sie auseinander, studierte sie einige Minuten lang schweigend und hob dann den Kopf.

»Darf ich Sie fragen, wo Sie diese Karte herhaben?«

»Es tut mir leid, Tom, aber das darf ich Ihnen nicht sagen.«

»Ich kenne die Handschrift – diese winzigen Buchstaben, mit denen die verschiedenen Namen unten auf das Blatt geschrieben wurden. Der Mann, der diese Karte angefertigt hat, ist stark kurzsichtig. Ich kenne ihn persönlich. Ethan Benyon. Er hat bei mir Seismologie studiert – Erdbebenkunde.«

»Ein merkwürdiger Zufall«, entgegnete Tweed nachdenklich.

»Nicht so sonderbar, wie Sie meinen. Sehen Sie, Seismologen bilden untereinander einen kleinen, erlesenen Kreis, tauschen gegenseitig ihre Erfahrungen und Forschungsergebnisse aus. Ich weiß, es klingt überheblich, aber Ethan kam zu mir, weil er mich für den besten Wissenschaftler auf dem Gebiet der Erdbebenforschung in Westeuropa hielt. Das war natürlich eine maßlose Übertreibung, diese Zeit liegt schon lange hinter mir. Ethan war ein hervorragender Student. Ein sehr ruhiger, zurückhaltender junger Mann, aber er hatte eine natürliche Begabung für dieses Fach.«

»Wissen Sie, wo er jetzt steckt?«

»Keine Ahnung. Aber wenn diese Karte erst vor kurzem angefertigt wurde, dann würde ich sagen, er hält sich in Kalifornien auf. Er ist so kurzsichtig, daß er extrem dicke Brillengläser braucht. Ich erinnere mich, daß er sich besonders für die VAN-Methode zur Vorhersage von Erdbeben interessierte.«

»Was ist das für eine Methode?« erkundigte sich Tweed.

»Das kann man nicht so einfach mit ein paar Sätzen erklären. Die VAN-Methode wurde von drei griechischen Professoren entwickelt und funktioniert ungefähr wie folgt: Mit Hilfe von an vorher berechneten Stellen errichteten Erdbebenstationen wird die natürliche Elektrizität gemessen, die dicht unter der Erdoberfläche auftritt. Diese Spannung wird durch das Magnetfeld der Erde ausgelöst. Alle Stationen sind mit Sensoren bestückt, die in einiger Entfernung von den Meßgeräten in den Boden eingegraben werden. Sie sind durch eine Drahtleitung mit einem Spannungsverstärker und einem Datenschreiber verbunden. Können Sie mir so weit folgen?«

»Ich denke schon«, meinte Tweed.

»Sie vermutlich eher als ich«, bemerkte Nield leise.

»Die Datenschreiber zeichnen alle Signale, alle Elektrizitätsschwankungen, die mit ziemlicher Sicherheit auf ein nahendes Erdbeben schließen lassen, mit akribischer Genauigkeit auf. Früher war diese Methode unter Seismologen äußerst umstritten, aber inzwischen geben sie zu, daß das VAN-System funktioniert – zumindest einige sind dieser Meinung. Ich weiß, daß die meisten Amerikaner immer noch Zweifel hegen. Unser Freund Ethan verfügte über einen ausgesprochen schöpferischen Geist.«

»In welcher Hinsicht?«

»Nun, er war ungemein an dem wahren Grund der Entstehung von Erdbeben interessiert, und ihn faszinierte die Möglichkeit, sie kontrollieren zu können. Ich fand einige seiner Ideen verblüffend bis beängstigend. Er ist ein absoluter Einzelgänger. Ließ seine Kommilitonen nie an seinen Forschungen teilhaben und kapselte sich völlig von der Außenwelt ab.«

»Können Sie zu dieser Karte sonst noch irgend etwas sagen?«

»Ein Umstand verwirrt mich. Ich begreife nicht, was die eine Linie, die als San-Moreno-Verwerfung bezeichnet wird, zu bedeuten hat. Von so einem Verlauf – entlang der Pazifikküste, dann ein Stück landeinwärts und dann wieder an der Küste entlang – habe ich noch nie gehört. Die Linie beunruhigt mich, aber ich kann leider nicht sagen, weshalb. Hätten Sie etwas dagegen, wenn ich mir eine Fotokopie von der Karte mache?«

»Nein, solange sie außer Ihnen niemand zu Gesicht bekommt.«

»Sagten Sie nicht, die Angelegenheit sei vertraulich?« schmunzelte Weatherby.

»Dann machen Sie schnell. Wir müssen weiter.«

»Verstehe. Sie kommen mir vor wie eine Libelle; ständig surren Sie von hier nach da. Entschuldigen Sie mich einen Moment.«

Ein paar Minuten später kam Weatherby zurück und reichte Tweed das Original der Karte. Tweed dankte ihm für seine Hilfe, verabschiedete sich und ließ Nield auf der Beifahrerseite des Ford Sierra einsteigen. Er selbst nahm hinter dem Steuer Platz und fuhr los, in Richtung Cornwall.

»Hat er uns denn weitergeholfen?« fragte Nield, als sie die Außenbezirke von London hinter sich gelassen hatten und Tweed das Gaspedal durchtrat.

»In gewisser Weise schon. Er bestätigte eine fast unglaubliche Theorie, die mir im Hinterkopf herumschwirrt. Aber wahrscheinlich liege ich damit vollkommen falsch. Vielleicht kommen wir ja in Cornwall einen Schritt weiter.«

»Vielleicht gibt's da ein bißchen mehr Aufregung. Marler hat mir von dem Feuergefecht bei Mullion Towers erzählt. Hoffen wir, daß wir in Cornwall auf eine heiße Spur stoßen.«

»Hoffen wir, daß wir uns nicht die Finger daran verbrennen ...«

5.

»Eure Maßnahmen waren ein kompletter Reinfall«, fauchte Moloch Brand an, als sie in seinem Büro beisammensaßen. »Sie haben euch von Anfang bis Ende ausgetrickst. Und so was nennt sich Sicherheitsexperte! Ein blutiger Anfänger bist du!«

»Sie haben uns einfach überrumpelt«, murmelte Brand.

»Was nichts anderes heißt, als daß ihre taktische Vorgehensweise der euren weit überlegen war. Hast du das Papier durch den Reißwolf gejagt, das ich dir gegeben habe?«

»Natürlich«, log Brand. »Ich habe in der Zwischenzeit unser gesamtes Verteidigungssystem neu durchorganisiert ...«

»Wir brauchen uns vorerst nicht zu verteidigen. Wir starten eine Offensive gegen Tweed und seine Leute.«

»Eine ausgezeichnete Idee.«

»Halt den Mund. Ab sofort übernehme ich die Planung und Koordination unserer nächsten Unternehmungen. Du nimmst das gesamte Team mit und überprüfst jedes einzelne Hotel in der Umgebung – Truro, Falmouth, Mylor. Findet heraus, wo sich Paula Grey aufhält. Abgesehen von Tweed selbst ist sie im Moment die einzige dieser hochkarätigen Truppe, deren Namen wir kennen. Die Gegenseite muß hier im Umland eine Art Basislager unterhalten; sie sind garantiert nicht extra aus London angereist, um uns anzugreifen. Was hockst du noch hier herum? Setz deinen Arsch in Bewegung und mach voran!«

»Bin schon unterwegs ...«

»Noch etwas. Ich möchte, daß von der *Venetia* aus Motorboote losgeschickt werden, um die Flüsse und Buchten abzusuchen. Du kannst die Leitung dieses Einsatzes übernehmen. Und komm mir ja nicht zurück, bevor du sie gefunden hast.«

»Verstanden«, sagte Brand hastig und strebte zur Tür. »Aber wenn ich alle Leute abziehe, heißt das, daß hier keine Wachposten mehr ...«

»Idiot! Glaubst du wirklich, sie kommen heute noch einmal zurück?«

»Entschuldigung, ich habe nicht geschaltet ...«

»Gut, daß wenigstens einer hier mitdenkt. Und, Joel, vergiß die kleineren Dörfer nicht. Sieh dich in Mawnan Smith und Mawnan um, da gibt es auch einige gute Hotels.«

»Wird gemacht. Bei der Gelegenheit kann ich mich gleich erkundigen, ob auch Tweed hier irgendwo abgestiegen ist.«

»Du bist wirklich so blöd, wie du lang bist! Tweed sitzt in London und schmiedet Gott weiß was für Pläne. Er ist der letzte, den du hier unten vorfinden würdest. Und jetzt geh, um Himmels willen!«

Moloch stand am Fenster und wartete, bis alle Wagen das Grundstück verlassen hatten. Die Überreste des zerstörten Tores waren inzwischen entfernt worden, und er nahm sich vor, persönlich zu überprüfen, ob Brand ein neues, stabileres Tor bestellt hatte. Dann setzte er sich hinter seinen Schreibtisch und wählte aus dem Gedächtnis eine kalifornische Nummer. In England war es jetzt sechs Uhr abends, also mußte es in Kalifornien zehn Uhr morgens sein. Als die Verbindung nach Black Ridge hergestellt war, verlangte er, Ethan Benyon zu sprechen.

»Ethan? Hier ist VB. Wie kommst du mit dem Projekt voran? Wann bist du fertig?«

»Es läuft gut«, antwortete eine ruhige, gedämpfte Stimme mit englischem Akzent. »Ich müßte meine Arbeit in ein paar Wochen beendet haben. Es wird funktionieren.«

»Sehr gut. Versuch bitte, die Sache noch zu beschleunigen. Gibt es auf dem Bohrschiff vor der Küste irgendwelche Probleme?«

»Keine. Sie sind ihrem Zeitplan sogar noch etwas voraus.«

»Hat irgend jemand Verdacht geschöpft?«

»Nein, Mr. Moloch. Die Leute hier sind fest davon überzeugt, daß es sich um ein Forschungsschiff handelt, das auf dem Meeresgrund nach Bodenproben bohrt.«

»Ausgezeichnet.« Moloch hielt inne. »Ist etwas, Ethan? Du klingst so bedrückt.«

»Es geht um Mutter. Sie ist vor kurzem in die Nähe von Big Sur gezogen, in ein Haus an der Küste. Ich muß sie regelmäßig besuchen. Sie macht mir das Leben zur Hölle. Einmal hat sie sogar gedroht, mich zu schlagen!«

»Ich verstehe. Ethan – aber laß dich durch sie nicht von deiner Arbeit abhalten. Ich werde mich um die alte Hexe kümmern.«

»Bitte tun Sie das nicht, Mr. Moloch. Hinterher läßt sie dann ihre Wut an mir aus.«

»Das wird sie nicht tun. Ich habe nämlich ein As im Ärmel, womit ich sie zwingen kann, sich wie ein zivilisierter Mensch zu benehmen. Du hast gute Arbeit geleistet, Ethan. Mach nur so weiter – und danke, daß du dich so für die Firma aufopferst.«

»Meine Arbeit ist mein Leben, Mr. Moloch.«

Moloch legte sacht den Hörer auf, erhob sich und lief mit hinter dem Rücken verschränkten Händen in seinem Büro auf und ab. Er haßte seine Stiefmutter von ganzem Herzen. Der Himmel allein mochte wissen, was seinen Vater dazu bewogen hatte, diese Kreatur zu heiraten; die ihn ins frühe Grab gebracht hatte.

Seine Lippen glichen zwei schmalen Strichen, als er sich wieder an seinem Schreibtisch niederließ und Mrs. Benyons Nummer wählte.

»Arabella?« bellte er. »Vincent Bernard am Apparat.«

»Was, zum Teufel, willst du?« knurrte eine rauhe englische Stimme am anderen Ende der Leitung. »Mir sagen, daß ich endlich ein größeres Mitspracherecht in der AMBECO bekomme? Das wird auch langsam Zeit!«

»Ich habe gerade mit Ethan gesprochen. Du hast ihn wieder einmal sehr schlecht behandelt – ›brutal‹ ist wohl das richtige Wort dafür. Ich werde dieses Verhalten nicht länger dulden. Hast du mich verstanden?«

»Und was gedenkst du dagegen zu unternehmen?« erkundigte sich Mrs. Benyon höhnisch.

»Ich kann dir zum Beispiel jederzeit das Aktienpaket wieder wegnehmen, das sich in deinem Besitz befindet.«

»Einen Dreck kannst du!«

»Ich schlage vor, daß du dir den Vertrag, den mein Anwalt aufgesetzt hat, noch einmal gründlich durchliest. Er besagt ganz klar, daß ich die Aktien jederzeit zurückfordern kann und daß du verpflichtet bist, sie herauszugeben.«

»Du mieses Schwein!«

»Mit derartigen Komplimenten erreichst du bei mir gar nichts. Ich rate dir letztmalig, deinen Sohn anständig zu behandeln. Du möchtest doch nicht, daß jemand unter deinem schönen neuen Haus eines Tages eine Bombe hochgehen läßt, nicht wahr?«

»Das würdest du nicht wagen.«

Ihre Stimme bebte vor kaum verhohlener Wut, doch Moloch entdeckte auch einen Anflug von Furcht. Furcht war das einzige, was sie dazu veranlaßte, ihr böses Temperament zu zügeln. Ohne ein weiteres Wort legte er den Hörer auf. Es behagte ihm nicht, daß Mrs. Benyon jetzt in unmittelbarer Nähe von Black Ridge lebte, er wollte seinem Wachpersonal aber nicht den Befehl geben, ihr den Zutritt zu seinem Hauptquartier zu verwehren. Wenn er das tat, würde sie es überall herumerzählen, und die Einwohner von Carmel und Monterey könnten anfangen, darüber nachzudenken, was hinter diesen Mauern wohl wirklich vor sich ging – Schnüffler aber konnte er in dieser kritischen Phase am allerwenigsten gebrauchen.

Tweed hatte bereits mehr als die Hälfte der Strecke nach Cornwall hinter sich gebracht, als Nield darauf bestand, ihn am Steuer abzulösen. Auf dem Beifahrersitz schlief Tweed sofort ein. Er hatte die Gabe, unvermittelt in tiefen Schlaf zu fallen, sowie er die Augen schloß. Lange Zeit später weckte Nield ihn.

»Wir sind fast da«, sagte er, Tweed einen leichten Stoß versetzend.

»Fast wo? Ist das schon die Straße, die nach Nansidwell führt?« Tweed fuhr hoch.

»Ja. Woher wissen Sie das?«

»Ich war in einer anderen Angelegenheit schon einmal hier, bin die ganze Gegend abgefahren und dann im Nansidwell Country Hotel abgestiegen. Sollte ich jetzt nicht lieber wieder das Steuer übernehmen und Sie vor dem Eingang des Meudon absetzen, wo auch Butler wohnt? Monica hat Ihnen dort ein Zimmer reserviert.«

»Ich weiß. Gute Idee.«

Sie tauschten die Plätze, und Tweed fuhr die Landstraße entlang, die an einem ausgedehnten Sumpfgebiet vorbeiführte. Währenddessen erläuterte ihm Nield, was er kurz zuvor getan hatte.

»Ich habe Paula über das Mobiltelefon angerufen und ihr gesagt, daß Sie in ungefähr einer Viertelstunde eintreffen werden. Dann telefonierte ich mit Harry und unterrichtete ihn von meiner Ankunft.«

»Ich nehme an, Sie haben Ihre Worte sehr sorgfältig gewählt und keine Namen genannt.«

»Selbstverständlich.«

Tweed hegte eine tiefe Abneigung gegen Mobiltelefone; zu oft waren die Gespräche abgehört und aufgezeichnet worden. Ein kurzes Stück vom Meudon entfernt ließ er Nield aussteigen und reichte ihm seinen Koffer. Butler verfügte über ein eigenes Transportmittel – er hatte sich ein Auto gemietet und Monica unverzüglich darüber informiert.

Tweed fuhr die gewundene Auffahrt zum Nansidwell entlang und bereitete sich innerlich auf das Zusammentreffen mit dem Hotelbesitzer vor, der ihn als Chefermittler der General & Cumbria Assurance kannte. Die erste Person, die er sah, als er die Halle betrat, war Paula. Sie kam auf ihn zu, und da weit und breit niemand anders zu sehen war, umarmte sie ihn kurz.

»Irgendwelche Probleme?« erkundigte sich Tweed ruhig, während er sich in das Gästebuch eintrug, das aufgeschlagen an der Rezeption lag.

»Es gibt hier jemand, den Sie kennenlernen sollten. Aber Sie sind nach diesem anstrengenden Tag bestimmt todmüde.«

»Ich gehe rasch auf mein Zimmer und nehme ein Bad, dann sehen wir weiter.«

Ein Hotelangestellter kam mit einem freundlichen Lächeln auf ihn zu, nahm ihm den Koffer ab und führte ihn zu seinem Zimmer. Als er sich nach seinem Bad gerade wieder angekleidet hatte, klopfte Paula an die Tür. Er ließ sie herein, und sie stellte ihm ein Tablett mit Tee und Gebäck auf den Nachttisch. Tweed hatte seinen Londoner Straßenanzug mit etwas zwangloserer Freizeitkleidung vertauscht.

»Danke, das kann ich jetzt gebrauchen«, sagte er, während er sich eine Tasse Tee einschenkte. »Auf der Fahrt hierher bin ich mir vorgekommen wie in einem Treibhaus, so heiß war es im Auto. Leider ist es hier auch nicht viel kühler.«

»Seitdem wir hier sind, ärgern wir uns über die Gluthitze. Wenn Sie soweit sind, mache ich Sie mit dem Mann bekannt, von dem ich gesprochen habe. Ich kann im Restaurant Bescheid sagen, daß wir später zum Essen kommen.«

Paula trug ein kurzes schwarzes Kleid mit Bolerojäckchen, schwarze Wildlederpumps und als einzigen Schmuck eine Perlenkette. Tweed fand, daß sie sehr elegant aussah, und sagte ihr das auch.

»Wie heißt der Mann denn?« fragte er mit gedämpfter Stimme.

»Maurice Prendergast. Ich traf ihn, als ich nach Mawnan Smith hineinfuhr. Beinahe hätte ich seinen Drahthaarterrier überfahren, weil der mir ganz plötzlich vors Auto lief; Gott sei Dank konnte ich ihn durch eine Vollbremsung gerade noch retten, stieg aus und entschuldigte mich. Er war mir sehr dankbar, so dankbar, daß er mich zum Tee zu sich nach Hause eingeladen hat. Sein eigenes Auto hatte er im Dorf abgestellt.«

»Und was geschah dann?« fragte Tweed mit einem sonderbaren Lächeln.

»Er stieg in sein Auto und fuhr voraus. Sein Haus liegt direkt am Fluß. Es ist ein zweigeschossiges strohgedecktes Cottage. Dort bereitete er eigenhändig den Tee zu und servierte ihn.«

»Sonst war niemand im Haus? Mir scheint, da sind Sie ein ziemliches Risiko eingegangen.«

»Mein Browning steckte in meiner Umhängetasche, und außerdem machte er auf mich einen sehr netten Eindruck.«

»Einige bekannte Mörder waren auch sehr nette, charmante Männer«, neckte Tweed sie. »Haben Sie etwas über ihn herausgefunden?«

»Er sagte mir, er hätte in London gearbeitet – und dann erklärte er mir, er wäre von dort geflüchtet, noch bevor die Stadt ihn aufgefressen habe. Ich erzählte ihm, ich würde bei einer Versicherungsgesellschaft arbeiten, und daraufhin lächelte er nur seltsam. Ich kann mir diese Reaktion nicht erklären, aber ich habe das komische Gefühl, als hätte ich ihn irgendwo schon einmal gesehen.«

»Andersrum wird ein Schuh draus. Er hat *Sie* schon einmal gesehen«, gab Tweed schließlich augenzwinkernd zu.

Paula starrte ihn einen Moment lang ungläubig an, dann brach sie in schallendes Gelächter aus und stieß ihm gegen den Arm.

»Sie sind mir einer! Lassen mich munter drauflosschwatzen, ohne einen Ton zu sagen! Also, wer ist der Mann?«

»Maurice Prendergast, ehemaliger Mitarbeiter des Special Branch, der Staatssicherheitspolizei. Sie haben ihn vor einigen Jahren kurz gesehen, als er bei mir im Auto saß und wir durch London fuhren. Da die Begegnung nur flüchtig war, hielt ich es für unwahrscheinlich, daß er Ihnen aufgefallen ist. Er ist einer der Gründe für meine Anwesenheit hier – ich muß dringend mit ihm sprechen. Vielleicht kann er mir sagen, was hier so vor sich geht. Wirklich ein Zufall, daß ausgerechnet Sie beide sich über den Weg gelaufen sind.«

»So ein großer Zufall ist es nun auch wieder nicht. Er erzählte mir, er würde dreimal täglich seinen Hund im Dorf ausführen. Ich glaube, er ist sehr einsam. Seine Frau starb vor einem Jahr ...«

»Davon wußte ich ja gar nichts. Wie ich ihn kenne, hat ihn dieser Schlag schwer getroffen.«

»Er läßt sich nichts anmerken. Im Gegenteil, er gibt sich ausgesprochen umgänglich und charmant. Kam nur mit einem einzigen Satz auf den Tod seiner Frau zu sprechen und wechselte dann das Thema.«

»Das sieht Maurice ähnlich. Er ist ein Meister darin, seine wahren Gefühle zu verbergen. Jetzt sollten wir uns aber auf den Weg machen und ihm einen Besuch abstatten.«

»Ich werde fahren. Sein Haus ist nicht ganz einfach zu finden«, erbot sich Paula. »Wir müssen zu einem kleinen Dorf namens Porth Navas am Helford River – obwohl der Fluß dort oben eher einem breiten Bach ähnelt. Die Heimat von Daphne du Maurier; sie hat dort ihre Jugend verbracht.«

»Ich fahre, und Sie weisen mir den Weg«, entschied Tweed. »Auf der Fahrt hierher habe ich ein Nickerchen gemacht, während Pete am Steuer saß, und jetzt bin ich wieder so munter wie der sprichwörtliche Fisch im Wasser. Ich bin gespannt, was Maurice uns zu erzählen hat ...«

Als sie das Hotel verließen, kamen sie an Bob Newman vorbei, der in einem der Salons in einem bequemen Sessel saß. Tweed passierte ihn, ohne von ihm Notiz zu nehmen, und Newman blickte noch nicht einmal von der Zeitschrift auf, in die er sich vertieft hatte.

Paula lotste Tweed nach Mawnan Smith hinein, wo sie an einer Gabelung links abbogen und den Red Lion passierten. Später gelangten sie auf eine schmale Nebenstraße, die zu beiden Seiten von hohen Hecken eingeschlossen wurde und kaum Platz für ein Auto bot, geschweige denn, daß sich zwei Fahrzeuge aneinander vorbeiquetschen konnten. Als sie eine steile Anhöhe bewältigten, machte Tweed eine diesbezügliche Bemerkung.

»Ich kenne diese komischen Sträßchen, sie erinnern mich immer an einen Kaninchenbau. Wenn man nur auf Besuch in der Gegend ist, stört es ja nicht weiter, aber wer würde wohl freiwillig hier leben wollen?«

»Dort unten, wo die Straße wieder eben wird, müssen Sie scharf nach links abbiegen und dann am Flußufer entlangfahren. Diese Straße endet in einer Sackgasse, und wie ich hörte, soll es am Ende eine Austernfarm geben.«

»Austern!« wiederholte Tweed strahlend. »Ich glaube, ich werde meinem Aufenthalt hier doch noch eine positive Seite abgewinnen können.«

»Igitt«, sagte Paula angeekelt. »Manche Leute haben wirklich einen perversen Geschmack.«

»Schauen Sie einfach woanders hin, wenn ich welche schlürfe. Achtung, wir bekommen ein kleines Problem.«

Ein Lastwagen näherte sich ihnen aus der entgegengesetzten Richtung. Hier und da hatten sie zwar Haltebuchten in den Hecken bemerkt, aber die letzte lag schon ein gutes Stück hinter ihnen.

»Jetzt wollen wir es mal drauf ankommen lassen«, meinte Tweed. »Wir bleiben einfach hier stehen und warten ab, was geschieht.«

Eine Minute bewegten sich beide Fahrzeuge nicht von der Stelle, dann setzte der Lastwagenfahrer langsam zurück, bis er eine Nische in der Hecke erreichte. Dort wartete er, bis sich Tweed vorsichtig an seinem Wagen vorbeigeschoben und sich für sein Entgegenkommen mit einem Handzeichen bedankt hatte.

»Sie müssen gleich wieder abbiegen«, warnte Paula ihn. »Und ich habe mich geirrt, als ich sagte, der Ort würde am Helford River liegen. Dies ist nur einer seiner vielen Nebenarme.«

Tweed lenkte den Wagen schwungvoll um die Kurve und fand sich auf einer schmalen Uferstraße wieder. Der

Fluß lag jetzt rechts von ihnen, und auch diese Straße bot nur Platz für ein Fahrzeug. Zur Linken lagen hübsche zweigeschossige alte Häuser mit weißgetünchten Mauern, die so eng beieinander standen, daß sie sich beinahe berührten. Bei einem etwas größeren Gebäude, an das sich ein Parkplatz anschloß, hielt Tweed auf Paulas Bitte hin an.

»Das ist der hiesige Jachtclub«, erklärte sie. »Jeder wird denken, daß wir da zu Abend essen. Von hier aus ist es nicht mehr weit bis zu Prendergasts Cottage.«

The Ark, ein ansprechendes Häuschen mit Strohdach und weißen Rauhputzmauern, machte auf Tweed den Eindruck, als sei es direkt in die Seite einer Klippe hineingebaut worden. Paula und er stiegen drei Steinstufen zu einer schweren Holztür mit darin eingelassenem Spion empor, und Tweed war gerade im Begriff, den klobigen, einem Anker nachgeformten Türklopfer zu betätigen, als die Tür auch schon geöffnet wurde.

»Ich hatte Sie bereits entdeckt«, begrüßte Prendergast sie mit seiner sonoren Stimme. »Lange nicht gesehen, wie man so schön sagt. Kommen Sie herein und machen Sie es sich bequem.«

Er lächelte Tweed freundlich an und erwiderte dessen festen Händedruck. Tweed folgte Paula in einen langgestreckten geräumigen Raum mit niedriger Balkendecke und einer großen Kaminecke. Die Möbel sowie der massive Eßtisch waren sämtlich im Stil Jakobs I. gehalten. Am anderen Ende des Raumes befand sich eine kleine, modern ausgestattete Küche. Tweed fühlte sich in Prendergasts Heim sofort wohl. Ihr Gastgeber rückte einen Lehnsessel für Paula ans Feuer.

»Wieso The Ark – die Arche?« erkundigte sich Tweed, nachdem er in einem anderen Sessel Platz genommen hatte.

»Weil sich hier eine Anzahl äußerst merkwürdiger Tierchen – zweibeinige, wohlgemerkt – niedergelassen hat. Sie befinden sich in Porth Navas, einer der letzten Flüchtlingskolonien. Was kann ich Ihnen zu trinken anbieten?«

Nachdem er seinen Gästen Drinks eingeschenkt hatte,

setzte sich Prendergast in einen Ledersessel nahe am Kamin, von wo aus er beiden ins Gesicht sehen konnte, und hob sein Whiskyglas.

»Cheers! Ich habe mir schon gedacht, daß Sie über kurz oder lang bei mir vor der Tür stehen werden, Tweed.«

»Und wieso?«

»Mein sechster Sinn. Wo Paula ist, kann Tweed nicht weit sein. Und wenn Sie wieder einmal auf Jagd sind, dann sind Sie hier goldrichtig.«

»Wieso haben Sie Porth Navas als Flüchtlingskolonie bezeichnet?« fragte Tweed nach.

»Weil viele der hier ansässigen Menschen aus London in diesen Teil der Welt geflüchtet sind. Sie nennen London die Vorstufe zum Fegefeuer und behaupten, sie hätten den Anforderungen des modernen Lebens nicht mehr standhalten können. Im Grunde genommen sind es Aussteiger; die Sorte, die man auch überall im Ausland findet. Häufig entdecken sie hier ihre Leidenschaft für Boote. Der Sinn ihres Lebens besteht darin, an ihren Kähnen herumzuwerkeln und sich jeden Abend im Pub zu treffen, um zu trinken und lange, fachmännische Gespräche zu führen.«

Tweed nickte. Er hatte ihren Gastgeber unauffällig gemustert. Maurice Prendergast war ein hochgewachsener, schlanker Mann Ende Dreißig. Er war glatt rasiert, hatte klare Gesichtszüge, eine lange Nase, einen festen Mund und ein energisches Kinn. Sein Haar war hell, seine blauen Augen blickten leicht schläfrig – ein Eindruck, den jeder aufmerksame Beobachter nach kurzer Zeit revidieren mußte –, und er bewegte sich betont langsam. Auf seinen Lippen schien ständig ein humorvolles Lächeln zu liegen. Er war ein ausgesprochen gutaussehender Mann; viel zu jung, um sich in einem so gottverlassenen Nest zu vergraben.

»Sie sagten, wenn ich mich auf der Jagd befände, wäre ich hier am richtigen Platz«, nahm Tweed den Faden wieder auf. »Was hat Sie zu dieser Bemerkung veranlaßt?«

»Geld. Viele Menschen hier haben sich aus dem Berufsleben zurückgezogen – und mußten dann feststellen, daß sie sich ihr Frührentnerdasein nicht leisten können, um es einmal so zu sagen. Einige von ihnen sind bereit, jede schmutzige Arbeit zu übernehmen, wenn nur die Bezahlung stimmt.«

»Welche Art von schmutziger Arbeit?« wollte Paula wissen.

»Ein sehr mächtiger Mann, der kurz hinter Stithians ein riesiges Haus besitzt, benutzt einige der Leute aus der Gegend als Privatspione. Er zahlt ihnen große Summen bar auf die Hand, so daß das Finanzamt nicht an dem Kuchen beteiligt wird. Ihre Aufgabe besteht darin, ihm sofort Meldung zu erstatten, wenn ein Fremder in der Umgebung auftaucht. Er wird bereits wissen, daß Sie hier sind.«

»Wie um alles in der Welt sollte er davon erfahren haben?« Paula schüttelte abwehrend den Kopf.

»Weil Sie von einem der auf dem Fluß ankernden Boote aus fotografiert worden sind, als Sie langsam am Ufer entlang auf mein Haus zufuhren.«

»Woher wissen Sie das?« Paula bekam plötzlich Angst um Tweed, auf den die Gegner es wahrscheinlich besonders abgesehen hatten.

»Ich habe vom Fenster aus beobachtet, daß Adrian Penkastle seine Kamera auf Sie richtete. Vermutlich hat er nicht nur Aufnahmen von Ihnen gemacht, sondern seinem Brötchengeber auch bereits Ihre Beschreibung durchtelefoniert. Nach diesem System verfahren sie fast immer, und es funktioniert.«

»Erzählen Sie uns mehr über diesen Adrian Penkastle«, bat Tweed.

»Oh, er war Mitarbeiter einer großen Werbeagentur in London, wurde aber gefeuert, weil er einen der wichtigsten Kunden der Agentur schwer beleidigt hatte. Zu diesem Zeitpunkt war er allerdings voll wie eine Haubitze. Er säuft Brandy wie andere Leute Mineralwasser. Spätabends schwankt er für gewöhnlich sturzbetrunken vom Jachtclub über die Straße nach Hause – schwebt sozusagen auf Alkoholwolken dahin. Aber er selbst hält sich für einen tollen Hecht.« Prendergast sprang plötzlich auf.

»Hier von diesem Fenster aus habe ich ihn beobachtet …

Er hielt inne. »Ich traue meinen Augen nicht. Da kommt er ja …«

Tweed und Paula traten an das durch schwere Häkelgardinen fast verdeckte Fenster und blickten auf die Straße hinaus. Sie sahen einen kleinen, korpulenten Mann mit einem runden, von einem Kranz grauer Haare umgebenen Kopf und puterrotem Gesicht, der schwerfällig draußen vorbeistapfte. Mit selbstgefälliger Miene schaute er zu Prendergasts Cottage hinüber, ehe er in seinem entenähnlichen Watschelgang weiterschwankte.

Penkastle war in ein weißes Hemd und weiße Flanellhosen gekleidet; eine Schiffermütze thronte in einem verwegenen Winkel auf seinem Hinterkopf. Paula, der manchmal der Schalk im Nacken saß, lief zur Vordertür, riß sie auf, hüpfte die Stufen hinunter und legte ihm beide Hände auf die fleischigen Schultern, als sie ihn eingeholt hatte. Sie grinste, als er sie mit offenem Mund anstarrte. Ihr plötzliches Auftauchen hatte ihn aus der Fassung gebracht.

»Ach, Adrian«, schnurrte sie, »vielen, vielen Dank, daß du ein paar Fotos von mir gemacht hast. Du bist wirklich unbezahlbar. Und vergiß ja nicht den Namen des Hauses, aus dem ich herausgekommen bin. Er wird das sicher wissen wollen. Es heißt The Ark.«

»The A…r…k?« Penkastle brachte die Worte kaum heraus. »Wie … Wieso hat es denn so einen komischen Namen?«

»Lieber Adrian«, fuhr Paula fort, ihn immer noch an den Schultern festhaltend, »es heißt so, weil sich allerlei zweibeiniges Getier darin herumtreibt. So wie du dich herumtreibst, nicht wahr? Das Deck schwankt ein bißchen, wie ich sehe. Aber ein paar Drinks haben ja noch nie geschadet …«

»Weiß nich … wovon … Sie reden«, nuschelte Penkastle.

»Aber du erinnerst dich doch sicher an mich.« Paula verbiß sich mühsam ein Lachen. »Die Nacht im Pub, wo ich auf dem Tisch getanzt habe und du den Blick nicht von meinen Beinen losreißen konntest. Na komm schon, Adrian, daran mußt du dich doch erinnern.«

»Muß ich wohl. Welcher Pub war … war denn das?«

»Also wirklich, Adrian.« Sie schüttelte ihn sacht. »Du

weißt genau, welcher Pub das war. Und du erinnerst dich auch daran, wie ich auf dem Tisch getanzt habe, du warst nämlich von der Vorstellung begeistert. Also spiel jetzt nicht das Unschuldslamm.«

»'türlich erinnere ich mich«, murmelte er. Seine Stimme schlurrte noch stärker als vorher. »Sie waren klasse ... einfach klasse.« Er lehnte sich zu ihr hin und flüsterte vertraulich: »Ich hab' mir gerade ein paar Gläschen genehmigt.«

»Adrian, deiner Sprache nach zu urteilen hast du den ganzen Jachtclub leergetrunken. Hör auf, mich hinters Licht führen zu wollen. Wie viele hast du dir denn nun wirklich zur Brust genommen?«

»Hab' nicht mitgezählt.«

»Adrian, du hast doch schon einmal ein Foto von mir gemacht. Wie wär's denn diesmal mit einer Nahaufnahme? Ich ziehe auch dir zuliebe den Rock ein Stückchen hoch. Machen wir's doch gleich an Ort und Stelle. Deine Kamera hast du ja dabei.«

Tatsächlich trug Penkastle seine Kamera bei sich. Sie hing ihm an einem Riemen über den Rücken, so daß Paula sie nicht sehen konnte. Als er mit zitternden Fingern daran herumfummelte, schritt sie zur Tat. Sie packte die Kamera, entwand sie ihm und ließ sie vor seinem Gesicht baumeln.

»Na bitte«, fuhr sie fort, nachdem sie einen raschen Blick darauf geworfen hatte, »der Film ist ja noch fast leer. Mach am besten sechs Aufnahmen, dann wird eine davon bestimmt was ... hoppla!«

Sie hatte die Kamera aus der Hand gleiten lassen. Der Apparat rollte über den Straßenrand und versank im Fluß. Penkastle starrte trübsinnig auf die aufsteigenden Wasserbläschen, und sein feistes Gesicht verzog sich, als wolle er in Tränen ausbrechen.

»Die ... die war aber ttt...«

»Teuer? Ach herrje, bin ich ungeschickt. Aber du hast doch bestimmt noch mehr von der Sorte zu Hause. Jetzt sei nicht böse. Wir hatten doch schon so viel Spaß zusammen. War es nicht immer schön, Adrian?«

»O doch. Ja. Ja ...«

»Jetzt mußt du mich aber entschuldigen. Ich habe Durst, und mein Drink wartet auf mich – ist aber erst mein fünfter heute nachmittag. Paß auf, daß du nicht auch ins Wasser fällst, alter Freund.« Sie drehte ihn halb um die eigene Achse, so daß er jetzt wieder in die Richtung blickte, aus der er gekommen war. »Und nun gehst du brav zum Jachtclub zurück und genehmigst dir noch ein paar Gläschen. Vergiß nicht, eins auf meine Gesundheit zu trinken. War nett, dich wiedergesehen zu haben, Adrian.«

Mit diesen Worten drehte sie sich um, ging ins Haus zurück und schloß die Tür hinter sich. Maurice sprach gerade auf Tweed ein.

»War das nicht ein bißchen riskant?«

Tweed schüttelte nur lachend den Kopf, als Paula sich zu ihnen gesellte.

»Was für eine göttliche Vorstellung, Paula. Nein, Maurice, es war nicht gefährlich. Ich möchte gerne Adrians Arbeitgeber ein bißchen aufrütteln. Er wird sich den Kopf darüber zerbrechen, wie unsere Taktik wohl aussehen mag, wenn Adrian wieder nüchtern genug ist, um ihm Bericht zu erstatten. Und Paula hat außerdem noch die Kamera unschädlich gemacht.«

»Drei Bilder waren belichtet«, warf Paula ein. »Ich habe mich davon überzeugt, ehe ich die Kamera ersäufte.«

»Da wir gerade beim Thema sind«, meinte Tweed und schaute wieder aus dem Fenster, »unser guter Adrian watschelt wie eine dicke Ente zum Jachtclub zurück, um nachzutanken. Er sieht wirklich wie eine Ente aus. Quack! Quack!« lachte er, um Paula zu zeigen, wie sehr er ihre rasche und geschickte Handlungsweise zu schätzen wußte. »Quack ...« wiederholte er. Sein Tonfall hatte sich plötzlich verändert. »Ja, ich glaube, das ist es ...«

»Setzen wir uns doch wieder«, schlug Prendergast vor. »Der Mann, von dem Sie sprechen – das ist Vincent Bernard Moloch von Mullion Towers in der Nähe von Stithians, nicht wahr? Das dachte ich mir schon. Ich kann Ihnen einiges über diesen Herrn erzählen, was der Allgemeinheit bestimmt nicht bekannt ist.«

6.

Moloch nahm gerade in seinem Büro eine bescheidene Mahlzeit ein, als das Telefon klingelte. Er aß stets nur sehr wenig, was jedoch seine ungeheure Energie und Arbeitswut nicht zu beeinträchtigen schien.

»Hallo«, meldete er sich.

»Penkastle hier, Mr. Carson. Adrian. Sie wissen doch … Adrian.«

Moloch verzog die Lippen. Der Anrufer hatte sich zweifellos ein paar Glas zuviel zu Gemüte geführt. Er hatte nicht gewußt, daß Penkastle ein schwerer Trinker war, als er von Brand als Informanten angeworben worden war. Man hatte ihm eine Telefonnummer gegeben und ihn angewiesen, einem gewissen Mr. Carson Bericht zu erstatten.

»Ja«, antwortete Moloch. »Haben Sie Neuigkeiten?«

»Diese Paula Grey, das Mädchen, dessen Foto mir Joel gegeben hat, die besucht einen Mann in Porth Navas. Ehemaliger Angehöriger des Special Branch … heißt Maurice Prendergast.«

Er hatte bereits Mühe beim Sprechen, nur der Name Prendergast kam klar und deutlich aus dem Hörer.

»Weiter«, befahl Moloch geduldig.

»Ich habe Fotos von ihr und noch einem anderen Mann gemacht, als sie die Uferstraße entlang auf den Jachtclub zufuhren.«

»Wo sind Sie jetzt?«

»Im Jacht … club.«

»Geben Sie mir die Adresse von diesem Prendergast.«

»Komischer Name. Das Haus heißt The Ark. Liegt am Fluß, bei Porth Navas.«

»Woher wissen Sie, daß dieser Maurice Prendergast zum Special Branch gehört hat?«

Moloch feuerte Frage auf Frage auf Penkastle ab, dessen Worte immer verschwommener klangen. Er mußte aus diesem Schluckspecht so viele Informationen wie möglich herausholen, solange der Mann überhaupt noch sprechen konnte.

»Er macht ja kein Geheimnis daraus. Sagt, die Arbeit hätte ihn angeödet, und deshalb hätte er sich entschlossen, den Dienst zu quittieren.«

»Ob er wirklich alles hinter sich gelassen hat?« Moloch überlegte einen Augenblick. »Sie sagten, Sie hätten zwei Leute im Auto fotografiert – Paula Grey und einen unbekannten Mann. Beschreiben Sie diese Personen bitte, so gut Sie können.«

Penkastle brachte eine halbwegs zufriedenstellende Beschreibung von Paula zustande, aufgrund derer Moloch sie sofort wiedererkannte. Doch die Beschreibung des Mannes, der den Wagen gelenkt hatte, war vage und ungenau. Moloch konnte beim besten Willen nichts damit anfangen und kam gar nicht auf den Gedanken, es könne sich um Tweed gehandelt haben.

»Geben Sie Joel den belichteten Film. Ich werde dafür sorgen, daß er sich bei Ihnen meldet. Und jetzt gehen Sie nach Hause zurück.«

»Ich hab' da ein kleines Problem. Sehen Sie …«

Penkastle beschrieb die Szene, die sich vor The Ark abgespielt hatte, und berichtete, daß Paula ihn angesprochen habe und daß später die Kamera in den Fluß gefallen wäre. Moloch hörte mit wachsender Bestürzung zu. Paula Grey schien keine Angst davor gehabt zu haben, wiedererkannt zu werden. Er bewunderte die raffinierte Art, auf die sie sich der Kamera entledigt hatte.

»Ist das alles?« fragte er dann beiläufig.

»Ja. Die Kamera war übrigens nicht ganz billig.«

»Dessen bin ich mir sicher. Jetzt gehen Sie auf direktem Weg nach Hause und warten dort darauf, daß Joel Sie anruft und Ihnen neue Instruktionen erteilt. Haben Sie mich verstanden?«

»Ja. Gute Idee, hab' ohnehin Kopfschmerzen.«

Moloch blieb einige Minuten an seinem Schreibtisch sitzen und tappte mit seinem Kugelschreiber auf die Platte, dann kritzelte er geistesabwesend auf einem Notizblock herum. Das Verhalten der Gegenseite zerrte allmählich an seinen Nerven. Was mochte Tweed bloß vorhaben? Er haßte unbekannte Größen, und Tweed war mit Sicherheit der unberechenbarste Mensch, der ihm im Verlauf seiner langen und rücksichtslosen Karriere je untergekommen war.

Schließlich riß er ein frisches Blatt von dem Block und verfaßte eine ausführliche Mitteilung an Brand, in der er ihm befahl, soviel wie möglich über Prendergast in Erfahrung zu bringen und dem Mann ein wenig Angst einzujagen. Nach kurzer Überlegung fügte er hinzu, daß man Penkastle eine Lektion erteilen solle, weil er unzuverlässig geworden sei.

Die Wortwahl war zwar unklar, aber er wußte, daß Brand die Anweisungen verstehen würde. Moloch brachte den Zettel zum Funkraum und händigte ihn dem diensthabenden Funker aus.

»Senden Sie das sofort an Joel Brand an Bord der *Venetia.* Und beeilen Sie sich.«

Zur gleichen Zeit war Brand auf die *Venetia* zurückgekehrt. Seiner Meinung nach lag der größte Vorteil des Auftrags, Paula Grey ausfindig zu machen, darin, die Motorbootflotte zu befehligen, die die vielen Flußarme absuchte. Er kletterte gerade das Fallreep empor, als ein Mitglied seiner Crew ihm etwas zurief:

»Wichtige Mitteilung vom Chef für Sie, Mr. Brand.«

Brand las die Botschaft durch und grinste in sich hinein. Diese Aufgabe war ganz nach seinem Geschmack. Der Gedanke, Penkastle und diesen Maurice Prendergast, wer immer das sein mochte, zu eliminieren, sagte ihm zu. Er knüllte den Zettel zusammen, stopfte ihn in die Tasche seiner abgewetzten Jeans, zog seine Jacke aus Ölhaut herunter – ziemlich warm bei diesem Wetter, dafür aber wasserdicht – und rückte seine Seemannskappe zurecht. Er hatte sich bewußt so gekleidet, damit man ihn für einen der Bootsfreaks hielt, die zu dieser Jahreszeit in Massen über die Flüsse und Seitenarme schipperten.

Drei ziemlich wüst aussehende Burschen warteten schon im Motorboot. Zwei trugen Maschinenpistolen bei sich, der dritte saß am Steuer. Brand stieß ihn grob beiseite und übernahm selbst das Kommando, während er den Motor anwarf.

»Nun, meine Lieben«, dröhnte er, »wir machen uns auf den Weg zum Helford River. Kleiner Jagdausflug. Vielleicht mußt du dein Messer benutzen«, fuhr er fort und wandte sich dabei an den hageren Mann, dessen Handrükken Newman mit einer Zigarette versengt hatte.

»Es wäre mir ein Vergnügen«, erwiderte Gene, und das Boot schoß mit aufheulendem Motor vorwärts.

In seinem Cottage in Porth Navas teilte Prendergast Tweed und Paula alles mit, was er über Moloch wußte.

»Ich habe gerade gehört, daß einer der führenden Elektronikkonzerne im Thames Valley in der Nacht durch eine Bombenexplosion völlig zerstört wurde. Man munkelt, die IRA würde dahinterstecken, aber ich glaube kein Wort davon.«

»Sie denken, es war Molochs Werk?« fragte Tweed.

»Da bin ich mir fast sicher. Er hat erst kürzlich eine der wirtschaftlich gesündesten Gesellschaften in diesem Gebiet aufgekauft, und die Firma, die in die Luft geflogen ist, wäre einer seiner Hauptkonkurrenten gewesen. Er wäre in den Staaten nicht bis ganz nach oben gelangt, wenn er seine Gegner mit Samthandschuhen angefaßt hätte.«

»Unter anderem besitzt er auch eine Waffenfabrik, wo durchaus auch Sprengstoff hergestellt werden könnte.«

»Genau das habe ich mir gedacht. Dort, wo ich arbeite – gearbeitet habe – weiß man allerdings, daß er sich im Moment hauptsächlich auf die Elektronikindustrie konzentriert und auf diesem Sektor gewaltig expandiert.«

»Da ist Ihnen ein typischer Freudscher Versprecher entschlüpft«, bemerkte Tweed und zitierte die Worte seines Gegenübers – ›arbeite‹ und dann ›gearbeitet habe‹. »Sie sind noch gar nicht im Ruhestand, nicht wahr, Maurice? Die ganze Geschichte dient Ihnen nur als Tarnung. Sie sind hierher gekommen, weil Porth Navas in der Nähe von VBs Hauptquartier Mullion Towers liegt.«

Prendergast schwieg. Seinem undurchdringlichen Gesichtsausdruck war nicht anzumerken, was er dachte. Paula lächelte und stichelte weiter:

»Ach, kommen Sie, Maurice. Wir schlucken solche Geschichten nicht so ohne weiteres. Rücken Sie schon mit der Wahrheit heraus.«

»Lassen Sie es mich einmal so formulieren«, meinte Prendergast gedehnt. »Ich persönlich hielte es für besser, wenn wir bestimmte Schlachten gemeinsam schlagen würden, obwohl wir verschiedenen Organisationen angehören. Was allerdings nicht heißt«, fügte er augenzwinkernd hinzu, »daß meine Vorgesetzten derselben Meinung sind.«

»Damit haben Sie meine Frage positiv beantwortet«, grinste Paula.

»Was wissen Sie sonst noch über VB?« fragte Tweed.

»Seine rechte Hand ist ein Erzschurke namens Joel Brand, ein großer, ungeschlachter Kerl, der aussieht, als würde in seinem Oberstübchen ziemliche Leere herrschen. Aber der Eindruck täuscht und hat schon viele Gegner dazu bewogen, ihn zu unterschätzen. Moloch wußte genau, was er tat, als er ihm diesen Posten übertrug. Dann gibt es da noch ein cleveres Frauenzimmer – hört auf den unglaublichen Namen Vanity Richmond –, die gleichfalls auf seiner Lohnliste steht. Sie scheint recht vertraut mit dem großen Mann zu sein.«

»Tatsächlich?« meinte Tweed leise.

»Ich habe sie in Monterey getroffen«, warf Paula lebhaft ein. »Sie versuchte andauernd, meine Bekanntschaft zu machen, aber ich bin ihr aus dem Weg gegangen. Sie erschien mir verdächtig.«

»Aus gutem Grund«, bestätigte Prendergast. »Als sie vor einiger Zeit hier in der Gegend war und in Mullion Towers wohnte, haben wir eine Ewigkeit gebraucht, bis wir sie endlich einmal zu Gesicht bekamen.«

»Ich bin mir ganz sicher, daß sie sich auch jetzt hier aufhält«, fuhr Paula fort. »Eine Frau, die ihr zum Verwechseln ähnlich sieht, wohnt zur Zeit in unserem Hotel, dem Nansidwell. Der einzige Unterschied ist, daß Vanity Richmond flammendrotes Haar hatte …«

»Eine zutreffende Beschreibung«, stimmte Prendergast zu. »Außerdem ist sie sehr attraktiv, wie ich finde.«

»Geschmackssache. Aber die Frau im Nansidwell, die mich übrigens vollkommen links liegenläßt, ist eine Brünette.«

»Demnach trägt sie jetzt eine Perücke«, sagte Prendergast lakonisch. »Sie irren sich äußerst selten, Paula. Was treibt die Dame denn so bei Ihnen im Hotel?«

»Zum einen versucht sie, Bob Newman in ihr Netz zu locken, aber er spielt nicht mit. Jedenfalls noch nicht«, fügte sie hinzu. »Bob läßt sich Zeit, ehe er handelt.«

»Da wir gerade vom Handeln sprechen«, Prendergast erhob sich, »dieser Idiot Penkastle hat Sie ja nun einmal gesehen und wahrscheinlich die Nachricht von Ihrer Anwesenheit hier schon an Moloch weitergeleitet. Ich schlage vor, Sie geben mir Ihre Autoschlüssel. Ich werde den Wagen nach Einbruch der Dunkelheit nach Nansidwell zurückbringen.«

»Und wie sollen wir dann nach Hause kommen?« erkundigte sich Paula zweifelnd. »Auf Schusters Rappen? Wir müßten mehrere Meilen laufen – und die meiste Zeit auch noch bergauf.«

»Ich habe eine bessere Idee. Sie können in Sekundenschnelle von hier verschwinden, ohne daß irgend jemand es bemerkt.«

»Wie soll das denn vor sich gehen?« fragte Tweed geradeheraus.

»Wir nehmen mein großes Schlauchboot – es verfügt über einen starken Außenbordmotor – und fahren flußabwärts bis Durgan, wo ein Freund von mir sein Auto stehen hat. Das werde ich mir ausleihen, und dann bringe ich Sie nach Nansidwell zurück, das ist nämlich nur ein Katzensprung. Mein Schlauchboot lasse ich in Durgan, fahre mit dem Auto dorthin, stelle es wieder an seinem alten Platz ab und bringe das Schlauchboot hierher zurück. So einfach ist das.«

»Wo genau liegt Durgan?« wollte Tweed wissen.

»Ein Stückchen den Helford River hinunter ...«

Während Prendergast sein Haus verschloß, musterte Paula ihren Vorgesetzten unauffällig und registrierte den Ausdruck von Unbehagen auf seinem Gesicht. Er wurde sehr leicht seekrank und haßte es, sich auf dem Wasser zu befinden. Sie wühlte in ihrer geräumigen Umhängetasche herum, in der noch zwei Rauchbomben steckten, die Marler ihr gegeben hatte, als sie nach dem gelungenen Unternehmen Mullion Towers in das Hotel zurückgekehrt waren.

Nach längerem Suchen brachte sie das Päckchen Dramamin zum Vorschein, das sie stets bei sich trug, und reichte Tweed eine eingeschweißte Tablette. Er spülte sie hastig mit dem Rest seines Orangensaftes hinunter, kurz bevor Prendergast zurückkam.

»Ahoi!« rief er fröhlich. »Die Expedition kann losgehen. Auf zu neuen Ufern!«

Draußen zog er sich ein Paar Gummistiefel an, stieg eine kleine Treppe hinunter und holte ein großes Schlauchboot nahe ans Ufer, damit seine Gäste bequem einsteigen konnten. Er wartete, bis Tweed und Paula ihre Plätze eingenommen hatten, dann ließ er den Motor an. Inzwischen war die Sonne hinter den bewaldeten Hügeln auf der anderen Seite des Flusses versunken, und die Luft auf dem Wasser roch kühl und frisch.

»Ein herrlicher Tag für einen Ausflug«, sagte Prendergast , dem die Vorfreude auf die Bootsfahrt deutlich anzumerken war.

»Wenn Sie meinen«, entgegnete Tweed mürrisch.

Sie tuckerten gemächlich den Nebenarm hinunter und gelangten bald auf den sehr viel breiteren Helford River, hinter dessen Mündung Paula schon die offene See sah. Als Prendergast auf die Flußmitte zusteuerte, entdeckte sie noch etwas anderes – ein großes Motorboot, das mit hoher Geschwindigkeit direkt auf sie zugerast kam. Am Steuer stand hochaufgerichtet ein schwarzhaariger Hüne. Sie erstarrte, als er mit einer Hand ein Fernglas an die Augen hob und es auf das Schlauchboot richtete, denn sie erkannte auf den ersten Blick, daß es sich bei dem Mann um Joel Brand handelte. Er ließ das Fernglas wieder sinken, packte das Steuer mit beiden Händen und gab noch mehr Gas. Der Motor röhrte auf, und das Motorboot hob sich mit dem Bug aus dem Wasser und schoß auf sie zu.

»Brand ist in diesem Boot!« schrie sie zu Prendergast hinüber. »Ich glaube, er will uns über den Haufen fahren!«

»Er ist schneller als wir«, warnte Prendergast und ließ ebenfalls den Motor aufheulen.

Paula holte eine Rauchbombe aus ihrer Umhängetasche und beobachtete angespannt, wie das Motorboot weiter auf sie zujagte.

Prendergast versuchte verzweifelt, das rettende Ufer zu erreichen, doch ihr war klar, daß ihm dies niemals gelingen würde. Tweed lehnte sich zu ihr hinüber.

»Haben Sie noch eine von diesen Dingern bei sich? Falls ja, dann geben Sie mir bitte eine.«

Paula blickte ihn zweifelnd an. In seinem Zustand war er vermutlich noch nicht einmal imstande, aus zwei Metern Entfernung ein Scheunentor zu treffen. Zögernd nahm sie die zweite Bombe aus der Tasche und reichte sie ihm hinüber. Er blieb gelassen sitzen und behielt das heranrasende Motorboot im Auge, das ihr Schlauchboot in wenigen Sekunden zerschmettern würde.

»Ich lasse ihn ganz nah herankommen und weiche dann aus – wenn ich kann«, brüllte Prendergast.

Der Motorenlärm des Bootes wurde ohrenbetäubend. Es schien bereits drohend über ihnen aufzuragen, als Prendergast im letzten Augenblick das Steuer herumriß und sie aus dem Kurs des Gegners herausbrachte. Beide Boote waren nur ein paar Meter voneinander entfernt … da holte Tweed weit aus und warf seine Rauchbombe. Sie landete mitten auf dem Motorboot.

Paula, die während ihrer Schulzeit eine recht gute Baseballspielerin gewesen war, schleuderte ihre Bombe eine Sekunde später. Sie fiel klatschend ins Wasser, während Tweeds Bombe mit einem lauten Krachen detonierte. Sofort hüllte eine Wolke dichten, beißenden Rauches das Motorboot ein, das augenblicklich außer Kontrolle geriet. Brand am Steuer hustete verzweifelt und rieb sich mit der linken Hand die brennenden Augen, während er mit der rechten noch das Steuerrad umklammerte. Das Motorboot schoß, ohne einem bestimmten Kurs zu folgen, in wildem Zickzack quer über den Fluß direkt auf eine vorspringende Felsenbank zu, doch irgendein animalischer Instinkt veranlaßte Brand, Tempo wegzunehmen und den Motor abzustellen. Das Boot verlangsamte seine Fahrt, kam kurz vor den schroffen Felsen zum Halten und trieb dann träge auf dem Wasser. Immer noch stiegen Rauchschwaden empor.

»Kurs auf Durgan!« schrie Prendergast, ohne die Erleichterung in seiner Stimme zu unterdrücken.

»Wo in aller Welt haben Sie das gelernt?« fragte Paula bewundernd ihren Chef.

»Ach, vor langer Zeit habe ich einmal Kricket gespielt«, gab er bescheiden zurück. »Ich glaube, ich war ein ganz guter Werfer.«

7.

Tweed betrat die Halle des Nansidwell, während Paula vor der Tür stehenblieb, um noch ein wenig mit Prendergast zu schwatzen, den sie mittlerweile ins Herz geschlossen hatte. Im rechten Salon entdeckte er Vanity Richmond, die neben Bob Newman auf einer Bank am Fenster saß und in den Garten hinausschaute.

Sie hat sich entschieden, auf ihre dunkle Perücke zu verzichten, um zu sehen, ob sie mit ihrer natürlichen Haarfarbe mehr Eindruck auf Newman macht, dachte er.

Diese Vermutung traf ins Schwarze. Vanity schlug ihre wohlgeformten, von einem kurzen Rock kaum verdeckten Beine übereinander, damit Newman sie bewundern konnte, und eröffnete das Gespräch, sowie Tweed in seinem Zimmer verschwunden war.

»Ich hoffe, Sie haben gegen meine Gesellschaft nichts einzuwenden«, begann sie, »aber wie ich sehe, sind wir beide alleine hier. Sie sind doch Robert Newman, hab' ich recht?«

»Stimmt.«

»Der international bekannte Auslandskorrespondent. Aber ich habe schon lange keinen Ihrer köstlich sarkastischen Artikel mehr in der Zeitung entdeckt. Meist war über dem Text Ihr Foto abgebildet, daher habe ich Sie auch sofort erkannt.«

»Ich habe in der letzten Zeit kaum noch etwas zu Papier gebracht.«

Er blickte auf, als ein dienstbeflissener Kellner sich ihnen näherte.

»Möchten die Herrschaften einen Aperitif?«

»Den könnte ich durchaus vertragen.« Newman wandte sich mit einem zurückhaltenden Lächeln an seine neue Bekannte. »Was möchten Sie denn trinken?«

»Einen großen Martini bitte.«

»Für mich einen Scotch mit Soda«, sagte Newman.

»Ich bin übrigens Vanity Richmond«, stellte sich der attraktive Rotschopf vor, nachdem sich der Kellner entfernt hatte.

»Ich dachte immer, Sie wären eine Brünette.«

»Kein Wunder.« Vanity lachte. »Ich war in einer ziemlich gedrückten Stimmung, als ich hier ankam, daher trug ich ständig eine dunkle Perücke. Erst jetzt, wo ich langsam beginne, mich in diesem entzückenden Hotel wohl zu fühlen, habe ich mich entschieden, wieder ich selbst zu sein.«

»Und was tun Sie?« bohrte Newman weiter.

»Ach, ich bin die Privatsekretärin eines Großindustriellen, der viel auf Reisen ist. So sehe ich wenigstens etwas von der Welt. Er verlangt zwar, daß seine Angestellten Tag und Nacht für ihn da sind, aber das stört mich nicht. Die Bezahlung ist gut, und die Reisespesen übernimmt er.«

»Um welchen Industriemagnaten handelt es sich denn bei Ihrem Boß?« Newman ließ nicht locker.

»Sie haben vermutlich noch nie von ihm gehört. Er ist ein sehr zurückhaltender Mensch ...«

»Wo sind Sie auf Ihren Reisen denn schon überall gewesen?« fuhr Newman fort, wobei er ihr tief in die grünschimmernden Augen blickte.

Die vollen roten Lippen verzogen sich zu einem Lächeln. »Soll das ein Verhör sein?« tadelte sie ihn sanft. »Aber natürlich, Sie sind ja Journalist. Da ist es Ihnen vermutlich zur zweiten Natur geworden, Ihre Mitmenschen auszufragen.«

»Was mich interessiert, sind vor allem Sie.«

»Das ist eines der nettesten Komplimente, die ich je bekommen habe.«

Sie rückte ein Stück näher an ihn heran, bis sich ihre Oberschenkel leicht berührten. Nachdem ihre Drinks serviert worden waren, hob sie ihr Glas und stieß mit Newman an.

»Auf eine vielversprechende Freundschaft.«

»Darauf trinke ich«, erwiderte Newman, der insgeheim dachte, daß sie sich mächtig ins Zeug legte.

»Warum haben Sie denn so lange keinen Artikel mehr veröffentlicht?« fragte sie, ihn mit seinen eigenen Waffen schlagend. »Wenn ich mich recht erinnere, geht doch ein internationaler Bestseller auf ihr Konto: *The Computer Which Failed*. Ich nehme an, durch dieses Buch haben Sie finanziell jetzt ausgesorgt?«

»Das ist aber eine sehr persönliche Frage, finden Sie nicht auch?« schoß er zurück.

»Tut mir leid. Diplomatie war noch nie meine Stärke.«

»Das ist mir bereits aufgefallen.«

Newmans ganzes Verhalten änderte sich plötzlich; wurde merklich distanzierter. Er mochte es nicht, wenn sich Frauen so unverblümt an ihn heranmachten. Seine Antwort hatte sie anscheinend ein wenig aus der Fassung gebracht. Trotzdem verstand er, als er sie ansah, warum die meisten Männer sie so attraktiv fanden – sie strahlte eine starke unterschwellige Sinnlichkeit aus. Vanity leerte ihr Glas mit einem Zug und blickte ihn dann mit einem warmen Lächeln an.

»Könnte ich wohl noch einmal dasselbe bekommen?«

»Aber selbstverständlich.«

Er winkte einem Kellner und bestellte die nächste Runde. Für sich nahm er diesmal einen doppelten Scotch ohne alles. Newman verstand es vorzüglich, einen kleinen Schwips vorzutäuschen, während sein Gehirn in Wahrheit auf Hochtouren lief. Mit dieser Taktik hatte er schon eine ganze Reihe von Leuten hinters Licht geführt. Ehe sie zu ihrer üblichen Gelassenheit zurückfinden konnte, stellte er ihr rasch die nächste Frage.

»Sie haben mir ja noch gar keine Antwort gegeben – wo reisen Sie denn mit diesem anonymen Industriellen so überall hin?«

»Kreuz und quer durch die Welt.« Sie hielt inne, und Newman, der sie aufmerksam beobachtete, konnte förmlich ihre Gedanken lesen. Sie überlegte, wie offen sie ihm gegenüber sein sollte. Nach einem Moment sprach sie weiter. »Das Hauptreiseziel«, erklärte sie mit einem Anflug von Trotz, »ist meist Kalifornien. In der Nähe von San Francisco ...«

»Fliegen Sie oft dorthin? Und verbringen Sie da viel Zeit?«

»Ja, allerdings!« Ihre Augen sprühten Feuer. Er hatte ihren wunden Punkt getroffen, und sie verbarg ihre Betroffenheit hinter einem arroganten Gesichtsausdruck. »Ich verbringe ziemlich viel Zeit in Kalifornien, weil mein Boß dort zu tun hat ...«

»Demnach ist Ihr Boß Amerikaner?«

»Das weiß ich nicht. Offen gestanden habe ich keine Ahnung, aus welchem Land er stammt, und es interessiert mich auch nicht. Wie ich bereits sagte, ist die Bezahlung gut. Habe ich Ihnen jetzt genug Hintergrundinformationen geliefert, Bob? Oh, prima, da kommen unsere Drinks.«

Sie kippte die Hälfte ihres Martini mit einem Zug hinunter, setzte das Glas kurz ab und nahm dann noch einen kräftigen Schluck. Newman war schon beim Dinner aufgefallen, daß sie erstaunlich viel Alkohol vertrug. Er trank seinen Scotch schnell aus und bestellte, ohne sie zu fragen, noch eine Runde. Vanity seufzte und rückte näher zu ihm.

»Ich mag großzügige Männer.«

»Ich kann mir gut vorstellen, daß Sie davon schon eine ganze Reihe kennengelernt haben.«

Er lispelte ein wenig beim Sprechen, da er den Eindruck erwecken wollte, daß der Alkohol bereits Wirkung zeigte.

»Was wollen Sie damit sagen?« erkundigte sie sich kühl.

»Eigentlich nur, daß eine attraktive Frau wie Sie bestimmt einen ganzen Rattenschwanz wohlhabender Verehrer hat. So hab' ich mir das jedenfalls gedacht.«

»Ah, jetzt verstehe ich, was Sie meinen, Bob. Danke für das Kompliment.«

»Ich stelle nur eine Tatsache fest.«

Mittlerweile waren die neuen Drinks serviert worden, und die beiden prosteten sich gerade zu, als Tweed erschien, den Salon betrat, sich mit dem Rücken zu ihnen in einen Sessel sinken ließ und sich in einen Reiseführer vertiefte, der die Sehenswürdigkeiten Cornwalls beschrieb. Newman wußte, daß er jedes Wort verstehen konnte, obgleich er ein Stück von ihnen entfernt saß. Vanity nahm keinerlei Notiz von ihm.

»Wie sieht denn Ihr Leben aus, Bob?« schnurrte sie. »Sind Sie verheiratet?«

»Das war ich einmal.« Newmans Miene verdüsterte sich. »Meine Frau wurde im Baltikum auf grausame Weise ermordet. Ich habe den Mörder verfolgt und zur Strecke gebracht.«

»Es tut mir ja so leid, daß ich ausgerechnet dieses Thema zur Sprache gebracht habe.« Vanity legte ihm leicht die Hand auf den Schenkel. »Was geschah dann mit dem Täter? Oder möchten Sie nicht darüber reden?«

»Er ist von einer Klippe gestürzt.«

Newman trank noch einen Schluck Whisky und sprach undeutlich, aber sein Kopf war noch relativ klar. Vanity wechselte rasch das Thema.

»Womit beschäftigen Sie sich denn so, Bob? Ein Mann wie Sie sitzt doch sicher nicht den lieben langen Tag zu Hause herum und dreht Däumchen?«

»Gelegentlich liefere ich einigen internationalen Zeitschriften ein paar Beiträge – unter falschem Namen«, log er gewandt. »Und die Recherchen für diese Artikel führen mich des öfteren auch ins Ausland.«

»Sie sind ja ein richtiger Wandervogel.«

»So könnte man es nennen.« Er lachte leise. »Manchmal lande ich an höchst seltsamen Orten, so wie hier. Sie haben doch bestimmt diese riesige Luxusjacht vor dem Hafen von Falmouth bemerkt. Sie hat sogar einen Hubschrauberlandeplatz – mit dem dazugehörigen Hubschrauber darauf, versteht sich. Irgend jemand erzählte mir, der Eigentümer sei ein Mann namens Vincent Bernard Moloch.«

Er ließ Vanity nicht aus den Augen, während er sprach. Ihr Gesicht wurde einen Augenblick lang maskenhaft starr, dann wühlte sie in ihrer Hermès-Handtasche und förderte ein zierliches spitzengesäumtes Taschentuch zutage. Hermès, dachte Newman. Ich könnte schwören, daß dieses bißchen Leder keinen Penny weniger als fünftausend Pfund gekostet hat. Ihr Boß läßt sich ihre Dienste, welcher Art sie auch immer sein mögen, eine schöne Stange Geld kosten.

»Wie haben Sie das herausgefunden?« wollte sie wissen.

Du hast die falsche Frage gestellt, mein Mädchen, dachte Newman, ließ sich aber nichts anmerken.

»Irgendein Typ im Pub hat's mir verraten. Halb Falmouth scheint Bescheid zu wissen«, log er. »Er soll angeblich der reichste Mann der Welt sein, und wenn ich mir seinen schwimmenden Palast so ansehe, bin ich geneigt, das zu glauben.«

»Sie mit all Ihrer Erfahrung müßten doch eigentlich mehr über diesen Mann wissen«, lockte sie.

»Nicht viel.« Newman leerte sein Glas. »Außerdem hat er keinen großen Nachrichtenwert, daher interessiert er mich nicht weiter. Ich glaube, das Essen wird gleich serviert. Wollen Sie mir nicht Gesellschaft leisten?«

»Mit Vergnügen.«

Tweed sah ihnen nach, als sie gemeinsam Richtung Speisesaal gingen, und lächelte in sich hinein. Newman verlor wahrhaftig keine Zeit. Und er hatte eine heikle Situation mit seinem üblichen Geschick gemeistert.

Paula schlenderte langsam die Treppe hinunter, um sich in den Speisesaal zu begeben. Sie trug einen elfenbeinfarbenen Hosenanzug aus Gabardine und dazu eine helle Seidenbluse, die neueste Ergänzung ihrer Garderobe. Der Hotelbesitzer begrüßte sie freundlich und machte ihr ein Kompliment über ihr Aussehen. Paula dankte ihm mit einem Lächeln und bemerkte gleichzeitig, daß Vanity Richmond an der Eingangstür stand, ganz offensichtlich im Begriff, nach draußen zu gehen und ein wenig frische Luft zu schnappen.

Vanity kramte in ihrer Handtasche herum, holte ein kleines Mobiltelefon heraus und verschwand um die Ecke in den Hof. Paula folgte ihr und blieb einen Moment stehen, ehe sie gleichfalls den Hof betrat. Vanity drückte sich eng an die Seitenmauer des Gebäudes und preßte ihr Telefon dicht ans Ohr. Dank ihres ausgezeichneten Gehörs konnte Paula trotz der Entfernung jedes Wort verstehen, das Vanity sagte.

»Sie wissen, wer am Apparat ist, VB. Ich rufe aus Nansidwell an. Ich hatte eben eine lange Unterhaltung mit einem ehemaligen Auslandskorrespondenten namens Robert Newman …

Wie bitte? Ja, Newman wohnt auch hier im Hotel. Nein, bislang hat er mir keinen Grund gegeben, ihn zu verdächtigen. Aber er behauptet, halb Falmouth wüßte, daß Sie hier sind …

Wie er das erfahren hat? Er hat gehört, wie jemand im Pub von Ihnen gesprochen hat …

Habe ich Sie eben richtig verstanden? Sie fliegen per Hubschrauber nach Newquay? Und wohin dann? Ich hab's nicht ganz mitbekommen …

Ach so, weiter nach Heathrow und von da aus mit dem Jet nach San Francisco. Ich soll Sie doch sicher begleiten …

Nicht? Ich soll vorerst hierbleiben und aufpassen, was hier so vor sich geht? Dafür sorgen, daß mich möglichst viele Leute heute abend sehen? Warum um alles in der Welt …

Gut, es geht mich nichts an. Entschuldigung.

Ja, sobald Sie nach mir schicken, buche ich einen Flug ab Heathrow und rufe Sie vom Flughafen aus an …

Okay. Guten Flug.«

Paula hatte soeben den Speisesaal wieder betreten, als Vanity erneut an der Tür erschien. Bob Newman saß an seinem gewohnten Tisch, doch sie stellte überrascht fest, daß nun für zwei Personen gedeckt war. Tweed hatte einen Tisch ganz in seiner Nähe belegt und gab gerade seine Bestellung auf.

Einer der Kellner geleitete Paula zu ihrem Tisch. Voll innerer Unruhe nahm sie Platz und blickte sich nervös um. Je eher sie Tweed davon informierte, daß Moloch zurück auf dem Weg in die Staaten war, desto besser. Das Problem bestand darin, daß sie nicht wußte, wie sie es anstellen sollte, in diesem überfüllten Raum mit ihm zu sprechen, ohne daß ein halbes Dutzend Leute mithörte. Sie konnte natürlich eine der Kellnerinnen bitten, ihm eine schriftliche Nachricht zu überbringen, aber das hielt sie für genauso gefährlich.

In diesem Moment steuerte Vanity schnurstracks auf Newmans Tisch zu, der sich erhob und ihr einen Stuhl zurechtrückte; gleich darauf waren die beiden in eine angeregte Unterhaltung verstrickt. Jetzt erkannte Paula auch, daß es sich bei der Frau tatsächlich um Vanity Richmond handelte. Ihr Haar leuchtete wieder so flammendrot wie damals, als sie in Monterey Paulas Bekanntschaft gesucht hatte. Sie mußte eine Zeitlang eine dunkle Perücke getragen haben – aber was hatte sie bewogen, wieder darauf zu verzichten?

Paula bestellte automatisch, während sich ihre Gedanken überschlugen. Vanitys Anwesenheit beraubte sie jeglicher Chance, Tweed während des Dinners eine Botschaft zukommen zu lassen. Und noch etwas ging ihr nicht aus dem Sinn. Warum hatte Moloch Vanity so nachdrücklich angewiesen, darauf zu achten, daß sie während des Abends von möglichst vielen Leuten gesehen würde?

Adrian Penkastle bewohnte ein einstöckiges kleines Cottage am Flußufer. Nach der zweiten Auflage seines Trinkgelages im Jachtclub nun schon stark angetrunken, torkelte er durch sein winziges Wohnzimmer und suchte vergeblich nach alkoholischem Nachschub, als jemand an seine Tür klopfte.

»Wer, zum Teufel, kann das um diese Zeit noch sein?« brummte er ungehalten.

Nach einiger Mühe gelang es ihm, den Riegel zurückzuschieben und die Vordertür zu öffnen. Zu seiner Überraschung sah er sich Joel Brand gegenüber. Sein Besucher trug Seemannskleidung und eine Schiffermütze, die den größten Teil seines zottigen Haares bedeckte. Grinsend schwenkte er eine Whiskyflasche in seiner behandschuhten Faust, dann zog er seine Gummistiefel aus und stapfte auf Socken ins Haus.

»Ich hab' 'nen neuen Job für dich, Adrian. Diesmal ist ein hübscher Batzen Geld für dich drin.«

Mit der freien Hand griff er in seine Hosentasche, zog ein Bündel Banknoten hervor und winkte Penkastle damit zu. Der starrte das Geld ungläubig an und trat dann einen Schritt zurück, um Brand vorbeizulassen. Brand schloß die Tür hinter sich, blickte sich in dem bescheiden möblierten Raum um und wies auf einen großen Holztisch.

»Setzen wir uns erst einmal«, schlug er vor. »Hol uns zwei Stühle, und dann erkläre ich dir die Einzelheiten.«

Penkastle zog zwei schäbige Lehnstühle heran, eilte dann in seine winzige Spülküche und kam mit zwei verschmierten Gläsern zurück. Er setzte sich dem großen Mann gegenüber, der seinem Gastgeber einen großzügig bemessenen Schluck Whisky eingoß und dann sein eigenes Glas füllte, um Penkastle zuzuprosten.

»Auf ein langes und erfolgreiches Leben.«

»Darauf trinke ich«, nuschelte Adrian.

Mißmutig sah er zu, wie die Banknoten wieder in Brands Tasche verschwanden. Er konnte die Summe nur grob schätzen, aber seiner Meinung nach trug Brand ungefähr fünfhundert Pfund mit sich herum.

»Nimm noch eine kleine Stärkung«, drängte Brand und füllte Penkastles Glas erneut. »Du bist im Begriff, an das ganz große Geld zu kommen. Kannst dir ein Vermögen verdienen. In bar, versteht sich.« Er zwinkerte Adrian zu. »Wir wollen ja schließlich nicht, daß das Finanzamt bei der Transaktion auch seinen Schnitt macht, nicht wahr?«

»Nein, nein … lieber bar auf die Hand.«

Er stolperte über die ersten Worte, nahm noch einen großen Schluck und stellte sein Glas ab. Brand schenkte ihm unaufgefordert nach. Penkastle stützte beide Ellbogen auf den Tisch – er fürchtete, jeden Moment vom Stuhl zu rutschen, was nicht gerade den besten Eindruck bei Brand hinterlassen würde.

»Worum geht es bei diesem Job? Was soll ich tun?«

»Du kennst doch einen Burschen namens Prendergast, Maurice Prendergast. Er wohnt auf der anderen Seite des Flusses.«

»Na klar«, entgegnete Adrian eifrig. »Ich kann Ihnen auch den Namen seines Hauses sagen. Es heißt The Ark.«

»Gut. Du sollst jeden seiner Schritte überwachen. Ein Auto hast du doch wohl, oder nicht?«

»Doch. Ist zwar nur 'ne alte Schrottkarre, aber sie läuft.«

»Hat Prendergast den Wagen schon einmal gesehen?«

»Nein, noch nie.«

»Um so besser. Wenn er mit dem Auto wegfährt, folgst du ihm und behältst ihn genau im Auge.« Brand nippte an seinem Whisky, und Adrian führte sich einen weiteren großen Schluck zu Gemüte. In seinem Kopf drehte sich bereits alles. »Du berichtest mir, mit wem er sich trifft und wo und wann. Verstanden?« fragte Brand.

»Alles klar. Ich fahre mit meinem Wagen auf die andere Seite des Flusses und parke ihn vor dem Jachtclub. Wenn er wegfährt, kann ich mich sofort dranhängen …«

»Wir hätten auch gern ein paar Fotos von ihm. Ich nehme an, du kannst sie von dem kleinen Boot aus machen, mit dem du immer den Fluß überquerst.«

»Kein Problem.«

»Du wirst ziemlich viel Zeit auf dem Wasser verbringen müssen, denn du solltest sein Haus möglichst auch nachts überwachen. Vielleicht versucht er ja, sich nach Einbruch der Dunkelheit davonzustehlen.«

»Das krieg' ich schon hin.«

Fotos von Prendergast, dachte Adrian trübsinnig. Er hatte ja seine Kamera verloren – oder vielmehr hatte dieses ungeschickte Frauenzimmer sie ins Wasser fallen lassen. Aber von dem Geld, das Brand ihm zahlen würde, konnte er einen billigen neuen Apparat kaufen und würde immer noch genug übrigbehalten, um den hiesigen Pubs gelegentlich einen Besuch abzustatten.

»Du trinkst ja gar nichts«, bemerkte Brand.

»Doch, doch. Prost!«

Als Adrian das Glas an die Lippen setzte, hob Brand das seine, stand auf und kippte den Inhalt mit einem Zug hinunter. Dann grinste er Penkastle an, ging um den Tisch herum zu ihm und legte ihm den Arm um die Schulter.

»Komm mal mit nach draußen, Adrian. Ich will dir etwas zeigen; etwas, was dir bei der Beschattung Prendergasts sehr nützlich sein wird.«

Adrian unternahm herkulische Anstrengungen, um auf die Beine zu kommen. Er stützte beide Hände flach auf die Tischplatte, stemmte sich mühsam hoch und wandte sich seinem Gast zu, um ihm ins Freie zu folgen. Brand holte unter seinem Pullover ein stilettartiges Messer hervor und stieß es Adrian genau zwischen den Rippen tief in die Brust. Pencastle öffnete den Mund und gab ein ersticktes Gurgeln von sich, als Brand das Messer mit einem Ruck wieder herausriß, kippte langsam nach hinten und schlug mit dem Hinterkopf hart auf einer hölzernen Fußleiste auf.

»Den Haufen Abfall wären wir los«, sagte Brand laut.

Er wischte das Messer an den Kleidern des leblosen Bündels zu seinen Füßen ab und schob es in die unter seinem Pullover versteckte Scheide zurück. Dann nahm er sein Whiskyglas, öffnete die Vordertür einen Spalt breit und spähte hinaus. Niemand zu sehen. Rasch schlüpfte er wieder in seine Gummistiefel.

Er brauchte keine Minute, um das am Ufer vertäute Schlauchboot loszumachen, hineinzuklettern und den Motor anzulassen. Langsam fuhr er den Flußarm entlang, bis er das Motorboot erreichte, das am Rand des Helford River auf ihn wartete. Gene, der ihm auch das Messer geliehen hatte, stand am Steuer.

In der Flußmitte warf Brand erst das Whiskyglas und dann das Messer über Bord, danach raste das Motorboot mit dem am Heck festgemachten Schlauchboot im Schlepp mit Vollgas zurück zur *Venetia*.

8.

»Ich höre, Ethan. Da du sonst von dir aus nie anrufst, hoffe ich, daß du gute Neuigkeiten für mich hast«, sagte Moloch, der am Schreibtisch seines Büros in Mullion Towers saß.

»Wir kommen mit dem Projekt gut voran«, teilte ihm Ethan mit seiner gedämpften Stimme mit. »Ich weiß, daß mein Plan funktionieren wird – in ein paar Wochen schon, oder mit etwas Glück vielleicht auch früher.«

»Und der Sprengstofftest? Das Xenobium?«

Das letzte Wort stieß er rasch, fast hastig hervor. Am anderen Ende der Leitung gab es eine Pause, und Molochs Hand schloß sich fester um den Hörer.

»Erfolgreich. Die Sprengkraft übertrifft unsere Erwartungen sogar noch.«

»Ausgezeichnet. Danke, daß du mich auf dem laufenden hältst …«

Es war dieser Anruf, der ihn dazu bewog, unverzüglich in die Staaten zurückzukehren. Er wählte zunächst die Nummer von Vanity Richmonds Handy und führte ein kurzes Gespräch mit ihr, dann rief er auf der *Venetia* an und befahl dem Piloten, mit dem Hubschrauber nach Mullion Towers zu kommen, ihn dort abzuholen und zum Flugplatz Newquay zu bringen, wo sein Jet auf ihn wartete. Der letzte Anruf galt dem Piloten des Jets.

Er hatte mit voller Absicht niemanden in seine Pläne eingeweiht – abgesehen von Vanity Richmond –, denn ihm war viel daran gelegen, unerwartet in seinem kalifornischen Hauptquartier Black Ridge aufzutauchen. Es war eine Methode, derer er sich häufig bediente – teils, um seine Schritte zu verschleiern; teils aber auch, um festzustellen, was in seiner Abwesenheit vor sich gegangen war. Tatsächlich traute er keinem Menschen über den Weg.

Im Speisesaal des Nansidwell blickte Paula gelegentlich zu Newmans Tisch hinüber. Auf den ersten Blick schien er sich in Vanitys Gesellschaft glänzend zu amüsieren, aber Paula, die ihn gut kannte, bemerkte die gewisse Reserviertheit in seinem Benehmen. Er kauft ihr längst nicht alle ihre Geschichten ab, dachte sie, als sie den Saal verließ.

Sie fand Tweed in einem der Salons vor, wo er Kaffee trank, und gab ihm verstohlen ein Zeichen, ehe sie in den Hof hinaustrat. Tweed trank seinen Kaffee aus, stand auf, reckte sich und verließ den Salon, als wolle er nur einmal ein bißchen frische Luft schnappen.

»Ich habe zufällig ein Gespräch mit angehört, daß Vanity Richmond über ihr Mobiltelefon geführt hat ...«, begann Paula, als Tweed sich zu ihr gesellte.

Tweed hörte aufmerksam zu, während sie den Inhalt des Gesprächs zusammenfaßte. Er zeigte keinerlei Regung, als sie die von Büschen gesäumte Auffahrt hinaufschlenderten, bis sie außer Sichtweite des Hotels waren und dann in eine kleine Seitenstraße einbogen.

»Das sind wichtige Neuigkeiten«, sagte er schließlich. »Sie haben Ihre Sache gut gemacht, Paula. Es klingt recht bedrohlich – vor allem die Tatsache, daß er Vanity anwies, dafür zu sorgen, den ganzen Abend über in Sichtweite der anderen Gäste zu bleiben. Mir gefallen die Schlußfolgerungen nicht, die sich daraus ergeben. Und dann stört mich, daß er so plötzlich nach den Staaten aufbrechen will. Hätten Sie Lust zu einem Spaziergang nach Mawnan Smith hinein? Sehr gut. Ich glaube, ich sollte besser die Telefonzelle benutzen, von der aus Newman mich angerufen hat – ich muß Cord Dillon von dieser neuen Entwicklung berichten.«

Sie kehrten um und schlugen den Weg ein, der direkt in das Dorf führte. Der Abend war sehr warm, und Tweed zog seine Jacke aus, als sie ihre Schritte beschleunigten.

»Bob scheint sich ja dick mit dieser Vanity Richmond angefreundet zu haben«, bemerkte Paula.

»Ich weiß. Er verfolgt einen bestimmten Zweck damit. Sie ist jetzt schon Wachs in seinen Händen, und er bekommt garantiert mehr aus ihr heraus als sie jemals aus ihm. Natürlich weiß er, daß sie mit Moloch auf vertrautem Fuß steht. Ich habe es ihm erzählt, während Sie Ihr Bad nahmen und sich umzogen.«

»Na Gott sei dank, dann ist er ja im Bilde.«

»Keine Frau hat es je geschafft, Bob Newman zum Narren zu halten – jedenfalls nicht lange.«

Paula wartete vor der Telefonzelle im Dorf, während Tweed über die Auslandsvermittlung seinen Anruf tätigte. Für Notfälle wie diesen trug er stets eine ausreichende Menge Kleingeld bei sich. In den USA mußte es jetzt ungefähr fünf Uhr nachmittags sein, rechnete er sich aus, während er darauf wartete, daß sein Anruf durchgestellt wurde. Schließlich meldete sich Dillon am anderen Ende der Leitung.

»Cord, hier spricht Tweed. Ich habe gerade erfahren, daß VB in die Staaten zurückfliegt – nach Kalifornien. Der Flug könnte morgen früh starten. Ich vermute, daß sich da eine ganz große Sache anbahnt, sonst hätte er sich nicht so kurzfristig zu der Reise entschlossen.«

»Verstanden. Ich kenne das Schema, nach dem er auf diesen Flügen verfährt. Erst fliegt er nach New York, läßt den Learjet dort auftanken, und dann geht es Nonstop weiter nach Kalifornien. Ich werde veranlassen, daß einer meiner Männer auf dem Kennedy Airport in New York und ein anderer auf dem San Francisco International Posten bezieht. Auf diese Weise können wir an ihm dranbleiben.«

»Und ich werde Monica bitten, meinen Freund Jim Corcoran anzurufen, den Sicherheitschef in Heathrow. Er kann uns sagen, wann VB England verläßt. Monica verständigt Sie, sobald sie Genaueres weiß.«

»Das wäre mir eine große Hilfe. In Washington wächst die panische Angst vor VB und der Macht, die er hier, im Zentrum der Regierung, aufgebaut hat. Keiner kann etwas dagegen unternehmen – es sei denn, man erwischt ihn bei irgendwelchen illegalen Aktivitäten und kann sie ihm auch nachweisen. Natürlich beschäftigt er eine ganze Armee von Spitzenanwälten.«

»Sonst noch etwas Neues?«

»Ja, eine Sache habe ich Ihnen noch gar nicht erzählt. Er hat eine ganze Reihe kuppelförmiger Gebäude in den Bergen über dem Pazifik errichten lassen – auf der gesamten Strecke von Los Angeles nach Big Sur. Angeblich handelt es sich dabei um Sternwarten, und zwar um die modernsten der Welt.«

»Ich wußte gar nicht, daß er sich für Astronomie interessiert«, bemerkte Tweed trocken. »Was er da gebaut hat, klingt in meinen Ohren nach richtigen Schandflecken in dieser herrlichen Landschaft. Wundert mich, daß er die Genehmigung dazu bekommen hat.«

»Er war clever. Hat jedes der Dinger in einer Farbe streichen lassen, die zu der Umgebung paßt. Sie verschmelzen geradezu mit der Landschaft. Und alle blicken auf den Ozean hinaus.«

»Äußerst merkwürdig. Können Sie das überprüfen lassen?«

»Ich? Sie machen wohl Witze. Er hat vor einer Weile einige ausgesuchte Wissenschaftler eingeladen, jeweils an verschiedenen Tagen einige der Warten zu besichtigen. Jede davon ist mit einem überdimensionalen Teleskop ausgestattet.«

»Mich für meinen Teil beunruhigt der Gedanke an diese Dinger – ja, ich finde sie regelrecht unheimlich.«

»Haben Sie einen bestimmten Grund dafür?«

»Nein, nur so ein Gefühl«, erwiderte Tweed ausweichend. »Passen Sie auf sich auf.«

»Dasselbe könnte ich Ihnen raten. Sie haben es mit einem Mann zu tun, der fast jede Straftat begehen und trotzdem ungeschoren davonkommen kann. Vielleicht sogar mit Mord. Ich denke da an seine sieben Gespielinnen, die sang- und klanglos vom Angesicht dieser Erde verschwunden sind.«

»Was das angeht – da habe ich so meine Theorie. Nein, ich will Sie damit nicht auch noch belasten. Ist ziemlich weit hergeholt. Wir bleiben in Verbindung ...«

Als nächstes rief Tweed Monica an, um ihr Instruktionen bezüglich des Gesprächs mit Jim Corcoran zu erteilen. Dann verließ er die Telefonzelle und berichtete Paula auf dem Rückweg, was er erfahren hatte. Sie blickte auf die Uhr.

»Es ist viel später, als ich dachte. Das Dinner zog sich ewig hin, und Ihre Telefonate haben auch viel Zeit gekostet.«

»Ich mußte warten, bis Cord an den Apparat geholt wurde.«

Als sie die Hotelauffahrt erreichten, rannte Paula plötzlich ein Stück voraus und kehrte atemlos zurück, um Tweed zu warnen. Dann lief sie auf das Hotel zu, vor dem zwei Streifenwagen geparkt waren. Das Blaulicht blinkte immer noch, als ob die Beamten vergessen hätten, es auszuschalten – oder in großer Eile wären.

Langsam schlenderte sie zur Eingangstür und spähte in die Halle. Sofort kam eine Frau, mit der sie sich des öfteren unterhalten hatte, aufgeregt auf sie zugestürzt.

»Es hat einen Mord gegeben! Wir sind alle ganz aus dem Häuschen – und viele Gäste ärgern sich, weil sie um ihre Nachtruhe gebracht worden sind.«

Paula blickte über ihre Schulter und sah einen hochgewachsenen, schlanken Mann mit einem kleinen Schnurrbart, der Zivilkleidung trug und sich gerade mit Bob Newman unterhielt. »Wer wurde denn umgebracht?« fragte sie so ruhig wie möglich.

»Keine Ahnung ...«

»Entschuldigen Sie mich jetzt bitte, ich brauche etwas frische Luft. Ich habe eine lange Fahrt hinter mir.«

Sie fand Tweed am Fuße der Auffahrt, wo er in aller Ruhe auf sie wartete. An ihrem Gesichtsausdruck merkte er sofort, daß etwas vorgefallen sein mußte.

»Was ist denn los, Paula?«

»Jemand ist ermordet worden. Ich weiß aber nicht, wer und wo. Zwei Streifenwagen stehen vor dem Hotel, und drinnen ist jemand, den Sie gut kennen und der sich bestimmt freuen wird, Sie zu sehen – na ja, vielleicht ist das ein bißchen übertrieben. Ihr alter Freund und Sparringspartner, Chefinspektor Roy Buchanan verhört gerade Bob. Ausgerechnet der – und das in solcher Entfernung von New Scotland Yard …«

»Wir beide kommen gerade von einem Verdauungsspaziergang nach dem üppigen Dinner zurück – aus Mawnan Smith. Kein Wort über meine Anrufe«, sagte Tweed brüsk. »Lassen Sie uns jetzt hineingehen. Wenn ich Roy entdecke, möchte ich sofort mit ihm reden.«

Buchanan war immer noch bei der Befragung Bob Newmans. Sie saßen jetzt auf der Couch in einem der Salons, den Buchanan zuvor hatte räumen lassen. Die anderen Gäste drängten sich in dem anderen Salon und schienen sich samt und sonders über ihre mißliche Lage zu ärgern. Man hatte zusätzliche Stühle in den kleinen Raum geschafft, und Buchanans Assistent, Sergeant Warden, stand an der Tür Wache. Buchanan blickte auf, als Tweed und Paula auf ihn zukamen.

»Lange nicht gesehen«, begrüßte Tweed ihn fröhlich. »Wollen Sie hier die gute Landluft genießen?«

»Wohl kaum.« Ein düsterer Ausdruck trat auf Buchanans langes, schmales Gesicht. Er wandte sich wieder an Newman. »Das ist vorerst alles. Vermutlich muß ich später noch einmal mit Ihnen sprechen. Sie können jetzt gehen.«

»Ich bleibe hier«, erklärte Newman fest.

»Die Angelegenheit ist ernst, Mr. Newman. Ich möchte mich jetzt mit Tweed und Miss Grey unterhalten.«

»Liegt irgend etwas gegen mich vor?« erkundigte sich Newman.

»Natürlich nicht.«

»Dann bin ich ein freier Mensch und kann mich aufhalten, wo ich will. Zum Beispiel hier.«

Buchanan seufzte gottergeben. Tweed brachte zwei Stühle, einen für Paula, einen für sich selbst, und stellte sie neben die Couch, auf der die beiden Männer saßen. Sie nahmen Platz, und Buchanan ergriff das Wort. Er sprach betont leise, um zu vermeiden, daß die Leute im anderen Salon das Gespräch mit anhören konnten.

»Kennen Sie einen Mann namens Adrian Penkastle?«

»Wer soll das sein?« fragte Tweed zurück.

»Ein alleinstehender Mann, der in einem kleinen Haus in Porth Navas lebte, direkt am Fluß.«

»Was hat er denn ausgefressen?« wollte Tweed wissen.

»Er hat sich heute früh am Abend in seinem eigenen Haus ermorden lassen. Das ist zumindest laut Ansicht des Arztes, der den Leichnam untersucht hat, die ungefähre Todeszeit. Ein Pathologe aus London ist schon auf dem Weg hierher. Die genaue Todeszeit erfahren wir nach der Obduktion, die in Truro durchgeführt wird.«

»Fahren Sie nur fort.«

»Tweed, Sie brauchen gar nicht zu leugnen, daß Sie den Mann kannten. Ein Zeuge hat uns eine Frau beschrieben, die sich auf der anderen Seite des Flusses mitten auf der Straße mit Penkastle ... nun, sagen wir, sehr angeregt unterhalten hat. Die Beschreibung paßt genau auf Miss Grey ...«

»Ich habe in Porth Navas einen kleinen, korpulenten Mann getroffen, der allem Anschein nach schwer betrunken war«, unterbrach Paula. »Ich wollte ihn zur Vernunft bringen, weil ich Angst hatte, er könnte in seinem Zustand in den Fluß fallen. Tweed hat ihn allerdings nicht zu Gesicht bekommen«, fügte sie hastig hinzu, »und ich habe ihn auch zum erstenmal gesehen.«

»Wie betrunken war er?«

»Er war ziemlich hinüber.«

»Da haben Sie ja nach alter Pfadfinderregel Ihre gute Tat des Tages vollbracht«, bemerkte Buchanan ironisch.

»Das reicht jetzt, Roy«, schaltete sich Tweed ein. »Sarkasmus ist hier nicht angebracht. Wenn Sie sich weiter mit Paula unterhalten wollen, dann achten Sie bitte auf Ihre Manieren.«

Der Rüffel bewirkte, daß Buchanan das Blut ins Gesicht schoß. Tweed hatte ihn mit voller Absicht provoziert und beobachtete nun genüßlich, wie der Chefinspektor um Beherrschung rang, dann beschloß er, das Gespräch in andere Bahnen zu lenken.

»Können Sie uns verraten, auf welche Weise Adrian Penkastle ermordet wurde?«

»Da waren Profis am Werk«, erwiderte Buchanan nach einer kurzen Pause. »Er wurde direkt ins Herz gestochen, vermutlich mit einem stilettähnlichen Gegenstand, einem langen Messer vielleicht. Zum Zeitpunkt seines Todes stand er unter starkem Alkoholeinfluß. Der Raum stank wie eine Whiskybrennerei.«

Newman, der immer noch neben Buchanan saß, verschränkte die Arme – seine einzige Reaktion auf eine Erinnerung, die ihn durchzuckte; die Erinnerung an den Messerstecher bei Mullion Towers, dessen Hand er mit seiner Zigarette versengt hatte. Auch er war mit einem Stilett bewaffnet gewesen.

»Kommen Sie, gehen wir in den Speisesaal, da spricht es sich leichter. Er ist jetzt leer«, schlug Buchanan vor.

Er stand auf, wechselte ein paar Worte mit Sergeant Warden und ging dann in den Speisesaal zu einem Tisch, der nicht zu nahe am Fenster stand. Die kleine Gruppe setzte sich. Buchanan wirkte ein wenig aufgeschlossener, als er seine langen Beine unter dem Tisch ausstreckte und übereinanderlegte. Tweeds Mißtrauen war augenblicklich geweckt. Er kannte den Chefinspektor nur zu gut.

»Ich wünschte, Sie wären etwas aufrichtiger zu mir, Tweed«, sagte Buchanan liebenswürdig.

»Aufrichtiger?« fragte Tweed mit Unschuldsmiene zurück.

»Ach, kommen Sie, Tweed. Ich habe das Gästebuch überprüft. Sie sind zusammen mit Newman und Paula hier, und Marler hält sich mit Sicherheit auch irgendwo in der Nähe auf. Einige meiner Leute haben die umliegenden Hotels unter die Lupe genommen und sind dabei auf Harry Butler und Pete Nield gestoßen, die ein Stück die Straße runter im Meudon wohnen. Sie haben hier eine ziemlich starke Truppe zusammengezogen, und ich möchte wissen, warum.«

»Wegen eines Spezialauftrags. In den ich Sie leider nicht einweihen kann – Sie wissen ja, daß wir im Geheimen operieren.«

»Hat Ihre Mission etwas mit der Anwesenheit von Vincent Bernard Moloch in Mullion Towers zu tun?«

Tweed verbarg seine Bestürzung hinter einer gleichgültigen Miene. Also war in London die Furcht vor Moloch schon so groß, daß man einen hochrangigen Kriminalbeamten einschaltete – um ein Verbrechen zu untersuchen, das auf den ersten Blick wie ein ganz gewöhnlicher Mord aussah. Und das alles nur, weil sich Moloch in der Nähe aufhielt! Er konterte mit einer Gegenfrage.

»Darf ich fragen, wie Sie so schnell nach Cornwall gelangt sind? Dieser Mann, Penkastle, ist am frühen Abend ermordet worden, sagten Sie. Seine Leiche muß sehr bald danach gefunden worden sein.«

»Das ist richtig. Kurz nachdem der Mord begangen wurde wollte ein Saufkumpan von Penkastle bei ihm hereinschauen und entdeckte dabei den Leichnam. Er verständigte die Polizei in Truro.«

»Aber warum erscheint ein Mann Ihres Ranges sofort auf der Bildfläche, nur weil jemand, der, soweit ich weiß, keinerlei Bedeutung für die Weltgeschichte hat, zufällig umgebracht wird?«

»Nun ja …« Buchanan zögerte und beschloß dann, auf Risiko zu setzen. »Der Commissioner selbst hat mich hergeschickt.«

Wieder ließ Tweed sich seine Überraschung nicht anmerken. Der höchste Polizeibeamte des Landes hatte also seine Hände im Spiel. Das bedeutete, daß er sich vermutlich unverzüglich mit dem Premierminister in Verbindung gesetzt hatte. Nicht nur in Washington machte sich Panik breit.

»Sie haben mir noch nicht gesagt, wie Sie so schnell hierhergekommen sind«, erinnerte Tweed den Chefinspektor.

»Mit Blaulicht und Martinshorn nach Heathrow, wo ein Flugzeug wartete, um mich nach Newquay zu fliegen. Dort stand ein Streifenwagen bereit, der mich hierherbrachte –

das heißt, zuerst habe ich den Tatort besichtigt, während ein Team des Yard telefonisch die Hotels überprüfte. Im Nansidwell stießen sie dann auf Ihren Namen, deshalb bin ich hier.«

»Wo liegt denn die Verbindung zwischen dem ermordeten Penkastle und diesem Moloch wenn es überhaupt eine gibt?«

»Das wissen wir nicht – noch nicht. Und was ich Ihnen jetzt sage, ist streng vertraulich.« Er blickte in die Runde und lächelte ohne jeden Humor. »Ich denke, ich kann mich auf die Diskretion der hier Anwesenden verlassen.«

»Wir können uns bei unserer momentanen Arbeit zu nichts verpflichten«, warnte Tweed. »Deshalb kann ich Ihnen auch nicht versprechen, daß wir alles, was Sie sagen, vertraulich behandeln werden.«

»Ich verstehe.« Jetzt war Buchanan aus dem Konzept geraten. Er schwieg eine Weile, dann zuckte er die Schultern. »Aber ich kann Ihnen jedenfalls verraten, daß einige Leute, die in diesem Teil Cornwalls leben, eine Art Geheimdienst für Moloch bilden. Unter diesen Umständen darf ich Ihnen zwar keine Namen nennen, aber das ist der Grund, warum wir uns für jeden Mord interessieren, der in dieser Gegend geschieht.«

In diesem Moment ging Tweed ein Licht auf. Bei dem sogenannten Saufkumpan Penkastles, der die Leiche gefunden hatte, handelte es sich um niemand anderen als Maurice Prendergast. Deswegen waren die Neuigkeiten so schnell nach London gelangt. Prendergast hatte unverzüglich seine Vorgesetzten beim Special Branch informiert, die die Nachricht an den Commissioner weitergeleitet hatten. Wie üblich wollte sich das Special Branch im Hintergrund halten.

Ich frage mich, ob Maurice Prendergast auch von Paulas Anwesenheit hier in der Gegend berichtet hat, dachte Tweed. Ich werde ihn geradeheraus danach fragen, sobald ich ihn das nächste Mal sehe.

»Wenn Sie uns jetzt entschuldigen wollen«, sagte er laut. »Wir haben einen harten Tag hinter uns und würden alle gern zu Bett gehen.«

»Wie Sie wünschen. Aber ich möchte Miss Grey später noch ein paar Fragen stellen. Und zwar unter vier Augen …«

»Kommt nicht in Frage«, fauchte Tweed. »Wenn Sie mich ärgern wollen, habe ich ein paar Minuten später den Premierminister an der Strippe.«

»Sie war immerhin am Tatort …«

»Das war ich verdammt noch mal nicht!« fuhr Paula wütend auf. »Ich habe nur zufällig einen betrunkenen Mann getroffen und versucht, ihn davor zu bewahren, ins Wasser zu fallen.«

»Ich werde solche unhaltbaren Anschuldigungen nicht länger dulden«, donnerte Tweed.

»Vielleicht haben Sie mich falsch verstanden …«, setzte Buchanan an.

Tweed war bereits in vorgetäuschtem Zorn aufgesprungen und bedeutete den anderen, ihm zu folgen.

»Ich habe genug von dieser Farce. Wir gehen jetzt schlafen. Gute Nacht …«

Paula und Newman verließen hinter Tweed den Speisesaal. Draußen in der verlassenen, schwach beleuchteten Halle nahm Newman Tweed am Arm, führte ihn ein Stück die Treppe hoch und sah sich dann um. Sie waren allein.

»Ich schlage vor, ich gehe zurück und nenne Buchanan Joel Brands Namen, wenn Sie nichts dagegen haben.«

»Gute Idee. So bescheren wir VB noch mehr Schwierigkeiten.«

Newman kehrte in den Speisesaal zurück, wo er Buchanan allein am Tisch vorfand. Er wirkte tief in Gedanken versunken, so, als grüble er über ein Problem nach, zu dem ihm keine Lösung einfiel. Trotzdem begrüßte er Newman freundlich.

»Da sind Sie ja wieder, Bob. Richten Sie bitte Tweed und Paula Grey meine Entschuldigung aus. Ich bin seit vierundzwanzig Stunden auf den Beinen, und da sind mir wohl die Nerven durchgegangen.«

»Ich werde es ausrichten.« Newman stützte sich dem Chefinspektor gegenüber auf den Tisch und senkte seine Stimme. »Wir können Ihnen aber einen Tip geben, wen Sie verhören sollten. Joel Brand heißt der Mann. Er befindet sich wahrscheinlich an Bord der *Venetia,* die vor dem Hafen von Falmouth vor Anker liegt.«

»Was ist mit ihm?«

»Ich nenne Ihnen lediglich einen Namen.«

Newman verließ den Raum, und Buchanan hing wieder seinen widersprüchlichen Gedanken nach.

Auf der *Venetia* lief Joel Brand unruhig in seiner Kabine auf und ab. Erst als er den Hubschrauber hörte, der sich anschickte, auf dem Schiff zu landen, heiterte sich seine Miene auf. Der Pilot hatte Moloch zum Flughafen Newquay gebracht. Brand nahm seinen Koffer und wandte sich an Gene Lessinger, der zuvor die Scheide, die zu der Mordwaffe gehörte, mit Gewichten beschwert und ins Meer geworfen hatte.

»Gene, ich fliege jetzt mit dem Hubschrauber weg. Er bringt mich zum Flughafen Plymouth. Von dort aus nehme ich die nächste Fähre nach Frankreich.«

»Wissen unsere Leute in Frankreich denn, daß Sie kommen?«

»Unser Spitzenmann drüben wurde informiert. Er sorgt dafür, daß mich ein Wagen erwartet und nach Paris bringt. Von dort buche ich den ersten verfügbaren Air-France-Flug in die Staaten. VB hat mir von seinem Jet aus Instruktionen gefunkt, nachdem er in Newquay gestartet ist.«

»Ich habe hier noch etwas zu erledigen«, erinnerte ihn Gene.

»Ach ja, du solltest dich ja um Maurice Prendergast kümmern, den Mitarbeiter der Special Branch, der angeblich im Ruhestand ist.«

»Ich mache ihn auf dieselbe Weise kalt wie du diesen Trunkenbold Adrian, okay?«

»Tu das. Falls uns jemand auf der Spur ist, bekommt er es dadurch vielleicht mit der Angst zu tun. Aber sei vorsichtig. Prendergast ist ein Profi.«

»Das weiß ich. Soll ich das Land verlassen, wenn ich mit ihm fertig bin?«

»Ja, und zwar auf demselben Weg wie ich. Ich glaube, wir bekommen Ärger. Ich kann ihn förmlich riechen.«

Als der Hubschrauber mit Brand an Bord vom Deck abhob, näherte sich ein Polizeiboot der *Venetia*. Brand winkte ihm spöttisch zu und lachte leise in sich hinein.

»Morgen werde ich Maurice noch einmal einen Besuch abstatten«, teilte Tweed seinem Team mit, das sich in Paulas geräumigem Zimmer versammelt hatte. Auch Marler, der es vorgezogen hatte, sich beim Anblick der Streifenwagen davonzumachen, war wieder zu ihnen gestoßen.

»Mit diesem Schiff, der *Venetia,* stimmt etwas nicht«, rief Paula den anderen zu. Sie stand am Fenster und hielt ein Fernglas, das Marler ihr geliehen hatte, auf die große Jacht gerichtet. »Dabei wirkt sie so heiter und einladend mit all den funkelnden Lichtern, wie ein Kreuzfahrtschiff.«

»Was ist Ihnen denn aufgefallen?« fragte Newman, als sie das Glas an ihn weiterreichte.

»Konzentrieren Sie sich auf das Vorderdeck. Sehen Sie diese großen Gegenstände, die so sorgfältig abgedeckt worden sind? Mir scheint, VB möchte verhindern, daß irgendwer erfährt, was er da an Bord hat.«

»Sie haben recht«, pflichtete Newman ihr bei, nachdem er das Schiff nachdenklich betrachtet hatte. »Ich kann mir beim besten Willen nicht vorstellen, worum es sich bei diesen Dingern handelt, und trotzdem kommen sie mir irgendwie bekannt vor.«

Stirnrunzelnd ließ er das Glas wieder sinken und ging auf Tweeds letzte Bemerkung ein.

»Wenn Sie Prendergast aufsuchen wollen, schlage ich vor, daß ein bewaffnetes Team Sie begleitet.«

»Es soll ein Besuch in aller Stille werden«, widersprach Tweed. »Ich werde ihn vorher anrufen. Seine Nummer habe ich mir gemerkt, als ich bei ihm im Haus war.«

»Ein bewaffnetes Team kommt mit Ihnen«, beharrte Newman.

»Dieser arme kleine Kerl – Adrian Penkastle«, meinte Paula bedauernd. »Im Grunde genommen war er ganz harmlos. Er hat nur gerne einen über den Durst getrunken.«

»Nicht zuletzt deswegen dürfte er heute tot sein«, erklärte Newman grimmig.

»Dann wollen wir hoffen, daß wir wenigstens Maurice Prendergast lebend antreffen«, bemerkte Marler dazu.

9.

Es würde eine lange Nacht werden. Tweed war von innerer Unruhe erfüllt. Er hatte ein Bad genommen, sich wieder angekleidet und wanderte in seinem Zimmer auf und ab, bis er ein leises Klopfen an der Tür hörte. Vorsichtig öffnete er, hielt aber zur Sicherheit einen Fuß dagegen. Zwei Uhr morgens war eine ungewöhnliche Zeit für einen Besuch.

»Darf ich hereinkommen? Ich habe unter Ihrer Tür noch Licht gesehen«, erklärte Paula.

»Natürlich.« Nachdem er sie hereingelassen hatte, verschloß er die Tür wieder und musterte Paula, die jetzt ein marineblaues Kostüm trug. »Warum liegen Sie denn nicht in Ihrem Bett und schlafen?« wollte er wissen.

»Dasselbe könnte ich Sie fragen«, entgegnete sie und nahm in einem Sessel Platz.

»Mir geht zuviel im Kopf herum.«

»Das dachte ich mir. Sie machten einen so abwesenden Eindruck, als Sie sich verabschiedeten. Was liegt Ihnen denn auf der Seele?«

»Das Rätsel einer Frau, die gleich zweimal tot an Land gespült wurde – einmal in Monterey im fernen Kalifornien, und einmal hier. Und in beiden Fällen war die *Venetia* in der Nähe.«

»Also handelt es sich tatsächlich um ein und dieselbe Frau? Ich war mir da ja immer ganz sicher.«

»Ich habe das Foto der Frau, die Newman zu retten versuchte, mit dem Phantombild verglichen, das mit Ihrer Hilfe von der Frau aus Monterey angefertigt wurde. Die Gesichter sind vollkommen identisch.«

»Gut zu wissen, daß ich nicht den Verstand verloren habe.«

»Eine unsinnige Bemerkung – obwohl ich Sie gut verstehen kann.«

Tweed stand auf und begann von neuem, durch das Zimmer zu wandern, während er weitersprach. Dieses ruhelose Auf und Ab half ihm beim Nachdenken.

»Dieselbe Frau wird auf zwei verschiedenen Kontinenten an die Küste geschwemmt, und zwar in einem Abstand von mehreren Wochen, was ungefähr dem Zeitraum entspricht, den die *Venetia* benötigt, um von Monterey nach Falmouth zu gelangen. Die Antwort darauf kann nur lauten, daß wir nicht logisch denken. Es *kann* nicht dieselbe Frau sein …«

Plötzlich brach er ab, und Paula, die ihn scharf beobachtete, merkte, wie ein ganz bestimmter Ausdruck auf sein Gesicht trat. Sie wußte, was das zu bedeuten hatte. Ein Gedanke, der ihm irgendwo im Hinterkopf herumgegeistert war, hatte sich Bahn gebrochen. Er fuhr herum und sah sie mit funkelnden Augen an.

»Es sind *Zwillinge!* Das erklärt auch die verblüffende Ähnlichkeit zwischen den beiden Frauen …«

Konsterniert saß Paula da und fragte sich, warum ihr die Lösung nicht schon längst eingefallen war. Sie schüttelte den Kopf, um wieder einen klaren Gedanken fassen zu können, dann starrte sie erneut blicklos ins Leere, während Tweed weitersprach.

»Danach müssen wir suchen – und zwar auf beiden Seiten des Atlantik. Nach Zwillingen. Das engt das Feld gewaltig ein. Wir werden Cord informieren, sobald es möglich ist, und Monica kann hier Nachforschungen anstellen.«

»Was für Nachforschungen?«

»Sie soll überprüfen, ob VB irgendwann einmal auf irgendeine Weise mit Zwillingsschwestern zu tun hatte. Wobei mir einfällt – als die *Venetia* kurz in den Hafen von Monterey einlief und sofort wieder verschwand, da war VB doch nicht an Bord, oder? Dieser versoffene Hafenmeister hat Ihnen das doch gesagt.«

»Wieso ist dieser Umstand denn wichtig?«

»Joel Brand war auf dem Schiff. Sie haben ihn ja selbst gesehen, als er mit seiner Schlägertruppe bei Octopus Cove an Land ging. Und VB hielt sich wahrscheinlich in Mullion Towers auf, als Newman hier unten in der Höhle die unbekannte Schwimmerin fand. Auch in diesem Fall könnte Brand an Bord gewesen sein, was zu einer anderen bizarren Theorie paßt, die ich entwickelt habe.«

»Worum geht es dabei?«

»Um das Verschwinden von VBs Freundinnen, die nie wieder aufgetaucht sind.«

»Ich kann Ihnen da nicht ganz folgen.«

»Es hat auch keinen Sinn, Ihnen jetzt alles zu erklären. Schließlich kann ich mich auch irren.«

»Wissen Sie was?« sagte Paula mit einem honigsüßen Lächeln. »Wenn Sie anfangen, den Geheimnisvollen zu spielen, gehen Sie mir gewaltig auf die Nerven.«

Doch Tweed hörte kaum hin, sondern sprach unbeirrt weiter. Sein Verstand arbeitete auf Hochtouren.

»Das nächste dringende Problem ist Maurice Prendergast. Ich bin sicher, daß er nach Penkastle das nächste Opfer sein soll. Ich werde ihn sofort anrufen und ihm sagen, daß wir auf dem Weg zu ihm sind.«

»Um diese Zeit? Es ist mitten in der Nacht.«

»Maurice arbeitet auch die ganze Nacht durch, wenn es sein muß, genau wie ich. Er ist bestimmt noch wach ...«

Tweed achtete peinlich darauf, keine Namen zu nennen, als er Prendergast erreichte, aber dieser erkannte ihn sofort an der Stimme. Er war tatsächlich noch auf und sagte, er würde sich freuen, sie beide zu sehen, wobei er sich der Umschreibung ›Sie und Ihre rechte Hand‹ bediente.

»Newman wird außer sich sein«, warnte Paula. »Er ist der Meinung, Sie bräuchten eine bewaffnete Eskorte.«

»Darauf möchte ich lieber verzichten. Bob schläft jetzt sicher tief und fest. Wir schleichen uns ganz leise durch die Hintertür hinaus. Ich weiß zum Glück, wie sie sich öffnen läßt, weil ich mir das Schloß vorsichtshalber einmal näher angesehen habe ...«

Sie fuhren langsam die Auffahrt entlang, nahmen die Straße nach Mawnan Smith hinein und bogen dann in die schmale Nebenstraße ab, die nach Porth Navas hinunterführte und die Tweed als ›Kaninchenbau‹ bezeichnet hatte. Aber sie waren noch nicht weit gekommen, als sich ein anderes Fahrzeug in Bewegung setzte und ihnen unauffällig folgte. Die Streifenwagen waren schon vor einiger Zeit wieder abgefahren.

Auch Gene Lessinger war mit dem Auto nach Porth Navas unterwegs. Er hatte beschlossen, sich jetzt sofort mit Maurice Prendergast zu befassen. Seit Brand sicher auf dem Weg nach Frankreich war, fühlte er sich an Bord der *Venetia* unbehaglich. Die Polizeibarkasse, von der aus mehrere Beamte an Bord des Schiffes gekommen waren und es gründlich durchsucht hatten, war unverrichteter Dinge wieder abgezogen. Der Leiter der Aktion hatte die Suche nach Joel Brand eingestellt, weil er überzeugt war, daß Brand mit dem Hubschrauber entkommen war, der kurz vor ihrer Ankunft die *Venetia* verlassen hatte.

Durch die Anwesenheit der Beamten verunsichert, hatte Gene sich entschieden, den noch anstehenden Job so rasch wie möglich zu erledigen und dann nach Plymouth zu fliegen, um dort auf die nächste Fähre nach Roscoff in der Bretagne zu warten. Vor dem Verlassen der *Venetia* hatte er vorsorglich eine Nachricht nach Frankreich geschickt und sein Kommen angekündigt, danach war er zum Kai gegangen, wo stets zwei Autos bereitstanden, und hatte mit dem Zündschlüssel, den er bei sich trug, eines davon gestartet.

Nun war er auf dem Weg nach Porth Navas und warf immer wieder einen Blick auf die Karte, die Brand ihm dagelassen hatte. Langsam fuhr er die schmale Straße hinunter, die ihn zu seinem Ziel führte. Er mochte diese Art von engen Landstraßen nicht, schon gar nicht des nachts. Den detaillierten Instruktionen Brands folgend, stellte er den

Wagen unten am Hügel ab und legte den Rest des Weges zu Fuß zurück.

In der an seinem Gürtel befestigten Lederscheide steckte ein neues Stilett, und in der rechten Hand hielt er einen kleinen Behälter, dessen Deckel er noch im Auto entfernt hatte.

Tweed hatte seinen Wagen auf dem Parkplatz des Jachtclubs abgestellt, weil er ihn nicht auf der Straße stehenlassen wollte, wo er möglicherweise andere Fahrer behinderte. Während sie auf Prendergasts Cottage zugingen, bemerkte Paula, daß nun Ebbe herrschte. Der Fluß hatte sich in eine Morastlandschaft verwandelt, die im Mondlicht schleimig glänzte.

»Hier möchte ich weiß Gott nicht auf Dauer leben«, meinte sie schaudernd. »Schauen Sie sich doch diese Schlammwüste an. Wer bei Ebbe aus dem Fenster sieht, kann wirklich eine herrliche Aussicht genießen.«

»Ein trostloser Anblick«, stimmte Tweed zu. »Und so wird es noch einige Stunden bleiben. Jedesmal, wenn die Flut zurückgeht, hinterläßt sie dieses Schlammbad. Das ist mir schon aufgefallen, als ich das erste Mal hier war, in einem etwas weiter flußaufwärts gelegenen Städtchen namens Mylor, wo ich einen Bekannten aufsuchen mußte. Im Pub traf ich dann einen Makler, der mir erzählte, viele seiner Klienten würden sich im Sommer in dieser Gegend ein Haus kaufen, ein Jahr dort verbringen und dann erneut bei ihm auftauchen – um ihren Besitz so schnell wie möglich wieder zu veräußern. Komisch, bei Maurice brennt ja gar kein Licht mehr.«

»Das ist wirklich mehr als merkwürdig«, sagte Paula besorgt. »Er weiß doch, daß wir kommen. Ob irgend etwas passiert ist?«

»Hoffentlich nicht«, erwiderte Tweed grimmig. »Und hoffentlich kommen wir nicht zu spät.«

Sie näherten sich dem dunklen, verlassen wirkenden Cottage. Auch in den anderen Gebäuden, die sich an der Straße entlangzogen, brannte längst kein Licht mehr, aber die abweisende Finsternis von The Ark empfanden sie als besonders bedrohlich.

Tweed blickte zu den mit Häkelgardinen geschmückten Fenstern empor. Es gab kein Anzeichen dafür, daß die Vorhänge innen geschlossen worden waren. Mit Paula an seiner Seite stieg er die Stufen hoch und blieb stehen, unschlüssig, ob er den schweren ankerförmigen Türklopfer betätigen sollte oder nicht.

Die Entscheidung wurde ihm abgenommen, als die Tür langsam aufging und Prendergast mit einem Lächeln auf der Schwelle erschien. Er bat sie sofort ins Haus.

»Herzlich willkommen, ihr beiden. Sie sehen ja so bedrückt aus«, sagte er zu Paula und küßte sie auf die Wange, ehe er die Tür wieder schloß.

»Warten Sie noch einen Augenblick«, fuhr er dann fort, »ich will nur schnell die Vorhänge zuziehen. Tut mir leid, wenn ich Sie erschreckt habe, aber ich hielt es für angebracht, gewisse Vorsichtsmaßnahmen zu treffen. Ich habe Sie erkannt, als Sie ganz nah am Haus waren, darum habe ich ohne weitere Umstände die Tür aufgemacht. Was möchten Sie trinken?«

»Ich könnte einen kleinen Whisky vertragen«, meinte Paula.

Zu ihrem Erstaunen bat Tweed um dasselbe. Sie wußte, daß er nur selten Alkohol trank.

»Wir fürchten, daß derjenige, der Adrian Penkastle umgebracht hat, jetzt hinter Ihnen her ist«, sagte Tweed, nachdem er an seinem Drink genippt hatte. »Sie tun gut daran, auf der Hut zu sein.«

»Ich halte die Augen schon offen«, erklärte ihr Gastgeber. »Sie zum Beispiel habe ich schon von weitem gesehen. Sie sind ganz langsam die Straße entlanggefahren und haben nach einem Parkplatz gesucht.«

»Wer hat Penkastle getötet?«

»Tweed, erwarten Sie bitte keine Wunder von mir. Ich habe keine Ahnung. Ich fand die Leiche gestern abend zufällig, weil ich zu Adrians Haus gefahren bin, um zu sehen, was er so treibt.«

»Und Sie haben den Fund sofort Ihren Vorgesetzten gemeldet.«

»Ich sagte Ihnen doch bereits, daß ich im Ruhestand bin.«

»Ein Ammenmärchen haben Sie uns aufgetischt, mein Bester. Sie sind genauso aktiv wie eh und je«, warf Tweed ihm an den Kopf.

»Wenn Sie es sagen ...«

»Außerdem möchte ich gerne wissen, ob Sie durchsikkern ließen, daß Paula gestern abend hier war – und daß sie nach draußen gerannt ist, um mit Penkastle zu sprechen.« Tweed beugte sich vor. »Und diesmal will ich die Wahrheit hören.«

Prendergast zögerte und wich Paulas bohrendem Blick aus, dann zuckte er resigniert die Schultern.

»Ich fürchte, genau das habe ich getan. Ich mußte meine Vorgesetzten davon überzeugen, daß ich ihnen vollständige Informationen liefere. Und ob Sie's nun glauben oder nicht, ich habe versucht, diesen Dickschädeln klarzumachen, daß Sie ihnen in diesem Spiel ein gutes Stück voraus sind und daß sie deswegen besser mit Ihnen zusammenarbeiten sollten, statt Ihnen Steine in den Weg zu legen. Ich habe mir wirklich alle Mühe gegeben, Tweed.«

»Das glaube ich Ihnen«, versicherte dieser ruhig.

»Und ich hoffe, daß Sie meine aufrichtige Entschuldigung annehmen«, fuhr Prendergast fort, an Paula gewandt. »Ich kann gut verstehen, wenn Sie mir jetzt für den Rest Ihres Lebens böse sind.«

»Ich bin Ihnen nicht böse, Maurice«, tröstete ihn Paula. »Aber Sie sollten wissen, daß ich von einem der Spitzenmänner des Yard eingehend verhört worden bin, von Roy Buchanan persönlich. Er ist unverzüglich hierhergekommen, nachdem Ihre Vorgesetzten offenbar Ihren Bericht an den Commissioner weitergegeben haben.«

»Ach du lieber Himmel!« Prendergast geriet sichtlich aus der Fassung. »Da habe ich ja ein schönes Durcheinander angerichtet. Ich hätte niemals Ihren Namen nennen dürfen. Aber ich hätte mir auch niemals träumen lassen, daß diese Schwachköpfe gleich alles weiterleiten – und erst recht nicht direkt an den Commissioner.«

»Ihre Abteilung will sich vornehm im Hintergrund halten«, erklärte Tweed. »Jetzt frage ich Sie noch einmal: Wer hat Ihrer Meinung nach Adrian Penkastle ermordet?«

»Einer von Vincent Bernard Molochs Leuten«, erwiderte Prendergast prompt.

»Schon möglich. Aber wir wissen nicht genau, ob der Mord auf Molochs Befehl hin geschah, zumindest jetzt noch nicht.«

Tweed spürte, wie Erleichterung in ihm aufstieg. Es war ihm gelungen, Prendergast, einen der fähigsten Mitarbeiter der Special Branch, aus der Reserve zu locken. In ihm hatten sie jetzt einen wertvollen Verbündeten, der ihnen vielleicht noch einmal sehr nützlich sein konnte.

Ihr Gastgeber bot ihnen weitere Drinks an. Beide lehnten dankend ab, und Prendergast schenkte sich selbst nach, als es an der Tür klopfte. Paula wechselte einen Blick mit Tweed, schob eine Hand in das Geheimfach ihrer Umhängetasche und schloß die Finger um ihren Browning. Doch Prendergast zeigte keinerlei Anzeichen von Besorgnis, sondern schien sich lediglich über die Störung zu ärgern.

»Das wird Charlie sein, ein Einheimischer, der immer die halbe Nacht aufbleibt. Leidet unter Schlaflosigkeit. Um diese Zeit kommt er manchmal auf ein Schwätzchen vorbei. Der Mann ist harmlos.«

Ehe Tweed ihn aufhalten konnte, war Prendergast schon an der Tür und öffnete sie einen Spalt.

»Ich habe eine wichtige Nachricht aus London für Sie, Mr. Prendergast.«

»Wie sind Sie denn hierhergekommen?«

»Mit dem Motorrad. Ich bin Kurier.«

Noch während er sprach, streute Gene den Inhalt des Pfefferstreuers, den er mitgebracht hatte, Prendergast ins Gesicht. Der riß einen Arm noch, um seine Augen zu schützen, und trat instinktiv einen Schritt zurück. Gene folgte ihm mit dem Stilett in der Hand; bereit, es seinem Opfer in die Brust zu stoßen.

Paula packte ihren Browning am Lauf, lief auf Gene zu und ließ den Kolben mit aller Kraft auf sein Handgelenk niedersausen; im letzten Augenblick riß er die Hand beiseite, um dem Schlag etwas von seiner Wucht zu nehmen, was Prendergast das Leben rettete. Als Gene erkannte, daß er ausgetrickst worden war, schlang er Paula blitzschnell den Arm um den Hals und preßte ihr mit der rechten Hand sein Messer an die Kehle.

»Zurück mit euch, ihr verdammten Schweinehunde«, schrie er, »oder ich schlitze der Puppe die Kehle von einem Ohr zum anderen auf! Und du läßt die Knarre fallen, sonst hast du gleich keinen Kopf mehr«, befahl er Paula.

Ihr blieb keine andere Wahl – sie ließ den Browning los. Tweed hatte Gene eine Sekunde zu spät erreicht; die rechte Hand zur Faust geballt und bereit, dem Gegner einen Hieb gegen den Nasenrücken zu versetzen, der vermutlich tödlich gewirkt hätte. So mußte er hilflos zusehen, wie Gene Paula zur Tür und die Stufen hinabzerrte und sie dann über die Straße zu seinem ein Stück weiter weg geparkten Auto schleifte.

Tweed folgte ihm mit grimmiger Miene, hielt aber bewußt einen gleichbleibenden Abstand zu ihm ein. Prendergast war noch immer in der Küche, wo er versuchte, sich den Pfeffer aus den Augen zu spülen.

Draußen auf der Straße achtete Tweed darauf, sich stets ungefähr zwölf Schritte hinter Gene zu halten, der sich abwechselnd gehetzt nach ihm und seinem Wagen umdrehte. Tweed hatte Paulas Browning aufgehoben und hielt ihn locker in der Hand.

»Hör auf, mir hinterherzulaufen, oder ich mache Hackfleisch aus ihr!« schrie Gene ihm zu.

Tweed gab ihm keine Antwort, sondern marschierte unbeirrt weiter; immer in gleichbleibendem Abstand zu Gene und Paula, die sich hilflos in seinem eisernen Griff wand und sich des kalten Stahls an ihrer Kehle nur zu genau bewußt war. Tweed schwieg absichtlich, weil er hoffte, den Kerl auf diese Weise aus der Ruhe zu bringen.

Plötzlich hörten sie ein Geräusch. Ein Wagen kam auf

sie zu und hielt an. Newman, der hinter dem Steuer des Mercedes saß, schaltete das Fernlicht ein und starrte entsetzt auf die Silhouetten von Gene und seiner Gefangenen. Er stellte den Motor ab, ließ jedoch die Scheinwerfer an.

»Mach sofort das verdammte Licht aus, oder ich verpaß' der Frau ein blutrotes Halsband!«

»Tun Sie, was er sagt, Bob!« rief Tweed ihm zu. »Er hält Paula ein Messer an die Kehle.«

Widerwillig gehorchte Newman. Der neben ihm sitzende Marler, der sein Armalite-Gewehr griffbereit auf dem Schoß hielt, erwog inzwischen die Möglichkeit, Gene mit einem Schuß von den Beinen zu holen, mußte aber einsehen, daß dies ein hoffnungsloses Unterfangen war – viel zu leicht konnte die Kugel statt seiner Paula treffen.

»Sag ihm, er soll den Wagen aus dem Weg schaffen!« brüllte Gene.

»Tun Sie, was er sagt, Bob«, wiederholte Tweed.

Newman setzte den Wagen langsam auf die Hauptstraße zurück und wartete ab. Noch nie war er sich so hilflos vorgekommen wie jetzt. Tweed hatte die Augen halb geschlossen, als er die Motorgeräusche hörte, um nicht von den Scheinwerfern geblendet zu werden, daher beeinträchtigte auch die plötzliche Dunkelheit sein Sehvermögen nicht. Mit der Pistole in der Hand setzte er den langsamen Marsch fort, ohne dabei den Blick von Gene abzuwenden.

»Bleib stehen!« befahl dieser und bewegte sich näher auf sein Auto zu. »Sonst hat die Kleine hier es hinter sich!«

»Wenn du ihr auch nur ein einziges Haar krümmst«, sagte Tweed betont langsam mit eiskalter Stimme, »dann schieße ich dir erst in das rechte Knie, danach in das linke – und als krönenden Abschluß genau zwischen die Beine. Aber vielleicht kannst du ja sowieso mit Frauen nichts anfangen.«

Die unheimliche Ruhe, mit der Tweed seine Drohung aussprach, ließ den Zuhörern das Blut in den Adern gefrieren. Trotz der Angst, die Paula ausstand, fiel ihr auf, daß sie Tweed noch nie zuvor mit so stahlharter Stimme hatte sprechen hören.

Seine Worte verfehlten ihre Wirkung auf Gene nicht. Paula spürte, wie er zu zittern begann und dann seinen Griff rasch verstärkte. Tweed schien sich in die fleischgewordene Nemesis verwandelt zu haben; er verfolgte seine anvisierte Beute mit einer solch unerbittlichen Entschlossenheit, daß Gene ein Schauer über den Rücken lief. Er zerrte Paula weiter die Straße entlang, blickte sich dabei jedoch ständig nach seinem Widersacher um.

»Noch einen Schritt weiter, und ich mach' sie kalt!« schrie er plötzlich. Nackte Verzweiflung schwang in seiner Stimme mit.

»Dann wirst du den Rest deines Lebens als Krüppel verbringen«, erwiderte Tweed schneidend.

»Bleib endlich stehen!« kreischte Gene beinahe hysterisch. »Du willst doch deine kleine Freundin lebend wiedersehen, oder nicht?«

Tweed kam immer weiter auf ihn zu. Immer noch hielt er einen gleichbleibenden Abstand zu Gene, der Paula mühsam weiterschleifte. Er war schon fast bei seinem Auto angelangt, in dem er Paula als Geisel mitnehmen wollte.

Als sie plötzlich wie leblos in sich zusammensackte, fluchte er gotteslästerlich. Sie hatte das Bewußtsein verloren, war jetzt nur noch eine sperrige Bürde, mit der er sich abschleppen mußte. Da sie sich rücklings gegen ihn hatte fallen lassen, war ihre Kehle für einen Moment nicht mehr in Reichweite seines Messers. Gene versuchte krampfhaft, sie fester zu packen – er war noch ungefähr fünfzehn Meter vom Ufer und seinem dort geparkten Wagen entfernt – stellte aber überrascht fest, daß sie von Sekunde zu Sekunde schwerer zu werden schien. Mit geschlossenen Augen hing sie schlaff an seinem Arm, und er wäre fast gestolpert, als er sich umdrehte, um zu überprüfen, wie nah ihm Tweed inzwischen gekommen war.

Ein Schuß krachte aus dem Nichts, und Genes Hinterkopf wurde von der tödlichen Kugel zerschmettert. Da Paula den Kopf gegen die Brust ihres Gegners hatte sinken lassen, lief sie nicht mehr Gefahr, versehentlich getroffen zu werden. Die Wucht des Geschosses riß Gene nach hinten, das Messer entglitt seiner Hand, und er ließ Paula los, die mit weit aufgerissenen Augen zu Boden stürzte.

Gene taumelte auf das Flußufer zu, verlor das Gleichgewicht und fiel kopfüber in den Morast. Er war bereits tot, als der Schlamm sich um ihn schloß. Tweed stand reglos da und sah zu, wie der Leichnam langsam versank, bis außer kleinen Luftblasen nichts mehr zu sehen war.

Am ganzen Leib zitternd raffte Paula sich hoch. Von der ohnehin nur vorgetäuschten Ohnmacht war ihr nichts mehr anzumerken. Marler kam mit seinem Armalite in der Hand auf sie zu. Er hatte einen Moment ausgenutzt, als sich Gene zu Tweed umblickte, um unbemerkt aus dem Wagen zu schlüpfen, dann hatte er hinter einer Hausecke Position bezogen, das Infrarotvisier auf sein Ziel gerichtet und in einem günstigen Augenblick einen Schuß auf Genes Hinterkopf abgegeben.

Erleichtert ging er auf Paula zu, die ihm steifbeinig entgegenkam und ihn fest umarmte.

»Danke. Sie haben mir das Leben gerettet.«

»Dazu haben Sie ja entscheidend beigetragen«, wehrte Marler verlegen ab. »Indem Sie vorgaben, ohnmächtig zu sein, haben Sie mir die Gelegenheit verschafft, die ich brauchte, um einen sicheren Schuß abzugeben. Schauen Sie mal dort, da kommt jemand aus dem einzigen Haus getorkelt, in dem noch Licht brennt.«

Paula wirbelte herum. Prendergast stand auf der Straße, rieb sich immer wieder die Augen und blinzelte in dem Versuch, zu erkennen, was um ihn herum vorging, durch die gespreizten Finger. Paula rannte auf ihn zu, nahm ihn am Arm und führte ihn ins Haus zurück, um seine Augen zu behandeln. Sie war heilfroh, etwas Praktisches tun zu können, weil es ihr half, sie von ihrem jüngsten schrecklichen Erlebnis abzulenken.

Tweed schaute auf die Schlammwüste hinab, die Genes leblosen Körper verschlungen hatte. Newman und Marler traten an seine Seite.

»Ich glaube, es wird einige Zeit dauern, bis die Leiche

wieder an die Oberfläche kommt – wenn überhaupt jemals«, überlegte Tweed laut.

»Und die Flut setzt bald ein«, bemerkte Newman. »Was ist eigentlich passiert? Ich war wie versteinert, weil ich nicht das geringste ausrichten konnte.«

Tweed faßte die Ereignisse kurz zusammen.

»Was hat Sie beide überhaupt hierhergeführt?« wollte er dann wissen. »Zum Glück sind Sie genau zur rechten Zeit gekommen«, fügte er mit einem Blick auf Marler hinzu.

»Wir standen hinter meinem Auto auf dem Hof und unterhielten uns«, erklärte Newman. »Zufällig sahen wir, wie Sie und Paula das Hotel verließen, und beschlossen, Ihnen zu folgen. Ich habe Ihnen doch mehrfach klarzumachen versucht, daß Sie eine bewaffnete Eskorte brauchen!«

»Sie haben recht, ich hätte auf Sie hören sollen. Ich bin Ihnen beiden sehr dankbar; Ihnen, Bob, weil Sie die richtige Entscheidung getroffen haben, und Ihnen, Marler, für Ihren meisterhaften Schuß.«

»Ach, mir sind schon viel schwierigere Schüsse gelungen.« Marler blickte die Straße entlang. »Diesen hier scheint Gott sei Dank niemand gehört zu haben.«

»Und der Leichnam ist im Schlamm versunken, ohne Spuren zu hinterlassen«, fügte Newman hinzu.

Tweed blickte hinunter. Die einsetzende Flut hatte die Mündung des Flusses noch nicht ganz erreicht. Bald würde die Stelle, wo Gene untergegangen war, von Wasser überspült sein. Ohne ein Anzeichen von Gemütsbewegung zuckte er gleichgültig die Schultern und wandte sich ab.

10.

Tweed fuhr allein nach London zurück. Noch in der Nacht hatte er Newman neue Instruktionen erteilt, während sie auf der Uferstraße von Porth Navas standen.

»Ich kehre morgen nach London zurück.« Er warf einen Blick auf seine Uhr. »Oder vielmehr heute. Es ist schon nach

Mitternacht. Sie bleiben mit Paula und Marler hier. Zwei Dinge möchte ich Ihnen ans Herz legen, Bob. Erstens versuchen Sie bitte herauszufinden, wer dieses Informantennetz leitet, das VB hier unten aufgebaut hat. Der Special Branch wird jeden in Gewahrsam nehmen, den Sie enttarnen können.«

»Und zweitens?«

»Amüsieren Sie sich gut mit Ihrer Freundin Vanity Richmond.«

Marler grinste spöttisch. Newman wirkte verärgert und verkniff sich eine passende Antwort, was Tweed insgeheim freute.

»Warten Sie hier«, befahl er dann. »Ich gehe rasch ins Haus, um nachzusehen, wie Paula mit Prendergast zurechtkommt.«

Er fand Prendergast lang ausgestreckt auf der Couch vor, mit Umschlägen auf den Augen. Paula stürzte sich sofort in eine Erklärung.

»Er weigert sich, in ein Krankenhaus zu gehen, also habe ich mich um ihn gekümmert, so gut ich konnte. Ich habe seine Augen gründlich mit klarem Wasser ausgespült und dann mit zwei Taschentüchern eiskalte Umschläge gemacht.«

»Ich bin schon in Ordnung«, meldete sich Prendergast zu Wort, nachdem er eines der Taschentücher abgenommen hatte. »Ich kann Sie klar und deutlich erkennen – Sie machen ein ziemlich ernstes Gesicht.«

Tweed verabschiedete sich von ihm und ging mit Paula nach draußen, wo er wiederholte, was er Newman und Marler kurz zuvor eingeschärft hatte. Als beide zu den wartenden Männern traten, erklärte Marler ihm, was er sich inzwischen überlegt hatte.

»Der Kerl ist mit seinem eigenen Auto gekommen. Ich habe es mir angesehen, nachdem ich ihn erschossen hatte, und festgestellt, daß der Zündschlüssel steckt. Also werde ich den Wagen von hier wegfahren – selbstverständlich trage ich dabei Handschuhe – und ihn ein Stück von hier entfernt auf irgendeinem verlassenen Feldweg stehenlassen.

Newman bringt mich dann mit dem Mercedes ins Hotel zurück.«

»Gute Idee«, stimmte Tweed zu. »Eines noch, Bob. Ich lasse euch vorsichtshalber Butler und Nield als Verstärkung hier ...«

All dies ging Tweed durch den Kopf, während er mit hoher Geschwindigkeit die A 30 entlangjagte. Wieder bereitete es ihm ein diebisches Vergnügen, sich Newmans Gesichtsausdruck ins Gedächtnis zu rufen, als er ihm geraten hatte, sich mit Vanity Richmond zu amüsieren.

Ich glaube, er hat sich ein wenig in die Dame verguckt, dachte er. Aber was soll's? Newman ist nicht auf den Kopf gefallen, und sie wird es nie schaffen, irgendwelche Geheimnisse aus ihm herauszukitzeln.

Er vermutete auch, daß Paula an Maurice Gefallen gefunden hatte. Vielleicht kann ich da gleich zwei Romanzen in meiner unmittelbaren Nähe beobachten, grübelte er. Andererseits konnten beide nach den Aufregungen der letzten Zeit ein bißchen Ablenkung gebrauchen.

Am Park Crescent angekommen, traf er ausgerechnet als erstes auf Howard, der ihm unaufgefordert in sein Büro folgte. Nachdem Howard sich hingesetzt hatte, schob er automatisch die Ärmel hoch, und Monica registrierte, daß er immer noch die abscheulichen blütenförmigen Manschettenknöpfe trug.

»Nun, wie läuft die Schlacht?« erkundigte sich Howard katzenfreundlich.

»Im Augenblick nicht so gut«, erwiderte Tweed hinter seinem Schreibtisch; fest entschlossen, den lästigen Besucher so schnell wie möglich loszuwerden. »Der Special Branch hat sich in die Angelegenheit eingemischt, aber fragen Sie bitte nicht nach Details.«

»Der Special Branch!« Howards rundes Gesicht färbte sich vor Empörung hochrot. »Was zum Teufel haben die denn mit der Sache zu tun? Wir sind angewiesen worden, Nachforschungen über VB anzustellen, und zwar vom Premierminister höchstpersönlich.«

»Ich weiß. Aber irgendwie haben sie davon Wind bekommen und kochen nun ihr eigenes Süppchen.« Er hielt inne. »Kann es sein, daß Sie in Ihrem Club ein paar unüberlegte Worte fallengelassen haben?«

»Halten Sie mich etwa für nicht vertrauenswürdig?« Entrüstet sprang Howard auf. Sein Gesicht leuchtete jetzt ziegelrot, und er sah aus, als würde ihn jeden Moment der Schlag treffen. »Ich erwarte, daß Sie sich bei mir für diese Unterstellung entschuldigen. Und zwar nicht erst am Jüngsten Tag«, fauchte er und stolzierte wutentbrannt aus dem Büro.

»Jetzt haben Sie ihn an seinem wunden Punkt getroffen«, meinte Monica lächelnd.

»Genau das lag in meiner Absicht. Ich habe zuviel zu tun, um mir von ihm meine kostbare Zeit stehlen zu lassen. Haben Sie Neuigkeiten für mich?«

»Ja. Der Bericht über Vanity Richmond ist fertig. Er wird Ihnen nicht gefallen … ganz sicher nicht … Ich habe nämlich mit Cord Dillon telefoniert«, begann Monica. »Zuerst wollte er nicht recht mit der Sprache heraus, aber ich klärte ihn darüber auf, daß die Dame sich zur Zeit in England aufhalten und somit unter die englische Gerichtsbarkeit fallen würde. Daraufhin legte er los und zeichnete ein ziemlich düsteres Bild von ihr.«

»Düster?«

»Meiner Meinung nach, ja. Sie ist Engländerin; auch ihr Vater stammte aus England, aber ihre Mutter war Französin. Vielleicht ist hierin der Grund für ihre zweifelhafte Karriere zu suchen. Cord hat ihr den Spitznamen ›Schmetterling‹ verpaßt.«

»Wieso das?«

»Lassen Sie mich fortfahren. Sie wirkt sehr anziehend auf Männer und hat aus dieser Tatsache kräftig Kapital geschlagen. In den Staaten ist sie von einem Mann zum anderen geflattert – alle waren recht wohlhabend – und hat sie nach Strich und Faden ausgenommen.«

»Einen Moment bitte. Ist oder war sie je verheiratet? Hat sie Kinder?«

»Die Antwort lautet in beiden Fällen nein. Sie ist ausgesprochen eitel, deswegen wird sie wohl auch Vanity genannt. Ihr eigentlicher Vorname ist Vanessa. Bei ihr dreht sich scheinbar alles nur um Geld. VB ist ihre neueste Eroberung. Es heißt ja, er wäre von schönen Frauen sehr angetan. All diese Informationen – abgesehen von der bezüglich VB – beruhen auf Hörensagen. Aber Cord meinte, es sei schwierig gewesen, etwas über sie in Erfahrung zu bringen. Er kann es sich aber nicht erklären, daß die Nachforschungen des Detektivs, den ich beauftragt habe, ergebnislos geblieben sind. Der Mann müßte doch genug Kenntnisse im Hinblick auf solche Ermittlungen haben, meint er, um zumindest ein paar Daten zusammenzutragen. Aber Vanity hat noch nicht einmal eine Sozialversicherungsnummer – und das, obwohl sie einige Jahre in den Staaten verbracht hat.«

»Das klingt alles sehr interessant«, bemerkte Tweed.

»Für mich klingt es nach einer Frau, die ihren Lebensunterhalt fristet, indem sie auf Männerfang geht«, entrüstete sich Monica.

Sie beobachtete Tweed, der aus dem Fenster in den hellen Sonnenschein hinausstarrte. Trotz der Deckenventilatoren war es sehr warm im Büro. Tweed dachte gerade über Moloch nach.

»Haben Sie überhaupt mitbekommen, was ich gesagt habe?« erkundigte sich Monica bissig.

»Ich habe jedes Wort verstanden«, versicherte er ihr, immer noch aus dem Fenster blickend.

»Aber Sie scheinen nichts weiter dabei zu finden.«

»Die Menschen sind nun einmal verschieden«, entgegnete er.

»In meinen Augen ist diese Frau ein gewissenloser, männermordender Vamp«, behauptete Monica mit Nachdruck.

»Wie ich schon sagte – die Menschen sind verschieden. Von Ihnen weiß ich, daß Sie bestimmte Moralvorstellungen sozusagen mit der Muttermilch eingesogen haben, was einer der Gründe dafür ist, daß Sie sich hier die Nächte um die Ohren schlagen. Andere Gründe sind Ihre Loyalität mir gegenüber, Ihr Pflichtbewußtsein, Ihre Fähigkeit, stundenlang an einem Stück zu arbeiten …«

»Mit Schmeicheleien kommen Sie bei mir auch nicht weiter.« Sie lachte.

»Da wäre noch Mrs. Benyon, VBs Stiefmutter«, sagte Tweed. »Und ihr Sohn Ethan. Ich brauche jedes noch so kleine Quentchen an Informationen über die beiden. Tun Sie Ihr Bestes.«

»Ich arbeite daran.«

»Und dann VBs weitere Schritte …«

»Laut Jim Corcoran hat er Heathrow mitten in der Nacht in Richtung New York verlassen. Dürfte inzwischen dort eingetroffen sein. Während der Jet aufgetankt wurde, ist VB kurz ausgestiegen, um sich die Beine zu vertreten. Corcoran hatte eine Kamera da und konnte mit dem Teleobjektiv einige Aufnahmen von ihm machen. Ich habe einen Kurier hingeschickt, um den Film abzuholen, und die Jungs im Labor haben ihn in Rekordzeit entwickelt und Abzüge gemacht. Hier sind sie.«

»Ein ziemlich kleingeratener Mann«, kommentierte Tweed, als er die Fotos betrachtete.

»Das war Napoleon auch«, gab sie zu bedenken.

»Vielleicht ziert ja eine Büste von ihm VBs Hauptquartier in Black Ridge.«

»Das bezweifle ich.« Tweed untersuchte die Fotos mit einem Vergrößerungsglas. »Er wirkt auf mich nicht wie jemand, der unter einem übersteigerten Ego leidet. Ich stelle mir immer wieder dieselbe Frage: Was geht in diesem Mann vor? Ich würde ihn gern einmal persönlich kennenlernen.«

»Durchaus möglich, daß Sie in diesen Genuß kommen. Ich bin sicher, daß er über Sie und Ihre Funktion hier im Bilde ist.«

»Ich darf keine Zeit mehr verlieren.« Tweed reichte Monica die Fotos zurück. »Diese Bilder dürften einigen Zeitungen ein kleines Vermögen wert sein. VB ist pressescheu und läßt sich selten fotografieren. Diese Elektronikfirma, die im Thames Valley in die Luft geflogen ist – das war doch unsere modernste und technisch am weitesten entwickelte Anlage dieser Art, nicht wahr?«

»Allerdings. Es gab weder Tote noch Verletzte, weil die Bombe nachts explodierte. Alle Angestellten waren bereits nach Hause gegangen. Sogar die Wachposten blieben unversehrt – sie kontrollierten gerade in einiger Entfernung vom Gebäude die Zäune.«

»Das paßt in das Gesamtbild. Aber jetzt müssen wir bestimmten Leuten Dampf machen – ich leite nämlich eine Großoffensive gegen Vincent Bernard Moloch ein ...«

Chefinspektor Buchanan machte aus seiner Verblüffung kein Hehl, als er aus Cornwall zum Yard zurückbeordert und angewiesen wurde, sich sofort in einer äußerst dringenden Angelegenheit mit Tweed in Verbindung zu setzen.

»Das sind ja ganz neue Töne«, meinte er auf dem Weg zum Park Crescent zu Sergeant Warden. »Normalerweise muß ich mit Engelszungen reden, um in die heiligen Hallen hereingelassen zu werden.«

»Vielleicht haben Sie ihm unten in Cornwall Angst eingejagt«, schlug Warden mit seinem üblichen Gleichmut vor.

»Tweed Angst eingejagt? Glauben Sie an den Weihnachtsmann, Warden? Da sind wir ja schon. Ich werde erst einmal nachfragen, ob er mich unter vier Augen sprechen will. Wenn das der Fall ist, warten Sie unten im Wagen.«

»Sie wollten allein mit ihm reden?« Warden klang verstimmt. »Ohne einen Zeugen?«

»Genau das.«

So kam es dann auch. Nach einer kurzen Unterhaltung mit Tweed über das Telefon in der Eingangshalle schickte Buchanan den Sergeant zum Auto zurück und stieg die Treppe empor. Monica erwartete ihn bereits. Sie öffnete die Tür, trat beiseite, um ihn eintreten zu lassen, schloß dann die Tür von außen und verschwand.

»Nur wir beide allein?« wunderte sich Buchanan. »Ich habe noch nie erlebt, daß Monica bei einer Unterredung fehlte.«

»Nur wir beide allein«, bestätigte Tweed. »Setzen Sie

sich doch. Ich muß mich bei Ihnen bedanken, weil Sie auf meine Nachricht so schnell reagiert haben.«

»Zum Teil nur aus purer Neugier«, gestand Buchanan.

»Ich habe Informationen für Sie, aber sie müssen vertraulich behandelt werden – und eine meiner Quellen muß anonym bleiben.«

»Als ich ihnen unten in Nansidwell vertrauliche Informationen weitergeben wollte, haben Sie mit der Begründung abgelehnt, Sie könnten sich bei Ihrer Arbeit nicht die Hände binden lassen.«

»Das ist richtig.«

»Warum sollte ich mich dann auf dieses Spielchen einlassen?«

Buchanan, der sich normalerweise in einem Sessel fläzte und die Beine übereinanderschlug, wenn er einen Zeugen verhörte, saß jetzt kerzengerade in dem Lehnstuhl, den Tweed ihm hingestellt hatte. Er nahm wie immer kein Blatt vor den Mund, gab sich aber wesentlich freundlicher und umgänglicher als sonst.

»Aus einem ganz einfachen Grund. Wenn Sie nicht zustimmen, kann ich Ihnen nicht die Fakten geben, die vielleicht zur Aufklärung zweier Morde beitragen könnten ...«

»In diesem Fall ist es Ihre staatsbürgerliche Pflicht ...«

»Ich sagte *vielleicht*«, unterbrach Tweed.

»Okay, ich lasse es darauf ankommen. Dieses Gespräch bleibt unter uns.«

»Gut. Ein Bekannter von mir, der zur Zeit nicht im Lande ist«, begann Tweed sofort, »rettete eine junge Frau, die von der *Venetia* aus auf die Küste zuschwamm. Er zog sie aus dem Wasser, aber die arme Frau starb, vermutlich an Erschöpfung. Er machte drei Fotos von ihr und leitete sie an mich weiter. Diese Fotos sehen dem Bild einer anderen Frau zum Verwechseln ähnlich; einer Frau, die Paula vor einigen Wochen in Kalifornien tot geborgen hat. Sie fertigte von dieser Frau aus Monterey ein Phantombild an. Hier, überzeugen Sie sich selbst. Die Fotos zeigen die Frau aus Cornwall, bei der Fotokopie handelt es sich um Paulas Zeichnung.«

Er öffnete den Umschlag, der auf seinem Schreibtisch lag, und breitete den Inhalt vor Buchanan auf dem Tisch aus. Die Gesichtszüge des Detektivs verhärteten sich, als er die Bilder betrachtete. Einige Minuten herrschte Schweigen, dann ergriff Buchanan das Wort:

»Diese Fotos zeigen eine Frau, die wir in einer Höhle unterhalb vom Nansidwell Hotel tot aufgefunden haben. Wir erhielten einen anonymen Anruf. Könnte der von Ihrem ebenso anonymen Bekannten gekommen sein, der sich jetzt im Ausland aufhält?«

»Soviel ich weiß, wurde eine der örtlichen Polizeiwachen verständigt.«

»Ja, die in Truro.«

»Ich verstehe.« Mehr sagte Tweed nicht dazu.

»Wir haben diesen Leichenfund vorerst geheimgehalten.« Buchanan tippte mit dem Zeigefinger auf die Fotos der Toten. »Der Pathologe, der die Obduktion durchgeführt hat, fand einen schweren Bluterguß auf ihrem Rücken. Bei uns läuft sie jetzt unter ›verdächtiger Todesfall‹.«

»Da wäre noch etwas«, fügte Tweed hinzu. »Molochs schwimmender Palast, die *Venetia,* war ganz in der Nähe, als Paula den Leichnam in der Nähe von Monterey aus dem Pazifik fischte, und Monterey liegt ungefähr sechstausend Meilen von hier entfernt. Die *Venetia* ankerte aber auch vor dem Hafen von Falmouth, als das Mädchen auf dem Foto hier angetrieben wurde.«

»Vincent Bernard Moloch«, sagte Buchanan mehr zu sich selbst. »Ich verstehe das alles nicht. Die beiden Frauen gleichen sich bis aufs Haar. Ihre Geschichte ergibt keinen Sinn, Tweed.«

»Doch, wenn man nämlich davon ausgeht, daß es sich bei den beiden Frauen um Zwillingsschwestern handelt. Das ist die einzig mögliche Lösung. Sie müssen nach Zwillingen suchen, Roy. Ich möchte, daß dieses Foto auf der Titelseite jeder Zeitung des Landes erscheint, mit der Überschrift *Wer kennt diese Frau?*«

»Das könnte ich arrangieren«, stimmte Buchanan zu. »Auf derartige Schlagzeilen ist die Presse heutzutage ganz wild. Vorher muß ich aber noch die Zustimmung gewisser Leute einholen. Darf ich Ihren Namen ins Spiel bringen?«

»Nein, unter keinen Umständen.«

»Dachte ich's mir doch, daß Sie das sagen würden. Gut, ich werde Sie aus dem Ganzen heraushalten – schon allein aufgrund Ihrer Position.«

»Und«, fügte Tweed hinzu, »weil ich Ihnen geholfen habe. Darüber haben Sie nämlich noch kein Wort verloren.«

»Ich weiß Ihre Kooperationsbereitschaft wirklich zu schätzen. Wollen Sie mir denn nicht verraten, wer diese Fotos geschossen hat? Nur zu meiner persönlichen Information.«

»Kommt nicht in Frage, Roy. Sie würden mir auch nie den Namen einer Ihrer Informanten nennen, also lassen Sie's gut sein.«

»Wo Sie recht haben, haben Sie recht. Kann ich die Fotos mitnehmen?«

»Natürlich, es sind nur Abzüge.«

»Zwillinge.« Buchanan erhob sich. »Clever von Ihnen, an diese Möglichkeit zu denken. Ich werde das in die Geschichte einfließen lassen, die wir uns für die Presse ausdenken müssen. Ich denke, dieser Fall rechtfertigt die Einberufung einer Pressekonferenz. Zeit, daß ich mich auf den Weg mache.«

Die beiden Männer schüttelten sich die Hände, und Buchanan verabschiedete sich. Sowie er den Raum verlassen hatte, rief Tweed über die Sprechanlage Monica zu sich.

Er setzte sie knapp über seine Unterhaltung mit dem Mann von Scotland Yard ins Bild, und sie hörte aufmerksam zu.

»Glauben Sie, er hält Wort?« fragte sie dann beiläufig. »Wird er die Story wirklich an die Presse geben?«

»Da bin ich mir ganz sicher. Er hat keine Alternative. Und das bedeutet, daß ich den ersten Schritt – nur den ersten – in Richtung einer Offensive gegen unseren Freund VB getan habe.«

»Ich kann Ihnen da nicht ganz folgen.«

»Meine Taktik sieht vor, alles nur Erdenkliche zu unternehmen, um VB zu beunruhigen. Das Foto der toten Frau, die in Cornwall an Land geschwemmt wurde, wird in allen Zeitungen verbreitet. VB – und nicht zuletzt Joel Brand – werden davon hören, und irgend jemand wird höchst beunruhigt sein. Beunruhigte Menschen aber machen Fehler – oder verlieren die Nerven.«

»Es könnte klappen«, pflichtete Monica ihm bei.

»Es *wird* klappen«, versicherte ihr Tweed. »Des weiteren möchte ich, daß Abzüge dieser Fotos – und eine Kopie des Phantombildes der Leiche aus dem Pazifik, das mit Paulas Hilfe angefertigt wurde – per Eilbrief an Cord Dillon geschickt werden.«

»Wieso, wenn ich fragen darf?«

»Das haben Sie gerade getan. Ich werde Cord später anrufen und ihn bitten, in Kalifornien dieselbe Aktion zu starten wie wir hier. Die Fotos sollen in allen großen Zeitungen erscheinen – im *San Francisco Chronicle,* der *Los Angeles Times* und in der Lokalzeitung von Monterey. Irgend jemand muß diese Zwillinge doch wiedererkennen.«

»Da werden Sie aber ganz schön Staub aufwirbeln. Außerdem klingen Sie so grimmig entschlossen; so kenne ich Sie ja gar nicht.«

»Ich bin auch fest entschlossen, endlich etwas zu unternehmen; erst recht nach diesem heimtückischen Anschlag auf Paula. Und das, was ich Ihnen erzählt habe, ist erst die Spitze des Eisberges. Ich werde VB von jeder nur möglichen Seite her angreifen. Bringen Sie den Stein ins Rollen, Monica ...«

11.

In Cornwall verbrachte Newman viel Zeit mit Vanity Richmond. Sie waren eine Seitenstraße entlanggeschlendert, die vom Ende der Hotelauffahrt abzweigte, und dann in eine enge, ungepflasterte Gasse eingebogen, die eigentlich nicht viel mehr als ein Feldweg mit einem Wegweiser *Rosemullion* war. Vanity hatte den Spaziergang vorgeschlagen.

»Der Hotelbesitzer hat mir diesen Weg verraten«, erklärte sie. »Er soll zu einem Aussichtspunkt führen, von dem aus man einen herrlichen Panoramablick über das Meer hat – und das Beste ist, kaum jemand kennt ihn.«

Sie sah ihn aus halbgeschlossenen Augen von der Seite an, als sie die letzte Bemerkung machte. Ihr Blick übte eine geradezu hypnotische Wirkung auf ihn aus. Lächelnd stellte er zum wiederholten Male fest, wie attraktiv sie war. Die grünschimmernden Augen und der verführerische Blick, den sie ihm zugeworfen hatte, erweckten in ihm den Wunsch, sie leidenschaftlich in die Arme zu reißen, doch er widerstand der Versuchung.

»Sie machen auf mich den Eindruck eines sehr einsamen Mannes«, fuhr sie fort.

»Der trügt aber«, log er.

Tatsächlich hatte er schon eine ganze Weile keine Freundin mehr gehabt. Seine Zeit wurde voll und ganz von seiner Arbeit für Tweed in Anspruch genommen, eine Aufgabe, die ihn vollständig ausfüllte. Doch nun ertappte er sich dabei, wie er sich fragte, ob die Lebensfreude dabei nicht ein wenig zu kurz gekommen war.

»Haben Sie denn keine Freundin?« erkundigte sich Vanity prompt.

»Im Augenblick nicht. Ich war in der letzten Zeit sehr beschäftigt.«

»Und trotzdem haben Sie längst nicht so viele Artikel verfaßt wie früher. Warum sind Sie eigentlich so reserviert?«

»Morgens bin ich nie so ganz auf der Höhe. Ich bin wie eine Eule, komme immer erst später am Tag in Schwung.«

»Ach, kommen Sie schon, Bob. Machen Sie kein so ernstes Gesicht. Sie brauchen anscheinend dringend Erholung, und wo könnte man sich wohl besser erholen als in Cornwall. Oh, sehen Sie mal! Was für eine schöne Blüte!«

Sie reckte sich, pflückte eine Blüte von der Hecke, die

den Weg säumte, und hielt sie ihm mit einem bezaubernden Lächeln hin.

»Seien Sie so gut und stecken Sie sie mir ins Haar«, bat sie, ihm den Rücken zukehrend.

Newman befestigte die Blüte vorsichtig in Vanitys Locken und versicherte ihr, sie würde ihr ausgezeichnet stehen. Langsam drehte sie sich wieder zu ihm um. Ihm war nicht entgangen, daß sie sich, als sie die Blüte pflückte, bewußt auf die Zehenspitzen gestellt hatte, um ihre wohlgeformten Beine zur Geltung zu bringen, und dann hatte sie, immer noch mit der Hecke beschäftigt, den Kopf zu ihm gewandt und ihn von oben bis unten gemustert. In diesem Moment war er von ihr begeistert gewesen. Jetzt allerdings stand sie ganz nahe bei ihm, ihre vollen Lippen lächelten nicht, und ihre Augen schauten ihn so durchdringend an, als wolle sie seine Gedanken lesen.

»Alter Griesgram«, sagte sie liebevoll.

Er beugte sich vor, um sie zu küssen. Ihre Lippen trafen sich flüchtig, dann wich sie ein Stück zurück und setzte sich wieder in Bewegung. All seine Gedanken kreisten nur noch um das, was er gerne mit ihr getan hätte ... doch warum schrillte in seinem Hinterkopf beständig eine leise Alarmglocke? Warum kam es ihm so vor, als würde sie all diese verführerischen Szenen jeden Morgen vor dem Spiegel üben – und sich dabei überlegen, welche wohl auf einen Mann am anziehendsten wirkte? Und warum fragte er sich andauernd, ob sie wohl Kontaktlinsen trug, um ihren Augen diesen grünlichen Schimmer zu verleihen?

»Machen wir ein Wettrennen bis oben auf die Klippe«, rief sie ihm über die Schulter hinweg zu und begann, leichtfüßig auf ihr Ziel zuzulaufen.

Er ließ ihr etwas Vorsprung, ehe er ihr folgte. Sie hatte sich auf dem höchsten Punkt der Klippe auf den Boden fallen lassen. Er setzte sich dicht neben sie, woraufhin sie ein Stück von ihm abrückte. Die Sonne brannte erbarmungslos auf sie nieder, und Newman spürte bald, daß ihm sein Hemd feucht am Rücken klebte.

»Was für ein schönes Fleckchen Erde«, schwärmte sie,

ihn flüchtig von der Seite anblickend, ehe sie wieder auf das Meer hinausschaute.

»Und so friedlich«, stimmte er zu und unterdrückte das Verlangen, so nah an sie heranzurücken, daß sich ihre Körper berührten.

Spielt sie jetzt Blümchen Rührmichnichtan? fragte er sich. Ihr verstohlener Blick hatte erneut sein Interesse geweckt. Was für ein Spiel spielte sie mit ihm? *Spielen?* Ihm kam plötzlich der Gedanke, daß sie ständig eine Rolle spielte. Sie wirkte auf ihn wie eine Frau, die stets im Zentrum männlicher Aufmerksamkeit stehen mußte und bereit war, jedes Mittel einzusetzen, um dieses Ziel zu erreichen. Er tat diesen Gedanken sofort als unsinnig ab, doch immer noch schrillte das Alarmsignal in seinem Kopf.

Sie saßen in der Hitze und blickten auf das azurblaue Meer hinaus, auf die *Venetia,* die immer noch vor dem Hafen vor Anker lag und auf die anderen Jachten, die aus dieser Entfernung wie kleine weiße Punkte auf dem blauen Wasser wirkten. Mit einemmal sprang Vanity auf.

»Zeit zum Gehen«, sagte sie mit kalter Stimme.

Newman hatte Mühe, mit ihren plötzlichen Stimmungsschwankungen klarzukommen. Auf dem Rückweg versuchte er anfangs noch, ein Gespräch in Gang zu halten, gab dann aber auf, weil er keine Antwort erhielt. Vorerst hatte er genug von ihr und machte den Mund erst wieder auf, als sie das Hotel erreicht hatten.

»Ich muß noch einmal weg«, sagte er und ging auf seinen Mercedes zu.

»Wo wollen Sie denn hin?« fragte sie, ihm folgend.

Ihr Verhalten hatte sich erneut geändert; jetzt lächelte sie ihn wieder an. Er erwiderte das Lächeln kurz, schloß den Wagen auf und setzte sich hinter das Steuer. Sie steckte den Kopf durch das Fenster, das er heruntergelassen hatte, damit frische Luft ins Auto kam – im Inneren des Mercedes war es so heiß wie in einem Backofen.

»Bob, darf ich mitkommen?«

»Tut mir leid, das geht nicht. Ich habe eine geschäftliche Verabredung.«

»Sind Sie mir noch böse?« Sie schenkte ihm ein strahlendes Lächeln.

»Warum sollte ich Ihnen böse sein?«

Er winkte ihr zu und drehte den Zündschlüssel, doch sie beugte sich über ihn und stellte den Motor wieder ab. Dann trat sie einen Schritt zurück und ließ die Arme locker baumeln.

»Wir treffen uns dann hier zum Dinner.«

Mit diesen Worten ging sie zum Hotel zurück, ohne sich noch einmal umzudrehen, Newman ließ den Motor wieder an und fuhr los. Er hatte einen zeitraubenden Job zu erledigen. Und einen sehr dringenden.

Newman klapperte die Pubs ab. Zuvor hatte er Paula, Marler, Butler und Nield angewiesen, mit ihren Autos in die Nebenstraße hinter der Auffahrt zu kommen und dort in einiger Entfernung vom Hotel auf ihn zu warten.

Mit Hilfe einer Karte hatte er dann seinen Plan entwikkelt. Jedes Mitglied des Teams erhielt ein bestimmtes Gebiet zugeteilt und sollte dort jeden einzelnen Pub aufsuchen. Paula hatte er die Hotels zugedacht.

»Ihre Aufgabe«, erklärte er, »besteht darin, herauszufinden, ob es in diesem Teil Cornwalls einen Einheimischen gibt, der über einen beträchtlichen Einfluß verfügt. Ich suche nach einem Mann, dem es zuzutrauen wäre, das Netzwerk zu kontrollieren, das VB aufgebaut hat. Sie haben ja alle Ihre Handys dabei – ich habe meines allerdings vor Tweed versteckt.«

»Er traut den Dingern nicht«, warf Paula ein. »Und allmählich komme ich zu dem Schluß, daß er recht hat.«

»Jetzt hören Sie mir bitte zu. Wenn einer von Ihnen auf eine solche Person stößt, soll er mich anrufen und einfach nur ›Unternehmen ausgeführt‹ sagen. Dann weiß ich, daß derjenige auf Gold gestoßen ist, und ich werde die anderen mit demselben Code informieren. Bin ich derjenige, der unseren Mann ausfindig gemacht hat, dann kommen Sie alle hierher zurück. Parken Sie in ausreichenden Abständen auf der Straße. Hier herrscht ohnehin kaum Verkehr.

Wenn ich den Gesuchten gefunden habe, rufe ich Sie an und sage ›Unternehmen ausgeführt, wie abgesprochen‹. Die letzten beiden Worte verraten Ihnen, daß ich eine heiße Spur entdeckt habe.«

Er hatte Karten an alle seine Mitarbeiter verteilt, in denen das jeweilige Gebiet eingezeichnet war. Er selbst hatte sich die Gegend um Porth Navas, den Helford River und das Binnenland dahinter ausgesucht, und in jedem Pub, den er aufsuchte, verfuhr er nach demselben Schema.

Nachdem er sich ein Glas trockenen französischen Weißwein bestellt hatte, versuchte er, mit einem der Einheimischen ins Gespräch zu kommen. Vom Wein trank er nur einen kleinen Schluck und nahm in einem günstigen Moment das Glas mit zur Toilette, um den Inhalt dort ins Waschbecken zu schütten.

All seine Bemühungen hatten bislang nichts gefruchtet. Nun saß er im Dorfpub von Constantine, einem Dorf im Landesinneren, neben einem grauhaarigen Alten, bei dem er ebenfalls nichts erreichte. Schon im Gehen begriffen, stellte er ihm eine letzte Frage.

»Gibt es hier in der Gegend irgendein anderes Lokal, wo ich etwas zu essen bekommen kann? Hier werden ja keine Mahlzeiten serviert.«

»Versuchen Sie es im Trengilly Wartha Inn«, schlug der alte Kauz vor. »Sie fahren erst den Hügel hoch ...«

Er versah Newman mit einer genauen Wegbeschreibung, was sich als glücklich erwies, denn beinahe wäre er an der Nebenstraße, die außerhalb des recht großen Dorfes von der Hauptstraße abzweigte, einfach vorbeigefahren. Ein Wegweiser informierte ihn, daß es noch fünfhundert Meter bis zu dem Pub waren. Newman grinste. Die Entfernungen in Cornwall schienen sich von denen in den übrigen Landesteilen gewaltig zu unterscheiden.

»Bis dahin ist es nur noch eine halbe Stunde Fahrt«, war ihm oft gesagt worden, wenn er hatte wissen wollen, wie weit ein bestimmter Ort entfernt war. Jetzt fuhr er eine schmale Allee entlang, wo die Baumkronen über der Straße ein dichtes Dach bildeten, und wäre beinahe schon wieder an seinem Ziel vorbeigefahren. Eine steile Auffahrt führte zu dem Lokal hoch; einem cremefarbenen Gebäude mit einem verglasten Wintergarten neben dem Eingang.

Der einzige freie Parkplatz lag in der prallen Sonne. Als Newman ausstieg, traf ihn die Hitze wie ein Schlag. Rasch betrat er das Lokal und stellte fest, daß es dort von Kricketspielern in weißen Flanellhosen und Hemden mit aufgekrempelten Ärmeln nur so wimmelte.

Es herrschte eine fröhliche Atmosphäre. Newman, der sich an die Bar gesetzt hatte, bestellte absichtlich ein Bier; ein Getränk, das er eigentlich nicht mochte, aber er wollte sich der Menge anpassen, daher trug auch er sein Jackett über dem Arm und hatte auf eine Krawatte verzichtet. Er bat auch um eine warme Mahlzeit. Es war zwei Uhr mittags – mitten in der größten Tageshitze.

»Cheers!« prostete er einem jungen Burschen zu, der gerade sein Glas erhoben hatte.

»Tom Hetherington«, stellte sich der rotgesichtige junge Mann vor.

»Bob Newman.«

»Ihr Gesicht kommt mir irgendwie bekannt vor. Sie sind nicht zufällig dieser Auslandskorrespondent, oder?«

»Ich fürchte doch«, erwiderte Newman grinsend. »Und ich bin auf der Suche nach jemandem, der hier in der Gegend einigen Einfluß hat, sich gut auskennt und mir vielleicht ein paar Informationen geben kann.«

»Ein ganz hohes Tier? Da sind Sie bei Colonel Arbuthnot Grenville von The Grange an der richtigen Adresse. Mit Ihnen redet er vielleicht. Mich würde er keines Wortes würdigen. Er ist ein Snob, wie er im Buche steht, spielt sich als reicher Landjunker auf.«

»Arbuthnot Grenville? Komischer Name.«

»Paßt aber zu Seiner Lordschaft, wie Sie bald merken werden – wenn er sich tatsächlich herabläßt, Sie zu empfangen. Verbringt immer den Sommer hier und den Winter in Kalifornien. Schönes Leben, wenn man sich's leisten kann, obwohl mir schleierhaft ist, wie er das schafft. The Grange ist bis über das Dach mit Hypotheken belastet.«

»Woher wissen Sie so viel über ihn, wenn Sie ihn gar nicht kennen?«

»Er ist hier das Stadt-, oder vielmehr das Dorfgespräch. Ich weiß, es klingt nach Klatsch und Tratsch, aber er macht einen Riesenfehler. Schikaniert seine Dienstboten und schmeißt sie dann raus. Dienstboten können verdammt neugierig sein, und sie rächen sich an ihm, indem sie seine schmutzigen Geheimnisse breittreten.«

»Sie sagten, er verbringt den Winter in Kalifornien. Haben Sie eine Ahnung, wo genau?«

»In einem Ort namens Monterey. Ich hab' mal auf der Landkarte nachgeschaut, das liegt südlich von San Francisco. Wollen Sie versuchen, ein Interview von ihm zu bekommen? Meines Wissens nach empfängt er niemanden ohne Termin. Oder denken Sie daran, sich hier niederzulassen?«

»Nein. Leben Sie denn hier?« fragte Newman zurück.

»Da müßte ich ja schön blöd sein. Ich und mich den Flüchtlingen anschließen? Nie im Leben. Ich komme nur für einen Monat oder so hier runter, um Kricket zu spielen. Von Beruf bin ich Börsenmakler.«

»Klingt so, als würde Ihnen die Vorstellung, hier leben zu müssen, gar nicht gefallen. Und was hatte die Bemerkung über Flüchtlinge zu bedeuten?«

»Ich würde hier nicht wohnen wollen, selbst wenn ich ein Haus geschenkt bekäme. So viel hier im Sommer auch los ist – wenn man genug Freunde hat –, ab Oktober herrscht tote Hose. Und ich habe die Leute hier als Flüchtlinge bezeichnet, weil viele vor einem geregelten Job und dem Alltagstrott einfach davongelaufen sind. In dieser Gegend leben ein paar ziemlich schräge Vögel, das können Sie mir glauben.«

»Ich hoffe, Sie nehmen es mir nicht übel, wenn ich mich zum Essen an einen Tisch setze. Wissen Sie zufällig, wie ich nach The Grange komme?«

Statt einer Antwort griff Hetherington hinter die Theke, nahm den Notizblock, auf dem der Barkeeper die Bestellungen notierte, und zeichnete rasch eine provisorische Karte, wobei er von ihrem momentanen Standpunkt ausging.

»Hier, sehen Sie«, sagte er und hielt Newman die Zeichnung hin. »Sein Haus liegt ein Stück außerhalb von Constantine. Sie können es von der Straße aus sehen – ein großer Granitklotz mit hohen Schornsteinen. Passen Sie auf, daß Sie die Abzweigung nicht übersehen. Ich habe sie mit einem Kreuz gekennzeichnet.«

»Ich bin Ihnen für Ihre Hilfe sehr dankbar«, meinte Newman lächelnd.

»Keine Ursache.« Hetherington grinste. »Ich würde mich diebisch freuen, wenn Sie einen Artikel über ihn bringen. Der alte Grenville haßt Publicity, hält sich immer vornehm zurück. Aber ich habe so ein Gefühl, als könnten Sie ihn überlisten. Viel Glück …«

Newman verzehrte rasch sein Essen und ließ das zweite Glas Bier unberührt stehen, das er sich bestellt hatte, als er Hetherington eines ausgegeben hatte. Er verließ das Lokal und trat hinaus in die Gluthitze. Im Wagen war es nicht auszuhalten. Er ließ alle Fenster herunter, öffnete das Schiebedach so weit wie möglich und fuhr los. Sein Jackett lag säuberlich gefaltet auf dem Beifahrersitz.

In einem schattigen Feldweg hielt er an, schaltete sein Mobiltelefon ein und rief zuerst Paula an.

»Unternehmen ausgeführt, wie abgesprochen.«

Auf die letzten beiden Worte legte er besondere Betonung, um ihr zu verstehen zu geben, daß er möglicherweise den Gesuchten gefunden hatte. Dann informierte er den Rest seines Teams mit denselben Worten und fuhr weiter. Die Sonne blendete ihn, sowie er wieder auf die Hauptstraße einbog. Auch die Sonnenblenden halfen ihm nichts – die Sonne stand so hoch am Himmel, daß er in seinem Wagen gnadenlos geröstet wurde.

Wie aus dem Nichts tauchte plötzlich The Grange vor ihm auf. Die ganze Zeit lang war ihm kein anderes Fahrzeug begegnet, daher hielt er einfach mitten auf der Straße an und betrachtete das Haus. Ein Funkmast, der die Schornsteine noch überragte, wurde langsam elektronisch eingefahren und verschwand aus seinem Blickfeld.

Also verfügt er über ein geheimes und wahrscheinlich hochmodernes Kommunikationssystem, dachte Newman. Sehr interessant – besonders für einen Mann, der angeblich ständig in Geldschwierigkeiten ist.

Er fuhr weiter, bis er eine Einfahrt erreichte. Die hohen schmiedeeisernen Tore waren geschlossen, doch in einen der steinernen Pfeiler am Ende der hohen Mauer, die das Gelände umschloß, war eine Gegensprechanlage eingebaut. Das Ganze erinnerte ihn stark an Mullion Towers.

Er stieg aus und betätigte den Klingelknopf.

»Wer ist da?« verlangte eine barsche Stimme zu wissen.

»Mein Name ist Robert Newman. Ich möchte zu Colonel Arbuthnot Grenville.«

Er nahm an, der Mann würde Wert darauf legen, mit seinem Titel angesprochen zu werden. Es gab eine kurze Pause, dann schnarrte die körperlose Stimme weiter.

»Was sind Sie von Beruf?«

»Auslandskorrespondent«, erwiderte er lakonisch.

»Wie viele Artikel haben Sie in der letzten Zeit verfaßt?«

»Nur ein paar. Ich arbeite nicht mehr so viel, seit ich *The Computer Which Failed* geschrieben habe.«

»Das Buch hat Ihnen ein nettes Sümmchen eingebracht, nicht wahr?«

»Man kann davon leben.«

»Das Tor geht gleich auf. Fahren Sie bis zum Haupteingang.«

Das Gespräch brach ab. Newman lächelte in sich hinein, als er zu seinem Wagen zurückging. In einem Fenster im ersten Stock hatte er etwas aufblitzen sehen. Zweifellos hatte Grenville ihn während der kurzen Unterhaltung durch einen Feldstecher beobachtet. Doch er war sicher, als wohlhabender Mann eingestuft worden zu sein, da Grenville sein Buch kannte und wußte, was er ungefähr damit verdient hatte. Geld öffnete viele Türen.

Er fuhr langsam die Auffahrt entlang, nachdem sich die elektronisch gesteuerten Tore geöffnet hatten. Im Rückspiegel sah er, wie sie sich sofort wieder schlossen. Grenville war offenbar ein vorsichtiger Mensch – oder extrem mißtrauisch. Newman musterte seine Umgebung, während er den Wagen auf das Haus zulenkte. Seinem geübten Blick entging so leicht nichts.

Keine Wachhunde. Keine Anzeichen von Posten, die auf dem Gelände patrouillierten. Grenville schien tatsächlich nur über sehr begrenzte Mittel zu verfügen.

Vermutlich schafft er es gerade so, diesen Besitz zu unterhalten, dachte Newman. Überall fanden sich Zeichen von Vernachlässigung. Die Blumenbeete waren von Unkraut überwuchert, der Rasen aufgrund des heißen Sommers, wegen mangelnder Pflege und zuwenig Wasser braun versengt. Dabei hatte Cornwall die höchste Arbeitslosenquote in ganz England, und Hilfskräfte gab es garantiert wie Sand am Meer.

Die weiße Farbe an den Fensterrahmen und Fensterbrettern blätterte ab. Die Pfosten, die die große Vorderveranda stützten, waren morsch und wiesen zahlreiche Risse auf. Nichts ließ darauf schließen, daß das Haus ordentlich instand gehalten wurde. Und doch konnte der Mann sich einen äußerst kostspieligen Teleskopmast und vermutlich auch die ebenso kostspielige dazugehörige Ausstattung leisten – es sei denn, jemand anders war dafür aufgekommen.

Er stellte sein Auto ab und stieg vier Steinstufen zu einer schweren, mit Eisen beschlagenen hölzernen Flügeltür empor. Der rechte Flügel wurde geöffnet, und ein hochgewachsener, schlanker Mann erschien auf der Schwelle.

»Kommen Sie rein, Newman.«

Newman leistete der Aufforderung Folge und betrat eine geräumige Halle mit einem Parkettfußboden, der schon seit geraumer Zeit kein Bohnerwachs mehr gesehen hatte. Während er dort wartete, wurde hinter ihm die Tür wieder zugeschlagen. Sein Gastgeber, der sich so steif hielt, als habe er einen Ladestock verschluckt, führte ihn in ein großes, mit Sofas und Kaffeetischchen ausgestattetes Wohnzimmer.

»Setzen Sie sich *dorthin*«, ordnete er an.

Newman blinzelte seinen Gastgeber an und gehorchte.

»Zeit für einen Dämmerschoppen«, erklärte der Colonel. »Ein Whisky gefällig?«

»Die Sonne ist aber noch gar nicht untergegangen«, wagte Newman einzuwenden.

»Ist das etwa meine Schuld? Ein Whisky gefällig?« wiederholte er.

»Gerne.«

Newman musterte Grenville verstohlen, während dieser sich an einem Barschrank, dem besten Möbelstück im ganzen Raum, zu schaffen machte. Der Colonel mußte so um die Sechzig sein, schätzte er. Er hatte graues, sorgfältig zurückgekämmtes Haar, einen sauber gestutzten grauen Schnurrbart und bewegte sich trotz seiner steifen Haltung flink und gewandt. Den eisblauen Augen unter den buschigen Brauen schien so leicht nichts zu entgehen, und die kühne, gebogene Nase verlieh seinem Gesicht einen herrschsüchtigen Ausdruck. Obwohl seinem ganzen Gebaren ein Hauch von Arroganz anhaftete, verriet ein leises Zucken um die Mundwinkel Newman, daß der Mann auch über einen zynischen Sinn für Humor verfügte.

»Cheers!« sagte er, nachdem er seinem Gast ein Glas in die Hand gedrückt hatte.

»Cheers«, erwiderte Newman. »Ich habe außer Ihnen hier noch keine Menschenseele gesehen. Sie leben doch nicht etwa ganz alleine?«

»Warum sollte ich nicht?« fragte Grenville mit einem Unterton von Aggressivität zurück. »Ich habe eine sogenannte Haushälterin – eine Frau aus dem Dorf, die dreimal pro Woche kommt, für mich kocht, die Mahlzeiten für die anderen Tage vorbereitet und das Haus sauberhält. Aber Sie sind doch bestimmt nicht hergekommen, um mich über meine häuslichen Verhältnisse auszufragen?«

»Ich bin rein zufällig in der Gegend und hörte, daß Sie hier als wichtige Persönlichkeit gelten.«

»So wie Sie rein zufällig in Oklahoma City waren und vor allen anderen die Wahrheit veröffentlichten – daß es sich bei den Verantwortlichen *nicht* um ausländische Terroristen handelte.«

»Ich bin von dem bunt zusammengewürfelten Häufchen Menschen hier unten geradezu fasziniert. Lauter Flüchtlinge aus allen Teilen Englands, wie man mir sagte.«

»Flüchtlinge?«

»Ganz recht.«

»Ich nehme an, Sie beziehen sich auf die Typen, die sich aus der Metropole London hierher abgesetzt haben.«

»Genau die meine ich.«

»Dieses Volk gibt mir oft selbst Rätsel auf«, erwiderte Grenville ausweichend.

»Und dann hat es hier einen äußerst merkwürdigen Mord gegeben. Ein Einwohner von Porth Navas namens Adrian Penkastle wurde in seinem eigenen Haus erstochen aufgefunden.«

»Hab' davon gehört.« Grenville versuchte, Zeit zu gewinnen, indem er sorgsam das Ende einer Zigarre abschnitt, ehe er sie anzündete. »Sind Sie deswegen hier auf Raubzug?«

»Auffällig ist, daß die *Venetia* zur Zeit des Mordes vor dem Hafen lag – und noch liegt. Heute erfuhr ich in einem Pub, daß ein Einwohner von Porth Navas gehört haben will, wie kurz nach dem Mord an Penkastle ein Motorboot mit hoher Geschwindigkeit über den Helford River schoß. Er segelte gerade zurück nach Hause – der Einwohner, von dem ich rede.«

Grenville musterte Newman, hörte schweigend zu und paffte seine Zigarre. Newman fuhr fort, holte zum nächsten Schlag aus.

»Ein anderer Einwohner war mit seinem Boot an der Mündung des Helford River und hat beobachtet, wie das Motorboot zur *Venetia* zurückfuhr. Diese Tatsache habe ich der Polizei natürlich nicht vorenthalten.«

»Da haben Sie aber ein hohes Maß an Gemeinsinn bewiesen«, kommentierte Grenville trocken.

»Haben Sie schon einmal von Vincent Bernard Moloch gehört?« bohrte Newman weiter.

»Flüchtig. Worauf wollen Sie eigentlich hinaus? Ich finde das alles höchst verwirrend.«

»Sie wirken auf mich nicht gerade wie ein Mann, der sich leicht verwirren läßt. Die *Venetia* gehört Moloch, oder VB, wie er oft genannt wird.«

»Warum erzählen Sie mir das alles?«

»Weil Sie hier in der Gegend über den größten Einfluß verfügen. Sie sind über alles im Bilde, was hier vor sich geht.«

Ein warmes, freundliches Lächeln breitete sich auf Grenvilles falkenähnlichem Gesicht aus und ließ es förmlich aufleuchten. Kichernd streifte er die Asche seiner Zigarre in einem Glasaschenbecher ab.

»Sie sind wirklich zu komisch, Newman. Sie tun so, als wäre ich eine Art Master of the Universe – ein Titel, der, soviel ich weiß, aus Amerika stammt. Sie haben mir einen Status zugedacht, den ich nicht verdiene. Es stimmt, daß ich ab und an im Jachtclub von Porth Navas eine Party steigen lasse, aber diese Tatsache allein rechtfertigt wohl kaum Ihre Beschreibung von mir. Ich denke, ich werde mir noch einen Whisky genehmigen. Muß Ihre Worte erst verdauen. Möchten Sie auch noch einen?«

»Nein, danke, ich muß noch fahren.«

»Offen gestanden ist es mir ein Rätsel, weshalb Sie hier sind, aber andererseits habe ich ab und an ganz gerne Gesellschaft. Jetzt klären Sie mich doch bitte über den Grund Ihres Besuches auf, ich sterbe vor Neugier.«

Während er sprach, bediente er sich erneut aus seinem Barschrank. Als er sich dann lächelnd zu seinem Gast umdrehte, fiel Newman auf, wie gut er aussah, wenn er sein übertrieben militärisches Gehabe ablegte. Ein Mann, der auf Frauen wirkte und sie vermutlich noch mit altmodischer Höflichkeit behandelte.

»Nun, Newman, was hat Sie zu mir geführt?«

Er ließ sich auf die Couch sinken, hob sein Glas und trank einen Schluck, dann musterte er seinen Gast aufmerksam über den Rand des Glases hinweg.

»Das habe ich Ihnen doch schon gesagt«, beharrte Newman. »Sie sind in der Gegend eine bekannte Persönlichkeit, und Sie schienen mir der einzige zu sein, an den ich mich wenden konnte, um mehr über dieses ungewöhnliche Völkchen hier zu erfahren.«

»So, wie Sie das sagen, hört es sich an, als wäre ich so eine Art Vaterfigur.« Grenville lachte leise. »Aber ich weiß, daß es eine ganze Reihe von Leuten gibt, die mich nicht ausstehen können. ›Da lebt der alte Trottel von Colonel doch mutterseelenallein in diesem riesigen, halbzerfallenen Kasten‹ pflegen sie über mich zu sagen.«

»Aber die meisten scheinen Sie gut leiden zu können«, improvisierte Newman. »Sonst würden sie ja wohl kaum zu Ihren Partys kommen.«

»Meinen Sie?« Wieder lächelte Grenville. »Freies Essen und Getränke locken eine ganze Reihe von Schmarotzern an.« Er nippte erneut an seinem Drink. »Alleine hier zu leben – nun, da fällt mir manchmal die Decke auf den Kopf. Also gehe ich aus und mische mich unter das Volk. Sie«, er deutete mit der Zigarre auf Newman, »sind hiermit herzlich zu meiner nächsten Party eingeladen. Darf ich Sie fragen, wo Sie hier untergekommen sind?«

»Im Nansidwell Country Hotel bei Mawnan«, erwiderte Newman ohne zu zögern.

»Ich kenne den Besitzer. Netter Bursche. Ich kannte auch Adrian Penkastle«, fügte er unvermittelt hinzu. »Eine entsetzliche Geschichte.«

»Kannten Sie ihn gut?« hakte Newman vorsichtig nach.

»Nein, nur flüchtig. Ich wußte, daß er zuviel trank und fast immer in Geldschwierigkeiten war. Ein Verlierertyp, wie die Amerikaner sagen würden. Ich war da anderer Ansicht. Er konnte sehr witzig und unterhaltsam sein. Ein richtiger Komiker. Wir haben uns oft vor Lachen gebogen, wenn er in Fahrt kam.«

»Klingt nach einem netten Kerl.«

»Das ist … das war er auch.«

»Haben Sie Moloch je persönlich kennengelernt?« fragte Newman ohne Vorwarnung.

»Du lieber Himmel, nein. Und auch sonst kennt ihn niemand, soviel ich weiß. Er ist eine Art Sonderling, hält sich ganz für sich – so sagt man wenigstens in Falmouth.

Muß hier irgendwo in der Wildnis ein riesiges Haus besitzen.«

Newman sah auf die Uhr und erhob sich. Sofort sprang auch sein Gastgeber auf.

»Sie wollen doch nicht etwa schon gehen? Bleiben Sie noch ein Weilchen. Ich unterhalte mich gerne mit Ihnen.«

»Geht mir genauso, aber ich muß wirklich los. Wir sehen uns sicher einmal wieder.«

»Ich bestehe darauf.«

Grenville begleitete ihn nicht nur bis zur Tür, sondern sogar bis zu seinem Wagen. Die schweren Eisentore glitten automatisch auf; der Colonel mußte einen verborgenen Knopf gedrückt haben.

»Gute Fahrt!« rief er Newman nach und winkte noch einmal zum Abschied.

Auf der Rückfahrt versuchte Newman, seine Gedanken zu ordnen. Er wurde aus Colonel Grenville einfach nicht schlau. Einerseits war da der Funkmast, der ihm zu denken gab. Dann hatte sich sein Gastgeber während des Gesprächs wiederholt auf Amerika bezogen. Andererseits erschien er ihm so durch und durch britisch, wie man nur sein konnte, und er hatte sich ihm, Newman gegenüber, sehr aufgeschlossen gezeigt. Außerdem hatte er bereitwillig zugegeben, Adrian Penkastle gekannt zu haben.

In Mawnan Smith hielt Newman an und stellte sein Auto ab, um Tweed von der öffentlichen Telefonzelle aus anzurufen.

»Ich denke, Sie sollten einmal einen Mann überprüfen, der in der Nähe von Constantine wohnt. Der Name schreibt sich so, wie man ihn spricht. Sein Haus nennt sich The Grange, und der Mann ist ein gewisser Colonel Arbuthnot Grenville. Haben Sie's?«

»Ja. Danke, Bob.«

In seinem Büro am Park Crescent blickte Tweed seine Mitarbeiterin nachdenklich an. Er schwieg, und sie wartete geduldig ab, da sie wußte, daß er im Begriff war, eine wichtige Entscheidung zu treffen.

»Monica, ich muß Ihnen etwas sagen. Ich beschäftige in dieser Angelegenheit einen Agenten, dessen Identität weder Sie noch der Rest des Teams kennen. Falls mir etwas zustößt, finden Sie in meinem Safe einen Umschlag, auf dem ›Persönlich und Vertraulich‹ steht. Darin stecken Papiere, die den Namen dieses Agenten sowie weitere Einzelheiten enthalten. Den Schlüssel zum Safe haben Sie ja.«

»Ich wünschte, Sie würden nicht so daherreden.«

»Wir haben nun einmal einen gefährlichen Beruf, Monica. Ich muß sämtliche nur möglichen Sicherheitsvorkehrungen treffen, um die betroffene Person zu schützen. Im Kampf mit VB kann man gar nicht vorsichtig genug sein.«

12.

Die erste Person, die Newman über den Weg lief, als er ins Nansidwell zurückkehrte, war Vanity Richmond. Zuvor hatte er den Rest seines Teams in der Seitenstraße versammelt und ihnen mitgeteilt, was er herausgefunden hatte.

»Vielleicht könnten wir das später in Ruhe besprechen?« schlug Paula vor.

»Genau das werden wir auch tun ...«

Paula war als erste zum Hotel zurückgefahren, damit niemand sie mit Newman in Verbindung bringen konnte. Newman selbst traf eine Viertelstunde später ein, parkte seinen Wagen und sah Vanity über den Hof spazieren. Sie war bereits zum Dinner umgekleidet und trug nun ein schwarzes, enganliegendes Etuikleid.

»Da sind Sie ja wieder, Bob«, begrüßte sie ihn lächelnd. »War Ihr Ausflug erfolgreich?«

»Sogar noch erfolgreicher, als ich gehofft hatte. Wie wär's mit einem Aperitif an der Bar? Ich will vorher nur noch schnell baden und mich umziehen.«

»Warten wir damit lieber bis zum Dinner. Sie wissen ja, daß ich nicht viel trinke ...«

In gewisser Hinsicht stimmt das sogar, dachte er, als er durch das leere Hotel schlenderte. Sie achtete stets darauf, nicht zuviel zu trinken. Unbeobachtet huschte er die Treppe hoch zu Paulas Zimmer, schlüpfte hinein und schloß die Tür hinter sich. Paula saß auf der Bettkante und schaute auf das Meer hinaus.

»In einem der Pubs«, begann sie, »habe ich Ihre bevorzugte Zigarettenmarke aufgetrieben. Hier, fangen Sie.« Sie warf ihm das Päckchen zu, das er geschickt auffing; er bedankte sich bei ihr. »Und nun schießen Sie los«, bat sie dann.

Newman setzte sich auf einen Stuhl. Ihm war nicht entgangen, daß sie sowohl das Radio angestellt als auch die Wasserhähne im Bad aufgedreht hatte, um ihr Gespräch zu übertönen. Sie hörte ihm aufmerksam zu, und ihre Augen wichen nicht einen Moment von seinem Gesicht.

»So, das war alles«, schloß er. »Ich dachte, ich hätte den Mann gefunden, den wir suchen, aber jetzt bin ich mir da nicht mehr so sicher.«

»Wenn er der Drahtzieher von VBs hiesigem Spionagenetz sein sollte, dann ist es doch sehr merkwürdig, daß er kein Geheimnis daraus gemacht hat, Adrian Penkastle zu kennen.«

»Das ist mir auch aufgefallen. Aber vielleicht ist er davon ausgegangen, daß ich das bereits wußte, und hielt es für gescheiter, die Bekanntschaft nicht zu leugnen.«

»Da könnten Sie recht haben«, meinte Paula zweifelnd. »Aber Ihrer Beschreibung nach zu urteilen scheint er mir eher ein Mann zu sein, der das Risiko eingehen und schweigen würde.«

»Was den Colonel angeht, so stehe ich vor einem Rätsel«, gestand Newman. »Aber wir dürfen nicht vergessen, daß dieser Kricketspieler im Pub mir erzählt hat, Grenville würde jeden Winter in Monterey verbringen.«

»Haben Sie ihn denn nicht daraufhin angesprochen?«

»Wenn er sauber ist, hätte er weiteres Nachbohren meinerseits als äußerst ungehörig empfunden, und wenn nicht, hätte ich dadurch womöglich sein Mißtrauen geweckt.

Tweed läßt ihn überprüfen – durch einen Kontaktmann beim Verteidigungsministerium, glaube ich.«

»Schade, daß ich nicht dabei war. Eine Frau erfaßt intuitiv, was an einem Mann echt ist und was nicht. Können Sie es nicht einrichten, daß ich ihn einmal kennenlerne?«

»Wenn er vor unserer Abreise noch einmal eine seiner berühmten Partys im Jachtclub gibt, nehme ich Sie mit.«

»Da wird Vanity aber vor Eifersucht kochen«, neckte sie ihn.

»Ich wüßte nicht, warum«, erwiderte er steif.

»Ach, kommen Sie, Bob. Daß es zwischen Ihnen beiden gewaltig knistert, sieht doch ein Blinder.«

»So, finden Sie?«

»Sie müssen sich wirklich mal ein bißchen entspannen; dem Leben ein wenig Spaß abgewinnen. Und ich habe so das Gefühl, als hätte Vanity in dieser Hinsicht einem Mann eine Menge zu bieten.«

»Vergessen Sie nicht, daß sie in Monterey unbedingt *Ihre* Bekanntschaft machen wollte. Damals erschien sie auch Ihnen verdächtig. Und nun taucht sie plötzlich hier auf. Ich glaube nicht an derartige Zufälle, Paula. Ich bin schließlich nicht von gestern.«

»Das weiß ich. Ich wollte Sie nur ein wenig an der Nase herumführen, Bob.« Sie wurde wieder ernst. »Ich kann mir nicht helfen, aber irgend etwas an dieser Frau gefällt mir nicht. Vielleicht ist es ja wirklich keine schlechte Idee, wenn Sie sich mit ihr anfreunden, so bekommen Sie eventuell heraus, was sie im Schilde führt. Denn daß sie das tut, das ist so sicher wie das Amen in der Kirche.«

»Was meinen Sie wohl, warum ich mich so intensiv mit ihr beschäftige? Aber jetzt muß ich mich zum Essen umziehen. Sie sind ja nun über alles im Bilde ...«

Bin ich das tatsächlich? fragte sich Paula, nachdem er gegangen war. Warum nur werde ich nur das Gefühl nicht los, daß Vanity ihn zum Narren hält ...

In Kalifornien stieg Moloch aus seinem von einem Chauffeur gelenkten Lincoln Continental und blieb einen Moment am Straßenrand stehen. Jeder zufällige Beobachter hätte angenommen, er bewundere den herrlichen Blick über den strahlendblauen Pazifik, den diese Stelle des Highway One südlich von Carmel ihm bot. Welle um Welle rollte heran, brach sich an den schroffen Felsen und warf weiße Gischtwolken auf, und hinter ihm erhob sich eine bizarre Berglandschaft steil gen Himmel.

Doch Moloch starrte zu dem neuerbauten Haus in der Nähe von Big Sur empor, in das Mrs. Benyon kürzlich eingezogen war. Es lag allein auf einem Bergkamm und stellte in Molochs Augen eine architektonische Schande dar. Das Dach aus grauen Ziegeln fiel so schräg ab wie eine Skipiste und prunkte mit einer Unzahl darin eingelassener Lukenfenster; die Fenster des zu ebener Erde gelegenen Wohnzimmers bestanden sogar aus gläsernen Dreiecken.

Wie aus einem Walt-Disney-Film, dachte er, während er eine im Zickzack verlaufende Treppe mit dreieckigen Stufen erklomm. Wie kommt sie hier bloß runter, wo sie sich doch angeblich nur an zwei Stöcken durch die Gegend schleppen kann?

Es gab auch eine breite Auffahrt, die direkt zum Haus führte, doch Moloch wußte, daß seine Stiefmutter gerne zum Wasser hinunterging. Ethans cremefarbener Cadillac parkte vor dem Gebäude. In Black Ridge hatte man ihm gesagt, Ethan sei zu seiner Mutter befohlen worden.

Moloch hielt einen Schlüssel in der Hand, der zu der Vordertür paßte. Von dem Telefon seines Jets aus hatte er Martinez angerufen, den Leiter seiner Wachmannschaft, und ihm aufgetragen, eine Kopie des Schlüssels anzufertigen, den Ethan stets bei sich trug. Da Ethan seine Jacke wie üblich über einer Stuhllehne hatte hängenlassen, war es Martinez nicht schwergefallen, den Schlüssel herauszunehmen und einen Abdruck davon zu machen, während sich sein Besitzer metertief unter der Erde in dem Tunnel unterhalb von Black Ridge aufhielt.

Beim Haus angekommen, bemerkte er, daß die weitläufige Terrasse mit Steinen gepflastert war, die ein seltsames kabbalistisches Muster ergaben. Die alte Vettel hatte schon immer einen Hang zum Okkultismus gehabt. Seine schmalen Lippen verzogen sich spöttisch, als er die Vorderfront des Hauses betrachtete. Sogar die schwere hölzerne Eingangstür war einem riesigen Dreieck nachempfunden.

Typischer exzentrischer kalifornischer Stil, dachte er verächtlich.

Leise schob er den Schlüssel ins Schloß, drehte ihn, öffnete die Tür vorsichtig und schloß sie sofort wieder hinter sich, als er in der großen, gewölbten Halle stand. Im selben Moment drang eine laute, gutturale Stimme an sein Ohr. Sie kam aus einem Raum zu seiner Rechten, dessen Tür einen Spalt offenstand.

»Ethan, du tust, was ich dir sage, oder ich prügle dich windelweich!«

»Aber Mutter, das geht nicht. VB würde mir den Kopf abreißen ...«

Moloch blieb einen Moment auf der Schwelle stehen und musterte seine krötenähnlich aufgedunsene Stiefmutter, die auf einem thronartigen Sessel hockte. Ethan stand wie ein verängstigter Schuljunge vor ihr; groß, mager, mit buschigem grauem Haar, das ihm ständig in die hohe Stirn fiel. Mrs. Benyon hob einen der beiden Stöcke, die sie in den Händen hielt, und schlug ihrem Sohn damit heftig auf den Arm. Sie holte gerade mit dem anderen Stock aus, als Moloch in den runden Raum trat und eingriff.

Er bewegte sich blitzschnell, packte den erhobenen Stock und brach ihn über seinem Knie in zwei Teile. Die Überreste warf er in das Feuer, das im Kamin loderte, dann griff er nach dem zweiten Stock und wiederholte die Prozedur.

»Vincent!« kreischte seine Stiefmutter empört. »Jetzt kann ich mich nicht mehr von der Stelle rühren! Du elender Mistkerl!«

Ihre schwabbeligen Wangen bebten vor Zorn. Sie richtete sich in dem großen Sessel auf, der ihre Körpermasse dennoch kaum zu fassen vermochte, und ihre fast unter Fettwülsten verschwundenen Augen schleuderten mörderische Blitze in Richtung ihres Stiefsohnes.

»Fahr sofort nach Black Ridge zurück, Ethan«, befahl

Moloch ruhig. »Du beziehst ein sehr ansehnliches Gehalt, und ich erwarte von dir, daß du es dir auch verdienst. Wenn deine Mutter dich noch einmal während der Arbeitszeit zu sich ruft, komm zuerst zu mir.«

Ethan, dessen Hände heftig zitterten, huschte wie ein verängstigtes Kaninchen aus dem Raum. Moloch wartete, bis er hörte, wie der Cadillac sich entfernte, dann wandte er sich an die immer noch vor Wut schäumende Mrs. Benyon.

»Hör mir jetzt genau zu: Du mußt dein unbeherrschtes Temperament unbedingt zügeln. Es geht nicht an, daß du Ethan, der immerhin schon über vierzig ist, wie ein Kleinkind behandelst. Er ist ein brillanter Wissenschaftler ...«

»Den du schamlos ausbeutest, du Bastard!« giftete sie.

»Da man mit dir nicht wie mit einem normalen Menschen reden kann«, fuhr er gelassen fort, »muß ich eben zu härteren Mitteln greifen. Wenn sich eine solche Szene wie eben noch ein einziges Mal wiederholt, dann nehme ich dir deine sämtlichen AMBECO-Aktien wieder weg. Du weißt, daß ich das kann, und bei Gott, ich werde es auch tun.«

»Versuch's doch mal. Ich werde das schon zu verhindern wissen, Vincent.«

»Da wäre noch etwas. Während meiner Abwesenheit hast du Martinez irgendwie überlistet und dich in Black Ridge eingeschlichen, hast dort herumgeschnüffelt und versucht, in mein Büro einzudringen. Mach das noch einmal, und du bist dein Aktienpaket ein- für allemal los. Und glaub ja nicht, daß das nur eine leere Drohung ist.«

Er rückte ein Stück von ihr weg und beugte sich zum Feuer, um seine klammen Hände zu wärmen. Gegen vier Uhr nachmittags sank in diesem Teil Kaliforniens die Temperatur immer plötzlich ab, egal wie warm es tagsüber gewesen war, und man begann zu frösteln. Er war gerade im Begriff, den Raum zu verlassen, als sie ihm etwas nachrief:

»Vincent! Du läßt mich wirklich hilflos hier zurück? Ohne meine Stöcke bin ich ein Krüppel.« Ihre Hand schoß mit einer wohlbekannten Geste vor; Zeigefinger und kleiner Finger vorgestreckt, die beiden mittleren gekrümmt.

»Du hast den bösen Blick, Vincent. Mach, daß du meine Haus verläßt!«

Er verbeugte sich spöttisch, lächelte und blickte ihr dann fest in die Augen.

»Es ist mir ein Vergnügen. Deine britischen Manieren scheinen dir vollkommen abhanden gekommen zu sein.«

In der Halle öffnete er die Eingangstür, ließ sie krachend wieder von innen ins Schloß fallen und preßte sich eng an die Wand. Ihr Stuhl knarrte, als sie sich mühsam erhob. Auf Zehenspitzen schlich er rasch zur Zimmertür zurück und sah, wie sie erstaunlich behende zum Fenster eilte, um seine Abfahrt zu beobachten. Keinerlei Anzeichen für irgendeine Behinderung oder sonst ein Gebrechen, genau wie er schon seit langem vermutete. Er blickte ein letztes Mal in den Raum hinein.

»Ein Krüppel, soso. Wer's glaubt ...«

Mit diesen Worten verließ er das Haus, ohne ihr Gelegenheit zu geben, ihn mit einer weiteren Schimpftirade zu überschütten. Er drehte sich auch nicht um, als er die lächerlichen Stufen hinuntereilte.

»Wie um alles in der Welt konnte mein verstorbener Vater bloß so einen menschlichen Gorilla heiraten?« fragte er sich laut.

Vier Uhr nachmittags kalifornischer Zeitrechnung entsprach Mitternacht in Cornwall. Nach dem Abendessen hatte Newman einen Anruf von Colonel Grenville erhalten.

»Mein lieber Freund, ich habe es geschafft, auf die Schnelle eine Party zu organisieren. Sie findet in einem Jachtclub in Porth Navas statt. Nicht in dem Club fast am Ende des Flußarms, sondern in einem anderen – am Anfang der Straße auf der anderen Seite des Flusses. Ich hoffe doch sehr, daß Sie kommen können. Wir haben auch eine Kapelle und eine kleine Tanzfläche.«

»Vielen Dank. Ich nehme Ihre Einladung gerne an. Darf ich vielleicht noch zwei Damen mitbringen?«

»Sie halten sich wohl gerne eine als Reserve?« scherzte

Grenville. »Ich habe nicht das geringste dagegen einzuwenden – hoffentlich sind sie hübsch. Aber wie ich Sie kenne, wird das wohl der Fall sein. Wäre es Ihnen so gegen Mitternacht recht? Sehr gut. Ich liebe Partys bis in die frühen Morgenstunden.«

Newman hatte an Vanity und Paula als Begleiterinnen gedacht. Als er letzterer den Vorschlag machte, reagierte sie sofort.

»Ich werde Maurice Prendergast anrufen und fragen, ob er mitkommen will. Er hat eine schlimme Zeit hinter sich.«

»Warum nicht?« Newman grinste. »Und Sie hatten den Nerv, mich wegen Vanity aufzuziehen!«

»Nun, Maurice ist ein gutaussehender Mann«, entgegnete sie. »Ich hoffe, Grenville hat nichts dagegen.«

»Je mehr, desto besser, lautet sein Motto, fürchte ich.«

Er eilte in den Salon, um Vanity Bescheid zu geben, die sofort in ihr Zimmer stürzte, um sich für die Party herzurichten.

Auch am Park Crescent war Tweed zu später Stunde noch bei der Arbeit. Monica, die hinter ihrem Schreibtisch saß, hatte schon oft bemerkt, daß Tweed immer häufiger bis spät in die Nacht hinein arbeitete, wenn Bewegung in ein Unternehmen kam.

Er rief einen Kontaktmann im Verteidigungsministerium an, entschuldigte sich für die späte Störung und sprach dann rasch auf ihn ein.

»Arthur, ich stecke momentan mitten in einer wichtigen Ermittlung, die sowohl das In- als auch das Ausland betrifft. Es würde mir sehr helfen, wenn Sie mir etwas über die militärische Karriere eines gewissen Colonel Arbuthnot Grenville, inzwischen vermutlich pensioniert, sagen könnten. Er lebt heute in Cornwall.«

»Über den kann ich Ihnen wirklich nicht viel erzählen.«

»Dann sagen Sie mir, was Sie wissen«, drängte Tweed.

»Er hat die Army vor zehn Jahren verlassen.«

»Warum?«

»Da kann ich leider nicht ins Detail gehen. Tut mir leid.

Sie wissen, ich helfe Ihnen immer gerne, wenn es mir möglich ist.«

»Die Ermittlung, die ich leite, liegt dem Premierminister sehr am Herzen. Deswegen wäre ich Ihnen dankbar, wenn Sie mich nach Kräften unterstützen würden.«

»Tweed, Sie wissen doch, daß wir nicht befugt sind, vertrauliche Informationen ...«

»Früher waren Sie doch nicht so penibel. Außerdem habe ich Ihnen erst kürzlich aus der Klemme geholfen, und dafür schulden Sie mir einen Gefallen«, erwiderte Tweed scharf.

»Es tut mir leid, aber weiter kann ich wirklich nicht gehen. Hoffentlich bedeutet das nicht das Ende unserer Zusammenarbeit.«

»Natürlich nicht. Auf Wiederhören.«

Monica vermied wohlweislich, Tweed anzublicken oder ihn gar anzusprechen. Sie kannte seine Stimmungen, obwohl sie ihn nur selten schlechtgelaunt oder abweisend erlebt hatte.

»Ich werde jetzt bei der Special Branch anrufen«, verkündete er. »Mal sehen, ob sie da etwas entgegenkommender sind. Nein, bemühen Sie sich nicht, ich habe die Nummer im Kopf.«

»Freddie«, sagte er, nachdem er seinen Kontaktmann erreicht hatte, »kannst du mir verraten, welche Rolle einer eurer ehemaligen Mitarbeiter in Wirklichkeit spielt? Es handelt sich um einen Mann namens Maurice Prendergast. Er lebt jetzt unten in Cornwall.«

»Das ist nicht weiter schwer«, erwiderte Freddie obenhin. »Prendergast ist seit zwei Jahren im Ruhestand.«

»Sind Sie da ganz sicher?« hakte Tweed nach.

»Ja«, bestätigte Freddie – nach kurzem Zögern. »Warum interessieren Sie sich für ihn?«

»Aus verschiedenen Gründen. Ganz sicher bin ich mir nicht – noch nicht. Ich dachte, Sie würden da vielleicht ein paar Kleinigkeiten vertuschen.«

»Prendergast ist vor zwei Jahren in den Ruhestand gegangen«, beharrte Freddie.

»Konnte er sich das denn finanziell erlauben? In seinem Alter?«

»Soviel ich weiß, hat ein Onkel ihm ein nettes Sümmchen vermacht. Meiner Meinung nach zwar nicht genug, um für den Rest seines Lebens keinen Finger mehr krumm machen zu müssen, aber es war ja schließlich seine Entscheidung.«

»*Warum* hat er den Dienst quittiert?« Tweed ließ nicht locker.

»Er fand den Druck, dem er bei seiner Arbeit ausgesetzt war, zunehmend unerträglicher.«

»Komisch. Ich habe ihn ein paarmal getroffen. Und ich finde, daß er eine Kondition wie ein Pferd hat.«

»Manchmal klappen gerade die Menschen zusammen, von denen man es am allerwenigsten erwartet«, gab Freddie zu bedenken. »Diese Erfahrung haben Sie doch bestimmt schon selber gemacht.«

»Aber nicht bei Menschen vom Schlage eines Maurice Prendergast.«

»Nun, so war es aber. Mehr weiß ich nicht über ihn.«

»Danke«, sagte Tweed. »Haben Sie vielen Dank.«

Er legte den Hörer sacht auf die Gabel, stand auf und begann, in seinem Büro auf und ab zu gehen, wobei er seine Brille mit einem Taschentuch polierte. Den meisten Menschen wäre gar nicht aufgefallen, daß etwas nicht stimmte, aber Monica wußte es besser. Er setzte die Brille wieder auf, trat ans Fenster und blickte in die Dunkelheit hinaus. Beide Deckenventilatoren waren in Betrieb, trotzdem war es warm und stickig im Raum. Plötzlich drehte Tweed sich um.

»Ich frage mich, ob sich der Premierminister tatsächlich in so heller Aufregung befindet, daß er nicht nur uns beauftragt hat, Nachforschungen über Moloch anzustellen, sondern ihm gleichzeitig auch noch die Special Branch und das Verteidigungsministerium auf den Hals gehetzt hat, ohne daß einer vom anderen weiß. Nein, das ist allzu weit hergeholt.«

»Was geht denn dann vor sich?« fragte Monica.

»Wenn ich das wüßte. Vielleicht ...«

Er kam nicht mehr dazu, den Satz zu beenden, weil das Telefon klingelte. Monica nahm den Hörer ab, bat den Anrufer, seinen Namen zu wiederholen, und drückte dann den Verbindungsknopf.

»Es ist wieder diese Person mit der Reibeisenstimme. Waltz ...«

»Ist gut, stellen Sie durch. Und, Monica, seien Sie doch bitte so lieb und machen Sie mir einen starken Kaffee, während ich telefoniere.«

Sie warf ihm einen eigenartigen Blick zu und verließ das Büro. Erst dann begann Tweed zu sprechen. Er führte ein langes Gespräch mit dem unbekannten Anrufer, während Monica beschäftigt war, hörte meist schweigend zu, stellte ab und an ein paar Fragen und lauschte wieder. Gerade hatte er den Hörer aufgelegt, als Monica zurückkam und ihm eine Tasse Kaffee ohne Milch und Zucker einschenkte.

»Schwarz wie die Sünde«, bemerkte sie.

»Davon sind wir von allen Seiten umgeben«, unkte er und trank einen Schluck von der dampfenden Flüssigkeit. »Von Sünde, meine ich.«

Er erhob sich und nahm seine ruhelose Wanderung durch den Raum wieder auf. Nach einer Weile blieb er stehen und machte seinen Gedanken Luft.

»Allmählich frage ich mich, ob ich nicht die falsche Person als Agenten eingesetzt habe. Wenn dem so ist, könnten wir auf eine Katastrophe zusteuern.«

Langsam setzte er sich wieder in Bewegung und starrte blicklos vor sich hin, während er sich auf das konzentrierte, was ihm im Moment die größten Sorgen bereitete. Monica war mit all diesen Anzeichen wohl vertraut. Er wog die Möglichkeiten ab, die ihm jetzt offenstanden, und rechnete die Vorteile gegen die Nachteile auf. Sie wußte auch, daß er ganz plötzlich eine Entscheidung treffen und unverzüglich handeln würde. Wieder wurde er unterbrochen, weil das Telefon klingelte.

»Keine Ruhe für die Bösen«, stöhnte Monica und hob den Hörer ab. »Es ist Professor Weatherby, der Seismologe.«

»Ja, Weatherby?« sagte Tweed, der hinter seinem Schreibtisch Platz genommen hatte.

»Tweed, ich bin gerade dabei, einige alte Unterlagen auszusortieren. Dabei bin ich auf einen Aktenordner gestoßen, den Ethan Benyon zusammengestellt hat, während er bei mir studierte. Er muß ihn vergessen haben. Ich finde, der Inhalt gibt Anlaß zu ernster Besorgnis. Wenn Sie kurz vorbeikommen könnten, dann erkläre ich Ihnen, was ich entdeckt habe.«

»Paßt es Ihnen jetzt sofort? Ja? Gut, ich bin schon auf dem Weg.«

Tweed wies Monica an, die Stellung zu halten, weil er dringend mit Weatherby reden müsse, dann streifte er sein Jackett über und stürmte aus dem Büro.

Ich möchte doch zu gerne wissen, wer dieser Waltz ist, dachte Monica grimmig.

Der Jachtclub, wo Grenville seine so kurzfristig organisierte Party feierte, war ein altes zweistöckiges Gebäude mit weißgestrichenen Rauhputzwänden. Als Newman seinen Mercedes parkte, ausstieg und Vanity die Tür öffnete, sah er Maurice' Wagen neben sich halten. Auf dem Beifahrersitz saß Paula. Tanzmusik strömte aus der geöffneten Tür in die warme Nacht hinaus.

Kurz zuvor war Maurice von Paula angerufen und zu der Party eingeladen worden. Er hatte freudig zugestimmt.

»Ich komme vorbei und hole Sie ab. Nein, keine Widerrede, ich bestehe darauf ...«

Es versetzte Paula einen Stich, als sie die neben dem Fluß verlaufende Straße hinunterblickte. Genau dort war sie aus dem Haus gestürzt, um Adrian Penkastle aufzuhalten. Hätte sie das nicht getan, so wäre er vermutlich schnurstracks auf den nächsten Pub zugesteuert. Und wenn er dann allzu unsicher auf den Beinen gewesen wäre, hätte der betreffende Wirt ihn wahrscheinlich bei sich übernachten lassen. In diesem Fall würde er heute noch leben.

»Einen Penny für Ihre Gedanken.« Maurice riß sie aus ihren Grübeleien.

»Ich habe nur der Musik zugehört.« Sie hakte sich bei ihm unter. »Wir werden uns auf dieser Party schon amüsieren.«

»Worauf Sie sich verlassen können.«

Grenville, ganz der zuvorkommende Gastgeber, erwartete sie bereits an der Tür. Drinnen stand eine Reihe von Tischen, an denen Pärchen saßen, aßen und tranken. Andere vergnügten sich auf der Tanzfläche. Allgemein schien eine ausgelassene Stimmung zu herrschen.

»Colonel«, begann Newman, »das ist eine gute Freundin von mir, Vanity Richmond.«

»Ich wünschte, sie wäre meine Freundin«, begrüßte Grenville sie herzlich, nahm zwei Gläser Sekt von einer Anrichte und reichte sie seinen Gästen.

»Und hinter mir«, fuhr Newman fort, »steht Paula, auch eine Freundin.«

»Sie kriegen wohl den Hals nicht voll.« Grenville kicherte leise. »Glauben Sie nur nicht, Sie könnten beide die ganze Nacht lang für sich behalten.«

»Und dies hier ist Paulas Begleiter Maurice Prendergast.«

Grenville, der gerade nach einem weiteren Sektglas griff, erstarrte mitten in der Bewegung. Die Geste dauerte nur den Bruchteil einer Sekunde, aber Newman bemerkte, daß sich die Gesichtszüge seines Gastgebers verhärteten, ehe er wieder zu seinem üblichen umgänglichen Benehmen zurückfand.

»Herzlich willkommen, Paula. Wir müssen später unbedingt ein Tänzchen wagen.« Sein Blick wanderte zu ihrem Begleiter. »Guten Abend, Prendergast. Hoffe, Sie haben nichts dagegen, wenn ich sie Ihnen einmal kurz entführe.«

»Wir leben in einem freien Land«, erwiderte Prendergast lächelnd.

Die Gruppe belegte gemeinsam einen Vierertisch. Meeresfrüchte wurden aufgetragen – großzügig bemessene Portionen Krabben und Hummer. Newman fragte sich, wie Grenville es sich leisten konnte, seine Gäste so verschwenderisch zu bewirten. Sowie die Mahlzeit beendet war, forderte er Vanity zum Tanzen auf, und Maurice schlug Paula vor, es ihnen gleichzutun.

»Würde es Ihnen etwas ausmachen, noch ein paar Minuten zu warten? Ich habe derart viel gegessen, daß ich mich kaum bewegen kann.«

Was nur ein Vorwand war. In Wirklichkeit wollte Paula Newman und Vanity beim Tanzen beobachten. Vanitys flammendrote Mähne stach aus der Menge hervor, und sie war wirklich eine ausgezeichnete Tänzerin. Während sie über die Tanzfläche wirbelten, zog sie Newman immer enger an sich und legte ihm schließlich den Kopf an die Schulter, so daß ihr Haar sein Gesicht berührte. Er sagte etwas zu ihr, was sie in schallendes Gelächter ausbrechen ließ.

»Die beiden verstehen sich anscheinend ganz hervorragend«, bemerkte Maurice.

»So sieht es aus«, stimmte Paula zu.

Ihr Blick schweifte durch den Saal. Sie schätzte, daß etwa hundert Leute anwesend waren; eine bunte Mischung aus jung und alt. Viele stufte sie ihrer äußeren Erscheinung nach als zu jenen ›Flüchtlingen‹ gehörig ein, von denen Newman ihr erzählt hatte. Maurice führte sie auf die Tanzfläche, sowie Newman mit Vanity zurückkam.

»Ich hole Ihnen noch ein Glas Sekt«, erbot sich Newman.

»Ich glaube, ich warte lieber noch ein Weilchen damit. Wen beobachten Sie denn so intensiv?« erkundigt sich Vanity neugierig.

»Ach, niemand Bestimmten«, wich er aus.

Gegenüber von ihnen, an einem Tisch auf der anderen Seite des Raumes, saß Colonel Grenville und starrte Prendergast unverwandt an. Seine Augen erinnerten Newman an den Doppellauf eines Gewehres. Er war dermaßen auf diesen einen Gast fixiert, daß er noch nicht einmal bemerkte, wie die Asche am Ende seiner Zigarre länger und länger wurde und schließlich auf seinen modischen dunkelblauen Anzug fiel.

Beim Tanzen warf Prendergast gelegentlich einen verstohlenen Blick in Richtung ihres Gastgebers und wandte dann rasch den Kopf ab. Was zum Teufel wurde hier gespielt? Newman konnte sich das Verhalten der beiden nicht erklären. Vanity lenkte seine Aufmerksamkeit auf die Band – fünf junge Burschen auf einem Podium am Ende des Raumes.

»Sie sind gar nicht schlecht«, meinte sie. »Und sie spielen eine gelungene Mischung aus Oldies und den neuesten Hits. Vermutlich auf Grenvilles Anweisung hin – er will es eben möglichst vielen seiner Gäste recht machen. Er ist ein ausgezeichneter Organisator.«

»Und er handelt erstaunlich schnell«, fügte Newman hinzu. »Er muß den ganzen Nachmittag in der Gegend herumtelefoniert haben.«

»Wie kommen Sie denn darauf?«

»Weil er mich erst sehr spät am Abend angerufen hat, um mich einzuladen, und ich glaube nicht, daß ich nur als Notnagel herhalten sollte.«

»Ich kann mir nicht vorstellen, daß irgend jemand Sie als Notnagel betrachtet – schon gar keine Frau.«

Newman verwünschte insgeheim seine Unbedachtheit. Beinahe hätte er verraten, daß er Grenville erst an diesem Nachmittag kennengelernt hatte; eine Tatsache, die er lieber für sich behalten wollte. Aber er wußte, wo sein Problem lag: All seine Gedanken drehten sich nur um Vanity.

Später legte Grenville mit beiden Frauen abwechselnd einen Quickstep auf das Parkett. Newman fiel auf, wie behende und geschmeidig er sich trotz seines Alters bewegte, eher wie ein Mann von Vierzig als von Mitte Sechzig.

Die Party dauerte bis in die frühen Morgenstunden. Gegen drei Uhr morgens mahnte Newman zum Aufbruch. Grenville verabschiedete sich von Prendergast eine Spur zu herzlich, was Newman mit Interesse vermerkte.

Als sie ins Hotel zurückkehrten, wollte Prendergast Paula heimfahren, aber sie lehnte mit der Begründung ab, das sei lächerlich, da Newman sie im Mercedes mitnehmen könne.

»Ich dachte, Sie würden mir wenigstens gestatten, daß ich ein bißchen was für Sie tue.« Maurice blieb hartnäkkig.

»Nein, danke«, sagte Paula fest. »Wir hatten ein paar schöne Stunden, Maurice. Verderben Sie mir jetzt nicht die Stimmung.«

»Sie sind diejenige, die alles verdirbt.«

Newman stand neben ihnen, mischte sich aber nicht ein. Mit dieser Situation mußte Paula alleine fertig werden. Er war nur froh, daß Vanity bereits im Wagen saß und daß er die Fenster wieder geschlossen hatte, um die nächtliche Kühle fernzuhalten. So bekam sie wenigstens von diesem Gespräch nichts mit, das sich jeden Moment zu einem häßlichen Streit auswachsen konnte.

»Ich danke Ihnen für diesen schönen Abend – oder vielmehr Morgen, Maurice«, sagte Paula entschieden. »Aber ich fahre jetzt mit Bob zum Hotel zurück. Gute Nacht.«

Sie unterließ es, ihn auf die Wange zu küssen, marschierte zu dem Mercedes hinüber, nahm auf dem Rücksitz Platz und ließ die Tür mit einem Knall zufallen.

»Gute Nacht, Maurice«, betonte Newman.

»Habt ihr zwei da vielleicht was laufen?«

»Gute Nacht, Maurice«, wiederholte Newman erbost.

Er wandte sich rasch ab und ging auf sein Auto zu. Nur weg von Maurice, ehe er der Versuchung nachgab, ihm ein blaues Auge zu verpassen. Auf der Rückfahrt kam die Unterhaltung nur schleppend in Gang. Paula kochte innerlich vor Zorn, und Vanity war nach der langen Nacht schläfrig geworden.

Als sie im Nansidwell angelangt waren, fand Newman eine Nachricht von Tweed vor:

Rufen Sie mich unbedingt sofort an, wenn Sie zurück sind. Auf dem üblichen Weg.

Er zeigte Paula die Nachricht, sowie Vanity zu Bett gegangen war. Sie überflog sie und reichte sie ihm dann zurück.

»Er meint damit, daß Sie ihn von der Telefonzelle in Mawnan Smith aus anrufen sollen«, erklärte sie.

»Das kann ich auch alleine erledigen. Sie möchten doch bestimmt gleich in Ihr Zimmer gehen.«

»Von wegen. Ich komme mit. Ich will nämlich wissen, was passiert ist, und nach dieser unsinnigen Auseinandersetzung mit Maurice kann ich ohnehin nicht schlafen.«

13.

Nach seinem übereilten Aufbruch zu Professor Weatherby blieb Tweed so lange fort, daß Monica begann, sich Sorgen zu machen. Als er kurz nach Mitternacht zurückkam, war sie zunächst erleichtert, doch dann bemerkte sie seinen grimmigen Gesichtsausdruck. Wortlos ließ er sich hinter seinem Schreibtisch nieder.

»Schlechte Nachrichten?« fragte sie mitfühlend.

»Sehr schlechte. Nach dem Gespräch mit Weatherby bin ich fast überzeugt, daß meine Theorie hinsichtlich Molochs Plänen und Aktivitäten richtig ist, und das bedeutet, daß sich eine Katastrophe anbahnt.«

»Wollen Sie mir nicht ein paar Einzelheiten verraten?«

»Im Moment noch nicht. Ich muß mir erst überlegen, wie ich weiter vorgehe. Vermutlich hat sich in der Zwischenzeit nichts getan, oder?«

»Doch. Ich habe endlich unseren Pariser Kontaktmann erreicht. Er versprach mir, mich zurückzurufen und hat es kurze Zeit später auch getan. Es geht um Vanity Richmond.«

»Ich bin ganz Ohr.«

»Laut unseren bisherigen Informationen hat sie einen englischen Vater und eine französische Mutter. Letzteres stimmt wirklich. Loriot fand heraus, daß ihre Mutter in der Tat eine Französin war. Sie ist mittlerweile verstorben. Vanity ist in Grenoble geboren und jetzt achtunddreißig Jahre alt. Ihr Vater war Attaché an der britischen Botschaft in Paris. Als er nach England versetzt wurde, begleitete seine französische Frau ihn und nahm die damals zehnjährige Vanity mit.«

»Verstehe.«

»Da wäre noch etwas. Cord Dillon rief mich aus Langley an. Joel Brand, Molochs sogenannter Stellvertreter, ist auf dem San Francisco International Airport gelandet. Cords Mann ist ihm vom Flughafen nach Black Ridge gefolgt …«

»Sogenannter? Ist das Ihre Formulierung?«

»Nein, die stammt von Dillon. Er sagt, es ist nicht genau ersichtlich, welcher der beiden Männer – Moloch oder Brand – nun eigentlich die AMBECO leitet.«

»Seltsam. Aber das eigentlich Interessante an der Nachricht ist, daß sich Brand wieder in Kalifornien aufhält – was auch zu meiner Theorie bezüglich Molochs Plänen paßt.«

Diesmal klingelte das Telefon, als Tweed gerade nicht durch sein Büro tigerte. Monica nahm den Anruf entgegen und teilte Tweed mit, daß Newman am Apparat wäre.

»Hier Tweed …«

Er hörte schweigend zu, während Newman die Ereignisse im Jachtclub knapp zusammenfaßte und auch Colonel Grenvilles Reaktion auf Maurice Prendergasts Erscheinen nicht unerwähnt ließ.

»Danke«, sagte er dann. »Sagen Sie den anderen Bescheid, daß sie sich für eine rasche Abreise aus Cornwall bereithalten sollen. Fädeln Sie die Sache sorgfältig ein. Pakken Sie Ihre Koffer zunächst nur teilweise – und wenn ich Ihnen sage, daß es soweit ist, dann kommen Sie, so schnell Sie können. Und zwar alle. Ich hoffe, Sie haben sich auf der Party gut amüsiert. Was Sie mir soeben berichtet haben, könnte von Bedeutung sein. Bis später …«

Er legte auf und begann, sich in seiner kräftigen, gut leserlichen Handschrift auf einem Block Notizen zu machen. Nach einer Weile hatte er seine Liste vervollständigt, riß das oberste Blatt ab und reichte Monica den Block.

»Stecken Sie den bitte in den Reißwolf. Ich möchte nicht, daß Howard hier herumschnüffelt, ihn findet und anhand dessen, was sich auf die nächsten Seiten durchgedrückt hat, herausbekommt, was ich geschrieben habe.«

Trotz der späten Stunde wirkte er lebhaft und energiegeladen. Alles an seinem Verhalten verriet Monica, daß er eine Entscheidung getroffen hatte. Die Dinge kamen langsam ins Rollen.

»Sonst noch etwas?« erkundigte sie sich, nachdem sie den Block vernichtet hatte.

»Rufen Sie den Schalter von British Airways in Heathrow an und buchen Sie Hin- und Rückflugtickets nach San Francisco. Undatiert«, fügte er nachdrücklich hinzu. »Tickets Erster Klasse für Paula und mich, Klubklasse für Newman, Marler, Butler und Nield. Auf diese Weise können sie sich unauffällig unter die Leute mischen. Und sagen Sie, daß jeder Passagier einzeln reist.«

»Also geht es nach Kalifornien«, bemerkte sie. »Demnach haben Sie das Rätsel gelöst.«

»Ein Jammer, daß Philip Cardon nicht mehr bei uns ist. Er könnte uns in Kalifornien sehr nützlich sein.«

»Wo steckt Philip eigentlich?« fragte Monica. »Wohin ist er verschwunden, nachdem er auf unbestimmte Zeit Urlaub genommen hat?«

»Ich habe keine Ahnung, wo er sich zur Zeit aufhält. Vielleicht sehen wir ihn nie wieder. Er streift durch die Weltgeschichte wie der Ewige Jude.«

»Also hat sich Philip nirgendwo dauerhaft niedergelassen?«

»Wundert Sie das? Nach dem, was er durchgemacht hat?«

Die Zeitungen brachten die Story am folgenden Morgen. Tweed saß an seinem Schreibtisch und studierte eine nationale Tageszeitung; nur eine von vielen, die die Geschichte groß herausstellten.

Zwillingsschwestern ermordet? Wer kennt diese Frauen? Diese Schlagzeile zog sich über die ganze Titelseite hinweg und sprang jedem Leser förmlich ins Auge. Daran schloß sich die Geschichte der beiden Frauen an, die sechstausend Meilen voneinander entfernt und im Abstand von mehreren Wochen tot an der Küste aufgefunden worden waren; der eine Zwilling in Kalifornien, der andere in Cornwall.

Eine andere Zeitung titelte gar marktschreierisch: *Internationaler Zwillingsmord?* Tweed reichte das erste Blatt an Monica weiter.

»Buchanan hat gute Arbeit geleistet. Hat alle Hebel in Bewegung gesetzt. Das wird VB einen gehörigen Schreck einjagen. Er wird merken, daß sich das Netz enger um ihn zusammenzieht. Das Timing könnte gar nicht günstiger sein.«

»Glauben Sie, daß Moloch darauf reagiert?«

»Irgendwo auf der Welt wird irgend jemand schon etwas unternehmen. Ich hoffe, daß wir bald auf jemanden stoßen, der weiß, wer diese Frauen sind. Hier oder in Kalifornien.«

»Wieso in Kalifornien?«

»Erinnern Sie sich daran, daß ich Sie mitten in der Nacht gebeten habe, sich druckfrische Exemplare sämtlicher Zeitungen zu beschaffen, die die Geschichte bringen?«

»Wie könnte ich das vergessen? Ich war ja die halbe Nacht auf den Beinen.«

»Danach habe ich Sie nach Hause geschickt, damit Sie sich ausschlafen, und Ihnen gesagt, Sie sollten sich erst diesen Nachmittag wieder hier sehen lassen.«

»Sie wissen sehr gut, daß ich mit ein paar Stunden Schlaf auskomme. Haben Sie eigentlich in dieser Nacht ein Auge zugemacht?«

»Nein«, gab Tweed zu. »Ich habe hier kurz geduscht und die Kleidung gewechselt. Danach habe ich Cord Dillon angerufen und ihm mitgeteilt, daß ich ihm die Zeitungen schicken würde. Auf meine Bitte hin stellte mir die RAF in Heathrow einen Jet zur Verfügung, um die Blätter so schnell wie möglich in die Staaten zu bringen. Dazu mußte ich mir allerdings erst vom Premierminister Rückendeckung holen.«

»Wann werden sie denn dort ankommen?« fragte Monica.

»Sie müßten bereits da sein«, sagte Tweed nach einem Blick auf seine Uhr. »Sie sind mit einem der schnellsten Jets der RAF befördert worden.«

»Es geht ja tatsächlich voran. Wie will Cord sie denn an die Westküste schaffen?«

»Mit demselben Jet. Vermutlich ist er schon in Kalifornien gelandet. Einer von Cords Leuten in San Francisco deponiert sie dann anonym vor Molochs Tür.«

In England war es später Nachmittag, in Kalifornien früh am Morgen, als Cord Dillon Tweed anrief.

»Es ist alles nach Plan verlaufen«, begann er. »Ihre Zeitungen sind wohlbehalten hier eingetroffen und dem großen Boß soeben geliefert worden. Aber was noch viel wichtiger ist – die Geschichte prangt auf der Titelseite der *Los Angeles Times*, des *San Francisco Chronicle* und des *Monterey Herald*. Jetzt warte ich darauf, daß sich irgendein Kerl meldet, zugibt, die beiden Küken gekannt zu haben und mir sagt, wer sie sind.«

»Sie handeln schnell«, lobte Tweed. »Wie haben Sie das geschafft?«

»Ach, ich hab' da so meine Kontakte«, erwiderte Dillon ausweichend. »Wir haben den kalifornischen Zeitungen das Foto der Frau, die bei Monterey angespült wurde, und das Phantombild von der, die in Cornwall aufgefunden worden ist, zugespielt. Jetzt muß doch irgendwer irgendwo reagieren.«

Weder Tweed noch Dillon konnten zu diesem Zeitpunkt wissen, daß jemand bereits reagiert hatte. Eine amerikanische Staatsbürgerin, Partnerin der Detektei Standish Investigations, starrte die Bilder ungläubig und voller Entsetzen an.

Linda Standish bearbeitete gerade einen Mordfall und hatte zur Tarnung einen Job in einer Boutique in Carmel angenommen, wo man ihr die fürstliche Summe von zehn Dollar pro Stunde zahlte. Da sich gerade keine Kunden im Laden aufhielten, las sie den Artikel rasch durch und traf unverzüglich eine Entscheidung. Ihr Boß war alles andere als begeistert, als er davon erfuhr.

»Es tut mir leid, Leon, aber ich kündige.«

»Du kündigst? Aber du bist doch erst eine Woche hier. Das kannst du mir doch nicht antun.«

»Mein Vater ist gerade auf Besuch in London«, log sie gewandt. »Kurz ehe du gekommen bist, erhielt ich einen Anruf. Er ist plötzlich schwer erkrankt.«

»Du hast mir ja gar nicht gesagt, daß dein Vater nach London fährt.«

»Erzählst du mir vielleicht alle deine Privatangelegenheiten?« fragte sie giftig zurück.

»Glaub ja nicht, daß du diese Woche noch bezahlt bekommst.«

»Steck dir dein Geld an den Hut!«

Ehe Leon zu einer Antwort ansetzen konnte, war sie schon aus dem Laden gelaufen und in ihr auf der Straße geparktes Auto gestiegen. Von einer Telefonzelle aus rief sie ihren Vater in Santa Barbara an, erzählte ihm, was sie Leon weisgemacht hatte und schärfte ihm ein, sie zu dekken, indem er seine Freundin sämtliche Anrufe entgegennehmen und ausrichten ließ, er sei zur Zeit in London. Da sie ihn nicht unnötig aufregen wollte, verschwieg sie ihm die Wahrheit. Er las aus Prinzip nie die Zeitung oder sah fern, da er eine fast zwanghafte Abneigung gegen Nachrichten in jeder Form hegte. Und seine Freundin war ohnehin dumm wie Bohnenstroh.

Als nächstes rief sie British Airways an, reservierte einen Platz für den Nachtflug nach London und gab die Nummer ihrer Kreditkarte durch. Dann wählte sie den Anschluß ihres Partners in San Francisco und erklärte ihm die Situation.

»Ed, schick bitte eines der Mädchen los, die gerade frei sind; sie soll sich um den Job in dieser Boutique bewerben. Der Inhaber ist ein Typ namens Leon.«

»Hast du im Mordfall Armstrong etwas erreicht?«

»Bis jetzt noch nicht. Ich muß fliegen. Buchstäblich ...«

Zuletzt wählte sie die Nummer von Black Ridge und verlangte, Mr. Moloch zu sprechen. Sie wurde unverzüglich zu ihm durchgestellt.

»Linda hier. Ich muß sofort nach London fliegen. Mein Vater ist krank. Klingt ziemlich ernst. Während ich dort bin, bringe ich vielleicht etwas über Ihre verschwundenen Freundinnen in Erfahrung.«

»Ich erhöhe die Belohnung auf einhunderttausend Dollar«, tönte es aus dem Hörer. »Sie bekommen sie, sobald Sie die Mädchen gefunden haben. Aber wenn Sie Informationen erhalten, dann geben Sie sie auf keinen Fall an Außenstehende weiter, sondern erstatten Sie mir Bericht. Mir und sonst keinem.«

»Das haben Sie mir schon einmal gesagt. Ich muß mich beeilen, sonst verpasse ich mein Flugzeug.«

Nach dem Gespräch brach sie zu der zweistündigen Fahrt nach San Francisco auf, wobei sie die Geschwindigkeitsbeschränkungen geflissentlich ignorierte. Die Zeit drängte, wenn sie den Flug noch erwischen wollte. Während der gesamten Fahrt geisterte ihr der Gedanke an die von Moloch ausgesetzte Belohnung im Kopf herum. Einhunderttausend Dollar waren eine Menge Geld.

Sie erreichte den Flug in letzter Minute und machte es sich auf ihrem Platz in der Klubklasse bequem. Eine teure Reise. Normalerweise hätte sie das gebucht, was die Engländer so treffend als Touristenklasse bezeichneten, aber sie brauchte Zeit, um nachzudenken und um über den Schock hinwegzukommen.

Natürlich hätte sie sich auch mit der Polizei in Kalifornien in Verbindung setzen können, aber die war derart überlastet, daß sie diesem Fall wahrscheinlich nicht die Aufmerksamkeit widmen könnte, die unbedingt nötig war. Ihr erster Schritt in England würde darin bestehen, New Scotland Yard anzurufen.

Linda trank den Champagner, den die Stewardeß ihr serviert hatte, während sie den Zeitungsartikel noch einmal gründlich durchlas. Anscheinend leitete ein Chefinspektor Buchanan den Fall. Sie würde ihn so bald wie möglich anrufen. Zum Teufel mit der Zeitverschiebung.

Am folgenden Morgen rief Buchanan bei Tweed an, der wieder einmal die Karte von Kalifornien studierte, die Professor Weatherby ihm gegeben hatte.

»Tweed, ich glaube, wir haben eine erste Reaktion auf die Zeitungsgeschichte. Eine Linda Standish hat sich bei mir gemeldet. Sagte nur, sie habe Informationen über die unbekannten Zwillinge. Wollte sich aber am Telefon nicht weiter darüber auslassen. Da Sie die ganze Sache angeleiert haben, dachte ich, Sie würden sie vielleicht gern selbst befragen. Sie ist Amerikanerin. Ich habe so ein Gefühl, daß sie etwas weiß.«

»Wo steckt denn diese Linda Standish?«

»Ich gebe Ihnen ihre Nummer. Sie wohnt in einem Hotel unten in Bayswater. Und Sie halten mich auch weiterhin auf dem laufenden?«

»Selbstverständlich. In welcher Eigenschaft soll ich denn auftreten?«

»Ich hoffe, Sie haben nichts dagegen, aber ich habe ihr Ihren wirklichen Namen genannt. Ich hätte Sie zwar vorher fragen sollen, aber Miss Standish erschien mir nervlich sehr angespannt, daher wollte ich kein Risiko eingehen. Ich habe Sie als Chefermittler einer Versicherungsgesellschaft ausgegeben; Ihre übliche Tarnung. Ich sagte ihr, es könne eventuell ein Versicherungsfall vorliegen.«

»Ich werde sie anrufen. Nochmals vielen Dank, Roy.«

Tweed wußte, daß sich Buchanan auf diese Weise für seine Kooperation erkenntlich zeigen wollte. Auch vermutete er, daß der Chefinspektor wußte, wie einschüchternd er auf manche Leute wirken konnte. Er rief Linda Standish an und fragte sie, ob sie sich mit ihm im Brown's Hotel treffen wolle. Sie erklärte sich sofort einverstanden und versicherte ihm, sich in London auszukennen.

Tweed traf um elf Uhr, eine Viertelstunde vor der verabredeten Zeit, bei Brown's ein, doch der Portier teilte ihm mit, Miss Standish erwarte ihn in der Halle. Dann führte er ihn zu der Amerikanerin, die an einem Tisch saß und Kaffee trank.

Tweed musterte Linda Standish flüchtig, als er auf sie zuging. Sie war mittelgroß, schlank, hatte glattes braunes Haar und ein blasses, unscheinbares Gesicht. Auf ihrer langen Nase saß eine randlose Brille. Sie trug eine weiße, hochgeschlossene Bluse mit langen Ärmeln, beigefarbene Hosen und an den Füßen weiße Sportschuhe.

»Miß Standish? Mein Name ist Tweed.«

»Nehmen Sie doch bitte Platz, Mr. Tweed.«

Auf ihre Aufforderung hin ließ er sich ihr gegenüber in einem bequemen Sessel nieder. Sie starrte ihn unverwandt an, aber da er wußte, daß sie versuchte, sich über seine Motive klarzuwerden, wartete er geduldig ab, während sie ihren Kaffee austrank. Schließlich stellte sie die Tasse ab, und er beschloß, ihr die Sache ein wenig leichter zu machen.

»Wie ich von Chefinspektor Buchanan erfuhr, können Sie mir etwas über das unbekannte Zwillingspärchen sagen.«

»Sie waren meine Schwestern ...«

Tränen traten ihr in die Augen. Sie wandte den Kopf ab und suchte nach einem Taschentuch. Tweed vermied es bewußt, sie direkt anzusehen. Statt dessen schenkte er ihr Kaffee nach.

»Danke«, murmelte sie, sich heftig die Nase schneuzend. Ihr amerikanischer Akzent klang weich und angenehm wie der vieler Kalifornier. »Tut mir leid, daß ich mich so gehenlasse. Sie müssen mich ja für eine komplette Närrin halten.«

»Ihnen macht die Zeitverschiebung zu schaffen«, tröstete er mitfühlend. »Ich nehme an, Sie sind gerade erst aus dem Flugzeug gestiegen. So ein Zehneinhalbstundenflug ist kein Zuckerschlecken.«

»Sie sind sehr freundlich.« Linda hatte ihre Selbstbeherrschung zurückgewonnen. »Die beiden waren meine Schwestern«, wiederholte sie mit fester Stimme. »Julie ist die Frau, die in Kalifornien ums Leben kam, und Cheryl starb in Cornwall. Sie waren dreißig Jahre alt und im Gegensatz zu mir sehr attraktiv.«

Sie hielt inne. Tweed schätzte Linda Standishs Alter auf Mitte Dreißig. Sie drehte das Taschentuch nervös in den Händen, stopfte es jedoch sofort in ihre Umhängetasche zurück, als ihr diese Geste bewußt wurde.

»Wissen Sie, wann Ihre Schwestern verschwanden?« fragte Tweed sanft.

»Ja, vor einigen Wochen. Beide so ungefähr um dieselbe Zeit. Sie arbeiteten für einen sehr mächtigen Mann, für Vincent Bernard Moloch.«

»Sie arbeiteten für ihn? Was für eine Stellung bekleideten sie denn? Ich brauche möglichst viele Informationen über beide.«

»Verstehe. Ich selbst bin Privatdetektivin und als solche in Carmel und Umgebung tätig. Mein Juniorpartner deckt das Gebiet um San Francisco ab. Ed Keller ist sein Name.«

»Das alles muß sehr schwer für Sie sein.«

Tweed verstand jetzt, warum sie ihn anfangs mit ihren scharfen graublauen Augen so durchdringend gemustert hatte. Es gehörte zu ihrem Beruf, Menschen rasch einzuschätzen. Sie machte auf ihn einen intelligenten Eindruck und war vermutlich erfolgreich in ihrem Job – weil sie wohl zu den Frauen gehörte, die einen Raum voller Leute betreten konnten, ohne daß jemand Notiz von ihnen nahm; eine Eigenschaft, die ihr in ihrem Beruf sicher oft zugute kam.

»Gestern sah ich die Fotos in der Zeitung. Ich versuchte, ihre letzten Schritte zurückzuverfolgen, aber es war sinnlos. Die beiden waren ganz einfach spurlos verschwunden.«

»Ich möchte wissen, welche Stellung sie bei Moloch bekleideten«, wiederholte Tweed ruhig.

»Sie waren sowohl seine Vertrauten als auch seine Geliebten.«

»Ich verstehe. Haben Sie ihn nach dem Verschwinden Ihrer Schwestern persönlich aufgesucht?«

»Natürlich. Er erschien mir verwirrt und beunruhigt – hatte aber keine Vorstellung davon, wo sie geblieben sein könnten.«

»Sie sagten, beide Zwillinge wären seine Geliebten gewesen?« hakte er behutsam nach.

»Nicht zur gleichen Zeit. Zuerst kam Cheryl. Moloch kann äußerst charmant sein, wenn er will, und sie war furchtbar wütend, als er seine Aufmerksamkeit Julie zuwandte. Trotzdem blieb sie auf seiner Lohnliste. Was Frauen anbetrifft, war er schon immer sehr großzügig.«

»Was ist Ihren Schwestern Ihrer Meinung nach zugestoßen, Miß Standish?«

»Ich habe wirklich keine Ahnung. Unsere Familie ist nicht sonderlich wohlhabend. Ich mußte für meine Ausbildung selbst aufkommen. Meine Schwestern jedoch zogen es vor, aus ihrem Aussehen Kapital zu schlagen.«

»So etwas kommt häufig vor«, warf Tweed ein.

»Sie hätten für ihren Lebensunterhalt arbeiten können, so wie ich. Aber nein, sie ließen sich lieber mit einem reichen Mann nach dem anderen ein.«

Ein Hauch von Bitterkeit schwang in ihrer Stimme mit, und Tweed fragte sich, ob Linda wohl neidisch auf ihre hübschen Schwestern gewesen war, die sich das Leben so leicht gemacht hatten. Als sie weitersprach, änderte er jedoch seine Meinung.

»Cheryl und Julie waren beide nicht dumm. Sie hätten ihren Verstand nutzen und etwas aus ihrem Leben machen können. Ich habe sie immer wieder gewarnt, aber sie schlugen meine Ratschläge in den Wind. Für sie war ich eben nur die ältere Schwester, die ihnen dauernd Vorschriften machen wollte.«

»Lebten beide bei Moloch, oder hat er ihnen Wohnungen besorgt?«

»Nein, anfangs teilten sie sich eine kleine Wohnung in Carmel. Dann stellte Moloch Cheryl ein, nachdem er sie auf einer Party kennengelernt hatte, und sie zog zu ihm in dieses riesige Haus namens Black Ridge. Das liegt in der Nähe von Big Sur. Vielleicht haben Sie schon einmal davon gehört.«

»Ich kenne die Gegend.«

»Später besuchte Julie dort ihre Schwester, und Moloch bot auch ihr einen Job an. Meine Zwillingsschwestern kleideten sich oft identisch, und kaum jemand konnte sie auseinanderhalten – außer mir. Ich frage mich manchmal, ob Moloch nicht eines Abends Julie mit Cheryl verwechselt und sich im Grunde genommen nur zufällig ihr zugewandt hat.« Linda zögerte. »Meine Schwestern haben Männer gerne zum Narren gehalten, indem sich die eine für die andere ausgab. In diesem Fall hätte sich der Streich allerdings für Cheryl als Bumerang erwiesen.«

»Wissen Sie etwas über die Anfänge von Molochs Karriere?«

»Ja, Cheryl hat mir viel erzählt – sie genoß sein Vertrauen. Er kam als junger Mann aus Belgien in die Staaten und baute sich dort sozusagen aus dem Nichts eine florierende Elektronikfirma auf. Andere Gesellschaften schlossen sich zusammen, um ihn aus dem Geschäft zu drängen und in den Ruin zu treiben, so daß er ein zweites Mal ganz von vorne beginnen mußte. Auf mich wirkt er wie ein Mann, der von einer unerschöpflichen Energie vorangetrieben wird. Er widmet sein ganzes Leben der Aufgabe, die AMBECO auszuweiten, arbeitet die halbe Nacht durch und benötigt nur sehr wenig Schlaf. Er ist wie besessen.«

Tweed zuckte innerlich zusammen. Sie hatte ihm gerade ein weiteres Teil des Puzzles geliefert, das perfekt in das Gesamtbild paßte, doch er vermochte sich nicht darüber zu freuen. Die düstere Theorie, die er ausgearbeitet hatte, beschwor zu entsetzliche Bilder in ihm herauf.

»Und Sie haben wirklich keine Ahnung, wer für den Tod Ihrer Schwestern verantwortlich sein könnte?« bohrte er weiter.

»Vielleicht der Buchhalter.«

»Wer?«

»In meinem Beruf bekommt man eine ganze Reihe von Gerüchten mit, Mr. Tweed. Eines davon besagt, daß ein bezahlter Killer, den man den Buchhalter nennt, bereits mehrere Menschen auf dem Gewissen hat. Er arbeitet angeblich sehr gründlich, bereitet seine Morde mit akribischer Genauigkeit vor. Leider weiß niemand, wer er – oder sie – ist.«

»Dieses Gerücht ist auch schon bis zu mir gedrungen.« Er hielt inne. Linda zeigte inzwischen deutliche Anzeichen von Erschöpfung. Die Zeitverschiebung machte sich bemerkbar. »Sie haben mir sehr geholfen, Miß Standish. Ich glaube, wir machen erst einmal Schluß. Eine solche Unterhaltung ist nach einem langen Flug doch recht anstrengend.«

»Da haben Sie recht. Ich denke, ich werde jetzt in mein Hotel zurückkehren und versuchen, eine Weile zu schlafen. Wie kann ich Sie erreichen, Mr. Tweed?«

Er zückte seine Brieftasche und entnahm ihr eine Visitenkarte, die ihn als Chefermittler der General & Cumbria Assurance auswies. Auf der Rückseite notierte er seine Telefonnummer und reichte ihr die Karte.

»Wenn ich nicht im Hause bin und Sie mir eine Nachricht hinterlassen wollen, dann wenden Sie sich bitte an meine Assistentin Monica. Sie arbeitet schon seit Jahren bei mir und ist ein Muster an Diskretion. Sie können ihr voll und ganz vertrauen.«

»Ich danke Ihnen – auch für Ihr Mitgefühl.«

»Ich wüßte nicht, daß ich mich sonderlich mitfühlend gezeigt hätte.«

»O doch. Allein wie Sie mit mir gesprochen haben – und auf den Tod meiner Schwestern nicht näher als nötig eingegangen sind. Mir gefällt Ihre Art. Als Privatdetektiv haben Sie vermutlich noch nie gearbeitet, oder?«

»Nein.« Tweed mußte lächeln. »Das ist einer der Berufe, in denen ich mich noch nicht versucht habe. Würden Sie mich bitte anrufen, wenn Sie in die Staaten zurückfliegen wollen?«

»Versprochen.«

»Dann werde ich Ihnen jetzt ein Taxi besorgen, das Sie ins Hotel zurückbringt.«

Linda blieb regungslos sitzen. Wieder wartete Tweed geduldig ab. Er spürte, daß sie überlegte, ob sie noch etwas sagen sollte. Schließlich senkte sie die Stimme, obwohl sich außer ihnen niemand in der Halle aufhielt.

»Ehe Moloch aus Belgien in die Staaten kam und die Firma aufbaute, die seine Konkurrenten dann rücksichtslos in den Konkurs trieben, hat er als Buchhalter gearbeitet.«

14.

Tweed kehrte auf direktem Weg zum Park Crescent zurück und rief Buchanan an, um ihm Bericht zu erstatten.

»Roy, diese Linda Standish ist Privatdetektivin in Carmel…«

Buchanan hörte ihm zu, ohne ihn auch nur ein einzigesmal zu unterbrechen. Tweed gab aus dem Gedächtnis heraus jede Einzelheit der Unterhaltung wieder, während Monica an ihrem Schreibtisch fleißig mitschrieb.

»Das ist alles«, schloß er endlich.

»Bringt uns auch nicht viel weiter«, bemerkte Buchanan. »Na ja, zumindest kennen wir jetzt die Identität der Opfer. Und wieder einmal führt uns alles zu Moloch zurück.«

»Möglich. Meiner Meinung nach hat uns dieses Gespräch aber ein ganzes Stück weitergebracht.«

»Ach ja? Und inwiefern?«

»Es paßt zu einer Theorie, die ich entwickelt habe. Nein, ich kann Ihnen im Moment noch nichts darüber sagen. Immerhin ist es möglich, daß ich mich irre.«

»So ist's richtig. Lassen Sie mich ruhig dumm sterben. Aber danke für die Informationen. Ich werde gegenüber der Presse bekanntgeben, daß jemand die Frauen identifiziert hat, und auch die Namen der beiden nennen.«

»Gute Idee…«

Mit dieser Bemerkung beendete Tweed das Gespräch. Monica lächelte schief.

»Schön zu wissen, daß ich nicht die einzige bin, die Sie im dunkeln tappen lassen. Übrigens habe ich mich noch einmal ans Telefon gehängt, um meinen Kontaktmann in den Staaten zu erreichen. Moloch beschäftigt in der Tat einen Buchhalter.«

»Hat er auch einen Namen?« fragte Tweed prompt.

»Den wollte ich Ihnen gerade nennen. Der Mann heißt Byron Landis. Er arbeitet in Black Ridge und wohnt auch dort.«

»Sehr interessant. Ich frage mich, wie VB wohl auf die Titelstories in den Zeitungen reagiert.«

Um drei Uhr morgens stürmte Joel Brand erregt in VBs Büro in Black Ridge. Der feingliedrige Mann hinter dem Schreibtisch unterhielt sich gerade mit seinem Buchhalter Byron Landis, nachdem er gewisse Bilanzen überprüft hatte. Er war dafür bekannt, daß er nichts dem Zufall überließ. Niemand wurde in seinem riesigen Unternehmen beschäftigt, ohne zuvor von dem Sicherheitsdienst, den er eingerichtet hatte, auf Herz und Nieren geprüft worden zu sein. Niemand, der fünfzigtausend Dollar und mehr verdiente, wurde auf die Lohnliste gesetzt, ehe Moloch nicht persönlich mit ihm gesprochen hatte.

»Sie sehen also, Herr Direktor …«, begann Landis, wurde jedoch sofort unterbrochen.

»Ich habe Ihnen doch schon tausendmal gesagt, Sie sollen mich nicht so nennen. Es klingt so steif und spießig.«

»Es tut mir leid, aber in Amerika ist es üblich, jeden in Ihrer Position mit diesem Titel anzureden.«

»Ich fühle mich aber nicht als Amerikaner, sondern als Europäer, als Belgier. Fahren Sie fort, Landis.«

»Ich wollte gerade erklären, daß wir, wie Sie selbst sehen, die Kosten in allen Bereichen beträchtlich gesenkt haben, außer auf dem Waffen- und Sprengstoffsektor, dagegen haben Sie ja Ihr Veto eingelegt.«

»Das weiß ich doch.«

Byron Landis war ein kleiner, gedrungener Mann um die Vierzig. Er war völlig kahl, trug eine stahlgefaßte Brille und legte stets ein umständliches Gebaren an den Tag. Joel Brand, der mit einem Packen Zeitungen unter dem Arm ungeduldig an der Tür wartete, nannte ihn insgeheim einen alten Korinthenkacker, doch die Leute, die in Landis' Abteilung arbeiten mußten, hätten dieser Beschreibung wohl schwerlich zugestimmt. Sie kannten ihn als einen harten, unerbittlichen Leuteschinder. Auffallend an ihm war auch sein merkwürdiger Gang – er watschelte wie eine Ente langsam mit nach außen gesetzten Füßen einher.

»Das wäre dann alles, Landis«, entließ ihn Moloch. »Joel platzt wie immer geradezu vor Ungeduld.«

Brand trug einen teuren Straßenanzug aus einem leichtgewebten Stoff, ein bis zum Kragen zugeknöpftes Hemd mit einer Krawatte in Form eines Krokodils und handgearbeitete Schuhe. Newman hätte ihn kaum wiedererkannt – sein zottiges Haar war ordentlich geschnitten und gekämmt, und trotz seiner groben Gesichtszüge hatte er etwas an sich, das auf bestimmte Frauen unwiderstehlich wirken mochte. Moloch bestand darauf, daß das Personal von Black Ridge während der Arbeitszeiten untadelig gekleidet war.

»Das hier wird Ihnen ganz und gar nicht gefallen«, eröffnete Brand angriffslustig das Gespräch, nachdem er gegenüber von Moloch Platz genommen hatte.

»Warum läßt du mich das nicht selbst beurteilen?«

»Gut, dann sehen Sie es sich mal an.« Er schob den *San Francisco Chronicle* und den *Monterey Herald* über den Schreibtisch. »Jetzt weiß die ganze Welt, was mit Cheryl und Julie Standish geschehen ist.«

»Einschließlich meiner Wenigkeit.«

Moloch, ein schneller Leser, hatte die Artikel kurz überflogen und die Fotos angeschaut. Dann warf er einen Blick auf das Datum beider Zeitungen.

»Wie sind die so schnell hierhergekommen?«

»Ein Mitarbeiter unseres Büros in San Francisco bekommt die Zeitungen immer druckfrisch aus der Presse, ehe sie in den Verkauf gelangen. Er hat sofort reagiert, ist nach Monterey geflogen und hat persönlich beim *Herald* vorbeigeschaut.«

»Es freut mich immer wieder, wenn meine Leute ihren Kopf benutzen«, entgegnete Moloch in demselben gleichmütigen Tonfall.

»Und ich dachte, Sie wären inzwischen außer sich vor Sorge. Außerdem kommt es noch dicker. Auch in London weiß man Bescheid. Diese Blätter lagen in unserem Hausbriefkasten. Keine Ahnung, warum der Alarm nicht losgegangen ist.«

»Weil, mein lieber Joel, uns die in unserer Niederlassung Des Moines angefertigten Überwachungsmonitore gestohlen wurden. Du mußt dich wirklich über die Vorgänge in diesem Haus besser informieren.«

»Ich lasse das sofort kontrollieren.«

»Das hättest du bereits tun sollen.«

»Was ist denn jetzt mit den Standish-Schwestern?« wollte Brand wissen.

»Ich bin entsetzt«, sagte Moloch gelassen. »Für mich klingt das, als wäre der Buchhalter wieder am Werk gewesen. Wann schaffst du es endlich, diesen Killer zur Strecke zu bringen? Lange genug bist du ja nun schon hinter ihm her.«

»Er ist kaum zu fassen. Schlägt aus dem Nichts zu wie ein Phantom und hinterläßt keine Spuren. Aber Ihnen scheint nicht klar zu sein, daß die Reporter uns überrollen werden wie eine Lawine. Immerhin haben sie ja hier gearbeitet – die beiden Schwestern.«

»Dann ruf Des Moines an und laß zwei neue Monitore einfliegen. In der Zwischenzeit darf niemand durch das Tor, der hier nichts zu suchen hat. Und gib der Telefonistin Anweisung, niemanden zu mir durchzustellen, den sie nicht kennt. Dann schick Ethan zu mir.«

»Ethan ist nach Hause gefahren.«

»Nach Hause? Er wohnt doch hier.«

»Mrs. Benyon hat angerufen und ihm befohlen, sich in ihrem Haus einzufinden.«

»Verstehe.«

Moloch sprang auf und erteilte Brand weitere Befehle, während er einen schweren Mantel mit Astrachankragen anzog.

»Sag Martinez, er soll den Wagen bereithalten, um mich zum Haus meiner Stiefmutter zu fahren. Und in Zukunft ist es der Telefonistin untersagt, Anrufe von Mrs. Benyon entgegenzunehmen. Tut sie es doch, wird sie fristlos gefeuert.«

»Martinez?« Brands Stimme klang überrascht. »Er ist der Leiter der Wachmannschaft und nicht Ihr persönlicher Chauffeur.«

»Tu, was ich dir sage«, fauchte Moloch. »Vielleicht müssen wir Ethan mit Gewalt aus dem Haus holen.«

Diesmal wies Moloch seinen Fahrer an, den Lincoln Continental bis vor das Haus zu fahren. Er stieg aus und begann sofort, in der kühlen Nachtluft Kaliforniens zu frösteln. Erneut benutzte er seinen Nachschlüssel, um durch die dreieckige Tür in das Haus zu gelangen, und wieder drang Mrs. Benyons wütend erhobene Stimme an sein Ohr. Martinez schlüpfte hinter ihm durch die Tür.

»Ethan, widersprich mir nicht! Von heute an schläfst du hier und nicht mehr unter der ständigen Aufsicht meines diktatorischen Stiefsohnes!« kreischte Mrs. Benyon mit überschnappender Stimme.

Diktatorisch? Moloch lächelte grimmig in sich hinein. Wenn hier jemand diktatorisch war, dann doch wohl seine verhaßte Stiefmutter. Er trat in den Raum und blieb stehen. Mrs. Benyon war so damit beschäftigt, ihren Sohn zusammenzustauchen, daß sie den ungebetenen Gast übersah. Wieder hatte sie ihre überflüssigen Gehstöcke in beiden Händen.

»Ethan, tu augenblicklich, was ich dir sage! Dein Zimmer ist bereits hergerichtet. Geh nach oben!«

»Mutter, ich kann nicht …«

»Wirst du mir wohl gehorchen?« fuhr sie ihn an.

Moloch hatte genug gesehen. Er ging mit raschen Schritten auf sie zu und entriß ihr die beiden Stöcke, dann wiederholte er seine frühere Vorstellung, indem er sie zerbrach und die Überreste ins Feuer warf.

Mit einem Satz sprang Mrs. Benyon auf, rannte auf ihn zu und umklammerte mit beiden Händen seinen Hals. Unwillig langte er nach ihr, um sich aus ihrem Griff zu befreien.

»Mit meinen bloßen Händen bringe ich dich um, du Bastard!«

Genau diese Reaktion hatte er provozieren wollen. Während er ihre Hände wegstieß, schielte er zu Ethan hinüber und sah die Bestürzung auf seinem Gesicht, die rasch einem Ausdruck nackter Wut wich.

»Mutter!« brüllte er außer sich. »Du hast mich die ganze Zeit zum Narren gehalten – nur um mich einzuschüchtern, um mir ein schlechtes Gewissen einzuimpfen. Dafür bringe ich dich um!«

Er drehte sich um und stürmte aus dem Raum. Seine Mutter blieb stehen, unschlüssig, was sie tun sollte, und starrte ihren Stiefsohn haßerfüllt an.

»Ich weiß, was du in Black Ridge ausheckst. Du hast das absichtlich getan. Der Teufel soll dich holen!« Sie stieß zwei Finger in Richtung seiner Augen. »Ich werde deine Pläne durchkreuzen, und wenn es das letzte ist, was ich tue. Hast du gehört? Ich werde dich ruinieren ...«

Sie sprach ins Leere. Moloch hatte den Raum verlassen und Martinez bedeutet, ihm zu folgen. Im Wagen erteilte er ihm eine Reihe von Anweisungen.

»Stellen Sie ihr Haus unter Bewachung. Sorgen Sie dafür daß sie das Grundstück nicht verläßt. Lassen Sie sie aber ruhig auf der Terrasse frische Luft schnappen und achten Sie darauf, daß stets genügend Lebensmittel vorrätig sind. Ab heute kann sie sich ihre Mahlzeiten selbst zubereiten. Fangen Sie morgen früh ihr Hausmädchen ab, geben Sie ihr tausend Dollar und sagen Sie ihr, Mrs. Benyon hätte jemand anderen eingestellt.«

Ethan war nach Black Ridge vorausgefahren. Moloch fand ihn in seinem Zimmer, wo er auf der Bettkante saß und ins Leere starrte.

»Versuch zu schlafen«, riet Moloch ihm. »Morgen früh sieht alles schon viel rosiger aus.«

»Ich bringe sie um ...«

»Du mußt dich morgen auf eine wichtige Arbeit konzentrieren, vergiß das nicht. Du bist ein brillanter Wissenschaftler. Das Projekt muß mit Volldampf vorangetrieben werden. Nimm ein Bad, das wird dich beruhigen.«

»Ich werde sie umbringen ...«

Das waren die letzten Worte, die Moloch in dieser Nacht von ihm hörte. Er schloß die Tür hinter sich, kehrte in sein Büro zurück und ließ sich hinter seinem Schreibtisch nieder. Erleichterung stieg in ihm auf. Zumindest hatte er Ethan Mrs. Benyons Klauen entrissen.

Von einem Fenster hoch oben in einem unbeleuchteten Raum aus hatte ein Mann Molochs Abfahrt und spätere Rückkehr beobachtet. Der Buchhalter Byron Landis zog die Vorhänge zu und knipste das Licht in seinem Zimmer wieder an.

Um vier Uhr morgens kalifornischer Zeit herrschte dort tiefe Nacht, in Cornwall dagegen war es Mittag. Verabredungsgemäß lenkte Paula ihren Wagen auf den von Geschäften gesäumten Marktplatz von Mawnan Smith und hielt direkt neben Newmans Mercedes. Newman saß am offenen Fenster auf dem Beifahrersitz und blickte zu ihr hinüber, als sie ihr Fenster gleichfalls herunterkurbelte.

»Was halten Sie von Grenville?« fragte er sie.

»Mir ist nichts an ihm merkwürdig oder verdächtig vorgekommen«, entgegnete sie. »Zuerst hielt ich ihn für den typischen stocksteifen spießigen Exmilitär, aber als ich dann mit ihm tanzte, gab er sich äußerst charmant und geistreich. Außerdem stellte sich heraus, daß er weit intelligenter war, als ich zunächst angenommen hatte.«

»Da haben Sie vermutlich recht.«

»Höre ich da Zweifel aus Ihrer Stimme heraus, Bob?«

»Der Kricketspieler, den ich in dem Pub in der Nähe von Constantine getroffen habe, sagte mir, daß Grenville für gewöhnlich den Winter in Monterey verbringt.«

»Wahrscheinlich würden viele Leute gerne den Winter in Kalifornien verbringen, wenn sie es sich leisten könnten.«

»Genau da haben Sie den Nagel auf den Kopf getroffen. Sein Haus, The Grange, zeigt alle Anzeichen dafür, daß hier jemand wohnt, dem es schwerfällt, den Besitz in Ordnung zu halten. Der Garten ist vernachlässigt, die Außenwände müßten dringend gestrichen werden, und die Möblierung ist alt und schäbig. Was halten Sie eigentlich von Maurice Prendergast?« fragte er unvermittelt.

»Das ist ein ganz anderer Typ. Benahm sich ja ganz anständig, als ich bei ihm zuhause war. Aber nach dem Tanz ist er ziemlich aus der Rolle gefallen. Sie haben ja gehört, was er gesagt hat – es klang so, als hätte wir eine Affäre.«

»Er hat einen über den Durst getrunken. Vielleicht findet er Sie auch einfach nur sympathisch und möchte mit Ihnen anbändeln.«

»So wie Vanity anscheinend Sie sympathisch findet?« fragte sie ruhig. »Es würde mich interessieren, wie Sie über sie denken.«

»Sie ist ohne Zweifel sehr von sich eingenommen, aber sie hat sich auch gut in der Gewalt. Trotz ihrer plötzlichen Stimmungsschwankungen habe ich noch nie erlebt, daß sie die Beherrschung verloren hat. Sie ist das, was man als ›cool‹ bezeichnet.«

»In dem Punkt stimme ich mit Ihnen überein. Sie ist überaus cool, aber mein weiblicher Instinkt sagt mir, daß sie etwas im Schilde führt, daß sie nicht diejenige ist, die sie zu sein scheint. Und was Grenville anbetrifft, da ist mir auch etwas aufgefallen. Wenn er so knapp mit Geld ist, wie kann er es sich dann leisten, eine so aufwendige Party zu geben?«

»Vielleicht hat jemand anders dafür bezahlt …«

»Ich treffe mich nach dem Dinner noch einmal mit dieser Privatdetektivin, dieser Linda Standish«, teilte Tweed seiner Assistentin mit. »Wieder in Brown's Hotel.«

»Ist etwas vorgefallen?« fragte sie.

»Ich glaube, sie hat mir heute morgen nicht alles gesagt, was sie weiß. Irgend etwas an ihr stört mich. Ich habe da ein dummes Gefühl …«

»Ihre Gefühle haben Sie bislang noch nie getrogen.«

Tweed trug seine Jacke über dem Arm. Die stickige Hitze in Londons Straßen war unerträglich; nicht ein Lüftchen rührte sich. Er fragte sich, ob wohl bald ein Ende der Hitzewelle in Sicht wäre, während er ein Taxi heranwinkte.

Linda Standish saß bereits in einem anderen Taxi und war auf dem Weg zu Brown's. Sie achtete darauf, sich immer als erste zu einer Verabredung einzufinden – das gehörte zu ihrer Strategie. Sie überlegte, ob sie Tweed erzählen sollte, daß VB sie angeheuert hatte, um ihre verschwundenen Zwillingsschwestern zu finden. Aber er hatte ihr die stolze Summe von hunderttausend Dollar in Aussicht gestellt, wenn sie das Rätsel löste, also entschied sie sich dafür, lieber den Mund zu halten. Vielleicht konnte ihr Tweed, der Mann von der Versicherung, ja dabei helfen, sich diesen Bonus zu verdienen – eine Summe, die sie noch nie in ihrem Leben besessen hatte.

Sie saß in demselben Sessel in der Halle des Hotels wie bei ihrem ersten Treffen und trank Kaffee, als Tweed hereinkam. Er reichte ihr die Hand, ließ sich ihr gegenüber nieder und bestellte Kaffee für sich selbst. Bis der Kaffee serviert wurde, sprach er kein Wort. Ihm war schon häufig aufgefallen, daß die meisten Menschen ein längeres Schweigen nicht ertrugen und schließlich wie unter Zwang drauflosredeten, wobei sie oft Dinge von sich gaben, die sie lieber für sich behalten hätten. Linda Standish bildete da keine Ausnahme.

»Haben Sie herausgefunden, wer meine Schwestern umgebracht hat? Und ich wollte Sie fragen, ob wirklich ein Versicherungsfall vorliegt. Ich meine, hatten sie eine Lebensversicherung oder etwas Ähnliches abgeschlossen, die jetzt fällig wird?«

»Die Antwort auf Ihre erste Frage lautet nein. Was die beiden anderen angeht – dazu kann ich im Moment leider noch nichts sagen.«

Tweed dachte sich seinen Teil. Er zweifelte nicht daran, daß der Mord an Cheryl und Julie ihre Schwester tief getroffen hatte. Trotzdem war es bezeichnend, daß sie sich erkundigt hatte, ob ihre Schwestern versichert gewesen waren. Anscheinend hoffte sie, daß, falls eine solche Versicherung abgeschlossen worden war, man sie als Begünstigte eingesetzt hatte. Aus wie vielen Widersprüchen sich die menschliche Natur doch zusammensetzte – und wie oft stieß man auf nackte Habgier, wenn man ein wenig am Lack kratzte. Geld regierte eben die Welt, wie er vor gar nicht allzulanger Zeit schon einmal festgestellt hatte.

»Sagen Sie mir eines«, begann er. »Ich habe herausbekommen, daß VB, wie er oft genannt wird, einen engen Vertrauten hatte, einen Stellvertreter, wenn man so will.

Einen Mann namens Joel Brand.« Tweed beobachtete Linda aufmerksam und sah, wie ihre Augen flackerten. Sie war also gegen sein betont gleichmütiges Verhalten keineswegs immun. »Haben Sie schon einmal von ihm gehört?«

»Ja. Sowohl Cheryl als auch Julie haben von ihm gesprochen.«

»Was hielten sie von ihm? Mochten sie ihn nicht?«

»Soviel ich weiß, kamen sie gut mit ihm aus. Beide sagten, er hätte sich ihnen gegenüber immer höflich und korrekt verhalten.«

»Hat er einer von ihnen – oder beiden – einmal Avancen gemacht? Sie irgendwie bedrängt?«

»O nein. Nichts dergleichen.«

»Hat eine Ihrer Schwestern mit Ihnen über das gesprochen, was VB tat oder plante?«

»Nein.« Linda schüttelte den Kopf. »Beide zeigten sich sehr verschlossen, wenn ich dieses Thema ansprach. Ich glaube, das war ein Bestandteil ihres Vertrages – sie mußten über alles, was sie in Black Ridge sahen oder hörten, absolutes Stillschweigen bewahren. Und Moloch entlohnte sie sehr großzügig. Ich weiß nicht genau, wieviel sie verdienten, aber sie fingen an, sich immer kostspieliger und aufwendiger zu kleiden.«

»Irgend etwas müssen sie Ihnen über VB doch gesagt haben. Immerhin waren Sie ihre Schwester.«

»Nicht ein Wort.«

»Und haben Sie aufgrund ihrer Erzählungen einen Eindruck von der Beziehung zwischen VB und Joel Brand gewonnen? Wissen Sie, wer die eigentliche Macht ausübte?«

»Brand leitete meines Wissens nach die meisten Operationen. Aber es war VB, der die Entscheidungen traf. Brand führte sie nur aus. Er hatte nur eine eingeschränkte Befehlsgewalt.«

»Gab es unter VBs Personal jemanden, den Cheryl oder Julie nicht mochten?« bohrte Tweed weiter.

»Allerdings. Beide konnten seinen Buchhalter Byron Landis nicht ausstehen.«

»Darf ich fragen, warum sie diesen Mann verabscheuten?«

»Natürlich. Er behandelte sie wie unerwünschte Eindringlinge. Wenn VB eine von ihnen losschickte, um bestimmte Unterlagen bei Landis abzuholen, bestand der immer darauf, sie VB persönlich zu überbringen – als ob sie Spione gewesen wären!«

»Seltsam.« Tweed trank einen Schluck Kaffee und lehnte sich dann entspannt in seinem Sessel zurück. »Ich bin Ihnen sehr dankbar, daß Sie meine Fragen so offen beantworten. Ach, übrigens, VB hat doch bestimmt einen privaten Ermittler engagiert, der versuchen sollte, Ihre Schwestern zu finden?«

Linda Standish hatte bislang alle seine Fragen sofort beantwortet, aber jetzt zögerte sie. Die Unterredung geriet ins Stocken. Sie hob eine Hand und strich sich damit über ihr glattes braunes Haar.

»Warum sollte er das tun?« fragte sie schließlich.

Sie hatte falsch reagiert, hätte sagen sollen, sie hoffe doch sehr, daß er das getan habe – oder etwas Ähnliches.

»Ein naheliegender Schritt, würde ich meinen«, bemerkte Tweed.

»Nun, falls er das wirklich getan hat ...«, Linda hatte ihre Fassung zurückgewonnen, »dann weiß ich leider nichts davon.«

Tweed beendete das Gespräch, indem er ihr nochmals sein Beileid ausdrückte. Dann bot er ihr an, ein Taxi zu rufen, was sie mit der Bemerkung ablehnte, sie würde bei dem schönen Wetter lieber zu Fuß gehen.

Als er im Taxi saß, das ihn zum Park Crescent zurückbrachte, überlegte Tweed, was er erreicht hatte. Linda Standish hatte gelogen. Warum? War sie von VB engagiert worden? Und wenn sie in diesem Punkt die Unwahrheit gesagt hatte – waren ihm dann von ihr vielleicht noch weitere Lügen aufgetischt worden?

15.

Als er am Park Crescent ankam, öffnete ihm George, der Wachmann und ehemalige Polizeisergeant, der seit Jahren für Tweed arbeitete, die Tür. Der kleine, agile Mann mit dem energischen Kinn legte einen Finger an die Lippen und flüsterte ihm etwas zu.

»Ein Besucher sitzt im Wartezimmer. Chefinspektor Buchanan. Monica sagte, ich solle Sie warnen, Mr. Tweed.«

»Danke, George.«

Tweed öffnete die Tür und spähte in den Warteraum, wo Buchanan saß und gelangweilt einige Zeitschriften durchblätterte. Er begrüßte den Chefinspektor und bat ihn nach oben.

»Jetzt weiß ich, wie man sich fühlt, wenn man in einer Gefängniszelle hockt«, scherzte Buchanan, als sie Tweeds Büro betraten. »Diese Tür hat ein Schnappschloß.«

»Wir müssen gewisse Sicherheitsvorkehrungen treffen. Möchten Sie etwas trinken, Roy? Tee? Kaffee?«

»Danke, im Moment nicht.« Er blickte zu Monica hinüber, nachdem er Platz genommen hatte. »Obwohl Monica einen ausgezeichneten Kaffee kocht. Wo sind Sie denn gewesen, Tweed?«

»Beim Friseur, wenn Sie's unbedingt wissen wollen. Ich mußte mir mal wieder die Haare schneiden lassen.«

»Steht Ihnen aber gut. Macht Sie jünger.«

»Man ist ja schon für Kleinigkeiten dankbar. Was führt Sie zu mir, Roy?«

»Colorado Junction, der amerikanische Elektronikkonzern im Thames Valley, der durch eine Bombe in Schutt und Asche gelegt wurde. Es gab weder Tote noch Verletzte. Ein Geschäftsmann, der genau gegenüber wohnt und ein paar Tage auf Dienstreise war, rief mich an und sagte, daß einen Tag, ehe die Bombe hochging, jemand die Anlage vierundzwanzig Stunden lang beobachtet habe. Er meint, dieser Jemand wollte sich den Tagesablauf aller dort Beschäftigten ganz genau einprägen.«

»So?«

»Weder Tote noch Verletzte«, wiederholte Buchanan. »Die Belegschaft bestand größtenteils aus Engländern. Unsere Leute vom Bombenräumkommando haben festgestellt, daß die Bombe per Fernzündung zur Detonation gebracht wurde.«

»So?« meinte Tweed wieder.

»Es sieht aus, als habe derjenige, der für die Explosion verantwortlich ist, unbedingt vermeiden wollen, daß jemand zu Schaden kommt. Normalerweise gibt sich ein Bombenleger nicht soviel Mühe.«

»Es sei denn, es geschah auf Befehl desjenigen, der auch die Zerstörung der Anlage in Auftrag gegeben hat.«

»Jetzt sind Sie mir einen Schritt voraus. Haben Sie denn eine Idee, wer dahinterstecken könnte?«

»Theoretisch kommt jeder in Frage.«

»Unter anderem Vincent Bernard Moloch?« fühlte Buchanan vor.

»Ich kann da auch nur raten.«

»Wenn Sie dieses Pokergesicht aufsetzen, dann weiß ich, daß Sie irgend etwas verheimlichen.«

»Das kommt nur daher, daß ich beim Friseur dauernd mein Spiegelbild anstarren mußte. Ich hasse es, mir die Haare schneiden zu lassen. Es ist so entsetzlich langweilig.«

»Clevere Antwort«, entgegnete Buchanan. »Und vermutlich wissen Sie auch nichts über Adrian Penkastle, den Trunkenbold, der in Cornwall erstochen wurde, in einem Dorf namens Porth Navas?«

»Doch, darüber weiß ich Bescheid«, sagte Tweed zu Buchanans Überraschung prompt.

»Er gibt zu, daß er etwas weiß«, spottete Buchanan und warf Monica einen belustigten Blick zu.

»Wenn er etwas weiß, wird er es Ihnen schon sagen«, meinte diese schnippisch.

»Aber nur, wenn es ihm paßt. Verraten Sie mir eines, Tweed: Wie haben Sie davon erfahren? Die Zeitungen haben nichts darüber gebracht. Wir wollten den Fall geheimhalten.«

»Newman erzählte mir davon. Es war das Hauptgesprächsthema in sämtlichen Pubs. Vermutlich geschieht dort unten nur alle Jubeljahre mal ein Mord.«

»Wir sind in diesem Zusammenhang auf eine interessante Tatsache gestoßen.«

Buchanan holte eine Landkarte hervor und breitete sie auf Tweeds Schreibtisch aus. Er war noch damit beschäftigt, als Paula, ein Köfferchen in der Hand, das Büro betrat und Buchanan ein freundliches Lächeln schenkte.

»Sie waren dort.« Buchanan sah sie anklagend an. »Und Tweed auch.«

»Wo Tweed ist, bin ich meistens auch nicht weit.« Sie verstaute ihren Koffer im Schrank und fuhr sich mit den Fingern durch ihr dunkles Haar. »Wo ist ›dort‹?« fragte sie dann.

»Hier.« Buchanan tippte auf die Karte, und Paula kam neugierig näher. »In Porth Navas. Sie kennen das Dorf, Miss Grey?«

»Ja.« Paula grinste in sich hinein, als Buchanan, von ihrer Kooperationsbereitschaft überrascht, die Stirn runzelte. »Ich habe dort mit Bob Newman eine Tanzveranstaltung besucht. Organisiert wurde die Party von einer der lokalen Größen, einem Colonel Grenville.«

»Ich verstehe.« Buchanan seufzte. »Wir sprachen gerade von Adrian Penkastle.«

»Der Mann, der ermordet wurde? Der war Thema Nummer eins dieser Party.«

»Folgendes«, Buchanan wandte sich an Tweed, während Paula die Karte studierte. »Wir haben herausgefunden, daß Penkastle oft auf dieser Straße am Fluß entlang spazierengegangen ist und plötzlich verschwand. Ich könnte wetten, daß er jemanden besucht hat. Die Frage ist nur, wen?«

»Wissen Sie eine Antwort darauf?« fragte Paula ihn freundlich.

»Ich hatte gehofft, entweder Sie oder Tweed könnten mir helfen.«

»In dieser Straße gibt es eine ganze Reihe Häuser«, meinte Paula. »Wieso schicken Sie nicht jemanden los, der jedes einzelne überprüft?«

»Genau das habe ich getan«, erwiderte Buchanan grimmig. »Ich dachte nur, ich könnte das Verfahren abkürzen, indem ich zuerst zu Ihnen komme.«

»Sie brauchen mich gar nicht so anzusehen«, warnte Paula ihn.

»Und mich auch nicht«, fügte Tweed hinzu.

»Jetzt stellen Sie sich mit Absicht dumm.«

»Nein, das tun wir nicht«, widersprach Paula. »Wir plaudern nur ganz unverbindlich mit Ihnen. Runzeln Sie nicht so oft die Stirn – das gibt häßliche Falten.«

»Sie können mir also weiter nichts sagen?«

»O doch. Ich bin gerade von einem Urlaub in Cornwall zurückgekommen. Das Wetter war herrlich. Aber das wissen Sie ja selbst, Chefinspektor, Sie waren schließlich auch dort.«

»Ich habe noch nie gehört, daß irgend jemand in diesem Laden jemals Urlaub gemacht hätte«, knurrte Buchanan, während er die Karte wieder zusammenfaltete.

»Unser Boß ist sehr verständnisvoll«, zwitscherte Paula fröhlich. »Er meint, daß wir alle ab und zu ein paar Tage ausspannen müssen.«

»Deswegen hat er auch die ganze Truppe dort unten versammelt, nicht wahr?« Buchanan erhob sich. »Hören Sie auf, mich auf den Arm zu nehmen.«

»Dazu sind Sie mir viel zu schwer«, konterte Paula.

»Und Tweed hat noch keinen Ton gesagt.« Buchanan schickte sich an, das Büro zu verlassen. Unzufrieden ließ er den Blick von einem zum anderen wandern. »Dieses Zimmer erinnert mich immer an einen Tresorraum. Nichts dringt nach außen.«

»Ja, Geld und Geheimnisse sind hier gut aufgehoben.«

»Trotzdem hat sich Tweed noch nicht geäußert.«

»Ich wüßte auch nicht, wie ich bei dem ganzen Geschnatter hier zu Wort kommen sollte. Ich bringe Sie noch nach unten, Roy«, erbot sich Tweed.

»Machen Sie sich keine Umstände. Mittlerweile kenne ich den Weg.« Sein Tonfall wurde ironisch. »Und nochmals vielen Dank für Ihre Hilfe.«

»Eine ulkige Vorstellung«, sagte Paula, nachdem Buchanan gegangen war. »Er hat damit gerechnet, daß wir ableugnen, Porth Navas zu kennen – oder die Antwort verweigern.«

»Sie haben recht«, stimmte Tweed zu. »Es war geschickt von Ihnen, die Party zu erwähnen.«

»Das Problem ist, daß sich jetzt noch eine viel ernstere Frage ergibt. Wen wollte Adrian Penkastle aufsuchen? Aus Buchanans Beschreibung schließe ich, daß er vermutlich Maurice Prendergast in The Ark gelegentlich besucht hat. Aber warum?«

»Das ist nichts als eine wilde Vermutung«, widersprach Tweed.

»Als wir bei ihm waren, fiel mir auf, daß Maurice, nachdem er uns gesehen hatte, die Häkelgardine am rechten Fenster nur zur Hälfte wieder zuzog. Es könnte sich dabei doch um ein Zeichen gehandelt haben, das Penkastle warnte, nicht hereinzukommen – weil er andere Gäste hatte.«

»Noch eine wilde Vermutung.«

»Darf ich fragen«, unterbrach Monica, die spürte, daß sich eine Meinungsverschiedenheit anbahnte, »warum Paula so plötzlich zurückgekommen ist? Ich für meinen Teil wußte gar nichts davon.«

»Sie waren gerade nicht im Büro, als ich sie im Nansidwell anrief«, erklärte Tweed. »Ich will das ganze Team abziehen – einen nach dem anderen, so daß niemand merkt, daß sie zusammen dort waren. Wir wissen ja nicht, wer dieses Hotel überwacht. Aber allmählich beginne ich, VBs Vorgehensweise zu verstehen. Wo auch immer er sich gerade aufhält, beschäftigt er solche Leute, von denen man es am allerwenigsten annehmen würde, als Spione. So ist er stets über alles informiert, was in seiner Umgebung geschieht. Wahrscheinlich hat er in Carmel ein ganz ähnliches Netz aufgebaut. Ergibt dies hier für einen von Ihnen einen Sinn?«

Er holte die Karte von Kalifornien aus der Schublade, die er von Professor Weatherby mitgebracht hatte. Auch auf dieser Karte schlängelten sich krakelige Linien vom

Süden Kaliforniens zum Norden empor. Unten auf der Karte ließ sich eine Unterschrift in winzigen Buchstaben entziffern. *Ethan Benyon.*

Paula und Monica traten an seine Seite, als er den Bogen auf seinem Schreibtisch ausbreitete.

»Diese Karte«, erläuterte er, »stammt aus einem alten Aktenordner Weatherbys. Er fand sie, als er kürzlich gründlich ausmistete. Ich kann Ihnen im Augenblick keine Einzelheiten nennen, aber Weatherby macht sich die größten Sorgen. In dem Ordner befanden sich noch weitere Unterlagen, aber er gestattete mir nur, diese Karte mitzunehmen.«

»Sagt mir überhaupt nichts«, bemerkte Monica, nachdem sie die Karte studiert hatte.

»Mir auch nicht«, gestand Paula.

»Richten Sie Ihr Augenmerk doch einmal auf die als ›San-Moreno-Verwerfung‹ bezeichnete Linie – und ignorieren Sie die berüchtigte San-Andreas-Spalte, durch die 1906 San Francisco fast völlig zerstört wurde.«

»Ich hab' noch nie den Namen San Moreno gehört«, sagte Paula.

»Nur wenige Leute wissen davon. Ich vermute, Ethan hat die Verwerfung entdeckt. Und dann achten Sie auf die dicke rote Linie im Pazifik, in der Nähe von Big Sur.«

»Was hat sie zu bedeuten?« fragte Paula.

»Ich habe da so eine Idee, aber sie ist noch so unausgegoren, daß ich jetzt nicht näher darauf eingehen möchte. Aber ich muß herausbekommen, ob irgendein Schiff in der Nähe von Big Sur Forschungsarbeiten oder ähnliches betreibt … Natürlich! Linda Standish wird mir da weiterhelfen können …«

Er erklärte Paula, wer Linda Standish war, und faßte seine Gespräche mit der amerikanischen Privatdetektivin zusammen.

»Gut, jetzt kennen wir die Identität der beiden Frauen und wissen, daß sie Zwillinge waren«, sagte Paula schließlich. »Kein Wunder, daß sie sich so ähnlich sahen. Und ich habe schon gedacht, ich fange langsam an, den Verstand zu verlieren. Also ist Linda Standish das Bindeglied zwischen ihren Schwestern und Vincent Bernard Moloch.«

»Und das ist unter Umständen noch nicht alles«, fügte Tweed nachdenklich hinzu.

»Was wollen Sie damit sagen?«

»Daß ich mir noch viele Möglichkeiten offenhalte.«

»Jetzt spielt er Rätselraten mit uns«, murrte Monica und ging zu ihrem Schreibtisch zurück.

Tweed faltete die Karte wieder zusammen und schloß sie in seiner Schreibtischschublade ein, dann sah er Paula an.

»Wobei mischt die AMBECO überall mit?«

»Sie stellt Waffen und Werkzeugmaschinen her, ist im Bankwesen und in der Elektronikindustrie tätig und ...«

»Haken Sie hier ein«, unterbrach Tweed. »Und dann denken Sie noch einmal an die Karte, die ich Ihnen gezeigt habe, und den Bericht über Moloch, den Monica zusammengestellt hat – und vergessen Sie auf keinen Fall, was ihm am Anfang seiner Karriere in Amerika zugestoßen ist.«

»Es tut mir leid, aber ich tappe völlig im dunkeln.«

»Monica ...«, Tweed wandte seine Aufmerksamkeit seiner Assistentin zu, »Newman und Marler müssen nach London zurückkommen, also sehen Sie zu, daß Sie einen von ihnen erreichen. Sagen Sie ihnen, es handele sich um einen Notfall. Sie müssen unverzüglich zurückkehren.«

Newman lag am Straßenrand im hohen Gras und beobachtete The Grange durch ein Fernglas. Was er sah, gab er an Marler weiter, der neben ihm lag und ebenfalls durch einen Feldstecher blickte, um sicherzugehen, daß ihm nichts entgangen war.

»Wir haben einen Volltreffer gelandet. Colonel Grenville schleppt einen Koffer nach dem anderen zu seinem Auto. Er ist im Begriff, sich aus dem Staub zu machen.«

»Und zwar auf dem Luftweg«, fügte Marler hinzu. »Seine Gepäckstücke tragen Aufkleber von British Airways. Aber ich kann von hier aus den Zielflughafen nicht erkennen.«

»Außerdem hat er es eilig. Der Bursche ist in guter körperlicher Verfassung. Flitzt hin und her wie ein Wiesel. Eine Golftasche hat er auch dabei. Also geht es irgendwo hin, wo es Golfplätze gibt.«

»Das kann überall und nirgends sein …« Marler hielt inne. »Rühren Sie sich nicht vom Fleck – rechts neben uns liegt noch jemand auf der Lauer. Oben auf einem Baum. Er hat gleichfalls ein Fernglas. Drehen Sie den Kopf ganz langsam zur Seite.«

Newman tat, wie ihm geheißen, und suchte mit den Blikken die Bäume ab. Zu seinem Erstaunen entdeckte er in einer verkümmerten Eiche Maurice Prendergast.

Auch er blickte angestrengt zu The Grange hinüber und verfolgte Grenvilles Vorbereitungen für eine baldige Abreise. Prendergasts Wagen stand, startbereit in Fahrtrichtung, am Fuße eines steilen Hügels. Er mußte einige Zeit, nachdem sie ihren Posten bezogen hatten, hier angelangt sein. Aber warum hatten sie ihn nicht kommen hören? Dann kam Newman die Erleuchtung – Maurice, gerissen wie er war, hatte den Motor abgestellt und den Wagen im Leerlauf hügelabwärts zu der Stelle rollen lassen, wo er nun stand.

Während er noch über den Grund von Maurice' Anwesenheit nachgrübelte, bemerkte er plötzlich, daß dieser katzengleich von seinem Ausguck herabkletterte, zu seinem Wagen rannte, mit einem Satz hineinsprang, den Motor anließ und mit Vollgas davonpreschte.

Marler stieß ihn an. »Zeit, daß wir uns auf die Socken machen. Grenville schließt gerade die Vordertür ab.«

Beide rannten die mit hohen Hecken bewachsene Seitenstraße hinab. Newman gratulierte sich im stillen dafür, daß er in weiser Voraussicht den Mercedes in einem Feld außerhalb der Sichtweite des Hauses abgestellt hatte. Er quetschte sich hinter das Steuer; Marler nahm auf dem Beifahrersitz Platz und begann sofort, Grashalme von seinem Leinenanzug zu entfernen. Auch in Notfallsituationen achtete er stets auf eine gepflegte Erscheinung.

Sie waren schon auf dem Rückweg Richtung Constantine, als Grenville seinen Wagen die Auffahrt hinunterlenkte und die elektronischen Tore per Fernbedienung öffnete. Der Mercedes verschwand hinter einem Hügelkamm, und Newman begann, seinem Herzen Luft zu machen.

»Ich würde Grenville gar zu gerne folgen, um herauszufinden, wo er hinwill.«

»Das ist leider nicht möglich.« Marler zündete sich eine King-size an. »Wir haben unsere Hotelrechnung noch nicht bezahlt, und unsere Koffer warten im Nansidwell auf uns.«

»Ich werde Tweed von dieser Telefonzelle in Mawnan Smith aus anrufen. Merkwürdig, daß auch Maurice den Colonel beobachtet hat ...«

Newman verließ sein Zimmer, nachdem er einen Blick auf die Uhr geworfen hatte. Er hatte mit Marler vereinbart, daß dieser eine Viertelstunde nach ihm abfahren sollte. Zuvor hatte er am Park Crescent angerufen, von Monica die neuesten Anweisungen Tweeds entgegengenommen und dann Tweed persönlich über die jüngsten Ereignisse informiert.

An der Rezeption bezahlte er seine Rechnung, nahm seine Quittung entgegen und stand einen Moment gedankenverloren da, als Vanity plötzlich seinen Arm berührte.

»Laufen Sie vor mir weg, Bob?«

»Nein, ich habe einen Tip bekommen und muß nach London, um für eine Story zu recherchieren.«

»Ich denke, Sie haben das Schreiben aufgegeben?« meinte sie obenhin.

»Langsam fange ich an, mich zu langweilen, also werde ich für eine Weile wieder arbeiten. Wird mir guttun. War nett, Sie kennengelernt zu haben.«

»Ich reise auch ab. Sollen wir nicht gemeinsam zurückfahren? Ich habe in zehn Minuten meine Sachen gepackt.«

»Ja, ja, den Spruch kenne ich.«

»Sie können die Zeit stoppen.«

»Es tut mir leid, aber ich muß jetzt los.«

»Bob«, wieder berührte sie seinen Arm, »wie wäre es, wenn Sie mich heute abend im Lanesborough zu einem Drink einladen?«

Er sah sie an. Sie schenkte ihm ihr schönstes Lächeln, ihre Wangen glühten rosig, und ihre Augen strahlten. Diesem Zauber konnte er sich einfach nicht entziehen.

»Gut, dann treffen wir uns um acht im Lanesborough. Paßt Ihnen das?«

»Ich werde dort sein. Fahren Sie vorsichtig.«

Sie hauchte ihm einen leichten Kuß auf die Lippen und war im nächsten Augenblick verschwunden. Newman verwünschte sich selbst, als er zu seinem Wagen eilte, aber gleichzeitig löste die Aussicht, die Verbindung nicht einschlafen zu lassen, eine freudige Erregung in ihm aus.

Er hatte bereits einige Kilometer auf der A30 zurückgelegt, als plötzlich im Rückspiegel ein Auto auftauchte, das wie ein Geschoß über die zweispurige Straße jagte. Sie preschte an ihm vorbei, ohne sich um die Geschwindigkeitsbeschränkung zu kümmern, winkte ihm lässig zu und raste davon.

Gleich darauf sah er Marler in seinem Saab ein paar hundert Meter hinter sich. Newman wartete, bis ein Parkplatz in Sicht kam, blinkte, bog ab und hielt an. Marler setzte sich hinter ihn, sprang aus dem Wagen und beugte sich in das Fenster des Mercedes.

»Vanity ist kurz nach Ihnen losgefahren. Diese Frau kann einem Rennfahrer Konkurrenz machen. Sie hat Sie ziemlich bald eingeholt, aber eine Zeitlang Abstand gehalten.«

»Also schafft sie es tatsächlich, innerhalb von zehn Minuten zu packen«, bemerkte Newman. »Ich habe so eine vage Vermutung, daß sie ein Stück weiter auf der Autobahn auf mich wartet, um mir zu folgen und zu sehen, wo ich hinwill. Falls nötig, werde ich sie in London abhängen. So, dann wollen wir mal machen, daß wir weiterkommen. Ich glaube, Tweed steht im Begriff, zu verreisen ...«

Er behielt recht. Als er wenig später an einer anderen Parkbucht vorbeikam, entdeckte er ihr Auto darin. Sie wartete mit laufendem Motor und setzte sich hinter ihn, sowie er vorbeigefahren war. Newman war so verärgert, daß er es sich verkniff, ihr zuzuwinken, Marler folgte ihr in einiger Entfernung in seinem Saab.

In London angelangt, das er wie seine Westentasche kannte, schlug er verschiedene Umwege zum Park Crescent ein. Als er eine Einbahnstraße sah, nutzte er seine Chance und bog entgegengesetzt zur Fahrtrichtung darin ein. Im Rückspiegel beobachtete er, daß Vanity ihm in einer Entfernung von vielleicht zwanzig Metern folgte. Als er das Ende erreichte und sich gerade in den Verkehr der Hauptstraße einfädeln wollte, in die die Einbahnstraße mündete, kam ihm ein Lieferwagen entgegen.

Der Fahrer drückte wütend auf die Hupe, doch Newman ignorierte ihn. Als er weiterfuhr, sah er, wie der Lieferwagen in die Einbahnstraße einbog und der ihm aus der falschen Richtung entgegenkommenden Vanity den Weg versperrte. Er erreichte den Park Crescent ohne weitere Zwischenfälle, wobei er sich ständig nach allen Seiten umblickte. Sie war nirgendwo zu sehen.

»Ausgesprochen merkwürdig«, meinte Tweed nachdenklich, nachdem Newman seinen Koffer abgestellt, auf dem Lehnstuhl Platz genommen und ihm von dem Vorfall berichtet hatte. »Vielleicht hat sie befürchtet, Sie würden Ihre Verabredung im Lanesborough nicht einhalten?«

»Das bezweifle ich.«

»Kennen Sie ihre Adresse? Wo wohnt sie?«

»Das weiß ich nicht. Ich habe nie daran gedacht, sie danach zu fragen, und sie ist nie von sich aus darauf zu sprechen gekommen ...«

Marler, ebenfalls mit einem Koffer in der Hand, betrat das Büro und begrüßte Monica, die ein Faible für ihn hatte. Dann grinste er Newman an.

»Kompliment, mein Lieber, Sie haben die Dame sauber ausgetrickst. Sie mußte die ganze Einbahnstraße im Rückwärtsgang zurückfahren. Ich habe versucht, an ihr dranzubleiben, bin aber leider in einen Stau geraten.«

»Ich fahre jetzt in meine Wohnung.« Newman stand auf. »Muß baden und mich umziehen. Was glauben Sie eigentlich, wo Grenville hinwill?«

»Das werden wir schon noch herausfinden. Sie haben

eine lange Fahrt hinter sich. Deshalb ab mit Ihnen nach Hause – Sie beide«, befahl Tweed.

Er wartete, bis die beiden Männer den Raum verlassen hatten, ehe er Paula einen vielsagenden Blick zuwarf.

»Ich kann nicht begreifen, warum Bob nicht versucht hat, die Adresse dieser Vanity zu bekommen. Jeder andere Mann hätte danach gefragt.«

»Seine Motive sind so durchsichtig wie Ihre Brillengläser – die übrigens dringend geputzt werden müßten. Dieser verdammte Staub kriecht durch jede Ritze. Nein, Bob ist von der schillernden Vanity vollkommen hingerissen – aber er ist nicht so dumm, ihr vorbehaltlos zu trauen. Ich glaube, er will abwarten, was sich bei ihrem Treffen im Lanesborough so ergibt.«

»Monica«, Tweed wechselte das Thema, »nachdem Newman uns aus Cornwall angerufen hat, haben Sie sich da mit Jim Corcoran in Heathrow in Verbindung gesetzt und ihn nach Grenville und Maurice Prendergast gefragt?«

»Ja, habe ich. Er versprach, mich zurückzurufen. Und ich habe in dem Hotel angerufen, in dem Linda Standish gewohnt hat.«

»Gewohnt hat?«

»Das waren meine Worte. Man sagte mir, sie sei abgereist und habe keine Adresse hinterlassen.«

»Verstehe. Ich werde Corcoran in Heathrow anrufen.«

Er wählte die Nummer des Sicherheitschefs selbst, und Jim Corcoran hob sofort den Hörer ab.

»Hier Tweed.«

»Trifft sich gut, ich wollte Monica sowieso gerade anrufen. Ich habe es zuerst bei British Airways versucht und bin direkt auf Gold gestoßen. Machte ihnen weis, ich sei einem Drogenring auf der Spur. Na ja, der Zweck heiligt die Mittel. Ein Colonel Arbuthnot Grenville ist für den Flug BA 287 nach San Francisco gebucht. Abflug hier um 13 Uhr 30, Ankunft in San Francisco 16 Uhr 25, Ortszeit natürlich. Er fliegt Erster Klasse. Maurice Prendergast ist für denselben Flug gebucht, aber in der Klubklasse. Sie schulden mir was, Tweed.«

»Ich hoffe, Sie reißen mir nicht gleich den Kopf ab, wenn ich Sie bitte, eine gewisse Linda Standish zu überprüfen. Sie könnte ebenfalls an Bord dieses Fluges sein.«

»Ich kriege höchstens einen Tobsuchtsanfall. Warum tue ich eigentlich soviel für Sie?«

»Weil ich Ihnen von Zeit zu Zeit auch eine Gefälligkeit erweise, Jim.«

»Darauf werde ich zu gegebener Zeit zurückkommen. Jetzt bleiben Sie bitte ein paar Minuten am Apparat. Ich kann diese ... Linda Standish, sagten Sie?, auch telefonisch überprüfen lassen.«

Während Tweed am Telefon wartete, deckte er mit einer Hand die Muschel ab und erzählte Paula und Monica, was er herausbekommen hatte, dann meldete sich Jim Corcoran wieder zu Wort.

»Linda Standish ist tatsächlich an Bord dieses Fluges. In der Klubklasse. Sie hat ihn heute morgen telefonisch gebucht, und man konnte sie gerade noch unterbringen. Tweed, seien Sie so nett und gönnen Sie mir eine Atempause. Um diese Jahreszeit herrscht hier am Flughafen Hochbetrieb.«

»Ich gebe mir Mühe. Und haben Sie vielen Dank.«

»Keine Ursache ...«

Tweed legte den Hörer auf und gab weiter, was er soeben erfahren hatte. Paula reagierte zuerst.

»Finden Sie es nicht auffällig, daß Sie alle denselben Flug benutzen?«

»Mir fällt vor allem auf, wie eilig sie es alle haben, nach Kalifornien zu kommen. Langsam ergibt sich ein bestimmtes Muster. Auch Moloch ist erst kürzlich dorthin geflogen. Ich fürchte, da kocht ein Hexenkessel über.«

»Ein Hexenkessel?« wunderte sich Paula.

»Heutzutage brodeln überall in der Welt welche, aber dieser übertrifft alles bisher Dagewesene ...«

16.

»Der Leichnam von Julia Sanchez, der Tochter dieses Millionärs aus Philadelphia, von dem ich Ihnen erzählt habe, ist gefunden worden. Sie wurde offenbar mit einem Draht erwürgt. Der Kopf war fast vollständig vom Rumpf getrennt. Wer auch immer das getan hat, hat ihr sein Markenzeichen auf den Körper geschmiert – mit ihrem eigenen Blut. Ein großes B«, schloß Cord Dillon.

»Klingt recht unappetitlich«, erwiderte Tweed.

Der Anruf des stellvertretenden Direktors der CIA war mitten in der Nacht eingegangen, als Tweed gerade wieder einmal Ethan Benyons Karte studiert – und mit einer detailgetreuen Karte Kaliforniens verglichen hatte.

»Also sind inzwischen drei von Molochs verschwundenen Freundinnen wieder aufgetaucht«, fuhr der Amerikaner fort. »Jetzt müssen wir noch ein weiteres erdrosseltes Opfer finden, dann wissen wir, daß wir es mit einem Serienkiller zu tun haben.«

»B«, sinnierte Tweed. »Der Buchhalter?«

»Darauf möchte ich wetten.«

»Aber ist diese Sanchez nicht schon vor längerer Zeit verschwunden? Wieso ist der Leichnam so gut erhalten, daß Sie all diese Rückschlüsse ziehen konnten?«

»Die Leiche war in einer Nische einer stillgelegten Quecksilbermine ganz in der Nähe von Big Sur versteckt. Da unten ist es so lausekalt wie in einem Kühlschrank. Deswegen war auch der Körper noch in einem guten Zustand.«

»Ich sehe da eine merkwürdige Ungereimtheit, Cord. Zwei der Mädchen, Cheryl und Julie Standish, sind einmal hier und einmal in Kalifornien an Land gespült worden, aber keine von beiden wurde erwürgt.«

»Soviel ich weiß, war die *Venetia* in beiden Fällen nahe vor Ort. Hätte der Mörder sie da wirklich unbemerkt erwürgen können?«

»Vermutlich nicht. Ein Punkt für Sie.«

»Es wurden auch eine Reihe anderer Leute erdrosselt

aufgefunden, die VB im Weg gestanden haben – und immer war dieses große B mit ihrem eigenen Blut auf ihre Haut gezeichnet worden. Ich wünschte bei Gott, wir würden dem Buchhalter endlich auf die Schliche kommen. Er benutzt eine Art Garotte, um seine Opfer umzubringen, vermutlich einen Draht mit Holzgriffen an beiden Enden. Vielleicht malt er sogar mit diesen Griffen sein Zeichen auf die Körper der Toten.«

»Das klingt nicht nur nach einem Killer, sondern auch noch nach einem Sadisten.«

»Da möchte ich Ihnen nicht widersprechen«, sagte der Amerikaner. »Wir suchen alle alten Quecksilberminen in der Gegend ab – das heißt, die dortige Polizei tut es. Wenn ich etwas erfahre, gebe ich Ihnen Bescheid.«

»Der Mann, den wir suchen, muß auf Frauen sehr anziehend wirken«, gab Tweed zu bedenken. »Ansonsten würden sie sich wohl kaum bereiterklären, ihn zu einem ruhigen Plätzchen zu begleiten, wo er sie dann in aller Ruhe umbringen kann.«

»Warum zum Teufel ist mir das nicht eingefallen? Es ist zumindest ein Anhaltspunkt.«

»Überprüfen Sie doch einmal Molochs Buchhalter, Byron Landis«, schlug Tweed vor.

»Der als Täter – das wäre wohl ein bißchen zu auffällig, finden Sie nicht?«

»Ein kluger Mann macht sich gerade das Naheliegende zunutze. Melden Sie sich mal wieder, und danke für Ihren Anruf.«

Tweed berichtete Paula und Monica vom Inhalt des Gesprächs. Er hatte gerade geendet, als Newman das Büro betrat. Tweed starrte ihn vorwurfsvoll an.

»Sie sollten sich doch ein wenig aufs Ohr legen.«

»Ich habe lange genug geschlafen. Außerdem möchte ich am Puls des Geschehens bleiben.«

Tweed wiederholte das, was er Paula und Monica soeben mitgeteilt hatte. Paula musterte unterdessen Newman, der einen schmucken grauen Nadelstreifenanzug trug. Frisch rasiert war er auch.

»Also kommen die Leichen langsam an die Oberfläche«, bemerkte er finster.

»Wie ist denn Ihre Verabredung mit Vanity im Lanesborough gelaufen?« fragte Paula süß.

»Ich habe mich ausgezeichnet unterhalten. Sie ist eine witzige, amüsante Gesellschafterin und sah zum Anbeißen aus. Für so eine Frau würde so mancher Mann einen Mord begehen.«

»Eine etwas unglücklich gewählte Formulierung«, bemerkte Tweed trocken.

»Wieso? Gut – wenn man berücksichtigt, was Sie mir gerade über diese Julia Sanchez erzählt haben, muß man Ihnen vermutlich recht geben. Trotzdem fand ich es seltsam, daß sie mir ihre Adresse nicht verraten wollte. Sie sagte, sie würde im Moment von Hotel zu Hotel ziehen und mich in meiner Wohnung anrufen, sobald sie eine dauerhafte Bleibe gefunden hätte. Ich habe ihr diese Geschichte allerdings nicht abgekauft.«

»Ist Ihnen sonst noch etwas an ihr aufgefallen, Bob?« erkundigte sich Paula, die ihn genau beobachtete.

»Sie fragte mich über den Artikel aus, für den ich angeblich Recherchen anstelle – diese Geschichte habe ich ihr erzählt, um zu begründen, warum ich Cornwall so plötzlich verlassen mußte –, und ich machte ihr weis, ich würde einige neue Enthüllungen über einen der reichsten Männer der Welt zusammentragen. An diesem Punkt wurde sie auf einmal sehr still und wechselte dann abrupt das Thema.«

»Kein Wunder. Sie ist VBs persönliche Assistentin«, erklärte Tweed ruhig.

»Und das sagt er mir erst jetzt!« Newman hob in gespielter Verzweiflung die Hände. »Tweed ist manchmal so verschwiegen wie ein Grab ...«

»Ich war der Ansicht, Sie könnten sie eher aushorchen, wenn Sie nicht wissen, wer sie ist«, beschwichtigte ihn Tweed.

»Vielen Dank. Nun, ich hatte schon einen dahingehenden Verdacht. Sie beschrieb ihren Boß einmal als einen bedeutenden Geschäftsmann, der kreuz und quer durch die

Welt reist. Sie begleitet ihn fast überall hin. Ansonsten habe ich nichts Wissenswertes aus ihr herausbekommen.«

Paula verspürte Erleichterung. Newman war anzusehen, daß er Vanity mochte, doch er würde ihretwegen sicherlich nicht den Kopf verlieren. Tweed setzte Newman dann über Grenville, Maurice und Linda Standish ins Bild.

»Eine geheimnisumwitterte Frau«, beendete er seinen Vortrag.

»Was hat sie Ihrer Meinung nach vor?« wollte Newman wissen. »Seltsam, daß sie ohne ein Wort verschwindet – und dann denselben Flug nimmt wie die anderen beiden. Was mag sie nur wollen?« wiederholte er.

»Ich glaube, daß sie in der Tat nach dem Mörder ihrer Schwestern sucht. Aber sie wird noch von einem anderen Motiv angetrieben – einem, das ich nicht kenne. Ich mache mir ernsthafte Sorgen um sie.«

»Warum?«

»Sie ist geradezu besessen von dem Wunsch, den Killer zur Strecke zu bringen, und vielleicht geht sie deswegen ein Risiko zuviel ein.«

»Sie scheint mir aber ein echter Profi zu sein«, stellte Paula fest.

»Aber bei ihr kommen zudem noch Emotionen ins Spiel, und die können das Urteilsvermögen trüben. Nennen Sie es einen sechsten Sinn, aber ich bin mir ziemlich sicher, daß sie in Gefahr schwebt.«

»Ich habe mich nach ihr erkundigt«, schaltete sich Monica ein. »Sie bewohnt ein Apartment in der Junipero Street in Carmel, ganz in der Nähe einer Polizeiwache. Schwierig zu finden – es liegt an einem dieser kleinen Hinterhöfe.«

Sie reichte ihm einen Zettel mit Linda Standishs Adresse. Tweed öffnete eine Schublade und entnahm ihr einen Stadtplan von Carmel. Er betrachtete ihn kurz und verstaute den Zettel dann in seiner Brieftasche.

»Ich kenne die Gegend. Wie sind Sie denn an diese Information gekommen? Mir hat sie nur ihre Büroadresse zugesteckt, klammheimlich beim Händeschütteln. Eine überaus vorsichtige Person, diese Linda Standish.«

»Ich habe mich mit der großen Detektivagentur in Verbindung gesetzt, mit der wir früher einmal zu tun hatten. Der Mann, mit dem ich gesprochen habe, kannte sie. Ich glaube, diese Firma kennt jede andere Agentur in der Stadt.«

»Verraten Sie mir eines«, sagte Newman, als Marler hereinkam. »Als ich hier ankam, sah ich Harry Butlers Wagen draußen parken. Was geht hier eigentlich vor?«

»Ich habe Butler und Nield zurückgerufen, weil ich jeden verfügbaren Mann benötige. Wir reisen nach Kalifornien. Ich warte nur noch auf das Zeichen zum Aufbruch.«

»Auf was für ein Zeichen?« fragte Paula neugierig.

»Das weiß ich selber noch nicht – aber ich werde es erkennen, wenn ich es sehe.«

»Versuchen Sie lieber nicht, Tweed zu bedrängen«, meinte Marler gedehnt. »Ich vermute, daß unsere Abreise unmittelbar bevorsteht.«

»Dann sollten Sie sich lieber vergewissern, daß Sie alle Ihre Taschen gepackt haben«, ordnete Tweed an. »Und vergessen Sie nicht, in Kalifornien herrscht ein wärmeres Klima …«

Luis Martinez, der Leiter der Wachmannschaft von Black Ridge, war wie befohlen nach London geflogen. Nachdem er seinen mit alten, in einem Secondhandladen erstandenen Kleidungsstücken gefüllten Koffer in einem Hotel in der Nähe der BBC deponiert hatte, ging er zu seinem Mietwagen zurück. Er fuhr zum Park Crescent und bezog dort an einer Stelle Position, die es ihm erlaubte, sämtliche Gebäude unauffällig im Auge zu behalten.

Er wußte nicht genau, welches Haus er eigentlich beobachten sollte, aber das störte ihn nicht weiter. Alle notwendige Ausrüstung lag neben ihm auf dem Beifahrersitz. Ein Panamahut, der zu der momentanen Hitzewelle paßte, eine graue Baskenmütze, Fotos von Robert Newman, die aus einem Zeitungsarchiv in San Francisco stammten – und ein kleines Fernglas. Gekleidet war er in ein leichtes T-Shirt und abgewetzte Jeans.

Ehe er Black Ridge verlassen hatte, war er mit genauen Instruktionen versehen worden.

»Hier haben Sie einen Stadtplan von London. Nehmen Sie den nächsten Flug. Park Crescent ist mit einem Kreuz markiert. Wir wissen nicht genau, in welchem Haus sich die Zentrale des SIS befindet, also behalten Sie alle im Auge. Und hier sind Fotos von dem Auslandskorrespondenten Robert Newman. Er ist der einzige dieser gefährlichen Truppe, den wir kennen. Passen Sie auf, ob Newman mit einer Reisetasche das Haus verläßt. Ich rechne damit, daß er in Kürze nach Kalifornien fliegt. Wenn er das tut, folgen Sie ihm zum Flughafen und erkundigen Sie sich, welchen Flug er nimmt. Geben Sie mir die Daten telefonisch durch und kommen Sie dann unverzüglich hierher zurück.«

Martinez war Mitte Dreißig, ein hochgewachsener, drahtiger Mann mit sonnengebräunter Haut. Er hatte ein hageres, kantiges Gesicht, schwarzes Haar und trug einen schmalen Schnurrbart. Sein schmallippiger Mund wirkte grausam, doch wenn er lächelte, entblößte er eine Reihe makelloser, strahlendweißer Zähne. Dieses Lächeln war es auch, was ihn für einen bestimmten Frauentyp so anziehend machte.

Er hob das Fernglas an die Augen und beobachtete einen Mann, der gerade eines der halbmondförmig aneinandergereihten Gebäude verließ. Keinerlei Ähnlichkeit mit Newman. Martinez machte es sich wieder im Sitz bequem. Er war ein geduldiger Mann und vorausschauend genug, nicht nur seine Kleidung jeden Tag zu wechseln, sondern auch seinen Mietwagen. Als Begründung führte er stets an, das vorige Auto sei defekt gewesen.

Nachdem Linda Standish auf dem San Francisco International gelandet war und die Paß- sowie die Zollkontrolle passiert hatte, verließ sie das Flughafengebäude und stieg in den für sie reservierten Mietwagen. Sie fuhr die Küstenstraße hinunter und war glücklich, wieder zuhause in der vertrauten Umgebung Kaliforniens zu sein. Vom Flughafen aus hatte sie noch rasch Moloch angerufen und ihn von ihrem Kommen benachrichtigt.

Die Fahrt nach Monterey dauerte gut zwei Stunden, doch sie hatte im Flugzeug ein wenig geschlafen, um die Wirkung der Zeitverschiebung zu mildern. Sie durchquerte Monterey und Carmel und folgte weiter dem Highway One. Inzwischen war es dunkel geworden, und die erleuchteten Fenster der vereinzelten Häuser, die sich hinter Carmel an die steilen Hänge schmiegten, funkelten wie die Augen wilder Tiere.

In der Nähe von Big Sur hielt Linda an und drückte fünfmal auf die Hupe; die elektronisch gesteuerten Tore öffneten sich, so daß sie die endlos erscheinende steile Auffahrt nach Black Ridge hinauffahren konnte. Sie stellte ihren Wagen ab, und Joel Brand geleitete sie in den weitläufigen, palastähnlichen Saal mit Blick über den Ozean, in dem Moloch Besucher zu empfangen pflegte. Nachdem Brand gegangen war, betrat Moloch den Raum und setzte sich ihr gegenüber auf eine Ledercouch.

»Ich höre«, sagte er nur.

»Ich habe mich mit einem Versicherungsagenten getroffen, einem Mann namens Tweed …«

»Sie haben Tweed getroffen?« unterbrach er sie erstaunt.

»Ja. Scotland Yard riet mir, mich mit ihm im Brown's Hotel zu verabreden.«

»Beschreiben Sie ihn.«

»Ich werde mein Bestes tun, aber es ist schwierig, Ihnen ein Bild von ihm zu vermitteln. Er ist ein Durchschnittstyp, ziemlich unscheinbar – so kommt es einem zumindest vor, bis er den Mund aufmacht. Meiner Meinung nach hat er einen messerscharfen Verstand …«

Sie bemühte sich nach Kräften, aber Moloch fand ihre Beschreibung von Tweed zu vage und forderte sie auf, es noch einmal zu versuchen, woraufhin sie ihm erneut erklärte, daß Tweed kein Mann wäre, der sich von der Menge abhob.

»Ein eher unauffälliger Mensch also«, meinte Moloch nachdenklich. »Das klingt nach einer männlichen Version

Ihrer selbst, wenn Sie mir die Bemerkung nicht übelnehmen.«

Sie nahm ihm den Vergleich sehr übel, erwiderte jedoch nur, daß ihr diese Eigenschaft in ihrem Beruf sehr nützlich sei. Moloch starrte Joel finster an, der wieder in der Nähe stand. Er war zurückgekommen, nachdem er der Wachmannschaft einige Anweisungen gegeben hatte.

»Ich lasse dich rufen, wenn ich dich brauche«, sagte er scharf, dann wandte er seine Aufmerksamkeit erneut der Detektivin zu.

»Erzählen Sie mir von Ihrem Gespräch mit Tweed.«

Er hörte schweigend zu, während sie sprach. Sie hatte ein absolutes Gedächtnis und wiederholte Wort für Wort, was im Verlauf der Unterhaltung gesagt worden war. Das einzige, was sie verschwieg, war, daß sie Tweed erzählt hatte, Moloch habe vor seiner Ankunft in den Staaten als Buchhalter gearbeitet.

»Ich hoffe, es stört Sie nicht, daß ich Ihre Beziehung zu Cheryl und Julie erwähnt habe«, schloß sie ihren Bericht ab. »Aber da eine meiner Schwestern in Cornwall ermordet wurde und Tweed in England ist ...«

»Es stört mich nicht im geringsten«, schnitt Moloch ihr das Wort ab. »Mir liegt genausoviel daran wie Ihnen, den Mörder zu finden und zur Rechenschaft zu ziehen.«

»Waren Sie eigentlich an Bord der *Venetia,* während das Schiff vor Falmouth vor Anker lag?« fragte sie plötzlich.

»Eine merkwürdige Frage«, erwiderte er mit einem humorlosen Lächeln.

»Ich habe nur gefragt«, fuhr sie hastig fort, »weil Sie mir dann vielleicht sagen könnten, wer noch alles an Bord war, als meine Schwester ums Leben kam.«

»Ich verstehe. Ich wünschte, ich könnte Ihnen helfen, aber ich weiß leider auch nicht mehr als Sie. Sie sagten, Tweed hätte Ihnen eine Visitenkarte gegeben. Dürfte ich die bitte einmal sehen?«

Linda holte die Karte aus ihrer Schultertasche. Moloch warf einen Blick darauf. Tweed, Chefermittler der General & Cumbria Assurance Company. Keine Adresse. Er drehte die Karte um, prägte sich rasch die Telefonnummer ein und gab Linda die Karte zurück.

»Er hat Ihnen also gesagt, Sie sollen sich an Monica wenden, wenn Sie ihn sprechen möchten und er nicht im Haus ist. Haben Sie eine Ahnung, wer diese Monica sein könnte?«

»Ich nehme an, sie bekleidet bei ihm dieselbe Stelle wie Vanity Richmond bei Ihnen.«

Moloch starrte sie an. Sie hielt seinem Blick stand, ohne mit der Wimper zu zucken. Er fragte sich, ob sie Vanity wohl für seine Geliebte hielt. Wenn ja, unterlag sie einem Irrtum. Doch nach einer Weile kam er zu dem Schluß, daß sie ihm keine Affäre hatte unterstellen wollen.

»Also hat sich die Reise nach London gelohnt«, meinte er ruhig.

»Ich würde sagen, ja. Jetzt wissen wir, daß die Polizei auf beiden Seiten des Atlantiks für uns arbeitet. Ich habe mit einem Chefinspektor Buchanan gesprochen, einem ziemlich hohen Tier beim Yard, und der hat sich die Mühe gemacht, mich an Tweed weiterzuleiten, mit dem er anscheinend zusammenarbeitet. Das ist im Moment alles.«

»Ich danke Ihnen. Hier ist ein Teil des Honorars, das ich Ihnen versprochen habe.«

Er händigte ihr einen Umschlag aus, der die vereinbarte Summe in Hundertdollarscheinen enthielt, erhob sich und verließ den Raum.

Joel erschien, um sie zur Tür zu bringen. Im Gegensatz zu seinem üblichen Aufzug – Jeans und T-Shirt – trug er heute einen eleganten Anzug, ein sauberes Hemd und eine teure Seidenkrawatte. Er nahm sie leicht am Arm.

»Ich weiß, daß Sie mich nicht besonders mögen …«

»Das habe ich nie gesagt oder mich dementsprechend verhalten.«

»Okay. Aber eines sollten Sie wissen: Für VB zu arbeiten ist kein Zuckerschlecken, und ich habe einen besonders harten Job. Ich überlasse Sie jetzt sich selbst – die Vordertür ist offen und die Tore auch. Fahren Sie vorsichtig.«

Linda verstand die Welt nicht mehr. Diese Seite von Joel

Brand hatte sie bislang noch nicht gekannt. Wie benommen ging sie weiter, wurde aber plötzlich von Byron Landis eingeholt. Auch er war untadelig gekleidet und trug einen Mantel über dem Arm. Er lächelte sie an, und zum ersten Mal, seit sie ihn kannte, fiel ihr auf, wie anziehend, ja attraktiv er wirken konnte.

»Entschuldigen Sie, Linda«, sagte er, während sie gemeinsam zur Tür gingen, »aber könnten Sie mich wohl mitnehmen, wenn Sie nach Carmel zurückfahren? Mein Wagen springt nicht an.«

»Aber natürlich«, antwortete sie nach kurzem Zögern.

»Er will ja bloß Benzin sparen«, dröhnte Joels Stimme durch die Halle.

Linda blickte über ihre Schulter. Brand stand in einiger Entfernung hinter ihnen und hatte ganz offensichtlich jedes Wort mitbekommen.

»Sie müssen nicht immer von sich auf andere schließen, Joel«, witzelte sie.

Brand grinste und verschwand durch eine Tür. Linda verließ mit ihrem Begleiter das Haus, schloß ihren Wagen auf und bat Landis, auf dem Beifahrersitz Platz zu nehmen. Der Buchhalter hatte Brand seine Bemerkung offenbar übelgenommen, das konnte sie seinem maskenhaft starren Gesichtsausdruck entnehmen.

Seine Laune besserte sich jedoch, als sie die Küstenstraße entlangfuhr und mit dem Geschick jahrelanger Fahrpraxis die Kurven schnitt; bald begann er, ein freundliches Gespräch mit ihr anzuknüpfen.

»In dem Umschlag, den VB Ihnen gegeben hat, befinden sich zehntausend Dollar, genau zehn Prozent der Gesamtsumme, die Sie erhalten sollen, wenn Sie den Fall lösen. Muß schwierig für Sie sein, den Mörder der eigenen Schwestern zu suchen. Ich bin der Meinung, VB hätte Ihnen diesen Job nicht zumuten dürfen.«

»Warum denn nicht, Mr. Landis?«

»Nennen Sie mich Byron. Weil die emotionale Belastung viel zu groß ist. Aber lassen Sie uns von etwas anderem reden.«

»Gerne.«

»Wenn ich mich den ganzen Tag mit Zahlenkolonnen beschäftigt habe, brauche ich abends ein wenig Ablenkung. Manche Buchhalter behaupten ja, die Zahlen würden regelrecht zu ihnen sprechen. Zu mir haben sie leider noch nie etwas gesagt. Ich hab' mir wohl den falschen Beruf ausgesucht, aber so geht es ja vielen Leuten. Doch die Bezahlung ist gut, also bleibe ich bei der Stange und beklage mich nicht.«

»Sind Sie verheiratet?«

»War ich mal. Sie ist mit einem Millionär durchgebrannt. Nicht nur des Geldes wegen, sondern auch weil er sie zum Lachen bringen konnte. Aber ich denke, das Geld war ihr auch nicht gerade unangenehm. Na, ich will nicht jammern. Sie verlangte eben mehr vom Leben, als ich ihr geben konnte. Menschen wie ich sind die geborenen Verlierer.«

»Unsinn, Byron.«

»Ein Siegertyp bin ich jedenfalls nicht, soviel steht fest.«

»Sie stehen irgendwo in der Mitte«, tröstete sie ihn. »Und glauben Sie mir, das ist nicht das Schlechteste.«

Den Rest der Fahrt unterhielten sie sich angeregt, und Byron brachte sie ein paarmal mit seinem trockenen Humor zum Lachen. Im Zentrum von Carmel ließ sie ihn aussteigen.

»Amüsieren Sie sich gut, Byron!« rief sie ihm nach.

»Ich gebe mir Mühe ...«

Linda fuhr um die Ecke, parkte dort ihr Auto und schloß es sorgfältig ab. Dann hastete sie zu dem Hof zurück, in dem Landis verschwunden war. Ehe sie ausstieg, hatte sie trotz der Dunkelheit eine Sonnenbrille aufgesetzt und ihre grüne Windjacke mit einer grauen vertauscht, die immer in ihrem Wagen lag.

Die äußerliche Verwandlung war so verblüffend, daß niemand sie auf den ersten Blick wiedererkannt hätte. Der Hinterhof, der in einem der vielen labyrinthartigen Stadtteile Carmels lag, wurde nur von altmodischen Laternen beleuchtet. Linda ging langsam über das Kopfsteinpflaster und blickte zu den Apartments über den zu dieser Zeit geschlossenen Geschäften empor. Nirgendwo brannte Licht. Irritiert lief sie weiter, bis sie in eine schmale Gasse gelangte.

Moderne Tanzmusik war zu hören, und aus einer halbgeöffneten Tür am Ende der Gasse flutete Licht. Ein flammendes Neonreklameschild verkündete, daß sie vor der Diskothek *El Soro's* stand. Konnte Byron tatsächlich auf dem Weg in einen Tanzschuppen gewesen sein? fragte sie sich. Kurz entschlossen bezahlte sie das geforderte Eintrittsgeld, betrat das Lokal und wählte einen Tisch in der Ecke des Raumes, von dem aus sie das Geschehen unauffällig überblicken konnte. Neugierig schaute sie sich um. Überall saßen junge und ältere Pärchen, und nicht selten sah sie einen älteren Mann in Begleitung eines kaum dem Teenageralter entwachsenen Mädchens. Dann richtete sie den Blick auf die Tanzfläche und traute ihren Augen nicht.

Byron tanzte mit einer attraktiven, vielleicht zwanzigjährigen jungen Frau. Fasziniert beobachtete Linda, wie elegant er sich bewegte. Als die Musik aussetzte, wechselte er rasch zu einem anderen Mädchen über. Linda winkte eine Kellnerin heran, bestellte ein Glas Wein und bezahlte sogleich. Viele Frauen im Saal trugen wie sie eine Sonnenbrille, daher fiel sie mit ihrer provisorischen Tarnung nicht aus dem Rahmen.

Sie sah zu, wie Byron häufig seine Partnerinnen wechselte. Er tanzte so gut, daß sich die Frauen förmlich um ihn rissen. Außerdem verfügte er über eine erstaunliche Ausdauer; er legte nicht ein einziges Mal eine Pause ein. Linda beobachtete ihn noch eine Weile, dann verließ sie das Lokal.

Eilig lief sie zu ihrem Wagen zurück, fuhr um die Ecke und parkte so, daß sie das Ende der Gasse überblicken konnte. Es interessierte sie, ob Byron wohl eine Frau mit zu sich nach Hause nahm und zu welchem Typ sie gehören mochte. Während sie wartete, gönnte sie sich eine der wenigen Zigaretten, die sie pro Tag rauchte.

Plötzlich hielt ein gelbes Taxi vor dem Lokal. Byron kam

alleine heraus, stieg ein und machte es sich auf dem Rücksitz bequem. Linda hatte genug gesehen. Sie wendete und fuhr zu ihrem Apartment in der Junipero Street zurück. Während sie Pfannkuchen zum Abendessen zubereitete, versuchte sie, ihre durcheinanderwirbelnden Gedanken zu ordnen.

Und ich habe gedacht, ich kenne diese Leute, grübelte sie. Aber jetzt Joel Brand mit seinem Lächeln und seiner Freundlichkeit – und dann Byron Landis, dieser staubtrokkene Buchhalter, der sich als leidenschaftlicher Tänzer entpuppte. Im Grunde genommen weiß ich überhaupt nichts von ihnen …

Am Abend des darauffolgenden Tages saß Linda Standish an ihrem Schreibtisch und brütete über ihrer Einkommenssteuererklärung. Sie haßte den Kampf mit den unzähligen Formularen, aber irgendwann mußte die Arbeit ja getan werden. Doch als ihr allmählich die Zahlen vor den Augen verschwammen, beschloß sie, einen Augenblick ins Freie zu gehen und frische Luft zu schnappen.

Sie wanderte langsam durch die dunklen, verlassenen Straßen, als plötzlich ein grauer Audi neben ihr hielt. Hinter dem Steuer saß Vanity Richmond.

»Hi!« rief sie fröhlich. »Wie kommen Sie denn mit Ihrer entsetzlichen Arbeit voran?«

»Entsetzlich ist genau das richtige Wort.« Sie wußte, daß Vanity sich auf die Jagd nach dem Mörder ihrer Schwestern bezogen hatte, aber darüber mochte sie im Moment nicht reden. »Das Finanzamt sitzt mir im Nacken«, erklärte sie, als Vanity ausstieg, um ein Weilchen mit ihr zu plaudern. »Muß unbedingt meine Einkommenssteuererklärung einreichen. Ich hab' Sie übrigens lange nicht mehr gesehen.«

»Ich bin gerade erst aus London zurückgekommen und nun auf dem Weg zurück ins Gefängnis und in die Tretmühle.«

»Gefängnis?« wunderte sich Linda.

»So nenne ich Black Ridge immer. Liegt an der Atmosphäre, die dort herrscht.«

»Und die Tretmühle?«

»Da bin ich vielleicht ein bißchen zu weit gegangen.« Vanity lachte und strich sich mit einer Hand ihre rote Mähne zurück. »Aber VB arbeitet eben unaufhörlich – wie ein Hamster in seinem Tretrad. Nicht, daß ich seine unerschöpfliche Energie nicht bewundere. Jetzt muß ich aber weiter. Wie wär's, wenn wir mal zusammen essen gehen? Ich werde Sie anrufen.«

Sie stieg wieder in den Audi und brauste davon. Trotz der Strapazen eines Langstreckenfluges hatte sie ausgesprochen munter gewirkt. Linda seufzte, entschied, daß der Spaziergang lange genug gedauert hatte und kehrte in ihr Apartment zurück.

Eine halbe Stunde später, als sie sich wieder in ihre Formulare vertieft hatte, öffnete sich auf einmal ihre Wohnungstür. Sie blickte hoch und lächelte überrascht, als sie den Besucher erkannte.

»Hallo«, sagte sie. »Dort in der Kanne ist frisch aufgebrühter Kaffee. Nehmen Sie sich ruhig eine Tasse, ich bin gleich soweit.«

Der Besucher trat zum Herd, dann drehte er sich plötzlich um, schlich hinter Linda, zückte einen kantig geschliffenen, an beiden Enden mit Holzgriffen versehenen Draht und schlang ihn ihr um den Hals. Linda blieb keine Zeit mehr, um Hilfe zu rufen. Sie stieß ein ersticktes Gurgeln aus, als ihr Mörder den Draht fester und immer fester zuzog, dann kippte sie langsam nach vorne und blieb in einer Blutlache auf ihrem Schreibtisch liegen.

17.

In Kalifornien war es zehn Uhr abends, in London bereits sechs Uhr am nächsten Morgen. Tweed war schon aufgestanden, hatte das Feldbett zur Seite geschoben, auf dem er die Nacht in seinem Büro verbracht hatte, und war geduscht, rasiert und vollständig angekleidet, als Monica eintraf. Sie warf dem Feldbett, das Tweed gerade zusammenklappte, um es wieder im Schrank zu verstauen, einen vielsagenden Blick zu.

»Also kommt langsam Bewegung in die Sache«, bemerkte sie.

Paula betrat einen Augenblick nach ihr das Büro. Sie registrierte sofort, daß Tweed frisch rasiert war, und sah Monica an.

»Hat er hier übernachtet?«

»Er hat.«

»Darf ich fragen, warum ihr beide schon so früh hier seid?« fragte Tweed.

»Wegen des Anrufs von Jim Corcoran gestern abend«, erwiderte Paula.

»Verstehe.«

Der Sicherheitschef von Heathrow hatte Tweed noch einmal zurückgerufen. Das Gespräch war kurz und knapp gewesen.

»Tweed? Sie hatten mich doch gebeten, den Flug nach San Francisco erneut zu überprüfen. Nun, auf der Passagierliste steht eine Vanity Richmond, gebucht für Flug BA 287 – dieselbe Maschine wie neulich – Abflug hier 13 Uhr 30, Ankunft in San Francisco 16 Uhr 25 Ortszeit. Erster Klasse. In Ordnung? Ich habe nämlich noch zu tun …«

Tweed hatte Paula, Monica und Newman, die sich sämtlich im Büro eingefunden hatten, um die Ereignisse weiterzuverfolgen, die Neuigkeit erzählt. Paula hatte als erste reagiert.

»Ist das das Zeichen, auf das Sie gewartet haben?«

»Ich bin mir nicht sicher. Es bedeutet allerdings, daß sich alle Hauptakteure dieses mörderischen Spiels nun in Kalifornien aufhalten – die Verdächtigen mit eingeschlossen.« Er zählte sie an den Fingern ab. »Erstens Vincent Bernard Moloch. Ich vermute, daß Joel Brand bei ihm ist, obwohl er in Heathrow weder gesehen noch registriert wurde, aber er könnte eine Fähre nach Brüssel oder Paris genommen haben und von dort aus weitergeflogen sein.«

»Legt der Sabena-Flug von Brüssel in die Staaten nicht in Heathrow eine Zwischenlandung ein?« fragte Paula dazwischen.

»Schon, aber wenn Brand bereits an Bord war, wird er vom Computer nicht mehr erfaßt. Als nächstes kommen Grenville und Maurice, die, wie wir wissen, einen früheren Flug nach San Francisco genommen haben. Auch Linda Standish war mit an Bord. Und jetzt ist Vanity Richmond dieselbe Route geflogen. Wir werden noch ein Weilchen abwarten«, hatte Tweed seinen Bericht abgeschlossen.

»Haben Sie wenigstens schon Kaffee getrunken?« fragte Paula jetzt besorgt.

»Nein, ich wollte gerade welchen machen.«

»Überlassen Sie das mir«, mischte sich Monica ein.

»Und ich fahre schnell zu diesem Café, das bei Fernfahrern so beliebt ist«, erbot sich Paula, »und hole uns etwas zum Frühstück.«

»Mir knurrt schon der Magen«, sagte Newman, der gerade in den Raum gekommen war. »Bringen Sie bitte auch etwas für Marler mit, der ist nämlich auch auf dem Weg hierher.«

»Woher wissen Sie das?« erkundigte sich Tweed.

»Weil ich ihn von meiner Wohnung aus angerufen habe, ehe ich gegangen bin. Er war schon auf. Vanitys plötzliche Abreise gefiel mir nicht, das habe ich auch Marler gesagt.«

»Sie hat sich ja Ihnen gegenüber nicht gerade anständig verhalten, Bob«, neckte ihn Paula. »Ist einfach nach Kalifornien geflogen, ohne Ihnen vorher Bescheid zu sagen.«

»Wahrscheinlich hat sie eine dringende Nachricht von unserem Freund VB erhalten, der sie aufgefordert hat, unverzüglich zu kommen.«

»Genau so ist es«, unterbrach ihn Tweed. »Ich glaube, er zieht seine Spitzenleute zusammen, weil er ein größeres Unternehmen plant. Monica, haben wir Vormerkungen für den nächsten Flug nach San Francisco?«

»Ich tätige jeden Tag eine Buchung und verschiebe sie dann auf den nächsten Tag.«

»Machen Sie das auch weiterhin. Und rufen Sie Butler und Nield an. Sie sollen sich bereithalten. Wir müssen jederzeit bereit sein, aufbrechen zu können …«

Im Geschäftsbezirk von San Francisco befanden sich zwei ungewöhnlich gestaltete Wolkenkratzer. Der eine war die berühmte Transamerika-Pyramide – 206 Meter hoch und, wie der Name schon sagt, wie eine hohe, schlanke Pyramide geformt. Der andere war das AMBECO-Gebäude, das einem gigantischen runden, nach oben spitz zulaufenden Kegel glich. Beide Bauwerke gehörten zu den Sehenswürdigkeiten der Stadt und zogen jährlich Tausende von Touristen an.

Das AMBECO-Gebäude verfügte allerdings noch über eine Besonderheit, die der Außenwelt zumeist verborgen blieb. Unterhalb der Kuppel war eine riesige, durch eine mächtige Schiebetür gesicherte Nische eingelassen. Diese Nische bildete einen Hubschrauberlandeplatz, auf dem stets ein vollgetankter, innerhalb von Sekunden startbereiter Helikopter stand.

Wie die Transamerika-Pyramide hatte man auch das AMBECO-Gebäude auf einem speziellen Fundament errichtet, das im Falle eines Erdbebens ähnlich wie die Stoßdämpfer eines Autos den Erdstößen entgegenwirken sollte. In seinem runden Büro unterhalb der Kuppel – alle Büros in diesem Gebäude waren rund – saß Vincent Bernard Moloch und studierte die neuesten Karten, die Ethan für ihn angefertigt hatte. Besonders ein Gebiet im Norden Kaliforniens hatte sein Interesse geweckt. Das leise Quäken des Telefons riß ihn aus seinen Gedanken,

»Ja?« meldete er sich.

»Wir haben wieder Ärger mit Ethan«, berichtete Joel Brand aus Black Ridge. »Mrs. Benyon ist krank, und Ethan besteht darauf, nach ihr zu sehen.«

»Halt ihn in Black Ridge fest«, befahl Moloch sofort. »Und ruf meinen Hausarzt an. Er soll nach Black Ridge kommen und dort auf mich warten. Ich bin schon unterwegs.«

Moloch löste jedes Problem auf seine eigene Weise. Er war imstande, innerhalb von Sekunden Entscheidungen zu fällen. So rief er seinen Assistenten an, erteilte ihm eine Reihe von Anweisungen und war fünf Minuten später bereits an Bord des Hubschraubers. Die riesige Tür glitt auf, die Rotoren begannen sich zu drehen, und der Hubschrauber stieg langsam auf, verließ das Gebäude und flog über San Francisco hinweg Richtung Süden.

Der Pilot stand bereits mit dem Flughafentower in Verbindung. Molochs Flüge hatten stets absoluten Vorrang. Der Hubschrauber setzte seinen Flug Richtung Süden fort, überquerte Monterey und Carmel und landete dann hinter dem grotesken Gebäude von Black Ridge, wo Joel Brand seinen Chef erwartete.

»Das Auto steht bereit. Der Doktor und Ethan sind schon eingestiegen. Soll ich mitkommen?«

»Nein, du bleibst hier. Verstärke die Sicherheitsvorkehrungen. Ein größeres Projekt ist geplant.«

Der große Lincoln Continental mit den bernsteinfarben getönten Scheiben wartete. Moloch stieg auf der Beifahrerseite ein und wies den Fahrer an, unverzüglich zu Mrs. Benyons Haus zu fahren. Dann drehte er sich um. Auf dem Rücksitz saß der Arzt neben Ethan, dessen hageres Gesicht höchste Besorgnis widerspiegelte.

»Mrs. Benyon fehlt überhaupt nichts«, teilte Moloch dem Arzt mit. »Sie ist nur eine Psychopathin, die um jeden Preis Aufmerksamkeit erregen will.«

»Sie könnte schwer krank sein«, protestierte Ethan voller Entrüstung.

»Das bezweifle ich. Der Doktor wird es bestätigen ...«

Moloch stieg als erster aus, als der Lincoln am Ende der Auffahrt anhielt. Mit Hilfe seines Schlüssels betrat er, gefolgt von Ethan und dem Arzt, das große Wohnzimmer. Mrs. Benyon saß zusammengesunken auf ihrem thronähnlichen Stuhl und umklammerte ihre beiden Stöcke.

»Mir geht es gar nicht gut«, begann sie mit gedämpfter Stimme. »Die Wachposten jagen mir Angst ein.«

»Der Doktor wird dich gründlich untersuchen.«

»Ich will aber keinen Arzt«, widersprach Mrs. Benyon mit deutlich kräftigerer Stimme.

Moloch ließ den Arzt und Ethan mit ihr allein und blieb außer Sichtweite in der Halle stehen, von wo aus er jedes Wort verstehen konnte. Nach einer Viertelstunde kam der Arzt wieder zum Vorschein; dicht gefolgt von Ethan, der einen störrischen Gesichtsausdruck zur Schau trug.

»Können wir uns irgendwo ungestört unterhalten?« fragte der Arzt.

»Hier drinnen.«

Moloch führte sie in ein geräumiges Arbeitszimmer mit einem dreieckigen Kamin. Merkwürdige Mosaike bedeckten die Wände. Leise schloß er die Tür.

»Im großen und ganzen ist sie in guter Verfassung«, erklärte der Arzt dann. »Ihr Puls geht ein bißchen zu schnell, aber dagegen habe ich ihr Tabletten gegeben.«

»Sie hat Angst vor den Wachposten«, platzte Ethan heraus. »Sie fühlt sich wie eine Maus in der Falle; sagt, sie kommt sich so vor, als würden sich die Wände immer enger um sie schließen.«

»Das ist richtig«, pflichtete ihm der Doktor bei.

»Psychologisch gesehen schaden diese Wächter ihr. Sie machen sie nervös – daher wohl auch der erhöhte Pulsschlag. Ich kann Ihnen nur dringend raten, die Männer abzuziehen.«

»Sie sind zu ihrem eigenen Schutz hier«, gab Moloch zu bedenken.

»Sie erzielen aber genau die entgegengesetzte Wirkung.«

»Die verdammten Wachposten werden weggeschickt, oder ich bleibe hier bei ihr«, kreischte Ethan.

»Dann werde ich sie sofort abziehen«, erwiderte Moloch.

Er hatte diesen Entschluß nur zögernd gefaßt, konnte aber nicht zulassen, daß sich Ethan in dieser Phase des Projekts über Gebühr aufregte. Nachdem er hinausgegangen war, befahl er den Männern, sofort nach Black Ridge zurückzukehren und ließ sich dann zusammen mit Ethan und dem Doktor selbst dorthin bringen.

Drinnen im Haus trat Mrs. Benyon ohne die Hilfe ihrer Stöcke langsam an das Fenster, das den Highway One überblickte. Sie schnaubte abfällig, als sie sah, wie sich die Limousine entfernte und die Wachposten eilig die Auffahrt hinunterliefen.

»Du bist noch dümmer, als ich dachte, Vincent«, sagte sie laut. »Und ich werde dich ruinieren.«

Sie zog eine Schublade auf, entnahm ihr die Tabletten, mit deren Hilfe sie ihren Pulsschlag in die Höhe getrieben hatte, und warf die Schachtel in das im Kamin flackernde Feuer. Über dem Pazifik zog feiner Nebel auf, die Temperatur war gesunken, und sie fröstelte plötzlich.

»Ich brauche jemanden, dem ich mich anvertrauen kann«, sagte sie laut zu sich selbst.

Am Park Crescent begann eine nervenzermürbende Wartezeit. Das tatenlose Herumsitzen zerrte an den Nerven aller. Marler stand an die Wand gelehnt da, rauchte eine King-size nach der anderen und dachte nach. Newman räkelte sich in einem Sessel und versuchte, sich auf seine Zeitung zu konzentrieren. Tweed dagegen wirkte völlig entspannt. Er las noch einmal einen Bericht, den Professor Weatherby ihm durch einen Boten geschickt hatte und der von Notizen handelte, die er in einem alten Ordner entdeckt hatte. Sie stammten von Ethan.

»Ich muß gerade an Cornwall denken«, sagte Paula, um das beklemmende Schweigen zu brechen. »Die meisten Leute, die dort Urlaub machen, laufen nur die Klippen entlang und genießen die Aussicht, oder sie sitzen in den hübschen Buchten oder besichtigen die Höhlen. Aber das ist eben nur die Küste Cornwalls. Das Landesinnere gleicht einer trostlosen, öden Wildnis.«

»Richtig«, erwiderte Tweed automatisch.

»Ich habe mir Falmouth angesehen«, fuhr Paula fort. »Die Stadt wurde quasi in ein Tal hineingebaut. Und an den Steilhängen reiht sich Haus an Haus, immer auf verschiedener Höhe. Dort treiben sich ein paar ziemlich primitive Typen herum – wirken irgendwie zurückgeblieben.«

»Die stammen aus den umliegenden Dörfern«, erklärte Newman, ohne von seiner Zeitung aufzublicken. »Ich vermute, daß dort teilweise noch eine Art Inzucht herrscht.«

»In Cornwall scheint irgendwie die Zeit stehengeblieben zu sein«, pflichtete Paula ihm bei. »Aber als Urlaubsziel sind die Küste und die dort gelegenen Ferienorte wirklich lohnend. Ich denke ...«

Es war Mittag, als alle durch einen Anruf aus Langley aufgeweckt wurden. Monica stellte das Gespräch sofort zu Tweed durch.

»Cord hier«, klang Dillons Stimme an sein Ohr. »Wir haben schon wieder einen Mord. Diesmal mitten in Carmel. Eine Frau namens Linda Standish. Garottiert. Kopf wurde fast völlig vom Körper getrennt. Eine Privatdetektivin. Die lokale Polizei hat mich verständigt.«

»Wissen Sie ungefähr, wann der Mord stattgefunden hat?« fragte Tweed.

»Ich habe den Leichenbeschauer aus dem Bett geklingelt – Sie würden ihn wohl als Pathologen bezeichnen –, und er schätzt, daß die Frau zwischen neun und elf Uhr abends Ortszeit getötet wurde. Er sagte, er muß die Autopsie abwarten, tippt aber auf zehn Uhr abends. Unser Serienkiller, der Buchhalter, hat wieder zugeschlagen.«

»Sind Sie sicher?«

»Nun, auf den nackten Rücken des Opfers wurde mit ihrem eigenen Blut der Buchstabe B gemalt. Das ist alles.«

»Es reicht vollkommen. Danke, Cord.«

Tweed berichtete seinem Team, was geschehen war. Niemand sagte ein Wort – sie warteten darauf, daß Tweed weitersprach.

»Wir haben gerade noch genug Zeit, um den Flug nach San Francisco zu erreichen. Monica, rufen Sie British Airways an und bestätigen Sie unsere Reservierung. Wir brechen sofort auf.«

»Das Problem ist nur, daß wir keine Waffen mitnehmen können«, bemerkte Newman.

»Das habe ich ein paar Stunden nach unserer Ankunft

geregelt«, sagte Marler. »Waffen sind in den Staaten leicht zu bekommen; etwas zu leicht für meinen Geschmack. Außerdem kenne ich jemanden in San Francisco, der mir Waffen beschaffen kann. Unregistrierte natürlich. Das wird meine erste Anlaufstelle sein.«

»Unsere erste Anlaufstelle ist Heathrow«, erklärte Tweed, der seinen Koffer aus dem Schrank holte. »Der Kampf hat begonnen ...«

Luis Martinez hatte sich in der letzten Zeit bei der Überwachung von Park Crescent zunehmend gelangweilt. Nun verspürte er eine kribbelnde Erregung. Eine ganze Reihe von Leuten traf sehr früh am Morgen aus verschiedenen Richtungen ein, und sie alle betraten dasselbe Gebäude. Zuerst kam eine erstaunlich gutgekleidete Putzfrau, wie er meinte. Er hatte Monica gesehen.

Als nächstes näherte sich eine junge Frau mit dunklen, schimmernden Haaren. Martinez konnte nicht wissen, daß er sein Fernglas auf Paula richtete, aber er fand, daß sie eine erhebliche Verbesserung zu ihrer Vorgängerin darstellte. Dann landete er einen Haupttreffer – er erkannte Newman anhand der mitgebrachten Fotos auf den ersten Blick.

Wenig später schlenderte ein schlanker Mann in einem Leinenanzug heran und verschwand in besagtem Haus. Es handelte sich um Marler, was Martinez natürlich nicht wußte, aber allein die Tatsache, daß sich so viele Leute so früh versammelten, bewies ihm, daß er auf der richtigen Spur war – wovon ihn eigentlich schon Newmans Ankunft überzeugt hatte. Er machte es sich in seinem Sitz bequem, um in Ruhe der Dinge zu harren, die da kommen würden, und hielt ein wachsames Auge auf den Mercedes, den Newman am Bordstein geparkt hatte.

Butler und Nield trafen kurz nach Marler in Tweeds Büro ein. Tweed informierte sie kurz darüber, daß der Buchhalter wieder zugeschlagen hatte und daß das Opfer diesmal Linda Standish hieß.

»Je eher wir diesen Serienkiller zur Strecke bringen, desto besser«, bemerkte er. »Er geht mit einer gehörigen Portion Kaltschnäuzigkeit zu Werk.«

»Er?« warf Paula ein. »Wieso gehen Sie alle wie selbstverständlich davon aus, daß es sich bei dem Mörder um einen Mann handelt? Es könnte doch ebensogut eine Frau sein.«

Einen Moment lang herrschte Stille im Raum. Tweed verzog nachdenklich das Gesicht, als Paula fortfuhr:

»Sie alle haben sich in die Idee verbissen, daß nur ein charmanter, anziehender Mann das Vertrauen von Frauen gewinnen kann. Tatsächlich gibt es aber viele Frauen, die sich nur allzu leicht mit anderen Frauen anfreunden – oder sogar mit völlig Fremden unbefangen plaudern können. Ich glaube, keines der Opfer hätte sich vor einer Frau sonderlich in acht genommen.«

»Ein Punkt für Sie«, lobte Newman.

»Wir müssen jetzt los«, unterbrach Tweed barsch. »Sonst verpassen wir unsere Maschine. Wir nehmen Ihren Mercedes, Bob. Paula, Marler und ich fahren mit Ihnen. Harry, Sie nehmen den Ford Fiesta. Pete begleitet sie. Monica, sagen Sie Cord Dillon Bescheid, mit welchem Flug wir kommen. Sie wissen ja, in welchem Hotel wir in San Francisco wohnen, Monica, also ...«

»Das sollte ich wohl wissen. Schließlich habe ich ja für Sie alle die Zimmer reserviert.«

»Ich wollte damit sagen, daß Sie mich dort erreichen können, wenn sich hier neue Entwicklungen ergeben. Teilen Sie Howard mit, wo wir uns aufhalten – nicht aber Roy Buchanan, es sei denn, es tritt ein Notfall ein. Nun, worauf warten wir noch?«

Monica wünschte ihnen viel Glück. Sie sah ihnen noch lange nach, von bösen Vorahnungen erfüllt.

Mit Newman am Steuer gelangten sie in verhältnismäßig kurzer Zeit zum Flughafen. Tweed saß neben ihm, Paula mit Marler auf dem Rücksitz. Butler, gleichfalls ein ausgezeichneter Fahrer, folgte ihnen in dem Ford. Sie waren bereits kurz vor Heathrow, als Newman sich zu Wort meldete.

»Jemand ist uns den ganzen Weg vom Park Crescent bis hierher gefolgt.«

»Ich weiß«, erwiderte Tweed, der von Zeit zu Zeit in den Seitenspiegel geschaut hatte. »Er hat seit Tagen das Büro von einem geparkten Wagen aus beobachtet. Wechselt regelmäßig seine Kleider und sein Auto. Heute trägt er eine Baseballkappe. Aber die Art, wie er hinter dem Steuer sitzt, verrät ihn.«

»Bedeutet das, Moloch weiß, daß wir kommen?« erkundigte sich Paula besorgt.

»Ich hoffe es.« Tweed klang bemerkenswert fröhlich. »Ich möchte, daß er weiß, daß ich ihm auf den Pelz rücke. Dann wird er nämlich noch nervöser.«

»Er könnte aber auch dafür sorgen, daß uns in San Francisco ein nettes schwerbewaffnetes Empfangskomitee erwartet«, warnte Newman.

»Ich habe für diesen Fall bereits gewisse Maßnahmen getroffen. Machen Sie sich keine Gedanken. Ab jetzt befinden wir uns sozusagen im Kriegszustand«, betonte Tweed. »Mal eine Abwechslung von der ewigen Schreibtischarbeit. Da ist ja schon Heathrow.«

Sie stellten die Wagen auf dem Platz für Langzeitparker ab und erreichten gerade noch rechtzeitig ihr Flugzeug. Tweed überließ Paula den Fensterplatz in der Ersten Klasse, während sich die anderen in der Klubklasse verteilten. Nach dem Start blickte Paula aus dem Fenster. Sie erhaschte noch einen Blick auf die sich durch London windende Themse, ehe sie nordwärts abdrehten und Mittelengland überquerten.

Ob ich das alles wohl jemals wiedersehe? überlegte sie verzagt.

18.

Martinez hatte die Gruppe beim Einchecken beobachtet, ohne zu wissen, daß seine Anwesenheit den Observierten schon längst aufgefallen war. Sowie sie die Kontrollen passiert hatten, rief er Moloch an.

»Luis hier. Sie sind an Bord von Flug Nummer BA 287 nach San Francisco. Er landet dort 16 Uhr 25 kalifornischer Zeit.«

»Wer ist alles dabei?« fragte Moloch, der in seinem kleinen Büro in Black Ridge saß.

»Newman und fünf andere, eine Frau und vier Männer.«

»Geben Sie mir eine Beschreibung der Leute.«

»Nun ...« Martinez zögerte. Es fiel ihm schwer, Menschen zu beschreiben. »Ein Mann war etwas kleiner als Newman, wirkte muskulös und trug eine Hornbrille.«

Einen Moment lang dachte Moloch, Martinez meine Tweed, aber Linda Standish hatte die Hornbrille mit keinem Wort erwähnt. Oder hatte sie aus irgendeinem Grund dieses wichtige Detail mit Absicht ausgelassen?

»Dann versuchen Sie, die Frau zu beschreiben«, drängte er.

»Ein hübscher Käfer. Dunkles Haar. Mehr kann ich Ihnen wirklich nicht sagen. Ach so, sie hatte klasse Beine.«

»Wir werden sie sofort erkennen«, meinte Moloch ironisch. »Ich möchte, daß Sie morgen den ersten Flug nach San Francisco nehmen und dann auf direktem Weg nach Black Ridge kommen. Gut, daß Sie angerufen haben ...«

Er gab den Inhalt des Gesprächs an Joel Brand weiter, der ihm gegenübersaß. Brands Reaktion war typisch für ihn.

»Wir können die ganze Bande erledigen, sobald sie den Flughafen verlassen haben. Ich werde mich darum kümmern ...«

»Du wirst nichts dergleichen tun«, schnitt ihm Moloch das Wort ab. »Sorg dafür, daß ihnen jemand folgt, damit wir wissen, was sie vorhaben. Aber dein Vorschlag ist indiskutabel. Du weißt ja nicht, mit wem du es zu tun hast.«

»Ich bin noch mit jedem fertiggeworden«, versetzte Brand aufsässig, »und ich kann jedes Unternehmen leiten.«

»Auch die AMBECO?« fragte Moloch verdächtig sanft.

Seine hellen Augen bohrten sich in die Brands, der den Blick senkte. Wenn Moloch ihn so ansah, lief ihm jedesmal ein Schauer über den Rücken. Er erkannte, daß er einen bösen Schnitzer gemacht hatte.

»Natürlich nicht«, beteuerte er hastig. »Damit wäre ich völlig überfordert.«

»Vergiß das nie, Joel. Jetzt veranlasse bitte, daß unsere Besucher beschattet werden. Und geh diesmal mit größtmöglicher Diskretion vor ...«

Brand kochte vor Zorn, als er das Büro verließ. Er pflegte mit seinen Gegnern auf seine eigene Weise zu verfahren. In seinem geräumigen Büro ließ er sich hinter dem Schreibtisch nieder, hob den Telefonhörer ab und legte ein seidenes Taschentuch darüber. Dann wählte er eine bestimmte Nummer und verlangte, mit dem Leiter der Zollbehörde des San Francisco International verbunden zu werden.

»Wie ist Ihr Name?« wollte eine rauhe Stimme wissen.

»Der tut nichts zur Sache. Ich habe einen Tip für Sie.«

»Nennen Sie mir Ihren Namen.«

»Ich habe Informationen aus London. Betrifft Flug Nummer BA 287, der heute nachmittag eintrifft. Zwei Burschen namens Tweed und Newman haben eine größere Menge Rauschgift bei sich. Heroin ...«

Er legte auf, ehe der Mann am anderen Ende der Leitung noch etwas sagen konnte, dann zündete er sich eine dicke Zigarre an. Er war sehr zufrieden mit sich. Moloch handelte seiner Meinung nach viel zu zögerlich. Genüßlich paffte er seine Zigarre, während er den nächsten Schritt plante.

Als nächstes rief er die AMBECO in San Francisco an, nannte der Telefonistin seinen Namen und bat sie, ihn mit Gary Kaplan zu verbinden.

»Gary, hier spricht Joel. Stell sofort ein Team zusammen.

Sieben Männer. Sie sollen Straßenanzüge tragen, damit sie nicht auffallen. Halt sie im Haus fest, bis ich komme. Ich fliege sofort runter. Hast du mich verstanden? Na hoffentlich ...«

Er drückte seine Zigarre aus und verließ das Büro, nachdem er den Piloten angewiesen hatte, sich bereitzuhalten, ihn zum AMBECO-Gebäude zu fliegen. Die Rotoren drehten sich bereits, als er an Bord des Hubschraubers kletterte, der auf dem Landeplatz hinter dem Haus stand.

Kalifornien bescherte Tweed gleich nach der Landung die ersten Scherereien. An der Zollkontrolle sahen er und Newman sich einem Amerikaner mit der Statur eines Footballspielers gegenüber, der seine riesigen Pranken auf einen langen Tisch stützte und sie eine Zeitlang schweigend anstarrte. Als er schließlich das Wort an sie richtete, klang seine Stimme drohend.

»Ich habe schon auf Sie gewartet, Mr. Tweed – und auf Sie, Newman. Öffnen Sie Ihre Koffer!«

»Sie sind nicht abgeschlossen.«

»Um so besser. Jetzt werde ich erst einmal Ihre Sachen durchsuchen, und danach werden Sie einer Leibesvisitation unterzogen. Selbstverständlich gehen wir dazu in einen anderen Raum«, schnarrte er unfreundlich. »Vielleicht haben Sie beide ja ein paar häßliche kleine Päckchen in die Vereinigten Staaten eingeschmuggelt.«

»Ich möchte sofort den Leiter des Flughafenzolls sprechen.«

»Das tun Sie bereits, mein Bester.«

Newman bemerkte, wie sich ein kleiner, kräftiger Mann mit schwarzem, in die hohe Stirn gekämmtem Haar und olivfarbener Haut einen Weg durch die Menge der Passagiere bahnte, die den Zoll bereits passiert hatten. Er trat auf den Tisch zu, an dem Tweed stand, klappte einen Ausweis auf, der Newman vage bekannt vorkam, und hielt ihn dem Zollbeamten unter die Nase.

»David Alvarez«, sagte er, ihm fest in die Augen blikkend. »Ich komme aus Washington. Lassen Sie die nächsten sieben Passagiere – die Dame eingeschlossen – ungehindert passieren.«

»Was, zum Teufel ...«, setzte der Beamte an, wurde jedoch barsch unterbrochen.

»Sehen Sie sich meinen Ausweis an, Sie Idiot! Soll ich Ihr empörendes Benehmen gegenüber unbescholtenen Besuchern unseres Landes Ihrem Vorgesetzten melden? Oder es gleich nach Washington weitergeben?«

Der Zollbeamte betrachtete den Ausweis. Schlagartig änderte sich sein ganzes Verhalten, und er gab sich unterwürfig, fast kriecherisch. Alvarez entließ ihn mit einem finsteren Blick, dann wandte er sich an Tweed.

»Nehmen Sie bitte Ihr Gepäck und folgen Sie mir. Auch Ihre Freunde sollen bitte mit mir kommen. Es tut mir leid, daß Sie so grob behandelt worden sind. Anscheinend hat jemand dem Zoll einen falschen Tip gegeben und behauptet, Sie würden Drogen oder ähnliches schmuggeln. Wer weiß?«

Er hielt erst Tweed und dann Newman den Ausweis hin, der seinen Namen, ein Lichtbild und einige Angaben zur Person enthielt.

»CIA«, sagte Newman leise.

»Richtig, aber Ausweise kann man fälschen. Dort drüben ist ein Telefon, falls Sie Cord Dillon anrufen möchten.«

»Ich glaube, das wird nicht nötig sein«, wehrte Tweed ab.

»Das San Francisco Police Department hat uns seine volle Unterstützung zugesichert«, sagte Alvarez. »Vor dem Flughafengebäude stehen Streifenwagen bereit, um Sie zu Ihrem Hotel zu bringen. Ich hoffe, Blaulicht und Sirene stören Sie nicht allzu sehr. Sie sollen verhindern, daß Ihnen jemand lästig wird – außerdem machen die Wagen einen kleinen Umweg.«

»Mir scheint, Sie haben alles ausgezeichnet organisiert. Woher wissen Sie denn, in welchem Hotel wir abgestiegen sind?« erkundigte sich Tweed interessiert.

»Eine Angestellte Ihres Londoner Büros hat mit Mr. Dillon gesprochen, und der hat sie danach gefragt ...«

Tweed war bereits aufgefallen, daß Alvarez trotz seiner

perfekten Englischkenntnisse spanischer Abstammung war – sein Nachname und seine olivfarbene Haut verrieten ihn. Er mochte den Mann auf Anhieb.

Auf dem Weg zum Ausgang bemerkte er einige Männer in Straßenanzügen, anscheinend Geschäftsleute, die sich mit uniformierten Polizisten ein Handgemenge lieferten. Sie wurden mit Handschellen gefesselt und abgeführt, wobei die Beamten nicht gerade sanft mit ihnen umgingen. Tweed nickte in Richtung des Tumults.

»Was ist denn da drüben los?«

»Wir haben das Firmengebäude der AMBECO beobachten lassen. Mehrere polizeibekannte Ganoven kamen heraus, stiegen in ihre Autos und fuhren hierher. Wir setzten voraus, daß sie Ihnen gegenüber feindliche Absichten hegten und nahmen sie fest.« Ein verschmitztes Lächeln trat auf sein Gesicht. »Und wir werden schon einen Vorwand finden, um sie festzuhalten. Sie haben alle ein ellenlanges Vorstrafenregister ...«

Die halbstündige Fahrt vom Flughafen in die Stadt entwikkelte sich für Paula, die an den Folgen des Jetlag litt, zu einem Alptraum. Die unaufhörlich jaulenden Sirenen des Streifenwagens, in dem sie mit Tweed saß, gellten ihr in den Ohren, und das grelle Licht auf dem Dach blendete sie. Außerdem verlief die Fahrt mehr als hektisch, der Wagen schoß mit hoher Geschwindigkeit um die Kurven und hielt immer wieder ruckartig und mit kreischenden Bremsen an, wenn sie eine Kreuzung erreichten und anderen Fahrzeugen die Vorfahrt lassen mußten.

Was für ein Unterschied zu Spanish Bay, dachte sie, sich das Hotel außerhalb Montereys ins Gedächtnis rufend, in dem sie für die Dauer ihres vorigen Aufenthaltes gewohnt hatte. Wenn dies das wahre Amerika ist, dann bin ich in der Hölle gelandet ...

Alvarez saß vor Tweed, direkt neben dem Fahrer. Hinter ihnen drängten sich Newman, Marler, Butler und Nield in einem weiteren Streifenwagen zusammen, und ein dritter beförderte ihr Gepäck.

Die halsbrecherische Geschwindigkeit wurde auch beibehalten, als sie die Innenstadt erreichten und, wie es Tweed vorkam, im unkontrollierten Zickzack kreuz und quer durch die Straßen schossen. Alvarez drehte sich zu Paula um und lächelte.

»Beeindruckt?«

»Sehr sogar!« schrie sie zurück.

Zu guter Letzt jagten sie eine der vielen steilen Straßen hoch und hielten vor einem auf ihrem höchsten Punkt liegenden Hotel. Alvarez drängte sie in das Gebäude, sagte, er würde sich später um das Gepäck kümmern und brachte sie zu ihren Zimmern, nachdem sie sich eingetragen hatten. Dann erklärte er Tweed, er selbst würde ebenfalls in diesem Hotel wohnen, und nannte ihm seine Zimmernummer.

»Endlich allein«, stöhnte Paula und ließ sich auf die Bettkante sinken.

»Die Zimmer sind jedenfalls in Ordnung«, bemerkte Tweed, während er ihr ein Glas Wasser eingoß. »Trinken Sie nicht alles auf einmal. Die Hälfte jetzt, den Rest später.«

»Danke.« Paula tat, wie ihr geheißen. »Willkommen in den Staaten! Was halten Sie eigentlich von diesem Theater an der Zollkontrolle? Wer steckte Ihrer Meinung nach dahinter? Moloch?«

»Möglich.«

»Was soll das heißen?«

»So eine Aktion entspricht nicht seinem Stil. Allmählich fange ich an, mich in diesen Mann hineinzuversetzen.«

»Ist dies hier nicht das Hotel, von dessen Dach aus man angeblich so einen fantastischen Blick über die Stadt hat?«

»So ist es. Trinken Sie Ihr Wasser aus, dann schenke ich Ihnen noch einmal nach.«

Nach dem zweiten Glas Wasser fühlte sich Paula langsam besser. Ihr Gepäck war bereits auf ihr geräumiges Zimmer geschafft worden; das Personal schien gut geschult zu sein. Der Hals einer großen Champagnerflasche ragte aus einem silbernen Sektkühler auf dem Tisch hinter ihr heraus. Erstaunt ging sie darauf zu und las die beiliegende Karte. *Von David A. Angenehmen Aufenthalt.*

»Kleine Aufmerksamkeit von Alvarez«, sagte sie. »Ich mag den Mann.«

»Er ist ein netter Kerl – und ein echter Profi«, stimmte Tweed zu.

»Ich würde gerne auf das Dach gehen, um die Aussicht zu bewundern. Geben Sie mir zehn Minuten, um mich frischzumachen, aber bleiben Sie bitte solange im Zimmer.«

Eine für Paulas Verhältnisse ungewöhnliche Bitte, grübelte Tweed, nachdem sie rasch ein paar Kleidungsstücke aus einem ihrer Koffer genommen hatte und damit im Bad verschwunden war. Die Zeitverschiebung sowie die häßliche Szene am Flughafen und die nervenaufreibende Fahrt hatten ihren Tribut gefordert.

Tweed selbst hätte auch ein heißes Bad vertragen können, aber er hatte sich während des elfstündigen Fluges schon frischgemacht.

Knapp zehn Minuten später kam Paula wieder aus dem Badezimmer. Sie hatte sich umgekleidet, ihr Make-up erneuert und sah sehr viel besser aus als vorher. Die meisten Frauen hätten mindestens eine halbe Stunde benötigt, dachte Tweed. Er hatte das Rauschen der Dusche gehört.

»Melde mich zum Dienst zurück, Sir. Bereit, das Dach zu erkunden.«

Sie machte eine kleine Verbeugung. Ihre Fähigkeit, innerhalb von kürzester Zeit wieder zu Kräften zu kommen, erstaunte Tweed immer wieder. Jemand klopfte leise an die Tür, und er öffnete vorsichtig. Newman, ebenfalls in einem anderen Anzug, stand mit Marler an seiner Seite vor ihm.

»Kommen Sie herein«, forderte Tweed sie auf.

»Wie geht es Ihnen denn, Paula?« fragte Marler.

»Wir wollten gerade hoch aufs Dach, die Aussicht bewundern. Mal sehen, ob der Blick wirklich so schön ist, wie allgemein behauptet wird.«

»Wir kommen mit«, sagte Newman vergnügt.

Zu Tweeds Überraschung hatten sie die Dachfläche ganz für sich allein. Einen Augenblick später tauchte jedoch Alvarez wie aus dem Nichts neben ihnen auf. Er hielt ein kleines Fernglas in der Hand.

»Von hier oben aus hat man den besten Blick über die Stadt«, meinte der Amerikaner. »Haut Sie glatt um.«

»Ihr Englisch ist deutlich britisch geprägt, wenn Sie verstehen, was ich meine«, sagte Tweed zu ihm. »Sie haben sogar die umgangssprachlichen Ausdrücke übernommen.«

»Das will ich doch sehr hoffen. Immerhin habe ich zwei Jahre lang in London gearbeitet. England hat mir gut gefallen. Die Menschen dort sind so höflich. Sehen Sie, da drüben liegt das berühmte AMBECO-Gebäude.«

Paula schnappte nach Luft. Der Ausblick war in der Tat überwältigend. Sie starrte auf die weltbekannte Golden Gate Bridge, die den Eingang der Bucht überspannte, und machte Alvarez begeistert darauf aufmerksam.

Er stellte das kleine, aber lichtstarke Fernglas für sie ein und reichte es ihr. »Schauen Sie zur AMBECO hinüber. Ziemlich weit oben liegt ein Büro, dessen Fenster offensteht. Drin sitzt ein Mann an seinem Schreibtisch und arbeitet. Können Sie ihn sehen?«

Sie fand das betreffende Fenster sofort. In dem Raum saß ein Mann mit aufgerollten Hemdsärmeln, den Kopf über einige Papiere gebeugt, die er mit äußerster Konzentration zu studieren schien. Paula konnte gerade noch einen Laut der Überraschung unterdrücken.

»Das ist ja Joel Brand!« rief sie.

»Die Kandidatin hat hundert Punkte.«

Paulas Gedanken flogen zu dem Feuergefecht bei Mullion Towers im entfernten Cornwall zurück. Der Mann, den sie gerade beobachtete, hatte die Truppe angeführt, mit der sie sich auseinandersetzen mußten, nachdem sie über die Mauer geklettert waren, die Molochs Besitz umgab.

Sie reichte das Glas an Tweed weiter, der den Mann hinter dem Schreibtisch aufmerksam betrachtete und sich sein Äußeres genau einprägte. Es war das erste Mal, daß er Molochs rechte Hand persönlich zu Gesicht bekam. Dann gab er Newman das Fernglas.

»Arbeitet anscheinend verdammt hart«, lautete sein einziger Kommentar.

»Das ist eine Grundvoraussetzung, wenn man bei Moloch angestellt ist. Angeblich benötigt Moloch selbst nur vier Stunden Schlaf pro Nacht – er arbeitet wie ein Besessener …«

»Besessene Menschen sind gefährlich. Er hat doch eine Stiefmutter, eine gewisse Mrs. Benyon. Wissen Sie zufällig etwas über sie?«

»Ich weiß eine ganze Menge über VB«, entgegnete Alvarez. »Mrs. Benyon ist vor kurzem in ein Haus namens The Apex gezogen. Wenn Sie sie aufsuchen wollen, zeige ich Ihnen auf der Karte, wo genau es liegt. Sie finden es in der Nähe von Big Sur – und von Black Ridge, Molochs etwas außerhalb der Stadt gelegenem Hauptquartier. Black Ridge können Sie gar nicht verfehlen.«

Alvarez zog eine Karte von Nordkalifornien aus der Tasche, markierte die genaue Lage beider Häuser mit einem Kreuz und reichte sie Tweed, der sich bei ihm bedankte.

»Merkwürdig, daß wir das Dach ganz für uns haben«, bemerkte er dann.

»In der Stadt findet augenblicklich eine große Tagung statt – viele Hotelgäste werden dort sein.«

»Wenn der Kerl da Joel Brand ist«, sagte Newman finster und richtete das Glas auf ihn, »dann möchte ich ihn gerne einmal näher kennenlernen.«

»Seien Sie vorsichtig«, warnte Alvarez. »Der Bursche ist gefährlich.« Er musterte Newman prüfend. »Aber Sie werden wohl mit ihm fertig werden. Sie wirken ziemlich zäh – müssen Sie wohl auch sein, sonst hätten Sie die vielen Reisen in exotische Länder, die Sie Ihres Berufs wegen unternommen haben, kaum unbeschadet überstanden. Ich war ein begeisterter Leser Ihrer Artikel. Schade, daß Sie nicht mehr schreiben.«

Alvarez' Handy klingelte. Er meldete sich, hörte kurz zu und wandte sich dann an Tweed.

»Für Sie. Eine Frau namens Monica.«

»Hier Tweed.«

»Ich weiß, daß Sie in Ihrem Hotel sind.« Monica legte eine Pause ein, die Tweed verriet, daß sie das, was sie zu sagen hatte, verschlüsseln würde.

»Das Schiff, von dem ich gesprochen habe, liegt immer noch vor der Küste. Ich habe meinen Freund angerufen, und der sagte, es würde bald zu einer Kreuzfahrt im östlichen Mittelmeer aufbrechen. Ich würde gar zu gerne mitfahren. Vielleicht komme ich sogar bis in den Libanon, wer weiß? Ich denke, ich werde einfach eine Kabine buchen.«

»Tun Sie das«, erwiderte Tweed. »Das Wetter dort drüben ist ähnlich wie hier. Sehr heiß.«

»Hier hat es sich zum Glück etwas abgekühlt. Die Hitzewelle ging ein paar Stunden nach Ihrer Abreise zu Ende, und nun regnet es. Schönen Urlaub noch ...«

Tweed übersetzte den anderen unverzüglich, was Monica ihm berichtet hatte – daß die *Venetia* für eine Fahrt in den Libanon bereitgemacht wurde.

»Die arabische Mafia«, sagte Alvarez leise. »Davor hat man in Washington die größte Angst. Moloch besitzt in den Bergen hinter Beirut ein prachtvolles Haus.«

»Seine Zuflucht, nachdem das große Ereignis eingetreten ist«, dachte Tweed laut.

»Was für ein großes Ereignis?«

»Ich hoffe inständig, daß ich mich irre, daher möchte ich jetzt nicht näher darauf eingehen. Ich denke, wir sollten erst einmal sehen, daß wir etwas in den Magen bekommen.«

»Ich werde auch im Speisesaal sein«, versicherte ihm Alvarez. »Aber wahrscheinlich sehen Sie mich gar nicht.«

»Wenn ich Mrs. Benyon aufsuchen will, sollte ich mich vermutlich vorher telefonisch anmelden, meinen Sie nicht?«

»Nicht nötig. Sie ist immer zuhause. Fahren Sie einfach bei ihr vorbei, dann haben Sie außerdem noch den Vorteil des Überraschungseffektes.«

»Und auf dem Weg dorthin möchte ich mir gerne das Apartment ansehen, in dem Linda Standish ermordet wurde. Ich habe sie in London kennengelernt. Läßt sich das arrangieren?«

»Ohne Probleme. Ich kenne den für den Fall zuständigen Detective dort unten. Er heißt Jeff Anderson. Wollen Sie sich morgen mit ihm treffen? Und wenn ja, um welche Uhrzeit?«

»Soviel ich weiß, benötigt man von hier aus zwei Stunden mit dem Auto. Glauben Sie, er könnte um halb eins dort sein? Ich habe die Adresse und weiß auch, wie ich das Apartment finde. Sie müßten Anderson nur fragen, ob ihm der Zeitpunkt recht ist.«

»Dafür werde ich schon sorgen.«

Marler fand sich nicht zum Essen im Restaurant ein. Er hatte ein paar Worte mit Newman gewechselt und war dann verschwunden. Als er zurückkehrte, trug er eine große Reisetasche bei sich. Er traf Tweeds Team, Butler und Nield eingeschlossen, in Paulas geräumigem Zimmer an.

»Haben Sie eigentlich schon etwas gegessen?« fragte sie ihn.

»Ein paar Happen in einem Schnellrestaurant. Ich habe einen Waffenhändler aufgesucht – den Namen hat mir vor langer Zeit einmal ein Bekannter in Straßburg gegeben …«

Er brach ab, als es erneut an der Tür klopfte, und schob die Reisetasche hastig in den Schrank hinter Paulas Kleider. Newman öffnete, Alvarez trat ein und lächelte jedem zu, wobei er seine blendendweißen Zähne zeigte. Er hielt einen Umschlag in der Hand, den er Marler mit einem vielsagenden Blick hinhielt.

»Ich komme gerade vom Polizeipräsidium. Hab' die Genehmigungen für Ihr Waffenarsenal hier drin. Mußte nur ein paar Fäden ziehen …«

»Waffenarsenal?« wunderte sich Paula.

Marler holte die Tasche wieder aus dem Schrank, zog den Reißverschluß auf und entnahm ihr einen 32er Browning, den er an Paula weiterreichte. Alvarez sah ihm zu, dann gab er ihr eines der Papiere aus seinem Umschlag.

»Diese Genehmigung berechtigt Sie zum Tragen der Waffe sowie der zusätzlichen Munition, die Marler Ihnen geben wird.«

Dieser förderte als nächstes zwei Walther-Pistolen P38 komplett mit Magazinen zutage, die für Butler und Nield bestimmt waren. Alvarez händigte ihnen die dazugehörigen Papiere aus. Newman entdeckte zu seiner Freude auch einen 38er Smith & Wesson, seine erklärte Lieblingswaffe. Marler hielt sie ihm hin, und Alvarez legte die Genehmigung dazu. Paula beobachtete die beiden Männer mit einiger Verblüffung.

»Wann haben Sie denn das alles arrangiert?« fragte sie.

»Als Sie beim Abendessen saßen«, erklärte ihr Alvarez. »Marler hat eine Liste aller benötigten Waffen aufgestellt, und während er losging, um sie zu besorgen, bin ich zum Polizeipräsidium gefahren und habe Ausnahmegenehmigungen beantragt.« Er blickte zu Tweed. »Ihr Name stand übrigens nicht auf der Liste.«

»Ich trage niemals eine Schußwaffe bei mir.«

»Marler«, fuhr Alvarez fort, »hier ist der Schein für Ihre eigene Waffe. Sie müssen ja ein ausgezeichneter Schütze sein.«

»Der beste in ganz Europa«, versicherte ihm Tweed.

»Noch etwas, Marler.« Alvarez lächelte breit. »Haben Sie irgend etwas in dieser Tasche, was Sie mir noch nicht gezeigt haben?«

»Sagten Sie nicht, wir hätten es mit einem harten Gegner zu tun?«

»Dem härtesten überhaupt.«

»Dann brauchen Sie auch nicht zu wissen, was sonst noch in der Tasche ist.«

»Nun gut. Ich nehme an, Sie wissen, was Sie tun. Ich gehe jetzt, aber einige meiner Männer werden die ganze Nacht lang auf diesem Flur Wache schieben. Wir haben Ihre Reservierungen geändert, so daß Sie jetzt alle auf derselben Etage wohnen. Der Hotelleitung wurde mitgeteilt, Sie wären wichtige Persönlichkeiten des öffentlichen Lebens und die Anordnungen direkt aus Washington. Gute Nacht, alle miteinander. Schlafen Sie gut ...«

Sowie Alvarez verschwunden und die Tür wieder abgeschlossen war, wühlte Marler erneut in seiner Tasche herum, brachte ein Dutzend Handgranaten zum Vorschein, reichte Paula zwei davon und verteilte den Rest an die anderen.

»Schreckschußgranaten?« erkundigte sich Paula.

»Nein, scharfe Handgranaten. Sie haben ja gehört, was Alvarez gesagt hat – wir müssen es mit einem sehr gefährlichen Gegner aufnehmen. Außerdem bekommen Sie alle noch Rauchbomben. Ich liebe diese Dinger.«

Schließlich nahm er seine Lieblingswaffe, ein zerlegtes Armalite-Gewehr mit Zielfernrohr und Infrarotvisier zur Hand, streichelte es liebevoll und meinte gedehnt: »Mit dem Prachtstück hier kann ich gar nicht danebenschießen.«

»Und ich«, unterbrach Newman, »habe zwei Autos für uns gemietet. Einen Mercedes und einen BMW.«

»Denken Sie denn gar nicht an die Kosten?« neckte Tweed ihn.

»Wir sind hier in Amerika«, erinnerte Newman ihn. »Nur das Image zählt.«

»Dann schlage ich vor, daß wir uns noch ein paar Stunden aufs Ohr legen«, verkündete Tweed und ging zur Tür. »Morgen dringen wir auf feindliches Gebiet vor.«

19.

Noch während der Nacht hatte Alvarez einige technische Experten, Spezialisten auf ihrem jeweiligen Fachgebiet, zusammengetrommelt. Mit Newmans Zustimmung hatten sie die ganze Nacht lang in einer verriegelten unterirdischen Garage an dem Mercedes und dem BMW gearbeitet. Später am nächsten Morgen waren beide Autos samt Insassen schon in der Nähe von Monterey.

Während der Fahrt über die Küstenstraße südlich von San Francisco war Tweed bewußt geworden, daß er fast vergessen hatte, wie malerisch sich die Landschaft hier darbot. Es war ein herrlicher, sonniger Morgen, und zu ihrer Rechten lag der heute spiegelglatte strahlendblaue Pazifik, der die Sonnenstrahlen reflektierte, so daß die Wasseroberfläche glitzerte wie mit Diamanten übersät.

Zur Linken erhob sich ein sanft geschwungener Hügel,

auf dem sich nur ab und an vereinzelte Holzhütten duckten und anzeigten, daß hier Menschen lebten. Abgesehen davon gab es keine weiteren Anzeichen für Besiedlung. An einer Haltebucht führte Newman den anderen die technischen Besonderheiten vor, mit denen der Mercedes auf Alvarez' Vorschlag hin versehen worden war.

Tweed stand mit Paula neben dem Wagen, während Newman die Knöpfe eines kleinen schwarzen Kästchens drückte, das am Armaturenbrett angebracht war. Daraufhin wurden auf dem Dach zwei lange Antennen ausgefahren, an deren Spitzen sich spinnwebförmig ein feines Drahtnetz ausbreitete. Er drückte einen anderen Knopf, und ein kleiner Zylinder tauchte aus einer flachen Box auf dem Dach auf. Sie waren gerade wieder eingestiegen, als plötzliche eine durchdringende Sirene aufheulte, die starke Ähnlichkeit mit dem Martinshorn eines Polizeiwagens hatte. Paula hielt sich entsetzt die Ohren zu, und Newman schaltete die Sirene wieder ab.

»Was hat das alles zu bedeuten?« fragte Tweed.

»Ja, wozu soll das gut sein?« schloß sich Paula vom Rücksitz aus an.

Sie saß neben Marler, der sein Armalite zusammengesetzt hatte, das Zielfernrohr aufsteckte und das Gewehr auf den Wagenboden legte. Sie bogen wieder auf die Autobahn ein, und Newman begann zu erklären:

»Sehen Sie das unter dem Armaturenbrett verborgene Mikrofon? Damit kann ich mich nicht nur mit Alvarez verständigen, sondern die Botschaft gleich automatisch an Cord Dillon in Langley weiterleiten lassen. Dieses Ding ist eines der leistungsfähigsten Funkgeräte der Welt – zusammen mit der Antenne, die ich inzwischen wieder eingefahren habe. Die Sirene hat nur eine psychologische Wirkung; der Klang wird außerdem vermutlich jedes sich im Umkreis mehrerer Meilen befindliche Polizeifahrzeug herbeilocken. Übrigens wird auch jeder Hilferuf, den ich aussende, über eine bestimmte Frequenz geleitet – die auch von den Fahrern der Streifenwagen benutzt wird.«

»Alvarez geht kein Risiko ein«, meinte Tweed. »Und mir

ist die ganze Ausrüstung auf dem Dach überhaupt nicht aufgefallen.«

»Das war ja auch der Sinn der Sache.«

»Wie ich sehe, halten sich Butler und Nield dicht hinter uns«, bemerkte Tweed nach einem Blick in den Seitenspiegel.

»Alles genau nach Plan. Und jetzt nähern wir uns einer größeren Stadt.«

»Das ist Monterey. Jetzt erinnere ich mich auch an den Weg zur Junipero Street in Carmel. Folgen Sie von nun an meinen Angaben ...«

Newman, der wußte, daß Tweed über ein fotografisches Ortsgedächtnis verfügte, tat, was ihm gesagt wurde. Sie durchquerten ausgedehnte Zypressenwaldgebiete, umfuhren den größten Teil Montereys und gelangten schließlich nach Carmel, wo Tweed sie mit weiteren Instruktionen versorgte.

»Carmel wurde, wie so viele amerikanische Städte, nach dem Gittersystem erbaut«, erklärte er. »Die Hauptstraßen verlaufen von oben hinunter zum Meer, die anderen Straßen kreuzen sie im rechten Winkel. Hier sind wir schon auf der Junipero. Halten Sie nach einem Parkplatz Ausschau, Newman.«

Er nahm Alvarez' Karte zur Hand, um ganz sicherzugehen, daß er sich nicht geirrt hatte. Als er aus dem Wagen stieg, folgte ihm Paula und bat darum, ihn bei der Besichtigung von Linda Standishs Apartment begleiten zu dürfen.

»Kommen Sie nur mit, Sie können mir unter Umständen nützlich sein. Eine Frau kann anhand der Wohnungseinrichtung einer anderen Frau viel über diese aussagen.«

»Was für ein interessantes Städtchen«, meinte Paula, sich bewundernd umblickend. »Überall wimmelt es von Kunsthandwerksläden und Antiquitätengeschäften.«

»Davon lebt ja auch der gesamte Ort.«

Tweed fand den Eingang zu dem kleinen Hinterhof, an dem Linda Standishs Apartment lag, ohne große Mühe. Die enge Einfahrt führte zu einem von zweistöckigen Gebäuden umgebenen Kopfsteinpflasterplatz. Die meist aus Holz erbauten Häuser wirkten alt und repräsentierten die verschiedensten architektonischen Stilrichtungen. An den geschnitzten Geländern der Balkone der ersten Stockwerke erkannte Paula deutlich spanischen Einfluß. Überall hingen mit Blumen gefüllte Körbe.

Sie waren ein wenig zu früh dran, doch dann kam ein untersetzter Mann in einem leichten hellen Anzug auf sie zu und musterte sie prüfend. Er war glatt rasiert, hatte kurzgeschorenes Haar und sah aus wie Mitte Dreißig.

»Wer sind Sie?« wollte er wissen.

»Dasselbe könnte ich Sie fragen«, gab Tweed nicht allzu höflich zurück.

»Detective Jeff Anderson.«

»Mein Name ist Tweed. Stört es Sie, wenn meine Assistentin Paula mich zu Linda Standishs Apartment begleitet?«

»Überhaupt nicht.« Anderson warf Paula einen bewundernden Blick zu, in dem nicht ein Hauch von Aufdringlichkeit mitschwang. »Könnte ich bitte Ihren Ausweis sehen?« fragte er dann.

Tweed reichte ihm seinen Paß. Anderson prüfte ihn sorgfältig, ehe er ihn seinem Besitzer zurückgab. Er wurde etwas umgänglicher.

»Willkommen in Carmel. Obgleich es ja ein sehr unerfreulicher Anlaß ist, der Sie hergeführt hat.«

»Ich war früher schon einmal hier. Können wir jetzt Linda Standishs Wohnung sehen?«

»Hier entlang, bitte ...«

Anderson führte sie quer über den Hof und stieg bereits eine mit einem schmiedeeisernen Geländer gesicherte Treppe empor, als Paula ihm etwas nachrief.

»Entschuldigen Sie, aber ist der Hof nachts gut beleuchtet?«

»Nein, nur durch die Laternen, die Sie hier sehen.«

Sie mußten sich unter einem Plastikband hindurchbükken, das den Treppenaufgang vor Schaulustigen absperrte. Ein uniformierter Polizeibeamter stand unten Wache und behielt die Umgebung im Auge. Anderson öffnete die Holztür mit einem Schlüssel und ließ sie ein.

Das Apartment bestand aus einem einzigen großen Raum. Ein Schreibtisch und ein Bürostuhl standen darin. Der Stuhl sowie der Fußboden waren mit Blutflecken übersät. Anderson deutete auf die über den Tisch verstreuten Papiere, die gleichfalls getrocknete Blutspritzer aufwiesen.

»Wir nehmen an, daß sie gerade mit ihrer Einkommenssteuererklärung beschäftigt war, als sie von hinten erdrosselt wurde.«

»War die Tür offen?« fragte Tweed.

»Ja.«

»Und Sie glauben, sie saß auf dem Stuhl, als man sie ermordet hat?«

»Da bin ich mir ganz sicher.«

»Das läßt darauf schließen, daß sie ihren Mörder kannte. Sie wäre sonst aufgestanden, wenn ein Fremder die Wohnung betreten hätte. Außerdem war sie Privatdetektivin – da hatte sie doch sicher eine Schußwaffe?«

»Ja, einen Colt. Er lag geladen in der Schublade zu ihrer Rechten.«

»Auch das beweist, daß sie den Besucher kannte und keinen Grund hatte, sich vor ihm zu fürchten. Beachten Sie die Entfernung zwischen der Wohnungstür und ihrem Schreibtisch. Zudem ist mir aufgefallen, daß die Tür ziemlich laut knarrt, wenn sie geöffnet wird. Sie hätte genug Zeit gehabt, den Colt aus der Schublade zu holen. Nein, sie kannte den Mörder und traute ihm.«

»Oder ihr«, warf Paula ein.

Anderson starrte Tweed an und wiegte sich auf den Fersen hin und her.

»Wer sind Sie eigentlich? Man sagte mir, Sie wären von einer Versicherung, aber Sie stellen Fragen wie ein Polizist.«

»Er war früher einmal der jüngste Superintendent im Morddezernat von Scotland Yard«, sagte Paula ruhig.

»Das erklärt manches. Aber beschäftigen wir uns lieber wieder mit unserem Fall. Wie Sie sehen, wurden sämtliche Schubladen herausgezogen und auf dem Boden ausgeleert – bis auf die, in der die Waffe lag. Vermutlich entschloß er sich, die unangetastet zu lassen.«

»Oder sie«, beharrte Paula.

»Wir haben es hier mit einem Serienkiller zu tun, den man den Buchhalter nennt«, wies Anderson sie zurecht.

»Das weiß ich selber«, fuhr ihn Paula an. »Aber in Europa hat es bereits mehrere Fälle gegeben, wo weibliche Profikiller erfolgreich tätig waren. Halten Sie Amerika für eine rühmliche Ausnahme?«

»Vielleicht haben Sie recht«, meinte Anderson zweifelnd.

»Das Apartment wurde völlig verwüstet«, bemerkte Tweed. »Offenbar hat der Mörder verzweifelt nach etwas gesucht, vielleicht nach belastendem Material, das uns auf seine – oder ihre Spur führen könnte.«

»Daran haben wir auch schon gedacht. Jeder Papierfetzen wurde gründlich untersucht. Ich nehme an, er hat gefunden, was er haben wollte.«

»Wer weiß?« murmelte Paula.

Sie blickte sich nachdenklich im Raum um. Wo würde eine Frau etwas verstecken, was nicht gefunden werden soll? fragte sie sich. Wo hätte ich es versteckt? Etwas an ihrem Verhalten veranlaßte Anderson, sich weiterer Bemerkungen zu enthalten und sie schweigend zu beobachten. Sie blieb still an einem Fleck stehen und ließ den Blick langsam über jedes einzelne Möbelstück gleiten.

Dann ging sie auf einen sehr hohen Aktenschrank zu, dessen Schubladen gleichfalls herausgerissen worden waren, stellte sich auf die Zehenspitzen und fuhr mit den Fingern über die staubige Oberfläche, bis sie einen Schnellhefter ertastete. Sie zog ihn heran, nahm ihn in die Hand und schlug ihn auf. Ein Blatt Papier lag darin, auf dem in sauberer Handschrift Namen aufgelistet worden waren. Die Überschrift lautete: *Verdächtige.*

Nachdem sie den Bogen kurz überflogen hatte, reichte sie ihn Tweed. Anderson spähte über ihre Schulter auf die Namen.

Vincent Bernard Moloch. Joel Brand. Luis Martinez. Byron Landis. Vanity Richmond.

»Dies haben Ihre Leute wohl übersehen«, meinte Tweed und gab die Liste an Anderson weiter.

»Allerdings.« Er sah Paula betreten an. »Tut mir leid, wenn ich vorhin etwas grob war.«

»Machen Sie sich nichts draus.«

»Ich bin mir ziemlich sicher, daß der Killer auf dieser Liste steht«, sagte Tweed. »In London habe ich von Linda Standish erfahren, daß sie bereits seit einiger Zeit an dem Fall arbeitete.«

Er hielt inne, als der uniformierte Beamte den Raum betrat und sich respektvoll an Anderson wandte.

»Entschuldigen Sie die Störung, aber unten ist ein Mann, der versucht hat, unter der Absperrung durchzuschlüpfen und die Treppe hinaufzugehen. Er wartet im Hof. Wollte mir seinen Namen nicht nennen.«

»Schicken Sie ihn rauf – aber durchsuchen Sie ihn erst nach Waffen.«

Eine Minute später stürmte ein kahlköpfiger Mann mit einer stahlgefaßten Brille in den Raum. Er starrte die drei Leute an, die ihn schweigend musterten.

»Ich bin Byron Landis«, stotterte er. »Was zum Teufel geht hier vor?«

»Bitte nehmen Sie doch Platz, Mr. Landis«, bat Anderson mit übertriebener Höflichkeit. »Ich bin Detective Anderson.«

»Detective? Wo ist Mrs. Standish?« fragte Landis verwirrt, als er sich setzte.

»Im Leichenschauhaus«, teilte Anderson ihm mit.

Paula, die Landis genau beobachtete, stellte fest, daß sich keine Regung auf seinem Gesicht zeigte. Aber das konnte natürlich auch auf den Schock zurückzuführen zu sein.

»Was soll das heißen?« fragte er schließlich.

»Das heißt«, erklärte Anderson, sich über ihn beugend, »daß jemand am Abend in ihr Büro gekommen ist und ihr mit einer Drahtgarotte fast den Kopf vom Rumpf getrennt hat. Kannten Sie sie?«

»Flüchtig.«

»Deshalb wollten Sie ihr wohl jetzt einen flüchtigen Besuch abstatten, was? War sie vielleicht Ihre Geliebte?« fragte Anderson.

»Das war sie nicht«, widersprach Landis empört. »Diese Unterstellung ist einfach ungeheuerlich! Ich protestiere schärfstens!«

»Er protestiert!« schnaubte Anderson verächtlich. »Vielleicht sollte ich mich bei ihm entschuldigen.« Er brachte sein Gesicht ganz nah vor das von Landis. »Wie kommt es denn, daß Sie beide vor zwei Nächten in einer nahegelegenen Diskothek gesehen wurden? Dafür gibt es Zeugen!«

»Ich war in einer Diskothek«, gab Landis zu. »Vor zwei Nächten. Aber nicht zusammen mit Linda ...«

»Aha, jetzt heißt sie schon Linda. Sie standen auf ziemlich vertrautem Fuß miteinander, was, mein Bester?«

»Ich habe Ihnen gerade erklärt, daß dem nicht so war«, fauchte Landis, der seine Fassung zurückgewonnen hatte. »Und ich wäre Ihnen sehr dankbar, wenn Sie mir nicht so nahe kommen würden.«

»Mit Vergnügen. Sie haben nämlich Mundgeruch. Ach, übrigens, wo waren Sie denn vor zwei Tagen? Am frühen Abend?«

»In Black Ridge, bei der Arbeit.«

Bei der Erwähnung von Black Ridge änderte sich Andersons Gebaren. Er wurde ruhiger, trat ein paar Schritte zurück und starrte auf Landis hinunter.

»Können Sie sich irgendwie ausweisen?«

»Mit meinem Führerschein.«

Landis knallte ihn auf den Schreibtisch, dabei bemerkte er die roten Flecken und zuckte zusammen.

»Was sind denn das für rote Spritzer?«

»Blutflecken.«

Landis griff hastig nach seinem Führerschein, der genau auf einem der Flecken lag, und legte ihn auf eine saubere Ecke des Schreibtisches. Anderson überprüfte ihn und gab ihn dann zurück.

»Vielleicht muß ich Ihnen später noch ein paar Fragen stellen, Mr. Landis.«

»Sie wissen ja, wo Sie mich erreichen können.« Landis

erhob sich und blickte zu Tweed und Paula hinüber. »Ich habe zwar keine Ahnung, wer Sie sind, aber Sie konnten ja beobachten, wie man mich behandelt hat. Ich gehe jetzt. Ihr Name war Anderson, sagten Sie?« schloß er mit einem Blick auf den Detective, ehe er den Raum verließ.

Sowie sie allein waren, ließ Paula erneut den Blick über die billigen Möbel schweifen. Anscheinend verdienten Privatdetektive nicht so gut, daß sie sich ein behagliches Heim schaffen konnten.

»Was für ein Ort zum Sterben«, sagte sie leise. »Und dann auch noch auf so eine furchtbare Weise.«

»So etwas kommt vor.« Anderson gab sich geschäftsmäßig. »Mr. Tweed, für gewöhnlich habe ich einen Assistenten bei mir, der als Zeuge fungiert. Ich hoffe, Sie denken nicht daran, die Staaten bald wieder zu verlassen – möglich, daß ich Sie noch brauche, damit Sie meinen Bericht bestätigen. Wo sind Sie hier untergekommen?«

»Im Spanish Bay Hotel«, erwiderte Tweed prompt. »Geben Sie mir Ihre Telefonnummer, damit ich mich gegebenenfalls mit Ihnen in Verbindung setzen kann.«

Er nahm die Karte entgegen, die Anderson aus seiner Brieftasche gezogen hatte, und schob sie in seine eigene.

»Wir müssen jetzt gehen«, sagte er entschieden. »Eine weitere wichtige Verabredung.«

Mit diesen Worten verließ er, gefolgt von Paula, das Apartment. Erst als sie schon fast am Auto waren, machte Paula ihrem Herzen Luft.

»Anderson hat sich bei mir noch nicht einmal dafür bedankt, daß ich diese Liste gefunden habe, obwohl sie für den Verlauf seiner Ermittlungen sehr wichtig sein könnte. Und haben Sie gesehen, wie Byron Landis sich bewegt? Er hat einen Watschelgang wie eine Ente.«

»Ja, das ist mir auch aufgefallen ...« Tweed wirkte gedankenversunken. Plötzlich blieb er stehen, und Paula sah, wie ein ganz bestimmter, ihr wohlbekannter Ausdruck auf sein Gesicht trat.

»Was ist los?« fragte sie, während Newman aus dem Mercedes stieg.

»Quack ... Quack ... So lauteten die Worte, die die Standish-Schwester gebrauchte, die in Cornwall an Land gezogen wurde. Jetzt weiß ich auch, was sie damit meinte. Ich hatte recht. Möge der Himmel uns helfen, aber hier brodelt wirklich ein Hexenkessel ungeheuren Ausmaßes. Wir müssen so schnell wie möglich mit Mrs. Benyon sprechen. Vielleicht kann sie uns weiterhelfen ...«

Gefolgt von dem BMW fuhr Newman aus Carmel heraus und dann die wohl berühmteste Küstenstraße der Welt entlang. Der Highway One folgte dem Verlauf der Pazifikküste, die ungefähr fünfzig Meter unterhalb der Straße lag. Paula bewunderte die atemberaubende Landschaft; den glitzernden Pazifik zu ihrer Rechten und die steil emporragenden Berge zur Linken.

Weiter südlich schlängelte sich der Highway um manchmal nahezu rechtwinklige Kurven, die teilweise mit Leitplanken gesichert waren, die verhindern sollten, daß Fahrzeuge in den Abgrund stürzten. Newman schätzte, daß sie sich nun ungefähr hundertfünfzig Meter über dem Pazifik befanden. Wer hier über den Rand geriet, würde den Sturz nur schwerlich überleben.

»Was für eine herrliche Gegend«, begeisterte sich Paula. »Ich habe noch nie etwas Vergleichbares gesehen.«

»Vor einigen Jahren war ich schon einmal hier«, sagte Tweed. »Aber ich stimme Ihnen zu, der Anblick ist wirklich einmalig. Und wir haben ihn ganz für uns allein.«

Was der Wahrheit entsprach. Zu Paulas Verblüffung herrschte sowohl auf ihrer als auch auf der Gegenfahrspur kaum Verkehr. Vor und unter ihnen erstreckten sich längs der Felsen zahlreiche verlassene Buchten mit Sandstränden. Kein Mensch war zu sehen.

Sie wandte den Blick von dem in der Sonne glitzernden Ozean ab und schaute zur Landseite. Ein steiler geschwungener Hügel mit von der Sonne ausgebleichter Vegetation reihte sich an den anderen, so daß sich ein scheckiges Muster ergab.

Gelegentlich erhaschte sie einen Blick auf eines der einsam gelegenen, oben auf den Hügeln erbauten Häusern. Sie fand die Bauweise reichlich verschroben. Man hatte offenbar nichts unversucht gelassen, um die ohnehin schon kostspieligen Gebäude zu Unikaten hochzustilisieren. Dächer erhoben sich in absurden Winkeln über weitläufigen gefliesten Terrassen. Tweed bemerkte, daß die Häuser Paula faszinierten.

»Millionärsbehausungen«, erklärte er. »Jeder versucht, den anderen noch zu übertrumpfen. Typisch amerikanisch. Nicht kleckern, sondern klotzen. Sehen Sie das Haus dort drüben? Die Schornsteine sind doch tatsächlich mit Kupfer überzogen.«

»Bestimmt hat es auch einen eigenen Swimmingpool.«

»Natürlich. Einen Swimmingpool gibt es fast immer, meist ist er aus Marmor und oft sehr ungewöhnlich geformt. Ich bin schon von Leuten aus dieser Gegend angerufen worden, die das Gespräch mit den Worten ›Ich rufe gerade vom Pool aus an‹ eingeleitet haben, in allerbester Hollywoodmanier. Hier ist Geld der Dreh- und Angelpunkt der Welt ...«

Sie fuhren weiter, und nach einer Weile beugte sich Tweed plötzlich in seinem Sitz vor. Hinter der nächsten Kurve begann die Straße sich wieder bergab zu winden, und unter ihnen tauchte in einiger Entfernung eine riesige Brücke auf, über die der Highway hinwegführte. Er drehte sich zu Paula um, die neben Marler auf dem Rücksitz saß.

»Das ist die berühmte Bixby Bridge. Wenn ich mich recht entsinne, ist sie fast achtzig Meter hoch. Der Fluß, der darunter hinwegfließt, mündet in den Pazifik.«

»Ich habe schon viele Fotos davon gesehen«, sagte Paula. »Und nun bekomme ich tatsächlich die Gelegenheit, sie einmal selbst zu überqueren.«

Tiefer und tiefer schlängelte sich der Highway zur Küste hinab. Newman steuerte den Mercedes geschickt um die Kurven, bis die Straße wieder eben wurde. Als sie über die riesige Brücke hinwegfuhren, verursachten die Räder des Wagens mehrfach ein dumpfes Geräusch.

»Man hat in die Straßendecke Bodenschwellen eingearbeitet«, erklärte Newman, »um die Autofahrer zu einer langsamen Fahrweise zu zwingen.«

Die Landschaft wurde immer atemberaubender. Paula betrachtete hingerissen abwechselnd die bizarren Hügelketten und die Pazifikküste mit ihren schroffen Klippen, an denen sich mächtige Wellen brachen und meterhohe Gischtschleier in die Höhe schleuderten. Dann fiel ihr wieder ein, daß es ihre Aufgabe war, auf den Weg zu achten, und sie vertiefte sich von neuem in die Straßenkarte.

»Wir nähern uns Big Sur«, warnte Tweed.

»Mrs. Benyons Haus, The Apex, muß hier in der Nähe liegen. Sehen Sie das alte Gebäude dort rechts hoch oben über dem Meer? Sieht aus wie ein großes Dreieck. Könnte es das sein? Alvarez hat es irgendwo hier auf der Karte eingezeichnet«, sagte Paula.

»Und was ist mit dem eigentümlichen schwarzen Haus dort drüben auf dem Berg auf der anderen Seite?« fragte Newman.

»Ich würde sagen, dabei handelt es sich um Black Ridge«, erwiderte Tweed grimmig.

»Es wirkt irgendwie unheimlich«, meinte Paula. »Steht ganz für sich und scheint rundherum von einer schwarzen Steinmauer umgeben zu sein.«

»Eine kalifornische Ausgabe von Mullion Towers«, stellte Newman fest.

»Schauen Sie sich nur die gotischen Schornsteine und das überdimensionale Panoramafenster im ersten Stock an! Das Haus ist eine architektonische Absurdität!« rief Paula.

»Wie alle anderen hier in der Gegend auch«, spottete Marler.

»Ich glaube, dies hier ist The Apex«, unterbrach Paula rasch. »Ja, tatsächlich. Neben der Auffahrt steht ein ziemlich primitives Holzschild.«

»Dann fahren Sie mal zum Haus hinauf, Bob«, befahl Tweed. »Ich bin gespannt, was Mrs. Benyon zu sagen hat.«

20.

Tweed drückte den Klingelknopf neben der ungewöhnlichen Eingangstür und wies Paula gleichzeitig auf die seltsamen kabbalistischen Zeichen auf der steinernen Terrasse hin. Wir haben es anscheinend mit einer ziemlich überspannten Person zu tun, dachte er. Er hatte sich bewußt dazu entschlossen, Paula zu der Unterredung mit Mrs. Benyon mitzunehmen, weil er hoffte, ihre Anwesenheit würde der Frau Vertrauen einflößen.

Das Betätigen der Klingel bewirkte, daß innen im Haus kirchenähnliches Glockengeläut erscholl. Während er geduldig wartete, nahm Paula ein kleines Fernglas aus ihrer Umhängetasche und richtete es auf ein riesiges Schiff, das bewegungslos ungefähr eine halbe Meile vor der Küste lag.

»Sehen Sie sich das einmal an«, forderte sie Tweed auf.

»Die *Baja California V*«, entzifferte Tweed laut. »Sieht aus wie ein großer Schwimmbagger.«

Er hörte, wie auf der anderen Seite der Tür drei Schlösser aufgeschlossen sowie zwei Ketten entfernt wurden. Mit hochgezogenen Brauen sah er Paula an, als sich die Tür nach innen öffnete. Im Rahmen stand die massigste Frau, die er je gesehen hatte. Klein und ungeheuer dick war sie nach seiner Schätzung ungefähr siebzig Jahre alt. Ihr graues Haar war zu einem altmodischen Knoten geschlungen, und sie trug ein dunkelviolettes knöchellanges Kleid mit einem hohen Kragen, der von einer juwelenbesetzten, seltsam geformten Brosche zusammengehalten wurde.

Über Hängebacken und einer scharfgeschnittenen Nase blickten ihn zwei dunkle Augen durchdringend an. Eine bösartige Intelligenz funkelte darin. In jeder Hand hielt die Frau einen Gehstock.

»Mein Name ist Tweed, ich bin Engländer«, stellte er sich vor und gab dann einen Schuß ins Blaue ab. »Ich habe Grund zu der Annahme, daß sich Ihr Sohn Ethan in Gefahr befindet.«

»Kommen Sie herein. Beide. Ich habe gerade frischen Tee

aufgebrüht. Und ich stamme ebenfalls aus England. Sie sehen aus wie ein hochrangiger Polizeibeamter.«

»Und dies hier ist Paula«, fuhr Tweed fort. »Meine Assistentin.«

Er überging ihre Anspielung bezüglich des Polizeibeamten, da die Vorstellung ihr zuzusagen schien. Sie warteten in der Halle, während Mrs. Benyon die Tür wieder verschloß und die Ketten vorlegte.

»Meinem Stiefsohn Vincent Moloch ist es irgendwie gelungen, sich in Besitz eines Schlüssels zu diesem Haus zu setzen«, erklärte sie. »Deshalb habe ich eigens einen Schlosser aus Carmel kommen lassen, um meine Tür zu sichern. Folgen Sie mir«, ordnete sie an.

Sie ging voraus, wobei sie sich schwer auf ihre Stöcke stützte. In einem geräumigen Wohnzimmer ließ sie sich auf einen thronähnlichen Stuhl sinken und zeigte mit ihren Stöcken auf zwei weitere Sitzgelegenheiten für Tweed und Paula. Neben ihr auf einem kleinen Tisch standen eine silberne Kanne und eine Tasse aus Meißener Porzellan.

»Wenn Sie gerne Tee mit mir trinken möchten«, sagte sie, an Paula gewandt, »dann seien Sie doch so nett und holen noch zwei Tassen aus der Küche.«

»Danke, für mich nicht«, lehnte Tweed hastig ab.

»Und ich habe keinen Durst«, fügte Paula hinzu.

»Mir fällt gerade etwas ein«, meinte Tweed leichthin. »Dieses große Schiff da draußen vor der Küste, die *Baja California* …«

»Der *Baja* komme ich noch nicht einmal nahe«, unterbrach Mrs. Benyon. »Sie gehört Vincent. Hat etwas mit seinen bösen Plänen zu tun.«

»Böse Pläne, Mrs. Benyon?«

»All seine Pläne sind böse. Angeblich wird das Schiff dazu benutzt, Bodenproben vom Meeresgrund zu entnehmen. Zur Altersbestimmung von Kalifornien oder so. Hanebüchener Unsinn! Ich weiß nicht, was er dort treibt, aber dieses Schiff dient bestimmt nicht dem Zweck, den er angibt.«

»Wie lange liegt es schon dort draußen?« fragte Paula.

»Über einen Monat, meine Liebe. Einmal bekam ich mitten in der Nacht einen furchtbaren Schreck. Hörte einen gewaltigen dumpfen Schlag. Ich stand auf und ging zum Fenster, und da sah ich eine kleine Flutwelle auf die Küste zurollen, obwohl das Meer ansonsten spiegelglatt war. Das konnte ich im Mondlicht ganz deutlich erkennen.«

»Eine Art Seebeben vielleicht?« schlug Tweed vor.

»Wieso sagten Sie, Ethan sei in Gefahr?« erkundigte sie sich, ohne auf seine Bemerkung einzugehen.

»Weil ich schon oft gehört habe, daß VB ein gefährlicher Mann sein soll.«

»Und ob er das ist!« Lebhaft beugte sich Mrs. Benyon vor. »Er glaubt, daß ich zuviel weiß – und das tue ich auch. Er hat rund um mein Haus Wachen aufstellen lassen, um mich hier wie eine Gefangene zu halten, aber Ethan hat ihn dazu bewogen, die Männer wieder abzuziehen. Ach, es tut gut, sich wieder einmal mit Engländern zu unterhalten.«

»Sie sagten, er *glaubt*, daß Sie zuviel wissen?«

»Mehr, als er ahnt. Ich habe den Leiter seiner Wachmannschaft, ein übles Subjekt namens Luis Martinez, mit ein paar hundert Dollar bestochen, damit er mich einen Blick auf die Räumlichkeiten in Black Ridge werfen läßt. Ich kenne den Tagesablauf dort; die anderen Angestellten nahmen damals alle an einer Versammlung im AMBECO-Gebäude in San Francisco teil ...«

»Was haben Sie denn herausgefunden?« fragte Tweed, als sie einmal innehielt, um Atem zu schöpfen – sie sprach ohne Punkt und Komma.

»Erstens einmal handelt es sich bei den angeblichen Sternwarten, die er entlang der Berge errichten ließ, um Vortäuschung falscher Tatsachen. Es ist mir gelungen, die Anlage, die hinter Black Ridge liegt, zu inspizieren, und da mußte ich feststellen, daß das sogenannte Teleskop nur aus einem leeren Rohr besteht. Ich meine, es sieht absolut echt aus, aber es hat keine Linsen.«

»Merkwürdig«, meinte Tweed nachdenklich.

»Das einzige echte Riesenteleskop steht in der Warte weiter unten an der Küste; seinem Vorzeigeobjekt, das Wissenschaftler und Astronomen gelegentlich besichtigen dürfen.«

»Was hat das alles nur zu bedeuten?« wunderte sich Paula.

»Bestimmt nichts Gutes – und der arme Ethan wurde gezwungen, sich an Vincents Teufeleien zu beteiligen. Dieser Martinez war damals stockbetrunken und in prahlerischer Stimmung. Er nahm mich mit zu einem Fahrstuhl, der tief unter die Erde führt. Unter den Bergen haben sie einen Tunnel gegraben, in dem ich viel von Ethans technischer Ausrüstung entdeckte. Seismographen zur Aufzeichnung von Erdbebenwellen und ähnliches. Vincent ist fest davon überzeugt, das nächste Erdbeben vorhersagen zu können. In diesem Tunnel gibt es Unmengen von Geräten, deren Sinn und Zweck ich nicht kenne. Dort unten herrscht das Böse, und Vincent nutzt Ethans Genie für seine üblen Absichten aus.«

»Haben Sie irgend jemandem davon erzählt?« fragte Tweed besorgt.

»Keiner Menschenseele. Vincent hat so viele Amerikaner in bedeutenden Positionen auf seine Seite gezogen, daß ich leicht an den Falschen geraten könnte. Aber Sie sind Engländer. Engländern vertraue ich. Wissen Sie, daß Sie der erste Landsmann sind, mit dem ich mich in diesem Land unterhalte? In Carmel gibt es zwar den Anglo-Pacific-Club, dort verkehren viele Engländer, aber da setze ich keinen Fuß hinein.« Sie holte tief Luft. »Ich mag die Mitglieder nicht. Lauter Engländer, die ihrem Heimatland den Rücken gekehrt und sich hier niedergelassen haben, weil das Klima angenehmer und das Lebensgefühl ein anderes ist. Warum schauen Sie sich eigentlich andauernd in meinem Wohnzimmer um?« fragte sie plötzlich scharf.

»Ich habe Ihre Einrichtung bewundert. Sie haben sich hier wirklich ein gemütliches Heim geschaffen.«

Was nicht der Wahrheit entsprach. Tweed hatte den Raum unauffällig auf etwaige Überwachungskameras hin untersucht, aber keinerlei Anzeichen dafür entdecken können.

»Es hat mich viel Mühe gekostet, es mir halbwegs behaglich zu machen«, entgegnete Mrs. Benyon mit einem selbstgefälligen Lächeln.

»Sie erwähnten eben den Anglo-Pacific-Club. Wer leitet ihn denn?«

»Ein Brigadier Grenville. Kommt zwar nur im Winter hierher, aber er hält die Fäden in den Händen. Die Hälfte aller Mitglieder gibt sich unerträglich affektiert und schmückt sich mit Titeln, die sich bestimmt nicht im Adelskalender finden lassen. Lady Dies und Lady Das, du lieber Himmel! Zufällig erfuhr ich von einer alten Freundin, daß neuerdings auch Vanity Richmond auf den Partys ihre Schau abzieht.«

»Wer ist denn Vanity Richmond?« fragte Tweed unschuldig.

»Vincents neueste Flamme. Nennt sich persönliche Assistentin und wohnt oben in Black Ridge. Sie ist ebenfalls Engländerin.«

Mrs. Benyon zeigte inzwischen deutliche Anzeichen von Erschöpfung. Tweed erhob sich und erklärte, daß sie noch eine wichtige Verabredung hätten.

»Schade. Wäre nett gewesen, sich noch länger mit Ihnen zu unterhalten. Aber Sie kommen mich doch sicher noch einmal besuchen, nicht wahr?«

»Aber natürlich. Übrigens, Mrs. Benyon, ich halte es für besser, wenn Sie Ihrem Stiefsohn Vincent nichts von unserer Unterredung erzählen.«

»Kein Sterbenswörtchen wird über meine Lippen kommen.«

»Und ich hoffe, Sie halten mich nicht für vermessen, aber ich würde Ihnen gerne eine kleine finanzielle Entschädigung für Ihren Zeitaufwand anbieten, wenn Sie nichts dagegen haben.«

»Wenn Sie darauf bestehen …«

Paula war gleichfalls aufgestanden, während Tweed sich ein paar Schritte von Mrs. Benyons Stuhl entfernte und gleichzeitig ein Bündel Hundertdollarnoten aus der Tasche zog. Ungeschickt zupfte er daran herum, und fünf Scheine flatterten auf den Boden und blieben auf dem Perserteppich verstreut liegen.

Mrs. Benyon sprang auf, ohne ihre Stöcke zu Hilfe zu nehmen, bückte sich, um die Scheine einzusammeln und ließ sich dann schweratmend wieder in ihren Stuhl sinken.

»Ohne meine Stöcke kann ich nur wenige Schritte zurücklegen«, fühlte sie sich zu erklären bemüßigt. »Jetzt werde ich wieder stundenlange Schmerzen ertragen müssen. Jede plötzliche Bewegung schadet mir.«

»Sind Sie in Ordnung?« fragte Paula, sich über sie beugend.

»Ja, meine Liebe. Aber ich werde mich wohl ein wenig ausruhen müssen.« Sie blickte zu Tweed hinüber. »Ihre Assistentin ist mir entschieden lieber als diese Vanity. Sie scheint eine wirkliche Dame zu sein.«

»Danke für das Kompliment«, lächelte Paula.

»Vanity ist ein seltsamer Name für eine Frau«, bemerkte Tweed.

»In Wirklichkeit heißt sie Vanessa. Den Spitznamen Vanity hat man ihr angehängt, weil sie so von sich eingenommen ist.«

»Ich fürchte, Sie müssen jetzt die Tür wieder aufschließen«, erinnerte Tweed sie.

»Selbstverständlich. Lassen Sie mich nur erst auf die Beine kommen.«

Sie gab eine bühnenreife Vorstellung, indem sie sich umständlich aus dem Stuhl wuchtete und schwer auf ihre Stöcke stützte. Paula, die das Spiel bereitwillig mitspielte, nahm sie am Arm und führte sie durch die Halle.

Nachdem sich die Tür hinter ihnen geschlossen hatte, stieß Tweed einen erleichterten Seufzer aus.

»Sie gefällt mir ganz und gar nicht. Eine habgierige Person« sagte Paula kopfschüttelnd.

»Nun, mir gefällt, was sie uns erzählt hat.« Er blickte auf das Meer hinaus, wo das gigantische vorgebliche Baggerschiff immer noch regungslos lag. Mit Hilfe von Paulas Fernglas betrachtete er das Schiff flüchtig und gab ihr dann das Glas zurück.

»Ich mag den Anblick der *Baja* nicht«, sagte er leise. »Sie flößt mir Unbehagen ein …«

Draußen am anderen Ende der Auffahrt hatte Newman die ganze Zeit geduldig neben dem Mercedes auf Tweeds Rückkehr gewartet. Für den Fall, daß rasche Flucht vonnöten war, hatte er vorsorglich den Motor laufenlassen. Auf dem Rücksitz hatte Marler das Fenster ein Stückchen heruntergelassen, den Lauf seines Armalite hindurchgeschoben und auf die Scheibe gestützt. Er blickte zu Black Ridge empor.

»Bob!« rief er auf einmal. »Schauen Sie durch Ihr Fernglas! Wir werden beobachtet. Erstes Stockwerk von Black Ridge, direkt links neben dem Panoramafenster.«

Newman hob das um seinen Hals hängende Glas an die Augen und stellte die Entfernung ein, bis er das Fenster klar im Blick hatte. Er starrte genau auf Joel Brand, der ihn seinerseits durch sein eigenes Fernglas beobachtete. Newman ließ das Glas sinken und begann, vor sich hinzupfeifen.

In Black Ridge trat Brand vom Fenster zurück, rannte einen Flur entlang und riß eine Tür auf. Im Raum saßen zwei kräftige Männer in Windjacken und lasen die Art von Zeitschrift, die mit leicht bekleideten Mädchen aufwartet. Beide trugen schäbige Jeans. Brand erteilte ihnen präzise Anweisungen.

»Pancho, Antonio, oben auf Mrs. Benyons Auffahrt parkt ein blauer Mercedes. Früher oder später wird er nach Carmel zurückfahren. Er darf dort nicht ankommen. Nehmt euch die beiden Lastwagen, die den Sprengstoff für die *Baja* hergebracht haben. Verstanden?«

»Kein Problem. Er nimmt bestimmt den Highway One«, erwiderte Antonio. »Es wird einen kleinen Unfall geben. Wir sind schon unterwegs.«

»Für euch beide ist ein satter Bonus drin!« rief Brand ihnen nach, als sie aus dem Raum stürmten.

Dann kehrte er zu dem Fenster zurück, von dem aus er The Apex beobachtet hatte. Ein unangenehmes Lächeln spielte um seine Lippen. Glücklicherweise war Moloch kurz zuvor in den Hubschrauber gestiegen, um einen seiner häufigen Abstecher zur AMBECO zu machen. Brand hatte so ein Gefühl, als wäre VB mit seiner Entscheidung ganz und gar nicht einverstanden gewesen. Aber es gab keinen Grund, weshalb er davon erfahren sollte. Hämisch winkte er der kleinen Gestalt, die ihm den Rücken zukehrte, vom Fenster aus zu.

»Leben Sie wohl, Mr. Newman.«

Von seinem hochgelegenen Aussichtspunkt aus sah Newman, wie zwei schwere Lastwagen die Auffahrt von Black Ridge hinunterkrochen. Die Tore öffneten sich automatisch, und die Fahrzeuge tuckerten in Richtung Carmel davon. Er wechselte einen raschen Blick mit Marler, der nickte.

Ehe sie in die Einfahrt von The Apex eingebogen waren, hatte Newman dem hinter ihm befindlichen Butler per Handzeichen zu verstehen gegeben, er solle weiterfahren. Butler hinter dem Steuer des BMW hatte sofort begriffen. Statt Newman weiter zu folgen, war er den Highway One noch ein kurzes Stück weitergefahren, bis er eine Stelle fand, wo zu beiden Seiten eine Sandsteinschlucht in das Gestein schnitt. Daraufhin hatte er, was streng verboten war, mitten auf der Straße gewendet und seinen Wagen so in der Schlucht geparkt, daß er von Black Ridge aus nicht gesehen werden konnte. Ruhig harrte er der Dinge, die da kommen sollten, während er sich mit dem neben ihm sitzenden Nield unterhielt.

Tweed kam mit Paula auf den Mercedes zu und registrierte verwundert, daß Newman finster dreinsah. Er fragte, was los sei.

»Nichts.« Newman grinste. »Die Landschaft muß mich geradezu überwältigt haben. Zurück nach Carmel und Spanish Bay?«

»Ja. Wir können im Hotel zu Mittag essen.« Tweed blickte mißtrauisch zu Black Ridge empor. Newmans plötzlicher Wechsel zu seinem üblichen umgänglichen Verhalten hatte ihn nicht überzeugt. »Unterwegs erzähle ich Ihnen, was wir von Mrs. Benyon erfahren haben. Der Besuch hat sich wirklich gelohnt ...«

»Brigadier Grenville?« fragte Newman einige Zeit später. »Anscheinend ist er befördert worden – wenn es sich um denselben Burschen handelt, woran meiner Meinung nach kein Zweifel besteht. Dieser Kricketfreund, mit dem ich in dem Pub in der Nähe von Constantine gesprochen habe, sagte mir, Grenville würde den Winter immer in Monterey verbringen. Zwei Grenvilles wird es wohl kaum geben – schon gar nicht zwei mit einem militärischen Titel. Wie paßt er denn in das Gesamtbild dessen, was hier vor sich geht?«

»Genau das«, gab Tweed zurück, »müssen wir noch herausfinden. Ich nehme an, Sie haben nicht auf das Schiff geachtet, das ungefähr eine halbe Meile vor der Küste ankert?«

»Sie irren sich. Ich hatte genug Zeit, um über die Terrasse zur Seite des Hauses zu schlendern und mir den Kahn durch mein Fernglas anzuschauen. Etwas auf dem Vorderdeck hat mir nicht gefallen, aber ich konnte nicht erkennen, worum genau es sich handelte. Interessant, daß auch die *Baja* Moloch gehört. Erinnert mich an die seltsamen, mit Tüchern abgedeckten Gegenstände an Bord der *Venetia* vor Falmouth.«

»Meinen Sie damit, daß die Ausrüstung beider Schiffe identisch ist?«

»Nein. Oberflächlich betrachtet sieht die *Baja* aus wie der Standardtyp eines Schwimmbaggers, aber wenn man sie – so wie ich eben – näher unter die Lupe nimmt, entdeckt man Ungereimtheiten. Was zum Henker hat das alles zu bedeuten?«

»Diese Frage könnte uns wohl Mr. Moloch am besten beantworten!« rief Paula vom Rücksitz, wo sie neben Marler saß.

»Ich bin wahrscheinlich der letzte Mensch auf der Welt, mit dem er sprechen würde«, erwiderte Tweed vom Beifahrersitz aus.

Newman blickte in den Rückspiegel. Der BMW folgte

ihnen in einiger Entfernung. Inzwischen hatten sie die Bixby Bridge hinter sich gelassen und befanden sich wieder ziemlich hoch über dem Meeresspiegel. Der Pazifik lag jetzt zu ihrer Linken hinter der anderen Seite des Highway. Newmans Hände lagen nur locker auf dem Lenkrad, als sie sich einer besonders scharfen Kurve näherten, die zur Meerseite hin überdies nicht mit Leitplanken gesichert war. Er mußte eine unbekannte Route nur einmal fahren, und schon konnte er sich auf dem Rückweg jede Einzelheit, jede tückische Stelle ins Gedächtnis rufen.

»Was für ein Unterschied zu San Francisco«, bemerkte Paula. »Hier draußen ist es wunderbar ruhig und friedlich.«

»Hoffentlich bleibt das auch so«, brummte Newman.

»Machen Sie nur so weiter«, beschwerte sie sich, »und verderben Sie mir ruhig die Freude. Ich finde, dies hier ist eines der herrlichsten Fleckchen Erde, die ich je gesehen habe.«

»Die Gegend hat in der Tat etwas Erhabenes«, pflichtete Newman ihr bei.

Jetzt waren sie bei der steilen Kurve hoch oben über dem Meer angelangt. Newman hatte sie bereits halb umrundet, als er den Lastwagen auf sich zukommen sah – auf der falschen Fahrspur. Auf *seiner* Seite des Highways! Ein furchtbarer Frontalzusammenstoß schien unvermeidbar. Das schwere Fahrzeug würde den Mercedes wie eine Konservendose zusammendrücken. Tweed zeigte keinerlei Reaktion. Marler auf dem Rücksitz umklammerte das Armalite, und die neben ihm sitzende Paula krallte die Hände in die Polster, unfähig, die Augen von dem herannahenden Koloß zu wenden.

Im letzten Moment riß Newman das Steuer hart herum und dirigierte den Wagen auf die Gegenfahrspur. Der Lastwagen verfehlte sie nur um Zentimeter. Doch dann sah Newman einen zweiten Laster auf sich zukommen – wieder auf der falschen Straßenseite. Ein weiterer Gegner war in Gestalt des hinter dem Steuer vor Vorfreude grinsenden Antonio aufgetaucht. Er lenkte seinen Laster nach links, um

Newman den Weg abzuschneiden, doch der trat im selben Moment das Gaspedal voll durch, so daß der Mercedes wie eine Rakete vorwärtsschoß und an dem Lastwagen vorbeiraste. Erneut fehlten nur Zentimeter zu einem Zusammenprall. Antonio hatte seinen Laster ein wenig zur Seite gelenkt, besessen von dem Gedanken, seinen Widersacher auszuschalten, und nun trug ihn das tonnenschwere Gewicht seines Fahrzeugs unaufhaltsam vorwärts. Sein Grinsen verschwand, als er den Klippenrand auf sich zukommen sah, und er versuchte verzweifelt, das Unheil abzuwenden und das Lenkrad noch herumzureißen ... Doch es war zu spät. Von seinem eigenen Schwung getragen, durchbrach das schwere Gefährt die Hecke, die es vom Abgrund trennte. Antonio erhaschte gerade noch einen Blick auf die fast hundert Meter tief abfallende Klippe, bevor der Laster über den Rand stürzte, sich mehrfach um die eigene Achse drehte und hart auf dem Felsen aufschlug. Der Tank explodierte, Flammen schossen gen Himmel und leckten gierig am Führerhaus, das sich vom Hänger löste und ins Meer katapultiert wurde, wo eine riesige Welle darüber hinwegrollte, ehe sie sich schäumend an den Felsen brach und eine Gischtwolke aufwarf, die über dem metallenen Wrack niederging. Zischend erloschen die letzten Flammen, und danach wurde die Stille nur noch vom Tosen der nächsten herannahenden Welle unterbrochen.

21.

Newman hielt an, sowie er die nächste Parkbucht erreichte, und drückte die Knöpfe des schwarzen Kästchens. Die Antennen wurden ausgefahren, das feine Drahtnetz entfaltete sich, und die Anlage war sprechbereit. Er nahm das unter dem Armaturenbrett verborgene Mikrofon und begann seine Botschaft abzusetzen:

»Newman hier. Dies ist ein Notruf. Zwei Lastwagen haben versucht, uns ein Stück nördlich von der Bixby Bridge von der Straße abzudrängen. Eines der gegnerischen Fahrzeuge stürzte über die Klippe, das andere fährt weiterhin auf dem Highway One in südlicher Richtung. Es handelt sich um einen Lastzug mit separater Führerkabine. Wir warten in einer Parkbucht des Highway One auf Sie. Over …«

»Nachricht erhalten. Habe verstanden. Bin unterwegs, also bleiben Sie, wo Sie sind. Over and Out.«

Alvarez' Stimme war klar und deutlich über den Äther gekommen. Tweed drehte sich um und blickte Paula besorgt an.

»Wie geht es Ihnen?«

»Ganz gut«, sagte sie mit gepreßter Stimme. »Ich wußte, daß Bob uns heil aus der Sache herausbringen würde. Er ist ja ein erstklassiger Fahrer.«

»Da kann ich Ihnen nur zustimmen«, erwiderte Tweed. »Ein ausgezeichnet durchdachtes Manöver, Bob.«

»Komplimente ziehen bei mir nicht …«

Er stieg aus, um eine Zigarette zu rauchen, wobei ihm Marler, das Gewehr immer noch im Arm, Gesellschaft leistete. Paula, der plötzlich bewußt wurde, daß ihre Beine zitterten, kletterte gleichfalls aus dem Wagen. Sie warteten eine Weile, dann tauchte ein Hubschrauber aus der Ferne auf, kreiste über ihren Köpfen und landete schließlich auf dem Highway. Ein Passagier kletterte ins Freie, der Hubschrauber stieg wieder auf und wählte als endgültigen Landeplatz einen nahegelegenen Hügel. Alvarez rannte auf den Mercedes zu.

»Alles in Ordnung bei Ihnen?«

»Uns ist nichts geschehen«, versicherte ihm Tweed durch das halb heruntergelassene Fenster.

»Ich habe Neuigkeiten für Sie. Nach Ihrem Funkspruch haben wir südlich von hier eine Straßensperre errichtet. Der Lastwagen versuchte, durchzubrechen, dabei wurde der Fahrer von einem Polizeibeamten erschossen. Ein Mexikaner namens Pancho Corona. Wir glauben, daß es sich um einen illegalen Einwanderer handelt, der auf dem Weg zur mexikanischen Grenze war.«

Paula war inzwischen zu Alvarez hinübergegangen, um ihn zu begrüßen und ihm für sein rasches Handeln zu danken. Dieser lächelte ihr zu und versicherte ihr, er habe nur seine Pflicht getan.

»Was haben denn die Männer dort drüben vor?« fragte sie dann.

Ein Polizeiwagen mit mehreren Männern, beladen mit zusammengerollten Seilen, war gerade an ihnen vorbei auf die Unfallstelle zugefahren. Alvarez zuckte die Schultern.

»Sie gehören zu einer Spezialeinheit. Mit Hilfe der Seile werden sie an den Klippen herunterklettern, sich zu der Stelle vorarbeiten, wo der Lastwagen ins Meer gestürzt ist, und dann den Unfallort gründlich untersuchen. Ich habe die Trümmer vom Hubschrauber aus gesehen. Für diese Leute ist das ein Kinderspiel.«

»Ihre Abteilung scheint sehr gut organisiert zu sein«, lobte Paula.

»Man tut, was man kann. Aber Sie haben ein schlimmes Erlebnis zu verdauen. Ich denke, Sie alle könnten einen kleinen Imbiß vertragen. Ich werde Ihnen ein malerisches Restaurant zeigen, von wo aus Sie eine fantastische Aussicht haben.« Er blickte stirnrunzelnd auf das Meer hinaus. »Dunkle Wolken ziehen auf. Das Wetter schlägt um. Wir könnten in Rocky Point ein Naturschauspiel erleben. Ist es möglich, daß dieser Gentleman in Ihr Begleitfahrzeug, den BMW, umsteigt?«

»Sicher ist das möglich«, meinte Marler gedehnt.

»Dann werde ich mit Ihnen im Mercedes mitfahren und Ihnen den Weg weisen. Auf nach Rocky Point ...«

Brand, der in seinem Büro in Black Ridge am Fenster saß, hatte mitangesehen, wie Panchos Lastwagen in südlicher Richtung über den Highway jagte. Er vermutete sofort, daß etwas schiefgegangen war, und eilte in den Raum, in dem die Personalakten aufbewahrt wurden.

Pancho Corona war zwar nicht illegal im Lande, dennoch hielt er es für klüger, alle Beweise dafür, daß er in Black Ridge beschäftigt gewesen war, verschwinden zu lassen. Er nahm Coronas Akte an sich, steckte die Bögen einzeln in den Reißwolf und lief zu seinem eigenen Büro zurück. Dort öffnete er einen Safe und entnahm ihm ein Päckchen mit Kokain. Er selbst nahm nie Drogen, hatte aber stets einen Vorrat davon zur Hand, um ihn seinen Gegnern unterzuschieben und seine Opfer dann mittels eines anonymen Anrufs bei der Polizei in ernsthafte Schwierigkeiten zu bringen.

Ehe er das Päckchen aus dem Safe geholt hatte, war er so vorsichtig gewesen, ein Paar hauchdünne Gummihandschuhe überzustreifen. Nur keine Fingerabdrücke hinterlassen. Immer noch in Eile – VB konnte jeden Moment zurückkommen – rannte er eine Treppe hinunter, die zur Hinterseite des Gebäudes führte. Dahinter befand sich eine große Garage, in der die Lastwagen untergebracht gewesen waren. Brand warf das Päckchen wie zufällig in eine Ecke und schlenderte zu seinem Büro zurück. Jetzt hatte er eine plausible Erklärung parat, wenn VB nach den verschwundenen Lastwagen fragte.

Im Restaurant von Rocky Point führte Alvarez seine Begleiter zu einem Tisch direkt an einem der großen Panoramafenster. Paula blickte sich bewundernd in dem geschmackvoll eingerichteten Raum um.

»Ich bin beeindruckt«, gestand sie.

Tweed bestand darauf, daß Alvarez ihnen wenigstens bei einem Drink Gesellschaft leistete, nachdem er schon eine Einladung zum Lunch ausgeschlagen hatte. Doch Alvarez lieferte die Erklärung dafür, als er neben Paula Platz nahm.

»Erinnern Sie sich, daß ich Newman gebeten habe, kurz anzuhalten? Dann habe ich dem Piloten zugewinkt, der auf dem Hügel wartete, woraufhin der Hubschrauber wieder gestartet ist.«

»Ja. Ich habe mich schon gefragt, was das zu bedeuten hatte.«

»Der Hubschrauber folgte Ihren beiden Wagen und landete dann auf einem nahegelegenen Hang. Sowie ich meinen Drink genommen habe, werde ich an Bord gehen und zu der Straßensperre fliegen. Ich möchte mir den Ort des Geschehens gern selbst ansehen.« Er hob sein Glas. »Cheers! Willkommen in Kalifornien – auch wenn es mir lieber gewesen wäre, Ihren Besuch nicht von so unangenehmen Ereignissen überschattet zu sehen.« Mit einem Zug stürzte er seinen Drink hinunter. »Wenn Sie mich jetzt bitte entschuldigen würden …«

Er war gerade gegangen, als ein distinguiert aussehender Mann in einem cremefarbenen Leinenanzug das Restaurant betrat. Ein breites Grinsen zog über Newmans Gesicht. Er stand auf und rief laut und vernehmlich: »Schön, Sie wiederzusehen, Brigadier Grenville!«

Grenville war mehr als unangenehm berührt, und so sehr er sich auch bemühte, es gelang ihm nicht, sein Unbehagen zu verbergen. Newman ging auf ihn zu und streckte ihm die Hand entgegen.

»Die Welt ist doch wirklich klein, wie man so schön sagt. Kommen Sie und setzen Sie sich zu uns.«

»Ich weiß nicht recht …«

Newman, der immer noch grinste, nahm ihn einfach am Arm, führte ihn zu Tweeds Tisch hinüber und stellte ihm die anderen vor. Grenville setzte sich und lächelte in die Runde. Er hat sich von seinem Schreck bemerkenswert schnell erholt, dachte Tweed.

»… und Paula kennen Sie ja bereits«, schloß Newman und nahm selbst wieder Platz. »Auf der anderen Seite des großen Teiches haben Sie schon einmal mit ihr getanzt.«

»Ein weiter Weg von Porth Navas bis hierher, Colonel – Verzeihung, Brigadier«, neckte Paula ihn.

»Meine Freunde haben damit angefangen, mich mit Brigadier anzureden, und da dachte ich, es sei das Beste, es dabei zu belassen«, erklärte Grenville nicht ohne einen Anflug von Verlegenheit.

»Und wer sind Ihre Freunde?« wollte Paula wissen.

»Eine ganze Reihe von Briten, die nach Monterey und Umgebung ausgewandert sind, wegen des angenehmen Klimas und so weiter. Jemand mußte ja die Initiative ergreifen«, fuhr er mit wachsender Selbstsicherheit fort. »Daher habe ich den Anglo-Pacific-Club gegründet. Sie sind herzlich eingeladen, sich uns anzuschließen. Es gibt keinen Mitgliedsbeitrag, Sie müssen nur die britische Staatsbürgerschaft besitzen. Wir treffen uns fast jeden Abend; manchmal gibt es auch Tanzveranstaltungen und ähnliches. Sie würden unsere Gesellschaft bereichern«, sagte er, direkt an Paula gewandt.

»Danke.«

»Wie denken denn die Amerikaner über Ihren Club?« fragte Tweed.

»Sie sind Tweed«, stellte Grenville überflüssigerweise fest.

»Da man mich für gewöhnlich so nennt, muß ich's wohl sein«, erwiderte Tweed mit einem belustigten Zwinkern.

»Wie die Yankees über uns denken? Sie halten uns für einen Haufen Snobs. Mir ist das egal. So bleiben uns wenigstens einige ziemlich unangenehme Leute vom Leibe.«

»Was für eine Art von Leuten?«

»Sie sind reichlich direkt, mein Lieber – eher wie ein Amerikaner als wie ein Engländer.«

»Was für eine Art von Leuten?«

Paula gewann den Eindruck, daß Tweed nicht gewillt war, sich mit fadenscheinigen Ausflüchten seitens falscher Brigadiers abspeisen zu lassen. Grenville lief rot an.

»Nun, hier in der Gegend wimmelt es nur so von aufdringlichen Millionären und ihren arroganten, juwelenbehängten Weibern. Typen, die man nicht gerne um sich hat.«

»Womit verdienen diese Menschen denn ihr Geld?«

»Ach, sie sind fast alle in den verschiedensten Sparten der Industrie tätig. Wenn es ums Geschäft geht, kennen sie kein Pardon. Vermutlich erreicht man nur auf diese Weise das, was man will.« Grenville starrte Tweed finster an. »So, Sir, jetzt bin ich an der Reihe. Womit verdienen Sie sich denn Ihren Lebensunterhalt?«

»Ich bin Chefermittler bei einer Versicherungsgesellschaft.«

»Tatsächlich?« Grenville schien beeindruckt. »Da sehen Sie aber viel von den Schattenseiten des Lebens.«

»Und komme mit vielen undurchsichtigen Elementen in Berührung«, entgegnete Tweed, ohne Grenville aus den Augen zu lassen.

»Vermutlich.«

Grenville hatte eine Pause eingelegt, ehe er die Antwort gab. Oberflächlich betrachtet kam es Newman so vor, als würde der Mann aus Tweed nicht so recht schlau, der ihn seinerseits mit einem stahlharten Blick musterte.

In diesem Moment betrat ein weiterer Mann in einem beigen Leinenanzug mit raschen Schritten das Restaurant und blieb plötzlich wie angewurzelt stehen. Newman sprang auf, ging zu ihm und legte ihm eine Hand auf den Arm, um ihn daran zu hindern, den Raum fluchtartig wieder zu verlassen, was er ganz offensichtlich vorgehabt hatte.

»Sieh an, sieh an, wenn das nicht Maurice ist!« rief Newman. »Die alte Clique versammelt sich wieder. Ich bestehe darauf, daß auch Sie uns Gesellschaft leisten.«

Er wandte dieselbe Taktik an wie bei Grenville, nahm Maurice Prendergast fest am Arm und dirigierte ihn energisch zu ihrem Tisch hinüber. Wieder grinste er breit.

»Brigadier, Sie erinnern sich gewiß noch an Maurice – er hat Paula damals zu Ihrer Tanzveranstaltung in Cornwall begleitet. Und Sie, Maurice, haben mit Paula ja schon Bekanntschaft geschlossen.«

»Freut mich, Sie wiederzusehen, Paula«, sagte Maurice verdrossen.

»Das Vergnügen ist ganz meinerseits«, erwiderte sie freundlich.

»Hallo, Maurice«, begrüßte ihn Tweed. »Setzen Sie sich doch.«

Er betrachtete Prendergast nachdenklich. Der Mann schien sich verändert zu haben, seit er ihn das letztemal in seinem Haus The Ark in Porth Navas besucht hatte. Trotz seiner Größe und seines muskulösen Körperbaus wirkte sein glattrasiertes Gesicht verhärmt, sein helles Haar war völlig zerzaust, das humorvolle Lächeln verschwunden. Seine Bewegungen, obwohl langsam und betont präzise, sahen abgehackt aus.

»Hallo, Tweed«, entgegnete er dumpf.

»Nun setzen Sie sich doch. Wie wär's mit einem Drink?« schlug Tweed vor.

»Ich hätte gern einen doppelten Brandy.«

Er sank auf den Stuhl, den Newman für ihn herangezogen hatte. Als er sich dann mit den Ellbogen auf den Tisch stützte, verglich Paula ihn im stillen mit Grenville. Der selbsternannte Brigadier hatte zu seiner üblichen ruhigen Gelassenheit zurückgefunden. Er zupfte an seinem gepflegten grauen Schnurrbart, während er Maurice beobachtete, der den Drink hinunterkippte, den Newman ihm bestellt hatte.

»Auf einem Bein kann man nicht stehen«, nuschelte er dann.

Newman bestellte einen weiteren doppelten Brandy. Der Service war erstklassig, der zweite Drink wurde unverzüglich serviert. Maurice trank einen großen Schluck und starrte Paula an.

»Was tun Sie denn in dieser beschissenen Gegend?«

»Ich muß doch sehr bitten, Maurice«, tadelte Grenville ihn steif. »Achten Sie in Gegenwart einer Dame etwas auf Ihre Ausdrucksweise.«

»Zu Befehl, *mon colonel.*«

»Ich denke, wir sollten jetzt etwas essen.« Tweed klappte in unverändert guter Laune die Speisekarte zu. »Ich weiß, was ich nehme.«

Auch die anderen bestellten, mit Ausnahme von Maurice. Marler, der während der ganzen Zeit noch kein einziges Wort gesprochen hatte, musterte Maurice scharf. Auch Paula beobachtete ihn unauffällig.

Der Kellner blieb neben Maurice stehen, um seine Bestellung entgegenzunehmen. Prendergast blickte zu ihm auf.

»Ich habe keinen Hunger.«

»Sie sollten lieber etwas essen«, riet ihm Marler.

»Wer hat Sie denn gefragt?« erkundigte sich Maurice giftig.

»Niemand. War nur so ein Gedanke. Die meisten Menschen pflegen mittags eine Mahlzeit zu sich zu nehmen.«

»Ich bin aber nicht die meisten Menschen.«

Wütend starrte Maurice Marler an, der dem Blick gleichmütig standhielt. Maurice war der erste, der die Augen niederschlug. Er wandte sich an den im Gehen begriffenen Kellner.

»Warten Sie einen Moment.« Er schielte zu Newman. »Ich könnte noch einen doppelten Brandy vertragen.«

Newman blickte über den Tisch zu Tweed, der zustimmend nickte. Maurice verzog verächtlich das Gesicht.

»Müssen Sie Ihren Boß erst um Erlaubnis bitten?« höhnte er.

»Gelegentlich.« Newman lächelte und bestellte noch einen Brandy. »Ich werde mir nachher selbst einen genehmigen. Aber nach dem Essen, zusammen mit Kaffee.«

»Maurice«, mahnte Grenville, »wenn ich Sie wäre, würde ich nichts mehr trinken.«

»Aber Sie sind nun mal nicht ich. Sie sind der Brigadier aus Lust und Laune.«

»Ganz recht.« Grenville lächelte. »Nette Beschreibung. Würde sicherlich jedem Amerikaner gefallen.«

Die gespannte Atmosphäre am Tisch begann an Paulas Nerven zu zerren. Sie blickte durch das riesige Panoramafenster auf den mittlerweile aufgewühlten Ozean hinab. Der Ausblick, der sich ihr bot, war fantastisch – riesige Wellen brachen sich donnernd an mächtigen, zerklüfteten Felsen und schleuderten Gischtwolken in die Luft. Wasser schoß gurgelnd durch schmale steinige Schluchten und floß schäumend über das umliegende Gestein hinweg. Sie begriff, warum man diesen Ort Rocky Point nannte. Noch ein Hexenkessel, dachte sie, als ihr Tweeds Worte wieder in den Sinn kamen. Der Anblick beunruhigte sie. Maurice trank inzwischen seinen dritten Brandy.

»Muß los, Leute«, verkündete er, amerikanischen Slang imitierend.

Er stand auf und stützte sich schwer auf den Tisch. Newman war augenblicklich an seiner Seite. Er packte Maurice um die Taille, führte ihn zwei Stufen hoch und steuerte ihn auf den Ausgang zu. Maurice protestierte heftig.

»Nehmen Sie die Pfoten weg! Ich schaff's schon alleine.«

»Sicher, sicher«, beruhigte Newman ihn, ohne Jim loszulassen.

In diesem Moment tauchten Butler und Nield auf, die sich taktvoll in die Bar verzogen hatten, um dort ein Sandwich zu verspeisen. Newman bedeutete ihnen, näher zu kommen.

»Bringen Sie diesen Herrn doch bitte zu seinem Auto. Er fühlt sich nicht ganz wohl. Harry, fahren Sie ihn nach Hause, wo immer er auch wohnen mag.«

»Hab, mir 'ne bessere Hundehütte, genannt Apartment, in Carmel gemietet«, murmelte Maurice undeutlich. »Ich kann selber fahren ...«

»Aber ich kann's besser«, entgegnete der stämmige Butler ungerührt. Er nahm Newman seine Last ab. »Ich bringe ihn nach Hause. Auf dem Highway One sind immer Streifenwagen unterwegs.«

Mühelos dirigierte er Maurice aus dem Restaurant. Sowie sie außer Sichtweite waren, kam Pete Nield zu Newman herüber und hob resigniert die Hände.

»Der Bursche war schon in der Bar, bevor wir kamen. Hat einen doppelten Brandy nach dem anderen hinuntergegossen.«

»Harry wird ihn sicher nach Hause bringen. Wollen Sie nicht hereinkommen und uns Gesellschaft leisten?«

»Ich warte draußen im BMW ...«

Grenville sprach gerade entschuldigend auf die anderen ein, als Newman zu seinem Platz zurückkehrte.

»Ich verstehe nicht, was in Maurice gefahren ist. Hab' ihn noch nie so erlebt. Wäre aus dem Club rausgeflogen, wenn er sich da so aufgeführt hätte. Und das wird er auch, wenn er sich bei uns so aufführt.«

»Sie haben noch nie erlebt, daß er zuviel trinkt?« hakte Tweed ein. »Wollten Sie das damit sagen?«

»Gewissermaßen.« Wieder zupfte Grenville an seinem

Schnurrbart und blickte zu Paula hinüber, die immer noch aus dem Fenster schaute. »Er gießt sich ganz gern einen hinter die Binde, aber wer tut das nicht? Übrigens steigt heute abend eine kleine Clubparty. Kommen Sie doch vorbei – Sie alle – und schauen Sie mal rein. Hier haben Sie die Adresse. Sie sind herzlich willkommen.« Er warf einen Blick auf Marler. »Das gilt auch für Sie, obwohl Sie nicht gerade gesprächig sind, Sir.«

»Manchmal finde ich es interessanter, einfach zuzuhören«, meinte Marler schleppend.

Paula folgte der Unterhaltung nur mit halbem Ohr, während sie auf den tosenden Pazifik hinabblickte. Sie war überzeugt, daß Maurice seine Trunkenheit nur vorgetäuscht hatte. Erneut krachte eine gigantische Welle gegen die Felsen von Rocky Point. Sie schien den brodelnden Hexenkessel, genannt Kalifornien, zu versinnbildlichen.

22.

Sie waren gerade im Begriff, das Restaurant zu verlassen, als Newman sich entschuldigte und auf den Eingang zur Bar zusteuerte. Paula sah ihm nach und erstarrte. Eine attraktive, ihr wohlbekannte Frau begrüßte ihn herzlich. Vanity Richmond trug einen hellgrünen Hosenanzug und wirkte so schillernd wie eh und je.

»Schauen Sie mal, wen wir hier haben!« rief Newman, als er sie zu der Gruppe führte. »Hatte ich nicht vorhin festgestellt, daß die Welt klein ist?«

»Hallo, alle miteinander.« Vanity setzte ein bezauberndes Lächeln auf, als Newman ihr Paula vorstellte. »Ich erinnere mich an Sie«, fuhr sie fort. »Sie hatten im Nansidwell Country Hotel in Cornwall einen Tisch ganz für sich alleine. Wir bekamen leider nie die Gelegenheit, uns ein wenig zu unterhalten.«

»Die haben Sie ja jetzt«, bemerkte Newman vergnügt.

Tweed beschränkte sich auf ein knappes Nicken, als sie

sich die Hände schüttelten, und sagte nichts. Paula beobachtete Vanity, die klassisch geformte Nase, die grünlichen Augen, denen nichts zu entgehen schien, die gute Figur. Ihre vollen roten Lippen schienen ständig zu lächeln, und sie freute sich anscheinend aufrichtig, Paula wiederzusehen.

»Wo sind Sie denn hier untergekommen?« fragte Newman.

»Im Spanish Bay, dem Hotel an der Küste ein Stück außerhalb von Monterey. Ich habe da schon während eines früheren Besuchs gewohnt«, sagte sie, an Paula gewandt. »Vielleicht haben wir beide diesmal mehr Zeit, uns näher kennenzulernen. Letztes Mal hier in Kalifornien wirkten Sie irgendwie abweisend.«

»Letztes Mal mußte ich auch eine ziemlich unerfreuliche Erfahrung machen«, erwiderte Paula, wobei sie Vanity, die ihre flammendrote Mähne in den Nacken geworfen hatte, scharf ansah. »Ich habe eine tote Frau aus dem Wasser gezogen.«

»Also Sie waren diejenige, die sie gefunden hat. Wie schrecklich. Ich las in der Zeitung, daß eine von zwei Zwillingsschwestern in Kalifornien gefunden und die andere in Cornwall an Land gespült worden wäre. Das muß Ihnen ja einen richtigen Schock versetzt haben ...«

»Ihr beide könnt in meinem Wagen weiterplaudern«, unterbrach Newman.

»Aber mein Audi steht dort drüben ...«

»Leihen Sie mir Ihre Schlüssel, dann fahre ich ihn für Sie zurück«, schlug Marler vor.

»Ich wohne auch wieder im Spanish Bay«, erklärte Paula Vanity.

Immerhin schien dies eine gute Gelegenheit zu sein, die geheimnisvolle rothaarige Frau besser kennenzulernen; außerdem hatte Paula belustigt zur Kenntnis genommen, daß Newman die ganze Zeit schon strahlte wie ein Kind vor dem Weihnachtsbaum. Vanity bedankte sich bei Marler, reichte ihm ihre Autoschlüssel und sah ihm dabei tief in die Augen.

Auf der Rückfahrt hatten sich die dunklen Wolken verzogen, und der Tag war wieder strahlend und sonnig. Paula saß neben Vanity auf dem Rücksitz und unterhielt sich angeregt mit ihr; Tweed, der vorne neben Newman saß, hüllte sich in Schweigen.

Hinter Newman kam der von Marler gelenkte Audi – und in einiger Entfernung folgte ihnen der BMW mit Butler am Steuer, Maurice auf dem Beifahrersitz und Pete Nield auf der Rückbank. Tweed fragte sich, weshalb sich ihr Aufbruch wohl verzögert haben mochte.

Tatsächlich war Maurice übel geworden, sowie er vor dem Restaurant von Rocky Point in den BMW gestiegen war, und Butler hatte ihn zur Toilette begleitet und vor der Tür auf ihn gewartet. Nun, auf dem Rückweg über den Highway One, stellte er überrascht fest, wie rasch Maurice sich erholte.

»Tut mir leid, daß ich Ihnen solche Unannehmlichkeiten bereitet habe, Kumpel«, entschuldigte er sich bei Butler. »Sie waren natürlich vollkommen im Recht, ich durfte nicht mehr fahren. Ich mache mich auch nicht oft so zum Narren, aber leider habe ich große Sorgen.«

»Sorgen?« Butler warf ihm einen fragenden Blick zu. »Was liegt Ihnen denn auf der Seele?«

»Die ganze Situation hier – in Kalifornien und im Anglo-Pacific-Club.«

»Ist irgend etwas ungewöhnlich daran?« fragte Butler beiläufig.

»Ich kann es nicht genau erklären, aber etwas geht hier vor. Ich habe so eine Ahnung, als würde es bald zu einer furchtbaren Katastrophe kommen.«

»Was für einer Art von Katastrophe denn?« erkundigte sich Butler interessiert.

»Weiß nicht. Zwischen ein paar Leuten, die ich kenne, herrscht ziemliche Spannung. Kann Ihnen leider keine Namen nennen.«

»Sehr hilfreich«, kommentierte Butler. »Und warum nicht?«

»Weil ich sichergehen muß, daß ich die richtigen Leute verdächtige.«

Genau wie Tweed, dachte Nield auf dem Rücksitz. Macht Andeutungen und läßt uns dann im Regen stehen.

»Wir sind kurz vor Carmel.« Maurice deutete nach vorn. »In einer Minute müssen Sie den Highway verlassen. Soll ich Sie lotsen?«

»Tun Sie das.«

»Ich wohne hier – auf der Junipero Street«, sagte Maurice wenig später. »Bitte halten Sie hier.«

»Ich komme mit Ihnen«, erklärte Butler entschieden, »und bringe Sie sicher in Ihre Hundehütte.«

»Nicht nötig ...«

Butler überhörte die Ablehnung, stieg aus und ging neben Maurice über einen kleinen gepflasterten Hinterhof. Maurice deutete auf eine schmiedeeiserne Treppe.

»Dort oben wohne ich jetzt.«

»Jetzt?« wunderte sich Butler.

»Bin eben eingezogen. Die Wohnung wurde plötzlich frei, und da habe ich zugegriffen. Hier hat ein Mord stattgefunden, und die Polizei hat sie gerade erst wieder freigegeben, deshalb ist die Miete auch so niedrig. Die meisten Menschen scheuen vor der Vorstellung zurück, in einem Apartment zu hausen, in dem jemand gewaltsam zu Tode gekommen ist. Der Vermieter wollte sie schnell wieder loswerden.«

»Ich bringe Sie noch nach oben. Wer wurde denn ermordet?«

»Eine Privatdetektivin namens Linda Standish. Zum Glück habe ich keine Angst vor herumspukenden Geistern. Danke fürs Nachhausebringen.«

»Keine Ursache ...«

Im Spanish Bay angekommen stellte Paula überrascht fest, daß man ihr dieselbe geräumige Suite gegeben hatte, die sie schon bei ihrem vorigen Besuch bewohnt hatte. Der Service der Spitzenhotels in den Staaten war wirklich erstklassig.

Tweed, dessen Gepäck auf ein anderes Zimmer gebracht worden war, kam auf ihre Bitte hin kurz mit herein, und Paula lud auch Vanity ein, sich zu ihnen zu gesellen und ihre Unterkunft zu besichtigen. Die beiden Frauen inspizierten die Suite, während Tweed sich an der großen gläsernen Schiebetür zu schaffen machte, sie aufschob und auf die mit Stühlen und einem Tisch möblierte Terrasse hinaustrat. Seufzend ließ er sich in einen Stuhl sinken.

»Die Suite ist toll – einfach super«, begeisterte sich Vanity, als sie ins Badezimmer gingen. »Hoppla, eigentlich versuche ich ja, Amerikanismen zu vermeiden. Sehen Sie mal, ein Jacuzzi und eine riesige Duschkabine! Wow, einfach großartig!«

»Möchten Sie etwas trinken?« fragte Paula, sich auf ihre Gastgeberpflichten besinnend.

Sie begutachtete die gutgefüllte Minibar im Wohnzimmer, entnahm ihr eine Flasche Chardonnay und hielt sie Vanity hin.

»Wie wär's hiermit?«

»Gerne. Ein Glas Wein kann nie schaden.« Sie schlenderte auf die Terrasse hinaus, wo Tweed es sich bequem gemacht hatte. »Möchten Sie auch ein Gläschen, Mr. Tweed?«

»Nein, danke.«

Er trug jenen gedankenverlorenen Gesichtsausdruck zur Schau, den Paula nur zu gut kannte. Blicklos starrte er zu einer Reihe von Pinien hinüber, dann stand er auf und wanderte langsam einen schmalen Pfad entlang, der quer über die gepflegte Rasenfläche verlief. Schon bald gelangte er zu einer Stelle, von der aus sich ihm ein herrlicher Blick auf den hinter dem hügeligen Golfplatz gelegenen Pazifik bot. Hier und da schwebte das flache Dach eines Golfwägelchens unter ihm dahin, als verfüge es über ein geheimnisvolles Eigenleben. Die stille Wasseroberfläche schimmerte tiefblau, und Tweed begriff, warum viele Menschen von der Schönheit dieses Anblicks überwältigt wurden.

»Tweed hat einen Drink abgelehnt«, erklärte Vanity bedauernd, als sie wieder ins Zimmer kam. »Er ist offenbar ein ziemlich ungeselliger Zeitgenosse.«

»Wahrscheinlich hat er sich in irgendein versicherungstechnisches Problem verbissen«, meinte Paula. »Dann ist er nämlich blind und taub für die Welt, weil er sich nur auf eine einzige Sache konzentriert.«

»Und ich dachte schon, es läge an mir.«

Die beiden Frauen setzten sich auf die Couch vor dem großen Gaskamin, in dem zur Zeit jedoch kein Feuer brannte. Vanity blickte sich neugierig im Wohnraum der Suite um.

»Ich finde es ausgesprochen gemütlich hier. Man kann sich richtig entspannen.«

»Ja, es ist recht komfortabel«, pflichtete Paula ihr bei. »Sie wissen ja, was ich beruflich mache – darf ich fragen, womit Sie sich Ihre Brötchen verdienen?«

»Genau wie Sie bin ich die persönliche Assistentin eines Geschäftsmannes. Mein Boß ist sehr erfolgreich in seinem Metier. Vielleicht haben Sie schon einmal von ihm gehört – er heißt Vincent Bernard Moloch.«

»Der öffentlichkeitsscheue Milliardär? Für den arbeiten Sie?«

»Ja, und ich kann Ihnen sagen, daß ich für meinen Lebensunterhalt schwer schuften muß. VB ist ein Workaholic. Gegen ihn wirkt der durchschnittliche amerikanische Arbeitnehmer wie ein fauler Tagedieb. Er erwartet von mir, daß ich ihm rund um die Uhr zur Verfügung stehe und nach seiner Pfeife tanze. Zum Glück komme ich mit verhältnismäßig wenig Schlaf aus.«

»Hört sich nach Schwerstarbeit an. Was für Pflichten haben Sie denn so?«

»Ich muß seine Korrespondenz erledigen, seinen Terminkalender führen und dafür sorgen, daß er seine Verabredungen auch einhält.« Vanity lachte. »Im Grunde genommen weiß ich sehr wenig über seine Arbeit. VB hält sich da ziemlich bedeckt. Ständig beschäftigt er sich mit neuen Unternehmungen.«

»Im Augenblick hat er auch ein neues Projekt in Angriff genommen, nicht wahr?«

»Ja, etwas, was den größten Teil seiner Zeit in Anspruch nimmt. Keine Ahnung, worum es sich dabei handelt. Es gibt sozusagen eine unsichtbare Grenze, die ich wohl nicht überschreiten soll. Ich beziehe ein sehr ansehnliches Gehalt, also achte ich darauf, in kein Fettnäpfchen zu treten.« Sie leerte ihr Glas und blickte auf die Uhr. »Es tut mir leid, aber ich muß jetzt weg. Was halten Sie davon, wenn wir heute abend zusammen essen? Ich rufe Sie an.«

Sie schaute auf, als Tweed zurückkam und die gläserne Schiebetür offenließ. Draußen herrschte glühende Hitze. Er nickte Vanity zu, die sich erhob und ihm die Hand entgegenstreckte.

»Schade, daß wir keine Gelegenheit hatten, ein bißchen miteinander zu plaudern. Ich muß jetzt leider gehen.«

»Ein andermal vielleicht«, erwiderte Tweed schroff.

»Sie waren reichlich unhöflich zu ihr«, rügte Paula ihn, nachdem Vanity die Suite verlassen hatte. »Übrigens hat sie zugegeben, für Moloch zu arbeiten.«

»Sie ist ja sicher nicht dumm. Bestimmt ging sie davon aus, daß wir es ohnehin herausfinden würden. So, jetzt gehe ich in mein Zimmer und packe meinen Koffer aus.«

»Sie sehen müde aus. Ich komme mit und helfe Ihnen.«

Gemeinsam gingen sie den breiten, mit Teppichboden ausgelegten Flur entlang, als plötzlich ein Mann um die Ecke bog. Brigadier Arbuthnot Grenville blieb überrascht stehen und zupfte an seinem Schnurrbart.

»Sie wohnen auch hier?«

»Aber nur für kurze Zeit«, sagte Tweed hastig.

»Weiß nicht, ob Sie meine Einladung schon gelesen haben. Wir haben den zum Hotel gehörenden Bay Club für unseren heutigen Tanzabend gemietet. Schön, daß Sie bereits an Ort und Stelle sind. Ich erwarte Sie dann Punkt acht Uhr abends! Ist Maurice eigentlich heil nach Hause gekommen?« erkundigte er sich dann scheinbar ohne großes Interesse.

»Ich denke schon«, versicherte Tweed ihm.

»Tun Sie nichts, was ich nicht auch tun würde«, sagte Grenville ziemlich unvermittelt mit einem breiten Lächeln in Paulas Richtung. »Womit Sie sozusagen Narrenfreiheit hätten …«

Tweed saß in seiner eigenen Suite, die Brauen nachdenklich zusammengezogen, während Paula rasch seine Sachen auspackte und dann darauf bestand, ihm zu zeigen, wo sie alles untergebracht hatte. Er wollte sich gerade bei ihr bedanken, als das Telefon klingelte. Paula hob rein gewohnheitsmäßig den Hörer ab.

»Könnten Sie das bitte noch einmal wiederholen?« bat sie. »Gut, ich werde sehen, ob Mr. Tweed zu erreichen ist. Danke.«

Sie drehte sich zu Tweed um und legte eine Hand über den Hörer, während sie sprach.

»Es ist diese Reibeisenstimme. Monica hat mir davon erzählt.«

»Ich nehme den Anruf entgegen.«

Tweed, der mit einemmal wieder frisch und lebhaft wirkte, nahm ihr den Hörer aus der Hand, nannte seinen Namen und hörte mehrere Minuten schweigend zu. Als er zum erstenmal das Wort ergriff, geschah das nur, um das Gespräch zu beenden.

»Danke. Ich bin Ihnen für diese Informationen wirklich sehr dankbar.«

»Das war also dieser mysteriöse Waltz«, bemerkte Paula. »Monica hat mich zum Schweigen verpflichtet, als ich einmal alleine im Büro am Park Crescent war und einen Anruf von ihm entgegennahm. Er weigerte sich, mit mir zu sprechen, und ich sagte ihm, dann müsse er sich wohl verwählt haben. Später klärte mich Monica über ihn auf. Sie hat ihn ›Reibeisenstimme‹ getauft, weil er sich anhört wie ein Kettenraucher.«

»Schon möglich.« Tweed zögerte. »Man hat mich soeben gewarnt, daß mir die Zeit davonläuft. An welchem Projekt VB auch immer arbeiten mag, es ist bald abgeschlossen. Wir könnten eventuell zu spät gekommen sein.«

Paula rief den Zimmerservice an und bestellte Kaffee. Sie merkte, daß Tweed zutiefst besorgt war, was ihm gar nicht ähnlich sah. Als der Kaffee gebracht wurde, schenkte sie zwei Tassen voll und setzte sich neben ihn.

»Woher wissen Sie, daß Maurice so sicher nach Hause

gekommen ist, wie Sie es Grenville gegenüber behauptet haben?« fragte sie dann.

»Butler und Nield kamen kurz nach uns hier an. Sie wohnen über uns, in zwei kleineren Zimmern. Ich sah, wie Harry mir mit hochgerecktem Daumen ein Zeichen gab. Das bedeutete, daß er seinen betrunkenen Fahrgast heil abgeliefert hat.«

»Falls Maurice wirklich betrunken war.«

»Wie kommen Sie denn darauf?«

»Mir kam es so vor, als würde er lediglich Theater spielen. Vielleicht wegen Grenville.«

»Ein interessanter Gedanke.«

»Ach, kommen Sie schon. Was halten Sie von Grenville – und von Maurice?«

»Ich glaube, daß Grenville sich ganz bewußt als Karikatur eines steifen, konservativen ehemaligen Soldaten präsentiert. Vielleicht will er auf diese Weise im Anglo-Pacific-Club Eindruck schinden.«

»Also sind sie beide nicht das, was sie zu sein scheinen? Weder Grenville noch Maurice?«

»Niemand hier ist das, was er zu sein vorgibt. Dasselbe gilt auch für Cornwall.«

»Und was ist mit Vanity Richmond?«

»Oberflächlich betrachtet scheint sie hart für ihr Geld zu arbeiten. Sie gibt viel für teure Kleider aus, und sie scheint eine Schwäche für Newman zu haben. Mehr kann ich auch nicht über sie sagen.«

»Oberflächlich betrachtet«, wiederholte Paula gedankenvoll. »Sie *scheint* ... sie *scheint*. Es klingt immer ziemlich zweifelnd, wenn Sie über sie sprechen. Woher wollen Sie wissen, daß sie hart für ihr Geld arbeitet?«

»Weil ich von der Terrasse aus Ihr Gespräch mitbekommen habe. Es gehört zu meinem Beruf, Daten über alle möglichen Verdächtigen zusammenzutragen.«

»Und Ihnen erscheint jeder verdächtig?« bohrte Paula weiter.

»Jeder ist so lange schuldig, bis seine Unschuld bewiesen wird. Denken Sie doch an diese Liste mit Verdächtigen, die Sie oben auf dem Aktenschrank in Linda Standishs Apartment gefunden haben. Moloch stand darauf, Joel Brand, Luis Martinez, Byron Landis und Vanity Richmond. Von Alvarez erfuhr ich, daß Martinez der Leiter der Wachmannschaft von Black Ridge ist.«

»Aber Grenville und Maurice tauchen auf dieser Liste überhaupt nicht auf.«

»Das hat mich auch schon stutzig gemacht.«

»Was soll das heißen?«

»Das, was ich gesagt habe. Und jetzt möchte ich, daß Sie mich zu Newmans Mercedes begleiten. Er parkt außerhalb der Sichtweite des Hotels. Wir beide zusammen erscheinen relativ unverdächtig. Ich habe etwas sehr Wichtiges zu erledigen. Rufen Sie Bob auf seinem Zimmer an, das liegt direkt neben meinem, und bitten Sie ihn, sich sofort zu seinem Wagen zu begeben. Ich muß mich unbedingt mit Langley in Verbindung setzen.«

Newman wartete auf dem Parkplatz neben dem Mercedes, dessen Vordertür weit geöffnet war. Er hatte sogar vorsichtshalber Butler und Nield beauftragt, in einiger Entfernung herumzuspazieren und sich davon zu überzeugen, daß sie den abgelegenen Platz hinter dem Hotel ganz für sich hatten. Auch die Antenne auf dem Dach des Mercedes war bereits ausgefahren.

»Ich muß mit Washington sprechen, ohne dabei abgehört werden zu können«, erklärte Tweed. »Ist das möglich? Die Leitung muß hundertprozentig sicher sein.«

»Kein Problem. Alvarez hat mir gezeigt, wie das funktioniert. Wenn er sich in der Nähe eines Streifenwagens befindet, wird ihn ein spezielles Signal aufmerksam machen. Er hat eine Vorrichtung bei sich, die er an jedes Polizeifunkgerät anschließen kann – dadurch wird die Botschaft für alle Unbefugten bis zur Unkenntlichkeit verzerrt.«

»Dann lassen Sie uns anfangen. Zeigen Sie mir, wie ich den Sprechfunk bedienen muß, und dann seien Sie so gut und lassen mich allein.«

Newman wartete, bis Tweed auf dem Beifahrersitz Platz genommen hatte, dann beugte er sich in das Wageninnere, drückte eine bestimmte Abfolge von Knöpfen auf dem schwarzen Kästchen, reichte Tweed das Mikrofon, schloß die Tür und entfernte sich. Paula folgte ihm.

»Cord hier«, ertönte die vertraute Stimme. »Sind Sie das, Tweed?«

»Ganz recht, hier spricht Tweed. Meinen Informationen zufolge hatten zwei Lastwagen, die sich beide nicht mehr in Black Ridge befinden, eine größere Menge Sprengstoff geladen. Ich ...«

»Um Himmels willen!« unterbrach Dillon ihn entsetzt. »Sind Sie da ganz sicher?«

»Mein Informant ist absolut zuverlässig. Für gewöhnlich parken diese Lastwagen in einer verborgenen Garage hinter dem Gebäude, aber von diesen beiden wurde einer mittels einer Straßensperre südlich von Big Sur aufgehalten – den Fahrer hat man erschossen –, und der andere stürzte über die Klippen in den Pazifik.«

»Warten Sie, Tweed, ich schalte Alvarez zu ... Alvarez, Sie untersuchen unverzüglich diesen Fall. Tweed, wir beschäftigen uns gerade mit einer nicht genehmigten Bombenexplosion in der Wüste von Nevada. Eine dieser ehemaligen Raketenabschußrampen mußte dran glauben. Sie wurde völlig zerstört. Wir können den Sprengstoff noch nicht identifizieren. Anscheinend handelt es sich um eine neuartige, den Experten bislang noch unbekannte Erfindung.«

»Wie effektiv?« fragte Tweed.

»Halten Sie sich fest. In Washington geht schon die Panik um. Dieser neue unbekannte Sprengstoff hat nämlich die Sprengkraft von mindestens zehn Wasserstoffbomben.«

23.

Nachdem Cord Dillon die Leitung freigegeben hatte, blieb Tweed noch einige Minuten bewegungslos im Wagen sitzen. Sogar aus der Entfernung konnte Paula seinen grimmig entschlossenen Gesichtsausdruck erkennen. Sie machte eine Bewegung zum Wagen hin, doch Newman hielt sie zurück.

»Wenn er soweit ist, wird er uns schon rufen.«

»Ich habe ihn noch nie so gesehen.«

»Lassen Sie ihn. Er muß eine wichtige Entscheidung treffen.«

»Aber er rührt sich ja überhaupt nicht …«

Sie hatte kaum zu Ende gesprochen, als Tweed das Fenster herunterkurbelte und sie heranwinkte. Eine bemerkenswerte Veränderung war mit ihm vorgegangen; die Apathie energiegeladener Aktivität gewichen.

»Erstens muß ich dringend mit Alvarez sprechen, Bob. Zweitens müssen Sie mich sofort zur nächsten Telefonzelle fahren. Und drittens«, hierbei sah er Marler an, der sich wie aus dem Nichts materialisiert zu haben schien und eine Golftasche bei sich trug, »drittens brauche ich maximalen Personenschutz. Ich bin sicher, daß Moloch jetzt weiß, wo ich mich aufhalte. Paula, setzen Sie sich bitte nach hinten.«

»Ich werde den BMW fahren«, beschloß Marler. »Butler und Nield nehme ich mit. Ich bleibe dicht hinter Ihnen. Wundern Sie sich nicht, wenn ich Sie plötzlich überhole, dann droht nämlich Gefahr.«

Newman saß bereits hinter dem Steuer des Mercedes und fuhr die lange gewundene Auffahrt entlang. Auf dem Rücksitz überprüfte Paula ihren Browning. Tweed hielt noch immer das Mikrofon in der Hand.

»Alvarez hier …«

»Hier spricht Tweed. Wo genau sind Sie?«

»Immer noch bei der Straßensperre südlich von Big Sur.«

»Bleiben Sie dort, bis Sie wieder von mir hören – wenn das möglich ist.«

»Klar ist das möglich.«

»Sie haben wohl keine Taucher zur Verfügung, die sich den Rumpf dieses Schiffes, der *Baja,* die vor der Küste liegt, einmal von unten ansehen könnten?«

»Sie werden in einer halben Stunde hier sein. Ich lasse sie aus Monterey kommen. Werde mich gleich darum kümmern ...«

»Danke.«

Paula war verblüfft. Noch nie zuvor hatte Tweed ihres Wissens vollen Personenschutz verlangt. Sie kannte ihn gut genug, um zu wissen, daß er sich nicht um seine Person sorgte, sondern daß ihm das, was er zu tun hatte, Kummer bereitete. Die Lage mußte sich besorgniserregend zugespitzt haben.

»Ich muß dringend Professor Weatherby, den Seismologen, in seinem Haus in London anrufen«, erklärte Tweed knapp.

Einige Minuten später hielt Newman neben einer abgelegenen Telefonzelle. Tweed sprang aus dem Wagen, noch ehe dieser völlig zum Stehen gekommen war, rannte auf die Zelle zu und begann, Weatherbys Nummer zu wählen.

Auch Marler war ausgestiegen, um mit Newman zu sprechen. Butler und Nield folgten ihm. Marler musterte den dichten Pinienwald mißtrauisch, der sie von allen Seiten umgab.

»Kein allzu sicheres Fleckchen«, stellte er fest. »Harry, Pete, postieren Sie sich am Waldrand. Bleiben Sie außer Sicht und halten Sie Ihre Waffen bereit. Betrachten Sie jedes sich nähernde Fahrzeug als potentiellen Gegner, aber seien Sie vorsichtig. Wir möchten ja schließlich keine unschuldigen Touristen ins Jenseits befördern.«

Newman selbst bezog in der Nähe der Telefonzelle Posten, den Smith & Wesson locker in der Hand. Paula trat an seine Seite; sie empfand die Stille des Waldes als bedrükkend. Inzwischen hatte Tweed den Seismologen am Apparat.

»Hier Tweed. Ich weiß, daß es in London schon Mitternacht ist. Hoffentlich habe ich Sie nicht geweckt?«

»Ich bin noch auf und werde wohl auch noch mehrere Stunden aufbleiben. Sie klingen ja sehr aufgeregt, Tweed.«

»Könnten Sie mir bitte erklären – aber in allgemeinverständlichen Worten –, ob es möglich ist, vor der Küste Kaliforniens ein künstliches Erdbeben auszulösen? Im Gebiet von Carmel und Big Sur.«

»Es auszulösen? Nun ja, im Rahmen jüngster Forschungen hat man in dieser Gegend Bewegungen unter dem Pazifik registriert. Sie müssen sich das so vorstellen: Dort liegen immense tektonische Platten, wie wir sie nennen – riesige Teile des Meeresbodens, die sich gegeneinander verschieben können, so daß es zu einem Reibungseffekt kommt. Im schlimmsten Fall wäre es sogar möglich, daß sie sich in Richtung der Küste verschieben, was Fachleute allerdings für höchst unwahrscheinlich halten.«

»Aber wenn dies geschähe«, drängte Tweed, »wodurch würde es ausgelöst?«

»Ich nehme an, ein gigantisches Seebeben könnte die Verschiebung einer tektonischen Platte bewirken.« Weatherby zögerte. »Ich wollte es Ihnen eigentlich gar nicht sagen, aber Ethan Benyon arbeitete an einer solchen Theorie, die ich für etwas weit hergeholt halte. Einige weitere Ordner mit alten Aufzeichnungen, die er bei mir vergessen hat, deuten darauf hin.«

»Ein gigantisches Seebeben«, wiederholte Tweed. »Nehmen wir einmal an, es kommt wirklich dazu. Was würde geschehen, wenn sich die Pazifikplatte verschiebt und auf die Küste trifft?«

»Die Wucht wäre so groß, daß sie sich *unter* die Bodenformation der Küste schiebt. Naturgewalten können entsetzlich sein. Was geschehen würde? Eine Katastrophe nie dagewesenen Ausmaßes wäre die Folge. Aber, Tweed, dieser Fall ist wirklich äußerst unwahrscheinlich.«

»Ich danke Ihnen, Weatherby. Sie haben mir sehr geholfen.«

»Wüßte nicht, wie. Wo sind Sie gerade?«

»In Kalifornien. Ich muß Schluß machen.«

Tweed rannte zum Auto zurück. Newman saß bereits

auf dem Fahrersitz, als er einstieg. Er informierte Newman kurz über den Inhalt des Gesprächs, dann bat er darum, noch einmal zu Alvarez durchgestellt zu werden.

»Hier Tweed. Ich bin mehr denn je davon überzeugt, daß die Unterseite der *Baja* gründlich inspiziert werden sollte.«

»Dafür habe ich schon gesorgt. Die Taucher sind bereits auf dem Weg hierher. Sie bringen ein kleines Boot auf einem Hänger mit.«

»Kann ich ihn einmal kurz sprechen?« mischte sich Newman rasch ein.

Tweed reichte ihm das Mikrofon, und Newman nannte seinen Namen.

»Alvarez, könnten Sie mit der Aktion bitte warten, bis ich bei Ihnen bin? Dauert noch eine gute halbe Stunde.«

»Geht in Ordnung, Newman.«

Newman fuhr mit Paula und Marler, der im letzten Moment in den Wagen gesprungen war, zum Hotel zurück. Butler folgte ihnen mit Nield in dem BMW. Als sie auf dem Parkplatz hielten, kletterte Butler aus dem Auto und ging auf Tweed zu, der bereits ausgestiegen war.

»Pete und ich bleiben bei Ihnen. Widerspruch ist zwecklos. Wir sind dafür bekannt, daß wir Befehle mißachten.«

»Allerdings«, stimmte Tweed zu. »Ich danke Ihnen.«

»Zeit, von Bord zu gehen, Paula«, sagte Newman.

»Zeit, endlich loszufahren. Ich komme mit. Versuchen Sie mal, mich aus dem Auto zu werfen.«

»Da hätte ich wohl schlechte Karten. Wie steht's mit Ihnen, Marler?«

»Ich bleibe, wo ich bin.«

Newman seufzte und gab Gas. Sein Ziel hieß Big Sur.

In Black Ridge verließ Grenville gerade das Gebäude und ging die lange Auffahrt hinunter, an deren Beginn er sein Auto geparkt hatte. Auf dem Beifahrersitz saß Maurice Prendergast.

»Ich habe Moloch zu unserem Tanzabend eingeladen. Er sagte, er würde mit Vergnügen kommen.«

»Ich höre und staune.«

»Der arme Kerl führt wohl ein sehr zurückgezogenes Leben«, bemerkte Grenville, während er sich auf den Fahrersitz setzte.

»Armer Kerl!« schnaubte Maurice verächtlich. »Er ist Milliardär.«

»Geld allein macht nicht unbedingt glücklich. Oft bewirkt es sogar eher das Gegenteil.«

»Er kann immer noch auf dem Weg zur Bank über sein trauriges Schicksal nachdenken«, höhnte Maurice.

»Mir fällt gerade etwas ein«, meinte Grenville, als er über den Highway One Richtung Carmel fuhr. »Er zeigte auffallendes Interesse, als ich ihm die Namen einiger anderer geladener Gäste nannte, unter anderem die von Tweed und Paula Grey.«

»War dies der wahre Grund für Ihren Besuch bei Moloch? Sie haben sich ziemlich lange aufgehalten.«

»Was sollte ich wohl sonst noch für Gründe haben?« fragte Grenville steif zurück.

Keinem von beiden war aufgefallen, daß eine Gestalt im ersten Stockwerk Grenville beim Verlassen des Hauses beobachtet hatte. Byron Landis trat erst vom Fenster zurück, als Grenvilles Wagen außer Sicht war.

Newman stellte fest, daß Alvarez mit seinen Fahrzeugen und dem Anhänger in derselben Felsnische wartete, die Butler genutzt hatte, während Tweed und Paula Mrs. Benyon besuchten. Automatisch blickte er zu The Apex empor, als sie an dem seltsamen Haus vorbeikamen. An einem der Fenster wurde der Vorhang bewegt. Mrs. Benyon hielt wohl ein wachsames Auge auf die Vorgänge in ihrer näheren Umgebung.

»Wir haben das Unternehmen sorgfältig geplant«, teilte Alvarez Newman und seinen Begleitern mit, sowie sie ausgestiegen waren. »Das Boot wurde bereits zu Wasser gelassen. Es befindet sich außerhalb der Sichtweite der *Baja* – und kann auch von Black Ridge aus nicht gesehen werden. Drei Taucher sind an Bord.«

»Ich würde Sie gern begleiten«, bat Newman.

»Tun Sie das. Was glauben Sie, weshalb ich auf Sie gewartet habe?«

»Ich komme auch mit«, sagte Paula entschieden. »Newman braucht jemanden, der seine Hand hält.«

Beim Sprechen holte sie eine Handgranate aus ihrer Umhängetasche und drückte sie Newman unauffällig in die Hand. Er spielte immer noch gelegentlich Kricket und war wie Tweed ein ausgezeichneter Werfer.

»Ich kann mich Ihnen ebensogut anschließen, statt hier herumzusitzen«, brummte Marler.

Alvarez blickte ihn durchdringend an. Marler sah ihm direkt in die dunklen Augen, ohne ein Wort zu sagen, bis Alvarez, von Marlers ruhiger, selbstbewußter Haltung beeindruckt, zustimmend nickte und einen steilen, grasbewachsenen Abhang hinunterging. Unten lag eine kleine Bucht mit einer von der Straße aus nicht auszumachenden Höhle. Eine große Barkasse war an einem provisorischen Landungssteg vertäut.

Die drei Froschmänner in ihren Neoprenanzügen, die bereits im Boot saßen, starrten die Neuankömmlinge durch ihre Taucherbrillen hindurch verdutzt an. Einer von ihnen hatte eine Unterwasserkamera bei sich. Newman fragte sich, ob sie wohl einer Spezialeinheit angehörten. Er kletterte in das Boot, nachdem er die Handgranate in die Tasche seines leichten Jacketts geschoben hatte. Paula, Marler und Alvarez betraten nach ihm das Deck, und ein am Ufer stehender Polizeibeamter löste das Seil, sowie Alvarez den Motor anließ und das Steuerrad ergriff.

Sie umrundeten eine kleine Klippe, bis die *Baja* auf der Steuerbordseite ihrer Barkasse auftauchte. Die Wasseroberfläche war spiegelglatt, das Meer so ruhig, daß noch nicht einmal Tweed Grund zur Klage gehabt hätte, dachte Paula. Am Heck des riesigen Schiffes war ein Motorboot festgemacht. Als sie sich der *Baja* bis auf Hörweite genähert hatten, ergriff Alvarez ein Megafon. Er räusperte sich und begann: »Achtung, hier spricht die Polizei …«

Weiter sollte er nicht kommen. Wie aus dem Nichts waren Männer auf dem angeblichen Schwimmbagger erschienen und in das Motorboot gesprungen. Der Motor erwachte dröhnend zum Leben, und das wendige Boot schoß mit unglaublicher Geschwindigkeit auf sie zu. Zu ihrem Entsetzen erkannte Paula in dem großen Mann hinter dem Steuer Joel Brand. Offenbar gedachte er, die Vorstellung, die er damals auf dem Helford River in Cornwall gegeben hatte, als er versuchte, ihr Schlauchboot über den Haufen zu fahren, hier mit mehr Erfolg zu wiederholen.

Das Motorboot raste weiterhin auf sie zu und beschleunigte jetzt so stark, daß sich der Bug aus dem Wasser hob. Es war groß und stabil genug, um ihre Barkasse in zwei Teile zu reißen. Alvarez warf das Steuer herum, doch Brand folgte seinem Manöver und behielt seinen Kollisionskurs bei. Newman packte die Handgranate, zog die Schutzkappe ab, zählte lautlos bis zehn und holte aus. Die Granate wirbelte durch die Luft und landete im Heck des Motorbootes.

Paula sah, daß Brand, der eine Wollmütze auf dem Kopf trug, das Steuer losließ und mit einem Satz über Bord sprang, ohne sich um die anderen Männer im Boot zu kümmern. Mit den kräftigen, weit ausholenden Zügen des geübten Schwimmers begann er auf die Küste zuzukraulen, als hinter ihm die Granate detonierte.

Es gab eine fürchterliche Explosion, gefolgt von einem ohrenbetäubenden Dröhnen, mit dem der Tank in die Luft flog. In Sekundenschnelle war das ganze Boot von hoch aufzüngelnden Flammen eingeschlossen. Ein Teil des Hecks wurde in die Höhe geschleudert und landete dann, einen Flammenschweif hinter sich herziehend, wieder im Wasser, wo es zischend unterging.

»Weiterhin nach Plan vorgehen«, befahl Alvarez.

Er lenkte die Barkasse um das auf der Wasseroberfläche treibende Wrack herum. Sowie sie nahe genug an die *Baja* herangekommen waren, wies er die Froschmänner an, von Bord zu gehen. Einer nach dem anderen verschwand unter Wasser und paddelte in Richtung des Rumpfes des großen Schiffes davon. Paula nahm ihr kleines Fernglas zur Hand und suchte damit das Deck der *Baja* ab.

»Komisch«, wunderte sie sich. »Kommt mir so vor, als wäre überhaupt niemand an Bord.«

»Die Besatzung hält sich wohl unter Deck auf«, meinte Alvarez.

»Das Ding sieht wie ein Geisterschiff aus.«

»An Bord dieses Kolosses spukt noch etwas ganz anderes herum als ein Geist«, erwiderte Alvarez abwesend und sah auf die Uhr. »Sie dürften höchstens fünf Minuten brauchen, um alles gründlich zu untersuchen.«

Langsam kreuzten sie auf der Steuerbordseite der *Baja* hin und her. Noch immer zeigte sich keine Menschenseele an Deck, und, schlimmer noch, zehn Minuten später war auch keiner der Froschmänner wieder zum Vorschein gekommen. Alvarez, der sich Sorgen zu machen begann, steuerte die Barkasse vom Bug der *Baja* hin zur Backbordseite und konnte gerade noch einen Blick auf eine Gestalt in einem Taucheranzug erhaschen, die flink eine Leiter hochkletterte und an Deck verschwand.

»War das einer von Ihren Männern?« erkundigte sich Paula. »Er hatte etwas dabei, das wie eine Heugabel aussah.«

»Zu meinen Leuten gehört der nicht«, erwiderte Alvarez finster.

»Und ich vermute, daß er einen dieser elektrischen Abwehrstäbe bei sich trug, die Taucher benutzen, um sich unliebsames Meeresgetier vom Leibe zu halten«, warnte Newman.

Plötzlich beugte sich Paula über die Bordwand und griff nach einem auf dem Meer treibenden Gegenstand. Es handelte sich um die Unterwasserkamera, die einer der Froschmänner bei sich gehabt hatte. Sie reichte sie Alvarez, der sie prüfend musterte und dann an Newman weitergab.

»Die Angelegenheit wird immer rätselhafter. Diese Spezialkameras sind nicht gerade billig. Wenn ein Froschmann sie aus Versehen losläßt, steigt sie von selbst zur Wasseroberfläche auf. Was zum Teufel ist mit dem Besitzer dieser Kamera geschehen?«

»Er ist durch einen Stromschlag getötet worden – wie die anderen beiden auch«, sagte Newman leise. »Unsere

Gegner verfügen über ein spezielles Team, das unter Wasser operiert und unerwünschte Eindringlinge exekutiert. Da liegt der Schluß nahe, daß sich unter dem Rumpf etwas befindet, was niemand sehen soll. Die Leichen müßten bald an die Oberfläche kommen.«

»Das glaube ich nicht«, widersprach Alvarez. »Hier herrscht eine starke Unterströmung. Die Leichen könnten meilenweit abgetrieben werden. Vielleicht findet man sie nie.«

»Lassen Sie uns an Bord dieses Kahns gehen«, schlug Marler vor. »Wir sind ja bewaffnet.«

»Geht nicht«, entgegnete Alvarez. »Wir haben weder einen Durchsuchungsbefehl noch die Spur irgendeines Beweises.«

»Was ist denn mit dem Motorboot, das uns rammen wollte?« gab Paula zu bedenken.

»Was soll damit sein? Ist Ihnen aufgefallen, daß sämtliche Wrackteile verschwunden sind? Keinerlei Beweise«, wiederholte er wütend.

»Aber wir haben die Kamera«, fuhr Paula fort. »Könnte Tweed wohl Abzüge der Bilder bekommen, sofern der Film belichtet wurde?«

»Ich lasse sie ihm heute noch vorbeibringen.«

Es war eine ziemlich bedrückte Gruppe, die zu der kleinen Bucht zurückkehrte. Niemand sprach ein Wort, bis das Boot wieder vertäut worden war. Alvarez handelte sofort. Er reichte die Kamera, die er in eine reißfeste Plastiktüte gesteckt hatte, an einen Beamten weiter, der müßig neben seinem Streifenwagen stand.

»Schaffen Sie das so schnell wie möglich zum Fotolabor in Monterey. Ich brauche die Originalbilder und jeweils drei Abzüge, und zwar am liebsten vorgestern.«

Paula sah dem Streifenwagen nach, der mit quietschenden Reifen davonschoß. Die Sirene jaulte, das Blaulicht flakkerte, und der ganze Anblick erinnerte sie unwillkürlich an die alptraumhafte Fahrt vom Flughafen nach San Francisco kurz nach ihrer Ankunft.

»Der Mann, der ans Ufer geschwommen ist, war Joel

Brand«, sagte sie unvermittelt, nicht gewillt, schon aufzugeben.

»Könnten Sie das vor Gericht beschwören?« fragte Alvarez. »Ließ er sich eindeutig identifizieren?«

»Nun, zugegebenermaßen nein. Er trug eine Wollmütze, die sein Haar völlig bedeckte. Ich habe ihn an seiner Art, sich zu bewegen, erkannt.«

»An seinen Bewegungen?« Alvarez schüttelte den Kopf. »Jeder halbwegs gescheite Anwalt macht im Zeugenstand Hackfleisch aus Ihnen.«

»Ja, hat ihn denn niemand aus dem Wasser steigen sehen?« fragte Paula verzweifelt und wandte sich an einen Beamten, der auf der Motorhaube seines Streifenwagens saß. »Um nach Black Ridge zu gelangen, mußte er den Highway überqueren. Er war doch triefnaß. So jemanden kann man gar nicht übersehen.«

»Tut mir leid«, entschuldigte sich der Beamte verlegen, »aber wir haben nur auf Ihr Boot geachtet und darauf gewartet, daß Sie wieder zurückkommen.«

»Keinerlei Beweise«, wiederholte Alvarez zum dritten Mal. »So ein gottverdammter ...« Er brach ab. »Ich hasse es, einen meiner Männer zu verlieren. Nun sind gleich drei ums Leben gekommen. Newman, Sie sollten jetzt besser nach Spanish Bay zurückfahren. Ich sorge dafür, daß Tweed die Fotos – wenn der Film überhaupt belichtet wurde – so rasch wie möglich bekommt.«

24.

In Molochs Büro in Black Ridge hatte auch Vanity die Explosion gehört. Sie sprang auf, rannte zum Fenster und sah gerade noch, wie das Motorboot in Flammen aufging. Aufgeregt teilte sie Moloch, der hinter seinem Schreibtisch saß, ihre Beobachtung mit.

»Motorschaden vermutlich.« Moloch war völlig in seine Arbeit vertieft. »Kommen Sie her, ich muß mit Ihnen reden.«

»Worüber?« fragte sie, als sie sich ihm gegenüber niederließ.

»Ich möchte, daß Sie einige unserer Geschäftsbücher sorgfältig prüfen. Von Zahlen verstehen Sie ja wohl etwas.«

»Ehe Sie mich engagierten, habe ich in einem Londoner Büro in der Buchhaltung gearbeitet. Ich denke, Sie können mir diese Aufgabe unbesorgt übertragen. Aber was wird Byron dazu sagen?«

»Diese Geschäftsbücher wurden von Joel geführt.«

»Gilt für ihn nicht dasselbe? Ich möchte ihn mir nur ungern zum Feind machen.«

»Hier entscheide immer noch ich, wer was erledigt. Gewisse Leute neigen anscheinend dazu, zu vergessen, daß ich die AMBECO unter Einsatz all meiner Arbeitskraft ganz alleine aufgebaut habe. Ach, übrigens, ich gehe heute abend zu Grenvilles Party im Anglo-Pacific-Club und sähe es gerne, wenn Sie mich begleiten würden. Ich nehme Sie in dem Lincoln mit.«

»Dann werden wir ja standesgemäß vor diesem Club vorfahren«, neckte sie ihn. »Aber im Ernst, was zieht Sie denn zu dieser Party? Es sieht Ihnen gar nicht ähnlich, sich freiwillig in der Öffentlichkeit zu zeigen.«

»Wie Grenville mir sagte, wird sich unter den Gästen auch ein Mann namens Tweed befinden. Ich möchte ihn gern kennenlernen.« Er lächelte sarkastisch. »Und wenn Sie mich begleiten, summt die ganze Stadt hinterher wie ein Bienenkorb. Die Vorstellung gefällt mir.«

»Ich muß mich aber vorher noch duschen und umziehen. Wann soll ich denn fertig sein?«

»Wie lange brauchen Sie denn, um sich für die Party herzurichten?«

»Eine halbe Stunde.«

»Die meisten Frauen würden mehrere Stunden benötigen. Also gut, die Party beginnt um acht Uhr. Eine Dreiviertelstunde brauchen wir bis Spanish Bay. Sie haben eine halbe Stunde, um sich fertigzumachen. Wir werden demnach Punkt Viertel nach sieben hier wegfahren.«

Vanity lächelte in sich hinein. VB achtete stets akribisch

darauf, daß Zeitpläne eingehalten wurden. Vielleicht rührte sein enormer Erfolg zum Teil daher, daß er niemals auch nur eine Minute nutzlos verstreichen ließ.

»Ich komme gerne mit«, sagte sie. »Es ist ohnehin an der Zeit, daß Sie Ihr Einsiedlerdasein aufgeben. Sie schotten sich viel zu sehr von der Außenwelt ab.«

Die hellen Augen richteten sich auf ihr Gesicht. Abgesehen von ihren beruflichen Qualitäten bestand einer ihrer größten Vorzüge für Moloch darin, daß sie nie zögerte, ihm die Meinung zu sagen. Er haßte allzu unterwürfiges Personal. Ein zynisches Lächeln trat auf sein Gesicht.

»Die Außenwelt? Kalifornien ist eine Kloake. Aber ich bin sicher, wir werden einen angenehmen Abend verbringen.«

Newman hatte den Wagen gerade hinter dem Spanish Bay Hotel abgestellt, als ein rotes Licht am Armaturenbrett zu blinken begann. Nachdem er sich vergewissert hatte, daß niemand ihn beobachtete, betätigte er den Knopf, der die Antenne ausfahren ließ. Er wußte, daß Washington sich mit Tweed in Verbindung setzen wollte, daher griff er rasch nach dem Mikrofon.

»Hier Newman.«

»Und hier spricht Cord. Wie ist es denn so in Kalifornien?«

»Warm und sonnig«, erwiderte Newman. Er wußte nicht, ob Tweed die Tragödie bei Big Sur geheimhalten wollte oder nicht. »Was gibt's?«

»Ist Tweed in der Nähe? Ich muß ihn dringend sprechen.«

»Bleiben Sie dran. Er wird in ein paar Minuten hier sein ...«

Er bat Paula, Tweed zu holen. Im selben Moment, wo er die Antenne ausgefahren hatte, war Marler aus seinem Wagen gesprungen und hatte Butler und Nield zu sich gewunken. Die drei Männer verteilten sich über den Parkplatz und bezogen ihre Beobachtungsposten. Der Wagen wurde durch eine hohe Mauer vor Blicken aus den Hotelfenstern geschützt und stand zudem noch in einer besonders abgelegenen Ecke des Platzes.

Schneller als erwartet sah er im Rückspiegel Tweed mit Paula im Schlepptau auf den Mercedes zurennen. Sie blieb in einiger Entfernung an einer Ecke stehen, die Marler ihr zuwies, und Newman reichte Tweed das Mikrofon, ehe auch er sich zurückzog.

»Hier Tweed.«

»Ich spreche über eine sichere Leitung«, begann Dillon. »Vermutlich haben Sie gleichfalls dafür gesorgt, daß wir nicht belauscht werden können.«

»Korrekt.«

»Was ich Ihnen zu sagen habe, ist streng vertraulich. Es ist uns gelungen, einen Agenten in VBs Waffenfabrik in Des Moines einzuschleusen. Eine ganz heikle Angelegenheit. Er befindet sich immer noch dort.«

»Verstehe«, versicherte ihm Tweed.

»Unser Mann berichtete uns, daß Moloch einen Sprengstoff entwickelt hat, der alles bisher Dagewesene übertrifft. Er hat die zehnfache Sprengkraft einer Wasserstoffbombe, wie ich Ihnen ja schon sagte. Der Agent konnte eine Probe davon herausschmuggeln.«

»Durchsuchen Sie die ganze Anlage«, erwiderte Tweed prompt.

»Das können wir nicht. VB hat mit der Regierung einen Vertrag abgeschlossen, der ihn verpflichtet, einen hochleistungsfähigen Sprengstoff herzustellen. Allerdings hat er verschwiegen, daß seine Forschungen bereits erfolgreich beendet wurden. Das Zeug nennt sich Xenobium. Er hat es dort unten in der Wüste von Nevada getestet.«

»Woher wissen Sie das?«

»Wir haben Rückstände des Nevada-Sprengstoffes mit den aus Des Moines entwendeten Proben verglichen. Sie stimmen vollkommen überein.«

»Ich begreife immer noch nicht, warum Sie Des Moines nicht durchsuchen können.«

»Weil Moloch bereits über eine zu große politische Macht verfügt. Wenn wir die Firma mit der Begründung durchsuchen würden, er habe der Regierung wichtige Informationen vorenthalten, würde er einfach behaupten, der Sprengstoff sei gerade erst testreif. Und dann könnte er sich rächen, indem er alle ihm verfügbaren Mittel einsetzt, damit der amtierende Präsident die nächste Wahl verliert. Sie sehen, uns sind die Hände gebunden.«

»Xenobium, sagten Sie?«

»So heißt das Zeug. Jagt mir einen kalten Schauer über den Rücken.«

»Stimmt mich auch nicht gerade fröhlich.«

»Tweed, sind Sie inzwischen irgendwie weitergekommen?«

Zum ersten Mal während ihrer langen Bekanntschaft hörte Tweed einen Anflug von Verzweiflung aus der Stimme des Amerikaners heraus. Er wählte seine Worte sehr sorgfältig.

»Täglich fallen mir neue Teile des Puzzles in den Schoß. Ich glaube, ich komme dem Gesamtbild immer näher. Jetzt sollte ich unbedingt noch Vincent Bernard Moloch treffen und mir über seine Motive Klarheit verschaffen. Wir hören dann voneinander ...«

Als er den Wagen verließ, wirkte er beinahe fröhlich. Jedenfalls besser gelaunt, dachte Paula, als sie ihn während der letzten Tage gesehen hatte.

Moloch unterhielt sich angeregt mit Vanity, während er seine cremefarbene Limousine über den Highway Richtung Carmel jagte. Er trug ein elegantes Abendjackett und sprühte geradezu vor Charme.

»Welchen Eindruck hatten Sie eigentlich von Tweed, als Sie ihn trafen?« fragte er plötzlich.

»Er ist ein außergewöhnlicher Mann«, antwortete sie, ohne zu zögern.

»Das denke ich auch, sonst wäre er nicht so erfolgreich in seinem Job. Ich möchte, daß Sie mich ihm vorstellen. Aber nicht gleich nach unserer Ankunft, sondern etwas später am Abend.«

»Wird gemacht«, versprach sie.

»Ich habe nicht vor, von Tisch zu Tisch zu ziehen und mich mit den anderen Gästen zu unterhalten«, warnte er. »Ich möchte einen Einzeltisch, nur für uns beide.«

»Ich werde Grenville bitten, das zu arrangieren, sobald wir dort sind.«

»Es geht um folgendes«, erklärte er, während er den Windungen der Straße folgte: »Ich möchte die anderen Gäste in Ruhe beobachten können, da ich mich nicht darauf verlassen kann, daß jemand anderem das auffällt, wonach ich suche.«

»Verstehe«, entgegnete Vanity ruhig.

Was hat er denn nur vor? fragte sie sich. Irgend etwas geht doch in seinen verwinkelten Gehirn vor. Vielleicht finde ich es heraus, wenn wir erst einmal eine Zeitlang dort sind.

Tweeds Aufbruch zu der Party verzögerte sich etwas. Die Fotos, die der verschwundene Froschmann gemacht hatte, wurden ihm auf Alvarez' Anordnung von einem Polizeibeamten in Zivil überbracht, der sich mit seiner Dienstmarke auswies.

Eine handschriftliche Notiz von Alvarez besagte, daß der Taucher anscheinend den Meeresboden erreicht hatte, ehe ihm etwas zugestoßen war.

»Sagen Ihnen diese Fotos irgend etwas?« fragte Tweed an Paula gewandt.

Sie studierte sie mit Hilfe eines Vergrößerungsglases gründlich, schüttelte dann den Kopf und reichte sie ihm zurück.

»Ich werde nicht recht schlau daraus. Es sieht aus, als wäre ein Loch im Meeresboden mit einer riesigen runden Platte aus einem undefinierbaren Material wieder verschlossen worden.«

»Alvarez schreibt mir, daß seine Experten den Durchmesser auf fast zwei Meter schätzen. Mehr können sie auch nicht sagen. Holen Sie bitte Newman her. Ich muß mit Cord Dillon sprechen.«

Eine Viertelstunde später hatte er Dillon mitgeteilt, daß

er die Fotos so schnell wie möglich an eine Londoner Adresse schicken wolle, weil sie eventuell der Schlüssel zu dem ganzen Geheimnis sein könnten. Dillon bat ihn, am Apparat zu bleiben, also lehnte sich Tweed im Sitz des Mercedes zurück. Newman hatte sein Team an strategisch günstigen Positionen rund um den Wagen postiert. Tweed bemerkte, daß sowohl Butler als auch Nield elegante Anzüge trugen, und rief Newman zu sich.

»Warum haben sich Harry und Pete denn so stadtfein gemacht?«

»Weil sie uns zu der Party begleiten. Keine Widerrede bitte. Eine Menschenmenge ist der ideale Ort, um jemanden umzulegen.«

Er trat zurück, weil sich Dillon wieder zu Wort meldete. Was er sagte, versetzte Tweed in Erstaunen.

»Wir können diese Fotos keinem Kurierdienst anvertrauen, sie sind zu brisant. Geben Sie sie Alvarez. Er ist auf dem Weg zu Ihnen, wird in ungefähr zehn Minuten eintreffen. Händigen Sie ihm das adressierte Päckchen aus. Ein schnelles Flugzeug wartet auf dem Flughafen von Monterey, um die Bilder nach London zu bringen, wo ein Auto bereitsteht, das sie bei der Adresse am Holland Park abliefert. Ich melde mich dann wieder … Ach so, die geschätzte Ankunftszeit beträgt ungefähr sieben Stunden, ab jetzt gerechnet.«

Er hatte aufgelegt, ehe sich Tweed bei ihm bedanken konnte. Der rief Paula zu sich, setzte sie über die aktuellen Vorgänge ins Bild und bat sie, die Fotos zu verpacken und an Professor Weatherby zu adressieren. Dann gab er Newman ein Zeichen.

»Fahren Sie mich bitte noch einmal zu dieser Telefonzelle. Ich muß Weatherby anrufen.«

Marler glitt auf den Rücksitz, ehe sich der Wagen in Bewegung setzte. Sowie Newman vor der Telefonzelle hielt, sprang Tweed heraus und rannte darauf zu. Marler folgte ihm und hielt ein Stück davor Wache. Über ihnen wölbte sich der sternenfunkelnde Nachthimmel. Newman fragte sich, warum die Sternbilder hier in Kalifornien so viel klarer und deutlicher zu erkennen waren als in England. Weniger Smog in dieser Gegend, nahm er an.

»Weatherby? Hier Tweed ...« Er erläuterte die jüngsten Entwicklungen. Der Seismologe hörte geduldig zu und unterbrach ihn mit keinem Wort, bis er zum Ende gekommen war.

»Sehr interessant«, bemerkte er dann. »Natürlich weiß ich ein wenig über diese Technik, bei der man ein speziell dafür konstruiertes Rohr in den Meeresboden oder tief in die Erde bohrt, um Proben zu entnehmen. Aber ich bin kein Experte auf diesem Gebiet. Doch zufälligerweise habe ich vor ein paar Minuten mit einem gewissen John Palister telefoniert, einem alten Freund, der unter Schlaflosigkeit leidet und mich in den frühen Morgenstunden gelegentlich auf einen Drink besucht. Er ist ein weltweit anerkannter Fachmann, was Tiefenbohrungen und Bohrtechniken angeht. Wann werde ich die Fotos bekommen?«

»Sie werden in Kürze aus Monterey eingeflogen. Ich schätze, sie in ungefähr sieben Stunden bei Ihnen eintreffen.«

»In sieben Stunden? Wie schicken Sie sie mir denn? Per Rakete?«

»Die Regierung stellt mir eines ihrer neuen Überschallflugzeuge zur Verfügung.«

»Ach so. Ich werde John bitten, so lange zu bleiben, bis die Fotos hier sind. Er wird sie schon entschlüsseln können. Ich rufe Sie an, sobald ich Genaueres weiß. Wo kann ich Sie denn erreichen?«

»Im Spanish Bay, einem Hotel außerhalb von Carmel.«

Tweed gab ihm die Nummer und schärfte ihm ein, jegliche Informationen, die er weitergeben wolle, zu verschleiern, da der Anruf über die Telefonzentrale des Hotels erfolgen mußte. Er verließ die Telefonzelle, holte ein paarmal tief Atem und stieg dann wieder ins Auto. Sie fuhren zum Spanish Bay zurück und holten dort Paula ab, die sich einen leichten Mantel übergeworfen hatte. Die kurze Entfernung zu dem Club, wo die Party stattfand, legten sie gleichfalls mit dem Wagen zurück. Butler und Nield folgten ihnen zu Fuß.

Die Party war bereits in vollem Gange, als sie den Club erreichten. Grenville erwartete sie an der Tür. Er trug einen eleganten Abendanzug mit scharlachroter Fliege, begrüßte seine Gäste herzlich und küßte Paula leicht auf die Wange.

»Anscheinend haben Sie sich Verstärkung mitgebracht«, stellte er mit einem Blick auf Marler, Butler und Nield fest.

»Wir sind nur gekommen, um Ihnen ein wenig unter die Arme zu greifen«, meinte Marler lächelnd.

Tweed stellte die Männer vor, während er über Grenvilles Schulter hinweg den Blick über die Gästeschar schweifen ließ. An einem Ecktisch saß ein kleiner Mann, der sein dunkles Haar aus der hohen Stirn gekämmt trug. Seine Begleiterin war Vanity Richmond. Newman, der Tweeds Blick gefolgt war, flüsterte ihm etwas zu, während Grenville seinen Gästen einen großen Tisch am Rande der Tanzfläche zuwies.

»Das ist Moloch. Einmal ist es mir gelungen, ein Foto von ihm zu schießen, aber seine Bodyguards haben mir die Kamera entrissen.«

Tweed folgte Paula, die von einem ausgesprochen aufgeräumt wirkenden Grenville zum Tisch geleitet wurde, und entdeckte dabei Maurice, der allein an einem anderen Tisch saß und mit grämlicher Miene ein Glas Wein leerte. Tweed nahm zwischen Paula und Newman Platz, Marler setzte sich ihm gegenüber, und Butler und Nield belegten die Plätze an beiden Enden des Tisches. Suchend blickte sich Tweed im Raum um, wobei es ihm vorkam, als ob Moloch genau dasselbe täte.

Die Gäste setzten sich größtenteils aus Männern und Frauen mittleren Alters zusammen. Es herrschte eine Atmosphäre gezwungener Fröhlichkeit, obgleich der Alkohol in Strömen floß. Einige der jüngeren Paare drehten sich mit gelangweiltem Gesichtsausdruck auf der Tanzfläche in der Mitte des Saales. Plötzlich legte sich eine Hand schwer auf Tweeds Schulter. Er drehte sich um und blickte in das von Falten durchzogene Gesicht eines weißhaarigen Mannes.

»Sie sind neu hier«, sagte er. »Hoffentlich haben Sie sich nicht entschlossen, sich auf Dauer hier niederzulassen.«

»Warum?«

»Na, schauen Sie sich doch um.« Der Mann sprach mit dem typischen englischen Oberklassenakzent. »Keiner fühlt sich hier wirklich wohl, meine Wenigkeit eingeschlossen. Sie sind alle wegen des angenehmen Klimas hierhergekommen und haben dafür ihre Freunde und alles, was ihnen sonst im Leben wichtig war, aufgegeben.«

»Und warum kehrt dann niemand in die Heimat zurück, wenn sich doch keiner hier heimisch fühlt?« erkundigte sich Tweed.

»Zu spät. Inzwischen ist die Verbindung zu ihren alten Freunden abgerissen, und ihre Häuser in England haben sie verkauft. Außerdem ist das Leben hier billiger; sie könnten sich eine Rückkehr gar nicht leisten. Trotzdem trauern sie den altvertrauten Dingen nach – den Pubs, den kleinen Dörfchen, ja, sogar dem Leben in London. Hier draußen ist alles ganz anders als zuhause. Tun Sie nichts Unüberlegtes.«

»Danke für Ihren Rat«, sagte Tweed leise.

»Klingt alles sehr traurig«, flüsterte Paula.

»Das ist es wohl auch. Achtung, Vanity kommt auf uns zu.«

Die rothaarige Frau trat an ihren Tisch und wandte sich mit einem strahlenden Lächeln an Tweed, der ihr knapp zunickte.

»Mr. Moloch würde sich freuen, wenn Sie ihm ein paar Minuten Gesellschaft leisten könnten. Er sitzt an dem Tisch dort hinten in der Ecke.«

»Warum kommt er denn nicht zu uns?« fragte Paula spitz.

»Er möchte sich gerne mit Mr. Tweed in Ruhe unterhalten.« Vanity lächelte immer noch. Ihre Selbstsicherheit schien unerschütterlich. »Hier an der Tanzfläche ist die Musik furchtbar laut.«

Tweed blickte zu den vier auf einem Podium sitzenden jungen Burschen hinüber, die Rockmusik hämmerten. Er nickte noch einmal, stand auf und bahnte sich einen Weg zwischen den Tischen hindurch. Vanity ließ sich neben

Paula auf dem Stuhl nieder, den Tweed soeben geräumt hatte. Grenville näherte sich ihnen mit einer qualmenden Zigarre in der Hand.

»Amüsieren sich die Damen gut?« fragte er. Seine Stimme klang heiser, und er wedelte entschuldigend mit der Zigarre. »Ich rauche zu viele von diesen Dingern. Aber man sollte sich ja nicht zu sehr kasteien. Dann müßte man auch dem Alkohol abschwören.«

Moloch erhob sich höflich, als Tweed auf ihn zukam, und bot ihm Vanitys Stuhl an. Danach nahm er selbst wieder Platz, nachdem er seinen eigenen Stuhl so gedreht hatte, daß er Tweed direkt ins Gesicht sehen konnte. Dieser hielt dem Blick der hellen, klugen Augen gleichmütig stand.

»Ich wollte Sie schon lange kennenlernen, Mr. Tweed.«

»Warum?«

»Vanity beschrieb Sie als einen außergewöhnlichen Mann.«

»Das ist eine Frage des Standpunktes.«

»Vermutlich haben Sie recht. Beabsichtigen Sie, für längere Zeit in Spanish Bay zu bleiben?«

»So lange, wie es nötig ist.«

Moloch schwieg und hob sein Glas. Soweit Tweed das beurteilen konnte, enthielt es puren Orangensaft. Langsam stellte Moloch sein Glas wieder ab.

»Kann ich Ihnen etwas zu trinken anbieten?«

»Danke, aber ich habe mir schon einen Drink bestellt. Er steht an meinem eigenen Platz.«

»Gefällt Ihnen die Party?« fragte Moloch weiter.

»Nicht besonders.«

»Mir auch nicht. Ich werde gleich aufbrechen. Grenville bestand darauf, daß ich seiner Einladung Folge leiste. Mr. Tweed, wir könnten offener miteinander reden, wenn Sie so freundlich wären, mich in Black Ridge aufzusuchen, meinem Haus in der Nähe von Big Sur. Ich empfinde den Lärm hier als störend.«

»Ich komme gerne.«

»Ausgezeichnet. Paßt es Ihnen morgen früh um elf? Ich

werde dafür sorgen, daß die Tore offen sind, so daß Sie ungehindert durchfahren können.«

»Vielen Dank. Also morgen früh um elf. Und jetzt entschuldigen Sie mich bitte – meine Freunde warten auf mich ...«

Tweed registrierte, daß Butler ganz in der Nähe an der Wand lehnte und die Tänzer beobachtete. Harry Butler war kein Mann, der irgendwelche Risiken einging. Tweed kehrte zu seinem Tisch zurück und hörte gerade noch, wie Vanity auf Paula einsprach.

»Wir könnten doch beide einen kleinen Einkaufsbummel durch Carmel machen. Ich weiß, wo es die besten Geschäfte gibt. Viele verkaufen nämlich nur Schund. Ich werde Sie anrufen.«

»Tun Sie das«, erwiderte Paula ohne große Begeisterung.

»Entschuldigen Sie, daß ich Ihren Platz eingenommen habe, Mr. Tweed«, sagte Vanity, sprang auf und schenkte ihm ihr bezauberndes Lächeln.

»Das macht nichts.«

Vanity eilte zu Moloch zurück, der gleichfalls aufgestanden war und offenbar die Party verlassen wollte. Sie verschwanden gemeinsam, wobei sich Moloch hastig durch die Menge drängte, um Grenville auszuweichen, der entschlossen schien, ihn aufzuhalten.

Auch Tweed brach kurz darauf auf, nicht ohne einen letzten Blick auf Maurice zu werfen, der das nächste Glas Wein in Angriff genommen hatte und mürrischer denn je wirkte. Bilde ich mir das nur ein, dachte er, oder hat Moloch tatsächlich Maurice eine Zeitlang durchdringend angestarrt?

Auf dem Rückweg erzählte Tweed von seiner Verabredung mit Moloch. Newmans Reaktion war bezeichnend.

»Sind Sie verrückt geworden? Wenn Sie erst einmal innerhalb der Mauern von Black Ridge sind, kommen Sie da nie wieder raus.«

»Trotzdem werde ich die Verabredung einhalten«, erwiderte Tweed. »Ich muß versuchen, mich in diesen Mann hineinzuversetzen. Die Zeit wird allmählich knapp ...«

25.

Kurz vor Einbruch der Morgendämmerung wurde Tweed vom schrillen Klingeln des Telefons geweckt. Augenblicklich hellwach, setzte er sich auf und nahm den Hörer ab.

»Hallo?«

»Tweed? Hier spricht Weatherby. Ich habe John Palister bei mir, aber ich werde das Reden übernehmen – Sie wissen schon, warum. Palister hat sich die Fotos angesehen. Da ist etwas sehr Eigenartiges im Gange. Er hat noch nie ein Loch im Meeresboden gesehen, das fast zwei Meter im Durchmesser mißt. Es läßt sich nicht mit der Art von Unternehmen vereinbaren, die Sie beschrieben haben.«

»Warum nicht?«

»Weil ihm noch nie ein Gerät von der Größe untergekommen ist, wie es Ihrer Meinung nach benutzt wurde. Eine Grabung dieser Art kann man nicht mit der Ausrüstung bewerkstelligen, die ihm bekannt ist.«

»Hat er eine Theorie, die dieses Phänomen erklärt?«

»Ja, aber eine sehr bizarre – nämlich die, daß ein neu entwickeltes Spezialgerät benutzt wurde, um dieses Loch zu graben und etwas sehr Großes darin zu verbergen. Klingt äußerst unglaubwürdig, finde ich.«

»Allerdings«, stimmte Tweed für den Fall zu, daß ihr Gespräch belauscht wurde. »Ich glaube, diese Möglichkeit können wir definitiv ausschließen. Bitte danken Sie Palister für seine Bemühungen. Wir hören dann voneinander.«

»Was braut sich da draußen zusammen?« wollte Weatherby besorgt wissen.

»Ich habe keine Ahnung. Danke für Ihren Anruf …«

Tweed stieg aus dem Bett, streifte seinen Schlafanzug ab und ging unter die Dusche. Während er sich abtrocknete, rasierte und wieder ankleidete, rekapitulierte er im Geiste noch einmal das Gespräch mit dem Seismologen.

Diese Möglichkeit können wir definitiv ausschließen? Das war das letzte, was er zu tun gedachte. Zweifellos war ein Bohrer von nie dagewesenen Ausmaßen erfunden worden … Und dann fiel ihm schlagartig ein, daß die AMBECO unter anderem auch Werkzeugmaschinen produzierte. Dort hatte man alle Möglichkeiten, den gigantischen Bohrer zu entwickeln, mit dem allen Anschein nach die *Baja* ausgerüstet worden war. Noch ein Puzzleteilchen, das nahtlos ins Bild paßte. Tweed ging seine letzte Unterhaltung mit Cord Dillon nicht aus dem Kopf. Eine Katastrophe bahnte sich an.

Tweed schloß die große gläserne Schiebetür auf und zog sie zurück, dann trat er auf die Terrasse hinaus und schlenderte über den Rasen. Er wollte in aller Ruhe beobachten, wie die Sonne über den Bergen aufging, vielleicht half ihm der Anblick dieses Naturschauspiels ja dabei, seine Gedanken zu ordnen. Immer wieder mußte er an den Vortrag denken, den Professor Weatherby ihm über Plattentektonik gehalten hatte.

»Sieh an, noch ein Frühaufsteher«, sagte eine Stimme hinter ihm. »Wollen Sie auch den Sonnenaufgang genießen?« fragte Paula.

Tweed fuhr herum und sah, daß sie in einen dunklen Hosenanzug und einen Rollkragenpullover gekleidet war. Lächelnd hakte sie sich bei ihm unter. Als sie gemeinsam auf die Hauptterrasse zugingen, die den Golfplatz und den dahinterliegenden Pazifik überblickte, stellte er ihr eine Frage, die ihm besonders am Herzen lag.

»Haben Sie die Vorsichtsmaßnahme getroffen, um die ich Sie gebeten habe? Alvarez hat Ihnen doch das zukommen lassen, worüber wir gesprochen haben, als er uns nach unserer Rückkehr von der Party anrief, nicht wahr?«

Statt einer Antwort blickte sie sich aufmerksam nach allen Seiten um, dann rollte sie den Kragen ihres Pullovers hinunter, wartete, bis Tweed sie betrachtet hatte, und streifte ihn dann wieder hoch.

»In Ordnung«, sagte Tweed. »Bestimmt ist Ihnen gestern abend Joel Brand aufgefallen? Er stand die ganze Zeit an der Bar.«

»Ja. Er sah in seinem Frack aus wie ein aufgeplusterter Enterich.«

»Quack, quack«, machte Tweed. »Die bedauernswerte

Schwester von Linda Standish, die in Cornwall an Land geschwemmt wurde, wußte schon, wovon sie sprach.«

»Ich nicht. Das letztemal haben Sie diese Worte gebraucht, als wir bemerkten, daß Byron Landis einen entenähnlichen Watschelgang hat.«

»Richtig. Nun sehen Sie sich das an! Ist das nicht herrlich?«

Ein neuer Tag brach an. Noch war die Sonne zwar nicht hinter den Bergen aufgestiegen, aber sie tauchte den Ozean bereits in ein fahles Licht und malte in allen Regenbogenfarben schillernde Kringel auf die Wasseroberfläche. Tweed und Paula standen still da und sahen zu, wie sich die Farben langsam veränderten und den Pazifik zum Leuchten brachten.

»Ich kann verstehen, warum so viele Menschen hier leben möchten«, seufzte Paula schließlich. »Aber warum beschränken sie sich nicht lieber auf einen Urlaub, statt sich auf Dauer hier niederzulassen? Dann sitzen sie nämlich in der Falle. Ich finde, Kalifornien ist ein recht zwielichtiges Paradies.«

»Hier gibt es eine Menge vorhersehbares Unheil«, entgegnete Tweed. »Zumindest vermute ich das.«

»Vorhersehbar?«

»Nur so ein Gedanke.«

Es war acht Uhr morgens, als Joel Brand in Molochs Büro in Black Ridge stürmte. Moloch bedeutete ihm zu warten, während er einen Stoß Papiere durchsah und die Bögen abheftete. Erst als er damit fertig war, sah er auf.

»Was gibt es, Joel?«

»Wir müssen zu drastischen Mitteln greifen, wenn wir Tweed eine Lektion erteilen wollen. Er weiß zuviel.«

»Das bezweifle ich. Was schlägst du also vor?«

»Hab' noch nicht darüber nachgedacht. Irgendwas, was ihm seine verdammte Brille von der Nase fegt.«

»Solltest du nicht heute morgen zur AMBECO hinüberfliegen? Zeit, daß du dich auf den Weg machst und mit der Arbeit anfängst.«

Wortlos verließ Brand den Raum und knallte die Tür hinter sich zu.

Moloch stieß einen erleichterten Seufzer aus. Er hatte Brand mit Absicht verschwiegen, daß Tweed ihn später am Morgen aufsuchen würde. Joel geriet allmählich außer Kontrolle.

Nachdem er sämtliche anfallende Arbeit bewältigt hatte, trat er ans Fenster und blickte hinaus. Punkt elf Uhr passierte ein BMW die geöffneten Tore und fuhr die steile Auffahrt empor. Moloch schätzte Pünktlichkeit. Er ließ sich hinter seinem Schreibtisch nieder und wartete, bis Tweed in sein Büro geführt wurde. Zu seiner Überraschung kam sein Besucher alleine.

»Mr. Tweed, willkommen in Black Ridge. Nehmen Sie doch bitte Platz. Was darf ich Ihnen zu trinken anbieten?«

»Im Augenblick nichts, danke. Worüber wollten Sie mit mir sprechen?«

»Vermutlich sind Ihnen einige schlimme Gerüchte bezüglich meiner Person zu Ohren gekommen. Ich dachte, ich sollte gewisse Dinge richtigstellen. Tatsächlich bin ich mit großen Hoffnungen aus dem belgischen Gent in die Staaten gekommen. Hier lernte ich einen Mann kennen, der einen neuartigen Mikrochip erfunden hatte – kleiner und leistungsfähiger als alles, was bislang auf dem Markt war. Ich unterstützte ihn finanziell, indem ich einen Bankkredit aufnahm, baute eine Fabrik und nahm die Produktion auf. Dieser Mikrochip war wirklich revolutionär; er fand reißenden Absatz. Schon bald konnte ich den Kredit zurückzahlen, und mein Unternehmen florierte – weil ich Tag und Nacht schuftete, um aus den roten Zahlen herauszukommen. Dann schlug die Gegenseite zu.«

»Die Gegenseite?« fragte Tweed.

»Fünf meiner schärfsten Konkurrenten in Silicon Valley schlossen sich zusammen, um mich zu ruinieren. Als erstes brachten sie einen Mikrochip auf den Markt, der meinem sehr ähnlich war – aber keine so detailgetreue Kopie, daß ich sie deswegen vor Gericht hätte bringen können. Sie unterboten mich um fünfzig Prozent, da konnte ich natürlich nicht mithalten. Zwar machten sie riesige Verluste, verfügten jedoch über genug Kapital, um das aufzufangen. Das, Mr. Tweed, war jedoch erst der Anfang.«

Moloch nippte an dem Tee, den Vanity Richmond ihm serviert hatte. Auch Tweed hatte diesmal die Einladung zu einer Tasse nicht abgelehnt. Während Moloch sprach, beobachtete er ihn aufmerksam. Hier in seinem Büro strahlte sein Gastgeber einen Elan aus, den er auf Grenvilles Party hatte vermissen lassen; er sprühte geradezu vor Energie und Entschlußkraft. Die scharfen hellen Augen bohrten sich in die von Tweed, als er fortfuhr:

»Der nächste Schritt meiner Konkurrenten bestand darin, meine Lastwagen zu beschädigen, die meine Kunden belieferten. Erst machte man sich an den Bremsleitungen zu schaffen. Die Folge war der Tod dreier Fahrer. Sechs weitere Fahrzeuge explodierten, vier weitere Fahrer starben. Ich bekam Schwierigkeiten, Ersatz zu finden, weil alle guten Fahrer sich weigerten, für mich zu arbeiten. Es hieß, die Arbeit für mich sei zu gefährlich. Schließlich detonierte eine Bombe in meiner Fabrik. Zehn wichtige Arbeitskräfte wurden schwer verletzt. Meine Verluste häuften sich, und ich war ruiniert. Aber es war der Verlust an Menschenleben, aus dem ich eine wichtige Lehre zog.«

»Was für eine Lehre denn?«

»Ich lernte, wie man in Amerika überlebt.«

»Und wie schafft man das?«

»Indem man härter ist als die Konkurrenz. Wieder lieh ich mir Geld von der Bank, was mich einiges an Überredungskunst kostete. Ich baute mein Unternehmen wieder auf, versah es aber diesmal mit den modernsten und raffiniertesten Sicherheitssystemen. Ich heuerte Männer wie Joel Brand an, die eine Wachmannschaft zusammenstellen und zum Gegenschlag ausholen sollten. Allerdings gab ich den Befehl ...«

Er brach ab, als Vanity mit dem Tee für Tweed erschien. Sie lächelte ihm freundlich zu.

»Ich mag Ihre Assistentin Paula sehr gerne«, sagte sie.

»Es ist eine angenehme Abwechslung, eine nette englische Frau zu treffen.«

»Das glaube ich Ihnen gerne«, sagte Tweed kurz angebunden.

»Ich gab also den Befehl«, fuhr Moloch fort, nachdem Vanity sich zurückgezogen hatte, »Saboteure in die Fabriken meiner Gegner einzuschleusen. Sie hatten strikte Anweisung, mögliche Wachposten unschädlich zu machen, ohne ihnen ernsthaften Schaden zuzufügen. Meine Leute setzten vornehmlich Tränengas ein, dann drangen sie in die Fertigungsanlagen ein und zerstörten die wichtigsten Maschinen, um die Produktion zu behindern. Sie sehen, ich rede ganz offen mit Ihnen.«

»Allerdings«, stimmte Tweed zu.

»Besucher aus England begehen oft einen schweren Denkfehler. Sie meinen, sie kämen ganz einfach in eine größere Version des eigenen Landes. Das ist aber ein Irrtum, wie er schlimmer nicht sein könnte, besonders dann, wenn es um Geschäfte geht. Und die amerikanische Gesellschaft – vor allem die kalifornische – ist notorisch unbeständig. Ich lerne immer wieder Frauen kennen, die vier-, fünf- oder gar sechsmal verheiratet waren. Sie halten die Ehe für einen amüsanten Zeitvertreib, nicht für eine lebenslange Bindung. Für mich ist und bleibt dies ein fremdes Land mit fremden Sitten und Gebräuchen.«

»In England sieht auch nicht alles so rosig aus«, bemerkte Tweed trocken.

»Da haben Sie sicher recht. Was wir aber hier brauchen, ist eine echte Führungspersönlichkeit – jemanden, der sich nicht scheut, mit dem herrschenden Chaos aufzuräumen und Wert auf Disziplin, Ordnung und stabile Verhältnisse legt. Die Zeit dafür ist reif, glauben Sie mir. Für dieses Land könnte es sogar schon zu spät sein. Wissen Sie, daß die Drogenepidemie in Kalifornien ihren Anfang genommen hat?«

»Sie hat sich inzwischen leider auch in England ausgebreitet«, erinnerte ihn Tweed.

»Ich weiß. Aber was die amerikanischen Geschäftsgebräuche und die Politik betrifft, so gibt es noch etwas, was mich stört, und zwar die Korruption. Korruption ist bereits so sehr an der Tagesordnung, daß viele Amerikaner sie gar nicht als illegal betrachten – sie gehört einfach zum Geschäftsleben dazu. Ich habe ziemlich bald herausgefunden, daß man mit den Wölfen heulen muß, um Erfolg zu haben. Zwar mag ich diese Praxis nicht und habe sie noch nie gemocht, aber Amerika ist ein Dschungel, in dem nur der Stärkste überlebt. Ein Beispiel: Als die Bank, bei der ich mir Geld geliehen hatte, mir plötzlich den Kredit kündigte – wohl wissend, daß der Zeitpunkt für mich denkbar ungünstig war –, da zahlte ich ihn anstandslos zurück. Kurze Zeit später kaufte ich die Bank. Die Manager hatten einen großen Fehler begangen; sie haben nicht erkannt, über wieviel Macht ich bereits verfügte. Ich weiß, das klingt sehr unbescheiden, aber so ist es nun einmal in Amerika. Dann verlegte ich mich auf die Waffenproduktion – weil ich nur so mit der Regierung ins Geschäft kommen konnte. Ich warb Spitzenleute anderer Firmen ab, indem ich ihnen horrende Löhne anbot. Es zahlte sich aus. Sie entwickelten für mich moderne Waffensysteme, die alles, was die Konkurrenz auf den Markt brachte, bei weitem übertrafen, und so bekam ich die Regierungsaufträge. Können Sie sich jetzt ungefähr vorstellen, wie ich die AMBECO aufgebaut habe?«

»Allmählich dämmert es mir. Aber warum expandieren Sie immer noch weiter? Sie müssen doch mehr Geld verdient haben, als Sie jemals ausgeben können.«

»Weil die Arbeit meine einzige Freude ist. Früher einmal war ich verheiratet, aber meine Frau kam bei einem Autounfall ums Leben. Nun habe ich nur noch gelegentlich Freundinnen …«

»Von denen sieben ermordet wurden, wie ich hörte.«

»Das stimmt.« Ein Schatten von Besorgnis huschte über Molochs Gesicht. »Aber warum sollte es jemand auf sie abgesehen haben? Das ist mir rätselhaft. Daher engagierte ich auch eine Privatdetektivin, die diesem Killer auf die Spur kommen sollte, der sich der Buchhalter nennt …«

Er brach ab, als Byron Landis mit einem Stoß Aktenordnern unter dem Arm das Büro betrat, sich für die Störung entschuldigte und die Akten auf VBs Schreibtisch legte.

»Ich habe hier die neuesten Zahlen«, sagte der kahlköpfige Mann, Tweed durch seine Brillengläser neugierig anblinzelnd.

»Geben Sie sie Vanity zum Überprüfen«, ordnete Moloch an.

»Vanity?« Landis verzog ärgerlich das Gesicht. »Warum gerade ihr?«

»Weil ich es Ihnen sage. Jetzt nehmen Sie Ihre Unterlagen und lassen Sie uns allein.«

Landis ergriff die Aktenordner und zog sich zurück. Seine Augen funkelten böse, als er leise die Tür hinter sich schloß. Moloch zuckte die Schultern.

»Eines meiner vielen Probleme. Zwischen meinen Spitzenleuten herrscht Rivalität.«

»Haben Sie eigentlich einen Stellvertreter?« fragte Tweed.

»Ja, ich habe ihn bereits erwähnt. Joel Brand. Er ist zum AMBECO-Gebäude in San Francisco geflogen. Das müssen Sie übrigens unbedingt einmal mit mir besichtigen. Architektonisch gesehen ist es recht exzentrisch, aber so etwas beeindruckt fast alle Amerikaner. Überhaupt ist das das A und O des Geschäftslebens – die Leute zu beeindrucken. Vielleicht ist Ihnen ja schon aufgefallen, daß ich nur ein verhältnismäßig kleines Büro benutze. Wo war ich stehengeblieben, ehe Landis hier hereinschneite? Ach ja – die Privatdetektivin, die ich engagiert habe, eine reizende Frau namens Linda Standish, wurde ebenfalls von dem Buchhalter ermordet. Dieser Kerl muß unbedingt für seine Verbrechen zur Rechenschaft gezogen werden. Am liebsten würde ich ihm eigenhändig den Hals umdrehen.«

Er sprang auf, als ein schlanker Mann mit olivfarbener Haut den Raum betrat. Moloch starrte ihn wütend an.

»Das ist Luis Martinez, der Leiter meiner Wachmannschaft. Er untersteht direkt Joel Brand. Was gibt's, Martinez? Ich bin beschäftigt.«

Martinez studierte Tweed, der seinem prüfenden Blick

standhielt, ohne eine Gefühlsregung zu zeigen. Der Mann gefiel ihm ganz und gar nicht. Schließlich grinste Martinez ihm zu, wobei er seine strahlendweißen Zähne zeigte, und wandte sich dann an Moloch:

»Ich fahre in die Stadt, um mit einem neuen Bewerber zu sprechen.«

»Können Sie das nicht hier erledigen?«

»Wenn der Mann so gut ist, wie er behauptet, dann würde er sofort ein höheres Gehalt verlangen, wenn er dieses Haus vor Vertragsabschluß zu sehen bekäme.«

»Wahrscheinlich weiß er ohnehin schon darüber Bescheid. Aber Sie müssen ja wissen, wie Sie ihren Job erledigen.«

Mit einem letzten Blick auf Tweed verließ Martinez den Raum. Moloch nahm das Teetablett seines Besuchers und ging ebenfalls zur Tür.

»Ich möchte Ihnen gerne zeigen, wo ich amerikanische Geschäftsleute empfange, die ich beeindrucken möchte.«

Tweed folgte ihm einen Korridor entlang und ein paar Stufen hinunter, wo Moloch eine Flügeltür aufstieß. Aufmerksam blickte er sich um, während Moloch das Tablett auf einem Tisch mit einer schweren Marmorplatte absetzte. Der Raum war riesig, hatte Wände aus schimmerndem Marmor und ein großes Panoramafenster, von dem aus man die Auffahrt und den dahinter gelegenen Pazifik überblickte. Grüne Ledersofas standen an den Wänden aufgereiht, und eine Marmorstatue in der Mitte des Raumes spie Wasser in einen kleinen ovalen Zierbrunnen.

Tweed ließ sich auf der Couch neben dem Marmortisch nieder, auf dem Moloch das Tablett abgestellt hatte, und blickte zu einem mächtigen Kristallkronleuchter empor. Moloch setzte sich neben ihn und deutete auf den Lüster.

»Ein Haufen Kitsch, ich weiß, aber schon viele Millionäre waren davon schwer beeindruckt. Ich persönlich finde ihn unerträglich protzig.«

»Muß eine hübsche Stange Geld gekostet haben«, bemerkte Tweed.

»Läuft alles unter Werbungskosten. Landis mag ja ein

komischer Kauz sein, aber er kennt alle Tricks, wie man Steuern spart. Gefällt Ihnen der Raum, Tweed?«

»Wirkt das Ganze nicht ein bißchen übertrieben?«

»Sehr übertrieben sogar. Aber ich hatte einmal einen wohlhabenden Geschäftsmann hier, der den ganzen Raum fotografieren wollte, um ihn sich zuhause nachbauen zu lassen. Ich sagte ihm, dafür hätte er nicht genug Geld. Am Ende unterschrieb er einen Vertrag, den ich bereits für ihn vorbereitet hatte. Nicht gerade die feine englische Art, ich weiß, aber wir sind hier in Kalifornien.«

Tweed sah Moloch an und erkannte, daß der Mann seine wahren Gefühle in Worte kleidete. Das bescheidene Büro, in dem sein Gastgeber arbeitete, fiel ihm wieder ein. Moloch blickte ihn scharf an.

»Vielleicht hätten Sie besser nicht herkommen sollen. Was, wenn man Sie draußen nun nie wiedersieht?« spottete er.

»Werfen Sie doch mal einen Blick aus dem Fenster«, schlug Tweed freundlich vor.

Moloch stand auf und schaute auf die Tore und den Highway dahinter hinab. Dort parkte ein Mercedes mit Newman am Steuer. Die Antenne auf dem Dach war ausgefahren.

»Wenn ich in einer Stunde nicht wieder zurück bin, werden die Marines alarmiert«, erklärte Tweed.

»Vanity hält Sie für einen außergewöhnlichen Mann. Langsam verstehe ich auch, warum. Einen ersten Eindruck von Ihnen bekam ich ja schon, als Sie mir im Büro so ruhig zuhörten.« Moloch hatte sich gerade wieder auf die Couch sinken lassen, als ein Mann mit hagerem Gesicht und zerzaustem Haar in den Raum stürmte.

»Was ist los, Ethan?« fragte Moloch scharf. »Du siehst doch, daß ich einen Gast habe.«

»Wir haben da ein kleines technisches Problem ...«

»Dann bring es in Ordnung. Ach, einen Augenblick noch ... Vielleicht interessiert sich unser Gast für deine Geräte. Schließ die Tür zu deinem Allerheiligsten auf, wir kommen gleich nach ...«

Eine Minute später sprang er auf und führte Tweed die Marmorstufen empor und den breiten Flur entlang. Eine Stahltür stand offen, und Moloch warnte Tweed, auf der Treppe achtzugeben. Tatsächlich wand sich hinter der Tür eine steile stählerne Wendeltreppe abwärts und endete in einem großen, schwach beleuchteten Raum. Auf am Boden festgeschraubten Tischen standen Meßgeräte mit großen Rollen Millimeterpapier. Tweed folgte Moloch und sah fasziniert zu, wie eine Nadel zunächst eine ziemlich regelmäßige Linie aufzeichnete und dann plötzlich in die Höhe und wieder abwärts zuckte, so daß ein steilwinkliges Dreieck entstand. Ethan, dem Tweed nicht unsympathisch schien, deutete darauf.

»Leichte Erdbebenwellen«, erklärte er. »Ich benutze eine weiterentwickelte Form des VAN-Systems. Wir haben sowohl nördlich als auch südlich von hier überall entlang der Küste Stationen eingerichtet. Wenn dieser Seismograph eine Reihe stärkerer Reaktionen aufzeichnet, bedeutet das, daß uns ein größeres Erdbeben bevorsteht. Wir …«

»Ich glaube kaum, daß unser Gast sich für deine technischen Ausführungen interessiert«, unterbrach Moloch.

»Was befindet sich denn hinter dieser großen Stahltür dort drüben?« wollte Tweed wissen.

»Ein Safe«, sagte Moloch.

»Ein Safe?« echote Ethan verwirrt.

»Wo ich größere Geldsummen aufbewahre«, flüsterte Moloch Tweed zu. »Bestechungsgelder. Kommen Sie, wir wollen gehen.«

»Jetzt habe ich Ihre Gastfreundschaft aber lange genug in Anspruch genommen«, sagte Tweed, als sie die Halle erreichten. »Ich danke Ihnen für dieses aufschlußreiche Gespräch.«

Ein sehr besorgter Tweed schlenderte die Auffahrt hinunter und auf Newmans Wagen zu. Ethan Benyons Erdbebenstation beunruhigte ihn. Außerdem kannte er nun die furchtbaren Ziele Molochs.

26.

Vanity Richmond fuhr an Tweed vorbei, als dieser gerade auf den Ausgang zusteuerte. Sie hielt neben ihm an und lächelte ihm zu.

»Mr. Tweed, kann ich Sie irgendwohin mitnehmen? Ich bin auf dem Weg nach Carmel, um mich mit Paula zu treffen.«

»Danke, aber ich habe bereits eine Mitfahrgelegenheit.«

»Dann bin ich ja beruhigt.«

Sie brauste davon, und Tweed setzte sich neben Newman auf den Beifahrersitz. Newman hatte die Antenne wieder eingefahren, sowie er Tweed kommen sah.

»Fahren kann sie«, bemerkte er mit einem Kopfnicken in Richtung Vanity, die um eine Kurve schoß und eine Anhöhe hochjagte, ehe sie außer Sicht kam. »Wie der Teufel. Sind Sie mit VB weitergekommen?«

»Fahren Sie mich bitte nach Spanish Bay zurück.«

Newman ließ den Motor an und fuhr los. Er kannte Tweed gut genug, um zu wissen, daß er jetzt nichts aus ihm herausbekommen würde. Im Fond des Wagens kauerte Marler mit seinem Armalite auf dem Boden hinter den Vordersitzen und wartete, bis sie außer Sichtweite von Black Ridge waren, ehe er sich aufrichtete und auf die Rücksitzbank sinken ließ.

Hinter ihnen tauchte der von Butler gelenkte BMW auf, der in der Nähe von Molochs Haus geparkt hatte. Nield saß neben dem Fahrer. Tweed erkannte, daß sein gesamtes Team unauffällig über ihn gewacht hatte. Während der ganzen Fahrt über den Highway saß er gedankenverloren da, sprach kein einziges Wort und zerbrach sich den Kopf über die Bedeutung seiner Unterredung mit Moloch. Nichts an seinem Gesichtsausdruck verriet jedoch die innere Angst, die ihn quälte.

»Nehmen Sie den Weg durch Carmel«, sagte er plötzlich. »Fahren Sie einfach in der Stadt umher. Ich will mich mit den Örtlichkeiten so gründlich wie möglich vertraut machen.«

»Stimmt etwas nicht?« erkundigte sich Newman.

»Mein sechster Sinn sagt mir, daß in Kürze etwas sehr Unangenehmes geschehen wird ...«

Newman fuhr im hellen Sonnenschein die vom Meer emporführenden Straßen entlang und bog ab und an in eine der sie kreuzenden schmaleren Querstraßen. Das hübsche Städtchen wirkte ordentlich und gepflegt, die Bürgersteige wurden von Läden und Restaurants gesäumt.

»Da vorne sind ja Paula und Vanity!« rief Newman.

Als sie langsam an den beiden Frauen vorbeifuhren, wandte Paula den Kopf und winkte ihnen lächelnd zu. Tweed wies Newman an, mehr Gas zu geben.

»Haben Sie immer noch das Gefühl, daß etwas Unangenehmes geschehen wird?« fragte dieser.

»Mehr denn je ...«

»Was für ein herrlicher, friedlicher Tag«, sagte Paula zu Vanity, während sie langsam an den Geschäften vorbeischlenderten und gelegentlich stehenblieben, um die Schaufenster zu betrachten.

»Wirklich wundervoll«, stimmte Vanity zu. »Wir sind hier auf der Junipero Street, fast auf dem höchsten Punkt der Stadt. Hier steht auch mein Audi. Hätten Sie etwas dagegen, wenn ich rasch auf einen Sprung bei einer Freundin vorbeischaue? Dauert höchstens eine halbe Stunde. Sie ist im Moment in einer furchtbaren Verfassung – hat ihren Mann an eine andere verloren. Ich glaube, Sie würden sich dabei nur langweilen. Wir treffen uns dann dort drüben an der Ecke und gehen zusammen Kaffee trinken ...«

Paula war recht froh, etwas Zeit für sich zu haben. Sie hatte die Gegend wiedererkannt und wußte, daß ganz in der Nähe der Hinterhof lag, in dem Linda Standish ermordet worden war. Sofort kam ihr der Gedanke, in Lindas Apartment zu gelangen; vielleicht entdeckte sie dort noch etwas, was die Polizei übersehen hatte.

Von der sonnenüberfluteten Straße voller lachender und schwatzender Menschen bog sie in den engen Eingang zu dem düsteren Hinterhof ein. Ihr war, als würde sie eine andere Welt betreten. Die Sonne war verschwunden, eine bedrohliche Stille lastete über dem verlassenen Hof, und ihre Absätze klapperten zu laut auf dem Kopfsteinpflaster.

Kein Lüftchen rührte sich hier, und selbst die Hängekörbe mit Blumen bewegten sich keinen Millimeter. Paula bog um eine Ecke, drehte sich um und stellte fest, daß die Straßen von Carmel nicht mehr zu sehen waren. Zögernd blieb sie stehen. Ihr Blick wanderte an den Reihen ebenerdig gelegener Geschäfte entlang, an deren Türen überall ein Schild mit der Aufschrift ›Geschlossen‹ hing. Die Erinnerung an Lindas schrecklichen Tod breitete ihre dunklen Schwingen über den ganzen Ort.

Paula schaute zu den Apartments über den Geschäften hoch. Auch hier kein Lebenszeichen. Die Stille, das Fehlen von Menschen, Lauten und Bewegungen verursachten ihr eine Gänsehaut. Warum war sie bloß hierher gekommen? Eine reine Impulshandlung. Dann starrte sie auf die Treppe, die zu Lindas Apartment führte. Die Wohnungstür stand einen Spalt offen.

Sie biß die Zähne zusammen, öffnete ihre Umhängetasche und schloß die Finger um den Griff ihres Browning; dann begann sie, langsam die Treppe Stufe für Stufe emporzusteigen.

Jetzt wünschte sie sich, sie hätte Schuhe mit weichen Sohlen angezogen. Die Absätze ihrer Pumps machten auf den metallenen Stufen zuviel Lärm. Wieder blieb sie stehen, streifte die Schuhe ab und hielt sie in der linken Hand, während sie leise die noch verbleibenden Stufen emporschlich. Die Polizei hatte ihre Ermittlungen offenbar beendet – jedenfalls war das Plastikband am Fuß der Treppe inzwischen entfernt worden. Nichts zeugte mehr von dem makabren Ereignis, das hier stattgefunden hatte.

»Ist jemand hier?« rief sie von der Schwelle der geöffneten Tür aus in den Raum.

Sie wäre nur sehr ungern auf Anderson gestoßen, den Detective, der die Ermittlungen geleitet hatte, als sie mit Tweed zum ersten Mal hierhergekommen war. Wenn sie ihn überraschte, würde er womöglich ärgerlich reagieren.

Aber sie erhielt keine Antwort; überall nur unheilverkündende Stille. Vorsichtig stieß sie die Tür mit dem Fuß auf.

Im dämmrigen Licht – die Vorhänge waren halb zugezogen – sah der Raum genauso aus wie bei ihrem ersten Besuch. Der leere Schreibtisch und der zurückgezogene Stuhl lösten ein unangenehmes Kribbeln in ihrer Magengrube aus. Hier hatte Linda Standish Gott weiß wie lange gelebt und gearbeitet. Sie trat ein, schlüpfte in ihre Schuhe, nahm den Browning in die rechte Hand und blickte sich um. Die Tür zum Badezimmer war geschlossen.

Vorsichtig ging sie darauf zu, drehte den Knauf und versuchte, sie zu öffnen, doch sie klemmte. Ihr fiel ein, daß Anderson sie mit der Schulter aufgestoßen hatte, als sie hiergewesen waren. Aufmerksam schaute sie sich in dem Raum um und überlegte, wo Linda wohl ein wichtiges Dokument versteckt haben könnte, aber ihr kam keine Idee.

Ein wenig beklommen nahm sie in dem Stuhl hinter dem Schreibtisch Platz, weil sie hoffte, aus dieser Blickrichtung vielleicht etwas zu entdecken, was sie bislang übersehen hatte. Ihre Stimmung hob sich nicht gerade, als sie feststellte, daß die Beamten die Formulare für die Einkommenssteuererklärung, an der Linda gearbeitet hatte, auf dem Schreibtisch verstreut liegengelassen hatten. Sie waren mit dem feinen Puder übersät, den die Polizei benutzt, um Fingerabdrücke sicherzustellen. Nie können sie ordentlich aufräumen, dachte Paula, aber sie mußte zugeben, daß sie auch mit englischen Beamten ähnliche Erfahrungen gemacht hatte.

Noch immer waren die leichten Blutspritzer auf dem Schreibtisch zu sehen. Paula öffnete die rechte obere Schublade. Leer. Die Beamten hatten die Waffe mitgenommen, die zu benutzen Linda nicht mehr möglich gewesen war.

Sie müssen etwas übersehen haben, sagte sich Paula. Warum haben sie keinen Beamten hergeschickt, um die Wohnung noch einmal gründlich zu durchsuchen? Aber vielleicht hatten sie das ja getan, woher sollte sie das wissen?

Die Stille im Raum zerrte an ihren Nerven. Sie kam sich völlig von der Außenwelt abgeschnitten vor, war jedoch entschlossen, die Sache durchzustehen. Sie würde erst gehen, wenn sie ganz sicher war, daß sie nichts mehr herausfinden konnte. Dann entdeckte sie in einer dunklen Ecke ein zusammengeklapptes, an die Wand gelehntes Feldbett. Hatte sich etwa die amerikanische Version eines Hausbesetzers hier eingenistet?

Eine nach der anderen zog sie die restlichen Schreibtischschubladen auf. Sie enthielten Notizbücher voller Aufzeichnungen, die anscheinend die Fälle betrafen, an denen Linda in letzter Zeit gearbeitet hatte. Paula überflog jedes einzelne hastig. Sie hoffte, einen Hinweis darauf zu finden, warum Linda Standish ermordet worden war.

Hinter ihr begann sich der Knauf der Badezimmertür zu drehen. Er wurde von der Innenseite des Raumes mit äußerster Vorsicht bewegt, die frischgeölte Tür einen Spaltbreit geöffnet und der Knopf dann ebenso langsam wieder losgelassen. Eine Gestalt mit Kapuze über dem Kopf und weichen Schuhen an den Füßen kam zum Vorschein, als Paula sich gerade über ein Notizbuch beugte, es unwillig beiseite schob und das nächste aufschlug. Die unheimliche Gestalt bewegte sich völlig lautlos. In den behandschuhten Händen hielt sie einen an beiden Enden mit einem Holzgriff versehenen Draht. Eine Garotte.

Paula war noch immer in das Notizbuch vertieft, als sie – zu spät – die Gefahr bemerkte. Der Draht wurde ihr über den Kopf geworfen und blitzschnell fest zugezogen. Ein paar Sekunden lang war Paula vor Schreck wie gelähmt.

Der Draht schnitt durch den Rollkragen ihres Pullis und traf auf den feinmaschigen Metallkragen, den Alvarez ihr auf Tweeds Bitte hin besorgt hatte. Trotzdem schnürte der Druck ihr allmählich die Luft ab. Sie riß den Browning aus der Tasche, die ihr immer noch von der Schulter baumelte, und feuerte blindlings über ihre rechte Schulter nach hinten. Die Kugel verfehlte die maskierte Gestalt zwar, aber der Druck auf ihre Kehle ließ nach, und die Garotte fiel zu Boden.

Der Attentäter sprang zurück, packte ihren Stuhl und kippte ihn mit Wucht zur Seite. Paula fing den Aufprall mit der Schulter ab. Sie hielt ihre Waffe noch immer in der

Hand, doch schon hörte sie hastige Schritte, die sich in Richtung der Wohnungstür entfernten.

Sie zwang sich, aufzustehen und mehrfach tief durchzuatmen, um den Schock zu überwinden, dann rannte sie mit vorgehaltener Waffe zur Tür und die Treppe hinunter. Ihr Angreifer war verschwunden. Sie lief weiter bis zum Ausgang des Hofs, verbarg dann aber die Waffe rasch hinter dem Rücken, als sie sich einer ganzen Busladung von Touristen gegenübersah, die allem Anschein nach gerade erst ausgestiegen waren und nun über den Bürgersteig strömten. Energisch bahnte sie sich einen Weg durch die Menge und suchte mit den Blicken die Straße ab. Nichts zu sehen außer den üblichen Pärchen, die im Sonnenschein spazierengingen.

Während sie den Browning wieder in ihre Umhängetasche schob, rannte sie zur nächsten Ecke und blieb dort stehen, sich erneut nach allen Seiten umschauend. Noch mehr Pärchen, von denen viele stehenblieben, um die Schaufensterauslagen zu bewundern. Schweratmend wartete sie ab. Niemand schien den häßlichen Riß im Kragen ihres Pullovers zu bemerken. Dann entdeckte sie einen ihr wohlbekannten Mercedes, der sich ihr näherte. Sie trat an den Straßenrand und winkte ihn heran.

Tweed war bereits aus dem Wagen gesprungen, noch ehe dieser zum Stillstand kam. Ihm fiel der Riß sofort auf.

»Was ist passiert? Sind Sie in Ordnung?«

»Mir geht es gut. Kann ich einen Moment lang einsteigen?«

Ebenso wie Newman war auch Marler aus dem Wagen gestiegen. Tweed half Paula auf den Rücksitz und setzte sich neben sie. Er zog den zerrissenen Kragen herunter und öffnete vorsichtig den Seitenverschluß des Metallkragens, konnte jedoch nur schwache Quetschspuren erkennen, wo sich das Metall in ihre Haut gedrückt hatte. Wieder fragte er sie, wie sie sich fühle.

»Mir geht's gut«, wiederholte sie, dann berichtete sie ihm, was vorgefallen war. »Der Hals tut mir etwas weh, aber abgesehen davon ist alles in Ordnung.«

Newman hatte inzwischen wieder seinen Platz hinter

dem Steuer eingenommen. Marler setzte sich neben ihn. Tweeds Reaktion versetzte sie beide in Erstaunen.

»Fahren Sie mich zur nächstbesten Telefonzelle.«

»Begleiten Sie Paula bitte in das Restaurant dort drüben – Sie beide«, befahl er, als der Wagen vor der Telefonzelle gehalten hatte. »Sorgen Sie dafür, daß sie viel trinkt – aber keinen Alkohol.«

Er sprang aus dem Wagen und verschwand in der Zelle, wo er eine Nummer wählte, die er auf einer Liste neben dem Telefon auf Molochs Schreibtisch gesehen hatte. Die rauhe Stimme eines Wachmannes drang an sein Ohr.

»Ich muß umgehend mit Luis Martinez sprechen«, fauchte Tweed in den Hörer.

»Er ist nach Carmel gefahren, um sich mit jemanden zu treffen.«

»Dann geben Sie mir Byron Landis.«

»Der ist auch in Carmel, zum Lunch. Wer spricht denn dort?«

»Ein enger Freund von VB. Tun Sie, was ich Ihnen sage, sonst fliegen Sie. Verbinden Sie mich mit Joel Brand.«

»Joel ist heute morgen zur AMBECO geflogen.«

»Himmel, dann geben Sie mir eben Mr. Moloch persönlich!«

»Er ist nicht im Hause. Hören Sie mal, Freundchen …«

Der Wachmann sprach ins Leere. Tweed hatte eingehängt und sich auf den Weg zu den anderen im Restaurant gemacht. Jeder der vier Männer, nach denen er sich erkundigt hatte, kam für den Anschlag auf Paulas Leben als Täter in Frage. Als er sich ihr gegenübersetzte, staunte er, wie gelassen sie wirkte. Sie verspeiste genüßlich ein Omelett und trank dazu den starken amerikanischen Kaffee. Er wartete ab, bis sie sich mit ihrer Serviette den Mund abwischte.

»Wie fühlen Sie sich jetzt?«

»Ganz ausgezeichnet. Mir ist übrigens etwas aufgefallen. Als sich der Buchhalter – ich bin sicher, daß er es war, der mich zu töten versuchte – von hinten über mich beugte, da stieg mir ein schwacher Duft in die Nase. Es könnte sich um ein Parfüm gehandelt haben. Sie wissen ja, daß ich über einen guten Geruchssinn verfüge. Ich konnte zwar die Marke nicht identifizieren, aber ich würde es sofort wiedererkennen, wenn ich es noch einmal rieche.«

»Ich verstehe.« Tweed blickte Newman an. »Wo ist Marler?«

»Ich habe ihn in Linda Standishs Wohnung geschickt ... Ach, da kommt er ja. Haben Sie etwas entdeckt, Marler?«

»Ja, die Waffe. Derjenige, der versucht hat, Paula zu töten, ließ sie am Tatort zurück. Sie steckt hier in der Tüte, die ich aus dem Auto mitgenommen habe.« Er hielt eine große Plastiktragetasche in der Hand. »Ich habe extra im nächstbesten Laden eine Kleinigkeit gekauft, um eine unverfängliche Plastiktüte zu bekommen; ich will nicht, daß jemand das Ding sieht.« Vielsagend klopfte er auf die Tasche. »Hier drin befindet sich eine Garotte – ein tückischer Draht mit einem Holzgriff an jedem Ende. Ich glaube, es klebt Blut an dem Draht, es könnte sich demnach um dieselbe Garotte handeln, mit der Linda Standish ermordet wurde. Außerdem ist an einem der Holzgriffe ein alter Blutfleck zu sehen – vermutlich, weil der Griff dazu benutzt wurde, um ihr das große B auf den Rücken zu malen.«

»Wir werden dieses nette Spielzeug an Alvarez weitergeben«, entschied Tweed. »Seine Leute finden schon heraus, ob es tatsächlich Linda Standishs Blut ist.«

»Ich muß gehen«, sagte Paula und erhob sich. »Vanity wird sich wundern, wo ich abgeblieben bin. Ich habe mich mit ihr an einer Straßenecke verabredet.«

»Sie gehen auf keinen Fall allein«, ordnete Tweed an.

»Es würde reichlich komisch aussehen, wenn ich zu einem Einkaufsbummel mit einem Bodyguard erschiene«, protestierte sie.

»*Diesen* Bodyguard wird die Dame gar nicht zu Gesicht bekommen«, teilte Marler, der gleichfalls aufgestanden war, ihr mit. »Versprochen, ich werde ganz in Ihrer Nähe sein ...«

Vanity erwartete sie nicht an der verabredeten Stelle, also begann Paula, durch die Straßen zu schlendern und in jedes Schaufenster zu spähen. Sie wußte bereits von Vanity, daß diese eine Leidenschaft für ausgiebige Einkaufsbummel hatte.

Schließlich entdeckte sie die rothaarige Frau in einer Parfümerie, wo ihr eine Verkäuferin ein neu auf den Markt gekommenes Parfüm vorführte. Paula sah zu, wie sie Vanity eine Probe davon auf das Handgelenk sprühte und diese prüfend daran schnüffelte. Sie blickte auf und lächelte, als sie Paula in den Laden kommen sah.

»Tut mir leid, daß ich nicht an der Ecke gewartet habe. Ich stand dort eine Weile und habe mir dann die Geschäfte hier angesehen. Was halten Sie von diesem Parfüm? Es ist ein neuer Duft, nennt sich Paramour. Zumindest der Name gefällt mir.«

»Ein bißchen schwer, finde ich«, meinte Paula.

»Richtig, ganz richtig. Danke, das ist nicht gerade mein Fall«, sagte sie zu der Verkäuferin. »Leider habe ich es furchtbar eilig. Ich schaue ein andermal wieder herein.«

Während sie das Geschäft verließen, redete Vanity in ihrer üblichen lebhaften Art auf Paula ein, die jedoch nur mit halbem Ohr zuhörte. Sie war mit einemmal sehr nachdenklich geworden. Die beiden Frauen setzten ihren Streifzug durch die Läden fort, wobei Paula unablässig daran denken mußte, daß der starke Duft der Paramour-Probe das Parfüm, das Vanity normalerweise benutzte, völlig überdeckt hatte.

27.

Vanity war in einem Antiquitätengeschäft verschwunden, und Paula betrachtete gerade die Schaufensterauslage eines anderen Ladens, als plötzlich Marler wie aus dem Nichts auftauchte und auf sie zukam. Er blieb ein Stück von ihr entfernt stehen und zündete sich eine King-size an, dann begann er leise zu sprechen.

»Kehren Sie sofort ins Spanish Bay Hotel zurück. Ich

habe ein Taxi gerufen, es muß jeden Augenblick hier sein. Aha, da kommt es ja schon. Sagen Sie Vanity, Ihnen wäre gerade eingefallen, daß Sie noch eine wichtige Verabredung mit Tweed hätten und daß sie spät dran wären.«

»Gibt es Probleme?«

»Allerdings. Wir werden verfolgt. Lassen Sie nicht zu, daß Vanity Sie in ihrem Audi nach Hause bringt. Tweed, Newman, Butler und Nield sind schon auf dem Weg nach Spanish Bay. Sie fahren in dem Mercedes, und ich habe mir den BMW ausgeborgt.«

»Ich habe Sie gar nicht bemerkt.«

»Das sollten Sie auch nicht. So, und jetzt gehen Sie und sagen Sie dem Taxifahrer, daß Sie gleich soweit sind, dann betreten Sie in den Laden und entschuldigen sich bei Vanity.«

Er wandte sich ab und verschwand, noch ehe Paula etwas erwidern konnte. Von einer Seitenstraße aus beobachtete er sie, und sowie sie sicher im Taxi saß, rannte er zu dem BMW, den er ein Stück weiter die Straße hinauf hinter einer Reihe anderer Autos geparkt hatte.

Beim Anfahren blickte er in den Rückspiegel. Der graue Chrysler, der sich an Paulas Fersen geheftet hatte, beschleunigte, überholte Marler und folgte dem gelben Taxi, das Paula zum Hotel zurückbrachte. Als das Taxi in die Straße einbog, die nach Spanish Bay führte, gab der Chrysler die Verfolgung auf und kehrte zum Highway One zurück. Luis Martinez saß hinter dem Steuer.

Dummkopf, dachte Marler. Du warst so sehr damit beschäftigt, das Mädchen nicht aus den Augen zu verlieren, daß du überhaupt nicht gemerkt hast, wer dir die ganze Zeit am Auspuff klebt …

Auf dem Highway One herrschte jetzt stärkerer Verkehr. Marler achtete darauf, daß sich stets ein anderes Fahrzeug zwischen ihm und Martinez befand, den er anhand von Tweeds Beschreibung sofort erkannt hatte. Der Chrysler jagte mit hoher Geschwindigkeit die prachtvolle Küstenstraße entlang. Marler nahm an, daß Martinez nach Black

Ridge zurückkehren wollte, doch war er kein Mann, der sich auf bloße Vermutungen verließ.

Daß dies eine weise Entscheidung war, zeigte sich wenig später, als Martinez plötzlich nach links vom Highway abbog. Marler verlangsamte das Tempo und blickte in die Seitenstraße, in der der Chrysler verschwunden war. Ein Straßenschild besagte, daß sie den Namen *Palo Eldorado* trug. Er fuhr weiter den Highway entlang, bis er eine geeignete Stelle fand, um eine verbotene Kehrtwende durchzuführen.

Am Schild Palo Eldorado bog er rechts ab, hielt an und schaute sich um. Die schmale Nebenstraße war zu beiden Seiten dicht mit Bäumen bewachsen und führte steil bergan, ehe sie sich um eine Haarnadelkurve wand und nicht mehr zu verfolgen war. Marler fiel auf, daß nahe der Stelle, wo die Straße auf den Highway mündete, Ölflecken auf der Asphaltdecke glänzten. Er fragte sich, ob hier wohl die beiden Lastwagen gelauert hatten, ehe sie den Versuch unternahmen, ihn und sein Team über die Klippen zu drängen. Auf jeden Fall mußte Tweed von diesen Flecken erfahren.

Im Wohnraum seiner Suite im Spanish Bay Hotel hielt Tweed einen Kriegsrat ab. Newman und Nield nahmen daran teil, Butler patrouillierte draußen auf dem Flur auf und ab, um sicherzustellen, daß sie nicht belauscht wurden. Als Paula zu ihnen stieß, begann Tweed von neuem.

»Zeit, daß wir unsere augenblickliche Lage analysieren. Wie sollen unsere nächsten Schritte aussehen?«

»Wir bringen diesen Dreckskerl, den Buchhalter, endlich zur Strecke«, schlug Newman vor.

»Auf keinen Fall! Moloch ist und bleibt unser Hauptziel. Wir müssen unbedingt herausfinden, welche konkreten Pläne er verfolgt, und ich fürchte, dazu haben wir nicht mehr viel Zeit.«

»Sie haben ihn doch in Black Ridge kennengelernt. Wie beurteilen Sie ihn denn?« fragte Paula.

»Er ist hochintelligent, steckt voller Energie und überzeugt allein durch die Kraft seiner Persönlichkeit, besonders wenn er so offen spricht, wie er es mir gegenüber getan hat. Ich möchte, daß Sie sich einmal diese Karten ansehen.«

Auf einem Tisch breitete er eine detailgetreue Karte von Kalifornien sowie die Karte mit den merkwürdigen zickzackförmigen Linien aus, die ihm Professor Weatherby gegeben hatte. Er wartete geduldig ab, während sein Team sich um den Tisch scharte, die Karten studierte und eine mit der anderen verglich. Dann tippte er mit dem Zeigefinger auf ein Gebiet im Norden Kaliforniens.

»Hier liegt Silicon Valley.«

»Und die ausgeprägteste Zickzacklinie verläuft mitten hindurch«, stellte Paula fest.

»Ganz genau. Lassen Sie mich kurz zusammenfassen, was Moloch mir erzählt hat …«

Alle lauschten gespannt, während Tweed fast wortwörtlich die Unterhaltung wiedergab, die er mit Moloch in Black Ridge geführt hatte. Am Ende teilte er ihnen seine eigenen Schlußfolgerungen mit.

»Dieser Mann ist voller großer Hoffnungen und Träume nach Amerika gekommen. Er schuftete wie ein Berserker, um seine erste Firma aufzubauen, die dank eines neuentwickelten Mikrochips rasch florierte. Doch dann schlossen sich die fünf führenden Unternehmen im Silicon Valley zusammen, um ihn zu vernichten. Wie Sie sich denken können, wandten sie dabei jeden schmutzigen Trick an, und es gelang ihnen, Moloch in den Ruin zu treiben. Vorher war er meiner Meinung nach ein hart arbeitender, ehrlicher Mann, der sich aus eigener Kraft um ein Lebenswerk bemühte und es zum Erfolg führte. Und dann lag dieses Lebenswerk durch die Schuld anderer plötzlich in Trümmern, und Moloch verwandelte sich in einen verbitterten Menschen, der nur noch ein Ziel verfolgte: Die zu vernichten, die ihn vernichtet hatten. Und daher plant er mit Hilfe von Ethan Benyon, einem Genie auf seinem Gebiet, Silicon Valley vom Antlitz dieser Erde zu löschen.«

»Und wie will er das anstellen?« fragte Paula.

»Indem er entlang der San-Moreno-Verwerfung ein

künstliches Erdbeben auslöst – und diese Verwerfung verläuft, wie Paula ganz richtig bemerkte, quer durch Silicon Valley.«

»Ist das denn überhaupt machbar?« wollte Newman wissen. »Kann man denn so ein Erdbeben künstlich erzeugen?«

»Noch vor einem Monat hätte ich diese Frage entschieden verneint. Aber jetzt bin ich mir nicht mehr so sicher. Die Wissenschaft macht auf so vielen Gebieten riesige Fortschritte, warum also nicht auch im Bereich der Seismologie? Wenn sich schon ein angesehener Wissenschaftler wie Weatherby wegen Ethans Forschungen Sorgen macht, dann tue ich das erst recht.«

»Es klingt alles äußerst unwahrscheinlich«, bemerkte Pete Nield, sich nachdenklich über den Schnurrbart streichend. »Aber andererseits hat es auch einmal eine Zeit gegeben, wo eine Landung auf dem Mond als utopisches Hirngespinst abgetan wurde.«

»Wie sollen wir denn jetzt weiter vorgehen?« fragte Newman.

»Wir verfolgen jede noch so kleine Spur ...«

Er hatte den Satz noch nicht zu Ende gebracht, als Marler eintrat. Er hatte Tweeds letzte Worte mitbekommen.

»Eine Spur, die wir verfolgen sollten, führt uns nach Palo Eldorado. Es gibt zwei Gründe dafür ...«

Tweed erklärte sich augenblicklich damit einverstanden, die mysteriöse Straße näher zu untersuchen. Paula beharrte eigensinnig darauf, sie zu begleiten, bis Tweed schließlich entschied, daß es für sie sicherer wäre, wenn sie sich in Gesellschaft der anderen aufhielt. Es war später Nachmittag, als sie über den Highway One fuhren. Paula saß neben Newman auf dem Beifahrersitz des Mercedes, Tweed und Marler hatten die Rückbank mit Beschlag belegt.

Hinter ihnen folgten Butler und Nield in dem BMW. Marler hatte vor dem Aufbruch alle gewarnt, ihre Waffen bereitzuhalten, sobald sie sich ihrem Ziel näherten. Ihm hatte der Anblick der einsamen Seitenstraße ganz und gar nicht behagt.

Der Pazifik machte seinem Namen heute keine Ehre. Je weiter sie sich von Carmel entfernten, desto stürmischer wurde die See. Riesige Wellen rollten heran und brachen sich an den schroffen Felsen, die sich an der Küste entlangzogen. Ein heftiger ablandiger Wind war aufgekommen, und in der Ferne zogen sich Sturmwolken zusammen.

»Wir sind gleich da!« rief Marler Newman zu. »Nächste Abfahrt links, und Sie sind auf dem Palo Eldorado, ehe Sie es überhaupt merken.«

Newman ließ die Naturschönheiten des Highway hinter sich und gelangte in eine andere Welt. Gleich am Anfang der Straße sah er die ausgetrockneten Öllachen, die Marler aufgefallen waren. Tatsächlich – dies mußte die Stelle sein, wo die beiden Lastwagen im Hinterhalt gelauert hatten.

Sowie sie in die Straße eingebogen waren, wurden sie zu beiden Seiten von dicht an dicht stehenden Redwood- und Eukalyptusbäumen eingeschlossen. In einer Lücke hatte man ein eigentümliches Haus an den Hang gebaut, das aus drei terrassenförmig übereinander angeordneten Stockwerken bestand. Nach der nächsten Kurve war der Highway nicht mehr zu sehen, und sie fuhren durch einen dunklen Tunnel, den das dichte Blattwerk der Baumkronen über der gewundenen Straße bildete.

»Schauen Sie sich einmal diese verlotterten Behausungen an!« rief Paula plötzlich.

Zu ihrer Linken erhob sich ein steiler Hang, auf dem eine Reihe verwahrlost wirkender Baracken errichtet worden war. Weitere wahllos auf verschiedener Höhe des Hangs verstreute Hütten tauchten auf, und hier und da wölbten sich alte Holzbrücken über schmalen Flußbetten. Paula meinte, Bewegung hinter den Hütten wahrgenommen zu haben; es waren abgerissene Gestalten in schäbigen Kleidern, die Feuerholzbündel schleppten.

»Wir scheinen die zivilisierte Welt hinter uns gelassen zu haben«, scherzte Tweed.

Er warf der vor ihm sitzenden Paula einen verstohlenen Blick zu. Offenbar hatte sie sich von ihrem traumatischen Erlebnis in Linda Standishs Apartment wieder vollständig erholt. Als sie weiterfuhren, entdeckten sie moosüberwuchertes Gestein und riesige, unbewegliche Farnstauden neben sich. Kein Lüftchen rührte sich hier; der Wind vom Meer drang nicht bis in diese unwirtliche Wildnis vor. Sie hatten eine Seite Kaliforniens entdeckt, die den Touristen normalerweise verborgen blieb.

»Sehen Sie! Dort drüben!« rief Paula.

Sie waren gerade um eine weitere Kurve der immer noch ansteigenden Straße gebogen, als sie unter den Bäumen einen kleinen, zu einer Seite hin abgesackten Bus erblickten, dem die Räder fehlten und der über und über mit psychedelischen Zeichen bekritzelt war. Noch mehr Hütten kamen in Sicht, teils von verrotteten, mit grünlichen Flechten überzogenen Zäunen eingefriedet; auch hier schlichen einige wie die Vogelscheuchen gekleidete Figuren umher. Überall wuchsen Zwergeichen; jämmerliche, verkrüppelte Abbilder ihrer stolzen Brüder.

Ein auf Holzstützen befestigter Propangaszylinder, der vermutlich als Quelle für Wärme und Kochstelle diente, stand zwischen weiteren am Hang gelegenen Hütten, von denen einige sogar mit teilweise abgesunkenen Terrassen umbaut waren. Newman deutete gen Himmel, wo sich Stromkabel von einem am Straßenrand aufgestellten Mast zum anderen zogen.

»Hier leben tatsächlich Leute«, sagte er nicht ohne einen Anflug von Erstaunen.

»Es dürfte sich um Aussteiger handeln«, kommentierte Tweed. »Überbleibsel der Hippiebewegung der sechziger Jahre. Sie leben am Rande der sogenannten Zivilisation. Hier steht die Welt seit gut dreißig Jahren still.« Seine Stimme wurde schärfer. »Schauen Sie nach rechts, Bob!«

Am Straßenrand parkte etwas versetzt ein moderner cremefarbener Jaguar. Der uniformierte Chauffeur, der sogar eine Dienstmütze trug, war hinter dem Steuer zusammengesunken und schlief so fest, daß er die beiden vorbeifahrenden Wagen überhaupt nicht bemerkte. Wieder ergriff Tweed das Wort. Diesmal klang seine Stimme noch schneidender.

»Halten Sie an, Bob. Stellen Sie den Motor ab und schauen Sie nach rechts.«

Paula hatte den Kopf bereits in die angegebene Richtung gedreht. In dieser Gegend wuchsen hauptsächlich gigantische Mammutbäume, deren mächtige Stämme sich gegen den nicht mehr sichtbaren Himmel reckten. Darunter, auf einer kleinen Terrasse auf halber Höhe des Hanges, tanzte eine Tweed wohlbekannte Gestalt zur hämmernden Musik, die einem Ghettoblaster entströmte, mit einem reichlich abgerissen aussehenden Mädchen.

Der Mann war bis zur Taille nackt, trug nur Jeans und Turnschuhe und tanzte, ohne das Mädchen zu berühren, wild hin und her, wobei er die Arme schwenkte und den Kopf so heftig schüttelte, daß ihm das strähnige Haar ins Gesicht flog. Das Mädchen hatte dunkle, fettige Haare und war mit einem schäbigen Kleid und durchlöcherten Strumpfhosen bekleidet. Keiner der beiden schien die Motorengeräusche der sich nähernden Wagen gehört zu haben.

»Das ist Ethan Benyon«, sagte Tweed finster.

»Auch eine Art, sich den nötigen Kick zu verschaffen«, näselte Marler.

Während sie dem seltsamen Pärchen schweigend zuschauten, rückte Ethan näher an das Mädchen heran und streckte plötzlich die Hände aus, um nach ihr zu greifen. Sie wich zurück, packte einen schweren Ast, als sie sah, daß er ihr folgte, schwang ihn wie einen Knüppel über dem Kopf und versetzte ihm einen heftigen Schlag quer über den Brustkorb. Ethan erstarrte mitten in der Bewegung und stieß dann einen schrillen, nicht endenwollenden Schrei aus.

»Fahren Sie los«, befahl Tweed. »Suchen Sie eine Wendemöglichkeit und sehen Sie zu, daß wir aus diesem Danteschen Inferno herauskommen.«

Er sagte nichts mehr, bis Newman den Mercedes wieder auf den Highway One zurückgesteuert hatte. Paula holte tief Atem und sog die frische Seeluft ein, die durch das geöffnete Fenster hereinwehte. Die unheimliche Stille, die über Palo Eldorado gelegen hatte, war schlimm genug gewesen – aber der entsetzliche Schrei hatte sie noch nervöser gemacht.

»Das war Ethan Benyon«, betonte Tweed nochmals. »Moloch bezeichnete ihn als Genie. Das mag für sein Fachgebiet zweifellos zutreffen. Aber ansonsten ist er so verrückt wie nur möglich. Kein sonderlich tröstlicher Gedanke …«

Im Spanish Bay Hotel angekommen, mußten sie einen schweren Rückschlag hinnehmen. Noch auf dem Parkplatz verlangte Tweed eine Verbindung mit Cord Dillon und wies Paula, Newman und Marler an, im Wagen sitzen zu bleiben. Butler und Nield waren kurz nach ihnen in ihrem BMW eingetroffen, und Newman bedeutete ihnen per Handzeichen, Wachposten zu beziehen, ehe er die Knöpfe des schwarzen Kästchens betätigte. Schnell griff Tweed nach dem Mikrofon.

»Sind Sie das, Cord?«

»Am Apparat. Ich erkenne Sie an der Stimme, Tweed.«

»Es ist höchste Zeit, daß wir etwas unternehmen. Ich möchte, daß Alvarez weitere Froschmänner zu diesem versiegelten Loch unterhalb der *Baja* schickt. Diesmal sollen sie sich aber vorher bewaffnen. Ich muß unbedingt wissen, ob an der Platte, die das Loch verschließt, ein drahtloser Sender oder Empfänger angebracht ist. Glauben Sie mir, es ist äußerst dringend …«

»Tut mir leid, Tweed, das kann ich nicht verantworten. Die für dieses Gebiet zuständige Spezialeinheit hat bereits drei Männer eingebüßt.«

»Sie waren leider unbewaffnet«, beharrte Tweed. »Cord, es ist wichtig …«

»Ich kann nichts tun, Tweed. Leider habe ich schlechte Nachrichten für Sie. Man hat mir den dienstlichen Befehl erteilt, unseren Freund künftig nicht mehr zu behelligen. Einflußreiche Senatoren haben den Präsidenten im Weißen Haus aufgesucht und gedroht, in Zukunft jedes Gesetz zu blockieren, das er verabschieden möchte. Sie können sich wohl denken, wer Druck auf sie ausgeübt hat. Ich selbst wurde gleichfalls ins Oval Office zitiert und angewiesen, die Zielperson fortan in Ruhe zu lassen. Am liebsten hätte ich den Befehl ignoriert, aber dann wäre ich unverzüglich meines Postens enthoben worden, was niemandem weiterhelfen würde.«

»Was ist mit Alvarez?«

»Einer meiner besten Männer. Ich habe ihn nach Langley zurückbeordert.«

»Sie wollen mir durch die Blume zu verstehen geben, daß wir mit keiner weiteren Kooperation Ihrerseits rechnen dürfen«, präzisierte Tweed. »Und wenn ich Ihnen nun sage, daß meiner Meinung nach eine nationale Katastrophe unmittelbar bevorsteht.«

»Haben Sie konkrete Beweise für diese Behauptung?«

»Die Beweise finden Sie innerhalb der Mauern von Black Ridge, da bin ich ganz sicher – und auf dem Meeresboden unterhalb der *Baja*.«

»Ich soll Black Ridge stürmen lassen? Mehr Menschenleben unter Wasser riskieren? Ich muß an meine Frau und meine Kinder denken. Man würde mir schwere Pflichtverletzung vorwerfen und mich erneut ins Weiße Haus bestellen, um mir die Leviten zu lesen. Ich kann Ihnen nicht helfen.«

»Also sind wir auf uns allein gestellt, nicht wahr? Das wollten Sie doch damit sagen.«

»Allerdings. Und ich kann Ihnen nur raten, die Vereinigten Staaten so schnell wie möglich zu verlassen.«

»Ich verstehe Ihren Standpunkt«, sagte Tweed etwas ruhiger.

»Nehmen Sie die Beine in die Hand und rennen Sie. Rennen Sie, als wäre der Teufel hinter Ihnen her, solange Sie noch am Leben sind ...«

28.

Tweed hielt in seiner Suite im Spanish Bay einen zweiten Kriegsrat ab, an dem diesmal alle außer Butler teilnahmen, der wieder auf dem Korridor Wache hielt. Tweed stand mit hinter dem Rücken verschränkten Armen da und blickte sein Team an, das auf den Stühlen und auf dem Bett saß. Um Nield zu informieren, wiederholte er noch einmal, was Dillon gesagt hatte.

»Wir sind also auf uns selbst gestellt«, schloß er.

»Das war auch früher schon der Fall«, bemerkte Nield mit seiner kultivierten Sprechweise. »Manchmal ist es sogar besser, weil auf diese Weile absolute Geheimhaltung garantiert wird. Ich sehe keinen Grund, warum die veränderte Situation unsere Handlungsweise beeinflussen sollte.«

»Danke, Pete.« Tweed blickte Paula an. »Ich denke, wir setzen Sie am besten in den nächsten Flieger Richtung Heimat.«

Paula sprang zornig auf. Ihre Nasenflügel bebten, die Augen unter den geschwungenen Brauen sprühten Feuer, und sie stemmte wütend die Hände in die Hüften.

»Ich denke gar nicht daran, Amerika zu verlassen! Versuchen Sie nur, mich in ein Flugzeug zu verfrachten! Ich kratze, ich beiße, und ich schreie, daß Sie mich entführen wollen!«

»Dann habe ich wohl keine andere Wahl.« Tweed lächelte ein wenig. »Gut, Sie bleiben also bei uns.«

»Worauf Sie sich verlassen können!«

Mit vor Ärger hochrotem Gesicht setzte sich Paula wieder, schlug die Beine übereinander und starrte Tweed an, der ruhig weitersprach.

»Sie alle müssen sich darüber im klaren sein, daß wir uns ab jetzt auf feindlichem Terrain bewegen und von niemandem Hilfe zu erwarten haben.«

»Wie gesagt, das war früher schon so. Na und?« meinte Nield gelassen.

Es klopfte an der Tür. Butler öffnete, und Alvarez trat

ein. Er schenkte Paula ein strahlendes Lächeln und setzte sich neben sie auf die Couch.

»Wir haben Nachrichten aus Langley ...«, begann Tweed.

»Ich auch«, unterbrach Alvarez. »Ich habe über Cords Worte nachgedacht, ihn dann noch einmal angerufen und ihm gesagt, er könne sich seinen Job da hinstecken, wo die Sonne nicht hinscheint.« Er zwinkerte Paula zu. »Habe ich mich richtig ausgedrückt?«

»Perfekt«, versicherte sie ihm.

»Ich habe also den Dienst quittiert«, fuhr Alvarez fort. »Moloch mag ja in der Lage sein, auf Washington Druck auszuüben, aber nicht auf meine Person. Sie und Ihre Leute brauchen jemanden, der sich in dieser Gegend auskennt, und mir ist die gesamte Umgebung vertraut wie meine Westentasche. Sagen wir, ich habe mich Ihnen vorübergehend freiwillig angeschlossen. Ich nehme doch an, daß Sie mit Ihrer Arbeit fortfahren werden?«

»Allerdings.«

»Ich habe nichts anderes erwartet. Wissen Sie, ich habe meine Dienstwaffe im Polizeipräsidium von Monterey abgeliefert und ihnen gesagt, es wäre mir ziemlich egal, wie sie sie nach Langley befördern. Dann bin ich losgegangen und habe mir eine neue Waffe beschafft. Mit Waffenschein. Ich stehe also voll und ganz zu Ihrer Verfügung.«

»Wir sind Ihnen alle sehr dankbar ...«, begann Tweed erneut.

»Vollkommen überflüssig.« Alvarez hob lächelnd eine Hand. »Ich wittere Gefahr, und ich fühle mich auch meinem Land gegenüber verpflichtet, etwas dagegen zu unternehmen. Was ist denn in der Zwischenzeit geschehen?«

Tweed erklärte ihm den Grund ihres Ausflugs nach Palo Eldorado und berichtete ihm auch, was sie dort beobachtet hatten. Alvarez runzelte die Stirn.

»Da haben Sie sich aber auf ein riskantes Unternehmen eingelassen. Die Ecke ist zwar nicht unbedingt der gefährlichste Ort Kaliforniens, aber es passiert dort immer noch genug. Und dieser Ethan Benyon ist in meinen Augen komplett verrückt.«

»Dessen bin ich mir sicher. Außerdem ist er eine Schlüsselfigur in VBs Plänen.«

»Ich habe mir gerade etwas überlegt«, warf Paula ein. »Moloch hat Sie nach Black Ridge eingeladen, um sich selbst ein Bild von Ihnen zu machen. Wissen Sie noch, daß Vanity Sie einmal als ›außergewöhnlich‹ beschrieben hat? Vermutlich erwähnte sie dies auch Moloch gegenüber, und nachdem er Sie persönlich kennengelernt hatte, neigte er dazu, ihr zuzustimmen. Sein nächster Schritt bestand darin, Druck auf die Politiker auszuüben, die er in der Tasche hat, und uns somit jegliche Unterstützung zu entziehen. Ich habe mich oft gefragt, warum er Sie treffen wollte. Jetzt weiß ich die Antwort. Er hat Angst vor Ihnen.«

»Vielleicht haben Sie recht«, meinte Tweed unschlüssig. »Übrigens bekam ich einen Anruf von Vanity, kurz bevor Sie sich alle hier versammelt haben. Sie möchte mich in einem Restaurant namens The Ridge oben im Carmel Valley treffen, und zwar morgen Punkt halb eins.«

»Wir werden Sie begleiten«, entschied Newman.

»Er wird sich doch nicht die Gelegenheit entgehen lassen, Vanity wiederzusehen«, neckte Paula, die bewußt eine lockere Note in die Unterhaltung bringen wollte.

»Wir kennen die Örtlichkeiten dort nicht«, gab Newman zu bedenken.

»Ich schon«, sagte Alvarez. »Ein Spitzenrestaurant, das von einem sehr netten jungen Mann geführt wird. Ich denke, ich sollte lieber auch mitkommen. Den Weg dorthin kenne ich gut.«

»Möchten Sie nicht heute abend mit uns zum Essen ausgehen?« schlug Tweed vor. »Es sei denn, es wäre für Sie zu gefährlich, mit uns zusammen gesehen zu werden ...«

Alvarez lachte. »Ich werde mit einem ganzen Haufen von Leuten zusammen gesehen. Was kümmert mich das? Ich bin jetzt Zivilist, und als solcher nehme ich Ihre Einladung dankend an. Wo möchten Sie denn gerne hingehen?«

»Wie ich hörte, gibt es in Carmel ein ausgezeichnetes Restaurant. Es heißt Anton & Michel. Nach dem heutigen

Tag steht mir der Sinn nach einer wirklich guten Mahlzeit. Grenville hat mir den Tip gegeben.«

»Man kann dort hervorragend essen«, versicherte ihm Alvarez. »Wenn es Ihnen recht ist, dann werde ich für uns alle einen Tisch reservieren lassen. Für welche Uhrzeit?«

»Acht Uhr«, sagte Tweed prompt. »Paula braucht bestimmt eine Stunde, um sich zurechtzumachen.«

»Bestimmt nicht«, schoß sie zurück.

»Vergessen Sie Butler nicht«, mahnte Nield.

»Wie könnte ich?«

Er wollte schon zum Telefon, als Tweed ihn bat, noch einen Moment zu warten. Dann blickte er in die Runde.

»Ich möchte Ihnen sagen, daß ich mehr denn je davon überzeugt bin, daß Moloch einen Spion hat, dessen Identität wir nicht kennen und der auch nicht seiner unmittelbaren Organisation angehört. Wir können daher niemandem trauen.«

»Das tue ich ohnehin nie«, erwiderte Alvarez und lächelte Paula erneut zu, die das Lächeln zurückgab. »Eines noch, ehe ich anrufe«, sagte er dann. »Ich weiß nicht, warum Vanity Richmond sich zum Lunch mit Ihnen treffen will, Tweed, aber wir sollten lieber ein wachsames Auge auf die Dame haben ...«

»Haben Sie Tweed zum Lunch im The Ridge im Carmel Valley eingeladen?« fragte Joel Brand.

Vanity, die noch spät in ihrem Büro in Black Ridge arbeitete, blickte überrascht auf. Sie hatte angenommen, Brand wäre zum Dinner nach Carmel gefahren.

»Ja, habe ich. Sie sagten doch, VB wünsche, daß ich mir einen Eindruck von Tweed machen solle, der vielleicht seine Meinung von dem Mann ergänzen könne.«

»Also wird Tweed pünktlich um halb eins dort sein?«

»Ich denke schon. Er hat meine Einladung schließlich akzeptiert.«

»Vielen Dank.« Brand lächelte breit. »Arbeiten Sie nicht zu lange, sonst kommen Sie um Ihren Schönheitsschlaf.«

»Das wäre ja schrecklich«, gab sie sarkastisch zurück.

Nachdem Brand gegangen war, versuchte sie zum dritten Mal, Moloch bei der AMBECO in San Francisco zu erreichen. Wieder sprach er gerade auf einer anderen Leitung. Seufzend gab sie es auf, Brands Anweisung überprüfen zu wollen. Später allerdings sollte sich herausstellen, daß ihre Entscheidung, VB nicht noch einmal anzurufen, fatale Folgen für einige Leute gehabt hatte.

Ein sehr zufriedener Joel Brand verließ bald darauf das Gebäude, stieg in seinen Citroen und fuhr in der Abenddämmerung durch Carmel. Er hatte einen Entschluß gefaßt, von dem er wußte, daß VB ihn nicht billigen würde, aber schließlich war *er* ja der Sicherheitschef von Molochs Unternehmen.

Brand war keinesfalls davon überzeugt, daß VBs Taktik, Tweed jegliche offizielle Unterstützung aus Washington zu entziehen, ihn dazu bewegen würde, das Land zu verlassen. Besser, er sorgte ein für allemal dafür, daß der Mann nicht länger eine Bedrohung für sie darstellte.

Die Erfahrung hatte ihn außerdem gelehrt, daß es sich empfahl, stets auf Nummer Sicher zu gehen, wenn man einem Gegner eine Falle stellen wollte. Man mußte also für den Fall, daß die erste Falle versagte, noch eine zweite in der Hinterhand haben. Kaum anzunehmen, daß Tweed die kommenden Stunden überleben würde.

Anton & Michel lag an einem anderen von Carmels unzähligen Hinterhöfen. Allerdings war dieser weit großzügiger angelegt als der, in dem Linda Standish den Tod gefunden hatte. Paula nahm die freundlichere Atmosphäre erleichtert zur Kenntnis.

Der Platz nannte sich Fontänenhof, und als sie um die Ecke kamen, verstanden sie auch, warum. Die Mitte des weitläufigen Hofes wurde von einem rechteckigen Wasserbassin eingenommen, in dem beleuchtete Springbrunnen Wasserfontänen in die Höhe warfen. Der ganze Ort wirkte einladend und friedlich. Große, hohe Fenster bildeten die Außenwand des Restaurants und gewährten den an den

Fenstertischen sitzenden Gästen einen wunderbaren Blick auf das Wasserbecken und die Fontänen.

»Das ist ja herrlich!« rief Paula entzückt.

»Ich bin auch immer wieder begeistert«, stimmte Alvarez ihr zu.

Nachdem sie die Autos auf dem Parkplatz vor dem Restaurant abgestellt hatten, war Alvarez ein Stückchen hinter ihnen zurückgeblieben und hatte die zu dieser Zeit verlassen daliegende Straße mit den Blicken abgesucht. Danach war er rasch wieder an Paulas Seite geeilt und hatte dann mit einer an ihre Adresse gerichteten gemurmelten Entschuldigung als erster das Restaurant betreten, um sich auch dort umzusehen und jeden Tisch flüchtig zu mustern.

»Scheint alles in Ordnung zu sein«, sagte er zu Tweed, der sie eingeholt hatte.

Sie wurden zu einem großen Fenstertisch geführt. Das gesamte Team war anwesend; Newman, Marler, Butler und Nield. Paula setzte sich Tweed gegenüber ans Fenster. Ihr fiel auf, daß Alvarez den am weitesten vom Fenster entfernten Platz wählte; vermutlich, damit er Neuankömmlinge im Auge behalten konnte.

Das Restaurant war fast voll, und viele der Gäste hatten inzwischen den Hauptgang bereits verzehrt. Die Inneneinrichtung wirkte luxuriös und gemütlich zugleich. Paula beugte sich zu Tweed.

»Ein sehr hübsches Restaurant, so behaglich, und dazu noch dieser wundervolle Blick auf die Fontänen. Was will der Mensch mehr?«

»Die Speisekarte«, meinte Marler.

Einen Augenblick später erschien auch schon der Oberkellner und reichte jedem der Gäste eine ledergebundene Karte. Paula bemerkte, daß Alvarez nur einen flüchtigen Blick hineinwarf und sich dann wieder unauffällig im Raum umsah. Wieder beugte sie sich zu Tweed und flüsterte: »Warum ist Alvarez denn so auf der Hut?«

»Nun ...« Tweed zögerte, dann beschloß er, mit der Wahrheit herauszurücken. »Er sagt, daß wir verfolgt wurden, seit wir Spanish Bay verlassen haben.«

»Ich glaube, mir hat es soeben den Appetit verschlagen.«

»Wäre es Ihnen lieber gewesen, wenn ich das für mich behalten hätte?«

»Nein. Ich weiß gerne, was Sache ist.«

»Das habe ich mir gedacht. Nun, wofür haben Sie sich entschieden? Suchen Sie sich etwas Gutes aus.«

Paula entspannte sich langsam, während sie eine ausgezeichnete Mahlzeit verzehrte und dazu ein wenig Wein trank. Newman schien in besonders gehobener Stimmung zu sein und machte einen Witz nach dem anderen, aber sie wußte, daß er imstande war, sich völlig unbekümmert zu geben, auch wenn er sich insgeheim mit Sorgen herumplagte. Tweed bestellte Orangensaft, und ihr fiel auf, daß auch Alvarez den Wein nicht anrührte.

»Wissen Sie«, sagte sie, als der Kaffee serviert wurde, »daß die Amerikaner Meister darin sind, ausgesprochen originelle Restaurants mit Anspruch auf gehobene Küche zu betreiben? Dieses hier ist der beste Beweis für ihre Fähigkeiten auf diesem Gebiet.«

»Da stimme ich Ihnen zu«, sagte Tweed abwesend.

»Hier paßt einfach alles zusammen«, schwärmte sie weiter.

»Stimmt.«

Paula stellte fest, daß das Gespräch gezwungen wirkte und daß sie alle sich nach Kräften bemühten, so zu tun, als würden sie den Abend genießen. Marler rauchte mehr King-size-Zigaretten als normal. Butler und Nield beteiligten sich an der Unterhaltung, doch nur Nield gelang es, einen leichten Tonfall anzuschlagen.

»Paula« rief er ihr zu, »verwöhnen Sie sich doch einmal! Trinken Sie einen Likör zum Kaffee, der wärmt den Magen und hebt das Wohlgefühl.«

»Und hinterher tanze ich dann auf dem Tisch und singe schmutzige Lieder.«

»Das würde ich zu gerne einmal sehen«, lachte Nield. »Versuchen Sie eine Samba, dann sind Sie die Attraktion des Abends. Die Leute an den anderen Tischen nehmen das Leben viel zu ernst. Wenn man zum Essen ausgeht, soll man sich amüsieren. Und Sie sehen heute abend besonders bezaubernd aus.«

»Danke, Pete. Sie sind ein gefährlicher Mann. In einer Minute bestelle ich mir einen Grand Marnier.«

»Ich mache das schon für Sie ...«

»In einer Minute, habe ich gesagt.«

Sie hatte Pete Nield gern. Er sah gut aus, blieb in kritischen Situationen immer ruhig und gelassen und vermittelte den Eindruck, als hielte er das Leben für ein einziges großes Abenteuer.

»Freut mich, daß Sie diese Meinung von mir haben«, neckte er sie. »Es heißt doch, Frauen könnten einem Mann, der im Ruf steht, gefährlich zu sein, nur schwer widerstehen. Wissen Sie auch, warum?«

»Klären Sie mich ruhig auf.« Paula lachte. »Sie scheinen ein Experte auf diesem Gebiet zu sein.«

»Sie fühlen sich zu gefährlichen Männern hingezogen, weil« – er beugte sich vor – »sie glauben, von ihnen ließen sie sich zähmen. Sie stellen eine Herausforderung dar, und nur wenige Frauen können einer Herausforderung widerstehen.«

»Wenn Sie das sagen ...« Wieder lachte sie. »Fordern Sie mich heraus, Pete?«

»Vorsicht, Paula«, witzelte Newman. »Hinter dieser umgänglichen Fassade verbirgt sich ein ausgebuffter Schürzenjäger.«

Paula kicherte immer noch, als eine schattenhafte Gestalt in den Hof huschte. Sie trug einen breitkrempigen, tief in die Stirn gezogenen Schlapphut, eine große Sonnenbrille, einen um die untere Gesichtshälfte gewickelten Schal, einen kurzen Trenchcoat und Jeans.

Auf den ersten Blick fand Paula die Kleidung nicht ungewöhnlich – es war ziemlich kalt draußen, und sie selbst hatte sich in ihren Pelzmantel gehüllt. Dann näherte sich die Gestalt jedoch mit raschen Schritten dem Fenster, und Paula blieb das Lachen im Halse stecken. Die hinter dunklen Gläsern verborgenen Augen starrten sie an, dann hob die Schattengestalt beide Hände, und Paula sah, daß sie einen runden Gegenstand von der Größe eines Suppentellers umklammerte. Sie schleuderte den Gegenstand gegen die Fensterscheibe, wo er wie eine überdimensionale Schnecke am Glas klebenblieb.

Nur Alvarez war ihr veränderter Gesichtsausdruck aufgefallen. Er sah das runde Ding am Fenster kleben und die Gestalt, deren Schatten von der Fontänenbeleuchtung grotesk vergrößert wurde, wie sie eilig den Rückzug antrat. Seinen Stuhl umstoßend sprang er auf und brüllte mit voller Lautstärke:

»Alle Mann auf den Boden! Es ist eine Bombe!«

Nach dieser Warnung rannte er aus dem Restaurant heraus in den Hof. Er hörte, wie sich hastige Schritte entfernten, achtete aber nicht darauf, sondern konzentrierte seine Aufmerksamkeit einzig und allein auf die Bombe, die er mit beiden Händen packte. Er riß kräftig daran, um die Saugnäpfe vom Glas zu lösen, schleuderte sie in den Pool und warf sich im nächsten Augenblick flach auf den Boden.

Eine ohrenbetäubende Detonation erfolgte, und große Stücke des Bassinbodens wurden hochgewirbelt. Ein Brokken krachte direkt neben Alvarez' Kopf herunter, doch blieb er unverletzt. Gleichzeitig schoß eine gigantische Wasserfontäne gen Himmel, ergoß sich wie ein riesiger Wasserfall über die Fenster des Restaurants und rann daran herab.

Im Inneren von Anton & Michel hatte Paula wie alle anderen unter dem Tisch Schutz gesucht. Panik brach in dem Restaurant aus, das von der Explosion erschüttert worden war. Frauen kreischten, Männer stießen einander beiseite, um sich einen Platz unter einem der Tische zu erkämpfen. Teller mit Essensresten lagen auf dem Boden herum, und die Rotweinflecken auf den ehemals makellos weißen Tischtüchern wirkten wie Blutlachen.

Draußen war Alvarez wieder aufgesprungen. Er war naß bis auf die Haut, aber eine solch kleine Unannehmlichkeit minderte weder seine unerschöpfliche Energie noch seine grimmige Entschlossenheit. Mit seiner Walther in der

Hand rannte er der unheimlichen Gestalt hinterher, die wie ein Geist vor dem Fenster aufgetaucht war.

Am Ausgang des Hofes angekommen sah er gerade noch das Heck eines Chryslers, der mit überhöhter Geschwindigkeit um eine Ecke schoß. Mit einem gotteslästerlichen Fluch auf den Lippen rannte er zum Restaurant zurück. Es war Zeit, Tweed und seine Genossen von hier fortzuschaffen, ehe die Polizei eintraf.

Tweed hatte die Notwendigkeit eines raschen Aufbruchs bereits vorhergesehen. Die Rechnung lag schon auf dem Tisch, und er ließ schnell einige Hundertdollarnoten auf den Teller gleiten, die auch ein großzügiges Trinkgeld beinhalteten. Er wollte sich weder mit dem umständlichen Gebrauch einer Kreditkarte aufhalten noch das Risiko eingehen, daß man ihm über diese Karte auf die Spur kam.

Sein Team war eilig unter dem Tisch hervorgekrochen. Keiner hatte irgendwelche Verletzungen davongetragen, mit Ausnahme von Marler, der sich den Ellbogen aufgeschürft hatte, als er unter die Tischplatte gehechtet war. Alvarez drängte sie ins Freie, während im Restaurant noch wildes Durcheinander herrschte.

Sie hasteten zum Ausgang des Hofes. Paulas letzte Erinnerung an das schreckliche Erlebnis sollte das Bildnis eines zerstörten Springbrunnens bleiben, der immer noch Wasser gegen das Restaurantfenster spie und so ihre Flucht verschleierte.

Sie erreichten die geparkten Wagen und quetschten sich hinein. Die Nacht war klar und kalt, und kein Fußgänger war auf der Straße zu sehen. Mit gemäßigter Geschwindigkeit fuhren sie aus Carmel heraus, in Richtung Spanish Bay.

Tweed, der Verlangen nach Gesellschaft hatte, bat Paula, noch auf einen Sprung mit in seine Suite zu kommen, nachdem er Alvarez für ihre Rettung gedankt hatte. Der ehemalige CIA-Mann zuckte lässig die Schultern, als sei dies das Selbstverständlichste der Welt, nannte Tweed seine Zimmernummer und ließ sie allein.

29.

In Wahrheit war Tweed schon vor der Explosion der Bombe schlechter Laune gewesen, hatte jedoch sorgfältig darauf geachtet, seine Gefühle vor den anderen zu verbergen. Es gehörte zu den Aufgaben des Mannes an der Spitze, die Moral der Truppe aufrechtzuerhalten.

Nun befand er sich in einem Zustand kalter, kontrollierter Wut. Er marschierte in dem weitläufigen Wohnraum auf und ab, während Paula den Gaskamin anzündete, der sofort zu flackern begann und Wärme und ein tröstliches Licht verbreitete. Dann zog sie die Vorhänge, die das Zimmermädchen zuvor geschlossen hatte, ein Stückchen zurück, um die Türschlösser zu überprüfen. Draußen entdeckte sie Nield, der auf dem sattgrünen, von einer Laterne schwach erleuchteten Rasen umherwanderte. Sie warf ihm eine Kußhand zu und schloß die Vorhänge wieder. Vermutlich würde ihn Butler nach einiger Zeit bei der Nachtwache ablösen.

Als nächstes ging sie zu der gutgefüllten Minibar, wählte eine Flasche Chardonnay und eine Miniaturflasche Grand Marnier und schenkte Tweed, ohne ihn vorher zu fragen, ein Glas Wein ein. Sich selbst genehmigte sie ein kleines Glas von dem Likör. Erst als sie es sich auf der Couch neben dem Kamin bequem gemacht hatte, ergriff sie das Wort.

»Der Wein ist für Sie«, sagte sie Tweed und reichte ihm das Glas. »Er wird Ihnen helfen, sich zu entspannen.«

»Danke.«

Er tigerte immer noch mit langsamen, mechanischen Schritten durch den Raum, offenbar tief in Gedanken versunken.

»Wenn ich einen Schwips bekomme, müssen Sie mich in mein Zimmer zurückbringen«, scherzte sie.

Wie sie gehofft hatte, tat der Wein seine Wirkung. Tweed setzte sich ihr gegenüber in einen Lehnsessel, schenkte sich nach, trank einen kleinen Schluck, setzte dann das Glas ab und blickte sie an.

»Sie denken, sie hätten uns ausgeschaltet«, grollte er.

»Durch dic Bombe, meinen Sie?«

»Nein, ich meine Moloch und seine Mannschaft. Ich beziehe mich auf den Druck, den VB auf Washington ausgeübt hat. Was die Bombe angeht, so wäre ich sehr erstaunt, wenn er von dem Anschlag gewußt hätte.«

»Was veranlaßt Sie zu dieser Annahme?«

»Meine Beurteilung seines Charakters sowie der Umstand, daß die Explosion des Elektronikkonzerns zuhause im Thames Valley sorgfältig geplant wurde, um Tote und Verletzte zu vermeiden. Das war zweifellos sein Werk. Nur der amerikanische Konkurrent war die Zielscheibe, sonst niemand.«

»Sie sagten, unsere Gegner würden denken, sie hätten uns ausgeschaltet«, erinnerte sie ihn.

»Ja. Moloch ist schlau und gerissen. Das muß er auch sein, sonst hätte er im Dschungel des amerikanischen Geschäftslebens nur schwerlich überlebt. Nun werden wir ebenso gerissen vorgehen. Ich möchte, daß Sie morgen zur Hotelrezeption gehen und dort sechs Plätze für einen Flug von San Francisco nach London buchen. Kein Datum, die Tickets müssen jederzeit benutzbar sein. Auf unsere Namen. Beziehen Sie Alvarez mit ein, und seien Sie nicht diskret, sondern sprechen Sie ruhig mit erhobener Stimme. Dann sagen Sie Bescheid, daß wir unsere Zimmer vorläufig behalten werden und es rechtzeitig wissen lassen, ob und wann wir abreisen.«

»Wir reisen ab?«

»Wir bleiben«, knurrte Tweed.

»Ach so, ein Tarnmanöver.«

»Genau das. Ich bin sicher, Moloch hat einen Spion, der das Hotel ständig überwacht, vielleicht sogar mehrere der Gäste, die unsere Schritte verfolgen sollen. Er wird denken, wir hätten aufgegeben.«

»Was jedoch nicht der Fall ist,«

»Keineswegs«, entgegnete er etwas ruhiger. »Wir werden jetzt bei jeder sich bietenden Gelegenheit Moloch gegenüber in die Offensive gehen und seine Pläne so gut wie möglich vereiteln. Wir befinden uns auf feindlichem Gebiet. Keine weitere Unterstützung aus Washington. Also spielen wir das Spiel jetzt auf die rauhe Tour.«

Es war die Bombe, die Tweed veranlaßt hatte, eine härtere Gangart einzulegen. Der Gedanke, daß sie in Paulas Nähe hätte detonieren können, trieb ihn zur Weißglut. Er gedachte, zum Gegenschlag auszuholen, und diesmal würde er seine Gegner nicht mit Samthandschuhen anfassen. Eine eiskalte Wut hatte sich seiner bemächtigt. Dies war Amerika. Nun, dann würde er auch nach amerikanischen Regeln spielen.

»Diese Verabredung zum Lunch morgen mit Vanity Richmond könnte eine Falle sein«, warnte Paula.

»Das vermute ich auch. Also werden wir hineintappen und die Fallensteller mit ihren eigenen Waffen schlagen.«

»Glauben Sie, Vanity weiß, daß es sich um eine Falle handelt?«

»Vielleicht, vielleicht auch nicht.«

Er tat diese Möglichkeit mit einer Handbewegung ab, als sei sie vollkommen unwichtig. Dann nippte er erneut an seinem Wein. Paula hatte ihn selten so energiegeladen erlebt.

»Ich glaube, Moloch benutzt eine unverdächtig wirkende Person, die anscheinend nicht zu seinem näheren Umfeld gehört, als Spion. Ich kann sie förmlich wittern, aber bislang leider noch nicht identifizieren. Es würde mich nicht überraschen, wenn derjenige – wer immer es sein mag – auch mit Cornwall zu tun hat.«

»Das engt das Feld der Verdächtigen ein.«

»Nicht genug. Es halten sich hier einige Leute auf, die zur gleichen Zeit wie wir in Cornwall waren.«

»Unter anderem Vanity Richmond.«

»Unter anderem Vanity Richmond«, stimmte Tweed zu. »Also lautet das Motto von nun an: Traue keinem, verdächtige jeden. Morgen früh werde ich jeden der anderen einzeln warnen. Ein bemerkenswerter Mann, dieser Vincent Bernard Moloch. Hat sich ein Spionagenetz hier aufgebaut und dazu noch eines in Cornwall.«

»Was unternehmen wir gegen den Buchhalter?« fragte Paula.

»Auch diesen Killer müssen wir zur Strecke bringen. Das heißt, erst müssen wir ihn – oder sie – aufspüren und dann eliminieren.«

Paula starrte ihn ungläubig an. Nie zuvor hatte sie Tweed so kalt und entschlossen sprechen hören. Aber nachdem sie dem Tod gerade erst um Haaresbreite entgangen war und dieses Erlebnis noch nicht verarbeitet hatte, neigte sie dazu, sich Tweeds unerbittlicher Haltung anzuschließen. Der Mörder hatte bereits zu viele Menschen – und darunter eine ganze Anzahl Frauen – auf dem Gewissen und wandte eine zu grausame Methode an, um seine Opfer zu töten.

»Ein weiterer Anlaß zur Sorge ist Ethan Benyon«, erklärte Tweed. »Sie haben ja mit eigenen Augen gesehen, wie er sich in Palo Eldorado aufgeführt hat.«

»Vielleicht stand er unter Drogen«, gab sie zu bedenken.

»Das glaube ich nicht. Man sagt ja, Genie und Wahnsinn lägen nahe beieinander. In diesem klugen Köpfchen stimmt irgend etwas nicht. Das Schlimme daran ist, daß er sozusagen den Finger am Abzug hat.«

»Wie bitte?«

Tweed erzählte ihr von seinem Besuch bei Moloch und beschrieb ihr, wie er die Kammer unterhalb von Black Ridge besichtigt und wie Ethan ihm mit an Besessenheit grenzender Begeisterung und fanatisch glühenden Augen von seiner Arbeit berichtet hatte, bis er von Moloch von diesem heiklen Thema abgelenkt wurde.

»Moloch behauptete, die in die Wand der Kammer eingelassene Tür sei ein Safe«, fuhr Tweed fort. »Ich bin sicher, daß dies nicht der Wahrheit entspricht. Im Tresorraum einer Bank sind solch große Safetüren an Angeln befestigt – diese lief auf Bodenschienen. Solche Türen findet man für gewöhnlich bei Fahrstühlen – und ich glaube, daß dieser Fahrstuhl in Black Ridge zu einem unter der Erdoberfläche verborgenen Raum oder Tunnel führt. Wenn Dillon einen Sturmangriff auf Black Ridge gebilligt oder die

Sache selbst übernommen hätte, dann wüßten wir inzwischen welches Geheimnis das Gebäude birgt. Denn daß es ein Geheimnis dort gibt, davon bin ich felsenfest überzeugt – ein teuflisches Geheimnis noch dazu.«

»Nun, dieser Weg ist uns versperrt. Mir scheint, daß uns fast alle Wege versperrt sind, seit uns Washington so schmählich im Stich gelassen hat. Ich denke …«

Sie kam nicht mehr dazu, das auszusprechen, was sie dachte, weil in diesem Moment das Telefon klingelte. Sie nahm ab, meldete sich und reichte dann Tweed den Hörer, eine Hand vor die Sprechmuschel haltend.

»Schon wieder unser Freund Reibeisenstimme«, flüsterte sie.

»Hier Tweed.«

Er hörte zu, ohne ein Wort zu sagen, bedankte sich bei dem Anrufer und legte auf. Dann lehnte er sich in seinem Sessel zurück, griff nach seinem Glas und trank noch einen Schluck Wein. Seine Augen funkelten.

»Vergessen Sie nicht, morgen bei der BA unsere Heimflüge zu buchen. Undatiert. Und erledigen Sie das, wenn die Halle möglichst gut besucht ist.«

»Das haben Sie mir schon einmal gesagt – mein Gedächtnis funktioniert noch ganz gut.« Als er nicht reagierte, fragte sie weiter: »Wer ist Reibeisenstimme eigentlich? Oder sollte ich besser nicht fragen?«

»Sie sollten besser nicht fragen. Der Anrufer hat mir eine Warnung zukommen lassen. ›Gehen Sie auf keinen Fall nach McGee's Landing in der Gegend von Ventana.‹ Weiter nichts.«

»Von einem Ort dieses Namens habe ich noch nie gehört.«

»Ich auch nicht. Das heißt, ich kenne die erwähnte Stelle nicht. Aber als ich das letzte Mal hier war, erzählte mir ein Amerikaner von diesem Gebiet. Es ist eine wahre Wildnis und gilt als ziemlich gefährlich, wenn ich ihn recht verstanden habe.«

»Und wenn wir aufgefordert werden, dorthin zu kommen?«

»Dann werden wir der Aufforderung Folge leisten.« Tweed konnte nicht länger stillsitzen. Er sprang auf und nahm seine ruhelose Wanderung durch den Raum wieder auf. »Wir werden uns jeglicher Herausforderung stellen. Von nun an herrscht Krieg ...«

Am nächsten Morgen war Paula schon früh auf den Beinen, obgleich sie nur wenige Stunden geschlafen hatte. Nachdem sie geduscht, sich angekleidet und Make-up aufgelegt hatte, schlenderte sie durch die weitläufige Hotelhalle und blieb an der Rezeption stehen. Dort verwies man sie an einen Auskunftsschalter genau gegenüber. Die Halle wimmelte von Menschen, die auf dem Weg zum Speisesaal waren, um ihr Frühstück einzunehmen, oder auf Sofas saßen und sich unterhielten. Plötzlich schlang sich ein Arm um ihre Taille, und sie zuckte zusammen. An einem so belebten Ort würde doch sicherlich niemand einen erneuten Anschlag auf ihr Leben unternehmen? Ihre rechte Hand fuhr zu ihrer Umhängetasche.

»Hoffentlich habe ich Sie nicht erschreckt, Paula«, sagte eine fröhliche Stimme hinter ihr. Sie gehörte unzweifelhaft Brigadier Arbuthnot Grenville. Paula drehte sich um.

»Um ehrlich zu sein: Ja.«

»Das tut mir aufrichtig leid. Dachte mir, wir könnten vielleicht zusammen frühstücken. Sie sehen mal wieder zum Anbeißen aus. Ein fleischgewordener Traum.«

»Danke – sowohl für die Einladung als auch für das Kompliment. Aber ich habe es eilig.«

»Pech für mich. Ihr Boß, dieser Tweed, hält Sie anscheinend ganz schön auf Trab. Sie sollten sich ab und zu mal eine Pause gönnen, finde ich. Na, nichts für ungut. Ich will Sie nicht länger aufhalten.«

Paula sah ihn nach. Grenville konnte eine gehörige Portion Charme entwickeln, wenn er wollte. Seitdem er in Kalifornien war, erschien er ihr verändert – angenehmer und umgänglicher als früher. Wenn ihr nicht Tweeds Auftrag unter den Nägeln gebrannt hätte, wäre sie vielleicht versucht gewesen, seine Einladung anzunehmen – um herauszufinden, wo der plötzliche Wandel herrührte. Sie wandte sich gerade zu dem betreffenden Schalter um, als Grenville zurückkehrte und ihr grinsend zuzwinkerte.

»Unser Freund Maurice scheint nichts dazuzulernen. Er sitzt dort hinten neben einer korpulenten Dame und trinkt Kaffee.«

»Warum sollte er nicht?« erkundigte sich Paula verwundert.

»Weil ich gerade gesehen habe, wie er etwas aus einem Flachmann in seine Tasse geschüttet hat. Ich tippe auf Brandy. Maurice fängt wirklich reichlich früh an. Entschuldigen Sie, jetzt halte ich Sie ja schon wieder auf. Bin schon weg.«

Paula trat auf die Hotelangestellte zu und bat laut und vernehmlich um mehrere Flugbuchungen. Sie veranstaltete ein großes Getue darum und überhäufte das Mädchen mit einer Flut von Fragen, ehe sie sich auf den Weg in ihr Zimmer machte, um über den Zimmerservice Frühstück zu bestellen.

Die erste Person, die sie sah, als sie die Halle durchquerte, war Vanity Richmond. Die elegant gekleidete Frau begrüßte Paula herzlich, während diese sich fragte, wie lange sich Vanity wohl schon in der Halle aufhalten mochte.

»Ist das nicht ein herrlicher Tag?« begann Vanity mit ihrem warmen Lächeln. »Ich war eben auf der Terrasse. Kein Wölkchen am Himmel, und das Wasser ist spiegelglatt. Aber ich darf Sie nicht aufhalten. Sie sehen aus, als wären Sie wie üblich in Eile.«

Paula lächelte, wandte sich zum Gehen und wäre fast mit Newman zusammengestoßen, der heute besonders flott aussah. Er trug beigefarbene Leinenhosen mit messerscharfen Bügelfalten und ein blau-weiß gemustertes Sporthemd. Während er Paula zuzwinkerte legte er Vanity beide Hände auf die Schultern, um sie leicht auf die Wange zu küssen.

»Tut mir leid, daß ich Sie habe warten lassen«, entschuldigte er sich bei ihr.

»Schon gut. Aber ich sterbe vor Hunger, wenn ich nicht bald etwas zwischen die Zähne bekomme.«

»Das kann ich nicht verantworten. Bis dann, Paula …«

Paula sah ihnen nach, als sie zusammen zu Roy's, dem Hotelrestaurant gingen. Ihre Gefühle in dieser Angelegenheit waren recht zwiespältig. Newman schien von Vanity völlig hingerissen zu sein. Ob er etwa im Begriff war, den Kopf zu verlieren? Nun, das ist seine Sache, dachte sie. Ich hoffe nur, daß sein gesunder Menschenverstand in diesem Fall nicht versagt.

Sie drehte sich um und ging zu Tweed zurück, um ihm zu berichten, was sie in der Halle gesehen und gehört hatte.

Dreißig Minuten, nachdem Paula die undatierten Tickets gebucht hatte, wurde Moloch telefonisch von dieser Aktion informiert. Er erzählte Joel Brand davon, der soeben sein Büro betreten hatte.

»Es sieht so aus, als hätte sich die ganze Truppe entschlossen, nach Hause zu fliegen«, bemerkte er.

»Das glaube ich nicht«, erwiderte Brand kurz.

Er trug die Kleidung eines Holzfällers, nur die Axt fehlte noch. Die Spitzen seiner festen Lederstiefel waren mit Metallkappen verstärkt.

»Warum nicht?« fragte Moloch, seinen Stellvertreter mißtrauisch musternd.

»Ich halte das Ganze für einen Bluff. Sie haben selbst gesagt, Tweed wäre ein Mann, der niemals aufgibt.«

»Ich weiß, was ich gesagt habe. Aber er befindet sich in einer unhaltbaren Position, seit Washington ihm jegliche Unterstützung verweigert. Er hat in Amerika keinerlei offizielle Funktion, und anscheinend ist ihm das inzwischen klargeworden. Deshalb hat er die Rückflüge nach England gebucht.«

»Und trotzdem glaube ich nicht daran, daß er wirklich das Land verläßt.«

»Du fängst an, mich zu langweilen.« Molochs Blick durchbohrte Brand. »Was soll eigentlich dieser schlampige Aufzug? Du weißt, ich lege Wert darauf, daß sich mein Personal im Dienst anständig kleidet.«

»Ich bin aber nicht im Dienst«, fauchte Brand unhöflich

zurück. »Heute ist einer meiner seltenen freien Tage. Sie waren damit einverstanden, daß ich mir freinehme, wenn ich das Gefühl habe, ich bräuchte einen Tag für mich. Heute ist so ein Tag. Haben Sie etwas dagegen, wenn ich den Hubschrauber nehme? Ich will fischen gehen. Sie sagten ja, Sie blieben heute den ganzen Tag hier.«

»Nimm ruhig den Hubschrauber – und versuch's doch einmal mit Haifischfang. Vielleicht erleidest du ja einen Unfall.«

Moloch wandte sich wieder den vor ihm liegenden Papieren zu. Brand war sehr zufrieden mit sich. Er hatte diese Unterhaltung gut gehandhabt, hatte VB so auf die Palme gebracht, daß dieser froh war, ihn loszuwerden. Moloch den Rücken zukehrend, grinste er in sich hinein. Sein Chef wurde mit Tweed einfach nicht fertig. Er, Brand, dagegen schon. Und diesmal endgültig.

»Eine ganze Reihe von Leuten hätte mich belauschen können, als ich die Flüge buchte«, berichtete Paula. Sie saßen im Wohnzimmer der Suite Tweeds. »Grenville hielt sich in der Halle auf, Maurice desgleichen – obwohl letzterer laut Grenvilles Aussage schon am frühen Morgen Brandy in sich hineinkippte. Und dann lungerte noch Vanity in meiner Nähe herum.«

»Nun, vor einem Moment sagten Sie mir noch, die Halle sei voller Menschen gewesen. Es könnte sich bei unserem Spion ja auch um jemanden handeln, den wir noch nicht kennen.«

Tweed studierte eine Karte, während er sprach. Er bat Paula, ebenfalls einen Blick darauf zu werfen und tippte auf ein bestimmtes Gebiet.

»Dies hier ist Carmel Valley. Wie Sie sehen, zieht es sich ein ganzes Stück ins Land hinein. Alvarez kam zu mir, während Sie unterwegs waren. Das Kreuz markiert ein Hotel namens Robles Del Rio Lodge. The Ridge – das Restaurant, in dem wir Vanity zum Lunch treffen – gehört zum Hotel. Hier unten«, er deutete auf ein zweites Kreuz, das Alvarez eingezeichnet hatte, »liegt ein kleiner Flughafen; nur für

Sportmaschinen und ähnliches geeignet. Und hier liegt ein kleines Dorf, das The Village heißt.«

»Die Straße, die Carmel Valley durchquert, führt noch meilenweit weiter – zu einem Ort namens Greenfield. Scheint mitten im Niemandsland zu liegen.«

»Ganz recht. Dort, wo man auf Greenfield zufährt, berührt die Straße die berüchtigte Ventana-Wildnis. In der Gegend treiben sich auch die Rednecks herum.«

»Rednecks?«

»Alvarez wird Ihnen erzählen, was es damit auf sich hat. Er ist in der frühen Geschichte Amerikas sehr bewandert – die übrigens auch ein bezeichnendes Licht auf Kalifornien wirft. Haben Sie schon gefrühstückt?«

»Nein. Grenville forderte mich auf, ihm Gesellschaft zu leisten, aber ich habe die Einladung ausgeschlagen.«

»Worauf warten Sie dann noch? Bestellen Sie beim Zimmerservice zwei Portionen. Mir ist nach einem kompletten englischen Frühstück zumute.«

Paula war von Tweeds Sorglosigkeit zutiefst überrascht. Er schien sich geradezu auf das zu freuen, was vor ihnen lag, und summte sogar leise vor sich hin. Sie zögerte, ehe sie zum Hörer griff.

»Ich habe so ein Gefühl, als könnte dieser Ausflug nach Carmel Valley gefährlich werden.«

»Gut möglich. Deshalb werden wir uns auch nach dem Frühstück alle in Marlers Zimmer treffen. Ich habe ihm die Verantwortung für die ganze Aktion übertragen. Er wird Ihnen bestimmte Ausrüstungsgegenstände aushändigen.«

»Normalerweise leitet Bob Newman derartige Unternehmen.«

»Ich weiß, aber der hat im Moment genug zu tun.«

»Fürchten Sie, er könnte sich nicht voll und ganz auf den Job konzentrieren? Daß all seine Gedanken nur um Vanity kreisen und er deshalb vielleicht einen Fehler macht? Ein Mann, dem eine Frau den Kopf verdreht hat, wird leicht unzuverlässig.«

»Bob denkt viel klarer, als Sie vielleicht annehmen. Ich finde lediglich, es ist an der Zeit, daß Marler eine wichtigere Rolle übernimmt. Er bleibt in Ausnahmesituationen immer kühl und gelassen.«

»Darauf wollen Sie also hinaus. Sie glauben, daß ein Notfall eintreten könnte.«

»Ich hoffe von ganzem Herzen, daß es so kommt. Langsam wird es Zeit, die Kerle zu stellen und ihnen eine Dosis ihrer eigenen Medizin zu verabreichen.«

30.

Wieder stand die Sonne strahlend am tiefblauen Himmel, als sie auf Carmel Valley zufuhren. Außerdem war es sehr heiß. Auf Tweeds Vorschlag hin hatte Paula auf dem Rücksitz des Cadillacs neben Alvarez Platz genommen, der der Versammlung in Marlers Zimmer gleichfalls beigewohnt hatte.

Newman saß vorne hinter dem Steuer, Tweed neben ihm. Hinter ihnen folgte Marler in dem BMW. Auf dem Beifahrersitz saß Nield, der eine Zigarette rauchte und voller Interesse die vorbeifliegende Landschaft betrachtete. Butler belegte die Rücksitzbank. Er trug eine Leinentasche bei sich, die ihm an einem Riemen über der Schulter hing. Neben anderen notwendigen Gegenständen enthielt sie auch eine Heckler-und-Koch-MP5-Maschinenpistole vom Kaliber 9mm. Marler hatte sie ihm während besagter Versammlung übergeben.

»Wo um alles in der Welt haben Sie denn die aufgetrieben?« hatte Paula erstaunt gefragt.

»Stellen Sie mir bitte keine Fragen, die mich in Verlegenheit bringen könnten«, hatte Marler mit einem Seitenblick auf Alvarez geantwortet. »Sie hat eine theoretische Feuergeschwindigkeit von sechshundertfünfzig Schuß pro Minute. Eine Standardwaffe des SAS daheim im guten alten England ...«

Die anderen trugen ebenfalls Leinentaschen bei sich – Nield, Marler, Newman und Alvarez eingeschlossen. Auch

Paulas Umhängetasche beulte sich auffällig. Der einzige unbewaffnete Teilnehmer ihrer Expedition war Tweed. Es war allgemein bekannt, daß er nur äußerst selten eine Waffe trug, obwohl er ein ausgezeichneter Schütze war.

»Das Gebäude dort unten zu Ihrer Rechten ist Mission Ranch«, erklärte Alvarez, an Paula gewandt. »Ein sehr schönes Restaurant mit wundervollem Blick über das Mündungsgebiet des Carmel River und die dahinter gelegenen Berge, ganz zu schweigen von dem Blick auf den Ozean. Wir könnten auf der Rückfahrt dort auf einen Drink haltmachen.«

Falls wir je zurückkommen, dachte Paula, behielt diesen Gedanken jedoch für sich.

Schon während der Fahrt nach Carmel Valley war es sehr warm gewesen, doch als Newman in die Straße einbog, die durch das Tal führte, steigerte sich die Temperatur zu subtropischer Hitze. Je weiter sie über die breite, gut geteerte Asphaltstraße in das Tal hineinkamen, desto höher schien das Thermometer zu klettern. Paula machte eine dementsprechende Bemerkung.

»Sie haben recht«, stimmte ihr Alvarez zu. »Der Grund dafür ist darin zu suchen, daß das Tal von der vom Meer herüberwehenden Brise vollkommen abgeschnitten ist. Funktioniert nach dem Trichterprinzip – die Sonne brennt den ganzen Tag auf das Tal herab und baut eine Hitze auf, für die es keinen natürlichen Abzug gibt.«

»Keine Fluchtmöglichkeit also«, erwiderte Paula, die sich den Schweiß von der Stirn wischte. »Und trotzdem sehe ich dort oben auf den Hügeln einige recht luxuriös wirkende Villen liegen.«

»Je höher Sie wohnen, desto kühler haben Sie es. Und grob geschätzt handelt es sich bei diesen Gebäuden um Anwesen im Wert von jeweils einer Million Dollar, es können auch zwei oder drei sein.«

»In diesem Teil Kaliforniens scheint sich ziemlich viel Geldadel zu versammeln«, bemerkte Paula.

»Stimmt. Viele Leute mit ordentlich Geld im Rücken

kommen hierher, weil ihnen das Klima und die malerische Landschaft zusagt. Hier finden sie alles, was sie sich wünschen.«

»Persönliche Zufriedenheit eingeschlossen?«

»Hach!« Alvarez ließ sein ansteckendes Lachen hören. »Wer in Amerika ist schon jemals zufrieden? Immer bleibt eine gewisse Ruhelosigkeit, der Wunsch nach neuen Erfahrungen und Erlebnissen. Manchen hilft für eine kurze Zeit eine neue Frau oder Freundin über die innere Unruhe hinweg. Auch Frauen werden von diesem Virus befallen, sie suchen immer nach etwas Neuem – oder jemand Neuem. Ich glaube, das Problem rührt daher, daß Amerika im Gegensatz zu den europäischen Staaten kein Land, sondern ein Kontinent ist. Die ungeheure Größe bewirkt, daß die Menschen sich zwergenhaft klein vorkommen und daher meinen, wie die Ameisen durch die Gegend wuseln zu müssen.«

Paula verfiel in Schweigen. Sie bewunderte die ständige Abfolge prächtiger Ausblicke, die sich ihr jedesmal eröffneten, wenn Newman um eine Kurve bog. Zu beiden Seiten erstreckte sich eine wellige Hügellandschaft, und wenn sie nach vorne blickte, konnte sie weit in das endlos erscheinende Tal schauen, das sich tief in das Landesinnere hineinfraß. Dann fiel ihr wieder ein, was sie Alvarez hatte fragen wollen.

»Was sind eigentlich Rednecks?«

»Rednecks«, erwiderte Alvarez mit einem bedeutungsschwangeren Unterton in der Stimme, »sind primitive Menschen, auf die Sie treffen, wenn Sie das Kalifornien der Reiseführer hinter sich lassen. Es ist eine rauhe Bande, die stets Schußwaffen bei sich trägt – und auch nicht zögert, sie Fremden gegenüber zu gebrauchen. Sie leben in und am Rande der Ventana-Wüste. Meistens handelt es sich um große, kräftige Männer mit dicken roten Stiernacken, daher auch der Name. Besser, man hält sich von ihnen fern. Aber sie leben weitab von der Stelle des Tals, wo wir lunchen werden. Ah, da sind wir ja schon. Newman, Sie müssen gleich rechts in eine schmale, gewundene Straße einbiegen.«

Newman folgte seinen Anweisungen, bog ab und begann eine steile kurvenreiche Straße hochzufahren, die sie höher und höher ins offene Bergland führte. Kein einziger am Weg gelegener Weiler war mehr zu sehen, auch keine Hinweisschilder auf Gemischtwarenläden und andere Geschäfte, die Paula ab und an am Rand der Talstraße entdeckt hatte.

Gerade als sie sich fragte, wann sie endlich ihren Zielort erreichen würden, bogen sie um eine weitere Haarnadelkurve, und Vanitys Audi, der vor einer weißen Steintreppe parkte, kam in Sicht. Ein von einem Pfahl herabhängendes Holzschild verkündete, daß sie sich vor der *Robles Del Rio Lodge* befanden. Am Kopf der Treppe rahmte eine hölzerne Pergola den Eingang zu der dahinter befindlichen Terrasse ein.

Newman stellte seinen Wagen ab und der BMW hielt hinter ihnen, als Vanity oben auf der Treppe erschien und die Stufen hinunterlief. Sie trug ein weißes ärmelloses Sommerkleid, von dem sich ihre rote Mähne besonders auffällig abhob. Um ihre Taille schlang sich ein breiter Ledergürtel mit einer großen goldenen Schnalle.

»Herzlich willkommen, alle miteinander.«

Sie hatte ein betörendes Lächeln aufgesetzt. Newman streckte ihr die Hand hin und grinste verlegen, als er sie anschließend auf die Wange küßte. Die kleine Szene belustigte Paula. Sie wußte, daß er Zuneigungsbekundungen in aller Öffentlichkeit haßte wie die Pest. Vanity wandte sich Paula zu und umarmte sie, wobei Paula der schwache Hauch eines leichten Parfüms in die Nase stieg, das dem Duft, den sie wahrgenommen hatte, als der Buchhalter sie zu erdrosseln versuchte, so unähnlich war wie nur möglich.

»Ich habe Tisch Vier reservieren lassen«, sagte Vanity zu Tweed. »Er reicht für uns alle, und von dort aus haben wir einen herrlichen Blick, den wir beim Essen genießen können. Aber vermutlich möchten Sie alle vorher einen Schluck trinken. Die Hitze ist heute wirklich unerträglich.«

»Das habe ich auch schon bemerkt«, erwiderte Tweed in einem so spöttischen Ton, daß sie ihn erstaunt anblickte.

Nachdem sie die anderen begrüßt hatte, hakte sich Vanity bei Tweed unter und führte ihn die Stufen hoch. Paula folgte ihnen und blieb oben stehen, um den zu ihrer Rechten gelegenen großen rechteckigen Swimmingpool zu bewundern. Sie meinte, noch nie so leuchtend saphirblaues Wasser gesehen zu haben.

»Hier kann man sich auch Badeanzüge ausleihen«, sagte Vanity zu ihr. »Vielleicht möchten Sie ja nach dem Lunch gerne eine Runde schwimmen.«

Alvarez musterte unterdessen mit argwöhnischer Miene seine Umgebung. Einige Leute, die am Poolrand saßen, schienen sein besonderes Interesse geweckt zu haben. Ein schlankes junges Mädchen, das einen Badeanzug und einen kurzen Frotteemantel trug, fiel ihm wegen ihrer langen, wohlgeformten Beine auf. Sie wurde von drei Männern umschwärmt, und er fragte sich unwillkürlich, wer wohl später der Glückliche sein mochte – wenn sie sich überhaupt für einen von ihnen entschied. Sie fing seinen Blick auf und lächelte, woraufhin er ihr flüchtig zuwinkte.

Der Besitzer, ein gutaussehender Mann mit einem freundlichen, etwas extrovertierten Auftreten kam auf sie zu, um sie zu begrüßen.

»Das Essen kann jederzeit serviert werden, wenn Sie es wünschen. Schauen Sie sich ruhig vorher hier um. Der Kellner bringt Ihnen gleich etwas zu trinken …«

Paula blieb am Rand der Terrasse stehen, um die atemberaubende Aussicht zu bewundern. Weit in der Ferne konnte sie das Dörfchen erkennen, das laut Landkarte The Village hieß. In der Nähe lag ein kleines Flugfeld. Ein Sportflugzeug war soeben gestartet, stieg gleich einer Libelle höher und höher zum Himmel empor und verschwand hinter den pyramidenförmigen Hügeln. Dann tauchte wie aus dem Nichts ein Hubschrauber auf und landete auf dem Flugplatz.

»Was haben wir denn da?«

Alvarez war plötzlich an ihrer Seite. Er zog ein Fernglas aus der Tasche und richtete es auf den auf der Rollbahn stehenden Hubschrauber.

»Holen Sie Tweed her. Schnell und unauffällig«, forderte er Paula auf.

Tweed ließ die anderen beim Pool zurück und gesellte sich zu Alvarez. Paula heftete sich an seine Fersen.

»Gibt es Ärger?« fragte er.

»Es sieht so aus. Sehen Sie diese Männer, die gerade aus dem Hubschrauber klettern? Der große Bursche da ist Joel Brand.«

Er reichte das Fernglas an Tweed weiter, der die Männer, die nun auf dem Flugplatz standen, ins Visier nahm. Alle trugen Golftaschen bei sich. Während er sie noch beobachtete, knatterte ein zweiter Hubschrauber heran, landete und entließ weitere Männer. Tweed gab Alvarez das Fernglas zurück.

»Der Leiter der Wachmannschaft von Black Ridge, dieser Luis Martinez, ist eben aus dem zweiten Hubschrauber gestiegen«, berichtete Alvarez. »Noch mehr Golftaschen. Sie wissen, was das zu bedeuten hat?«

»Gibt es Grund zur Sorge?« ertönte eine Stimme hinter ihnen.

Marler war vom Pool zu ihnen herübergeschlendert; er hielt ein Glas Wein in der Hand. Alvarez erklärte ihm rasch, was sie beobachtet hatten, und reichte ihm das Fernglas. Marler stellte sein Weinglas auf einem Tisch ganz in der Nähe ab, hob das Fernglas an die Augen und verfolgte das Geschehen.

»Sie quetschen sich alle in zwei Fahrzeuge«, sagte er. »Einen Chrysler und einen Jeep mit Allradantrieb, so was wie ein Landrover. Wozu sie den wohl brauchen, möchte ich gerne wissen. Jetzt setzen sie sich in Bewegung. Fahren mit hoher Geschwindigkeit taleinwärts. Wirklich interessant.«

Er reichte Alvarez das Fernglas zurück und griff nach seinem Wein.

»Wissen Sie«, meinte er leichthin, »dieser Wein ist in der Tat ausgezeichnet.«

»Haben Sie die Golftaschen gesehen?« fragte Alvarez grimmig.

»Aber sicher. Eine beliebte Methode, um Waffen zu verbergen. Ich habe sie früher selbst gerne angewandt. In dieser Gegend ist sie besonders wirksam. So hält jeder unsere Freunde für eine harmlose Horde von Golfspielern, die sich auf ein oder zwei Spielchen freuen. Absolut unverdächtig.«

Obwohl sie Marler nun schon lange kannte, war Paula immer wieder von seiner unerschütterlichen Gelassenheit beeindruckt. Vermutlich hatte er von ihnen allen die stärksten Nerven.

»Ich sehe große Schwierigkeiten auf uns zukommen«, unkte Alvarez düster.

»Ganz meine Meinung«, schloß sich ihm Marler an. »Es wird Ärger geben. Aber wir haben noch nichts im Magen, und inzwischen dürfte unser Lunch schon auf dem Tisch stehen. Tweed, Sie sollten diesen Orangensaft besser wegschütten. Stärken Sie sich lieber mit einem Glas Wein …

Paula registrierte erleichtert, daß Newman hineingegangen war; höchstwahrscheinlich, um mit Vanity zu plaudern. Das bedeutete nämlich, daß Vanity weder ihr Gespräch mitangehört noch die Landung der Hubschrauber beobachtet haben konnte – und daß sie nicht wußte, daß Tweed über die Ankunft der Gegner im Bilde war.

Der große Tisch Vier war der beste im ganzen Restaurant, das sie im Augenblick noch für sich allein hatten. Von ihrem Platz aus konnte Paula einen Teil des Tales und eine wellenförmige Hügelkette überblicken, die sie an eine gigantische, auf ewig erstarrte Meereslandschaft erinnerte.

Während sie eine vorzügliche Mahlzeit verzehrten, bemerkte Paula, daß Newman immer wieder zu Tweed hinüberschaute. Er hatte mitbekommen, daß etwas vorgefallen war und fragte sich nun, was wohl geschehen sein mochte – für sie ein Beweis dafür, daß er Vanitys Zauber noch nicht völlig erlegen war. Sie trank ihren Wein aus, und Marler, der sich angeregt mit ihr unterhielt und offenbar zu Scherzen aufgelegt war, füllte ihr Glas nach.

Tweed war ziemlich wortkarg, beteiligte sich jedoch gelegentlich an der Unterhaltung, damit man ihm seine Besorgnis nicht anmerkte. Gegen Ende der Mahlzeit kramte

Vanity in ihrer Handtasche herum, brachte einen langen weißen Umschlag zum Vorschein und händigte ihn Tweed aus.

»Ich wurde gebeten, Ihnen dies zu übergeben«, erklärte sie.

»Von wem?« fragte Tweed freundlich.

»Von Byron Landis. Er erklärte mir, man habe ihm gesagt, es wäre wichtig.«

»Wer hat ihm das gesagt?«

»Sie hören sich an wie ein Detektiv.« Vanity kicherte. »Ich bin sicher, Sie hätten einen ausgezeichneten Schnüffler abgegeben.«

Tweed wog den langen weißen Umschlag in der Hand. Er bestand aus teurem, hochwertigem Papier. Als er ihn umdrehte, stellte er fest, daß auf der Rückseite ein rotes Siegel prangte, in das die Buchstaben ›VB‹ eingestanzt waren. Vorsichtig öffnete er den Umschlag, sorgsam darauf bedacht, daß niemand außer ihm den Inhalt zu Gesicht bekam. Die Nachricht war mit der Schreibmaschine auf Briefpapier getippt worden. Keine Adresse auf dem Briefkopf.

Ich muß Sie dringend treffen. Bei McGee's Landing. Bitte lassen Sie mich nicht im Stich.

Die Botschaft war mit den handgeschriebenen Initialen VB unterzeichnet. Tweed blickte Vanity an. Plötzlich herrschte gespanntes Schweigen am Tisch. Nichts an Tweeds Gesichtsausdruck ließ darauf schließen, was er dachte, und als er erneut das Wort an Vanity richtete, klang seine Stimme unverändert freundlich.

»Sie haben meine Frage noch nicht beantwortet, fürchte ich. Ich fragte, wer Byron Landis gesagt hat, die Angelegenheit sei wichtig.«

»Das hat er mir nicht verraten, und ich sah auch keinen Grund, ihn danach zu fragen. VBs Siegel auf der Rückseite veranlaßte mich zu der Annahme, daß er selbst mit Landis gesprochen hatte.«

»Sind Sie mit VBs Unterschrift vertraut?«

»Natürlich. Ich habe sie ja oft genug gesehen.«

Tweed faltete den Brief so, daß nur die handgeschriebenen Initialen sichtbar waren, und hielt ihr den Bogen hin, ohne ihn aus der Hand zu geben.

»Würden Sie sagen, daß es sich hierbei um seine übliche Unterschrift handelt?«

Vanity studierte die Abkürzung. Mit einemmal wirkte sie sehr ernst und ließ sich Zeit, ehe sie antwortete.

»Sie sieht zumindest echt aus«, sagte sie schließlich.

»Nicht sehr schwer zu fälschen, möchte ich meinen. Unterzeichnet er eigentlich seine Briefe oft nur mit seinen Initialen, das heißt, mit den Anfangsbuchstaben seiner beiden Vornamen?«

»Immer«, erwiderte sie prompt.

»Danke für die Auskunft.«

Sie langte nach der Rechnung, doch Tweed bekam sie vor ihr zu fassen. Überrascht blickte sie ihn an, offensichtlich sehr verwundert.

»Das ist doch meine Einladung«, sagte sie.

»Ich danke Ihnen für Ihr großzügiges Angebot, aber ich werde diese Rechnung bezahlen. Ach, übrigens – ich hoffe, Sie halten mich nicht für unhöflich, aber ich würde gerne noch etwas länger hierbleiben. Dies ist genau die Art von Hotel, wo ich es ein paar Tage aushalten könnte. Ich denke, ich werde mir ein paar Zimmer zeigen lassen. Es macht Ihnen doch nichts aus, alleine zurückzufahren?«

Vanity starrte ihn mit einem Blick an, den Paula schwer zu deuten vermochte. Sie ist mehr als unangenehm berührt, dachte sie. Dann gewann Vanity ihre Fassung zurück und warf den Kopf in den Nacken.

»Wie Sie wollen. Mir fällt ohnehin gerade ein, daß noch ein Berg Arbeit auf mich wartet.«

Newman erhob sich, um sie hinauszubegleiten. Er wirkte verärgert. Sie hörten, wie der Audi angelassen wurde, kurz darauf kam Newman zurück und nahm wieder Platz.

»Genehmigen Sie sich noch ein Glas Wein, Bob«, schlug Tweed versöhnlich vor.

»Sie haben sie nicht gerade freundlich behandelt, finden Sie nicht?«

»Inwiefern? Weil ich die Rechnung für sie übernommen habe?«

»Nein, weil sie sie unmißverständlich aufgefordert haben, endlich zu verschwinden – genau darauf läuft es nämlich hinaus.«

»Beruhigen Sie sich, Bob. Nach einem Glas Wein fühlen Sie sich bestimmt besser.«

Tweed schien es mit dem Aufbruch nicht gerade eilig zu haben. Er bat den Besitzer, ihm einige Zimmer zu zeigen, und Paula begleitete sie auf ihrem Rundgang. Alle Zimmer waren aufwendig und komfortabel möbliert. Offenbar hatte man keine Kosten gescheut, um es wohlhabenden Gästen so bequem und angenehm wie nur möglich zu machen.

»Ein wunderschönes Hotel haben Sie hier«, lobte Tweed, ein zweites Glas Wein in der Hand. »Würden Sie mir wohl einen Katalog nebst Preisliste mitgeben? Hier würde ich gerne einmal Urlaub machen, wenn ich Entspannung nötig habe.«

Entspannung? Paula traute ihren Ohren kaum. Sie konnte sich nicht daran erinnern, daß Tweed jemals Urlaub gemacht hatte. Wieder im Freien trafen sie Marler und den Rest des Teams am Pool an. Marler hatte gerade mit Butler unter vier Augen gesprochen und wandte seine Aufmerksamkeit nun Nield zu, der etwas abseits auf einem Stuhl saß. Paula kam es so vor, als würde Marler ihnen genaue Instruktionen erteilen. Dann winkte er Paula und Tweed zu sich. Letzterer hatte zuvor bereits ein vertrauliches Gespräch mit ihm geführt.

»Was haben Sie denn inzwischen beschlossen?« erkundigte sich Paula.

»Ich werde den Mercedes fahren«, teilte Marler ihr mit. »Alvarez sitzt neben mir, Sie und Tweed auf der Rückbank. Newman wird uns in dem BMW folgen und Butler und Nield mitnehmen. Ich fahre voraus.«

»Was hat das alles zu bedeuten?« fragte Paula verwirrt.

»Wir machen uns auf den Weg zu McGee's Landing. Alvarez zeigt uns, wie wir dorthinkommen. Paula, ich erkläre Ihnen jetzt, was Sie zu tun haben, sowie wir ausgestiegen sind ...«

Paula hörte mit wachsender Erregung zu. Marlers Anordnungen ließen an Deutlichkeit nichts zu wünschen übrig. Er schien jede nur erdenkliche Möglichkeit in Betracht gezogen zu haben. Als nächstes erläuterte er Tweed seine Aufgabe, und dieser nickte zustimmend.

»Sie könnten mich wenigstens darüber aufklären, wo genau wir hinwollen«, beschwerte sich Paula.

»Vermutlich zu einer Stelle, die irgendwo hinter McGee's Landing liegt. Alvarez behauptet, die Straße von dort bis hin nach Greenfield würde durch ein ziemlich unwirtliches und einsames Gebiet führen. Durch das Territorium der Rednecks ...«

31.

Sie folgten der steilen, gewundenen Straße hinab ins Tal, doch statt links in Richtung Carmel abzubiegen, wandte sich Marler nach rechts und fuhr tiefer und tiefer in das Tal hinein. Paula bat Tweed, ihr den Brief zu zeigen, den Vanity ihm übergeben hatte. Sie überflog ihn kurz und runzelte die Stirn.

»Für diese sogenannte Verabredung ist kein genauer Zeitpunkt angegeben.«

»Das ist mir auch schon aufgefallen«, gab Tweed zurück.

»Warum sind wir denn erst so spät aufgebrochen? Mir kam es so vor, als hätten Sie in der Lodge absichtlich herumgetrödelt. Bald wird es dämmern, und dann bricht die Dunkelheit herein.«

»Das war Marlers Einfall – eine Idee, die mir ebenfalls sehr zusagt. Mr. Brand und Konsorten warten jetzt schon seit Stunden auf uns und werden sich inzwischen fragen, ob wir überhaupt noch aufkreuzen. Langes Warten macht viele Menschen nervös. Ich ziele darauf ab, sie zu demoralisieren, ehe wir sie stellen.«

»Sind Sie ganz sicher, daß es zu einer Konfrontation kommen wird?«

»Ich bin felsenfest davon überzeugt. Alvarez und Marler ebenfalls. Unsere Gegner wollen uns in eine sorgfältig aufgebaute Falle locken. Ich muß allerdings gestehen, daß Alvarez über unsere Pläne nicht allzu glücklich ist. Newman hat seine übliche Gelassenheit wiedergefunden und kann es jetzt kaum noch erwarten, unseren Freunden eine Lektion zu erteilen. Das Gleiche gilt für Marler.«

»Stimmt!« rief Marler vom Fahrersitz.

»Wenn ich an die Pläne denke, die Sie mir dargelegt haben«, meinte Paula langsam, »und die Waffen dazurechne, mit denen wir ausgerüstet wurden, dann komme ich zu dem Schluß, daß Sie anscheinend mit einer ziemlich heißen Schlacht rechnen.«

»Wir stehen wahrscheinlich vor einem der gefährlichsten Feuergefechte, in das wir je verwickelt worden sind«, entgegnete Marler ernst. »Ziel der Operation ist es, Moloch möglichst empfindlich zu treffen und so viele seiner Leute unschädlich zu machen, wie es nur geht. Dürfte ein Riesenspaß werden.«

Paula gab keine Antwort. Sie schaute aus dem Fenster auf die vereinzelt am Straßenrand gelegenen Häuser, an denen sie vorbeikamen. Viele Fenster waren bereits erleuchtet, denn der Himmel verfärbte sich dunkelviolett und hüllte das Tal in ein diffuses Dämmerlicht. Gleichzeitig ließ die Tageshitze nach, und die Temperatur sank auf ein erträgliches Maß. Paula blickte sich um. Ihr kam es so vor, als würden sich die Hügel zu beiden Seiten wie eine Falle um sie schließen.

»Wie weit ist es noch?« erkundigte sie sich bei Marler.

»Noch ein ganz schönes Stück«, antwortete Alvarez an seiner Stelle. Es war das erstemal, daß er sich zu Wort meldete. »Wir befinden uns hier nicht auf dem Highway One, sondern müssen sehr tief in ein unbekanntes Gebiet eindringen. Hier fahren auch keine Polizeiwagen Streife, das wäre viel zu gefährlich.«

Sehr beruhigend, dachte Paula. Alvarez hat uns gerade

zu verstehen gegeben, daß wir die Zivilisation hinter uns gelassen haben. Tweed schien ihre Gedanken zu lesen.

»Das Fehlen von Polizeistreifen ist ein Vorteil«, bemerkte er. »So gibt es keine Zeugen für das, was hier geschehen wird.«

»Wer kann schon lästige Zeugen gebrauchen?« fragte sie mit forcierter Lässigkeit.

Sie befanden sich jetzt auf der Talsohle. Die Straße wand sich, nun wieder zu ebener Erde, um eine Kurve nach der anderen. Marler hatte vor einiger Zeit die Scheinwerfer eingeschaltet, und im Lichtstrahl erkannte Paula kümmerliche Hecken, die die Straße säumten, dahinter lagen kahle Felder. Nichts deutete darauf hin, daß hier Menschen lebten; sogar die isoliert liegenden einzelnen Hütten waren verschwunden. Um sie herum gab es nichts als Wildnis.

»Können sie uns denn nicht anhand der Scheinwerfer schon von weitem kommen sehen?« fragte sie Marler besorgt.

»Wahrscheinlich ja. Aber ich kann es nicht riskieren, diese Straße ohne Licht entlangzufahren. Außerdem halten wir ohnehin nicht an, wenn wir McGee's Landing erreichen, ich möchte mich nämlich von der anderen Seite her zu Fuß anpirschen. Schon Napoleon wußte, daß der Überraschungseffekt ein wichtiges Element der Kriegführung ist. Und genau den wollen wir ausnutzen.«

Paula schob eine Hand in ihre Umhängetasche und überprüfte das, womit Marler sie versehen hatte. Sie würde in dem Moment, wo das Spektakel begann, eine ganz bestimmte Waffe benötigen. Dann lehnte sie sich in ihrem Sitz zurück und zwang sich, sich ein wenig zu entspannen. Tweed, der ihre innere Unruhe spürte, drückte ihr aufmunternd den Arm.

»Der Bombenanschlag auf uns bei Anton & Michel hat Ihre ganze Einstellung verändert, nicht wahr?« flüsterte sie.

»Ganz recht. Ich habe beschlossen, daß wir zum Angriff übergehen, statt uns wie die Lämmer zur Schlachtbank führen zu lassen. Alles in Ordnung mit Ihnen?«

»Sobald es losgeht, bin ich die Ruhe selbst, das wissen Sie doch.«

Der Mond war noch nicht aufgegangen; ein weiterer Punkt, den Marler in seine Kalkulation mit einbezogen hatte. Paula blickte über den rechts neben ihr sitzenden Tweed hinweg zur Seite und entdeckte tiefe Schluchten zwischen den Hügeln. Der sternenübersäte Himmel erstrahlte in einem so intensiven Dunkelblau, wie sie es noch nie gesehen hatte. Die friedliche Atmosphäre übte eine beruhigende Wirkung auf ihre angespannten Nerven aus.

»McGee's Landing kommt in Sicht!« rief Alvarez. »Zu unserer Rechten.«

Marler nahm Gas weg und schaltete auf Standlicht um. Ein Stückchen abseits der Straße befand sich eine Ansammlung einstöckiger Holzhütten, von denen sich jeweils eine an die andere anschloß. In allen Fenstern brannte Licht, dennoch war keine Menschenseele zu sehen.

»Hier sehen Sie die Kaschemmen, in denen die Leute ihre Saufgelage abhalten«, erklärte Alvarez. »Allerdings stellen die Rednecks auch selbstgebrannten Schnaps her, ein Teufelszeug, das sie außer Rand und Band geraten läßt. Wenn sie genug davon intus haben, dann drehen sie völlig durch ...«

Marler fuhr – immer noch mit mäßiger Geschwindigkeit – um die nächste Kurve, wobei er sich aufmerksam in seinem Sitz vorbeugte. Dann schaltete er plötzlich für ein paar Sekunden das Fernlicht ein. Im hellen Schein konnte Paula ein Hinweisschild erkennen. STEINSCHLAGGEFAHR AUF DEN NÄCHSTEN SECHS MEILEN. Marler blendete rasch wieder ab.

»Die Landschaft verändert sich«, merkte Tweed an.

Der Mercedes schlich nun nur noch durch das Gelände. Paula schaute nach rechts auf die in der Ferne liegenden schwarzen Berge, auf deren Gipfeln etwas glänzte, was sie für Schnee hielt. Zur Linken ragten Sandsteinklippen fast senkrecht in die Höhe. Die ganze Gegend machte einen öden, unwirtlichen Eindruck.

Wieder betätigte Marler unvermittelt das Fernlicht. Zu

beiden Seiten von ihnen erhoben sich gespenstisch wirkende abgestorbene Bäume. Moos hing gleich tückischen Fangarmen von den blattlosen toten Zweigen herab. Sowohl Tweed als auch Marler beugten sich vor. Im Scheinwerferlicht sahen sie eine riesige gelbe Maschine, die die Straße blockierte. Paula starrte das Ungetüm fassungslos an.

Die Maschine tuckerte weiter vor sich hin, und Marler stellte den Motor des Mercedes ab. Ein großer Mann mit schwarzem Haar, der ein blaukariertes Flannellhemd, Jeans und schwere Stiefel trug, stopfte Zweige und Geäst in den Schlund des gelben Ungetüms. Paula sog scharf den Atem ein und meldete sich eine Sekunde vor Alvarez zu Wort.

»Der Mann dort ist Joel Brand.«

»Und das Ding da eine Holzhäckselmaschine«, fügte Alvarez hinzu. »Wären wir nicht stehengeblieben, hätte sich ein dichter Holzstaubregen über die Windschutzscheibe gelegt und uns die Sicht genommen.«

»Was vermutlich der Sinn der Sache war«, meinte Marler. »Na, dann wollen wir mal ...«

Er streckte den Arm aus dem heruntergelassenen Fenster und winkte zweimal mit der Hand, um Newman im BMW vor drohender Gefahr zu warnen. Dann ließ er den Motor wieder an, gab Gas, schwang den Wagen scharf nach links, durchbrach eine Hecke und hielt geradewegs auf die vor ihnen aufragenden Sandsteinklippen zu.

Beim Abbiegen hatte Paula eine Horde kräftig gebauter, mit Gewehren bewaffneter Männer erblickt, die aus dem Feld zu ihrer Rechten auf sie zustürmten. Newman war Marler gefolgt und hielt sich dicht hinter ihm, bis der Mercedes am Fuß der senkrecht ansteigenden Klippen zum Stehen kam.

»Es geht los!« brüllte Marler und sprang mit einem Satz aus dem Wagen.

Auch Paula, Tweed und Alvarez verließen rasch den Mercedes, wobei sie sich die Instruktionen ins Gedächtnis riefen, die Marler ihnen in der *Robles Del Rio Lodge* erteilt hatte. Paula warf sich zu Boden und rollte sich zusammen, um eine möglichst geringe Zielfläche zu bieten, dann langte sie in ihre Umhängetasche, holte einen bestimmten Gegenstand heraus und legte ihn griffbereit neben sich. Sie mußte einen geeigneten Zeitpunkt abwarten, um ihn zu benutzen. Danach packte sie ihren Browning mit beiden Händen und blieb bewegungslos hinter einem dichten Büschel trockenen Grases liegen.

Auch der Rest des Teams hielt sich an Marlers Anweisungen, schwärmte fächerförmig aus und rannte in gebückter Haltung vorwärts. Paula sah Butler, die Maschinenpistole im Anschlag, rechts von ihr Deckung suchen. Marler stand hinter einem der abgestorbenen Bäume versteckt und hielt sein Armalite schußbereit in den Händen.

Weit links von ihr hatte sich Alvarez neben einem mächtigen Sandsteinfelsen niedergekauert. Newman zwängte sich soeben in einen Felsspalt; seine Tasche hatte er sich über die Schulter geworfen. Tweed drückte sich ganz in ihrer Nähe platt auf den Boden. Er hatte einen Raketenwerfer aus dem Wagen mitgenommen, den er jetzt fest gegen seine Schulter preßte. Nield war in eine weitere Felsspalte geschlüpft. Sie alle hatten so weit voneinander entfernt Position bezogen, daß sie für den Gegner ein breitflächiges, schwer zu treffendes Ziel abgaben. Paula blickte sich aufmerksam um und entdeckte im hellen Sternenschein mit einemmal die Männer, die drohend auf sie zukamen.

Sechs Rednecks tauchten vor ihnen auf; alle trugen Schußwaffen. Hinter ihnen befand sich noch eine zweite gegnerische Linie, bestehend aus Brands Leuten, die die Rednecks als menschliche Schutzschilde benutzten. Immer mehr Männer kletterten von dem Holzhäcksler herunter. Tweed zielte sorgfältig und feuerte den Raketenwerfer ab. Das Geschoß traf die Maschine und riß sie in Stücke. Dann brach die Hölle los.

Die Rednecks begannen, wahllos um sich zu schießen. Ein Sandsteinbrocken löste sich und landete dicht neben Paulas Kopf. Sie richtete sich vorsichtig etwas auf und blickte hoch. Hinter ihr, oben auf dem Klippenrand, bewegte sich ein sehr viel größerer Felsbrocken. Brand hatte einen Mann oben auf der Klippe postiert. Marler drehte sich seelenruhig um, den Rücken gegen den Baumstamm gepreßt, und richtete das Infrarotvisier auf den Gegner. Der Schuß holte den Mann von den Beinen, er stolperte über den Rand und fiel mit weit ausgebreiteten Armen in die Tiefe, wobei er einen markerschütternden Schrei ausstieß, ehe er auf dem Boden aufschlug. Der Felsbrocken, den er in Bewegung gesetzt hatte, rollte, von seinem eigenen Schwung getrieben, gleichfalls über den Klippenrand und zermalmte die auf der Erde liegende bewegungslose Gestalt.

Das Knattern von Butlers Maschinenpistole zerriß plötzlich die Luft. Er feuerte knapp über die Köpfe der Rednecks hinweg, die sofort in Panik gerieten. Einer gab noch einen Schuß ab, verfehlte aber sein Ziel, während seine Kameraden bereits die Flucht angetreten hatten. Auf diesen Moment hatte Paula gewartet. Sie machte sich das heillose Durcheinander zunutze, packte die neben ihr liegende Rauchbombe und schleuderte sie mitten in die Menge der davonhastenden Rednecks. Newman traf einen von ihnen, als er sich aus dem Qualm löste, der die fliehenden Gestalten rasch einhüllte. Paula hörte, wie auch Brands Leute wild zu schießen begannen, und als der Rauch sich verzog, stellte sie fest, daß der Boden von den Leichen der Rednecks übersät war – Brands Männer mußten sie versehentlich erschossen haben.

Wieder knatterte die Maschinenpistole, da nun auch Brands Leute kopflos die Flucht ergriffen. Fünf von ihnen stürzten, von Kugeln durchsiebt, zu Boden. Luis Martinez löste sich aus der Menge und stürmte vorwärts, seinen Revolver auf Paula gerichtet. Sie zielte auf seine Beine und drückte ab, doch im selben Moment krachte auch Nields Walther. Die Kugel traf Martinez in die Brust, er kippte vornüber und blieb regungslos liegen.

Mit einemmal legte sich eine bedrückende Stille über den Ort des Massakers. In der Ferne sah Paula einen großen Mann auf die Straße zurennen und hinter dem zerstörten Häcksler verschwinden, dann wurde ein Motor angelassen, und ein Auto schoß mit quietschenden Reifen in Richtung Greenfield davon. Joel Brand war entkommen.

Tweed ging als erster zu dem Mercedes zurück und setzte sich auf den Rücksitz. Zuvor hatte er nicht ohne Mitleid auf die Leichen der getöteten Rednecks hinabgeblickt. Simple, einfache Männer, die nie gelernt hatten, ein normales Leben zu führen, waren in dieser Schlacht umgekommen. Das Ausmaß des Gemetzels bedrückte ihn, aber er wußte, daß es nicht zu vermeiden gewesen war.

Er riß sich zusammen, da er Paula auf sich zukommen sah. Als sie sich neben ihm auf den Sitz sinken ließ, legte er ihr tröstend den Arm um die Schultern und sprach leise auf sie ein.

»Wir oder sie – es konnte nur einer gewinnen. Und sie wollten unseren Tod, als sie auf uns losgegangen sind, vergessen Sie das nicht.«

»Wenn dies das wahre Amerika ist, werde ich keinen Fuß mehr in dieses Land setzen«, sagte sie verbittert.

»Es ist nur ein Teil von Amerika – die hinterwäldlerische Provinz. Und viele der Menschen hier arbeiten hart, um sich und ihren Familien ein besseres Leben zu ermöglichen. Nur herrscht hier keine europäische Rechtsauffassung, zumindest keine westeuropäische.«

»Sie haben recht, man darf nicht alles über einen Kamm scheren.« Sie rang sich ein gequältes Lächeln ab. »Mir geht es gut, Tweed. Es ist nur die Umgebung, die mir so aufs Gemüt schlägt. Wie sieht unser nächster Schritt aus?«

»Unser nächster Schritt«, antwortete Alvarez, der sich ihnen angeschlossen und Paulas Worte gehört hatte, »besteht darin, auf direktem weg nach Mission Ranch zurückzufahren. Sie haben mit Sicherheit noch geöffnet, und ein Besuch dort ist wirklich eine einmalige Erfahrung – im positiven Sinn.«

32.

Paula war erleichtert, dem Tal den Rücken kehren zu können. Sie stellten die Wagen vor dem Restaurant ab, das trotz der späten Stunde noch gut besucht war. Inzwischen stand der Mond hoch am Himmel, und Alvarez führte sie durch den großen Speisesaal hinaus auf eine weitläufige Terrasse. Die Aussicht verschlug Paula beinahe den Atem.

Sämtliche Tische auf der Terrasse waren erlesen gedeckt. Alvarez nahm Paula am Arm und geleitete sie zu einem, der direkt am Rand der Terrasse stand und daher den schönsten Ausblick bot. Sie fröstelte in der kühlen Nachtluft, doch nachdem sie Platz genommen hatte, stellte sie verwundert fest, daß ihr rasch wieder angenehm warm wurde.

»Es ist ja beinahe heiß hier draußen«, sagte sie ungläubig. »Ich hätte nicht gedacht, daß man um diese Zeit noch im Freien sitzen kann.«

»Schauen Sie mal zu der Heizung hoch«, erwiderte Alvarez, als sich auch der Rest der Gesellschaft am Tisch versammelt hatte. »Von dort kommt nämlich die Wärme.«

Paula blickte zu einem schirmförmigen Gegenstand empor, der auf einer hohen Säule befestigt war und rotglühende Wärme verströmte, die sich rasch über den gesamten Tisch verbreitete. Sie fühlte sich bereits sehr viel besser, nahezu entspannt.

»Das ist eine mobile Gasheizung«, erklärte Alvarez. »Dort drüben an der Wand stehen noch mehr davon in Reih und Glied und warten auf ihren Einsatz.«

»Eine clevere Idee«, lobte Newman.

»Und ein weiterer Beweis amerikanischen Erfindungsreichtums«, fügte Tweed hinzu.

Während sie auf den Wein warteten, für den sie sich alle entschieden hatten, bewunderte Paula die Aussicht. Unter ihnen erstreckte sich im Mondlicht eine grasbewachsene Ebene, die den Eindruck einer Sumpflandschaft machte. Alvarez erklärte ihr, daß es sich um das Mündungsgebiet des River Carmel handelte, der hier in das offene Meer floß.

Dahinter erhoben sich im Schein des Mondes steile, sanft geschwungene Hügel, kleine Berge schon fast, und zur Rechten schimmerte ein Stück des Pazifiks. Die stille, unbewegte Wasseroberfläche glich im fahlen Licht einer tiefblauen, endlosen Eisbahn.

»Kommen Sie herüber und leisten Sie uns Gesellschaft«, rief Tweed Butler zu.

»Ich denke, ich bleibe lieber im Hintergrund und halte die Augen offen.«

»Dazu besteht hier kein Anlaß«, versicherte Alvarez ihm. »Setzen Sie sich zu uns.«

Butler ließ sich widerstrebend auf einem freien Stuhl nieder, doch Paula entging nicht, daß er jeden, der nach ihnen die Terrasse betrat, flüchtig musterte. Irgendwie betrachtete er sich als ständig im Dienst.

»Nun, unseren Ballast sind wir ja glücklich losgeworden«, stellte Marler gedehnt fest.

Er bezog sich auf die Pause, die er auf dem Rückweg eingelegt hatte, um den Raketenwerfer in eine tiefe Felsspalte fallen zu lassen; natürlich erst, nachdem Tweeds Fingerabdrücke sorgfältig abgewischt worden waren. Sämtliche Rauchbomben, die sein Team bei sich gehabt hatte, waren dem Raketenwerfer in die Spalte gefolgt. Alvarez beugte sich zu Tweed und flüsterte ihm etwas zu:

»Als wir uns zum Aufbruch rüsteten, sah ich eine Reihe weiterer Rednecks auf den Kampfplatz zuschleichen. Sie werden die Leichen abtransportieren und auch sämtliche Überreste des Holzhäckslers verschwinden lassen. Niemand wird also Beweise dafür finden, daß eine Schlacht stattgefunden hat. In diesem Gebiet werden illegal Pflanzen zur Drogengewinnung angebaut. Das letzte, was sich die Rednecks wünschen, ist die Aufmerksamkeit der Polizei; und die wäre ihnen unweigerlich gewiß, wenn jemand melden würde, was er dort vorgefunden hat.«

»Gott sei Dank, eine Sorge weniger.«

»Mir knurrt der Magen!« rief Marler laut. »Wir sollten alle unbedingt einen Happen essen.«

Sofort erschien ein Kellner an ihrem Tisch, und sie gaben ihre Bestellungen auf. Paula nippte an ihrem Wein und beobachtete fasziniert den Farbwechsel auf dem Wasser. Newman zog seinen Stuhl nahe an den von Tweed heran. Obgleich niemand in Hörweite war, senkte er die Stimme.

»Wie sieht unser nächster Schachzug aus?«

»Wir haben die Truppe, die Brand untersteht, ziemlich drastisch dezimiert«, begann Tweed. »Nun können wir unsere Aufmerksamkeit dem Buchhalter zuwenden. Außerdem müssen wir den Spion entlarven, den VB meiner festen Überzeugung nach außerhalb seines Unternehmens einsetzt. Es handelt sich um eine Person, die in Cornwall am Ort des Geschehens war und sich jetzt gleichfalls in Kalifornien aufhält.«

»Gut. Dieses Problem sollten wir gleich morgen früh in Angriff nehmen.«

»Ich muß möglichst schnell herausbekommen, um wen es sich handelt. Es gibt drei mögliche Verdächtige, Grenville, Maurice – und Vanity Richmond.« Er blickte Newman vielsagend an. »Ich hoffe, Sie stimmen mir in diesem Punkt zu.«

»Voll und ganz«, pflichtete Newman ihm bei. »Vanity ist bei der AMBECO beschäftigt, und sie war zur selben Zeit wie wir in Cornwall. Sie hat irgend etwas an sich, was mich beunruhigt, aber ich kann dieses Gefühl nicht genau definieren.«

»Bleiben Sie in ihrer Nähe. Früher oder später verplappert sich jeder einmal. Und ich möchte unbedingt noch einmal mit Moloch sprechen. Ich muß mich davon überzeugen, ob er von dem Blutbad hinter McGee's Landing wußte oder nicht.«

»Er wird ohnehin alles abstreiten.«

»Ist er schuldig und leugnet trotzdem, dann weiß ich, daß er lügt. Außerdem will ich Mrs. Benyon um eine zweite Unterredung bitten. Ich glaube nämlich, daß sie viel mehr weiß, als sie mir bislang verraten hat.«

»Beide Gespräche – immer vorausgesetzt, daß VB Sie

überhaupt noch einmal empfängt – müssen so inszeniert werden, daß maximaler Schutz für Sie gewährleistet ist.«

»Vermutlich haben Sie recht«, erwiderte Tweed ohne große Begeisterung.

»Ich nehme an, wir müssen schnell handeln.«

»Sehr schnell sogar. Ethan Benyon liegt mir auf der Seele. Ich habe so ein Gefühl, daß er rücksichtslos seine eigenen Ziele verfolgen könnte, wenn es hart auf hart kommt, und damit meine ich, daß er weder Moloch noch sonst jemanden schonen wird. Ich halte seinen Geisteszustand gelinde gesagt für bedenklich.«

»Und deswegen möchten Sie noch einmal mit Mrs. Benyon reden?« fragte Newman.

»Genau deshalb. Ob sie mich allerdings über seinen Lebenslauf aufklären wird, ist ungewiß. Ich muß ihr Vertrauen gewinnen – was nicht gerade einfach werden dürfte.«

Paula wandte sich an Tweed. »Wann gedenken Sie denn endlich mit dem Essen anzufangen? Dank dieser prächtigen Heizung dort bleibt es sicher noch eine Weile warm, aber es wurde immerhin schon vor fünf Minuten serviert.«

»Tatsächlich?« Tweed starrte den vor ihm stehenden Teller ungläubig an.

»Das Beweisstück befindet sich direkt unter Ihren Augen«, ulkte sie.

»Ihr Frauen verlangt immer, daß man sein Essen kochendheiß hinunterschlingt«, grollte Tweed.

»Fangen Sie einfach mal an.«

Die ganze Gesellschaft wirkte merklich gelöster, nachdem alle eine gute Mahlzeit zu sich genommen hatten. Paula trank mehr Wein, als es sonst ihre Gewohnheit war, blieb aber ziemlich nüchtern. Ihr fiel auf, daß Tweed ein wenig geistesabwesend wirkte und sich an der Unterhaltung und den Scherzen der anderen nicht beteiligte. Als der Kaffee gebracht wurde, stieß sie ihn leicht an.

»Einen Penny für Ihre Gedanken«, flüsterte sie ihm zu.

»Entschuldigen Sie. Ich weiß, ich war kein allzu unterhaltsamer Gesellschafter.«

»Das macht nichts. Was für Gedanken kreisen denn in Ihrem listigen Kopf herum?«

»Es geht um Moloch, um wen sonst. Ich denke daran, die Küste hinunter nach Black Ridge zu fahren, ihn darüber zu informieren, was bei McGees Landing geschehen ist, und seine Reaktion zu beobachten.«

»Das tun Sie auf keinen Fall alleine.« Sie wandte sich an Newman und dämpfte ihre Stimme. »Tweed beabsichtigt, heute nacht noch Moloch in Black Ridge aufzusuchen.«

»Hat er den Verstand verloren?«

»Das will ich nicht gehört haben.« Tweed lehnte sich zu Paula. »Ich bin mir sicher, daß der Mann bis tief in die Nacht hinein arbeitet. Und diesmal befindet er sich vielleicht in einer weniger gelassenen Stimmung.«

»Dann fahre ich Sie und Paula hin ...«

Der Mercedes, der die Küstenstraße entlangfuhr, war mit vier Personen besetzt. Newman hatte Marler ein Zeichen gegeben und ihm von Tweeds Vorschlag berichtet, woraufhin dieser sofort bereit gewesen war, sich dem Unternehmen anzuschließen. »Mir ist ohnehin danach zumute, mal eine Nacht durchzumachen«, hatte er Tweed erklärt. Nun saß Newman hinter dem Steuer und Tweed auf dem Beifahrersitz.

Ein heftiger, böiger Wind wehte vom Pazifik herüber und drosch mit Riesenfäusten auf die Seite des Wagens ein. Mächtige Brecher rollten landwärts und brandeten gegen schroffe Felsklippen, die aus dem Wasser ragten. Die aufgewühlte See wogte um sie herum und bildete breite weiße Gischtgürtel zwischen vulkanähnlichen Geysiren, die entstanden, wenn sich die Wellen an den Klippen brachen und schäumendes Wasser meterhoch in die Luft schleuderten.

»Dort unten tobt ein Hexenkessel«, bemerkte Paula schaudernd. »Übrigens«, wandte sie sich an Tweed, »was wollen Sie eigentlich bei VB erreichen, wenn er Ihnen tatsächlich eine Unterredung gewährt?«

»Unter anderem will ich ihn fragen, ob ich mit Luis Martinez, dem Leiter seiner Wachmannschaft, über die sieben verschwundenen Mädchen sprechen kann – von denen drei immerhin schon tot aufgefunden wurden.«

»Aber Martinez ist doch selbst tot.«

»Eben«, erwiderte Tweed.

In Black Ridge herrschte helle Aufregung. Moloch, frisch rasiert, wie immer elegant gekleidet und bereit, die nächtliche Arbeit aufzunehmen, war mit dem Hubschrauber vom AMBECO-Gebäude zurückgekommen. In seinem Büro wurde er bereits von Joel Brand erwartet, der ihm den Mantel abnahm.

»Gab es während meiner Abwesenheit Ärger?« fragte Moloch, als er den finsteren Gesichtsausdruck seines Stellvertreters bemerkte.

»Großen Ärger sogar. Martinez ist verschwunden, und mit ihm eine halbe Million Dollar aus dem Safe.«

»Aha.« Moloch ließ sich hinter seinem Schreibtisch nieder. »Und du meinst, die beiden Vorfälle hängen zusammen?«

»Wie sollte es anders sein?«

»Laß uns einmal logisch vorgehen.« Moloch zählte an seinen Fingern ab. »Vier Personen haben Zugang zu dem Safe und kennen die Kombination. Du, Martinez, Byron Landis und ich selbst. Da ich weiß, daß ich unschuldig bin, bleiben noch drei Verdächtige übrig.«

»Wie kommen Sie dazu, mich mit einzubeziehen?« fuhr Brand wütend auf. »Ich bin schließlich derjenige, der Ihnen den Diebstahl gemeldet hat.«

»Und es kommt häufig vor, wie dir jeder Polizist bestätigen wird, daß derjenige, der einen großangelegten Diebstahl entdeckt – oder die Leiche, wenn ein Mord begangen wurde – selbst der Schuldige ist.«

»Das brauche ich mir nicht gefallen zu lassen!« brüllte Brand.

»Halt den Mund und setz dich«, erwiderte Moloch verdächtig sanft. »Und bleib gefälligst auch sitzen.«

Er betätigte den Knopf einer Sprechanlage.

»Byron, kommen Sie in mein Büro. Und zwar schleunigst.«

»Ich schmeiß' den gottverdammten Job auf der Stelle hin!« tobte Brand.

»Das wirst du nicht tun. Ich bezahle dir nämlich zuviel. Außerdem kündigt keiner meiner Mitarbeiter von sich aus, sondern er wird gefeuert – fristlos.«

»Ich habe Ihnen den Diebstahl gemeldet«, beharrte Brand.

»Du wiederholst dich. Wer hat Martinez als Leiter der Wachmannschaft ersetzt?«

»Hogan«, sagte Brand finster.

Wieder drückte Moloch einen Knopf der Sprechanlage. Eine rauhe Stimme meldete sich.

»Hogan«, sagte Moloch scharf, »ich möchte Sie sofort in meinem Büro sehen.«

Innerhalb kürzester Zeit ging die Tür auf, und ein kleiner, kräftig gebauter Mann mit breiten Schultern und einem großen, von roten Haaren überwucherten Kopf betrat den Raum. Sein ganzes Gebaren zeugte von unterschwelliger Aggressivität, doch er wandte sich respektvoll an Moloch.

»Gibt es ein Problem, Chef?«

»Ich möchte, daß das ganze Gelände hermetisch abgeriegelt wird. Niemand kommt oder geht ohne meine Erlaubnis, bis ich den Befehl widerrufe. Verdoppeln Sie die Wachposten.«

»Klar, Chef. Allerdings hat Ethan vor einer Stunde das Haus verlassen und ist mit seinem Auto weggefahren.«

»Warum haben Sie ihn denn nicht aufgehalten? Hat er gesagt, wo er hinwill?«

Zum ersten Mal schäumte Moloch innerlich vor Wut, doch er hatte sich dazu erzogen, seine Gefühle zu verbergen. Verlier die Beherrschung, und du verlierst die Kontrolle, lautete seine Devise.

»Wie kann ich ihn denn aufhalten?« verteidigte sich Hogan und spreizte seine riesigen Metzgerhände. »Ethan ist sowohl Leiter der technischen Abteilung als auch des Waffensektors von Des Moines.«

»Da haben Sie recht«, stimmte Moloch zu. »Sonst noch etwas?«

»Ja. Irgendwie ist es seiner Mutter gelungen, die Telefonzentrale zu umgehen und direkt zu ihm durchzukommen. Ich weiß nicht, was sie gesagt hat, aber er ist umgehend losgefahren – um sie in The Apex aufzusuchen.«

Mit einer Geste ärgerlicher Resignation hob Moloch beide Hände.

»Da verbringe ich einmal einen Tag in San Francisco, und schon laufen die Dinge hier aus dem Ruder. Hogan, jetzt tun Sie, was ich Ihnen gesagt habe, aber wenn Ethan zurückkommt, lassen Sie ihn natürlich herein und geben mir unverzüglich Bescheid.«

Gerade als Hogan auf seinen kurzen, stämmigen Beinen zur Tür hinauswatschelte, betrat Landis den Raum. Der kahlköpfige Mann trug einen dicken Aktenordner unter dem Arm – wie er es immer tat, um seinen Arbeitseifer unter Beweis zu stellen. Moloch fand, daß er nervös wirkte. Landis rückte seine Brille zweimal zurecht, ehe er sich auf Anweisung seines Chefs einen Stuhl heranzog. Moloch blickte den Buchhalter, der ein drittes Mal an seiner Brille herumnestelte, scharf an. Die Spannung im Raum war fast greifbar.

»Byron«, begann Moloch, »wußten Sie, daß aus dem Safe, zu dem Sie Zugang haben, eine halbe Million Dollar gestohlen wurde?«

»Eine halbe Million?« stotterte Landis. »In Bargeld oder in Wertpapieren?«

»Über diesen Punkt hast du mich im unklaren gelassen, Joel«, sagte Moloch, an Brand gewandt.

»Eine halbe Million in Hundertdollarnoten. Keine Wertpapiere.«

»Wie erklären Sie sich das, Byron?« fragte Moloch ein wenig zu freundlich.

»Ich kann es mir nicht erklären. Heute morgen war das Geld noch da. Ich habe die Banknotenbündel selbst gesehen, als ich vertrauliche Akten aus dem Safe holen mußte. Und ich habe wie immer peinlich darauf geachtet, den Safe wieder zu verschließen.«

»Haben Sie Martinez in dem Raum angetroffen?«

»Ja. Er kam gerade herein, als ich gehen wollte. Ich habe mir nichts weiter dabei gedacht. Er benutzt nämlich oft den anderen Safe in dem Raum, um seine Waffen darin zu deponieren.«

Brand lehnte sich in dem Stuhl zurück, der unter seinem Gewicht protestierend knarrte, und lächelte in sich hinein, als sei er froh, daß jemand seine Angaben bestätigte.

»Wisch dir dieses dämliche Grinsen aus dem Gesicht«, sagte Moloch mit kalter Stimme.

»Wo würde sich Martinez hinflüchten, wenn er tatsächlich das Geld genommen hätte? Was im Moment noch reine Spekulation ist.«

»Nach Mexiko, würde ich sagen«, erwiderte Brand, ohne zu zögern.

»Ihr könnt beide gehen«, erklärte Moloch plötzlich. »Aber unternehmt bitte keinen Versuch, das Gelände zu verlassen. Nein, du wartest noch einen Augenblick, Joel.« Er sprach erst weiter, als Landis den Raum verlassen hatte. »Joel, durch deine Hände sind viele Millionen Dollar geflossen, um Senatoren und andere Schlüsselfiguren in Washington zu schmieren. Dasselbe gilt für Parlamentsmitglieder und Kabinettsminister in London, die ich in der Tasche habe. Warst du eigentlich nie versucht, ein paar Tausender abzusahnen, ehe du das Geld ausgezahlt hast?«

»Wenn ich auf mehr Geld ausgewesen wäre, hätte ich um eine Gehaltserhöhung gebeten«, fauchte Brand giftig zurück. »Vergessen Sie nicht, daß ich genug über Sie weiß, um Sie für den Rest Ihres Lebens entweder in Washington oder in London hinter Gitter zu bringen.«

»Das hättest du besser nicht sagen sollen, Joel.«

»Ich entschuldige mich für diese Bemerkung«, entgegnete Brand rasch und beugte sich vor. »Wir beide haben jahrelang gut zusammengearbeitet – sind durch dick und dünn gegangen, in guten wie in schlechten Zeiten. Ich habe stets zu Ihnen gehalten, da ist es doch wohl verständlich, daß mir Ihre Andeutungen mißfallen.«

»Streich meine Worte einfach aus deinem Gedächtnis«, erwiderte Moloch nach einer langen Pause. »Was du gesagt hast, ist nicht von der Hand zu weisen. Und jetzt laß mich bitte alleine, ich muß nachdenken.«

Nachdem Brand das Büro verlassen hatte, stand Moloch auf, trat ans Fenster und blickte auf die tosende See. Das Bild spiegelte seinen Gemütszustand wider. Er überlegte kurz, traf dann eine Entscheidung und ging zu seinem Schreibtisch zurück, um eine Schublade aufzuschließen und ihr einen Schnellhefter mit der Aufschrift STANDISH zu entnehmen.

»Wie war doch gleich der Name von Linda Standishs Partner, mit dem sie das Büro in San Francisco betrieben hat?« sagte er laut zu sich selbst. »Ah, hier haben wir ihn ja. Ed Keller ...«

Er drückte eine Tastenfolge auf seinem Telefon, bezweifelte jedoch, daß er Glück haben würde. Nur wenige Menschen arbeiteten so viel wie er, und es war bereits Abend.

»Keller hier. Wer spricht?«

»Vincent Bernard Moloch am Apparat. Sie sind immer noch in Ihrem Büro?«

»Ich habe noch einen Haufen Arbeit zu erledigen, Sir.«

»Mr. Keller ...«

»Nennen Sie mich Ed.«

»Ed, könnten Sie mir einen großen Gefallen tun? Heute ist hier ein schweres Verbrechen verübt worden. Könnten Sie mich vielleicht in Black Ridge aufsuchen?«

»Das läßt sich einrichten.«

»Wann wären Sie ungefähr da?«

»Überlegen wir mal ... Die Fahrt von hier bis in das Gebiet von Monterey und Carmel dauert zwei Stunden, wenn man zügig fährt. Dann vielleicht noch eine halbe Stunde bis Black Ridge. Wenn ich jetzt sofort aufbreche ...«

»Tun Sie das.«

33.

Die Fahrt nach Black Ridge verlief nicht so ruhig, wie sie erwartet hatten, sondern bescherte ihnen einige unliebsame Zwischenfälle. Sie näherten sich bereits Big Sur, als plötzlich Scheinwerfer hinter ihnen aufblitzten. Paula fuhr hoch und wühlte in ihrer Umhängetasche nach ihrem Browning. Newman verringerte die Geschwindigkeit, ließ eine Hand locker auf dem Lenkrad liegen und zog mit der anderen seine Smith & Wesson aus dem Holster. In diesem Moment rief Marler ihnen etwas zu.

»Kein Grund zur Panik. Es ist unser BMW, und ich glaube, Alvarez sitzt hinter dem Steuer. Da kommt er ...«

Rüde alle Vorschriften mißachtend, die Überholmanöver auf der Küstenstraße verboten, fuhr Alvarez an ihnen vorbei und bedeutete Newman mittels einer Handbewegung, in der nächsten Haltebucht zu warten. Er ließ sich wieder zurückfallen, so daß Newman als erster in die Bucht fahren konnte, kam hinter dem Mercedes zum Stehen und sprang aus dem Wagen, um mit Newman zu sprechen, der sein Fenster heruntergekurbelt hatte.

»Ich habe noch einmal über Ihren Plan nachgedacht und habe mich entschlossen, Ihnen zu folgen. Butler und Nield sind bei mir. Sie haben sich für Ihren Besuch in Black Ridge einen denkbar schlechten Zeitpunkt ausgesucht – nach Einbruch der Dunkelheit ist es besonders gefährlich. Kein Verkehr mehr auf den Straßen, kein Zeuge in der Nähe, falls Ihnen etwas zustößt. Kann ich mit Ihnen kommen?«

»Wir sind voll besetzt!« rief Paula ihm zu.

»Vielleicht wäre Marler so nett, den BMW zu übernehmen und sich dicht hinter uns zu halten. Dann könnte ich mich auf seinen Platz setzen.«

»Ist mir ein Vergnügen«, versicherte Marler, der bereits im Aussteigen begriffen war. »Als Beifahrer langweile ich mich immer zu Tode. Ich ziehe es vor, selber zu fahren ...«

Nach wenigen Minuten befanden sie sich wieder auf der Straße. Der BMW hielt ungefähr zehn Meter Abstand zu dem Mercedes. Alvarez wandte sich ein wenig verlegen an Tweed.

»Ich hoffe, Sie halten mein Eingreifen nicht für unverschämt, aber ich kenne diese Gegend gut, sowohl bei Tag als auch bei Nacht. Übrigens hat die Polizei von Monterey den Lastwagen untersucht, der an der Straßensperre gestoppt wurde – sie wollten wissen, ob sich irgendwelche Sprengstoffrückstände finden lassen. Das Problem liegt darin, daß ich den Bericht nicht in die Finger bekommen werde, jedenfalls nicht offiziell.«

»Aber inoffiziell schon?« fragte Tweed.

»Vielleicht gibt mir jemand einen Tip. Später.«

»Wir können Ihre Unterstützung gut gebrauchen«, versicherte ihm Tweed.

Sie näherten sich bereits Black Ridge, als sich Alvarez vom Rücksitz aus nach vorne lehnte. Suchscheinwerfer huschten über das Gelände hinter den geschlossenen Toren. Paula spürte, daß ihn irgend etwas beunruhigte. Er blinzelte ins Licht, hielt sich die Hand schützend vor die Augen und richtete sich dann kerzengerade auf.

»Fahren Sie daran vorbei, Newman«, sagte er drängend. »Verringern Sie nicht einmal das Tempo, sondern fahren Sie weiter den Highway entlang, als wenn nichts wäre. Sie sind in voller Alarmbereitschaft. Überall bewaffnete Wachposten und Kampfhunde. Irgend etwas muß vorgefallen sein.«

Newman befolgte die Anweisung und fuhr mit gleichbleibender Geschwindigkeit an dem Gebäude vorbei. Marler hinter ihnen tat desgleichen. Paula entdeckte einen großgewachsenen Mann, der mit den Armen durch die Luft fuchtelte und die Wachtruppe hierhin und dorthin dirigierte. Auf dem Rücksitz stieß Alvarez einen erleichterten Seufzer aus.

»Die Bande wirkte ziemlich gefährlich. Ich möchte mich mit diesen Typen nicht unbedingt anlegen.«

Sie setzten ihre Fahrt fort. Das Mondlicht warf einen fahlen Schein auf die aufgewühlte See, und als sie sich einem mächtigen Felsmassiv näherten, das in den Ozean hineinragte, berührte Alvarez Paula leicht am Arm. Das Massiv erschien ihr wie eine kleinere Ausgabe des Felsens von Gibraltar. Eine schmale Straße zweigte vom Highway ab und wand sich spiralförmig um das Felsmassiv empor. Oben auf dem Gipfel blitzte ein Licht wie ein großes, glühendes Auge in regelmäßigen Abständen auf.

»Das ist Big Sur Point«, erklärte ihr Alvarez. »Wie Sie sehen, befindet sich auf der Spitze ein Leuchtturm. Ein Orientierungszeichen, das für Seeleute kaum zu übersehen ist.«

»Sehr beeindruckend«, stimmte Paula ihm zu.

Sie waren bereits ein Stück weitergefahren, als Paula die Stirn runzelte und angestrengt aus dem Fenster blickte. Die Nase fest an die Fensterscheibe gepreßt, starrte sie auf das Meer hinaus, wo Welle um Welle wie eine Invasionsarmee an Land rollte. Ihre Augen waren ausgezeichnet, und gleich darauf war sie sich sicher.

»Alvarez, da wird ein Leichnam an Land geschwemmt! Schauen Sie selbst! Eben schwamm er auf einem Wellenkamm. Jetzt treibt er in einem Tal ... Da ist er wieder! Ich sehe ihn ganz genau.«

»Ich glaube Ihnen ja«, sagte Alvarez. »Bestimmt wird er bei Pfeiffer Beach angeschwemmt. Newman, nehmen Sie Gas weg, wir kommen gleich zu einer schmalen Straße, die rechts abzweigt. Dann fahren Sie noch ein kurzes Stück und erreichen einen Parkplatz. Dort lassen wir die Autos stehen und gehen den Rest des Weges zu Fuß. Eigentlich ist der Parkplatz ja nach Sonnenuntergang geschlossen, aber darauf brauchen wir jetzt keine Rücksicht zu nehmen.«

Sie bogen vom Highway ab. Alvarez bückte sich, hob eine große Leinentasche auf, die er mitgebracht hatte, und warf sie sich über die Schulter. Sie hatten die Wagen gerade abgestellt, als Paula sich an Alvarez wandte.

»Was haben Sie denn in dieser Tasche? Waffen?«

»Ja, und einen noch makaberen Gegenstand. Ich glaube allerdings nicht, daß wir ihn brauchen werden. Die Leiche wird wohl an den kurz vor der Küste liegenden Felsriffen hängen bleiben.«

»Felsriffe?«

»Sie werden schon sehen. Ich habe eine starke Taschenlampe dabei, und die werden wir auch brauchen.«

Butler blieb bei den Autos zurück, während Alvarez, auf der einen Seite flankiert von Tweed, der anderen von Paula, zu Fuß weiterging. Mit der Taschenlampe beleuchtete er einen Pfad, der unter einem Baldachin von Zypressen verlief. Zu ihrer Linken lag ein ausgetrocknetes Flußbett. Alvarez richtete kurz seine Lampe darauf.

»Das ist der Pfeiffer Creek. Fließt vom Sycamore Canyon auf der anderen Seite des Highway hier herunter.«

Sie mußten sich beeilen. Tweed marschierte jetzt mit großen Schritten voran. Paula, die sich immer wieder umsah, dachte, daß diese Bucht eigentlich ein bezauberndes Fleckchen Erde wäre, wenn sie nicht gewußt hätte, was sie erwartete. Am Strand erwartete sie feiner weicher Sand, der das Gehen erheblich erschwerte. Alvarez knipste seine Taschenlampe aus, weil das Mondlicht ausreichte, um die bizarre Szenerie zu beleuchten, die sich ihren Augen darbot. Paula schnappte unwillkürlich nach Luft.

Genau hinter der Gezeitenmarke ragten mächtige Felsbrocken fast senkrecht aus dem Meer empor; Felsen, die von natürlichen Bögen unterbrochen wurden, durch die die Wellen gurgelnd hindurchströmten und sich am Strand brachen. Heftige Windböen rissen sie beinahe von den Füßen. Tweed, dessen Mantel ihm um den Leib flatterte, wies auf das Wasser, und in Paula stieg eine Kälte auf, die nichts mit dem eisigen Wind zu tun hatte, der über Pfeiffer Beach strich und den feinen Sand in Schwaden über den Strand trieb.

Eine hohe Welle, die auf die Küste zurollte, trug auf ihrem Kamm den Leichnam, den sie vom Auto aus gesehen hatte. Samt ihrem toten Passagier strömte sie durch einen der Bögen, wobei der tote Körper die scharfkantigen Felsen zu beiden Seiten des Durchgangs nur um Haaresbreite verfehlte. Die grausige Szene erreichte ihren Höhepunkt, als die riesige Welle sich schäumend am Ufer brach und ihre Last in hohem Bogen auf den Strand schleuderte.

Alvarez, der sich ein Taschentuch über Nase und Mund gebunden hatte, rannte los. Im Laufen bedeutete er Newman, dieselben Vorsichtsmaßnahmen zu treffen, und warf ihm ein Paar Chirurgenhandschuhe zu. Er selbst trug bereits solche Handschuhe. Gemeinsam zerrten sie den aufgedunsenen Leichnam höher auf den Strand. Newman kam es so vor, als würde er Tonnen wiegen, obgleich der Mann, den sie gerade außerhalb der Reichweite der schäumenden See brachten, zu Lebzeiten eher schlank gewesen war. Alvarez richtete den Strahl der Taschenlampe auf das Gesicht des auf dem Rücken liegenden Toten. Paula unterdrückte einen entsetzten Aufschrei. Sie blickte auf die Leiche von Luis Martinez hinab.

»Vorsichtig!« schrie Tweed ihr zu. »Es könnte Infektionsgefahr bestehen.«

Alvarez wühlte in seiner großen Leinentasche und brachte eine Plastikrolle zum Vorschein, die er auf dem Strand ausbreitete. Sie entpuppte sich als Leichensack. Newman und Alvarez legten den Leichnam in den Plastiksack, dessen Reißverschluß Alvarez sofort bis obenhin zuzog. Es war eine schwierige Aufgabe, und Newman atmete schwer, als er Alvarez' Beispiel folgte, die Handschuhe abstreifte und dann ins Wasser warf. Beide Männer wuschen sich gründlich die Hände und rieben sie mit Sand ab, ehe sie ihren provisorischen Mundschutz abnahmen und den Handschuhen hinterherwarfen.

Alvarez ging zu Tweed hinüber, der mit Paula und Marler etwas abseits stand und abwartete. Auch sein Atem ging schwer.

»Es ist Martinez, der Leiter der Wachmannschaft von Black Ridge, der Mann, der von Nield und Paula erschossen wurde. Geben Sie mir Ihre Handfeuerwaffen«, fuhr er fort, als Nield zu ihnen trat. »Irgendwer hat später noch mit einem Gewehr auf ihn gefeuert, aber es besteht die Möglichkeit, daß die Ballistiker trotzdem die Projektile Ihrer Waffen identifizieren können.«

Nachdem Paula und Nield ihm ihre Waffen ausgehändigt hatten, ging Alvarez zum Wasser hinunter und schleuderte beide weit hinter den Felsen ins Meer. Als er zurückkam, hatte Marler Paula bereits einen weiteren Browning und Nield eine Smith & Wesson überreicht – Waffen, die er aus seiner unerschöpflich erscheinenden Reisetasche geholt hatte. Er gab ihnen auch genügend Reservemunition.

»Sie haben anscheinend in San Francisco einen Großeinkauf getätigt!« rief Paula laut, um den Wind zu übertönen.

»Und einen Haufen Geld ausgegeben.« Marler grinste. »Man kann nie wissen, ob es sich nicht einmal auszahlt, gewisse Dinge in Reserve zu haben.«

»Dort, wo ich Ihre Waffen ins Wasser geworfen habe, ist der Pazifik schon sehr tief«, teilte Alvarez ihnen mit. »Nun müssen wir noch diesen Sack zum Wagen schaffen und im Kofferraum verstauen. Das wird ein hartes Stück Arbeit …«

Es bereitete den Männern tatsächlich große Schwierigkeiten, die grausige Last zum Parkplatz zu transportieren. Tweed und Newman hatten das vordere, Alvarez und Nield das hintere Ende des Sackes gepackt. Sie kamen in dem weichen Sand nur sehr mühsam voran, und zudem hämmerte der immer stärker werdende Wind auf sie ein und blies ihnen Sandschwaden ins Gesicht.

Das Gehen wurde weniger beschwerlich, als sie den festen Pfad unter den Zypressen erreichten, dafür schien aber der unhandliche Sack mit jeder Sekunde schwerer zu werden. Einmal legte Alvarez eine kurze Verschnaufpause ein. Paula, die sich seine Taschenlampe ausgeliehen hatte, beleuchtete den Weg und ließ den Strahl über den unebenen Boden tanzen.

Sowie sich die Gruppe samt ihrer Last dem Parkplatz näherte, begriff Butler, was geschehen war. Er öffnete die Kofferraumklappe, die vier Träger hoben den schweren Sack vorsichtig hinein, und Newman drückte die Klappe mit einem erleichterten Seufzer wieder zu.

»Wie in Gottes Namen kommt ein Mann, der in der Nähe von McGee's Landing erschossen wurde, hier in der Gegend ins Wasser?« fragte er sich laut.

»Ich nehme an, Brand ist später noch einmal zurückgekommen, um die Leiche zu holen. Er fand ein Gewehr, das jemand fallengelassen hatte, und feuerte damit noch ein paarmal auf den Toten – der Himmel weiß, warum. Er muß ein Bettlaken oder etwas Ähnliches bei sich gehabt haben, das er benutzte, um die Leiche in den Kofferraum seines eigenen Wagens zu verfrachten. Vielleicht ist er sogar an uns vorbeigekommen, als wir auf der Terrasse von Mission Ranch saßen und zu Abend aßen«, meinte Alvarez.

»Aber warum hat er sich solche Mühe gemacht?« wollte Paula wissen.

»Vermutlich wollte er keine Beweise für die Ereignisse bei McGee's Landing zurücklassen. Deshalb ist er mit dem Leichnam im Kofferraum die Küstenstraße entlanggefahren und hat ihn irgendwo über die Klippen geworfen. Dummerweise hat er nicht damit gerechnet, daß die Strömung ihn direkt bei Pfeiffer Beach an Land spülen würde.« Er lächelte. »Und auch von Paulas scharfen Augen wußte er nichts.«

»Was machen wir denn jetzt mit ihm?«

»Wir liefern ihn bei VB ab«, entschied Tweed. »Ich glaube, er wird nicht sehr erfreut sein. Vermutlich hat sich Mr. Joel Brand nämlich hier sein eigenes Süppchen gekocht.«

Die Lage in Black Ridge hatte sich etwas entspannt. Zwar glitten die Suchscheinwerfer immer noch langsam über das Gelände, aber die starke Wachtruppe, die sie zuvor gesehen hatten, war verschwunden. Trotz Newmans Protest bestand Tweed darauf, den vor den geschlossenen Toren geparkten Mercedes zu verlassen. Er ging auf die in einen Pfeiler eingelassene Gegensprechanlage zu und betätigte den Knopf.

»Wer ist da?«

Überrascht erkannte Tweed Molochs ruhige, prägnante Stimme.

»Hier Tweed. Wir haben den Leichnam eines Ihrer Männer bei uns. Er wurde unweit von hier an Land geschwemmt. Ich denke, Sie sollten ihn sich einmal ansehen.«

»Die Tore werden sich gleich öffnen. Fahren Sie zum Haus hoch. Ich erwarte Sie auf der Terrasse.«

Tweed stieg wieder neben Newman in den Mercedes ein. Die automatischen Tore glitten bereits auf, und sie fuhren die Auffahrt entlang. Marler folgte ihnen mit dem BMW bis unter den Torbogen und parkte dann direkt neben dem rechten Torflügel, so daß sich dieser nicht mehr schließen ließ. Er wollte ihnen einen Fluchtweg offenhalten.

»Jetzt begreife ich auch, wie Moloch im harten Konkurrenzkampf des amerikanischen Geschäftslebens bestehen konnte«, bemerkte Tweed nachdenklich. »Er ist imstande, in Sekundenschnelle eine Entscheidung zu treffen.«

»Was haben Sie eigentlich vor?« erkundigte sich Paula neugierig.

»Zwietracht zu säen und Boden zu gewinnen.«

»So ist's recht. Spielen Sie ruhig den Geheimnisvollen.«

Die Scheinwerfer waren auf ein anderes Ziel gerichtet worden, so daß Newman die Auffahrt emporfahren konnte, ohne von ihnen geblendet zu werden. Moloch, der ein Abendjackett und eine schwarze Krawatte trug, wartete im Schein einer Laterne oben auf den Stufen auf sie und begrüßte sie lächelnd.

»Willkommen, Tweed. Ihre Besuche bei mir werden allmählich zur Gewohnheit, wie ich hoffe. Kommen Sie doch bitte herein. Es ist kühl draußen. Und wer ist diese entzükkende junge Dame?«

»Meine Assistentin Paula Grey.«

»Ich bewundere Ihren Geschmack.« Moloch reichte Paula die Hand. »Am liebsten würde ich Sie abwerben, als *meine* persönliche Assistentin. Vanity hat leider gekündigt.«

»Ehe wir ins Haus gehen, sollten Sie einen kurzen Blick in unseren Kofferraum werfen«, schlug Tweed vor.

Newman stand bereits am Heck des Wagens und öffnete die Kofferraumklappe. Er streifte ein anderes Paar Chirurgenhandschuhe über, das Alvarez ihm vorsorglich überlassen hatte, zog den Reißverschluß des Plastiksacks auf und trat ein Stück zurück.

»Gehen Sie nicht zu nah heran«, warnte er.

Der Schein der Terrassenlaterne fiel direkt auf Martinez' starres Gesicht, das zwar gespenstisch aufgequollen, aber dennoch zu erkennen war. Moloch ging auf den Kofferraum zu, warf einen Blick hinein und verzog angewidert das Gesicht, ehe er zurücktrat.

»Wo haben Sie ihn gefunden?« fragte er grimmig.

»Er trieb auf den Strand von Pfeiffer Beach zu«, antwortete Alvarez. »Allzu lange kann er noch nicht im Wasser gelegen haben, sonst wären die Gesichtszüge nicht mehr zu erkennen.«

Newman zog den Reißverschluß wieder zu, schloß hastig den Kofferraum und entledigte sich seiner Handschuhe. Auf der Terrasse sprudelten mehrere Springbrunnen. Er ging zu einem hinüber, ließ die Handschuhe ins Wasser fallen und wusch sich anschließend gründlich die Hände.

»Wir gehen besser hinein«, sagte Moloch mit ruhiger Stimme. »Ein reichlich makabres Geschenk haben Sie mir da mitgebracht. Ich habe nämlich heute Geburtstag, daher auch meine Kleidung – obwohl mich derartige Feierlichkeiten eigentlich langweilen. Darf ich Ihnen meinen Stellvertreter vorstellen?«

Brand hatte sich zu ihnen gesellt. Er trug ebenfalls ein Abendjackett und eine schwarze Krawatte. Paula stellte erstaunt fest, wie sehr ihn diese Kleidung veränderte. Er blickte ihr direkt in die Augen und lächelte.

»Gerade das hat auf unserer Party noch gefehlt. Eine schöne Frau.«

»Guten Abend, Sie Dreckskerl», erwiderte Paula laut.

Brand warf seinen mächtigen Kopf zurück, so daß ihm das zottige schwarze Haar über den Kragen fiel. Als er sie spitzbübisch angrinste, verstand sie, worin seine Anziehungskraft auf das andere Geschlecht bestand. Auf einen bestimmten Typ Frau mag er unwiderstehlich wirken, dachte sie.

»Ich mag Frauen, die Mumm haben«, dröhnte Brand.

»Jetzt ist es genug, Joel«, mahnte Moloch eisig. Er drehte sich zu Newman um, der wieder auf dem Fahrersitz des Mercedes Platz genommen hatte. »Sie wollen sich doch wohl nicht ausschließen? Ich lege Ihnen bestimmt keine Bombe unter das Auto, also kommen Sie ruhig mit herein.«

»Sie nicht, aber vielleicht ein anderer.« Newman maß Brand mit einem harten Blick. »Danke für die Einladung, aber ich ziehe es vor, im Wagen zu warten.«

Moloch nickte, dann ging er seinen Gästen voraus in den weitläufigen, luxuriös eingerichteten Raum, den er Tweed bereits gezeigt hatte. Sämtliche Marmortische waren mit Kristallvasen voll geschmackvoll arrangierter Blumen überladen. Moloch machte eine abwehrende Handbewegung.

»Das war die Idee meiner Belegschaft. Eine entsetzliche Geldverschwendung, finde ich. Setzen Sie sich doch bitte. Champagner für Sie alle?«

Paula ließ sich auf der Kante einer Couch nieder und achtete dabei darauf, daß sie problemlos nach ihrem Browning greifen konnte. Sie nahm ein Glas Champagner entgegen, Tweed bat um Orangensaft. Während Moloch sich um die Drinks kümmerte, blickte sie sich in dem überfüllten Raum um. Byron Landis, der aussah, als fühle er sich nicht sonderlich wohl in seiner Haut, rutschte nervös auf einer Couchecke hin und her. Insgesamt zählte Paula zwanzig Belegschaftsmitglieder, Männer wie Frauen, alle in festlicher Kleidung. Leise Musik durchflutete den Raum. Doch plötzlich veränderte sich die Atmosphäre dramatisch.

»Hier, Champagner für dich, Joel!« rief Moloch, Brand ein Glas hinhaltend.

Brand streckte eine Hand danach aus, doch Moloch ließ es nicht los. Verblüfft starrte der große Mann seinen Chef an. Alle im Raum hatten die kleine Szene mitangesehen, und die angeregte Unterhaltung erstarb und machte unheilvoller Stille Platz, die nur von der leisen Musik unterbrochen wurde.

»Joel, Martinez ist wieder da. Er liegt draußen im Kofferraum eines Autos. In einem Leichensack.«

Eine Mischung der unterschiedlichsten Gefühle huschte über Brands Gesicht. Verwirrung. Ungläubigkeit. Furcht. Dann gewann er seine Fassung zurück und antwortete mit fester Stimme.

»Ich verstehe Sie nicht.«

»So? Ich dachte, du wüßtest vielleicht, wovon ich rede. Er wurde in der Nähe von Pfeiffer Beach aus dem Pazifik gefischt.«

»Wollen Sie damit sagen, daß er Selbstmord begangen hat?« fragte Brand.

»Ganz und gar nicht. Er wurde von Gewehrkugeln durchsiebt. Kein sehr hübscher Anblick. Was ist los, Joel? Möchtest du keinen Champagner? Du siehst aus, als könntest du ein Glas brauchen.«

Auffordernd hielt Moloch ihm das Glas hin. Paula bemerkte, daß Brand es mit ruhiger Hand entgegennahm. Er hatte zwar einen gewaltigen Schreck bekommen, bewies jedoch stahlharte Nerven – die gefährliche Selbstbeherrschung eines Mannes bar jeglichen Gefühls. Moloch wandte sich ab, während sein Stellvertreter das Glas leerte.

»Wissen Sie«, sagte er zu Tweed, als er sich neben ihn setzte, »ich habe oft Probleme mit meinem Personal – besonders mit den Leuten an der Spitze. Ständig herrscht Rivalität zwischen ihnen, und jeder würde am liebsten dem anderen ein Messer zwischen die Rippen bohren. Manchen wäre vielleicht eine Garotte lieber.«

Paula, die Landis nicht aus den Augen gelassen hatte, sah, wie sich dessen Hand so fest um sein Glas krampfte, daß es zu zerspringen drohte. Moloch erhob sein eigenes Glas und brachte einen Toast aus.

»Dies ist meine Geburtstagsparty, und die allgemeine Fröhlichkeit läßt etwas zu wünschen übrig. Ich möchte, daß Sie alle sich heute abend amüsieren.«

Unmittelbar darauf setzte die Unterhaltung wieder ein. Es schien, daß jedermann eifrig darauf bedacht war, dem Befehl Folge zu leisten. Moloch wandte sich an Tweed und senkte die Stimme.

»Sie sollten wirklich einmal mein Imperium besichtigen. Kommen Sie mit mir. Paula, die Einladung gilt auch für Sie und Ihren Freund. Tut mir leid, aber ich habe Ihren Namen nicht verstanden.«

»Alvarez«, sagte dieser steif.

Die Abfolge grotesker Ereignisse gab Paula zu denken. Zuerst die eisernen Nerven, die Moloch beim Anblick von Martinez' Leichnam gezeigt hatte. Dann die seltsam gezwungene Atmosphäre bei der Geburtstagsparty, und zuletzt die rücksichtslose Art, mit der Moloch Joel Brand in aller Öffentlichkeit mit dem Leichenfund konfrontiert hatte.

Als sie einen langen Korridor entlanggingen, kam ihnen ein kleiner, untersetzter, kräftig gebauter Mann entgegen. Um seine beachtliche Taille war ein Ledergürtel geschlungen, von dem ein Holster nebst dazugehöriger Waffe herabhing.

»Das ist Hogan, der neuernannte Leiter meiner Wachmannschaft«, erklärte Moloch. »Entschuldigen Sie mich einen Moment. Ich muß ein paar Worte mit ihm wechseln.«

Obwohl er Hogan beiseite nahm und leise auf ihn einsprach, konnte Paula dank ihres ausgezeichneten Gehörs jedes Wort verstehen.

»Draußen vor der Tür steht ein Mercedes. Achten Sie nicht auf den Mann hinter dem Steuer. Nehmen Sie sich zwei Männer, öffnen Sie den Kofferraum und holen Sie den darin liegenden Plastiksack heraus. Deponieren Sie ihn in der großen Kühltruhe in einer der beiden Garagen, schließen Sie die Garage ab und behalten Sie den Schlüssel in Ihrer Obhut.«

Paula beobachtete Tweed. Nur weil sie ihn so gut kannte, registrierte sie, daß er kaum merklich erleichtert aufatmete. Tweed kam sich vor, als sei ihm eine schwere Last von den Schultern genommen worden. Er hatte darauf gehofft, daß genau dies geschehen würde – weshalb er auch vor dem Aussteigen Newman angewiesen hatte, nicht einzugreifen, falls Molochs Männer versuchen sollten, den Plastiksack mit Martinez' Leiche zu entfernen. Er hatte sich auf ein gewagtes Spiel eingelassen, als er seinem Team befohlen hatte, den Leichnam von Pfeiffer Beach nach Black Ridge zu schaffen, und er hatte das Spiel gewonnen.

»Entschuldigen Sie die Unterbrechung. Ich werde vorangehen. Was Sie gleich zu sehen bekommen, war Vanitys Idee. Ich halte es zwar für etwas selbstherrlich, aber es beeindruckt amerikanische Geschäftsleute. Hier herein, bitte.« Moloch führte sie in einen Raum, der mit seinem normalen Büro keinerlei Ähnlichkeit hatte.

Die Wände waren mit Landkarten bedeckt. Eine von den Vereinigten Staaten, eine von Südamerika, eine dritte von Asien und schließlich eine von Europa. Auf jeder Karte zeigten große Kreise an, wo Moloch überall Firmen besaß.

Tweed starrte die Karten ungläubig an. Molochs Imperium war weit ausgedehnter, als er gedacht hatte. Monicas Informationen hatten dies nicht ahnen lassen. Die weltumspannende Präsenz der AMBECO wirkte beinahe bedrohlich.

»Sie decken ein ziemlich weitflächiges Gebiet ab«, meinte er zu Moloch.

»Ich besitze den größten Mischkonzern der Welt«, erwiderte dieser. »Zwar habe ich es nicht bewußt darauf angelegt, aber eines führt nun einmal zum anderen.«

»Wo ist eigentlich Vanity?« erkundigte sich Paula beiläufig.

»Ich habe keine Ahnung. Vielleicht ist sie genau wie ich kein besonderer Freund von Partys. Kommen Sie, ich möchte Ihnen jemand vorstellen.«

Er bat sie in ein kleines Büro, wo ein hochgewachsener, gutaussehender Amerikaner damit beschäftigt war, einen Stapel Papiere zu sichten und sich eifrig Notizen zu machen. Er erhob sich sofort, als Moloch eintrat.

»Das ist Ed Keller«, sagte Moloch. »Er ist der Juniorpartner der Privatdetektei der verstorbenen Linda Standish. Ich habe ihn hergebeten, um das Verschwinden von Martinez zu untersuchen. Ed, dies ist Mr. Tweed, Chefermittler einer großen Versicherungsgesellschaft.«

»Ich habe schon von Ihnen gehört«, meinte Keller, als er Tweed die Hand schüttelte. »Während Lindas Aufenthalt in London waren Sie sehr freundlich zu ihr.«

»Ich hoffe, ich habe ihr ein wenig geholfen. Vermutlich untersuchen Sie auch das Verschwinden von Mr. Molochs Assistentinnen, die ja bis zum heutigen Tag nicht wieder aufgetaucht sind.«

»Nie aufgeben, lautet mein Motto. Außerdem bin ich fest entschlossen, auch den Buchhalter zur Strecke zu bringen – er hat immerhin meine Partnerin ermordet. Aber der Kerl gleicht einem Phantom; ist einfach nicht zu greifen.«

»Früher oder später wird er zur falschen Zeit am falschen Ort sein«, tröstete Tweed den Amerikaner. »Jetzt müssen wir aber wirklich gehen. Vielen Dank für Ihre Gastfreundschaft, Mr. Moloch.«

Tanzmusik flutete aus dem Partyraum in die Halle; Töne, die Paula in Anbetracht der jüngsten Ereignisse als regelrecht unheimlich empfand. Tanzen im Angesicht des Todes, dachte sie. Nachdem Moloch sie hinausbegleitet und die Tür hinter ihnen geschlossen hatte, entdeckte sie Vanity, die neben Newman im Auto saß. Belustigt nahm sie zur Kenntnis, daß die beiden sich bei ihrem Anblick hastig aus einer Umarmung lösten. Newman stieg aus und lief um den Wagen herum, um Vanity die Tür zu öffnen.

»Die Müllmänner waren da, kurz bevor Vanity mich hier aufgestöbert hat!« rief er Tweed zu.

»Müllmänner?« wunderte sich Vanity.

»Sie haben ein Stück Sperrmüll abgeholt.«

»Ich sollte jetzt besser zu der Party zurückgehen«, meinte Vanity und verabschiedete sich von allen.

Als sie die Auffahrt hinunterfuhren, sahen sie, daß das Tor offenstand, weil der rechte Flügel noch immer von dem BMW blockiert wurde. Newman fuhr, gefolgt von Marler, Richtung Highway und schlug den Weg nach Carmel ein.

»Drei Typen haben den Leichensack fortgeschafft», berichtete er dann. »Ich hab' sie gewähren lassen. Was war denn der Sinn des Ganzen?«

»Es war eine fast verzweifelte Entscheidung, die ich da getroffen habe«, erklärte Tweed, »aber sie erwies sich als goldrichtig. Mein Ziel war es, Molochs Spitzenleute gegeneinander aufzuhetzen. Aufgebrachte Menschen begehen leicht schwerwiegende Fehler. Eine Form der psychologischen Kriegsführung. Wen haben wir denn da?«

Vor der Terrasse von The Apex parkte ein Auto. Mrs.

Benyon hatte also Besuch. Das war die zweite unerwartete Wendung in dieser Nacht. Tweed bat Newman, zum Haus hochzufahren.

34.

Der Erfolg von Tweeds gefährlichem Spiel hatte seine kühnsten Erwartungen noch bei weitem übertroffen. Im selben Moment, wo seine Gäste, Keller eingeschlossen, Black Ridge verlassen hatten, kehrte Moloch in sein Büro zurück und befahl Brand, Landis und Hogan zu sich. Er saß hinter seinem Schreibtisch, als sie gemeinsam eintraten.

»Nicht hinsetzen!« brüllte er sie an. »Bleiben Sie stehen und rühren Sie sich nicht von der Stelle!«

»Stimmt etwas …«, begann Brand.

»Halt deine große Klappe! Martinez' Leiche liegt in der großen Gefriertruhe in einer verschlossenen Garage. Hogan, geben Sie mir den Schlüssel.«

Nervös trottete Hogan nach vorne und legte den Schlüssel auf den Schreibtisch.

»Treten Sie wieder zurück und stellen Sie sich zu den anderen!« bellte Moloch.

»Ist es nicht gefährlich, eine Leiche in einer …«, setzte Brand von neuem an.

»Für dich ist es gefährlich, noch einmal unaufgefordert den Mund aufzumachen. Tu das nie wieder, oder du wirst es bereuen!« tobte Moloch.

»Entschuldigen Sie bitte, aber ich habe keine Ahnung, warum ich überhaupt hier bin«, wagte Landis einzuwenden.

»Dann will ich Ihnen auf die Sprünge helfen. Sie sind hier, weil einer von Ihnen Martinez erschossen und sich nebenbei um eine halbe Million Dollar bereichert hat.«

»Erschossen?« Hogan klang verwirrt.

»Jawohl, erschossen, Sie hirnloser Kretin! Ich habe mir einmal den Dienstplan angesehen. Sie alle waren heute nachmittag nicht in Black Ridge.« Seine Stimme wandelte sich zu einem unheilverkündenden Schnurren. »Hat vielleicht jemand versucht, sein eigenes Spielchen zu spielen?«

»Ich bin nach Carmel gefahren, um mich mit einem Mädchen zu treffen«, murmelte Landis.

»Mit einer Nutte vermutlich«, schnaubte Moloch. »Ihr Name?«

»Lola.«

»Wie passend. Geben Sie mir ihre Adresse. Ich werde veranlassen, daß Keller sie überprüft.«

»Ich war ihr letzter Kunde.« Landis rückte seine schwarze Krawatte zurecht; eine nervöse Geste, die Moloch nicht entging. »Sie hat sich von einem anderen Mädchen die Wohnung auf der Junipero geborgt. Als ich ging, machte sie sich gerade wieder auf den Weg nach San Francisco. Sagte, dort könne sie mehr verdienen.«

»Welch günstiger Zufall. Hat die Dame auch einen Nachnamen?«

»Hab' mich nie danach gefragt«, nuschelte Landis.

»Darf ich mal eine Frage stellen?« bat Brand ruhig.

»Wenn sie sachdienlich ist. Und das sollte sie besser sein.«

»Sie haben den Verlust von einer halben Million Dollar erwähnt …«

»Ich habe mich schon gefragt, wer von euch wohl als erster darauf zu sprechen kommen würde. Das Geld wurde aus dem Safe entwendet. Du hast doch sicher Hogan die Kombination verraten, nachdem er zum neuen Leiter der Wachmannschaft ernannt worden ist, oder?«

»Selbstverständlich«, erwiderte Brand prompt.

Hogan sah ihn an. Nackter Haß zeichnete sich auf seinem Gesicht ab.

»Demnach hättet ihr alle drei den Safe öffnen können«, stellte Moloch eisig fest. »Nun möchte ich nur wissen, wer von euch jetzt um eine halbe Million reicher ist.«

»Darf ich fragen, wer dieser Keller eigentlich ist?« erkundigte sich Brand in demselben ruhigen Tonfall.

»Der Mann, der euch alle drei auf Herz und Nieren prüfen wird.«

»Damit bin ich aber ganz und gar nicht einverstanden«, protestierte Brand.

»Und was willst du dagegen unternehmen?« knurrte Moloch. »Wo warst du überhaupt heute nachmittag?«

»Angeln.«

»Er war angeln!« Molochs Stimme durchschnitt die Stille wie ein Peitschenknall. »Hast du wenigstens etwas gefangen?«

»Nein. Der Wind frischte zu stark auf.«

»War jemand bei dir, der deine Geschichte bestätigen könnte?«

»Ich war alleine, wie immer.«

»Was ist mit Ihnen, Landis? Haben Sie auf Ihrem Bumstrip irgend jemanden getroffen?«

»Nein, nicht daß ich wüßte.«

»Und wie steht es mit Ihnen, Mr. Hogan?« wollte Moloch wissen.

»Ich bin nach Palo Eldorado raufgefahren und habe das Mädchen gesucht, mit dem Ethan sich trifft. Ich wollte sie vor ihm warnen.«

»Sehr edelmütig von Ihnen. Hat sie jemand dort oben gesehen?«

»Nein. Die Hippies pflegen sich zu verstecken, wenn ein Fremder sich nähert.«

»Na wunderbar.« Moloch warf die Hände in die Luft. »Keiner von euch hat ein hieb- und stichfestes Alibi.« Er beugte sich vor. »Dann kann ich euch ja auch verraten, warum Martinez in der Kühltruhe tiefgefroren wird. Ich lasse einen Pathologen kommen, der die genaue Todesursache feststellen soll.«

»Aber ist das nicht viel zu gefährlich ...«, widersprach Brand, wurde jedoch sofort unterbrochen.

»Gefährlich für einen von euch, weiter nichts. Der Pathologe, der die Obduktion durchführen wird, steht auf meiner Lohnliste. Wird ein paar Tage dauern, bis ich seinen Bericht bekomme. Und nun raus mit euch – aber schnell! Geht wieder an eure Arbeit.«

Sowie er allein im Büro war, stand Moloch auf, trat ans

Fenster und starrte auf die Küste und den aufgewühlten Pazifik hinunter. Das Bild, das sich ihm bot, entsprach seiner Stimmung. Die drei Schlüsselfiguren seiner Organisation würden aufgeschreckt reagieren, aber er hatte keine andere Wahl. Ausgerechnet in dieser wichtigen Phase, wo die geplante Operation kurz vor der Durchführung stand, mußte hier das Chaos ausbrechen.

Dann fiel ihm ein, daß Ethan nicht im Haus war. Warum hatte er nur seinen, Molochs, ausdrücklichen Befehl mißachtet und war zu seiner Mutter gefahren?

Tweed stieg aus dem Auto, sowie Newman den Motor abgestellt hatte. Der Wagen parkte genau unterhalb der Terrasse, die rund um The Apex verlief. Er bat Newman und Alvarez, im Wagen zu bleiben, während er mit Paula Mrs. Benyon besuchte.

Dann hörte er durch eine Lüftungsanlage neben der Eingangstür einen gellenden Schrei, der sogar das Heulen des Windes übertönte. Es klang, als würde sich eine verlorene Seele im Fegefeuer winden.

»Ich bringe dich um! Ich habe es dir doch gesagt! Du mußt sterben, du elende Kreatur! Ich bringe ganz Kalifornien um!«

Tweed packte den eisernen Türklopfer und hämmerte ihn mit aller Macht mehrmals gegen die Holztür. Er warf Paula einen Blick zu, woraufhin diese ihren Browning hervorholte, ihn am Lauf faßte und mit dem Griff gegen die Lüftung donnerte. Plötzlich herrschte einen Moment Stille, da der Wind kurz nachließ.

Sie hörten, wie jemand auf der anderen Seite der Tür Ketten zurückschob und mehrere Schlösser öffnete. Die Tür glitt langsam auf, und Paula schob den Browning in ihre Umhängetasche zurück, als sie sah, wen sie vor sich hatte. Ethan stand auf der Schwelle und starrte sie an.

Die Augen quollen ihm förmlich aus dem Kopf, seine Krawatte hing schief, und sein Haar war völlig zerzaust. Er musterte beide von oben bis unten und lächelte dann irr, wobei er mit dem Finger auf Tweed zeigte.

»Ich kenne Sie. Ich habe Ihnen die Anlage in Black Ridge gezeigt. Sie haben sich für meine Geräte interessiert. O ja, ich kenne Sie.«

»Könnten wir vielleicht hereinkommen?« bat Tweed. »Hier draußen ist es ungemütlich kalt.«

»Meine Mutter erwartet Sie. Möge sie in der Hölle schmoren.«

Er drängte sie zur Seite und rannte um die Ecke. Als sie das Haus betraten, hörten sie, wie sein Auto ansprang. Paula schloß die Tür wieder, dann ging sie mit Tweed in das Wohnzimmer. Wie bei ihrem letzten Besuch saß Mrs. Benyon aufrecht in ihrem thronähnlichen Stuhl.

»Guten Abend, Mr. Tweed, Paula. Setzen Sie sich doch bitte. Ich nehme an, Sie haben meinen Sohn gehört. Er ist ein bißchen aufgeregt. Oben in Black Ridge findet eine Party statt. Vincent hat Geburtstag. Hoffentlich erlebt er keinen weiteren.«

»Das klingt aber nicht gerade nach christlicher Nächstenliebe«, erwiderte Tweed. »Und ja, wir haben Ihren Sohn gehört. Ein bißchen aufgeregt? Es klang, als wäre er vollkommen wahnsinnig geworden.«

»Ich liebe dieses Wort nicht, Mr. Tweed.«

»Mrs. Benyon«, sagte Tweed, »meine nächste Frage ist sehr wichtig. Hat Ethan jemals medizinische Betreuung benötigt? Hatte er das, was die Psychiater als Nervenzusammenbruch bezeichnen? Müßte er sich nicht eigentlich in therapeutische Behandlung begeben?«

»Auf keinen Fall!« Sie stieß den Stock in ihrer rechten Hand hart auf den Boden. »Nicht so etwas! Nicht noch einmal. Deshalb haßt er mich ja so.«

»Nicht noch einmal? Demnach gab es früher bereits Schwierigkeiten mit ihm?«

»Sie sind Engländer. Einem Amerikaner würde ich das nicht erzählen. Amerikaner tratschen alles weiter.« Sie zögerte. »Damals, zu Hause in England, hat Ethan für einen gewissen Professor Weatherby gearbeitet. Er war wie besessen von seinen Forschungen – dachte, er hätte eine neue Theorie auf dem Gebiet der Seismologie aufgestellt, wollte

Weatherby aber nicht an seiner Arbeit teilhaben lassen. Bald fing er an, sich merkwürdig zu benehmen. Schrie erst mich ständig an, dann beschimpfte er auch wildfremde Menschen auf der Straße. Die Leute dachten, er würde handgreiflich werden. Sie zeigten ihn bei der Polizei an. Ich mußte etwas unternehmen.«

»Das verstehe ich vollkommen.« Tweeds Stimme klang mitfühlend und verständnisvoll. »Was haben Sie dann getan?«

»Ich ließ ihn von einem Facharzt untersuchen, der mich dazu brachte, die Einweisungspapiere zu unterzeichnen. Ethan kam in eine psychiatrische Anstalt. Das war, nachdem er von Weatherby weggegangen war. Ethan hat mir das nie verziehen. Nach einigen Monaten wurde er als geheilt entlassen. Aber er hat mir nie verziehen«, wiederholte sie. »Deshalb haßt er mich.«

»Muß schwierig für Sie gewesen sein«, meinte Paula.

»Allerdings. Er steigert sich in rasende Wutanfälle hinein. Ich kann ihn nur zur Besinnung bringen, indem ich ihn mit meinem Stock schlage. Vincent versteht das nicht. Er kam einmal dazu, als ich Ethan prügelte, riß mir die Stöcke aus den Händen, zerbrach sie und warf sie ins Feuer. Zum Glück hatte ich noch Ersatzstöcke da.«

Erzähl mir doch nichts, dachte Paula. Du kannst genauso gut laufen wie ich. Du versuchst nur, VB unter Druck zu setzen. Scheint aber nicht zu funktionieren.

»Ich könnte einmal mit Vincent sprechen«, erbot sich Tweed, während Paula ihren Gedanken nachhing. »Aber in Black Ridge sind kürzlich bestimmte Dinge vorgegangen, die mich zu dem Schluß kommen lassen, daß dies der falsche Moment wäre. Was meinte Ethan eigentlich damit, als er brüllte, er würde ganz Kalifornien umbringen?«

»Ich habe keine Ahnung. Vermutlich hat ihn sein Jähzorn dazu getrieben. Er mag die Amerikaner nicht. Sagt, sie sind für seinen Geschmack zu aufdringlich.«

»Und trotzdem arbeitet er für einen?«

»Nein, Moloch ist Belgier. Er hat die belgische Staatsbürgerschaft nie aufgegeben. Ethan bevorzugt Europäer.«

»Ist er ein eher schüchterner Mensch?« fragte Tweed.

»Das war er schon immer. Schüchtern und kontaktarm. Er konzentriert sich mit Leib und Seele auf die Seismologie und darauf, die bestehenden Grenzen auf diesem Gebiet zu durchbrechen.«

Tweed saß einen Moment lang gedankenversunken da und schwieg. Paula erkannte, daß er im Begriff stand, eine Entscheidung zu treffen. Plötzlich ergriff er wieder das Wort.

»Sie sind Engländerin, Mrs. Benyon?«

»Ja, und ich bin stolz darauf. Ich habe in Cheltenham gelebt, bevor ich hierherzog, weil Ethan von VB diesen lukrativen Job angeboten bekam.«

»Ich würde Ihnen raten, sämtliche Vorkehrungen zu treffen, um von einem Moment auf den anderen nach England zurückkehren zu können. Transferieren Sie all Ihre Vermögenswerte zu einer Bank in Cheltenham. Würden Sie über meinen Vorschlag nachdenken?«

»Ja, ich möchte gerne nach Hause zurückgehen«, erwiderte sie, ohne zu zögern. »Ich habe mich damit abgefunden, daß ich für Ethan nichts mehr tun kann. Seine letzte Drohung hat mir das ein- für allemal klargemacht.«

»Ich wiederhole«, betonte Tweed, »daß Sie sich auf eine plötzliche Abreise einrichten sollten. Fangen Sie jetzt schon an, so weit wie möglich zu packen, und vergessen Sie nicht, morgen früh Ihr Vermögen nach England zu überweisen. Behalten Sie nur so viel Geld hier, wie Sie für die nächsten Tage brauchen.«

»Wann soll ich aufbrechen?«

»Wenn ich Sie anrufe. Ich werde das Codewort ›Angelo‹ benutzen, dann wissen Sie, daß ich am Apparat bin. Reden Sie mit niemandem darüber. Und jetzt sollten wir besser gehen.«

»Vielen Dank, Mr. Tweed.« Sie hielt ihm die Hand hin. »Es hat mir sehr geholfen, mit Ihnen reden zu können. Wenn ich mir die Bemerkung erlauben darf – Sie sind ein sehr netter Mann.«

»Das kann ich nicht beurteilen.« Tweed lächelte ihr zu. »Aber eines steht fest – ich bin ein sehr realistisch denkender Mann. Ihre Telefonnummer lautet …« Er nannte ihr eine Zahlenfolge. »Ich habe sie auf dem Telefon in der Halle gesehen.«

»Was für ein hervorragendes Gedächtnis Sie haben.«

»Nur ein wenig Talent, mir Zahlen zu merken.« Tweed winkte ihr zu. »Bemühen Sie sich nicht – wir finden alleine hinaus.«

»Was hatte das alles zu bedeuten?« fragte Paula.

Sie saßen auf dem Rücksitz des Mercedes. Tweed gab keine Antwort, sondern starrte während der Fahrt über den Highway One zurück nach Carmel nur aus dem Fenster, auf die wildzerklüftete Küstenlandschaft unter ihnen. Hinter ihnen kam der BMW mit Marler am Steuer und Butler und Nield im Fond. Erst nach einer ganzen Weile machte Tweed wieder den Mund auf.

»Alvarez, halten Sie es für machbar, noch einmal mit Cord Dillon Verbindung aufzunehmen?«

»Ich weiß nicht. Meinen Sie über den Spezialfunk?«

»Ja, aber erst, wenn wir wieder in Spanish Bay sind.«

»Wir können es ja einmal versuchen«, sagte Alvarez mit einem zweifelnden Unterton in der Stimme. »Ich vermute, es hängt zum Teil davon ab, was Sie von ihm wollen. Er hat uns schließlich jegliche Unterstützung entzogen.«

»Diesmal handelt es sich um meine letzte und wichtigste Bitte an ihn«, sagte Tweed grimmig.

Er erläuterte seine Worte nicht näher. Paula blickte ihn verstohlen von der Seite an, doch schien er bereits wieder tief in Gedanken versunken. Der vom Pazifik herannahende Sturm nahm an Stärke ständig zu, zudem hatte heftiger Regen eingesetzt. Ein dichter Wasserschleier rann über die Windschutzscheibe und zwang Newman, das Tempo zu verringern und die Scheibenwischer auf höchste Stufe zu stellen. Sie erzeugten ein monotones Geräusch, das zu der düsteren Atmosphäre paßte. Wieder passierten sie tiefe Sandsteinschluchten, deren Wände zu jeder Seite fast senkrecht in die Höhe ragten. Vorangegangene Stürme hatten tiefe Furchen im weichen Gestein hinterlassen. Tweed begann auf einmal, einen populären Schlager vor sich hinzusummen.

»Sie wirken plötzlich erstaunlich fröhlich«, bemerkte Paula.

»Das bin ich auch. Ich habe nämlich gerade beschlossen, den Buchhalter in eine Falle zu locken.«

»Und wie wollen Sie das anstellen?«

»Indem ich einen Köder auslege, dem er nicht widerstehen kann.«

»Was für einen Köder denn?«

Wieder ging Tweed nicht näher auf das Thema ein. Der Regen pladderte wie ein Wasserfall unaufhörlich auf die Windschutzscheibe, so daß die Scheibenwischer die Flut nur mit Mühe bewältigen konnten. Newman beugte sich vor und versuchte zu erkennen, wo genau sie sich befanden. Nur weil er den Highway One bereits mehrere Male entlanggefahren war, wußte er, was als nächstes kam. Sie passierten eine Vielzahl verbotenerweise und mit vollem Licht am Straßenrand abgestellter Wagen – die Fahrer hatten offenbar beschlossen, auf das Ende der sintflutartigen Regenfälle zu warten.

Wahre Sturzbäche ergossen sich über den Highway; die Reifen des Mercedes warfen hohe Wasserfontänen auf. Wie Newman es schaffte, den Wagen unter Kontrolle zu halten, war Paula ein Rätsel. Auch Alvarez zeigte Anzeichen von Nervosität; ständig strich er sich mit einer Hand über sein dunkles Haar. Einzig Tweed ließen die widrigen Wetterumstände vollkommen kalt.

»Wir nähern uns Carmel«, sagte Newman endlich. »Verdammt ungemütlich ist es hier draußen geworden.«

Doch der Sturm legte sich so plötzlich, wie er aufgekommen war. Sie befanden sich kurz vor Mission Ranch, als Tweed Newman leicht auf die Schulter klopfte.

»Langsamer bitte. In Mission Ranch brennt noch Licht. Wahrscheinlich haben sie wegen des Unwetters das Restaurant offengehalten. Sehen Sie den Wagen, der gerade vom Parkplatz rollt? Grenville sitzt hinter dem Steuer. Ich möchte, daß Sie ihm folgen.«

In Linda Standishs Apartment, daß er dank des in allen Zeitungen ausführlich breitgetretenen Mordes an der früheren Bewohnerin billig hatte mieten können, machte sich Maurice auf den Weg zu einer Verabredung. Er war frisch rasiert und trug einen modischen Anzug. Nachdem er sich einen Trenchcoat übergezogen hatte, nahm er einen Gegenstand aus seinem Schlafsack und schob ihn in die Tasche.

»Ich würde einen guten Hippie abgeben«, sagte er zu sich selbst. »Müßte mir allerdings ein anderes Outfit zulegen.«

In dem metallenen Aktenschrank, in dem Linda Standish ihre Unterlagen über frühere Fälle aufbewahrt hatte, herrschte gähnende Leere. Sämtliche Aktenordner waren zum Polizeipräsidium geschafft worden. Linda hatte den Schrank zugleich benutzt, um ein paar Kleidungsstücke darin aufzubewahren, und an der Kleiderstange hingen jetzt auf der einen Seite Maurice' gute Anzüge, auf der anderen die Sachen, die er günstig in einem Secondhandshop erstanden hatte.

Wieder schaute er auf die Uhr. Es blieb ihm ausreichend Zeit, den Mann zu treffen, mit dem er sich verabredet hatte. Er dankte dem Himmel dafür, daß der Regen nachgelassen hatte, als er das Apartment verließ, die Treppe hinunterging und in die feuchte Nachtluft hinaustrat.

»Kann ich Sie nicht doch noch zum Bleiben überreden?« fragte Moloch Vanity, die soeben sein Büro betreten hatte. »Wenn es eine Frage des Geldes ist …«

»Darum geht es mir nicht – im Moment jedenfalls nicht.« Lächelnd nahm sie auf dem Stuhl gegenüber von seinem Schreibtisch Platz. »Ich habe einen sehr lukrativen Job in New York angenommen und auch bereits einen Vertrag unterzeichnet.«

»Das hat nichts zu sagen«, beharrte Moloch. »Verträge kann man brechen.«

»Sie vielleicht. Ich nicht.« Vanity lächelte immer noch. »Mr. Moloch, Sie halten mich für vertrauenswürdig.

Wenn ich jetzt meinem neuen Arbeitgeber gegenüber wortbrüchig würde, wie könnten Sie mir da jemals wieder vertrauen?«

»Zu welcher Firma wechseln Sie?«

»Das kann ich Ihnen leider nicht sagen. Absolute Verschwiegenheit ist ein Teil des Vertrages. Aber ich stehe Ihnen ja noch eine Weile zur Verfügung. Sie haben also genug Zeit, um Ersatz für mich zu finden.«

»Ich würde Ihr Gehalt verdoppeln.«

Vanity schüttelte ihre rote Mähne. »Die Antwort heißt nein. Und machen Sie sich keine Sorgen, daß ich vielleicht vertrauliche Informationen weitergeben könnte. Es gehört zu meinen Prinzipien, mich meinen Arbeitgebern gegenüber loyal zu verhalten. Wenn Sie mich jetzt bitte entschuldigen würden ... Ich bin müde und möchte gern zu Bett gehen.«

Nachdem sie den Raum verlassen hatte, schaute VB lange Zeit gedankenverloren aus dem Fenster und beobachtete, wie sich die mächtigen Wellen schäumend an den Felsen brachen. Sogar die mächtige *Baja* draußen vor der Küste wurde von dem Sturm heftig gebeutelt. Schaudernd wandte er sich ab und trat auf den Flur hinaus.

Aus der Richtung des Marmorzimmers, in dem die Party immer noch im Gange war, sah er Ethan auf sich zukommen. Der Wissenschaftler funkelte ihn wütend an und ging ohne ein Wort an ihm vorbei. Das fanatische Glühen in seinen Augen gab Moloch Anlaß zur Besorgnis. Seine ganze geordnete Welt drohte in Stücke zu zerfallen.

Er kehrte zu seinem Büro zurück, nahm einen Trenchcoat vom Haken hinter der Tür, warf ihn über und eilte dann zur Rückseite von Black Ridge, wo ein Sikorsky-Hubschrauber bereitstand. Rund um die Uhr waren Piloten im Einsatz, so daß er jederzeit starten konnte. Der Mann, der im Moment gerade Dienst versah, kletterte aus der Maschine und ging über den Hangar auf Moloch zu.

»Haben Sie neue Anweisungen für uns, Chef?«

»Ja, sehr wichtige sogar. Die Maschine muß ständig vollgetankt in Bereitschaft gehalten werden, und die Piloten sollen vierundzwanzig Stunden am Tag abwechselnd Dienst tun. Ich werde den Hubschrauber von Wachposten umstellen lassen, um sicherzugehen, daß sich kein Unbefugter ihm nähert. Überprüfen Sie sofort die Dienstpläne und geben Sie Ihren Kollegen Bescheid ...«

Im Inneren des Gebäudes traf er auf Hogan, der einen Korridor entlangschritt. Hogan fiel auf, daß VBs ohnehin schon blasses Gesicht heute noch bleicher als gewöhnlich wirkte.

»Sorgen Sie dafür, daß der Hangar, wo der Sikorsky steht, rund um die Uhr von einem Team bewaffneter Männer bewacht wird. Wenn Sie Ihre Sache gut machen, ist ein Sonderbonus für Sie drin ...«

Moloch lief zu seinem Büro zurück, schloß die Tür, schlüpfte aus dem Trenchcoat und hängte ihn wieder an den Haken, ehe er sich an seinen Schreibtisch setzte. Aus einer sorgfältig verschlossenen Schublade nahm er ein Funkgerät und erteilte einige Minuten später dem Piloten seines Learjet, der im Außenbereich des San Francisco International stand, seine Befehle.

»Ben, bereiten Sie den Jet für einen Flug nach London vor. Polarroute, versteht sich. Rechnen Sie jeden Augenblick mit meiner Ankunft.«

35.

Grenville konzentrierte sich so sehr darauf, sein Ziel zu erreichen, daß er den Mercedes gar nicht bemerkte, der ihm mit Abblendlicht folgte. Die Straße war relativ stark befahren – von Männern und Frauen, die es eilig hatten, nach Hause zu kommen, nachdem der Sturm abgeflaut war –, was Newman sehr gelegen kam.

»Wo will er nur hin?« fragte Paula, als Grenville nach Carmel hineinfuhr.

»Genau das müssen wir herausfinden«, erwiderte Tweed. »Vielleicht hat der Sturm ihn aufgehalten. Er scheint es ziemlich eilig zu haben, dorthin zu gelangen, wo immer er hin will.«

»Vielleicht ist er ja auf dem Weg zur Polizeiwache auf der Ecke Junipero und 4th Avenue«, spottete Alvarez.

»Das bezweifle ich doch stark«, widersprach Tweed.

»Jedenfalls befinden wir uns ganz in der Nähe. Nämlich auf der Junipero Street.«

Newman schlich im Schneckentempo weiter. Plötzlich bog er in die 5th Avenue ein und parkte direkt hinter der Ecke. Tweed und Alvarez sprangen sofort aus dem Wagen. Paula folgte ihnen. Alle drei spähten vorsichtig um die Ecke.

»Das ist doch Maurice, mit dem er da spricht. Der hat sich ja mächtig in Schale geworfen!« rief Paula erstaunt.

Alvarez hatte unterdessen ein Nachtsichtglas aus seiner Reisetasche genommen. Er richtete es auf die beiden Gestalten, dann pfiff er leise durch die Zähne.

»Ich bin mir ziemlich sicher, daß Maurice Grenville soeben ein kleines Päckchen zugesteckt hat. Meiner Meinung nach enthält es Kokain. Jetzt steigt Maurice in Grenvilles Wagen.«

Sie liefen zu dem Mercedes zurück, um Newman zu berichten, was soeben geschehen war. Dieser wendete, bog wieder um die Ecke und sah gerade noch das Heck von Grenvilles Wagen hinter einem Häuserblock verschwinden. Er folgte ihm, mußte jedoch bald feststellen, daß sie anscheinend ziellos durch Carmel fuhren, wobei sie ständig die Richtung wechselten. Nach ungefähr fünf Minuten hielt Grenville vor dem Eingang zu einem Hinterhof an. Beide Männer stiegen aus und betraten den Hof.

»Wo sollten sie auch sonst zu dieser nachtschlafenden Stunde noch hinwollen?« knurrte Alvarez. »Ich kenne diesen Hof. Er gehört Papa.«

»Wer um alles in der Welt ist Papa?« fragte Paula.

»Der bedeutendste Drogendealer der ganzen Westküste. Die Polizei hat ihm nie etwas nachweisen können.«

»Und was sagt uns das?« hakte sie nach.

»Ich weiß jetzt, wer der Mittelsmann ist«, bemerkte Tweed.

»Mittelsmann?« wunderte sich Paula.

»Zurück nach Spanish Bay«, befahl Tweed. »Ich muß mich umgehend mit Cord Dillon in Verbindung setzen.«

Sie parkten auf ihrem gewohnten Platz hinter dem Hotel. Newman fuhr die Antenne aus und drückte ein paar Knöpfe. Ohne große Hoffnung auf Erfolg griff Tweed nach dem Mikrofon.

»Hier Tweed. Hört mich jemand?«

»Nur ich«, ertönte Dillons vertraute Stimme. »Was zum Teufel ist bei Ihnen los?«

»Wir müssen Kalifornien vermutlich in höchster Eile verlassen.« Tweed sprach absichtlich schnell. »Die Abreise wird mit an Sicherheit grenzender Wahrscheinlichkeit innerhalb der nächsten Tage erfolgen.«

»Freut mich, zu hören. Ich habe Ihnen ja geraten, nach Hause zurückzukehren.«

»Cord, bei dieser Abreise handelt es sich eher um eine Flucht. Ich brauche ein Transportmittel für eine unbekannte Anzahl von Personen; ein Flugzeug, das uns möglichst schnell zum San Francisco International befördern kann. Es muß uns irgendwo zwischen Spanish Bay und Big Sur an Bord nehmen. Einzelheiten über unseren genauen Aufenthaltsort erfahren Sie erst im letzten Moment.«

»Ein Chinook«, erwiderte Dillon prompt. »Soll er Sie tagsüber oder nachts abholen?«

»Auch das weiß ich noch nicht genau.«

Alvarez nahm Tweed das Mikrofon aus der Hand. Seine Stimme klang ruhig und eindringlich.

»Cord, hier spricht Alvarez. Wenn der genaue Aufnahmeort bekannt ist, werde ich Ihrem Piloten ein Zeichen geben, sagen Sie ihm das. Nachts blinke ich viermal mit meiner Taschenlampe, mache eine kleine Pause, blinke wieder viermal und so weiter. Tagsüber werde ich meinen Revolver über dem Kopf kreisen lassen.«

»Alles klar«, entgegnete Dillon. »Der Chinook wird in wenigen Stunden in Monterey eintreffen und dort warten. Ich hab' was gut bei Ihnen, verstanden?«

»Verstanden. Vielen Dank auch, Cord.«

»Ich habe von einem Chinook schon einmal gehört«, meinte Paula, als Alvarez das Mikrofon wieder in seine Halterung klemmte. »Worum genau handelt es sich dabei denn?«

»Um einen Helikopter. Ein Riesending, kann locker vierzig Passagiere befördern. Wir sind anscheinend wieder im Geschäft, Tweed.«

»Er hat Sie gar nicht gefragt, weshalb Sie nicht nach Washington zurückgekehrt sind«, bemerkte Paula.

»Nein, das hat er nicht.«

In seiner Suite angelangt bat Tweed Paula als erstes, noch einmal zum Schalter zu gehen und die Angestellte zu bitten, ihre Flüge nach London jeden Tag neu zu bestätigen.

»Und fügen Sie noch die Namen von Mrs. Benyon, Alvarez und Julie Davenport hinzu.«

»Wer ist Julie Davenport?«

»Meine Geheimwaffe. Vergessen Sie nicht, daß in den Staaten Julie manchmal als Abkürzung von Julian gebraucht wird.«

»Vermutlich sollte ich Sie gar nicht erst fragen, wer Julian ist.«

»Ganz recht. Buchen Sie auch einen Platz für Peregrine Hamilton.«

»Wie Sie wollen. Ich glaube, ich erledige das sofort. Mir ist nämlich aufgefallen, daß die Halle bis auf ein paar Hotelangestellte wie leergefegt war, als wir hereinkamen. Also kann mich auch niemand belauschen, wenn ...«

Sie stand schon im Begriff, den Raum zu verlassen, als das Telefon klingelte. Rasch nahm sie den Hörer ab, horchte einen Augenblick und reichte ihn dann an Tweed weiter.

»Es ist Reibeisenstimme«, flüsterte sie.

»Hier Tweed.«

Er hörte zu, wobei er Paula bedeutete, sie solle warten. Paula sah, wie er flüchtig die Stirn runzelte, ehe er sich wieder konzentrierte. Erst nach ein paar Minuten legte er langsam den Hörer auf.

»Gut«, sagte er zu Paula, »tun Sie jetzt, was ich Ihnen gesagt habe.«

»Demnach verlassen wir Kalifornien?«

»Bald. Falls wir am Leben bleiben. Ich sollte Sie wirklich auf dem schnellsten Weg nach Hause schicken.«

»Meine Antwort darauf kennen Sie ja. Ich gehe jetzt in die Halle.«

Als sie den Flur entlangeilte, hallten die Worte in ihrem Kopf wider. *Falls wir am Leben bleiben.*

Am nächsten Morgen traf Paula auf dem Weg zum Frühstück Vanity. Sie fand, daß die normalerweise so gutgelaunte Frau bedrückt wirkte.

»Guten Morgen, Vanity«, begrüßte sie sie. »Wieder so ein schöner Tag, nicht wahr? Was tun Sie denn hier? Ich dachte, Sie übernachten in Black Ridge?«

»Das stimmt auch, aber ich konnte nicht schlafen. Deshalb bin ich früh aus den Federn gekrochen, um hier zu frühstücken.«

»Dann leisten Sie mir doch Gesellschaft«, schlug Paula vor.

»Gute Idee.«

»Wie ich hörte, haben Sie bei Moloch gekündigt«, sagte Paula beiläufig, als sie bei Roy's einen Tisch belegten. »Ich hätte nicht gedacht, daß Sie einen noch besseren Job finden würden.«

»Ach, das ist halb so schwer. Außerdem wollte ich mich beruflich verändern. Ich bin ein richtiger Wandervogel, halte es nirgendwo allzu lange aus.«

»Geben Sie es doch zu«, neckte Paula sie, »Sie sind ganz einfach eine typische Karrierefrau.«

Zum ersten Mal spielte ein Lächeln um Vanitys Lippen. Sie unterhielten sich eine Weile über unverfängliche Dinge, dann sagte Vanity, sie wolle kurz die Toilette aufsuchen, käme aber gleich zurück. Paula blieb am Tisch sitzen. Ihre Gedanken überschlugen sich förmlich. Was ging hier nur vor?

Die Art, wie Tweed Vorkehrungen für eine plötzliche

Abreise getroffen hatte, deutete auf nahendes Unheil hin. Warum waren die kommenden Tage so wichtig? Wer waren die zusätzlichen Passagiere, für die sie auf Tweeds Geheiß Sitze hatte buchen müssen? Warum brauchten sie einen Hubschrauber, um nach San Francisco zu gelangen? Und mit welchem ›Köder‹ wollte Tweed den Buchhalter in die Falle locken? Paula konnte nicht behaupten, daß die möglichen Antworten auf all diese Fragen sie sonderlich glücklich stimmten.

Seltsamerweise spürte sie bei Vanity ein ähnliches Unbehagen. Ihr war, als würde eine nicht näher zu identifizierende Bedrohung über ihnen allen hängen. Es dauerte eine ganze Weile, bis Vanity zurückkam und ihre Handtasche von ihrem Stuhl aufhob.

»Es tut mir leid, Paula, aber ich bekam eben einen Anruf. Ich muß sofort nach Black Ridge fahren. Vermutlich gedenkt Seine Lordschaft, mir einen weiteren Berg Arbeit aufzuhalsen, der vorzugsweise vorgestern erledigt werden muß. Entschuldigen Sie mich bitte.«

Nachdem sie sich verabschiedet hatte, stand auch Paula vom Tisch auf. Etwas machte sie stutzig. Wenn Vanity wirklich die Toilette aufgesucht hatte, warum hatte sie dann ihre Handtasche nicht mitgenommen?

Sie durchquerte gerade die Halle, als Grenville an ihrer Seite auftauchte. Charmant wie immer nahm er sie beim Arm.

»Sie gleichen einem Sommermorgen in Kalifornien. Strahlend schön.«

»Danke.« Paula entdeckte dunkle Schatten der Erschöpfung unter seinen Augen, doch hielt er sich immer noch kerzengerade und hatte auch weder sein übliches Selbstvertrauen noch seinen Elan verloren. »Was haben Sie denn heute vor?« fragte sie ihn.

»Ich will versuchen, Maurice aufzutreiben. Scheint wie vom Erdboden verschluckt zu sein. Der Bursche schuldet mir einen Haufen Geld. Eigene Dummheit, ich hätte ihm das Darlehen gar nicht gewähren dürfen – er setzt das Geld ohnehin nur in Hochprozentiges um. Gräßlich, so über einen Landsmann sprechen zu müssen, aber Ihnen muß das doch auch aufgefallen sein. Jeder hat es bemerkt.«

»Er kam mir aber stocknüchtern vor, als ich ihn einmal in Cornwall traf.«

Sie beobachtete Grenville genau, während sie sprach. Er wirkte nachdenklich. Dann führte er sie zu einer Couch, setzte sich neben sie und blinzelte sie von der Seite an.

»Merkwürdige Gerüchte kreisen um Ihren Freund Tweed. Hörte es beim Frühstück. Irgendwer erzählte mir, Tweed wäre auf dem Weg zu dem Apartment, in dem diese Standish ermordet wurde. Glaubt vermutlich, er entdeckt Beweismaterial, das die Polizei übersehen hat.«

»Wer hat Ihnen das gesagt?« fragte Paula hastig.

»Keine Ahnung. Kenne den Kerl nicht. Ein Engländer. Keiner von denen, die meinen Club besuchen.«

»Wann ist Tweed denn aus dem Haus gegangen?« erkundigte sich Paula dringlich.

»Nur die Ruhe, meine Liebe. Ich weiß es wirklich nicht. Hielt das Ganze für frei erfunden, bis mir ein Stammgast des Anglo-Pacific-Clubs, ein gewisser Dawlish, genau dasselbe erzählte. Die Luft hier schwirrt nur so vor Gerüchten. Müssen Sie schon wieder weg?«

»Mir ist gerade eingefallen, daß ich noch einen wichtigen Anruf tätigen muß. Bis später ...«

Die aufsteigende Panik niederkämpfend, die sich ihrer zu bemächtigen drohte, hastete Paula zu Tweeds Suite. Wiederholt drückte sie auf die Klingel, bekam jedoch keine Antwort. Sie rannte den Flur entlang und schob die schwere Tür auf, die zum Rasengelände und den Terrassen vor den Zimmern führte. Niemand begegnete ihr auf dem Weg zu Tweeds Terrasse.

Vor der Glastür blieb sie stehen und spähte in den Wohnraum. Auch hier kein Zeichen von Tweed. Mit der geballten Faust hämmerte sie gegen die Scheibe. Vielleicht nahm er ja gerade ein Bad. Das Gesicht fest gegen das Glas gepreßt blickte sie angestrengt in das Zimmer und stellte fest, daß die Verbindungstür zwischen Wohnraum und Bad offenstand. Wenn er ein Bad nehmen oder duschen würde, hätte er sie mit Sicherheit geschlossen.

Rasch lief sie zu ihrer eigenen Suite zurück. Die Fenster hatte sie aufgelassen, damit frische Luft in das Zimmer kam. Sie hastete ins Schlafzimmer, ließ sich auf alle viere nieder und riß den Beutel mit der Reservemunition los, den sie mit Klebeband an der Unterseite ihres Bettes befestigt hatte.

Als sie den Raum auf dem Weg durch das Badezimmer verlassen wollte, wurde sie plötzlich auf etwas aufmerksam. Der große runde Schminkspiegel fehlte, den sie gelegentlich benutzte, um sich für besondere Anlässe zurechtzumachen. Es war einer dieser Spiegel, die sich zusammenklappen ließen. Was sollte das nun wieder bedeuten?

Dann fiel ihr ein, daß das Fenster, das sie offengelassen hatte, jetzt weiter zugezogen war, als sie es in Erinnerung hatte. Jemand mußte von draußen in ihr Zimmer gekommen sein. Und warum? Um einen Schminkspiegel zu entwenden? Paula spürte, daß etwas im Gange war, sie konnte nur nicht genau sagen, was.

Ruhelos verließ sie ihre Suite und eilte auf der Suche nach Newman hinaus ins Freie. Draußen vor der Eingangstür sah sie gerade noch Grenville in seinem Auto wegfahren. In einiger Entfernung entdeckte sie Vanitys Audi, der um eine Kurve schoß, ohne sich an die Geschwindigkeitsbeschränkungen innerhalb des Hotelgeländes zu halten. Wo wollten heute nur alle hin?

Sie beschleunigte ihre Schritte, während sie den Bogengang mit den hoteleigenen Geschäften entlangging, der zu dem Parkplatz führte, wo Newman für gewöhnlich den Mercedes abstellte. Butler saß hinter dem Steuer. Als er sie sah, stieg er aus und schenkte ihr ein seltenes Lächeln.

»Sie wollen also auch weg?«

»Wer hat denn sonst noch alles das Hotel verlassen?«

»Nun, Vanity ist eben mit ihrer fahrbaren Rakete davongebraust. Dann fuhr Grenville mit etwas gemäßigter Geschwindigkeit hinter ihr her.«

»Ich weiß. Ich habe sie gerade noch gesehen. Wo ist Newman?«

»Unter der Dusche. Er hat mich gebeten, auf den Wagen aufzupassen. Offenbar hat Tweed ihm gestern nacht noch gesagt, daß heute morgen nichts Besonderes anliegen würde und daß er deshalb ausschlafen könnte. Marler erzählte er dasselbe. Alles ruhig an der Front.«

»Tatsächlich? Ist sonst noch jemand weggefahren? Ich kann den BMW nirgends entdecken.«

»Oh, den hat Tweed genommen. Ich wollte ihn begleiten, um ihm notfalls beispringen zu können, aber er sagte, er wolle nur jemanden in Carmel aufsuchen und es wäre ihm lieber, alleine zu sein.«

»Wann ist er weggefahren?«

»Muß ungefähr vor einer halben Stunde gewesen sein. Mir fiel nur auf, daß er eine meiner Walthers mitnahm. Sagte, das würde mich vielleicht beruhigen, wenn ich schon nicht mitkommen und auf ihn aufpassen könnte.«

»Großer Gott!«

Ich werde den Buchhalter in eine Falle locken ... indem ich einen Köder auslege, dem er nicht widerstehen kann.

Voller Entsetzen rief sie sich Tweeds Worte vom vorangegangenen Abend wieder ins Gedächtnis. Plötzlich begriff sie auch die Bedeutung der Gerüchte, von denen Grenville ihr erzählt hatte. Die waren von Tweed persönlich in die Welt gesetzt worden. Vermutlich hatte er anonym in Black Ridge angerufen, irgendeinen der Angestellten über sein Vorhaben in Kenntnis gesetzt und darauf gebaut, daß die Nachricht sich verbreiten würde – in großen Firmen machten Klatschgeschichten immer schnell die Runde unter der Belegschaft. Die Erkenntnis traf sie wie ein Schlag. Tweed hatte vor, seine eigene Person als Köder einzusetzen. Er wartete in Linda Standishs früherem Apartment auf den Killer, und er war entschlossen, das gefährliche Unternehmen ganz alleine durchzuführen.

36.

Tweed saß an dem Tisch, an dem Linda Standish den Tod gefunden hatte. Aus dem Hotel hatte er sich einen Block Briefpapier mitgebracht, dessen Blätter über den blutbefleckten Schreibtisch verstreut lagen. Auf die meisten davon hatte er aufs Geratewohl sinnlose Zahlen gekritzelt, auf einem davon stand jedoch eine Liste von Verdächtigen. Vor ihm, teilweise durch einen Bogen Papier verdeckt, lag der Schminkspiegel, den er sich bei Paula entliehen hatte. Aus Paulas Beschreibung ihres schrecklichen Erlebnisses, als der Buchhalter versucht hatte, sie zu töten, hatte er geschlossen, daß sich der Attentäter in dem kleinen Badezimmer hinter ihm verborgen gehalten haben mußte. Die nicht vergrößernde Seite des zweiteiligen Spiegels war so ausgerichtet, daß er die Badezimmertür im Auge behalten konnte.

Die Schublade zu seiner Rechten hatte er halb aufgezogen. Darin lag unter einem Blatt Papier die Walther.

Bevor er das Apartment betreten hatte, war er einmal um den Block geschlendert, um sich die am Bordstein geparkten Autos genau anzuschauen. Er hatte beobachtet, wie Maurice am Ausgang des Hofes erschien, zögerte und dann wieder zurückging, als habe er etwas vergessen. Maurice war auffallend elegant gekleidet gewesen.

Tweed hatte seinen Spaziergang fortgesetzt, um Maurice Zeit zu geben, das Apartment wieder zu verlassen. In seiner Tasche steckte ein Satz Dietriche, den Marler ihm anläßlich eines früheren Unternehmens einmal besorgt hatte.

Vor seinem Aufbruch nach Carmel hatte er vom Hotelzimmer aus mehrere Leute angerufen, die auch auf Grenvilles Party im Anglo-Pacific-Club gewesen waren, und hatte ihnen weisgemacht, er habe erfahren, daß ein gewisser Tweed an diesem Morgen das Standish-Apartment aufsuchen wolle. Danach hatte er einen anonymen Anruf in Black Ridge getätigt und Hogan, der am anderen Ende der Leitung gewesen war, dieselbe Geschichte aufgetischt. Da sich der größte Teil der britischen Clubmitglieder tödlich langweilte, hegte er keinen Zweifel daran, daß diese Anrufe bald Thema Nummer eins sein würden.

Schließlich, nachdem er Maurice genügend Zeit zum Verschwinden gelassen hatte, war er dann in den Hof gegangen und die Eisentreppe emporgestiegen.

Mit dem vierten Dietrich ließ sich die Wohnungstür öffnen. Er schlich leise hinein und bemerkte als erstes den an einer Wand ausgebreiteten Schlafsack von Maurice. Vorsichtshalber ließ er die Tür einen Spalt offenstehen, während er flüchtig den Raum durchsuchte. Ein muffiger Geruch hing in der Luft.

Als er den hohen Metallschrank öffnete, fiel ihm Maurice' merkwürdige Garderobenzusammenstellung auf. Die eine Hälfte bestand aus alten, abgetragenen Fetzen, die andere aus modischen Anzügen. In sich hineinlächelnd schloß er den Schrank wieder. Als er versuchte, die Badezimmertür zu öffnen, stellte er fest, daß ihm das nicht gelang, weil sie sich irgendwie verklemmt hatte, und er erinnerte sich, wie viele Schwierigkeiten diese Tür Detective Anderson bereitet hatte, der sich mit seinem ganzen Gewicht dagegenwerfen mußte, um sich Zugang zum Bad zu verschaffen.

Danach machte er es sich dem Stuhl hinter dem Schreibtisch bequem und begann mit seinen Kritzeleien. Hier, in dem abgelegenen Hinterhof, war von dem Verkehr und den Menschen draußen auf der Straße kein Laut zu hören. Die Totenstille, die den meisten Leuten auf das Gemüt geschlagen wäre, ließ ihn kalt.

Tweed hatte mit Absicht kein Mitglied seines Teams in seine Pläne eingeweiht. Schon das kleinste Indiz dafür, daß der Hof bewacht wurde, konnte den Buchhalter abschrekken. Nachdem er lange Zeit bewegungslos dagesessen hatte, war es zu einem kleinen Zwischenfall gekommen, mit dem er jedoch auf seine übliche gelassene Weise fertiggeworden war. Wieder fing er an, sinnlose Zahlen auf einen Bogen Papier zu kritzeln. Eine vollkommen reglose Gestalt hätte Verdacht erregt, falls sich der Buchhalter tatsächlich entschloß, ihm einen Besuch abzustatten.

Tweed verfügte über Nerven aus Stahl. Die Tatsache, daß er sich als lebende Zielscheibe für einen Killer anbot, der nie gefaßt worden war, bereitete ihm keinerlei Kopfzerbrechen. Und er hatte zudem eine Engelsgeduld. Das einzige Geräusch, das er hörte, waren Schritte draußen auf dem Kopfsteinpflaster unterhalb der Treppe. Er wartete darauf, daß sie die Stufen emporkamen, aber sie verhallten in der Ferne. Vermutlich benutzten die Einheimischen den Hof als Durchgang.

Mehrfach schob er die Hand in die halb geöffnete Schublade, um sicherzugehen, daß er die Walther mit einem Griff packen konnte. Die Bewegung erfolgte mittlerweile fast automatisch. Nun hing der Erfolg seiner Mission allein davon ab, ob die Gerüchte, die er ausgestreut hatte, der richtigen Person zu Ohren gekommen waren.

Er warf einen Blick auf seine Verdächtigenliste, überzeugt davon, daß einer der dort aufgeführten Namen der des Attentäters sein mußte, doch konnte er nicht mit Sicherheit sagen, welcher Name denn nun zu dem Serienmörder – oder der Mörderin – gehörte, der oder die sich selbst der ›Buchhalter‹ nannte.

Tweed hatte noch eine weitere Vorsichtsmaßnahme getroffen, ehe er sich in das Apartment wagte. Während seines Rundgangs um den Block war ihm ein ungewöhnliches Schild aufgefallen, das zu einem der vielen ausgefallenen und bizarren Geschäfte von Carmel gehörte. Darauf prangte eine große, nach unten gebogene Holzpfeife; ganz ähnlich der, die in Sherlock Holmes' Mundwinkel zu kleben pflegte.

Er hatte den winzigen Laden betreten und eine Blechschachtel mit Zigarren erstanden. Draußen hatte er dann die Zigarren in einem Mülleimer deponiert, den Deckel abgerissen und eingesteckt und den Rest der Dose gleichfalls fortgeworfen.

Tweed trug stets Handschuhe in der Manteltasche bei sich. Drinnen im Apartment hatte er einen davon hervorgeholt, und den blechernen Deckel so hineingeschoben, daß er in seiner Handfläche ruhte. Den Handschuh trug er nun an seiner linken Hand, da er sehr wohl wußte, daß nur der feinmaschige Metallkragen um Paulas Hals sie damals davor bewahrt hatte, erdrosselt zu werden. Das dünne Blech war zwar nur ein armseliger Ersatz für einen widerstandsfähigen Kragen, aber immerhin besser als nichts. Die linke Hand lag nun still auf seinem Schoß – die ungeschützte rechte brauchte er für die Walther.

Die Zeit tröpfelte dahin. Nichts geschah. Tweed wartete geduldig ab.

Newman hatte Tweeds Vorschlag befolgt und lange geschlafen. Als er endlich erwachte, nahm er eine Dusche, rasierte sich gründlich, kleidete sich an und ging über den Flur zu Roy's, um ausgiebig zu frühstücken.

Zu seiner Verwunderung sah er Butler in der Halle auf einer Couch sitzen. Er ließ sich neben ihm nieder und stellte ihm leise eine Frage.

»Ich dachte, Sie würden den Mercedes bewachen?«

»Hab' ich auch. Tweed kam aus dem Hotel und fuhr alleine mit dem BMW weg. Dann erschien Paula auf der Bildfläche, und als ich ihr von Tweeds Aufbruch erzählte, schnappte sie sich den Mercedes und brauste davon. Ebenfalls alleine.«

»Alleine?« Newman mußte an sich halten, um nicht ausfallend zu werden. »Warum sind Sie denn nicht mitgefahren? Haben Sie den Verstand verloren, sie allein auf Tour gehen zu lassen?«

»Sie bestand darauf, allein zu fahren. Versuchen Sie doch mal, mit Paula zu diskutieren, wenn sie einen Entschluß gefaßt hat. Ach ja, Tweed hat sich außerdem noch eine Walther von mir geborgt.«

»Eine Walther? Das wird ja immer schöner! Was hatte Tweed vor? Und wo wollte Paula mit dem Mercedes hin?«

»Weiß ich nicht«, erwiderte Butler beleidigt. »Keiner von beiden hielt es für nötig, mir etwas zu sagen, was ich ziemlich merkwürdig fand. Aber es ist Zeitverschwendung, sich mit Tweed oder Paula herumzustreiten, wenn die sich etwas in den Kopf gesetzt haben.«

»Damit ich Sie richtig verstehe«, fauchte Newman, »lassen Sie mich eines klarstellen: Zuerst ist also Tweed in dem BMW weggefahren – nachdem er sich von Ihnen eine Walther hat geben lassen. Danach kommt auf einmal Paula an, nimmt sich den Mercedes und fährt gleichfalls zu einem unbekannten Ziel. Ist das soweit richtig?«

»Goldrichtig. Was hätte ich denn tun sollen?« setzte sich Butler aufgebracht zur Wehr.

»Und Sie wissen wirklich nicht, wo die beiden hinwollten? Sie sind unabhängig voneinander losgefahren?«

»Genauso war es.«

Angst überkam Newman, während er versuchte, sich zu entscheiden. Eine Engländerin, mit der er sich auf Grenvilles Party kurz unterhalten hatte, blieb stehen, um ein paar Worte mit ihm zu wechseln. Er erhob sich.

»Haben Sie die neuesten Gerüchte schon gehört? Sehr merkwürdig, finde ich.«

»Was denn für Gerüchte?« erkundigte er sich höflich.

»Ihr Boß, Mr. Tweed, soll losgegangen sein, um das Standish-Apartment zu besichtigen. Sie wissen doch, da wurde diese unglückliche Privatdetektivin ermordet. Mir kommt die Idee ja reichlich makaber vor, wenn ich das einmal so sagen darf, aber ...«

»Würden Sie mir wohl einen großen Gefallen tun?« unterbrach Newman den Redeschwall. »Besitzen Sie ein Auto, das ich mir ausborgen könnte? Meines springt nicht an, und ein Freund von mir ist plötzlich erkrankt.«

»Selbstverständlich. Kommen Sie mit. Mein Cadillac steht auf dem Parkplatz. Hier sind die Schlüssel. Es ist doch hoffentlich nichts Ernstes?«

»Ich weiß es nicht, deswegen will ich ihn ja schnellstmöglich besuchen.«

Die Engländerin verlor keine Zeit. Ohne ihn mit weiteren Fragen zu behelligen, führte sie Newman zu einem cremefarbenen Cadillac. Er bedankte sich bei ihr, schloß die Tür auf und setzte sich hinter das Steuer.

Sowie er den Parkplatz hinter sich gelassen hatte, trat er das Gaspedal durch. Was er erfahren hatte, klang verrückt.

Tweed, da war er sich ganz sicher, hielt sich zur Stunde in Linda Standishs Apartment auf. Aber warum? Da er sich daran erinnerte, daß auch das Leben anderer Verkehrsteilnehmer auf dem Spiel stand, hielt er sich so gut es eben ging an die Geschwindigkeitsbegrenzung, während er zur Junipero Street raste. Er ahnte nicht, daß er zu spät kam.

Tweed kritzelte gerade weitere Zahlen auf ein Blatt, um sich wachzuhalten, als er im Spiegel sah, wie sich die Badezimmertür hinter ihm öffnete. Eine Kapuzengestalt löste sich aus dem Schatten, eine Garotte in der Hand. Tweed wollte in die geöffnete Schublade greifen, doch im selben Moment versetzte die unheimliche Gestalt der Lade einen kräftigen Tritt mit dem rechten Fuß. Tweed konnte seine Hand gerade noch rechtzeitig zurückreißen, sonst wären seine Finger zerquetscht worden.

Er versuchte, den Stuhl mit einem heftigen Ruck zurückzustoßen, aber sein Angreifer hatte beide Füße fest gegen die Stuhlbeine gestemmt. Tweed saß in der Falle. Seine behandschuhte Hand zuckte zu seinem Hals hoch; Bruchteile von Sekunden, bevor der tödliche Draht über seinen Kopf geworfen wurde, durch den Stoff des Handschuhs schnitt knirschend auf den darin verborgenen Blechdeckel traf.

Tweed setzte all seine Kraft ein, um mit der behandschuhten Hand die Garotte von seiner Kehle wegzudrükken, spürte aber zu seinem Entsetzen plötzlich, wie der dünne Draht die ungeschützte Seite seines Halses berührte. In wenigen Augenblicken würde er seine Kehle durchtrennen …

Der in einem unordentlichen Haufen vor der Wand liegende Schlafsack erwachte zum Leben. Paula glitt heraus, hob noch halb im Liegen ihren Browning und gab einen ungezielten Schuß ab, der den Angreifer so aus der Fassung brachte, daß er zurücksprang. Wieder und wieder betätigte sie den Abzug. Das Magazin enthielt neun Patronen, und sie wunderte sich, wie schwer ihr Opfer unschädlich zu machen war. Es taumelte noch auf die halb geöffnete Tür zu und erreichte gerade den Anfang der Treppe, als sie merkte, daß ihr Magazin leer war.

Draußen befand sich Newman bereits auf halber Höhe der Treppe, als er sah, wie die Gestalt hintüber kippte. Er konnte sie gerade noch auffangen und mühsam in den Raum zurückzerren. Der Attentäter regte sich nicht mehr. Er mußte tot sein. Newman versetzte ihm einen Stoß, woraufhin er der Länge nach zu Boden schlug, eine Hand immer noch um die Garotte gekrallt. Newman schloß die Tür, ehe er sich zu ihm hinunterbeugte.

Tweed war bereits auf den Beinen und sammelte mit der behandschuhten Hand sämtliche Papiere ein, die er in seiner Tasche verstaute. Der Spiegel verschwand in der anderen Tasche, dann drehte er sich mit der Walther in der Hand um.

»Wer ist es?« fragte Paula atemlos.

Newman packte die Kapuze der auf der Seite liegenden Gestalt vorsichtig mit zwei Fingern und zog das wollene, mit Augenschlitzen versehene Tuch hoch, um das Gesicht freizulegen. Das Gesicht von Byron Landis.

37.

»Byron Landis!« rief Paula verblüfft. »Das ist ja seltsam. Er arbeitete als Buchhalter und nannte sich auch so.«

»Ein sogenannter doppelter Bluff«, erklärte Tweed. »Er dachte wohl, da er Buchhalter von Beruf war, würde niemand auch nur im Traum darauf kommen, daß gerade er unter dieser Bezeichnung als bezahlter Mörder arbeiten könnte.«

»Also haben Sie sich doch noch einen Rest von Vernunft bewahrt«, stellte Newman fest. »Ich dachte, Sie wollten ohne Rückendeckung die lebende Zielscheibe spielen.«

»Sie irren sich«, sagte Tweed. »Ich bin alleine hergekommen – weil ich fürchtete, daß jedes noch so kleine Zeichen dafür, daß ich mir Verstärkung mitgebracht hatte, den Killer verscheuchen würde. Doch dann tauchte auf einmal Paula auf. Wie Sie sehen, trägt sie Schuhe mit weichen Sohlen, deshalb verursachte sie kein Geräusch, als sie das Apartment betrat. Ich konnte sie im Spiegel sehen und legte einen Finger vor die Lippen, um sie am Sprechen zu hindern, weil ich so ein Gefühl hatte, der Killer würde sich im Bad verbergen. Dann bedeutete ich ihr, das Apartment unverzüglich zu verlassen, aber sie schüttelte den Kopf, entdeckte den Schlafsack, kroch hinein und wartete. Leider konnte ich ihr nicht meine Meinung sagen, was ich gern getan hätte – der Buchhalter, wenn er sich denn im Bad aufhalten sollte, hätte alles mit angehört. So kam es, daß Paula mir letztlich das Leben gerettet hat.«

»Und der ruhige, unauffällige Landis war in Wahrheit ein Serienmörder«, fügte Newman hinzu.

»Er war ein Sadist – ich glaube, er genoß es, Menschen auf diese grausame Weise zu töten. Aber für gewöhnlich werden Profikiller gut für ihre schmutzige Arbeit bezahlt. Ehe wir von hier verschwinden – und das sollte möglichst bald geschehen –, durchsuchen Sie noch schnell seine Taschen, Bob.«

»Unterschlagung von Beweismaterial«, versuchte Paula witzig zu sein.

Die Zeit, die sie reglos abwartend im Schlafsack hatte verbringen müssen, hatte an ihren Nerven gezerrt. Die Tortur war in dem Moment zu Ende gegangen, in dem sie aus dem Schlafsack geschlüpft war und das Feuer auf Landis eröffnet hatte. Bestürzt hatte sie erlebt, wie viele Kugeln vonnöten waren, um ihn zu töten, aber sie hatte vom ersten Schuß an gewußt, daß Tweed – dem ihre Hauptsorge galt – in Sicherheit war. Nun fühlte sie sich wieder besser und hatte ihre Selbstbeherrschung fast zurückgewonnen.

»Was haben wir denn hier?« sagte Newman leise. »Und hier ...«

Aus jeder Brusttasche von Landis' Jackett zog er einen dicken Briefumschlag. Er öffnete die Umschläge vorsichtig und zeigte Tweed und Paula den Inhalt – dicke Bündel Banknoten. Tweed streifte seine Handschuhe wieder über –

aus dem einen hatte er inzwischen den Blechdeckel entfernt – und blätterte die Hundertdollarscheine durch.

»Ich würde sagen, das hier sind ungefähr fünfundzwanzigtausend Dollar. Schauen wir uns einmal das andere Bündel an.« Wieder zählte er Banknoten ab. »Schätzungsweise noch einmal dieselbe Summe. Landis hat fünfzigtausend Dollar für einen Mord erhalten. Die Frage ist nun, wer sein Auftraggeber war.«

Mit seinen behandschuhten Händen rieb er kräftig über die Umschläge, um etwaige Fingerabdrücke Newmans zu verwischen. Dann bückte er sich zu dem Toten nieder und schob die Umschläge an ihren alten Platz zurück, ehe er sich wieder aufrichtete und auf den Leichnam herabblickte.

»So, da hätten wir alles Beweismaterial, das die Polizei braucht. Die Garotte hält er ja noch in der Hand. Ich werde gleich einen anonymen Anruf tätigen – diesmal bei Detective Anderson. Aber erst, wenn wir einige Meilen zwischen diesen Ort und uns gelegt haben und ich eine öffentliche Telefonzelle benutzen kann.«

Newman fuhr in dem Cadillac der Engländerin, den er ganz in der Nähe geparkt hatte, hinter dem Mercedes und dem BMW her. Einige Häuserblocks entfernt hielt die Kolonne an, weil Tweed eine Telefonzelle entdeckt hatte.

Zuerst rief er Detective Anderson an. Er sprach mit verstellter Stimme durch ein Seidentaschentuch und brach das Gespräch abrupt ab, als Anderson seinen Namen wissen wollte. Dann wählte er die Nummer von Black Ridge. Wieder kam Moloch höchstpersönlich an den Apparat; für Tweed ein Beweis dafür, daß irgend etwas vorgefallen war und daß Moloch über alle Anrufe Bescheid wissen wollte.

»Sie kennen meine Stimme. Nennen Sie meinen Namen nicht«, herrschte Tweed ihn an. »Ich habe wichtige Neuigkeiten für Sie. Der Buchhalter ist tot; wurde von einem Unbekannten erschossen. Wollen Sie wissen, wer sich hinter dieser Bezeichnung verbarg?«

»Ja«, erwiderte Moloch, der nie überflüssige Worte machte.

»Ihr Buchhalter Byron Landis. Er hatte fünfzigtausend Dollar bei sich – Blutgeld für einen Mord. Wer von den Mitarbeitern Ihres Unternehmens könnte so viel Geld aufbringen? Abgesehen von Ihnen selbst natürlich. Die Polizei ist bereits informiert. Ich bin sicher, daß sich bald ein gewisser Detective Anderson bei Ihnen melden wird.«

Er brach die Verbindung ab, ehe Moloch antworten konnte. Noch in der Telefonzelle holte er den Blechdeckel aus der Tasche, wischte ihn mit seinen Handschuhen ab – diesmal, um seine eigenen Fingerabdrücke zu verwischen – verließ die Zelle und ließ das Stück Blech in den nächstbesten Mülleimer fallen.

Die drei Wagen trafen in kurzen Abständen auf dem Parkplatz des Spanish Bay ein. Newman machte sich sofort auf die Suche nach der Engländerin, die ihm den Cadillac geliehen hatte.

»Geben Sie Marler Ihren Browning, er soll ihn irgendwo loswerden«, riet Tweed seiner Assistentin. Ein trockenes Lächeln erschien auf seinem Gesicht. »Wie ich ihn kenne, hat er ohnehin noch Ersatz für Sie. Ich finde es einfach rührend, wie er sich um Sie kümmert.«

»Sie haben von dieser Zelle aus zwei Anrufe getätigt«, erinnerte ihn Paula fragend.

»Der zweite galt Moloch. Ich wollte ihn über die Identität des Buchhalters aufklären – und über seinen Tod. Nur wo die Leiche zu finden ist, habe ich wohlweislich für mich behalten, damit er sie nicht entfernen lassen kann. Außerdem sagte ich ihm, daß ich Anderson benachrichtigt hätte und daß er mit einem Anruf des Detectives rechnen müßte.«

»Was war der Zweck dieser Aktion?«

»Eine weitere Sorge auf sein Haupt zu häufen. Bring den Feind genügend aus der Fassung, und er wird einen Fehler machen.«

Tweeds Anruf hatte Moloch über alle Maßen beunruhigt. Er schritt sofort zur Tat, indem er einen ihm wohlbekannten hohen Beamten der Staatshauptstadt Sacramento anrief und sofort zur Sache kam.

»Jeff? VB am Apparat. Sie müssen augenblicklich etwas unternehmen. Ein gewisser Detective Anderson, vermutlich in Carmel stationiert, ist im Begriff, mir Schwierigkeiten zu machen. Er bearbeitet den Mordfall Standish. Wenn Sie weiterhin auf meiner Lohnliste stehen wollen, dann ziehen Sie ihn von dem Fall ab und ersetzen Sie ihn durch irgendeinen Trottel, der gerade noch imstande ist, seinen eigenen Namen zu buchstabieren.«

»Ich werde mich sofort darum kümmern. Ist ein Extrabonus für mich drin?«

»Jeff, Sie haben erst kürzlich von Joel eine größere Summe erhalten, und Sie haben Joel eine Quittung darüber ausgestellt, wie immer. Außerdem wurden Sie von dem gegenüberliegenden Gebäude aus bei der Geldübergabe fotografiert. Möchten Sie, daß diese Fotos – und alle von Ihnen ausgestellten Quittungen – dem *San Francisco Chronicle* übergeben werden?«

»Entschuldigung. Ich hänge mich sofort dran ...«

Moloch legte unsanft den Hörer auf. Byron Landis? Nun hatte er ein weiteres größeres Problem am Hals. Zum ersten Mal in seinem Leben hatte Vincent Bernard Moloch das Gefühl, von den Ereignissen überrollt zu werden.

Ethan öffnete die schwere Tür im Korridor von Black Ridge; jene Tür, die zu dem unterirdischen Raum führte, den Moloch Tweed gezeigt hatte. Er schloß sie sorgfältig wieder hinter sich, ehe er die stählerne Wendeltreppe hinunterrannte.

Sein abgezehrtes Gesicht glich einem Totenschädel. Die enorme psychische Belastung, unter der er seit einiger Zeit stand, begann ihren Tribut zu fordern. Außer ihm befand sich niemand in dem Gewölbe, so daß er ungestört ein Gerät überprüfen konnte, das er Tweed in weiser Voraussicht nicht vorgeführt hatte. Es war ein hochmoderner, besonders empfindlicher Seismograph. Schalter, Pendel und Zeitabstandsmesser befanden sich auf der linken, die Registriertrommel, auf die mittels einer Schreibspitze seismische Wellen übertragen wurden, auf der rechten Seite des Gerätes.

Er fuhr sich mit der Hand durch sein ohnehin schon völlig zerzaustes Haar. Nervöse Erregung hatte von ihm Besitz ergriffen. Die Schreibspitze zuckte auf und ab und zeichnete eine abgehackte Zickzacklinie auf das Papier, was bedeutete, daß das Gerät vertikale Bodenbewegungen registrierte, die ein größeres Erdbeben entlang der San-Moreno-Verwerfung ankündigten. Die Erfahrung hatte ihn gelehrt, daß zwischen der Aufzeichnung der ersten Wellen und dem tatsächlichen Beben ein beträchtlicher Zeitabstand bestehen konnte.

Er ging auf die Tür zu, hinter der sich laut Moloch ein Safe verbarg, zog einen Schlüssel hervor, schloß sie auf und schob sie zur Seite. Ein geräumiger Lastenaufzug kam zum Vorschein. Er trat in die Kabine, schloß den Fahrstuhlzugang mittels Knopfdruck wieder, damit ihm niemand folgen konnte, und betätigte dann einen Schalter. Langsam begann der Fahrstuhl, in den Schoß der Erde hinabzugleiten.

»Nun mach schon voran!« zischte Ethan wütend.

Jedesmal ärgerte er sich aufs neue darüber, wie lange der Fahrstuhl brauchte, um sein Ziel zu erreichen. Ungeduldig kaute er an den Nägeln seiner linken Hand. Seine seltsamen Augen glühten. Als der Fahrstuhl endlich anhielt, drückte er einen anderen Knopf. Die rückwärtige Kabinenwand öffnete sich, und die in das Dach des Tunnels eingelassenen Leuchtstoffröhren schalteten sich automatisch ein.

Ethan verließ den Fahrstuhl und kletterte auf eine leistungsstarke Zugmaschine, an die mehrere Plattformwagen angekoppelt waren. Er ließ den Motor an, und der kleine Zug glitt geräuschlos über den Schienenstrang, der entlang der gewölbten Tunnelwand verlief. Eines mußte er den Amerikanern lassen – ihre Ingenieure waren Meister im Errichten komplizierter Anlagen und lieferten stets qualitativ hochwertige Arbeit ab.

Unter jeder der angeblichen Sternwarten, die die AMBECO-Fachleute entlang der kalifornischen Küste erbaut hatten, befand sich ein ähnlicher Tunnel. Sie alle waren mit dem verbunden, in dem sich Ethan gerade aufhielt. Er stoppte die Fahrt, als er sich dem Ende des Tunnels näherte, sprang von der Lok herunter und betrat einen kleinen, in die Tunnelwand gehauenen Raum.

Am Ende des Raumes gab es eine große Nische, und darin ruhte ein schwarzes Objekt, das an eine überdimensionale Patronenhülse erinnerte. Tatsächlich handelte es sich um eine Xenobiumbombe.

Ethan rannte darauf zu, streichelte die Nase der riesigen Bombe und begann, laut mit ihr zu sprechen.

»Du wirst mich nicht im Stich lassen, nicht wahr, mein kleiner Liebling? Bald kommst du zum Einsatz. *Bald! Schon sehr bald!*«

Seine Stimme hatte sich zu einem hysterischen Kreischen gesteigert, das hohl durch den gruftähnlichen Tunnel hallte. Dann überprüfte er einen weiteren Seismographen, eine kleinere und weniger komplizierte Version des Hauptgerätes oben in dem Gewölbe, und stellte voller Freude fest, daß der Papierstreifen die gleiche gezackte Linie aufwies, die auch das andere Gerät aufgezeichnet hatte.

»Es ist soweit!« jubelte er. »Ich werde Mutter umbringen! Ich bringe ganz Kalifornien um ...«

Er fuhr den kleinen Lastzug denselben Weg zurück. Dieser Zug hatte die Einzelteile der Bombe zu ihrem Bestimmungsort befördert, wo Techniker aus Des Moines sie unter seiner Aufsicht zusammengesetzt hatten.

Wieder im Korridor von Black Ridge angelangt, rannte er zu seinem Büro, schloß die Tür hinter sich ab und öffnete den geheimen Safe, den er eingebaut hatte, während VB in England gewesen war. Im Inneren befanden sich zwei Schalter, die mit dem Hauptsystem verbunden waren. Ein Schalter brachte die unter den entlang der Küste errichteten Sternwarten verborgenen Xenobiumbomben zur Detonation, der andere löste die Explosion der unterhalb der *Baja* tief im Meeresboden des Pazifiks versenkten Bombe aus.

Beide Systeme waren so eingestellt, daß die Explosion fünf Minuten nach Betätigung der Schalter erfolgte. So blieb Ethan genug Zeit, an Bord des Hubschraubers zu gelangen, der immer im Hangar von Black Ridge bereitstand. Es war sein vorprogrammierter Fluchtweg.

Liebevoll berührte er jeden Schalter, ehe er den Safe wieder schloß und hinter der Holztäfelung verbarg. Dann führte er, am ganzen Leib vor Erregung zitternd, in seinem Büro einen kleinen Freudentanz auf.

38.

Im Wohnraum seiner Suite im Spanish Bay studierte Tweed zum wiederholten Male die von Ethan Benyon angefertigte Karte, die die San-Moreno-Verwerfung zeigte. Paula und Newman, die auf der Couch Platz genommen hatten, beobachteten ihn und wechselten gelegentlich einen vielsagenden Blick.

»Warten wir darauf, daß etwas geschieht?« fragte Newman schließlich.

»Wir warten darauf, daß jemand kommt. Den Buchhalter haben wir glücklich ausgeschaltet, nun will ich den Spion enttarnen, den VB meiner Meinung nach hier sitzen hat – dieselbe Person, die auch in Cornwall für ihn tätig ist.«

»Was habe ich dabei zu tun?« fragte Marler vom Fenster her. »Soll ich ihm vielleicht den Arm auskugeln?«

»Nein. Auf mein Zeichen hin ziehen Sie die Vorhänge zu. Wir müssen eine bedrohliche Atmosphäre schaffen, um die beiden Leute einzuschüchtern, die ich in die Mangel nehmen will.«

»Ich brauche wohl gar nicht erst zu fragen, um wen es sich dabei handelt?« bemerkte Paula trocken.

»Wenn beide meine Einladung annehmen, werden sie getrennt eintreffen«, sagte Tweed. »Im Abstand von einer Stunde. Beide sind, wie ich vermute, extrem geldgierig. Ich habe jedem von ihnen zehntausend Dollar angeboten.«

Hastig faltete er die Karte zusammen, weil es an der Tür klingelte, und bedeutete Newman, den Besucher einzulassen.

»Übrigens«, sagte er rasch, »Sie alle können mir dabei helfen, unsere Verdächtigen schmoren zu lassen. Vielleicht fällt Ihnen ja etwas auf, was ich übersehe.«

Newman öffnete die Tür und trat beiseite, um Maurice Prendergast vorbeizulassen. Soweit Paula es beurteilen konnte, war er diesmal stocknüchtern. Er trug einen schmucken dunkelblauen Nadelstreifenanzug und blickte sich überrascht um, als Newman die Tür hinter ihm schloß.

»Tweed, ich war eigentlich der Meinung, daß diese Unterredung unter vier Augen stattfinden würde.«

»Setzen Sie sich, Maurice. Ich habe gerne meine Freunde dabei, wenn ich mit einem alten Bekannten ein kleines Schwätzchen halte. Möchten Sie etwas trinken?«

»Ein Mineralwasser würde ich nicht ablehnen. Hören Sie, Tweed, ehe wir anfangen, möchte ich gern Bares sehen.«

Tweed langte hinter ein Kissen, brachte einen dicken Umschlag zum Vorschein, öffnete ihn und zeigte Maurice das Bündel Hundertdollarscheine, das er enthielt.

»Hier drin sind zehntausend Dollar«, sagte er ruhig. »Ich pflege mein Wort zu halten.«

Er schob den Umschlag wieder hinter das Kissen, während Newman eine Flasche Wasser aus der Minibar nahm, ein Glas einschenkte und es vor Maurice auf den Tisch stellte, der Tweed gegenüber Platz genommen hatte.

»Es ist viel zu hell hier«, bemerkte Tweed. »Die Sonne scheint so grell, daß sie mich blendet. Erinnert mich ein bißchen an Cornwall, finden Sie nicht auch, Maurice?«

Marler schloß die Vorhänge und blieb mit verschränkten Armen vor ihnen stehen. Maurice blickte sich stirnrunzelnd um. Auch Paula machte ein finsteres Gesicht.

»Was zum Teufel geht hier vor?« erkundigte er sich mit seiner akzentuierten Sprechweise.

»Sie stehen im Begriff, zehntausend Dollar zu verdienen. Oder hat Ihnen Ihre Geheimarbeit so viel eingebracht, daß Sie auf läppische zehn Riesen pfeifen können?«

»Was für eine Geheimarbeit?«

»Hier und in Cornwall. Erzählen Sie mir davon.«

Maurice hob einen Finger und nestelte voller Unbehagen an seinem Kragen herum, dann sah er zu Paula hinüber, die ihn immer noch drohend fixierte.

»Worauf wollen Sie eigentlich hinaus, verdammt noch mal?« fragte er wütend.

»Darauf, daß Vincent Bernard Moloch sich in dieser hübschen kleinen Gemeinde in Cornwall ein äußerst effektives Spionagenetz aufgebaut hat und anscheinend hier mit Erfolg dasselbe Spiel betreibt. Ich finde es gelinde gesagt recht merkwürdig, Sie hier anzutreffen, wo Sie doch angeblich nur von Ihrer Pension leben. Es sei denn, bei Ihnen sprudelt eine noch viel einträglichere Einkommensquelle.«

»Wer sollte mich wohl finanziell unterstützen?«

»Moloch natürlich. Noch etwas ist mir aufgefallen, Maurice«, fuhr Tweed unerbittlich fort. »Die meiste Zeit scheinen Sie unter Alkoholeinfluß zu stehen, sogar schon am frühen Morgen. Aber heute kreuzen Sie hier vollkommen nüchtern auf. Sieht aus, als hielten Sie es für angebracht, einen klaren Kopf zu behalten, oder nicht?«

»Was geht Sie das an, wenn ich gelegentlich ein Gläschen trinke?«

»Gelegentlich ein Gläschen!« empörte sich Paula. »Sie haben sich jeden Tag bis zum Stehkragen vollaufen lassen – außer heute. Sie saufen wie ein Loch!«

»Aus Ihrem Mund hätte ich eine solche Bemerkung am allerwenigsten erwartet, Paula.«

»Wollen Sie uns wirklich weismachen, daß Sie normalerweise nicht Alkohol in sich hineinschütten wie andere Leute das Wasser, das Sie jetzt trinken?«

Maurice hatte gerade einen Schluck aus dem Glas genommen, das Newman ihm gebracht hatte. Er verschluckte sich, als Paula ihm diese Frage stellte, und verschüttete ein wenig Wasser über sein Hemd. Newman nahm ein Taschentuch und wollte es abtupfen, doch Maurice riß ihm das Tuch unsanft aus der Hand.

»Schön ruhig bleiben«, warnte Newman, während er ein neues Glas füllte und das von Maurice benutzte an sich nahm.

»Jetzt reicht es mir aber!«

Maurice wollte wütend aufspringen, aber Newman legte ihm eine Hand auf die Schulter und drückte ihn auf den Stuhl zurück.

»Ich fange leider gerade erst an«, erklärte Tweed sanft. »Was ist mit Porth Navas? Wo waren Sie, als dieser arme Teufel Adrian Penkastle erstochen wurde?«

»Woher soll ich das heute noch wissen?«

»Sie haben also kein Alibi? Und wie können Sie sich den Aufenthalt hier überhaupt leisten? Wovon leben Sie? Oder sollte ich besser fragen, von wem Sie leben?«

»Das ist ganz allein meine Sache. Sie stellen mich ja geradezu als Gigolo hin!«

»Sind Sie denn keiner?« fragte Marler unschuldig.

»Ich drehe Ihnen den Hals um, Sie Scheißkerl!« tobte Maurice.

»Das haben schon viele versucht«, entgegnete Marler gleichmütig. »Bislang allerdings mit wenig Erfolg. Aber Tweeds Frage ist noch nicht beantwortet. Woher stammt das Geld?«

»Ich habe gespart, um den Winter hier verbringen zu können, und ich lebe in diesem gottverlassenen Nest Porth Navas, weil die Miete dort niedrig ist, wenn Sie es unbedingt wissen wollen. Und jetzt würde ich gerne gehen – Ihre Erlaubnis vorausgesetzt, Mr. Tweed«, sagte Maurice sarkastisch.

»Hier haben Sie Ihr Geld. Natürlich können Sie gehen.«

Prendergast starrte ungläubig auf den Umschlag, den Tweed ihm reichte, und nahm ihn so vorsichtig an sich, als rechnete er damit, daß er ihm jeden Moment wieder entrissen würde. Dann erhob er sich und sah Tweed fest in die Augen.

»Ich hätte nicht gedacht, daß Sie eine Vorliebe für diese Art von Verhör haben.«

»Es handelt sich um einen Notfall, Maurice«, sagte Tweed ruhig. »Danke, daß Sie gekommen sind.«

»Ach, scheren Sie sich zum Teufel.«

Als er gegangen war, ließ Tweed sich wieder auf die

Couch sinken. Mit einer Hand vollführte er eine abwinkende Geste.

»Jetzt werden wir ja sehen.«

»Was werden wir sehen?« wollte Paula wissen. »Viel haben wir ja nicht gerade aus ihm herausbekommen.«

»Warten Sie nur ab. Maurice schäumt vor Wut. Ich glaube, er wird mit dem Auto wegfahren. Ich habe Butler angewiesen, ihm zu folgen. Wenn Maurice ein Telefon benutzt, dann wissen wir, daß er seinen Herrn und Meister anruft. In Black Ridge.«

Butler war ein Meister darin, jemanden zu beschatten, ohne daß derjenige es merkte. Er saß am Steuer des BMW und folgte Maurice Prendergast von Spanish Bay nach Carmel hinein. Auf dem Weg kam Prendergast an mehreren Telefonzellen vorbei, hielt jedoch bei keiner an.

In Carmel fuhr er eine steile Straße zum höchsten Punkt der Stadt hinauf, parkte in der Nähe des Pine-Inn-Hotels, blickte auf seine Uhr und ging dann eilig eine Seitenstraße entlang. Butler folgte ihm im Schrittempo und sah ihn in einem kleinen Restaurant verschwinden. Es hieß Little Swiss Café.

Butler fuhr langsam daran vorbei, spähte hinein und packte vor Überraschung das Lenkrad etwas fester. Prendergast saß an einem Fenstertisch. Sein Gegenüber war Vanity Richmond. Sie schienen in eine angeregte Unterhaltung vertieft zu sein. Prendergast lächelte, Vanity lachte laut.

Von der nächsten Telefonzelle aus rief Butler unverzüglich Tweed an, um ihm Bericht zu erstatten.

»Es sieht so aus, als wäre Maurice doch nicht Molochs Spion«, stellte Newman fest.

Tweed hatte ihnen gerade von Butlers Beobachtung erzählt. Eine Weile herrschte Stille, während Tweed über die Bedeutung des Gehörten nachgrübelte. Paula meldete sich als erste zu Wort.

»Was Butler gesagt hat, ist kein Beweis für die Unschuld

von Maurice«, widersprach sie. »Anstatt ein Telefon zu benutzen hätte er ja seine Informationen an Vanity weitergeben können. Sie ist schließlich immer noch VBs persönliche Assistentin, die nach Black Ridge zurückfahren und VB über Ihre Unterredung mit Maurice informieren könnte. Vielleicht hat Maurice ja bemerkt, daß er verfolgt wurde.«

Tweed zeigte keinerlei Reaktion. Er schien immer noch mit der Suche nach der Lösung eines schwierigen Problems beschäftigt zu sein. Ungefähr eine Stunde später klingelte das Telefon. Grenville war bisher noch nicht zu der Verabredung erschienen. Paula nahm den Anruf entgegen.

»Reibeisenstimme«, meldete sie knapp.

Tweed hörte eine Weile zu, bat den Anrufer einmal, etwas zu wiederholen, und legte den Hörer dann mit ernster Miene auf.

»Hat jemand von Ihnen schon einmal von einem Ort namens Moss Landing gehört?« fragte er.

»Hoffentlich ähnelt er nicht McGee's Landing«, antwortete Paula prompt.

»Nein, es ist ein eher ungemütlicher Ort an der Küste, liegt auf dem Weg nach Santa Cruz, nördlich von Monterey. Man kommt auf der Fahrt von San Francisco daran vorbei, aber kaum jemand nimmt ihn bewußt zur Kenntnis. Ich erinnere mich von meinem letzten Aufenthalt hier noch recht gut daran.«

»*Ihnen* ist dieser Ort demnach aufgefallen«, bemerkte Marler trocken.

»Es gehört zu meinem Job, Dinge zu bemerken, auf die andere Leute nicht achten. Moss Landing liegt ein Stückchen vom Highway entfernt und dient als Umschlaghafen für bestimmte Güter, die per Schiff vom Pazifik hereinkommen.«

»Was ist denn an Moss Landing so interessant?« erkundigte sich Paula.

»Ich habe gerade erfahren, daß dort vor der Küste ein weiterer großer Schwimmbagger – ähnlich wie die *Baja* – den Betrieb aufgenommen hat. Ich denke, den sollten wir uns einmal näher ansehen.«

»Was machen wir mit Grenville?« fragte Newman. »Sie warten doch auf ihn, um ihn in die Zange zu nehmen.«

»Er ist sehr spät dran.« Tweed sah auf die Uhr. »Ich glaube nicht, daß er noch kommt.«

»Ist dieser Umstand allein denn nicht schon verdächtig?« meinte Paula.

»Nicht unbedingt. Jetzt werden wir alle nach Moss Landing aufbrechen. Wenn ich nur wüßte, was uns dort erwartet ...«

Nachdem sie sich durch ein komplettes englisches Frühstück im Little Swiss Café hindurchgearbeitet und sich dann von Maurice verabschiedet hatte, fuhr Vanity über die Küstenstraße zurück nach Black Ridge. Einmal klopfte sie sich vorsichtig auf den Bauch. Sie hatte zwei Spiegeleier, den würzigen amerikanischen Frühstücksspeck und eine Portion Bratkartoffeln verspeist und alles mit starkem schwarzen Kaffee hinuntergespült.

Nun, dachte sie, vielleicht nehme ich ein paar Pfund zu, aber im Moment muß ich sehen, daß ich bei Kräften bleibe.

Am Eingang mußte sie die Sprechanlage nicht betätigen, um ihre Ankunft anzumelden, denn Brand hatte sie kommen sehen und die Tore bereits geöffnet. Er wartete auf der Terrasse auf sie, während sie ihren Wagen abstellte.

»VB will Sie sehen. Jetzt, auf der Stelle.«

»Sie meinen sofort?« erkundigte sie sich honigsüß und rauschte an ihm vorbei.

Er bedachte sie mit einem giftigen Blick, aber da war sie schon im Inneren des Gebäudes verschwunden. Moloch erwartete sie in seinem Büro. Er bot ihr einen Stuhl an und fragte, ob er Kaffee kommen lassen solle.

»Lieber nicht, er kommt mir schon zu den Ohren wieder raus. Ich dachte, Sie wollten mich dringend sprechen. Brand hat mir das auf seine übliche höfliche Art klargemacht.«

»Brand kennt die Bedeutung des Wortes Manieren nur vom Hörensagen. Vanity, es handelt sich um eine höchst vertrauliche Angelegenheit.«

Er hatte schon viele derartige Angelegenheiten mit ihr besprochen. Schon vor Jahren war er zu der Erkenntnis gelangt, daß die richtige Frau weitaus vertrauenswürdiger war als jeder Mann. Ein Mann in gehobener Position schielte immer mit einem Auge nach seinem, Molochs Job und war zu raffinierten Intrigen fähig, um ihn an sich zu reißen. Schon viele seiner engsten Mitarbeiter waren von heute auf morgen gefeuert worden, weil sie eine bestimmte Grenze überschritten hatten.

»Verstehe«, war alles, was Vanity erwiderte.

»Amerika ist kein Land, sondern ein Misthaufen. Wie ich Ihnen schon einmal erklärt habe, verfällt die Gesellschaft zusehends, Anstand und Moral gelten nichts mehr. Sowohl im Privatleben als auch in der Öffentlichkeit ist alles erlaubt. Ich habe genug von alledem. Deswegen habe ich auch alle meine Vermögenswerte in den Osten transferieren lassen.«

»Nicht nach Rußland, hoffe ich.«

»Natürlich nicht. Nein, nach Asien, in den Mittleren Osten, um genau zu sein. In der islamischen Welt gibt es immer noch einfache, bescheidene Menschen, die die Familie ehren und sich an einen einmal geschlossenen Vertrag auch halten. Ich möchte, daß Sie mich begleiten – in derselben Funktion, die Sie jetzt ausüben, aber mit einer ansehnlichen Gehaltserhöhung.«

»Das ist sehr großzügig von Ihnen.« Vanity zögerte. »Wann gedenken Sie denn, nach dem Mittleren Osten aufzubrechen?«

»Sie kennen mich doch.« Er lächelte. »Wenn ich einmal einen Entschluß gefaßt habe, dann setze ich ihn so rasch wie möglich in die Tat um. Ich kann von heute auf morgen meine Zelte hier abbrechen. Erster Zwischenstop ist England.«

»Darf ich die Sache überschlafen?« bat sie. »Auf mich wartet immerhin der neue Job in New York, und ich habe einen vorläufigen Vertrag unterschrieben.«

»Vorläufig?« Wieder lächelte Moloch. »Sie meinen, Sie haben sich noch gar nicht endgültig festgelegt?«

»So sieht die Lage aus.«

»Wenn die Leute Ärger machen, kaufe ich die Firma auf. Jeder ist käuflich.«

»Ich nicht.«

»Ich sprach nicht von Ihnen«, versicherte er ihr hastig. »Gemeint war Ihr potentieller neuer Arbeitgeber in New York. Wenn er eine Entschädigung verlangt, weil Sie Ihre Meinung geändert haben, dann werde ich ihn auszahlen.«

Vanity lächelte in sich hinein. Nichts und niemand konnte VB aufhalten, wenn er sich etwas in den Kopf gesetzt hatte. Man kam sich dann vor, als stünde man mitten im Weg eines Tornados.

»Ich möchte trotzdem darüber schlafen«, beharrte sie.

»Tun Sie das. Ich verdreifache Ihr momentanes Gehalt.«

»Danke.« Sie erhob sich. »Und jetzt wartet noch ein ganzer Berg Arbeit auf mich ...«

Während dieses Gespräch stattfand, marschierte Ethan in Joel Brands Büro. Er hatte sich nicht die Mühe gemacht, vorher anzuklopfen, was Brand in Rage brachte. Er stand auf dem Standpunkt, daß jeder, der sein Büro betreten wollte – mit Ausnahme von VB – vorher anzuklopfen hatte, aber er war klug genug, keinen Einspruch zu erheben. Ethan ist nun einmal VBs Schoßhündchen, dachte er verächtlich.

»Was gibt es?« fauchte er ungnädig.

»Moss Landing. Ich nehme doch stark an, daß Sie in dem Gebiet immer noch Wachposten aufgestellt haben, die nach verdächtigen Eindringlingen Ausschau halten sollen.«

»Sie irren sich, mein Bester. Ich habe wochenlang ein Team dort postiert, und nie ist es zu einem verdächtigen Zwischenfall gekommen. Daher habe ich die Leute wieder abgezogen.«

»Sie haben sie abgezogen?« Wie immer, wenn Ethan sich aufregte, überschlug sich seine schrille Stimme beinahe. »Sind Sie komplett verrückt geworden?«

Mit aller Kraft zwang sich Brand zur Beherrschung.

Wenn hier jemand verrückt war, dann Ethan. Für diesen unsichtbar ballte er unter dem Schreibtisch seine mächtige Faust. Ethan fuhr fort, auf ihn einzukreischen.

»Der andere Schwimmbagger, die *Kebir,* operiert vor Moss Landing. Diese Arbeit ist für die AMBECO unermeßlich wichtig. Sie darf durch nichts behindert werden. Haben Sie denn nicht von den drei Froschmännern gehört, die versucht haben, die Tätigkeit der *Baja* zu sabotieren?«

»Um die haben wir uns gekümmert – wie Sie zweifellos wissen«, erwiderte Brand.

»Und wenn nun bei Moss Landing dasselbe passiert? Wenn die *Kebir* irgendwie beschädigt wird? Dann ist jahrelange Arbeit mit einem Schlag zunichte gemacht, und das geht auf Ihr Konto. Sie haben ausdrückliche Befehle mißachtet!« schrie Ethan.

Brand blieb still sitzen. Er wußte, wenn er aufsprang, würde Ethan seine Fäuste zu spüren bekommen. Noch nie hatte es jemand gewagt, in diesem Ton mit ihm zu reden. Das eigentliche Problem bestand darin, daß er nicht mehr genug Leute hatte – das Feuergefecht bei McGee's Landing hatte ihn zu viele gute Männer gekostet.

»Ich schicke gleich morgen ein neues Team hin«, versprach er.

»Und warum sitzen Sie dann immer noch auf Ihrem dikken Hintern? Sorgen Sie dafür, daß die Leute sich augenblicklich auf den Weg machen. Sagen Sie Ihnen, sie sollen sich nicht um Geschwindigkeitsbeschränkungen kümmern. Tun Sie endlich etwas, Sie hirnloser Klotz!«

Ethan drehte sich um und stürmte aus dem Büro. Brand kochte vor Zorn. Er hätte dem elenden kleinen Wichtigtuer nur allzu gern eine Abreibung verpaßt, fürchtete aber, Ethan könnte sich bei VB über ihn beschweren. Wütend betätigte er den Knopf seiner Sprechanlage.

»Hogan, stellen Sie sofort eine bewaffnete Mannschaft zusammen. In fünf Minuten sollen sie abmarschbereit sein – oder früher, wenn es geht.«

»Wird gemacht«, versicherte ihm Hogan diensteifrig. »Das mindert aber den Schutz von Black Ridge, falls ...«

»Tun Sie einfach, was ich Ihnen gesagt habe. Fahren Sie nach Moss Landing.«

»Ich könnte ja den Hubschrauber nehmen, das geht am schnellsten.«

»Nein, das können Sie nicht. VB hat ihn für sich reserviert. Fahren Sie mit dem Wagen. Wenn Sie dort angelangt sind, bleiben Sie da. Sichern Sie ganz Moss Landing ab. Falls Sie irgendwelche verdächtigen Elemente bemerken, machen Sie sie unschädlich. Der Pazifik ist ja nicht weit. Ich will Ihr Team in einer halben Stunde an Ort und Stelle haben.«

»In einer halben Stunde? Der Highway wimmelt von Polizeistreifen.«

»Ich sagte eine halbe Stunde. Sie wissen ja, wo Sie mit Streifenwagen zu rechnen haben. Also fahren Sie langsam, wenn es sein muß, und dann geben Sie wieder Gas. Vorwärts jetzt.«

Der von Newman gesteuerte Mercedes hatte soeben Spanish Bay verlassen. Tweed saß auf dem Beifahrersitz, Paula und Alvarez, der darauf bestanden hatte, sie zu begleiten, auf der Rückbank.

Hinter ihnen kam Marler mit Butler und Nield in dem BMW. Alle außer Tweed trugen große Leinentaschen bei sich. Marler hatte Tweed unmißverständlich klargemacht, daß sie nicht wußten, was auf sie zukam, und daher auf alles vorbereitet sein mußten.

»Sie sehen bekümmert aus«, wandte sich Paula an Tweed.

»Das bin ich auch. Moss Landing liegt nördlich von Big Sur, wo die *Baja* tätig war. Die beiden Schiffe scheinen ein ziemlich großes Stück der Küstenlinie abzudecken. Vermutlich ist Molochs Unternehmen weit ausgedehnter, als ich bisher angenommen habe. Können wir nicht etwas schneller fahren, Bob?«

»Sicher. Ich kann mit hundertfünfzig über den Highway jagen, dann werden wir von der Polizei angehalten und kommen nie nach Moss Landing. Zerbrechen Sie sich bitte den Kopf über ungelöste Probleme und überlassen Sie das Fahren mir.«

»Bob tut sein Bestes«, bemerkte Paula, als sie Richtung Norden fuhren.

»Ich weiß«, gestand Tweed. »Aber die Nachricht hat mir einen schweren Schock versetzt. Lassen Sie sich Zeit, Bob. Wir werden schon rechtzeitig ankommen.«

»Marler hat mir gesagt, er hätte sich Moss Landing auf der Karte angesehen«, fuhr Paula fort. »Wenn wir uns dem Ort nähern, will er, daß wir uns trennen, um etwaige Gegner von zwei Seiten in die Zange zu nehmen.«

»Klingt nach einer gut durchdachten Strategie«, meinte Newman und konzentrierte sich wieder auf die Straße.

»Ich frage mich, ob Grenville etwas zugestoßen ist«, dachte Paula laut. »Wir haben noch eine geschlagene Stunde auf ihn gewartet.«

»Er wird schon wieder auftauchen«, sagte Alvarez. »Tot oder lebendig.«

Diese unheilschwangeren Worte hingen über ihnen, als sie weiter nordwärts gelangten. Sobald Monterey mit seinen Pinienwäldern, hügeligen Straßen und atemberaubenden Ausblicken hinter ihnen lag, wurde die Fahrt über den Highway ziemlich langweilig. Paula äußerte sich mehrfach über die eintönige Landschaft.

Während sie einen Wegweiser nach Castroville passierten, bot sich ihnen der Blick auf riesige, öde Felder, die sich bis ins Unermeßliche zu erstrecken schienen. In der Ferne zeichnete sich die Silhouette einer Hügelkette verschwommen von den niedrighängenden Wolken ab. Die Sonne brannte auf die beiden Wagen nieder und heizte den Innenraum dermaßen auf, daß die Insassen begannen, sich unbehaglich zu fühlen.

In einiger Entfernung ragte vor ihnen ein großer Betonklotz mit einem hohen Schornstein auf, der nicht gerade zur Verschönerung der Landschaft beitrug.

»Das ist ein Elektrizitätswerk!« rief Alvarez. »Und wir kommen gleich nach Moss Landing. Biegen Sie links ab, Newman.«

Paula blickte aus dem Fenster. Sie meinte, noch nie so heruntergekommene, verwahrloste Häuser gesehen zu haben wie die, die jetzt in Sicht kamen; fast alle waren sie aus Holz erbaut und nur einstöckig. Nachdem sie den Highway verlassen hatten, wurde die Straße schmal und die Asphaltdecke ließ zu wünschen übrig, so daß Newman die Geschwindigkeit erheblich verringern mußte. Der BMW hinter ihnen blieb hinter einer Biegung zurück.

»Eine entzückende Gegend«, bemerkte Paula ironisch.

Sie kamen an einer großen Holzhütte vorbei, deren Schild verkündete, daß man in *Phill's Fish Shop* auf ein kaltes Bier halt machen könne. Dahinter lagen schäbige Antiquitätenläden, und der ausgedörrte Boden war mit den Überresten alter Ruderboote, ausgedienten Reifen und anderem unerwünschtem Unrat übersät.

»In Amerika entsorgt man seinen Müll nicht«, spottete Paula. »Man wirft ihn einfach auf das nächstbeste freie Fleckchen. Als ich einmal mit dem Zug von New York nach Boston gefahren bin, kam ich an teuren Villen mit gepflegten Rasenflächen vorbei. Die Böschungen dahinter allerdings quollen von dem Abfall über, den die Bewohner einfach über ihre Gartenzäune geworfen hatten. Amerika ist wirklich ein Land voller Widersprüche.«

»Ich habe einen Freund in New York«, warf Newman ein. »Einen Amerikaner der dritten Generation, sehr intelligent und erfolgreich. Er erklärte mir, daß die Horde von Einwanderern, die einst Ellis Island überschwemmten, sich aus Leuten zusammensetzte, die es in Europa zu nichts gebracht hatten. Warum hätten sie sonst auch ihre Heimat verlassen sollen? Er sagte, diese Leute hätten nur eines im Sinn gehabt, nämlich möglichst schnell zu Geld zu kommen. Seitdem regiert der Dollar das Land. Je mehr man davon sein eigen nennt, desto besser. Alles andere zählt nicht. Was haben wir denn da?«

Zu ihrer Rechten ankerte ein großer Frachter. Der Rumpf zeigte ausgedehnte Rostflächen, wurde aber fleißig von einigen Männern abgeschliffen. Weiter unten am Kai lag ein

Fischkutter, und dahinter konnte Paula die Hafenausfahrt sehen.

»Moss Landing ist trotz aller Schäbigkeit ein voll betriebstüchtiger Hafen«, meinte Tweed. »Er liegt so abgelegen, daß jegliches Gesindel mit üblen Absichten ihn als Basislager benutzen kann. Bob, fahren Sie bis zur Hafenausfahrt, und dann leihen Sie mir bitte Ihr Fernglas …«

Sie befanden sich nun mitten in dem Hafen, der Paula wie eine riesige Müllkippe vorkam. Nicht unbedingt eine Touristenattraktion, dachte sie. Als der Wagen am Rand der Kaimauer parkte, sah sie auch, was Tweeds Aufmerksamkeit erregt hatte. Ungefähr eine halbe Meile vor der Küste lag ein großer Schwimmbagger, ein Duplikat der *Baja.*

Tweed sprang aus dem Mercedes, richtete das Fernglas auf das Schiff und inspizierte es vom Bug bis zum Heck.

»Nennt sich *Kebir*«, teilte er den anderen mit. »Bob, da liegen große Gegenstände an Deck – mit Tüchern abgedeckt. Erinnert Sie das nicht an die *Baja?*«

»Allerdings«, pflichtete Newman ihm bei, nachdem er das Schiff selbst in Augenschein genommen hatte. »Wenn der Name am Bug nicht wäre, hätte ich diesen Kahn glatt für die *Baja* gehalten.«

»Was habt ihr Burschen hier verloren?« grollte eine heisere Stimme hinter ihnen.

Alle fuhren herum. Hogan stand mit einer Maschinenpistole in der Hand ein paar Meter von ihnen entfernt. Hinter einer Reihe schrottreifer Autos entdeckte Paula noch mehr Männer, alle schwer bewaffnet.

39.

»Das ist ein öffentlicher Platz!« brüllte Newman zurück. »Haben Sie einen Waffenschein für Ihre MP?«

Er hatte etwas gesehen, was den anderen entgangen war. Eine schlanke Gestalt schlich gebückt auf Hogan zu, immer wieder hinter einem der Autowracks Deckung suchend. Newman bemühte sich, Hogan weiter abzulenken.

»Für meinen kleinen Freund hier brauch' ich keine Genehmigung«, schrie dieser zurück und lachte krächzend, während er die Maschinenpistole auf Paula richtete, die wie erstarrt stehenblieb. »Wenn einer von euch eine falsche Bewegung macht, dann verpaß' ich ihr ein Loch in den Schädel«, fuhr Hogan fort. »Obwohl es eigentlich schade um so eine hübsche Puppe wäre ...«

Weiter kam er nicht, denn Pete Nield war bei ihm angelangt. Er hielt seine Walther am Lauf und versetzte Hogan mit dem Kolben einen kräftigen Schlag auf den Hinterkopf. Der stämmige Mann kippte vornüber, und Nield warf sich auf ihn. Der Schlag, so fest er auch gewesen war, hatte nicht ausgereicht, um den zähen Kerl zu betäuben.

Er wand sich seitlich unter Nield hervor, umklammerte mit beiden Händen dessen Hals und schob ihn langsam auf den Rand der steil abfallenden Kaimauer zu. Trotz heftiger Gegenwehr war Nield plötzlich in ernste Schwierigkeiten geraten. Newman, der die Lage richtig beurteilte, stürmte vorwärts, um ihm beizuspringen, doch plötzlich ratterte hinter ihm eine Maschinenpistole.

»Köpfe runter, oder ich puste sie euch weg!«

Butlers Stimme. Er stand auf einem abbruchreifen Wasserturm mit einer seitlich angebrachten Eisenleiter und schwenkte langsam seine MP. Die Kugeln pfiffen knapp über die Köpfe der sich duckenden Männer hinweg und verfehlten ihren Zweck nicht, denn für den Moment schoß niemand der Gegner auf Newman.

Hogan hatte den nach Luft ringenden Nield inzwischen bis zum Rand des Kais gezerrt. Newman stürzte sich mit einem Satz auf ihn, krallte die Finger in sein Haar und riß ihn mit einem Ruck zurück. Hogan lockerte seinen Griff, und Nield gelang es, sich rasch zur Seite zu rollen. Newman zog Hogans Kopf brutal hoch und knallte ihn dann unvermittelt mit aller Kraft auf den harten Betonboden des Kais. Ein konvulsivisches Zucken durchlief Hogans Körper, er rutschte langsam über den Rand und schlug mit einem hörbaren Platschen auf der Wasseroberfläche auf. Als Newman hinunterspähte, sah er, wie der reglose Körper abgetrieben wurde. Die Ebbe setzte ein.

Butler, der sein Magazin fast leergeschossen hatte, stellte das Feuer ein. Einen Moment lang war nur das entfernte Geräusch der Schleifmaschinen zu hören, mit denen die Männer auf dem Frachter dem Rost zu Leibe rückten.

Einer von Hogans Männern sprang auf und schleuderte einen ovalen Gegenstand vor den Fuß des Wasserturms, auf dessen Leiter Butler kauerte und ein neues Magazin in seine Waffe schob. Die Handgranate explodierte und riß ein klaffendes Loch in den Turm, der zu schwanken begann. Mit der Gewandtheit eines Eichhörnchens kletterte Butler die Leiter hinunter. Er war gerade unten angekommen, als der ganze Turm einstürzte.

Newman rannte auf Paula zu und wies dabei auf seine Tasche, die er fallengelassen hatte. Flach auf den schmierigen Boden gepreßt robbte sie rasch darauf zu, schob die Hand hinein und brachte gleichfalls eine Handgranate zum Vorschein. Tweed kauerte mit der Walther in der Hand, die Marler ihm in die Tasche geschoben hatte, bevor sie Spanish Bay verließen, hinter einem Poller.

»Paula, Bob, *runter!*« befahl er.

Paula preßte sich noch fester auf den Boden, und Newman warf sich neben sie. Zwischen ihnen lag die Tasche, die Paula zu packen bekommen hatte. In der Tür eines alten, verrosteten Reisebusses tauchte einer von Hogans Männern auf, der mit einer Maschinenpistole auf Paula und Newman zielte.

Der erste Schuß muß sitzen, sonst sind sie erledigt, dachte Tweed. Er hielt die Walther in beiden Händen, zielte und drückte ab. Der Mann in dem verrotteten Bus schien mitten in der Bewegung zu erstarren. Ein ungläubiger Ausdruck trat auf sein Gesicht, als er den rasch größer werdenden roten Fleck auf seinem Hemd bemerkte, dann fiel er kopfüber in einen Haufen Metallreste, die beim Aufprall leise klirrten.

Sowohl Paula als auch Newman hielten jeder eine Handgranate wurfbereit. Als der Rest von Hogans Leuten, die hinter den Haufen von Metallschrott Deckung gesucht hatten, wieder das Feuer auf sie eröffnete, warfen beide im selben Moment ihre Granaten in die Richtung, aus der die Schüsse kamen. Die beiden Granaten flogen durch die Luft, landeten hinter den Schrotthaufen und detonierten mit einem ohrenbetäubenden Krachen, woraufhin das Feuer abrupt abbrach.

»Noch jemand, der einen Freifahrschein zur Hölle möchte?« ertönte eine gedehnte Stimme.

Tweed spähte hinter seinem Poller hervor und sah Marler auf den Trümmern des Wasserturmes stehen. Von dort aus konnte er das gesamte Hafengelände überblicken, obwohl die Höhe jetzt sehr viel geringer war als zum Zeitpunkt, wo Butler das Feuer eröffnet hatte. Augenblicklich krochen zwei weitere Männer hinter einem häßlichen Metallblock hervor – den Überresten eines Autos, das Bekanntschaft mit der Schrottpresse gemacht hatte.

Sie richteten sich gleichzeitig auf und brachten ihre MPs in Anschlag, doch ehe sie abdrücken konnten, traf Marler sie mit zwei gezielten Schüssen; dann wartete er ab, wobei er den Blick langsam über jeden Winkel des Hafens gleiten ließ. Nichts rührte sich mehr.

»Ich glaube, die Party ist vorüber!« rief er laut.

Langsam rollten die beiden Wagen an dem Frachter vorbei. Die Männer waren immer noch bei der Arbeit; der Lärm der Schleifmaschinen übertönte das Geräusch der Motoren. Niemand blickte auf – für diese Männer war Zeit Geld.

Vor der Abfahrt hatten Tweeds Leute einem hinkenden Butler in den BMW helfen müssen, weil er sich beim Einsturz des Wasserturms am Knie verletzt hatte. Paula bestand darauf, die Wunde zu untersuchen und holte einen Verbandskasten aus dem Auto, um sie zu desinfizieren und zu verbinden.

»So ein Theater wegen eines lächerlichen Kratzers«, hatte der robuste Butler gemurrt.

»Halten Sie einfach still, dann geht es schneller«, hatte Paula ihn ermahnt.

In gemächlichem Tempo verließen sie Moss Landing. Newman bog, dicht gefolgt von Marler, auf den Highway ab und beschleunigte. Tweed wollte so schnell wie möglich vom Ort des Geschehens verschwinden, ehe ein Streifenwagen auftauchte.

»Das war knapp«, sagte Paula mit einem tiefen Seufzer. »Glauben Sie, daß diese Typen auf uns gewartet haben – oder läßt Moloch aus irgendwelchen Gründen die ganze Gegend scharf bewachen?«

»Das werden wir nie erfahren«, entgegnete Tweed. »Die Hauptsache ist aber, daß wir alle noch am Leben sind.«

»Na, wenigstens ist es auf dem Highway relativ friedlich«, bemerkte Paula. »Und ich sollte besser aufhören, über diese Dinge nachzudenken. Jedesmal, wenn ich es tue, passiert etwas Furchtbares. Ich kann auf weitere Zwischenfälle dankend verzichten.«

Diese Bemerkung paßte überhaupt nicht zu Paula. Tweed vermied es bewußt, sich zu ihr umzudrehen. Begann sein Team, unter den Belastungen zu leiden? Ihre nächsten Worte verstärkten seine Besorgnis noch.

»Sagten Sie nicht«, meinte sie katzenfreundlich, »daß Moss Landing nicht wie McGee's Landing ist? Erinnern Sie sich?«

Tweed gab keine Antwort. Er wußte, wann es sich empfahl, den Mund zu halten. Hatte Napoleon nicht einmal gesagt, daß im Krieg die Bedeutung von Kampfmoral und Kriegsmaterial im Verhältnis Drei zu Eins zueinander stünden? Vielleicht ist es mein Fehler, dachte er. Ich habe in der letzten Zeit zu oft meinen Gedanken nachgehangen und nicht darauf geachtet, die Moral aufrechtzuerhalten.

»Nun, jedenfalls haben wir die Stärke von Molochs Sicherheitstrupp abermals beträchtlich reduziert«, erklärte er schließlich.

»Richtig«, stimmte Newman zu. »Er dürfte jetzt nicht mehr allzu viele Leute zur Verfügung haben. Ein Umstand, der uns sehr zugute kommen könnte, falls uns nichts anderes übrigbleibt, als Black Ridge zu stürmen.«

»Unter keinen Umständen«, widersprach Tweed scharf. »Er würde sofort die Polizei rufen, man würde uns festnehmen, und wir hätten keine Möglichkeit mehr, etwas gegen ihn zu unternehmen.«

»Tweed hat recht«, sagte Alvarez, der sich zum ersten Mal zu Wort meldete. »Ich vermute nämlich, daß er einen oder zwei hochrangige Beamte in der Tasche hat. Das lassen wir also besser sein. Übrigens hat mir ein Kumpel eine Kopie des Berichtes über die Untersuchung des Lastwagens besorgt, der an einer Straßensperre angehalten wurde; der, dessen Fahrer dabei ums Leben kam.«

»Hat die Untersuchung irgend etwas ergeben?« fragte Tweed gespannt.

»Ja. Man hat Spuren eines neuen, unglaublich wirkungsvollen Sprengstoffes namens Xenobium gefunden. Wir haben Proben davon nach Washington geschickt – die dortigen Experten haben sie einwandfrei identifiziert.«

»Ich dachte, Sie hätten keinen Kontakt mehr nach Washington«, wunderte sich Paula.

»Sogar wenn man mich nach Sibirien schicken sollte« – Alvarez grinste sie an – »habe ich noch Kumpel, die mir ab und an einen Gefallen tun. Einer der Vorteile, wenn man lange beim CIA war.«

»Was geschieht denn nun weiter?« erkundigte sich Tweed.

»Gar nichts. Moloch stellt in seiner Fabrik in Des Moines im Auftrag der Regierung Sprengstoff her. Wir sind sozusagen schachmatt gesetzt. Ach, vielleicht sollte ich bei der Gelegenheit gleich etwas beichten – es heißt ja, das erleichtert die Seele.«

»Was hätten Sie denn schon zu beichten?« Paula war neugierig geworden.

»Unten in Moss Landing sah ich ein paar uns offenbar feindlich gesinnte Burschen, alle schwer bewaffnet, von hinten auf Marler zuschleichen. Profis waren das nicht, hielten sich viel zu eng beieinander. Ich schlug einen Bogen, pirschte mich hinter sie, verpaßte jedem einen Kopfschuß und warf die Leichen ins Meer. Aber sagen Sie Marler nichts davon. Warum großes Aufhebens davon machen?«

Das ist wieder einmal typisch für Alvarez, dachte Paula. Als ein von Natur aus bescheidener Mann möchte er nicht, daß Marler sich ihm zu Dank verpflichtet fühlt.

»Es besteht also kein Zweifel daran«, nahm Tweed den Faden wieder auf, »daß in dem Lastwagen Spuren von Xenobium gefunden wurden – was darauf schließen läßt, daß man ihn benutzt hat, um eine große Menge dieses Sprengstoffes von Des Moines nach Black Ridge zu transportieren.«

»Überhaupt kein Zweifel«, bestätigte Alvarez.

»Unser Ausflug nach Moss Landing hat sich in mehr als einem Punkt als wertvoll erwiesen«, sagte Tweed in einem aufmunternden Tonfall. »Wir wissen jetzt, daß ein zweites sogenanntes Bohrschiff viel weiter nördlich von seinem Zwilling, der *Baja*, vor Anker liegt.«

Er hatte sich nicht anmerken lassen, daß ihm bei Alvarez' Bestätigung, der Laster habe Xenobium transportiert, das Herz schwer geworden war. Für ihn bestand kein Zweifel daran, daß die *Kebir*, genau wie die *Baja*, ein riesiges Loch in den Meeresboden gebohrt, dann eine große Bombe darin versenkt und das Loch wieder verschlossen hatte. Ein weit größeres Gebiet der kalifornischen Küste wurde von möglicherweise ungeheuren Explosionen bedroht, als bisher anzunehmen gewesen war.

»Bob, halten Sie bitte an, wenn Sie eine etwas abgelegene Telefonzelle entdecken«, bat er. »Ich muß unbedingt jemanden anrufen.«

In Black Ridge vermochte Ethan seine freudige Erregung kaum zu zügeln. Über sein persönliches Funktelefon – mit dessen Hilfe er die Zentrale umgehen konnte – hatte er sich mit dem Kapitän der *Kebir* in Verbindung gesetzt. Während des kurzen Gespräches war das Codewort gefallen, welches ihm bestätigte, daß das System nun betriebsbereit war.

Das bedeutete nichts anderes, als daß die Bombe nicht nur in das vorbereitete Loch herabgelassen und dieses wieder verschlossen worden war, sondern daß sich auch der auf der Spitze der Bombe befestigte Signalempfänger in der richtigen Position befand. Ethan vollführte vor Freude ein paar kleine Tanzschritte, ehe er den geheimen Wandsafe öffnete. Darin waren zwischen den beiden Schaltern zwei Hebel angebracht. Einer war bereits heruntergedrückt und somit der sich unterhalb der *Baja* auf dem Meeresboden befindliche Empfänger aktiviert worden.

Langsam drückte Ethan auch den zweiten Hebel nach unten. Mittlerweile hatte er sich in eine nahezu ekstatische Stimmung hineingesteigert. Liebevoll streichelte er die Armaturen, bevor er den Safe wieder schloß. Nun brauchte er nur noch auf die Vorzeichen eines Erdbebens zu warten, dann konnte er die Schalter betätigen. Das Resultat wäre eine Detonation beider Bomben nach fünf Minuten.

Er verließ sein Büro und hastete zu der Tür, die zu der oberen Kammer führte. Seine Geräte mußten ständig kontrolliert werden, damit er es rechtzeitig bemerkte, wenn die Nadel des Superseismografen noch schroffere Zacken auf das Papier zu malen begann. Während er mit dem Fahrstuhl ins Erdreich hinabglitt, sang er fröhlich vor sich hin.

»Leb wohl, Mutter ...«

Am darauffolgenden Morgen spazierte Tweed nach dem Frühstück gemeinsam mit Paula über den Golfplatz zu dem still daliegenden endlosen Pazifik hinunter. Sie benutzten denselben Bohlenweg, den Paula an jenem Abend entlanggegangen war, als sie den Leichnam einer toten Frau im hellen Mondlicht auf dem Wasser hatte treiben sehen. Die Erinnerung verursachte ihr eine Gänsehaut. Tweed wies auf das Meer hinaus.

»Seltsame Vorstellung, daß das erste Land, das man erreicht, wenn man tausende Meilen Ozean überquert hat, ausgerechnet Japan ist.«

»Ich komme mir bei dem Gedanken an solch gewaltige

Entfernungen ganz klein und unbedeutend vor«, gestand Paula. »Außerdem habe ich gerade darüber nachgedacht, ob Newman nicht vielleicht doch recht hat – damit, daß wir letztendlich wohl doch zum Sturm auf Black Ridge blasen müssen.«

»Das wäre ein aussichtsloses Unterfangen. Ich habe die Stahltür gesehen, die Ethan Benyons unterirdische Kammer sichert. Es ist so gut wie unmöglich, sie schnell zu öffnen. Die in eine Wand eingelassene Schiebetür, von der ich Ihnen ja erzählt habe und hinter der sich meiner Meinung nach kein Safe, sondern ein Fahrstuhl verbirgt, ist womöglich noch stabiler. Wenn wir den Raum erreichen würden – immer vorausgesetzt, wir kämen überhaupt so weit –, dann wäre die Polizei in der Zwischenzeit längst von unserem Angriff unterrichtet worden. Außerdem ist mir aufgefallen, daß die Tür zu Molochs Büro aus massivem Holz besteht und mit einem schweren Schloß versehen ist. Beim ersten Anzeichen für einen Sturmangriff auf das Gebäude würde Moloch sich dort verschanzen und augenblicklich die Polizei verständigen.«

Zu ihrer Linken zeichnete sich in der Ferne die verschwommene Silhouette eines Waldes ab; eine Illusion, die durch den dichten Dunstschleier hervorgerufen wurde, der vom Meer zu ihnen herübertrieb. Angesichts dieser Naturschönheiten fiel es Paula schwer, sich all die Schrecken ins Gedächtnis zu rufen, die sie in diesem scheinbaren Paradies schon erlebt hatten. Sie blickte nach rechts.

Ungefähr hundert Meter von ihnen entfernt schlenderte Newman mit Vanity an seiner Seite durch die Anlage. Sie hatte sich bei ihm eingehakt, und die beiden schienen tief in ein Gespräch versunken zu sein.

»Bob«, sagte Vanity gerade, »ich verlasse die AMBECO.«

»Was?« Newman konnte seine Überraschung nicht verbergen. Er war aufs höchste alarmiert. »Wo wollen Sie denn hin?«

»Vielleicht nach New York. Man hat mir dort einen guten Job angeboten.«

»Dann sehen wir uns also nicht wieder?«

»Das liegt ganz bei Ihnen.«

»Ich könnte ja mal nach New York fliegen und Sie besuchen«, bot er ihr, von ihrer Antwort ermutigt, hastig an.

»Ich würde mich freuen. Wir hätten bestimmt viel Spaß zusammen.«

»Dessen bin ich mir sicher«, stimmte er aus tiefstem Herzen zu. »Wann wollen Sie denn aufbrechen? Ich muß erst noch mit Tweed eine unerledigte Angelegenheit zu Ende bringen.«

»Und ich habe für VB noch einiges zu tun. Wir könnten uns ja hinsichtlich unserer jeweiligen Pläne rechtzeitig absprechen.«

»Gute Idee.«

Sie waren schon so nah am Wasser, daß sie das leise Plätschern der Wellen am Strand hören konnten, als Tweed plötzlich auf dem Absatz kehrtmachte, Paula am Arm nahm und den Bohlenweg wieder emporzugehen begann.

»Was ist denn los?« fragte Paula verwundert.

»Wir dürfen nicht länger abwarten und Tee trinken, sondern müssen handeln. Ich muß das Risiko eingehen, Weatherby über die Telefonzentrale des Hotels anzurufen.«

Paula war mit Tweeds Methoden wohlvertraut. Seitdem sie am vorangegangenen Tag von Moss Landing zurückgekehrt waren, hatte er die meiste Zeit im Sessel seines Wohnraumes verbracht und ins Leere gestarrt. Sie konnte förmlich hören, wie sein Verstand auf Hochtouren arbeitete. Einmal hatte er nach dem Zigarettenpäckchen gegriffen, das auf dem Tisch lag, hatte sich eine Zigarette angesteckt und mit kurzen, hastigen Zügen geraucht. Es kam so gut wie nie vor, daß Tweed zu einer Zigarette griff.

Ferner hatte er sämtliche Mahlzeiten in seiner Suite eingenommen. Paula hatte ihm Gesellschaft geleistet, da sie wußte, daß ihn furchtbare Sorgen quälten, und war erst spät am Abend in ihr eigenes Zimmer zurückgekehrt, um zu Bett zu gehen. Am nächsten Morgen hatte Tweed sie angerufen und ihr vorgeschlagen, mit ihm bei Roy's zu frühstücken. Danach hatte er den Wunsch nach einem Strandspaziergang geäußert.

Nun strebte er in einem solchen Tempo zum Hotel zurück, daß sie Mühe hatte, mit ihm Schritt zu halten. In einiger Entfernung sah sie Newman, der sie beobachtete. Auch ihm war aufgefallen, welche Eile Tweed auf einmal an den Tag legte.

»Es ist schon merkwürdig«, japste sie. »Wenn ich mich hier so umschaue und all die Golfspieler sehe, die gemütlich mit ihren Wägelchen über den Platz zuckeln, dann kommt es mir so vor, als gäbe es keinen friedlicheren Ort in ganz Amerika. Und Sie machen ein Gesicht, als würde jeden Moment die Welt untergehen.«

»Vielleicht ereilt diesen Teil der Welt in Kürze genau ein solches Schicksal ...«

In seinem Wohnzimmer ließ er sich auf der Sofakante nieder und drückte eine Zahlenfolge auf seinem Telefon. Weatherbys Nummer kannte er auswendig. Gleichzeitig klingelte es an der Tür. Paula öffnete, Newman trat ein und rief Vanity draußen auf dem Flur zu: »Wir treffen uns in ein paar Minuten in der Halle!«

»Sind Sie das, Weatherby? Hier ist es neun Uhr morgens, also müßte es bei Ihnen ungefähr fünf Uhr nachmittags sein.«

»Stimmt. Sie hören sich an, als hätten Sie etwas sehr Ernstes auf dem Herzen.«

»Tut mir leid, Sie immer wieder mit dem gleichen Thema zu langweilen ... Vermittlung, die Verbindung ist sehr schlecht ...« Tweed wartete auf eine Antwort – oder auf das verräterische Klicken, das darauf schließen ließ, daß jemand heimlich mithörte. Nichts von beidem geschah. »Weatherby, dieser Anruf erfolgt über die Telefonzentrale des Hotels. Ich glaube zwar, daß die Leitung sauber ist, möchte aber kein unnötiges Risiko eingehen. Es handelt sich um Mr. Xenobium, einen recht explosiven Vertreter seiner Art. Können Sie mir folgen?«

»Ja.«

»Wenn zwei von seiner Sorte hier in der Gegend im Meeresboden ruhen würden – ziemlich weit voneinander entfernt – und bei beiden gleichzeitig eine Sicherung durchbrennt, könnte dann eintreten, worüber wir schon einmal sprachen? Könnte sich die Platte verschieben?«

»Die tektonische Platte? Ob sie sich in diesem Fall unter die Küste schieben könnte?«

»Genau.«

»Dazu wäre eine Gewalt nötig, die mir in dieser Form noch nicht untergekommen ist.«

»Wir sprechen von einer zehnmal stärkeren Ausgabe von Mr. Hydrogen.«

»Jede einzelne?«

»Richtig.«

»Das ist in der Tat beängstigend. Und trotzdem halte ich es für unwahrscheinlich, daß sich die Platte bewegt.«

»Auch dann, wenn Freund Ethan die Operation leitet?«

Zum erstenmal während der im Eiltempo geführten Unterhaltung entstand eine längere Pause. Tweed wartete geduldig, bis sich Weatherby wieder zu Wort meldete.

»Wenn Ethan hinter dem Projekt steht, gibt es Anlaß zu größter Sorge. Er ist der einzige, der das vielleicht bewerkstelligen könnte, besonders dann, wenn sich ein echtes Beben ankündigt.«

»Haben Sie vielen Dank.«

Tweed legte den Hörer auf, sah Newman an und stellte ihm eine Frage: »Was hat die bedauernswerte Standish-Schwester zu Ihnen gesagt, als Sie sie in dieser Bucht unterhalb des Nansidwell aus dem Meer zogen?«

»Sie hustete große Mengen Wasser aus und konnte kaum sprechen. Aber ich habe verstanden, was sie sagte. ›Quack, Quack …‹«

»Was sie Ihnen zu sagen versuchte, war ›Quake, Quake.‹ Sie wollte Sie vor einem bevorstehenden Erdbeben warnen.«

»Da soll mich doch der Teufel holen!«

»Hoffen wir, daß der uns alle verschont. Jetzt muß ich Mrs. Benyon anrufen. Wir dürfen keine Zeit mehr verlieren.«

Wieder wählte Tweed aus dem Gedächtnis eine Nummer.

»Mrs. Benyon, hier spricht Tweed – oder Angelo, um das vereinbarte Codewort zu gebrauchen.«

»Sie haben eine ausgesprochen markante Stimme, Mr. Tweed. Ich hätte Sie auch so erkannt«, erwiderte sie lebhaft.

»Wir sind auf dem Weg nach Black Ridge. Können Sie innerhalb der nächsten Stunde Ihre Sachen packen? – Ausgezeichnet. Wir holen Sie dann in ungefähr einer Stunde ab.«

»Ich habe bereits gepackt bin und dabei, wieder in mein altes Haus zu ziehen – ich will aus der Nähe von Black Ridge weg.«

»Bleiben Sie, wo Sie sind. Wir melden uns bei Ihnen. Verschließen Sie sämtliche Türen und lassen Sie niemanden außer mir ins Haus. Und jetzt entschuldigen Sie mich bitte, ich bin in Eile.«

Tweed stand auf und ballte die Fäuste. Wieder blickte er Newman an.

»Haben Sie alles für eine sofortige Abreise vorbereitet? Und haben Sie nach meinem nächtlichen Anruf gestern die anderen angewiesen, dasselbe zu tun?«

»Die Antwort lautet in beiden Fällen ja. Was soll denn dieses Gerede von Black Ridge? Sie haben sich doch entschieden geweigert, das Gebäude zu stürmen.«

»Ich will Moloch aufsuchen und ein letztes Mal versuchen, ihn zur Einsicht zu bringen. Er soll Ethan Benyon aufhalten. Paula, Sie können mich begleiten.«

»Ich werde fahren«, sagte Newman. »Wollen wir wetten, daß auch Alvarez wie durch Zauberhand plötzlich auftaucht?«

40.

Als Tweed mit Paula und Newman die Halle betrat, fand er dort Alvarez vor, der in einem Sessel saß und sich den Anschein gab, die Zeitung zu lesen. Vanity lief mit einem

Mobiltelefon in der Hand rastlos auf und ab. Newman ging zu ihr hinüber.

»Wir sind auf dem Weg nach Black Ridge.«

»Ich ebenfalls; ich wollte nur noch auf Sie warten, um Ihnen Bescheid zu sagen. VB rief mich an und zitierte mich nach Black Ridge.«

»Dann fahren wir Kolonne. Ich übernehme die Spitze.«

»Wetten, daß ich Sie überhole?«

»Tun Sie das nicht.« Er packte sie am Arm. »Vertrauen Sie mir und halten Sie sich immer hinter mir.«

»Typisch. Frauen haben sich immer hinter dem Mann zu halten – außer auf einem Minenfeld, vermute ich.«

Trotzig warf sie ihre rote Mähne zurück, dann fiel ihr Blick auf Paula, und ihr wurde klar, daß sie die Auseinandersetzung mitbekommen haben mußte. Lächelnd trat sie auf Paula zu.

»Bei mir und Bob fliegen gelegentlich die Fetzen.«

»Es heißt ja, Gewitter reinigen die Luft«, entgegnete Paula amüsiert.

Tweed war bereits auf dem Weg zum Parkplatz, wo der Mercedes stand. Newman rannte, gefolgt von Alvarez, hinter ihm her. Die leichtfüßige Vanity schoß an ihnen vorbei, sprang in ihr Auto und ließ das Mobiltelefon auf den Beifahrersitz fallen. Newman langte durch das geöffnete Fenster und nahm es an sich.

»Was soll denn der Unsinn ...«, setzte Vanity an.

»Ich brauche es dringend, um unterwegs einen wichtigen Anruf zu tätigen«, log Newman gewandt. »Wenn jemand für Sie anruft, dann winke ich Ihnen zu. Also halten Sie sich bitte hinter mir.«

»*Bitte?* Das klingt schon besser.«

Newman verließ mit Tweed, Paula und Alvarez als Beifahrern Spanish Bay. Hinter Vanitys Audi entdeckte er den BMW; Marler saß am Steuer, Butler und Nield auf der Rückbank. Demnach hatten sie irgendwie Wind von dem Unternehmen bekommen, dachte Newman. Die kleine Kolonne kam auf dem Highway gut voran. Wieder war es ein herrlicher Tag, die Sonne leuchtete vom strahlendblauen

Himmel, und eine leichte Brise vom Meer minderte die Hitze auf ein erträgliches Maß.

Paula bewunderte im stillen die geschickte Art, mit der Newman sich in den Besitz von Vanitys Telefon gesetzt hatte. Obwohl die Beziehung zwischen den beiden ganz offensichtlich immer enger wurde, funktionierten seine grauen Zellen noch einwandfrei. Er hatte das Telefon an sich genommen, um zu verhindern, daß Vanity VB von ihrem Besuch unterrichten konnte.

Sie hatten mehr als die Hälfte der Strecke nach Black Ridge zurückgelegt, als der Verkehr plötzlich zum Erliegen kam. Vor ihnen reihten sich die Fahrzeuge Stoßstange an Stoßstange zu einer endlosen Schlange. Newman unterdrückte einen Fluch und stieg aus, als ein State Trooper an der Schlange vorbeischlenderte.

»Was gibt's für ein Problem, Officer?« erkundigte er sich.

»Das Problem, Engländer«, erwiderte der hünenhafte, breitschultrige Trooper, der einen Kaugummi im Mund wälzte, »besteht darin, daß Sie sich auf eine längere Zwangspause einrichten müssen. Und jetzt bewegen Sie Ihre Mühle so weit an den Straßenrand, wie es nur geht.«

»Und warum, wenn ich fragen darf?«

»Erstens, weil ich es Ihnen sage. Zweitens, weil es weiter vorne eine Massenkarambolage gegeben hat und der Highway vollkommen blockiert ist, und drittens, weil wir auf den Abschleppwagen warten, der den Schlamassel beseitigen soll. Reicht Ihnen das an Gründen?«

»Aber selbstverständlich«, entgegnete Newman liebenswürdig.

Es hatte keinen Sinn, sich in dieser Situation auch noch mit einem Gesetzeshüter anzulegen. Er ging zum Wagen zurück und erklärte den anderen, was vorgefallen war.

»Das wird uns viel Zeit kosten«, meinte Alvarez.

»Wir kommen schon noch ans Ziel«, beruhigte ihn Tweed.

Er schien von ihnen allen der weitaus Gelassenste zu sein. Schon vor langer Zeit hatte er gelernt, die Dinge hinzunehmen, die er nicht ändern konnte. Newman ging zu

Vanity, die mit Marler neben ihrem Wagen stand, und gab ihr einen kurzen Lagebericht.

»Wenn wir Pech haben, hängen wir stundenlang hier fest«, meinte diese. »Wie gut, daß ich auf derartige Unannehmlichkeiten vorbereitet bin; ich rechne nämlich immer damit, mitten im Niemandsland mit einer Panne liegenzubleiben. Im Kofferraum steht eine Kühlbox mit einem kleinen Imbiß, Wein und einer Thermosflasche Kaffee. Sagen Sie, Bob, wie trinkt Tweed seinen Kaffee am liebsten?«

»Schwarz und stark«, erwiderte Newman automatisch. »Glauben Sie, daß wir uns auf eine längere Wartezeit einrichten müssen?«

»Jedenfalls lange genug, um meine Kühltasche leerzufuttern. Bei solchen Unfällen kann die Bergung eine Weile dauern ...«

In seinem Büro in Black Ridge schuftete Moloch wie ein Besessener. Er schob Dokumente in den Reißwolf, die nicht für fremde Augen bestimmt waren.

Jedes einzelne Blatt mußte er sorgfältig prüfen, um sicherzugehen, daß es auch wirklich bedenkenlos vernichtet werden konnte. Es war eine langweilige, zeitraubende Arbeit, aber eine, die nur er selbst erledigen konnte – der Inhalt einiger Akten war hoch brisant. Wie üblich betrat Joel Brand den Raum, ohne vorher anzuklopfen. Hastig legte Moloch einen blanken Bogen Papier über den Aktenstapel, den er gerade abtrug.

»Was gibt es? Ich bin beschäftigt.«

»Vanity ist noch nicht aufgetaucht. Ich dachte, Sie hätten ihr gesagt, sie solle so schnell wie möglich hier erscheinen.«

»Habe ich auch. Hoffentlich hatte sie keinen Unfall.«

»Möglich wäre es.« Brand lächelte boshaft. »Auf dem Highway Richtung Carmel ist es nämlich zu einer Massenkarambolage gekommen.«

»Ich versuche, sie über ihr Handy zu erreichen. Hast du eigentlich nichts zu tun? Ich bezahle dich schließlich nicht für tatenloses Herumstehen.«

Er zog eine Schublade auf, entnahm ihr sein eigenes Mobiltelefon und drückte ein paar Knöpfe. Ihm schien, als würde er in der modernen Welt, in der er lebte, nichts anderes tun, als ständig irgendwelche Knöpfe zu drücken. Der Anruf kam durch, doch dauerte es einen Moment, bis Vanity sich meldete.

»Entschuldigen Sie, daß ich nicht so schnell an den Apparat gekommen bin – und die Verspätung, für die ich allerdings nicht verantwortlich bin, tut mir leid.« Jedes Wort war klar und deutlich zu verstehen. »Auf dem Highway hat es einen schweren Unfall gegeben. Es kann Stunden dauern, bis die Straße wieder geräumt ist. Ich komme, so schnell ich kann, mir ist ja glücklicherweise nichts passiert.«

»Das ist die Hauptsache. Ich füttere gerade den Reißwolf. Lassen Sie sich ruhig Zeit ...«

Vanity gab Newman das Telefon zurück. Er hatte es ihr gereicht, sowie er gehört hatte, wer am Apparat war. In der anderen Hand hielt sie ein Sandwich.

»Hier, Sie brauchen das Telefon anscheinend dringender als ich. Im Moment ist ohnehin Hopfen und Malz verloren.«

Sie bezog sich auf die unleugbare Tatsache, daß die sprichwörtliche Tüchtigkeit amerikanischer Mechaniker heute nicht einmal ansatzweise zu erkennen war. Der riesige Abschleppwagen, der eingesetzt werden sollte, um die ineinander verkeilten Autos, die den Highway blockierten, zu entfernen, war seinerseits auf einige Fahrzeuge aufgefahren. Das bedeutete, daß erst weitere Hilfskräfte angefordert werden mußten, die den Abschleppwagen von der Straße schaffen sollten, ehe man darangehen konnte, die in die Karambolage verwickelten Fahrzeuge abzutransportieren. Aus der Gegenrichtung waren bereits Krankenwagen eingetroffen, die die Verletzten und einige Tote in die umliegenden Krankenhäuser brachten.

»Das kann ja noch bis zum Jüngsten Tag dauern«, konstatierte Paula gereizt.

Ihre Geduld wurde auf eine weitere Zerreißprobe gestellt, als sie bemerkte, daß Tweed tief und fest eingeschlafen war. Sie hatten Vanitys Kühltasche längst geleert und den ganzen Kaffee ausgetrunken, als sich die Autoschlange langsam wieder in Bewegung setzte. Inzwischen war es später Nachmittag.

Nach und nach löste sich der Stau auf. Viele Autofahrer machten ihrem Unmut über die unfreiwillige Rast auf dem Highway dadurch Luft, daß sie rücksichtslos die Geschwindigkeitsbeschränkung mißachteten, sowie kein State Trooper mehr zu sehen war. Auch Newman trat das Gaspedal durch.

Schon bald kamen die auffallenden gotischen Türme von Black Ridge in Sicht. Tweed blickte interessiert aus dem Seitenfenster und wies Newman an, das Tempo zu drosseln, sowie sie sich The Apex näherten.

Mrs. Benyon stand auf der Terrasse und schaute auf den Highway hinunter. Tweed registrierte, daß sie genug Verstand besessen hatte, ihr Gepäck im Haus zu lassen, so daß es von der Straße aus nicht gesehen werden konnte. Er lehnte sich aus dem Fenster und winkte ihr zu, dann deutete er mit der Hand eine Wendung um hundertachtzig Grad an – in der Hoffnung, sie würde begreifen, daß sie später noch einmal zurückkommen würden. Zum Zeichen, daß sie den Sinn dieser Geste verstanden hatte, erwiderte Mrs. Benyon das Winken, dann wandte sie sich ab und ging ins Haus zurück.

Tweed hatte sich mehrfach angeregt an der Unterhaltung beteiligt, um sich die düstere Vorahnung nicht anmerken zu lassen, die ihn nach dem Gespräch mit Weatherby beschlichen hatte. Seine Stimmung hob sich auch nicht gerade, als er Vanity zu Newman sagen hörte, VB sei damit beschäftigt, alte Unterlagen durch den Reißwolf zu jagen. Er folgerte daraus, daß VB im Begriff stand, das Land zu verlassen, bemühte sich aber, seine aufkeimende Furcht hinter aufgesetzter Munterkeit zu verbergen.

Als sie sich den geschlossenen Toren von Black Ridge näherten, setzte sich Vanity keck vor Newmans Nase, benutzte ihre Fernsteuerung, um die Tore zu öffnen, und fuhr, Newman im Schlepptau, die Auffahrt empor. Marler folgte ihnen langsam und hielt wie schon einmal zuvor neben dem rechten Torflügel an, um zu verhindern, daß er wieder geschlossen werden konnte. Vielleicht benötigte man eine rasche Fluchtmöglichkeit ...

Vor der schweren Eingangstür angelangt, betätigte Tweed ungeduldig die Klingel. Alvarez hielt sich neben ihm, als die Tür geöffnet wurde und ein unfreundlich dreinblickender Mann in einem Tarnanzug auf der Schwelle erschien. Sein narbenübersätes Gesicht zeigte keine Regung, während er sie von Kopf bis Fuß musterte.

»Wer zum Teufel sind Sie?«

»CIA«, sagte Alvarez scharf, einen Ausweis zückend. »Wir haben eine Verabredung mit VB. Sie brauchen uns nicht anzumelden, wir werden erwartet.«

»Ich werde ihm trotzdem Bescheid sagen.«

Tarnanzug kehrte ihnen den Rücken zu und hob die Hand, um ein an der Wand befestigtes Telefon zu benutzen. Im selben Moment sprang Alvarez, der seine Walther am Lauf festhielt, drei Schritte nach vorne und ließ den Kolben mit aller Kraft auf den Schädel des Mannes niedersausen. Er sackte in sich zusammen und rührte sich nicht mehr.

»Für die nächste halbe Stunde dürfte er außer Gefecht gesetzt sein«, sagte Alvarez so gelassen, als gehörten derartige Zwischenfälle zu seinem normalen Alltag.

»Ich dachte, Sie hätten den Dienst quittiert«, flüsterte Paula ihm zu, während Tweed ihnen voran den Korridor entlangging.

»Ich muß doch glatt vergessen haben, meinen Dienstausweis zurückzugeben«, antwortete er ihr mit einem spitzbübischen Grinsen.

Tweed stand vor der Tür zu Molochs Büro und versuchte vergeblich, den Knauf zu drehen. Die Tür war abgeschlossen. Doch direkt daneben hing ein Telefon an der Wand.

Tweed griff danach und löste es aus seiner Halterung. Molochs Stimme drang an sein Ohr.

»Wer ist da?«

»Tweed. Ich muß dringend mit Ihnen über Ethan Benyon sprechen.«

»Ich habe sehr viel zu tun. Bitte verlassen Sie das Haus. Sie hätten einen Termin vereinbaren sollen.«

Ein Klicken verriet, daß Moloch das Gespräch abgebrochen hatte. Newman schloß sich der kleinen Gruppe an, gerade als Tweed eine Tür auf der gegenüberliegenden Seite des Korridors öffnete. Hinter einem großen Schreibtisch saß Joel Brand, der im Begriff war, eine Schublade aufzuziehen.

»Wie sind Sie hier hereingekommen?« bellte er.

»Das würde ich an Ihrer Stelle nicht tun«, riet Newman ihm, wobei er seine Smith & Wesson auf ihn richtete. »Sollten Sie eine Pistole in der Schublade aufbewahren, lassen Sie sie, wo sie ist. Und kommen Sie ja nicht nach draußen auf den Flur. Ich habe extra für Sie eine Kugel reserviert. Ach so, das Telefon werden Sie auch nicht brauchen.«

Er betrat das Büro und riß das Kabel, das den auf dem Tisch stehenden Apparat mit der Anschlußdose verband, mit einem Ruck heraus. Die Sprechanlage erfuhr dieselbe Behandlung.

»Denken Sie an die Kugel«, warnte er, Brand mißtrauisch im Auge behaltend, während er rückwärts zur Tür ging und diese hinter sich schloß.

Tweed öffnete bereits die nächste Tür auf derselben Seite des Ganges, auf der auch Molochs Büro lag. In dem kleinen, ordentlich aufgeräumten Raum saß Ethan Benyon hinter seinem Schreibtisch und trank Kaffee. Diesmal war sein Haar sauber gekämmt, er trug einen frisch gereinigten Anzug, lächelte freundlich und stand höflich auf, als er Paula sah.

»Kann ich irgend etwas für Sie tun, meine Herren?« fragte er in einem sehr englischen Tonfall.

Tweed fixierte ihn mit einem durchdringenden Blick. Die Verwandlung, die mit Ethans Äußerem und seiner ganzen Persönlichkeit vorgegangen war, verursachte ihm Unbehagen. Er blickte sich verstohlen in dem Raum um. Nichts Ungewöhnliches war zu entdecken.

»Sie sind Mr. Tweed«, fuhr Ethan fort. »Ich muß mich bei Ihnen für mein unverzeihliches Benehmen bei unserer letzten Begegnung entschuldigen. Ich kann es nur damit erklären, daß ich zuviel getrunken hatte. Eigene Dummheit. Normalerweise rühre ich keinen Tropfen an.«

»Ich bin auf der Suche nach Mr. Moloch«, sagte Tweed.

»Die erste Tür links, wenn Sie auf den Gang kommen. Auf dieser Seite des Korridors, nicht auf der gegenüberliegenden. Dort liegt nämlich das Reich dieses ungehobelten Klotzes Joel Brand. Nehmen Sie nochmals meine aufrichtige Entschuldigung entgegen.«

Tweed schloß die Tür, nachdem auch Newman, der sich gleichfalls neugierig in Ethans Büro umgeschaut hatte, den Raum verlassen hatte. Er ging weiter den Korridor entlang und versuchte dann vorsichtig, die schwere Stahltür zu öffnen, die zu dem unterirdischen Raum führte. Sie bewegte sich keinen Millimeter.

Keiner der beiden Männer konnte ahnen, daß sie sich während ihres Aufenthalts in Ethans Büro nur wenige Schritte von den in dem geheimen Wandsafe verborgenen Apparaturen befunden hatten. Wäre ihnen etwas aufgefallen, hätte eine Katastrophe verhindert werden können.

41.

Tweed blieb vor der geschlossenen Tür zu Ethans Büro stehen, während er den Blick über den menschenleeren Korridor schweifen ließ – leer bis auf den am Boden zusammengesunkenen bewußtlosen Wachmann ganz am Ende des Ganges. Newman scharrte ungeduldig mit den Füßen.

»Stimmt etwas nicht?«

»Die ganze Atmosphäre hier gefällt mir nicht«, erklärte Tweed. »Draußen gab es keinerlei Anzeichen dafür, daß Wachposten das Gelände kontrollieren. Hier drinnen war nur ein Mann postiert – und der liegt jetzt drüben auf dem Boden und hört die Engel singen. Bob, wir befinden uns im

Herzen der AMBECO, des größten Mischkonzerns der Welt. Heute allerdings erinnert mich das Gebäude eher an ein Spukschloß, dessen Bewohner größtenteils die Flucht ergriffen haben.«

»Oder nicht mehr am Leben sind«, gab Newman zu bedenken.

»Und Moloch hat sich eingeschlossen …«

Er brach mitten im Satz ab, als sich eine Tür öffnete und Brand auf den Korridor trat. Newman richtete sofort seinen Revolver auf ihn, doch der große Mann hob lediglich beide Hände und grinste entschuldigend.

»Der Krieg ist vorbei – haben Sie das noch nicht mitbekommen? Miß Grey, Sie sehen heute wieder ganz bezaubernd aus, wenn Sie mir die Bemerkung gestatten.«

Seinem Lächeln haftete keinerlei Anzüglichkeit an. Diesmal war sein Benehmen höflich, und seine Worte klangen sogar aufrichtig. Paula starrte ihn an. Dies war eine neue Version von Joel Brand, und wieder einmal verstand sie, weshalb er auf so viele Frauen anziehend wirkte.

»Danke«, erwiderte sie ruhig. »Warum ist heute alles hier so anders als sonst?«

»Das kann ich Ihnen beim besten Willen nicht sagen. Aber ich habe so ein Gefühl, als würde es mit der AMBECO zu Ende gehen. Die goldenen Tage gehören der Vergangenheit an. Das mag ja abgedroschen klingen, aber so kommt es mir vor. Übrigens, Newman, mir sind in meinem Leben ja schon viele harte Gegner untergekommen, aber Sie schießen den Vogel ab. Das muß ja eine wüste Schlacht gewesen sein – da draußen bei Moss Landing.«

»Wo?« fragte Newman zurück. »Hab' noch nie von einem Ort dieses Namens gehört.«

»Gut gebrüllt, Löwe.« Brand grinste ihn an und ließ die Hände langsam sinken. »Wissen Sie, Tweed, vor langer Zeit – so scheint es mir wenigstens – habe ich VB geraten, mir zu gestatten, Sie aus dem Weg zu räumen. Er wollte nichts davon wissen. Dennoch glaube ich, daß er mich hätte gewähren lassen sollen. Ich hoffe, meine Offenheit kränkt Sie nicht, aber Sie haben uns jedesmal überlistet, uns ins Aus manövriert und uns große Verluste beschert. Nun, nichts für ungut. Ich denke, es ist an der Zeit, daß ich mich nach einem neuen Job umsehe. Ich vermute nämlich, daß VB die Staaten in Kürze verlassen wird. Er hat sich in diesem Land ja noch nie wohl gefühlt. Zum Glück habe ich ein bißchen Geld auf die hohe Kante gelegt – eine halbe Million Dollar, um genau zu sein.«

»Sie haben aber auch eine ganze Reihe von Menschenleben auf dem Gewissen«, entgegnete Tweed.

»Ach, Tweed ...«, Brand spreizte die Finger, »ich vermute, das bringt die Umgebung und dieser Job so mit sich. Wir sind hier in Amerika. Ich kannte da mal einen Burschen, einen Amerikaner übrigens, der mir erklärt hat, worauf sich all das zurückführen läßt. Vor langer Zeit, zu Beginn der Zivilisation, zogen Karawanen von Siedlern Richtung Westen, auf diese Küste zu. Damals galt der Grundsatz: Jeder kämpft für sich allein. Wenn dir jemand in die Quere kommt, erschieß ihn – ehe er dich erschießt. Etwas vom Geist dieser wilden Zeit lebt bis zur heutigen Generation in den Menschen fort. Das ist es auch, was die Yankees von den Europäern unterscheidet: Sie sind rauher. Rauher – nicht etwa härter. Unter zu großem Druck zerbrechen sie.« Wieder grinste er. »So, wie wir unter dem Druck zerbrochen sind, den Sie auf uns ausgeübt haben.«

»Sie sagten, VB stünde im Begriff, das Land zu verlassen«, erinnerte ihn Tweed. »Wissen Sie, wo er hin will?«

»Es wird gemunkelt, daß es ihn in den Fernen Osten zieht. Er hat Bekannte dort unten – und bei den arabischen Banken ein Vermögen liegen. Er zieht eben einfach weiter.«

»Ich glaube, wir sollten seinem Beispiel folgen«, sagte Tweed entschieden.

Brand ging voraus. Newman hielt sich dicht hinter ihm, den Revolver ungeachtet der Tatsache, daß Tweed mißbilligend mit dem Kopf schüttelte, unverwandt auf den massigen Rücken des Hünen gerichtet. Direkt neben Brands Büro stand eine Tür offen. Tweed vernahm das leise Rattern eines Fernschreibers und spähte neugierig in den Raum.

»Hallo«, sagte Vanity, ihn freundlich anlächelnd.

Auf ihrem Schreibtisch standen ein Computer und ein Faxgerät. Sie drehte sich um, streckte die Hand nach dem hinter ihr stehenden Fernschreiber aus, griff nach der Handvoll Papier, die die Maschine soeben ausgespien hatte, und winkte ihm damit zu.

»Keine Neuigkeiten sind gute Neuigkeiten«, sagte sie fröhlich. »Das hier gehört ins Altpapier. Ich räume gerade meinen Schreibtisch auf.« Sie blickte über Tweeds Schulter Newman an. »Ich denke da wie Sie, Bob. Wenn ich etwas angefangen habe, dann bringe ich es auch zu Ende.«

»Demnach verlassen Sie die AMBECO?« fragte Tweed.

»Ich denke schon. Seien Sie vorsichtig.«

Brand begleitete sie zur Tür, verabschiedete sich und kehrte zu seinem Büro zurück, ohne dem Wachmann, der noch immer bewußtlos am Boden lag, auch nur einen Blick zu gönnen. Tweed stieg als letzter in das Auto ein. Einen Moment lang blieb er auf der Terrasse stehen und blickte zu den Zinnen der gotischen Scheußlichkeit auf. Paula bemerkte, wie ein undefinierbarer Ausdruck über sein Gesicht huschte.

»Ethan schien mir ein ganz anderer Mensch zu sein«, bemerkte sie, als Newman auf die geöffneten Tore zufuhr.

»Mir kam es so vor, als würde er Theater spielen«, widersprach Alvarez.

»Ich fand sein Benehmen damals, als wir ihn oben in Palo Eldorado mit diesem Mädchen tanzen sahen, weitaus erschreckender«, mischte sich Tweed ein. »Es hat mir einen kalten Schauer über den Rücken gejagt.«

»Im ganzen Gebäude herrschte eine merkwürdige Atmosphäre«, meinte Paula nachdenklich.

»Ja, und ich mußte ständig an eine tickende Zeitbombe denken«, erwiderte Tweed.

Nachdem sie Black Ridge verlassen hatten, legten beide Wagen ein kurzes Stück auf dem Highway zurück und bogen dann auf Tweeds Aufforderung in die Zufahrt zu The Apex ein. Tweed stieg aus, woraufhin Mrs. Benyon zur Tür herauskam, diesmal ohne Gehstöcke, dafür aber mit einem Koffer in jeder Hand.

»Bin ich froh, Sie zu sehen«, sagte sie zu Tweed.

Ihr Gepäck wurde im Kofferraum des BMW verstaut, dann waren Tweed und Newman ihr dabei behilflich, ihre Körpermasse auf den Beifahrersitz zu zwängen. In sich hineinkichernd, zwinkerte sie Tweed zu.

»Entweder ist der Sitz zu klein, oder ich bin zu dick. Ich fürchte aber, letzteres ist der Fall. Danke, daß Sie mich nicht vergessen haben.«

Auch sie wirkte vollkommen verändert, dachte Tweed. Sie sah zufrieden, beinahe glücklich aus, auf jeden Fall jedoch erleichtert. Ganz offensichtlich konnte sie es kaum erwarten, Kalifornien den Rücken zu kehren. Tweed vermutete, daß die Jahre der Sorge um Ethan ihre Kräfte vollkommen aufgezehrt hatten. Irgendwann gelangte jeder Mensch an einen Punkt, an dem er seine Bürde nicht mehr tragen konnte und nur noch den Wunsch hatte, sich davon zu befreien.

Er nahm auf dem Beifahrersitz des Mercedes Platz. Newman hatte es offenbar eilig, weiterzukommen. Er saß da, trommelte mit den Fingern auf dem Lenkrad herum und ließ den Blick abwechselnd zu Paula, zu Alvarez und Tweed wandern.

»Können wir jetzt endlich losfahren?«

»Ja, wir sind soweit. Wir haben in Black Ridge getan, was in unserer Macht stand. Nun ist es an der Zeit, an uns selbst zu denken.«

»Gott sei Dank«, seufzte Paula voller Inbrunst.

Newman fuhr die Zufahrt hinunter, bog links auf den Highway ab und trat das Gaspedal bis zum Anschlag durch, wobei er ein waches Auge auf etwa auftauchende Streifenwagen hielt. Marler folgte ihnen am Steuer des BMW; Butler und Nield saßen wie immer hinten im Fond.

»Die Temperatur sinkt«, stellte Tweed fest. »Komisch, immer gegen vier Uhr wird es auf einmal empfindlich kühl in diesen Breitengraden.«

»Bald setzt die Dämmerung ein«, sagte Newman. »Ich

will unbedingt noch vor Einbruch der Dunkelheit wieder im Hotel sein.«

»Diese Massenkarambolage hat uns mehrere Stunden aufgehalten, vergessen Sie das nicht«, mahnte ihn Tweed. »Ich muß erst noch Monica anrufen. Es ist eine halbe Ewigkeit her, seit ich das letzte Mal mit ihr gesprochen habe. Vielleicht hat sie Neuigkeiten für uns.«

»Ich hatte vor, auf direktem Wege nach Spanish Bay zurückzufahren«, fuhr Newman ihn an. »Sie können doch wohl das Telefon in Mission Ranch benutzen.«

»Da wimmeln zu viele Leute um mich herum«, protestierte Tweed. »Bringen Sie mich zu der Telefonzelle in Carmel, die ich bislang immer benutzt habe.«

»Wie wär's, wenn Sie Monica vom Hotel aus anrufen?« schlug Paula vor.

»Nein, ich brauche einen sicheren Apparat. Ich nehme die Telefonzelle in Carmel.«

Er hatte sowohl bei Newman als auch bei Paula deutliche Anzeichen von Ärger gespürt. Die Atmosphäre in Black Ridge war ihnen allen aufs Gemüt geschlagen. Seufzend blickte er wieder aus dem Fenster und sah, daß vom Pazifik her bedrohliche Sturmwolken heranzogen. Weiter draußen über dem Wasser war der Himmel klarer, und die Sonne sank gleich einem gigantischen roten Feuerball zum Horizont herab. Wie die hinter ihm sitzende Paula bewunderte auch er schweigend ein Naturschauspiel, das Touristen aus aller Herren Länder in seinen Bann schlug. Der untere Rand des Sonnenballes erreichte die Horizontlinie und schien in den Ozean einzutauchen. Tweed stellte erstaunt fest, wie schnell sie versank. Unwillkürlich drängte sich ihm der Vergleich mit einem riesigen Goldstück auf, das im Schlund des kommenden Tages verschwand. Aber würde es überhaupt noch ein Morgen geben?

Kurz darauf passierten sie das unter ihnen liegende Gebäude der Mission Ranch. Auch dort hatte sich eine Menschenmenge versammelt, um die Farbenpracht zu betrachten, die die untergehende Sonne auf das Wasser malte. Newman würdigte sie keines Blickes, sondern jagte mit der höchsten noch erlaubten Geschwindigkeit durch Carmel. Dann hielt er am Bordstein an.

Tweed sprang aus dem Wagen. Der eben noch dunkelviolette Himmel schimmerte jetzt fast schwarz. Die Nacht brach herein, und viele Pärchen waren auf dem Weg in die nahegelegenen Restaurants. Er betrat die Telefonzelle und wählte die Nummer des fernen Park Crescent.

»Monica, hier ist Tweed.«

»Dem Himmel sei Dank! Ich habe schon befürchtet, Ihnen wäre etwas zugestoßen. Immer wieder habe ich versucht, Sie im Spanish Bay zu erreichen.«

»Warum?«

»Sprechen Sie von einem sicheren Apparat aus? Oder rufen Sie vom Hotel aus ...«

»Die Leitung ist sauber. Was ist denn los?«

»Ich dachte, Sie sollten es so schnell wie möglich erfahren. Mein Kontaktmann bei Lloyd's sagte mir, daß die *Venetia* zwar noch vor dem Hafen von Falmouth liegt, der Kapitän dem Hafenmeister aber mitgeteilt hat, sie würden innerhalb der nächsten achtundvierzig Stunden die Anker lichten. Ziel ist das östliche Mittelmeer. Ich glaube, sie werden Beirut anlaufen. In vierzehn Tagen findet dort eine Konferenz statt, an der die mächtigsten Scheichs der arabischen Nationen teilnehmen. Ein Milliardärstreffen sozusagen.«

»Danke. Das könnte wichtig sein.«

»Nicht einhängen. Es kommt noch mehr. Irgend jemand hat hier ziemlichen Druck auf die höchsten Stellen ausgeübt. Jim Corcoran, der Sicherheitschef von Heathrow, erhielt Anweisung, sämtliche Vorkehrungen zu treffen, damit morgen nachmittag ein Learjet mit einer Sondererlaubnis landen kann. Es hat eine sehr wichtige Persönlichkeit an Bord. Nämlich unseren Freund Vincent Bernard Moloch.«

»Gut zu wissen. Haben Sie nochmals vielen Dank, Monica. Wir sehen uns bald wieder, schätze ich, denn wir sind schon fast auf dem Weg zurück nach Hause.«

Das hoffe ich jedenfalls, dachte er, als er die Telefonzelle verließ. Weitere Pärchen bevölkerten inzwischen die von Bäumen gesäumten Straßen von Carmel. Er überquerte gerade den Bürgersteig und wollte auf den Mercedes zugehen, als der Boden unter ihm zu vibrieren begann. Der erste Erdstoß erschütterte Kalifornien.

42.

Tweed rührte sich nicht von der Stelle. Rasch blickte er sich nach allen Seiten um. Die Menschen, die sich in seiner Sichtweite aufhielten, waren gleichfalls stehengeblieben. Ein Mann legte seiner Begleiterin tröstend den Arm um die Taille. Lange Zeit schien alles Leben zum Stillstand gekommen zu sein, obwohl keine weitere Erschütterung erfolgte. Dann begannen die wie erstarrt wirkenden Leute auf der Straße sich langsam wieder zu bewegen.

Tweed hastete zum Auto zurück und setzte sich neben Newman auf seinen angestammten Platz. Paulas Stimme klang ruhig, nur ein kaum wahrnehmbarer zittriger Unterton verriet ihre innere Anspannung.

»Was um Himmels willen war das?«

»Kalifornien liegt in einem stark erdbebengefährdeten Gebiet«, entgegnete Tweed. »Kleinere Erdstöße wie dieser sind hier eher an der Tagesordnung.« Er bemühte sich um Gelassenheit. »Bob, lassen Sie uns nach Spanish Bay zurückfahren.« Erst als sich der Wagen wieder in Bewegung gesetzt hatte, sprach er weiter. »Monica hat in Erfahrung gebracht, daß Moloch morgen mit seinem Learjet in Heathrow erwartet wird. Die *Venetia* liegt immer noch vor Falmouth. Das neue Zielgebiet – wenn sie die Anker lichtet – ist das östliche Mittelmeer.«

Er warf Newman einen flüchtigen Blick zu. Dieser deutete seinen Gesichtsausdruck richtig und steigerte kommentarlos die Geschwindigkeit. Sowie Carmel hinter ihnen lag, gab er Vollgas. Paulas Ton verriet nichts von ihren wahren Empfindungen, als sie erneut das Wort ergriff.

»Das bedeutet, daß Moloch die Staaten verläßt – vielleicht für immer. Ich frage mich nur, was ihn dazu bewogen hat.«

»Ich denke, er ist auf der Suche nach einem neuen Betätigungsfeld«, erwiderte Tweed beiläufig. »Demzufolge sehe ich keinen Grund, warum wir noch länger hierbleiben sollten. Alvarez, wir sind bereit zur Abreise. Paula hat uns Plätze auf dem nächsten Flug ab San Francisco International gebucht. Wenn wir zurück im Hotel sind – könnten Sie dann vielleicht versuchen, den Chinook herzubeordern, damit er uns zum Flughafen bringt?«

»Na klar. Schätze, ich begleite Sie und sorge dafür, daß Sie sicher nach Hause kommen.«

»Das halte ich für eine gute Idee.«

Eine seltsame Stimmung hatte die Insassen des Wagens erfaßt, als sie das Hotelgelände erreichten. Niemand sprach ein Wort. Gespanntes Schweigen lag in der Luft – keiner mochte zugeben, daß er es mit der Angst zu tun bekam. Sowie sie sich dem Parkplatz näherten, legte Tweed einen Arm um die Lehne von Newmans Sitz, beugte sich zu ihm und flüsterte ihm etwas zu. Zur Bestätigung, daß er verstanden hatte, nickte Newman nur knapp. Der Mercedes hielt auf seinem gewohnten Platz an. Während Tweed ausstieg, löste Newman seinen Sicherheitsgurt und drückte den Knopf, mit dem sich die Antenne ausfahren ließ. Alvarez schlängelte sich nach vorne auf den Beifahrersitz und ergriff das Mikrofon. Tweed beugte sich noch einmal ins Wageninnere.

»Alle versammeln sich samt Gepäck in meinem Apartment.«

Er betete, daß Alvarez Cord Dillon erreichen würde, während er rasch zu dem BMW lief, der hinter ihnen geparkt hatte, die vordere Tür öffnete und Mrs. Benyon ein aufmunterndes Lächeln schenkte.

»Ich möchte, daß Sie mit mir kommen. Ich nehme Ihr Gepäck.« Dann machte er Marler und den beiden anderen Männern ein Zeichen. »In zwei Minuten treffen wir uns alle in meiner Suite. Bringen Sie Ihr Gepäck mit.«

Trotz seiner Knieverletzung wuchtete Butler Mrs. Benyons zwei Koffer aus dem Kofferraum und schüttelte abwehrend den Kopf, als Tweed versuchte, ihm seine Last abzunehmen.

»Kümmern Sie sich lieber um die Dame«, sagte er entschieden.

Tanzmusikfetzen klangen von irgendwoher durch die kühle Abendluft. Paula empfand die Töne als merkwürdig fehl am Platze – etwa wie ein Fest im Angesicht des Todes. Als sie auf den Hoteleingang zuging, hörte sie Alvarez mit rascher, abgehackter Stimme auf jemanden einreden. Er war zu Cord Dillon durchgedrungen.

Sie sah, wie Tweed am Eingang stehenblieb. Er drehte sich um und blickte über die lange Auffahrt hinweg. Paula, die ihn beobachtete, gewann den Eindruck, daß er jemanden erwartete; daß er hoffte, dieser Jemand würde noch rechtzeitig erscheinen. Dann wandte er sich ab und eilte mit großen Schritten zu seiner Suite.

Kurz darauf betrat Paula als erste der Gruppe sein Zimmer. Er hatte die gläserne Schiebetür geöffnet und seinen eigenen Koffer griffbereit neben sich gestellt. Tweed pflegte stets mit leichtem Gepäck zu reisen. Mrs. Benyon saß auf einem Sofa.

»Was ist mit der Hotelrechnung?« fragte Paula.

»Ich habe sie bezahlt, ehe wir nach Black Ridge aufgebrochen sind, und zwar habe ich vorsorglich für den morgigen Tag mitbezahlt, jedoch an der Rezeption hinterlassen, daß wir vielleicht in aller Herrgottsfrühe abreisen müssen.«

Newman kam herein; gefolgt von dem Rest des Teams. Alvarez bildete das Schlußlicht. Er deutete auf das Fenster, das Tweed offengelassen hatte.

»Wir gehen nach draußen. Der Chinook ist bereits unterwegs. Er wird auf dem Rasen des Golfplatzes landen. Ich kenne die genaue Stelle. Wir müssen uns beeilen, ich will rechtzeitig an Ort und Stelle sein, um die vereinbarten Lichtsignale zu geben, wenn ich ihn kommen höre.«

»Gehen Sie ruhig schon einmal vor«, sagte Tweed. »Ich

folge dann nach. Ich will noch ein paar Minuten vor dem Hotel warten.«

»Aber warten Sie nicht zu lange«, warnte Alvarez. »Der Pilot des Chinook kann nicht die ganze Nacht auf dem Golfplatz verbringen.«

Ethan hielt sich schon seit geraumer Zeit in dem oberen Gewölbe in Black Ridge auf. Seine Augen hingen wie gebannt an dem großen Seismographen. Die vertikalen Linien wiesen in unregelmäßigen Abständen immer noch schroffe Zacken auf, aber ansonsten hatte sich nichts Weltbewegendes getan. Er stand reglos da und starrte auf das Gerät, wobei er gedankenverloren an seinen Fingernägeln kaute.

Mit einemmal empfand er das Warten als unerträglich. Ruhelos tigerte er durch die Kammer, dann rannte er zu dem Seismographen zurück. Die regelmäßigen leichten Erschütterungen verrieten ihm, daß ein größeres Erdbeben entlang der San-Moreno-Verwerfung unmittelbar bevorstand. Warum, zum Teufel, dauerte das so lange? Er hatte seine Nägel bereits bis auf das rohe Fleisch abgebissen.

»Komm schon! Komm schon!« keuchte er laut.

Mittlerweile hatte er sich in eine geradezu ekstatische Raserei hineingesteigert. Er stolperte zu einem Tisch hinüber, auf dem eine Thermoskanne mit Kaffee stand, goß sich einen Plastikbecher voll und trank ihn mit einem Schluck halb aus. In seiner Hast hätte er beinahe alles verschüttet. Mit geschlossenen Augen tastete er sich dann zu dem Seismographen zurück, schlug die Augen wieder auf und starrte das Gerät hypnotisiert an.

Die Schreibnadel hatte steil nach oben ausgeschlagen – steiler noch, als er es in seinen kühnsten Träumen erhofft hatte. Ethan schleuderte den Plastikbecher quer durch die Kammer, so daß sich der letzte Rest Kaffee über den Fußboden ergoß, dann stürmte er die Leiter empor und riß die schwere Tür zum Korridor auf. Er lag verlassen da. Doch dann öffnete sich eine andere Tür, und Joel Brand erschien im Rahmen.

»Es ist soweit!« kreischte Ethan zu ihm hinüber.

»Was ist denn los?« grollte Brand.

»Es kommt! Das größte Erdbeben in der Geschichte der Menschheit. *Mein* Erdbeben …«

Brand riß den Revolver aus dem Holster, zielte und drückte ab. Die Kugel pfiff über den leeren Gang, ohne Schaden anzurichten. Ethan war wieselflink in sein Büro gehuscht und hatte die Tür von innen verschlossen. Er hörte, wie Brand ein paarmal wütend auf die Klinke hämmerte, dann trat Stille ein.

Ethan hatte bereits den verborgenen Wandsafe freigelegt und ihn mit Hilfe eines Spezialschlüssels geöffnet. Seine Hände klebten vor Schweiß. Hastig rieb er sie an seiner Hose ab, während er unschlüssig in das Innere des Safes starrte. Mit einem tiefen Atemzug betätigte er beide Schalter. Das System war nun aktiviert, und ihm blieben genau fünf Minuten, um an Bord des Hubschraubers zu gelangen.

Nachdem er eine Pistole aus seiner Schreibtischschublade genommen hatte, öffnete er die Tür seines Büros und spähte vorsichtig auf den Korridor hinaus. Niemand zu sehen. Wo mochte Brand nur hingegangen sein? Mit der Pistole in der rechten, heftig zitternden Hand rannte er, so schnell er konnte, den Weg entlang, der ihn zum Hangar führte. Kaum war er in die kühle Nachtluft hinausgelaufen, da hörte er auch schon das Knattern der Rotoren. Der Hubschrauber hatte den Hangar bereits verlassen und schraubte sich zum Himmel empor.

»Wartet doch auf mich!« kreischte Ethan panikerfüllt.

Moloch, der im Passagierraum saß, blickte unwillig nach unten und sah, daß Ethan wild mit den Armen fuchtelte. Er stieß einen resignierten Seufzer aus, als die Maschine an Höhe gewann. Ethan Benyon gehörte zu den Menschen, die er in seinem ganzen Leben nicht wiederzusehen wünschte. Absolut verrückt, dachte er. Warum habe ich das nicht schon eher erkannt? Alle Anzeichen waren vorhanden. Weil ich es nicht sehen wollte, gestand er sich selbst ein.

Mittlerweile war Ethan unten am Boden vor Entsetzen

fast von Sinnen. Er rannte zum Haus zurück und hetzte über den Korridor zum Vordereingang, wo die Autos parkten. Sowie er ins Freie trat, entdeckte er Joel Brand, der im Begriff war, in Molochs Lincoln Continental einzusteigen.

»Dieses Schwein!« brüllte Brand zornig.

»Wer?« fragte Ethan, der kaum noch wußte, was er sagte.

»VB. Er hat mir die Tür des Hubschraubers vor der Nase zugeknallt und sich aus dem Staub gemacht. Und Sie sollten ebenfalls schauen, daß Sie wegkommen, und zwar schnell!«

»Nehmen Sie mich doch mit!« jammerte Ethan.

Statt einer Antwort rammte Brand ihm den Ellbogen in die Rippen, als er versuchte, die hintere Tür aufzureißen. Ethan taumelte zurück und brach zusammen. Als er sich wieder soweit erholt hatte, daß er aufstehen konnte, preschte der Lincoln bereits mit Höchstgeschwindigkeit die Auffahrt hinunter, passierte die geöffneten Tore und bog auf den Highway One ein. Ethan sah nur noch die Rücklichter in der Dunkelheit verschwinden.

Brand donnerte in halsbrecherischem Tempo an der Zufahrt zu The Apex vorbei. Er verschwendete keinen Gedanken an das Schicksal Mrs. Benyons; konzentrierte sich einzig und allein darauf, so schnell wie möglich nach San Francisco zu gelangen. Neben ihm auf dem Beifahrersitz lag eine Maschinenpistole. Er würde rücksichtslos jeden niedermähen, der versuchte, ihn aufzuhalten.

Alle Muskeln seines mächtigen Körpers waren angespannt. Er spürte, wie der Boden unter ihm erzitterte, und trat das Gaspedal noch mehr durch. Dann hörte er die fürchterliche Explosion. Als er auf das Meer hinausblickte, weiteten sich seine Augen vor Entsetzen. Der ganze Pazifik schien sich zu erheben. Die tonnenschwere *Baja* wurde hoch in die Luft geschleudert, als die unter ihrem Rumpf verborgene Xenobiumbombe detonierte. Das riesige Schiff überschlug sich mitten in der Luft, tauchte dann wieder in die enorme Wasserfontäne ein, die die Explosion aufgeworfen hatte, und versank in den Tiefen des Ozeans. Brand, der das Geschehen fassungslos verfolgt hatte, bemühte sich, die Nerven zu behalten, während er den jetzt steil ansteigenden Highway entlangraste und mit unverminderter Geschwindigkeit um die Haarnadelkurven jagte.

Er passierte gerade Big Sur, als das imposante Gebirgsmassiv plötzlich in zwei Teile gespalten wurde, so daß ein breiter Canyon entstand, durch den der Ozean gurgelnd hindurchschoß. Der Leuchtturm neigte sich zur Seite, kippte dann mit einem lauten Krachen in den Canyon und versank in den Fluten. Obwohl der Highway inzwischen teilweise unter Wasser stand, drosselte Brand sein Tempo nicht – er fuhr mit Vollgas weiter, wobei die Reifen dichte Gischtwolken hochschleuderten, die über die Windschutzscheibe rannen und ihm die Sicht nahmen. Mit einem unterdrückten Fluch stellte er die Scheibenwischer auf die höchste Stufe, gerade noch rechtzeitig, um die nächste scharfe Kurve erkennen zu können.

Dann sah er, daß vor ihm auf einem geraden Stück des Highways ein Sprung entstand. Er war nur wenige Zentimeter breit, als er darüber hinwegfuhr, doch als er dann in den Rückspiegel blickte, stellte er fest, daß der Sprung sich zu einem tiefen Spalt weitete. Wieder erbebte der Boden unter dem Lincoln. Brand umklammerte das Lenkrad der großen Limousine. Er näherte sich der Bixby Bridge.

Eines der Wunder der amerikanischen Ingenieurskunst, die häufig fotografierte Bixby Bridge, wurde nach ihrer Fertigstellung im November 1932 für den Verkehr freigegeben. Ihr Mittelbogen, der sich hoch über dem in den Pazifik mündenden Fluß wölbte, hatte eine Stützweite von fast achtzig Metern. Die darüber hinwegfahrenden Autos verursachten ständig dumpfe Geräusche, denn man hatte Schwellen in die Fahrbahn eingelassen, um die Fahrer an allzuschneller Fahrweise zu hindern.

Seitdem Brand von Black Ridge weggefahren war, hatte er keine anderen Autos zu Gesicht bekommen. Er blickte nach rechts zu den Berghängen hinüber. Eine tiefe Beklommenheit ergriff von ihm Besitz, als er mitansehen mußte, wie eine der modernen Millionärsvillen wie von Geisterhand geschoben langsam den Hang hinunterrutschte und dabei vollständig zertrümmert wurde. In all den anderen prachtvollen Bauten erlosch mit einem Schlag das Licht, da die Stromversorgung unterbrochen worden war. Brand fletschte die Zähne und verzog die Lippen zu einem haifischähnlichen Grinsen.

Die Bodenschwellen ignorierend, jagte er mit überhöhter Geschwindigkeit über die Brücke hinweg. Er hatte sie fast zur Hälfte überquert, als sich der Bogen plötzlich in die Luft zu heben schien. Mit aller Kraft umklammerte er das Lenkrad des Lincoln Continental, gab noch mehr Gas und hatte das Hindernis gerade überwunden, als sich vor ihm ein klaffender Spalt auftat. Der Lincoln flog darüber hinweg und landete sicher auf der anderen Seite, doch im selben Moment spürte Brand, vor Entsetzen wie gelähmt, wie sich das ganze Bauwerk seewärts neigte. Sein Wagen schlingerte von der rechten Fahrspur auf die linke hinüber.

Brand schlug voller Panik die Hände vor das Gesicht, während sich die Brücke weiter zur Seite neigte und schließlich in sich zusammenbrach. Er kam nicht mehr dazu, den Fuß vom Gaspedal zu nehmen. Die schwere Limousine flog wie eine Rakete über das Geländer hinweg und prallte gegen die Klippen von Carmel. Der Benzintank explodierte, eine Stichflamme schoß in die Höhe, ehe sie den Wagen einhüllte; dann fielen die Wrackteile, einen Feuerschweif hinter sich herziehend, in die tosenden Fluten. Dort, wo einst die gewaltige Bixby Bridge gestanden hatte, sah man nur noch eine breite Kluft. Die Trümmer des imposanten Bauwerks hatte der Pazifik verschlungen. Mit einem Schlag war vernichtet worden, was so viele Jahre lang zu den Hauptattraktionen Kaliforniens gehört hatte.

Kurz bevor Ethan die beiden Schalter betätigt und so die Katastrophe ausgelöst hatte, war der Chinook, ein großer, häßlicher Hubschrauber mit einem kastenähnlichen Heck, auf dem Golfplatz des Spanish Bay Hotels gelandet. Alvarez hatte dem Piloten mit seiner Taschenlampe die vereinbarten Signale gegeben. Alle waren bereits an Bord, mit

Ausnahme von Newman, der am Fuß der Leiter stand, voller Sorge zum Hotel hinüberschaute und nach Tweed Ausschau hielt.

»Lange kann ich nicht mehr warten!« schrie der Copilot von oben herunter.

»Wir warten auf eine wichtige Person«, sagte der neben dem Copiloten stehende Alvarez bestimmt, wobei er seinen CIA-Ausweis zückte.

»Ein paar Minuten noch. Nicht länger ...«

Draußen vor der Hotelhalle durchlitt Tweed die quälendste Wartezeit seines Lebens. Endlich sah er aus der Richtung des Clubs zwei Männer auf sich zukommen. Grenville mit Maurice Prendergast.

»Gibt es eine mittelschwere Krise bei Ihnen?« fragte Grenville ruhig. »Wir sahen Ihre Leute wie verschreckte Kaninchen durch die Gegend huschen.«

»Wenn Sie wüßten, Mann!« fauchte Tweed ihn an. »Sie beide laufen jetzt durch das Hotel, verlassen es hinten bei Roy's durch den Hintereingang und gehen an Bord des Hubschraubers, der auf dem Golfplatz wartet. Ein schweres Erdbeben steht unmittelbar bevor.«

»Also eine ernste Krise«, entgegnete Grenville.

Er trat die Zigarre aus, an der er genuckelt hatte, und folgte dann Maurice, der bereits durch die Halle lief. Tweed begann, ruhelos auf und ab zu gehen. Um sich besser konzentrieren zu können, zählte er dabei seine Schritte. Plötzlich blieb er abrupt stehen. Ein Audi kam mit hoher Geschwindigkeit auf ihn zu und kam mit kreischenden Bremsen ein paar Meter von ihm entfernt zum Stehen. Vanity Richmond sprang heraus. Sie hielt einen Koffer in der Hand.

»Ich habe Ihr Zeichen bemerkt, als Sie in der Tür meines Büros standen – Sie haben sich mehrmals über das Haar gestrichen. Aber ich hing hinter einem im Schneckentempo über den Highway kriechenden Lastwagen fest. Dauerte eine halbe Ewigkeit, ehe ich ihn zu überholen wagte.«

»Hauptsache, Sie sind hier. Kommen Sie.«

Er nahm sie an der Hand, zerrte sie durch die Hotelhalle

und rannte durch die Hintertür wieder ins Freie. Von der Terrasse aus konnten sie schon die Lichter des Chinook erkennen. Grenville und Maurice kletterten gerade die Leiter hoch.

»Beeilung!« brüllte Newman.

»Was fällt Ihnen ein, mich so anzuschreien?« giftete Vanity zurück.

Gefolgt von Tweed und Newman stieg sie hastig die Aluminiumleiter empor, die sofort darauf von dem Copiloten in den Hubschrauber gezogen wurde. Danach warf er die Tür zu.

Tweed stand auf der Schwelle zum Cockpit. Die Rotoren drehten sich bereits, und er mußte schreien, um sich verständlich zu machen.

»Wie sieht die Lage auf dem San Francisco International aus? Ein Erdbeben steht kurz bevor.«

»Für Sie steht eine Maschine bereit. In San Francisco hat es schon Erdstöße gegeben«, erklärte der Pilot. »Washington hat einen außerplanmäßigen Flug arrangiert. Wir dürfen keine Zeit mehr verlieren.«

Alvarez brachte seinen Mund an Tweeds Ohr und senkte die Stimme.

»Washington heißt in diesem Fall Cord Dillon ...«

Der Chinook stieg langsam auf und flog dann Richtung Norden, über den Ozean hinweg. Tweed gewann den Eindruck, daß dieser Hubschrauber üblicherweise nur hohen Offizieren vorbehalten war. Die komfortable Ausstattung bestand aus bequemen Doppelsitzen, die so angeordnet waren, daß ein Mittelgang freiblieb. Vanity saß neben Newman, der ihr ein schiefes Lächeln schenkte. Tweed wählte einen Sitzplatz am Fenster auf der Steuerbordseite. Von dort aus hatte er einen guten Blick über die Küste.

Sie hatten Monterey passiert und mußten sich seiner Schätzung nach in der Nähe von Moss Landing befinden, als er hinunterblickte und im Mondschein die *Kebir*, das Zwillingsschiff der *Baja*, erkannte. Im selben Moment erschütterte eine gewaltige Explosion den Chinook. Der Hubschrauber ruckte heftig, doch der Pilot hatte ihn in Sekundenschnelle wieder unter Kontrolle. Kurz vor der Explosion war Paula nach vorne gekommen, um sich neben Tweed zu setzen.

»Was um Himmels willen war das?« fragte sie entgeistert.

»Die Detonation der zweiten Xenobiumbombe. Ethans Werk. Schauen Sie hinunter.«

Sie lehnte sich über ihn und starrte auf den Pazifik hinab. Die *Kebir* war gekentert und schlingerte nun in einem Wirbel aus Gischt und aufgewühltem Wasser wild umher. Noch während Paula das Schauspiel beobachtete, versank das Schiff so plötzlich, als würde es von einer ungeheuren Kraft in die Tiefe gezogen. Dann bildete sich eine turmhohe Flutwelle, die auf die Küste zurollte, sie überschwemmte und weiter landeinwärts zog, bis Paula sie nicht mehr sehen konnte. Sie sank in ihren Sitz zurück und stieß einen tiefen Seufzer aus.

»Dort unten sieht es aus, als würde die Welt untergehen. Der reinste Hexenkessel.«

»Ich weiß. Und ich darf gar nicht daran denken, was vielleicht in diesem Moment ein Stück weiter südlich geschieht …«

Das San-Moreno-Erdbeben löste in Verbindung mit der Explosion der Xenobiumbomben die katastrophale Reaktion aus, die Professor Weatherby befürchtet hatte. Die tektonische Platte vor Kalifornien schob sich unter die Küste, und die Folgen waren verheerend.

Nördlich von Los Angeles tat sich eine riesige Erdspalte auf, die in einigen Gebieten weiter landeinwärts verlief und in anderen die Küstenlandschaft für immer zerstörte. Auch Los Angeles entging der Verwüstung nicht. Viele Gebäude, die aus zwei rechtwinklig zueinander stehenden Flügeln erbaut worden waren, wurden auseinandergerissen. Die Erdstöße pflanzten sich vom Boden bis zum Dach der Häuser fort, wobei sie ständig an Stärke zunahmen, bis die Gebäude schließlich der Erschütterung nicht mehr standhalten konnten und in zwei Teile zerbrachen – ein Flügel kippte zur einen, der andere zur anderen Seite weg. Da darin fast nur Büros untergebracht waren und die Angestellten bereits Feierabend gemacht hatten, hielten sich wenigstens die Verluste an Menschen in Grenzen.

Anders sah es in den Wohnhäusern am Rand der Millionenstadt aus. Alle Personen, die sich im Inneren der zusammenstürzenden Gebäude aufhielten, wurden zermalmt oder unter den Trümmern begraben. Weiter vom Zentrum des Bebens entfernt fielen Bilder von der Wand, Ziergegenstände wurden von Kaminsimsen geschleudert und Türen aus den Angeln gerissen, doch abgesehen davon kamen die Bewohner mit dem Schrecken davon. All dies war jedoch nichts im Vergleich zu dem, was passierte, als die klaffende Erdspalte vom Norden Santa Barbaras her auf San Francisco zuraste.

Nachdem er in Black Ridge von Brand zu Boden geschlagen worden war, bekam Ethan es mit der Angst zu tun. Inzwischen hatte er begriffen, daß er eine Naturkatastrophe nie dagewesenen Ausmaßes verursacht hatte. Wie von Sinnen rannte er um den hinteren Teil des Gebäudes herum und versuchte, einen der steil dahinter aufragenden Hügel zu erklimmen. Er hatte allen Grund, Todesängste auszustehen – weil er wußte, was kommen würde.

Über dem Ozean türmte sich das meistgefürchtete Nebenprodukt eines schweren Erdbebens auf – ein Tsunami, die japanische Bezeichnung für eine monströse Flutwelle. Ethan, der unter Aufbietung all seiner Kräfte den steilen Abhang hochkrabbelte, hielt inne, um einen Moment zu verschnaufen. Er schaute hinter sich, auf den Pazifik hinaus, und stieß einen gellenden Entsetzensschrei aus. Eine Welle, höher als Black Ridge und furchterregend im fahlen Mondlicht, rollte majestätisch auf ihn zu. Weiße Gischtkronen tanzten auf dem grünschimmernden Wasser. Zugleich spürte Ethan, wie der Boden unter seinen Füßen zu beben begann. Er blickte nach unten – und sah, wie sich unter ihm das Erdreich spaltete und der Abhang einen tiefen, breiten Riß bekam. Dann donnerte auch schon die Monsterwelle gegen die Hügelkette. Ethan wurde in den Erdspalt geschleudert und unmittelbar darauf von Millionen Tonnen Wasser begraben. Er war zum Opfer seines eigenen wahnwitzigen Tuns geworden.

Als die riesige Welle schließlich langsam in den Ozean zurückrollte, riß sie die halbe Küste mit sich. Ein gewaltiger Erdrutsch wogte auf Black Ridge zu, nahm das ganze Gebäude mit sich und zog es unaufhaltsam in den Abgrund, wo es zerschellte. Auch andere Luxusvillen wurden von den Erdmassen erfaßt, glitten die steilen Hänge herab und rissen ihre Bewohner mit sich in die Tiefen des Ozeans, in den sicheren Tod.

Die Erdspalte öffnete sich weiter Richtung Norden, wobei sie gnadenlos alles verschlang, was sich in ihrer Bahn befand: Wälder, Dörfer, Abschnitte der Autobahnen. Die entfesselten Naturgewalten steigerten sich zu der größten Katastrophe in der Geschichte der Menschheit; ausgelöst durch jemanden, der der Natur ins Handwerk gepfuscht hatte. Zwar war Ethan Benyon selbst sofort von der gerechten Strafe ereilt worden, doch hatten durch sein Verschulden unzählige unschuldige Menschen ihr Leben verloren. Das Erdbeben erreichte die Stärke 8,9 auf der Richterskala. Später wurde die Zahl der Toten und Verletzten auf über hundertfünfzigtausend geschätzt.

Als der Chinook zum Landeanflug auf den San Francisco International Airport ansetzte, erkannte Tweed, daß sie mit ernsthaften Schwierigkeiten rechnen mußten. Der Pilot setzte den Hubschrauber ganz in der Nähe einer wartenden Boeing 747 auf. Das Flugzeug war von bewaffneten Staatspolizisten umringt, die offensichtlich zu seiner Bewachung abgestellt worden waren.

»Die Leute hier befinden sich in heller Panik. Sie werden nichts unversucht lassen, um an Bord dieser Maschine zu gelangen«, warnte Tweed. »Wir werden uns vor allem um Mrs. Benyon kümmern müssen.«

»Ich helfe Ihnen dabei«, versprach Paula. »Dort draußen herrscht Chaos.«

Die Lage ist sogar noch schlimmer, als ich befürchtet

habe, dachte Tweed, der grimmig aus dem Fenster schaute. Plötzlich erstarrte er. In einiger Entfernung erkannte er die Lichter eines Learjets, der auf dem Weg zur Startbahn war. Als die Maschine an einer hellen Lampe vorbeirollte, konnte er die großen Buchstaben entziffern, die auf dem Rumpf leuchteten. AMBECO. Der Jet hob ab und verschwand im Abendhimmel. Vincent Bernard Moloch hatte Amerika verlassen.

43.

Es gibt nichts Furchterregenderes auf der Welt als eine Menge panikerfüllter Menschen, die von nackter Angst bis zum Äußersten getrieben werden. Tweed und sein Team kletterten die Leiter hinunter und verließen den Chinook. Das Knattern der Rotoren verstummte und machte einem anderen Geräusch Platz – dem Geschrei und Gekreische der entfesselten Horde von Menschen, die mit Zähnen und Klauen darum kämpften, einen Platz an Bord der Boeing zu ergattern. Jeder Mann, jede Frau dachte nur daran, sich selbst in Sicherheit zu bringen. Der dünne Firnis der Zivilisation war verschwunden, übrig blieb das Tier im Menschen, das jetzt zum Vorschein kam. Die bewaffneten Polizisten, die den Mob zurückdrängten, um so eine schmale Gasse bis hin zu der Maschine der British Airways zu schaffen, hatten ihre liebe Not mit der wildgewordenen Meute.

»Alle mir nach!« brüllte Alvarez, um den Lärm zu übertönen.

Er ging voraus, den CIA-Ausweis in der Hand, stets bereit, ihn einem der Polizisten unter die Nase zu halten. Hinter ihm kam Mrs. Benyon, die nur noch einen ihrer beiden Koffer in der Hand hielt. Tweed hatte ihren einen Arm ergriffen, Paula den anderen. Mrs. Benyon zeigte sich bemerkenswert gelassen. Sie setzte ihre Körpermasse ein, um sich hinter Alvarez voranzuschieben, zwischen den Rücken der

Polizisten hindurch, die die aufgebrachte Menge nur mit Mühe in Schach halten konnten.

Eine Amerikanerin durchbrach direkt hinter Alvarez mit wutverzerrtem Gesicht die Absperrung. Einer der Polizisten holte aus, um ihr mit dem Kolben seiner Waffe einen kräftigen Hieb zu versetzen, doch Paula packte ihn mit der freien Hand am Arm.

»Nicht! Bitte schlagen Sie sie nicht!«

Ihre Stimme war klar und deutlich zu vernehmen, da in diesem Augenblick der Boden unter dem Flughafen erneut bebte und die Menge vorübergehend zum Schweigen brachte. Der Polizist machte ein verblüfftes Gesicht, dann schob er die sich sträubende Frau mit Gewalt zurück, konnte jedoch nicht verhindern, daß sie Paula wüst beschimpfte.

»Verdammte englische Schlampe! Hauptsache, du kannst deine Haut retten, was?«

Paula verspürte ein leises Schuldgefühl, denn sie wußte, daß die Frau nicht ganz unrecht hatte. Falls sie jemals die Boeing erreichten, würde sie, Paula, davonkommen, während die Frau in diesem Inferno zurückbleiben mußte. Tweed ahnte, wie ihr zumute war.

»Konzentrieren Sie sich darauf, Mrs. Benyon in Sicherheit zu bringen«, herrschte er sie an.

Der Kampf ums nackte Überleben dauerte an. Tweed, Paula und Mrs. Benyon hielten sich stets dicht hinter Alvarez, dem es ab und zu gelang, sich ein paar Meter vorwärtszuschieben, wenn die Polizisten einen schmalen Durchgang freigemacht hatten. Dann wieder schloß sich die Menge um sie, und sie mußten warten, bis die Beamten die Situation erneut kurzfristig unter Kontrolle bringen und eine Gasse schaffen konnten. Die frustrierten Menschen begannen, einstimmig einen monotonen Gesang zu skandieren.

»Bringt die Bullen um! Bringt die Bullen um! Bringt die Bullen um!«

Die Sache läuft aus dem Ruder, dachte Tweed, behielt diesen Gedanken jedoch für sich, da der Alptraum ohnehin kein Ende zu nehmen schien. Paula entdeckte mitten in der

Menge eine in Tränen aufgelöste Frau. Ein hochgewachsener Farbiger neben ihr, allem Anschein nach kein Einheimischer, legte tröstend einen Arm um sie, woraufhin sie das Gesicht an seiner breiten Brust barg. Der Farbige fing Paulas Blick auf, grinste sie an und winkte ihr mit dem freien Arm zu. Paula, die am liebsten selbst in Tränen ausgebrochen wäre, stellte entsetzt fest, daß die Situation erneut zu eskalieren drohte.

Ein Weißer mit einem hageren Gesicht hatte ein Messer gezogen. Wahllos stach er auf die umstehenden Menschen ein und bahnte sich so einen Weg auf die Reihe der Polizisten zu, ohne sich auch nur ein einziges Mal nach seinen Opfern umzudrehen. Er hatte sich bis zu dem Farbigen vorgearbeitet, als dieser sich umsah, sofort erkannte, was vorging, seine freie Hand zur Faust ballte und dem Messerstecher einen kräftigen Hieb gegen das Kinn versetzte. Der Angreifer sackte in sich zusammen und wurde von der Menge zertrampelt.

»O Gott!« stöhnte Paula entsetzt.

»Weiter, weiter!« befahl Tweed scharf.

Die Polizisten, die ursprünglich eine gerade Reihe bis hin zu dem wartenden Flugzeug gebildet hatten, formten jetzt eher eine Schlangenlinie, standen aber immer noch Schulter an Schulter. Paula blickte zurück und sah Newman dicht hinter sich auftauchen. Er hielt Vanity am Arm und schob sie unerbittlich vorwärts. Ihr Gesicht war blaß; vor Furcht und Entsetzen verzerrt. Himmel, ich sehe wahrscheinlich keinen Deut besser aus, dachte Paula. Newman grinste sie an und bedeutete ihr, in Bewegung zu bleiben.

Unvermittelt wurde Paula gewahr, daß etwas Großes vor ihr aufragte; es war die Boeing. Sie hatten die Maschine fast erreicht. Vor ihr versuchten die Polizisten verzweifelt, die Menge von der fahrbaren Gangway an der Seite des Flugzeugrumpfes fernzuhalten. Mrs. Benyon wuchtete ihre Körperfülle vorwärts und drängte sich mit einem Ruck zwischen den Rücken der Beamten hindurch.

»Geben Sie auf den Stufen acht!« schrie Tweed ihr ins Ohr.

Mrs. Benyon war am Fuß der Gangway angelangt. Rasch stapfte sie die Stufen empor, wobei sie sich mit einer Hand am Geländer festhielt. In der anderen trug sie noch immer ihren Koffer. Paula folgte ihr, sorgsam darauf bedacht, nicht nach unten zu schauen. Tweed jedoch beobachtete das Geschehen, während er die Gangway hochkletterte. Er schätzte, daß ungefähr vierzig Beamte, zwanzig auf jeder Seite, vonnöten waren, um die fahrbare Treppe an ihrem Platz zu halten.

Unvermittelt fand sich Paula in der Kabine des Flugzeugs wieder, wo sie von einer Stewardeß begrüßt wurde, die sich sogar ein Lächeln abrang, als sie sie in die Erste Klasse führte. Erst jetzt wurde ihr bewußt, daß sie die ganze Zeit schon das Ticket umkrampft hielt, das Tweed ihr an Bord des Chinook in die Hand gedrückt hatte und das die Stewardeß rasch prüfte, bevor sie sie zu ihrem Platz führte. Erschöpft sank sie in ihren Sitz, fest entschlossen, nicht einen Blick aus dem Fenster zu werfen. Tweed, der ebenfalls einen Fensterplatz innehatte, verfolgte dagegen aufmerksam, was auf dem Flugfeld vor sich ging.

Die wutentbrannte, vor Angst außer Rand und Band geratene Menge schien im Begriff zu stehen, die Maschine zu stürmen. Tweed befürchtete Schlimmstes, stellte jedoch erleichtert fest, daß gerade noch rechtzeitig Verstärkung für die Polizisten auftauchte. Mit vereinten Kräften gelang es den Beamten, die verzweifelten Menschen zurückzudrängen. Gegenüber von Paula saß eine junge Frau, in einigem Abstand, da die Erste Klasse den Passagieren viel Beinfreiheit bot. Die Stewardeß inspizierte gerade ihr Ticket.

»Sie sind Hiram Bellenger? Hiram ist doch ein Männername.«

»*Ich* bin Hiram.«

Ein hochgewachsener, kräftig gebauter Mann hatte sich in die Kabine gezwängt und stand nun neben der Stewardeß. Er lächelte breit.

»Das ist meine Schwester. Ich habe darauf bestanden, ihr meinen Platz zu überlassen. Ich kann ja morgen den nächsten Flug nehmen. Geben Sie mir mal das Ticket.«

Er nahm der verdutzten Stewardeß das Ticket aus der Hand, zog einen Füllfederhalter aus der Tasche und strich seinen Vornamen so aus, das nur noch der Buchstabe H übrigblieb. Dann gab er der Stewardeß das Ticket zurück.

»Ihr Name ist Harriet, also geht das so in Ordnung. Ich glaube, ich sollte jetzt besser gehen.« Sein Blick fiel auf Paula, die ihn bestürzt ansah, und er zwinkerte ihr aufmunternd zu. »Machen Sie nicht so ein Gesicht, Lady. Ich werde heute abend in der Stadt ein paar Bierchen trinken und dann morgen den nächsten Flieger nehmen. Diese Maschine wäre ja überladen, wenn sie auch noch mein Gewicht befördern müßte.« Lächelnd tätschelte er Paulas Schulter. »Ich wünsche Ihnen einen sicheren Flug ...«

Dann war er fort, und Paula hatte Mühe, die Fassung zu wahren. Den morgigen Flug? Würde es für Hiram überhaupt noch ein Morgen geben? Sie fühlte Übelkeit in sich aufsteigen. Tweed griff nach ihrer Hand.

»Vom Guten bis hin zum abgrundtief Bösen – ich glaube, wir haben heute sämtliche Nuancen der menschlichen Natur erlebt.« Er blickte sich um. »Mrs. Benyon ist eingeschlafen. Alle anderen sind sicher an Bord. Bob, Marler, Nield, Butler – und nicht zu vergessen Alvarez.«

»Ich verstehe sowieso nicht, wieso der sich so oft einfach dadurch Respekt verschaffen konnte, daß er einen ungültigen CIA-Ausweis zückte.«

»Das erkläre ich Ihnen später. Sehen Sie, Vanity sitzt neben Bob und schwatzt mit ihm, als ob nichts geschehen wäre. Aber sie sieht vollkommen ausgelaugt aus.«

»Ich begreife nicht, warum Sie in Spanish Bay unbedingt noch auf sie warten wollten.«

»Auch das erkläre ich Ihnen später.«

Die Passagiere waren mittlerweile vollzählig an Bord, und Tweed betete im stillen, daß das Flugzeug bald abheben würde. Als er aus dem Fenster schaute, erhielt er einen weiteren Beweis für das Organisationstalent, das Amerikaner in Krisensituationen an den Tag legten. Der Pilot hatte die Besatzung aufgefordert, die Türen zu schließen und ihre Plätze einzunehmen. Die Düsen des Jets begannen zu summen.

»Sie machen uns gerade den Weg frei«, teilte Tweed Paula mit, das Gesicht gegen das Fenster gepreßt.

»Wie wollen sie das denn anstellen? Durch diese Menge kommen wir doch nie durch.«

»Warten Sie's ab.«

Neben und vor die Maschine setzten sich offene Gepäckwagen, die mit bewaffneten Polizisten bemannt waren. Als der Pilot die schwere Boeing über die Rollbahn lenkte, trieben die Beamten die tobende Menschenmenge zurück, die sie mit einer Flut von Beschimpfungen überschüttete.

Plötzlich lösten sich zwei vor Wut und Todesangst halbverrückte Männer aus der Masse, rannten an dem voranrollenden Flugzeug vorbei und legten sich der Maschine in den Weg. Unter Einsatz ihres Lebens sprangen vier Polizisten von dem vordersten Wagen, liefen auf die Männer zu, packten sie und zerrten sie zur Seite. Tweed unterdrückte einen erleichterten Seufzer, doch gleichzeitig spürte er das Zittern, mit dem sich ein weiterer Erdstoß ankündigte.

Ein schmaler Spalt zog sich quer über die Startbahn. Tweed zwang sich, einen unbeteiligten Gesichtsausdruck beizubehalten, um Paula nicht noch mehr Angst einzujagen, doch sie hatte die Erschütterung gleichfalls bemerkt.

»Was war das?« fragte sie erschrocken.

»Der Pilot hat die Bremsen getestet«, beruhigte Tweed sie rasch.

Im Mondlicht konnte er den Spalt deutlich erkennen. Sollte es so kurz vor der sicher geglaubten Rettung doch kein Entrinnen mehr für sie geben? In diesem Moment beschleunigte der Pilot und raste über den Spalt hinweg, ehe dieser breiter wurde. Die Maschine donnerte über die Startbahn, löste sich vom Boden und gewann an Höhe. Tweed drückte Paulas Hand.

»Wir sind in der Luft.«

»Gott sei Dank. Ich bin mit den Nerven völlig am Ende.«

»Das geht uns allen so.«

Im steilen Steigflug legte sich das Flugzeug in die Kurve

und steuerte auf den Ozean zu; ein Manöver, durch das sich Tweed ein herrlicher Blick über die Stadt San Francisco bot. Er schaute nach unten. Seine Augen weiteten sich, als er sah, wie das kuppelförmige AMBECO-Gebäude, das aufgrund seiner einzigartigen Konstruktion als erdbebensicher galt, ins Wanken geriet, sich langsam zur Seite neigte und schließlich in sich zusammenstürzte.

Noch immer beschrieb die steigende Boeing eine weite Kurve. Tweed erkannte tief unter sich die Golden Gate Bridge. Die berühmteste Brücke der Welt schwankte heftig von einer Seite zur anderen. Ungläubig beobachtete er, wie in der Mitte des Bauwerks ein Riß aufklaffte. Ein Teil der darüber hinweg verlaufenden Straße brach auseinander und fiel in den vom Mondlicht beleuchteten Fluß. Das Wasser begann zu brodeln. Zum Glück hatten sich gerade keine Autos auf der Brücke befunden, die jetzt außer Sicht geriet, da das Flugzeug seinen Steigflug fortsetzte. In ungefähr elftausend Metern Höhe nahm es Kurs auf die Polarroute in Richtung Heathrow.

44.

Wie ein riesiges Insekt überflog der Learjet den Nordwesten Kanadas. In der luxuriös ausgestatteten Kabine saß Moloch neben seiner neuen Assistentin Heather Lang, die er von ihrem Job in Des Moines abberufen und an Bord eines seiner Privatjets nach San Francisco hatte einfliegen lassen. Als er mit dem Hubschrauber aus Black Ridge dort eingetroffen war, hatte sie ihn bereits erwartet.

»Wenn wir in Heathrow sind«, erklärte Moloch ihr gerade, »steigen wir in eine Maschine von Brymon Airways um und fliegen nach Newquay in Cornwall weiter. Dort steht ein Auto bereit, das uns nach Mullion Towers bringt.«

»Ihrem englischen Hauptquartier«, fügte sie hinzu. »Ist das jetzt Ihre neue Zentrale?«

Die Anfangsdreißigerin Heather Lang war eine attraktive Brünette, ebenso kompetent wie energisch. Sie trug ein hellgraues Kostüm über einer weißen Bluse, das ihre gute Figur betonte. Der kurze Rock gab lange, wohlgeformte Beine frei. Sie hatte eine gerade Nase, blaue Augen und ein interessantes Gesicht mit hohen Wangenknochen und einem kantigen Kinn. Man sah ihr den Ehrgeiz an, der in ihr brannte.

»Nein«, beantwortete Moloch ihre letzte Frage. »Wir gehen in Kürze an Bord meines schwimmenden Palastes, der *Venetia,* die vor Falmouth liegt. Damit fahren wir in den Libanon, nach Beirut, wo ich ein exotisches Haus hoch oben in den Bergen besitze. Dort ist es das ganze Jahr über angenehm kühl.«

»Klingt aufregend«, meinte Heather.

»Ich verlagere mein gesamtes Unternehmen in den Mittleren Osten«, fuhr Moloch fort, nachdem er ihr einen flüchtigen Blick zugeworfen hatte. Belustigt registrierte er, daß seine Worte ihre Wirkung auf sie nicht verfehlt hatten – nicht umsonst hatte er seine Beschreibung so blumig wie möglich gehalten, um sie zu beeindrucken. »Übrigens«, sagte er beiläufig, »werde ich Ihr Gehalt verdoppeln.«

»Das ist sehr großzügig von Ihnen, VB. Vielen Dank.«

Sicher war er großzügig, dachte er. Aber es zahlte sich immer aus. In dieser materialistischen Welt mußte man sich Loyalität teuer erkaufen. Er reichte ihr die Akte, die er beim Sprechen durchgeblättert hatte. Der Name auf dem Deckblatt war mit Filzstift ausgelöscht worden – der Name Ethan Benyons.

»Stecken Sie das bitte in den Reißwolf.«

Der Fernschreiber hatte eine Papierschlange ausgespien; Berichte von Reuters, per Satellit zu dem Jet gesendet. Nachdem sie die Akte, die ihr nichts sagte, vernichtet hatte, nahm sie die Blätter und brachte sie Moloch.

Rasch überflog er die Berichte. Weitere Nachrichten über das große Erdbeben von San Francisco. Ein Absatz erregte seine Aufmerksamkeit, und er lächelte böse.

»Unter den Firmengebäuden, die in Silicon Valley, Kalifor-

nien, völlig zerstört wurden, befinden sich fünfzehn der führenden Elektronikkonzerne der Welt ...«

Er überprüfte die Liste und stellte fest, daß sie auch die Namen jener fünf Konkurrenzbetriebe enthielt, die damals seine erste Firma in den Staaten in den Konkurs getrieben hatten. Es verschaffte ihm ungeheure Befriedigung, ihre Namen in diesem Zusammenhang zu lesen.

Die Nachricht bedeutete ferner, daß er zusammen mit den zwei neuen Firmen im Thames Valley, die er kürzlich aufgekauft hatte, nun insgesamt drei Schlüsselunternehmen auf dem Gebiet der Elektronikindustrie besaß und somit eine Monopolstellung innehatte. Er war in der Lage, beinahe den gesamten Weltbedarf an Mikrochips und modernem Computerzubehör abzudecken.

Seine neue Assistentin nahm wieder neben ihm Platz. Beide hatten soeben eine ausgezeichnete Mahlzeit zu sich genommen; zu der Crew des Learjet gehörte auch ein Spitzenkoch. Zufrieden legte Moloch eine Hand auf das Knie Heathers.

»Wenn Sie sich mir gegenüber absolut loyal verhalten, dann können Sie mit einer langen Zusammenarbeit und regelmäßigen Gehaltserhöhungen rechnen.«

Sie schaute ihn an. Da ihr blasses Gesicht keinerlei Regung zeigte, zog er seine Hand rasch zurück.

»Ich bin einzig und allein an meiner Arbeit interessiert«, erwiderte sie tonlos.

»Dann gehen Sie und sagen Sie dem Funker, er soll eine Nachricht nach Heathrow durchgeben. Buchen Sie zwei Plätze auf dem Brymon-Airways-Flug nach Newquay. Einfache Tickets. Weiter eine Anweisung an den Piloten: In Heathrow muß er auf zwei neue Passagiere warten, um sie gleichfalls nach Newquay zu fliegen. Sie kommen ebenfalls aus San Francisco. Ein Colonel Grenville und ein gewisser Maurice Prendergast.«

»Angestellte von Ihnen?« erkundigte sich Heather.

»Einer von ihnen ist mein Experte für Spionagenetze.«

»Das klingt ja sehr aufregend.«

»Es ist ein Job wie jeder andere auch.«

Tweed war zu seinem Platz an Bord des Nachtflugs der British-Airways-Boeing zurückgekehrt. Der Steward war gerade dabei, die Tische herunterzuklappen, um einen Imbiß zu servieren. Paula unterdrückte ein Gähnen.

»Ich glaube nicht, daß ich nach diesen schrecklichen Ereignissen auch nur einen Bissen herunterbringe.«

»Versuchen Sie es«, drängte Tweed. »Sonst stellen Sie irgendwann im Laufe der Nacht fest, daß Ihnen der Magen knurrt.«

»Ich werde mir Mühe geben.«

»Zufällig habe ich auf dem Weg zur Toilette einen Blick in die Klubklasse geworfen. Sowohl Grenville als auch Maurice sind an Bord, belegen aber getrennte Plätze. Sie reisen natürlich unter den Falschnamen, unter denen Sie die Tickets gebucht haben.«

»Sie sagen das so, als wäre es von Bedeutung.«

»Einer von drei Leuten an Bord dieses Flugzeuges ist der Spion, der in Molochs Diensten steht. Wie ich schon sagte muß es jemand sein, der sich damals auch in Cornwall aufgehalten hat und dann nach Kalifornien gekommen ist.« Er drehte sich um. »Newman und Vanity scheinen sich ja glänzend zu verstehen.«

»Das tun sie schon seit geraumer Zeit. Wie wollen Sie diesen Spion denn entlarven?«

»Indem ich alle Verdächtigen beschatten lasse, nachdem wir in Heathrow gelandet sind. Ich bin sicher, daß sich Moloch wieder derselben Person bedient. Wir müssen diesem Treiben Einhalt gebieten.«

Er brach ab, als er sah, daß auf dem kleinen Bildschirm, den Paula ausgeklappt hatte, Kurznachrichten gesendet wurden. Neben den gesprochenen Kommentaren wurden auch Bilder der Verwüstungen gezeigt, die das Erdbeben angerichtet hatte. Paula beugte sich vor.

»War das nicht Big Sur? Es scheint in zwei Inseln gespalten zu sein – jetzt fließt der Pazifik dazwischen hindurch. Der Leuchtturm ist auch verschwunden.«

»Point Sur«, berichtigte Tweed. »Himmel, die gesamte Küstenlinie ein Bild der Verwüstung.«

»Schauen Sie nur! Black Ridge hat doch auf dieser Hügelkette gestanden. Es ist wie vom Erdboden verschluckt. Ob sich Moloch wohl in dem Gebäude aufgehalten hat?«

»Moloch befindet sich wohlbehalten an Bord seines Learjets, und der fliegt ein Stück vor uns.«

»Und das sagen Sie mir erst jetzt!«

»Ich sah den Jet zufällig vom Flughafen San Francisco aus starten. Einige Zeit vor uns ...«

Er verstummte, als sich ihm eine Stewardeß näherte und ihm einen versiegelten Umschlag reichte.

»Dieser Funkspruch kam soeben für Sie herein, Mr. Tweed.«

Er dankte ihr, öffnete den Umschlag und entnahm ihm einen gefalteten Papierbogen. Rasch überflog er die Nachricht und grunzte zufrieden, bevor er sie an Paula weitergab. Diese las den Zettel und blickte Tweed fragend an.

VBs Jet wird diesen Nachmittag in Heathrow erwartet. Zwei Tickets nach Newquay gebucht. Colonel Blimp und Morris reisen gleichfalls per Jet nach Cornwall weiter. Cheltenham hat eingegriffen. Monica.

»In der Übersetzung bedeutet das nichts anderes«, erklärte Tweed mit gedämpfter Stimme, »als daß VB gleich nach seiner Ankunft in Heathrow nach Cornwall weiterfliegen will. Wer ihn begleitet, weiß ich nicht. Grenville und Maurice werden mit Molochs Jet nach Newquay gebracht. Die zweite vom Learjet vor uns gesendete Botschaft wurde von der Zentrale in Cheltenham abgefangen. Langsam begreifen auch die Behörden, daß VB eine tödliche Bedrohung darstellt.«

»Das habe ich mir auch schon zusammengereimt. Monica hat ihre Worte wie immer sorgfältig gewählt. Hat diese Nachricht Einfluß auf unsere nächsten Schritte?«

Er gab keine Antwort. Ein Steward hatte soeben den ersten Gang aufgetischt, und Tweed betrachtete die beiden kleinen Champagnerflaschen.

»Möchten Sie etwas anderes trinken?« fragte Paula.

»Nein, das hier reicht vorerst«, gab Tweed zurück.

Er füllte aus Paulas Flasche das Glas auf ihrer Armlehne, dann schenkte er zu ihrem Erstaunen sein eigenes Glas randvoll.

»Sie trinken doch so gut wie nie etwas Alkoholisches.«

»Seitdem wir im sonnigen Kalifornien angekommen sind, stehen wir unter starkem Streß. Zeit, sich ein wenig zu entspannen, finden Sie nicht auch?«

Sie stießen miteinander an. Tweed trank sein Glas in einem Zug leer und schenkte sich dann nach. Paula warf ihm einen überraschten Blick zu.

»Jetzt übertreiben Sie aber ein bißchen. Für Ihre Verhältnisse, meine ich.«

»Wir können jederzeit Nachschub bekommen. Ich habe gehört, das Zeug steigert das Wohlbefinden.«

»Na großartig. Wir werden beschwipst in Heathrow ankommen. Die beste Art, einen Nachtflug hinter sich zu bringen. Und ich sterbe fast vor Hunger«, fügte sie hinzu, ihre Hühnersuppe schlürfend.

»Was habe ich Ihnen gesagt?«

Wieder blickte er wie schon vor einigen Minuten über seine Schulter.

»Vanity und Bob kippen sich den Champagner hinter die Binde, als gäbe es kein Morgen.«

»Vor gar nicht allzu langer Zeit in Kalifornien habe ich auch nicht mehr daran geglaubt, daß ich den nächsten Tag noch erlebe. Schauen Sie mal auf den Fernsehschirm. Silicon Valley existiert nicht mehr.«

»Genau das war wohl Sinn und Zweck von Molochs aberwitzigem Unternehmen. Ich bin sicher, er gratuliert sich jetzt zu seinem Erfolg – ungeachtet der Opfer, die das Beben gefordert hat. Sein Charakter dürfte eine gravierende Verwandlung erfahren haben.«

»Wie meinen Sie das?«

»Ich glaube, er hat so lange und so hart um seine Existenz kämpfen müssen, daß er auch innerlich hart wie Stein geworden ist, um es einmal so auszudrücken. Inzwischen ist er zu einer solchen Macht gelangt, daß ihm eigentlich nur noch ein Ziel im Leben bleibt: Noch mehr Macht anzusammeln. Und genau das hat er vor. Mit Hilfe der arabischen Mafia.«

»Diese Bilder werden mir mit Sicherheit Alpträume bescheren«, meinte Newman leise.

»Die, die soeben über diesen kleinen Bildschirm geflimmert sind?« fragte Vanity.

»Genau die. Und die ganze Katastrophe wurde durch den Ehrgeiz und die Machtgier eines einzigen Mannes ausgelöst – Vincent Bernard Moloch.«

»Er hat einen messerscharfen Verstand«, sagte Vanity nachdenklich. »Während ich für ihn gearbeitet habe, war ich immer wieder von der Schnelligkeit beeindruckt, mit der er wichtige Entscheidungen traf. Es war eine einmalige Erfahrung, bei einem solchen Mann beschäftigt zu sein.«

»Das klingt ja gerade so, als würden Sie ihn bewundern«, bemerkte Newman.

»Ich bewundere seinen Verstand. Das heißt aber noch lange nicht, daß ich den Menschen Moloch bewundere. Hören Sie auf, mir die Worte im Mund herumzudrehen.«

»Das habe ich doch gar nicht getan«, ereiferte sich Newman.

»Sie sind manchmal wirklich unausstehlich!«

»Vielleicht liegt das an meiner Gesprächspartnerin,« gab er erbost zurück.

»Dann suchen Sie sich andere Gesellschaft«, fauchte Vanity.

»Sie bringen mich da auf eine gute Idee.« Er warf ihr einen finsteren Blick zu. »Ich hatte gedacht, Ihre Laune würde sich bessern, wenn Sie eine warme Mahlzeit im Bauch haben.«

»An meiner Laune ist nichts auszusetzen. Warum provozieren Sie mich ständig?«

»Doch nicht mit Absicht. Vielleicht bilden Sie sich das alles nur ein.«

»Aber sicher. Ich bin natürlich an allem schuld. Warum sind eigentlich die Jalousien an den Fenstern heruntergezogen? Ich möchte gern hinausschauen.«

»Draußen gibt's nichts zu sehen. Es ist mitten in der Nacht.«

Statt einer Antwort ließ Vanity die Jalousien hochschnellen und spähte in die Dunkelheit hinaus.

»Ich kann Lichter erkennen. Eine kleine Gruppe. Wir überfliegen den Süden Grönlands.«

»Niemand lebt in Grönland.«

»Irrtum. Ich glaube, dort unten sieht man Godthaab. Liegt auf der Polarroute. Als nächstes überqueren wir die Südspitze von Island.«

»Ein gutes Reiseziel. Sehr ausgefallen.«

»Ich glaube, ich gönne mir einen kleinen Urlaub, wenn wir wieder in England sind. Aber alleine. Mich zieht es noch einmal nach Cornwall zurück …«

Grenville saß kerzengerade in seinem Sitz. Er liebte es nicht, sich in der Öffentlichkeit gehenzulassen, noch nicht einmal dann, wenn er zu schlafen beabsichtigte. Hinter ihm hatte Maurice Prendergast seine Rückenlehne nach hinten gestellt und sich so eine provisorische Liege geschaffen. Er kuschelte sich gerade unter eine Decke und war im Einnikken begriffen, als ein Steward ihn sachte am Arm berührte.

»Mr. Prendergast? Tut mir leid, Sie zu stören, aber gerade ist über Funk eine Nachricht für Sie eingetroffen.«

»Tatsächlich? Soweit mir bekannt ist, weiß niemand, daß ich an Bord dieses Fluges bin.«

Er schüttelte sich, um halbwegs wach zu werden, und nahm den versiegelten Umschlag entgegen, den der Steward ihm reichte. Hastig riß er ihn auf und überflog den Inhalt:

Mein Learjet wird Sie in Heathrow erwarten. Sie sind herzlich eingeladen, mich in Mullion Towers, Cornwall, zu besuchen. Bitte teilen Sie Colonel Grenville mit, daß sich die Einladung auch auf ihn bezieht. Ich freue mich auf Ihre Gesellschaft. VB.

Maurice erhob sich und sah sich in der Klubklasse um. Alle Passagiere schienen im Dämmerlicht fest zu schlafen. Er hatte die Leselampe über seinem Sitz einschalten müssen, um die Nachricht entziffern zu können.

Gerade wollte er Grenville auf die Schulter klopfen, kam aber zu dem Schluß, daß er eingeschlafen war, da er regungslos dasaß. Er legte keinen Wert darauf, den cholerischen Colonel zu abrupt zu wecken, daher ging er zu der Seite des Sitzes und blickte lange auf die steife Gestalt hinab. Schließlich schlug Grenville die Augen auf.

»Was gibt es denn zu dieser nachtschlafenden Stunde?«

»Eine Nachricht für Sie. Und auch für mich. Wie Sie sehen, ist sie an mich adressiert. Hier, nehmen Sie.«

Grenville griff nach dem Blatt Papier, las die Nachricht langsam, runzelte dann die Stirn und blickte unwillig zu Maurice auf.

»Was hat das denn nun wieder zu bedeuten?«

»Fragen Sie mich bitte nicht.«

»Das habe ich aber gerade getan. Und sprechen Sie gefälligst leise. Die Leute schlafen bereits.«

»Was Sie nicht sagen. Jedenfalls bietet sich uns eine bequeme Möglichkeit, nach Cornwall zu gelangen. Möchte wissen, warum sich Moloch solche Umstände macht.«

»Ich auch, mein Bester.«

Beide Männer musterten sich mit kaum verhohlenem Mißtrauen, bis Grenville die Botschaft schließlich an Maurice zurückgab.

45.

Sowie sie in Heathrow gelandet waren, machte sich Tweed geradewegs zu dem Büro des Sicherheitschefs Jim Corcoran auf den Weg. Dieser schaute von seinem Schreibtisch auf, als Tweed den Raum betrat und die Tür hinter sich schloß.

»Ich wittere Probleme – und zwar für mich«, begrüßte Corcoran ihn.

Er deutete auf einen Stuhl, doch Tweed zog es vor, stehenzubleiben. Die beiden Männer schüttelten sich die Hände.

»Es handelt sich um einen Notfall, Jim. Zwei Leute, Grenville und Prendergast, werden in Kürze an Bord von Vincent Bernard Molochs Privatjet gehen. Ich möchte, daß der Start dieses Jets um ein paar Stunden verzögert wird. Geben Sie technische Probleme oder ähnliches als Grund an.«

»Diesmal verlangen Sie leider zuviel.« Resigniert hob Corcoran die Hände. »Ich würde Ihnen ja gerne behilflich sein, aber Moloch wirbelt in der letzten Zeit ziemlich viel Staub auf.«

»Kann ich kurz Ihr Telefon benutzen? Ich muß mit Howard sprechen.«

»Bedienen Sie sich ...«

Tweed erreichte Monica, die ihn sofort zu Howard, dem pompösen Direktor des SIS durchstellte. Knapp umriß er das Problem, und Howard bat darum, Corcoran an den Apparat zu holen.

»Howard hier, Jim, alter Junge. Lange nicht gesehen. Ich bin gerade von einer Unterredung mit dem Premierminister zurückgekommen. Ja, dem Premierminister persönlich. Er wünscht, daß Mr. Moloch unter ständige Bewachung gestellt wird. Sie haben daher meine Erlaubnis – und indirekt auch die des Premierministers – den Start des Jets zu verzögern, wie Tweed es von Ihnen verlangt hat. Ich nehme es auf meine Kappe. Wir sind auf Ihre Hilfe angewiesen, Jim.«

»Dann werde ich sehen, was ich tun kann ...«

Später, als sie auf dem Rücksitz von Newmans Mercedes saßen, den sie vom Langzeitparkplatz geholt hatten, wo er vor ihrer Abreise nach Kalifornien abgestellt worden war, erklärte Tweed seiner Assistentin, was passiert war. Hinter ihnen fuhr Marler am Steuer seines eigenen Wagens; Butler und Nield begleiteten ihn.

»Demnach«, bemerkte Paula, »hat Howard wieder einmal ein As aus dem Ärmel gezogen, als wir das Spiel schon verloren glaubten, wenn ich einmal einen bildhaften Vergleich gebrauchen darf.«

»Unterschätzen Sie die Bedeutung dieses Vorfalls nicht«,

warnte Tweed. »Offenbar hat sich die Einstellung des Premierministers gegenüber Moloch drastisch geändert.«

»Wir hätten seine Unterstützung schon früher brauchen können«, nörgelte Paula. »Wo ist eigentlich Vanity abgeblieben? Sie hat sich ja ziemlich bald nach der Landung aus dem Staub gemacht.«

»Vanity«, rief Newman ihr nach hinten zu, »hat beschlossen, daß sie urlaubsreif ist – und allein verreisen will, wie sie sich ausdrückt! Sie muß sich von dem Streß in Kalifornien erholen.«

»Wo will sie denn ihren Urlaub verbringen?« erkundigte sich Paula.

»In Cornwall.«

»Und wie kommt sie dahin?«

»Mit ihrem Auto. Sie hat es genau wie wir vor ihrem Abflug nach Kalifornien in Heathrow abgestellt.«

Newman versank wieder in Schweigen, während er den Wagen aus London herauslenkte. Paula verzog die Lippen. Ihr war klar, daß Vanity und Newman sich im Moment nicht gerade grün waren. Sie mußten während des Flugs eine Meinungsverschiedenheit gehabt haben. Stirnrunzelnd wandte sie sich an Tweed.

»Seltsam, wie eilig es alle haben, wieder nach Cornwall zu kommen. Moloch ist schon dorthin zurückgekehrt. Von Monica wissen wir, daß Grenville und Maurice auf dem Weg sind – in VBs Privatjet, den er ihnen freundlicherweise zur Verfügung gestellt hat.« Sie senkte die Stimme. »Und nun will Vanity ebenfalls dahin zurück, wo alles angefangen hat. Ihre drei Verdächtigen, von denen einer Molochs Spion sein muß, versammeln sich vollzählig in ihrem alten Wirkungsbereich.«

»Das ist mir auch schon aufgefallen«, entgegnete Tweed trocken.

»Ich dachte, Ihnen läge etwas daran, diesen Spion zu finden«, bohrte sie weiter.

»Das tut es auch. Er muß um jeden Preis überführt werden. Nur – wer von den dreien ist es?«

Es war bereits Anfang September. Die beiden Fahrzeuge kamen gut voran, und als sie die Grenze nach Cornwall passierten, registrierte Paula, daß die Blätter sich allmählich zu verfärben begannen. Das satte Grün des Sommers verblaßte und machte einem bunten Gemisch aus Rot, Gold und Orange Platz.

Der Herbst zog ins Land – unter einem klaren, leuchtendblauen Himmel, von dem die Sonne so gleißend herabstrahlte wie noch vor wenigen Tagen in Kalifornien. Es war immer noch angenehm warm. Paula stieß einen wohligen Seufzer aus.

»Es tut gut, wieder zu Hause zu sein. Kalifornien mag ja über eine malerisch schöne Landschaft verfügen, aber es geht doch nichts über das gute alte England – besonders dann, wenn die Jahreszeiten wechseln.«

»Kalifornien *hat* einmal über eine malerisch schöne Landschaft verfügt«, berichtigte Tweed sie. »Jetzt ist die Küste nur noch eine Trümmerwüste.« Er hielt die Zeitung hoch, die er überflogen hatte. »Schauen Sie sich mal diese Bilder von Carmel an.«

»Sie erinnern mich an die Fotos der Zerstörungen durch die Bombenangriffe während des Zweiten Weltkriegs. Ist das hier nicht die Straße, in der die Telefonzelle stand, von der aus Sie immer Ihre Anrufe getätigt haben?«

»Stimmt, das ist sie. Die Hälfte der Gebäude – Kunstgalerien, Restaurants, Geschäfte – liegt in Schutt und Asche. Monterey ist glimpflich davongekommen. Die San-Moreno-Verwerfung scheint zickzackförmig in Richtung Landesinneres verlaufen zu sein, nachdem sie Carmel durchquert hat. Die Presse bezeichnet die Katastrophe als das schwerste Erdbeben in der Geschichte der Menschheit. Moloch muß für einiges geradestehen, falls man ihn je zur Rechenschaft zieht.«

Er blickte auf. Newman fuhr eine zweispurige Schnellstraße entlang. Plötzlich schoß ein zweiter Wagen pfeilschnell an ihnen vorbei. Hinter dem Steuer saß Vanity. Sie winkte ihnen übermütig zu, ehe sie mit Vollgas davonjagte.

»Sie treibt die Dinge immer auf die Spitze«, meinte Paula nachdenklich.

»Sie will unbedingt als erste am Ziel sein«, sagte Newman und verfiel wieder in Schweigen.

»Wo werden wir denn diesmal absteigen?« fragte Paula, an Tweed gewandt.

»Wieder im Nansidwell. Von dort aus haben wir einen guten Blick über die Gewässer vor Falmouth. Ich habe Monica von Jim Corcorans Büro aus angerufen und sie veranlaßt, für uns alle Zimmer zu reservieren.«

»Also kehren wir im wahrsten Sinne des Wortes dorthin zurück, wo alles begonnen hat. Wenigstens haben wir Mrs. Benyon sicher in das Auto verfrachtet, das sie nach Cheltenham bringen soll. Ich glaube, sie war überglücklich, endlich wieder englischen Boden unter den Füßen zu haben. Aber ich wüßte doch gerne, wer dafür gesorgt hat, daß sie vom Flughafen abgeholt wird.«

»Das war ich«, entgegnete Tweed. »Während Sie im Flugzeug sanft geschlummert haben, ließ ich an Monica entsprechende Anweisungen durchgeben. Es war das Wenigste, was ich für Mrs. Benyon tun konnte.«

»Wo ist eigentlich Alvarez abgeblieben? Ich hatte noch gar keine Zeit, mich bei ihm für seine Hilfe zu bedanken.«

»Das habe ich an Ihrer Stelle getan. Er bat mich, Sie ganz herzlich von ihm zu grüßen. Er war in Eile, weil er den nächsten Flug zurück in die Staaten erwischen wollte.«

»Ich begreife immer noch nicht, welche Rolle er bei der ganzen Angelegenheit gespielt hat.«

»Erklär ich Ihnen später. Zwei wichtige Aufgaben liegen vor uns ...« Er brach ab, um Newman etwas zuzurufen: »Denken Sie daran, daß wir in Truro anhalten müssen, um zu telefonieren. Wir sollten für Butler und Nield fahrbare Untersätze mieten. Ich möchte, daß jeder von Ihnen mobil und für das, was uns erwartet, gewappnet ist.«

»Und was genau liegt nun vor uns?« erkundigte sich Paula.

»Erstens müssen wir Molochs Spion enttarnen, und zweitens – was viel wichtiger ist – müssen wir Moloch daran hindern, England jemals wieder zu verlassen, koste es, was es wolle. Ich kenne zwar seine konkreten Pläne nicht, aber allein das Wissen um das, was er anzurichten vermag, bereitet mir größte Sorgen. Sein Konzern hat die Xenobiumbombe entwickelt – eine Bombe, die laut Cord Dillon über die zehnfache Sprengkraft einer Wasserstoffbombe verfügt. Nehmen wir einmal an, er verkauft die Pläne zum Bau dieser Teufelswaffe an gewisse feindlich gesinnte arabische Staaten, die damit imstande wären, die gesamte westliche Welt zu zerstören. Die Folgen – einfach unausdenkbar.«

»Eine entsetzliche Vorstellung.«

»Die einzige Alternative besteht in der Vernichtung Molochs.«

Auf dem Flughafen Newquay, einem verlassenen Flugfeld mitten im Nirgendwo, stiegen VB und seine neue Assistentin Heather Lang in einen bereitstehenden Rolls-Royce, während der Chauffeur ihr Gepäck umlud.

Ehe er sich neben sie auf die Rücksitzbank setzte, schloß Moloch die Glasscheibe, die sie von dem Fahrer trennte, um sicherzugehen, daß sie ungestört blieben. Als der Wagen lautlos anfuhr und sich auf den Weg nach Mullion Towers machte, legte er den Aktenkoffer auf seinen Schoß, den er mittels Handschellen an seinem linken Handgelenk befestigt hatte. Heather warf einen flüchtigen Blick darauf.

»Vermutlich steht es mir nicht zu, eine solche Frage zu stellen, aber Sie behandeln den Koffer so vorsichtig, als würde er ein Vermögen enthalten.«

»Das tut er auch. Ein Riesenvermögen sogar«, erwiderte Moloch mit einem schwachen Lächeln, »aber nicht in Form von Banknoten oder Edelsteinen, sondern in Gestalt eines Bündels wichtiger Papiere.«

Heather vermied es, weiter in ihn zu dringen. Sie hatte bereits erkannt, daß ihr Boß ihr immer nur so viel zu verraten beliebte, wie nötig war, damit sie ihren Job ordentlich erledigen konnte. Zu ihren vielen Talenten gehörte unter anderem auch eine feine Witterung für Dinge, die sie nichts angingen und aus denen sie ihre Nase herauszuhalten hatte.

In der Tat ein Riesenvermögen, dachte Moloch, während der Rolls seine Fahrt durch eine unwirtliche Landschaft fortsetzte. Ihm kam es so vor, als würden sie eine Geröllwüste durchqueren. In dem Aktenkoffer befanden sich die genaue Formel und detaillierte Instruktionen zum Bau der Xenobiumbombe. Er hegte keinen Zweifel daran, daß die Regierungschefs bestimmter arabischer Staaten Milliarden für diese Informationen springen lassen würden.

Als ein von Natur aus sorgfältiger Planer hatte Moloch Heather angerufen, ehe sie Des Moines verließ, und ihr aufgetragen, sämtliche in einem Aktenordner mit der Aufschrift *Projekt Eclipse* enthaltenen Dokumente in den Reißwolf zu stecken. Nun waren alle Einzelheiten bezüglich des Baus einer Xenobiumbombe vernichtet, und die Amerikaner hatten das Nachsehen. Die einzigen noch existierenden Pläne ruhten sicher in dem Aktenkoffer auf seinem Schoß.

»So hatte ich mir Cornwall eigentlich nicht vorgestellt«, bemerkte Heather, die angestrengt aus dem Fenster schaute.

»Ach so, Sie vermissen die Touristenattraktionen, die Strände und Buchten zwischen den prachtvollen Klippen der Küste; die Orte, wo sich die Urlauber tummeln. Aber dies hier ist das wahre Cornwall. Übrigens – wenn wir in Mullion Towers eintreffen, möchte ich, daß Sie den diensthabenden Funker bitten, diese Nachricht an den Kapitän der *Venetia* weiterzuleiten.«

Beim Sprechen kritzelte Moloch eine rätselhafte Botschaft auf einen Notizblock. Der Kapitän – und nur dieser – würde sie entschlüsseln können. Er reichte ihr den Zettel, dann schloß er die Augen und schlummerte ein. Nur solche kurzen Nickerchen ermöglichten es ihm, manche Nächte durchzuarbeiten.

Ich möchte gerne wissen, was das bedeutet, dachte Heather, während sie den Zettel zusammenfaltete und in ihre Tasche schob.

Sie blickte auf den Aktenkoffer, den ihr Boß auf dem

Schoß hielt. Aus seinen spärlichen Äußerungen hatte sie entnommen, daß sein Inhalt außerordentlich wertvoll war. Aber daß die darin enthaltenen Informationen unter Umständen das Ende der Welt herbeiführen konnten, kam ihr nicht in den Sinn.

46.

Der Abend brach bereits herein, als Newman den Mercedes über die gewundene Auffahrt des Nansidwell Country Hotel lenkte und ihn auf demselben Platz abstellte, wo er ihn während ihres letzten Aufenthaltes dort geparkt hatte. Für Paula schien eine Ewigkeit dazwischenzuliegen.

»Hier hat sich ja gar nichts verändert«, sagte sie beinahe ungläubig, dann fiel ihr Blick auf ein anderes, ihr wohlbekanntes Fahrzeug. »Ist das nicht Vanitys Auto?«

»Ganz recht«, erwiderte Newman ohne große Begeisterung. »Und schieben Sie mir nicht die Schuld dafür in die Schuhe. Ich habe erst während der Fahrt erfahren, wo wir unsere Zelte aufschlagen werden, Tweed.«

»Ich wüßte nicht, warum diese Wendung der Dinge irgend jemanden überraschen sollte«, meinte dieser lakonisch.

Weitere Autos kamen die Auffahrt hoch und hielten an. Marler saß hinter dem Steuer des ersten, Butler fuhr das nächste, und Nield steuerte das dritte. Sie hatten Glück gehabt und in Truro noch zusätzliche Transportmittel mieten können. Ein Hotelangestellter kam heraus, erklärte, der Besitzer sei leider geschäftlich unterwegs, begrüßte sie jedoch herzlich. Jedem Mitglied des Teams war dasselbe Zimmer zugewiesen worden, das er schon einmal innegehabt hatte.

Später, als sie hinter Newman die Treppe hinuntertrottete, um sich zum Abendessen zu begeben, entdeckte Paula Vanity, die in einem enganliegenden Goldlamékleid mit Stehkragen auf einer Bank gegenüber der kleinen Bar saß. Als sie Newman erblickte, sprang sie auf und griff nach seinem Arm, wobei sich ihre vollen roten Lippen zu einem Lächeln verzogen.

»Ich habe schon auf Sie gewartet, Bob. Man hat uns denselben Tisch wie beim letztenmal reserviert.«

»Ist das nicht nett?« erwiderte Newman sarkastisch.

»Ich liebe die warmherzige Art, mit der ein Mann eine alte Freundin begrüßt«, lachte Vanity, an Paula gewandt.

»Vielleicht macht ihm die Zeitverschiebung zu schaffen«, meinte Paula ohne jeglichen Anflug eines Lächelns.

»Eine gute Flasche Wein sollte ihn wieder auf Vordermann bringen. Bei mir hat dieses Mittel jedenfalls noch nie versagt«, schoß die unerschütterliche Vanity immer noch lächelnd zurück. »Kommen Sie, Sie alter Brummbär«, sagte sie dann zu Newman.

Sie betraten gerade den Speisesaal, als Newman draußen auf der Terrasse Tweed entdeckte. Er hielt ein Fernglas an die Augen gepreßt und fixierte irgendeinen Punkt auf dem Meer. Newman geleitete Vanity zu ihrem Tisch, entschuldigte sich und ging dann hinaus zu Tweed.

Die herbstliche Kühle der Nacht erinnerte ihn an Kalifornien. Eine endlos scheinende Minute schwieg Tweed, dann reichte er das Fernglas an Newman weiter.

»Ich habe die *Venetia* genau betrachtet. Ist wieder beleuchtet wie ein Kreuzfahrtschiff. Ich versuche gerade herauszufinden, worum es sich bei diesen großen, mit Planen abgedeckten Gegenständen handelt, die auf dem Vorder- und Achterdeck lagern.«

»Könnte alles mögliche sein«, erwiderte Newman, während sein Blick über das Schiff schweifte. »Keinerlei Anzeichen dafür, daß sie zum Ablegen bereitgemacht wird.«

»Haben Sie den Helikopter an Deck gesehen?«

»Ja. Ein Sikorsky. Ziemlich große Maschine. Aber die *Venetia* ist ja auch ein Riesenkahn. Muß ein paar Milliönchen gekostet haben.«

»Ich glaube, sie wartet darauf, daß ein VIP an Bord kommt. Da, sehen Sie mal – ein Hubschrauber kreist über dem Schiff. Vermutlich hat der Premierminister endlich ein paar Hebel in Bewegung gesetzt.«

»Der Helikopter wird aus Culdrose in der Nähe der Halbinsel Lizard kommen. Wie Sie vielleicht wissen, unterhält die Royal Airforce dort einen großen Trainingsflugplatz für Hubschrauberpiloten.«

Newman beobachtete die Maschine, die weiterhin mit an Bug und Heck blinkenden Positionslichtern hoch über der *Venetia* ihre Runden drehte, dann grunzte er zufrieden.

»Ich glaube, er fotografiert die *Venetia* von allen Seiten. Vielleicht will die Besatzung ja gleichfalls versuchen, jene mysteriösen Objekte an Deck zu identifizieren.«

Noch während er sprach, drehte der Hubschrauber ab und flog landeinwärts davon. Newman ließ das Fernglas sinken und gab es Tweed wieder. Gemeinsam schlenderten sie durch die Hotelhalle zum Speisesaal zurück.

»Ich sollte wohl besser Vanity Gesellschaft leisten, ehe sie fuchsteufelswild wird«, meinte Newman kleinlaut.

»Sie scheinen sich da eine richtige Wildkatze an Land gezogen zu haben«, bemerkte Tweed mit einem amüsierten Lächeln.

Bereits in Truro hatte er seinem Team mitgeteilt, daß es nicht länger nötig sei, so zu tun, als würden sie sich nicht kennen. Im Speisesaal entdeckte Newman zwei Bekannte, die an getrennten Tischen saßen. Er klopfte Grenville beinahe wohlwollend auf die Schulter.

»Die Welt ist doch wirklich klein, wenn Sie mir die Floskel verzeihen, Brigadier.«

»Colonel«, schnarrte Grenville, sichtlich aus der Fassung gebracht. »Für einen Journalisten drücken Sie sich eigentlich nicht sehr originell aus.«

»Warten Sie auf jemanden? Oder darauf, daß etwas geschieht, Colonel?«

Noch ehe Grenville reagieren konnte, war Newman schon weitergegangen. Der ehemalige Offizier wirkte nervös, was Tweed nicht entging. Newmans plötzliches Auftauchen hatte ihn offenbar beunruhigt.

»Na, wenn das nicht Maurice ist«, sagte Newman in diesem Moment mit einem breiten Grinsen. »Ein langer Weg von einem Apartment, in dem eine Frau ermordet wurde, bis hierher, nicht wahr, mein Bester?«

»Müssen Sie ausgerechnet dieses Thema wieder zur Sprache bringen? Und reden Sie bitte nicht so laut. Der halbe Speisesaal hört uns zu.«

»Ja, es ist verdächtig still hier geworden, finden Sie nicht auch? Und wie hat Ihnen die Reise in Vincent Bernard Molochs Privatjet gefallen? Vermutlich gut, Sie hatten ja den Brigadier ... oh, pardon, den Colonel als Begleiter.«

»Warum verschwinden Sie nicht endlich – und genießen den Abend mit diesem männermordenden Vamp?«

»Aber Maurice.« Newman beugte sich über ihn und legte ihm einen Arm um die Schultern. »Für diese Bemerkung sollte man Ihnen wirklich den Mund mit Seife auswaschen, auch wenn ich es vorziehen würde, ihn mit der Faust zu verschließen. Jetzt essen Sie weiter, und hoffentlich bleibt Ihnen jeder Bissen im Halse stecken.«

Immer noch lächelnd zog er den Arm weg. Eine fast greifbare Stille lag inzwischen über dem Speisesaal. Grenville, der jedes Wort vernommen hatte, gab vor, seine Aufmerksamkeit einzig und allein dem Gericht auf seinem Teller zu widmen. Newman kehrte zu seinem Tisch zurück und nahm Vanity gegenüber Platz. Sein Lächeln wurde breiter.

»Zeit, die Korken knallen zu lassen. Ah, hier ist ja die Weinkarte.«

»So aufgeräumt habe ich Sie ja noch nie erlebt«, flüsterte Vanity.

»Warten Sie's nur ab. Die Show geht jetzt erst richtig los«, gab Newman mit lauter Stimme zurück.

Tweed ließ sich an Paulas Tisch nieder und sah sie an. In einer Ecke des Saales saß Marler für sich allein. Ein belustigter Ausdruck lag auf seinem Gesicht, als er sich eine King-size anzündete. Allmählich kamen die Gespräche wieder in Gang, doch immer noch warfen viele Leute verstohlene Blicke in Newmans Richtung. Grenville und Maurice hatten gleichfalls bemerkt, daß sie in den Mittelpunkt des allgemeinen Interesses gerückt waren. Beide Männer machten den Eindruck, als ob sie sich nicht sonderlich wohl in ihrer Haut fühlen würden und vermieden es krampfhaft, sich im Saal umzusehen.

»Was sollte diese Vorstellung denn nun schon wieder bedeuten?« fragte Paula leise.

»Newman spielt sein eigenes Spiel, und ich muß sagen, er improvisiert ausgezeichnet. Er hat zwei von meinen Verdächtigen einen gewaltigen Schrecken eingejagt.«

»Und ißt mit dem dritten zu Abend.«

»Stimmt auffällig«, meinte Tweed gutgelaunt.

Die meisten der ungefähr dreißig Hotelgäste nahmen ihren Kaffee in einer der beiden Bars ein, als Tweed mit Marler auf den Hof hinaustrat und ihn um die Terrasse herumführte, bis er eine Stelle hinter dem nun verlassenen Speisesaal fand, wo sie sich ungestört unterhalten konnten.

Er gab Marler detaillierte Anweisungen, ehe er ihm sein Fernglas aushändigte. Marler richtete es auf die *Venetia*, nickte kurz und reichte es Tweed wieder.

»Ich denke, Sie haben recht«, sagte er.

»Ein Jammer, daß Sie Ihr Armalite nicht zur Hand haben.«

»Ich habe vorgesorgt«, versicherte ihm Marler. »Als wir unsere Autos auf dem Langzeitparkplatz in Heathrow abstellten, habe ich mir ein ruhiges Plätzchen gesucht, das Gewehr auseinandergebaut und die Teile dann mit Spezialklebeband am Unterboden des Wagens befestigt. Im Moment ist es im Kofferraum des Autos sicher verstaut, und das steht keine zehn Meter von uns entfernt.«

»Heute abend ist es zu spät, um noch entsprechende Arrangements zu treffen.«

»Mein Lieber, es ist nie zu spät. Ich habe ein ganzes Bündel Fünfzigpfundnoten in der Tasche, und damit werde ich es zuerst im Marineclub unten am Hafen versuchen. Vielleicht treibe ich noch den einen oder anderen Nachtschwärmer auf. Wenn ich ein Boot ergattere, befestige ich einen roten Wimpel am Heck, damit Sie mich sofort erkennen.«

»Es handelt sich um bloße Vermutungen«, warnte ihn Tweed.

»Und Sie haben in der Vergangenheit mehrfach bewiesen, daß Sie mit Ihren Vermutungen richtig liegen.«

Marler stieg gerade in seinen Wagen, als Paula, auf der Suche nach Tweed, ihn sah. Da sie neugierig war, wo er um diese späte Stunde noch hinwollte, ging sie zu ihm hinüber.

»Was haben Sie denn noch vor?«

»Ich will fischen gehen ...«

Marler brauste davon, und Paula bog gerade um die Ecke zur Terrasse, als sie jemanden aus dem Hotel kommen hörte. Sie drückte sich eng an die Wand und verfolgte das Geschehen. Grenville hastete über den Hof, sprang in sein Auto, setzte zurück und fuhr langsam die Auffahrt hinunter. Sekunden später rannte Butler, der mit Nield zu Abend gegessen hatte, zu seinem Wagen und fuhr ebenfalls los.

Paula fröstelte trotz ihres kurzen Pelzmantels. Sie zog ein Paar dünne Handschuhe aus der Tasche und streifte sie über, ehe sie zu Tweed auf die Terrasse trat. Im selben Moment kam Maurice aus dem Hotel, ging zu seinem Auto, ließ den Motor an und verschwand. Was zum Teufel wird hier gespielt? fragte sie sich erstaunt.

Sie wandte sich zum Gehen, doch da hörte sie, wie die Tür abermals geöffnet wurde. Nield stürzte ins Freie, glitt hinter das Steuer seines Wagens und sauste ebenfalls davon. In Paulas Kopf drehte sich alles. Sie ging zu Tweed hinüber, um ihm zu berichten, was sie soeben mitangesehen hatte.

»Ich kam mir vor wie in einem schlechten Film«, schloß sie.

»Das heißt, daß Butler und Nield in Topform sind, obwohl sie gemeinsam eine Flasche Wein geleert haben.«

»In Topform wofür?«

»Um meine Aufträge auszuführen. Butler beschattet Grenville, und Nield heftet sich an Maurice' Fersen. Nun, da Moloch wieder im Lande ist, lautet die logische Schlußfolgerung, daß sein Spion versuchen wird, mit ihm in Mullion Towers Kontakt aufzunehmen. Irgendwann im Laufe dieser Nacht werden wir erfahren, um wen es sich handelt.«

»Vanitys Auto ist übrigens auch verschwunden«, bemerkte Paula.

»Das ist mir bereits aufgefallen«, brummte Tweed grimmig.

In Mullion Towers wurden Moloch und Heather von einer kleinen, vierschrötigen Frau mit grauem Haar und stechenden Augen empfangen, deren Mund über dem energischen Kinn nur eine dünne Linie bildete. Sie stand in der Eingangstür und bedachte Heather mit einem feindseligen Blick, ehe sich ihre Lippen zu etwas verzogen, was Heather unter Aufbietung allen Wohlwollens als Lächeln interpretierte.

»Das ist Mrs. Drayton, meine Haushälterin«, stellte Moloch vor. »Mrs. Drayton, darf ich Sie mit meiner neuen Assistentin Heather Lang bekanntmachen?«

»Sie möchten doch sicher gern eine Tasse Kaffee, Sir«, erwiderte Mrs. Drayton, Heather geflissentlich ignorierend.

»Bringen Sie ihn bitte in mein Büro. Auf uns wartet eine Menge Arbeit. Ist der Funker im Dienst?«

»Carson ist immer im Dienst, Sir.«

Moloch eilte Heather voran eine breite, geschwungene Treppe empor, die von der geräumigen Eingangshalle zum ersten Stock führte. Er deutete auf eine Tür.

»Dort liegt das Badezimmer, falls Sie sich frischmachen möchten. Mein Büro liegt hinter der mit grünem Stoff bespannten Tür.«

Er ließ sich an seinem Schreibtisch in dem kleinen Raum nieder – die Haushälterin hatte bereits überall das Licht angeknipst – und schlug einen Schnellhefter auf. Die Vorhänge waren zurückgezogen. Moloch fühlte sich beengt, wenn sie nach Einbruch der Dunkelheit geschlossen wurden. Er schloß die an seinem Aktenkoffer befestigte Handschelle auf und hatte den Koffer gerade neben seinem Stuhl abgestellt, als Heather eintrat.

»Wir können mit der Arbeit beginnen.«

»Gut. Ich erwarte heute abend noch Besuch. Wenn er eintrifft, möchte ich allein mit ihm sprechen. Sie warten solange im Funkraum, das ist die zweite Tür auf der anderen Seite des Flurs. Bleiben Sie dort, bis ich Sie rufen lasse. Mein Funker Carson wird Ihnen gefallen. Im Gegensatz zu Mrs. Drayton ist er sehr umgänglich.«

»Ich glaube, Mrs. Drayton mag mich nicht sonderlich. Was mich allerdings nicht stört.«

»Mrs. Drayton hat noch für keine meiner Assistentinnen viel übriggehabt. Sie gehört zu dem Typ älterer Frauen, der immer meint, er müsse in allen Dingen das Sagen haben. Aber sie ist zuverlässig und vertrauenswürdig. Achten Sie einfach nicht auf sie.«

»Das dürfte mir nicht schwerfallen.«

Beim Sprechen hatte Moloch ein paar Worte auf einen Block gekritzelt, den er Heather jetzt reichte.

»Lesen Sie dies. Dann bringen Sie es Carson, der es zur *Venetia* hinüberfunken soll.«

Die Nachricht lautete:

Werden frühestens in zwei Wochen abreisen. Alles läuft wie bisher. Besatzung bleibt vollzählig an Bord. Kein Landurlaub. VB.

»Demnach werden wir längere Zeit hier verbringen?« erkundigte sich Heather.

»Keinesfalls, wir werden sogar in Kürze ablegen. Diese Botschaft bedeutet genau das Gegenteil von dem, was sie besagt. Der Kapitän wird sie richtig interpretieren. Ich rechne nämlich damit, daß der Funkspruch vom GCHQ in Cheltenham abgefangen wird.«

»GCHQ?«

»Die staatliche Funküberwachungszentrale. Sie hört den gesamten privaten Funkverkehr ab. Nun, da wir uns wieder in England befinden, muß ich davon ausgehen, daß sämtliche Funksprüche, die ich sende, aufgezeichnet werden.«

»Dann bringe ich die Botschaft schnell in den Funkraum …«

Moloch wartete, bis sie gegangen war, ehe er einige Tasten auf seinem Telefon drückte. Er wählte die Nummer des Nansidwell Country Hotels, und als sich die Rezeptionistin meldete, verlangte er, dringend einen der Gäste zu sprechen, und nannte dessen Namen. Als der Gast ans Telefon kam, gab Moloch ihm einen knappen Befehl:

»Kommen Sie heute abend zu meinem hiesigen Hauptquartier. Aber entfernen Sie sich unauffällig und gehen Sie kein Risiko ein.«

Er legte den Hörer auf, erhob sich und starrte aus dem Fenster hinaus in die Nacht. Die Atmosphäre in Mullion Towers hatte sich geändert, und das belastete ihn. Er hatte Joel Brand zwar nie gemocht, aber sich stets sicher gefühlt, wenn dieser das Kommando über seine Wachmannschaft führte. Nun war kein einziger Wachposten in der Nähe.

Unter normalen Umständen hätte Brand ein großes Team ausgewählter Männer mit nach England gebracht, doch sie alle waren Opfer der furchtbaren Katastrophe in Kalifornien geworden. Irgendwie empfand er es als unheimlich, in dem riesigen Gebäude mit Heather und Mrs. Drayton allein zu sein.

Plötzlich kam es ihm in den Sinn, ein bewaffnetes Team von der *Venetia* herüberkommen zu lassen, doch verwarf er den Gedanken sofort. Es war von größter Wichtigkeit, daß die gesamte Besatzung an Bord blieb. Jedes noch so kleine Anzeichen dafür, daß Männer an Land gingen und sich auf den Weg nach Mullion Towers machten, würde nur unnötige Aufmerksamkeit auf ihn lenken.

Er ging zu einem großen Schrank und öffnete die Tür. Eine Auswahl der verschiedensten Kleidungsstücke hing darin, unter anderem auch einige recht ausgefallene. Er setzte eine karierte Schirmmütze auf, streifte einen schäbigen alten Regenmantel über und betrachtete sich dann im Spiegel. Die Verwandlung, die mit seinem Äußeren vorgegangen war, verblüffte ihn. Im selben Moment kehrte Heather zurück.

»Oh, das tut mir leid«, begann sie. »Eigentlich suche ich …«

Dann hielt sie inne und starrte die Gestalt mit der Schirmmütze, die sie unverwandt ansah, ungläubig an.

»VB! Ich hätte Sie fast nicht erkannt.«

»Das ist auch der Zweck der Übung. Der Gegner kann bereits draußen lauern. Statt mit dem Rolls zum Hafen zu fahren, werden wir den alten Ford Escort nehmen, der in der Garage steht. Ich möchte, daß Sie ihn chauffieren. Nehmen Sie nur einen Koffer mit – Sie können sich alles kaufen, was Ihr Herz begehrt, sobald wir in Beirut sind.«

»Und wie kommen wir vom Hafen auf das Schiff?«

»Ein Motorboot erwartet uns, das uns zur *Venetia* bringen wird. Wir müssen so unauffällig wie möglich an Bord gehen, wenn der richtige Zeitpunkt gekommen ist.«

Beim Sprechen entledigte sich Moloch des Regenmantels sowie der Mütze und hängte beides wieder in den Schrank. Zufrieden nahm er zur Kenntnis, daß Heather die merkwürdige Entwicklung der Dinge als Teil ihres Jobs hinnahm. Sie schien ihm von all seinen Assistentinnen bislang die gleichmütigste zu sein. Moloch hatte ein scharfes Auge für kompetente, gelassene Frauen, die ihm im Gegenzug für ein immens hohes Gehalt ihre uneingeschränkte Loyalität schenkten.

»Hört sich an, als wäre Ihr Unternehmen perfekt organisiert«, bemerkte sie. »Und Mrs. Drayton hat mir ausgerichtet, daß das Dinner bereitsteht. Sie sagte, wir würden hoffentlich nicht die halbe Nacht vertrödeln, wenn sie sich schon die Mühe gemacht habe, eine warme Mahlzeit zuzubereiten.«

»Dann wollen wir sie nicht warten lassen. Hat Carson den Funkspruch durchgegeben?«

»Ja, selbstverständlich sofort.«

Als Moloch die geschwungene Treppe hinunterstieg, begann die unnatürliche Stille an seinen Nerven zu zerren. Normalerweise wäre er jetzt von mehreren Wachposten, von denen einige auch als Bedienstete fungierten, respektvoll begrüßt worden. Seine Schritte und die von Heather schienen ihn zu verfolgen, hallten hohl im Raum wider, als er über den Parkettfußboden der Halle schritt.

Er überprüfte rasch die Schlösser und Ketten der schweren Eingangstür, wobei er sich reichlich närrisch vorkam. Was hatte er denn schon zu befürchten? Aber er war es seit vielen Jahren gewohnt, von Personal umgeben zu sein, sobald er sein Büro verließ. Hastig durchquerte er die Halle, betrat das geräumige holzgetäfelte Eßzimmer und ließ sich an dem langen Tisch nieder. Ihm fiel auf, daß Heathers Gedeck ganz am anderen Ende des Tisches stand.

»Kommen Sie, setzen Sie sich neben mich«, forderte er sie auf.

»Heißt das etwa, daß ich die Sitzordnung wieder ändern soll?« empörte sich Mrs. Drayton, die gerade mit einer Terrine den Raum betreten hatte.

»Genau das«, bellte Moloch barsch.

»Wenn Sie mir das gleich gesagt hätten, wäre es besser gewesen. Soll ich auch in Zukunft die Mahlzeiten so servieren?«

»Sie haben es erfaßt.«

Moloch sah keinen Grund, ihr zu verraten, daß dies wahrscheinlich die letzte Mahlzeit war, die er in Mullion Towers einnehmen würde. Er durfte nicht vergessen, ihr einen Umschlag mit Geld und einer Notiz, daß ihre Dienste nicht mehr länger benötigt wurden, zu hinterlassen. Dummerweise wußte er nicht, wieviel Brand ihr immer gezahlt hatte.

Neben ihm an seinem Stuhl lehnte der Aktenkoffer, den er aus seinem Büro mit nach unten gebracht hatte. Er fühlte sich nur dann sicher, wenn er den Koffer in seiner Nähe wußte – er war gewissermaßen seine Eintrittskarte zu den unermeßlichen Reichtümern, die ihn im Mittleren Osten erwarteten.

Heather spürte sein Unbehagen und plauderte munter auf ihn ein. Sie fand, daß eine seltsame Atmosphäre über dem ganzen Haus lag, bemühte sich jedoch, sich nichts anmerken zu lassen. Trotzdem wurde sie das Gefühl nicht los, an einer Henkersmahlzeit teilzunehmen.

Gerade waren sie mit dem Dessert fertig und tranken ihren Kaffee, als es an der Tür läutete. Die Haushälterin stand schon im Begriff, zu öffnen, da hielt Moloch sie zurück.

»Das wird der Besucher sein, den ich erwarte. Ich gehe selbst zur Tür. Räumen Sie hier ab. Heather hat im Funkraum zu tun.«

47.

Im Nansidwell war Tweed mittlerweile von einer solch nervösen Unruhe ergriffen worden, daß Paula ihn überredet hatte, mit auf ihr Zimmer zu kommen, fort von den Gästen in der Bar, die wie eine Schar Gänse über belanglose Dinge schnatterten.

Das erste, was er tat, sowie sie den Raum betreten hatten, war, zum Fenster zu gehen. Wieder richtete er sein Fernglas auf die *Venetia* und die sie umgebende See. Paula trat an seine Seite und legte eine Hand vor die Linsen.

»Was genug ist, ist genug. Setzen Sie sich erst einmal. Ich habe den Oberkellner gebeten, uns Kaffee hochzuschikken.«

»Danke.«

»So, und jetzt reden wir mal Klartext.« Sie ließ sich auf der Lehne seines Sessels nieder. »Ich habe Sie selten so nervös und angespannt gesehen. Was um alles in der Welt ist denn los?«

»Wann ist Vanity mit ihrem Auto fortgefahren?«

»Keine Ahnung. Muß nach dem Essen gewesen sein. Da habe ich bemerkt, daß ihr Audi verschwunden war.«

»Wo steckt Newman?«

»Auch das weiß ich nicht. Vielleicht macht er einen Spaziergang.«

»Ohne mich vorher zu informieren? Das sieht ihm gar nicht ähnlich. Ich habe gesehen, daß sein Mercedes noch auf dem Parkplatz steht.«

»Ist das alles, was Ihnen auf der Seele liegt?« fragte sie sanft.

»Nein. Moloch muß daran gehindert werden, das Land zu verlassen. Mir ist es egal, wie wir das erreichen. Hören Sie, ich muß unbedingt zu Howard durchkommen. Anscheinend weiß niemand, was zu tun ist, wenn ich nicht da bin.«

In diesem Augenblick kam der Kellner mit ihrem Kaffee und schenkte ihnen beiden ein. Tweed schien es, als würde er für diese einfache Verrichtung eine halbe Ewigkeit benötigen, obwohl er natürlich wußte, daß der Mann nur das tat, was der reibungslos funktionierende Service des Hotels ihm vorschrieb.

Sowie sie allein waren, griff er nach dem Telefon. Er erreichte Monica, die ihn sofort zu Howard durchstellte. Daß sich Howard zu dieser späten Stunde überhaupt noch im Park Crescent aufhielt, ließ auf den Ernst der Lage schließen. Normalerweise hielt er sich abends auf einen Drink in seinem Club auf.

»Tweed hier. Hören Sie, Howard, wir müssen jetzt zu drastischen Mitteln ...«

»Ist das eine abhörsichere Leitung?« unterbrach Howard. »Von wo rufen Sie an?«

»Von dem Nansidwell Country Hotel aus. Monica hat Sie doch sicher eingeweiht?«

»Sie hat. In diesem Fall kann ich leider nicht länger mit Ihnen reden.«

»Und warum nicht, wenn ich fragen darf?«

»Rufen Sie mich von einer öffentlichen Telefonzelle aus an.«

»Aber gerne. Ich trage die Dinger ja auch in der Hosentasche mit mir herum.«

Paula sah zu, wie Tweed den Hörer mit einer Sorgfalt auflegte, die ihr verriet, daß nur schiere Willenskraft ihn davon abhielt, ihn mit aller Kraft auf die Gabel zu schmettern. Vorsichtig schob sie die Kaffeetasse näher zu ihm hin.

»Was ist geschehen?«

»Dieser aufgeblasene Fatzke hat mich einfach kaltgestellt.«

»Dann muß es sich um etwas handeln, was er nur von

einem sicheren Apparat aus mit Ihnen besprechen kann. Normalerweise sind Sie derjenige, der allergrößten Wert auf Sicherheit legt.«

»Sie haben natürlich recht«, stimmte Tweed seufzend zu, dann nippte er an seinem Kaffee.

»Wir können ja schnell zu dieser Telefonzelle in Mawnan Smith fahren«, schlug sie vor.

»Dann kann es schon zu spät sein.« Plötzlich ging ihm die nähere Bedeutung ihrer Worte auf. »Außerdem haben wir gar kein Transportmittel.«

»O doch. Newman hat mir vor langer Zeit schon den Reserveschlüssel für den Mercedes anvertraut. Für Notfälle.«

»Dies *ist* ein Notfall ...«

Er sprang auf und förderte aus seiner Tasche eine Walther Pistole 7.65mm zutage. Paula starrte ihn an.

»Wo haben Sie die denn her? Unsere Waffen mußten wir doch in Kalifornien zurücklassen.«

»Von Marler. Er kennt da jemanden außerhalb von Truro, der Handfeuerwaffen besorgen kann – gegen ein entsprechendes Entgelt und ohne lästige Fragen zu stellen.«

»Marler scheint an den unwahrscheinlichsten Orten der Welt mit illegalen Waffenhändlern in Verbindung zu stehen.«

»Gehört zu seinem Job. Wir müssen voranmachen. Geben Sie mir die Autoschlüssel.«

»Fahren wir nach Mawnan Smith?« erkundigte sie sich, während sie in ihrer Umhängetasche herumkramte und ihm dann den Schlüssel reichte.

»Keine Zeit. Sie kennen doch den Weg nach Mullion Towers – Sie waren ja mit Newman dort, als er bei Ihrem letzten Aufenthalt hier einen Angriff auf das Gebäude leitete. Glauben Sie, Sie finden die Strecke auch im Dunkeln?«

»Ich denke schon.«

»Dann dirigieren Sie mich hin. Und zwar schnell.«

Moloch empfing seinen Besucher in seinem Büro. Aus einer verschlossenen Schublade entnahm er einen Umschlag und öffnete ihn, damit der Inhalt sichtbar wurde. Ein dikkes Bündel Fünfzigpfundnoten.

»Es sind genau vierzig – zweitausend Pfund. Ein kleiner Vorschuß. Der Fahrer des Rolls-Royce, der draußen steht, wird Sie morgen früh zum Flughafen Newquay bringen. Nehmen Sie den ersten Flug, der von Heathrow nach Beirut geht. Von nun an arbeiten Sie allein, auf diese Weise kann Sie niemand mit mir in Verbindung bringen. Ich möchte, daß Sie ein neues Informantennetz aufbauen. Die meisten Araber sind sehr hinter dem Geld her; handeln Sie mit vielversprechenden Kandidaten – das wird dort erwartet. Sie erreichen mich in meinem Haus in den libanesischen Bergen. Jeder kann Ihnen sagen, wo es liegt. Sie haben Ihre Sache sowohl hier als auch in Kalifornien sehr gut gemacht. Ich hoffe das wird im Libanon so bleiben.«

Der Besucher zählte die Banknoten und verstaute sie in seiner Tasche. Moloch machte eine abschließende Bemerkung.

»Sie haben sicher bemerkt, daß Ihr Ticket nach Beirut für die Touristenklasse gilt. Touristen wird im allgemeinen keine große Aufmerksamkeit geschenkt. Wir können nicht wissen, ob man den Flughafen Beirut überwacht.«

Der Besucher verließ den Raum. Moloch ging zum Fenster und schaute unbehaglich in das Dunkel hinaus. Vielleicht war es unklug gewesen, die Transaktion bei geöffneten Vorhängen vorzunehmen.

Er trat an das Seitenfenster und spähte nochmals in die Nacht. Wer sollte sich wohl an diesem abgelegenen Fleckchen Erde herumtreiben? Die logische Antwort lautete: Niemand. Moloch verschränkte die Hände ineinander. Er hatte zu seiner üblichen eiskalten Gelassenheit zurückgefunden.

Paula wies Tweed den Weg, der den Mercedes mit voll aufgeblendeten Scheinwerfern durch die einsame, öde Landschaft steuerte. Obgleich sie eine Landkarte auf dem Schoß liegen hatte, warf sie nur selten einen Blick darauf. Sogar bei Nacht konnte sie sich noch gut an die sich krümmende und windende Straße erinnern, der Newman am Nachmittag des Sturmangriffs auf Mullion Towers gefolgt war.

»Ziemlich ungemütliche Gegend hier draußen, nicht wahr?« bemerkte Tweed. »Keinerlei Anzeichen für Zivilisation.«

»Die haben wir hinter uns gelassen, seit wir durch Mawnan Smith gefahren sind. Dort hätten Sie übrigens anhalten und die Telefonzelle benutzen können.«

»Dafür war keine Zeit. Ich glaube, Moloch will in den frühen Morgenstunden aufbrechen. Wir haben ihn ja kennengelernt. Er hat es nicht deshalb so weit gebracht, weil er dazu neigt, Zeit zu verschwenden. Zum Glück habe ich noch ein zweites Eisen im Feuer.«

»Und wer soll das sein?«

»Wo muß ich jetzt lang?« lenkte Tweed ab.

»Biegen Sie links ab. Hätte ich Ihnen aber ohnehin gleich gesagt. Wir sind schon ganz in der Nähe von Stithians Dam.«

»Was ist denn das?«

»Das Ende der Welt.«

In Mullion Towers hatte sich Heather in die geräumige Küche gewagt, nicht ohne sich zuvor zu vergewissern, daß Mrs. Drayton sich momentan dort nicht aufhielt. In einem Schrank fand sie einen Picknickkorb. Sie hatte ihn gerade herausgenommen, als die Haushälterin zurückkam.

»Was haben Sie in meiner Küche verloren?« grollte sie erbittert. »Machen Sie, daß Sie rauskommen!«

»Mr. Moloch möchte, daß ich ihm einen kleinen Imbiß zusammenstelle.« Heather lächelte das grimmig verzogene Gesicht gewinnend an. »Wir brauchen ein paar Schinkensandwiches, Apfelkuchen, falls welcher da ist, und natürlich Besteck. Ich gehe in den Keller und hole eine Flasche Wein. Ach ja, und eine Thermoskanne mit heißem Kaffee wäre auch nicht schlecht.«

»So, finden Sie? Sind Sie sicher, daß Sie nicht auch noch Kaviar wollen? Und ehe Sie mir mit diesem Korb auf- und davongehen: Ich nehme meine Anweisungen nur von Mr. Moloch persönlich entgegen.«

»Mr. Moloch *persönlich* hat mir aufgetragen, Sie zu bitten, ein Picknick zusammenzupacken. Er ist ein vielbeschäftigter Mann. Wir wollen ihn doch nicht unnötig aufregen, nicht wahr?«

»Haben Sie etwa vor, sich hier als Haushälterin aufzuspielen?«

»Ich könnte diesen Job vermutlich nicht halb so gut bewältigen wie Sie. Mir ist aufgefallen, wie schön die antiken Möbel poliert worden sind. Sie halten das Haus wirklich ausgezeichnet in Ordnung, Mrs. Drayton.«

»Schmeichelei, nichts als billige Schmeichelei ...«

Trotz des Gebrummels nahm Mrs. Drayton bereits einen Laib Brot aus dem großen Kühlschrank. Heather verließ die Küche, um eine Flasche Wein aus dem Keller zu holen. Moloch hatte sie zwar nicht gebeten, einen Imbiß herzurichten, aber ihr schwante, daß sie einige Zeit am Hafen würden warten müssen. Obgleich Moloch gesagt hatte, daß ein Motorboot zur Verfügung stünde, vermutete Heather, daß man es erst von der *Venetia* anfordern mußte. Seine Abreise vollzog sich in solcher Heimlichkeit, daß er wohl nicht riskieren würde, sich durch ein im Hafen bereitliegendes Boot zu verraten.

Die steinernen Stufen, die in den Keller hinabführten, waren in einem miserablen Zustand. Sie konnte keinen Lichtschalter entdecken, daher knipste sie die Taschenlampe an, die sie stets in ihrer Umhängetasche mit sich führte. Unten fand sie zwei Weinflaschen, von denen sie annahm, daß sie Moloch zusagen würden, einen Weißwein und einen Rotwein. Beide im Arm haltend hatte sie schon fast das obere Ende der Treppe erreicht, als sie plötzlich ausrutschte und den Halt verlor. Die Weinflaschen entglitten ihr, als sie nach dem Geländer griff, es jedoch verfehlte. Ihr Körper beschrieb eine Drehung um hundertachtzig Grad, sie fiel die Treppe herunter, und als sie versuchte, sich aufzurappeln, schoß ein scharfer Schmerz durch ihren Knöchel.

»Mrs. Drayton!« rief sie laut. »Mrs. Drayton! Hier, im Weinkeller!«

»Was ist denn passiert?«

Es war Molochs Stimme. Er schaltete das Licht ein, untersuchte ihr Bein und befahl ihr, still liegenzubleiben, während er den Arzt verständigen würde. Eine Viertelstunde später traf Dr. Brasenose ein. Er war zwar nicht sonderlich begeistert davon, mitten in der Nacht aus dem Schlaf gerissen zu werden, aber die Verheißung eines satten Honorars von zweihundert Pfund wog diese Unannehmlichkeit wieder auf.

»Ich habe sie erst einmal geschient«, erklärte er Moloch später, wobei er der Couch, auf die er seine Patientin gebettet hatte, einen vielsagenden Blick zuwarf. »Ein glatter Bruch – zum Glück keine schwere Sache. Aber sie braucht Ruhe und Pflege, am besten in einem Privatkrankenhaus. Ich kann die Überstellung sofort veranlassen.«

»Wie lange muß ich dortbleiben?« fragte Heather, aschfahl im Gesicht.

»Mindestens zwei Wochen. Näheres kann ich erst sagen, wenn ich sehe, welche Fortschritte Ihre Genesung macht.«

»Aber ich muß eine Auslandsreise antreten!«

»Erst wenn Sie wieder vollkommen gesund sind.«

»So ungern ich es auch tue, ich muß dem Arzt recht geben«, entschied Moloch. »Wenn Sie wieder auf dem Damm sind, Heather, können Sie ja nachkommen.« Er runzelte die Stirn, um sie daran zu hindern, ihr Ziel zu verraten. »Der Rolls bringt Sie dann nach Heathrow. Ich werde ein Ticket Erster Klasse für sie hinterlegen. Und jetzt, Brasenose, sorgen Sie dafür, daß sie unverzüglich in eine Privatklinik gebracht wird.«

Moloch bedauerte, während der Reise auf ihre Gesellschaft verzichten zu müssen, aber wie immer handelte er pragmatisch.

»Machen Sie sich keine Sorgen«, tröstete er sie. »Ich kann sehr wohl selbst nach London fahren.«

Wie schon früher bewunderte Heather auch jetzt Molochs Geistesgegenwart. Wohlweislich hatte er in Anwesenheit des Arztes ein falsches Ziel angegeben.

Nach einem raschen Blick auf die Uhr verließ Moloch den Raum, eilte nach oben, streifte den schäbigen Regenmantel über und setzte die karierte Schirmmütze auf. Noch einmal blickte er in den Spiegel, um seine Erscheinung zu überprüfen.

»Du siehst in diesem Aufzug wie ein ganz gewöhnlicher Seemann aus«, sagte er halblaut zu sich selbst. »Sollte der Gegner ein Netz ausgelegt haben, schlüpfst du wie ein kleiner Fisch durch die Maschen.«

48.

Tweed lenkte den Wagen langsam um eine Kurve, hinter der die schmale Straße steil abfiel. Er bremste und starrte den Anblick, der sich ihm bot, verblüfft an.

»Was um aller Welt ist denn das?«

»Das ist Stithians Dam. Ein ziemlich großer Staudamm mit sehr steilen Hängen.«

»Der See – vermutlich handelt es sich um das Wasserreservoir – versorgt anscheinend die ganze Umgebung mit Trinkwasser. Und auch hier ist niemand zu sehen. Nicht ein einziges Haus, seit wir durch dieses Dörfchen gefahren sind.«

»Das«, sagte Paula, »war Stithians. Macht nicht viel her, ich weiß. Von hier aus können Sie schon Mullion Towers erkennen – die Silhouette, die sich dort oben auf dem Berg scharf gegen den Mond abzeichnet.«

»Wir sollten besser weiterfahren ...« Tweed hielt inne. »Schauen Sie, da kommt ein Auto direkt auf uns zu.«

»Das ist Butlers Wagen. Ich glaube, auf dem Beifahrersitz sitzt noch eine zweite Person.«

»Wir fahren ihm entgegen«, beschloß Tweed.

Er fuhr die Straße hinunter und blendete mehrfach auf, um Butler ein Zeichen zu geben, der sofort an dem Abhang, der zum Damm hinunterführte, anhielt. Als Tweed bei ihm angelangt war, stellte er den Motor ab, sprang aus dem Mercedes und lief auf das andere Fahrzeug zu. Neben Butler saß Grenville, dem Butler eine Pistole an die Schläfe hielt.

»Warum bedrohen Sie ihn denn mit einer Waffe?« erkundigte sich Tweed.

Grenville saß kerzengerade da. Er trug einen bitterbösen Gesichtsausdruck zur Schau. Butler nickte mit dem Kopf in seine Richtung, ohne die Pistole sinken zu lassen.

»Hier haben Sie Ihren Spion – oder besser gesagt, Molochs Spion. Ich bin ihm nach Mullion Towers gefolgt. In dieser Videokamera hier befindet sich ein Film, der ein interessantes Treffen zwischen Grenville und Moloch im ersten Stock des Gebäudes zeigt. Moloch händigt ihm dabei ein dickes Bündel Banknoten aus. Ich habe draußen hinter dem Auto dieses Ganoven gewartet und ihn mir geschnappt, bevor er einsteigen konnte. In seiner Tasche steckt ein Umschlag voller Fünfzigpfundnoten, nicht zu vergessen ein Einwegticket nach Beirut. Touristenklasse.«

»Nach Beirut? Das ist ein ziemlich stichhaltiger Beweis.«

»Schauen Sie es sich doch selbst einmal an. Vorwärts, mein Bester, rücken Sie's raus.«

Butler, der immer noch an den Auswirkungen der Zeitverschiebung litt, versuchte, zwei Dinge auf einmal zu tun, nämlich den Umschlag aus Grenvilles Tasche zu nehmen – was ihm auch gelang, er reichte ihn sogleich an Tweed weiter – und die Waffe weiterhin auf seinen Gefangenen gerichtet zu halten. Doch Grenville bewegte sich mit erstaunlicher Behendigkeit. Er riß Butler die Pistole aus der Hand, öffnete die Beifahrertür und warf sich aus dem Wagen, wobei er in seiner Hast die Waffe verlor.

So schnell er konnte, rannte er von den beiden Fahrzeugen weg, den Hang hinunter auf den hohen Damm zu. Tweed folgte ihm, wobei er rasch den Umschlag in seine Tasche stopfte. Er wartete nicht auf Paula, die hinter ihm herlief und sich von Herzen wünschte, ihren Browning bei sich zu haben.

Grenville erreichte ein niedriges verschlossenes Tor, das zu dem schmalen Pfad führte, der oben auf dem Damm verlief. Er setzte darüber hinweg und hetzte den Pfad entlang; das dunkle, unbewegliche Wasserreservoir zu seiner Rechten, die steil abfallende Wand des Damms zu seiner Linken. Tweed holte immer mehr auf. Gehetzt blickte sich Grenville während des Laufes um, doch geriet Tweed in diesem Moment mit dem Fuß in ein Kaninchenloch und stürzte der Länge nach auf das dürre Gras. Der Fall verschlug ihm dem Atem. Grenville bückte sich, langte unter sein rechtes Hosenbein und brachte eine kleine Pistole zum Vorschein.

Langsam erhob er sich wieder, die Waffe auf den am Boden liegenden Tweed gerichtet. Paula sog vor Schreck scharf den Atem ein. Es bedurfte keines Meisterschützen, um Tweed auf diese Entfernung zu töten, und Grenville war immerhin ehemaliger Offizier. Er nahm sich viel Zeit, um möglichst sicher zu zielen. Ein Schuß krachte, und Paula spürte, wie ihr ein kalter Schauer über den Rücken lief. Dann riß sie ungläubig die Augen auf.

Grenville hatte die Waffe fallenlassen und drückte beide Hände gegen seine Brust. Wie im Zeitlupentempo taumelte er langsam nach vorne, stolperte und stürzte über das Geländer in die Tiefe. Sein Körper prallte gegen die Dammwand, überschlug sich und traf mit einem in der Stille der Nacht deutlich hörbaren Klatschen auf der Wasseroberfläche auf. Sekunden später war er verschwunden.

Paula blickte zu Butler hinüber, der soeben die Pistole sinken ließ, die er vom Boden aufgeklaubt hatte. Die Entfernung war für einen sicheren Schuß ziemlich groß gewesen, aber sie erinnerte sich, daß Butler ein Meister im Umgang mit Handfeuerwaffen war, was er im Trainingslager in Surrey mehr als einmal unter Beweis gestellt hatte.

Tweed kletterte den Abhang hoch und ging gemeinsam mit Paula auf Butler zu, der abgespannt und ein wenig schuldbewußt wirkte.

»Ich muß mich bei Ihnen bedanken«, sagte Tweed leise. »Ohne Sie wäre ich jetzt nicht mehr am Leben.«

»Und ich muß mich bei Ihnen entschuldigen. Ich habe

ihn zwar nach Waffen durchsucht, seine Hosenbeine aber nicht abgetastet.«

»Ich glaube, Moloch hat Mullion Towers verlassen und sich auf den Weg zu seinem Schiff gemacht«, unterbrach Paula. »Gerade habe ich unterhalb des Gebäudes Scheinwerferlicht gesehen. Anscheinend nimmt er einen anderen Weg nach Falmouth.«

»In diesem Fall sollten wir so schnell wie möglich zum Nansidwell zurückkehren«, entschied Tweed. »Ich werde fahren.«

Während der Fahrt durch das nächtliche Cornwall inspizierte Paula den Inhalt des Umschlags, den Tweed ihr gegeben hatte, und pfiff anerkennend durch die Zähne.

»Grenville hatte einen ganzen Haufen Bargeld bei sich. Und hier ist auch das Ticket nach Beirut, das Harry erwähnte.«

»Eindeutige Beweise, wie ich schon sagte. Außerdem hat sich Grenville sowohl in Cornwall als auch in Kalifornien aufgehalten – um Spionagenetze für Moloch aufzubauen und zu leiten. Meine Vermutung geht dahin, daß Moloch ihn angewiesen hat, auch im Libanon ein solches Informantennetz zu organisieren. Vielleicht zeigt sich das Verteidigungsministerium ja jetzt etwas kooperationsbereiter und gewährt mir Einblick in seine Personalakte – wenn sie erst einmal Butlers Video gesehen haben.«

»Ehe wir England verließen, sagten Sie mir, das Ministerium würde sich in dieser Frage ausweichend verhalten, das weiß ich noch genau. Aber nun sieht es doch so aus, als käme Moloch ungeschoren davon.«

»Vielleicht, vielleicht auch nicht.«

»Ich wüßte nicht, wer oder was ihn jetzt noch aufhalten könnte.«

»Vielleicht macht ihm ja das Schicksal einen Strich durch die Rechnung.«

»Normalerweise verlassen Sie sich nie auf die rettende Hand des Schicksals.«

»Nein, normalerweise nicht.«

Die Bar des Nansidwell war noch immer von ein paar Leuten bevölkert, die einen letzten Drink zu sich nahmen. Sowie er den Wagen abgestellt hatte, ging Tweed schnurstracks auf die Terrasse. Wieder richtete er sein Fernglas auf das Meer und beobachtete die *Venetia* und ihre nähere Umgebung.

»Irgend etwas Auffälliges zu sehen?« fragte Paula.

»Nein, keinerlei Veränderung. Ich werde wahrscheinlich die ganze Nacht aufbleiben und das Schiff im Auge behalten. Gehen Sie nur zu Bett. Sie haben einen anstrengenden Tag hinter sich.«

»Ich bin überhaupt nicht mehr müde. Außerdem habe ich Hunger. Für einen Schokoladeneisbecher könnte ich sterben. Wir können ja auch auf meinem Zimmer Beobachtungsposten beziehen, da ist es gemütlicher.«

»Gute Idee. Solange ich Sie nicht um Ihren Schönheitsschlaf bringe.«

Sie waren gerade in den Hof zurückgeschlendert, als Vanitys Auto auftauchte und anhielt. Vanity saß hinter dem Steuer, Newman neben ihr. Kichernd stieg sie aus.

»Was haben Sie beide denn angestellt – falls Sie es mir erzählen wollen?« fragte Tweed an Newman gewandt.

»Ach, wir hatten ja solchen Spaß zusammen«, antwortete Vanity an seiner Stelle, schlang die Arme um ihn und drückte ihn an sich. »Ich habe Sie wirklich ins Herz geschlossen.«

»Das will ich doch hoffen«, gab Newman zurück. »Wir haben einen ausgesprochen gemütlichen Pub mit einer sehr zuvorkommenden Bedienung aufgetan.«

»Er will damit sagen, daß ich ein Gläschen zuviel getrunken habe«, kicherte Vanity. »Ich muß zugeben, daß Bob beide Strecken gefahren ist und daß ich erst am Fuß der Auffahrt das Steuer übernommen habe. Hatte gehofft, Ihnen vielleicht hintendrauffahren zu können, Tweed. Dann hätten Sie mich für ein leichtsinniges Frauenzimmer gehalten.«

»Was Sie natürlich nicht sind«, stellte Paula ein wenig boshaft fest.

»Ich könnte einen Grand Marnier vertragen«, verkündete Vanity in voller Lautstärke, als sie die Bar betraten.

»Die Frage ist nur, *ob* Sie ihn tatsächlich vertragen«, warnte Newman sie.

»Das werden wir gleich herausfinden.«

»Am Ende muß ich Sie noch ins Bettchen bringen.«

»Dabei könnte ich Ihnen ja unter die Arme greifen«, schlug ein fröhlicher, rotgesichtiger Mann vor, der mit einem übertriebenen Yorkshireakzent sprach. »Ich bin Experte darin, Jungfrauen aus der Bedrängnis zu helfen.«

»Diese hier befindet sich nicht in Bedrängnis«, erklärte Vanity. »Und wie kommen Sie überhaupt darauf, daß ich noch Jungfrau bin?«

Die Bemerkung rief schallendes Gelächter unter den anderen Gästen hervor, in das Tweed mit einstimmte. Paula, die ein Glas Grand Marnier auf der Theke entdeckte, ging darauf zu, griff danach und nahm es mit zu den anderen hinüber. Während sie sich niederließ und genüßlich daran nippte, funkelte Vanity sie mit gespielter Wut an. Auf einmal entdeckte Paula in einer Ecke Maurice. Ein leeres Sektglas stand vor ihm. Nicht weit von ihm entfernt saß Nield, der ihr zugrinste.

»Maurice, sie sitzen ja wieder einmal auf dem trockenen«, bedauerte sie, als sie zu ihm trat, ihr Glas zur Hälfte leerte und den Rest Grand Marnier in sein Glas kippte. »Also hoch die Gläser. Ex und ...«

»Hopp!« vervollständigte Vanity ausgelassen. »Sehen Sie mal, was ich auf der Theke gefunden habe.« Sie hielt ein weiteres Glas Grand Marnier in die Höhe. »Hinter dieser Bar muß sich eine gute Fee verstecken.«

»Ich werde Sie am Ende die Treppe hinauftragen müssen.« Newman stieß einen vernehmlichen Seufzer aus. »Was tut man nicht alles für England!«

»Sollten wir nicht besser auf mein Zimmer gehen, damit Sie dieses Schiff beobachten können?« flüsterte Paula, stocknüchtern, Tweed zu.

»Gute Idee. Entweder erwischen wir VB vor dem Morgengrauen oder gar nicht.«

»Soll ich mitkommen?« fragte Newman ruhig.

»Ich habe Ihnen doch gesagt, daß Sie auf Vanity aufpassen sollen«, erwiderte Tweed betont ernst.

»Ich verstehe immer noch nicht, was Vanity mit alldem zu tun hat«, beschwerte sich Paula, als sie die Treppe hinaufstiegen.

»Wenn sie überhaupt etwas damit zu tun hat.«

»Lassen Sie mich ruhig dumm sterben ...«

Moloch, angetan mit dem schäbigen Regenmantel und der Schirmmütze, befand sich bereits in der Nähe des Hafengebietes. Zu dieser späten Stunde lag die Stadt verlassen da. Langsam lenkte er den Ford Escort über die Market Street, dann hielt er an, um sich zu vergewissern, daß er nicht verfolgt wurde – was er seit seinem Aufbruch von Mullion Towers bereits mindestens ein Dutzendmal getan hatte. Neben ihm auf dem Beifahrersitz lag der Aktenkoffer nebst Kette und Handschelle.

Noch während er aufmerksam in die Dunkelheit lauschte, drang plötzlich gräßlich mißtönendes Gekreische durch die Stille. Er blickte aus dem Fenster nach oben und entdeckte sofort die Urheber des Lärms, der an seinen Nerven zerrte. Eine Horde Möwen hockte dichtgedrängt auf einer Dachrinne über ihm. Die Tiere äugten so boshaft zu ihm herunter, als würden sie erwägen, einen gezielten Angriff auf ihn zu unternehmen.

Moloch verzog die dünnen Lippen. Fast wünschte er, ein Gewehr dabeizuhaben, um nacheinander jedes einzelne dieser Biester abzuschießen. Nach mehreren prüfenden Blicken in den Rückspiegel fuhr er ein Stück weiter geradeaus, bog dann links ab und tuckerte langsam unter einem Bogengang hindurch bis hin zu einer schrägen Rampe am Wasserrand.

Er hielt den Wagen an, blendete viermal auf und schaltete dann die Scheinwerfer aus. Nun konnte er nur noch warten. Das Boot, das ihn zur *Venetia* hinüberbringen sollte, war draußen auf dem Wasser vor Anker gegangen, damit es keine Aufmerksamkeit erregte. Es würde einige Zeit dauern, bis es an der Rampe anlegte, um ihn an Bord zu nehmen.

Die Warterei stellte Molochs Geduld auf eine harte Probe. Er, der ständig aktiv, ständig in Bewegung war, haßte es, untätig im Auto herumsitzen zu müssen. Er griff nach dem Aktenkoffer und befestigte die Handschelle an seinem linken Handgelenk. Jetzt blieb ihm nur noch, auszuharren und nicht über die exponierte Position nachzudenken, in der er sich seiner Meinung nach befand.

Wieder einmal bedauerte er aufrichtig, Heather entbehren zu müssen. Mit ihr an seiner Seite wäre die Zeit entschieden schneller vergangen. Es war wirklich Pech gewesen, daß sie auf den Stufen des Weinkellers ausrutschen mußte. Hoffentlich ist dieser Vorfall das Ende meiner Pechsträhne, dachte er. Draußen auf dem Meer schienen die Männer Probleme damit zu haben, den Motor des Bootes anzuwerfen. Allmählich fürchtete er, es könne ihnen überhaupt nicht gelingen, was einer Katastrophe gleichkäme. Sein Plan basierte unter anderem darauf, daß die *Venetia* noch vor dem Morgengrauen die offene See erreichen mußte. Moloch schöpfte noch einmal tief Atem und zwang sich zur Ruhe.

Mit einer Angelrute in beiden Händen saß Marler in seinem gemieteten Motorboot. Er hatte unweit des Ufers an einer Stelle Anker geworfen, von der aus er einen guten Blick auf die *Venetia* hatte, und harrte nun der Dinge, die da kommen sollten. Im Gegensatz zu Moloch konnte er stundenlang ruhig warten, ohne die Geduld zu verlieren.

Sehr viel früher am Abend war er zu dem am Rande des Hafengebietes gelegenen Marina-Hotel gefahren, einem großen weißen zweistöckigen Gebäude mit einer breiten Treppe, die zu dem dazugehörigen Restaurant führte. Eine Ölhaut übergeworfen, die er in einem nahegelegenen Geschäft für Anglerbedarf erstanden hatte, war er diese Treppe emporgestiegen, nachdem er den Wagen auf dem hoteleigenen Parkplatz abgestellt hatte. Außer der Ölhaut hatte er noch eine Angelrute sowie andere Kleinigkeiten gekauft, die ein Hobbyangler benötigte. In der Hoffnung, daß niemand Notiz davon nehmen würde, hatte er seine Golftasche in der Garderobe deponiert und eine Marke in Empfang genommen.

»Ich möchte gern ein Motorboot mieten und bin bereit, gut dafür zu bezahlen«, hatte er dem Barkeeper mitgeteilt, der ein großes Glas Bier vor ihn hinstellte.

»Fragen Sie mal Ned – den großen Burschen am Ende der Theke. Aber er wird Ihnen Ihr letztes Hemd dafür abknöpfen, und außerdem hängt alles davon ab, ob ihm Ihr Gesicht gefällt«, hatte der Barkeeper erwidert.

Marler beschloß, sich im Gespräch mit Ned seiner üblichen kultivierten Sprechweise zu bedienen.

»Der Barmann sagte mir, Sie seien Ned«, begann er, wobei er sein Bierglas auf der Theke abstellte. »Ich suche jemanden, der mir ein Motorboot vermietet.«

»Das wird teuer – vorausgesetzt, ich entscheide mich, Ihnen zu helfen. Wofür brauchen Sie überhaupt um diese Zeit ein Boot?«

»Ich bin Fotograf und wurde von der Zeitschrift *Time* hierhergeschickt, um Bilder von der kornischen Küste bei Nacht zu machen. Und heute sind die Bedingungen ideal, weil der Mond so hell scheint.«

»Von der *Time* hab' ich schon mal gehört. Jeder, der für die arbeitet, verdient sich 'ne goldene Nase.«

»Man kann davon leben.«

»Sie werden zu dieser nachtschlafenden Zeit kaum woanders ein Boot auftreiben. Und ich habe Feierabend. Das Geschäft ist geschlossen, um es mal so zu sagen.«

»Was würde es denn kosten, es wieder zu öffnen?«

Ned, der Marler ein gutes Stück überragte, warf ihm einen abschätzenden Blick zu, nahm einen Schluck von seinem eigenen Bier und nannte dann einen völlig überzogenen Preis.

»Kaution inbegriffen?«

»Die geht extra.« Ned nannte eine weitere exorbitante Summe.

Marler nickte und trank einen kleinen Schluck Bier; ein

Getränk, das er verabscheute. Er gab vor, angestrengt zu überlegen.

»Außerdem müssen Sie sich irgendwie ausweisen«, fügte Ned hinzu.

Marler griff in seine Tasche, brachte ein Bündel Banknoten zum Vorschein, zählte sie und schob sie über die Theke.

»Genügt Ihnen das als Ausweis?«

Insgeheim dachte er, daß er für den Preis, den Ned forderte, das Boot fast kaufen könne, wartete aber ruhig, während Ned das Geld nachzählte. Dann wartete er, bis Ned sein Bier ausgetrunken hatte. Es empfahl sich nicht, einen Bewohner Cornwalls zur Eile anzutreiben.

»Sie sehen aus wie ein Gentleman, daher will ich Ihnen den Gefallen tun und Ihnen mein Boot bis morgen früh ausleihen. Kommen Sie mit.«

Die Geldscheine verschwanden in der Tasche von Neds abgewetzter Lederjacke. Und so kam es, daß Marler nun schon seit Stunden in dem Motorboot saß, die Angelrute fest in den Händen haltend. Seine Golftasche lag außer Sicht auf Deck. Bemerkenswert war allerdings, daß sich Marler weder für das Golfspiel noch für den Angelsport interessierte.

49.

Wieder spähte Tweed vom Fenster in Paulas Zimmer aus durch sein Fernglas in die Nacht. Er hatte zwei Tassen Kaffee getrunken, die dritte jedoch unberührt gelassen. Mittlerweile verspürte Paula den dringenden Wunsch, das Fernglas einfach zu beschlagnahmen.

»Wahrscheinlich tut sich heute nacht – oder besser gesagt heute morgen – sowieso nichts mehr. Es ist schon weit nach Mitternacht.«

»Wenn Sie zu Bett gehen wollen, tun Sie sich keinen Zwang an«, sagte Tweed freundlich. »Dann gehe ich nach unten auf die Terrasse.«

»Ich bin überhaupt nicht müde. Außerdem möchte ich gerne wissen, was Newman und Vanity gerade treiben.«

»Darüber sollten Sie noch nicht einmal nachdenken.«

Er hatte gerade zu Ende gesprochen, als es an der Tür klopfte. Paula öffnete, sah sich Newman gegenüber und forderte ihn auf, einzutreten.

»Kommen Sie rein. Wir schieben gerade Nachtwache.«

Newman grinste ihr zu und ging dann zu Tweed hinüber. Er nahm das Fernglas, das dieser ihm reichte, und musterte die *Venetia* vom Bug bis zum Heck.

»Ich würde sagen, da braut sich etwas zusammen«, bemerkte er ahnungsvoll.

»Was ist denn los?« rief Paula und ging zum Fenster.

»Sehen Sie doch selbst. Das Deck wimmelt von Besatzungsmitgliedern. Um diese Zeit läßt das Böses ahnen.«

»Sie wuseln herum wie die Ameisen«, stimmte Paula zu. »Kommt mir vor, als würden sie das Schiff zum Ablegen klarmachen.«

»Wir brauchen einen besseren Aussichtspunkt«, entschied Tweed. »Bob, ich möchte, daß Sie mich an die Küste bringen. Sie können bei dem großen Hotel mit Meerblick parken. Aber wir müssen uns beeilen.«

»Warten Sie auf mich«, sagte Paula, die rasch in ihren Pelzmantel schlüpfte. »Am Wasser ist es bestimmt ziemlich kühl.«

Die Tür des Hotels zu öffnen erwies sich als so schwierig wie das Knacken eines Geheimcodes. Newman manipulierte so lange erfolglos an dem Schloß herum, daß Paula schließlich eingriff.

»Lassen Sie mich das machen. Bei unserem letzten Aufenthalt hier habe ich gesehen, wie der Besitzer die Tür verschloß. Er zeigte mir auch, wie man sie wieder öffnet.«

Innerhalb kürzester Zeit war die Tür offen, und die kleine Gruppe rannte zu Newmans Wagen. Tweed setzte sich auf den Beifahrersitz, Paula in den Fond. Newman ließ den Motor einmal aufheulen, bevor er zurücksetzte und die Auffahrt hinunterschoß.

»Jetzt haben Sie bestimmt das ganze Hotel aufgeweckt«, schalt Paula ihn.

»Die Menschen verschlafen ohnehin einen viel zu großen Teil ihres Lebens«, erwiderte er ungerührt.

Tweed saß schweigend da, während sie den Hügel hinabfuhren, vorbei an dem Moorland zu ihrer Linken. Nach wenigen Minuten hatten sie die Küste erreicht. Newman parkte bei dem von Tweed erwähnten großen Hotel.

»Wie Sie sehen«, erklärte Tweed, als sie alle am Wasser standen, »hat man von hier aus einen hervorragenden Rundumblick.«

Paula mußte ihm beipflichten. Sie blickten auf eine See hinaus, die so glatt war wie der sprichwörtliche Spiegel. Gegenstand ihrer Aufmerksamkeit war die große, hell erleuchtete Jacht, die auf dem Wasser dümpelte.

»Ich warte darauf, daß ein Beiboot das Schiff verläßt, um Moloch vom Hafen abzuholen«, sagte Tweed. »Es sei denn, das ist während unserer Fahrt hierher schon geschehen.«

»Ich glaube nicht, daß wir irgend etwas verpaßt haben«, meinte Paula. »Bob ist ja wie wild durch die Stadt gerast. Er muß gedacht haben, er nimmt am Grand Prix teil.«

»Das hab' ich tatsächlich einmal gemacht«, erwiderte Newman. »Wurde sogar Achter. Man muß immer in Übung bleiben, wenn man seine Form halten will. Schauen Sie sich Marler an, der verbringt jede freie Minute auf dem Schießstand in Surrey.«

»Apropos Marler – wo steckt der eigentlich?« wollte Paula wissen.

»Vermutlich streunt er irgendwo in der Gegend herum«, antwortete Tweed.

»Und mit Sicherheit tut er das in Ihrem Auftrag.«

Ebenso wie Tweed rechnete auch Marler damit, daß man ein Beiboot von der *Venetia* losschicken würde, um Moloch an Bord zu holen, immer vorausgesetzt, dieser plante wirklich, noch heute nacht Falmouth zu verlassen.

Da er vorausgesehen hatte, daß die Nacht kühl werden könnte, trug er mehrere Pullover übereinander unter seiner Ölhaut. Trotzdem begannen ihm die Finger in den dikken Handschuhen langsam abzusterben. Von Zeit zu Zeit streifte er daher die Handschuhe ab und schloß die Hände um eine der Thermosflaschen mit Kaffee, die er mitgebracht hatte, ehe er einen Schluck von dem heißen Kaffee trank.

Währenddessen behielt er das Deck der *Venetia* im Auge. Gleich Newman, hatte auch er die Aktivität dort bemerkt. Um sich nicht dem Risiko auszusetzen, entdeckt zu werden, hatte er der Versuchung widerstanden, seinen Feldstecher zu benutzen. Er konnte sich denken, daß die Männer an Bord die Küste mit starken Ferngläsern absuchten, um festzustellen, ob sie beobachtet wurden.

Marler bezweifelte, daß man ihn entdecken konnte. Er lag mit seinem Boot in einer windgeschützten Ecke des Vorhafens, und hinter ihm erhob sich eine Reihe weißgetünchter Wohnhäuser mit grauen Schieferdächern. Zu dieser nächtlichen Stunde brannte in keinem der Häuser mehr Licht.

Gelegentlich schlüpfte er auch in die Kajüte, deren Vorhänge er fast ganz zugezogen hatte, saß ruhig am Fenster und beobachtete die *Venetia* durch den kleinen Spalt zwischen den Stoffbahnen hindurch, während er eine Kingsize rauchte. Nach einiger Zeit kehrte er dann an Deck und zu seiner Angelrute zurück.

Wie würde ich es anfangen, ungesehen an Bord dieses Schiffes zu gelangen, wenn ich an Molochs Stelle wäre? grübelte er. Der sicherste Weg war wohl, ein großes Boot samt einer Gesellschaft angeheiterter Nachtschwärmer zu mieten; auf diese Weise konnte man sich unauffällig seinem Ziel nähern.

Marler griff nach seiner Angelrute und richtete sich auf eine längere Wartezeit ein. Die meisten Männer hätten eine solche Nachtwache wahrscheinlich als entsetzlich langweilig empfunden; nicht so Marler, dem seine eigene Gesellschaft genügte. Geduldig saß er da und blickte in die Nacht hinaus.

Nicht ganz zwei Meilen von Marler entfernt hatte ein anderer Mann weitaus größere Schwierigkeiten damit, seine Ungeduld zu zügeln. Moloch saß noch immer in dem alten Escort und ließ den Motor laufen, um die Temperatur im Wageninneren auf einem erträglichen Maß zu halten. Er verspürte das dringende Bedürfnis, auszusteigen und zur Rampe hinunterzugehen, zwang sich aber, zu bleiben, wo er war.

Was ihn am meisten in Rage versetzte war die Zeit, die die Männer an Bord des Beibootes brauchten, um den Motor in Gang zu bringen. Wenn Brand die Aktion geleitet hätte, dachte er, wäre der Motor auf Anhieb angesprungen – weil Brand ihn nämlich vorher kontrolliert und wahrscheinlich für eben diesen Notfall noch ein zweites Boot in Reserve gehabt hätte.

»Da bin ich nun der reichste Mann der Welt«, sagte er halblaut zu sich selbst, »und muß trotzdem in dieser alten Karre in der Kälte sitzen und kann absolut nichts tun, um die Sache zu beschleunigen.«

Er wünschte, er hätte wenigstens Heather Langs Picknickkorb mitgenommen, aber in seiner Eile, Mullion Towers zu verlassen, hatte er nicht mehr daran gedacht. Nun begann ihm der Magen zu knurren, als er sich an Mrs. Drayton erinnerte, die in der Küche Schinkensandwiches zubereitet hatte, während der Arzt Heather untersuchte. Außerdem bekam er allmählich Durst – und in diesem Auto gab es noch nicht einmal einen Schluck zu trinken.

Sich selbst zur Ruhe mahnend, strich er mit der Hand über den Aktenkoffer, der auf seinem Schoß ruhte. Der Inhalt übertraf an Wert die englischen Kronjuwelen um ein Vielfaches. Dennoch mußte er darauf warten, daß sich das Boot endlich in Bewegung setzte. Noch nie war ihm eine Nacht so endlos lang vorgekommen wie diese.

Ich werde den für diesen Schlamassel verantwortlichen Mann fristlos feuern, dachte er böse. Ohne einen Pfennig Geld in der Tasche setze ich ihn in Neapel oder sonstwo an Land.

Einige Zeit zuvor hatte er das Radio eingeschaltet, doch aus Furcht, sich durch die leise Musik zu verraten, hatte er es dann widerwillig wieder abgestellt. Nun hörte er nur noch das leise Plätschern des Wassers, das um den Fuß der Rampe spielte. Das Geräusch trug nicht gerade dazu bei, seine Ungeduld zu mindern.

»Kein Anzeichen dafür, daß Moloch an Bord kommt«, sagte Newman zu Tweed. »Es sei denn, er befindet sich bereits auf dem Schiff. Er kann ja an Bord gegangen sein, während wir auf dem Weg vom Hotel hierher waren.«

»Das halte ich für ausgeschlossen«, widersprach Tweed. »Wenn dem so wäre, hätte das Schiff inzwischen die Anker gelichtet.«

Paula lief unterdessen am Rand des Hafenbeckens auf und ab und stampfte immer wieder kräftig mit den Füßen auf, um die Blutzirkulation in Gang zu halten. Die behandschuhten Hände hatte sie in die Taschen ihres Pelzmantels geschoben. Der Hafen lag verlassen da, und seit ihrer Ankunft hatten sie auf der hinter ihnen verlaufenden Straße auch kein einziges Auto mehr gesehen.

Newman, das Fernglas um den Hals gehängt, begann die Hände gegeneinander zu schlagen. Die Luft war kälter, als er erwartet hatte, was er der Tatsache zuschrieb, daß sie so nah am Wasser standen.

Außerdem, dachte er, haben wir uns lange genug in Kalifornien aufgehalten, um an die Hitze gewöhnt zu sein.

Nur Tweed schien die Warterei in der Kälte völlig unbeteiligt zu lassen. Wie er in seinem Regenmantel unbeweglich dastand, glich er einem weisen Buddha, der über die Vergänglichkeit des Seins nachsinnt. Die Situation erinnerte ihn an jene Tage, als er im feindlichen Gebiet eines fremden Landes zu nächtlicher Stunde unbeirrt darauf gewartet hatte, daß eine bestimmte Person in einem Hauseingang auftauchte.

»Früher oder später muß etwas geschehen«, sagte er, als Paula auf ihn zukam. »Und wenn es soweit ist, dann wird hier die Hölle losbrechen.«

»Das wäre zumindest eine kleine Abwechslung«, bemerkte Paula trocken.

»Warten Sie nur ab«, warnte Tweed. »Es könnte bald sogar für Ihren Geschmack zu hoch hergehen ...«

50.

Moloch traute seinen Augen kaum. Das Beiboot kam tatsächlich mit fröhlich tuckerndem Motor direkt auf ihn zu. Er ließ die Scheinwerfer ein letztes Mal aufleuchten, ehe er den Motor abstellte und aus dem Auto stieg. Oben an der Rampe blieb er stehen und blickte sich mißtrauisch um. Keine Menschenseele in Sicht. Er zog die Mütze tiefer über seine hohe Stirn und marschierte, den Aktenkoffer in der rechten Hand und mit der Handschelle am Gelenk befestigt, hinunter zum Wasser.

Das Boot verlangsamte seine Fahrt und kam so nah an der Rampe zum Stillstand, daß Moloch bequem einsteigen konnte. Ohne auf die ihm entgegengestreckte helfende Hand zu achten sprang er an Deck und ließ sich auf einem Sitz im hinteren Teil des Bootes nieder, ehe er unter der Schirmmütze hervor seine Umgebung musterte. Außer ihm waren nur zwei Männer an Bord.

»Morton, geht dieses Fiasko auf Ihre Kappe?«

»Ja, Sir, aber ich würde es nicht unbedingt als Fiasko bezeichnen. Ich hatte nur ein kleines Problem mit dem Motor.«

Demnach würde es Morton sein, der sich in nicht allzu ferner Zukunft ohne einen Pfennig Geld in der Tasche in Neapel wiederfinden würde. Da konnte er dann lernen, was es hieß, sich allein auf sich gestellt in einer fremden Stadt mit rauhen Sitten durchschlagen zu müssen.

»Warum sind nur zwei Mann Besatzung in diesem Boot?« fragte Moloch barsch.

»Der Befehl lautete, streng darauf zu achten, keinen Verdacht zu erregen, Sir.«

»Kann denn Ihr Kollege dort überhaupt mit dem Boot umgehen?«

Sie näherten sich bereits dem Hafenausgang und dem offenen Meer. Das Boot glitt zwar nur langsam über das Wasser, aber dagegen hatte Moloch nicht das geringste einzuwenden. Wären sie mit Höchstgeschwindigkeit auf die *Venetia* zugebraust, hätten sie nur die Aufmerksamkeit anderer auf sich gelenkt.

»Nein, das kann er nicht«, erwiderte Morton, das Boot an dem großen Reparaturdock vorbeisteuernd. »Sein Name ist Gunner. Wir rufen ihn so, weil er eine der Spezialwaffen bedient, die wir unter den Planen verborgen haben.«

»Ich verstehe.«

Moloch verstand in der Tat. Was für eine Idiotie, daß Gunner zum Steuern des Beibootes nicht zu gebrauchen gewesen wäre, hätte sein Kumpan einen Unfall gehabt. Eine perfekte Organisation! Wieder einmal stellte er fest, daß er Joel Brand in so mancher Hinsicht vermißte. Er kauerte sich auf seinem Sitz zusammen und sah sich nach allen Seiten um. Hatte wirklich niemand ihren Aufbruch beobachtet? Eine bedrohliche Stille schien über dem Hafen zu liegen. Sogar auf dem großen Frachter, der dort vor Anker lag, rührte sich nichts. Die ganze Szenerie erinnerte Moloch an ein Postkartenbild. Nur die blinkenden Lichter verrieten, daß sie sich in einem realen Hafen befanden.

»Hat der Kapitän das Schiff zum Auslaufen bereitgemacht?« fragte er.

»Schon vor mehreren Stunden. Sobald Sie an Bord sind, kann es losgehen. Ich kenne noch nicht einmal unseren Zielhafen.«

»Dann hat der Kapitän seinen Mund gehalten. Gab es irgendwelche Hinweise darauf, daß die *Venetia* unter Beobachtung gestellt wurde?«

»Nichts dergleichen, Sir. Um diese Zeit liegen die meisten Leute schon in ihren warmen Betten – und um ganz ehrlich zu sein, dort wäre ich jetzt auch lieber.«

Moloch unterdrückte die Bemerkung, die ihm schon auf der Zunge lag. Er brauchte diesen Kretin, um sicher an Bord zu gelangen. Inzwischen hatten sie die Hafeneinfahrt hinter sich gelassen, und die *Venetia* kam in Sicht. Sie schien weiter vom Hafen entfernt zu ankern, als Moloch es in Erinnerung hatte, was sich durchaus als Vorteil erweisen konnte – um so schneller gelangte das Schiff auf die offene See hinaus.

Er beobachtete, wie die riesige Jacht näher und näher kam. Gerade wurde eine Metalleiter auf der Steuerbordseite herabgelassen. Moloch betrachtete die im Mondlicht ruhig daliegende *Venetia.* In diesem Moment erschien sie ihm als das schönste Schiff der Welt. Als das Beiboot unterhalb der Leiter anlegte, bat Morton seinen Passagier, zu warten, bis es sicher vertäut worden war.

Als ob ich jetzt noch ein Risiko eingehen würde, dachte Moloch finster.

Er griff nach der Mütze, die ihm ein wenig zu klein war, um sie zurechtzurücken. Der Kapitän, ein Grieche, stand schon bereit, um Moloch an Bord zu helfen.

»Willkommen an Bord, Sir. Wir sind bereit zum Ablegen, warten nur noch auf Ihre Befehle. Der Hafenmeister ist über unseren Zielhafen informiert.«

»Sehr gut.«

Mit Hilfe des Kapitäns schwang sich Moloch über die Reling. Kaum spürte er die Decksplanken unter den Füßen, da stellte er fest, daß er die beengende Mütze keine Sekunde länger ertragen konnte, griff mit der linken Hand danach, riß sie sich vom Kopf und warf sie im hohen Bogen ins Wasser. Dann eilte er in seine Kabine. Noch im selben Moment, wo er das luxuriös eingerichtete Apartment betreten hatte, schlüpfte er auch schon aus dem Regenmantel und stopfte ihn in eine kostbare Porzellanvase, die als Mülleimer diente.

Zum erstenmal seit vielen Stunden fühlte er sich wirklich sicher. Aber ehe das Schiff nicht abgelegt hatte, würde er den Aktenkoffer nicht von der Kette an seinem Handgelenk lösen. Auf einem mit einem feingeklöppelten Spitzentuch bedeckten antiken Tisch stand eine Auswahl erlesener Getränke bereit. Die Maschinen summten und schickten leichte Vibrationen durch das Schiff, als der Kapitän die Kabine betrat.

»Einen doppelten Scotch, Sir? Mit Eis?«

»Pur. Ohne Eis, ohne Wasser.«

Er war froh, der abscheulichen amerikanischen Gewohnheit, jeden Drink mit einem halben Eisberg darin zu servieren, endlich entrinnen zu können. Diese Barbaren hatten natürlich keine Ahnung, daß sie damit nur den Geschmack des Getränkes verwässerten.

»Danke«, sagte er zu dem Kapitän. »Schade, daß Sie nicht mithalten können.«

»Ich trinke niemals im Dienst, Sir. Hier ist die Speisekarte. Wenn Sie den Klingelknopf betätigen, wird ein Steward kommen, um Ihre Bestellung aufzunehmen. Bitte entschuldigen Sie mich jetzt, ich werde auf der Brücke gebraucht.«

Von seinem Motorboot aus hatte Marler zunächst mit Interesse, dann mit wachsender Enttäuschung das Boot beobachtet, das auf die *Venetia* zuhielt. Durch seinen Feldstecher hatte er die drei Männer an Bord neugierig gemustert. Am Heck kauerte ein Mann, den er anhand seiner Kleidung – schmuddeliger Regenmantel und Schirmmütze – als Arbeiter einstufte. Vermutlich ein Mitglied der Besatzung, das noch an Bord genommen wurde.

Später, er observierte das Schiff immer noch durch seinen Feldstecher, runzelte er jedoch die Stirn, als er sah, wie an einer Seite der riesigen Jacht eine Leiter herabgelassen wurde. Ein untersetzter Mann in einem blauen Blazer und mit einer Schiffermütze auf dem Kopf stand oben bereit, um den Neuankömmling in Empfang zu nehmen. Seinem ganzen Gebaren nach zu urteilen mußte es sich bei ihm um den Kapitän der *Venetia* handeln.

Wozu machen sie nur soviel Aufhebens? wunderte er sich.

Eigentlich wollte er den Vorfall schon als belanglos abtun und das Glas sinken lassen, doch dann besann er sich eines Besseren und fuhr statt dessen fort, das Anlegen des Beibootes zu beobachten. Er folgte mit dem Blick dem neuen Besatzungsmitglied, das gerade die Leiter emporkletterte und, oben angelangt, einen Moment still stehenblieb. Dann riß der Mann sich plötzlich die Mütze vom Kopf und warf sie ins Meer, so daß Marler sein blasses Gesicht mit der hohen Stirn deutlich erkennen konnte.

Seine Gedanken wanderten zurück zu Grenvilles Party in Kalifornien, und er sah sich wieder unauffällig am Rande des Geschehens stehen und den an einem Ecktisch sitzenden Moloch nicht aus den Augen lassen. Leise pfiff er durch die Zähne.

»Das war ein cleverer Schachzug, mein Freund. Beinahe wärst du damit durchgekommen.«

»Vincent Bernard Moloch ist soeben an Bord der *Venetia* gegangen«, teilte Tweed, das Fernglas fest an die Augen gepreßt, seinen Begleitern mit. »Er hat sich als einfacher Arbeiter verkleidet, ist aber im letzten Moment übermütig geworden und hat seine Mütze ins Wasser geworfen. Ich konnte ihn deutlich erkennen.«

»Er wird davonkommen«, protestierte Paula empört. »Ich kann schon das Summen der Maschinen hören.«

»Dann werden wir ihm wohl oder übel nach Beirut folgen müssen«, entgegnete Newman.

»Der Libanon ist heutzutage kein sehr angenehmer Aufenthaltsort«, warnte Tweed.

»Also behält Paula doch recht. Er geht uns durch die Lappen. Wetten, daß er nie wieder einen Fuß auf englischen Boden setzt?«

»Sicher nicht, das wird er schön bleibenlassen«, stimmte Tweed zu. »Er wird Thames Valley zum neuen Silicon Valley aufbauen – und noch mehr Macht an sich reißen.«

»Das ist ein Schlag ins Gesicht für uns«, stellte Paula resigniert fest. »Und das nach all den Gefahren, die wir in Kalifornien auf uns genommen haben.«

»Und hier«, erinnerte Newman sie.

»Also triumphiert das Böse auf der ganzen Linie«, seufzte Paula. »Ich komme mir entsetzlich hilflos vor – stehe einfach nur da und sehe zu, wie er sich aus dem Staub macht.«

»Es könnte natürlich sein«, bemerkte Tweed, das Fernglas noch immer an die Augen gepreßt, »daß meine Geheimwaffe doch noch ihren Zweck erfüllt ...«

In der Kajüte des Motorboots hatte Marler bereits den Motor angelassen. Er vermied es bewußt, einen allzu dramatischen Angriff auf die *Venetia* zu starten, um nicht sofort die Aufmerksamkeit der ganzen Besatzung auf sich zu lenken.

Statt dessen steuerte er das Boot in gemächlichem Tempo auf die offene See hinaus. Dann kam ihm der Zufall zu Hilfe. Ein anderes Motorboot, gelenkt von einem jungen Mann, der zwei Mädchen mit an Bord hatte, kam um Rosemullion Point herumgeschossen und raste in unmittelbarer Nähe der *Venetia* auf den Hafen zu.

Die beiden Mädchen, die trotz der Kälte nur knappe Badeanzüge trugen, schwenkten Flaschen in den Händen. Als sie an der Jacht vorbeikamen, schleuderten sie diese ausgelassen kreischend gegen deren Rumpf. Eine vollführte mit erhobenem Finger eine eindeutige Geste in Richtung eines zu ihr hinüberstierenden Crewmitglieds.

Allesamt sternhagelvoll, dachte Marler bei sich.

Aber er nutzte die willkommene Ablenkung, um sein Boot näher an die Jacht heranzumanövrieren, achtete jedoch auch weiterhin auf ausreichenden Sicherheitsabstand. Bislang war er unbemerkt geblieben – das Interesse der Besatzung richtete sich einzig und allein auf die Mädchen in dem Motorboot, das nun im Zickzackkurs über das Wasser jagte und eine weiße Gischtspur hinter sich herzog.

Marler stellte den Motor ab, bückte sich und zog sein Armalite-Gewehr aus der Golftasche, in der es versteckt gewesen war. Nachdem er das Gewehr mit einem Explosivgeschoß geladen hatte, stellte er das Infrarotvisier ein, legte die Waffe auf eine schmale Bank und wartete ab.

»Er entkommt uns«, sagte Paula voller Bitterkeit. »Sie sehen ja selbst, das Schiff hat sich in Bewegung gesetzt. Moloch hat es geschafft. Ich wüßte nicht, was ihn jetzt noch aufhalten könnte.«

»Hören Sie doch mal«, flüsterte Tweed.

Die nächtliche Stille wurde von dem monotonen Rattern mehrerer Rotoren durchbrochen. Drei Hubschrauber tauchten aus ablandiger Richtung auf und stießen einer nach dem anderen auf das Schiff nieder. Sie flogen so tief, daß sie fast auf einer Höhe mit der hochmodernen, komplexen Radaranlage am Mast oberhalb der Ruderbrücke waren.

»Die Besatzung entfernt die Planen von diesen mysteriösen Gegenständen an Deck«, berichtete Tweed, ohne das Fernglas sinken zu lassen. »Großer Gott – sie haben Raketenwerfer für Boden-Luft-Geschosse an Bord!«

Voller Bestürzung verfolgte er, wie zwei der Hubschrauber zurückkehrten, um das Schiff erneut zu umkreisen. Einer hielt hart an der Wasseroberfläche auf die Jacht zu, als plötzlich für alle vernehmlich ein lautes Zischen ertönte. Vom Deck aus war eine Rakete abgeschossen worden und hatte den herannahenden Hubschrauber getroffen. Die Maschine schlingerte, neigte sich zur Seite und tauchte vornüber ins Meer. Paula beobachtete mit wachsendem Entsetzen, wie der zweite Hubschrauber ein vergebliches Ausweichmanöver unternahm. Wieder ertönte das unheimliche Zischen; der Rotor des Hubschraubers zersplitterte in tausend Stücke, und die Maschine trudelte in die Tiefe. Mit einem ohrenbetäubenden Knall schlug sie auf der Wasseroberfläche auf, ehe sie gurgelnd unterging.

»Moloch muß vollkommen verrückt geworden sein!« Newman konnte nicht glauben, was er da sah.

Paula blickte zu dem dritten, weiter entfernten Hubschrauber hinüber, dessen Pilot Zeit genug gehabt hatte, abzudrehen und auf das offene Meer hinauszufliegen, ehe er eine Kurve beschrieb und in Richtung des Landesinneren verschwand. Wie unter Schock beobachteten Tweed und seine Begleiter, wie die *Venetia* an Geschwindigkeit gewann. Newman brach das quälende Schweigen als erster.

»Das waren Maschinen aus Culdrose, dem Trainingslager der Royal Airforce. Dort bilden sie ihre Piloten aus.

Culdrose ist ein Flughafen hinter Constantine – nahe der Spitze der Halbinsel Lizard.«

»Sehen Sie das Motorboot mit dem roten Wimpel am Heck?« fragte Tweed. »In dem sitzt Marler.«

»Was kann er denn schon ausrichten?« erkundigte sich Paula wütend. »Nichts, aber auch rein gar nichts. Wenigstens hält er genügend Abstand zu diesem Teufelskahn. Hoffentlich bleibt das auch so.«

»Also deshalb hat mich Howard am Telefon so kurz abgefertigt«, meinte Tweed nachdenklich. »Das Verteidigungsministerium hat zur Überwachung des Schiffs Hubschrauber abgestellt. Es konnte ja keiner ahnen, daß die *Venetia* mit Raketenwerfern bestückt war. Eine echte Tragödie. Da wurden zwei junge Piloten sinnlos geopfert, nur damit ein einzelner Mann noch mehr Macht in Händen hält.«

»Ich kann ein anderes Flugzeug hören«, sagte Paula plötzlich. »Es klingt ganz anders ...«

Sie brach mitten im Satz ab, als hoch oben am Himmel ein Jagdflugzeug der Luftwaffe erschien. Tweed nahm an, daß es sich zur Verfügung gehalten hatte und von dem Piloten des dritten Hubschraubers, der entkommen konnte, herbeigerufen worden war. Das Kampfflugzeug setzte zum Sturzflug an, und Tweed gelang es gerade noch, durch sein Fernglas einen flüchtigen Blick darauf zu erhaschen.

»Es ist gleichfalls mit Raketen bestückt ...«, begann er.

Er verstummte, weil ein schrilles Zischen erklang und eine Rakete keine fünfzehn Meter vom Bug der *Venetia* entfernt im Wasser einschlug, explodierte und eine gewaltige Wasserfontäne hochwarf.

»Das war ein beabsichtigter Fehlschuß«, erklärte Tweed. »Eine Vorwarnung sozusagen ...«

Von seiner Kabine aus hatte Moloch mit angesehen, wie die Rakete in der Nähe der *Venetia* einschlug. Er sprang so hastig vom Tisch auf, daß er seine Suppe verschüttete, und rannte mit dem von seinem Handgelenk herabbaumelnden Aktenkoffer ins Freie. Über eine Kajütstreppe gelangte er auf Deck, wo ein Hubschrauber auf seinem Landeplatz bereitstand. Rasch kletterte er die Leiter hoch und zwängte sich durch die Tür, die der Pilot geöffnet hatte, sowie er ihn kommen sah.

»Weg von diesem verdammten Schiff, und zwar sofort!« brüllte er. »Sie haben genug Treibstoff, um bis nach Frankreich zu kommen. Fliegen Sie nach Roscoff. Wir werden über Funk Anweisung geben, daß mich ein Wagen dort erwartet, aber bringen Sie um Himmels willen diesen Vogel in die Luft!«

Marler hatte im hinteren Teil seines Motorbootes gestanden und durch seinen Feldstecher die Ereignisse genau verfolgt. Ihm war auch nicht entgangen, daß Moloch samt seinem Aktenkoffer in den Hubschrauber gestiegen war. Zeit für ihn, in das Geschehen einzugreifen.

Er gab Gas; das Boot schoß mit einem Ruck vorwärts, und Marler verlangsamte das Tempo erst, als er in der Nähe des Rumpfes der *Venetia* angelangt war. Der durch den unverhofften Raketenangriff zu Tode erschrockene Kapitän der Luxusjacht hatte die Maschinen gedrosselt und das Schiff zum Stehen gebracht.

Ruhig griff Marler nach seinem Armalite, ging zum Heck, plazierte den Lauf des Gewehres an der Dachkante der Kajüte und blickte durch das Infrarotvisier. Die Rotoren des Sikorsky wirbelten, dann hob der Hubschrauber ab und stieg senkrecht in die Höhe.

Marler hob sein Gewehr, bis er einen der Tanks genau im Fadenkreuz hatte. Der Sikorsky schwebte einige Sekunden in der Luft, ehe er sich anschickte, hinaus auf die offene See zu fliegen. Just in diesem Moment drückte Marler ab. Das Geschoß schlug direkt in den Tank ein.

Die darauffolgende fürchterliche Explosion war weithin zu hören. Flammen schlugen aus dem Tank, hüllten den Sikorsky ein und verwandelten ihn in einen Feuerball. Der Hubschrauber stürzte in die Tiefe, prallte direkt neben einigen bereitliegenden Raketen auf das Deck der *Venetia* und brachte sie zur Detonation. Flammen schossen in die

Höhe, fraßen sich über das Deck und verschlangen den Sikorsky. Die explodierenden Raketen hatten ein riesiges Loch in die Steuerbordseite der Jacht gerissen, die bald nur noch ein einziges loderndes Flammenmeer war. Langsam neigte sich die einst so prächtige *Venetia* zur Seite, kenterte und verschwand mit einem entsetzlichen Gurgeln in den brodelnden Fluten. Dann kehrte Stille ein.

Epilog

Im Büro am Park Crescent hatte sich Tweeds gesamtes Team versammelt. Nur Vanity wartete in Newmans am Bürgersteig vor der Eingangstür geparktem Auto.

»Ich hatte eine lange Unterredung mit Vanity«, erklärte Tweed. »Sie sagte, es wäre ihr lieber, draußen zu warten. Eine sehr bescheidene junge Dame, finde ich. Außerdem ist sie wirklich eine Dame. Die ganze Geschichte, wie sie angeblich kreuz und quer durch die Staaten gezogen ist und sich einen reichen Mann nach dem anderen an Land gezogen hat, beruht auf reiner Erfindung. Das diente ihr nur zur Tarnung und verlieh ihr auch das nötige Charisma, um die Stelle als Molochs Assistentin ergattern zu können. Cord Dillon hat uns dabei nach Kräften unterstützt. Er war auch dafür verantwortlich, daß sie anscheinend keine hieb- und stichfeste Identität hatte. Cord und ich waren einhellig der Ansicht, sie so am besten schützen zu können.«

»Sie schützen zu können?« fragte Paula verwundert.

»Genau. Sie ist in Wahrheit eine der mutigsten Undercoveragentinnen, mit denen ich je zusammengearbeitet habe. Ihr Vater war Engländer, ihre Mutter Französin, und so kam sie auch zu ihrer Spionagetätigkeit in Paris. Ich habe sie mir ausgeliehen, weil sie in Amerika weitgehend unbekannt war. Bei ihr handelt es sich um ›Reibeisenstimme‹. Wie sie es fertigbekommt, ihre Stimme so zu verstellen, weiß ich selbst nicht so genau.«

»Wollen Sie damit sagen«, sagte Monica in einem Tonfall, der höchstes Erstaunen verriet, »daß Sie sie bewußt in Molochs Unternehmen eingeschleust haben?«

»Mit Cords Hilfe ist mir genau das gelungen. Deswegen habe ich sie auch jedesmal, wenn ich sie traf, so wenig wie möglich beachtet und durchblicken lassen, daß ich sie nicht sonderlich mag. Es geschah zu ihrer eigenen Sicherheit. Cord hat inoffiziell dafür gesorgt, daß uns Alvarez auch weiterhin zur Seite steht. Vanity warnte mich neben vielen anderen Dingen auch vor der Xenobiumbombe.«

»Die nun hoffentlich nicht mehr existiert«, meinte Marler gedehnt.

»Ganz recht. Sie sagten mir doch, Moloch habe einen mit einer Kette an seinem Handgelenk befestigten Aktenkoffer bei sich gehabt, als er an Bord des Sikorsky ging. Ich bin sicher, daß sich darin die Unterlagen zum Bau der Bombe befanden.«

»Was ist mit Grenville?« wollte Paula wissen. »Warum war das Verteidigungsministerium im Hinblick auf seine Person so zurückhaltend?«

»Mein Kontaktmann dort entschloß sich, doch noch den Mund aufzumachen. Grenville bekleidete den Rang eines Majors in der englischen Armee, wurde aber unehrenhaft entlassen, weil er große Geldsummen unterschlagen hatte. Die Armee hat ihre schmutzige Wäsche eben noch nie gern in aller Öffentlichkeit gewaschen.«

»Und der geheimnisumwobene Maurice?« bohrte Paula weiter.

»Nach außen hin hat er seinen Abschied genommen, sein Auftrag lautete jedoch, herauszufinden, was Moloch vorhat. Jetzt nimmt er seinen alten Job wieder auf.«

»Er hat mich zum Essen eingeladen.«

»Ich würde die Einladung annehmen«, riet Newman ihr lächelnd.

»Ich werde darüber schlafen. Wie es wohl Mrs. Benyon gehen mag?«

»Sie hat sich in Cheltenham schnell wieder eingelebt«, sagte Tweed. »Ich habe lange mit ihr telefoniert. Sie ist wieder in ihren alten Bridgeclub eingetreten und engagiert sich bei vielen Wohltätigkeitsvereinen, denen sie früher einmal angehört hat. Ich glaube, sie ist heilfroh, wieder in England zu sein.«

»Damit ist die Angelegenheit dann wohl endgültig erledigt.« Butler meldete sich zum erstenmal zu Wort.

»Nicht ganz. Vanity übergab mir eine Liste mit den Namen von Parlamentsmitgliedern und ähnlichen hohen Tieren dieses Landes, die alle Bestechungsgelder von Moloch angenommen haben. Es existiert auch noch eine Namensliste von Senatoren in den Staaten, die sogar mit noch größeren Summen geschmiert wurden. Ich habe sie an Cord weitergeleitet. All diese Leute werden bald einige sehr unangenehme Fragen beantworten müssen. Des weiteren hat Cord Beweise dafür gefunden, daß Joel Brand Molochs verschwundene Assistentinnen ermordet hat.«

»Aber was geschieht denn jetzt mit der AMBECO?« erkundigte sich Newman.

»Wie ich hörte, sind schon Schritte eingeleitet worden, um den gesamten Konzern zu entflechten. Vermutlich werden die einzelnen Sektoren an verschiedene Firmen verkauft, wobei allerdings keine einen allzu großen Brocken bekommt. Sowohl in Washington als auch in London hat man die Nase voll davon, zu große Macht in den Händen eines einzigen Unternehmens zu wissen.«

»Ich sollte jetzt wohl besser gehen.« Newman erhob sich. »Sonst bekomme ich Ärger mit Vanity.«

»Vergessen Sie nicht, daß ihr richtiger Name Vanessa lautet«, warnte ihn Tweed. »Sie selbst hat ›Vanity‹ erfunden, um sich ein falsches Image zu verschaffen. Ihr zweiter Vorname ist übrigens Julie. Sie können es sich also aussuchen. Führen Sie sie heute zum Dinner aus?«

»Ja. Ich kenne da ein nettes Restaurant in Paris ...«

Marler, Butler und Nield schlossen sich ihm an, als er das Büro verließ. Paula und Monica blieben hinter ihren Schreibtischen sitzen.

»Also hat sich am Ende doch alles aufgeklärt«, meinte Paula versonnen.

»Bleiben nur noch die furchtbaren Folgen des Erdbebens.« Tweed betrachtete weitere Bilder der Zerstörung auf der Titelseite einer Zeitung. »Es wird sehr, sehr lange dauern, bis das, was Ethan Benyon und ein machtbesessener Mann in ihrem Wahn angerichtet haben, zu einer fernen Erinnerung verblaßt ist.«

QUELLENNACHWEIS